诗词盛典 I

吕长春诗词盛典系列丛书

第三卷～第五卷

吕长春格律诗词六万八千首（全四册）

吕长春 著

中国书籍出版社
China Book Press

图书在版编目（CIP）数据

诗词盛典：吕长春格律诗词六万八千首 / 吕长春著. — 北京：中国书籍出版社，2017.10

ISBN 978-7-5068-6024-6

Ⅰ.①诗… Ⅱ.①吕… Ⅲ.①诗词—作品集—中国—当代 Ⅳ.①I227

中国版本图书馆CIP数据核字（2017）第245282号

诗词盛典：吕长春格律诗词六万八千首

吕长春　著

责任编辑	吴化强
责任印制	孙马飞　马　芝
封面设计	东方美迪
出版发行	中国书籍出版社
地　　址	北京市丰台区三路居路97号（邮编：100073）
电　　话	（010）52257143（总编室）　　　　（010）52257140（发行部）
电子邮箱	eo@chinabp.com.cn
经　　销	全国新华书店
印　　刷	三河市顺兴印务有限公司
开　　本	787毫米×1092毫米　1/16
字　　数	4000千字
印　　张	504
版　　次	2017年10月第1版　2017年10月第1次印刷
书　　号	ISBN 978-7-5068-6024-6
定　　价	1286.00（全四册）

版权所有　翻印必究

目录

一、大唐气象

第三卷
唐人选唐诗

一、唐诗纪事（上）	497
二、唐诗纪事（下）	529
三、古代散文名句赏析	563
四、箧中集	576
五、河岳英灵集	578
六、国秀集	588
七、御览诗	596
八、中兴间气集卷	607
九、极玄集	614
十、又玄集（上）	619
又玄集（中）	624
又玄集（下）	629
十一、才调集（一）	634
才调集（二）	638
才调集（三）	643
才调集（四）	647
才调集（五）	651

才调集（六）……………………………………… 655

才调集（七）……………………………………… 659

才调集（八）……………………………………… 663

才调集（九）……………………………………… 667

才调集（十）……………………………………… 672

十二、搜玉小集…………………………………………… 676

第四卷
明人选唐诗（一）

一、五言古诗　正始上下………………………… 683

二、五言古诗　正宗……………………………… 693

三、五言古诗　大家……………………………… 710

四、五言古诗　名家……………………………… 716

五、五言古诗　羽翼……………………………… 742

六、五言古诗　接武……………………………… 753

七、五言古诗　正变……………………………… 761

第五卷
明人选唐诗（二）

一、五言古诗　余响……………………………… 767

二、五言古诗　旁流……………………………… 775

三、五言古诗　长篇……………………………… 780

四、七言古诗　正始……………………………… 783

五、七言古诗　正宗	787
六、七言古诗　大家	792
七、七言古诗　名家	795
八、七言古诗　羽翼	801
九、七言古诗　接武	804
十、七言古诗　正变	810
十一、七言古诗　余响	816
十二、七言古诗　旁流	819
十三、七言古诗　长篇	823
十四、五言绝句　正始	824
十五、五言绝句　正宗	827
十六、五言绝句　羽翼	830
十七、五言绝句　接武	833
十八、五言绝句　余响	841
十九、五言绝句　旁流	843
二十、七言绝句　正始	846
二十一、七言绝句　正宗	848
二十二、七言绝句　羽翼	851
二十三、七言绝句　接武	855
二十四、七言绝句　正变	868
二十五、七言绝句　余响	871
二十六、七言绝句　旁流	875
二十七、五言排律　正始	880
二十八、五言排律　正宗	892
二十九、五言排律　大家	901
三十、五言排律　羽翼	905
三十一、五言排律　接武	910
三十二、五言排律　正变	927
三十三、五言排律　余响	932
三十四、七言律诗　正始	993

三十五、七言律诗　正宗…………………… 997
三十六、七言律诗　大家…………………… 1000
三十七、七言律诗　羽翼…………………… 1002
三十八、七言律诗　接武…………………… 1004
三十九、七言律诗　正变…………………… 1012
四十、七言律诗　余响……………………… 1015
四十一、七言律诗　旁流…………………… 1020

唐·吴道子

八十七神仙图

第三卷

唐人选唐诗

一、唐诗纪事（上）

唐诗纪事卷第一

1 唐诗纪事总起
唐诗纪事客经年，复古思文士涌泉。
日月阴晴成败论，枯荣草木去束传。

2 太宗
山河已就似蓬莱，老壮人成向去来。
逸趣劳踪倾故里，危云鸣岛向瑶台。
交堂漏刻惊朝暮，八表宸钟草木开。
车轨同心何百变，书文并茂几徘徊。

3 赋得花庭雾
紫气雾花亭，兰熏沐芷泠。
含烟丛碧色，蔽叶现香馨。
杂露承乳蕊，和云富草青。
风摇杨柳岸，隔谷待浮萍。
君心何不问，八表复生灵。

4 咏司马彪续汉志
汉帝长杨向故宫，楚王云梦泽边风。
五陵何车三驱锐，十地江山五胜同。

5 高宗
九月重阳九月秋，一清草木疫情流。
金商凤阙朝天门，砌龙玉闱净叶楼。

之二
李武半高宗，唐周一帝容。
黄河泥水岸，上铭狄公封。

6 中宗
三秦十叶秋，九脉一东流。
露化甘泉树，寒凝玉液樱。
梅香冬腊月，淑景帝王州。
但以桑田里，春心草木由。

7 幸秦始皇陵
长城隔北州，汴水数南楼。
杨广三宫尽，秦皇六国羞。

8 太宗
宣武门前　太宗，杏坛书上举中庸。
男儿可是江山客，兄弟如何帝业从。

9 中宗
中宗父子半周唐，日月当空一女王。
子女夫君何异首，佛儒道法几书梁。

唐诗纪事卷第二

10 明皇
迈秦故邻迟，巡方赴洛师。
长河关外去，深宫淑气时。
十岁川东路，三生上犹知。
开元天宝事，不赋旧游诗。

11 早登太行山中言志
饮马渡河阳，日月上太行。
昂心明鸟道，举步绕羊肠。
草木知天地，阴晴待田桑。
山中高树木，天下已隋唐。

12 德宗
具宋廷芬亦抱真，贞元学士洛堂臣。
若昭姊妹若宰帝，善预咨文感致邻。
三令节中昭义客，千川汇聚小康亲。
诗词不济君王济，曲首江亭择浥尘。
注：帝善为文，尤长于篇什，每与学士言诗于浴堂殿，夜分不寐。贞元中，昭义节度李抱真荐贝州宋廷芬之女若昭，昭入禁中试文，帝咨美。帝每与侍臣赓和，若昭姊若莘等五人皆预，呼学士。

13 文宗
阴晴半上元，日月一轩辕。
草木临川盛，幺侯问违萱。

之二、宣宗
延英殿上一中书，问考臣前半帝居。
褒贬宏辞闻进士，冯夷自舞以何余。

14 歌河满子

甘露变阴晴，吴元济女声。
幽幽河满子，郁郁蔽云城。
白玉槌则响，凉州曲韵清。
霓裳难入舞，李钰定对平。
观风工拙处，治政炀帝名。

注：妾本艺方响，乃白玉也，搥则响，
犀为之，愿赐臣妾。帝命次之。既至，
命奏凉州如回，音韵清越，听着无
不凄然。

15 钱起湘灵鼓瑟

苍梧竹泪过潇湘，帝女洞庭向岳阳。
江上闻青闻曲尽，人中起瑟断衷肠。

16 昭宗

一马当当先，三原向远天。
五岭辞乡土，万匪目归年。

唐诗纪事卷第三

17 武后

高宗取作石榴裙，不事男儿帝子兮。
天马行空天马客，青云散尽是黄云。

18 徐贤妃

长安崇圣寺妆台，紫气韶光广展开。
一笑千金面首现，三宫玉女始徘徊。

注：长安崇圣寺有贤妃妆殿，太宗
会召妃，久不至，怒之，因进诗曰：
朝来临镜台，摆暂徘徊，千金始一笑，
一召讵能来。

19 上官昭容

一叶昭容初，三心上官余。
浓香浮动色，谏影客王居。
玉树临风去，宫廷事难书。
含元凭紫气，武后几何虚。

20 镇国太平公主

太平公主道高情，武后中宗两奈生。
镇国何须文采盛，残言北渚往来名。

21 昭容名婉儿

西台一侍郎，武后半王肠。
大秤称昭容，宫廷代帝章。

22 韩王元嘉

四象不成名，两仪八卦生。
离明从献吉，元良掩周行。

23 郑世翼

千川日月穷，渚水古今风。
字可东都市，文成故汉中。

24 陆敬

秦王武牢兵，建德陆敬名。
山北怀州取，虚唐伪不成。

25 张文恭

七夕半人家，三里一北斜。
牛朗惊语耳，织女淑河衣。

26 听邻人琵琶诗

黄河一豫桐，洛邑半汉宫。
玉律朱楼月，和音上苑工。
袭人香色久，序曲广袖穹。
自有相思韵，心余已不终。

唐诗纪事卷第四

27 王珪

舞剑鸿门向项王，谋心信越腹刘皇。
秦川宇宙藏天意，霸主乌江一气扬。

28 褚亮

学士一钱塘，兰经半吐芳。
春情多似水，日暖化梅香。
如晦玄龄志，思廉颖达长。
世南元敬客，十八子文庄。

29 虞世南

拾遗人论补阙尘，忠直博学德行身。
琴棋书画文词翰，拟古东观藏日津。

注：世南，越州人。仕太宗，帝每
称其五绝：德行、忠直、博学、文词、
翰翰也。

之二、许敬宗

检校黄门一侍郎，中书令舍半芬芳。
重轮待旦临光第，锦丽三衣化育裳。

30 刘孝孙

一曲半流风，三声一异同。
千家闻月下，万户始心融。
调向高低问，人寻远近雄。
春秋音不止，积蓄故飞鸿。

之二、魏徵

轵道半商辛，夏康五典尘。
望望情不至，让之泪时人。
古古今今在，成成败败新。
桑田从日月，籍属琼王邻。

31 杨师道

五祚含元襟翠池，三宫上苑玉兰知。
羊车此去随心欲，曲经芳尘浥雨时。

32 李百乐少年词

秦楼万里谣，洛水千年潮。
半酌文君酒，三声弄玉箫。

33 长孙无忌

胪成一万山，首问五猴颜。
索背混团客，皇娘似等闲。

注：无忌张欧阳询形状猥陋去，耸
膊成山字，埋肩畏出头。谁家麟阁
上，画此一猕猴？询应声曰：索头
连背暖，漫档畏肚寒。只缘心浑浑，
所以画团圆。太宗笑曰：询殊不畏
皇后耶？

34 马周

凌朝一宾王，嗜学半邦昌。
助教崔贤辱，中书令后扬。

35 陈子良

殊光半树枝，索色一梅迟。
唯见瑶池水，飘飘化西时。

36 王绩

三星照未止，一剑觅封侯。
雪气青门路，知风白社秋。
长安宁举火，灞水细东流。
已谢浮云上，伏经势不休。

37 魏徵

隋书一半问隋炀，暮四朝三意在唐。
汴水长城何比较，和和战战几兴亡。

38 李义府

度夏不修禅，形周莫唐天。
禛图吴楚州，凌高古阁思。

39 王绩

榆关一客肠，五女半家乡。
日渡桑乾水，人卿冀蓟娘。

唐诗纪事卷第五

40 颜师古

之推简峭自关中，有道廉州性可同。
未见秦书庄老客，三元宝律百流风。

41 裴守真

芳华半紫微，瑜佩一春晖。
杏李堂前色，含元雨后扉。
云中青殿路，草上御章归。
宝帐文天隔，珠书带是非。

42 元万顷

日月池台日月明，阴晴草木半阴晴。
红楼玉影藏金名，碧落红移帝女声。

43 张文琮

方源可谓一珠江，泗渍三潢半国邦。
地理天文梁玉润，涵流气动落书窗。

44 薛慎惑

洛水一帆悬，咸阳半客年。
长安城外色，御柳已含烟。

45 王德真

华清碧玉半温汤，万寓潼关一柳杨。
出水芙蓉珠羽落，霓裳舞尽谢明皇。

46 郑义真

芙蓉半洛川，性色一丰年。
浴谷何知暖，临池怯衣全。

47 萧翼

兰亭一辩才，御史万招来。
酒蚁心猿车，殷勤苦寺台。

之二

监察御史窃兰亭，北客南游欠密青。
只酒辨才非是过，此书不向彼书铭。

48 王绩

娇姬净饰妆，玉影满兰房。
应物幽香路，寻声令曲长。
琴弦多少误，不可见周郎。
草色阴晴雨，人心似柳杨。

唐诗纪事卷第六

49 上官仪

词情婉媚上官仪，绮错清工下士旗。
素迎翻花移草木，香明白社自楼糜。
含情许许流风久，玉体端口大雅弥。
筑作文章天下去，昭容目过后时姬。

50 乔知之

碧玉知之客不婚，高楼亘古溢芳门。
武家承嗣崇金谷，补阙新声问暖温。
十斛明珠怜自许，三朝草木小儿孙。
英雄未满娉婷舞，海燕金堂露泪痕。

51 乔侃

知之一弟身，三教半文人。
武帝何闻汉，桃源几见秦。

52 员半千

趟市两三年，齐州一半贤。
九千人上坐，五百岁中眠。

53 苏味道

雨里半仙游，云中一客舟。

瑶台何日月，草木误春秋。
欲上还行处，如今似古流。
迷蒙山色近，混沌向王侯。
模棱苏味道，武后世相休。

之二、杜审言

六位一乾坤，三微半历痕。
河东龙马见，塞北去来村。
汉地无何霸，秦川有故温。
江山由日月，草木易黄昏。

54 赠苏味道

蓬山著作郎，厚夜音徽章。
平一朱绂表，峰州日月长。

55 郭利贞

上掖万灯华，含元半梅花。
蓬山多少路，九脉去来家。

56 富嘉谟张说论其文

孤峰绝岸一天云，碧垒屏嶂半壑分。
素彩青娥寒桂子，山阴陆掩度千君。

57 李崇嗣

清明一半天，气火万千烟。
但问书生见，心燃隔岸田。

唐诗纪事卷第七

58 崔知贤

河阳济济半冠缨，啸侣声声一故荣。
晦日林亭多少客，子昂韵笔上君名。

59 韩仲宣

芳从二月华，酒醉一人家。
地久安仁里，天长魏晋花。

60 周彦昭

金鸡窃迎沙，岸柳客芳崖。
日暮成烟落，娥华入早家。

61 弓嗣初

草木一春晖，阴晴半翠微。
枯荣天下事，日月几时归。

62弓嗣初之二

寒梅日月斜，碧玉石崇家。
金各寻楼坠，知之一日花。

63王茂时

五里石崇家，三春碧玉华。
不是金谷水，杨柳自参差。

64长孙正隐

深池不涨沙，故里寄诗家。
古古今今事，来来去去花。

65郎余令

不见落梅花，但寻九谷华。
香凝存日月，竹叶入人家。

66周彦晖

柳叶竟年华，三春早入家。
江山由色变，弟子任荒崖。

67周思钧

初春一柳华，带雨半梅花。
已尉含云密，平阳竹影斜。

68刘友贤

武子一书涯，文通四海家。
梅红千里树，水碧万年华。

69于季子

草木五蕴新，人生半客身。
桃源三界水，楚汉一先秦。
百战鸿门项，千章向轨尘。
李斯何五马，俱是误同人。

70骆宾王

山河万里村，殿阙九重门。
汉塞分流水，秦川洛驿温。
蝉鸣闻古道，客步寄儿孙。
一目钱塘地，三生半去痕。

71宋之问贬黜，放远至江南，游云隐寺。桂子月中落，天香云外漂。楼观沧海日，门对浙江潮。

鹫岭山前一日潮，禅房月下半云霄。
钱塘水色楼观海，灵隐君心寺问桥。

72卢照邻

五鹿半关东，三军一将雄。
云中凭卢瀚，月下住苍穹。
故土照州问，南洋马上翁。
银行知所以，尽在有天中。

73王勃 杨炯

滕王阁上名，吏部掌铨衡。
气宇三江水，文章九脉明。
千君何断已，四杰一时生。
孤鹜裴行俭，山河自在荣。

注：裴行俭在吏部，见苏味道、王
剧曰：二君后皆掌铨横。李敬玄盛
称王勃、杨炯、卢照邻、骆宾王，
行俭曰：勃等虽有才，然浮躁衔露，
岂享爵禄者；炯颇沉默，可至令长，
余皆不得其死。

之二

万里一归帆，千年半客船。
三江流碧影，五月在秦川。

74田游岩

磐石向云间，洗马玉主颜。
裴炎知善客，素厚自还山。

75卢照邻

冲冠壮气几三秋，玉鉴丹心付九流。
弟子童蒙千古去，三公五鹿捊军愁。

唐诗纪事卷第八

76陈子昂

海内文宗一子昂，徐庾雅正半诗方。
前无来者今无继，天地悠悠以泣长。

注：唐子昂、赵贞固、卢藏用、杜审言、
宋之问、比龙泽、郭袭微、司马承祯、
释怀陆余庆，号方外十友。
颜真卿曰：若激昂颓俗气，难无害于过正，
权其中论，不亦伤于厚诬；与沈隐侯谢
康乐，灵均以来，此祕未睹，同也。
五百年中一子昂，三千士外半衷肠。
山折良木珠流去，玉桑林疏久却芳。

77邵大震

九月云中九日晴，远山叶下远心生。
悲鸿万里玄武去，玉啸三声到帝京。

78刘祎之

一路十长亭，三生半渭泾。
桑田沧海水，草木四时青。

79郭元振

武后一文章，蝉声半宾王。
诏言峤自语，太学景云相。

80崔融 融为文华婉，当时未有辈者，朝廷大笔，多手敕委之。逊武后哀册最高丽，绝笔而死，时谓思苦神竭云。

绝笔一文章，竭思半苦肠。
银花火树客，册立各芬芳。

之二、张昌龄

进士半弥横，齐音一举清。
文风潘 旧，供奉未文兵。

81陈子昂

梓州一子昂，洛水半琴伤。
一语千金去，三章万古芳。
前人何苦就，后者自炎凉。
天地方圆外，江山日月长。

唐诗纪事卷第九

李適

82中宗景龙二年

修文馆里一生扬，学士心中半寸肠。
子至青云京兆客，天文贝叶有低昂。

注：中宗景龙二年，始于修文馆置大学士四员，学士八员，直学士十二员，象四时、十二月。于是李峤、宋楚客、赵彦昭、韦嗣立为大学士，适、刘宪、崔湜、郑愔、卢藏用、李乂、岑羲、刘子玄为学士，薛稷、马怀素、宋之问、武平一、杜审言、阎朝隐、韦安石为直学士。

83 宴安乐公主新宅
银河半落凤凰台，玉帛三从楚客才。
不见君平鹦鹉赋，深宫自有夜珠来。

84 晦日宴高文学林亭
林亭洛水客，暮照石崇家。
碧玉云华影，春香五月花。

85 和宋之问崖口五渡
三生日月阴，五渡去来心。
十地知杨柳，千山问木林。

86 宗楚客
八水绕长安，三秋问玉澜。
林塘迟日暮，泛羽满云端。

87 直中书省诗
中书色入凤凰池，鸾鹭飞出上掖枝。
五字无施庭除阔，三思自勉二仪知。

88 李迥秀
慈恩寺外曲江潮，帝主心中御禁消。
沙界云花荷岸渡，金绳大乘路迢迢。

89 崔湜
一日半荆州，三生两世谋。
修文修世界，白鹿白春秋。
录后真身在，旗前桂女堂。
香烟相继续，汉武作何游。

唐诗纪事卷第十

90 侍宴大明宫
日月大明宫，枯荣草木同。
阳晴云雨水，进退济何雄。

91 李乂送沙门玄奘等还荆州
沙门汉迹一玄奘，荆州楚月半旨杨。
北斗星明参道味，南关地远两茫茫。
归来一柱真源里，帝度三禅炳风光。
天下珠英何不觉，心中自在破天荒。

92 雪
含元殿外玉藏娇，上掖池中比淑桥。
但见冰前凝素水，云中不语但飞遥。

93 马怀素慈恩寺九日应制
季周一金阳，芳年半才昂。
阴晴知草木，日月济炎凉。

94 薛稷
七月望春宫，三秋向宿虫。
寻成尘界外，薄采盛时中。

95 刘允济
龙门一树桐，上液半音衷。
自为雕琢器，徵羽角商宫。
巴人知楚客，越语吴门风。
白雪阳春曲，高山流水中。

96 李峤
东都一望余，洛邑半泉居。
玉宇云晖色，天光日月初。
龙城天子树，阙里故人书。
苍颉久思处，开金寺会如。

97 九日
扫叶万家楼，随心一渭流。
天高知九日，地润问二秋。

98 峤有三戾
汾流险水三色苍，性戾荣迁半柳杨。
贪渴僧人才子客，华章白已岭前肠。
桃花乐府行成志，婉丽词风堂宰相。
涕下西京向近侍，中宗始正已茫茫。

99 苏颋
四世丞相一世名，三生日月半生萌。
中书天下蕙香客，九日重阳属幸城。
宝国门前多少问，子推山上去来荣。
延龄润物开元事，敏悟文章济子情。

唐诗纪事卷第十一

100 韦嗣立
岁长一人心，风清九日临。
枝悬泾渭水，叶落东都林。
远重何年月，层观几古今。
黄香沉岸榭，菊酒入烟岑。

101 之二 午凤公主，雕龙婕妤
龙门别业杜陵边，嗣立汤都客日年。
雨雾三春寻旧月，风烟几处化心田。

102 阎朝隐九日礼别
日日一神仙，年年半酒泉。
时时三界问，处处九桑田。

103 郑愔，字文靖
卒戮一中书，神龙半客余。
崔冉何附郑，擢子俊臣如。
易韦谯王术，之诛庶后车。
成言风不止，几悔误当初。
注释：愔，字文靖，年十七，进士擢第。神龙中为中书舍人，与崔日用、赵覆温、李揿等讬武三思，极薰灸中外，天下语曰：崔、冉、郑、乱时政。或曰：初附来后臣，俊臣诛，附易之，易之诛，托韦庶人，后附谯王，卒被戮。

之二、沈佺期
易之殿上一潮流，九日云中望不休。
朝前叹止风尘令，佺期笔下也春秋。
大明宫中莫房色，面首人光以赐求。
汉武声名重庆里，金城草木渭札羞。

104 魏建安
之问佺期沈约文，吉风未石不知君。
居前苏李宗云学，准信辉光茅一云。

105 宋之问
云回玉辇沐高天，土净清心证果缘。
一路神音三会寺，千秋功业半金仙。

神龙睿想登仁泽，瑞凤花香淑雨泉。
桂影沉楼移日月，荷塘桂叶塔生年。

之二、沈佺期 宋之问

武后游龙门，命群官诗，光成者赐锦袍。

晚去龙门夺锦袍，朝来宿雨向葡萄。
河堤翠柳王城色，苑树成林脂玉膏。
口过浮云人卖十，光辉学士让天高。
东方洛水寻三墨，练白依川著端毫。

106韦善心为郎中

一介下洮州，三思向劫侯。
干声当草木，二妙去来由。
复结延清客，郎中决善秋。
京顺诗赋下，赵睿赐诏流。
离土钦州致，乡近不知羞。
注释：韦善心为郎中，善剖决，之问善诗，时谓户部二妙。

107卢怀慎

九日半清风，三秋一日同。
山川临淄水，羽猎北海雄。
玉殿闻琴响，珠英教化公。
机闲宸豫紫，旷野满菊丛。

108红蕊

黄莺未哢蕊先开，学士花明酒一杯。
日用虚张从平一，王枚曲舞过平台。
注：中宗手敕批云：平一年难最少，文甚警新，悦红蕊之先开，讶黄莺之未转，循环吟咀，赏欢兼怀。今更赐花一枝，以彰其美。所赐学士花，并令插在头上，后所赐者，平一左右交叉。因舞蹈拜谢。时崔日用乘酣引，欲夺平一所赐花。上于帘下见之，谓平一曰：日用何夺卿花？平一跪奏曰：读书万卷，从日用满口虚张；赐花一枝，学平一终身不获。上及侍臣大笑，因更赐酒一从，当时叹美。

109韦元旦

重楼举入一云中，鸾凤三春五肇同。
绮殿芳域安乐主，含元碧色大明宫。
梅花化作春泥荐，缘藻轻浮帝子风。
九陌寻芳争世界，千家叹止状元红。

110临沧海

沧海一潮平，风云半汐晴。
黄昏多不语，玉树自多明。

唐诗纪事卷第十二

111辛替否

楼高入梵天，寺塔问禅云。
御藻三声邑，慈恩九日编。
江山俯仰间，雨水露甘缘。
拾遗秋原上，飞鸿暖洛川。

112韦安石

金风一日来，玉水万清开。
睿览千江碧，归闻九陌裁。
居高知远近，问虑二张台。
久视三思晦，平生不折猜。
注：安石，京兆人。久视中为相，二张、三思横宠，安石敷折寿之。

113李咸

九日序时开，三秋袂色来。
乾坤登菊泛，草木向晴陪。

114郑南金

玉律一声平，金阳半太清。
云高浮尧日，水泽荣香情。
滴酒虞经问，丝帛化教明。
桂影清宫色，韵味菊香城。

115解琬

瑞塔一重阳，金秋半净光。
神房知日月，觉寺尽馨香。
荐庚云晖色，慈恩玉宇藏。
空边清敛处，列锦带烟黄。

116樊忱

九日净仙堂，慈恩寺塔香。
秋风词不还，大雅赋重阳。

117李从远

九日换衣裳，如来泽豫光。
中霄天下色，大乘已重阳。

118杨廉

秦川一目遥，灞水半云霄。
菊色连天炬，山河入画雕。

119张景源

凌霄一世源，宝塔半金轩。
梵日三生处，莲花十地萱。

120

钱塘八月逐天潮，蓟北三冬落叶遥。
水满南洋惊玉树，花心矗蕊亚洲桥。

121槟城偶感

万里南洋四海平，三冬玉树一帆明。
波连浪涌晴光岸，硕叶繁花碧水城。

唐诗纪事卷第十三

122张元一

唐弓一日开，蜀马半天来。
三庆郭洪霸，千声旱雨催。

123巫山怀古

十二峰前一峡舟，半云半雨半风流。
巫山怀古裹王问，宋玉行须致楚头。

124王熊

潭州至岳阳，诺重问千肠。
杜草临芳芷，客华向建章。
江山何不改，日月养春堂。
应念三千里，淡水十万杨。

125张敬忠

平卢节度体郎中，御史公军著帐红。
朔北开元随戏泳，微词主敬省檀束。

126 沈祖仙
月下恕秋虫，人前问去鸿。
潇湘何水色，夜梦满辽东。

127 徐安期
灯前一粉均，镜后半冠巾。
淑玉书中目，红颜上下亲。

128 薛曜
正夜难公正日公，年双两岁贺双闻。
声声去旧人人祝，暮暮朝朝外竹闻。

129 二月闺情
韶光二月花，紫气半人家。
妾语初温暖，春风斗豆瓜。

130 七月闺情
七月云中一鹊桥，三生似梦半凉宵。
空房独妾天河岸，织女声声怨细腰。

131 邵士彦
冷桂一寒宫，幽情半衣同。
来人知日月，去处问归鸿。

132 刘幽求
冀赵半幽求，谋酬一九州。
江山天子路，肆散几何由。

133 杨齐哲
一谷半关中，三荒两地风。
河光晓日月，岭木问西东。

134 李夔
孤音一寸才，竹韵半池开。
吏道相逢处，轩臣绕吹台。

135 艾琳、美琳、明惠、淑女城
晴波万里一槟城，西马千年十岛明。
福建乡亲多苦力，南洋会所少枯荣。

136 云
一雨重烟一云明，九冬六夏半天平。
南洋瞬变倾流复，两步人前不阴晴。

唐诗纪事卷第十四

137 张说
唐州一绕君，淡水半风云。
不尽磋政路，无言日月文。

138 明皇封泰山回
金桥一泰山，五品半皇颜。
十里旌旗属，三箫客玉关。

注：王冷然上燕公书云：诗曰：投我以木瓜，抱之以琼琚。此言虽小，可以喻大。相公五君咏曰：凄凉丞相府，余爱在玄成。苏公一闻此诗，移公于荆府，积渐至相，由苏得也。今苏屈居盆部，公坐朝堂，投木报琼，义将安在！亦可举苏以自代。冷然书又曰：相公岳阳送别诗云：谁念三千里，江潭一老翁。今日忘往日之楼迟，贪暮年之富贵乎。

139 三相同日拜官奉和御制
三相一日时，九陌半星资。
十地唐家将，千年当去师。

140 奉和御制三相同日上官
周勃一日尊，楚霸半鸿门。
厚秩崇班客，郭隗惭子孙。

141 皮日休桃花赋序
贞姿劲质石心肠，毅状刚辞玉艳堂。
睹赋南朝徐庾客，梅花胜似可文章。

142 崔翘
一路绕河汾，三光扫旧文。
筇鸣千里目，曙气半峰云。

143 席豫奉和明皇答张说南出雀鼠谷
南出雀鼠谷云分，北见江山水色闻。
五校郊平暄景致，三川日月始明君。

144 梁升卿
幽林一谷云，惠泽半临汾。
晋水流天下，天阳属国君。

145 张嘉贞
千川半流荣，十地一精英。
四俊中书令，三相御省名。

146 韩休奉和御制送张尚书巡边
一马去辽东，三生雅颂风。
书生千里客，将帅万云卿。

147 崔禹锡奉和御制送张尚书巡边
公明一朔方，禁苑半重章。
进士中书客，弘文供帐扬。

148 韦抗送集贤学士张说上官赐宴赋得西字
学士字东西，芳华问玉溪。
儒文宰赐坐，远近几高低。

149 李暠送张说上集贤学士赐宴得催字
马上一杯催，人中半去来。
尧风崇汉策，禹道柘桑开。

150 奉和御制三相同日上官
三相同上官，一日客观澜。
草木成天地，风云作玉冠。

151 裴光庭奉和御制三相同日上官
一日上三光，千家半柳杨。
当期云雨露，兴见累仁堂。

152 崔沔
苋情入九园，四海向二非。
怍作夔龙佐，还期北雁飞。
逢明胡能隐，遇子一心归。
雨细清朝客，风和丽日微。

注：融为张说所恶，欲先事中伤说。张九龄谓说曰：融辨给多作，公不可忽。说曰：狗鼠何能！其后乃与崔隐甫廷劾说受赇事，帝诏说致仕而出。融诗有誓将同竭力，相与效尘涓之语，欣附说之薛也。融安辑户口，明皇赐诗，张说奉和云：听

得临天下，劳情遍九园。念兹人去本，
蓬转将何依。外避征戍敷，内伤亲
当稀。嗟不逢明盛，胡能照隐微。
柏台简行李，蓝殿锡朝衣。别曲动
秋风，恩命生春晖。使出四海安，
昭下万心归。柞无夔龙佐，徒歌鸿
雁飞。

153陆坚送张说上集贤学士
集贤一古今，学士半人心。
教主堂前客，夔龙简帝音。

154崔日知和韦嗣立龙门北溪作
中年半石邻，耆老一知身。
嗣立倪山仰，龙门俯道津。
东都伊浦绿，北海静萍茵。
剑术名贤在，刘桢九逵臣。

155湾
浪静风平一海湾，出出进进千帆班。
山山水水何不尽，不见归期五百颜。

156南洋
南洋半是客家乡，浪迹三生主汉堂。
一夏终年常雨季，千年马来造风光。

唐诗纪事卷第十五

157王湾
王湾数岭爱南山，气远天香策玉颜。
百仞终须临步超，干峰拜揖示勤还。

158晚春诣苏州赠武员外
苏台半故乡，同里一村堂。
晚夏柔风住，初春碧玉扬。
洞庭梅光落，千将西云长。
盘石生何语，剑池水色藏。

159许景元阳春怨云
阳春怨未深，白雪不知音。
渭水东流去，陈苍问古今。

160姚崇
政务本勤名，明皇刻石荣。
龙地兄弟见，共制大衾城。
胜业安兴客，相辉带日倾。
申岐薛宪第，自此作京缨。
注：龙池，与庆宫池也，明皇潜龙
之地。明皇为太子，制大衾长枕，
将与诸王共之。赐宪、薛第于胜业，
申、岐第于安与，环列宫侧。天子
于宫西南置楼，夕日花萼相辉，南
日勤政务本。

161姜皎享龙池乐章
日上半龙山，池中一玉颜。
英蓉生夏水，岁月柳杨湾。

162王岳灵闻漏
含香玉漏声，凤阁诏天鸣。
箭指文章岳，壹新建礼成。
重城进士讽，炳册更筹名。
禁曙传闻处，钩陈已半倾。

163郑谣
一涧半留心，三春两古今。
涓涓流日月，色色向知音。

164赵仁奖
王戎墓下绣衣来，朱博楼中御史台。
拾薪舍彼行人避，黄尘两束殿东裁。

165金昌绪春怨
莫以暮中啼，惊心月色低。
床边当尔枕，一梦斗辽西。

166张九龄
草木有人心，春秋向古今。
兰香知世界，风雨自知音。

167九龄字子寿
子寿曲江人，贤相素练钩。
明皇风度济，再读九龄臣。
注释：九龄，曲江人。

168明皇送张说巡朔方
许国不谋身，休兵见世臣。
人当万里坐，地与三合民。

注：明皇送张说巡朔方，赐诗云：
命将怀边服，雄国出朝堂。说应制诗，
有从来思博望，许国不谋身之句。

169崔国辅古意云
日暮一乡音，春秋半古今。
沙州水色浅，渡口文阳深。

唐诗纪事卷第十六

170王维禄山大会凝碧池
一岁半朝天，三生两地泉。
知时成日月，几叶奏管弦。

171维字摩诘
高流六气座虚空，石立三江雅颂风。
久郁良探余力致，文辞位代自西东。

172维送客诗
东都小雨泗长安，渭水涓流向杏坛。
西去阳关天下见，英雄自此在云端。

173缙九月九日作
三边一半似京都，九日三千有亦无。
八月风高寻世界，五湖叶落比地殊。

174维花子冈
别生一风云，秋山半色分。
林中寻自主，柳下可知君。

175斤竹岭
竹岭半天空，商山一日穷。
樵人何不语，逝水已无终。

176木兰柴
余光一木兰，去鸟半云端。
翠色分明乱，芳流照玉峦。

177宫槐陌
紫陌半宫深，宫城一古今。
门前杨柳色，阙下领音琴。

178南垞
隔浦见人家，临舟日夕斜。
南山三泊岸，北垞满桃花。

179 柳浪
柳浪半春风,杨花一夜穷。
临湖呈春色,莫断霸桥东。

180 金屑泉
一日半流泉,三生十地乾。
千川归故道,万户问行船。

181 北坨
南川一日云,北坨半江分。
水色平天下,湖光问故君。

182 辛夷坞
木末一辛黄,芙蓉半色低。
无人知自己,况见雨云西。

183 椒园
风轻一椒园,帝子半舟天。
幸堪香当客,云中月不全。

184 崔兴宗
楚汉一风流,樱桃半色休。
人生千万处,事业几春秋。
注:兴宗为右补阙时,和王维勅赐樱桃诗。

185 潮
一潮米住一潮扬,万里方平万里疆。
只见天涯连故国,低头海石客家乡。

186 槟城椰林
椰林玉叩万丝长,一树槟椰百味香。
味味丝丝情意重,年年岁岁忆家乡。

187 君冠马来西亚国花
一国花香一国王,半家素色半家乡。
红黄玉蕊临碧叶,处处风流处处扬。

唐诗纪事卷第十七

188 贺知章
日月贺知章,枯荣玉树扬。
明皇湖上水,道士许还乡。
万岁刻川曲,千秋鉴止肠。
东门竂百许,汉册遗宗堂。

189 又送张说上集贤学士
集贤学士一皇风,圣谟垂玄半济雄。
时宰鸿都千叹客,微躯不致几壶穷。

190 行路难
井水思源百尺泉,山苗故寸一光天。
人生莫令相逢语,济世浮图上心田。

191 阴行先
九日半潇湘,三秋一柳杨。
千鸿临楚汉,万水渡衡阳。

192 赵冬曦
燕公曙跻一南楼,淑气川孤半雨休。
楚缛芳林云垒翠,华轩四瞩不封侯。

193 酬燕公归田赋之作
天下半归田,人间一播迁。
书香同叔李,国语问仲宣。

194 崔成甫赠李白
潇湘一逐臣,楚客九歌亲。
太白当涂醉,金陵尽酒人。

195 李昂
贡士文章美恶狂,开元举饰问李昂。
求声考校瑜瑕比,渭洗临清吏耄唐。

196 徐延寿
处士一江宁,光生半布丁。
花荣夫婿见,碧玉觅浮萍。

197 丘为
汉水度愁门,随人寄楚村。
姑苏丘为母,耆耄小儿孙。
注:为,苏州嘉兴人。事继母孝,由有灵芝生堂下。累关太子又庶子,时年八十余,而母无恙,给俸禄之半,及居爱,观察使韩滉以致仕官给禄,所以惠养老臣,不可在丧而异,唯摆春秋羊酒。

198 吉隆坡陆羽茶楼
陆羽茶楼一圣名,姑苏映月二泉清。
形成进取桑尼客,业就安徽五味情。

199 岛
岛国风光岛国城,玉花日色琼花明。
当心处处芳香色,不可心心印不盟。

200 蝴蝶园
淑女园中万蝶飞,七天日上去无归。
生同草木心思动,客似鱼虫半柴扉。

唐诗纪事卷第十八

201 杜甫
元稹子美墓碑铭,总萃文才尧舜卿。
选练词章风雅颂,仲尼武帝柏梁成。
精清放旷连光景,艳刻梁陈巧饰名。
沈宋之流唐体继,工言五七以隋荣。

202 段成式酉阳锥俎
秋兴尧祠亭,补阙甫零丁。
雁度分归路,烟归碧海青。

203 李白
吴王醉醒一西施,越主阴晴半玉枝。
楚舞姑苏欢不闭,江湖日下几人知。

204 高力士以脱靴为耻
力士赞妃颜,金门甚玉湾。
仙人只放酒,此去已还山。
注:高力士以脱靴之耻,赞白于贵妃曰:以飞燕指妃子,是贱之甚也。不为素近所容,乃放骜,为酒八仙人,恳求还山。

205 饭颗山头逢杜甫
杜甫饭颗山,唐诗苦作颜。
从前何力士,碧玉不折弯。

206 太白有子曰伯禽,女平阳
平阳女子伯禽音,有妹书台月圆心。
美好芙蓉何日月,断肠草色古从今。

注：太白有子曰伯禽，女平阳。皆生太白去蜀后。有妹月圆，前嫁邑子，留不去，以故葬色下，墓今在陇西院旁百步外。白诗云：惜作芙蓉花，今为断肠草。以色事他人，能得几时好？陶弘景仙方云：断肠草不可食，其名美好，名芙蓉。乃知诗人无一字闲语。

之二

椰林半岛一槟城，海浪千层两色生。
远近难同何远近，枯荣不辨是枯荣。

207

太阳直射太阳城，寸土繁生寸土城。
寒暖难分何日月，青黄不易义枯荣。

唐诗纪事卷第十九

208房琯

行人一迹明，不已半苍生。
苦事江山宰，文书自冠缨。

209马来西亚国花

玉叶丹心一国花，丝浮长蕊半光华。
扶桑树下常相似，不是南洋是我家。

210淑素

半似寻常半似工，一黄不尽一宣红。
丝长柱蕊连心处，小岛沙平小岛风。

唐诗纪事卷第二十

211严武

巴山落月迟，子美步明时。
酒驿三千日，官城一百诗。

212子美送武入朝

长江对楚歌，越水问吴波。
严武巴州客，湘川几日何。

213李适之

别驾中书节度肠，京都大夫宰相堂。
中丞两省何给舍，刺史牛仙客左扬。

注：适之入仕，不历丞簿，便为别驾；不历两畿官，便为京兆伊；不历御史及中丞，便为大夫；不历为两省给舍，便为宰相；不历刺史，便为节度使；然不得其死。

214有司试终南山望余雪诗

意尽五言中，终南四句穷。
云浮名有司，岭秀暮林同。

注：有司试终南山望余雪时，咏赋云；终南阴岭秀，积雪浮云端。林表明灵色，城中增暮寒。四句及纳之有司。或诘之，咏曰：意书。

215李颀，开元进士也

开元进士身，李颀江山人。
岭季秀鸣精鸟，峰青泡水新。

216过禅居

寺外青山一苦禅，心中玉树半高天。
松声鹤影泉林晚，怯挂僧衣久日斗。

217陶翰

辽东一燕歌，渡口半交河。
白马封侯水，空门问雀罗。
归鸣寻故垒，故日尊情娥。
汉将出身早，边风意气多。

218王琚

洞庭一水乡，浦树半扬长。
雨露同承守，征帆客岳阳。

219王泠然吟汴堤柳

隋家天子一扬州，北水南流半柳楼。
不似长城烽火路，钱塘自此胜王侯。

220胡皓

一驿半临江，三青一故窗。
丹心终守独，日月几无双。

221柳识

练理方明半刿端，文章诣极一心宽。
唐尧地静先生性，应物随心度杏坛。

222高霁

二气灵山一九华，三江日色半江花。
霞明积雪青荧树，壁暗成岩短羽崖。
易子池阳山太白，飞流缈缈入仙家。
相公沐濯原泉水，碧玉桥边神豆爪。

223崔曙

东溪一古今，白鹭半知音。
不语飞天地，无闲试我心。

224马来风光

一柱擎天一柱空，半山碧树半山红。
国花几色何颜玉，举止儒风土士同。

225滩

阳光一半照晴沙，玉叶三千向国花。
小岛滩湾波浪水，海角自认是天涯。

唐诗纪事卷第二十一

226李华

商山一半云，四皓五千文。
利物秦王政，居奇亚文君。

227黄鹤楼诗：昔人已乘黄鹤去，此地空余黄鹤楼。

十五嫁王昌，三千弟子郎。
难从皇子律，不比亦邑堂。

228李嘉祐

漠漠桑田白鹭飞，幽幽日月凤凰帏。
朝朝草木和云雨，处处阴晴去不归。

229王翰

许国相巡边，闻声待缺圆。
东堂呼玉刻，北殿问天年。
业箸江潮岸，功成道路烟。
旌摇胡树落，渡口自垂鞭。

唐诗纪事卷第二十二

230任华

不重黄金只重人，丈夫交结丈夫身。
云行天下云行尽，自古君心自古珍。

231
寻当杖策半归山，傲物樵渔一去颜。
几许文章成日月，机心致补玉门关。

232 贾至早朝大明宫
初晴紫陌大明宫，晓色衣冠玉佩红。
百啭流莺情色早，千章细柳建章风。
银炉烛火薰香客，上液池凰凤语同。
洛渭三春寻日月，京都一步九州鸿。

233 送张说上集贤学士
修文禁启田，改字令朝宣。
学士宫中正，书坊任集贤。

234 田家即事
耕凿七寸田，事业百年天。
日月阴晴数，枯荣草木泉。

235 孙翃
侍御问封疆，洪州牧豫章。
同城别离去，复尔去来乡。
注：彰曲江在洪州，有郡南江上别孙侍御诗。

236 沈千运
山中已尽尘，月下客相亲。
何言吾尔问，不作管束人。
寥寥天地上，落落自由身。
俯仰枯荣界，屈伸草木邻。

237
兰田碧海珠，洛水谢书儒。
必女陈土客，罘冈巴扎苏。
长门明月色，项蹇复江湖。
紫阙闻池漏，天台问玉奴。

238 元结
阴晴天下问元边，草木江山作世贤。
紫禁无言千日月，桑田自古一源泉。

239 张均
巴丘九日高，客雁一旌旎。
暮序惊来去，重阳却御袍。

240 杜子美赠太常张卿
三韩寺外卿，万国域中荣。
策术阳侯问，罗天意纵横。
琳琅掷玉色，雨露介阴晴。
子叶千山树，天光四海明。

241 万齐融
鉴湖日月贺知章，紫殿明皇老去郎。
半遇乡人半不问，诗词应似嫁衣裳。

242 崔颂
晨风半北林，竹泪一知音。
物外三春色，心中一古今。

唐诗纪事卷第二十三
司马退之
日月一知音，阴晴半洗心。
枯荣名利禄，草木水土林。

243
越国半吴雄，春秋五霸虫。
三生西子去，一叶扁舟终。

244 王谞
三心二意田，半去半来缘。
一夜连双岁，三生续百年。

245 高适
渔樵孟诸踪河辨，世莫知君落木尘。
逸气凌燕高几许，狂歌一曲向天津。
西川节度哥舒翰，梁宋潼关气质中。
言浮自许沧州客，诗工好事将军斌。

246 邯郸少年行
邯郸一少年，学步半当先。
侠子南游去，平原索旧田。

247 张子容
一气孟浩然，三江鲜缆船。
羊公旧酒色，楚国故家田。

248 巫山诗
万里流芳蜀汉踪，千陵寸梁醉芙蓉。
三春草碧何暮色，一女寻来第几峰。

249 王维忆孟诗
一去汉江流，三秋孟泽献。
襄阳闻处士，子美问荆州。

250 建德江宿
一日两愁新，三舟半客人。
五湖山水色，九陌去来亲。

251 题鹿门山
竹泪鹿门山，襄阳处士颜。
江明舟不渡，月半客归还。

252 奉送李太保兼御史大夫充渭北节度使即太尉光弼之弟也
帐挂月如弓，军容汉司空。
关西兄弟问，渭北将兵雄。

253 走马川行奉送出师西行
万里轮台走马川，千山白雪问婵娟。
葡萄汉将胡姬舞，九月秋风鼓角弦。
注：岑参，至德中任宣议郎，试大理凭事，射监察御史。
一诺到楼兰，三生问雪冠。
交河寻落日，御史见云端。

唐诗纪事卷第二十四
254 韦迢
楚岫故文章，长沙汉署郎。
洞庭闻过雁，子美落潇湘。

255 郭受
衡阳纸价五家高，子美名成七寸毫。
杜醪轻心君看醉，花枝玉石几葡萄。

256 王昌龄
绪密思清半渭泾，宏辞博学一江宁。
昌龄不护行时谓，世乱还乡汜水丁。
注：昌龄，字少伯，江宁人。中第，付校书郎。

257 青楼怨
一半香风一半楼，两三碧玉两三羞。
江宁不守吴门月，虎啸猿啼楚峡愁。

258 九江口作诗
大雨半浔阳，中秋一叶黄。
九江何渡口，十地几沧桑。

259 真卿与耿沣水亭咏风联句
有度一琴余，无心万卷书。

260 韩滉
江淮转运事平章，晋国公侯太白堂。
老向江城歆舞问，春烟细雨向钱塘。

261 顾朝阳
琵琶一曲半昭君，厘粉三边一汉文。
画影阴山胡笛月，宫衣色尽柒青云。

262 老人心
南洋一叶舟，倒影半无求。
耆老天涯客，心思不去当。

唐诗纪事卷第二十五

263 徐安贞
汉水半襄阳，羊公一武昌。
岘山思驻马，暮雨客潇湘。
学士集贤院，中书楚璧堂。
衡山归岳寺，岩谷几名扬。

264 刘湾
彭城进士一刘湾，御史衡阳半侍颜。
舞女歌儿风雅颂，清川古道月明山。

265 刘慎虚
蕃雨无云一醉休，孤山渡口半王侯。
悠悠七士门前向，寞寞林声四处忧。

266 王昌龄宿京江口期慎虚不至
独月半霜村，残明一海门。
风清池下水，洛渭忆王孙。

267 张继阊门即事
半上吴门雲野烟，三面越国问桑泉。
千家碧玉洞庭岸，万里长亭步履前。
自古一乾坤，何须半壁村。
当成三界士，不见五侯门。

注：继，字懿孙，襄州人。登天宝进士第。大历末，俭陵祠部员外郎。

268 张谓谓，登天宝二年进士第
奉使下长沙，形成向万家。
湘东风土客，夏口尚书花。

269 柳浑
不近牡丹花，无寻日影斜。
分明庭外属，儿奈帝王家。

唐诗纪事卷第二十六

270 卢象
江东一半止田园，阮壁微君弟妹怜。
别赋龙悲庄庆会，清溪此去月空悬。

注：自江东止田园移庄会未几归汶上小弟幼妹尤悲其别赋诗。

271 竹里馆
开发发展向知音，只办银行不古今。
莫向南洋天外客，何如竹里馆中吟。

272 阎防
茅书百丈溪，天地一人低。
老树巢由踪，秋蜩暮鸟啼。

注：防兴薛据在终南山豆德寺读书，韦苏州有城中卧疾和阎薛二子屡从邑令饮。

273 孟浩然湘中旅泊寄防
旅泊寄长沙，荆云谪二巴。
桂水行舟只，只到故人家。

274 子美为季友作可叹行云：近者诀眼去其夫，河东女儿身姓柳。
丰城可叹季友行，古塞还闻杨柳情。
太守门前莫非是，西亭壁上岭烟横。

275 出塞
黄沙一半玉门关，羌笛三声杨柳湾。
莫问胡姬摇摆舞，孤城只许月空颜。

276 李阳冰
阳冰太白半当涂，阮客诗居一丈夫。
不到人间非隐者，朝庭不到九江湖。

277 刘长卿
文房御史判官田，司马随州刺史宣。
宋玉何知名不语，长卿逐贬自方圆。

278 章八元
慈恩塔上八方闻，四十门前九脉分。
渭水东流禅绕寺，人惊鸟语自成君。

279
孤舟代步向天涯，一半青山一半花。
草木天天云雨水，乾坤时时照文家。

280 韦应物
姑苏应物半逍遥，永定洞庭一日潮。
精舍神思三巳客，文章左司渡人桥。

281 乐天与元九书
万籁一人声，千川半鸟鸣。
三生知己树，十地一风情。

282 朱放
自有白云心，还来伺古今。
移舟惊月影，别离是知音。

283 顾况赠放
顾况一言中，山僧半就同。
枯荣三界外，草木四邻穷。

284 扬子江楼
江楼日日向江流，客水时时系客舟。
扬子潮头来去尽，声平谢傅晋秦休。

285 李嘉祐自苏台至望亭
洞庭半白藕，同里一天津。
远树江湖水，平田草木春。
卧薪吴越问，尝胆虎丘邻。
月在寒山寺，人归报客尘。

注：李嘉祐自苏一至望亭驿人家书空春物增思怅然有作寄从弟抒云。

唐诗纪事卷第二十七

286于邈
元弟禄清春，燕滨义茂亲。
桓仁家客久，五队已城臻。
长忆辽东水，还思日月津。
浑江东逝去，渡口自茵茵。

287赵微明
千年寄九州，一日已三秋。
别意乡心重，思归处处忧。

288邺侯家傅
泌赋文章一柳杨，长源姓李半明皇。
青青草木东门外，日日阴晴故国梁。

289畅当李端赠当诗
一叶落中州，三山问北楼。
千家何子女，万里作云游。

290登鹳雀楼
云平鹳雀楼，水断晋秦秋。
不渡黄河岸，难言九脉流。

291皇甫冉
楚地一巫山，巴东半玉颜。
云生三峡水，雨落两峰湾。

292皇甫会寄中书王舍人
中书一日晓时分，载笔三更至道文。
上掖年纶紵贵友，东山夜薛子虚云。

293会又寄长卿
荒村晚照晴，落village暮元声。
涧水苍茫色，浮云古道平。

294贾邕
国俗致公羊，贫居短谷梁。
折衷艾辟处，文卷始芬芳。

295房白
此去不知还，楼兰十万山。
交河寻落日，鹳鹊宿河湾。

296姚发
越迹南洋草，中人北地藻。
东夷闻古迹，钱短问师道。
史笔知天宝，擅文御苑早。
开轩春日近，幸得待云皓。

297邹载有文名，与钱起友善
关中一步路方长，钱起三声友善庄。
几岁横江具不已，何年与物应沧桑。

唐诗纪事卷第二十八

298张濯
十地舜耕山，千年待客颜。
黄河流不尽，蒲圾逝归还。

299送咸安公主
咸安公主问乌孙，玉树临风到国门。
不解长城南北客，相夫嫁子是皇恩。

300胡令能
列子逐登堂，黄莺问柳杨。
同当鱼鸟客，少府应梅妆。

301杜诵
流水一生涯，浮云半世家。
人生终始致，应物腊梅花。

302古之奇
尧舜祖龙城，微生帝子情。
秦人谣不尽，鹿马几咽鸣。

303令孤峘
东昊一梦生，北越半人情。
碧玉洞庭水，盘问会稽城。

304刘太真韦苏州答太真诗
苏州问太真，入室待萧邻。
竹影清心水，英阶化去尘。

305洞庭秋日
洞庭日落半红泥，碧玉云浮一雨溪。
楚水轻歌三山北，吴人弟子五湖西。

306杨志坚颜鲁公为临川内史
内史一临川，朱叟半志坚。
平生妻厌业，画眉二丝悬。

307戎昱
社稷主知明，安危妇女清。
胡尘方不宝，玉貌几何行。

注：惠宗朝，北狄频寇边。大臣奏折，古者和亲有五利，而无千金之费。帝逐吟曰：山上青松陌上尘，云泥岂合得相亲。举世尽嫌良马瘦，唯君不弃卧龙贫。千金未必能移性，一诺从来许杀身。莫道书生无感激，寸心还是报恩人。

308书赠何丰丹元
丰丹白露一南洋，日月田园半岛光。
碧玉珠英繁草木，天云幕雨几沧桑。

唐诗纪事卷第二十九

309衮晚秋集贤即事诗
中书即事舍人宫，玉树兰台日照风。
司拜必徐陈禹致，泉清十载尧颜同。

310戴叔伦酬众甫
散木一天材，轮辕半自媒。
人生三世界，别业五湖开。

311元载
辊元劝学半西秦，虽在侯门一秀身。
相闼麟台机妇贵，中书抬客去来人。
昭阳不幸闻长信，二十年中节寅尘。
十六余生成宰宦，文章一半右天津。

312杨郇伯伎人出家
贝叶书章问四邻，潇湘月下夜云新。
难成玉树莲花影，不作红楼解佩人。

313钱起秋夜与锽文宴
日落闲林土，花明暮色中。
人从天地外，草蕙越吴同。

314姚伦感秋

江山一日秋，草木九州头。
叶落洞庭树，鸿飞月色留。
疏声知节候，蔽影比时休。
岭木枯荣度，人情适达求。

315刘复寺居清晨

晓月半临床，婵娟一枕香。
清光多少夜，隔岸去来肠。

316戴叔伦

人冠戴幼公，可刹莫财穷。
管略云安地，中和节制同。

317送友人东归

东归几友人，向柳半行尘。
落日江湖阔，徘徊自语新。

318江南曲

湖中半白蘋，归上九州身。
暗掷千金去，分明万户人。

唐诗纪事卷第三十

319李益

君虞一第初，受降半城书。
度曲三声乐，风沙似雪余。
注：益：姑臧人，字君虞。大历四年登帝。其受降城闻笛诗。

320大历十才子，唐书不见人数

诗词大历几才人，塞上冠中数十巾。
汉武秦皇城内外，匈奴单于向何尘。
注：大历十才子，唐书不见人数。卢纶、钱起、郎士元、司空曙、李端、李益、苗发、皇甫会、耿湋、李嘉祐。又云：吉顼、夏侯番亦是。或云：卢纶、钱起、郎士元、司空曙、李端、苗发、郎士元、李益、耿湋。

321天津桥南山中各题一句

清奇雅正一文章，汉路唐华半柳杨。
五百年中行日月，三千士子几名扬。

322赠严维

寂寞一人心，闲门半古今。
天空何问询，海阔乃知音。

323诗有家贫僮仆慢

家贫一寸心，事罢半知音。
月下万千问，书中几古今。

324卢纶，德宗时为户部郎中

五百篇章一帝闻，三千日月半春分。
卢纶进士何台阁，子女人中处处君。
注：纶，德宗时为户部中，舅韦渠牟表其才，召见禁中，帝有所做，辙赓和，异日问渠牟，卢纶、李益何在？答曰：纶从浑瑊在河中。诏召之，会卒。文宗尤爱其诗，问宰相，纶文章几何？亦有子否？李德裕对纶四子，皆赞进士第，在一阁。帝遣中人悉索家笥，得诗五百篇一闻。

325侯希逸镇淄青

江淮刺史半韩翃，幕属家居一驾工。
日暮宫深传腊烛，青云直上五侯东。

326钱起起，吴兴人

沈宋名传一文昌，湘灵鼓瑟香半钱郎。
苍梧不怨洞庭怨，白芷芳馨白芷娘。

327裴迪书斋望月

清晖几处谢公楼，酒色三分碧玉羞。
解佩书生闻月落，寒生客舍九州秋。

328和张仆射塞下曲

读客意兴高，乡从年少处。
心中知马力，塞外试弓刀。
注：和张仆射塞下曲云：月黑雁飞高，单于夜遁逃。欲将轻骑逐，大雪满弓刀。

329春日野望寄钱起员外

花芳十地人，草翠九州新。
白社逢人静，青原见水春。

330苗发送司空曙之苏州

盘门旧地一船停，越国新人半水萍。
建邺僧期迟独住，吴声故里碧人娉。

331峒寄李明府

五柳门前二度花，桃园树下半天涯。
风云草木阴晴处，日月文章士子家。

332赠郭驸马

行人不问凤凰楼，傅粉何郎只解愁。
三十年中何就业，三千士子欲封侯。
湘灵鼓瑟薰香去，荀令风流日暮休。
柳巷杨花箫笛曲，铜山玉马九州头。

333冷朝阳立春

青云半北辰，玉律一南亲。
绿燕三宫远，蜡烛两红尘。
玄中寻节气，雨里问天津。
应物知时尚，随缘可入春。

唐诗纪事卷第三十一

334窦叔向

燕山五子一名扬，拾遗三生半世芳。
御史中丞工日月，珠联璧合五星郎。
注：叔向，自遣直，京兆人。代宗时，常哀为相，用为左拾遗内供奉，即贬，赤出为溧水令。四子登第，群以处士隐毗陵，持不下。群怨吉甫，伺吉甫阴事，几为慧宗所诛。群雨兄常、牟、弟庠、巩，皆为郎，工词章，为聊珠集，行于时，义取昆弟若五星然。

335窦常常初登第

二十一年华，三千半帝家。
文章工日月，节度问天涯。
注：常初登第，桑道茂云：二十年后出官后五度奏官，勒皆不下，扣摄听久之；至大历十四年及第，即二十年矣。

336窦群黔中书怀

万事一心书，千章半自余。

三生迟五子,九脉自当初。

337窦巩放鱼
放鱼闻道上龙门,好去江河万里恩。
不可辛辛途自主,南洋海国免刀痕。

338常建题破山寺后禅院
古寺一钟声,禅音半自鸣。
高林知草木,悦鸟向枯荣。
小径通千里,芳晨化万情。
山光浮日月,潭影待阴晴。

339约雅度简远,有山林之致
古铁半山公,萧斋一世童。
金陵招隐寺,砆石雅县东。

340李端司马于瓜州寄中庸
司马向瓜州,金陵待月求。
中庸人不寐,普寂去来留。

341韦处厚盛山十二诗,韩退之序
韦侯守盛山,美士问功颜。
僻郡其才考,周公六艺还。

342权德舆三杂诗
巫山十二峰,峡雨两三重。
玉树千川色,阳台半楚踪。

343崔彬和权载之离合诗
权相一戴之,别离半随时。
已顾阶前草,芝兰简册诗。

344许孟容答权载之离合诗
风骚半故章,六艺一才扬。
历敬千金字,民谣十地肠。

345潘孟阳和权载之离合诗
不尽九歌声,还寻一地情。
浔阳楼上客,未绝契交情。

346郑常
省静婉靡音,洪深济古今。
文章惊僻地,羡世到如心。

347韩浚 清明赐新火
寒窗一日春,赐火半书新。
灼灼千门子,堂堂玉佩人。

348王濯 清明赐新火
御火半城乡,华光一赐扬。
龙门俀此跃,上掖待心臧。

349张叔良长至日上公献寿诗
凤阙九重梁,龙颜十地光。
天悬三事称,地宇万千藏。

唐诗纪事卷第三十二

350李竦长至日上公献寿诗
金门一半开,玉树两三莱。
汉羽方传佩,尧年启正才。
行观临日月,帝洽百符台。
盛美三春表,无疆永世裁。

351于尹躬南至日太史登台书云物诗
节令自行时,园丘客未知。
祥云方五色,画漏奉三辞。
岁备人群外,周微约礼迟。
生灵荷惠止,持简可秦定。

352叶季良吴宫教美人战诗
半日美人声,三军鼙鼓鸣。
娇娥何伎尽,侠使御旗城。
掩校深宫里,含羞帝子惊。
如今吴越去,自以女妆横。

353通方,登贞元进士第
王播不得已江西,及第齐木可日低。
其乡通方因抚背,虚中副使代诗啼。

354严公贶题汉州西湖
余思石解半西湖,渡口船轻一玉壶。
竹岛萦纡川致济,琴台映水到东吴。

355表,大历十四年潘炎下登第
沈宋文章一子昂,潘炎弟子下芳芳。
津涯杜甫诗词客,六异师生几栋梁。

注:表,大历十四年潘炎下登第。
时谓榜有六异:朱遂为朱滔太子;表
为李纳婿,彼军呼为驸马;赵博宣
为易定押衙;袁同直入番为阿师;
宝前二十年称前进士;其一,昊陟也。
或曰六差。

356杨炎流崖州至鬼门关作
瑶英一体轻,贾至半炎明。
不胜重衣苦,难言锦帐盟。
金丝元载客,雪面杏花城。
汉帝元尘玉,避风台上情。

注:元代末年,纳薛瑶英为姬,处
以金丝帐、却尘褥,衣以龙绡衣。
载以瑶英体轻,不胜重衣,于异或
求此服也。唯贾至与炎雅与载善,
往往时见其歌舞。至赠诗曰:舞怯
铁衣重,笑疑桃脸开。方知汉成帝,
空筑避风台。炎亦赠歌云:雪面淡
眉天上女,凤箫鸾翅欲飞去。玉山
翘翠步无尘,楚腰如柳不胜春。

357刘商秋夜听严绅巴童唱竹枝歌
碧竹潇湘满泪疤,人夜唱竹枝根。
思归只去荆山远,问道苍梧楚客村。

358陆海
游鱼何必问龙门,十友工言序子孙。
磐水盘回临石立,长空一半作天根。

唐诗纪事卷第三十三

359武元衡九日致斋禁省和中书李相公
九日李中书,三千弟子余。
家山乡语尽,夜月几当初。

360元衡善为五言
三相不利生,一千可闻名。
学射山中客,秦台重里荣。

361 郑絪奉和武相公省中宿斋酬李相公见寄

安仁省下闻，广武御中分。
竹韵相公露，华胥武李君。

362 乐天求马

心猿意马一名姝，赤骥青娥半玉壶。
但问婵娟何日月，乐天裴度几江湖。

注：乐天求马，裴赠以马，因云：君若有心求逸足，我还留意在名姝。引妾换马之事。乐天答云：安石风流无奈何，欲将赤骥换青娥。不辨便送东山去，临老何人兴唱歌？

363 陈蜕

梦里换春秋，人前赋去留。
华清宫水色，四夷几王侯。

唐诗纪事卷第三十四

364 皇甫湜作韩先生墓志

吏都一昌黎，仲卿半不啼。
啼时惊日月，昶继退云低。
六代桓王后，三生志不移。
圆方归来止，决执致心齐。

365 行次承天营酬裴公诗

放逐三年海上归，寻来万里玉几扉。
南洋自有银行就，以此方圆作紫衣。

366 节妇吟寄东平李司空

东平李司空，节妇妾心穷。
缠绵明珠意，红罗系古风。

367 史延清明赐新火

乞火读书窗，清明问国邦。
春风无冷雨，碧玉已成双。

368 香港公务

香江一半港洲流，日月三万不止休。
自在南洋千水秀，银行兴盛胜王侯。

之二

粼粼海水半波光，阔阔山河一日扬。
问道香江途港澳，银行兴业下南洋。

唐诗纪事卷第三十五

369 张籍赠畅

西塘可语向何人，独客长安话静尘。
五女无须杨柳色，南洋自得未归身。

370 张建封

本立一南阳，文章半四方。
延英朝会殿，警励示殊肠。

371 李翱在潭州

三郎一世韦苏州，万语千声悴故愁。
魏武文姬颜色尽，湘江舞罢蔡邕愁。

注：翱在潭州，席上有舞柘枝者，颜色爱怿。殷尧藩侍御当筵赠诗曰：姑苏太守青娥女，流落长沙舞柘枝。满坐绣衣皆不识，可怜红脸泪双垂。翱诘其事，乃故苏倚中爱姬所生之女也。曰：妾以昆弟夭折，委身乐部，耻辱仙人。言讫涕咽，情不能堪。亚相为之吁叹，且曰：吾韦族姻。速命更其舞服，佈以桂襦，延与韩夫人相见。顾其言语清楚，宛有冠盖风仪，逐于宝楮中选士而嫁之。舒元兴侍郎闻之，自京驰诗曰：湘江舞罢忽成悲，便脱罗靴以绛旗。谁是蔡邕琴酒客，魏公怀嫁文姬。

372 孟郊

一首五言诗，三辛半苦迟。
千寒闻不已，万瘦已无时。

373 游子吟

三乡十断肠，一粒九芬芳。
项籍形伤易，贾生失意梁。
逍遥何别著，默调几言狂。
楚怨汨罗水，吴歌苦岛塘。

374 与马异结交

卢仝马异等闲吟，地上空中间古今。
越女吴儿多少色，巉岩崒硉律人心。

375 杨巨源春日献圣寿无疆词

杨杨柳柳半元疆，北北南南一敬乡。
日日年年君子度，天天地地可扬长。

376 寄江洲白司马

江洲司马向平安，一箭辽城致苦寒。
九脉东林何得住，三刀了断梦云端。

377 陈羽湘妃

白玉壶中一半肠，湘妃月下两三伤。
云云雨雨风声竹，碧色含光泪不扬。

378 欧阳詹

四门助教一欧阳，九脉太原半伎芳。
孟简重诗詹卒去，行周天下女儿肠。

379 袁高

切至一安心，耕农半劝身。
辛辛当苦役，节节问红尘。

唐诗纪事卷第三十六

380 阎济美

九日玉门关，三书六艺还。
文成公主去，应物一千山。

381 裴交泰长门怨

石怨半长门，当寻一子孙。
罗衣何不解，落叶始归根。

382 韦庄载皂长门怨

竹泪难言一昭阳，潇湘只许半衷肠。
云云雨雨何须见，隐隐明明试旧妆。

唐诗纪事卷第三十七

383 积闻西蜀薛涛有辞辩

文章不胜凤凰毛，一寸春心半寸桃。
两处云思三处雨，元生御史几薛涛。

注：积闻西蜀薛涛有辞辩，乃为监察使蜀，以御史推鞠，难得见焉。严司空潜知其意，每遣薛往。洎登翰林，以诗寄曰：锦江滑腻峨眉秀，幻出文君与薛涛。言语巧偷鹦鹉舌，

文章分得凤凰毛，纷纷词客皆停笔，
简简公鄉欲梦刀，别后相思隔烟水，
菖蒲花发五云高。

384连昌宫词

力士三声唤念奴，梨园一曲问京都。
连昌梦里华清水，夜雨巫山满玉壶。

唐诗纪事卷第三十八

385白居易

含沙射影弃人知，误事轻言待云时。
掩戮宠鹿佳莫许，阴阳鹿马几高斯，
桑麻厚地秦川外，萧望虚施厚地师。

386五言始于苏李

驿辞苏李五言诗，鲍谢文章七律词。
六义梁陈花草寄，隋唐水调去来迟。

唐诗纪事卷第三十九

387乐天东南行一百韵

浔阳问九江，博重待三邦。
刺史言无可，微云司马窗。

388

红红豆豆满南洋，草草花花四面昌。
碧碧丛丛三界外，婷婷立立一情妆。

389牛僧孺

一度武陵城，三迁洛水清。
千年形自立，万马自门生。
濒产琴书卷，扬州草木荣。
属散身几忖，闲销路分明。

390李绅古风

炙背快辛勤，邻农悯子君。
卿相如颗粒，日月向章文。

391李绅，字公垂

公垂短李半居相，学士长文一柳杨。
三俊淮南元积问，江鸿德裕可衷肠。

392沈传师

分茅土领一东方，六义三径半侍郎。

楚子传师名已久，权门七十风求凤。

393元和十年自朗州召

至京戏赠看花君子
连州司马列郎州，九脉玄都问九流。
不道桃花连陌色，红尘来止已无休。

394禹锡赴吴台

杨州司马杜公堂，刺史苏台伎女妆。
鸿渐浑闲何见溃，巫山曲尽杜韦娘。
钱塘小小江南女，洛水凌波故主肠。
不断情丝依旧问，刘郎应是一刘郎。
注：刘禹锡赴吴台，扬州大司马杜公鸿渐，开宴命伎侍酒，禹锡诗曰：高髻云环宫样妆，春风一曲杜韦娘。司空见惯混闲事，断送苏州刺史肠。

395沉舟侧畔千帆过

梦得玄都梦得郎，诗乡口号过诗乡。
沉舟侧畔江山在，士子直须日月长。

唐诗纪事卷第四十

396范传正谢真人还旧山

麾盖谢真人，笙歌故自亲。
云浮关路外，草芷满河津。
白鹿还山问，川流入缺茵。
辽东闲鹤舞，令还故乡珍。

397渡桑乾

此去辽东已过关，何须蓟北问燕山。
如今又渡南洋水，别业银行玉宁颜。

398马异送皇甫湜赴举

三生五色十八音，半吐千山万里心。
有鸟见飞何翼短，终成日月一古今。

399包佶父融，与贺知章、张若虚、张旭，号吴中四士。

吴中四士名，进取一枯荣。
坐善闻元载，知章镜月明。

400李正封洛阳清明日雨霁

清明处处云，客色雨纷纷。

乞火书生问，形成日月分。

401柳公权公权武宗朝在内庭

心甘渡口守长门，意取梅花向主恩。
日月君王天下事，阳春白雪自乾坤。

402陆鸿渐

陆羽一茶经，吴门半水泠。
洞庭多秀女，择取碧螺青。
注：太子文学陆鸿渐，名羽，其先不知何许人。竟陵龙盖寺僧姓陆，于堤上得初生见，收育之，遂以陆为氏。

403五十年前，书生读晚，如此南洋，重寻旧念。

飞飞跃跃一群星，倏倏忽忽半独萍。
去去来来天下竟，明明暗暗自零丁。

唐诗纪事卷第一

404太宗

穷侈极丽自秦皇，列信观城息放昌。
覆沛兴亡何以属，咸英变漫六经长。
游仙洫教叁德成，雅志之台故客王。
百鹗余宫明主上，千京帝序暗江洋。

405秋日垂清赐房玄龄

暮影举烟围，川流一日晖。
相依倾叶树，翼鸟不停飞。

406冬日临昆明池

昆明雪色半平沙，淑木寒英二月花。
树玉人间呈落景，香凝天下一人家。

407竹诗

向上尽枝条，云中毕节骄。
龙呈分影立，凤落玉无凋。

408过温汤

日月入温汤，炎凉向玉娘。
华池池水暖，碧雾落红妆。

409九月九日幸临渭亭登高

九日举山秋，三杯一水流。

茱黄长淑气，野菊十三州。
几渡龙沙岸，何当曲舞楼。
中宗唐李尽，武曌帝王休。

410长安

八水帝王都，三秦客玉壶。
含岐天邑色，隔里地黄图。
日暮骊山顶，宸明鲁馆苏。
鸾鸣芳曲舞，陶唐太液湖。

411高宗

李武半高宗，唐周一帝客。
黄河泌土岸，上掖狄仁封。

412補遺

唐诗纪事卷第二

413明皇

迈难故秦迟，巡放赴洛师。
长河关外冬，深宫淑气时。
十步秦川路，三生上苑知。
何言天地外，不赋旧逝诗。

414送张说上集医学士

学士一朝堂，泰山举子亲。
崇儒知道法，广教士贤人。
赤帝集闲客，黄轩推雅舟。
张良复辍老，护拱向彝论。

415帝曰：为文不已，岂颐养耶！敕曰：自今勿复雨。

文章颐养时，日月苦莫知。
太液临池水，含元恐致迟。

416裴度拜中书令，以疾未任朝谢。御扎及门而度毙。

裴度曲江亭，中书谢渭泾。
忧臣漏土老，训讲禁公名。
柱石唐家去，诗染御扎屏。
门堂无及致，异日入中庭。

417宣宗

延英庶上一中书，司考臣中半帝居。
褒贬宏辞闻进士，冯夷自舞以何余。

418墓诗白居易之死

古古今今六十年，三三四四万余千。
珠珠玉玉人间步，雨雨云云博士天。
十度文章居易客，半生日月履冠悬。
山川影色胡姬曲，海岳闻卿及帝然。

注：白居易之死，帝以诗吊之曰：
缀玉联珠六十年，谁教冥路作诗仙。
浮云不系名居易，造化无为自乐天。
童子解吟长恨曲，胡儿能唱琵琶篇。
文章已满行人耳，一度思卿一苍然。

419明皇

梨园子弟一明皇，鼠谷泰山半帝王。
御驾胡儿宫后坐，开元天宝几猖黄。

唐诗记事卷第三

420武后

上苑思谋李异图，堂前欲作丈舅姑。
崔融一靠文章客，武后何须作御壶。

421

明皇城内已隆基，九鼎东都武后其。
降鉴谦光轩昊继，宫廷怯活帝王期。
羲农首致唐虞祚，史馆开元启运迟。
休北宜彰光崇唤，外岁通天铸成时。

注：开元二年，太子宝客薛谦光献东都九鼎铭，其蔡州鼎铭，武后所制。文曰：羲农首出，轩昊膺期。唐余虞继踵，汤禹乘时。天下光宅，域内雍熙。上玄降临，方建隆基。

422贤妃名惠，湖州人。生五月能言，四岁通论语，八岁晓属文。父孝德，尝试使拟离骚为小山篇，曰：仰幽岩而流盼，抚桂枝以凝想。将千龄兮此遇，荃何为兮独往。

湖州一惠人，八岁半文津。
檀桂幽岩盼，唐崇孝德廉。

423张说作昭容文集序

昭容玉美两朝天，应顾文心迹九泉。
后学之图何仰罕，穹闻同妆帝王缘。
温柔教艺流风雅，遗棫珍服万嫔年。
废志群灵玄授与，生人庶晋可黄玄。

424中宗正月晦日幸昆明池

一日夜明珠，三生昼晦胡。
昭容何帝后，阙下几硃儒。

425越王贞

西东不见越王贞，南北成闻骑射身。
去除西敛乾游处，中浮影散览玄臣。

426孔绍安

行云逐楚流，结社佩吴钩。
莫以三边界，无须万户侯。
花开成早晚，果硕自春秋。
汉史余香车，胡家客不忧。

427沈叔安

凌烟阁上一图名，七夕云中万户声。
凤驾天津河鹊问，凋梁积续玉梭横。

428牛凤及

客驿秦川北，闻风洛水西。
图开三界外，石刻半天齐。
七脉阴晴水，三生日日移。
何成天地迹，不作一人低。

429陈叔达

玉树一霜花，瑶池半天家。
冰凝春水色，翠鲜雪风华。

430上官昭容

上官几处一昭容，此事皇宫半事从。
唯有文章天下去，御袍犹见旧时锋。

431咏淮阳侯韩信

天下一刘邦，人间半不双。
鸿门何属客，霸主向乌江。

432虞世南

微风自咏鳞，熙月几何津。

雾澈唐虞逝，香瑶越秀尘。

433李百乐
重规百乐定州人，翰藻沈郁警禁身。
万岁簪缨宸礼乐，三春日月满红尘。
注：字重规，定州人，隋内史令德林子也。

434来济
一望玉门关，三生子不还。
沙流千古尽，世继万家山。

435杜正伦
睿语渭泉林，薰风步古今。
凌烟弦舜客，禁籥范人心。

436李义府
天齐巨镇日观名，建岳河沂广运生。
舞摆孤枝栖几处，周南叹尽西都情。
生吞活剥裁云陆，全树何如叶碧荣。
檀杀竖冰君入瓮，长安自此帝王城。

437杜之松
辽河汉将一乡城，寺柳屯营半雪倾。
远雁关南寻故址，攀折苦尽尚声名。
高枝细末遥星近，近顾情疏叹己平。
老友承尊延伫获，丹青就学始知荣。

438虞世南
高高在上一音清，叶叶枝中半纵鸣。
不以惊人寻自主，重门不锁远天晴。

439李百乐
百乐帝京文，千官御客云。
三生朝野间，十地一臣君。

440陈子良
绯衣问子良，胜迹待猖狂。
座上三边容，人中一栋梁。

唐诗纪事卷第五

441萧德言
济南卧振众伏生，学士弘文老未横。
举袖罗衣知短处，贞观馆正齿寒荣。

442杜淹
兰台渭就学堂宽，气火清明洛邑寒。
善隐松乔伊吕见，秦王践阵尚书坛。

443胡元范
申州凤阁义阳名，百献涵臣尧舜情。
不绝裴炎武后政，廉才垒鼓弃官城。

444李敬玄
楚客伫秦川，珠旒问晋年。
莺喧天水岸，日转玉凤烟。
万里三江水，千声一客船。
神浮惊鲁盖，此念舜时弦。

445赋桥
临流一玉舟，问鼎半浮楼。
渡口凌虚处，濠梁纵日游。

446张大安
重阳九日重人情，气火三明苦读耕。
睢苑皇襟曾似梧，东都丽甸各芳荣。

447杨思玄
潼关城下半汤泉，汉谷幽中一郑天。
肃卫香凝丛草岸，丰观幸迹问章年。

448萧翼
监察御史窃兰亭，北客南游款密青。
只懒辨才非是过，此书不向彼书铭。
江东酒面探韵字，古寺徘徊已渭泾。
祕术何君招邂逅，逍遥自车各庭径。

449弘执恭
立色半含春，分身不落尘。
罗衣垂自解，玉叶始开蘋。
碧水寻云迹，荷风向晋秦。
齐竽知草木，不愿上天津。

450窦威
鸿归一北平，日落半洛城。
射虎燕京邑，闻天蓟塞缨。
阴山天马草，苏武李陵名。

五七言词里，三千士子声。

451郭正一
武后八周兴，平章半玉凝。
齐声公主桂，鲁冕晋孤灯。

452影娥池
学士影娥池，眺蟾玉树枝。
束之知汉武，脐月台中时。

453员半千
秋风问古今，落叶似音琴。
仰止三山客，云行一路心。

454任希古
扬名显祖一孝廉，问世修身半广兼。
帝子王姬宸紫降，弘文学士舍人谦。

455杜审言
六位一乾坤，三微半历村。
河东龙马见，塞北去来痕。
汉地无何霸，秦川有故温。
江山存日月，草木客黄昏。

456与李峤、崔融、苏味道为文章四友
升荣粉署李峤闻，擢香兰台味道分。
久从崔融知图玉，峰州半老自修文。

457吴少微和崔日用游开化寺
一寺半春秋，三秦九教流。
隋唐多少士，日月几王侯。

458李福业
隔子去来人，冬梅日月亲。
三夏疑旧岁，半夜问新春。

唐诗纪事卷第七

459高正臣
一酒半林亭，三生十渭泾。
光阴相隔性，柳叶荡浮萍。

460 高正臣之二
正月一芳嘉，初春半物华。
惊闻杨柳色，碧叶入人家。

461 崔知贤之二
林亭一酒家，学士半生涯。
洛水知时节，长安早日花。

462 高球
皇州一日斜，水榭半春花。
上路知面首，行程乱烟霞。

463 高瑾
山亭一望中，古木半云风。
二月初杨色，三春十地红。

464 高瑾之二
难寻十地华，但见石崇家。
碧玉知之嫁，唯当武氏车。

465 徐皓
三杯二月花，一酒半年华。
故影疏香近，随心问隔家。

466 高绍
临春一物华，遇水半人家。
问月千山色，随心十地花。

467 陈嘉言
平阳一晚霞，碧玉几人花。
客道寻金谷，心知石崇家。

468 高峤
十里浪淘沙，三江半海涯。
五湖烟水色，十脉柳杨家。

469
中书一客家，武就半人娃。
濯雨梅香散，元衡一日花。

470
林亭一客家，晦日半年华。
步步寻杨柳，扬扬向舍花。

471 东方虬
落树净无尘，肖客问客身。
冰雕杨柳叶，玉结向天津。

472 王、杨、卢、骆
寺外一江潮，楼中半王雕。
钱塘三日水，保俶五湖遥。
叶外知杨柳，鸣前向小桥。
天台山色久，云香剖木消。

473 宰相安得失此人
曲项一天歌，直言半去河。
宰相人不已，土落自清波。

474 咏史
江山一客筹，草木半君忧。
日月成天下，始末问九州。

475 杨炯
万里一归帆，千年一客船。
三江流碧影，一月满秦川。

476 骆宾王
寺里钱塘一帝王，书中日月半文章。
村前草木常踩躏，岭后云中不柳阳。

477 王勃
王勃一气九州情，玉阁三声半水平。
九陌山河知已在，千年日月几文鸣。

478 方外十友
方外文章十友扬，人中日月九州肠。
词诗草木知今古，进退升平向柳杨。

479 子昂初入京，不为人知。有卖胡琴者，价百万，豪贵传视，无辩者。子昂突出，谓左右曰：辇千缗市之。
胡琴百万一宣阳，独善千音半自肠。
毕日声华京邑语，行名碌碌久低昂。

480 李日知
曲直是非一春秋，沉浮荣辱半九流。
中宗第幸临安乐，重从作者侍郎牛。

481 王无竞
日暮下嵩山，余明满客间。
徘徊人不语，路远逐云还。

482 崔融
春中一暮新，树上半叶蘋。
西后知娇莙，云前问玉身。

注：融，字成安，齐州人。擢八科高第，与李峤、苏味道、王绍宗附易之兄弟。

483 张昌龄
进士半祢衡，齐音一举清。
文风潘岳旧，供奉未息兵。

唐诗纪事卷第九

484 李适
三教珠英一侍郎，五蕴学士半文章。
慈恩寺塔高几许，太液池水碧色淦。

485 赐幸
梨园渭水柳杨深，夏宴朱缨问古今。
古寺慈恩花酒溅，新丰白鹿骊山心。
被除碎疠臣思礼，十味匍萄一泽音。
献菊浮图官品位，温汤浴后自香襟。

注：赐柳圈辟疠；夏宴葡萄园，赐朱樱；秋登慈恩浮图，献菊花酒称寿；冬幸新豆，历白鹿观，上骊山，赐浴汤池，给香粉澜泽。

486 张锡
慈恩寺塔九州城，渭邑浮图十面英。
御路三千官一百，开迁进退几途明。

487 徐彦伯
河东三绝一辞殊，司户韦嚞半朔图。
李亘工书彦伯首，珠英文士世情虞。

488 中宗与修文馆学士宴乐赋诗，每命彦伯为之序，文采华缛。
修文学士一文华，彦伯辞章半世家。
万里难长云雨路，千年不尽浪淘沙。

489 韦承庆

兄弟两相名，杞梓一宰成。
才博识有述，叔夏弃倾英。

490 萧至忠，九日临渭亭登高侍宴应制。

三秋一目遥，十地半云霄。
水润长安路，天长洛邑桥。

491 白鹿观应制刘宪

世上一神仙，人中半地天。
行程千万里，仰止百山川。
白鹿观前鹤，瑶池宇上泉。
紫梁珠饰液，汉水玉衣传。

492 岑义

进退山庄一日迷，人前上下半高低。
明知不柳谋殊友，不及东林自向西。

493 崔日用

重阳一云中，日用半殊同。
适时专制变，孜北始谋东。
结纳三冬学，修文五蹈虫。
正调三叠曲，咸英十地风。

注：自歌云：东馆总是鹳鸾，南写自多杞梓。日用读书万卷，何忍不蒙学士？墨制帘下来。微臣眼看喜死。其日以日用兼修文馆学士，制曰：日用书穷万卷，学富三冬。日用舞蹈拜谢。日用，滑州人。中宗时，武三思、宗楚客极宠交扇，日用多所结纳。才辨绝人，能乘机反复取富贵。韦氏平，遂为相。

494 三会寺

江山草木五蕴风，成败兴亡半世雄。
不向天云三会寺，何言日月两仪中。

495 卢藏用

龙山一地孤，凤辇十姑苏。
灞水东流去，东都北向吴。

496 安乐公主山庄

安乐一山庄，平阳半曲扬。
楼泉流玉水，树影舞重行。
圣酒何须醉，行春胜未央。
珊窗交极浦，肃户远宫墙。
谁闻天下雀，自以报时康。

497 秋日还京陕西十里作

陕西十里半桥云，子莫三声一苦文。
立本书师薛褚画，首山落节几纷纷。

498 李元纮

一马自当先，三生日月田。
千声来去唤，万匹济天年。
碧玉嫖姚立，芳林岁约眠。
云边青海鸿，迹足御河泉。

499 送沙门玄奘等还荆州

大乘沙门小乘殊，沉浮日日向浮图。
玄装渭北津梁客，别路禅言半帝都。

500 七夕

天河三色会，玉鹊半心当。
织女知南岸，牛郎问北牛。
云桥多少路，渡口去来舟。
宿老寻银汉，人情不可求。

501 苏环

一目问三秋，千川白九流。
茱萸天下草，醒醉半高楼。
菊花重阳早，清音十四州。
霜枫游浅底，薄雅奉君求。

502 户徒明皇出雀鼠谷

沧海兴潮去，明皇训俗情。
汾流天下水，雀鼠谷式平。
晋西知晴冰，仙音御颂鸣。
长安行日月，雅藻卫中城。

503 大郎罢相，二郎拜相

空余一鸟飞，凤阁半宫闱。
并秀芝兰客，消遥各自归。

504 赵彦伯

三秋半玉华，九脉一人家。
桂下清宫邑，杯中九月花。

505 郑愔

志得曲江楼，心平扫叶秋。
花明千寺水，草碧万家沤。
荐福佳辰许，兰图偈语收。
芒人还国会，雁塔作禅流。

506 沈佺期

易之殿上一潮流，九日云中重不休。
朝前叹止风尘令，佺期笔下客春秋。
大明宫里英房色，面首人光以赐求。
汉武声名重庆里，金城草木渭水羞。

507 酬苏味道夏晚省中

渭邑一春秋，长安万户侯。
含元成紫陌，夏晚落分流。
汉柱扬山色，秦川语旧楼。
荷塘涌月尽，雾玉可浮舟。

508 武后游龙门

晚去龙门夺锦袍，朝来宿雨向葡萄。
河堤翠柳王城色，苑树成林脂玉膏。
口过浮云人卖十，光辉学士让天高。
东方洛水寻丹墨，练白伊川著瑞毫。

509 徐圣

千年一水喧，万里四方源。
梦泽潇湘客，天孙五丈轩。
徐坚知堆厚，凤阁体样言。
白雪渐城去，阳春故曲笔。

510 武平一驾幸温

紫陌半芳尘，温汤一玉身。
华清常自过，渭水洒天津。
洛邑潼关翠，新丰古道茵。
穷闻问万象，寓驾重昆仑。

511 李行言

石立秦郊一旧关，云飞汉界半公山。
长亭日晚临津渡，粉署兰香换故颜。

国子荒芜文司业，西河鹿寨对朝班。
张锡为误容娘舞，蟠蟀空闻玉水摩。

512钱唐州高使君

荷风抚叶眠，晓月露珠圆。
水榭临流语，长亭八大千。

唐诗纪事卷第十二

513毕乾泰

一塔向天开，三峰客落来。
千章寻紫陌，万从问瑶台。
睿舍流文化，鹦林启玉杯。
重阳天下色，耆阕一音回。

514王景

慈恩九日禅，上苑半江天。
玉树芳中禁，珠光宝气悬。
鸿鸣千里路，鹤舞曲江前。
露重楼清汉，云高月日田。

515窦希玠

中宗九日英，凤驾半倾城。
上掖宸居桂，含元万岁情。

516陆景初

长洲一雁滨，汉苑半轩臣。
顺豫秋光谧，重阳问道新。

517于经野

九陌半三秋，千川万一流。
泓扬君子度，玉俎楼筵酬。

518曲瞻

渭水色游玄，京都曲陪仙。
慈恩同羽化，日丽晓妆缘。
菊序清风去，楼高柘桑田。
东南西北见，紫气满长天。

519孙佺

茱萸十地香，九日一重阳。
万里清风许，千家换夏凉。

520周利用

重阳十地同，九日半清风。
一步三天塔，于音八鲜空。

521慈恩寺九日

万乘禅音一境真，重阳紫气半近邻。
云辉碧宇含清色，雁塔丹青向客身。

522李恒

关山半层云，日月一仁君。
睿藻珠英久，慈恩携秀文。

唐诗纪事卷第十三

523崔液

含元一日开，玉漏半天来。
上掖铜壶水，中书御笔裁。
唐诗桥喜鹊，汉赋凤凰台。
莫等连双岁，无辞旧十催。

524刘希夷将军行

一日捋车行，三边士气精。
辕门云剑立，塞鼓破尘城。
白马黄河岸，飞箭集两横。
弯弓从此去，截水半平生。

525郑遂初

日月问辽宋，枯荣向大同。
阴晴常可鉴，草木白头翁。
别离寻乡切，悲欢待古风。
沉浮知己处，早晚在云中。

526房融

一寺半山房，千千十地杨。
三明乡柳名，万里岸边妆。

527崔珪

剑立少年中，云行织锦丛。
含情孤寝恕，独夜梦辽东。

528卢崇道

充贵殒身名，睿宗盖敕声。
崔湜当以鉴，悔对读书情。

529张纮

一怨平辽东，三声尽不同。
秋风初起落，暮日一鸣虫。

530袁晖正月闺情

正月一香梅，三心两意猜。
辽东多少梦，尽是曲中来。

531三月闺情

三春雨水化香泥，两地风云柳色低。
万里相思何日月，千声梦唤斗辽西。

532李休烈

玉彩荧煌宝鼎门，天枢万国小儿孙。
唐家载重周家铸，革命之功日月村。

注：长寿三年，则天微天下铜五十余万斤，几一百三十余万斤，于定鼎门内，铸八棱铜柱，高九十尺，径一丈二尺，题曰大周万国述德天枢，纪革命之功，贬唐家之德，天枢下置鈷山，铜龙负载，狮子麒麟围绕。上有云盖，盖上施盘龙以托火珠，珠高一丈，围三丈，金彩荥黄，光侔日曜。

533吴大江

月下半捣衣，流中半石矶。
长江流不尽，建业砒声稀。

534贾会

渭北去韦舸，王孙日月歌。
乡情之问少，客语几何多。

535魏元忠

一殿紫云深，三宫自古今。
瑶池阶下树，汉社玉中心。

536司马承祯

承祯字子微，引术道心扉。
八极神游客，三丹玉不违。

537水

四方八面日阴晴，一岛千围树木荣。

原始丛林多雨露，如今天海待人生。

538 天
南洋处处共云天，玉树年年半西泉。
一望乡家何不语，千波尽是去来船。

539 说谪岳州
琼琚万古风，报以木瓜同。
谁念三千里，江潭一百翁。

540 说赴集贤院学士上赐宴应制得辉字韵
集其学士一云晖，汉浅金华半固微。
列赐燕陨儒客坐，迁莺教化向同归。

541 宋璟
秦川一谷陈，汉寨半时茵。
晋并桑干水，宫商六义亲。

542 刘禹锡
苏公味道一梅花，耳目之才半帝家。
陌颥况僚同是客，文章理念在天涯。

543 王丘
雀鼠谷中闻，三秦月下分。
云开南晋岭，舜曲北天文。

544 王光庭奉和明皇答张说南出雀鼠谷
紫气日华开，和风玉树裁。
秦川初应律，洛水带春来。

545 帝尝登朝元阁赋诗
甲乙问席公，中书何帝风。
三相名士笔，九陌冕冠同。
注：帝当登朝元阁赋诗，君臣属和，帝以豫诗最工，诏曰：诗人之冠冕也。

546 源乾曜
万里一京城，千官半睿荣。
三相同日冕，万古一时名。

547 卢从愿奉和御制送张说巡边
三边一大同，百岁半辽东。
上将文昌许，中军靖朔风。
岩廊图制胜，作鼓士谷中。
列节坛场阔，威声振羽雄。

548 徐知仁奉和御制送张尚书巡边
三边一尚书，九脉半音余。
未及阴山下，心成上掖居。

549 裴漼送张说上集贤学士赐宴赋得升
学士一文升，集贤半教兴。
图书时浴许，宴赋范宠膺。

550 程行谌送张说上集贤学士赐宴赋得迥字
学士自徘徊，中书问去来。
集贤争过客，象积禹天开。

551 萧嵩送张说上集贤学士赐宴得登字
华英一玉凝，礼乐半文兴。
殿阁恩延友，宾门紫禁朋。
余音梁上绕，圣泽客中征。
宇括中南海，宏文过五陵。

552 刘升送张说上集贤学士赐宴得宾字
集贤客主宾，世宇去来人。
百味知天地，千家一字珍。

553 宇文融奉和御制三相同日上官
宣慈问舜年，申甫待周天。
比德何宠辱，元良密荣眷。

554 崔尚
日照乐游原，风和上液轩。
南山云外见，北阙帛中言。

555 崔泰之酬和韦嗣立龙门北溪作
龙门问北溪，阙寨向东西。
隐路松烟尽，归云鸟不啼。

556 魏奉古和韦嗣立龙门北作
西落半山春，幽寻一草新。
临伊川水沕，是遇宦游人。
北阙童心旧，东山紫顾茵。
阳天三叠唱，玉树后庭亲。

557 游吴中江南
腊月问新天，香梅入旧年。
江南三两夜，外竹万千烟。

558 魏知古
羽客自玄亥，洞宾已临轩。
闻人知古荐，宋璟以相喧。

559 送张说巡朔方
文邦一字云，武业半临汾。
介胄军营外，筹谋威国君。

560 李德裕舌箴序
一芗洞庭西，三书令鸟啼。
姚公相独坐，十主日高低。

561 姜晞龙池乐章
龙池沐日灵，邸第浴丹青。
石匮扬桃李，神泉自渭泾。

562 杨颜田家
日月满田家，阴晴向草花。
枯荣来去问，子女话桑麻。

563 张谔九日
枯荣九日天，日月半秋蝉。
草木春秋度，况浮水色年。

564 张晕游栖霞寺
栖霞寺外闻，翠竹影中分。
顿觉天光近，幽云一半文。

565 苏晋
汉地一周年，秦川半令天。
黄轩臣二举，赤帝收三神。
夏政闻乾语，汤杰话旧田。
同官同日月，相府鲁阳全。
注释：赤地收三杰，黄轩举二臣。送张说巡应制。

566 九龄泊裴耀卿罢免之日
中书省会月华门，仆射张裴左右尊。
林甫其诏丞不至，公卿股栗帝王村。
注：九龄泊裴耀卿摆免之日，自中书至月华门，将就班列，二人鞠躬卑逊，林甫处其中，扬扬自得，观者窃谓一雕挟雨兔。俄而诏张、裴为左右仆射，摆之政事。林甫视其诏，大怒曰：蟾为左右丞耶！二人就本班，林甫目送之，工卿不觉股慄。

567 柳子厚叙杨评事文集
广厚一子文，春秋半事君。
谟训书之笔，殷周雅颂分。

568 崔国辅
一日少年行，三章老却英。
东都杨柳叶，洛水客园城。

唐诗纪事卷第十六

569 王维
一曲郁输袍，三声主第高。
岐王伶客见，试作解头劳。
注：集异记载：维未冠，文章得名，秒能琵琶。春之一日，岐王引至公主第，使为伶人，进主前一进新曲，号谬轮袍；并出所为文。主大奇之，令官婢传教，遂召试官至第，论之作解头登第。

570 宁王宪贵盛
日夜百年恩，宁王半岁坤。
纤纤花溅泪，楚楚伎悬琨。

571 李陵咏
旌旗问李陵，汉将向冰凝。
日落何天下，阳关断股肱。

572 王缙
河中一半问辋川，语译文房别古田。
晓月林风惊故事，惆怅兄弟忆三迁。
注：字夏卿，河中人。与兄维俱以名闻。举草泽文辛清丽科上第，相肃宗。缙九月九日作。

573 裴迪
老树满龙鳞，新田半故人。
山青林不语，水秀色相亲。
莫道桃源路，方闻旧屋珍。
开轩文杏馆，闭户辛夷春。

574 维文杏馆
小杏一香梁，茅云半故乡。
人间多少雨，世历几苍桑。

575 鹿柴
空山雨自新，鹿柴净元尘。
返景高峰许，林层入独身。

576 茱萸沜
九日入入阳，三秋问故乡。
山中何置此，枕上久炎凉。

577 临湖亭
暮色半临湖，轻光九界孤。
悠悠舟上客，处处玉中壶。

578 欹湖
日落一湖云，风停半问君。
青山何不老，岭木自难分。

579 栾家濑
濑水一栾家，秋池半日斜。
声惊天外客，浦岸待桑麻。

580 白石滩
清风白石滩，古月玉门关。
树影临流落，寒光上北山。

581 竹里馆
竹里一声鸣，山中半日生。
弹琴长啸问，古道几阴晴。

582 漆园
傲客一东西，行君半杏梨。
同乡何不问，已到玉人啼。

583 李颀圣善阁送迪入京
伊川一面西，灞水半云堤。
药草空阶碧，清吟满白梨。

584 王维与兴宗写真
少小一王侯，中年十地游。
成名诗里画，耆老几春秋。

585 知章送张说巡朔方
荒尘不尽一人心，遗戍难闻半古今。
万岁沙场成败论，集贤学士已知音。

586 贺兰进明
一举向山东，三呼济世雄。
秦川皇帝远，洛水未央宫。

587 李邕
齐州司马制新亭，历下谋长古迹名。
体物冰延曾乐永，高兴泊烦典常青。

588 李伯鱼
北竹碧波南，桐林玉树柑。
结庐栖凤处，隔户落花含。

589 和张说耗磨日饮
目忌一朝闲，还行半日颜。
浮云知万里，足迹度千山。

590 尹懋陪燕公登南楼
江山草木一春秋，日月阴晴半去当。
南北风云成败问，东西晓暮废兴求。

591 李白泽畔吟
蓬山百里云，汉水十年君。
醒醉何须酒，枯荣几度分。

592 殷遥题友人亭
干流九陌溪，万里百川堤。
鸟宿闻桃李，江源楚汉西。

593 苑咸
名儒达梵曲音章，待制公车曲石郎。
贝叶文书杨马许，莲花省悟作冯唐。

594 摩诘赋左掖梨花诗
左掖淑梨花,含元二月花。
闲灵阶谷雨,入户应人家。

595 槟城
半海晴光半海风,一洋落日一洋红。
东方欲出西方去,南国苍天北国穹。

596 乐天曰:杜诗最多,至于贯穿古今
朱门酒肉一王侯,驿路长亭半去留。
但见龙城多少客,何须日月序春秋。

597 裕衡挝渔阳掺
渔阳鼓动一祢衡,汉武星辰半槊明。
气壮悲声更子美,冠钩颜正谢安情。

598 清平调词
清平调里满花荣,群玉山头半月明。
飞燕芙蓉相不已,沉香亭北几逢情。

599 对酒忆贺监
一语谪仙人,三生客季真。
四明杯酒醉,十地壶中尘。

600 严武傅
知章蜀道难,六逸白云端。
业赟扬眉见,文丞一百官。
注:严武传:武为剑南节度使,房琯以故相为部内刺史,武慢倨不为礼。最厚杜甫,然欲杀甫数次。李白为蜀道难者,乃为房、度危之屯。韦皋传. 天宝时,李白为蜀道难斥严武。陆畅更为蜀道易以美韦晔。摭言云:太白自蜀至京,以所业赟揭贺知章。贺知章觉蜀道难一篇,扬眉谓之曰:公非人世人,岂非太白星精耶?然则蜀道难之作久矣,非房为、杜也。

601 南洋
一线洋天一线平,半潮海浪半潮生。
年年可得家乡重,处处无言五弟兄。

602 之三
一寸香泥一寸荣,半新碧叶半新生。
忽然处处花千树,半岛丛林半岛城。

唐诗纪事卷第十九

603 崔宗之
采石半金陵,诗人一玉冰。
枯荣何以问,醒醉以丹凝。

604 苏源明
天宝五洞庭,方舟四面伶。
云微天水阔,水色草青青。
太守东平宴,洒源日月亭。
冯夷轻逝缅,袁广向潮铭。
注:天宝十二载,源明守东平,宴汉阳守崔季重、鲁郡李兰、济南田琦、济阳李凌于洄源亭子,为小洞庭五太守宴。

唐诗纪事卷第二十

605 郑虔
金台一夜灯,古刹半孤僧。
独卧常何似,相思露水凝。

606 寄题杜二锦江野亭
幽芳独立一香澜,赤叶秋风两岸丹。
日月不闻鹦鹉赋,江山何须鵁鶄冠。

607 史俊
城南一寺深,古木半城林。
月照千山像,风清万世心。

608 祖咏
一云一雨半巫山,三峡三春两玉颜。
楚客楚江流不止,蜀人蜀酒故无还。

609 李颀
胡笳一曲两三声,蔡女千音十八城。
古戍苍苍烽火尽,荒沙落落照秋晴。
宫商角羽微文处,百倦鸟孙鸟不鸣。
往复难还知日月,川流不息去时明。

610 綦毋潜
十五入西秦,三千问客身。
东门时命紫,驿道洛阳尘。

611 薛令之
任逐桑榆谢病归,东宫保岁鸟空飞。
谋朝不事长溪客,啄木声音近紫扉。

612 颜舒
佳人自莫愁,翡翠挂吴钩。
月夜相思久,陇头落叶秋。
芳年珍珠箔,玉树凤凰楼。
不恨金吾子,云求一日侯。

613 薛维翰
怯露一珠乡,含心半岳阳。
鸿归三月近,浦水五湖茫。

614 万楚
吴儿越女弄春华,碧玉江湖西处家。
醉舞双星三采柳,深宫近苑妒裙花。

615 明皇锡宴乐游园
五酺乐游园,三锡北阙天。
曲江花月满,进士对秦田。
草木含香处,珍珠色照烟。
绮罗明广厦,竹管涌声泉。

616 高力士
呕心呖血武陵休,力士明皇厌世游。
斤卖巫州荠菜味,原生不改休唐流。

617 息夫牧
茝止心平一宰庭,琴鸣政物半斯经。
文成义润阳林继,二子终身度渭泾。

618 试明堂火珠诗
妾女一星星,明堂半玉庭。
玄关三界外,渡口五湖青。
注:试明堂火珠诗云:正位开正屋,中天出火珠。夜来双叶合,暑后一星孤。天净光难灭,灵生望欲无。还将圣明代,国宝在京都。曙以是

诗得名，明年卒，唯一女名星星，始悟其认也。

619海
潮来汐去已沙平，暮晚朝初浪不声。
但似南洋情北淡，年年处处似槟城。

唐诗纪事卷第二十一

620萧颖士
屈原守玉贾谊文，枚乘相如词颠君。
拾遗曹植玉粲举，张衡旷达左思云。
用意杨雄班彪理，千宝嵇康绝序闻。
伯道中庸传业就，中郎有女守家芬。

621崔颢
五陵杨柳满秦川，四皓顾受故旧天。
洛邑城中何进士，长安道上几时年。

622辽西
辽阳一水明，五月半芳晴。
牧马榆关外，章台故客倾。

623高仲武
天朝振藻俱钱郎，野度花亭乱故塘。
小阮倚门何远重，文章婉丽涉齐梁。

624送张说赴集贤院
院士赋琼筵，集贤问紫泉。
中书门下省，上掖含元田。

625杂言寄杜拾遗
天马不入五侯门，万叶千枝一古根。
细柳吴宫丁令往，庄周应物范蠡恩。

626贾至
岳浦半音琴，长沙万里心。
难言天下事，不可泪沾襟。

627李白寄至
知君不必问长沙，莫怨东都二月花。
汉楚三江两帝寺，书生一梦到天涯。

628储光羲
秋风一日清，古意百年成。

素女巫山客，襄王楚雨倾。
洪崖箫管曲，太白蜀天鸣。
虎豹鸾鹦傍，昆仑达士萌。

629养春堂同王十三维偶然作
树下九州田，堂中一枕眠。
风轻枝叶静，影落玉人船。
子枣晴空问，游鱼数物年。
羲皇书外见，野老日前泉。

630梁知微
潭州问岳阳，老氏道无章。
夏满城池柳，秋中水色茫。
长安千紫陌，渭洛万家乡。
上掖直臣颈，华容曲羊肠。

631养春堂感怀弟妹
平生弟妹兄，列足御京城。
故别榆关外，重阳鬓白惊。
归来寻文女，此去待余生。
骨肉何言语，随心旧迹行。

632魏万
玉树一兰田，风烟半柳泉。
珍珠来碧海，日月上青天。
建业龙盘岁，梁园数故年。
吟禅寻古刹，问道采荷莲。

633杜子美和元使君春陵行
浪士河东一慢郎，三篇御史半衷肠。
源明荐善京师幸，十五城中乐柳杨。

634送梁六自洞庭山
巴陵一目半洞庭，驿馆三春四季青。
孟姥齐歌千鼓寄，长沙楚赋九州铭。

635李嶷
夜月半无明，落叶一水城。
露竹云如雨，流萤火未成。
离赋银河岸，寻心处处生。
乡情何似此，桂子作倾声。

636宋鼎
汉上一丞相，荆南半故乡。

池鱼多少畋，落叶去来忙。
旧迹知音改，深衷义正肠。
阴晴三界问，日月九龄藏。

637吴筠
汉武相如复忘贤，文种子胥贾生宣。
龙逄主父绛侯鼎，霍孟唐虞鲧瞍田。
灭夏瑶台商室殒，秦皇晋嗣被排迁。
田常鲁隐食其偶，盗跖齐仲管世金。
孔孟席暇何缢颓，墨老重开济世年。

638苏广文
桃源几汉秦，药畦半田津。
虎啸闻风响，虫鸣夜静身。
门前三五柳，雨后万千人。
月下明光尽，云中不落尘。

639陈希烈
苍梧一臣心，玉竹半云霖。
润泪三湘雨，风摇九陌琴。

640适，字达夫
沧州一诺守潼关，御史三章问帝颜。
气质工诗传布去，西川节度自归还。

641张彪
神仙不学元，土木尽知儒。
方丈行天下，江湖大丈夫。

642孟浩然送张子容赴进士举
殷勤一柴门，远近半儿孙。
进士文章客，泉林日月根。
襄阳须撼岳，蜀舞误君恩。
举足知轻重，惆怅向夕昏。

643孟浩然
襄阳骨貌半江清，散朗风神立义明。
撼岳波摇天子客，菁华独妙五言名。
匠心尽善网游省，务掇诗工举坐惊。
杜甫昌龄寻日月，微云细雨致阴晴。

644明皇以张说之荐召浩然
北阙上书明，南山学士生。
天光云梦泽，水色岳阳城。

赵一经镂比,明皇说荐荣。
无言年老许,何以故祢衡。

645湖上作
八月水云平,三江梦泽生。
波摇湘岸色,气混岳阳城。
徒有羡鱼客,含虚问世情。
襄阳南北渡,钓竹暮朝横。

646岑参
丹青取奉君,白首自攻文。
醒醉昌龄问,江宁不可寻。

647暮秋山行
人生一苦辛,驿社半行人。
万籁听风雨,千声托自珍。

648轮台歌奉送封大夫出师西征
汉马轮台一世名,金山上将半书城。
玉笛声中青史册,阴山月下几枯荣。

唐诗纪事卷第二十四

649元杰
溴阳果业寺云东,北趾鸣弦岭阜同。
洞谷阴阳精气结,丹峤石座至今崇。

650孟彦深
樊山一日寒,素雪半云端。
野兽群峰纵,新春许应安。

651陶岘
旧业已三舟,新奴未九流。
昆仑摩河未,南海门丁秋。
投剑江湖客,匡庐涕泗休。
西山何物见,不复水仙游。

652长信秋词
一叶飞扬半落黄,三宫肃气两苍茫。
昭阳日影珠卷外,玉枕沉香月似霜。

653过华阴诗
一路过华阴,三山问故林。
东峰含玉影,北岭度人心。

654颜真卿
吴门道士问商周,四渎河山五岳秋。
立正身心形止主,丹青笔砚十三州。

655李清
一日繁华半日身,三生碧玉两生尘。
无穷曲舞相思处,不是江山是美人。

656齐浣
一夜满长门,三宫几子孙。
相如何曲赋,不借一君恩。

657刘晏
神童正字一明皇,粉黛登场半大娘。
牙笏黄绫袍赐许,绮罗几谓是书香。

658薛据与王摩诘、杜子美最善
文章一寸田,日月五湖帆。
草木江山度,枯荣子女延。
注:与王摩诘、杜子美最善三处授司襄郎诗。

659暮秋扬子江寄孟浩然
江头独木叶纷纷,日末霜烟晓暮闻。
汉水扬长三界小,襄阳染色半知君。

660张巡守睢阳
不立文章守睢阳,春来苦战日域疆。
英雄不死黄尘尽,白羽登碑正四方。

661清明日自西午桥至瓜岩村有怀
夜雨一瓜洲,春风半去当。
心明梅色改,玉碧不知休。

662枫桥夜泊
虎丘山下鸟空啼,月泊云中碧色低。
汴水姑苏南北去,长城应是玉人西。

663梁肃
四皓几云深,三雄半志心。
山边何古木,汉地少高林。

664孟云卿古离别
云卿一日上高台,草色三春下月开。
不见秦川杨柳处,何寻渭水去还来。

665
世界原油战与和,需求供应亚洲多。
中东自可平衡处,诸国联横胜九歌。

666刘梦得董促诗集
一重半青云,三闻梦得启。
桃花依旧艳,杜甫不如分。

667送祖咏
祖咏一田家,明前半叶茶。
荒村烟火盛,涧水雨桑麻。

668终南山
终南寺外韦苏州,汉蔓村中日月留。
卧病秋风人不语,人生羁寓几何求。

669王季友
白羽左贤王,飞将李广扬。
咸阳呼一诺,不可问桃姜。

670王之涣九日送别
秋风半蓟门,落叶一孤村。
几处三家店,何闻旧日昏。

671登鹳雀楼
白日一孤舟,黄河九曲流。
人生千渡口,天下几何求。

672苏涣
庄跻白跖一巴人,是是非非半假真。
变节苏涣从学去,蛟龙本侦四方亲。

673高仲武云:长卿员外有吏干
刚直自古一方圆,逐贬长卿半地天。
链饰诗章迁谪客,归云细雨湿心田。
注:高仲武云:长卿员外有吏干,刚而犯上。雨度沧谪,皆自取之。

674李穆刘长卿之婿
处处青山处处云,天天草木天天君。
时时日月时时雨,朗朗乾坤朗朗文。

675 送穆诗
渡口一梅花，山泉半石崖。
芜城三客老，子濑九人家。

676 应物性高洁
扫地焚香性洁高，文房顾况客诗骚。
吴荷谢沈齐梁向，泰系凝青自列豪。

677 寄全椒山中道士
月下半空鸣，山中一道成。
归来寻白石，此去济苍生。

678 九日陪刘中丞宴送客
独坐山中九日清，行吟暮后一泉明。
三台树是东山色，百越阳前远俗情。

679 孙邈
二陕一风谣，三秦半渭潮。
皇华冲汉漠，古蔓引柔条。

680 李纾
正字不须求，衣冠可春秋。
从心随日月，制嘱待时忧。

681 毕耀
常州日月亲，建业去来人。
莫揶忧心处，轻从应物春。

682 姚系韦苏州送系还河中
河中渡口一江流，上国园田半碧楼。
汴水盘门形五路，苏州月色满三秋。

683 李泌
二月一中和，三江十地歌。
千家裁度节，九日令时多。

注：泌请正月晦，以而二月朔为中和节，因赐大臣戚里尺，谓之裁度。帝乃著节，兴上巳，九日为三令节，中外皆赐纸钱燕会。邺侯家传云，泌赋诗集杨国忠曰：青青东门柳，岁宴后憔悴。国忠诉于明黄，上曰：赋柳为讥聊，则赋李为讥朕可乎？

684 萧昕
八十步长天，三千太子年。
临风舒锦展，影乱束花团。

685 别卢纶
一日半思君，三秋十地文。
相亲多少梦，但别暮朝云。

686 独孤及
秦门向海洋，渭水几沧桑。
少室禅宗坐，蓬莱客柳杨。

687 西陵寄一公
西陵两岸半江风，白帝三秋十地同。
楚驿长亭行蜀北，汀洲湿雨到心东。

688 会过长卿碧涧别业诗
谢客十年鸣，长卿半日声。
江湖三界水，草木五蕴盟。

689 李幼卿
雨细玉潭庄，风平暮日漘。
冰壶难比德，百口累衷肠。
碧玉知琼树，抽簪寂影长。
仁风书老寄，陆渭两争方。

690 长孙铸
长孙一别离，举足半无期。
但问庭前柳，参天是几时。

691 元晟
河南闻府尹，少室未言身。
处处心思隐，幽幽木土尘。
嵩山习可近，渭水不知亲。
但见方圆牝，留当日月珍。

692 邬载
半会一斯文，三春十地云。
千村知故语，万户只寻君。

693 刘长卿过邬三湖上书斋
邬三湖上半云深，载九心中一古今。
酒对寒门何自乐，人逢老树始知音。

694 孙叔向题昭应温泉
一半华清两半楼，三千日月几千留。
芙蓉出水多情色，不问温泉问不休。

695 朱长文
北固山前一水流，西陵渡口半春秋。
寒江馆闭瓜洲月，沈约关东意不休。

696 李希仲
东皇太一半潇湘，日月灵巫九楚肠。
去去来来留不住，云云雨雨满衡阳。

697 郑锡邯郸少年行
邯郸一步行，洛水半枯荣。
楚客门前问，从台月下明。

698 秦系系呈韦苏州诗
青袍一著文，应物半知君。
九日山前问，三吴雨后分。

699 杨凌韦应物刺滁州
应物滁州鸣，三衢客律成。
途绵百越色，一楚半吴城。

700 顾况
四海如今一太平，三吴应物半狂生。
青云不锁苍山外，渡口轻舟自纵横。

701 薛业
交河日落向冯唐，八水长安自柳杨。
玉座凄凉张果曲，楼兰处处劲沙扬。

702 刘方平秋夜泛舟
林塘一叶舟，树影两丝流。
应物山华乱，寻乡不胜愁。

703 昱在零陵，于襄阳闻有伎善歌，取之。
一日阳台半梦君，三陵善伎两分裙。
香娥翡翠行云雨，莫向襄平宋玉闻。

唐诗纪事卷第二十九

704 常衮
常于运用一诗名，步调微疏半汉清。
旧德联芳华震侍，皇家赐砚玉身情。

705 张众甫
年从耳顺一清河，惠甫冠文太祝歌。
绝境云阳侪罢秩，缘情比致子初多。

706 田澄成都为客作
蜀郡城南万里桥，巫山峡北半峰遥。
乡衣不短长思念，夜雨潇潇处处潮。

707 张元宗望终南山
一雪满南山，三春半北颜。
长安朝日路，渭水不须还。

708 梁锽咏木老人
刻木牵丝著老翁，云天敬日间飞鸿。
须臾万里南洋雨，自作银行一业中。

709 刘长川
将赴东都上李相公
东都一月中，上苑半归鸿。
玉影高楼外，书生寂寞同。

710 孙处立咏黄莺
丛中一两声，叶下万千情。
羽色随干草，轻身不许盟。

711 经禁城
含虚紫禁城，问路去来明。
结念书生步，阴晴日月行。

712 吏部尚书刘公与祠部员外张继书
江山一格条，天下半云洧。
廊宇经山火，公田没海潮。

713 于鹄鹄野田行
自幼野田行，承光草木生。
逢春杨柳色，遇土结根盟。
处处阴晴在，人人日月情。
江山何以见，正道是枯荣。

714 王季文
池阳遇异人，木化九华春。
先后诚真列，龙潭浴化身。

715 夜上受降城闻笛
一半楼兰雪似沙，三千士卒客闻家。
秋色处处鸿归去，离曲幽幽月上花。
注：夜上受降城闻笛云：迴乐烽前沙似雪，受降城下月如霜。不知何处吹芦管，一夜征人书望郎。

716
卢纶钱起士元郎，李益苗发甫曾皇。
曙沣司空嘉祐问，夏侯吉顼几才肠。

717 耿沣
九陌一春荣，三吴半水清。
书生新乞火，玉珂韵重声。
小谢年华处，含元解佩城。
朱槛隔羽扇，贝叶翠花情。

718 沙上雁
衡阳万里遥，羽惊五湖条。
塞北春秋问，江南草木招。

719 卢纶
大历河中进士人，韩翃钱起司空纶。
苗友耿沣中浮问，不及崔峒向苦辛。
水国李端舟不止，夏侯草木半知亲。
才思敏捷登楼上，日月文章渡洛津。

720 韩翃
南阳日月向君平，制诰中书问玉英。
驾部郎中皇上问，韩翃御宰五侯城。
注：侯希逸镇淄青，翃为从事。后罢府闲居十年，李勉镇夷门，辟为幕属。时韩已迟暮，不得意，多家居。一日夜将半，客扣门急，贺曰：员外除驾部郎中知制诰。翃愕然曰：误矣。客曰：抵报制诰门人，中书雨进名，不从，又请之，曰：与韩翃。时有同姓有者，为江淮刺史。又俱二人同进，御批曰：春城无处不开花，寒食东风御柳斜。日暮汉宫传蜡烛，青烟散入五侯家。又批曰：与此韩翃。客曰：此员外诗耶？翃曰：也是。是不误矣。时建中初也。

721 李义山有韩翃舍人即事
蜀帝鸟悲鸣，齐王怨蝉声。
韩翃三解玉，荀令半桥城。

722 寄郎士元
夜尽谢玄晖，芳从帝子微。
诗传千万户，月落两三扉。

723 王维春夜竹亭赠起归蓝田
蓝田月下玉方明，渭水舟前竹泪清。
芷白莱衣同海客，桃红子赋异天英。

724 司空曙
进士文明一广平，贞元曙第剑南情。
江潢水漾传花羽，虞部郎中上此生。

725 喜外弟卢纶见宿
婵娟满四邻，雨色半三津。
竹影摇头人，灯前问晋秦。

726 崔峒
中堂处处种新花，玉佩声声问晓霞。
楚客常思天下事，人间只道待桑麻。

727 李端古别离
洞庭落叶时，两峡楚云知。
昨夜三更雨，方寻旧寄迟。

728 赋巫山高
巫山峡外云，宋玉雨中君。
十二峰前问，三江雾里分。

729 钱起送朝阳擢第后归金陵觐省
擢第半朝阳，书生一故乡。
金陵三旧省，建业四时长。

730窦燕山，有一方，教五子，名俱扬。

叔向一燕山，词章半帝还。
三生知自己，五子世人颜。

731窦牟元日喜闻大礼寄四学士六舍人

学士心中六舍人，无私日月半相亲。
春华早晚金门色，瑞雪阴晴玉辇尘。

732窦庠陪留守韩仆射

巡内至上阳宫感欢
仆射上阳宫，愁烟下水风。
残云浮远芷，薄暮落苍穹。

733乐天与微之书

仆力微之向乐天，工词窦七待悬泉。
卢杨秘律知元八，博考精章二十年。
注：乐天与徽之书云：君与有力，且与濮悉索还往诗中，取其尤长者，如张十八古乐府，李二十新歌行，卢、杨二秘书律师。宝七。元八绝句，博考精搜，编而次之，号元白往还诗集。众君子得拟议于此者，莫不踊跃欢喜，以为盛世。

734李约有心中事，不向韦三说

一事半心中，三生两念同。
浮云来去问，垒石暮朝工。

735柳中庸

阴晴半隐州，日月一江流。
寞寞寻杨柳，萧萧问客舟。

736郭郧寒食寄李补阙

兰陵草木半生烟，补阙山川一色悬。
介子公垂松柏树，王孙几处误经年。

737宿云亭

何处宿云亭，心中闻雨星。
阶前杨柳色，夜里带情听。

738张荐德宗时，荐作秘书监权载之以离合诗赠之

居移一处新，离作半红尘。
俱是人间客，何言草木津。

739杨于陵和权载之离合诗

校德一珪璋，邯郸半步扬。
才人书法旧，过客久文房。

740冯伉和权载之离合诗

鲍谢一词横，权相半常清。
阴晴和日月，草木已枯荣。

741武少仪和权载之离合诗

四顾各飞翔，三生自主扬。
阴晴恩泽广，木铎比群芳。

742郑辕清明赐新火

清明乞火新，改制向书人。
瑞彩龙门客，天光焕故邻。

743李端送浚及第归江东觐省

江东一半云，第里两三君。
折桂千金玉，登龙万地文。

744张莒元日望含元殿御扇开合

含元殿上扇常开，上液池中榭玉台。
曙色光明云气紫，常山大历九年来。

唐诗纪事卷第三十二

745崔琮

应历一阳春，朝天半寿长。
祥风延日月，玉阶正衣中。
五夜更钟动，三羊太斗新。
南山松不老，永圣未央人。

746裴达南至日太史登台书云物诗

御笔一方圆，人心半地天。
高台知远近，佳气问坤乾。
晓色初分瑞，云烟司国年。
中丰资碧玉，应物始前川。

747颜粲吴宫教美人战

一客半吴宫，三身两地鸿。
心中何不语，玉树不临风。
鼙鼓知孙子，闻薪卧处弓。
虎丘池水浅，越女始情中。

748陈通方金谷园怀

一处缘珠园，三春碧玉泉。
人随芳草尽，谷逝旧时船。
玉树临风舞，流莺逐日年。
红楼留坠影，锦帐已空悬。

注：通方，登贞元进士第，与王波同年。播年五十六。通方甚少，因期集，抚播背曰：王老奉赠以第。言其日暮途远，及第同赠官也，播恨之，后通方丁家艰，辛苦万状。播捷三科，为正郎，通方穷悴求助，不甚给之。时李虔中为副使，通方以诗为汲引云：应念路傍憔悴翼，昔年乔木幸同迁。播不得已，荐为江西院官。

749严公弼题汉州西湖

严家两弟兄，弱贶半心城。
汉匠房公步，西湖待雨倾。

750王表侍郎潘炎试花发上林苑

琼花一上林，日月半君心。
雨露天津文，文章济世荫。

751陆贽大历八年试禁中春松

寂寂一春松，苍苍半大同。
阳和天雨露，色染御西东。

752包何江上田家

上野一田家，中峰二月花。
桑林蚕茧处，市井几春麻。

753胡笳铜雀伎

高台一夜雨云春，玄甥三军赤壁尘。
魏主胡笳铜雀伎，曹家碧玉试腰身。

第三卷　唐人选唐诗

唐诗纪事卷第三十三

754 李吉甫
九日武相公，千门小园翁。
苔阴成枣子，鹊舞未西东。

755 元衡，字伯苍
元衡字伯苍，吉甫共朝相。
百牢关前问，三三六月七。

756 元衡卒，刘禹锡作佳人怨二章
元衡一怨半佳人，宝马三鸣两地春。
昨夜中堂闻日月，今辰踏露破凌晨。
刘郎打麦闻天下，匕首图穷犯晓茵。
白雪一曲和人寡，下里千声忆君陈。
注：元衡善为五言，好事者传之，被只管系，赏夏夜作诗云：夜入喧暂息。池中惟月明。无因驻清景，日出事还生。明日遇害。初，元和八年，元衡自蜀辅政，时，太尉犯上桓，正执法，占者言：今之三相皆不利，始轻末重。月余，李绛以足疾免。明年十月，李吉甫以暴疾卒。至是，元衡为盗所害。年五十八。

757 裴度至日登乐游园
至日乐游园，阳和应晓天。
秦云成紫气，验炭政书年。
节律随时改，茵华隔物全。
风柔梅影静，景暖付流泉。

758 韦同则
三山半雪一梅烟，二水千波十叶泉。
塞北含元云未至，江南腊月可垂鞭。

唐诗纪事卷第三十四

759 韩愈
金声可辨司空图，磐石浑钟作者疏。
古道今人韩愈体，驱文驾势万京都。

760 十四年正月
云横纵岭过兰关，雪积寒光问佛颜。
夜宿桃林方进学，人生自应路无弯。

761 张籍
渡口半江天，浮云一日年。
青空何必问，白月自当悬。

762 白头吟
一曲白头吟，三生问古今。
千年何事业，万里几人心。

763 李道昌
虎丘山下一亡羊，同里人中半道昌。
石垒云况松柏立，蓝天白日几渺茫。

唐诗纪事卷第三十五

764 陆
吴门一日春，碧玉两情人。
蜀道难言易，天街武皋藏。

765 崔元翰权德舆谓其文如黄钟玉磬
玉磬黄钟五十身，琼珂琬琰一千邻。
悬间列序其文异，制诰宏词捷首人。

766 皇甫湜为出世行
一世生当大丈夫，三春碧玉小桥吴。
泰山问海青云见，俶偶西摩与世殊。

767 曲信陵
一日信陵君，三官不自文。
千侯知涕女，百姓望江云。

768 贾岛诗
郊寒岛瘦半湖州，月寺推敲一九流。
一日长安东野客，三春上苑御花留。

769 卢同有所思
当时一醉美人家，色就三春二月花。
桂影嫦娥圆又缺，巫山云雨半天涯。

770 刘叉塞上逢卢仝
桑乾一水流，魏晋半秦川。
贾岛彭城问，韩愈节士酬。

771 巨源以三刀梦益州
三刀梦断益州情，一箭成名紫界生。
四海辽城相互取，乐天应了故川盟。
注：巨源以三刀梦益州，一剑取聊城得名，故乐天诗云：早闻一剑取聊城，相识虽新有故情。

772 元微之忆杨十二诗
南山积雪几桑田，北海鲲鹏半地天。
只忆元微杨十二，长亭驿外路三千。

773 题夫差庙
姑苏台上木千年，越女心中水万泉。
隔岸相邻问不止，随船携手去来缘。

774 焦郁白云向空尽
青云日日向空流，碧水粼粼自不休。
卷卷疏疏终未迟，波波浪浪已消愁。

唐诗纪事卷第三十六

775 黎逢
含元紫气晴，太液水烟明。
始见新杨柳，花飞半洛城。

776 天津桥望洛城残雪题
天津桥外洛城寒，渭水流中渡口宽。
杨柳年年时节日，人生处处重云端。

777 刘皂长门怨
宫深日日半沉香，月溃幽幽一昭阳。
玉树年年枝叶重，青娥处处化梅妆。

唐诗纪事卷第三十七

778 元稹
不向东川问五侯，黄明府左褒姬差。
空闻御史县丞客，积渐平生试九州。

779 稹元和四年为御史
风华正茂曲江头，御史慈恩寺院秋。
元白文章天地客，心思月日在梁州。
注：稹元年和四年未御史，鞫狱梓潼，乐天昆仲送致城西而别。后旬日，昆仲与李侍郎建闲游曲江及慈恩寺，饮酣作诗曰：花时同罪破春愁，

醉折花枝作酒筹。忽忆故人天际去，
计程今日到梁州。后旬日，得元书，
果以是日至褒，仍寄诗曰：梦君兄
弟曲江头，也到慈恩院院游。驿吏
唤人排马去，忽惊在古梁州。千里
魂交，合若符契。自有感梦记叙其事。

780
递简微云一乐天，无杯共持半云年。
苏台月下同相重，楚鄂山前共浙川。

之二
青云直上莫须还，玉宇方圆香港湾。
济世三生同不语，平生一处上南山。

781序洛诗序
古古今今洛乐天，来来去去百余年。
龙门此愕香山客，李武诗章鲍谢传。
注：序落诗序云：序洛诗，乐天自
叙在洛之乐也。予历觉古今歌诗，
自风骚之后，苏、李以还，次及鲍
谢徒，迄于李杜辈，其间词人闻知
者累百，诗章流传者钜万。

782微之，微之，知我心哉。
微云不是微云是，各纂文章否夺迟。
居易难当居易问，知心卷第著言诗。
夫儒岁春大儒客，壮语生平壮语知。
八水龙门终未尽，长安巷尾女儿痴。

唐诗纪事卷第三十九

783白居易
居易香山不易居，元余日月有心余。
中书拔萃宣城贡，对掌登科进士书。

784春尽独吟
香山日落柳杨枝，樊子声平曲素迟。
白马小蛮情不止，微云梦得几知时。

785崔玄亮
不司东都刺史郎，尚书宪部洛心肠。
姑苏城外西湖水，龙门灯前一醉伤。

786僧孺周秦行纪
僧孺落第大安民，汉帝夫人问太真。
不歇昭君羞眉对，黄衣会暮纪周秦。
注：僧孺周秦行纪云：余贞元中举
进士落第，至宛叶。至伊阙南道鸣
皋山下，将宿大安民舍，曾暮，不
至。更十余里，一道甚易。月始出，
忽闻有贡香，因而前行，不知厌远。
见火明，意为壮家。更前行，至一宅，
门庭者富家。有黄衣人曰：郎君何
氏？何至？余曰：僧孺，姓牛，应
进士落第，往大安民舍，误道来此。
黄衣人告，少时出曰：请郎君入。
拜殿下，廉中语曰：妾懂文帝母薄
太后，此是妾朝。太后遣轴廉，使
上殿，召坐，食顷，太后命高祖戚
夫人，元帝మ，余皆拜。乃亦就坐。
太后迎唐朝太贞杨妃，潘，余拜。
既命馔，太后问曰：今天子谁？余
对曰：皇帝名适，代宗长子。太后曰：
沈婆儿作天子也，奇。

787乐天藏书东都圣善寺
东都圣善寺中藏，白氏心田部列章。
寄玉莲花珠贝叶，闲客客读许僧堂。

788悲善才
一句善才诗，三春待日迟。
千门曈日暖，万户无无知。

789刘禹锡
梦得微云楚客情，乐天舍下共阴晴。
金陵怀古千秋赋，一层楼船结旧盟。
往事江流依旧迹，石头故垒重山横。
三乡陌上明皇见，女儿霓裳八景荣。
注：长爱中，元微之、梦得、韦楚
客同会乐天舍，论南朝兴发，各赋
金陵怀古诗。

790再游玄都观绝句并序
十四年前已予言，桃花依旧未方圆。
玄都观里千人木，不见郎中已十繁。

791禹锡，字梦得
二王刘柳半桃花，司马郎州十地家。
裴度令狐居易唱，彭阳吴蜀到天涯。

792平淮西雅
韩工柳雅一诗文，仰父相庭半客君。
俯止成形以鼓角，截章断句以何分。

793贾岛
贾岛浪仙人，浮屠独变秦。
病蝉吟十恶，折翼酸经纶。

794岛赴举至京
长安大尹两三人，落叶推敲一半新。
苦苦辛辛无本处，空空落落有天津。

795张登上巳泛舟
桃叶渡江村，竹枝问寺门。
心成凭日月，隔岸几黄昏。

796长孙佐辅答边信
一梦半辽东，三边两袖风。
千山何夜色，万里几惊鸿。

797崔护小说护题城南诗
城南小说百元中，人面桃花几客逢。
女子心情何日月，殷功节度岭南红。

798文宗时，充翰林学士，从幸未央宫
一日未央宫，千山问去鸿。
辽东衣赐暖，不忍过苍穹。
注：文宗时，充翰林学士，从幸未央宫，
苑中驻蹄，谓公权曰：我有一喜事，边
上衣赐，久不及时，今年二月给春衣讫。

799肆
古古今今向晋秦，朝朝暮暮向天津。
曾非去去来来客，俱是南南北北人。

800囊萤映雪
流光一片雪莱河，半闪星星半闪波。
恰似云中藏圣诞，孙康映雪旷横何。
囊萤晋士成身客，刺股悬梁日月磨。
五十年前山水色，南洋几唱故乡歌。

二、唐诗纪事（下）

唐诗纪事卷第四十一

1 白行简
春从一处来，腊月半梅开。
百色朝阳开，千芳雨后催。
新声随律吕，淑气化冰壶。
不尽呈姿去，人心玉影回。

2 春从何处来
临江一嶂白云间，红绿层层锦绣斑。
不作巴南天外意，何殊昭应望丽山。
返昭前山云树明，从君苦道似华清。
试听肠断巴猿叫，早晚丽山有此声，
下里马人一两声，巫中日月万千晴。
长安十省支遮月，蜀道三春两纵横。

3 章孝标
新巢旧垒去来归，塞北江南日月飞。
腊雪春泥朝暮处，云天故土万千晖。

4 孝标及第后寄绅曰：及第全胜十改官
金鞍镀了出长安，马头渐入扬州郭。
为报时人洗眼看，绅以一绝箴之曰：
假金方用真金镀，若是真金不镀金。
十载长安得一第，何须空腹用高心。
三春阳柳木春林，一寸人生一寸金。
不见阴晴知日月，何须不腹用居心。

5 施肩吾
百韵山居富瞻情，十年礼第羽毛成。
荷翻紫盖寒条水，湄落龙须化阴晴。

6 赠友人下第闲居
浮云结雨玉生烟，五百年而独情田。
弱羽知飞天下去，红花叶口碧枝悬。

7 张籍
偏寻伟业四明山，被土传人五谷颜。
渭柳常青折不尽，东归七星濑声还。

8 鲍溶
人间歧路生，饱食不观荣，
徒侣勤终客，忧心未暖城。
寒枝楼莫定，客驿以身身，
楚楚文章隐，潇潇夜雨情。

9 长城作
何须六国亡，只作千门伤。
内外枯荣俱，阴晴共战装。
秦家成北筑，落日始红黄。
塞外中原易，野火久残塘。

10 途中
人生日月一途中，踏马阴晴半世雄。
止止行行无向苦，成成败败石居功。
春秋草木知时节，进退朝野济事穷。
野火风云天地外，自由天地自由衰。

11 孟简
几道半东门，元和一故村。
江流随日尽，宾客已黄昏。
业广辛辛苦，权成处处恩。
思深常有迹，日月自无痕。

12 李程
黄昏五色城，晓色一空生。
气动云天地，光华草木精。
虚如含万象，应物受千明。
琢玉方圆致，清真去来荣。

13 张萧远
秦云一半到吴城，楚士三千向赋鸣。
渭水歌钟更漏晚，洞庭晓日易阴晴。
顺流一贯江门外，随意三春同里荣。
顾盼频口唯举步，思谋处处自修成。

14 许康佐
白云起瑞玉封中，圣表逢时远近同。
皎洁浮辉藏日月，烟霞复掩气英风。

15 元稹酬许五康佐
十二峰中半峡云，三千界处一蜀君。
芒兰香色猿啼雨，珠玉清姿月夜芬。

16 许尧佐
一谷凄凄半故园，三生落落两行轩。
苍苔不路歌云去，磊石还流旧水源。

17 张南史
江湖百里一心宽，日月千年半伯鹙。
远树皇州何玉影，身边楚赋已经寒。

18 朱昼
一镜半高悬，三生两地天。
情心藏日月，不惑化泥蟠。

19 侯喜
衡山道士问轩辕，进士师服宿月源。
石晕弥明何可赋，潇湘妙匠邻中宣。
群峰壁磊孤顽立，独树深渊玉骨垣。
暗浪明炉若烈士，芋疆煮地筑心园。

20
诗词一句十文章，沙石三千万里墙。
此鲜还余知不鲜，图含意气满心肠。
非非是是何须是，去去来来儿柳杨。

不可初萌知而已，由云寸笔是无疆。

21 蒋防

日月一文章，草木半柳杨。
心神三界外，天地九州傍。

22 杜宾客永丰里新居云

竹影弄玄虚，丹青作寸锄。
身居三界事，只读一心书。

唐诗纪事卷第四十二

23 王涯游春词

含元柳叶半烟条，上夜春风一水滔。
渭谷花光流紫气，曲江草色润云韶。

24 秋思云

月夜忘更衣，星明挂叶稀。
天河南北岸，鹊影向心机。

25 陇上行云

负明十三州，含章分干谋。
天边知日月，地上自春秋。

26 塞下曲

一半渔阳一半辽，万千杨柳万千条。
明知故土生儿女，却渡榆关志不消。

27 汉苑

二月春风上柳条，三江草木度冰消。
蓬莱殿后梅花影，紫阁楼前任玉箫。

28 令狐楚

少年行云：少小离家一故乡，
中年炼铁半辽阳。
毫毛筋力鹏鹍数，
老夫南洋四海郎。

29 塞下曲

雪满冰花月满霜，云浮西水露浮梁。
平生志气平生诺，一语辽东一语郎。

30 王昭君

一月雪花开，三春北雁来。

阴山多草木，嫁妇苦妆台。

31 节度宣武酬乐

仙监不负客曹卻，柳色春心主御纲。
一日文章三戒向，千门节度半红妆。

32 春游曲张促素

柳叶似烟悬，榆花串小钱。
东城风不起，老枣种心田。
笔上功夫见，情中日月年。
文章何未语，草木但似宣。

33 塞上曲

塞上风高寒下潮，月前玉影月中消。
人心但见春归去，不似今朝梦汉遥。

34 天马词

玉塞天空一马雄，金鸡渥水半横空。
龙媒但许扬长去，纵向南洋作飞鸿。

35 三舍人集

半曲文间一舍人，三相笋墨七州新。
千家竟似诗词客，万户吟声日月春。

唐诗纪事卷第四十三

36 窦参

何处一闲居，书生半不余。
江湖多日月，草木帝五墟。

37 郎士元题刘相公三湘图

衡霍一月满三湘，竹泪千川半九溏。
咫尺天涯多少路，巴云夜雨几衷肠。

38 塞下曲云

塞下云低塞上风，万川石磊万州空。
幽州射虎没羽日，五女山前立志雄。

39 送彭将军

天骄汉将一身横，故里秦川半不声。
大漠连天呼不止，幽州射虎自留名。

40 宿杜氏江楼

杜氏江楼一水流，思归月月色十三州。
夜公急梦寥寥楚，西里鸟啼只不休。

41 于良史

文章五十年，日月万千天。
草木枯荣在，诗词稻米田。

42 舒元兴

拆含俯仰上林花，魏主文姬下嫁家。
可叹中丞方舞罢，长沙念旧李翱茶。

43 元兴婺州人

阴谋谬算婺州人，木瘦民劳苦世身。
猛虎何须穷水处，石似英雄泪沾巾。

44 苏州元日郡齐感怀寄越州元相公杭州日舍人李凉

杭州白舍人，郡吏玉冠巾。
首治残塘水，归来叹苦身。
朝衣和一带，竹篦束千津。
老牧随心去，舟楫挂羽春。

45 乐天和李中丞元日寄兼呈微之

中丞寄语待微之，潦倒邻州问客迟。
倩雁严生居易久，凭莺付舞上林枝。

46 李贺

雁门太守墨云城，束带金鳞博士倾。
角断秋声天欲尽，红旗半卷玉龙英。
注：贺以诗谒退之，时为国子博士，
已送客解带，门人呈卷，旋读之。
首篇雁门太守行。

47 李商隐作李贺小传

细瘦疾书半苦吟，黑云城下一人心。
呕心白玉楼上记，独泣绯衣入古今。

48 杜牧之序其文集

云烟水态一春秋，美女尧姿半九流。
骚苗威恕明和处，风樯阵马思勇谋。
昌黎盎洁门人卷，瓦篆官瑶玉色浮。
理纪蛇神牛鬼间，鲸呿鳌掷可虚求。

49 赠友人云吕温

草木岂无心，阴晴待古今。
峰川多良玉，日月可春阴。

负羽三边去，陈科肉木林。
临行寻理记，危坐正衣襟。

50 衡州早春去
衡州碧水隔长沙，梦得文心问故家。
艺能先科咸所祖，巴蛇九日尽人华。

51 微之诗云
枯荣一纸书，日月半殊锄。
堂见经纶约，虔忱宰相渔。
江流留入阵，枕草牧当初。
酒社湖南肆，无穷与世居。

52 吕渭四子：温、恭、俭、让，吕恭。
温恭俭让柳州文，吕渭贤豪道志居。
讨论差池天下去，云移兰艾两芳芬。

53 温送段秀才归丰州段弘古
白芷半潇湘，洞庭一古郎。
清浔幽冷客，独立傲馨香。

54 何元上
僧家半四方，水月两三堂。
角羽易商弦，广陵一约荘。
因由何不止，雾露湿衣裳。
日月当须去，霄云染鬓霜。
注：吕温知道州时，元上居此州，谓之何处士。元上有所居寺院凉夜书情呈温云。

55 羊士谔
香泥初满小闺春，碧叶尤须工洁邻。
达士沉吟今古去，金台远眺红颜新。
榆关老岁闲心近，得失驰晖共分亲。
有约期何日，天街雨后浥清尘。

56 望女儿山早岁有卜筑之志
女几山头雪欲消，慈恩塔上士如潮。
三生卜筑三生愿，半度人间半度桥。

57. 寻山家
行行止止入山家，玉玉洁洁二月花。
小屋斜斜连行叶，梁门处处接天崖。

58 冯宿
同途洛邑幸天书，共语河南向玉锄。
只约和风新草木，晴云有愧故樵渔。

59 柳宗元种柳戏题
日月文章柳柳州，阴晴草木不思谋。
君心似语人间故，水岸江舟去不求。

60 渔翁云
一路清湘一路云，半洲白芷半洲芬。
朝寻日月知天下，暮待阴晴向客君。

61 子厚兴杨诲之书
二十宏词进士名，兰田卒伍学师生。
郎官御史朝廷客，柳柳州堂十地情。

62 雪诗云
千山一鸟飞，万径半人归。
独仗云舟去，孤心钓雪晖。

63 吴武陵贡院楼花新栽小松
新枝半上贡院楼，玉叶三客问春秋。
草木春生生不止，贞心化雪随天流。

64 武陵，信州人，为太学博士。大和初，为社牧于崔郾，牧第五人登第。
杜牧文章五第堂，知人自副表时妆。
王湘景俭唐邓吴，智取客昭洒露堂。

65 邵真
日月不寻人，枯荣几度春。
花开三戒外，叶落一香尘。

66 感兴云崔膺
步步一踪真，时时半去人。
江山天下事，日月地中亲。

67 衡象
辽东老将下南洋，卫象枯词待故乡。
暮色苍茫何远近，晨风许许旧时妆。

68 李宣远
三生半并州，九陌一江流。

斗角临风向，寒泉自入秋。
鱼梁沼水岸，叶落晋阳楼。
几度唐人曲，隋炀欲语休。

69 熊孺登
谁人九姓名，子草半阳生。
一莫江河水，千家里巷情。
郊居云可落，草木异功成。

70 刘梦得送湘阳熊判官孺登府罢
归钟陵因寄江西悲中丞
梦的一言声，湘阳半度荣。
江西裴度客，射策志方成。
就事除公西，从心判不平。
中丞民剌持，语谒此居鸣。

71 乐天洪州逢孺登诗云
辛黄院里半家春，夏西初临醉客人。
进士钟陵登第问，洪州乐天弃冠巾。

72 崔立之
至日一含元，炉香半御轩。
临窗云化西，隔仗玉花繁。
南至日隔仗望含元殿香炉。

73 退之赠崔立之评事
评事一崔侯，导章半九流。
随身轴卷客，百赋诚春秋。

74 郭遵
含元殿上一炉香，全日云中半御堂。
羽已中书门下省，朱栏玉阁映前堂。
霜明不觉冰凌化，烟浮紫气散颜光。

75 韦纾
上液池中一日光，含元殿上半龙藏。
霏微阙明分晴晓，拂曙辰光望新阳。
注：南至日隔仗望含元殿香炉。

唐诗纪事卷第四十四

76 王建 宫词百首
百首宫词一帝王，于门玉案半红妆。
三春日气延英殿，九脉含元上液堂。

77
红颜一半入深宫，碧玉三千各不同。
柳色杨花云两岸，南宸北斗日情空。

78
白玉窗中一色新，樱桃树下半颜春。
龙烟日气诏恋语，外人清姿胜内人。

79
月色九重关，金凤五色幡。
艰床空不语，对镜向红颜。

80
上液含元欲火开，凌烟宣政帝王台。
空闻北斗三星落，天子南郊一宿回。

81
金鞭玉马半无声，故带新衫一旧情。
鱼藻宫中鹅碧锁，含元树下草丛生。

82
中和节后一清宫，至日元前半事穷。
几度羞颜衣鲜落，如今锦铺曲难同。

83
一处望云楼，三星月似钩。
殊帘人不语，竹影自销愁。

84
新生玉女试红妆，学似新弓月半张。
隔仗无闻萤细语，君王但似红杏墙。

85
梅花只上半枝头，玉叶初张一刻羞。
夜用佳人双不宿，三声叹入凤凰楼。

86
并房宫女试梳头，教坊新人向不休。
弟子名中何不似，清姿月下可知愁。

87
春风不过玉栏杆，自入深宫月色寒。
不是奴家先上马，红颜胜似故人看。

88
三春旧院不堪修，一夜新花上别楼。
月照新人云入内，弦声曲尽两无休。

89
月过金阶白露多，含元殿上作笙歌。
重门可锁轻心也，忆着弦声渡银河。

90
红颜一点牡丹花，白玉干香杏叶斜。
五月风和熏暖气，三春划碧且回家。

91
东风夜雨一姿身，晓旦晴云半素巾。
欲鲜衣衫羞日月，原来暖气可香人。

92
风帘水阁一芙蓉，上液含元半凤龙。
织女灯红含殿月，伊州侧调客金钟。

93
昭仪数月御河边，蛱蝶行春入睡船。
织女寻情多织锦，牛郎只就老牛眠。

94
戴满红梳作嫁妆，深宫故步谢君王。
东门夜雨初行就，北殿行云未教婳。

95
莺鸣凤舞石榴花，玉砌云停内殿华。
曲调声平人似雨，前来后去赏人家。

96
宜春阳里万千花，凤阁云中一半斜。
雨水偏生宫外处，巫山楚客玉身华。

97
含云殿上一香烟，上液池中半住船。
只向花丛三两点，晴云叶碧万千田。

98
只似年年扫玉床，还求岁岁向嘉堂。
直须点点情人泪，不教居心未暖凉。

99
鹦鹉窗前不离书，陇山云下向多余。
君王侧盼红衣袖，帝子多情日日诸。

100
紫禁宫中一路通，风阁笙歌苦涩同。
夹城引驾宫人语，含元树中半情衷。。

101
昭阳树下一宫深，上液池中半古今。
玉梯栏杆扶不起，罗衣解带向人心。

102
眉黛春心小裙长，金箱笔砚彩泥香。
红蛮白素行波去，缘水空流清衣裳。

103
一庄秋光一画屏，两宫月色两流莺。
三心二意心猿马，牛郎不问织女星。

104
两车云边一柱香，心凄阁外半苍茫。
春泥化尽梅先去，只作群芳问嫁裳。

105
树下半残红，宫中一西东。
君王何不语，仕女几姿穷。

106
西陵一栢枝，紫阁半金池。
北辙南辕尽，东宫夜曲时。

107
冬泪一罗中，宫深半旧人。
衷情何几顾，帝子可时新。

108
春风不住问流莺，玉树尤须帝子倾。
薄暮宫娥桃李色，昭阳日影去来情。

109 建赴陕州司马，乐天、梦得以诗送之
养志资贫意所如，行程向事向人书。
宫深几度深宫问，不慕渔樵慕御锄。

110 张籍赠王建诗
半见山东半柳条，一心司马一情消。
三春草木无闲土，九陌桑田有渡桥。

111 王建贺杨巨源博士诗
百首宫词一帝妆，三皇五帝半高堂。
人心且向君王去，不顾男儿女子凰。
领动泉心临玉树，归春紫气暗芬芳。
何容价远流日月，不尽归来叹柳杨。

唐诗纪事卷第四十五

112 朱湾
春风一日半山崖，气火三寒西读家。
每遇清明新雨后，梅香未尽唤群花。

113 逼寒节寄崔七云
何言陋巷一颜面，小径梅花半自开。
上路无须求乞火，行途懒问不燃灰。

114 九日登青山
少见一人心，多时半古今。
但得日月浅，唯有去来深。

115 长安喜雪
一半玉花村，三千进士恩。
纷纷冰上落，俱是素姿魂。

116 王良会
幽州半百御城东，玉色三千问落鸣。
碣石二分成南北，渡秦楼笛断苍穹。

117 柳公绰
二月梅花半紫泥，征西共日一人低。
遥闻万井当今夜，此年年门向月移。

118 和锦楼玩月
一月共婵娟，三秋独秀妍。
千山多草木，万水玉楼船。

119 张正一
江流一月寒，水色半云端。
皓渺如澄陈，孤鸿带远峦。

120 和锦楼玩月徐放
寒光一锦楼，水色半江秋。
玉露金波尽，鸿思远近游。

121 和锦楼玩月崔备
万里一婵娟，千年半月圆。
江楼闻后羿，至此少人眠。

122 元衡中秋夜听歌聊句
云丝玉腕一文章，淡物夫怜半四方。
楚梦荀香三世界，诗裁月扇曲刘杨。

123 鹦鹉词苏郁
大千沧海一桑田，小界方圆半地天。
莫把金笼鹦鹉问，分明学语向君前。

124 题西施浣纱石胡幽贞
越女一芳尘，吴儿半幨巾。
浣溪花不尽，俱是去来人。

125 贞元八年十二月谒先生庙绝句三首张俨
蓉城诸葛一心遥，白帝秋月半志潮。
竹帛无留先主庙，天图未展帝王朝。

126 杜顾
君不见桃花庵，道士已去刘郎三。
君不见桃花源，秦人未尽汉家言。

127 江西韦大夫丹与东林澈上人为忘形之契
丹为思归绝句以寄澈公云：
备觐渔樵何日月，歌姿舞艳向城垣。
南山雪色似花繁，北斗星光草木萱。

128 澈奉酬
身闲日月闻，事外去来分。
地老麻衣旧，天高储运云。

129 赋得玉水记方流郑俞
玉水记方流，含元问九州。
云浮华射尽，潜润冀春秋。

130 赋得玉水记方流杜元颖
清泉一日生，积水半成行。
玉气风流住，逢时共华求。
涵源何不止，八面竟春秋。
至始柔方致，中刚共戴舟。

131 赋得玉水记方流吴丹
方流一各源，玉水半花繁。
泽物生天下，清光映陌开。
无凭千地尽，可鉴万家言。
御抑呈空色，含虚作阁轩。

132 赋得玉水记方流郑余庆
黄门紫禁一相公，石洞云风半不空。
御水初明鹭问路，文章未语似飞鸿。

133 和黄门相公诏还题石洞云赵宗儒
父子宗儒并命殊，殷颜柳陆李萧奴。
全交邵赵贞元相，不治方圆琐碎图。
恩辉一调成，汉相半曲生。
国日朝天阙，韶芳满御城。
坡云谋晓月，韵雅纵声名。
绝坚苍山上，襟从蜀客情。

134 除夜书情周弘亮
随声去旧天，隔夜入明年。
晓日南洋岸，春光对景编。
银行经纬著，异曲客功全。
两里云中度，花繁草碧悬。

135 王播
除夜年中 故乡，年终熇烛半雨汗。
诗成始欲吟心改，灯竹双辰客旧装。
注：辛卯（二〇一二年）除夕南洋北京桓仁。
扬州惠照木兰僧，三十年前二纪冰。
天下重名钟不语，人间几处碧纱灯。
注：王播少孤贫，当客扬州惠照寺木兰院，随僧斋食，僧厌怠，乃斋罢而后击钟。后二纪，播自重位出镇是邦，因记旧游，向之题名，皆

以碧纱幕其时。

136周匡物
钱塘船渡不资贫，几本西陵两信亲。
郡牧安桥天堑过，风云不负故秦人。
注：匡物，字几本。船之资，久不得济，乃题诗公馆云。

137题雁许玖
苍苍一玉关，独独半峰颜。
御苑香烟久，黄河气象湾。
江南三万水，岭北一千山。
魏主铜台省，秦心落照还。

138秋日登岳阳楼晴望张碧
清风半日岳阳楼，白练三江楚国秋。
一点君山凝碧色，千声蜀鸟洞庭游。
天涯不尽心中尽，浸断高天误白头。
威系长沙无际渡，琉璃阔远见行舟。

139鸿清云
毒龙一日天，亚父半轻贤。
汉界秦人见，鸿沟楚项田。

唐诗纪事卷第四十六

140竹里梅刘言史
疏香竹里梅，腊月雪中催。
碧影枝非已，天候自此回。

141初下东周赠孟郊
东周向孟郊，老鹤作高巢。
耳目灵工久，形身翼洁高。
山云依水秀，岭木似龙蛟。
正信微生物，修文以国胞。

142长门怨
独月惊秋水情明，孤身不语思难成。
寒宫御柳曾晖色，乱点赊灰寄此情。

143王中丞宅夜观舞胡腾云
石国胡姬半玉姿，南朝江左一文辞。
长城内外中丞月，唯有阴晴客不知。

144柳子间
柳子关前可读书，襄阳邑下士高居。
浩然墓上生新草，不白诗中向所余。

145元微之乐府古题刘猛
诗经迄自周，橘颂问王侯。
赋赞铭谏咏，离骚题怨愁。
行吟文曲引，调叹义章留。
度审操歌去，词箴八作忧。
篇讴人所寄，楚汉也春秋。

之二
木兰四七一促卿，捕阙三千风雅成。
犊牧仲尼郊祀祝，思归魏女汉时明。
梁州赋尽唐人间，猛进词先古义荣。
乐府田家闻主客，公重进酒是人情。

146张为作主客图李馀
张为主客图，入室去来孤。
玄马导天下，云卿不可呼。

147张籍送李馀及第后归蜀李涉
年年自咏好文章，处处成名进士肠。
浩谍衣巾花暗水，乡亲推酒上高堂。
寺下鹤林僧，云中月色灯。
山射临水色，日复玉冰凝。

148岳阳别张祜
巴江一日春，蜀峡半冠中。
楚客巫山向，鸣猿宋玉邻。

149经费冠卿旧隐刘昭禹
千章石垒九华山，万水古壑一日闲。
会约僧家经词语，斜阳自远近天颜。

150清明诗孙昌胤
人心一半入清明，客路三千问划盟。
乞火窗寒新雨否，龙门上下见枯荣。

151和司空曙刘虚九日送人
九日自寻君，三生客去云。
江樱流水色，泛菊肯斯文。

152柳子厚与韦中立
一礼雪玄冠，三春乞火寒。
千书天下事，万语寄云端。

153严休复
弄玉花期一两枝，严郎问十万千辞。
微之伫立黄冠久，居易表仙不得知。
注：元和中，见一女子，从以二女冠，三小仆，直造花所。伫立良久，命小童折花数枝，谓黄冠者曰：襄有玉峰之期，自此可以行矣。行百许步，遂不复见。休复有诗，微之和云。

154庆馀遇水部郎中张籍知音朱庆馀
春荫一处庆余殊，日晓三明问程途。
越女西施吴地曲，沉吟闺意入时无。

155张籍送庆馀归越
东阴一路遥，越客半云霄。
水色何山竹，天光几柳条。

156轲为僧时，葬遣骸，梦一书生谢，持三鸡子，观食之，嚼一而吞二，后精儒术，任鸣官。退之欲为文赞刘轲。
异韵一书生，三鸡半子荣。
儒家何教术，会贬史官名。

157日南长独孤铉
玉历一颁穷，阳阴半律工。
南径分日月，北户问时风。

158寒食遣怀张灿
东风一故人，细语半相亲。
乞火寒窗继，书生六国秦。

159虞卿醉后善歌扫市词杨虞卿
虞卿扫市词，品柱绝工伎。
谐所郎中司，琵琶善几时。

160唐名族生京官而轻外任，汝士建节杨汝士
弓刀抛却上金台，寒磊连城下日开。

战地从今枯草木，连横合纵不须来。

161唐名族重京官而轻外任，汝士建节

宝历中，杨於陵仆射入观，其子嗣复率两榜门生迎於潼间，宴新昌里第，仆射兴所执坐正寝，翩复含诸生翼两序。元、白俱在，赋诗席上。汝士诗先成，元、白觉之失色。诗曰：隔坐应须赐御屏，尽将仙翰入云冥。文章旧价留张掖，桃李新阴在鲤庭。再岁生徒陈贺宴，一时良吏尽传声。当时疏广虽云盛，巨有兹筵绿醑。其日大醉归，谓其子弟曰：吾今压倒元、白。东川汝士尚书朗，太傅经天叹御堂。桃李新荫惊子座，文章隔住继鱼香。渔光一日闻三叠，弄玉千声建节黄。两榜门生多少客，皇明赋尽是膏梁。

162杨汝士，字慕巢。牛、李待之善

牛牛李李一东川，正正堂堂半族田。
对比旌旄门世过，红绫一绽一方圆。

163渔父歌张志和

西塞山中草木薇，洞庭湖上去来归。
吴门越语纯鲈鱛，素甲金毛八月肥。

164为筑室越州东郭，兴陆羽往还

宪宗圆真求其歌不能致。李德裕称志和隐而有名题而无事，不穷不达，严光之比云。
严光一约郎，陆羽半茶汤。
西塞何桃色，洞庭儿月凉
烟波舟不止，隐逸过朝堂。
达显穷工业，声名世未尝。

唐诗纪事卷第四十七

165忆长安十二咏

谢良辅自良辅至沈仲昌
忆长安腊月时，梅花一意千枝。
连横合纵六国，秦楼弄玉须知。

终南魏晋南北，楚汉鸿沟龙池。

166状江南十二咏

江南半雨烟，西寒一云泉。
赵女春风岸，吴儿舴艋前。
天平山上望，同里水中船。
步在三桥柳，吟声十地蚕。

167忆长安十二咏鲍防

忆长安正月时，情花两树三枝。
碧叶初开绣羽，曲江八水如丝。
灯竹声声未暖，目看灯明赋诗。

168状江南十咏

玉树半榆钱，行人一酒船。
洞庭天下色，陆羽剑池泉。

169忆长安十二咏杜弈

忆长安春月时，疏影寒带花枝。
平原门下独立，上液含元几诗。
但向御沟凭问，东来紫气柳丝。

170忆长安十二咏丘丹

忆长安孟春时，南山雪冠玉枝。
桃花含烟待放，芳草落明成辞。
已是群莺逐啼，东都八水相奇。

171状江南十咏

一日韦苏州，千湖逐浪流。
三春莺不语，七陌万花酬。

172韦苏州秋夜寄丹

一夜月如钩，三分似旧楼。
红妆儿女问，竹影去来求。

173忆长安十二咏严维

忆长安，夏日时，漳关一路，华池。
杏杏桃桃李李，子子孙孙互宜。
八水江明许乐，三荷柳岸姿姿。

174状江南十二咏

洞庭草木碧螺春，同里云烟拙政人。
沧浪亭中依旧足，剑池石上却红尘。

175答刘长卿蛇浦桥月下重送

秋风处处自鸣条，落日幽幽暮色消。
客驿寒寒长路近，心情过过短途遥。

176钱起送严维尉河南

此去一河南，须闻半味甘。
何当修草木，不及玉人语。

177忆长安十二咏郑棨

忆长安荷月时，凉亭水榭酒旗。
杨柳岸水云低，分明碧色红泥。
道叶外珠散琉，琉璃外外飞迟。

178状江南十二咏陈元初陈孙

忆长安李夏时，荷风叶外不移。
织女牛郎但问，鹊桥至此不期。
但见人间乞巧，何须夜夜相疑。

179忆长安十二咏吕渭

忆长安秋月时，渭水东都斯仪。
千门万户相对，上夜含元御旗。
偏见终南玉冠，可以飞风去亡。

180状江南十二咏

江南一日春，塞北半归人。
草木千家度，枯荣万户尘。

181忆长安十二咏范灯

忆长安九月时，重阳誉满秋池。
云烟日月同住，高林草木须知。
梨园鹤舞几曲，光照昆仑百师。

182状江南十二咏

江南半雨烟，塞外一蓝田。
渭水长安侧，钱塘月似弦。

183忆长安十二咏樊珣

忆长安孟冬时，漳关一夜汉碑。
古古今今汉武，五陵阙外秦师。
来迎阴晴不许，去国海外灵艺。

184忆长安十二咏刘蕃

忆长安子月时，一朝天子人知。
琼树云开殿影，龙庭凤尾瑶池。

晓漏中书门下，西宫此曲相宜。

185状江南十二咏

江湖白浪川，日月依云烟。
草木知寒暖，枯荣问地天。

186状江南十二咏贾弇

一行半丝弦，三声两曲边。
千门连万户，十地九荷田。

187状江南十二咏沈仲昌

一雨满江南，三秋草木甘。
唯亭船不止，同里渡桥悬。

188.袁江口怀王司勋王吏部李祐

日暮半袁江，情舒一故窗。
三年同乙火，十载问无双。

189李播

江淮二十年，欲幸半时天。
乞取知引101，即中四百钱。
注：播以郎中典蕲州，有李生携诗谒之，播曰：此吾年第时卷也。李曰：前于京师书肆百钱得此，游江淮间二十余年矣。欲幸见惠。播遂与之，因问何往，曰：江陵谒表亲卢尚书。播曰：公又错也，卢是某亲表。李惭悚，然曰：诚若郎中之言，兴荆南表丈，一时乞取。再拜而出。

190三湘有怀萧静

三湘问洛阳，九陌智钱塘。
柳絮飞无止，桃花落世庄。

191上鲍大夫崔子向

只读鲍家诗，何须太白知。
东堂闻桂树，至此少千枝。

192送令狐秀才赴举李逢吉

射第一金门，从书半古村。
雄文天下事，独作禁中思。

193望京台上寄令狐华州

华州旧日望京台，滞雨留云问峡开。
白帝城山飞翼蔽，长江水去不徘徊。

194杨乘

修行自己文章客，化作春泥五月花
发假收严四子笔，维直御史一杨家。
注：杨维直四子，发、假、收、严。发以春为羲，其子以枞以乘为名。假以夏为羲，其子以照为名。收以秋为羲，其子以钜、鳞、鉴为名。严以冬为羲，其子以注、涉、泗为名。皆以文学登第，时号修行杨家，兴靖恭诸杨，比于华盛。

唐诗纪事卷第四十八

195李秘禁中送任山人

紫禁城中彩石还，黄河日上补南山。
方兴岁月平明见，洛邑门华客不闲。

196韦皋

青衣十岁玉箫条，黄雀三春月梦消。
有约鱼书关照馆，佳人一夜向秦朝。

197李德裕

白日青天德裕坛，孤寒八百素云端。
崖州一济千川水，旧路三泉半世宽。

198德裕营平泉庄

语鸟名花一异天，幺侯太宁半源田。
朱门匕著鸟归乳，万壑千岩水共泉。

199房公旧竹亭闻琴缅慕风流神期如对有作

房公旧竹亭，缅慕客山青。
水色风流韵，琴声座右铭。

200郑还古

还古闲居东都，将入京赴选，柳当将军者钱之。酒酣以一诗赠柳氏之伎曰：
旧梦之前乞郑玄，新人未秀待装元。
东都柳氏管弦曲，进士心中一冶田。

201裴航

鄂渚一樊娘，傭舟半裴航。
山花侃顾尽，百威诚琼将。

202赠黄药山僧希运裴休

形如纸墨形，若影去来生。
上乘印心神，虚空色证明。

203吕辜

下笔寺行东，中明坐蜀空。
阳生灯火外，细雨玫梧桐。

204徐商王传

芳菲半鲜入晴云，嫩容三条化祝君。
日照花明朝暮水，关身朱紫故章文。

205韦渠牟

桃花庵外一刘郎，古去今中半故肠。
戏娥名场如此是，商山四皓几芬芳。

206渠牟，述之从子也。少警悟，攻为诗，李白异之，

授以古乐府。去为道士不终，更为浮屠，已而复冠。韩滉表试校书郎。德宗诞日，诏徐岱、赵需、许孟容兴渠牟及佛老二师，并对麟德殿，质问大趣。渠牟有口辨，虽三家未究解，然答问锋生，帝听之动，卷秘书郎。后倚廷龄为奸利，势焰可灸。擢太常卿，卒权载之叙其文曰：初，君年十一，当赋铜雀书绝句，右拾遗李白见大骇，因授以古乐府之学，且以环奇轶拔为己任。
李白环奇乐府偿，浮屠道士复冠扬。
锋生答后三臣客，麟生殿中几处芳。

207孟或野以乐府戏赠陆长源

莲心一苦源，古道半轩辕。
玉露方圆阔，天津子谓元。

208.长安慈恩寺卢宗回

渭水朝明一露盘，南山暮日半翔连。
关重万里三边近，藻井千泉十地观。

209登楼望月刘辟

楼高半暗明，粉壁一阴晴。
远近千门尽，枯荣万里层。
刘琨何啸逸，庾亮几吟情。
鹊影愁人处，槛凭带边生。

210薛宜僚

一半桃花一半情，两三岁月两三荣。
春风玉树云和雨，段在青州二卒成。
注：宜僚以左庶子充新罗册赠使，至青州，悦一伎段东美，赋诗曰：阿母桃花方似锦，王孙草色正如烟。不须更向沧溟望，惆怅欢情恰一年。到外国，谓判官苗甲曰：东美何故频见梦中。数日而卒。柩至青，段奠之，一恸而卒。

211陆希声

格抵撅押钩，拨镫法自流。
阳冰五字笔，贵俸以相酬。
未达希声客，龙蛇上下游。
天池雷雨变，太子太师修。
注：古之善书，鲜有得笔法者。希声得之。凡五字：振、押、钩、格、抵。用笔变钩，则点书道劲，而书妙矣，谓之拨镫法。希声自言昔二王皆传此法，至阳冰亦得之。希声以授沙门红光，红光入长安为翰林供奉，希声犹未达，以诗寄红光云：笔下龙蛇似有神，天池雷雨变遥巡。寄言昔日不龟手，应念江头洴澼人。红光感其言，引为希声于贵俸，后至相。

212晴江秋崔季卿

晴江一雪初，带雨九州头。
水色洞庭阔，天光梦泽流。

213贞元十四年，澈刺蜀州，赋四相诗皇甫澈

东东诸武汉阳城，器正休明旧物清。
李观平章六下侍，宁邰治国济直名。
钟绍驾远谋猷迹，奋节披鳞涤秽平。
王缙巨川相宰位，山河紫气始枯荣。

唐诗纪事卷第四十九

214九老会赋诗胡杲前怀州司马安定胡杲，年八十九

九者三春会赋诗，千门万户愚群迟。
徘徊向柳题红纸，老大看花似可知。

215九老会吉皎御尉卿致仕冯翊吉皎，年八十八

七老国中一苑余，闲居不厌柳条初。
三春竹影梅花色，四皓何须借问书。

216刘真广平人磁州刺史刘真年八十七

九老刘真一纪年，三朝未济两朝田。
山茗煮碧螺春许，玉盃歌头傍竹眠。

217九老会郑据前龙武军长史荣阳郑据年八十五

洛邑宫班阳紫巾，青松竹意古今人。
狂歌一曲重阳去，醉舞三分列任臣。

218卢贞前侍御史内供奉官范阳卢贞八十三

三春半在化红尘，九陌千门正晓津。
万柳随时呈碧叶，含元老大自谁尊。

219九老会张浑

幽亭柳色一秋春，遁跻岂劳半颜人。
每况风云观变化，垂丝不必奋无身。

220九老会白居易刑部尚书致仕，年七十四

居易何难草木天，杭州西子治湖年。
天竺此会应参差，野火春风日月田。

221乐天退居洛中，作尚齿九老之会，其序曰：

胡、吉、刘、郑、卢、张等六贤，皆多寿，余亦次焉。于或都散居履道坊，合尚齿之会，七老相顾，既醉且欢。静而思之，此会希有，因各赋七言六韵诗一章以记之，或传诸好事者。时会昌五年三月二十四日。乐天云：其年夏，又有二老年貌绝乡，亦来斯会，续命书姓名年龄，写其形貌，附于图右，兴前七老，题为九老图。仍以一绝赠之云：雪作发眉云作衣，辽东华表暮变归。当时一鹤犹希有，何况今逢两令威。注：洛中遗老李元爽，年一百三十六，禅僧如满归洛，年九十五岁。又云：时祕书监狄兼谟、河南尹卢贞，以年未七十，虽兴会而不及列。

222项斯

江东始末迁，卷谒敬之缘。
几度诗词好，未几项斯年。
注：项斯，字子迁，江东人。始未为闻人，因以卷谒杨敬之，杨苦爱之，赠诗云：几度见诗诗尽好，及观标格过于诗。

223

水部开成一项斯，关情始末两人知。
庆余昨夜洞房拜，御柳杨花十地时。
注：始张水部籍为律格时，惟朱庆余亲授其旨，沿流而下，有任蕃、陈标、章孝标、司空图，咸及门焉。宝历开成之际。

224张籍赠诗

日暖蓝田玉色烟，人间御水柳杨悬。
阴晴天下寻张籍，住客图中项子迁。

225龙蕴

衡阳一道玄，各隐半云田
马祖浮居客，禅音万法莲。

226咏子规蔡京张顶

千年子规作鸣禽，万里清风蜀道林。
紫塞悲风含远近，红楼气魄古今心。
鱼凫未及蚕丛及，汝水临川士夫吟。
梦得三思前进士，吴溪一处问知音。

227滕迈
三春柳外一溪东，万里桥中半碧红。
景致何明天下水，风流尽在酒旗中。

228
嫦娥桂下半寒宫，宋玉堂前一点红。
夜雨惊窗丝未尽，条条碧逸带东风。
注：杜牧舍人云：巫娥庙里低含雨，宋玉堂前斜带风。

229郭周藩
周藩进士诘陵阳，父老天池本郡乡。
谭宜普渡余下界，一霓裳被羽霞冠。

230殷潜之题笔驿
经谋世ált古今诗，否主天方节路知。
割据江东筹笔驿，宏阁欲佐秦书辞。

231杜牧
三吴半五湖，九阳一千儒。
建邺江流去，金陵石磊殊。

232裴思谦
梅花半月红，桂子一寒宫。
造诣平康里，鸣珰贺玉中。
思谦及第后，片作名红纸，
数诣平康里，因宿于里中。

233一绝寄旧同年何扶
一日曲江春，三元上液人。
今年花早放，笔墨不耕尘。

234和李德裕游汉州房公湖郑浣
太尉一琴声，微弦半抑鸣。
阳春和白雪，下里巴人生。
汉水知宫近，阳楼黄鹤情。
烟波千万象，几度渔慕情。

235廖有方
辛勤数举未知音，一记余言已古今。
世委空裹心翰墨，何知四处禾林林。

236薛书记
相公十离诗，主客一珠辞。
笔马鹦燕去，鱼鹰作镜知。
注：元相公宝府有薛书记，饮酒醉后，因争令，掷注子磬伤相公犹子，遂出幕。醒来及作十离诗，上献府主。

237赋虞书歌　贾耽
十从一虞书，三家半自余。
张芝惟草创，势素独孤居。

238贞和刘梦得岁夜怀友卢贞
七十文章九老堂，河南梦得乐天光。
依依玉树卢贞许，落落人间是柳杨。

239姚合，宰相崇会孙
极玄集里百篇诗，二十六人射手知。
主客图中姚入室，王维不辍护林辞。

240张籍寄合诗
空山扫榭亭，案几寄丹经。
日照花明色，香连竹叶青。

唐诗纪事卷第五十

241封敖
阴晴不语制谋流，草木相关他惑由。
日月池州西隐寺，钟声四面一春秋。

242郑薰
易老闻关净肇市，证音牢记意玄余。
隐严处士精言在，妙主风骚社稷疏。
注：郑谷有故少师从翁隐岸别业乱后榛无威旧感怀之作，即薰也。

243游西江泊舟苎萝山下题西施石王轩
苎萝山下浣溪沙，舟泊吴中木渎涯。
碧草江边常不语，西施奈可帝五家。

244刘随州有眼作无眼之诗，宋雍无眼作有眼之诗。宋雍
无眼随州有眼诗，清江开夕拟僧时。
余生漏促闲花尽，雨中黄鸟不堪迟。

245李挚：因缘三纪异，契分四般同
水月一天空，潇湘半落鸿。
因缘三纪异，契语四般同。

246莫将韦监同殷鉴，错认容身是保身
错认容身是保身，须当日月自冠中。
东都似以龙门客，节度京师几去人。

247段文昌古柏文
盘根销浩一龙形，散虚庭半古英。
攒柯垂阴分翠碧，表枝蓄寿木成。

248晚夏登张仪楼呈院中诸公
天下一纵横，人中半败成。
三生终始处，七陌此楼名。

249和段相公登武担寺西台姚向
西台阁上锦城红，草木余闲玉水风。
万象身心半世界，三江向海一秋空。

250奉陪段相公晚夏登张仪楼诗
秦人六国成，楚汉两相争。
但得英雄在，联横合纵英。

251和登武担寺西台温会
桑台半国风，水榭一云空。
笑指才情处，归愁各不同。

252晚夏登张仪楼诗
楼中一火明，天下半精英。
口舌秦人北，飞梁六国形。

253登武担寺西台李敬伯
西台一古风，岁月半人穷。
席贵江山处，长城箭羽东。

254晚夏登张仪楼
暮尽一春秋，风平半古楼。
云楼天地色，蜀地秦人愁。

255登武担寺西台姚康
临风半暮台，放眼几江来。

蜀地蚕丛纪，秦川旧日催。

256 东野闻夜啼赠张正元
半夜分心寄忆年，千川草色问因缘。
黄河逝水东流色，一层荒沙骆驼船。

257 丁巳岁八月祭武侯祠堂因题临淮公旧碑杨翙复
淮公破晓半吟成，旧石平津一精英。
古柏尤青碑不语，唐相不似蜀相荣。

258 牡丹诗灸縠子
仙中一牡丹，五月半云端。
洛邑裙衣短，鲜带武灸寒。

259 松诗文
暮色半苍茫，含元一古香。
婷婷天地上，玉云问秦皇。

260 竹诗文
玉影一婆娑，空心日月河。
藩湘多少泪，汉主几凝歌。

261 早起杨厚
海日半分明，晴空一漏声。
寒更忘乞火，露气客疏清。

262 早行刘郁伯
晓月一桥霜，星火半壁凉。
客老清尘外，人行是故乡。

263 早行王颢
鸣鸣一两声，霜复两三层。
驿路残明处，朝云水月成。

264 咸阳怀古陈上美
秦陵几叹未央宫，汉苑渊明草木穷。
四望云天何不止，千家瑞气向西风。

265 金谷怀古杜牧
金谷园中一树红，春花草中半樱空。
何人只向声名去，此地还余正悠风。

266 崔枢
宏词一考科，士第半鱼多。
布帛人前故，衣冠各几何。

267 陈彦博
谢楚广文生，如金尺膜明。
元和三十二，屠易翰林名。

268 白居易为翰林学士谏曰淄青节度李师道，进绢为魏征子孙赎宅。
何言一魏征，所事半随丞。
令撰由心力，行程可太冰。

269 自苏州至亭驿有作郭良骥
半岸淞江一白蘋，三吴水浦五湖津。
洞庭山上凭舟远，木渎河中可独春。
野鸟何知天下事，村姑但以碧家身。

270 崔郾
一目半云中，三心两意同。
何须阴晴向，温得古今风。
注：施肩吾与之同年，不睦。
郾旧失一目，以珠代之。
施嘲之曰：二十九人及第，五十七眼看花。

271 李景让
西川节度将寒颜，后已光人景让还。
御史成风三月鼎，何须毁誉半天山。

272 唐球
龙飞凤舞半颜中，玉宇苍天一去鸿。
欲墨村边云两色，惊心动魄古今风。

唐诗纪事卷第五十一

273 白敏中
五岁十三迁，千门一半田。
何当居易见，德裕器时天。

274 和敏中诗呈上三相杜牧
柳色河湟一水长，三相汶武半天狼。
宣王万寿南山木，吉甫衣冠北肆黄。

275 贡院题魏扶
一树梧桐方叶枝，三江碧水百川时。
朱门玉锁窗寒处，半昀龙门意不辞。

276 登山采玉赋马植
登山采玉田，白石补青天。
斌蚌安南护，其英逐弃园。

277 崔铉
前程万里一人心，翰苑三拥节第深。
不识江陵憔悴客，京华一日十知单。
注：魏公铉，元略之子也。为儿时随父访韩晋公滉，滉指架上鹰令咏焉。吟曰：天边心胆架头身，欲拟飞腾未有因。万里碧霄终一去，不知谁是解绦人？滉曰：此儿可谓前程万里也。

278 上巳赠都上人殷尧藩
三月曲江池，十年故水知。
窗寒春客暖，上巳几人辞。

279 尧藩登第，许浑赠诗
文衡墨翰林，器业自浮沉。
碧玉珍珠信，何言自古今。

280 馆娃宫诗
十里馆娃宫，三千女子红。
吴尘多少雨，越士去来风。

281 沈亚之
三吴十里九文风，一雁千鸣两地红。
塞北江南花草色，秋冬落叶各殊同。

282 杜牧之赠
一语几人何，三生半少多。
敷山清梦久，司户问江河。

283 李商隐拟沈下贤
河阳沈下贤，带火遗金田。
潘安何不问，春衫自遗眠。

284 同乐天中秋夜洛河玩月裴夷直
洛水月空悬，秋川色不全。

银河南北岸，不见渡时船。

285客思吟杨敬之
野驿客思吟，乡人寄古今。
南园寻故跻，赵女觅知音。

286霜树乌楼夜，空街雀报明
碧山相倚暮，归雁一行斜。
乌楼半语云来阁，雀报三声主客家。

287房千里
听钟楼向赵王楼，欲海分飞赵氏愁。
暮西蚕眠桑叶尽，萧郎未采旧时幽。

288厉元
人耕半亩田，雨色一云烟。
主客图中见，相逢月下怜。

289赠李商隐俞凫
人生一玉壶，草木半而苏。
羽翼飞天力，山河万里途。

290姚合有送俞凫校书归毗陵
水浦以吴迟，湖津向不痴。
罗绮沿粉色，不可入唐诗。
此经无来往，拨途日月迟。
南声当弊取，北梦锁言知。

291杨衡
青牛各上半飞云，道士心中一宿文。
月色明山留我在，坛边竹影向何寻。

292寄庐山隐者
风摇树叶鸣，谷落一云平。
月挂东门岭，人思寺殿情。

293边思云
持节北边盟，行云御仗横。
李陵晋信在，谁以作人情。

294符载
玄志一合修，文书数幅留。
庐山三偃业，百万乞于顿。
注：乞买山钱百万於于頔，于即兴之。

295王彦威
彦威学士独弘文，鼓角楼前节镇君。
拟率长安轻外度，男儿寄语盖冠云。

296繁知一
苏州刺史过巫山，西细云重问玉颜。
粉壁秋归知一至，刘郎白帝四章还。
佺期沓各阳台客，神女高唐婉变湾。
乐天除苏州刺史，自峡沿流赴罢郡。
时秭归颗繁知一，闻居易将过巫山，
注：先于神女祠粉壁大书之曰：忠州刺史今才子，行到巫山必有诗。为报高唐神女道，速排云雨候清词。居易观之怅然，邀知一至，曰：历阳刘郎中禹锡，三年理白帝，欲作一诗于此，怯而不为，罢郡经过，悉去千余诗，但留四章而已。此四章者，乃古之绝唱也。沈佺期诗曰：巫山高不极，合杳壮奇新。暗谷疑风雨，阴崖若鬼神。月明三峡曙，潮满九江春。为问阳台客，应知入梦人。王无竞诗曰：神女向高唐，巫山下夕阳。徘徊作行雨，婉娈逐荆王。电影江前落，雷声峡外长。朝云无处所，台馆晓苍苍。皇甫冉诗曰：巫峡见巴东，迢迢出半空。云藏神女馆，雨到楚王宫。朝暮泉声落，寒暄树色同。清猿不可听，偏在九秋中。李端诗曰：巫山十二重，皆在碧虚中。回合云藏日，霏微雨带风。猿声寒度水，树色暮连空。愁向高唐去，千秋见楚宫。居易吟四篇，与繁生同济，卒不赋诗。李端居易以诗闲，甫冉王无竞楚峡。

297答李昌期诗
主客图中禁树声，衙人鼓外客秋鸣。
暮路明前知暗影，乡虫驿壁以不情。

唐诗纪事卷第五十二
298五杂组云雍裕之
落暮一交河，风云半九歌。
行程知足跻，织锦月月桵。

299裴潾
长安豪贵惜春残，争赏先开紫牡丹。
别有玉杯承露冷，无人起就月中看。
长安三月十三日，雨街开看牡丹甚盛。
无人慢待太平情，月下裴潾玉露平。
最是慈恩元果院，诗声令满六宫荣。
注：慈恩寺元果院花最先开，太平院开最后。
注：因令宫嫔讽念。及暮归，则此诗满六宫矣。

300立春日呈宫傅侍郎皇甫曙
长安渭水哑呜流，晓暮云轻日落浮。
春风物野摩娑雍，塞岸池冰故乡愁。

301省试霓裳羽衣曲李肱
梨园一日楼，万国半春秋。
凤管霓裳色，水殿羽衣羞。
蓬壶仙药力，柳舞曲江头。
岁宴天津客，年华致神州。
注：更无其比。词韵既好，去就又全，臣前后吟咏近三五十遍，虽使何逊复生，亦不能过，兼是宗枝，臣兴状头第一人，以奖其能。次张棠诗一首，亦绝好，亚次李肱，臣兴第二人。其次沈黄中琴瑟合奏赋，又似文选中雪月赋体格，臣兴第三人。其次王牧赋，自立意绪，言语不凡，臣兴第二人。其次沈黄中琴瑟合奏赋，又似方选中雪月赋体格，

302松著醉
郎日月三卷，自叙也。或曰：松，丞相奇章公表甥，公不荐举，怨望，因襄阳大水，极言诽谤，有夜入真珠室，朝游玳瑁宫之句。真珠，公爱姬名也。

303徐凝
一首诗轻百户侯，千金细语半春秋。
三春日月群芳草，十地阴晴独不休。

304凝天祜牧
含芳不待玉人来，纳色虚求主客开。
仗剑遥尊如白练，河流侧让上天台。
行歌迈步江山去，鼓枻寻归地势催。
一曲宫人何满子，三声彼此帝王裁。
注：会凝自富春来，未识白，先题诗曰：此花南地知难种，惭愧俭闲用意栽。海燕解怜频睥睨，胡蜂未识更徘徊。虚生芍药徒劳妒，羞杀玫瑰不敢开。唯有数苞红萼在，含芳只待合人来。白寻到寺看花，乃命徐同醉而归。时张祜傍舟而至，二生各希首蓆。白曰：二君论文若廉之老鼠穴，试吃解送，凝为元，祜次耳。祜曰：祜诗有地势遥尊岳，河流侧让开；又题金山寺诗曰：树影中潜见，钟声两岸闻。虽蘩毋潜云：塔影挂青汉，钟声和白云，此句未为佳也。凝曰：美则美矣，争如老夫今古长如白练飞，一条ններ破青山色？凝遂擅场。祜叹曰：荣辱纠纷，亦何常也！遂行歌而迈，凝亦鼓世而归，自是二生不随乡赋矣。白又以祜官词四句皆妙对，未足奇也。后杜守秋浦，与祜为诗酒友，酷吟祜官词，以白有非祜之论，常不平之，乃为诗以高之曰：谁人得似张公子，千首诗轻万户侯。又云：如何故国三千里，虚唱歌词满六宫。

305题金山寺张祜
一月挂金山，三江问寺颜。
云流何不锁，水色去无还。
影树中分暗，归僧夜不闲。
钟声三两处，鼓语万千湾。

306
才人一武宗，故国半宫容。
榇举知尺力，何身地下逢。
故国三千里，深宫二十年。
一声何满子，双泪落君前。

307
宫中一两声，月下万千鸣。
俱得人间句，何疑道外荣。
注：杜牧之守秋浦，与祜游，酷吟其官词。亦知乐天事非之之论，乃为诗曰：睫在眼前长不见，道非身外更何求？谁人得似张公子，千首诗轻万户侯。

308
可祜白难虫，生灵以命穷。
人情含纳故，不以壮夫雄。
注：祜长庆中深为令狐楚所知，楚镇天平，自章为表，令以诗三百篇随状表进。祜至京，蜀元稹在内庭，上问之，稹曰：祜雕虫小巧，壮夫不为，或奖激之，恐变陛下封杀。上含之。由是失意东归，有孟浩然身更不疑之句。

309宫小禽名阿滥堆，明皇御玉笛，探其声，翻为曲，且名焉，远近以笛争效之。祜有华清宫诗曰：红树萧萧阁半开，上皇曾幸此宫来。至今风俗丽山下，村笛犹吹阿滥堆。
玉笛几争鸣，芙蓉半不情。
声声何满子，日日曲倾城。

310
南朝半遗风，木石一诗穷。
性嗜罗浮笋，公卿似不雄。

311崔涯
嫦娥苦入月宫中，总校行尼水月空。
楚峡峰高何宋玉，巫山两色蜀云红。

312诗曰卢储
几案一情肠，催粧半抑扬。
人生前宝许，秦晋状头郎。
注：李翱江淮典郡，储以进士投卷，翱礼待之，置文卷几案间。赴公宇视事，长女及笄，闲步铃阁前，见文卷寻绎数四，谓小青衣曰：此人必为状头。迨人退，李闻之，深异其语，乃令宝，佐至陴舍，具语于储，选以为婿。储谦辞久之，终不却其意，越月遂许。来年果状头及第。

313七夕诗曰赵璜
年年一度过银河，岁岁千声喜鹊多。
不减当年牛不语，人间七夕乞绮罗。

314柴夔
难明十八湾，吴门低楚界。
只向九华山，不可一朝闲。

315赠和龙妙空禅师诗王继勋
悟道一心田，楼猿八九年。
山南灵庆院，独步妙空禅。

316和赠和龙妙空禅师诗夏鸿
道果一方圆，僧狎半地天。
尼珠莹澈色，语尽绕香缘。

317早发雲芝望九华寄杜员外使君曹汾
步步九华十峰，明明十地足踪。
寒寒芒剑石，裊裊玉莲容。

318晴望九华山杨鸿
阴晴一半九华山，气象清虚八百峦。
水月宫城多语录，峰回路转尽师颜。

319易重
梅花一色两三枝，腊月三香八九迟。
谤首重开居傲客，陈商进士复言辞。

唐诗纪事卷第五十三

320绵州越五楼即事乔琳
绵州即事越五楼，酌日秦关望不休。
掌握人寰浯水济，低街曲折乐山酬。

321 登越五楼见乔公诗偶题王铤

越主重楼半郡城，仲宣雅韵一王倾。
江声不断千年去，日落云飞万古行。

322 夏杪登越五楼临涪江望雪寄朝中知友于兴宗

浯州望雪越五楼，夏雨连江柳叶愁。
素色寒山何远近，巴西暮霭寄天舟。

323 绵州中丞以江山水图远垂赐及兼寄诗李朋

巴江半雪山，蜀水一天颜。
楚霭连烟起，吴君不可攀。

324 杨牢

中丞一寄半绵州，剑外千州一水流。
胜事丹事山不语，留当日月忆庚楼。

325 和绵州于丞诗李汶儒

巴西一锁城，剑外半峰倾。
日照晴川阔，风临雪岭横。

326 和绵州于中丞薛蒙

语流一水楼，五马半锁愁。
刺郡维黄日，风来客不休。

327 和绵州于中丞李邺

下里半巴西，中丞一云移。
江楼诗韵在，返照向群啼。

328 和绵州于中丞于瓌

心怀一郡酬，气势半依楼。
极目浮云外，含清入素秋。

329 和于中丞王严

朱槛一新秋，散木半云浮。
水色流天远，心闲上叶舟。

330 题越王楼寄献中丞刘骠

江流万里上烟州，剑阁千年数九州。
物象成城三叠阙，笙歌欲醉百春秋。

331 秋日登临越王楼李渥

越王已牧剑南州，至此绵城筑日楼。
素雪开山千岭色，登江如练赋依刘。

332 洋州于中丞顷牧左绵题诗越王楼上朝贤继和辄课四韵刘璐

隔代向君候，注意向洋州。
朝贤宫郡楼，山光和四韵。

333 和于中丞见寄卢栯

此上越王楼，山光玉雪秋。
云飞天际远，鸟伴谢云遊。

334 和于中丞见寄李续

东川秦举一绵州，北蜀何因半叶秋。
皓水王楼今古在，同僚刺史慰谋酬。

335 和于中丞见寄卢求

谢守一高情，绵州半诏清。
闲临山水阔，温道去来荣。

336 和于中丞田章

感物半临楼，衷肠一水流。
千年随日月，万里逐春秋。

337 白敏中自剑南节度移荆南，经忠州，追寻乐天遗迹，有诗云：南浦花临水，东楼月映风。

东西一顺流，上下半春秋。
月映江山阔，花明剑阁楼。
东都移日落，节度乐天留。
遗迹忠州客，书章笔墨由。

338 登越王楼即事诗牛征

越王楼上一江声，白发人中半故情。
转岸孤舟连远近，衔山日落照乡城。

339 遊石堂观萧祐

匠巨石堂观，山名客水寒。
真人居处远，遗迹玉云端。

340 魏暮

八水半寒光，三秋七色扬。
千山多少叶，万户晋秦梁。

341 松诗陆肱

松楼玉雪中，傲影劲霜雄。
断砌盘根结，孤嘉万木穷。

342 李商隐

主客木兰花，河阳楚帅家。
庄生何晓梦，望帝杜鹃娃。

注：李商隐，字义山，怀州人，皇族远房裔孙。令狐楚帅阳，奇其交，使兴诸子游。楚历镇，表为巡官，卒于工部侍郎。

343 锦瑟诗云

锦瑟三声五十弦，蓝田一暖万千眠。
庄生晓梦春心许，望帝余情任杜鹃。
蚕丛蜀道鱼凫晚，宋玉巫山忆旧年。
汉柳人形相似处，苍生夜半待系船。

344 乐遊原春望云刘得仁

不望乐游原，秋风落古轩。
天高无远近，地原载花繁。

345 题邵公禅院

寺老半重门，禅深五味恩。
寒山拾得客，竹影落孤村。

346 长信宫云

清风一曲长信宫，古月三春恨人间。
奉扫梳云悲画扇，相如赋里已无穷。

唐诗纪事卷第五十四

347 池州夫子庙麟台碑铭书表微

阴阳四象两仪生，日月三疆九脉荣。
池州夫子麟台庙，鲁邑仁风阙里明。

348 柳诗罗弘信

天津岸水一腰身，弱色黄衣半入春。
日月交情先占已，阴晴绪论近红尘。

349 高崇文

两州节度一蓟门，出塞崇文半子孙。
武艺空当成败见，平生但得去来恩。

350王智兴
五十年前一子孙，三千日否半君恩。
先先否否文章客，古古今今一世村。

351扬州送人刘绮庄
杨州送客木兰舟，汴水炀杨竹箭流。
落日风平愁不佳，归心似月老人头。

352易水怀古马戴
易水一春秋，梦泽半天流。
匕首蓟卿去，图穷尽九州。
萧条秦汉客，不十此谋休。

353
一尉戍龙阳，三生向故乡。
方城怀石处，楚胥向河梁。

注：金华子云：戴大中初掌书记于
太原李司空幕，以正被斥，贬龙阳尉。

354广陵城孟迟
绿映广陵城，红成玉带英。
隋家何此尽，汴水几东荣。

355迟与杜牧之友善，牧之尝有池州送迟时
池州以雨余，鲍叔向心居。
杜牧之迟送，仲秋落叶疏。

356南卓
宗元柳柳州，刺史去来修。
昭嗣南南守，松滋醒醉留。

357郑颢
登科器械起居郎，梦星宫花满地香。
白露浮轩出禁局，殊庭境象到炎凉。

358李群玉
群玉好吹笙，善急就章，喜食鹅，
及授校书郎东归。
笙歌一曲到潇湘，竹泪千斑此柳杨。
宋玉巫山云作雨，文章半在校书郎。

359杜丞相惊筵中赠美人
半入巫山半入云，两峰夹雨两峰分。
衣巾一短云前雪，宋玉三春两否熏。
群玉池头笙管住，潇湘竹上泪纷纷。
相如自得知音窃，不可何人向倭君。

360
潇湘竹上泪成州，二女心中舜不眠。
日暮风迥芳芷色，朝云露白古碑年。
黄陵庙里天依旧，野草堂前客杜鹃。
洪井春空秋垒玉，袁州浦西到江边。

361杜牧送群玉赴举
杜牧送文山，裴休厚致颜。
春风三百曲，玉赋五陵还。

362温庭筠
八叉才思小赋工，昭公郭令白头翁。
金步玉条中书将，不识龙颜撰密穷。
傲诘方城才不羁，书萨蛮曲洩飞鸿。
南华狱理无行止，令狐菊假真济雄。

363庭筠五丈原八阵反河山丈原
中原逐鹿不因人，鼎立三分主客身。
魏蜀吴五皇已去，江山未改汉营春。
朝晴铁马寒衣甲，暮雨射雕邑绝尘。
白帝无立床帐锦，卧龙八阵尽龙臣。

364看牡丹赠段成式周繇
精笔一处牡丹香，太白三春欲断肠。
有意群芳妒忌无，无疑少女怯蓝房。

365襄阳中堂赏花，繇与伎人戏语，成式嘲之曰
凤甲孟半扬，山中醉酒狂。
青娥萧史去，粉署亦何伤。

唐诗纪事卷第五十五

366周墀
寒窗乞火向西东，岁月难平十地红。
不到龙门风西处，何言天地已无同。

367慈恩寺题名王起
慈恩塔下题英名，进士成龙贡院情。
伏鉴杏园花色尽，谯周雨露几相倾。

368乐天惜药花怀集贤王校书
芳华半绽万千枝，玉影三姿一二时。
傲主春光何不语，群花逐起去来迟。

369卢肇张祜于甘露寺观肇诗曰
巫山欲两峡云平，蜀魏孙权玉女声。
日月三吴甘露寺，合明一处可阴晴。

370丁稜
平生自主一人心，遍历莲峰半古今。
兰署门生春闱属，坐听朝暮守知音。

371姚鹄
春闱竭力尽三年，塞草幽生已百天。
雨露春秋同日月，江山几度似辽边。

372高退之
桃桃李李一春荣，芷芷兰兰半岸生。
日月阴睛同亨切，门门第几声名。

373孟球
龙门一日成，苦读半生名。
菊圃生新萼，桃蹊紫紫荣。

374刘耕
一半颜工入孔门，三千弟子太华村。
杨随辈楷平人欲，桂许周郎顾造孙。

375裴翱
几度知音几顾频，周郎赤壁一君臣。
孙权幸取东风便，借箭声中作吴人。

376樊骧
只渎新书甲乙名，今生道路万千成。
思深虑远清词著，上苑花开振宇情。

377崔轩
劳人半得名，国器一成荣。
继入桃蹊路，同堂恬莲生。

378蒯希逸
声会入紫微，列贵向春闲。
锦绣裁诗处，采得玉章归。

379 林滋
龙门一水城，紫带半珠荣。
一变荷生处，三传不朽名。

380 李宣古
春光向晓生，感化向寰瀛。
碧玉杨文德，甘霖造柳营。

381 黄颇
三千子弟半皇州，一半蓬瀛鲁已游。
几羡龙门齐变化，颜生玉树数名充。

382 张道符
三升御镜一文身，九度莲峰半贵轮。
玉韵工成才白雪，阳春九曲纵清臣。

383 石贯
由来一国生，贵显半倾城。
羽翼三迁各，青矜日月明。

384 李潜
莲峰处处玉音清，兰署重重凤羽成。
德宇贞操三用佐，舍波匠学一心明。

385 孟守
主守门生济会期，荣同内署待群时。
行成喜木何林叶，感士人中十地知。

386 唐思言
几赞一儒行，龙门上远程。
莲峰山上客，禁署下诗城。

387 左牢
龙门二纪贤，司各一天年。
金榜名前客，蓬山御比先。

388 金厚载
俯仰造峰阁殿卿，阴晴天下受恩平。
翰苑芳华花不语，谬迹天书日月明。

389 王甚夷
春阁雨露一龙门，禁署群芳半幸恩。
白雪屏营无党字，东韦紫气御乾坤。

唐诗纪事卷第五十六
390 马嵬太真郑畋
玄宗蜀幸雨霖铃，宰辅梨园四季青。
帝子长生台上问，开元天宅渭边泾。

391 李彙征
世上如今半是君，人中几度问斯文。
商州不论秦川客，不住思明不住寻。

392 七夕刘威
七夕河中万鹊桥，千家碧玉一云霄。
长生殿上何言语，不问牛前日月遥。

393 崔郊
候门若海半轻尘，不似萧郎一路人。
汉上山河连帅寄，郊中不巴是纶巾。

394 题九华山谭铢
日上九华山，河流十八湾。
难开青霭成，不锁玉门关。

395 真娘者
何及有间偏色明，吴宫柳树叶条清。
真娘自此江东尽，一绝无休独作英。

396 九华山诗郭夔
万丈九华山，千川一玉颜。
云浮三界外，暮尽九江湾。

397 来鹏
一夜虫鸣半夜寒，秋叶落地两秋残。
五湖白芷洞庭岸，十地浮云九脉澜。

398 寒食山馆书情
一夜半清寒，三声五叹宽。
千年辛苦晚，万里读云端。

399 圣政纪颂来鹄
真观一业安，太甲半须冠。
五帝三皇治，丘明见先坛。

400 郑洪业
便羽向金门，成衣待故思。

凤阙辞雕题，铜梁汉黄昏。
越褐无垠重，蚕丛有蜀根。
巴江流不住。玉垒满乾坤。

401 牧为御史，分务洛阳杜牧
御史闲居守洛阳，南行独坐紫云香。
华堂一日狂言坐，一赏杨州梦细长。
粉破青楼虚得顾，妆红玉影牧衷肠。

402 杜秋娘诗
金陵一曲杜秋娘，玉斝三杯粉墨香。
感目京江如脂玉，丞相郑注赐漳王。
灞岸杨花流水色，长安八水绕咸阳。
江充自己何吉力，铜雀兮悲莫断肠。

403 寄扬州韩绰判官
一山落落一山遥，半色浮浮半色霄。
十里杨州千里梦，三年碧玉柳枝繁。

404 李羲山作杜司勋
斯文杜同动，翼短不寻君。
刻意伤别处，人间几度闻。

405 金陵怀古许浑
玉树浮云一楼空，晚景金陵半世雄。
燕子矶头江欲止，秦淮曲尽人无终。

406 咸阳西楼晚望
晚照上西楼，晴云下九州。
金陵三国去，建邺六翰林。

407 韦壮读浑诗
江南主客图，日月去来孤。
草木风云在，阴晴雨露苏。

408 省试昆明池织女石诗
昆明池上石方形，织女心中锦绣成。
脉脉连情情不语，丝丝动态态还倾。
云边鹊语争桥建，袖里高半牛促杼。

409 雍陶
水近衡阳雁不飞，云浮凤阙客无归。
千川楚国中流色，百里洞庭下翠微。

410 刘梦得洞庭诗
湘江一日水山和，塞雁三声尽离歌。
碧色何须南北向，乡音曲尽已不多。

411 天津桥春望
只见上阳花，何须下第家。
难言寒士色，苦待日西斜。

412 周元范
高楼一夕烟，远水半乡年。
主客图中见，阴晴七寸田。

413 听恬业台李远
丛台赵地一云天，玉树漳河半掌全。
管竹声中虫变鸟，绮锣衣下野花悬。

414 应举日寄史弟朱可名
不可向林泉，须知紫阁田。
中书门下客，主客作方圆。

415 长安秋望赵嘏
长安一望半云楼，汉阙千门万户秋。
羌笛三声人不语，红衣落尽十三州。

416 送高遂赴祝元膺
落日故乡心，风行客古今。
难言朝野夕，不尽时非音。

417 韦承贻
西南夜月半都堂，博带红尘一帝分。
里巷春秋天下士，洞庭水月满潇湘。

418 贾岛送史诗郑史
葛岸石重生，湘江水色明。
苍梧斑竹泪，白露两三层。

419 祖龙行韦楚老
秦人射虎祖龙居，渭水东流柳岸余。
孔子家中藏壁帛，坑灰楚汉不儒书。

420 杜牧之送韦楚老拾遗自洛中归朝云
拾遗洛中归，朱云渭上非。
天津桥上向，杜牧士前微。

唐诗纪事卷第五十七

421 段成式
寺外一禅音，人中半古今。
风云佛道释，日月视东林。

422 哭小小写真连句
清姿小小尘，不视座横节。
善继巫山雨，庾樱处处真。

423 宣阳坊奉慈寺，开元中虢国夫人宅，安禄山伪署百官，以田乾真为京兆尹，取此宅为府。后为郭暧驸马宅。
宜阳半古尘，府第一夫人。
虢国施杨素，金枝玉叶身。

424 翊善坊保寿寺，本高力士宅
保寿无成力士成，经藏阁外两三声。
荠花若苦河阳事，智增云宗已阳名。

425 崇羲坊招福寺
正觉上人身，西天偈孟津。
汤休诗久语，许睿撒禅邻。

426 崇仁坊资圣寺，净土院
净土吴生一寺中，三门总持半伽空。
观音大士李严字，嫩彩花房砌古童。

427 段成式，字柯古，文昌之子。博学强记，多奇篇秘籍。尝于私第凿池，得片铁，命周尺量之，笑而不言。置之密室，时窥之，则有金书二字，报十一时也。成式博物类此。终太常少卿。
金书二字休，博学一知音。
片铁三生纪，文昌两古今。

428 酉阳杂俎
日月木兰舟，僧儒上下求。
贾岛吟诗苦，马戴让河流。

429 光风亭夜宴，伎有醉殴者，温飞卿曰：若状此，便可以疮面对捽胡。成式乃曰：捽胡云彩落，疮面月痕消。又曰：掷履仙凫起，捲衣蝴蝶飘。羞中含薄怒，鬟里带馀娇。醒后犹攘臂，归时更折腰。狂夫自缳绝，眉势倩谁描。
吴姬半折腰，掷履一余娇。
粉而胡颜落，飞卿近心遥。
羞中钩衣带，倩里雨云消。
颊诟鸳飞水，攘腕碧玉桥。

唐诗纪事卷第五十八

430 尚书东苑公镇襄阳，成式、庭皓、蟾皆其从事，上元唱和诗各三篇。成式诗云：风杪影凌乱，露轻光陆离。温庭皓
襄阳草木一扶桑，火树枯荣半柳杨。
苦菊秋风多异彩，寒林自暖语心肠。

431 庭皓，咸通中为徐州崔彦会幕府，龙勋反，以刃胜庭皓，使为表，求节度使。倨答曰：我岂以笔砚事汝耶！其速杀我。遂遇害。
笔砚一春秋，书生半九州。
何须凭草木，不逝大江流。

432 上元唱和诗王辰元宵节自北京赴马来西亚。
元宵一里灯，月色白香馥。
走马方圆处，金兰碧玉冰。

433 梅诗云
香中一简繁，影里半方圆。
竹隔何桃李，烟从碧玉轩。

434 题僧壁云
一壁挂云天，三香隔雨田。
禅房花月夜，不染半尘年。

435 送卢潘尚书之灵武

万里贺兰山，千家碧玉颜。
三吴门外水，十塞客中还。

436 天台闲望云李敬方

一步半天台，三生两地开。
千章杭日月，九曲玉河来。

437 汴河直进船李溟

汴水万家船，苏杭百里泉。
莲峰多桂子，日月脂膏年。

438 李溟

长亭八面开，水驿四方来。
塞雁潇湘度，孤山楚蜀裁。
云行千万里，月照两三才。
晚老灯前客，心思白鬓迴。

439

乔木挂斗色，水驿壤门开。
向月片帆去，背云行雁来。晚
年名利迹，宁免路岐哀。前计
不能息，若为玄鬓回。无题。
溟以是诗得名，张为取作主客
图。贾岛送溟谒宥州李权使君。
七夕云李郢。

云浮百尺楼，日尽十年秋。
灞水东西问，长安去来休。
终面山上雪，渭北玉中求。
木叶初知落，乡心已半愁。

440 中元夜

一夜中元作九歌，三湘月落问嫦娥。
千年已去江南晚，万里还言见汨罗。
乌鹊桥头织女来，牛郎水上见乡台。
双双不语千言尽，玉带河中七夕开。

441 李羲山汴上送郢之苏州

梁王一旧园，小小半心田。
白紵丝丝结，盘门苦苦悬。

442 杜牧之湖南正初招郢

千溪一水自东流，万木三春半不休。
对酒当歌时令晚，黄昏未已上高楼。

443 咏马云韩琮

一刀贺兰山，三边紫气颜。
千年知伯乐，万里玉门关。

444 经炀帝行宫刘沧

汴水云浮万户舟，香消女色一王侯。
秦皇六国佳人尽，淮问长城几度愁。

445 柳棠

东山半柳棠，漫道一文章。
竹叶山头退，桃花犬子扬。

446 贾岛寄朋吉云贺兰朋吉

花香往往半东林，鸟语幽幽一古今。
夜南潇潇闻竹叶，高山流水向知音。

447 岳阳楼晚望崔珏

乾坤水色一况浮，高业黄昏万里谋。
鼓瑟波澜惊帝子，孤山日月岳阳楼。

448 哭李商隐云

星郎一义山，成纪半群颜。
衣物三千界，霓裳百岁还。

449 李义山送珏往西川

西川一旅愁，雪浪半无休。
峡谷寻桃色，巫山几玉钩。

450 子规诗云李洞

蚕丛不见杜鹃鸣，蜀道玄宗两驿声。
万古还闻君子度，千心只寄太真情。

451 长孙翱、朱庆余各有宫词长孤翔

佳人一夜问千门，玉水三流向万村。
纳色须当桃李岸，含情只怨一宫深。

452 春晚岳阳城言怀崔橹南洋

暮色岳阳城，云烟楚郡生。
洞庭湖上浪，异国雨中情。

453 莲花诗

瓜瓜葛葛净无尘，玉玉婷婷脂素身。
水上三千来去色，心中一半古今人。

454 岸梅云

含情脉脉一枝斜，吐艳彤彤半玉花。
竹影忧繁姿色重，疏香独入人家。

455 曹唐

人间一路半天涯，世上三心二月花。
束束东风云雨色，堂堂进士运来华。

456 孤云云于武陵

万里一孤云，千年半古文。
长安多枣树，洛浦少新君。

457 客中云

白日半西沉，红尘一古今。
千川波不空，四海曲乡心。

458 霍总

三秋九子峰，一上关楼客。
白日晴光远，青九映马龙。

459 武元衡

三湘鼓瑟二妃忧，竹泪千金万滴愁。
别后相思江岸柳，君心一半在秦州。

460 刘鲁风

万卷书生半鲁风，千年乞火一方翁。
声名不在诗词客，刘禄无须作人雄。

461 东归诗曰卢尚卿

东归一杏园，北里半桃仙。
桂树生寒子，婵娟暖玉田。

唐诗纪事卷第五十九

462 薛莹中秋月

婵娟日日向炎凉，月色茫茫待短长。
暮暮朝朝寻万古，盈盈缺缺自衷肠。

463 云诗褚载

一半沉浮向处来，三千世界何光彩。
无心玉色青天里，变幻阴晴莫测开。

464 五湖诗汪遵

三吴不断五湖烟，一越西施木渎船。

不似陶朱终始处，扬帆此去是天边。

465春诗云萧构
瑞雪半惊梅，潮声十地催。
春风初起落，几度问琴台。

466卢渥
好去到人间，宫城问御颜。
殷勤红叶在，沪水似阿蛮。
注：渥应举之岁，偶临御沟，见一红药，药上有绝句，置于巾箱，或呈于同志。及宣宗放官人，初下诏，许从百官司吏，独不许贡举人。卢后一任范阳，独其退官，观红药而吁藏巾箧，验其书，无不惊讶。诗曰：水流何太急，深官无日闲。殷勤谢红药，好去到人间。

467李讷
色色城楼盛小丛，声声月夜大江东。
激扬历切初飞雁，府暮风情老吏同。

468元节诗崔元节
羊公一岘山，洛浦半天颜。
御史浙东问，柏台木响间。

469知至诗杨知王
无因一醉杏园中，有道三成李色东。
异国风情何不以，桃蹊只似意苍穹。

470符彦卿
日月一莲村，阴晴半水门。
咸秦多鼙色，唱得入召根。

471卢郑
日月半瘦楼，沉浮一岁休。
阴晴同草木，醒醉石春秋。

472湘诗云高湘
日渚谢安诗，仁风李渎词。
袁宏歌黛鲰，子重高州迟。

473潊诗卢潊
潇客上鸟台，天书曰下开。

秦淮桃叶渡，处士月中来。

474滕倪
苦苦作词成，嘉嘉早客声。
告州播不尽，白发满人生。

475林杰
秀异已成文，中书待将君。
崔郎迁职守，羽客旧坛闻。

476李明远
潘州司马问春秋，御史监察竹影愁。
驿客空闻啼夜鸟，声声不尽上君楼。

477李章武
何山柏树不青青，几水清流见渭泾。
尚许三江东逝去，一叶扬长到中庭。

478郭圆
见辱鸿门受薄身，成园剑阁作方巾。
当须问晋何尝鲁，未可从周不造秦。

479题黄花驿薛逢
黄花驿外香，落鸟客中堂。
馆静思乡梦，无声只短长。

480弘靖为太原节度使，有山亭怀古
张弘靖韩察、崔恭、崔公信、陆潓、胡证、高珠、张贾
山亭一古人，石壁半人心。
丈内高低树，云中几木林。

481节度掌书记、监察御史李德裕和云
东风半翠樱，雨色一江流。
石路三川远，含元一日游。

唐诗纪事卷第六十
482赠释疏言还林寺诗序李节
疏言一寺愁，李节半湘洲。
释氏察源属，河东问九流。

483闲居即事云费冠卿
闲居郎事云，学子问东君。
孔孟何言道，张良几度闻。

484刘虚白
家乡日月一心田，七十年前半少年。
但向交河寻水色，荒芜草木许清泉。

485萧建
绝顶一表峰，云中半壁客。
新年何不语，旧步已无踪。

486袁不约
不约一秋深，声频半古今。
寒光天地树，主客去来寻。

487中秋夜思郑延美有作孙纬
中秋一月明，世俗半情英。
顾兔云遮桂，婵娟故影行。

488周祚
二月梅花独向人，三冬玉树怯春身。
枝枝傲影香无语，清气乾坤不作尘。

489赠美人崔澹
一阵轻风一阵香，半红玉树半经妆。
前时里巷霓裳曳，绪认桃花汉侍郎。

490东西行卢频
日落小荷风，云浮白玉翁。
莲心多少子，尽在不言中。

491夏日途中李廓
行人正午稀，树叶已相依。
日色何工力，鸣蝉顾薄衣。

492长安少年行云
碧玉少年郎，扬州半牵强。
香薰重薄伴，踏步杏园芳。
天明归侵度，绯紫曲江旁。
渭市表春北，金华日月梁。

493廓落第
遥遥一路边，步步半桑田。

落第知辛苦，成名问旧年。

494姚合有送李廓侍郎赴夏州
姚合问郎州，李廓待七流。
苍茫来去驿，迢递日沉浮。

495吴州月夜兴曹太尉话别李频
吴州月夜半苍茫，太尉乡情一曲肠。
隔楚还寻湖水涧，随帆梦里问炎凉。

496湖口送友人云
中流遇雨一湘烟，苇岸行云半客船。
雁远洞庭云梦泽，风波浪里几帆悬。

497罗隐题方千诗
君因可建州，夏汭论春秋。
里巷方千友，渔舟浣旅愁。

498秋入诗贾驰
古壁玉门关，流沙主客还。
风鸣今古去，雪鸟满天山。

499薛能
晋水一汾州，西川半九流。
申湖依峡寺，未已待乡愁。

500上元诗
古塔上元灯，人心下日凝。
红尘香玉色，夜暖化春冰。

501郑谷读许昌诗集有作云
一曲国风陈，三生玉叶真。
纵横灵少问，远近去来人。

502秋夜旅舍寓怀
不锁荒庭月独明，开窗冷色欲纵横。
西风半动人心去，旅舍苍凉鸟未情。

503读李斯傅云曹邺
秦王一可斯，五马半无辞。
立止长城外，何言汴水知。

504杏园即席上同年
同年半杏园，异梦一人眠。
枕上珍珠泪，云中雨色田。

505送人归南海
塞北一湘情，衡阳苇芷生。
人归南海去，夕照鹰空鸣。

506咸通末，虔余佐北门李公淮南幕，李蔚，赏游江，舟子刺舟，竹篙溅水，湿近坐之衣，公色变。裴虔余
一雨半渔舟，三春十地游。
千帆何远近，万里逐云侯。

507陈陶
齐呼万岁声，隔夜九州晴。
竹影南山雪，心明宝祚成。

508闲居难兴
成周一力余，五女半溪鱼。
水朋闲居问，相思西地书。

509北梦琐言
东陶一日诗，霸主半来迟。
莫道无麟鸟，江南帝业知。

510卓文君
一半莲花素玉开，文君楚楚下阳台。
三千月下浮云去，十二峰中碧木来。
注：襄昔，以修养为事。故诗曰：乾坤见了文章懒，龙虎成来印绶疏。严前书宇镇豫章，遣小伎号莲花香，往西山侍陶，陶殊不顾。莲花为号玉为腮，珍重尚书遣妾来。处士不生巫峡梦，虚劳神女下阳台。陶答之曰：近来诗思清于水，老去风情薄似云。已向升天得门户，锦衾深愧卓文君。

唐诗纪事卷第六十一

511聂夷中
二月卖新丝，三春乞草时。
青黄多不接，所以帝王知。

512鹭鸶诗刘象
凝时举目望睛空，顶带花翎月不同。

潜羽凌霄鱼影觅，孤高自赏云荷风。

513开成中，执政恶温庭筠拢场屋，黜随州太尉纪唐夫
随州不见杏园春，事业唐夫问玉频。
鹦鹉才高何自问，方城若比几天津。

514罗绍威
江东淡淡雨云深，魏博萧萧属籍箴。
岁月微微何节度，罗家隐隐去来心。

515郑仁表
寒宫一半美人倾，玉影三千六国荣。
汴水扬州和瑟语，水调歌头胜长城。

516江东罗隐有仁表经过沧浪峡
举目一苍穷，闻天半色空。
人向沧浪水，一足可长风。

517林言毁佛寺时，御史有苏监察者，检天下废寺，见银佛一尺以下者，多袖而归，时号苏捏佛。温庭筠遽曰：好对蜜陀僧。张林。
好对密陀僧，形成寺释灯。
归来苏捏佛，一尺可香凝。

518僖宗在成都，廷裕登第，抟以诗贺曰：李抟
铜梁万里一云开，紫气千门半去来。
白鹭风华知日月，飞鹰羽翼上天台。

519裴廷裕
微风细雨半清明，乞火浮云一偶成。
学士窗寒何冷暖，龙门去处有花荣。

520高蟾
金陵晚望玉云霄，故国三春暮日遥。
世上平重归社太，人中只见石头桥。

521郑谷赠诗
平生杜紫微，暮日去来非。
故国三千里，宫词不可归。

第三卷　唐人选唐诗

522春日云宋邕

轻黄淡绿玉人寒，草细莺啼叶半宽。
雨雾烟浮风已止，疏香暗影上云端。

523春夕旅怀

梅花一两枝，水色两三迟。
梦里千声问，云中万里诗。

524古意孙郃

楚子半汨罗，贾生一世多。
秦人何六国，介洁九州歌。

525江南清明郑准

吴山越水半生中，蜀驿秦川一袖荣。
采石江头燕子去，延兴门外有阴晴。

526焚书坑章碣

秦王一日焚书坑，六国三朝客不同。
竹帛烟消虚业绩，鸿门刘项未央宫。

527辛苦吟于濆

辛辛苦苦一时吟，鲁鲁齐齐半古今。
陇锁平原君上坐，重门隔断自千金。

528思归引

误读一家园，常耕半亩田。
行成千里路，步足万心泉。

唐诗纪事卷第六十二

529津阳门诗序，津阳门者，华清宫之外阙，南局禁闱，北走京道。郑嵎

世事明星月酒余，华清宫外禁闱虚。
津阳门里南陈迹，石雍僧观几不居。
虢国夫人颜色好，霓裳只就羽衣襟。
梨园自此扬天下，石读江山一日书。

530梨园

瑶光紫禁一迎娘，舞常蛮儿半玉香。
百司华清汤水暖，三郎弄笛九州堂。
罗公如意金山客，内府熏心夜生肠。
自此杨宗何渝曲，公孙剑日秉寒光。

531

玉忌峰头促酒香，梨园曲外向三郎。
金沙洞口长生殿，饮鹿泉边杏花扬。
望月莲莱花燕舞，三藏上幸竹枝扬。
霓裳半鲜芙蓉醉，蜀幸奴儿托断肠。

532忽忆水调辞后掩泣曰：李峤真可谓

剑阁向山川，潼关似旧年。
渔阳封紫鼓，力士菜莽田。
石勒张公道，金堤九旗旋。
望贤宫外路，万岁隔云烟。

533宫中亲呼高骠骑，潜令改葬杨真妃。花肤雪艳不复见，空有香囊和泪滋。

唯有胸前紫缚囊中，尚得冰麝香。
时以进上皇，上皇泣而佩之。
真妃雪艳不复全，紫绿香衷上注悬。
白鹿芙蓉园处色，华清水调只隔年。

唐诗纪事卷第六十三

534早春云方千

三元一会半群芳，九陌千川十地杨。
雨色初齐门否柳，云晴未晚寄香肠。

535除夜云

一日三更两岁分，千门万户半贺君。
声声灯竹随年去，处处新春处处云。

536镜湖西岛闲居诗

月落镜湖心，燕飞觅故材。
云连烟树外，水静客鱼音。
几去何来向，明辰夜西寻。
花香草碧处，复向英杨深。

537僧贯休赠诗

不近谢敷村，何寻临水魂。
雄飞遥地语，草木自天恩。

538吴中怀古刘驾

西施半入吴，酒歌一姑苏。
木涘生娃馆，夫差玉女都。

539司空图喜王驾小义重阳相坊王驾

一鹤半重阳，三分两菊黄。
金丝香旧寂，柳叶纵情扬。

540衡准

闲言莫似一闲言，半语须当半语萱。
后羿婵娟何日月，轩辕自古作轩辕。

541詹雄

叶落故宫平，蝉鸣禁柳倾。
长安街外路，万里始枯荣。

542寄费冠卿顾非熊

先生上九华，石室满梅花。
乌道深林没，浮云入客家。

543贾岛寄非熊

暮雨满蒲湘，残云半柳杨。
山山和水水，竹泪似衷肠。

544图兴李生论诗云

诗词一味中，日月半西东。
蓄雅形成体，余心各不同。

注：淳蓄、润雅，皆在其间。

545与王驾评

技巧半工精，风情一察明。
佳人间艳色，日月满渊城。

546贫女云秦韬玉

平生但作嫁衣裳，十指精工画眉藏。
莫必良媒高格调，取问柳岸一牛郎。

547潘诚

一半轻舟入汉阳，龟蛇不锁太江乡。
琴台这近高山水，夜夜声声是曲肠。

548经费拾遗旧隐诗胡骈

日半九华山，云平一各颜。
人心何草木，竹影寄空还。

549 二妃庙云：帝舜南巡去不还，二妃幽怨水云间。当时珠泪垂多少，直到如今竹尚斑。高骈

衡阳落雁半楼颜，舜帝归心自不还。
夜月如今情切切，潇湘自此泪斑斑。

550 题罗浮别业

不染闲尘别业虚，樵渔草木客心余。
罗浮日月烟霞处，莫递人间未可居。

551 中秋月潘纬

光见一宫明，孤闻半叶声。
婵娟声已尽，桂子影无形。

552 琴云

一曲八荒平，三声一叠情。
弦连心不语，气落古人鸣。

553 武瑾

九日自还乡，三生莫断肠。
楼兰无远近，易水以心扬。

554 孤云诗于业

万里一千山，东西半旧颜。
舒中何不卷，意下未知还。

555 蝉诗

柳下一声鸣，人中半不平。
垂阳何落去，故园叶难荣。

556 路德迁

一杏半墙红，三春两色风。
随人来去向，隔第陌阡空。

557 唐语曰：槐花黄，举子忙翁承赞

云中日月一花黄，雨下阴晴半御堂。
举子妆成何论嫁，莺鸣只绪儿衷肠。

558 题金山韩垂

灵山一两峰，岌石万千垂。
象雨江流色，金陵故水客。

唐诗纪事卷第六十四

559 送羊振文归觐桂阳颜萱

一水半吴客，三山一蜀封。
长江流不住，故步已无踪。

560 和皮日休悼鹤李毂

鹤氅御寒冬，闲情伴陆客。
尘归三五路，返顾十三重。

561 和陆龟蒙白菊诗司马都

金英一例沿时开，白药三秋向日催。
酒色平阳芳又晚，疑寒以雪作瑶台。

562 和陆龟蒙白菊诗郑璧

白艳浮云带玉痕，梁王尽雪问瑶村。
琼妃若会蟾宫桂，蜀帝方成雁舞门。

563 崔璞

几处一清风，三光半色空。
人中争日月，事后向苍穹。

564 和皮日休悼鹤魏朴

幽幽一处情，处处半轻鸣。
日日侥高望，云云向众生。

565 旅泊张贲

洞庭水色半吴门，白鹭云天一水村。
泊鸟群群何处是，鲈鱼点点问黄昏。

566 和陆龟蒙白菊诗

白菊一层霜，华冰半寄扬。
仙人常始点，博士尼苍茫。

567 陆龟蒙

晴阴日月一苏台，友善江湖半故猜。
拙政园中来去客，龙楼角下曲声载。

568 龟蒙三吴人也。幼而聪悟，文学之外，尤善谈笑，当体江、谢赋事，名振江左。居于姑苏，书万余卷，诗篇清丽，与皮日休为唱和之友。有集十卷，号曰松陵集。

松陵集下一名藏，唱赋诗中半自芳。
拙政园前寻故水，吴门雨色只茫茫。

569 江湖散人歌

江湖半散人，草木一群津。
互续阴晴水，沧沧浪水粼。

570 龟蒙居震泽之南，巨积庄产，有新鸭一棵，颇极训养

鸭鸣陆龟蒙，震泽巨庄东。
自可呼名字，苏州一戏中。

571 皮日休

襄阳草木观山东，博士黄巢欲不同。
木上三丝田下问，人中日月半吴中。

572 日休寒日书斋即事三章

寒光一半日休梁，斗角三千月划堂。
不事移时何进退，有心学步自表黄。

573 松陵集序曰：诗有六义，其一曰比。比者，定物之情状也。则必谓之才，才之备者，于圣为六艺，在贤为声诗。噫！春秋之后，颂声寝亡，降及汉氏，诗道若作。然二雅之风，委而不兴矣。在诗有三言、四言、五言、六言、七言、九言之作

处在开无一八荒，天径六芒半干堂。
诗词数量何长短，慝艺兴情可抑扬。

574 怀鹿门县名离合二首

一叶鹿门山，三秋沈宋闲。
齐梁南北雁，武帝七言湾。

575 璐有览皮先辈盛掣诗赠日休崔璐

相如一赋入深宫,上帝三文舜典工。
万姓伊余曾海广,千门邺貌彩儒风。

576 宫怨云任蕃

不语一心头,无言半月休。
天边何必挂,竹影去来羞。

577 寒月联句卢休

柳岸一枝红,湖波半彩虹。
西施吴越问,尽是馆娃中。

578 畋有晚泊汉江渡刘畋

晚泊汉江边,知音浪里船。
云前知水色,雨后问桑田。
莫问飞黄鹤,须闻万古烟。
晴川杨柳树,不挂晋秦帆。

唐诗纪事卷第六十五

579 袁郊月诗云

一月半人间,三秋十地颜。
婵娟宫色近,驿客只思还。

580 霜诗云

似雪满燕山,形云素状闲。
姿身何俯就,律暖向人间。

581 露诗云

一滴芸珍朱,三春半有无。
荷池重玉色,百草自心苏。

582 云诗云

一甸满甘霜,三塘半古今。
将谋天地外,远惑去来心。

583 卢延让

寻常简易一文章,水色天光半柳杨。
下里巴人天下事,阳春白雪尽何防。

584 裴说

江山草木可秋春,日月阴晴羽扇巾。
业于幺卿行卷问,龙门六艺始终人。

585 赠僧贯休云

日月可方圆,阴晴自地天。
云疏云卷去,寺主寺边田。

586 说旅行闻冠

一片江山不片云,三秋草木半秋分。
英雄鼎云成心事,天下何人不似君。

587 秋醉歌张为

一曲泽阳桐,三江赤足翁。
金风随叶至,岭木已烟红。
九日重阳酒,于家醉里中。
形成吴水阔,造化五湖东。

588 为作诗人主客图序

教化诗人主客图,升堂入室及门苏。
清奇僻苦宏无约,岳麓仙翁惑女奴。

589 韩偓

万崴山川百崴荣,千年日月十年成。
重阳夕照重阳水,雏凤清于老凤声。

590

一家碧玉一家田,十地江南十地烟。
几处姑苏云雨岸,小桥渡口小桥船。

591 醉着云

一醉春秋一醉眠,半岸江风半岸船。
三壶不醒两壶悬,千声已尽垂扬柳。

592 并州云

榆关向井州,雨色向天流。
北地何言少,南泉自不休。

593 别湖州上主人曹松

一别去湖州,三江问故流。
千川来去水,万壑雨云酬。

594 吊北邙

人中五百年,天下一心田。
仄仄平平仄,成成败败前。

595 春宫苑杜荀鹤

鹤语九华山,长林一牧蛮。
齐安秋浦宋,妆妊杜筠颜。

注:荀鹤牧之微子也。牧之会昌末年齐安移守秋浦,时年四十四,所谓使君四十四,两佩左铜鱼者也。时妾有妊,出嫁长林乡士杜筠,而生荀鹤。

月里一婵娟,雄中五百年。
寒宫多少色,世上去来田。

596

事事乾坤各不同,年年草木去来中。
成成就就兴亡外,雨雨云云日月风。

注:荀鹤初谒梁王朱全忠,雨作而天无行云。梁曰:此谓天泣,知何祥?请先作无云雨诗。乃赋曰:同是乾坤事不同,雨丝飞洒日轮中。若教阴翳都相似,争表梁王造化功!梁悦之。

597 题伎王福娘墙孙棨

兰房一福娘,玉壁半春香。
隔月三心意,随衣两夜长。

598 棨赠伎人云

半露仙云半玉庐,一春寸草一春余。
玉壶醉唤萧郎客,我自青楼待月居。

599 题北里伎人壁云

不鲜黄金一两条,何从曲舞万千里。
难图古月寻杨柳,不是香天是阿娇。

600 王铎

潼关帐下忆苏秦,万马儒中守寸巾。
都统三尘明主用,黄巢阙下刃锋人。

601 古今诗话郑綮

一国古今诗,三生日月知。
春秋生草木,五万去来时。

602 月诗胡玢

婵娟一桂根,后羿半王孙。
色处寒光尽,轮中玉树恩。

603 杨收

鼓久一声闻,知音十地分。

龙城千跃处，玉树半斯文。

604谒华州李固言平
一日守村门，三春问玉根。
千芳和草木，万古是儿孙。

605缪岛云少从浮图，其诗龙尚奇险缪岛云
一半云中一半烟，两三雨下两三田。
千山名壑千山路，万里湖登万里泉。

唐诗纪事卷第六十六

606
密语半马涓，蚕丛一国田。
严仙何不鲜，浅薄不经年。

607望九华山庐嗣立
立望九华山，心成半禁颜。
江河天下云，不弃玉门关。

608李质
得意桃溪路，仓惶得日观。
东房一酒坛，素练半云端。

609姚严杰
月色一巴山，江青半蜀颜。
分心何所以，去意不知还。

610王璘
王璘日试万言成，鸟散余香十碧生。
雨住风停何复就，花开问叶弃人明。

611赋百舌鸟严郭
一鸟轻鸣百舌音，三春不语十寸心。
天空但异千林木，玉宇同楼一古今。

612标赠元和十三年登第进士陈标
韩滉太白曲江东，雨色风声上苑桐。
进士窗寒辛苦尽，龙门草木已英雄。

613崔安潜
江淮水雨泽天民，晋冀河光鲁豫亲。
永乐乾宁客管略，龙门主客作君臣。

614庐发杜蕴
十姓胡中第六胡，半吴雨里已三吴。
云中日月昭天下，阙下文章胜敝庐。

615钱珝
夜雨一春宵，春云半柳条。
龙门何草木，阙外玉芳遥。

616庐骈
青龙一舍空，命笔半情风。
暮气荣枯异，阴晴日月同。

617皮日休伤严子重序嚴恽
三春草木一春同，十色碧玉十色红。
尽纳花香香不语，何须日月明中。

618惆怅诗王涣
玉叶春蚕一枕眠，红娘古月半心悬。
藏娇屋里鸳鸯被，汉武宫中苦不眠。

619张曙
三春水月一龙鳞，十地江山半客身。
昨夜丞相芳草绿，今晨曙目浣天津。

620翁绶
三吴一酒壶，二月半江都。
玉笛楼中语，浮云雨里无。

621咏酒云戴司颜
凤阙归来法华经，元侯节度上厚铭。
江西遣幻行名处，文章渡口紫衣庭。

622孙定
人生一寸心，世俗半森林。
渭水长安绕，长江沪海深。

623赵牧
文章日半无痕，草木枯荣一处根。
左右逢源何上下，高低日照是黄昏。

624庐注
二十年华唱九歌，三吴草木岸江河。
千坛越水何流结，一个西施已太多。

625郑愚
湖南大溪一湘西，虎啸猿啼一曲低。
雨里风中云欲尽，幽玄弃觉玉花楼。
区区造化荣枯事，世世成形汴水堤。
主客秦隋炀帝问，长城未及是春泥。

626王镣
一石向江津，千山弃旧尘。
人前知自己，雨后草花新。

627陈琡
日月入茅山，家妻客不还。
禅音相继续，不可寺门关。

唐诗纪事卷第六十七

628李嶷
江淮大泽济斯民，紫树端云凤玉新。
国语文章形止处，沙堤已到广陵春。

629节师旷庙文袁皓
簹吟八物半天声，石草干丝一怨鸣。
匏土和乎文韵至，舒今亦古此先生。

630罗隐赠袁侍御诗
上品半风尘，中庸一角鳞。
咸通天下事，处世士中人。

631欧阳澥古今诗
五十年前向帝乡，三千弟子自衷肠。
交河日落楼兰尽，几处知音几柳杨。

632徐振古今诗
箕山一月明，渭水半江清。
阙外群芳草，云中独步行。

633李涛古今诗
江流一水声，世俗半人情。
日落长亭路，飞卿博士城。

634御沟为王贞白古今诗
鸟道半无声，龙池一不平。
中流御沟名，何问水本切。

635 贞白寄郑谷曰古今诗
豪情五百年，寄语一千天。
莫以争光后，冰蚕化茧眠。

636 会昌时，有题三乡者曰：余本若耶溪东，与同志者二三，纫兰佩蕙，每贪幽闲之境，玩花光於松月之亭，竟昼绵宵，往往忘倦，洎乎初筓，至于五换星霜矣。王祝
日在若耶溪，梅香二月泥。
三分松月晚，忘倦读书堤。

637 女几山
泸木渭川晴，终南上苑荣。
幽关泾陕客，虢略太华城。
女儿山前问，佳人枕上盟。
云中梦不已，雨星渐无声。

638 三乡诗刘谷古今诗
意在苧萝山，心成灞上还。
三分西子问，何以五湖颜。

639 三乡诗古今诗
粉色工萧娘，西施半卸妆。
文君何举步，日落向刘郎。

640 三乡诗王涤古今诗
浣影入吴城，娃声向越情。
范蠡商贾去，木渎水流清。

641 三乡诗王硕古今诗
西施越水亲，不怨浣纱人。
宋玉邻家向，尤怜子胥巾。

642 三乡诗陆贞洞古今诗
文姬一笛声，宋玉半邻情。
暮日吴门色，狐莺几处鸣。

643 三乡诗李缟古今诗
不近莫愁情，西施越女声。
秦淮王谢去，隔岸石头城。

644 三乡诗高衢古今诗
溪边十万山，木渎一乡关。
此水西施浣，吴门越女颜。

645 三乡诗张绮古今诗
莲蓬一女郎，玉泪半三乡。
几处相思地，江南不断肠。

646 三乡诗书冰古今诗
一月满三乡，千家半水塘。
莲心何日月，尽向去来忙。

647 三分
西施浣影若耶溪，一片梅花作玉泥。
木渎吴江分水色，洞庭不忍馆娃啼。

648 薛昭纬
空心一线几云乎，向卷革灯半晓明。
浩汗难升临笔舌，机云沈宋韵幽清。

649 合敬及第后宿平康里诗郑合敬
东风上苑花，日色曲江斜。
楚闱相情重，萧娘半人家。

650 许书
夜是寒宫几度情，逢秋夜半自便清。
怜光处处寻幽去，桂子殷勤道不平。

651 程贺
洞庭水中关君山，景德城中一月颜。
竹泪难言妃自语，潇湘不尽岳阳恋。

652 裴铏
石室一文翁，千秋半占桐。
成都多少客，节度旧时中。

653 张孜
郭璞一风云，江淹半流文。
黄河来去色，李白草木闻。

654 顾云
肄业九华山，淮南半故颜。
霄川修实录，凤策荣笔流。
注：顾云，字垂象，池州人，生年不详，

风韵详整，与杜荀鹤、殷文圭友善，同肄业九华山。咸通中登第，为高骈淮南从事。

655
初传九转方，徒切热砂肠。
白日依山尽，虚皇午夜香。

656 云咏柳云
青黄一半色无匀，小叶细枝半寸身。
隔岸梅花香乞尽，原来折下一年春。

657 李昭象敦煌
沙鸣日落月牙湾，夕色风尘闺小蛮。
几处藏身依篱短，荒山掩没玉门关。

658 题顾正字溪居
尘风一半在人间，士语三千问玉湾。
徒教生平杨柳折，春秋恬溃似开关。

659 三分
十亩荷塘一色开，三分月影半亭台。
清宫桂子婵娟语，浣女藏身似曲来。

唐诗纪事卷第六十八

660 殷文圭九华贺雨吟
一雨半陶公，三雷十虎雄。
龙云行碧野，散尽玉珠穷。

661 寄贺杜荀鹤及第
一语惊人五字工，三生入锦半云红。
鹏飞万里辞天气，马踏千门向大同。

662 唐彦谦中秋玩月
长沙十六几方圆，士子三千半地天。
日月何须先后语，耕耘只在九歌田。

663 八月十六日夜月
十六几何圆，婵娟玉影悬。
宫清心不已，惭缺渐难全。

664 咏柳
丝丝缕缕楚腰情，曳曳摇摇宋玉声。
绿绿黄黄何不室，风风雨雨暗生成。

665 左拾遗孟昭图在蜀，上疏极谏僖宗，田令孜恶之，沉诸暮头江。澈吊裴澈。

何人水色问属平，蜀孟江中两三声。
月夜空闻烟雨尽，昭图可遇杜鹃鸣。

666 卢携题司空图壁

仰乐一身名，天平关节平。
空图云壁语，老子是功名。

667 立春

东风半立春，暖气一临津。
紫袍佳人梦，殷勤玉柳身。

668 长安清明

一雨春情二雨船，五湖水色五湖天。
清明乞火窗寒暖，半见榆花半见残。

669 秦妇吟

秦川一妇吟，渭水半清临。
内库枯荣里，天街是古今。

670 吴融

一水半华清，三泉二色明。
芙蓉方出沐，玉露太真荣。
虢国梨园素，胡儿舞御城。
渔阳蜂火照，不鲜羽衣情。

671 松江晚泊

一日半淞江，三英九陌艣。
洞庭少外水，玉树五湖窗。

672 江树

枝枝叶叶已霜红，水水山山远近同。
色色形形惊古木，层层叠叠有元中。

673 罗隐寄诗于易定公乘亿侍郎

仕汉问冯唐，宫连拜晓郎。
南山冠素雪，北极玉天光。
笔墨三台侧，丹青西辅傍。
疏香春色晚，化紫作衷肠。

674

平生半就两茫茫，几业三清一曲肠。
路异声情千万向，原来日月十三香。
注：亿送客，马上见一妇人，籯缕跨驴，类其妻也。睇睨不已，妻亦如是。诘之，则是也。相持而哭，略人异之。后旬日登第。亿尝有时诗云：十上十年皆落第，一家一半已成尘。可知其屈矣。

675 费拾遗书堂罗邺

拾遗一书堂，重温半帮章。
怜心知日月，常带向时长。
怪语同巢许，奇文佐禹汤。
涵湾天下色，秀水十地妆。

676 清明登奉先城楼罗衮

清明半日奉先楼，乞火三光取色修。
雪化川原残末尽，江南一字雁声留。

677 罗隐，梁开平中累征夕郎，不起。

不可风流日月流，须当枯荣去来修。
塘中自有阴晴水，巷里空藏远近楼。

唐诗纪事卷第六十九

678 罗虬

手刃红兜百绝诗，雕阴玉女一芳迟。
平阳万马冯妃乞，足叶莲花半洛枝。
汉帝藏娇长厂赋，齐奴楼下窃娘知。
梅妆小小刘郎问，虢国夫人忆几时。

679

半曲伊州半比红，一株素柳一香风。
飞琼武婿阿蛮女，玉树冯媛入汉宫。
注：虬词藻富赡，兴宗人隐、邺齐名，咸通、乾符中，时号三罗。广明庚子乱后，去从鄜州李孝恭。籍中有杜红儿者，善歌，常为副戎蜀意。副戎聘邻道，虬请红儿歌而赠之缯绿。孝恭以副戎所盼，不令受所贶。虬怒，拂衣而起；诘旦，手刃红儿。既而思之，乃作绝句百篇，以追其冤，号比红诗，盛行于时。

680

一曲南朝玉树明，半家烛火窈娘声。
三罗副戎红儿脱，始释齐奴刃不生。

681 罗隐

文辉玉宇半余杭，寝陋江东一隐香。
九陌诗才残缪子，三罗给事两断肠。

682 钟陵伎云英

钟陵一醉半知音，旧见三春九古今。
十岁云英罗隐问，声名俱似木中林。

683 归五湖

日落王湖舟，云浮一柳楼。
高阳酒徒少，芍药取门侯。

684 杜荀鹤钱塘别隐

前程一步遥，故止半云霄。
月色何桃叶，秦淮渡柳桥。

685 陆宸诗有今秋已约天台月之句

洞庭一叶五湖船，越女三吴半王烟。
不约天台枫叶月，何寻白马寺中禅。

唐诗纪事卷第七十

686 棠旅中送人归九华许棠

行人问九华，顶木待千花。
晓露寒湫水，猿啼会隐家。

687 洞庭诗

中流砥柱一孤山，四顾云天半水颜。
半壁惊风船不空，三江九脉几归还。

688 张乔

十哲咸通十二人，千门月色举天津。
山头夜火春江树，岁路潮涛浸素巾。
注：咸通中，兴许棠、俞坦之、剧燕、任涛、吴宰、张缤、周繇、郑谷、李栖远、温宪、李昌符谓之十哲。

689 乔游终南白鹤观诗

终南白鹤观，紫禁泽云端。
上微丹峰炼，无穷古意坛。

690 剧燕
河中雅正诗，四海国门辞。
剧蒲三公拜，重荣诸事迟。

691 任涛
白鹭一行飞，悬帆两日归。
随流知水色，醉认故家扉。

692 咏草诗张滨
丛丛一水边，叶叶中夫悬。
泽泽三秋雨，声声十地田。
黄昏藏日月，岁令去来船。
远近花明岸，阴晴渡口烟。

693 残月如新月郑谷
一日如新一日残，半圆似缺半圆坛。
何心偏向寒宫闪，复指轮弦上下观。

694 谷咏雪
飘飘洒洒一云烟，密密疏疏半素田。
暮暮朝朝连玉树，空空色色后庭娟。

695 曲江春草
落落曲江边，幽幽上苑前。
烟花香莫展，夜月伴人眠。

696 石城云
金陵半色莫愁肠，二水三山建业乡。
柳岸杨花桃叶渡，云飞雨落石头荒。

697 温宪
上第长安下第人，十年乞火半年身。
文衡守壁宋阳客，二月如尘七月春。

698 杏花诗
小杏过墙飞，春情去不归。
余香多少色，尽可满心扉。

699 秋晚归故居李昌符
秋居半晚归，省马一余晖。
渐识惊心处，风停几是非。

700 北梦琐言云：咸通中，前进士李昌符有诗名，久不登第，常岁卷轴，怠于装修。因出一奇，乃作婢仆诗五十首，于公卿间行之。其间有诗云：春娘爱上酒家楼，不怕归迟总不忧。推道那家娘子队，且留教住待梳头。
婢仆幺卿莫属忧，春娘酒肆问家楼。
归迟复异文心致，报与知音到白头。

701 鸿门宴云　王毂
日月一鸿沟，风尘半去留。
刘邦何治已，项羽以豪囚。
垓下王无处，江东士不休。
张长知楚汉，八面埋伏谋。

702 玉树曲
陈宫一月明，玉树半身轻。
御草成弦曲，天花向禁城。

703 李山甫
梦里输赢总不真，人前日月共风尘。
劝君只道无成败，雪去花来又是春。

704 伊璠
一日探花郎，三春逐水芳。
千章荣草木，万色曲江杨。
注：璠及第后寄梁烛处士。

705 钟离权
一道高儒半道成，三春岁月两春声。
相寻不愿随从问，别是蓬莱第一名。

唐诗纪事卷第七十一

706 张道古
释谒因源一日免，堂东观道半禅房。
施州惆怅斯文在，拾遗陈章正颓纲。

707 登岭望许鼎
悠悠一赤县，脉脉九州泉。
淼淼三江水，苍苍十地田。

708 除夜长安李京
长安两地天，洛邑一方圆。
半夜连叹岁，三更换旧年。

709 寒食都门胡会
都六二月半长沙，塞雁三声一客家。
口外风尘初起落，衡阳日色含情华。

710 寒食日献郡伍唐珪
草色入门中，风声问世同。
邻家初乞火，巷里已空空。

711 韩定辞
绵绵碧草已连天，处处芳林宿接船。
别后王乔君不见，辞前日月数何年。

712 咏蚕诗蒋贻恭
常眠一夜中，不恨九州虫。
着处贪丝缕，辛勤茧国空。

713 僖宗幸蜀，或题马鬼驿
依依一柳烟，处处半旗田。
耿耿阿蛮向，幽幽玉影悬。

714 李拯
东风照旧入长安，渭水依源问暖寒。
各邑秦人何楚汉，终南草木满前川。

715 高越
山前一雪归，雨后半寻薇。
未肯辞心地，何须尽日飞。
注：越，燕人。举进士，，交價蔼然。鄂帅李简贤之，待以殊礼，将妻以女。越窃论其意，赋诗一绝书于壁，不告而去。诗云：雪爪星眸众所归，摩天专待振毛衣。虞人莫漫张罗网，未肯平原浅草飞。

716 中秋夜有怀许彬
十五中秋半未休，方圆十六一酬谋。
寒宫内外婵娟向，上下清弦日月流。

717 中秋夜孙蜀
已尽一方圆，还闻半色弦。
何须三界晚，只入五湖船。

718
一夜逢圆一夜分，千家望断万家闻。
三秋桂子嫦娥问，两地书乡两地君。

719牛峤
不肯作梅妆，须当问露尝。
珍珠无力落，晓色自天扬。

720崔庸
世上一丹青，人间半渭泾。
云中天外见，巷里去来星。

721同谷子
本自一安宁，临流半玉冰。
陶唐方寬鲜，醒醉寸心凝。

722陈咏
隔岸杨花柳叶扬，随流点酒女儿肠。
沙鸥渡口飞还落，妒善当垆是短长。

723旭及第后呈朝中知已李旭
凌晨晓鼓御嘉晋，禁苑含元紫气沉。
玉阙真珠尘始尽，龙门赐水曲江林。

724沈彬
人间几异今，世俗半知音。
举止文皇处，形成世祖心。

725周朴
长吟一两声，微朴万千荣。
雨过杏花落，云浮日色明。

726润州金山寺孙鲂
僧人寺外一心成，老衲禅中半月明。
不许波涛惊四面，金山镇水礼三生。

727王易简
不可朝班曲折名，直言日月是阴晴。
青山草木枯荣处，故水东去见流清。
注：此人梁乾化中及第，名居榜尾，
不看榜，却归华山。

728范摅之子
七岁一诗成，三声半隐情。
方千生雨水，病叶非秋横。

729郑云叟
人心一醉半荒尘，古道三春雨地新。
素面西施娃馆曲，花破越国一腰身。

730云叟，僖宗时应百篇举不利，遂隐华山。
月到华山半不明，泉流太室一云平。
洞庭四面波涛起，十地君山大小城。

731谢太虚秒秋洞庭怀王道
洞庭半楚天，梦泽一湘田。
谢客微言尽，空余目送船。

732过洞庭李屿
浩荡纵横流，三吴半楚秋。
君山云梦泽，赣水九江浮。

733岳阳楼江为
日暮岳阳楼，乡思桔子洲。
辽东多少路，月照半春秋。

唐诗纪事卷第七十二

734僧法宣
知音不是一周郎，水调歌头半雨乡。
舞袖风扬裙裾落，兰芒眉黛误衷肠。

735僧中寤
人间一弟兄，世上半枯荣。
事业心中致，平生足下成。

736僧子兰饮马长城窟诗
立马一长城，雄心半塞情。
辽东乡土地，易水浸寒明。
北海连中国，南洋日月平。
银行油储运，换得亚洲荣。

737赠行脚僧
两足人间万里行，三生世上半枯荣。
心工宇宙淹流事，雪月风花可以情。
古道来寻通不尽，长亭去处结清明。
门前草木春秋易，此后昌平续继成。

738僧埕澈
造语上人名，澄源下野生。
诗僧江右得，从体自清鸣。

739柳宗元韩漳州书报澈上人亡因寄二绝。
一水澄源一水清，半江野火半江明。
孤吟日月僧灵澈，遗句春秋只姓名。

740澈兴刘梦得友善，梦得送僧促制东游末句呈澈云。
半见所州半见楼，一泓玉水一泓流。
黄昏日下红澄色，古刹钟声自不休。

741长卿酬师相招云
苍苍一竹林，渺渺半古今。
处处泉源水，幽幽古刹心。

742张祐题澈上人旧房
空门寂寞上人房，古寺清幽下澈堂。
落叶惊风廊后问，禅晋八戒四时光。

743新泉僧灵一
东林一古泉，竹影半清天。
性净空流尽，山峰意愿田。

744宿严维宅简章八元僧清江
古刹钟声一主人，平原落叶半客身。
帘生细雨云烟重，竹话山林独自亲。

745李益重阳夜集兰陵居兴宣供奉聊句僧广宣
促织一声寒，茱萸九日宽。
竹叶东篱碧，乡心上云端。
洛邑西风色，兰陵玉露残。
重阳高处见，只望客南冠。

746元微之和王侍郎酬宣上人
本自近紫桑，何须向柳杨。
人心终自在，磬语惠休肠。

747乐天别宣上人
莲花一乐天，世界半源泉。
水月红楼近，风尘柱国年。

唐诗纪事卷第七十三

748壬辰生日，吉隆坡—北京

天龙海外已抬头，雨里云中自不休。
毕业南洋多少路，银行成就去来谋。

749月夜泛僧法振

寺外武陵花，云中住持家。
南湖舟自去，岸草玉姿斜。

750李益送贾弇秘校东归寄振上人

处处上人心，僧僧过寺今。
江淹随鼓去，故殿遗钟音。

751题伍相庙僧常雅

一日浙江潮，年年逝不消。
姑苏吴越梦，木渎柳杨桥。

752石桥琪树僧隐丘

曲曲士人君，直直身且闻。
幽幽琪树色，隐隐石桥云。

753送无著禅师归新罗僧法照

不问汉家城，何寻弟子声。
钟声余日月，宿鸟待阴晴。

754寄钱郎中

曲曲江河十八湾，娟娟粉雨万千颜。
男儿寒北当弓箭，仕女江南浣北蛮。

755宿九华化成寺庄

古寺孤庄一两间，山泉玉树去来闲。
零空雨淡烟霞老，月影屯鸣草木湾。

756送童子下山诗云金地藏

新罗王子九华山，竹马金沙半隐颜。
礼重空门茗不语，溪清不到玉门关。

757僧皎然

鉴准裁精韵海清，苏州谢昼老夫情。
抒思旧制文章客，世外声名是士英。
注：姓谢，字清书，吴兴人，灵运十世孙，居杼山。颜真卿为刺史，集交士撰韵海，皎然预其论著。贞元尝于舟中抒思，作古体十数篇，求合书蓟州，韦大不喜。明日，献其旧製，乃极称赏云：师几失声名。

758访陆羽

千川不断五湖津，万里长亭一曲伸。
四海悠悠沧浪子，三吴荡荡半乾坤。

759寻陆鸿渐不遇

野鸟入桑麻，人心草木家。
春秋禺路色，日月小桥花。

760宿法华寺

禅音落法音，陕地问人家。
古寺荧荧火，孤灯处处花。

761韦蓟州寄皎然云

春湖一处舟，野鸟半青楼。
月夜禅声近，峯初见色流。

762题废寺云

一半武陵心，三千弟子音。
何当来去见，只有水云深。

763题醴陵玉仙观歌云僧护国

王齐一去玉仙观，竹柱云溪护国寒。
石径桥边啼鸟尽，松花夜雨向云端。

764僧含曦

古寺一清灯，清心半老僧。
人间云水露，石壁玉光凝。

765壬辰龙年生日月马来西亚至中国

曲曲江河十地花，昭昭日月一桑麻。
娟娟玉影相似处，隐隐南洋半我家。

唐诗纪事卷第七十四

766端午诗僧文秀

直臣一日冤，楚水十年言。
万古留端年，千流向屈原。

767中秋旅怀云僧尚能

西风半竹声，古木一枯荣。
北斗连乡照，禅房日色清。

768中秋夜月云僧楼白

岁岁中秋月岁寒，年年落叶桂年残。
婵娟不作深宫客，以色凝光挂玉冠。

769中秋玩月僧无可

一色满洞庭，三光半渭泾。
仲秋天地外，不见岳阳星。

770秋夜宿西林寄贾云

一月宿西林，三生半古今。
初思听雨客，复入忆乡心。

771新年作云

一夜半双年，三更两岁天。
声声连灯竹，处处问无眠。

772僧神颖宿严钓台

严陵一钓台，故士半心开。
七星洲荒处，三生自去来。

773僧怀濬

不可华山自复西，难言易水云高低。
花红岁岁知何处，只问春莺几空啼。

774龙潭僧应物

潜跃一龙潭，风云十里观。
山分南北处，水处去来寒。

775僧可朋

玉垒洞庭一色楼，云居赣岳半春秋。
天空水阔孤山在，落叶心中是去舟。

776朋赋洞庭

洞庭百里一孤山，岳麓千年半客颜。
水阔天空沧浪近，云浮叶落玉门关。

777寒食诗僧云表

乞火一书生，闻风半士鸣。
禅房三界外，四野两枯荣。

唐诗纪事卷第七十五

778
寄中司条空图侍郎诗僧虚中
西南岳信太华清，一剑消遥短褐成。
肯问邻家芳草地，何言虚中侍郎行。

779 芳草云
远远色香明，幽幽渡口生。
绵绵芳草碧，楚楚玉人情。

780 泊洞庭
楚月泊洞庭，君山问水青。
湘流斑竹近，渡口满浮萍。

781 僧贯休
一剑霜寒十四州，三生谢客万千楼。
凌烟阁上功名在，蜀建朝中胜景修。
万水千山何得道，巴山处处无尘土。
萧溪德隐咏霞差，一钵郭隗许旧愁。

782 晚泊湘江
一叶落湘江，三秋向月双。
轻烟寻白芷，细雨入寒窗。

783 经东林寺
何人月落向西东，碧蕊芳成济世穷。
夜夜尘心多少向，山山玉树去来风。

784 僧齐己
一别下僧床，三秋上省杨。
襄州何扫客，郑各以诗藏。

785 咏雁云
川寒几日到衡阳，水色三青问日光。
切切横空人字去，声声故语满潇湘。

786 夏日草堂
夏日幽幽一草堂，沙光淡淡半晴光。
风来岸口寻香芷，水去红云客柳杨。

787 寄方干处士鉴湖旧居云
一两鉴湖身，三千第子留。
闻君知日月，夜雨几春秋。

788 寄陆龟蒙
万卷半诗书，千年一事余。
何须天下问，只得帝王居。

789 自题云
岁岁一春秋，年年半九州。
常言梁太子，自在帝五楼。

790 殷七七
一寺杜鹃花，三春影自斜。
天台僧养荣，女子住人家。
道者长安客，重阳七七华。
闻园归妾命，钵盂白朱砂。
注：来植于此寺，僧饰花院，或见女子游花下，或谓花神也。一日，宝谓七七曰：鹤林寺花，天下奇绝，尝闻能开顷刻花，可开于重九乎？曰：可。乃前二日往鹤林寺宿。中夜，女子谓七七曰：妾为上玄命，下司此花，非乡即归阆苑，今兴道者开之。来日晨起，寺僧讶花渐折，至九日烂漫。

791 许碏
花前一醉乡，月下半轮狂。
谪向人间去，好取作谢王。

792 许宣平
花瓢曲竹枝，日酒去来迟。
月落何当问，云行几处知。

793 裴修然
半醉一春秋，三生十四州。
丹青丝竹曲，夜月玉山头。
注：夜醉卧街，犯禁，乃为诗曰：遮莫冬冬动，须倾满满杯。金吾如借问，但道玉山颓。官不罪之也。

唐诗纪事卷第七十六

794 赠司空拾遗僧太易
寒江一雪花，阙里半人家。
拾遗辞云陛，陈琳问令华。

795 赋得闻晓莺啼僧惟审
玉树一流莺，芳家半自鸣。
穿花三世界，未调九州声。

796 留别嘉兴知己云僧沧浩
夜雨可泠泠，楼禽何不铭。
留言知己处，草木自青青。

797 秋山答卢邺僧良文
风泉一线流，雨壑半悬秋。
身外无尘世，山中草木洲。

798 僧志定
一月尤问金各色，何时不见坠楼人。
唯有樽前今夜月，当时会照坠楼人。

799 僧楼蟾
楚树江声一夜肠，湘云越雨半吴乡。
凌烟客上何须问，岸影云中几帝王。

800 牧童云
暮色一牛郎，青山半玉乡。
江湖多日月，草木是红娘。

801 招隐诗僧昙翼
一木半平津，三湘十色尘。
千川泪不止，万径主持人。

802 僧清塞山舍秋思
一石半云根，千川万水痕。
三春万草木，百岁问心村。

803 秋日同朱庆馀少室旧
少室禅宗一品云，思归水月半尘君。
黄河渡口声尤重，静寺虚廊几月分。

804 秋宿洞庭
洞庭一叶舟，岳麓半书楼。
桔子洲头赋，湘江逐日流。

805 岳阳楼
长沙细雨岳阳楼，楚水惊风桔子洲。
翠鸟归山云岸去，黄昏日暮向孤舟。

第三卷　唐人选唐诗

806 看牡丹僧方益
晴云落下入芳丛，粉色当中日不同。
艳影姿身随露水，香风一阵各西东。

807 秋日闲云僧修睦
步步一关心，云云半古今。
人人何自在，处处有知音。

808 落叶云
扫叶半东林，寻思一竹篾。
秋风何信物，暮日一人心。

809 落花云
一片落余红，三春尽色风。
园园沧浪水，处处有无冲。

810 僧景云
日落一人心，云沉半古今。
老僧门寺外，旧衲布衣襟。

811 岑参有偃师东兴韩樽同诣景云上人即事
叶落老僧身，云飞故五津。
三声秦曲尽，十地晋时人。

唐诗纪事卷第七十七

812 僧楼一垓下怀古
四面埋伏一楚歌，三秦日月半蹉跎。
咸阳子弟乌江水，垓下风云已不多。

813 僧可正
一路风云麦积山，千川古木玉门关。
行时止步知大水，仰止轩辕是故颜。
注：寄麦积山会如长老云。

814 僧卿雲送人遊塞
惊秋叶落受降城，省塞辽东五女声。
欲断残英悬射箭，伏花夏末玉关情。

815 僧处默萤云
闪闪一流莺，涓涓半水平。
飞飞落落见，去去来来盟。

816 远烟云
山中一远烟，日下半心田。
树上云天向，村前古刹眠。

817 题栖霞僧房
楼寺里半香烟，任创宫中一玉田。
险石松风惊世界，名山锁岳待余年。

818 效古僧淡交
荣荣辱辱半身名，去去来来一世轻。
觅觅寻寻何达理，成成败败几情衷。

819 乐直观僧若虚
东吴遗宅乐真观，大道虚无碧玉寒。
鹤语异元须主在，清宫老树夜云端。

820 蜀中送人遊庐山僧隐恋
芳春二月上庐山，蜀道三江下竹斑。
十里千峰匡挪处，群溪似此尽清颜。

821 逢老人
君逢一老翁，恰似半儿童。
白雪冠天顶，风云鹤语穷。

822 怀齐己僧昙翼
默许禅城一炷香，须余世界半炎凉。
松风鹤语依支遁，夜色巫山浸月光。

823 谢友人见访留诗僧怀楚
泉径玉石门，酒色杏花村。
一叶山多客，三秋色如根。

824 赠智舟三藏僧怀浦
壮士半伏心，儒生一古今。
山行千万里，足印自作僧吟。

825 僧慕幽
同生五百年，共处两三天。
古古今今处，来来去去禅。

826 柳云
半色欲初悬，三冬逐暖天。
何当河岸阔，只待五株年。

827 三峡闻猿
猿啼一半声，水峡两三情。
楚雨千衷在，巫云万里行。

828 怀陆龟蒙处士僧尚颜
拙政园中一客鸣，高潭子否五湖荣。
棋图对手奕天下，处士苏州门古城。

829 送玉禅师僧善生
十步玉禅师，三生足迹知。
千年何远近，万里不行迟。

830 刘梦得送鸿
释子心中一柳杨，儒生天下半火凉。
禅林故粹珠玑戒，道是人非物态王。

唐诗纪事卷第七十八

831 开元宫人
日下三千天，宫中一百年。
沙场寒苦士，御柳向人悬。

832 杨氏女
至女一容华，新妆半客家。
含无颜似玉，鸾镜色如花。
注：杨颖川侄女曰容华，有新妆诗云：宿鸟惊眠罢，房栊乘晓开。凤钗金作镂，鸾镜玉为台。妆似临池出，人疑向月来。自怜终不见，欲去复徘徊。

833 薛彦辅母林氏
进士一衣冠，书生半木兰。
江山多少日，子女去来观。
注：薛播伯父元暖，终于隰城丞。其妻济南林氏，丹阳太守洋之妹，善属交。有子彦辅、据等七人，亦举进士，连中科中科名，衣冠荣之。

834 崔氏
暮日校书郎，官清素玉妆。
年华随月汉，厚地一田桑。

835 刘氏
一日风光十日求，三生草木两生修。
千心万意何因生，十地枯荣到九州。

836 慎氏
思心只堪望夫山，子嗣相情已不关。
雨散云消南北见，如初几渡似阿蛮。

837 薛媛
颍牧半春生，濠梁一故情。
图形依旧韵，宝镜不枯荣。

838 三峡流泉歌李季兰
雨里一巫山，云中半峡颜。
仲荣听玉曲，只似阮公闲。

839
四德半形雄，三从一器空。
径时何许架，意绪此殷同。
注：季兰五六岁，其父抱于庭，作诗咏蔷薇云：经时未架却，心绪乱纵横。父悲曰：此必为失行妇也。后竟如其言。高仲武云：士有百行，女唯四德。季兰则不然。形器既雄，诗意亦荡，自鲍昭以下，罕有其伦。

840 刘长卿谓季兰为女中诗豪
诗豪李季兰，不架意伦坛。
绪乱情心著，蔷薇紫云端。

841 侯氏
征人愿教尽还乡，尺素何须对曲肠。
叠练回文天子见，霜城一半制衣裳。

842 如意中女子
别路一云浮，离亭半妇姑。
鸿飞人字见，叶落有还无。

843 裴柔之
长亭十里半家乡，治国三候一故梁。
自恨风尘杨柳叶，花香鸟语问衷肠。

844 临江树鱼玄机
一树半临江，三生两不双。
身姿形相拙，莫以对孤窗。

845 玄机
玄机绿翘半情郎，玉影瑶微一柱香。
身郁云心争梦归，殷勤只向性飞扬。

846 僖宗宫
宫人一锁内袍中，幸蜀三军外士弓。
玉烛金刀载领带，僖宗自此马真雄。
注：僖宗自内出袍千领，赐塞外吏士。神策将士马直，于袍中得金锁一枚，诗一首云：玉烛制袍夜，金刀呵手裁。锁情寄千里，锁心终不开。后僖宗以宫人赐直为妻。

847 张建封伎
云浮燕子楼，雨落十三州。
雅态娇柔处，彭城几不休。
乐天有和燕子楼诗，其序云：徐州故张尚书有爱伎盼盼，善歌舞，雅多风熊。

848
柳色年年燕子楼，春光处处已垂休。
当年几处闻歌舞，旧第时令曲令愁。
楼上残灯伴晓霜，独眠人起合欢床。
相思一夜情多少，地角天涯不是长。
北邙松柏锁愁烟，燕子楼中思悄然。
自埋剑履歌鹿散，红袖香销一十年。
注：亦云：适看鸿雁岳阳迴，又睹玄禽逼社旗。瑶瑟玉箫无意绪，任从珠網任从灰。

849
新松古柏半藏烟，独枕孤衾一流眠。
地角天涯何咫尺，相思意绪待霜然。

850
玉袖香消已十年，红尘曲舞过千帆。
尚书楼外更新草，盼盼心中独自全。

851
一寸相思一寸灰，半枝竹泪半枝梅。
三生只寄风流在，十载杨花柳色催。

注：深意，讶道泉台不去随。盼盼得诗后，怏怏旬日不食而卒，但吟诗云：儿童不识冲天物，谩把青泥污雪毫。

852 宫女
好去在人间，宫深女自闲。
殷勤庐渥叶，顾况寄娥颜。
注：天宝末，以杨妃、虢国宠盛，宫娥衰悴，不愿备宫掖。有落叶题诗随御水而流，云：旧宠悲秋扇，新恩寄早春。聊题一片叶，将寄接流人，顾况闻而和这云：愁莺啼柳飞。

853 女道士元淳
旧国别径年，新枝问月弦。
关河何万里，阙巷理婵娟。

唐诗纪事卷第七十九

854 拜新月张大夫吉中孚侍朗妻
虚虚似满弦，暗影挂苍天。
不见明星近，粧楼自莫眠。

855 赠所思崔仲容
月影半居阴，人声一近亲。
何殊情不已，意欲是红尘。

856 赠歌伎
一曲阳关一曲花，三声渭邑两声家。
潇湘夜雨巫山楚，皓齿双分蹙黛斜。

857 春词女郎张琰
一日半桃花，三春十地斜。
争当红杏近，垂柳入人家。

858 独夜词女郎崔公达
锦帐罗帏意不休，秦筝楚瑟欲何求。
周郎未语琴弦误，赤壁江东逐日流。

859 女郎宋若昭
延芬五女一贝州，蜀善三公名自优。
警慧又辞长若素，鄜菔泽靓不归侯。

注：若昭，贝州人。父廷芬，生五女皆警慧，善属文，长若华，次若昭、若伦、若宪、若旬。若昭文尤高。

860 女郎宋若荀和御制麟德殿宴百僚
春莺欲啭色轻楼，上苑沉香帝子州。
济济公堂人不语，官官相护客心忧。

861 寄远云女郎田娥
一夜向文君，三春向落云。
日暮何思想，故事只重分。

862 女郎刘云有所思
几日一萧关，三春半色颜。
桃花何不语，只寄去来间。

863 罚赴帝旁有怀上韦相公薛涛
锦红岸柳一薛涛，临水楼中半色遥。
不可闻君门下曲，倾城苦处女儿娇。

864
细赋风光我独知，轻云细雨泳花迟。
诗文欲鲜情先至，碧玉深藏拾遗迟。

865 王建诗曰：万里桥边女校书，枇杷花里闭门居。扫眉才子知多少，管领春风总不如。
万里桥边女校书，千川月下赋诗余。
扫叶枇杷知蜀竹，不似潇湘泪水居。

866 怀良人葛鸦儿
正是鸿鹄已去归，长空一字向南飞。
乡家几席衡阳水，欲鲜裙边仗故扉。

867 溪口云女郎张文姬
溪边一片云，细雨两难分。
驿路长亭客，冠巾不似君。

868 鲍君徽
闲玉晚挂半帘栊，水色轻分一脉通。
俯仰琴弦何属意，芳华欲展已颜红。

869 寄故人女郎张窈
寻归鸟复知，莫堪不相思。
可见长门赋，空吟图扇诗。

870 赠庐夫人倡伎常浩
年年掌上轻，处处欲中明。
月月无颜色，人人有觉情。

871 女郎薛蕴
巫山两色空，宋玉楚王宫。
失却阳台女，朝来蜀峡风。

872 长门怨云女郎刘媛
长门几步是昭阳，奉扫三秋落叶光。
但以梧桐霸不语，何须相如笔端扬。

873 峡中郎事云女郎廉氏
一峡半川扬，三江两岸长。
千声帆起落，刀语石低昂。

874 蜀慈光寺尼海印尼海印
慈光寺里一才思，海印情中半蜀辞。
月下停舟相向风，雲前雨后儿何知。

875 孙氏
一寸心思十地光，三生白玉半低扬。
春来景致消浮泪，紫禁天书亦满堂。

876 莺莺
莺莺待月一西湘，楚楚张生半逾墙。
应物因情依户生，霓裳曲尽问红娘。
崔娘一赋中庭蕙，元稹诗余会真香。
樵梓羞心差不起，邻人应是比萧郎。
注：莺莺姓崔氏，有张生者，托其婢红娘以春词二篇诱之。崔答曰：待月西厢下，迎风户半开，拂墙花影动，疑是故人来。
张喜其意。既遇而别，崔命琴，鼓霓裳羽衣之曲。张文戏不利，崔贻书以广其意。

877 非烟
非烟赵子忆阿兰，拟学双娥著玉冠。
柳弱云轻春雨重，纸醉花迷儿心宽。

878 徐月英
西人其去一人归，三叠同声半是非。
白鹭沉浮何比鸾，鸳鸯彼此别离飞。

唐诗纪事眷顾第八十

879 河北士人
不怯雁门寒，虚名紫禁冠。
夫心天下志，妾恐带衣宽。

880 不知名
士子客江陵，阴云漠漠凝。
襄王高丽坊，五度玉芳冰。
郁郁花志守，纤纤似结灯。
罗思芳树晚，復水试鲲鹏。

881 唐人及第后，或遇旧题名处，即加前字
及第题名一字前，摙花上苑曲江天。
三千弟子龙门见，不满书生十载田。

882
长安木态院僧廊，进士房曾及第肠。
但鲜芳颜天下欲，龙门过后向中堂。

883 僕
一种芳菲半厚情，三生捧剑两传名。
须珍不别图天下，自此移根近太清。

884
池阳刺史一朱门，迎道郎君半愿孙。
守旧依依年岁晚，从新落落待黄昏。
注：孙愿，唐贞元以后三代为池阳刺史，有戏川班子来元，迎道左献诗曰：昔日郎君今刺史，朱氏依旧守朱门。今朝行马诸童子，尽是當时竹马孙。

885 新罗王
南洋水色半新罗，陶唐抚运一七歌。
戎衣百济闻真德，不教幡旗自蹉跎。

886 杨奇鲲
南诏天臂一奇鲲，高骈飞章半子孙。
北梦锁言词藻致，沙鸥不住向天门。

887难调不知名
一日半辽东，三生十地同。
回归天色晚，可叹此心空。

888雁塔诗
汉国一河山，秦陵半玉关。
思乡千里月，不肯几缨还。

889权龙褒
自预一文轻，通天半洎名。
秦州权学士，太子褒龙成。

唐诗纪事卷第八十一

890毛仙翁赠行诗
琅琊鼎足论详衡，予尝斯文教流声。
固粹封真秦汉赋，先儒怪阔曲诗兄。

891僧孺云
俯仰一仙翁，枯荣半世空。
阴晴三界水，日月九州同。

892令狐楚
日月上清宫，心神问世穷。
宣州浑似度，令客问儿童。

893韩愈云
道旅半潮阳，倾心一故乡。
袁州何典守，惠性任衷肠。

894元稹云
惠语逍儒空，余廉问浙东。
吴门如韵客，越士以仙翁。

895白居易云
得道一仙翁，韶容半济云。
文章和日月，步迹与人同。

896李绅云
玄元醉史生，混跡尧汤成。
八极秦妃镜，三光主历明。

897刘禹锡
异客一仙翁，秋寒半世同。
刘郎摄任见，拭目得披风。

898禹锡时赴州，于武昌县喜再遇十八兄仙翁，
和州十八元，蜀水两三情。
醒醉色缨处，化舟不见行。

899
杜光庭云：毛仙翁者，名于，字鸿渐。得久视之道，不知其甲仅，常如三十许人。其韶容稚姿，雪肌玄发，若处子焉。我得韶心你得情，稚姿玉器雪肌明。
仙音许成于鸿渐，救物成人几世生。

900
一道一人生，半仙半客容。
潇洲多少路，俱是去来情。

注：今睹朝彦赠仙翁文集，果符长沙之事。裴晋公度、牛公僧孺、令狐公楚、李公程、李公宗闵、李公绅、杨公嗣复、杨公于陵、王公起、元公稹，当代之贤相也。白公居易、崔公郾、郑都尉澣、李公益、张公仲方、沈公传师、崔公元略、刘公禹锡、柳公公绰、韩公愈、李公翱，当代之名士也。望震寰区，名动海岛。或师以奉之，或兄以事之，皆以师为上清品人也。或美其登仙出世，或纪其孺质婴姿，或异其藏往知来，或叙其液金水玉，霞绮交烂，组绣相宜，盖元史之盛事也。

901
上下无极一九天，阴晴日月半余年。
身心惠膽三才子，妾顺和生守自圆。

注：夫仙之上者，骨肉升飞，与天无极。又九天之上，无何之乡，为极阳之都，神仙之府也。世之得道者，炼阴而全阳，阴滓既尽，阳华独存，故能上宾于天，与道冥合。则黄帝驾龙而腾跃，子乔控鹤而飞翔，赤松乘雨而飘摇，列寇驭风而

上下，史简昭著，又何疑焉。所云胡国胡法，将终之事，是设幻化之诞词，谤神仙之轻举者，有是焉耳。尝试论之，真一既判，元精肇分，清气为人，谓之三才，皆禀乎妙无，成于妙有。人之生也，参天而两地，与气为一。天地所以长存者，无为也。人所以生化者，有为也。情以动之，智以役之，是非以感之，喜怒以战之。取舍以弊之，驰努力以劳之，气耗于内，神疲于外，气竭而形衰，形凋而神逝，以至于矣。故日委和而生，乘顺而死，率以为常也。修道之士，黜嗜欲，黷聪明，凝然无心，淡然无味，收视反听，万虑都冥。然后虚室生，吻合自然，观化之初，穷物之始，浩然动息，兴道为一矣！兴道为一，则恣心所之，从心所欲，是非不能乱，势利不能诱，寒暑不能变，生死不能干，指顾乎八极之外，逍遥乎六虚之表，无所不察，无所不知。目能洞视，耳能洞听，亦能视听不由乎耳目。何者？神鉴於未然，智通于无地也。如此则世人之休咎寿夭，富贵贫贱，皎然在目，岂待乎阴阳之数，蓍龟之兆，而后知之乎？毛仙翁则其人也。众君子歌诗志之，序述赞之，曷足尽仙翁之道哉？因以神仙之事迹，纪仙翁之功，书之于卷末云。通政元年丙子三月七日辛酉。杜光庭记。

902毛仙翁赠行诗
一道赠行诗，三生足迹迟。
仙翁成至处，独有玉门知。
腾跃无分路，飞升有去时。
何须求应物，只可自然姿。

903寄雪泓舟山情人岛
舟山岛上半情人，赤子心中一客身。
古古今今诗五万，成成就就几泓春。

第三卷　唐人选唐诗

904壬辰三月七日普陀山

观音脚下普陀山，古月门中度寺颜。
七日心田生佛祖，三春始此作天般。

905

情人岛上一听潮，雨里云中半不消。
磊石南洋风月近，天涯海角客心遥。

906

半海波涛半海袍，三生日月三生旌。
千峰复磊千峰石，一波还扬一浪高。

907普济寺

观音殿里一人身，还念波清半可春。
普济荷花大士座，伽兰净土劝经轮。

908

心中佛祖满晴光，大士人身度柳扬。
始得三生终始就，文殊教惠普贤堂。

909人身

观音紫竹林，普济古今心。
净土荷花寺，人身四月箴。

910

佛卧络伽山，人行阙里问。
心藏南海度，净土普贤颜。

911

天山一雪泓，玉树半清风。
夜雨闻壶口。浮云高故宫。

912古今诗

古今诗里一心忧，来去人中半百头。
写遍唐诗三万首，平生日月自春秋。

913古今诗

五百年中一留，三千士上半江楼。
前前后后骚人颂，古古今今雅九州。
注：望江楼上万江流，江流不住向江楼。壬辰二月七日舟山情人鸟。

三、古代散文名句赏析

王昭顺　王乾昊　编著　湖北辞书出版社
2007年11月1日出版

1多行不义，必自毙。选自《左传·隐公元年》

欲擒故纵郑庄公，自毙非为作始终。
共叔多行和不义，箴言赞赵必成空。

2匹夫无罪，怀璧其罪。选自《左传·桓公十年》

无中作有祸无辜，借事生非恶极图。
玙叔居邦夫何自保，堂皇韧理宰强奴。

3心苟无暇，何恤乎无家

心中苟且自无暇，世上无忧处处家。
时芍申生成败论，英雄宠幸几何华。

4欲加之罪，其无辞乎？

里克累齐晋惠公，群臣百姓意何同。
唇舌致耻奸佞客，冠冕堂皇济世穷。

5皮之不存，毛将焉附？

皮之不存孰将无毛，虢射难兴晋地韬。
愁后思前成世界，如今自在国人陶。

6众怒难犯，专欲难成，合二难以安国，危之道也。选自《左传·襄公十年》

众怒专横二国难，孤行独断半无安。
开明只在人心上，一道仁成世里观。

7夫人朝夕退而游焉，以议政之善否，其所善者，吾则行之，其所恶者，吾则改之。是吾师也，若之何毁也？选自《左传·襄公十三年》

子产一师行，儒家半善成。
行身先觉悟，郑国以功名。

8政不可不慎也，务三而已：一曰择人，二曰因民，三曰从时。选自《左传·昭公七年》

因民择事以从时，治国深谙士伯知。
晋政用人成彼此，仁公始道自无迟。

9夫火烈，民望而畏之，故鲜死焉；水懦弱，民狎而玩之，则多死焉，故宽难。选自《左传·昭公二年》

水火度生难，酸甜试与残。
民心何审济，太叔自严宽。

10命救火者伤人则止，财可为也。选自《哀公·三年》

救火莫伤人，钱财可致钧。
成功天地上，得取去来邻。

11 鸟则择木，木岂能择鸟？选自《左传·哀公十一年》

道异不相谋，心同可九州。
分寻何鸟木，孔子自栖求。

12 众心成城，众口铄金。选自《国语·周语下》

众口从心众事明，一言与善一行成。
三人合力三人志，九脉山川九脉荣。

13 声一无听，物一无文，味一无果，物一不讲。选自《国语·郑语》

太史桓公语一声，无文此物自三明。
因思比较形成致，独味无寻导味精。

14 百人舆瓢而趋，不如一人持而走疾。选自《战国策·秦策三》

劝谏昭王一应侯，谋秦众口万言浮。
趋瓢莫比孤人持，事倍功成速与求。

15 狡兔有三窟，仅得免其死耳。选自《战国策·齐策四》

冯谖一道孟尝君，狡兔三窟独自分。
长铗归来重复见，无家契卷以薛闻。

16 怀重宝者，不以夜行；任大功者，不以轻敌。选自《战国策·赵策二》

重宝怀身不夜行，居高责任敌无轻。
功亏一篑征途慎，事处三明自在成。

17 吾日三省吾身，为人谋而不忠乎？与朋友交而不信乎？传不习乎？选自《论语·学而》

儒家立省信忠谋，善友身传立吾忧。
治国齐家平天下，工心齐力尽春秋。

18 吾十有五而志于学，三十而立，四十而不惑，五十而知天命，六十而耳顺，七十而从心所欲，不逾矩。选自《论语·为政》

七十从心所欲行，三生立学惑时明。
千年耳顺知天命，万古今来日月城。

19 君子周而不比，小人比而不周。《论语·为政》

君子酬周莫比由，小人比致未酬周。
胸襟开阔终天下，结党营私是不修。

20 朽木不可雕也，粪土之墙不可圬也。选自《论语·公冶长》

朽木问雕梁，文章宰予尝。
天山观日月，岱海信沧桑。

21 知者乐水，仁者乐山；知者动，仁者静；知则乐，仁者寿。选自《论语·雍也》

水水山山一知仁，静静行行半动真。
寿寿情情常乐此，儒家道法以明珍。

22 鸟之将死，其鸣也哀；人之将死，其言也善。选自《论语·泰伯》

鸟死一哀鸣，人终半善声。
生为随日月，性待任枯荣。

23 己所不欲，勿施于人。选自《论语·颜渊》

所欲问施人，行成向日臻。
知书从达理，步足任尘钧。

24 不怨天，不尤人，下学而上达，知我者其天乎。选自《论语·宪问》

经天载地不尤人，下学知音上达真。
运命平生凭自主，周游列国济风尘。

25 君子求诸己，小人求诸人。选自《论语·卫灵公》

世上半红尘，人中一伪真。
时时君子子，刻刻小人人。

26 众恶之，必察焉；众好之，必察焉。选自《论语·卫灵公》

众恶必察明，群占亦问清。
人多成败处，独立见枯荣。

27 道不同，不相为谋。选自《论语·卫灵公》

道不同不谋，心同可共舟。
灵公趋已事，世界各沉浮。

28 君子有三戒：少之时，血气未定，戒之在色；及其壮也，血气方刚，戒之在斗；及其老也，血气既衰，戒之在得。选自《论语·季氏》

色斗得人明，方刚老自清。
君心容世界，血气可倾城。

29 其未得之也，患得之。既得之，患失之。苟患失之，无所不至矣。选自《论语·阳货》

患得之心患失人，红津以利量红尘。
交臂错过平生路，度量难分度量勤。

30 仕而优则学，学而优则仕。选自《论语·子张》。

学仕亦学优，贤人志可求。
知书思达理，问路可春秋。

31 恻隐之心，仁之端也；羞恶之心，义之端也；辞让之心，礼之端也；是非之心，智之端也。人之有四端也，其有四体也。选自《孟子·公孙丑上》

仁义之心礼智人，四端四体四知亲。
是非固解成天下，恻隐羞辞恶让沦。

32 富贵不能淫，贫贱不能移，威武不能屈，此之谓大丈夫矣。选自《孟子·滕文公下》

江东大丈夫，节志胜姑苏。
子胥阊门外，移屈滔有无。

33 夫人必自侮，然后人侮之；家必自毁，而后人毁之；国必自伐，而后人伐之。选自《孟子·离娄上》

侮毁伐夫人，家乡取自身。

知相成异问，沧浪水清沦。

34 鱼，我所欲也，熊掌亦我所欲也，二者不可得兼，舍鱼而取熊掌者也，生亦我所欲也，义亦我所欲也，二者不可得兼，舍生而取义者也。选自《孟子·告子上》

克固一求生，寻途半弃荣。
功成天下步，舍此彼方明。

35 生于忧患，死于安乐。选自《孟子·告子下》

患乐一生忧，居心半志谋。
形成千里路，历证大江流。

36 锲而舍之，朽木不折；锲而不舍，金有可镂。选自《荀子·劝学篇》

锲镂一人心，书儒半古今。
文章行日月，草木作光荫。

37 自知者不怨人，知命者不怨天；怨人者穷，怨天者无志。选自《荀子·荣辱篇》

不怨天机不怨人，莫寻怪巧莫寻津。
无心下雨黄金落，有志平生步步新。

38 知人者智，自知者明；胜人者有力，自胜者强；知足者富，强行者有志；不失其所者久，死而不亡者寿。选自《老子·第三十三章》

知人者智自知明，力胜何为彼胜情。
富还强行志久在，黄泉路上有荫名。

39 子非我，安知我不知鱼之乐？选自《庄子·秋水》

彼此问知鱼，阴阳向日虚。
乾坤天地许，草木善生余。

40 人生天地之间，若白驹之过隙，忽然而已。选自《庄子·知北游》

白驹人生过隙明，闻声任逐谷川惊。

江流此去何流水，逝者如斯作主从。

41 恃人不如自恃，人之为己，不如己之自为。选自《韩非子·外储说右下》

韩非子恃人，知己自为伦。
鲁国公仪宰，休鱼正切身。

42

亲亲贵贵世难昌，淡淡疏疏界可扬。
子子君君贤者树，朝朝代代帝王光。

43 欲胜人者必先自胜，欲论人者必先自论，欲知人者必先自知。选自《吕氏春秋·先亡》

自胜自知自理论，先亡先历先君人。
攻心攻己攻天下，计得计失计晋秦。

44 泰山不让土壤，故能成其大；河海不择细流，故能就其深。选自秦·李斯《谏逐客书》

江河纳细流，土壤染山丘。
大小因成垒，方圆取度谋。

45 明者远见于未萌，而知者避免于无形，祸固多藏于隐微，而发于人之所忽者也。选自汉·司马相如《上书谏猎》

智者免无形，明人见有萌。
微微藏隐隐，忽略事难成。

46 满而不损则溢，盈而不持则倾。选自汉·司马迁《史记·礼书》

水器持盈倾，心容量度生。
身形成纳与，满溢损无平。

47 狡兔死，走狗烹；高鸟尽，良弓藏；敌国破，谋臣亡。选自汉·司马迁《史记·淮阴侯列传》

进步功成进步亡，礼思狡兔礼思藏。
急流勇退同患难，不共江山富贵堂。

48 论至德者不和于俗，成大功者不谋与众。选自汉·司马

迁《史记·赵世家》

与众无同作大功，随人世俗同成风。
深谋远虑可天下，处治身边立异穷。

49 报薪救火，薪不尽，火不灭。选自汉·司马迁《史记·魏世家》

合纵连横一火情，承薪济水半无成。
求和割地何为止，六国诛秦退思明。

50 高山仰止，景行行止，虽不能至，心乡往之。选自汉·司马迁《史记·孔子世家》

高山仰望景行成，跬步由心举足明。
大路朝天无尽处，攀登问路取功名。

51 国之将兴，必有祯祥，君子用而小人退；国之将亡，贤人隐，乱臣贵。选自汉·司马迁《史记·楚元王世家》

国正一祯祥，君明半世昌。
小人成进退，妖孽作兴亡。

52 能行之者未必能言，能言之者未必能行。选自汉·司马迁《史记·孙子吴起列传》

行之未必言，语者不高宣。
诸诸何从简，纷纷莫一繁。
孙膑图围困，吴起忘轩辕。
一道阴阳易，三重日月元。

53 尺有所短，寸有所长。选自汉·司马迁《史记·白起王翦列传》

尺短寸长余，孤明独暗虚。
屈原龟卜问，智者未知居。

54 欲而不知足，失其所以欲。有而不知止，失其所以有。选自汉·司马迁《史记·范睢蔡泽列传》

欲望只求知，贪心向有愁。
蔡泽功成劝，落井帝王侯。

诗词盛典 | 吕长春格律诗词六万八千首（全四册）

55 智者不倍时而弃利，勇士不却死而灭名。选自汉·司马迁《史记·鲁仲连邹阳列传》

田单一两城，燕将万千名。
反间功成计，仲连劝民荣。

56 举世混浊而我独清，众人皆醉而我独醒。选自汉·司马迁《史记·屈原贾生列传》

举措难明水独清，何言醒醉度分明。
急流勇退范蠡劝，楚国怀沙郑袖荣。

57 诟莫大于卑贱，而悲莫甚于穷困。选自汉·司马迁《史记·李斯列传》

不见人生一世穷，难言卑贱半成功。
何须耻辱兴亡问，应得扶苏荀子弘。

58

陈余广武君，破赵劫三军。
计策由人室，功成任择分。

59 骐骥之踢躅，不如驽马之安步。选自汉·司马迁《史记·淮阴侯列传》

万里一心明，千年半浊清。
泾河浮渭水，跬步始终行。

60 强弩之极，矢不能穿鲁缟；冲风之末，力不能漂鸿毛。选自汉·司马迁《史记·韩长孺列传》

鞭长莫及半雄风，弩极难成一箭功。
鲁缟生绢何雅色，鸿毛不定国难穷。

61

一世李将军，三生司马文。
风行天水岸，雨止女娲云。

62 国虽大，好战必亡；天下虽平，忘战必危。选自汉·司马迁《史记·平津侯主父列传》

一战兴来一战亡，半和治九半和昌。

此中不可彼中忘，意乱心纷欲乱纲。

63 陛下用群臣如积薪耳，后来者居上。选自汉·司马迁《史记·汲郑列传》

时时一积薪，处处半寻人。
后者成先进，先生作世邻。

64 冠虽敝，必加于首；履虽新，必关于足。选自汉·司马迁《史记·儒林列传》

登高却敝冠，跬步度云端。
木履成天路，黄林误杏坛。

65 鸟之将死，其鸣也哀；人之将死，其言也善。选自汉·司马迁《史记·滑稽列传》

鸟死也哀鸣，人亡善尽生。
当留真世美，不必误自轻。

66 贵上极则反贱，贱下极则贵。贵出如粪土，贱取如珠玉。选自汉·司马迁《史记·货殖列传》

贵贱互相衡，珍珠彼此荣。
交成何反哺，涨落致商情。

67 坚冰作于履霜，寻木起于櫱栽。选自汉·张衡《东京赋》

水雾结冰霜，夏冬作暖凉。
春秋成子粒，江流入海洋。

68 工欲善其事，必先利其器。选自汉·王符《潜夫论·赞学》

利器善其工，谋思问世穷。
忧时天下济，患的似轻风。

69 积上不止，必致嵩山之高；积下不已，必极黄泉之深。选自汉·王符《潜夫论·慎微》

石磊十山根，林森一木恩。
膻膻三味觉，淼淼半洋蕴。

70 志道者少友，逐俗者多俦。选自汉·王符《潜夫论·实贡》

结党营私一俗成，孤高志道半难明。
随波逐浪东流水，也向江洋作怪声。

71 修身正行，不能来福；战栗戒慎，不能避祸。选自汉·王充《论衡·累害》

正正邪邪一世生，端端品品半人行。
唯唯诺诺无成熟，苦苦辛辛作围城。

72 人欲心辩，不欲口辩。心辩则言丑而不违，口辩则辞好而无成。选自汉·王充《论衡·定贤》

一半无成一半成，两三世界两三萌。
心谋口辩言辞隐，避讳天机逐世情。

73 明君不官无功之臣，不赏不战之士；治平尚德行，有事赏功能。选自三国·魏·曹操《论吏士行能令》

一时容易十时难，百作雕言万作残。
士赏君平臣许正，官功卒勇进斯桓。

74 人善于自见，而文非一体，鲜能备善。是以各以所长，相轻所短。选自三国·魏·曹丕《典论·论文》

文人自古皆相轻，作品难同智者明。
士异辞宗风格异，何长教短呈枯荣。

75 达能兼善而不渝，穷则自得而无闷。选自晋·嵇康《与山巨源绝交书》

穷则独可善其身，向得兼渝能达人。
面对人生成败去，山林隐士几天伦。

76 木秀于林，风必摧之；堆出于岸，流必湍之；行高于人，众必非之。选自三国·魏·李康《命运论》

唐人半劣根，暮色一黄昏。
草木知寻土，牛羊不入村。

77 外无期功强近之亲，内无应门五尺之僮，茕茕孑立，形影相吊。选自晋·李密《陈情表》
形形影影一孤身，孑孑茕茕半独亲。
五尺之僮金已去，三生故道已无邻。

78 司马昭之心路人所知也。选自晋·陈寿《三少帝纪》
曹髦司马昭，魏晋自招摇。
少帝成何事，空城作柳条。

79 非成业难，得贤难；非得贤难，用之难；非用之难，任之难。

80 选自晋·陈寿《钟离牧传》
创业不求贤，行仁积百泉。
才人来去见，治者暮朝田。

81 识时务者，在乎俊杰。选自晋·陈寿《诸葛亮传》
天时地利与人和，楚客湘人问九歌。
世事千锤何尺寸，乾坤一度几蹉跎。

82 解严毅之颜，开难发之口。钱多者处前，钱少者居后。处前者为君长，在后者为臣仆。君长者丰衍而有余，臣仆者穷竭而不足。选自晋·鲁褒《钱神论》
自古以钱王，丰余半世昌。
方圆天下事，度量去来忙。

83 夫何瑰逸之令姿，独旷世以秀群；表倾城之艳色，期有德于传闻。选自晋·陶渊明《闲情赋》
旷世独芳群，倾城艳色分。
瑰姿期令逸，秀貌以传闻。

84 怀正志道之士，或潜玉于当年；洁己清操之人，或没世之徒勤。选自晋·陶渊明《感士不遇赋》
隐玉清操一士田，辛勤智慧半文泉。
耄年五万诗词志，没世南洋望渡船。
老到南洋五万诗，红颜木槿半生迟。

85 不入虎穴，焉得虎子。选自南朝·宋·范晔《后汉书·班超传》
匈奴鄯善王，虎子以穴昌。
侠者闻谋域，班超寄汉光。

86 以耿介拔俗之标，潇洒出尘之想，度白雪以方洁，干青云而直上。

87 选自南朝·齐·孔稚圭《北山移文》
耿介弃红尘，中庸却妄人。
青云直上际，白雪净中身。

88 古今诗动天地，感鬼神，莫近于诗。选自南朝·梁·钟嵘《诗品序》
流芳百世一文章，品第千年半帝王。
五万诗词天地上，乾隆自道弟兄堂。

89 情以物迁，辞以情发。选自南朝·梁·刘勰《文心雕龙·物色》
文心物色一雕龙，象易情迁半故踪。
玉隐潜珍成白璧，金藏斗室向尘封。

90 君子之处世，贵能有益于物耳，不徒高谈虚论，左琴右书，以费人君禄位也。选自南朝·梁·颜之推《颜氏家训·涉务》
处世一真身，行为半物人。
高言空阔论，不益作君臣。

91
色满一群芳，情移半碧光。
云浮天地上，雨落暮朝堂。
野外春光到，荒郊绿早扬。
惊时闻日月，惰处入黄粱。

92 唐代部分
臣闻求木之长者，必固其根本。欲流之远者，必浚其泉源。选自唐·魏徵《谏太宗十思疏》。
一木十思疏，半流九浚余。
根深枝叶茂，路远足踪徐。

93 举其一不计其十，究其旧不图其新，恐恐然惟惧其人之有闻也。选自唐·韩愈《昌黎先生文集·原毁》
举一深思计十荣，闻三悔省问千声。
图新究旧重谋画，反哺归心不毁名。

94 诚能见可欲，则思知足以自戒。选自唐·魏征《谏太宗十思疏》
欲戒已知思，心诚意未迟。
臣直君正义，笔重字深姿。

95
损满益谦城，尊卑傲煤倾。
鸡群由鹤立，老谷怀虚情。

96 穷且益坚，不坠青云之志。
穷途末路志凌云，柳暗花明道始闻。
水复山重随日月，前瞻后继作人君。

97 是故无贵无贱，无长无少，道之所存，师之所存也。选自唐·韩愈《师说》
贵贱出师老少知，兴广所道沉浮时。
寸长尺短方圆量，实意虚心不可迟。

98 古之君子，其责己也重以周，其待人也轻以约。选自唐·韩愈《原毁》
律己一重周，成人半不求。
轻明寻约定，克度是春秋。

99 堂东有瀑布，水悬三尺，泻阶隅，落石渠，昏晓如练色，夜中如环佩琴筑声。选自唐·白

居易《庐山草堂记》

佩琴问阴晴，垂帘挂色倾。
空悬三尺水，玉落万珠明。

100夏之夜，我爱其泉淳淳，风冷冷，可以蠲烦析酲，起人心情。选自唐·白居易《冷泉亭记》

淳淳一夜泉，处处半云天。
落落波涟岸，冷冷水色妍。

101若离本枝，一日而色变，二日而香变，三日而味变，四五日外，色香味尽去矣。选自唐·白居易《荔枝图序》

红缯裹玉精，一日纵人情。
色味香无久，姿身水荔生。

102吾桓恶世之人，不知推己之本，而乘物以逞。选自唐·柳宗元《三戒》

知人柳公州，问世去来忧。
恃拳形骸外，推思忘本由。

103今夫不善内而恃外者，未有不为罴之食也。选自唐·柳宗元《罴说》

人生百兽音，鹿虎罴呼擒。
不善功力情，难知一古今。

104其高下之势，岈然洼然，若垤若穴，尺寸千里，攒蹙累积，莫得遁隐。选自唐·柳宗元《始得西山宴游记》

高低一势成，远近半阴晴。
攒蹙汪岈水，凌云以志生。

105枕席而卧，则清冷之状与目谋，潆潆之声与耳谋，悠然而虚者与神谋，渊然而静者与心谋。选自唐·柳宗元《钴鉧潭西小丘记》

耳目一清冷，心神半渭泾。
思谋随水色，动静付丹青。

106潭中鱼可百许头，皆若空游无所依。日光下澈影布石上，怡然不动；俶尔远逝，往来翕忽，似与游者相乐。选自唐·柳宗元《小石潭记》

无依小石潭，远逝少峰岚。
影布游鱼数，翕忽俶尔南。
空天凭独木，涧水任情含。
不动观天地，桑田莫养蚕。

107先天下之忧而忧，后天下之乐而乐乎！选自宋·范仲淹《岳阳楼记》

先忧一国家，后乐半天涯。
石立中流砥，云游化彩霞。

108
含沙射影亭，借酒化孤伶。
隐客山林语，原来座外铭。

109噫嘻！秦之阿房，楚之章华，魏之铜雀，陈之临春，结绮，突兀凌云者何限，运去代迁，荡为焦土，化为浮埃，是亦一蜃也。选自宋·林景熙《蜃说》

阿房未砌一章华，铜雀临春外帝家。
楚魏凌云秦国尽，扶苏二世却桑麻。

110夫祸患常积于忽微，而智勇多困于所溺。选自宋·欧阳修《五代史伶官传序》

祸患于忽微，功成断是非。
阴晴疏草木，智勇溺时归。

111噫，少而不勤，无如之何矣。长而善忘，庶几以此补之。选自宋·秦观《精骑集序》

少小礼知勤，中年可治身。
书生天命晚，老大徒林邻。

112淮江上之清风，与山间之明月，耳得之而为声，目遇之而成色；取之无禁，用之不竭，是造物者之无尽藏也，而吾与子之所共适。选自宋·苏轼《前赤壁赋》

水水映山晴，花花向草荣。
清风明月在，耳日色闻明。
赤壁周郎火，东吴诸葛城。
形成名利外，应物自枯荣。

113朕以弓矢定四方，识之犹未能尽，况天下之务，其能遍知乎！选自《资治通鉴·唐纪》

虚怀若谷一求知，马上太宗半盛时。
以此贞观成彼处，凭长任短误思迟。

114"知人则哲，惟帝其难之"。古今一也。选自宋·王安石《临川先生文集·卷十七》

临川逝者几阴晴，尧舜难明问水平。
见得庐山真面目，知人善任试纵横。

115大凡君子与君子以同道为朋，小人与小人以同利为朋。选自宋·欧阳修《朋党论》

党党朋朋人道衡，小人君子利心平。
乌烟瘴气非天下，祸国殃民欲不成。

116明代部分天大寒，砚冰坚，手指不可屈伸，弗之怠。录毕，走送之，不敢稍逾约。选自明·宋濂《送东阳马生序》

文坛泰斗一窗寒，苦读诗书十载丹。
砚冻冰封何要显，东阳录毕正云端。

117以中有足乐者，不知口体之奉不若人也。选自明·宋濂《送东阳马生序》

心中足乐人，体上若知亲。
彼此衣冠误，书生独自津。

118有声，如吹埙篪，如过雨，又如水激岩石，或如铁马驰骤，剑槊相磨戛；忽又作草虫鸣切切，乍大乍小，若远若近，莫可名状。选自明·刘基《清风阁记》

树叶自倾鸣，埙篪作雨声。
山岩如石启，铁马奔来情。
剑槊相磨励，虫禽互唤荣。
无无如有有，窃窃语私盟。

119 仁陷于愚，固君子之所不与也。选自明·马中锡《中山狼传》

天天地地云，去去来来分。
是是非非问，成成败败闻。

120 马越险则驽骏别，刃试坚则钢铅见。选自明·何景明《郑子擢郎中序》

郑子擢郎中，龙门显巨风。
骏马行万里，利刃试钢锋。

121 三五之夜，明月半墙，桂影斑驳，风移影动，珊珊可爱。选自明·归有光《项脊轩志》

十五宫十六圆，一千日色一千天。
明光夜半婵娟问，桂影三更作客船。

122 其疾徐轻重，吞吐抑扬，入情入理，入筋入骨，摘世上说书之耳而使之谛听，不怕其龃舌死也。选自明·张岱《柳敬亭说书》

说唱向心灵，啼听柳敬亭。
言轻徐语重，致理骨汀泠。

123 瀑行青壁间，撼山掉谷，喷雪直下，怒石横激如虹，忽卷掣折而后注，水态愈伟，山行之极观也。选自明·袁宏道《观第五泄记》

无帘似雪烟，撼岳石云田。
怒壁泉流挂，飞虹注水悬。

124 故其为诗，如嗔如笑，如水鸣峡，如种出土，如寡妇之夜哭，羁之寒起。选自明·袁宏道《徐文长传》

一岁半枯荣，三更两地明。
思乡游子夜，叹气客心情。
峡口争鸣久，云浮水落盟。
抽芽惊节令，出土入时生。

125 是故聪与敏，可恃而不可恃也；自恃其聪与敏而不学者，自败者也。昏与庸，可限而不可限也；不自限其昏与庸而力学不倦者，自力者也。选自清·彭端淑《为学一首示子侄》

聪明可立人，恃敏不当身。
学者知其道，庸昏莫倦勤。

126 浙江之潮，天下伟观也。自既望以至十八日为最盛。方其远出海门，仅如银线；既而渐近，则玉城雪岭，际天而来大声如雷霆，震撼激射，吞天沃日，势极雄豪。选自清·周密《观潮》

钱塘一线作潮头，雪岭三重覆九州。
地动雷声浪浪涌，倾江震撼向天流。
无宁海日高低色，纳雨驱风势莫酬。
玉逝银光凭远近，龙蛇十七竞中秋。

127 呜呼！安得使余多暇日又多闲田，以广贮江宁苏州杭州之病梅，穷予生之光阴以疗梅也哉？选自清·龚自珍《病梅馆记》

严冬一度梅，春心半雪催。
疏香看三二月，密叶夏秋魁。
不言先后色，有序自徘徊。
玉影留天下，天堂一半回。

128 汝今既入此，应力上进，尽得其奥。劳，勿恃贵，勇猛刚务必养成一军人资格之前途，正亦未有限国家正在用武之秋。汝患不能自立，勿患之己知。选自清·张之洞《诫子书》

处处人间有正途，年年世上待江苏。
先忧后乐知天下，柳暗花明过五湖。

129 骄奢淫逸，所自邪也。选自《左转·隐公三年》

嚼舌一自邪，淫逸半泥沙。
石蜡根源述，庄公误子华。

130 一鼓作气，再而衰，三而竭。彼竭我盈，故克之

一鼓静思作气成，衰竭始象克营盈。
齐军鲁战知曹刿，逢时趁力作功明。

131 辅车相依，唇亡齿寒

虞唇虢齿几相依，借道之奇论国旗。
面颊牙床连自主，同心并存作珠玑。

132 白圭之玷，尚可磨也。斯言之玷，不可为也

白玉玷磨白名，言玷还免自玷清。
苟息苟且斯行处，辅政臣君以诺成。

133 人谁无过？过而改之，善莫大焉。选自《左转·宣公二年》

士季灵公一晋垣，箴言警语半临轩。
成仁孔子成论句，作便儒家水善源。

134 大上有立德，其次有立功，再次有立言，虽久不废，此之谓不朽。选自《左转·襄公二十四年》

儒家立生先，攻言不朽全。
穆叔范宣禅，品质人生界。

135 人之爱人，求利之也。今吾子爱人则以政，犹未能操刀而使割也，其伤实多。于之爱人，伤之而已，其谁敢求爱于子？……侨闻学而后入政，未闻以政学者也。选自，《左传·襄公三十一年》

人人以爱生，事事学则明。
有欲伤求子，无知政力倾。

136 末大必折，尾大不掉。选自《左传·昭公十一年》

公子楚王作蔡公，枝调末大尾无同。
人从政治方圆在，边城士虎佞人空。

137政宽则民慢，慢之纠之以
猛；猛则民残，残则施之以宽。
宽以济猛，猛以济宽，政事以和。
选自《左传·二十年》

误事一人心，轻从半古今。
施宽纠济猛，政治有和深。
子产春秋郑，君王十地荫。
儒家多少励，太叔始知音。

138除腹心疾，而置诸股肱，
何益？选自《左传·哀公六年》

昭王太史明，嫁祸与人轻。
腹腑肱股近，平生共存荣。

139防民之口，甚于防川。选
自《国语·周语上》

一口作千川，三王向万年。
成行公部劝，以目道可迁。

140伐木不自其本，必复生；塞
水不自其源，必复流；灭祸不
自其基，必复乱。选自《国语·晋
语一》

太史苏呈晋献公，流源木本一根同。
奚齐太子馋言作，后患新陈自不穷。

141争名者于朝，争利者于市。
选自《战国策·秦策一》

几步一朝名，千人十地生。
三川周室地，市利半天情。
司马秦王惠，张仪说纵横。
求鱼缘木处，始得不终成。

142君不闻海大鱼乎？网不能
止，钩不有牵，荡而失水，则
蝼蚁得意焉。选自《战国策·齐
策一》

求鱼待水穷，伐木作山工。
万蚁雄狮尽，三人泽事终。

143士为知己者死，女为悦己
者容。选自《战国策·赵策一》

悦己何难智己难，与心徒易与心宽。
相知但可相知问，彼此容弦彼此冠。

144学而时学之，不亦说乎？
有朋自远方来，不亦乐乎？人
不知而愠，不亦君子乎？选自
《论语·学而》

好学宽容一乐交，文章士子半同胞。
明星闪烁随人目，朗月清光挂树梢。

145不患人之不己知，患不知
人也。选自《论语·学而》

知人事事不知人，患己时时莫患亲。
律此成城当律彼，自由世界自由身。

146温故而知新。选自《论语·为
政》

学历一知新，文章半晋秦。
纵横成世界，秩序是经纶。

147学而不思则罔，思而不学
则殆。选自《论语·为政》

一学三思十问因，千锤百炼万寻真。
时时处处求源本，去去来来近在身。

148知之者不如好之者，好之者
不如乐之者。选自《论语·雍也》

知如半好乐时君，寸草春晖万古文。
自己心中成世界，方圆世上任耕耘。

149君子坦荡荡，小人常戚戚。
选自《论语·述而》

戚戚一小人，荡荡半君身。
历历经风雨，明明解视频。

150后生可畏，焉知来者之不如
今也？选自《论语·子罕》

时时一后生，事事半光荣。
处处非南北，人人是性情。

151欲速，则不达；见小利，
则大事不成。选自《论语·子路》

欲速无名不达名，求成小利大难成。
揠苗助长禾苗废，宋国耕耘左右倾。

152人无远虑，必有近忧。选
自《论语·卫灵公》

人无远虑近则忧，事有经纶就不求。
未雨绸缪成气势，江流日下自行舟。

153小不忍，则乱大谋。选自《论
语·卫灵公》

小忍大谋分，强人弱者闻。
功成时故磊，日月去来勤。

154当仁，不让于师。选自《论
语·卫灵公》

当仁不让师，学子自知迟。
惠觉凭时就，形成已善咨。

155益者三友，损者三友。友直，
友谅，友多闻，益矣。友便辟，
友善柔，友便佞，损矣。选自《论
语·季氏》

益损劝三扬，群分问半尝。
多闻直谅友，便辟善柔佞。

156君子有三畏：畏天命，畏
大人，畏圣人之言。选自《论
语·季氏》

知天大圣人，始命自成身。
畏敬何无止，儒书浥浊尘。

157往者不可谏，来者犹可追。
选自《论语·微子》

不谏平生在日闻，追来日下可知分。
重蹈覆辙穷无路，把握岁前是子君。

158权，然后知轻重；度，然
后知长短。物皆然，心为甚。
选自《孟子·梁惠王上》

方圆一知音，尺寸半人心。
度量权轻量，知迷日月箴。

159 天时不如地利，地利不如人和。选自《孟子·公孙丑下》

天时地利一人和，古往今来半九歌。
孟子公孙书丑下，人间彼此解坎坷。

160 不以规矩，不能成方圆。选自《孟子·离娄上》

度量规矩一方圆，尺寸形身半地天。
枝光公输班万术，五音六律七丝弦。

161 人有不为也，而后可以有为。选自《孟子·离娄上》

有为取舍不为人，无志高低作自身。
弃彼功成形此客，寻来失去故天津。

162 天降大任于斯人也，必先苦其心志，劳其筋骨，饿其体肤，空乏其身，行拂乱其所为，所以动心忍性，曾益其所不能。选自《孟子·告子上》

天降大任于斯人，苦志劳心体乏身。
锻炼生平知世界，鱼盐畎亩海奚津。

163 不积跬步，无以至千里；不积小流，无以成江海。选自《荀子·劝学篇》

跬步万千程，阴晴一半明。
林森寻木积，日月易枯荣。

164 非我而当者，吾师也；是我而当着，吾友也；谄谀我者，吾贼也。选自《荀子·修身篇》

师师友友一知音，是是非非半古今。
谄谄谀谀当贼窃，成成落落度人心。

165 不知其子视其友，不知其君视其左右。选自《荀子·性恶篇》

其君左右一知伦，向有乾坤半见真。
问子何须师友处，形成自得上天津。

166 江海之所以能为百谷王者，以其善下之，故能为百谷王。

选自《老子·第六十六章》

千流汇海一汪洋，百谷成川半大荒。
善下东归寻跬步，形身逐上作黄粱。

167 君子之交淡如水，小人之交甘若醴；君子淡以亲，小人甘以绝。选自《庄子·秋水》

淡淡之交醴醴身，亲亲绝绝小君人。
纯纯洁洁成天地，久久长长见故新。

168 好面誉人者，亦好背而毁之。选自《庄子·盗跖》

何求誉毁名，但得古今情。
自在由自己，随心所欲成。

169 天无私覆也，地无私载也，日月无私烛也，四时无私行也，行其德而万物得遂长焉。选自《吕氏春秋·去私》

吕氏春秋一去私，处心积虑半无迟。
天含地载时行德，日月方明万物知。

170 染于苍则苍，染于黄则黄，所以入者变，其色亦变，五入而以为五色矣。故染不可不慎也。选自《吕氏春秋·当染》

五色变苍黄，三光入为堂。
千情其慎染，百草一群芳。

171 事之难易，不在大小，务在知时。选自《吕氏春秋·首时》

大小方圆一易难，高低远近半云端。
成成败败知时务，六六来来世界宽。

172 生之有时而用之无度，则物力必屈。选自汉·贾谊《论积贮疏》

轻徭薄赋一王民，物力生时半世人。
省度知屈时可济，休田养息治苏秦。

173 樊哙大行不顾细谨，大礼不辞小让。选自汉·司马迁《史记·项羽本纪》

江东一大行，项羽半逢生。
细谨无须让，鸿沟有世情。

174 我一沐三捉发，一饭三吐哺，起以待士，犹恐失天下之贤人。选自汉·司马迁《史记·鲁周公世家》

周公吐哺取归心，辅佐成王作古今。
捉发三思沐恐士，形身育教木成林。

175 以权利合着，权利尽而交疏。选自汉·司马迁《史记·郑世家》

谋权逐利名，义尽礼无声。
各取私心欲，交疏不度情。

176 家贫则思妻贤，国乱则思良将。选自汉·司马迁《史记·赵世家》

家贫可得一妻贤，国乱当思半相权。
治历何须闻彼此，形成举足化新年。

177 富贵者送人以财，仁人者送人以言。选自汉·司马迁《史记·孔子世家》

老子一言城，儒家半世英。
财言何所取，富贵仁人明。

178 浴不必江海，要之去垢；马不必骐骥，要之善走；士不必贤也，要之知道。选自汉·司马迁《史记·外戚世家》

百事莫求全，三生可易田。
耕耘辛苦处，善步可成泉。

179 解杂乱纷纠者不控卷，救斗者不搏撠，批亢捣虚，形格势禁，则自为解耳。选自汉·司马迁《史记·孙子吴起列传》

围魏其成救赵成，纠纷控捲势难明。
捣虚批亢形格禁，自解功精解自荣。

180 千羊之皮，不如一狐之掖；千

人之诺，不如一士之谔谔。选自汉·司马迁《史记·商君列传》

狐腋五羊羞，千人一诺求。
皮毛何附存，直臣正九州。

181人固未易知，知人亦未易也。选自汉·司马迁《史记·范睢蔡泽列传》

知人智己一知难，未易从容半未残。
范睢魏齐秦客许，侯嬴不佩信陵冠。

182长袖善舞，多钱善贾。自汉·司马迁《史记·范睢蔡泽列传》。此语出自《韩非子·王蠹》。是先秦时名言

袖短舞身扬，钱多贾世庄。
韩非知子积，水到一渠塘。

183有白头如新，倾盖如故。选自汉·司马迁《史记·鲁仲连邹阳列传》

不度旧时荣，如倾子去城。
难知天下士，可谓故人情。

184新沐者必弹冠，新浴者必振衣。选自汉·司马迁《史记·屈原贾生列传》

沐浴者弹冠，振衣佩木兰。
汨罗新水客，楚客九歌澜。

185智者千虑，必有一失；愚者千虑，必有一得。选自汉·司马迁《史记·淮阴侯列传》

百虑千谋得失城，三心二意朝暮明。
淮阴犹在王侯去，智愚何言一世名。

186天与弗取，反受其咎；时至不行，反受其殃。选自汉·司马迁《史记·淮阴侯列传》

项羽一江东，鸿内断蒯通。
三分天下事，一择半功雄。

187功者难成而易败，时者难得而易失也，时乎时，不再来。选自汉·司马迁《史记·淮阴侯列传》

成时容易败时难，厚着居优薄者寒。
彼此时机先后见，兴亡择取去来观。

188桃李不言，下自成蹊。选自汉·司马迁《史记·李将军列传》

桃桃李李一高低，寞寞幽幽半杏梨。
有有无无言止处，来来去去自成蹊。

189力行近乎仁，好问近乎智，知耻近乎勇。选自汉·司马迁《史记·平津侯主父列传》

日月一乾坤，阴晴半地根。
形身仁智勇，处世礼儒门。

190世必有非常之人，然后有非常之事，有非常之事，然后有非常之功。选自汉·司马迁《史记·司马相如列传》

一世难明一世明，半生跬步半生平。
非常有士非常事，举止功成举止荣。

191一死一生，乃知交情。一贫一富，乃知交态。一贵一贱，交情乃见。选自汉·司马迁《史记·汲郑列传》

生生死死一交情，富富贫贫半态明。
贵贱张网知捕雀，门庭冷落易枯荣。

192其言必信，其行必果，己诺必诚。选自汉·司马迁《史记·游侠列传》

言行信果诚，诺必认精英。
侠客江湖客，王侯莫以明。

193骐骥不能与罢驴为驷，而凤凰不与燕雀为群，而贤者亦不与不肖者同列。选自汉·司马迁《史记·日者列传》

几度凤凰鸣，当须骐骥平。
何群燕雀在，愚顽任同城。

194百里不贩樵，千里不贩籴。选自汉·司马迁《史记·货殖列传》

籴巢一村中，樵渔半色空。
心遥劳力毕，地远致西东。

195畋不掩群，不取麛夭，不涸泽而渔，不焚林而猎。选自汉·刘安《淮南子·主术训》

涸泽一渔塘，畋群半牧荒。
烧林何猎取，天麛尽亡藏。

196山林不能给野火，江海不能灌漏卮。选自汉·王符《潜夫论·浮侈》

野火尽山林，江河满海浔。
浮侈潜起落，不向漏卮斟。

197十步之间，必有茂草，十室之色，必有俊士。选自汉·王符《潜夫论·实贡》

茂草一山中，群芳半壁红。
潜夫三世界，俊士九州鸣。

198不随俗而雷同，不逐声而寄论。选自汉·王符《潜夫论·交际》

世怪一雷同，闻声半寄风。
随形寻彼此，逐日见天空。

199人有所优，固有所劣。人有所工，固有所拙。非劣也，志意不为也。非拙也，精诚不加也。选自汉·王充《论衡·书解》

优优劣劣一心明，业业兢兢半道城。
雨雨观观知彼此，前前后后问枯荣。

200魏晋南北朝部分设使国家无有孤，不知当几人称帝，几人称王。选自三国·魏·曹操《让县吕明本志令》

人间一帝王，天下五蕴荒。

魏晋三分国,文姬半曲扬。

201 后生可畏,来者难诬。选自三国·魏·曹丕《与吴质书》

人间一后生,世上半来情。
不必加评品,年轻自可荣。

202 无贵则贱者不怨,无富则贫者不争。选自晋·阮籍《大人先生传》

先生一大人,贵贱半安贫。
差异成非是,平均客不沦。

203 人之相知,贵识其天性,因而济之。选自晋·嵇康《与山巨源绝交书》

以性可相知,天成问互迟。
桓公成管仲,尺短存长时。

204 鞠躬尽瘁,死而后已。选自三国·蜀·诸葛亮《后出师表》

鞠躬尽瘁致三分,白帝托孤向半君。
力蜀联吴成赤壁,出师未捷几纷纭。

205 读书百遍而义自见。选自晋·陈寿《王肃传》

百遍读书田,三生问世天。
重修千万理,自见寸分年。

206 勿以恶小而为之,勿以善小而不为。选自晋·陈寿《先生传》

功成少恶积,川就汇江河。
九脉千川逝,三闾一九歌。

207 一为不善,众美皆亡。选自晋·陈寿《吴主五子传》

十事半名声,三生一善成。
洪尊传德教,众美皆殊荣。

208 钱之为体,有乾有坤。内则其方,外则其圆。其积如山,其流如川。动静有时,行藏有了。市井便易,不患耗折。难配象寿,不匮象道。故能长久,为世神宝。亲爱如兄,字曰孔方。选自晋·鲁褒《钱神论》

乾坤外内一圆方,积累山江半柳杨。
动静行藏闻市井,神兄寿道世兴亡。

209 人之相与,俯仰一世。或取诸怀抱,悟言一室之内;或因寄所托,放浪形骸之外。选自晋·王羲之《兰亭集序》

俯仰人生一古今,朝开暮谢半人心。
红颜碧叶呈天地,放浪形骸纵木林。

210 悟以往之不谏,知来者之可追;实迷途其未远,觉今是而昨非。选自晋·陶渊明《归去来兮辞》

勾心斗角一官圆,女织男耕半世田。
去往来归天地间,迷途觉慧暮朝年。

211 在众不失其寡,处言愈见其默。选自南朝·宋·颜廷之《陶征士诔》

默取人言寡众间,纷争利禄隐人闲。
千年故事非成败,万里山河是我颜。

212 内省不疚,何恤人言?选自南朝·宋·范晔《后汉书·班超传》

班超内省余,李邑外诽虚。
远瞩高瞻客,徐干士子居。

213 迷途知返,往哲是与;不远而复,先典攸高。选自南朝·梁·丘迟《与陈伯之书》

穷途一路遥,末节半枝消。
远复光知返,青云自涌潮。

214 文已尽而意有余,兴也;因物喻志,比也;直书其事,寓言写物,赋也。选自南朝·梁·钟嵘《诗品序》

余兴志比寓言成,赋物文心意色荣。
四象两仪辞八卦,三生十地易干晴。

215 玉之在山,以见珍而终破;兰之生谷,虽无人而自芳。选自南朝·梁·《陶渊明集序》

兰生野谷自芳菲,玉存深山破不微。
不念形成和岁月,君心容取几时归。

216 香草足碍人,数尺游丝即横路。开上林而竞人,拥河桥而争渡。选自南朝·梁·庾信《春赋》

群芳色满津,百草碧中邻。
竟引春光住,江流日月新。

217 寸之鱼,三竿两竿之竹。云气荫于丛薈,金精养于秋菊。选自南朝·梁·庾信《小园赋》

一寸之鱼二寸虚,三春竹节两春余。
云荫气养金精补,雨润天干地泽疏。

218 山不在高,有仙则名。水不在深,有龙则灵。选自唐·刘禹锡《刘梦得文集》

山高仰上有仙名,水阔深藏问纵横。
猛虎蛟龙灵所寄,桃花处处可芳荣。

219 世有伯乐,然后有千里马。千里马常有,而伯不常有。选自唐·韩愈《杂说》

孙阴伯乐一人名,半解一知两不清。
天马行空千万里,无知有欲几功成。

220 惧满盈,则思江海下百川。选自唐·魏征《谏太宗十思疏》

海下百川临,山前万步寻。
盈亏成世界,俯仰是人心。

221 以铜为镜,可以正衣冠;以古为镜,可以知兴替;以人为镜,可以明得失。选自《贞观政要》卷二《论贤者第三》

一镜鉴贞观,三元自正端。
人明今古事,世始去来难。

222所以传道授业解惑也。选自唐·韩愈《师说》

道业惑知师，人心欲望时。
谋思成败易，进取去来斯。

223先生晨入太学，招诸生立馆下，诲之，曰："业精于勤荒于嬉，行成于思毁于随。选自唐·韩愈《进学解》

书山一路以勤精，学海千舟渡围城。
业嬉窗前杨柳树，形成足下立思明。

224两宿心恬，三宿后颓然嗒然，不知其然而然。选自唐·白居易《庐山草堂记》

庐山一草堂，白鹿半阳光。
跬步三千里，乾坤一半长。

225我爱其草熏，木欣欣，可以导和纳粹，畅人心气。选自唐·白居易《冷泉亭记》

熏熏草木亭，冷冷石泉铭。
纳纳天山气，欣欣粹玉灵。

226核如枇杷，壳如红缯，膜如紫绡，瓤肉莹白如冰雪，浆液甘酸如醴酪，大致如彼，其实过之。选自唐·白居易《荔枝图序》

玉色倾城半色明，红缯结壳一红城。
冰肌雪体姿如液，素膜绡函裹肉情。

227殚其地之出，竭其庐之入，号呼而转徙，饥渴而顿踣，触风雨，犯寒暑，呼嘘毒疠。往往死而相藉也。选自唐·柳宗元《捕蛇者说》

风风雨雨暑寒连，渴渴饥饥顿踣眠。
疠疠毒毒相藉死，呼呼号号捕蛇年。

228形之庞也类有德，声之宏也类有能。选自唐·柳宗元《黔之驴》

能类一庞形，声宏十里鸣。
惊时三戒外，造诣万千城。

229其本欲舒，其培欲平，其土欲故，其筑欲密。选自唐·柳宗元《种树郭橐驼传》

树木十年成，培平一本生。
根疏其故土，筑密向扶荣。

230外与天际，四望如一，然后知是山之特立，不与培塿为类。选自唐·柳宗元《始得西山宴游记》

草木一人生，峰山半势明。
由然凭独立，莫以论枯荣。

231之突怒偃蹇，负土而出，争为其状者。殆不可数；其嵌然相累而下者，若牛马之饮于溪；其冲然角烈而上者，若熊罴之登于山。选自唐·柳宗元《钴鉧潭西小丘记》

偃蹇石高低，争其马饮溪。
熊罴山不逐，角烈各云西。

232夫夷以近，则游者众；险以远，则至者少，而世之其伟瑰怪非常之观，常在于险远，而人之所罕至焉，故非有志者不能至也。选自宋·王安石《游褒禅山记》

约定俗成荣，思谋格律生。
罕奇何不解，志达是非明。
理喻同来去，常人异与情。
寸长凭尺短，途矜士求萌。

233醉翁之意不在酒，在乎山水之间也。选自宋·欧阳修《醉翁亭记》

一酒醉翁亭，三更水色清。
云峰林木秀，独树见零丁。

234为圣贤者，修之于身，施之于事，见之于言，是三者所以能不朽而存也。选自宋·欧阳修《送徐无党南归序》

修身二月花，养性一人家。
治国三千界，齐儒两半遮。

235与贼俱生，所谓鞠躬尽瘁，死而后已，亦义也。选自宋·文天祥《指南录后序》

自古一零丁，如今半渭泾。
兢兢寻业业，理义始终铭。

236天高露清，山空月明，仰视星斗皆光大，如适在人上。选自宋·晁补之《新城游北山记》

九月天高露水清，三秋草木半阴晴。
人间自有婵娟照，世上星空俯仰情。

237使其中不自得，将何往而非病；使其中坦然，不以物伤性，将何适而非快？选自宋·苏辙《黄州快哉亭记》

自在之中自得情，以心坦上以身成。
其熊物性其非性，世富瓜田世乐萌。

238正患己不能知，安可诬一世之人。选自《资治通鉴·唐纪》

丰功伟业半贤人，韩信萧何一世珍，
姜尚文王周代步，安诬正患治君臣。

239单则易折，众则难摧。选自《资治通鉴·唐纪》

鹬蚌相争自不知，渔翁得利取采时。
折孤容易难摧捆，众志成城主客施。

240有时飘零，人为动物，惟物之灵。选自宋·欧阳修《秋声赋》

草木无声一枯荣，感悟心灵半性生。
应物知时常不已，春秋季节见阴晴。

241无他，但手熟尔。"选自宋·欧阳修《欧阳文忠公文集·归田录》

箭手卖油翁，谦虚作小虫。
人中人外处，百尺一千雄。

242 疑质理，俯身倾耳以听。或遇其叱咄，色愈恭，礼愈至，不敢出一言以复。俟其欢悦，则又请焉。选自明·宋濂《送东阳马生序》

不怠一师情，倾身半肃生。
言疑余恭敬，叱咄作天明。

243 观其坐高堂，骑大马，醉醇醴而饫肥鲜者，孰不巍巍乎可畏，赫赫乎可像也？又何往而不金玉其外，败絮其中也哉？选自明·刘基《卖柑者言》

不问见西东，徒言醒醉同。
何尝金玉外，败絮在其中。

244 闻之，叹曰："悲哉，世也！岂独一琴哉？莫不然矣！"选自明·刘基《工之侨为琴》

世上误知音，人中尚镀金。
工之侨叹曰，仿古是今琴。
俗客三千士，韩廷一木林。
茅庐知善客，俗界鉴真心。

245 亲而愤疏，庸士多幸易而脱艰。选自明·何景明《郑子擢郎中序》

求亲幸易愤疏官，俗士脱艰怨杏坛。
碌碌无为成进退，庸庸却步误衣冠。

246 执火不燔，向者多焦。导水不溺，涉者多没。选自明·何景明《郑子擢郎中序》

热火不燔人，多焦向者身。
疏流无溺子，没顶是孤沦。

247 以为决无声色臭味可好，故其巧怪不如石，其妖艳绰约不如花，孑孑然有似乎偃蹇孤特之士，不可以干俗。选自明·唐顺之《竹溪记》

竹影付流溪，孤情任土泥。
清高凭独立，偃蹇问高低。

248 有处极冷之时之地，而名实之权在焉。选自明·钟惺《夏梅说》

寒心夏叶一香繁，俗子书生半苦源。
阅目赏情孤独见，长亭跬步亦趋轩。

249 娟然如拭，鲜妍明媚，如倩女之靧面，而髻鬟之始掠也。选自明·袁宏道《满井游记》

一树腊梅花，三香入万家。
婵娟窥莫语，玉影向人斜。
冷暖姿身露，山冠化水华。
男儿偷隐色，小女换窗纱。

250 古者天下之人爱戴其君，比之如父，拟之如天，诚不为过也。今也天下之人，视之如寇仇，名之为独夫，固其所也。选自清·黄宗羲《原君》

孤家草寇半江湖，众叛亲离一独夫。
父子如天半经明，李斯赵构事扶苏。

251 自荷钱出水之日，便为点缀绿波；及其茎叶既生，则又日高日上，日上日妍。有风既作飘摇之态，无风亦呈袅娜之姿，是芙于花之未开，先享无穷逸致矣。选自清·李渔《芙蕖》

芙蕖出水一荷妍，碧叶鳞波半露田。
日上高唐曾是梦，云中雨色自方圆。

252 前既不可想，身后又不可知；哭汝既不闻汝言，奠汝又不见汝食。纸灰飞扬，朔风野大，阿兄归矣，犹屡屡回头望汝也。选自清·袁枚《祭妹文》

日暮一呼声，春来半世情。
人穷思父母，志短见枯荣。
取学幽州梦，闻天意气生。
桓仁多路程，客首去来英。
老少无知处，年青有不平。
乡家亲子女，至此以翁鸣。
彼此常回首，衣冠几度成。
黄泉何远逐，百岁弟如兄。

253 应努力上进，尽得其奥。勿惮劳，勿恃贵，勇猛刚毅，务必养成一军人资格。汝之前途，正亦未有限量，国家正在用武之秋。汝纵患不能自立，勿患人之不己知。选自清·张之洞《诫子书》

处处人间有正途，年年世上待江苏。
先忧后乐知天下，柳暗花明过五湖。

四、箧中集

中华书局上海编辑部 编
1958年出版

人间入箧中，日月自西东。
草木枯荣水，阴晴世界同。

1 感怀弟妹
箧中一世成，千运半痴声。
位显云文致，名荣已夫情。
贫身亲弟妹，应物济时鸣。
岂羡吴兴玉，小桥一践行。

2 赠史修文
故客史修文，苍天向晓云。
诗词多雅正，日月省朝君。
九陌桑梓向，三边白暮勋。
何情征宇首，此意自中寻。

3 濮中言怀
人生各有名，历路向长亭。
但问心无愧，轻松百岁龄。

4 箧中集
雅正云声半不明，贫泫世物一情荣。
强攘已溷云穷惑，老侣箧中阳奈名。

菩提树

5 致大师
江山日月一人间，来去古今半世颜。
沧海桑田天地外，千年万事慧心关。

6 北京养春堂
读诗
日月一禅心，阴晴半古今。
枯荣三界火，独木九雷林。

沈千运 四首

五里惊四首，千年一渭泾。
童儿稼穑近，少女语前庭。
顾此何知彼，沉浮可见萍。

7 山中作
山中向隐人，世上是风尘。
礼束林溪晚，城池庶事春。
何栖问草木，寂寞省余身。
俯仰天真处，惊乐进退伸。

王季友 二首

8 别李季友
宿鸟自恋枝，同声怨辛词。
行人出户去，路子以情知。
丑妇依依嘴，男儿闭语时。
如今分独主，白首已归迟。

9 寄韦子春
秋山一叶珍，古木半逢人。
不忆林居客，唯闻旧地亲。
作情何杳落，近笺已无尘。
密字行间顾，形骸可见春。
贫生须雁已，况世未成臣。
不厌惊天语，文章事泽津。

于逖 二首

10 野外行
中庸一老残，岁月半世清。
野外春秋去，心前日月明。
群芳朝暮秀，独木已林成。
俯仰何情以，思乡已纵横。

11 忆兄弟
人间五弟兄，世上半枯荣。
一奶同胞足，三生小妹情。
辽东辞秀女，父母昔儿情。
读者常无所，幽燕作纵横。
客别何依故，亲缘是影形。
安知天地上，共有血关盟。

孟去卿 五首

12 古乐府
一鸽自西飞，三生问北归。
南洋翁语语，塞外是非非。
少壮长安见，年翁洛邑微。
陈王何不足，宓女客家帷。

13 今别离
一诺已千金，三生半古今。
山川田百色，独木已成林。
远近出门去，风云少寸阴。
江河何不止，日逐是源梁。
下里巴人曲，阳春白雪心。
家贫衣可就，读者已知音。
灞柳折云尽，年年以叶襟。

14 悲哉行
生生半苦辛，落落一风尘。
曲曲黄河水，悠悠主客人。
开形日月去，足迹地天津。
暮暮朝朝问，来来去去珍。
年年寻渡口，处处见书身。
驿驿万情尽，余心四壁亲。

576

何闻徒老少，应物是时新。
积得江湖水，飘杨一叶中。

15 古别离
日上半高台，人中一地才。
千年行路口，万里杏花开。
处世长亭外，忧心久去来。
寒喧时谢客，古木以秋裁。
结口成丝锦，形形色色苔。
如期天地里，坦荡是情怀。

16 伤怀赠故人
一寸故人心，三春独木林。
枯荣时俱物，白月可知音。
汉水常流去，琴台自古今。
钟期何石语，伯牙弃衣襟。

张彪 四首

17 杂诗
万里几良图，千情寄省元。
生生寻几部，少壮寄江湖。
巧智商多取，褊性遇农夫。
洞庭天下色，月影满姑苏。

18 神仙
学步一邯郸，形成醉八仙。
昆仑天水岸，国老济人间。
列子丹炉外，书心不解缘。
灵长何必是，五谷问耕田。

19 北游还酬孟云卿
心游孟北卿，志愿可纵横。
善道何贫贱，衣冠随明月。
誉信信枯荣，慈因忧古至。
不空行行历，萧萧念神情。

20 古别离
别离一心情，惊闻十地声。
悉风何不止，后后两三声。
去日知流水，来时问色明。
长亭云止处，短驿小花明。

赵微明 三首

21 回军跛者
老树一枝全，新生半叶悬。
苍苍枯木色，念念致心田。
不夺田边草，无闻雨后泉。
欲欲唯不怨，落落自经年。

22 挽歌诗
阴晴一柳杨，日月半炎凉。
草木枯荣里，江山俯仰藏。

23 思归
一日似三秋，千川似九流。
临风惊叶落，遇水问归舟。
步步高楼上，行行古迹休。
天边云已落，只待日中忧。

元季川 五首

24 泉上雨后作
石上西中泉，云前色后莲。
荷塘天水岸，玉子待珠连。
四气清风至，三川顺地园。
临风无序栈，向叶几时全。

25 登云中
幽枝一日斜，古道半人家。
灌木东山下，群音五目花。
清流随影暗，石壁浪淘沙。
曲尽相天地，桑田有静蛙。

26 山中晓兴
山中一鸟鸣，水上半四声。
晓气神仙纳，灵心日月情。
云霜何素洁，足迹坂桥清。
野草凌云立，香去自谷域。

27 古远行
悠悠一路行，历历半阴晴。
路路通长远，条条柳叶情。
出门十万里，入道两三盟。
别离何人寄，相思已不声。

28 唐丹阳进士殷璠集
殷璠进士一丹阳，河岳英灵半壁唐。
气世中兴诸梓共，诗坛四远幸重芳。

五、河岳英灵集

[唐] 殷璠　编
上海古籍出版社出版

1 河岳
黄河泰岳自英灵，语后人前座右铭。
读尽唐诗三百首，千年万事一浮萍。

2 集论
伶编造律一文章，节假明清半柳杨。
弥损流嘉专事忌，罗衣雅调客衷肠。
知音仵述曹王觉，短视见长裾怪强。
首未成裁隐言主，风骚诸子憾中堂。

3 玉树后庭花
玉树后庭花，芳林主丽华。
妖姬胭脂井，璧月御人家。

河岳英灵集上

唐丹阳进士殷璠集

4 唐音诗
诗词赋曲一唐音，日月阴晴半古今。
草木枯荣天地界，文章士子木成林。

5 常建
纪塞左思终，参军鲍照穷。
今伦常一尉，野径百归同。
旨远悲夫僻，光իй悦鸟中。
人心空碧影，露月净潇鸿。

6 梦太白西峰
西峰举世分，太白梦元君。
荡荡乾坤里，寥寥日月熏。
丹炉石磊峭，紫气已芳氛。
濑止清晖岸，松林满暮云。
孤亭秋落落，古叶竟纷纷。
结宇霞文影，飞泉雨纷纷。

7 吊王将军墓
落日半天鸣，嫖姚一剑声。
寥闻飞将去，可夺战余情。
汉帝楼船士，山鬼大兵营。
辽东多少客，彼此作精英。

8 昭君墓
汉将一飞名，青冢半不声。
琵琶弹未尽，日月向阴晴。
独处家分外，孤身故土荣。
四车明月夜，立马草枯荣。

9 江上琴兴
闻声一玉琴，向世半人心。
万木朱弦上，千章落古今。
泠泠明月色，楚楚水江深。
玉树朝朝雨，枯桐自可音。

10 宿王昌龄隐处
宿鸟不离群，孤心半寸云。
松风微月露，古木自怜君。
芷自花红影，山峦鹤立寻。
清清余故道，细见一苔纹。

11 送李十一尉临溪
柳岸渡江吟，辞诗问古今。
临溪帆欲启，预感去人心。
水际边天地，宫商日月音。
孤舟行万里，独木自成林。

12 闲斋卧疾行药至册馆稍次湖亭作
月色只人身，风光异苦尘。
梅香同世界，豆蔻与萌怜。
认户同胞足，寻途与驿中。
湖亭时物归，主客奉天津。

13 题破山寺后禅院
悠悠一古今，处处半禅林。
落落云光远，平平日月深。
长钟惊世界，暮鼓静人心。
古刹客提子，人身智慧裔。

14 鄂渚招王昌龄张偾
江山不诺形，日月可耘耕。
鄂渚飞黄鹤，琴台落玉声。
高山流水去，下是蜀人声。
未必樵渔问，人生万里行。

15 春词二首
蒙蒙细雨丝，楚楚小花枝。
柳柳初黄色，垂垂玉树辞。
青青山水阔，草草碧江痴。
陌上田桑路，人中日月迟。

16 古意张公子
日上钓鱼舟，江中水倒流。
荷花红不住，浣女沐心游。
古意张公子，牛郎欲树侯。
出门三塞远，入使任过楼。
逐鹿中原客，行云太月秋。
千川西北路，百尺一竿头。

17 仙谷遇毛女意知是秦时宫
毛毛一关人，楚楚半秦身。
杳杳云中洒，幽幽殿下春。

遥遥柳杨路，处处去来津。
驿驿长亭外，村村日月新。
天空弥漫色，碧玉翠珠邻。
水影浮山树，仙翁待意珍。
耕耘田亩客，美育至心尊。
寓宇龙鸣去，还归秘愿亲。
梦梦多不已，夜夜少红尘。

18 晦日马镫同稍次中流作
曲曲向江者，悠悠去子心。
中流何阻塞，吐荡茌水深。
四面惊涛浪，三声浦泽吟。
晴光舟不语，暮影照西林。

19 李白
太白平生醒醉人，咕名钓誉去来尘。
骚词志远文章客，悠载常林不羁身。

20 战城南
长城立，汴水流。见日月，历春秋。江流处处向江楼，留得长城楚汉修。放马南山去，兴衷国客忧。成成败败人间易，陌陌阡阡宇宙头。自古楼兰征战英雄一剑落，如今烽火长烟逐鹿交河愁。野战天悲凭角斗，折刀利刃任君谋。沉沙不见女儿愿，鸟宿枯桑十九州。凭知山海老，何谓一王侯。

21 远别离
自古英皇二女流，洞庭竹流一春秋。
潇湘夜雨衡阳雁，舜帝鱼龙治不休。
大卜风去处处愁，禹寓随云玉影在。
苍梧树老深山留，成成就就客水楼。
千年治者人身去，万里行程足下谋。
不必去来术。九疑山上知天下。
碧水成江桔子洲，独立岳阳头。
当断苍天一客舟，须当三界外，
不作一王侯。

22 野田黄雀行
桑干半野田，易水一云烟。逐鹿中原客，寻秦楚汉年。吴宫花木色，洛邑曲江泉。纵有苍鹰南北向，何如鼠雀邮辛阡。江湖自在船，草木一风悬。

23 蜀道难
一曲唱楼兰，三声易水寒。
千川凭土地，万谷任云端。
祖国茫然在，蚕从客尔坛。
鱼凫何自立，蜀道以心宽。
剑阁佻川立，流江任白澜。
浮云横绝岭，气势古今难。
避守常无止，攻谋可迁盘。
名成思远处，四海挂天冠。

24 行路难
长亭万里路朝天，驿社千年宿舍缘。
暮暮朝朝几十年，潇湘竹泪自如泉。
何当成就事来船，一水东流似逝川。

25 梦游天姥山别东鲁诸公
此路风云醒醉客，茫茫列缺拟霞烟。青青石磊霹雳迷花紫，虎啸龙吟制方圆。行路难，一方圆。自古成城一坤乾。莫以沧海度桑田，可以以心神，可以对世宣。万里共婵娟。

26 忆旧游寄谯郡元参军
千山一旧游，万水半归舟。
白壁黄金客，经年累月愁。
四海青云去，五湖一醉休。
倾情无所道，倒意有王侯。
淮南流汴水，洛北住雕楼。
渡口杨花落，丹炉冶春秋。

27 咏怀
人间一易求，世上半庄周。
道亦非亦道，来来去去谋。
千年何日月，万事自悠悠。
此此东流水，营营落暮休。

28 酬东都小吏以斗酒双鱼见赠
斗酒双鱼鲁色香，山东吏杰故人肠。
倾情应物棉怜素，白雪阳春见柳杨。

29 答俗人问
一日何情上碧山，三生斗酒月空闲。
千年旧事枯荣见，万里衷肠是俗间。

30 古意
一日醉中眠，三生御里仙。
芙蓉易水后，力士墨丹前。

31 将进酒
将进酒，中原逐鹿天下开，飞将巷里人不回。蓟门城外醒醉豪气射虎，燕幽山中去复来。留得乌骓江东雷。四面埋伏何汉地，楚散余声是怪哉。封王未央宫前月，未许咸阳动地哀。骊山脚下沉懂客，儒书坏宙肖余灰。江山在，人不四。淮许元取人不四。

32 乌栖曲
姑苏月下一盘门，越女人中半子孙。
夜西范蠡商贾客，西施醉舞向吴村。

33 李白
醉醒半人生，枯荣一世情。
留涂捞丹去，太白客声名。

34 王维
王维雅调玉词宗，画罢藏诗意理客。
绘壁珠泉常境外，袭人日月几香封。

35 西施篇
西施不久违，莫以越人归。
木渎临朝暮，吴宫几是非。
邻家香粉重，浣女艳罗衣。
夜西凭娃馆，何必作玉妃。

36 偶然作
天真五柳一光生，满意三秋半酒名。
九日重阳花独放，千山日色自枯荣。

37 赠刘蓝田
玉色半蓝田，余心一洛烟。
山村人去晚，肯抱布衣眠。

诗词盛典 | 吕长春格律诗词六万八千首（全四册）

38入山寄城中故人

城中一留人，月下半怜身。
洛邑南山色，工安灞水尘。
云浮云又落，日暮日还新。
独自孤来往，天光满布巾。

39淇上别赵仙舟

相逢一笑余，别离半心虚。
日暮长河尽，荒亭草木疏。

40春闺

艳色满新妆，春虫半影藏。
花枝摇曳晚，淑气待红娘。
暮雀寻栖叶，愁思问谢郎。
桃花蕾欲放，豆蔻已芳香。

41寄崔郑二山人

事业二山人，江河半暮春。
樵渔何渡口，日月几天津。
草木枯荣客，阴晴子女亲。
成行无一止，此诺过三秦。

42息夫人怨

一日息夫人，三生半客身。
王侯何寄主，不共楚王臣。

43婕妤怨

深宫一叶木，旧殿半身余。
凤语何来西，羊车几度虚。

渔山神女琼智神祠二首

44迎神

洞箫极浦女巫鸣，舞屡瑶席什鼓声。
夜西凄凄风不止，神仙落落去来情。

45送神

日暮琼筵上下营，空山雨色去来生。
弦弦管管思心重，悠悠匆匆欲簌明。

46陇头吟

关西老将一平生，洛北新禾半世城。
驻马长安天子问，行人不止自枯荣。

47少年行

一诺少年行，三生老将名。
英雄天水客，高广几纵横。

48初出济州别城中故人

出入济州城，阴晴客西情。
冠中多少色，日月自行程。

49送綦毋潜落第还乡

人中半古今，世上一知音。
逐鹿东山客，还分桂棹心。
独树孤身路，孤村独木林。
噪雀云声远，江山水色深。

50刘昚虚

情幽兴远一奇思，宛律惊人众态时。
气骨径声沧溟处，春梦驻马渡江支。
清溪色水孤舟客，柳径木堂白日迟。
国萃衣晖花草永，东南一子语乡诗。

51海上诗送薛文学归海东

海上问东归，君心自是非。
孤舟行止处，旷野不知归。

52送东林廉上人还庐山

一念上东林，三古问古今。
僧人归不语，寺月与山深。

53送韩平兼寄郭微

庭前半柳杨，行下一不肠。
日夕何语问，山形满客肠。
韩平遥此寄，暮景郭微尝。
酤酒东州寄，相余一故乡。

54寄阎防 防时在终南丰德寺读书

古刹半秋春，群芳一读人。
山深丰德寺，渡口水色新。
晚霁天涯路，辰明照独身。
隐路寻幽处，禅房正衣中。

55暮秋扬子江寄孟浩然

襄阳孟浩然，古月砚山天。
汉水知音晚，琴台向管弦。

56寄江滔求孟六遗文

尽空一江春，何思意转亲。
当凭天水岸，只向半分人。

57寻阳陶氏别业

别业半寻阳，陶家一故乡。
雾云明岭水，物象暗山光。
野草孤荷色，清池守稀塘。
潇潇何自在，隐隐任琼芳。

58登庐山峰顶寺

庐山一顶明，古刹九江荣。
独木群林外，祥云落道情。
幽幽闻隐界，性性照人生。
岭首峰见北，玉门小径平。

59寻东溪还湖上作

空林日暮一猿啼，足迹寻芳越柳泥。
渡口琴鸣舟不去，云峰影暗满东溪。

60越中问海客

小路一心扉，行程半不归。
依依南海远，隐隐北京晖。
落落浮云海，悠悠翠色微。
分心如独树，忆愿久难违。

61江南曲

江南一曲肠，玉平半流肠。
娄女寻心声，湖舟尽水光。
云波多少欲，雨色近茫茫。
紫气徘徊处，琴声久柳杨。

62张谓

形成一物情，处略半纵横。
探迹人心外，人翁老亦平。

读后汉逸人传二首

63其一

汉帝旷周旋，思贤子陵泉。
千秋春渚水，万古富山川。
钓誉直钩待，成名曲线疆。
云浮林壑浅，七里漱湖烟。

遗迹高台上，寂寞几经年。

64 其二
庞公一勉九江人，士旗襄阳保自身。
业ветер东陂何终始，优逝采药鹿门新。

65 同孙构免官后登蓟楼
举业一相侯，行程半九州。
长安三万客，北塞独蓟楼。
部曲林胡帐，投身一国忧。
幽燕多少向，日月自春秋。

66 赠乔林
知君一日半杯休，向事三生两地滋。
羡酒王侯无醉醒，闻情自得任悠悠。

67 湖上对酒作
上下一湖山，沉浮半玉颜。
乾坤醒醉去，日月阴晴还。

68 题长安主人壁
十里长安五里荫，三春不及一春深。
千年旧壁千年许，一路悠悠一路心。

69 王季友
务险半寻奇，常情一世知。
惊人良白首，画壁水山诗。

70 杂诗
彼此匠人心，山川读古今。
朝堂何日暮，凤鸟不栖林。

71 代贺枝令誉赠沈千运
一半人生一半闲，两三岁月两三分。
乡乡土土今何在，去去来来几似君。

72 观于舍人壁画山水
野店一花香，长亭半壁堂。
云栖山水画，鸟落去来分。

73 滑中赠崔高士瑾
平生可得几相逢，苦世遥言山路踪。
磊石成挤天地老，行程问道自心客。

74 山中赠十四秘书山兄
人中一弟兄，世上半行程。
日下重阳问，心前符旧缨。

75 酬李十六岐
不入洛阳城，寻心渭水清。
长安向巷里，霸柳几相倾。

76 古塞下曲
陶翰
塞下曲声高，辽中将士刀。
沙昏难落日，骅马易英豪。
白羽雕弓手，红尘向二毛。
胡姬三舞曲，汉地一葡萄。

77 燕歌行
幽州曲调一燕歌，易水瑶琴半赵城。
意气榆关南去，风流五女去来多。

78 赠郑员外
雄谋战八荒，逐道向千强。
庸阵儒服守，生晖事向章。
经年寻野径，故载寄扬长。
楫将人生立，凭书立石当。

79 望太华赠卢司食
一曲太华山，三寻司户颜。
天河壶口水，足迹玉门关。
乃吏中元守，雄城御下班。
月下风霜行，云中似如闲。

80 晚出伊阙寄河南裴丞
登程一寨斤，驿路半荒村。
秉志师禽语，微言老树根。
长川临暮水，陌巷待黄昏。
异客依依去，周南日日昆。

81 赠房侍御　时房公在新安
不羁一个心，周旋半古今。
群芳何艳色，独木可成林。

82 经杀子谷
扶苏帝子秦，墨笔李斯邻。
塞外春秋尽，苍烟几可人。

83 乘潮至渔浦作
月照半潮声，舟临一水平。
风扬天地间，浪打向渔情。

84 宿天竺寺
天竺一寺僧，白马半香凝。
夜鸟栖枝叶，幽心待月开。

85 早过临淮
临淮一岛明，过海半云生。
浩荡江山外，沉浮日月情。

86 出萧关怀古
怀古过萧关，寻英向子蛮。
胡人无下客，古道一千山。

87 李颀
修辞锦绣一诗清，杂盖玄思半理明。
大道青春音调颀，心神佛岸故家倾。

88 谒张果老先生
先生一谷神，甲子半天津。
浪迹希夷迹，逢时济世新。
轩辕师自比，礼物可人身。
万乘亲屈见，二仪四象春。
香炉清斋客，受箓拜天伦。
四海玄心老，千山江汉臣。
宫花依旧祈，鼎致苍生宸。

89 送暨道士还玉清观
道士玉清观，禅房世界宽。
青春君可住，理秀驾云端。

90 东郊寄万楚
隐隐一人来，悠悠万木载。
田家衣布少，颍水旧亭台。
故寄江山外，渔樵日月开。
中机万友问，谁道采薇偕。

91 登首阳山谒夷齐庙
夷齐竟过首阳山，皓首清和寂寞还。
落日峰霓萝女问，苍苔毕业玉门关。

92题綦毋潜书所居

人生可挂冠,日月九州坛。
客驿知花木,山游向晓丹。
随心留去济,任意赏天澜。
悠悠相思老,萧萧可玉端。

93渔父歌

一钓半黄河,三生十九歌。
晴沙千万里,玉水万鳞波。
月静随山色,峰青寓宿多。
芦洲花木薄,桂树影夷娥。
独醒江湖上,临流待芷荷。

94古意

男儿半九骸,足迹一汨罗。
楚客轶归问,幽燕易水多。
三江豪弓在,一诺到天河。
千山白雪化千流,万里楼兰万里留。
塞外胡姬何劝酒,琵琶曲里始向春秋。
辽东小子榆关度,不到南洋势不休。

95送康洽入京进乐府诗

平生一部木,读遍万流余。
白袄春衫御,台郎帝业居。
耕耘田地厚,日月自辛锄。
旷野群芳碧,京城上苑疏。
长安谁醒醉,彼此自当初。

96送陈章甫

食春堂

心轻万事一鸿毛,枣叶千章半御毫。
不肯低头扬自语,苍天只作向人高。

97听董大弹胡笳声兼语弄寄房给事

少雲一胡笳,胡人万里沙。
长安千里月,蔡女误成家。
十柏惊云西,三声问鸟哗。
胡姬音不尽,劝尽曲天涯。
野草春秋见,日月去来花。

98缓歌行

长安陌上一人归,洛邑尘中半是非。
业就功成身自立,击钟读尽杜陵微。

99鲛人歌

南洋一日万人疏,五女三春半故居。
相期不见幽燕客,榆关此去读天书。

100送卢逸人

幽幽一逸人,隐隐半期身。
杳杳山中路,深深月下津。
长亭千里路,驿客万风尘。
故土相思尽,天边自可亲。

101野老曝背

百岁书翁自种田,千年日月可原泉。
归鸣一目长城外,分土三生不可眠。

102高适

拓落常解隐迹尘,燕歌臆语预人身。
才名自远平原客,评事心余小节珍。

103哭单父梁九少府

生生死死闻,去去来来君。
弟弟兄兄问,天天地地云。

104宋中遇陈兼

十哉一窗寒,三生九脉观。
千年依旧是,万里向云端。
鲍叔良媒娶,周公事就冠。
文巾南陔影,巷口隐心宽。

105宋中

上苑曲江寒,慈恩寺塔坛。
香云浮日月,玉树作巾冠。
九月枯荣木,三春筑凤峦。
但须梁园间,不可误云端。

106九日酬顾少府

九日黄花十地荣,三春马草五蕴生。
苏秦不在张仪在,莫使人生几纵横。

107见薛大臂鹰作

楚汉十英豪,苍鹰一寸毛。
荒言万里燕声呖,寄语云中十丈高。

108酬岑主簿秋夜见赠

潇潇索索一虫鸣,叶叶枝枝半影形。
物物人人依觉细,思思念念是心情。

109送韦参军

英雄十日半倾城,壮士三生九陌行。
汴水苏杭何富庶,长城南北是兵营、
公卿主意江山外,汉楚君心兔苑荣。
二十年前临赤壁,千军去后只疆名。
虚空远近余声什,不及人间一客情。

110封丘作

孟诸渔樵半水深,荒山草泽一知音。
风尘小邑何言语,世事惊心几古今。

111邯郸少年行

邯郸学步少年行,易水轻流壮士声。
感物知时天地上,平原君主是声名。

112燕歌行

此作一燕歌,三边几戍多。
长城何内外,汉史车蹉跎。
玉著单于帐,孤城塞草科。
男儿干戈尽,少妇素娟娥。
大漠楼兰向,黄河是浊波。

113行路难

轻行一路难,旧友半离欢。
百事何言语,三山十八盘。

114塞上闻笛

烟囱岭外月空颜,五女山头故土闲。
杏色三春杨万里,桃花一夜满千山。

115营州歌

野草半营州,群芳一九流。
渔樵山里客,日月度春秋。

河岳英灵集中

116岑参

空林不尽一山风,野火枯桑半不穷。

体峻奇文欣赏处，幽人自语几无终。

117终南双峰草堂作

双峰一草堂，独迹半春芳。
子濑严明夏，终南永日光。
潭清摇玉影，石磊故山庄。
不忆蓝田色，斯文可追藏。

118终南云际精舍寻法澄上人不遇归高冠东潭石淙秦岭微雨作贻友人

高冠冕上人，玉带客中尘。
法舍东潭色，衡门石岑新。

119戏题关门

不心一关门，何言半野村。
从当城市守，日月客黄昏。

120观钓翁

一叶钓山翁，三江向水穷。
千波随日月，万浪逐云空。
暮向滩头宿，朝投芷泽中。

121戎葵花歌

向日一黄花，重阳九月家。
平生多子女，世俗满天涯。

122偃师东与韩樽同访景云晖上人即事

夜雨上人家，山阴下石崖。
僧游天地向，渡口浪淘沙。
野径无芳草，荒烟有落霞。
辛辛耕素亩，苦苦种桑麻。

123春梦

春梦一夜枕边生，夜雨云中半尽情。
宋玉巫山情蔚楚，高唐峡谷任阴晴。

124崔颢

白马一渔阳，春风半草荒。
名轻年少颢，塞窥过垣樯。
锁门戎装晚，驱驰骑射王。
晴川黄鹤去，抽羽换苍桑。

125赠王威古

一古到楼兰，三军问甲寒。
秋风惊渭水，落叶洛阳残。
报国鸣弓马，长驱椎胡难。
难凭飞将向，只任此心丹。

126古游侠呈军中诸将

仗剑渡交河，孤心对九歌。
文昌天下子，将帅羽衣何。

127送单于裴都护

阴晴亦塞同，日月共辽东。
草木枯荣俱，江山主客中。
驿寄千心语，诗书一江翁。

128江南曲

君家何地方，小妾浣溪旁。
借向停船处，羞颜弄暮妆。

129赠怀一上人

一半上人身，三千弟子邻。
禅房钟鼓向，古寺净心尘。

130定襄阳郡狱

律墨半襄阳，河东十地梁。
田家九成陌，米市一文昌。
几案木盈尺，红尘号不妆。
三春繁草木，四季劝农桑。

131辽东桓侍浑江泡子沿刘家沟

严霜一岁明，瑞雪半倾城。
二月含芳树，三边故土情。
辽东寻汉将，五女问冠英。
凉水泉前树，桓仁镇学荣。
刘家沟上客，寄语已平生。

132孟门行

只向黄花借一枝，知心日月慰三思。
平原客墨才人少，孟尝堂前几度迟。
寄语昆仑剑，交河落暮时。
方圆何主见，肆道与诗词。

133霍将军篇

铁甲长安霍将军，宫旗彩帐自纷纷。
轮台楫拜君王与，李广须臾故巷闻。

134雁门胡人歌

高山半雁门，塞鸟一边村。
解放有娠曲，秋田已醉婚。

135黄鹤楼

半见襄阳半见楼，两山水色两山秋。
知音几度琴台诗，岸口晴光一扁舟。
黄鹤空余秦汉去，龟蛇不锁大江流。
千年日暮谁击鼓，万里云天自不休。

136薛据

为人一骨鲠，气魄半文清。
抱玉功成叹，投珠道举名。

137古兴

堂前几丈夫，玉树半东吴。
肯顾西施舞，何分汴水都。

138初去郡斋书情

郡斋一书情，辞源半世声。
忧思文化里，尚想周公名。
返翼征鸿字，行程草木荣。
归流川不止，志士可倾城。

139落第后口号

一字入西秦，三声尽古人。
千言天子第，万语破红尘。

140题丹阳陶司马厅

观当渡口一人身，举世丹阳半客秦。
洞彻儒风才子益，幽兰自主带香珍。

141冬夜寓居寄储太祝

知音一洛阳，义士半文昌。
夜寓婵娟色，无心自柳杨。

142怀哉行

广厦向明才，良贤可自媒。
千门闻伐鼓，万径满蒿莱。
怀策惊人废，闻天岁阙开。

文王多士子，汉帝制金台。

143泊震泽口

泽口半风云，津亭一壁文。
人身天地外，自得两纷纷。

144西陵口观海

西陵一海音，极目半枯林。
势力孤峰照，千川逐日深。

145登秦望山

目极一秦川，朝阳大海田。
云浮天水岸，予本江湖年。
岁月临舟楫，萍蘋向落帆。
潮风边应悟，日在洛阳悬。

146出青门往南山下别业

青门别业半南山，凤驾榛林一树颜。
抱旷苍茫栖隐客，彼门未入此门关。

綦毋潜

147春泛若耶

若耶泛春舟，清溪四处流。
云浮南北go，玉影挂红楼。
月色随人意，风光任水求。
幽情花路口，曲尽不知羞。

148题招隐寺绚公房

山空雨露深，寺隐木成林。
兰若为心坐，田家隔路荫。

149题鹤林寺

云浮满鹤林，道隐半人心。
古寺藏花木，流溪泛古今。

150题灵隐寺山顶院

灵山一寺音，下界半鸣禽。
塔影浮云挂，钟声驻古今。

151送储十二庄城

十二下庄城，三秋水土清。
层林颜色重，野雀几声鸣。

152若耶溪逢孔九

相逢若耶溪，独影化春泥。
萃竹潭烟色，岩阴胜比低。

153孟浩然

襄阳孟浩然，折馨经纬田。
兴象沦明代，弥衡石遇天。

154过景空寺故融公兰若

寺上玉青莲，林中白马泉。
融公兰若在，月挂草堂前。
旧石何人坐，浮云渡口悬。
清风如意处，竹影自延年。

155过上人兰若

山中故语入禅衣，寺外无人越鸟稀。
古木参天林草路，松声不断问天机。

156裴司户员司士见答

同僚府半开，旧酿醉时来。
竹下清风语，池中满玉杯。
花葵多子粒，幼女俱杨梅。
已是红颜客，不上拜金台。

157九日怀襄阳

九日怀襄阳，三生枉断肠。
长安明主弃，去国不还乡。

158归故园作

只可观山傍，何须谢语肠。
莘茸多故弃，岁月寐清阳。

159夜归鹿门歌

鱼梁渡口鹿门秋，月色襄阳楚客愁。
隐处幽人何不见，钟声路远岳阳楼。

崔国辅

160杂诗

悠悠半古今，淡淡一人心。
远远长亭路，遥遥日月荫。

161石头濑作

日落石头城，余临玉色英。
无陵淮水岸，建业向潮声。

162魏宫词

晓日半红妆，深宫一魏娘。
陈王铜雀去，洛水满情肠。

163怨词

不可着罗衣，何须向玉肌。
秦王时上阵，曲舞满京城。

164少年行

一曲少年行，三声日月耕。
章台杨柳岸，白马玉人城。

165长信草

小草半江山，中年一碧颜。
枯荣随日月，不信去来还。

166香风词

月色梨花影半低，梅香洛水化三泥。
谁听玉笛声声续，不作深宫小鸟啼。

167对酒吟

南山对酒吟，北阙向君寻。
一鸟飞天去，三声是古今。

168漂母岸

漂母一淮阴，公侯半古今。
田家辛苦善，楚汉霸王心。

169湖南曲

一曲到湖南，千言作茧蚕。
鸳鸯去雨客，几度入荷潭。

170秦中感兴寄远上人

寄远上人寻，闻秦下雨深。
东林师旷近，折桂作鸣琴。

171夜度湘江

月夜渡湘江，归鸣向故邦。
去烟凫不起，疑是鸟成双。

172渡浙江问舟中人

碧玉千家小桥东，残塘八月半潮风。
三吴日月盘门外，几入江青在越中。

第三卷 唐人选唐诗

173 储光羲
趣远情深格调高，扶风雅逸储公豪。
浩然正气山开色，转路涵虚佩玉袍。

174 杂诗二章
汨罗十地哀，素女九歌来。
楚道何天下，天中一剪裁。
襄王云雨色，白帝暮阳台。
玉树三山翠，江流半峡开。

175 其二
四象两仪平，人心八卦生。
非时非所是，道亦道时名。

176 效古二章
四野草青青，三春一色形。
千山飞鸟处，万里是长亭。
老幼田家事，江山有渭泾。

177 其二
难成半九州，不负一生忧。
读尽儒书卷，行修仰上楼。
平原君子礼，广泽孟堂侯。
浩翰苍茫处，思斤不可术。

178 猛虎词
猛虎半山林，人间一古今。
朝堂何事事，草莽世民心。

179 射雉词
山前一丈夫，巷里半侏儒。
世上仁心贵，人中读取书。

180 采莲词
深塘碧玉流，浅渚独莲居。
大泽年方久，浮萍岁久余。

181 牧童词
田边向牧童，道外向疏翁。
所念牛郎语，时可一笛穷。

182 田家事
蒲叶一方长，桃花半落芳。
农夫田亩种，翠鸟旷飞扬。

183 寄孙山人
渡口一舟还，流前两岸山。
清江花满水，隐客在人间。

184 酬綦毋校书梦游耶溪见赠之作
一校半沧州，三生一九流。
南园北巷知，天地问春秋。
水隐樵渔在，林青月日浮。
塘深莲子贵，钓客意何求。

185 使过弹筝峡作
鸟雀一千山，群芳半万颜。
原田无遗粟，达士苦忧还。
下里巴人去，阳春白雪闲。
梅花三弄晦，不隐玉门关。

186 王昌龄
光生四百年，后世两三天。
古古今今问，长亭酒色眠。

187 咏史
芦生浦月半沧津，杖策寻谋一世民。
遘患菲微崩奔走，躬耕志节事人身。

188 观江淮名山图
江淮草木不名山，淡扫风云故雨颜。
楚汉烟花秦石磊，挥毫刻意是归闲。

189 香积寺礼拜万回平等二圣僧塔
归来圣帝一先知，万礼四平半去迟。
彼此禅音香积寺，人间只似是非时。

190 斋心
溪流问斋心，石立待风林。
欲露朝花拾，云英化古今。

191 缑氏尉沈兴宁置酒南溪留赠
南溪一月新，北翠半楼陈。
渡口舟棹静，春泉雨色亲。

192 江山闻笛
一曲潇潇玉笛声，三吴处处楚人情。
寥寥浦溆江山故，夜夜乡林复月明。

193 东京府县诸公与綦毋潜李顾相送至白马寺宿
白马寺边秦，曲江渡口津。
长安多草木，落日见人身。

194 赵十四见寻
俯仰七弦琴，兴衰一古今。
苑鲈当八月，易十问三心。

195 少年行
一袂少年行，三春驿客倾。
长亭千万里，白马自知鸣。

196 听人流水调子
枫林挂月一孤舟，水调歌头半曲流。
客露初成分付寄，琴弦未落问春秋。

197 长歌行
旷野绕琴声，山川问两情。
云中同怀者，叶下始知成。

198 城傍曲
灞柳半丝条，长亭十里遥。
攀折何客手，碧色不回潮。

199 塞下曲
暮色一临洮，平沙半侯篙。
长城南北成，意气故言高。

200 长信宫
半待平明半殿开，一心暮色一心来。
昭阳欲掩含元树，石雨飞燕曲舞回。

201 郑县陶大公馆赠冯六元二
山暑一工侯，儒轻半九州。
蓝溪家为故，欲勉客八楼。

202 从军行
草木连天万里秋，黄昏断壁影乡楼。
关山白月金丝鸟，暮重声声语不休。

贺兰进明

203 古意二首
不可向山东，难言一日雄。

平原君有问，泾水道君穷。

204 其二

幽兰处处生，涧草去来荣。
日月曾关照，阴晴许许情。

205 行路难五首

井下水无声，云中月有明。
原泉何寸许，太息自枯荣。
路远知天下，心思莫乏清。
山峰凌素雪，日色逾人行。
秉烛相逢语，碧玉柳杨城。

206 其二

门中柳色陌前花，暮后庭风渡口涯。
叶落云飞何所叹，萧条历岁向邻家。

207 其三

浪子回头一路鸣，春花落尽半九声。
梁前燕乳栖巢定，鸟啼况复独月明。

208 其四

盈盈缺缺月何明，去去来来几无声。
历历难难穷别离，余余切切始终盟。

209 其五

东流一去半无穷，日夕千光一阵风。
独雁惊鸣群不复，人生莫似始终鸿。

210 女皇

商山四皓一张良，吕雉三朝半汉王。
惠帝戚姬第厕向，东平将领立刘堂。

河岳英灵集下

211 崔署

殷璠进士半丹阳，兴罢儒生一故肠。
进退朝堂慢上下，古今诗黑一芳香。

212 宿大通和尚塔敬赠如阇梨广心长孙锜二山人

禅心塔影二山人，古寂僧衣半苦津。
声道承微清净土，钟声鼓语化心珍。

213 颍阳东溪怀古

皎镜照溪山，清心渡三颜。
元缘空叹月，不可锁云关。
世旷闻今古，人稀万物闲。
王侯终是客，土地待乡还。

214 途中晚发

云浮月亮一乡心，海阔天高半故林。
旅路长亭驿壁短，劳歌遇物落花深。

215 送薛据之宋州

无媒半旧楼，有序一江流。
客道长亭路，乡心应语愁。
孤沦风月色，独忆十三州。
草木枯荣岁，文章自白头。

216 早发交崖山还太室作

太室山中四壁临，交崖月下半倾心。
枯桑野火无衣客，颍水穷阴日色深。

217 登水门楼见亡友张真期题黄河作因以感兴

天山万里一黄河，逐鹿千年半九歌。
燕沪无声何改道，东营壮士鲁齐多。

218 王湾

早著遇王湾，吴中意海颜。
残春江月色，楷杵到君还。

219 晚春诣苏州敬赠武员外

苏州半故乡，同里一衷肠。
娅信洪儒省，文书草木堂。
留园藏郡里，干将守寒光。
意尽扬名客，殊容玉晚芳。
陋闻加学去，才云济元梁。

220 晚夏马鬼卿叔池亭即事寄京都一二知己

晚夏寄卿书，池亭纪事余。
才重驱去势，乘力不樵渔。

221 奉使登终南山

南山一玉冠，洛邑半霜寒。
岭色重千影，林光落百端。
天香苔迹改，气远势去丹。
百仞藏虚洞，三鬼若叠峦。
潭清空鸟立，境绝拜涛阔。
吐纳江山阔，寻闻宇宙宽。

222 奉同贺监林月清酌

古月照当空，桃花落酒中。
纯香新规院，碎影玉庭风。
碧玉摇红色，清宵闪竹丛。
烟光芒草净，渭湄小桥东。

223 江南意

水落一云穷，潮平两岸风。
江春观气象，海日玉人红。

224 观插筝

难承复明月，自得美人情。
柱促弦姿弄，春桥进退横。

225 闰月七日织女

历历曙河微，幽幽夜月晖。
年年当色旧，处处问回归。

226 祖咏

尤思刻省心，格调入森林。
祖咏寒食火，清明一语箴。

227 古意二首

巫山一峡长，楚客半风光。
历历红尘里，迢迢碧水杨。
春潭神女梦，碧玉睹颜倡。
宋玉鸣环佩，含姿野情肠。
朝云飞不语，暮色作新娘。

228 其二

一越半东吴，三春两地苏。
盘门何日落，木渎馆娃孤。
勾践何何国，夫差问舞都。

229 游轮式氏别业

别业半幽篁，新田一本昌。
南山当户对，北水映红妆。
竹影随风动，歌楼任曲扬。
寥寥闲坐客，复复问衷肠。

230 清明宴司勋刘郎中别业

雨细近清明，云沉向水声。
烟重何乞火，地覆载花荣。
会友桃源外，居邻啼鸟惊。
寒窗霁日好，读遍古今成。

231 终南望余雪作

素玉一南冠，浮云百色残。
明霁三色界，洛邑半余寒。

232 卢象

象雅一音平，东南半郡倾。
文风灵越秀，国士校吴城。

233 家叔徵君东溪草堂二首

浮年六甲一君倾，鹤羡三身半老成。
石映东溪幽壑水，川生柽梓涧深鸣。

234 其二

君心一草堂，善意半清光。
未理今朝业，须惊故卉芳。

235 送綦毋潜

沧沧一海深，荡荡半人心。
复复桃花渡，虚虚一古今。
群芳难自立，独木可成林。
载物知天地，遣世对知音。

236 送祖咏

巢父挂衣襟，东原北涧林。
潭深严子钓，路远客人心。

237 赠程秘书

吐纳秘古朗，寻闻客故肠。
孤飞何不偶，独立作文章。
日月殷勤用，阴晴草木尝。
图书归白马，感论诸余芳。

238 赠张均员外

世业半公门，才冠一子孙。
诗本辛苦继，日月顾黄昏。

239 追凉历下古城西北隅此地有清泉乔木

阴晴西水半枯荣，草木人茶一故城。
井下流中泉上水，明前西俊煮芳茗。

林园秋夜作

240 李嶷

林中一暑残，醉里半杯澜。
对酒非然客，行吟苦杏坛。

241 淮南秋夜呈同僚

砧杵夜淮南，清秋月竹庵。
浮萍池水色，露透玉金难。

242 少年行三首

十八羽林郎，三千士建章。
楼兰河汉阔，玉宇少年扬。

243 其二

江山半柳杨，草木一芳香。
箭落三河岸，尘生百步堂。

244 其三

金杯马上酿葡萄，玉剑云中一夜高。
月照边城千道路，声鸣凤宿万旌旄。

245 晚秋石门礼拜

阎防

独木欲成林，群芳问古今。
荒庭何所有，老树半空心。

246 宿岸道人精舍

森森一道风，放放半飞鸿。
息息千因果，泠泠万水同。
辞人何不语，剪蕙力难穷。
宿岸非龙雀，僧音捣夜终。

247 夕次鹿门山作

夕次鹿门山，年浮谢履颜。
双峰闲抱杖，百名待珠湾。
进退追攀路，阴晴草木蛮。
春梁成未晚，仲夏客云还。

248 百丈溪新理茅茨读书

茅萍百丈溪，浪迹一人栖。
始独三家子，终成半树低。
朝晖空腹唱，暮影自相随。

249 与永乐诸公泛黄河作

万里一黄河，千年半九饮。
东营凭水阔，燕沪任路多。

六、国秀集

〔唐〕芮挺章 编 唐人选唐诗类书

1
国香半文章，儒冠一草堂。
江山天地语，日月去来长。

2国秀集序
绮靡色彩一情缘，婉丽风流半雅田。
礼乐仲尼今古采，三千舞蹈颂歌弦。
词人正子优邀阔，独木河梁极徽泉。
复泰惆怅云雨浸，菁英吐纳掷金钱。
孤贞隐壑风谣侧，道苟膏丰弱誉研。
宁周宝剑斗牛悬，源流揭历映霞烟。

国秀集卷上

3侍宴甘泉殿
李峤
月宇一天年，龙城半吏田。
丹心承日月，桂醑饮霞烟。
侍宴甘泉殿，含元上苑田。
云窗纱网碧，御路自方圆。

4饯薛大夫护边
长城守护边，汴水向苏连。
天下人间雨，残塘税赋田。
沙素南北乱，草碧越吴泉。
授律何知付，辽东六郡年。

5送崔主簿赴沧州
紫陌向沧州，青门侍九流。
冠游从此阔，窥酒代无休。
象齿雕弓著，幽兰下调忧。
何寻明月黑，尽共度乡愁。

6送司马先生
日月合明两地分，江山共处一心间。
朝朝暮暮三千士，去去来来九十君。

7同姚给事寓直省中见赠
宋之问
聿才半御袍，阔论一天高。
未必裁兰省，云成万丈旄。

8九日登慈恩寺浮图应制
应制一浮图，慈恩半故都。
云边依四问，空碧向朱胡。

9题大庾岭一首
疏行过岭南，驻足问秋蚕。
叶静风云涌，林昏日落潭。

10登持寺阁一首
古寺阔方圆，高临八面天。
开怀挥上去，问日四方年。
俯仰何天地，沉浮几度缘。
青山开色在，碧水载去船。

11端州驿风杜审言王无竞沈佺期阎朝壁有题慨然成咏
壁上一席言，端州半玉轩。
人间泾渭水，不得见泉源。

12登逍遥楼一首
逍遥楼上玉门关，进退人中上苑颜。
不见衡阳千万里，何须雁足系术还。

13春日江津游望
杜审言
春江泛晚晴，驿客问琴声。
不是长安月，何须共落明。
烟轻流玉影，竹碧鸟啼鸣。
应叹寻栖处，非人可油倾。

14秋夜宴临津郑明府宅
清纯水下自无鱼，油俗人中似有居。
醒醉杯前何露白，沉浮日月读书余。

15夏日过郑七山斋
杯中一月停，日后半云青。
谷木含践西，荷芰渡口萍。

16九日宴江阴
荣黄节令一重阳，九日江阴半不霜。
客酒长亭何故向，新晴西后可衷肠。

17赠苏绾书记
本纪不知君，从戎可边文。
楼兰准应日，月下一山云。

18三日侍宴梨园
芙蓉树上半梨花，上苑芳中一玉斜。
野渡无人何不守，婵娟月色开人家。

19酬苏员外夏晚寓直省中见赠
万里向蓬莱，千流自不回。
中书门下省，夏晚读书台。

20寿阳王花烛
秦楼一曲来，只绕凤凰台。
可意怜桃李，花临宝玉开。
天孙朝暮奉，晓漏月明裁。
但令寻花烛，人深曲音猜。

21宿七盘岭
独步十三盘，孤吟百万端。
临流知日月，俯首向枯残。
天河低树影，翠鸟不啼寒。
渡口长亭路，足迹小桥宽。

22 遥同杜五过庾岭
无端一岭南，洛浦半波涵。
去国忧家事，本生几苦甘。

23 张说
人间一泰山，世上半相颜。
御色何依主，王侯似这般。

24 魏齐王元忠
陈平举后魏齐王，除恶甘心报帝偿。
鹤唳进天人表论，深忧吕禄计公祥。

25 苏许公环
公环一国祯，克美半人身。
百事丞相府，三章处世尘。
自节为名许，传玄户处新。
典向清朝齐，高瞻一庆臣。

26 李赵公峤
江山几用心，日月可知音。
处贵何思旧，新诗奉古今。

27 郭代公元振
宇宙一人身，江河半邑尘。
兴亡天下事，道路遣天津。

28 赵耿公彦昭
芙蓉国里玉门关，上苑花中岳泰颜。
彼此开元天宝客，明皇日月向江山。

奉和圣制答二相出雀鼠谷
徐安贞
雀鼠谷中一梦初，春秋日上半帝居。
长安巷北回田里，渭水村南雨向渠。

29 从驾温泉宫
一女到温泉，三春向水眠。
汤烟天子浴，暖气自君边。

30 画殿侍宴
画殿近香烟，含元阔席年。
传杯回首处，莺街赐后前。

31 送王判官
碧水一东西，桃花满玉溪。
源泉南北去，古木自高低。
十二峰前雨，巫云峡后移。
当须寻楚客，不似故莺啼。

32 送吕向补阙西岳勒碑
补阙一西山，传君半御颜。
云烟楼伏路，几许勒碑闲。

33 送丹阳采访
丹阳汉六条，渭水圣三朝。
旧俗吴中酒，遗风越里谣。
乡棹临巷非，郡国女儿潮。

34 边词
张敬忠
五原春色自来迟，二月梅花欲满枝。
九脉云烟冰水化，三边草色一丝丝。

35 送人之军
贺知章
镜湖日色贺知章，上苑芳华御客偿。
八十年中何老大，他乡不似一残塘。

36 偶游主人园
太白主人园，苍山客隅田。
忧人何国汉，偶坐待林泉。

37 孤独叹
徐彦伯
切切一丝弦，微微半地天。
珠珠行孤独，照照叹无怜。
素素相思尽，情情不语眠。
回回羞暖玉，幽幽手下泉。

38 凉州词一首
王翰
沙尘日月一凉州，海市葡萄半屋楼。
暮落交河丘处处，中原逐鹿几王侯。

39 奉试昭君
董思恭
马上一昭君，行中半西云。
燕山南北色，眉黛去来分。

40 客中作一首
杜俨
一剑客中情，三边落下声。
秦关何日月，故国向忧生。

41 望韩公堆一首
崔涤
渺渺一秦川，声声半洛船。
扬扬帆不语，落落向天边。

42 武阳送别
沈宇
东流欲下不须归，日照云中几度飞。
草木春秋天地上，阴晴朝暮去来非。

43 览镜
刘希夷
览照正衣冠，临明度狭宽。
人生来去问，古道夕阳残。
白首何如此，夷丝尚杏坛。
客颜随意改，不在故云端。

44 晚春
三春一柳杨，五月半鸳鸯。
草下虫鸣久，花前帐旧妆。
佳八知惜玉，竹影共红芳。
西尽庭荫色，云归玳瑁床。

45 归山
莫道不归山，千峦向玉颜。
无尘何自主，有欲是心闲。

46 奉酬宋大使鼎一首
系组旧人情，轩车故土衡。
黎民荷露水，愧友访珠城。
政客留棠木，风云向苦声。
仁明天曲主，不自息枯荣。

47 奉和五司马折梅寄京中兄弟
司马莫折梅，京都向独催。
闻时花露水，去日尽余杯。

48春燕寄怀一首

春燕不尽绕梁猜，竹影江南自碧来。
绣户佳人双寄语，曾山与物玉堂开。

49浦津迎驾

席豫

关中紫气多，眼下汉江河。
月晓东方色，云知西水波。
长安泾渭论，洛邑话田螺。
上苑相门省，含元裏九歌。

50奉和敕赐公主镜

一镜玉人开，三生月凤台。
千门含象客，万色做花来。

51咏云

李邕

聚聚倾倾聚散倾，形形色色色形形。
沉沉不尽浮浮尽，日日难平岁岁平。

52十月梅花书赠

卢僎

年年十月半梅花，冷冷三冬一蜀巴。
上苑如今冰似雪，迁播自是人人家。
河阳纵是疏芳纳，洛水江颜多咨嗟。
莫异桑田移碧海，云台旧忆浪淘沙。

53稍秋晓坐阁遇舟东下扬州即事寄上族父江阳令

虎啸半江流，猿鸣一树秋。
枫林红色落，白发几思谋。
晓峡巫山雨，归帆济世愁。
天涯何去远，上下亦中游。
千年成旧事，万里逐行舟。

54初出京邑有怀旧林

素业守微班，凭观向浅湾。
依山倾水木，通路伴乡颜。
旧日四归处，松风惊鹤攀。
争峰多快说，静默是人寰。

55上幸皇太子新院应制

含元一殿红，上苑半园风。

少海南洋近，前星玉坐中。

56奉和李令扈从温泉宫赐游骊山韦侍郎别业

泉温满骊山，令扈半潼关。
缔赏山河外，清筵奉御颜。
身正直笔力，国继百官班。
过狭羞伊皋，粗疏魏邴弯。
玉玉婷婷紫色花，南洋历历一人家。
银行处处多云雨，日月欣欣你我他。

57送苏八给事出牧徐州相国请出同芳韵

同芳牧国一徐州，锁鼎元方季守留。
乃命分维良晓气，春帆一梦到天楼。

58季冬送户部朗中使黔府选补

分衡一大同，览镜半色空。
补吏云天府，播章雅颂风。
郎中黔府选，楚峡雾飞鸿。
凤拜霜池月，还期列缺中。

59让帝挽歌词

让帝一朝声，含元半不名。
皇阶逆天仗，地户泣陈平。

60题殿前桂叶

桂影寒宫践，群芳绕楚山。
年年天上客，岁岁梦中攀。

61岁晚还京台望城阙成口号先赠交亲

紫陌树开行，幽州晓色光。
年青燕趋去，暮落忆爷娘。
几处江流水，交亲待故乡。
年华随日月，黄晚作中梁。

62南楼望

一路去天津，三生几旧邻。
临流何不问，却是故乡人。

63临川送别

送别一临川，回归半去年。
萧条杨柳树，不著九江田。

64江南遇雨一首

张鼎

江南半雨烟，塞北一云田。
信寄微乡意，心思刻屠悬。
洞庭同黑色，陆羽虎丘泉。
娃馆吴中溇，寒山寺里眠。

65送赵护边

孙逖

曹郎几护边，中台职守全。
黄河随汉月，戈剑宿故天。
当阳三国志，诸葛九州权。
理论江山外，驱驰纵才先。

66张丞相燕公挽歌词二首

九陌一枯荣，三朝半市城。
平古天地上，历志冠官名。

67流恸轸皇情

高门一列侯，甲第半鸿沟。
楚汉何来去，周秦垓下留。

68送张环摄御史监南选

江南一栋梁，塞北半枯霜。
雪带衣巾重，山连日月长。

69春日留别

十里一桃花，三春半色华。
孤身寻晚泊，独见近人家。

70途中口号

几处雾陵台，三江暗自开。
千山原不止，万水夏无回。

71三月三日曲江锡宴

赵良器

一日曲江春，三生上苑人。
本城闻乞火，睿藻探花聆。
拥仗天中客，园丘帝外新。
寒光相照顾，品物状元巾。

72郑国夫人挽歌词

一女叔延公，三官列数雄。

兰宫多少泽，桂殿去来鸿。

73 郡中客舍
黄麟
客舍问黄麟，更人向自亲。
霜尘微月隐，落叶过河邻。

74 途中口号
郭向
素宇把三身，本生上十秦。
长安知日月，渭水汜轻尘。

国秀集卷中

75 题李将军山亭
郭良
山亭李将军，司隶向龙云。
射虎幽燕客，衣冠雅颂君。

76 早行
三星启早明，万里问枯荣。
不辨长亭路，无闻鸟未鸣。
银河织女入，古月斗中横。
洛邑遥流水，依稀是击程。

77 南溪别业
蒋洌
南溪别业一枯荣，北宇开轩半鸟鸣。
竹径同流兰芷渡，逍遥自得意中情。

78 古意
碧玉小桥东，同心结欲中。
衔花三两问，不似一千鸣。

79 从军
刘庭琦
长城一朔风，白雪半西东。
牧鸟阴山上，阳春洛邑中。

80 咏木槿树题武进文明府厅
木槿一花香，姑苏半栋梁。
江湖风月好，不可卸红妆。

81 过故人旧宅
王乔
故客莫归来，梅花独自开。
三冬冰雪色，一语独阳台。

82 东封山下宴群臣
张谔
旌门醉里颜，静夜月前峦。
疑是红都曲，闻风玉垒关。

83 岐王美人
不叹玉杯寒，须臾卸凤冠。
金枝情似叶，艳语自去端。

84 赠吏部孙员外济一首
星郎一表人，建业半孤身。
镜礼朝天子，文随向带邻。

85 岐王山亭
岐王傍绿一山亭，草树楼台半玉青。
叶上枝中天地阔，南辕北路渭途泾。

86 九日宴一首
晴去九日向天高，塞霞三边似半刀。
几处茱萸还草绿，秋风问女动衣袍。

87 酒席赋得匏瓢
郑审
醒醉是平生，日月合则明。
沉浮何须酒，陋巷玉门倾。

88 拟古
薛奇章
易水已无声，燕尘蔽日城。
寒光行不止，赵客自途明。
挟行言难顾，中庭叶纵横。
川烟阴晓度，渡口待舟平。

89 和李起居秋夜之作
落叶满三边，寒光复必阡。
帘风残雨至，玉带桂宫悬。
水影云云意，秋星乍古年。
萤光飞不尽，客似向乡田。

90 吴声子夜歌
盘门一夜霜，娃馆半衷肠。
吴越千秋去，姑苏万古尝。

91 古游侠
崔颢
燕城一侠游，易水半知秋。
洛邑书生客，渔阳去马求。
蒙茸貂鼠甲，剑甲锁公侯。
仗义知机勇，行成壮士酬。

92 结定襄狱效陶体
笔墨半文雄，田园五味同。
殊音城市里，里巷顾飞鸿。
二月春风至，三冬素雪工。
千家知日月，万户自西东。

93 赠轻车
一路半悠悠，三生几度求。
长亭朝暮处，洛水改朱楼。
熟路年年去，轻车处处求。
乡村生草木，日月问春秋。

94 岐王席观伎
岐王玉柳丝，二月满春姿。
调曲临声婉，花香一舞时。

95 题沈隐侯八咏楼
九日半登楼，三生一目秋。
黄河流不止，似得几高愁。

96 赠梁州都督
日月半梁州，枯荣一塞游。
江山千里处，草木万家求。

97 题黄鹤楼词
龟蛇锁大江，黄鹤汉阳邦。
知音云不落，流水雨打宿。

98 关山月
一月满关山，三边半故颜。
遥情何不寄，五女一峰峦。

99 战城南
塞上白冰连，城东玉石眠。
春风初入梦，一意到三边。

100 咏史
刘项不知书，鸿沟自似余。
荣身何去赵，只以帝王居。

101 途中览镜
四海一途中，三江半润风。
丈夫心上欲，玉佩自西东。

102 送部四镇人往单于别知故
方方正正一人城，暮暮朝朝一故名。
日日年年径历事，先先后后易更行。

103 松滋江北阻风
阎宽
水带一江风，人重半业穷。
山因连草木，意可备西东。

104 晓入宜都渚
楚向半江津，秦川一日邻。
晴光随紫气，景象似红尘。
当务如舟止，寻春渚芷人。
芳华知处处，几处作乡亲。

105 古意
遥遥一女荣，处处半春声。
历历群芳草，明明不是情。

106 春宵览月
月上一春宵，心中半柳条。
萧萧无语迹，夜夜梦情潮。

107 秋怀
别业一凉声，群芳半不明。
如何长日尽，客土违心情。

108 咏月
康定之
一色半西楼，三光十地悠。
婵娟寒影立，挂镜似知羞。

109 王维
王维一画风，别业半诗中。
太白何杯酒，摩诘世辞雄。

110 河上送赵仙舟
相逢一笑留，别送半伤秋。
酒醉荒坡岸，河流自不休。

111 初至山中
道是道非明，人成人是荣。
行程行不止，事废兴高盟。

112 途中口号
灞柳青青半暮春，汶阳历历一去人。
归心处处知杨柳，客去年年自浥尘。

113 成文学
临流白玉山，落石客归颜。
侠气朝班外，凭心侠场还。

114 扶南曲
日暮半红妆，天云一晋阳。
春园花草色，笑语入扶桑。

115 息伪怨
一息不言声，半生昔日荣。
巫山何不共，儿女楚王成。、

116 送殷四葬
一客石楼山，三寻客驿还。
平原君上坐，白玉侠人间。

117 赠别江
万齐融
不是故乡天，何非事成年。
江中风历历，岸岸鸟啼猿。

118 送陈七还广陵
千帆逐广陵，万语向江凝。
醒醉无咸会，沉浮是塔灯。

119 伊水门
伊伊一水门，落落半黄昏。
怅意何非语，临流不见根。

中流凭砥柱，柳岸任啼痕。
竹影婆娑舞，幽心小子孙。

120 东郊纳凉忆左威卫李录事
别业一相亲，天官半旧邻。
虹桥临虎啸，暑气客林津。
水竹自声闻，庭堂几苑云。
鱼窥飞鸟去，带子客言君。
一树千枝百叶凉，三春九夏五更苍。
南辕北辙南洋雨，帝女熏心美人妆。
老树新枝独木林，黄昏红霞客人心。
北树东林四映顾，峰江渡水忘去音。

121 西施石
越色吴宫客省身，西施水影浣纱津。
姑苏一馆天涯梦，范子从商几度春。

122 杭州北郭戴氏荷池送侯愉
崔国辅
藕断一丝边，荷红半水船。
蟑鸣杨柳叶，玉树色空悬。

123 宿法华寺
门清半法华，寺古一天涯。
可证三千界，南洋百万家。

124 送韩十四被鲁王推带往济南府
人情自有余，历史帝王虚。
不察何须向，梁王一纸书。

125 少年行
顿足少年行，扬言故侠声。
章台杨柳岸，日暮几分情。

126 古意
春光半曲江，乞火一书窗。
俱是龙门客，何人辅国邦。

127 渭水西加盟季边仑
百岁万家昌，十年半柳杨。
三章知世界，一日探花郎。

128 读前汉外戚传
李嶷
家中一外人，天下半红尘。
渭水泾凉色，临池顾影勤。
因因何果果，客客几亲亲。
汉帝必家事，宫深几故臣。

129 游侠
一侠少年情，三生老气横。
交河圆日落，宿鸟已无声。

130 淮南寄舍弟
地北天南一弟兄，心肝手足半成城。
乡乡里里归情共，去去来来返顾明。

131 和中书侍郎院壁画云
中书一侍郎，壁画半倾肠。
影落生灵气，光明映润堂。

132 幽情
幽情半入春，野色一芳邻。
小杏红墙外，佳心寄折人。

133 宿香山阁
贺朝
野色一香山，幽州半碧颜。
三春芳草地，九陌祝朝班。
万寿山头柳，昆明水上湾。
龙王南北向，慈禧去来还。

134 赠酒店胡妃
胡妃酒店春，夜色醉红尘。
玉手初觚脍，金杯乐世人。
轻妆霜似雪，薄语媚如人。
弦声新月满，管落挂袍中。

135 孤兴
日暖半孤兴，桃红一色灯。
幽情三两影，月夜玉香凝。

136 正朝上左相张燕公
杨重玄
左相正品一燕公，旧岁新冠半上风。
春还紫阁中书客，上苑含春济远鸿。

137 戏题湖上
常建
湖中任钓是直钩，岛上桃花半色流。
篓里江山书卷在，忧情尽是纵鱼游。

138 夏日宴卫明府宅遇北使
北使一言来，南亭五月台。
相逢金马客，别地玉人怀。
夏日鹤舞至，荷风逐色开。
香蓬莲子碧，不遇帝王催。

139 题荣二山池
甲第二山多，荣庭一水荷。
卿公三界外，竹影半婆娑。
玉树群芳客，池风唱九歌。
池肥期载酒，只食右军鹅。

140 江上思归
木落到衡阳，云飞向楚湘。
鸿声南北度，竹泪满青光。
漫漫迷津处，帆帆向夕阳。
常言杨柳渡，不尽故乡肠。

141 过陈大水亭
烟云大水亭，野鸟小潭江。
涧影随云舞，花香晚色宁。

142 渡浙江
潮平涨落万千风，日色沉浮一半雄。
去影衷肠须不问，帆帆共济几言同。

143 长乐宫
汉女更衣素玉倾，秦宫换带青楼名。
飞燕不可相如赋，夜晚星长几欲荣。

144 渡扬子江
挂楫任中流，云帆自不休。
波扬舟不语，润水到江州。

145 怀鲁
程弥纶
群暮一杏坛，理论半云端。
曲阜尼丘鲁，周公履迹残。

春秋游夏学，日月问天冠。
休与江山外，回收四野难。

146 京中守岁
丁仙芝
守岁年中两日声，通宵达旦一春成。
银河渐远牛郎向，玉斗初巡织女情。

国秀集卷下
147 宁王山池
范朝
水色半山庄，峰光一草堂。
祥花呈瑞气，秀树杏宁王。
玉颖桃花岸，虫啼转路藏。
云从天上落，赋得紫红梁。

148 题古瓮寺
古瓮一钟声，迟春半竟荣。
河川流八水，寺带彩三城。
塞晚临楼阁，关头故阙情。
长安秦晋色，久久意难明。

149 赠温暖驸马汝阳王
徐晶
驸马汝阳王，浮觞曲水香。
南堂留赋客，北陌注文章。
合舞秦楼月，弹琴日月长。
人间何进退，忆得倦游凉。

150 蔡起居山亭
长亭夏短亭，花草草花宁。
水色连山色，途楼石路青。
横流竹影静，野渡木舟停。
石磊人言处，云深世语听。

151 送友人尉蜀中
人情一蜀中，物象半云同。
水月琴音阔，枇杷夏雨濛。
山连汉尉语，土理问鸣虫。
上曲蚕丛道，三江济不穷。

152 观美人卧
梁锽
陈王洛水辞，日暮美人诗。
梦里罗帐短，云中落玉丝。
春风波不止，古月挂西枝。
欲汗邻香境，巫山西峡时。

153 赠李中华一首
切莫问嵩山，中华待故颜。
禅心明切切，阙树一般般。

154 燕歌行
屈同仙
辽东八月故鸿归，五女三秋问是非。
野草枯荣天地客，渔阳日月满光晖。

155 乌江女
立马问乌江，行舟遇雨窗。
连云红粉淡，越艳女儿邦。

156 昌年公之作
豆卢复
岭木世人穷，花烟野渡空。
旗门芳草色，古道雨云同。

157 落第归乡留别长安主人
成成败败一家乡，去去来来半杨长。
历历径径何业迹，分分付付几炎凉。

158 山行寻隐者不遇
丘为
山行隐者迟，顶挂遇云枝。
处处梅风晚，幽幽月影诗。

159 题农庐舍
东风已五湖，赤壁问三苏。
蜀地田家日，兰亭碧玉吴。

160 奉试咏青
荆冬倩
水秀一江青，山光半玉婷。
临流云西处，胄子待心宁。

161 除夜宿乐城逢孟浩然
张子容
襄阳孟浩然，海畔客当先。
咕酒洞庭水，吟声蜀道边。
东山行乐去，孟楚逢才缘。
王维天子座，何言老病年。

162 永嘉作
投荒到永嘉，拙宦向天涯。
水共孤山鸟，云同竹泪花。

163 望秦川
李颀
暮色满秦川，峰重日影圆。
山河分付处，草木落家田。

164 塞下曲
塞下半黄云，山中一客君。
人前多少问，雪后去来分。

165 遇刘五
一树梨花半海棠，三春碧玉两衷肠。
微云细雨倾情处，蕙草兰心日月傍。

166 白花原
京郡一语白花原，渭水三春玉树繁。
马首西来知是客，黄河此去一宣言。

167 褚朝阳
钟声少宝山，面壁十年关。
独见春秋早，孤心对寺闲。

168 奉上徐中书
中书禁苑凤凰城，紫阁微郎玉辇轻。
蕙草兰香池水色，朝云漏断问声名。

169 登河阳斗门见张贞期题黄河诗因以感寄
美意可江东，游心似谢公。
黄河天水岸，壶口对苍穹。
严子中留处，襄阳迹事空。
登楼齐鲁向，海阔与山同。

170 奉试明堂火珠诗
明堂现火珠，日色满东吴。
国宝凌空见，天光净古都。

171 对雨送郑陵
风云向郑陵，草木待春冰。
化解江河水，长亭短榭灯。

172 九日登望仙台仍呈刘明府容
九日上仙台，三山近俯裁。
云河何共处，醒醉不须回。

173 嵩山寻冯炼师不遇
丹炉一炼师，访道半凌时。
曙色连天地，云光薄暮迟。

174 赵十四兄见寻
王昌龄
灯前半夜穷，阁上一凉风。
月挂窗帘布，云浮世事空。
嵇康殊寡见，张翰脍鲈终。
不忆江南客，心留汴水东。

175 望临洮
临洮几度秋，水月半风流。
白骨平沙皮，长城锁梦游。

176 塞下曲
塞下空林八月秋，鸿飞一字半关楼。
空城五女桓仁北，莫作乡几只去留。

177 从军古意
一寸风云一寸心，半城日月半关心。
黄河口外扬天去，举步穿杨似不还。

178 古意
古意一心中，如今半不同。
秦淮桃叶渡，碧玉大江东。

179 观汉水
梁洽
襄阳日暮半江流，汉水琴台一曲休。
几处知音黄鹤去，高山流水问空楼。

180 游越溪
郑绍
吴宫半越溪，娃馆一春泥。
木渎夫差浦，姑苏碧玉蠡。

181 赠别东阳客
严维
月色满双溪，春风咏玉堤。
东阳来去客，柳断日高低。

182 游霸陵山
一迹霸陵山，三春渭水颜。
云潭分岭暗，隅路付门关。

183 入唐溪
啸罢入唐溪，吟声间柳堤。
桃花初落空，细雨化红泥。

184 登楼
朱斌
日暮半依山，河流九脉湾。
临风楼上雾，万里寄人间。

185 奉和姚令驾幸温汤喜雪应制
新颜主见一温汤，白雪阳春半玉堂。
夜市惊讶流不空，红妆欲免变群芳。

186 闺情
王諲
深深一闺情，历历半春生。
怨怨何知处，心心几梦荣。

187 夜日看掐筝
夜坐半观灯，烛前一石徵。
朱弦声不尽，玉柱调难凝。

188 驾幸温泉
新丰一温泉，驻跸半故园。
入口鸣鸾辇，行宫绕扈传。
杨雄重付汉，万国楚余年。
欲表云符沛，红颜暖汤前。

189 赠广川马先生
经书半腹中，履历一川翁。
识广三千界，儒精几马融。

190 感寓
梁德裕
衣冠七彩去，布带五衣裙。
独作山川客，孤身象四分。

191 又
蕙若一川幽，兰香半渚留。
珠清如露水，草碧似芳洲。
叶洗南山玉，连生采色舟。
心田从此润，感遇作春秋。

192 长孙十一东山春夜见憎
东山一故人，北阙半天津。
月色溪前照，风林旧日亲。
芳茗空岁隐，碧树玉云身。
以愿同君去，长孙日月新。

193 江南弄
芮挺章
春江半可怜，月色一人身。
鹦鹉何言语，芙蓉一玉颜。
姑苏干将剑，会稽越王尘。
娃馆西施去，范蠡自不亲。

194 东溪待苏户曹不至
张万顷
洛邑城中日月低，莲蓬渡口与桥齐。
来往过客分南北，珍珠叶上各东西。
暮色迷蒙君不见，留心慢步过青溪。

195 登天目山下作
去日向秦津，来时省晋亲。
慈颜天目水，竹泪故湘珍。
北雁辞家去，书生八京春。
生平知自己，佛道作人身。

196 咏谈容娘
常非月
素手半容娘，姿身一玉床。
温声何不已，细语化衷肠。
俯背成天下，心胸自存芳。
情怜花许舞，月许挂红妆。

197 旅次灞亭
沈颂
弱柳丝丝一灞亭，春山处处半江青。
微风渡口沧茫雾，曲意舟帆水不铭。

198 春旦歌
秦楼月下半箫声，一曲情中五色荣。
不羡双飞归不去，人心只到凤凰城。

199 南中感怀
樊晃
半路蹉跎一路来，三春草木两春开。
四时日月千许计，八月枯荣十月梅。

200 和崔会稽咏王兵曹厅前涌泉势成中字
包融
中叹字涌泉，上善水和天。
草露恒垂偃，清流共欲年。

201 赋得岸花临水发
泡露映朝霞，羊省处处花。
群芳临水岸，几树照溪沙。

202 怨歌
薛维翰
百尺云台百尺愁，一年岁月一年流。
姿身素玉红颜好，半卸轻妆半卸楼。

203 览史
张良璞
历历　苍生，纷纷半世荣。
关关啼鸟语，处处草枯荣。
楚汉鸿沟尽，周秦舜禹横。
长城南北战，汴水去来城。
隋炀天下怨，不及故朝情。

204 奉试冷井诗
孙欣
冷井一沙泉，灵源半色天。
寒凝沁夜水，影动向方圆。

玉瓮菁虚镜，苔藓附磊悬。
含元成瑞气，上夜度天年。

205 凉州词
王之涣
一注黄河万里山，三边壮士半边关。
长城石磊胡姬怨，天水黄河去不还。
琵琶一曲月徘徊，各邑三宫久不开。
只肯和亲天子去，阴山北乐返乡台。

206 宴词
悠悠绿水一春秋，荡荡乾坤半九流。
曲曲词词成世界，声声处处问江楼。

207 都中闲居
王羡门
都中不可半闲居，阙下须立一知书。
物象风云河汉外，长少贾子不多余。

208 和王七度玉门关上吹笛
高适
沙鸣一曲玉门关，立剑三声誓不还。

海市蜃楼多日照，月牙湖上几故颜。

209 次北固山下作
王湾
北固山前半玉颜，行舟水上一王湾。
离陵远近悬帆至，不可乡书误海关。

210 题江潮庄壁
万楚
江潮半入庄，岁月一炎凉。
场圃梨花树，禾桑大吠扬。
牛郎横纵截，织女去来忙。
但织人间事，何须夜月肠。

211 茱萸女
茱萸九日斜，染色一人家。
陌上东邻妹，长裾伴菊花。

212 咏帘
玲珑不尽一窗纱，月色无言半人家。
日弄重情分内外，风摇未卷度年华。

213 南行别第
于季子
人情半是非，岁月一来回。
万里东西问，千川自水归。

214 蓟门别业
祖咏
香山半蓟门，别地一儿孙。
雪覆辽东北，桓仁故土根。

215 望蓟门
半过榆关雲蓟门，幽州百木已黄昏。
三边曙色书生读，五味人生自子孙。
五女山中花草盛，浑江水上雪无痕。
长空欲清兰亭诺，回首去山忆故村。
注：乡桓仁，山名五女，水名浑江。
校名北京。

七、御览诗

〔唐〕令狐楚 编 唐人选唐诗类书

1 开篇
可谓江山御览诗，含元上苑李唐诗。
仄平韵律新声客，自此随心水调知。

刘方平 十三首

2 秋夜思
一月到天涯，三心问客家。
秋风何不尽，只吹女儿家。

3 泛舟
夜色一孤舟，灯明半九流。
林塘虫草静，竹影夏江楼。
柳岸齐波水，伊川向月求。
乡思初可尽，未鲜女儿羞。

4 折杨枝
莫剪一长条，初裁半碧消。
云浮南北岸，水色画江桥。
洛邑繁花梦，琴台曲自瑶。

高山流水去，楚路雨潇潇。

5 班婕妤
相如一赋成，夕殿半无声。
冷月深宫浅，人幽露浥莹。
昭阳宫树影，石比玉兰轻。
但以飞燕继，何须妾箧情。

6 新春
北陌半春风，东邻曙色红。

梅花妆似艳,楚客峡雨空。
昔日巫山树,如今玉影岭。
越浣溪纱女,未止雾飞鸿。

7 采莲
日落满晴江,潮平半故邦。
荷塘莲子色,楚腰采无双。

8 京兆眉
下界一方塘,婵娟半桂香。
梅花妆里月,式样黛眉藏。

9 春雪
徘徊不见风,彼此莫寻同。
共似三冬舞,何缘去日终。

10 望夫石
佳人石望夫,野杏问江湖。
曲曲三河水,声声一念奴。

11 送别
华亭一表半今朝,洛水三潮两地消。
只见杨花飞柳岸,云中西里半枝条。

12 夜月
丛花月色半人家,竹影婆娑二月花。
暖气偏辞虫不语,孤星北斗照窗纱。

13 春怨
纱窗竹影半模糊,碧玉空心一泪珠。
寂寞春心何不止,桃花面上几姑苏。

14 代春怨
花落莺啼半不知,开帘影乱主人痴。
桃桃李李何因果,柳柳杨杨自可枝。

皇甫冉 十六首

15 江山留别 原题润州南郭留别
柳叶半润州,吴云一客留。
风天潮起落,不止大江流。

16 巫山高
一峡半巴东,三春历色空。

高唐云雨岸,玉树楚王宫。
十二峰中间,阳台宋玉同。
遥遥平水渡,落落女神红。

17 长安路
一路半长安,三山五色冠。
王侯何不语,子弟步邯郸。
不尽黄粱梦,何须垓下残。
高楼临渡口,夏道汉陵端。

18 送客
关山一客家,渡口半天崖。
瀚海沙鸣近,风尘万里花。

19 温汤即事
景气入温汤,星辰向柳杨。
条条云雨树,荡荡色含光。
鱼谒名丞相,齐声颂雅梁。
平阳公主夜,一醉半红娘。

20 送节度赴朔方
原题作送常大夫加散骑常侍赴朔方
烟尘一朔方,塞雨半凄凉。
汉口山河在,河间玉节扬。

21 归渡洛水
洛水满春愁,南山半国忧。
红云浮紫气,翠雨碎光流。

22 赋得海边树
南洋碧海中,半岛玉人红。
历历云天树,层层阔浪穷。

23 婕妤怨
一怨半春秋,三声一九州。
相如何赋就,上苑色沉浮。

24 雨雪
雪雪无成雨雨成,荒荒漠漠月空明。
山山水水年年见,漠漠苍苍徒纵横。

25 送客
沧国半云天,南洋一海田。
人心潮汐水,道路去来年。

26 班婕妤
芙蓉落建章,凤管住昭阳。
借问飞燕许,身轻待汉王。

27 秋怨
昭阳一叶秋,洛水半江流。
永巷闻花月,飞燕色九州。

28 赠别
原题赠寄权三客舍
日暮断南皋,清波向水遥。
空心情不尽,谢首意难消。

29 禁省梨花咏
禁省一梨花,烟云半玉家。
须知天地外,入户落桃花。

30 春思
十时长亭路几千,三春草木色径年。
高山流水何无尽,下里巴人景象泉。
汴水长城谁足论,秦皇汉武陌阡田。
心思独立花枝笑,楚梦辽东故巷边。

刘复 四首

31 春游曲
东风向柳斜,玉树莫悉家。
醒醉蒲桃酒,三春五月花。

32 春雨
春云一半情,细雨两三声。
漠漠田烟覆,重重润色盟。
花枝低欲落,草叶自扬明。
历历枯荣处,阴阴一洛城。

33 杂曲
三生半读书,一韵十心余。
日月惊天地,诗词可杂居。

34 夏日
夏日碧荷红,桃花欲水中。
难从天地客,只醉玉壶东。
不似珍珠泪,羞颜水泪同。

郑锡　十首

35邯郸少年行
邯郸学步年，一梦客惊天。
易水漳门外，从台豹袖眠。
东风秦汉历，古月半重边。
楚客甘心问，不可垓下眠。

36陇头别
东风邻陇头，灞水柳条差。
一酒扬长去，三春几度留。

37度关山
象弭度关山，鱼肠递玉颜。
沙鸣天地响，暮落月牙湾。

38千里思
渭水去来年，长安日月天。
龙门天下水，上苑曲江船。
锦字轮台雾，乡心夜月圆。

39襄阳乐
章色岘山东，云光潢水同。
林城波碧浪，渚芷女儿红。
二月桑枝暖，三吴向落鸿。
千家杨柳问，万里是春风。

40出塞
乡山五色林，故土半归心。
蓟水辽东问，幽州月下寻。
年青天下问，身老客光阴。
去国三千里，中藏旧日音。

41玉阶怨
轻音半一楼，缓鲜一衣羞。
未语光驱近，闻声落叶酬。
鱼游云水色，鸟纵任春秋。
不见虫啼处，春溪慢慢流。

42送客之江西
送客向江西，孤帆向日低。
春潮云不落，泽国雨船移。
九湃习风岸，千言奉紫泥。
三生先吞路，二月草花齐。

43望月
万户共星明，千家独自清。
婵娟同玉影，碧玉素身轻。
竹叶婆娑舞，灯光左石横。
人心何不空，只恐意中倾。

44出塞曲
东风一半斗辽西，古树千枝百叶黄。
雾里烽烟惊汉主，沙中旧跻队昌藜。

柳中庸　九首

45秋怨
秦城玉树愁，汉磊大河流。
塞北空明月，江南古木秋。

46春思赠人
丹青一玉缸，温玉半成双。
绵帛回阳暖，诗本入晓窗。
青衣杯水浅，素粉映花江。
但得春思处，何须客异邦。

47幽院早春
幽幽一院春，淡淡半花尘。
小小虫啼处，声声唤旧邻。
行行多上上，意意只情真。
但得牛郎晚，隔岸织女巾。

48寒食戏赠
暮色越江边，春阴乞火天。
云中烟不空，雨里雾秋千。
小杏墙头问，梨花落自泉。
人兰知桃李，切似读书年。

49听筝
四面埋伏楚汉声，高山流水柳杨城。
秦人但恐垓下语，岐路未央殿外情。
曲曲何须知者许，弦弦只顾女儿倾。
听人不限王侯怨，只向张良不问英。

50河阳桥送别
黄河一水玉壶杨，晋国三秋驿路长。
动地惊天齐鲁云，风光各自取衷肠。

51征怨
岁岁梦中半玉关，朝朝镜里一玉环。
三春白雪归何处，十地香风一月弯。

52凉州曲
十曲半凉州，三声一白头。
关山明月在，夜色泪清流。

53又
已是玉门关，何须问小蛮。
三心成旧梦，一夜月牙湾。

李嘉祐　二首

54鄱阳暮秋
鄱阳半暮秋，宋玉一江楼。
楚客惊三问，张衡复四愁。
思思何处见，落叶付东流。
汉水知音去，斜晖满白头。

55汉口春
原题春日淇上
汉口一江春，琴台半楚人。
高山流水处，度雨杏花珍。
已女红颜绶，陈王洛邑亲。
凌波虚步色，只守宓妃珍。

李端　八首

56山下泉
细细一源泉，幽幽半地天。
涓涓流不住，溅溅客经年。
浊浊多颜色，清清万百川。
净净成玉碧，盈盈草木宣。

57关山月
素色满关山，秋云客树颜。
回输弦玉挂，故彩屋楼还。
不可三生向，沙鸣十八殷。
风平千里目，叶落月牙湾。

58巫山高
巫山十二峰，碧水万千重。
宋玉襄王微，朝云暮西风。

第三卷 唐人选唐诗

59 送客赴洪州

一客付洪州，三春共九流。
山楼云岸树，水影住江楼。
日月悠悠去，乾坤处处留。
猿声啼不住，此语杜陵休。

60 江上逢司空曙

一别各西东，三生自飘蓬。
千山成足迹，万里向苍空。
夏日扬帆去，浔阳落故鸿。
春江花月夜，醒醉后庭风。

61 与郑锡游春

东门半柳杨，自主向高唐。
暖水流芳尽，晴云满故乡。
樱花三界落，渡口一帆扬。
故日寻天下，今朝泪两行。

62 送友人

此玉半湘川，年未自古田。
巫山云雨夜，峡水未惊猿。
日照洞庭树，波连岳麓船。
阴晴孤雁落，大小二姑眠。

63 闺情

日落星稀晓未明，灯孤影暗梦初成。
黄粱自古何须向，学步邯郸醒醉盟。

卢纶　三十二首

64 皇帝感词

进士同江风，龙门日月同。
含元呈紫瑞，上液白西东。
海阔凭鱼跃，天高鸟骛穷。
人呼千万岁，草色九州城。

65 又

天空五彩云，世上半春分。
雨邑城门路，风平六甲文。
花香凭阁老，鸟语乐中闻。
野旷知时子，朝堂只问君。

66 又

宇宙一机清，人间半事明。
工成天载物，地厚校重生。
七德行仁义，三归圣献情。
佳人多少色，曲舞满京城。

67 又

十乐下天宫，三春雨色风。
笙歌随风舞，曲笛客人红。
自得木文久，难言不避熊。
无须三界外，只在一身中。

68 边思

原题送郭官赴振武

振武半荒沙，边州一故家。
门前杨柳树，剑影去来斜。
七叶何多秋，三光落羌花。
成言四首处，不语待桑麻。

69 送都护归边

白首过榆关，红颜向水湾。
桓仁多草木，五女故乡山。
日月临家晚，阴晴去不还。
争先年少早，读者一千般。

70 送道士

古刹一山人，三光照鹤身。
梅香天道近，杏色故乡春。
八卦星南北，两仪四象真。
难逢千载客，可与葛洪亲。

71 送刘判官赴天德军

形成暮日斜，满目大风沙。
大漠荒原色，阴山素雪花。
琵琶弦上易，玉笛只言家。
一别成天下，三官你我他。

72 七夕

牛郎日月分，织女去来闻。
七夕星光被，三边士可君。
幽期何远近，闺怨今秋云。
喜鹊挤中间，凉风已入群。

73 东斋花树

一树砌红花，三春问故家。
千枝无叶碧，半碧欲生芽。
玉影殷殷色，香风处处娃。
刘郎何不见，月色挂窗纱。

74 塞下曲

塞上一风声，人中半主荣。
如今杨柳处，独高一呼成。

75 又

白羽半惊弓，冰霜一试雄。
苍山南北去，故国有元中。

76 又

大雪一川烟，严霜半地天。
寒风何凛历，落叶复连天。

77 又

鼓动一山川，人惊半醉泉。
冰凝新世界，雪素古今年。

78 又

登高一丈夫，历目半扶苏。
扫尽天云暗，形成问念奴。

79 又

落落百人城，堂堂一子荣。
星辰何有照，草木独无名。

80 天长久词

玉砌雪花知，红颜影不迟。
孤芳千守意，独落一南枝。

81 又

虹桥七彩廊，雨色半云光。
渡口连天地，人间换暑妆。

82 又

辞家一世熊，故土半清风。
独立江山北，倾心玉树东。

83 赠李果毅

逐日向回归，当风卸甲衣。

行程千万里，去马纵雕飞。

84 春夜对月
露似轻云雨似烟，花如玉色水如川。
星河雁语春边树，月影宫墙桂兔年。
万语千言多少怨，三心二意半无眠。
江东只有西施女，不在梅边在柳边。

85 长安春望
一夜东风半雨烟，三江草木两云田。
千家乞火空门去，万木萧疏待陌阡。
不见长安南北巷，唯闻汴水草纤纤。
姑苏碧玉船玉挤，只向洞庭唤酒泉。

86 宫中乐
阵里千军一日喧，情中万马半方圆。
长城内久何飞鸟，玉树阴晴用古轩。

87 春日有怀
风平水静半知音，雁语莺鸣一古今。
雨住云浮桃高色，春山碧玉落花深。

88 驸马花烛
香风一半落香尘，古木三千问古津。
拜寿堂中谁拜寿，汾阳府上几汾人。

89 又
和鸣比翼凤求凰，紫气甘泉玉树香。
五色光环咸绵被，三春日影后庭花。

90 曲江看花
状元只问曲江花，榜眼何须不念家。
可向慈恩连日月，龙门水色满天涯。

91 春日登楼
春风一日满江楼，雨水三云半九流。
万里天山何远近，千音只待玉人愁。

92 曲江春望
长安十里曲江春，渭水千波上苑津。
不到龙门非主客，含元只待意中人。

93 又
一带江河一带风，半天雨色半天虹。

临流只见山川故，付与江东日月工。

94 又
泉流处处向芳洲，碧水幽幽向玉羞。
落日行人多少路，归蜂乳燕满家楼。

李何 一首旧刻和非

95 观伎
不待小妆羞，成全上下头。
无须心自许，只有欲难留。

张起 一首

96 春情
画阁半余寒，朱楼一可冠。
梅花掺雪色，玉影树云端。

郑锉 四首

97 邯郸侠少年
步步学邯郸，人人向易澜。
秦川南北向，晋渡去来观。
一诺楼兰客，三声过杏坛。
黄河天上水，世界雨云宽。

98 玉阶怨
阶前影自怜，树下鸟鸣蝉。
宠怨残花卷，春心别展眠。
长门天上月，自悔几时圆。
不得羊车顾，婵娟似隔年。

99 婕妤怨
相如一赋成，宋玉半云倾。
不笑唐儿女，唯寻草木荣。
飞燕何似舞，掌上以身名。
宝叶随从过，珠丝履未盟。

100 入塞曲
入塞曲声轻，归思梦景明。
浮动何蔽日，白首独家情。
宛马寻秦草，阴山河汉荣。
楼兰赊月色，几夜度乡城。

司空曙 五首

101 玩花
故里半人家，他乡一树花。
今朝君且醉，暮色满长沙。

102 别卢纶
一夜共婵娟，三星照不眠。
如何梦未得，莫以作方圆。

103 登秦岭
渭水一东流，长安半语休。
南临秦岭树，北待晋人秋。
汉阙青门远，高山故客留。
蒲湘飞雁落，可向十三州。

104 江湖秋思
江湖月色半芦花，楚客莲塘两地家。
汉水遥遥杨柳渡，吴村渐渐浣溪沙。
姑苏隔岸盘门落，汴水杭州需泽涯。
十里杨澄清浦客，千年莫误主桑麻。

105 登岘亭
回归一路问秦关，白首重寻上岘山。
不可登临常有泪，羊公去处几人还。

于鹄 三首

106 送客游边
南泉一并州，北口半王侯。
大漠由风起，荒沙满故楼。
平原何草木，碛不作春秋。
老树枯荣半，天边可司游。

107 江南意
但向江南米白萍，还随旧梦取人身。
佛家子弟三千愿，八百罗童十八尊。

108 寓意
原题襄阳看花时因小蛮作
襄阳不止小蛮心，老马回头故主音。
樊素樱桃如礼在，黄昏日远万山阴。

顾况 十首

送客白萍洲，归来自叹秋。
江红枫似火，旷野渡横舟。
阙外闻芳芷，门中问旧谋。
当由天水岸，复水已难收。

109 洛阳早春

草色洛阳春，桃红渭水滨。
云明天子树，雨暖曲江津。
秦川杨柳叶，客路入轻尘。
但折三枝寄，此地作心贞。

110 送张卫尉

日在东方月在西，人行故步鸟行啼。
桃红李白梨花伴，留下春心化雨泥。

111 佳人赠别

行程万里一佳人，向路三生半世珍。
但以乡梦随步履，留君自取作人身。

112 忆故人园

过去山深一木繁，重来岸浅半溪喧。
方圆不空心思住，故步难封问水深。

113 题叶道士山房

云边碧柳小栏桥，水里游鱼向玉霄。
草色青青池半浅，麻姑信信语三潮。

114 送李秀才入京

江湖落叶半空船，汴水连波一越天。
不向三吴行客礼，何须万里向秦川。

115 越中席卜看弄老人

山阴处处老人身，越镜明明白首春。
一树梨花捍雪岸，千家渡口十三邻。

116 听刘安唱歌

刘安一曲太平年，子夜三春月色天。
不见霓裳何舞尽，寒窗却下是婵娟。

117 樱桃曲

樱桃玉口小蛮腰，白马回头独影条。
老语陈言不止，孤家不以寡人遥。

韦应物 六首

118 咏露珠

露水半珍珠，冰身一有无。
凝明如月色，点滴已圆浮。

119 登楼

暮色入天河，嗟跎岁月歌。
临楼近语少，落日远山多。

120 答王卿送别

归人向夕阳，渭水问天苍。
灞柳折枝尽，长安以客伤。

121 西涧

小草幽幽一涧边，群芳处处半天年。
江风欲止船无止，雨细云平月独圆。

122 寒食诸弟

清明乞火一香香，谷雨行云半冷房。
处处江南初草色，青青水色断人肠。

赏残花四首

123 纥干著

冷落半天涯，行芳一客家。
三春残已尽，照旧一枝花。

124 灞上

紫禁城中一夜风，长安月下半晴空。
人含元草碧云浮，上苑花香五色中。

125 古仙词

珠幡不扛待寒宫，鹤敞君临老少翁。
不向人间恋春色，桃花雨里紫阳中。

126 感春词

自得千珍一汉宫，难言立笔半秦虫。
丞相指鹿今犹问，莫见山东是故风。

杨凌 十七首

127 梅里旅夕

沧江一叶休，客舍半秋楼。
易水枫红处，沙汀雁约求。

声声呼不尽，郁郁向洪流。
石路思乡去，何须任九州。

128 钟陵雪夜酬友人

钊陵腊月梅，夜雪怯春催。
影厚疏枝素，寒穷玉女回。
孤琴三两弄，独语万千隈。
笔纸龙洲岁，惊梦复旧杯。

129 润州水楼

归心一处留，去意半无求。
夜雨惊分梦，琴声向水楼。
空江蝉不语，竹影色初流。
万里山川路，相思在润州。

130 江上秋月

一月满江心，三秋叶叶音。
惊鸿鸣欲止，静景问沉阴。
楚木风声近，吴天待古今。
云中寻岁别，水上兔寒禽。

131 阁前双槿

方圆十地阴，日日一孤琴。
紫玉寻未槿，去烟化客心。
群芳争先后，碧色问知音。
隔壁多桃李，年华草木深。

132 送客往睦州

水阁一南洋，云高半海沧。
华人何以向，日暮几天光。

133 送客之蜀

一蜀路三千，三春半百年。
蚕丛惊世界，剑阁化去烟。

134 剡溪看花

西施一寸纱，越客万人家。
会稽三春晚，吴中二月花。

135 江中风

逝水浪淘沙，风云岭北花。
江流去不止，浦岸向船家。

136 咏破扇
不语一秋凉，缘言半菊香。
何心空弃许，一叹向红娘。

137 贾客愁
白帝楚山楼，巫山客去留。
长江流不住，一日到荆州。

138 即事寄人
紫禁钟声一日消，相思寄语半心遥。
潇湘欲雨衡阳雁，此去还来上碧霄。

139 早春雪中
半日除云半日晴，一楼雨色一楼菁。
千家看柳千家问，万里花光万里荣。

140 北行留别
日日山川日月新，年年岁载去来亲。
孤身不负龙泉剑，独自无言向故人。

141 秋原晚望
一叶秋原堂晚晴，三声客语待星明。
千言不尽山川外，隔日还来叙旧情。

142 春霁花萼楼南闻宫莺
朝朝暮暮一烟轻，去去来来半不明。
雨雨去去关不住，潇潇洒洒任时倾。

143 明妃曲
琵琶一曲半阴山，汉客三声两地间。
白马鸣天朝故路，单于镜锁玉人颜。

杨凝 二十九首

144 送别
送别一邮亭，分心半渭泾。
兄兄弟弟语，但寄草青青。
独云自零丁，孤身座右铭。
人生千万里，驿路八百泠。

145 送客东归
何处一营州，辽风半自流。
桓仁听石路，五女任孤愁。
草草连乡色，山山逐木修。
榆关分里外，七八付燕幽。

146 送客归湖南
了了一潭州，疏疏半客由。
沉沉云雨落，柘柘玉人羞。
独木成林霭，潇湘几度流。
长沙王不语，竹泪对公侯。

147 送客归淮南
柳色满河堤，群芳万草齐。
桃花千百度，杏雨两三迷。
树色归人遣，天云任客低。
关关南北去，苦苦各东西。

148 春情
啸啸一秦川，杨杨半渭船。
长安城邑近，未胜曲江田。
赵瑟吟声断，齐弦足艳眠。
江河何日月，汴水北寻泉。

149 秋夜听捣衣
月上捣衣声，心中问旧情。
仲秋圆又缺，七夕鹊桥盟。
织女常相守，牛朗不牧耕。
云中何处顾，不胜断肠鸣。

150 从军行
少小见君行，中年向景明。
方圆成日月，老大不伤情。
博古知天下，人身可智营。
祁连山上木，至此自枯荣。

151 和直禁省
上苑故宫情，中在士子成。
风和直禁省，门下属天明。
月度轩光树，兰华凤诏更。
三章连紫气，十步可倾城。

152 留别
节节向西东，重重问故宫。
辛辛花木色，跃跃一辽东。

153 送客往洞庭
洞庭大小姑，日月去来吴。

楚客衡阳雁，湘栖竹泪濡。

154 别有人
鸿沟一友人，垓下半君尘。
楚水呈流去，秦川洛邑邻。

155 初渡淮北岸
草木半天娇，山川一柳条。
风云难北岸，日月虎丘遥。

156 咏雨
云中一色梁，柳下半泥吟。
湿尽群芳处，香怜寸口心。

157 柳絮
河边柳絮烟，树上杨花悬。
雨色东风向，身斜七寸田。

158 花枕
月上一香楼，花中半玉羞。
人前多少梦，枕下去求求。

159 送客往郎州
一半云光一雨轻，三千岁月两人生。
书生莫记坑灰冷，只教长城忘旧赏。
郎畔沉香多草木，扶阳落暮少除晴。
从来已霍江山记，不汲楼兰日月倾。

160 送客往夏州
不到居延半夏州，何寻古塞九州头。
难言读遍儒生卷，里七榆半外八愁。
五女烟囱山土湮，辽东草木已千秋。
浑江水色青山在，七彩乡枫满故楼。

161 春霁晓望
雨细云深一湮中，情长意短半翁意。
东来紫气除晴色，北上交河落日红。
立马南洋凭社址，寻心胆识见苍穹。
银行路上天连海，依旧乡音自古通。

162 唐昌观玉蕊花
唐昌玉蕊花，紫气作年华。
旧邸闻潇史，秦嬴六国家。

163 别李协
江边日落一归舟，水岸云浮半莫愁。
一曲洞庭杨柳色，三春渡口念奴羞。

164 初次巴陵
江南郡里九江波，赣水河边一玉娥。
有丸凭谁燕雁少，连天浪下积思乡。

165 上巳
一半方圆一半家，两三日月两三华。
风老岁月含元色，香泥土地一里花。

166 春怨
不怨群芳只怨春，去来尽是去来人。
孤身独语孤情绪，落暮双归落锦巾。

167 送客归常州
汴水到常州，东西问故由。
隋炀行水调，自北向南流。

168 送别
一愁不尽一愁来，半色难来半色开。
渭水桥中今古在，杨花落尽杏花回。

169 送客入蜀
蜀道蚕凫楚道前，秦川驿路晋川连。
长亭十里长亭短，日月千年日月船。

170 送别
一花不尽一花开，半壁沉香半壁台。
几度沈园同日月，刘郎白首几归来。

171 残花
一路风光一路化，半江水色半江霞。
南来招展红芳雨，此日姿身碧玉家。

172 戏赠友人
潇湘夜雨一云浮，撼岳洞庭半小姑。
彼此相逢分手去，朝秦暮楚问东吴。

李宣远 一首

173 塞下作
塞下半辽东，山中一月同。
人前何不向，日上一家风。

曲水孤城闭，榆残落乃翁。
牛羊群里读，挂角一书虫。

174 七夕
卢殷
牵牛七夕梦，织女一河逢。
喜鹊桥中渡，人间共此踪。

175 金灯
金台一盏灯，玉茎半冰凝。
月色常相顾，烟光不可凭。
燃燃由紫气，艳艳任华升。
势以承天语，心随晓漠兴。

176 妾换马
换马玉楼东，承天杨柳同。
更衣香阁上，挂冕月明中。
自主由人愿，随心任故宫。
鹏程千万里，有始是无终。

177 欲销云
一隐欲销云，三蒙触石文。
微微东岸碧，草草北人君。
月度天边色，河倾织女分。
余情何影落，不可锦衣裙。

178 仲夏寄江南
孟夏一荷花，江南半影斜。
莲逢初结子，仲目茎根华。
露水方圆积，珍珠碧玉家。
无须初夏染，只可带泥沙。

179 月夜
月夜不流萤，南洋有树盟。
千千何万万，未及半枯荣。
后羿随心去，寒宫桂子倾。
回天知不力，共此待余生。

180 遇边使
如今已不明，每似梦边生。
莫以人间步，何须月下情。

181 移住别居
南洋隔海生，塞北顺心生。

白首银行事，重来一事城。

182 瑚口逢友人
榆关一友人，里七半书身。
外八三分远，空余半梦津。
注：自家赴北京千五百里，有山海关里七外八面语。

183 雨霁登北岸寄友人
春风带雨上西楼，古树连云下九州。
织女空余衣草岸，牛郎不语水东流。

184 长安亲故
洞庭楚客挂吴钩，越女西施木渎羞。
月上盘门明色在，书生一梦到苏州。

185 悲秋
飘飘落叶莫悲愁，历历寒江带九州。
荡荡乾坤从日月，山山草木自春秋。

186 晚蝉
余晖离树带声飞，暮色苍茫云自归。
驿壁文章三两句，闻蝉不及一心扉。

187 维扬郡西亭赠友人
半见莲蓬半风船，一池雨露一池鲜。
风声不断留云影，玉树人形几市年。

姚系一首

188 古别离
袅袅一齐风，悠悠半趋雄。
高高楼上语，历历大河东。
十里江山路，三生日月穷。
行踪多不空，客迹是飞鸿。

马逢五首

189 新乐府
一道半疏荣，三身十太清。
云浮连雨处，玉阁谷随晴。
翠鸟朝天路，冠巾被羽城。
春温知草木，近甸见人生。

190 部落曲

部落一王侯，乡山半九州。
萧声晴日月，读语各春秋。
日暮浑江水，朝阳五女羞。
桓仁邦策易，草木自无休。
注：家乡桓仁东，五女山高丽故都城，西烟卤山，中流浑江水。

191 从军

好汉从军不打丁，将军鼓角向边庭。
霍青帐下无成败，李广心中有渭泾。

192 宫词

红妆半掩玉人宫，曲尽三音万姓风。
持戟何须真面目，云云雨雨始无终。

193 又

云楼雨半晓声轻，笑语八重几纵横。
月影行宫随漏断，银河落水是阴晴。

刘皂 四首

194 边城柳

万里一孤城，千年半独声。
沙鸣三月雨，柳色五湖明。

195 旅次朔方 向见贾阆仙集原题渡桑干

人生一半渡桑干，客舍三千向岸船。
日日东西随已见，江山万里自方圆。

196 长门怨

刘皂原有二首，逸去其一，反入女郎刘媛作。今姑仍旧本，附载原诗辨误。
何须向月怨长门，莫可相如扫故温。
只教声声闻漏断，残妆依旧可晨昏。
朝云一日只承恩，暮雨三声未断魂。
殿月照阳移枕上，珊瑚玉色自黄昏。

197 又皂原诗云

月落长门树影长，愁成漏断泪昭阳。
婕好不共朝君枕，故尽千行又一行。

李益 三十六首

198 送客归振武

三边一旧州，振武半轻裘。
送客长城北，寻英汉节酬。
飞鸿南下尽，骏马草原秋。
桂月天涯满，何须问白头。

199 赋得垣上衣

漠漠一长城，菲菲半草平。
昭昭原上问，历历雨云城。
塞北垣衣厚，君心自不轻。
相依何醒醉，只可玉壶声。

200 观回军三韵

秦川一陇头，渭邑半朱楼。
万里回军阵，三生力不休。
三边知李广，十地问春秋。
故巷何天水，黄河已断流。

201 题太原落漠驿西堠

一水半桑干，三生十地天。
雷寻乡梦里，故此作方圆。

202 金吾子

冯家一子都，锦帐半山胡。
暮鸟黄昏语，惊心有似无。

203 鹧鸪词

湘江一竹枝，玉泪半叶辞。
处处寻妃故，人人以未知。

204 立秋前一日览镜

览镜一秋明，行人半客情。
生涯回首见，万事作前程。

205 代人乞花

远树半黄昏，临风一故门。
开轩人意在，近影是天根。

206 宿青山石楼

石磊一青山，云浮半紫颜。
沙鸣杨柳夜，树色月牙湾。

207 上洛桥

行云上洛桥，断雨玉人消。
不见何金谷，春风半柳条。

208 扬州怀古

故国半滩头，长桥一色楼。
彭城杨柳岸，汴水只东流。

209 水宿闻雁

暮雁自成双，芦花满故邦。
衡阳同志路，好向一空江。

210 扬州早雁

扬州半雁声，汴水一隋荣。
月上江南岸，东流自此明。

211 下楼

何须万里情，不见下楼声。
一日留天地，三生可此盟。

212 过五原胡儿饮马泉

碧玉胡家饮马泉，阴山煮酒草如烟。
凭风一处琵琶响，汉子三声旷野眠。
一日客颜红胜火，千姬曲舞似经妍。
婵娟树下寻情语，醒醉人中共天年。

213 临滹沱见入蕃使列名

燕山易水问滹沱，冀北英雄唱九歌。
塞草年年关不住，阴山月色共青娥。

214 过降户至统汉峰

日暮山东统汉峰，沙黄塞北水芙蓉。
燕然石色空胡立，只见长城不见踪。

215 避暑女冠

日色云裾落暮烟，天光远树主林田。
青鸟欲向木难至，步入庭阴待玉弦。

216 题宫苑花

一步长门一夜长，半宫漏滴半宫妆。
但闻娇声车未至，石怨春花怨草香。

217 送客归幽州

榆关一半入幽州，五女三山故客留。

不问南归飞雁去，风声草木岳阳楼。

218 拂云堆
李广单枪酒一杯，燕州半虎尽人催。
阴山处处何飞将，天水流归几巷回。

219 暮过回乐峰
一日从军百尺台，三生问路九江开。
千年大漠沙尘暗，万里长城去不回。

220 夜宴观石将军舞
微微月色半朱楼，曲曲笙歌一客留。
不远燕山横笛怨，关山叶落已清秋。

221 扬州万里送客 原题柳杨送客
青枫浦北一萍洲，故客江南半云留。
记得隋炀杨柳岸，声声水调拟春秋。

222 春夜闻笛
一笛声声一月明，九流处处九流城。
江南郡里江南问，不待新梦不待情。

223 度破讷沙
日落风来破讷沙，山明草暗度人家。
轻鸣柳色闻春近，塞上寒江二月花。

224 上隋堤
扬州水调半隋炀，洛水阳春一客装。
汴色随舟堤岸草，楼船到处柳低昂。

225 舟行
清花渡口半横舟，碧玉桥头一女流。
不见杨州箫曲尽，阴天不上雾乡楼。

226 隋宫燕
隋宫燕语半含春，御柳菱花一粉尘。
水调声声舟不止，长堤处处女儿新。

227 送人归岳阳
江连碧草岳阳楼，鹧鸪烟花万里舟。
落日方齐沉碧水，巴陵云尽是春秋。

228 古瑟怨
古瑟声声半月弦，湘灵处处一沉年。
君心花似悲音重，竹叶斑斑泪不全。

229 咏牡丹赠从兄正封
玉蕊丛中半色家，繁枝叶下一年华。
春秋始末芳名在，只取闲心掌上花。

230 边思
边思不鲜一吴钩，青鸟风帆半楚头。
但得榆关人不语，诗心且且过凉州。

231 蜀川听莺
栈道闻莺入蜀川，昭君遗恨落流泉。
分明草木经天社，不可惊风作古弦。

232 暖川
积熙春光度暖川，江花浪影逐寒烟。
关山依旧何颜色，似是还无在那边。

233 逢归信偶寄
归心似箭是中年，处世当然已老泉。
莫读苏家三父子，惊涛赤壁化桑田。

李愿　二首

234 观翟玉伎
织女半湖边，晴光一玉田。
藏衣羞自己，沐浴问莲船。
欲得牛朗顾，还思露水妍。
荷花摇不止，只向去来传。

235 思妇
春秋一玉屏，草木半山音。
独语衣宽怨，空房向后庭。

张籍　一首

236 送蜀客
蜀客惊心半不还，江桥落后一巫山。
浮云且向城雨去，不必东流十八湾。

霍总　六首

237 塞下曲
塞下半平生，人前一事成。
行当寻足迹，不必作虚荣。
草木年年纪，阴晴处处明。

无闻三十载，甲子十精英。

238 关山月
月色一关山，珠珑半泪斑。
羊车终可见，宁玉窥身弯。

239 骢马
阴山万丈高，汉客一夫豪。
雪色生冰柱，霜寒逐锦袍。
琵琶声塞外，曲尽人情芬。
独向单于向，葡萄不用刀。

240 雉朝飞
百鸟凤凰洲，千山帝子求。
何闻天下水，不向九江流。
觇叶南昌郡，浔阳一日楼。
滕王三界外，自得是春秋。

241 采莲女
倩影采莲弯，姿身欲不还。
珍珠流未尽，玉立自红颜。

242 木芙容
江湖远去木芙蓉，日月沙鸣水露踪。
草木稀疏天水尽，孤家独木自成龙。

杨凭　十八首

243 长安春夜宿开元观
黄昏一晚烟，日色半山田。
草木留天意，江河顺地然。
云涛无雨色，古鹤可经年。
但任东山暗，何须苟去缘。

244 晚泊江戊
轻舟一半横，小女两三声。
柳絮逢花意，清江向浦晴。
孤鸿寻苇岸，澹月待枯荣。
晚泊沧州外，人心几处明。

245 巴江雨夜
五岭半云明，三巴一夜晴。
千家临渡口，万语向同声。

246 边塞行
一足过榆关，三声未不还。
家乡流水去，故家驻江山。
立马江南岸，临川路路弯。
年年须柘柘，白首泪斑斑。

247 乐游园望月
月挂乐游园，身行上苑船。
嫦娥同色调，宋玉楚王宣。
进退圆缺影，盈亏上下弦。
无须长久去，但记曲江妍。

248 千叶桃花
一树桃花一树春，半家碧玉半家人。
三声未断知崔护，十地红尘不是尘。

249 春中泛舟
萧郎不住下南洋，宋玉难平楚客肠。
二月书儒桃李色，三生醉读曲江王。

250 雨中怨秋
繁花似锦草丛丛，独木成林玉叶笼。
隔路汪洋听水调，云中几处雨濛濛。

251 秋日独游曲江
长安月色曲江风，洛水凌波玉影红。
但得陈王明醉酒，宓妃不情有无中。

252 寄别
江湖雨雾一苍苍，草木长亭雁独行。
不到衡阳何宿寄，心中一半是凄凉。

253 边情
九脉山川一九歌，三生日月半三河。
南洋独木成林立，北海南边向几何。

254 早发湘中
不到湘中不见船，客杨紫气客杨帆。
湘君未止思君泪，积碧深深塞雁田。

255 海榴
成成败败半江东，去去来来一落鸿。
万水千山何自得，三英五马日英雄。

256 春情
巫山峡谷一云飞，白帝江流半西归。
楚客春情从日月，湘君竹泪入心扉。

257 送客往荆州
巴山峡水过江城，十二峰前逐日明。
一半平湖林影暗，湘东一日回南荆。

258 赠马炼师
丹炉半隐祝融峰，月岐三春草木容。
暮雨朝云归路还，花冠道敞莫倾从。

259 湘江泛舟
湘川洛浦路三千，地角天涯客百年。
日月同途何远近，轻舟雨里挂云烟。

260 送别
一字当空向北飞，人前寄碧问南归。
衡阳山上汀君客，只待梅林雪色微。

杨巨源　十四首

261 胡姬词
一曲半回头，三壶十里游。
身姿疏展色，眉目纵情留。
皓腕脱衣舞，吟声宋玉谋。
胡姬何所以，妾语以郎羞。

262 春日有赠
长堤一柳丝，细雨半天知。
水暖春花色，云浮日月诗。
残塘芳草现，汴客已归还。
独自情心永，由来苦感恩。

263 襄阳东
襄阳一日年，撼岳半惊天。
楚汉云中没，王维月下弦。

264 关山月
寒落挂关山，林平待去颜。
乾坤何运转，上下不须还。
夜暮沙鸣住，虫啼月亮湾。
行思何不已，梦罢玉门关。

265 长城闻笛
战国赵长城，秦皇只用兵。
苏秦何所赴，万里人无生。
日月山川在，阴晴草木荣。
张仪南北客，自此国家情。

266 宫燕词
细语呢喃绕画梁，轻飞寄落后庭堂。
花光草影双双去，去去来来化晓光。

267 赋得灞岸柳送客
日暖灞岸柳含烟，折断桥头客心田。
东风不可随人怨，只向江东寄去年。

268 赠崔驸马
梧桐百尺一人低，驸马三生半作泥。
上苑城中花草路，平阳府外彩云西。

269 临水看花
水色花光半入波，江青玉树一出河。
舟停影落萧娘处，雨细云平忘九歌。

270 折杨柳
杨杨柳柳不成行，折折攀攀误客肠。
昨日闻君西北去，殷勤待马右杨长。

271 观伎人入道
花丛一道半云屏，碧玉三身两地经。
舞尽身姿红粉落，由来皓体任香庭。

272 又
夫容寺里一花名，玉树庭中隔草宋。
九曲钟声歌舞尽，三庵坠绿彩云倾。

273 听李凭弹箜篌
箜篌一贡玉殿凉，玉女三身弄霓裳。
不到梨园汤水暖，翻云覆雨几梦长。

274 又
对绕临川漱玉泉，悬清落石故人天。
高山流水人情在，下里巴人客意年。

梁锽 十首

275 天长节
日久一天长，梦回半故乡。
时平云雨住，寿比石山岗。
五色神坛土，千家共社堂。
余杯同不尽，醉意可情肠。

276 崔驸马宅赋咏画山水扇
赋扇一秦樱，藏珍半列侯。
诗中山水在，画里雨云留。
暮色成天地，晨光换马中。
人间多少客，驸马寄春秋。

277 观王美人海图障子
何凭三界河，只怨一横波。
宋玉从邻向，萧娘任楚娥。
朝云巫峡谷，暮雨祝朝歌。
转眼娇情寄，离情几少多。

278 闻百舌鸟
百舌鸟啼百舌鸣，千人事里万人倾。
形藏一叶间关物，象敛三生驻主荣。

279 美人春怨 原题美人春卧
一雨弃高唐，三云落峡妆。
姿平山水色，影乱楚家王。
玉女临朝暮，孤心落汉芳。
朦胧梦里向，不异故人乡。

280 猾氏子
日照一红槛，梅开半后堂。
人声初似雨，许诺绕中梁。
鲜锁含情至，和衣怯羞祥。
青楼先后丝，顾影卸春妆。

281 名姝咏
阿娇一日长，粉体半透光。
素色怜轻掷，妍姿怯曳裳。
和形随影落，对月任情肠。
洛水多云雨，天津少许郎。

282 艳女词
露浥一群香，书生乞水堂。
人身何崔护，影色旧时光。
闭户孤难奈，开怀独试芳。
桃花依旧是，五味化心肠。

283 戏赠歌者
白白一歌童，悠悠半曲终。
平生难作学，渡口去西东。
易水春莺转，沧州夏雨穷。
天津秋路尽，汉武问冬虫。

284 梨园
一曲李龟年，三身弟子传。
霓裳君子戏，不及念奴天。

八、中兴间气集卷

〔唐〕高仲武 编 唐人选唐诗类书

1 中兴间气集
古古今今一首诗，来来去去九歌辞。
天天地地三生路，事事人人自世思。

中兴间气集卷之上

2 古今诗
挺立诗林一古今，从情体格半人心。
龙池柳色钟声远，沈宋钱郎意气深。

3 钱起
独立一残郎，清赡半第肠。
梁陈削羽客，鸟道落残阳。

4 奉送刘相公催转运
二水凤凰游，三山建业楼。
金陵工气在，日卜凫愁益。
孔府寻知著，秦淮问石头。
钟声惊百寺，月色照千秋。

5 裴迪书斋玩月之作
一月谢公楼，三声织女愁。
重门兴酒色，玉树后庭羞。
影乱风无语，虫啼草木洲。
婵娟留意在，葛散人烟流。

6 广德初见銮驾出差后愁望之作
碧色一秦川，黄云半洛边。
乾坤无后启，日月去来年。
意气如今道，人心自古悬。
高潮连海阔，远水不耕田。

7 太子李舍人城中别业与文士逃暑
重山容暮光，涤水满深塘。
岭草啼虫晚，人家落夕阳。
东林风已止，极目鸟扬长。
别业红尘外，重门锁竹篁。

8 咏白油帽送客

天涯游水频，日月去来亲。
草木繁丛落，阴晴独客珍。
云舒云卷色，雨必雨倾身。
只净阳澄沐，无须愁旧尘。

9 东皋早寄郎四校书

自幼一桑田，书生半大年。
东风三两夜，细雨万千泉。
岁起衡阳雁，长微上苑船。
含元多紫气，玉殿几心弦。

10 阙下赠裴舍人

阙下丞相座上林，城中紫禁御前心。
钟声漏断中书省，碧玉花香绕晓阴。
柳色龙池行雨露，阳和玉殿住云深。
春莺只可鸣朝野，白首无言是古今。

11 过温逸人旧居

川前一逸人，里君半温辛。
岭木成林少，峰光向日真。
声客心耳目，觉悟味斯身。
鹤舞天涯外，言传池角邻。
空山知草木，莫以椎渔亲。

12 送弹琴李长史赴洪州

独立一舟关，孤身半日秋。
行成千万里，清辟十三流。
抱吏佳期误，幽思缓佐侯。
长城秦汉战，汴水自幽州。

13 宿毕御宅

交情好自频，子弟以人身。
晤语清寒弄，平生苦节尊。
江南明月色，塞北古林尘。
树影春秋寄，霜残作王巾。
云低鸿不去，雨落客湖津。

14 静夜酬通上人问疾

夜月半东林，酬通一古今。
云房城后语，大士度人心。
自主居высокий高枕，回廊隐药深。
含凛成虎瑞，却远近宵音。

15 山中寄时校书

紫气半蓬莱，和阳万里开。
群芳千竞秀，碧玉一金台。

16 寄兴园池鹤上刘相公

张众甫

一鹤寄兴园，三公问海天。
单栖繁花羽，复宿自无眠。
独立孤行路，风飞世语前。
如今多少客，以此可经年。

17 送李观之宣州谒袁中丞赋得三州渡

三洲渡口一江流，九脉天津半古舟。
浪语惊心飞鸟尽，回风济雨使人愁。

18 送李司直使吴

一月半呈钩，三春十七流。
姑苏谁碧玉，咸泽女人愁。

19 冬日野望

于良史

尽梅一日香，野旷半寒凉。
素影残霜雪，河冰断客肠。
经年南国色，话旅着红妆。
汴水多杨柳，东风化雨塘。

20 闲居

闲心耳目明，立几渎诗经。
少小知书浅，蛙鸣半不清。
何情居老见，暮日上高城。
雨洗山林阔，南洋一业荣。

21 玄宗至道大圣大明皇帝挽歌

郑丹

梨园一事古今城，五帝三皇日月明。
留下方圆天地上，山河至此几枯荣。

22 肃宗挽歌

一国半家倾，三春十地荣。
千山和氏璧，万水纵流清。

23 东皇太一祠

李希仲

东皇太一名，穆上少三声。
欲缓瑶席曲，花飞满舞城。
清歌流水逝，斋戒日衣明。
佩玉闻云雨，潇湘逐竹荣。

24 蓟北行二首

羽系一燕京，旄随半佩倾。
三边晴日月，五女自冠缨。
草暗山前里，花明故里城。
长城南北见，汴水女人情。

25 其二

易水蓟门前，幽州玉树边。
榆关分内外，五女问凉泉。
沐浴家乡日，耕耘客月田。
鸿飞人字里，鸟宿共婵娟。

26 发溢浦望山作初晴直省赍敕催赴江阴

李嘉祐

香炉一晚生，宿鸟友求声。
云尽南山雪，寻来日月明。
江阴西北色，洛水夏云倾。
灞上登临处，长安上苑荣。

27 送王牧吉州谒使君叔

野渡一花香，王孙半断肠。
书生冠带弱，草木玉钩强。
水色东塘水，文明塞北梁。
朝云成暮雨，日月作炎凉。

28 润州王别驾宅送蒋九侍御收兵归扬州

汴水到扬州，隋炀化九流。
钱塘云雨色，上苑曲江楼。
赵国长城筑，秦皇逐客修。
何须今古问，应得莫君愁。

29 奉陪韦润州游鹤林寺

江城一鹤林，野寺半钟音。
梵语三千界，禅房百万心。

松声闲竹影，云影乱流阴。
日晚云烟雾，僧寒磬古今。

30仲夏江阴官舍寄裴明府

万马大江边，孤军渡口前。
朝云晴作雨，暮气化心田。
浪迹天涯路，潮痕日月年。
江阴明府寄，海口夜空眠。

31送韦员外端公宣慰劝农毕赴洪州

殷忧一日臣，士患半生身。
紫气东南没，恩膏润土春。
莺鸣天下客，草暗玉人邻。
道里龙沙遣，归棹近红尘。

32登楚城驿路十里村竹林交映

十里山林村，古道半人心。
风晚荻花浅，霜浓草市深。
吴城云水覆，楚客九歌音。
驿路多樵客，农家少水禽。

33和苗员外秋夜省直

南宫雨夜深，玉殿漏声寻。
寓省直萤影，黄云凤阙箴。
咸诗俨客小，谢待郎向心。
久得鸿声桔，潇潇司故林。

34新字江行

章八元

江南万水田，野渡半去烟。
古戍悬鱼网，空湖落竹弦。
晴云二网雨，浅色百千妍。
越上西施女，吴中至此眠。

35吴明府自远而来留宿

戴叔伦

故友入门来，新衣著旧裁。
山川何不向，只将满尘埃。
远道长亭暮，绮城岁月开。
留君须醉宿，不必鲜衣回。

36除夜宿石头驿

处处一归人，年年半自身。
幽幽灯下影，独独镜中亲。
离离原前草，寥寥日后珍。
行行行止止，落落落津津。

37客夜与故人偶集

黄昏睹一客，夜阙暗千重。
但向江东问，无须梦里逢。
瓜洲何渡口，月满石头钟。
羁旅长亭上，寒闻鸟鹊踪。

38送友人东归

凉州一故人，大漠半风尘。
万里晴沙照，千年落日珍。
楼兰多少梦，洛水枯荣津。
旧邑作春草，交河不可聆。

39别友人

遥遥一友人，别别半思身。
倦倦行忧意，陈陈历国津。
山山途逶迤，水水路冠中。
向向何年月，平平几事钧。

40广陵送赵言簿自蜀归

日月锦城春，枯荣碧水津。
留君随意醉，别路已无亲。
草木知天意，阴晴任客身。
西江三主簿，此蜀一家珍。

41皇甫冉

巧字工文一调新，奇情碧玉半红尘。
巫山楚客行云雨，晚日群芳不避身。

42送王相公赴幽州

书生自此一幽州，五女榆关半去留。
万里勤心芳读客，千山远远九歌楼。

43题裴固新园

裴固一方园，隐路半地天。
久作江南客，何须塞北年。
闭目千山树，开怀万里泉。
青峰凭日落，莫以玉壶悬。

44酬袁补阙中天寺见寄

钟声一日眠，老衲半经禅。
补阙中天寺，东林结社年。
山重峰叠障，水覆雨云泉。
远近何须向，君心日月悬。

45酬崔侍御期苏道士不至

一处半真师，三山两道诗。
丹炉今不空，汗漫去来迟。
彼此无期空，枯荣有空知。
昆仑多少客，日月待云时。

46巫山高

峡北一巴东，巫山半谷空。
云藏神女信，雨落楚王宫。
白帝秋归雾，孤猿宋玉风。
江喧玉树色，不语似归鸣。

47和袁郎中破贼后经剡中山水

日月一筹谋，江山半九州。
冠巾三界外，草木万山由。
节此儒衣短，功当世事流。
书生知佩剑，士子国家忧。

48送元晟还于潜山所居

山深不早秋，日暮上峰楼。
隐者知时令，书生向九流。
闲居低草木，作赋十三州。
濯足平湖水，嵇康意不休。

49独孤中丞筵陪饯韦使君赴升州

南华剑业津，塞北向人身。
卜客中丞虎，高才楚汉新。
居舟知度腊，入境自行春。
处处长江岸，悠悠杨柳邻。

50同杜相公对山僧作

闭阁向山僧，开窗待晓灯。
春山桥水岸，碧草玉霜凝。

51送林员外往江南

江南郡上星，楚泽幕中明。
水驿留天马，枫林待晓荣。

沙禽成夜色,岸草刻春情。
九脉高潮处,浔阳泊处惊。

52送李录事赴饶州
云飞雪素丽人身,雁落汀沙自可怜。
碛石长空随远道,孤城极浦任寒津。
千峰不话浔阳夜,九脉难分建业尘。
借向长亭何草木,冠巾正带佩文春。

53秋日东郊作
重阳一日楚江开,汉口三秋伤别裁。
撼岳无成知社日,茅山道士寄书来。
云高树远寒林色,菊色黄昏暮影台。
岐路长亭南北没,终临独日未迟回。

54少室韦炼师升仙歌
紫气东来一柱香,红霞绛节半江洋。
丛林玉影成天下,始是元尊礼白梁。

55哭长孙侍御
杜诵
雅颂济人良,浮云地角长。
落日天涯少,世事几沧桑。
注:秋夜燕王郎中宅赋得露中菊。

56朱湾
花颜一霎中,草碧半色空。
受荟情思尽,寻芳晚日红。
孤身迟不语,竞逐气相同。
欲采多踟蹰,秋城一日风。

57奉使设宴戏掷龙筹
龙筹一掷横,玉码半工荣。
令策酬君志,阴阳问客行。
无私何赏罚,有欲几城倾。
角逐谁成败,浮言令禁行。

58咏双陆头子
天下一言轻,湖中半去名。
山前云仰止,雨后柳杨荣。

59咏壁上酒瓢呈萧明府
壁上一诗成,云中半止行。
江湖多少客,日月去来明。

60咏玉
落落玉门关,流流碧水还。
淘淘少不尽,楚楚佩红颜。
白白姿身透,幽幽待小蛮。
朝朝黄沙响,漠漠月牙湾。

61送陈偃赋得白鸟翔翠微
白鸟上晴晖,黄云下翠微。
临川流紫气,背日待鸿飞。
鹤立孤山间,鸥浮玉水归。
何回故土地,是是几非非。

62题段上人院壁画古松
石上一盘根,山中半古村。
林前芳草地,雨后暮黄昏。

63韩雄
星河一雁飞,砧杵半心扉。
布简友繁润,芙蓉水色归。

64送辰州李中丞
白羽逐风流,黄云伴九州。
巴人三叠唱,暮雨一清秋。
落叶归何去,临川问冀楼。
蛮郎南去问,玉女以情愁。

65题荐福寺衡岳禅师房
一日半禅房,三春两草堂。
僧添心不止,树影卷风光。
户映山花色,门藏碧水影梁。
钟声千百度,瑞露几闲忙。

66奉送王相公赴幽州
一诺半幽州,三生九教头。
千年登位显,万里度王侯。
赵北忧人在,齐南霸主囚。
英雄何独立,塞草几春秋。
无因寻远道,束结佩吴钩。

67题苏许公林亭
竹影一林亭,风声半渭泾。
长安秋叶落,落照曲江萍。
窗晤于家晚,门随万户庭。
平津东阁月,古渡玉钟铭。

68送孙革及第后归江南
吴门故水闲,越女色溪湾。
野草芳群晚,有林竹木岙。
梅香衣布满,雨湿敞盘关。
拾得平生客,寒山智者还。

69题僧房
时时一锁关,处处半心还。
渭水三两渡,黄河十八湾。
禅房千日月,梵语万峰岙。
不可寻天地,须当对月闲。

70送太常元博士归润州
舟横月渡江,影落暮归幢。
客路山林独,家人日月双。
山随南翠暗,寺照北华长。
柳岸寒枫色,润水一船窗。

71变律格诗
苏涣
变律格诗词,平平仄仄痴。
唐人三百首,一语古今时。

72同前
无知是有知,自此彼非时。
日月东西见,阴晴雨露诗。

73同前
一蚕万千丝,三春半日迟。
家家何此意,处处待诗词。

中兴间气集卷之下

74郎士元
作牧一人伦,形成半鹤身。
英奇家国住,祖钱背天津。
鸟倦苍山近,流寒落日亲。
萧条暮色临,掩映怯衣巾。

75送杨中丞和蕃
落日一高低,黄河半鲁齐。
随君边草向,听鼓水东西。

没垒今人战，中丞土地犁。
荒原遥色见，雪岭近鹰啼。

76 送奚贾归吴
楚水入东吴，洞庭向五湖。
生公寒石点，沽色富春壶。
叶落归何处，舟平醒醉呼。
新安江上雨，同里客中奴。

77 别郑蚁
蝉鸣一两声，叶落两三层。
不可秋风向，当须客里行。
荒原流水去，暮雁待栖惊。
莫向长亭语，余途足下营。

78 送长沙韦明府之县
长沙五色林，岳麓九州音。
桂水烟波远，云山楚日全。
沙汀浮岸芷，白鹭落鸣禽。
佳客传人主，吟诗作古今。

79 送洪州李别驾之任
洞庭一古今，夏口半人心。
引渡孤舟岸，形成独木林。
浔阳归里近，落雁觅乡音。
别驾洪州任，殷勤十里阴。

80 送裴补阙入河东幕
铺阙入河东，行轩问去鸿。
清吟知苦节，琐事著秋翁。
古日营门外，诗书见鲁公。
临川惊名壑，顺势可情终。

81 春日宴张舍人宅
庭中一竹林，月下半人心。
影落三长短，形成万古今。
精边杨柳暗，垒上草芳阴。
但见春江浅，无须弄故音。

82 送陆员外赴潮州
梅浪半潮州，江风一日楼。
归音多信使，客驿少言秋。
闽后何乡语，嘉前玉水流。

含香闻谢履，不向故人留。

83 送王棼流雷州
平生万里一孤情，任历千年半独明。
梅路南洋三界外，云天故国九州盟。

84 题刘相公三湘图
三湘半竹楼，九脉一春秋。
楚客闻天语，衡阳待雁留。
长沙沙水浅，岳麓麓书楼。
贾子微明里，秦王倦去留。
何须渔父向，自有渚悠悠。

85 送录侍郎往容府宣慰
浔阳楼上一湘川，赣水云中半雨烟。
俗语空言因势力，江南不断九江船。
人心彼此常惟客，陆贾沉浮昔故年。
府幕客身畴昔日，春风桂水溢乡眠。

86 塞下曲
塞现曲江中，云中故国余。
阴山多草木，汉磊帝王墟。
朋夜悲歌起，沙尘旷风舒。
孤鸣常不止，只向故人居。

87 春晶忆姚氏外甥
春秋雁自飞，日月去来归。
草木成天地，枯荣待是非。
长亭山路远，驿舍暮朝晖。
独木成林少，孤云雨色微。

88 题崇福寺禅师院
隆成一寺僧，扫叶半孤灯。
暮鼓随山影，禅房对馨应。
清风明月色，岁月古今承。
翠谷床云度，身心坐上凝。

89 江上书怀
天涯一日天，地角半书田。
竹泪潇湘雨，吴音汴水船。
洞庭杨柳岸，洛渭镜湖年。
落叶知狂客，回声向自怜。

90 送薛良友往越州谒从叔
日暮不辞家，山深树影斜。
思乡常云远，问路见豆瓜。
浦口余晖尽，兰亭二月花。

91 送真上人还兰若
道得一云林，年来半古今。
峰山连石路，寺院对钟音。
不染红尘世，寻除世俗心。
沉思依旧度，觉悟正衣襟。

92 送丘二十二归苏州
积水满苏州，嘉禾汴水流。
寒山钟鼓继，拙政色空由。
陆羽三泉饮，盘门一楚楼。
西施姑娘步，子胥向王侯。

93 初拜命后酬丘二十二见赠
人生父母亲，世界弟兄伦。
厚载知天地，成功向士身。
名当永事处，影落 待天津。
拜命朝衣挂，文章济泽尘。

94 题桐庐李明府官舍
五柳门前一客家，三春月下半桑麻。
空空色色寒山寺，去去来来二月花。

95 清江曲内一绝
塘战八月半潮声，一泉三秋九陌平。
极目难分天地雨，成章带水可云倾。

96 送判官入陈留
张继
风声半人秋，日色荡陈留。
判若形成往，耕如织女愁。
深心君子节，厚赋减田畴。
春理黎亡处，汶阳侠者忧。

97 感怀
日暮向黄昏，心情静者村。
风摇三百木，叶落五侯门。

98 夜泊松江
夜泊淞江一客船，寒山古刹半霜天。
姑苏月色连天地，子胥盘门楚草悬。

99 题崔公庭竹
枝枝节节一心空，翠翠青青半色丛。
展展舒舒天有欲，摇摇曳曳影无终。

100 送朱山人戟州退归山阴别业
山阴别业新，狂客镜湖人。
故柳鹅池水，兰亭浥俗尘。
春蚕初纳被，夏雨早临津。

101 谪至于越亭作
年年驿舍邻，梦梦柳条新。
落落孤亭木，婷婷草色新。
春春生紫陌，夏夏未归人。
足足三千里，生生十万臻。

102 陪郑中丞林园宴
原荒一远心，木古半知音。
客醉三千语，名成万古今。
中丞家主宰，上苑谢公吟。
水草浮萍槿，疏莴一寸阴。

103 送张继司直适越
旧事任浮沉，新言致曲申。
江山吴越色，草木渭泾津。
古月人间共，沧州世上民。
归心何不可，莫了是尘身。

104 送骆三少府西山应制
沙鸣一半分，缘芷两三群。
暮日千山上，春云十万军。
随君心不止，任主酒殷勤。
六翮青云上，诗言独送君。

105 送李中丞之襄州
暮色满山杨，芳颜隔壁香。
天山千万仞，雪岭十三王。

106 题郑山人幽居
白首可幽居，青云问读书。
桃源何处处，万壑自墟墟。

破旧藏清谷，千峰独树初。
耕展芳自在，落日闲门余。

107 南洋
马来亚 Amansura
一足半枝花，三生两地茶。
千人身许就，万里走天涯。

108 送郎士元
姑苏一半明，阊阖两三声。
越国夫差向，西施勾践荣。
花城芳四季，水国济三星。
徘紫何须见，缘青向日晴。

109 湖上卧病喜陆鸿渐至
人居草木中，士得去来鸿。
陆羽清明待，兰芳一半红。

110 寄校书七兄
事子半家居，浮萍一岁余。
无知三五月，自得几行书。

111 寄朱放
万里莫登山，千年向玉颜。
江河流不尽，日月箴归还。

112 送韩揆之江西
一叶过江西，三秋向柳堤。
千山飞鸟尽，万岭自高低。
夏口孤舟去，衡阳雁忆栖。
何须南北问，彼此以心蒂。

113 道意寄崔侍郎
漫漫一浮名，潇潇半客情。
心心天地外，业业去来精。
白首惊回忆，童颜待此程。
长亭尤十里，举步向去城。

114 赋得三峡流泉歌
巫山一居云，楚客半人君。
十二峰中向，江流峡外分。

115 闲居湖上
窦参
几处须闲居，何时帝业墟。
成名垂宇宙，落魄不知书。
有影身先至，无因果亦疏。
辛勤凭苦力，自以苦耕锄。

116 登潜山观
势抱潜山观，云楼紫气坛。
凌仙闻葛道，炼石铺天冠。
羽翰余霞远，盘炉五色丹。
直峰云谷立，曲径绕江澜。

117 迁谪江表久未归
一叶自沉浮，三生问去留。
江河流不止，草木可荣求。
万里行程早，千年足下谋。
迁谪何所以，若少几成忧。

118 道人灵一
刻意一公工，齐梁半妙穷。
云生明月外，寺鼓户禅中。

119 酬皇甫冉赴无锡于云门寺赠诗别
云门寺里僧，古刹庙里灯。
隐处山峰落，明堂玉水凝。
禅房从日月，鼓磬已心兴。
界北三池水，湖南一寸冰。

120 宿灵洞观
洞外一山翁，云中半故雄。
曾挥天使杖，不得问飞鸿。
隔岸山泉涌，随流只西东。
花原芳草地，暮色满天红。

121 静林寺即武帝隐所有钟磬皆古物时时有声
时时可有声，处处自无情。
武帝罗浮磬，静林寺院盟。
烟云霞色远，世火古钟城。
遗迹山鸣隐，于阗老树荣。

122 雨后欲寻天目山问元骆二公溪路绝句

昨夜云浮一梦中，今春雨落半江东。
三千草木三千色，几度花流几度风。

123 感秋林

姚伦

山城五色林，节气一人心。
落叶千声下，形寒万古今。
荣枯何所以，草木可知音。
不见衡阳雁，孤巢此夜深。

124 过章秀才客舍

人身自读书，旅社可闲居。
暮色山光远，秋岚挂月锄。
形形无止境，了了有多余。

125 送云门邕上人

皇甫曾

寒生一五湖，色落半千株。
寂寂成心道，幽幽向小姑。
洞庭天地外，岳麓上人辜。
虎虎溪林路，声声自丈夫。

126 送林中丞还京

影色一龙池，春成万树枝。
寒生天地子，节尽去来迟。
雪素千家玉，梅香半月诗。
邵化胡清坠，怀情感受时。

127 赠别筌公

此腊一去霄，方成半柳条。
东风三两夜，草色力十朝。
律吕惊天地，宫商问近遥。
寒泉知人暖，树木向人娇。

128 送杜中丞还京

上将一人身，中丞半晋秦。
关河三百路，玉剑万千钧。
成月云城色，沙平雪化春。
孤言成日比，此臂破红尘。

129 早朝日寄所知

徘徘紫紫一冠中，缘缘青青半客身。
漏漏声声随日日，遥遥近近几陈陈。

130 邺城怀古

孟云卿

秦传一邺城，磊石半枯荣。
旧阙朝天柱，新台向地生。
曹公中据北，魏首去来名。
万世荒茅中，三章数子倾。

131 伤情

君心日月忧，独步去来愁。
爱国儒家客，修身济九流。
清风和事事，处处待尽侯。
故遍楼台馆，形成霸主求。
江河梁未著，万物一时休。

132 伤时

日月一徘徊，阴晴半不开。
方圆何主使，虎豹莫知哀。
世运常伦理，人生几去来。
依依天地上，处处上云台。

133 同前

素月大空流，明宫小九州。
三光何济济，十地几忧忧。
世事予时进，人心自乐囚。
匆匆来往去，复得俱情愁。

134 出塞曲

西蜀刘湾

沙鸣出塞月牙湾，万里荒丘万里山。
汗马功劳汗马力，将军莫锁玉门关。

135 虹县严孝子墓

孝子一人间，虹县半墓闲。
三年闻礼治，十地政心颜。
父母成天地，爷娘早去还。
弟兄连骨肉，子女列朝班。
万里江湖岸，居身草木还。

136 李陵别苏武

阴山一高陵，半武半朝兴。
步辱身家尽，功成积雪冰。
归去南北色，枫手女儿应。
房地寻心事，胡天以玉凝。

137 云南曲

七彩一云南，千蛮半水涵。
蝴蝶泉身百黑，大理月三潭。
剑曲骚然尽，阳山石木参。
燕幽沪水岸，岱马守春蚕。

138 送朱文北游

张南史

日月板云端，江湖可自宽。
阴晴逢作客，草木去来安。
别路长亭柳，成程玉水寒。
宣言松柏色，莫谓客行难。

139 陆胜宅秋雨中探韵同作

秋风一半鲙莼鲈，蟹脚三千作玉壶。
醒醉船中炀帝雨，阳澄湖上作江都。

140 送司空十四游宋州

落叶浮云飞，萧条落日归。
天光随暮尽，影树入时微。
画角因寒色，空城欲断晖。
牛羊回巷闾，道路客心扉。

九、极玄集

〔唐〕姚会 编 唐人选唐诗类书

1 送晁监归日本
王维
积日不知穷，纵横大海东。
中原深广宇，厚济若虚空。
岛国扶桑叶，摩诘渡口风。
何时移城信，只可一波红。

2 送丘为
三生驿客人，一路柳条春。
万里知天地，千年寻渡津。
江湖风月好，巷闾向乡绅。
故土怜君意，还家物物亲。

3 观猎
万里暮云平，千山角弓鸣。
风声京上草，雪印马蹄轻。
细柳随秋尽，荒村待心惊。
何言泾渭水，不见一波平。

4 留别卢象
祖咏
朝行一古今，暮色半伤心。
渭水何颜色，长安柳下阴。
商山多驿路，手足少知音。
但以寻如故，何言对独禽。

5 兰峰赠张九皋
渭水两三津，东风一半春。
长亭千万里，古树百年轮。
九皋兰峰月，孤闻夜警秦。
君怀情巍阙，远路自人身。

6 苏氏别业 国秀集作蓟门别业
居幽一蓟门，别业半家村。
渭水南山色，鸣禽竹叶根。

寥寥闲听坐，处处遇黄昏。
隐隐后心意，放放问子孙。

7 夕次圃田店
落日入桑条，长亭作小桥。
溪流春早钱，鸟歇郑云消。
宿驿遮芳草，西村客步遥。
归程无不问，万里几心潮。

8 题韩少府水亭
九脉五湖萍，三吴一水亭。
千音齐作雨，万户运河汀。
意气洞庭渡，风华娃馆伶。
佳期冠冕挂，但望草青青。

9 赠苗员外
李端
闭户一心扉，开轩半是非。
龙承云庆里，虎跃过辰晖。
竹影婆娑起，溪流去不归。
儒怜齐鲁望，鸟语故山违。

10 茂陵山行陪韦工部
风云一茂陵，汉垒半孤灯。
不见盘云鹤，须寻隔岸僧。
黄花古道外，宿雨玉人凝。
叶暗空山晚，蝉鸣几处应。

11 云际中峰
月冷满空山，林深自闭关。
人心无不至，宿夜几梦还。
自得中峰树，难寻秀草颜。
高山何仰止，隔岭可登攀。

12 芜城怀古
雨打旧池岸，风摇小草青。
城边明月挂，树下隐精灵。

13 赠严维
耿韦
寂寞半山阴，兰亭一竹林。
池肥王不语，集序镜湖心。

14 赠朗公
天竺自渡一郎公，梵语经年半色空。
月上安禅行俗苦，梁间驯鹤紫微宫。

15 早朝
万户人轻巷闻梦，千官迈步紫微宫。
红颜来满闻香满，月色由衷漏启衷。

16 秋日
反照一天山，黄错半世间。
长亭何古道，闾巷故人颜。

17 书情逢故人 原题巴陵逢洛阳邻舍
巴陵遇见洛阳人，楚客闻言渭水亲。
竹泪潇湘多少色，衡阳渡口雁家邻。

18 沙上雁
衡阳一雁声，岳麓半秋情。
桔子洲头色，长沙向贾生。
强心藏木里，弱羽夏汀盟。
独立山湖岸，深深日上清。

19 赠张将军
日落一军城，重门半不声。
返照营高处，士马帐秋鸣。

渤海半东路，长安闾巷横。
年年闻鼓瑟，夜夜楚乡惊。

20 酬畅当
还言一箭伤，已是十年杨。
几度梦君子，三生枉断肠。
何时归旧处，夏叙弱牵强。
寸草年年缘，群芳隔岸香。

21 卢纶
一幅故人书，三秋梦夏余。
残灯催泪下，夜雨暗惊居。

22 题兴善寺后池
白鸟镜湖邻，黄云老树春。
灯明兴善寺，月照去来人。
隔岸花苔径，莎青顺客身。
僧依无仰止，几世可相伦。

23 山下古木
山中古木林，晗上草芳阴。
坠叶萧萧落，浮云片片襟。
高峰三乞路，天门一寸心。
夜雨近梦去，荒流已至今。

24 送李端
斜阳满故关，别路问天颜。
楚客三千语，黄河十八湾。
孤心多折柳，暮公早天山。
洛邑风尘雨，潇湘竹泪斑。

25 司空曙
耿耿就宿因伤故人
时间一笛声，不免半倾情。
此夜红尘泪，灯烟溃复平。
沾衣何不减，谢路心扉横。
只应长亭见，同怀九叠城。

26 经废宝庆寺
宝庆寺灯明，禅心五味平。
天竺千叶渡，万户一家声。
鹤立荒林外，云浮古殿倾。
阴廊苔叶虚，世转庶黎名。

27 春日野望寄钱员外
一半柳杨春，三千日月新。
空余长短室，白社去来人。
寄语江湖水，寻心草木身。
逢人南亲问，怯病国家亲。

28 喜外弟卢纶见宿
夜雨半无邻，乡梦一客身。
沉云逢古木，静影向红尘。
独语平生逢，孤心寄意珍。
家亲兄弟见，俱是路边人。

29 送王闰
水去一寒声，舟来半故情。
江天连梦泽，楚雨旧年生。
木色商山阁，苍茫渭洛平。
荒无天下路，闾巷几世明。

30 新蝉
雨后一蝉鸣，云中半寄声。
高低何许诺，上下几风情。
振翼争杨柳，孤高向远晴。
清清凭自许，落落任心倾。

31 望水
残阳远近红，楚客去来风。
野牧天遥落，荒流地主穷。
高楼何见水，白鸟玉心空。
鲁邑何木照，黄河只向东。

32 哭曲象
不见一先生，难闻半国鸣。
何寻芳草地，自作七歌声。

33 送僧归日东
钱起
上国一归僧，东途半寺灯。
云浮三界雨，海阔九州弘。
水月鱼龙静，禅房法世丞。
扶桑今不远，万里玉光凝。

34 送僧自吴游蜀
空门古寺心，日月满东林。
世路人烟里，光华上柱饮。

独木高峰领，猿声雨夜临。
主持随缘去，引深渎梦音。

35 送张管书记
儒衣初满弱冠身，积水须明塞树春。
渡口天遥逢古道，鸿声空远是思人。

36 送征雁
空空一谷深，色色半云霖。
塞翼风霜苦，云程草木阴。
余音成一字，怅望待天禽。
万里常回顾，何知是去心。

37 寄郎士元
钱塘八月潮，洛邑半日消。
纸贵行春边，江流坐啸遥。
衡阳千万里，驿客两三桥。
节气知心事，秋声是柳条。

38 宿洞口观或作耿韦诗
野竹寒声洞口观，孤蝉独树落中残。
流溪入谷生幽积，冷月行空挂弱冠。

39 裴迪书斋望月
独上谢公楼，兴中傲吏秋。
寒生千里问，影闭万端忧。
月满光华社，萤流散叶愁。
人烟何所故，此意鲜玉侯。

40 送弹琴李长史赴洪州
傲李赴洪州，孤琴寄驿楼。
秋江三渡口，白雪七音愁。
梦里王程近，期中向国忧。
千年评古迹，几度付东流。

41 送彭将军
郎士元
万里半行程，千军一戈横。
春光何不锁，草碧但阴晴。
塞北长城磊，江南汴水荣。
山阴流曲色，不胜镜湖明。

42 送孙愿
色色富春江，空空白鸟双。

潮兴君子路，暮落钓矶邦。
独得悠然处，行云夜雨窗。
严陵稀渡近，几羡故人腔。

43 赠张南史
潇潇夜雨余，瑟瑟玉人居。
巷巷流花落，楼楼苦读书。
耕耘多日月，步履少心疏。
会道如今向，借古自不如。

44 宿杜判官江楼
江楼不断向江流，碧玉无须碧玉羞。
古月宫深寄古月，小桥流水小桥头。

45 送杨中丞和番
一使过中州，三生自主留。
边声多少叶，枕泪去来羞。
鸟落河源外，烟荒雪岭楼。
单于知鼓向，汉磊古今愁。

46 送长沙韦明府之任
昨夜入长沙，今梦一半家。
衡阳南北雁，岳麓近梅花。
楚日烟波色，汀江白芷芽。
枫林嘉政年，宦旅住天涯。

47 送奚贾归吴
不是谢公楼，何言闭日羞。
巧妇生云雨，水色镜湖舟。
来想兰亭子，池肥两字留。
山阴多少月，作半一春秋。

48 送友人别
蝉鸣不必听，叶落未零丁。
共渡婵娟夜，同声各自铭。
芜城流水色，远雁换新翎。
此路分南北，年年一度青。

49 宿潭
畅当
一月映三潭，三秋向半庵。
千心分月色，万语秋春蚕。

50 又
白露一云烟，寒宫半月天。
嫦娥不必问，后羿已徒然。

51 别卢纶
宋玉两三声，襄王一半情。
朝云和暮雨，竹泪伴清明。

52 极玄集卷之下
韩羽
进士一君平，南阳半徒生。
寒食诗句在，至胜生宗名。

53 少年行
荒原万里少年行，草木千山四季荣。
日月功夫杨柳树，朝堂野社故人盟。

54 羽林骑
三郎紫已羽林军，一马当先士子闻。
打坐姑苏同里向，芙蓉汤暖可明名。

55 题荐福衡岳禅师房
荐福去来年，禅房日月悬。
钟声惊古刹，馨语待心田。
雪卷冬梅色，风扬夏士道。
云浮山后路，步迹自归缘。

56 送孙革及第归
江南秀草芳，积水可田塘。
越语杭州月，吴音千将王。
枇杷知梅雨，碧玉故天光。
户映洞庭树，如君及第杨。

57 寻刘处士
皇甫曾
阴阳向树山，草木掩心关。
日月行天色，家乡待杵闲。
人寒来去客，木暖夏冬班。
隐路何知旧，樵渔在此间。

58 哭陆处士
此去已无期，来回自不知。
心扉人故锁，返照空堂迟。

独恨溪流水，孤山处士时。
泉台多少路，鹤云向归池。

59 送人作使归
纵横一半秦，日月两三春。
使将平沙路，关河戍海频。
三边酬月色，几度寒木亲。
玉剑连天带，旌旗雪复人。

60 和苗员外秋夜省直
南宫夜雨深，漏玉凤甘霖。
司影仙郎寓，鸿声出苑禁。
潇潇杨柳色，寞寞省真心。
阙上新风起，含春自古今。

61 送韩司直
皇甫冉
长城一战何，汴水半风波。
复向王孙客，江山已少多。
山阴残雪旧，季子遣蹉跎。
禁苑群芳色，边风唱九歌。

62 宿严维宅
一宅月寒明，三门客梦清。
乡心随影落，水色隔船平。
世路由天远，山钟任地城。
良宵逢此寄，故向彼情横。

63 途中送权曙二兄
一路半途中，三秋十地同。
江关忧患名，暮日向西东。
月冷霜归雁，汀寒古树红。
樵鸣山色外，鹊绕榭濛笼。

64 西陵寄一公
一意寄西陵，三心向寺钟。
空山终日见，弱草早寒凝。
不见山阴路，还闻越寺僧。
无须常自搅，可鉴玉壶冰。

65 九日寄郑愕
九日一雪阳，千山半草堂。
风随川上语，水落色中藏。

欲向寒光暖，何寻旧信狂。
登高心不已，云尽是乡肠。

66 酬崔侍郎期苏道士不至
岁暮向真师，丹炉向时迟。
浮云何听寄，落日有定期。
汉漫天涯梦，昆仑草木芒。
人间来去见，明月古今诗。

67 巫山高
峡水一巴东，巫山半色空。
云藏神女庙，雨注楚王宫。
宋玉风流树，屈原雅颂融。
朝朝暮暮见，只可一情衷。

68 送元晟归潜山
山深半不秋，水阔一后流。
独树三峰远，群芳九陌楼。
寒庐招隐客，玉石赋王侯。
别后空心在，同归月黑头。

69 送张山人归
朱放
山人去处满云烟，道士言中半岁年。
不必移风寻易俗，春光一半是榆钱。

70 送著公归越
山阴一半见兰亭，会稽三千弟子铭。
曲水流船鹅不语，云门寺外几浮萍。

71 送薛尚书入朝
严维
儒人一尚书，列郡半帝居。
八座临朝贵，三声向巷闾。
含元成紫气，上夜玉心余。
感事辕万久，形思御漏初。

72 题一公院新泉
冷冷一石泉，冷冷半山田。
落落空门近，幽幽古树眠。
山山清水月，寺寺拜坛烟。
止止放生处，流流是远涓。

73 哭灵一上人
灵中一上人，道里半殂身。
共语兰亭序，何言水月珍。
禅房更石寺，古塔镜湖亲。
弱草藏径处，成文可自邻。

74 自云阳归晚泊陆澧宅
未路向形身，前程是故人。
孤书大树上，独见澴心津。
墨迹云阳晚，丹青陆澧中。
清风明月色，只泊一家珍。

75 过张明府别业
刘长卿
白首一先生，孤琴半自鸣。
寥寥多少语，业业去来荣。
暮暮耕春雨，朝朝对天明。
何人知此意，鲜印谢阴晴。

76 余干施舍
施舍一丹青，霜枫半语铭。
孤芳开紫色，独迹扫云萍。
欲举长亭步，分心几零丁。
留言朝野上，此笔向天庭。

77 送郑十二归庐山
庐山十二峰，郑客两三容。
谷口何人间，江西几色重。
桂言天地外，不语去来踪。
卖药行云客，浮云再不逢。

78 长沙桓王墓下书事别张南史
桓王墓卜书，别事史前余。
不看千山色，何闻万路疏。
天光芳草地，字迹几樵渔。
傧立寻今古，形成待卷舒。

79 登思禅寺上方
思禅寺上方，处士殿台梁。
晚磬惊山木，长钟渡口阳。
松风和晓月，岭木共衷肠。
白首翁先至，雪峰满柳杨。

80 过隐公故房
隐隐一公房，幽幽半客伤。
情情三不语，高高九心肠。
草草山川色，花花日月光。
泉泉流雨色，树树右琳琅。

81 送李中丞归汉阳
一水半汉阳，三城两岸光。
千年流不止，万鹤竟飞翔。
太白何须问，知音此意长。
无陵云日色，只作凤求凰。

82 灵一
寄信到西陵，书怀结玉冰。
吴门风月满，越语古今僧。
岛屿中流柱，波光土木兴。
鸥惊南渡口，浦草所无凭。

83 溪行即事
随溪入木林，问岭见鸣禽。
洞口清幽远，潭烟伏水深。
清泉流石上，野芷岸桥浔。
月挂秋山外，峰扬一半阴。

84 重还宜丰寺
石磬半知音，禅房一古今。
风停招隐寺，雨落客僧心。
野渡浮云落，坂桥涨水深。
高低何所致，日月几回寻。

85 栖霞山夜坐
出中一戒坛，石上半云端。
建邺钟山色，秦淮二水澜。
江流燕子矶，月影凤凰冠。
夜坐禅心渡，闻声落叶残。

86 送人游闽越
法振
闽越十清泉，姑苏半渡船。
洞庭山上雨，鹭岛月中天。
借问天涯路，难寻海角田。
春寒须自暖，守一是方圆。

87疾愈寄友

寄友一轩辕，行身半寺言。
西山方丈语，北虎啸林垣。
捣药知林静，汲泉问草繁。
高低随月色，上下化方圆。

88微雨

皎然

小雨入微明，浮云各纵横。
霏霏阡陌色，落落去来声。
静静观花蕊，潇潇待玉生。
枝枝天地外，叶叶已枯荣。

89题废寺

古刹有余音，红尘向古今。
悲风台上扫，落雁故云深。
积水尤明色，生机返木林。
晨钟和暮鼓，界空故人心。

90赋得啼猿送客

万里一巴山，三声半蜀湾。
江流随日月，客逐待归颜。
此路多泉水，鸣猿少竹斑。
闻川何仰止，渡口不知还。

91思归示故人

思归半故亲，竹影一人身。
夜客闻风雨，长亭向水邻。
千年何日月，败落自心春。
叶早寻归处，寒山净晋秦。

92清江

卧病半长安，枫林一叶丹。
空房心不屠，竹杖雨花寒。
已觉禅房夜，形心法怅安。
廉生梦去后，讵可卷舒残。

93宿严维宅简章八元

甲第一南门，风光半枣村。
东城依宅树，北巷玉人根。
莫取人前志，还闻里后恩。
平生三界问，至此七天尊。
注：吴明府自远而来留宿。

94戴叔伦

阴晴不出门，日月几黄昏。
岁暮山川路，衣服扫尘痕。
留君须自醉，待客以乾坤。
散牧牛羊向，灵台入五蕴。

95除夜宿石头驿

旅馆石头城，寒门古驿筝。
孤灯除夜暗，独语向心倾。
此岁音琴里，明辰灯竹声。
逢春年已尽，可寄是生平。

96客夜与故人偶集

霜天一月明，阙夜半无声。
偶集江南会，翻疑故里惊。
栖枝寒叶覆，露草没虫鸣。
喜鹊知人语，相留向作情。

97送友人东归

东归一故人，北云半无亲。
日破天波府，云浮阔叶身。
家乡多积梦，旧地少风尘。
不语寻兄弟，如今又遇春。

98别友人

舒舒卷卷云，去去来来君。
是是非非问，先先后后分。
名名利利逐，败败成成闻。
色色空空事，天天地地耘。

99赠李山人

一寺李山人，千山柳杨身。
开门风物近，闭户锁红尘。

100广陵送赵主簿

长江半广陵，远省一蓉青。
锦水汾阳色，蜀月川城灵。
帆扬山渐远，日落暮飞萤。
送友文君酒，留心醉里叮。

十、又玄集（上）

〔唐〕韦庄 编 唐人选唐诗类书

1又玄集

韦庄集又玄，甫阙纵高天。
句断千家字，心成七寸田。

2又玄集

左补阙韦庄述

止诵谢玄晖，诗冠集是非。
三思何玉树，九变几人归。
十斛求难易，千声始辨微。
管中窥豹语，阆外紫潇韦。

3又玄集目录

沈谢应刘累句多，班张屈宋辟无何。
植梨橘柚求嘉木，执斧伐山赴海河。
备载斯难玄集句，精微阅历弃蹉跎。
金盘饮露醍醐味，短见长知采九歌。

又玄集卷上

4西郊

杜甫

成都一草堂，雨露半天光。
柳叶官桥外，村梅野草香。
西效江路远，杜甫蜀人梁。
隔壁呼邻问，随心一短长。

5春望

故国半山河，家乡一九歌。
惊春三界路，感悟万里多。
泪集文书色，心随梦月娥。
云舒云卷处，涨落水连波。

6禹庙

竹泪一斑斑，潇湘半玉颜。
荒庭斜影少，四载对巴山。
大禹空山里，龙蛇七八湾。
疏凿沙石挖，日月玉门关。

7山寺

野寺一僧残，疏钟半玉兰。
山光幽径远，石竹曲江澜。
细水成溪色，金桃满杏坛。
悬崖高树立，重阁入云端。

8遣兴

梦中二故乡，老少半爷娘。
姊妹和兄弟，同胞共一堂。
天云南北去，日月夏冬长。
草木沧桑在，声音不改肠。

9送韩十四东归觐省

努力人生鹭鸟啼，成归叹息事东西。
黄牛峡里滩声住，白帝城中玉树低。

10南邻

草木堂中八角中，南邻社里一人身。
观音自在三春雨，喜鹊志鸣九陌新。

11蜀道难　杂言

李白

去年来年，前天昨天。上下五千年，兴亡一两天，今人三界外，故事半云烟。五千年，兴衰成败，去乎来分，天地一方圆。社稷和轩辕，今古一沧然。黄帝和蚩尤。螺祖教养蚕，三皇和五帝，人间一云烟，黄河云水天下弯，中原一汉天，尧舜禹，夏商周秦汉唐宋，元明清史透。秦皇汉武隋唐宗宋祖延，元跨草囊，明建幽燕，八旗子弟传。三百年间，民主民生民权。兴叹一流泉，长城南北，南征北战，运河上下，苏杭处处田。秦皇汉武，何以英雄论处，隋炀隆治何以头胪江都。秦皇集六国美女，私以钱毕，不枉淫色，汉武羊车，废以藏骄，几致隋炀误以情肠，而下红尘人烟，嚱嚱戏，隋以百年立治而兴三百年唐，唐随隋治，唐诗五万八千余首，诗圣二千八百余人，其盛隐矣。自此水调歌头始立唐人亡天。谁不及画中有诗，太白捞月成都草堂，龙门寄志，烟入五侯玉汤卦雄之说，树文章亡泉。自本本生天地，刀剑亡习云学矣，三岁亡童，百岁亡翁，无石心汉声而雕研，无不以唐诗而家宣其力，云功始于隋呼。人亡沼矣，钱塘吴越，苏杭天堂，商云绅，无不以水而论客治，老不以和平水文化而经传自古西水东流，而隋以北水南流，可狂世乎，其水亡治咸于隋乎。独木成林不可渡，孤行人身可青莲，一举江山千万里，天涯彼此共婵娟，山川平原桓仁桑乾，赤子亦权权，权权分权权。

12长相思

历历一花香，形形半客堂。
人人空锦被，楚楚是红娘。
色色身身影，朝朝暮暮肠。
情情多不语，坊坊贴鸳鸯。

13金陵西楼月下吟

金陵月下凤求凰，白下城中客自伤。
露水芙蓉珠湿色，秦淮曲舞满钱塘。
西楼有雨长江岸，磊静登云忆谢郎。
令此风流今古在，台城自此石头肠。

海阔减三泉，天空高一权。
天涯难任火，沧海易桑田。

14 观猎
王维

弓鸣一鱼扬，雁落半边疆。
三秋惊渭水，千原万马强。
琵琶声不尽，雪域色余荒。
远见天山外，射鸟以力量。

15 终南山

太乙向天都，长安一玉壶。
含元成紫气，上掖隔江苏。
谷远待云雪，山高重瑞殊。
峰光连海树，水测雨连吴。

16 敕借岐王九成宫避暑

帝子九成宫，天书半雅风。
江村杨柳色，翠竹草花丛。
曲水流声远，重林借羽红。
岐王车马外，渡口隐山中。

17 送秘书晁监归日本

安知一海东，日本九州童。
积日禅原语，归人话落鸿。
扶桑乡树色，祖国近波红。
主客人身度，江湖若乘中。

18 吊王将军
常建

高广一将军，长城半壁分。
黄河天水落，故巷汉家君。
一箭楼兰射，三边暮日曛。
幽州寻虎过，鼓角古今闻。

19 题破山寺后院

破山寺院入禅房，晓日高林落碧光。
竹径通幽塞色寂，余钟悦性理衷肠。

20 长信宫秋词
王昌龄

一半平明一半心，两三岁月两三音。
千家玉色千家碧，万日深宫万日阴。

21 春愁
韩琮

清宫十五一方圆，玉兔秦娥半旧年。
上下余弦冬夏尽，春愁处处雨云烟。

22 公子行

紫袖一长衫，银蝉半臂嵌。
云霞鞍马背，佩玉古非凡。
别殿承恩降，龙庭赋太监。
红笼纱纸醉，钗转凤凰南。
秀带江山裹，珠光落甲衡。
桑田终始见，不力是归帆。

23 骆谷晚望

骆谷黄昏满狷山，秦川水色近天颜。
王孙一日知阡陌，不似新朝是旧班。

24 暮春送客

香泥粉色陌阡流，织女衣衫自牵牛。
客向长亭春欲暮，巫山楚水载吴舟。

25 谢李端见赠
司空曙

文心谢李端，玉色待春寒。
只忆江山客，难寻日月宽。
多情芳酒醉，少情故衣冠。
不可林僧向，芙蓉带雨观。

26 寄胡居士

风微日暖陌南头，玉树青桑织女愁。
但得牛郎藏褊去，塘妆半挂不知羞。
丝丝寸寸空城锁，茧茧蚕蚕易变忧。
岁岁年年何字闭，春春夏夏自筹谋。

27 送麹山人往衡山

白石先生素雪光，衡山道士带红妆。
衣巾半带丹炉紫，草药三香玉水浆。

28 雁门太守行
李贺

古古今今一是非，来来去去几人回。
朝朝野野何成败，历历经经云雨飞。

29 剑子歌

千年一诺刺秦归，万历知音似是非。
一辈人中三尺剑，三生月下去来回。

30 杜家唐儿歌　即幽公之子

日月当空唱九歌，潇湘水上向山河。
楼兰剑舞含声去，李贺文章作几何。

31 望月怀远
张九龄

南洋一月明，北海万潮生。
背烛怜光近，黄昏起故盟。
乡心居旧梦，露水淀东城。
不可桓仁向，马来半岛情。

32 燕歌行　并序　自傅
高适

开元十年，客有御史大夫张公出塞而还，作燕歌行以示适。

汉地人身半北流，乾家日月共春秋。
桓仁水色三边碧，五女乡城七色羞。
战士心中生死见，书生笔下去来由。
孤川猎米寒声肆，大漠鸣沙锁力楼。
力尽出河衣已旧，榆关内外自幽州。
平生易水知秦路，少妇长城梦里求。
李广燕山寻射虎，荆轲一诺立沉浮。
英雄自得东西路，一事知音是国忧。

33 送李端
卢纶

雨色半春秋，云光万里楼。
人迟知巷狭，路入短亭忧。
渡口特舟向，心孤一客愁。
同寻前驿舍，不止一和求。

34 长安春望

长安春雨半红楼，上苑花开百色羞。
细雨无言杨柳岸，川原不尽曲江愁。

35 得岭外故人书以诗寄

独立一秦关，孤心半御颜。
中宵书达旦，烛泪墨斑斑。
十纸殷勤微，千章字句向。

长沙报贾向，酒色玉门关。

36 宿洞口馆
钱起
紫气洞中生，秋泉石上鸣。
枫林霜色重，野草蓬寒轻。
（马来西亚——北京）

37 裴迪书斋玩月
杯倾渭水秋，月满谢公楼。
竹影摇曳处，寒生十地流。
婵娟怜夜静，后羿怯孤愁。
宋玉巫山外，裴迪仰醉羞。

38 宿毕侍御宅
云兄御史公，夜落宿归鸿。
明月今辉共，清风言节同。
君心天地外，事业去来中。

39 长门怨
李华
长门半怨声，上苑一秋鸣。
故殿门深静，羊车几纵横。
椒房何日宠，永巷未时晴。
不与鸟啼语，惊心罗带盟。

40 终南山
岑参
上掖曲江荣，含元禁漏清。
终南山上草，渭邑水前城。
八色长安绕，三宫暮雨倾。
秦王子陈舞，石鼓历军鸣。
断壁西峰雪，浮云路岭明。

41 和苗发寓直
李嘉祐
南宫雨夜多，禁苑凤凰歌。
漏影秋冷色，萤烟休几何。

42 送王牧往吉州谒王使君
雨断十三州，云浮半九谋。
王孙冠带重，子弟去来求。
野渡随人欲，荒郊任水流。

长亭朝夕牧，使客马羊牛。

43 楚州驿路十里竹木相次交映
十里一山村，千山半五蕴。
三生多驿路，百岁少儿孙。
草市樵渔向，居心羡乾坤。
南洋何建业，不鲜待黄昏。

44 古游侠
崔颢
凭心古侠游，任意仗情求。
好剑楼兰去，深谋四十州。
孤城辽水色，独甲向秦周。
汴水流南北，长城锁马牛。

45 黄鹤楼 黄鹤乃人名也
汉水一人心，龟蛇半古今。
楼前黄鹤影，月下曲知音。

46 边思 桓仁
李益
三生日月一人心，二万诗词寄古今。
半世慈恩思父母，千情子女爷娘音。

47 过五原至饮马泉
闻风过五原，饮马向三泉。
几处关山月，何人日月田。

48 江南词 南洋
不得一潮平，寻来半月明。
南洋天下水，北国梦中情。

49 杂言寄李白
任华
李白一诗名，梨园半世成。
去宗天子坐，杜甫草堂荣。

50 杂言寄杜拾遗
虎豹一山林，鲲鹏半海深。
江山多草木，日月少知音。

51 题梧州司马山斋
宋之词
半入长江半入吴，九州日月九州儒。

千山草木千山色，万里长亭万里呼。
客里京城客里似，人中季物暗扶疏。
他乡独鸟飞复向，近是阴晴近是无。

52 过陈州
戴叔伦
卷卷舒舒云，栖栖落落分。
陈陈蔡蔡问，去去来来君。
闭目行程路，扬长白日勤。
关山风雨道，复作苦耕耘。

53 送谢夷甫宰赞县
方圆一柳条，日月半天遥。
草木三春秀，阴晴半树凋。
山青常沙路，水碧雨云潮。
应俗知时节，桑田似海潮。

54 题裴二十一新园
皇甫冉
阴路半云阳，川流一日光。
风华云雨界，朽木暮朝梁。
路短长亭尽，林深果社荒。
闲山常岁色，渡岸几回肠。

55 秋日东郊作
一叶秋波一叶生，半江竹影半江荣。
三山只落云中色，九脉连阴草上明。
不语东林钟鼓继，临流可顾高心成。
重阳日近天光远，献贡终岐独自声。

56 上书怀
崔峒
骨肉几天涯，爷娘半客家。
山河朝暮色，故土去来花。
百岁分梦重，三江九脉沙。
千川归一处，方里暗僧裟。

57 题桐庐李明府官舍
公堂寂寂对人家，舍府欣欣二月花。
视事经心清影见，观风共美正和斜。
桐庐计日陶潜兴，五柳蓬门献纳瓜。
道士茅山书信至，原来社醒口容嗟。

58 余干施舍
刘长卿

施舍落余晖，鸿程不尽归。
孤山千万岭，独鸟向人飞。
暮色邻家晚，溪霞入闺闱。
乡心何去处，不奈伏紫扉。

59 送李丞之襄州

日暮一江流，运July半渚头。
黄昏千万里，汉水十三州。
独立琴台上，知音不可求。
驱驰南北路，日月几王侯。

60 送王将军
郎士元

一箭汉将军，三边渤海云。
春风初渡北，雨色半书君。
塞外黄中绿，兵前鼓角闻。
阴山多草地，不断士英文。

61 哭长孙侍郎
杜诵

折桂一诗成，从军千地英。
生涯南北向，世事几枯荣。
宪府将台路，书闱礼赋倾。
空空何不付，落落九州情。
秋夜宴王郎中宅赋得露中菊

62 朱湾

露水付花红，清风问月空。
婵娟怀玉兔，后羿济时雄。
岁岁春秋寄，幽幽帝子宫。
难寻天地落，不解是归鸿。

63 赋得白鸟翔微送偃下第

鸥飞鹤落时，叶翠纵高枝。
白鸟临川向，晴晖草木知。
山高阳早立，色重水深迟。
自在何由至，分明异忍期。

64 长安喜雪
陈羽

历岭千山满雪花，三宫六院一人家。
衣冠素被银天下，玉色轻姿上苑斜。

65 宴杨驸马山亭得峰字

一寸心思十寸峰，千家日月万家踪。
山亭草木中朝水，玉泽金盘驸马客。

66 送杜中丞还京
皇甫曾

罢战自回龙，朝天向道踪。
边风春水色，凤节化池封。
感别偏时久，伤心欲难从。
寒汀多遗旧，素雪瑞时逢。

67 寄常逸人
郑常

村中一逸人，日下装清津。
地僻荒草咸，人鲜野饭亲。
儒衣包意久，绶带鸟鸣频。
只擒山河水，同归旧忆尘。

68 伤时
孟云卿

独影月徘徊，孤身杏叶开。
帆风津口渡，物戴凤凰台。
晋祠泉难老，秦晋孟浪来。
岂无逢世道，自可古风裁。

69 明妃怨
杨凌

阴山脚下一琵琶，汉国宫中半玉葩。
像里婵娟倾壁挂，单于照旧一枝花。

70 塞下作
李宣远

塞下一秋声，榆中半叶情。
孤城吹角尽，白马任纵横。
帐幕毡房主，牛羊草木荣。
风云多国色，日月尽生平。

71 长门怨
刘皂

一扇长门千里樯，三身奉扫半生娘。
相如一赋千行泪，不近启恩万语肠。

72 归海上旧居
章孝标

万里一南洋，三生半故乡。
云浮中国海，叶碧马来光。
石磊钱庄岸，潮推日月疆。
鹤当士白社，玄世亚洲行。

73 长安秋夜

田家半五行，牧社一千庄。
暖水初行色，牛犊未起床。
岁末杳甜酒，新声补竹光。
儿孙候祝福，孙女话衷肠。

74 喜裴士曾见寻
孟浩然

云沉半故庄，日落满池塘。
客反曾寻见，清风半过墙。
杨梅鲜上市，螃蟹中秋尝。
岁岁新开路，年年日月光。

75 过符公兰若

宇宙一清莲，人间白马泉。
风行天下阔，鹤立独潜然。
过此公兰若，还寻旧石眠。
松声惊世界，鼓磬问时年。

76 送张舍人往江东

独立一船东，临晴半世红。
天高随目尽，海阔任苍穹。
一字飞鸿上，三声呖杏空。
秋音三两叶，暮日万千同。

77 过小伎英英墓
杨虞卿

寄在人身寄以无，闻琴世外闻扶苏。
知音异路知则客，品柱弦投浸洙濡。
掌上平生由梦取，兰心蕙顶意情孤。
鹤立鸡群凭傲首，不是英雄不丈夫。

78 苏氏别业
祖咏

别业处居幽，呈途向九州。
生心当隐志，向客待沉浮。

竹节经冬色，松风寂月修。
寥寥人境外，尺尺丈夫求。

79 秋日
李端

闾巷一重阳，峰山半暮光。
行人知远没，古道待衷肠。

80 送人往荆州

不见杜陵人，闲闻草木身。
悠悠泾渭水，泪泪去来尘。
八水长安外，三秦霞产濒。
青门分路去，徒以四方邻。

81 题荐福寺衡岳禅师房
韩雄

乞路十万般，闲山九脉颜。
帘卷一领雪，户映半花关。
荐福禅房夜，行僧寺月弯。
晨钟连暮鼓，彼此几时还。

82 羽林骑

千军半羽林，万马一人心。
渭水桥东向，长安是古今。

83 送故人归鲁

少妇启门迎，书房叙别情。
红妆初减色，素玉雨倾。
同阜知儒客，齐城拜别盟。
余兴方鲜酒，未了一乡情。

84 古塞下曲
陶翰

五女山前一故家，三生客里半天涯。
桓仁是梦相思尽，渤海非常四月花。

85 新安江村
章八元

一日镜湖泓，三村野渡横。
千船朝暮尽，万棹去来情。
浪浅波纹重，云深草不盟。
林空晴作雨，鸟落待人情。

86 望慈恩寺浮图

万念一浮图，千心半有无。
三生云雾里，九脉大江苏。
寺鼓逢人语，慈恩绝顶孤。
虚空惊鸟语，凤阙锁皇都。

87 感秋
姚伦

叶落问疏林，枝明向水深。
光天空化日，影单独知音。
不蔽秋天雁，难藏一古今。
孤风千万度，独树两三禽。

88 渔父歌
李顾

滩头一老人，渡口半迷津。
落日黄昏这，山高不靠春。
船帆何识路，浦草宿江沦。
钓者隐心重，渔公伴岸亲。
沙滩流漉足，月挂影重纶。
醉宿寒塘雁，临流是苦辛。

89 送李司直使吴
张众甫

潇潇夜雨残，落落瑞莲丹。
咸泽舟横处，盘门岸柳滩。
吴音三两句，燕语十三澜。
叶影婆娑向，春城满杏坛。

90 杂言
崔国辅

人生一指间，世语半心闲。
酷酒诗仙名，寻流逐去还。
沙鸣城不语，大漠月牙湾。
小草天山上，丞相几论班。

91 怨词

妾有暖罗衣，君无冷玉玑。
玄宗汤水尽，但取禽奴依。

92 春泛若耶
綦毋潜

春流若耶溪，鸟语月高低。

晚泛舟渔火，晴云影向堤。
潭烟溶石水，雪月化东西。
惊波随玉隔，欲事半不啼。

93 岁暮归南山
孟郊

岁暮曲江湾，黄昏半北颜。
才明天外树，复取故人班。
北阙儒书寄，南山梦可还。
清阳重远近，雁鸟玉门关。

94 试明火珠
崔曙

双双月火珠，独独夜辰奴。
蛊后孤星见，天光似有无。
云生明玳瑁，雨浸没姑苏。
上掖千年后，含元一帝都。

95 晚次渭上
冷朝阳

渭上一清风，长安半世空。
渔天沙岸睡，钓网晋秦宫。
渡口船家酒，京城夜月虫。
归心何所居，晚次不由衷。

96 冬日野望寄长安李赞府
于良史

野路寄长安，冬云且满寒。
川流冰水结，玉带雪花残。
北阙风云岸，南山日月坛。
临高思自己，处事可心宽。

97 春山月夜

春山月夜明，古木草花情。
捧水婵娟问，归舟远近横。
芳菲南没久，欲没北寻荣。
宿雾多云雨，花开几度名。

98 寻西山隐者不遇
丘为

飞来峰上隐人中，柱国山前扣什童。
案室沉云浮紫气，松声竹影自秋风。
灵心仰止禅房向，草坝枯荣绝境同。

诗词盛典 I　吕长春格律诗词六万八千首（全四册）

自足清明濯足意，无须八戒作西东。

99白商山宿陶令隐居
苏广文
花源不避秦，隐令自人身。
汉语三家界，商山五柳春。
泉林云雨岸，草木水潭萍。

醉醒闲时梦，何心娱我身。

100夜归华川因寄幕府
竹里衡门一半烟，林中露水两三泉。
溪流路细徙深岭，夜暮归心幕府田。
楚客难知天下事，范蠡举国断施缘。
嵇康步履千杯醉，宋玉巫山万女妍。

101春日过田明府买焦山人
陶公不忍一心田，隐士难寻半畦泉。
贾得焦山人石语，陈仓邑吏客惊年。
武陵溪是秦和汉，太白山中雨与烟。
司马生名迁旧事，江山处处可耕缘。

又玄集（中）

〔唐〕韦庄 编　唐人选唐诗类书

1南洋木槿
一节一枝花，半生半国家。
马来千岛海，木槿几天涯。

2秦淮
杜牧
八艳秦淮八艳花，一生女秀半生涯。
三身同艺三身国，十地男儿十地家。

3宣州开元寺
六朝子弟六朝空，一代天骄一代风。
二月梅花三月色，千般变易万般同。
开元寺里钟声继，落日台前鼓磬中。
鸟宿云闲栖渡口，士在宣州莫语雄。

4咏柳
十二峰光一峡分，三千岁月半殷勤。
巫娥庙里低含雨，楚客门前玉带云。
宋玉文中朝暮故，襄王梦外中作绯闻。
江流此去滩湾在，翠柳居留只问君。

5哭处州李员外
半部文章一部人，三江草木千江津。

须知日月须知客，应得输赢应得秦。
此去孤魂明月尽，还来受尽闾乡身。
黄址雨露空名姓，遗受当心是涅尘。

6寄张祜
百岁中行一自由，三生莫义半春秋。
孤声角振重阳远，独木成林意不休。
碧水东流天地上，青山屹立汉秦州。
千门闾巷千门日，万户诗词万户侯。

7春日将欲东游寄苗绅
温庭筠
辛辛苦苦一生同，去去来来十地工。
喜喜忧忧三界里，成成败败半心中。
花花草草春秋岁，雨雨云云日月风。
得得失失何叙语，朝朝暮暮没飞鸿。

8早春产水送友人
沪水春波一半层，青门野草两三荣。
沙溪早暖鸭先浴，社树春心君已生。
渡口舟平何玄见，君情未止帝王城。
难言日月偏来去，自在江山处处鸣。

9河中陪节度游河亭
河亭水色上楼台，节度声名问楚才。
满座风光杨柳岸，京城日月曲江开。
桥平影正连南北，晴明桃李故人来。
一鸟飞天群鸟继，五湖玉影五湖梅。

10赠隐者
山中隐姓名，世上客家情。
草木相亲近，山河故旧清。
溪流峰石上，鹤舞月方明。
竹影书房外，窗含小径横。

11过陈琳墓
无须此处问陈琳，莫怪文章一古今。
埋没英灵何足迹，荒凉铜雀大成林。
曾无赤壁从言路，诸葛空城司马箴。
入阵图中谁可论，建安舍下是知音。

12武元衡
唐朝宰相武元衡，紫禁京都玉带横。
不待惊平君落马，长安城中不和平。

624

13 孔雀

孔雀自开屏，禽音草木莲。
身摇金翠羽，踏步玉池宁。
美女婆娑学，薰心胜付翎。
原来云海处，应是世人铭。

14 同诸公送柳侍御裴起居

渭水岸连波，长安四面河。
东风兰杜社，汉路几蹉跎。
塞北春秋色，江南日月多。
归朝何共语，旧事故婆娑。

15 荆师

千年屠目十年由，万里江山万里侯。
户对南山冰雪域，门卷渭水洛神秋。
刘琨坐啸平生御，太白声音醉月楼。
调雅阳春歌几处，巴人一曲大江流。

16 崔巡使还本府

一流不断一流新，半屠泉源半屠邻。
此水东吴何楚问，洞庭月色江运河人。
罗绮玉带西山馆，蜀道知音莫语尘。
应事临心须尽职，劳辛日月苦君臣。

17 送张谏议赴阙

赴阙一丹霄，儒冠半御朝。
宫烟云雨色，岸柳作新条。
灞潜桥头望，班超老客遥。
关山千万里，御水两三潮。

18 送安南惟鉴法师

贾岛

贾岛瘦西湖，南惟鉴法图。
经堂春色里，渡海几师殊。
损印风香触，沾花玉指孤。
迢迢云水路，处处得江苏。

19 题杜司亭子

溪中石枕水流床，日上三竿竹影香。
濯足霖冠方半鲜，泉声鸟语几人肠。

20 题李凝幽居

禅房半古根，暗户三黄昏。

寺老灯前夜，僧敲月下门。
风平千岁事，石磊万年痕。
渡口连桥岸，山光入五蕴。

21 哭析岩和尚

一语鲜空人，三光尚吾身。
苔藓春履少，塔院步途新。
焚坐天竺愿，留生自古尊。
禅音从火化，故影几回亲。

22 哭孟郊

郊寒岛瘦情，故客新人生。
万应林泉落，千呼玉带倾。
闻言今古树，载道去来平。
岸隔文章尽，诗随旧日荣。

23 离亭

张籍

空空一离亭，处处草青青。
日日家乡问，时时座右铭。
长长送别处，落落忆零丁。
断断南枝尽，悠悠半渭泾。

24 寄同志

曲水去难同，幽居客未终。
寥寥云雨处，溃溃枝叶红。
知君天地外，自教采时中。
孤寻分独树，共伐似由衷。

25 山居

姚合

飞泉附壁自纵横，露雨随烟各易更。
日落黄昏蜂似梦，溪饶峡谷是阳晴。

26 寄王度

三生九脉同，一世半两东。
磊石成城宇，形鹊不屈衷。
林音留梦住，叶落去惊鸿。
弃竹纵横木，茅寒古寺童。

27 武功县居

梅花落满溪，不忍踏红泥。
色溃芳香尽，年终岁月移。

居心高傲瞩，检点顾东西。
雪覆寒心动，春情自不低。

28 又

中庭满枣花，后院半山崖。
寂寂书声语，渔池客人家。
移枝兼楼木，化雨作虹霞。
星座幽幽静，汤汤月晕斜。

29 又

日日读天涯，声声半客家。
明明天山水，楚楚晋秦花。
岁岁耕耘尽，辛辛种豆瓜。
忧忧乡国事，历历故桑麻。

30 观魏博何相公猎

张祐

晓日一城东，江流半水红。
旌旗初展扩，白马自鸣成。
挂角将军箭，分心八阵空。
幽州射虎处，李广几何雄。

31 上牛相公

四十帝王楼，三身一国忧。
长安泾渭水，上掖省春秋。
日月上河度，阴晴草木修。
含元朝野士，信步同江流。

32 连昌宫词

元稹

芙蓉半色一华清，玉质汤温半水明。
摆摆连昌宫里步，摇摇曳曳欲衣倾。
明皇乞愿瑶池落，自此杨家国太平。
老子成相儿女势，玄宗姐妹帝王城。
梨园子弟千声尽，上掖桃花四季荣。
虢国夫人媚危浅，情施粉黛索昏明。
乾人自比两娇行，跨马传香觅弟兄。
娟娥无力珍珠去，君王此夜宿宫更。
大娘剑舞念奴声，李暮宫檣庞手笛。
二十五郎明月曲，梁州彻遍逐旗旌。
窈窕淑女开元夜，寝殿芳尘寸寸英。
玄武楼前花萼废，行宫草木后庭生。
风筝碎玉含元色，俯榭深宫半皮轻。

天宝长安安史乱，何人幸蜀梦难盟。
铃铛驿罢雨霖缨，马嵬坡前几纵横。
不是兵人不肯行，霓裳未破羽衣名。
尘埋粉底秦山怨，本是人间未了情。
渐渐朝庭由妃子，姚崇宋景奉输赢。
寿王无语何妻子，五十开外上苑卿。
一百年前玄武变，唐家自此有阴晴。
则天晋腔争南北，女子成王霸道横。
两短三长公李武，一呼百应到东京。
平生世上俗人营，宇宙天前故不呈。
眼见桑苍难作水，农夫日月自耘耕。
难言上下忧朝野，只怨君臣一尺兵。
子子孙孙知汴水，清风明月是英精。

33望云骓马语诗

德宗皇帝以八马幸蜀，七马道毙。
唯望云骓未往不顿，贞元中老死天
厩。臣稹作歌以记。
一马行空公骏名，三千日月百年成。
云骓不顿中原老，卓玄怀光紫金城。
尔祖回头天子问，宣微殿上就功成。
红儿二月花友处，跷首长风自可鸣。

34游悟真寺

王缙
淡淡悟真泉，依依白玉田。
幽幽蝉叶阔，处处以心缘。
岭岭三径去，山山一虎传。
青莲台上士，道法乞中天。
渭水连城堡，长安百万员。
何言云霸尔，尔祖孜先贤。
远草成城碧，三千世界园。

35送孙秀才

举目秀才年，平家况状元。
京都风月者，渭邑事方圆。
八水长安绕，三千弟子宣。
山中无老虎，世外可耕田。

36贬官潮州出关作

韩愈
一去潮州半百年，三身苦杏九十莲。
千山万水何寻事，雪覆兰关足下怜。
佛骨王尘秦岭外，官臣莫奏帝王田。
形成日月方圆客，此寄平生没汐烟。

37赠贾岛

郊寒岛瘦半河山，日月星辰一觉闲。
只得推敲僧不语，清名不锁玉门关。

38寄乐天

刘禹锡
不寄华年寄乐天，杭州司马越吴年。
钱塘一寸三千亩，水色江南水色船。
下黑边人南北问，阳春白雪蹄朝前。

39和送鹤

一日方成舞鹤诗，三秋提供白云司。
千门尽狭闻天语，独立高门玉树枝。
不觉纷纷花落下，唯听羽翼是归时。
山青岭叠人生路，曲意逢场是早迟。

40鹦鹉

鸣鸣一曲半江东，虎虎三生两嘴红。
翅翅难飞天下路，呀呀学语锁云笼。
思年比翼长时短，巧玄人怜欲不同。
应似轻伎藏左右，无心牢架玉房中。

41答梦得

白居易
梦得一心情，乐天半世声。
长安居易老，上掖左思明。
月下西施问，花前喜鹊惊。
桥边何不语，可惜故宫名。

42送鹤上裴相公

一鹤半相公，三鸣两色空。
千家知独立，万户省雕虫。
此去青云上，争鸣玉宇穹。
遥遥回顾向，落落是家翁。

43赠写御容李长史

御驾龙门砚水清，含元上掖曲江荣。
晴分雨色云方空，乍点嫦娥彩笔倾。
司马有臣心已空，三朝供奉始终名。
烟销晓漏文章客，独木成林意乃明。

44失鹤

一辰闲云处处停，三秋暮日草青青。
瑶台十里空空见，白羽丹炉楚楚庭。
失鹤留身影在，寻情独立待零丁。
逍遥未尽山河路，史以前程座右铭。

45送友人入蜀

金陵一莫愁，蜀客半春秋。
鱼凫云天栈，蚕丛杜宇楼。
巴江三字去，夜雨两心流。
处处山川路，阴阴十九州。

46听语丛台

丛台一独鸣，赵客半天声。
易水东流起，燕人翼德平。
幽州弦管弄，保空树枯荣。
足迹长亭处，章河日月须。

47见道明上人逝却寄友人

格守方圆问道明，禅房寂寞去人生。
从客白日旋成暮，竹影黄昏别后倾。
古寺曾留玉叟梦，僧言寄友是枯荣。
三堂半对空灯暗，一具袈裟树独情。

48访李廓不遇

韦应物
九日重阳半日闲，三生旧友一生班。
寻君不遇空林路，壁影寒诗叶满山。

49西涧

层林碧色鸟空鸣，玉石溪流水淑明。
小雨如烟迷古径，浮云似低薄纱轻。

50送宫人入道

入道一人身，出仙半客尘。
辞恩三界貌，宝刹八方匀。
曲径千条路，直心万里循。
从来何所去，素面对天尊。

51夏日途

李廓
正午暑人稀，蝉鸣树影低。

槐膏炎欲滴，日色不东西。
自觉光辉里，形成草木泥。
清风明月故，读得化香泥。

52 落第
落第一书生，儒家十九鸣。
情怀今古事，气吐去来荣。
日暖三章树，曲寒乞火晴。
樵渔非是隐，里巷自平明。

53 忆钱塘
三秋玉浪半云霄，百万雄师一线潮。
悬雨狂风惊冷宇，回头跷首向天骄。
钱塘日月盐官欲，汴水参差柳叶招。
越语吴音随雪落，人声鼎沸渡江桥。

54 送李先辈赴职郑州园献
卢中丞
宫深漏断白云司，紫禁桥连上掖池。
仆射秦川闲赋远，东都渭邑洛神迟。
中丞付郑惊来去，御笔华年羡客知。
众里人声何不问，惟君似此古今诗。

55 寄归
赵蝦　亚洲发展投资银行
南洋一片北飞云，智慧三生作储君。
普渡人身知是客，银行晓暮自耕耘。
伊朗万里原油贡，汉国千言半壁分。
瀚海风光机下去，归来早晚醉醺醺。

56 长安晚秋
不见长安不见秋，曲江叶落曲江流。
慈恩寺塔慈恩树，上掖枫红上掖楼。
紫禁城中何省物，含元殿上司直谋。
南冠不免茆鲈脍，渚草汨罗向楚囚。

57 赠羽林将军
李郢
三身一半羽林郎，万里东吴几故乡。
不是明皇王是客，平生洗就是衷肠。
江湖处处孤舟往，月色常常独步尝。
千将方知娃馆路，盘门未启满薰香。

58 上裴晋公
裴公一国忧，上士四朝谋。
海鹤龙门立，含元上掖猷。
桓必三弄冀，庚冀半千秋。
月野江山玉，羊县志来休。

59 故洛阳城
一入洛阳城，三春色欲倾。
千家门独立，万户捣衣声。
入水闲云落，潼关玉女情。
秦川何历历，渭邑不兴兵。

60 送卢潘尚书之口武
韦蟾
此去贺兰山，寻来故老颜。
琵琶明月夜，铁甲玉门关。
笛断天光许，沙鸣水半湾。
书中争上下，马上不归还。

61 赠商山东于岭僧
一路东西十地分，三生岁月万千君。
先先后后常无语，是是非非不可闻。

62 碧城
李商隐
十二栏干半碧城，三千世界一枯荣。
尘埃避色红方烂，问苑休书附鹤惊。
雨落东流波不乱，云浮晓岸若珠明。
平平溃浦何须见，有似阴时有似晴。

63 对雪
寒峰四射玉心扉，素雪三光省郎围。
侵色当须大地雨，梅化柳絮绕云飞。
章台里弄晴方顾，大庾山头顶溢晖。
岭树苍苍何所变，龙山只待去客归。

64 玉山
南流汴水不东西，只向钱塘不住移。
水调歌头何所向，清宫秘史任高低。
隋炀一刹唐天下，魏征三臣故事泥。
万斛珠客龙欲语，千年独木已林黄。

65 馀席代官伎赠两从事
红楼不锁卸春衫，日落江流挂独帆。
凤化桥边何可见，宽衣解带已平凡。

66 玉真观寻赵尊师不遇
姚鹄
朝元羽客玉真观，一径山中半雪冠。
鹤对松风孤云影，扉微落石自心宽。
寥天上下山今晚，野树纵横乱水寒。
古刹浮云千瑞气，禅房夜语半云端。

67 送程秀才下第归蜀
本生蜀道难，十载一窗寒。
白帝流江远，巴猿岭雪残。
行程长短见，栈木去来盘。
日月千年竟，风云万里澜。

68 同杨杰秀才游玉芝观
李群玉
月上玉芝观，云浮素雪峦。
烟开嶂石壁，不侵露庵寒。
木落孤风岸，云深鹤影单。
归途明月色，独磬半江澜。

69 将欲南行陪崔八宴海榴亭
南行八宴海榴亭，鼓角三声谢语铭。
戟侵寒云云卷露，楼开月色许长星。
空帆油水钱塘雨，笔剑无归越木青。
足踏三千年上下，平生七十见零丁。

70 感旧
醒醉兰舟一百年，东西感念两三泉。
山长水远诗书客，地辟天高日月天。
逝暮回头凭古见，行朝侵露任山川。
声鸣曲笛长亭路，木落琵琶梦不眠。

71 谢淮南刘相公寄天柱茶
薛能
初春日暖串天光，草木人中客淑肠。
半味维杨天扫印，三冬覆雪郁金香。
嫦娥捣玉分红素，曼倩梅泥纳品尝。
抛却炀状咸世界，诗心一度落衷娘。

627

72 汉南春望
高台独没汉南春，四月皇州草色匀。
十里长亭初染缘，三秦水绕晋门亲。
青云自上长安道，白日汉空晴九伸。
雨后东风桃李渡，人前不语柳杨尘。

73 老圃堂
曹邺
十步豆瓜老圃堂，三春雨水幼年光。
东风不语荷塘色，雅颂成音落柳杨。

74 杏园即事上同年
一事半同年，三生两地天。
千门来去向，万岁渡江船。
里巷衣冠整，衡门市井田。
梦中天地阔，世上已云烟。
九脉沧桑易，江流是原泉。

75 送人归南海
暮落流洋船，风平日色烟。
人归南海岸，雨骤马来年。
上国繁花锦，芳华木槿田。
银行无不已，处处可耕田。

76 故人寄茶
李德裕
草木中人一味茶，冬春树上半山崖。
群芳雨露阴晴雾，二月明前碧玉花。
探采华尖初见色，东风品茗煮新芽。
朝云欲住书香女，只见螺微石竹衙。

77 谪迁岭南道中作
牛牛李李半朝争，水水山山一世明。
草草花花三界欲，天天地地九州荣。
南洋可以银行业，独木成林已就成。
国橙方红人自语，书生立步收纵横。

78 中书即事
裴度
凭心即事一平生，任意形成半纵横。
几度中书门下客，诗词曲赋御前情。
盐梅似鲜长悬照，葵蕾嵩阳谢地明。
益圣灰缘成所展，终驱日月作耘耕。

79 欲至西陵岸寄王行周
李绅
西陵石岸半回流，滟滪露天十九州。
驿客从客催史去，江洋大盗可消愁。
云中伍子相山闭，道外棹郎竹泪秋。
白鹤桥边无次第，春潮此去胜归舟。

80 遥知元九送王行周游越
杭州日月自随天，汴水钱塘客载年。
勾践山中尝胆去，夫差馆外运河烟。
西施溶影耶溪色，伍子胥门楚革全。
枚乘文章千友至，范蠡治国越王田。

81 江南暮雪寄家
洛邑城中半雪寒，江南社外一天冠。
吴江渡口洞庭月，剑水梅边见玉兰。
乞火书窗鱼口岸，寻春近色入云端。
难亭水调桑枝老，目寄家乡意欲桓。

82 罢都统守镇滑州作
王铎
千古一云烟，三军半阵前。
千兵呼万岁，独马领燕然。
北极星辰外，中原戈甲全。
苏秦难作将，无路好归田。

83 湖口送友人
李频
乡人独自上洞庭，苇岸连天向渭泾。
风波月日依山尽，云梦草木少浮萍。
中流不断东流系，渡口舟横北楚町。
雁字遥遥成偶对，湘烟袅袅是零丁。

84 过四皓庙
商山四皓名，汉帝三五声。
鹤氅非臣子，龙楼是客荣。
东西南北向，日月去来成。
步履秦人避，高声不可盟。

85 陕下怀归
暮日半依山，黄河一陕湾。
中原三界水，塞北两乡关。
岳雪连天地，冰川涌玉环。
归思悬岭木，夜梦一心还。

86 马
曹唐
一马踏千川，三声问万斗。
人身天地外，慧眼去来前。
月下婵娟问，途中志道研。
驱驱成世界，步步自耕田。

87 又
一步高昂半步低，百年岁月百年蹄。
云飞足落工天马，夜雨江湖踏锦泥。

88 汉武宫词
薛逢
雨露金人奉玉盘，山川独树立峰峦。
茂陵草木移香案，汉武宫灯四首看。
殿上风和何处看，云中剑石碧桃栏。
日月三春知世界，一步文音下杏坛。

89 开元后乐
一半开元已建章，两三分岭未倾梁。
华清汤暖杨妃乱，虢国香风佐玉皇。
安史皇儿旋舞乐，中原奏曲以胡扬。
玄宗自此明皇尽，驿外霖玲雨断肠。

90 丁侍郎
刘德仁
相知一侍郎，步旧半中堂。
草木成新旧，平生直且正。
化世曲衷肠，依胶迁升毕。
受故尚臣良，闭户移天地。
开尘化宇梁。

91 悲老宫人
宫佳未解老宫人，白发苍苍粉白怜。
玉貌曾缘君主坐，花枝不似归时身。

92 宿宣义里池亭
暮色满池亭，斜阳照竹青。
孤山风不空，独木树林椋。
义里宣言得，云梁沐露冷。
沧沧多少望，落落雨霖铃。

93 听歌
于武陵

幽幽凤语中，曲曲向西东。
楚楚梅花落，婷婷玉色风。
朱楼明月落，暂砌九歌同。
几度云萧雨，但见暮日红。

94 感怀

一曲向天歌，三生几度何。
青山长寂寞，四海雨云多。
九脉黄河咏，一地泞乡罗。
逝注年华处，十地唱斯磨。

95 长信宫

叶落晓家疏，星沉奈何如。
梁宫明月色，奉扫古灯婷。
画扇悲声尽，藏娇解角梳。
相如成一赋，不作帝王居。

96 劝酒
武瑾

不比一杯余，难成半世居。
人身三界去，醒醉几何如。

97 感事

花开玉叶知，蝶落鸟鸣时。
不见亭前燕，须归老态迟。

98 夜宴曲
施肩吾

青娥西列十三仙，玉影千行一半妍。
国富民强民不富，男儿女子未成年。
原来自有唐家去，胜似隋炀汴水船。
欲笑难言桃叶渡，情郎嗔罚云雨前。

99 上礼部侍郎

中书礼部九重城，门下施生半姓名。
弱羽强冠花镜里，晴光普渡梦云英。

100 送客游边
于鹄

生来一半读三边，彼去三千路百年。
只忆东山居父母，须成子弟过桑田。

101 江南曲

一见江津半白频，三春碧玉两春身。
分明细雨晴光照，不得倾城向远人。

102 代佳人赠别
顾况

千行竹泪净耶溪，万里去浮透不泥。
事事人人随世界，红尘处处夜梦西。

103 题叶道士山房

山房柳应赤栏桥，石洞叠人碧玉箫。
不得麻姑知信否，南洋海上日日潮。

又玄集（下）

〔唐〕韦庄 编 唐人选唐诗类书

---

1 夕次淮口
马戴

天涯路远半孤光，木木群芳一独梁。
暮色苍苍明月挂，婵娟早早楚淮阳。
行行不止秦人过，问问元声汉武皇。
处处风声惊草木，年年日月客兴亡。

2 夕发邙中路却寄舒从事

何闲半此生，草木一枯荣。日月经天落，
江山各纵横。邙中从事近，夜下鸟栖鸣。
复复余光远，怆怆故土情。

3 楚江怀古

楚客九歌行，长沙一贾生。
微阳余远树，露气泽花明。
啸啸荒林色，舒舒帝子城。
云中多日月，地上几阴晴。

4 鸬鹚

独立江天折中鸣，孤身只影傲城倾。
长长自语春秋客，足足相呼早晚情。
数尽黄昏怜水浅，早来樹藻送池明。
钱塘物色风云雨，旷世须当一日名。

5 岳阳楼晚望
崔珏

晚望岳阳楼，乾刊早入秋。阴晴难付水，
日月欲江流。鼓瑟湘书院，望荣草木洲。
无须成与败，应得去来忧。

6 哭李商隐

不可成衣上王坛，何须问道下波澜。
骑墙物外风前叶，驻足情中姓后寒。
义义山山长短路，牛牛李李雨云端。
黄土一鹤冲天去，此处群雄自挂冠。

7 又

物意怀云万树才，平生攀抱一度开。
牛牛李李人何在，地角天涯凤莫来。
只会文章来去问，何凭上下帝王台。
黄泉一路君臣远，可送文昌断隐哀。

诗词盛典 | 吕长春格律诗词六万八千首（全四册）

8 京口送客之淮南
李涉
洞庭日月五湖澜，浦口巴陵半杏坛。
吴越三音寻儿女，秦淮一语渡江难。

9 题鹤林寺僧房
禅房一语鹤林僧，暮日三光入寺灯。
竹院婆娑何石空，溪生不可玉壶冰。

10 晚泊润州闻角
孤帆触暮润江州，角落音长泊仲秋。
处处波连天地外，落落水系去来流。

11 放猿
许浑
凄凄一雨愁，叶叶半江楼。
楚楚何人向，落落十三州。
白帝寒山树，巫山楚客舟。
声声惊离谷，语语断春秋。

12 过李郎中旧居
文章一旧居，日月半多余。
政治人心易，民生草木疏。
经年常省目，历史少樵渔。
共暖郎中欲，同耕早晚书。

13 故洛阳城
乡人不向洛阳城，故子常言历史明。
八水长安泾渭渡，三身世界曲江荣。

14 寄李频
方干
秋萍向李频，落叶夏红尘。
细雨惊风渡，沉云满可津。
文星思苦句，钓渚约相新。
古寺钟声起，何颜未见秦。

15 寄普州机司仓
十地一先生，三春半草平。
千山成暮色，万木已枯荣。
普渡临月日，闲曹话醉情。
诗词今古读，岁岁自身名。

16 送相里烛
别别雨中行，迟迟送后情。
遥遥相里烛，冷冷寺前明。
柳叶折无断，亭芳苦践横。
江湖何得志，莫作梦还盟。

17 塞上行
李昌符
莽莽上卢关，沧沧下塞颜。
川军回八阵，飞将布千般。
众木冰封尽，寒霜素雪删。
秦皇和汉武，不得见天山。

18 秋晚归故居
秋杨五彩林，故领一乡心。
渐渐轩车近，忽忽惊古今。
门前杨柳树，雨后化鸣禽。

19 冬夜怀归
戎昱
孤灯一夜落灯花，岁梦三更误故家。
别处还生初叶草，如今已见入春花。

20 闻笛
一枕半余归，三更两向微。
迟迟知旧里，意意是还非。
夜鸟孤难睡，忽闻笛曲违。
惊时何处所，不得是春晖。

21 秋夜泛舟
江湖一叶舟，旷野半无求。
落叶虫鸣响，飞禽翼羽留。
伊川空谷色，晋寺色清愁。
万影随时进，千山自不休。

22 春怨
清风许许近黄昏，细竹斑斑满泪痕。
寂寞春光闲欲晚，梨花一树人心问、

23 邯郸少年行
郑锡
邯郸一少年，易水半云烟。
冀赵甘心付，丛台许大干。

燕前漳水色，口外汉城田。
见说秦兵至，吴钩试酒泉。

24 古宴曲
于濆
塞外一辽东，心中半世雄。
朝阳云济济，暮色雨匆匆。
五女山前水，千山寺古风。
胼胝本生读，悬梁手足工。
恩媛无力诺，七十作飞鸿。

25 思归引 又下南洋
耕耘十地田，草木半地天。
足下千家路，心中一陌阡。
南洋交日月，骤雨化云烟。
独木成林界，银行作岁年。
（辛苦吟）

26 又下南洋 普陀观世音
男儿半苦辛，玉树一秋春。
织女天河北，牛郎语晋秦。
浑江环抱水，五女化人身。
此意愿南洋，天津日月珍。

27 牡丹
罗隐
长安月下一心田，洛邑城中半玉仙。
欲展身姿倾国色，东风化雨作云烟。
无晴任似层层露，有意随君鲜语怜。
叶叶枝枝天地动，红红碧碧去来妍。

28 闻大驾巡幸
倍觉南洋创业难，银行济世自心安。
龙云意展山河外，得道文皇渡口宽。

29 杏花
文君一曲半逾樯，宋玉三思两枕芳。
汉武羊车由处处，巫山峡雨尽云娘。
梨花树外飘天色，碧玉枝头顾自香。
但向本生房首住，同床共梦是衷肠。

630

30 郑谷

南洋

樟亭驿阁悬，故国隔江天。
返照钱塘路，潮平岁月田。
沙明千顷岸，海暗万云年。
木落南洋浦，心随一逐帆。

31 京师接着暮咏怀

京师一岁半梅香，苦句三春十柳杨。
玉树临风骚客咏，长安贵客曲江堂。
流年不损含元殿，高枕无忧逐夜郎。
莫恐南山冠暮雪，寒云只年洛城阳。

32 终南山二十韵

李洞

孤峰半谷清，独树一林成。露雨东西雾，
烟云上下平。秦田破九陌，汉邑岁千荣。
石碛苍桑阔，苔藓北岳名。春峦含紫气，
草色透阴晴。转影终南雪，盘根各纵横。
残阳高照远，坠叶灌顶英。字阙公铭处，
棋当尽势赢。三山楼陌里，八水绕京城。
渭柳萦河岸，泾杨折晋泓。关丹丁冷射，
凤阙举候卯。层加裱累衡，慈恩移未塔。
洛洞假足营，鸟宿暮边夜。孤啼十地鸣，
周公长久问。子平知处更，遗隐商山老。
樵渔故国倾，船行兹靠舵。安枕主谋盟，
自可听天地。心思历史卿，忧忧当彼此。
处处向耘耕。

33 送僧游南海

昨河与共一人天，日月同浑半岛出。
诸同洋南中国梅，触下粤北试方圆。

34 上崇贤曹郎中

崇贤宅枕上郎中，蜀道蚕丛下雨红。
药杵常平家国事，茶铛或影煮西东。
闲房夜话听论语，省属直言始终。
应信含元由紫禁，音低故步是雕虫。

35 下第后献高侍郎

人间自在一人身，世上文章半晋秦。
怨怨恩恩何彼此，门门第几红尘。

36 又

瑶池一碧桃，日月半分毫。
草木江河水，龙门主客高。

37 金陵晚眺

秦淮落日满金陵，八艳浮云作雨凝。
事后明清明已尽，人前不见玉壶冰。

38 春宫怨

杜荀鹤

早被玉壶明，宫深意未成。
羊车由自在，貌色若隐晴。
十斛姝荣妾，温汤日影平。
霓裳红欲尽，不取采珠声。

39 访道者不遇

寻真一寸心，向道半知音。
鹤舞云门影，泉鸣草木深。
忧忧新足跻，寂寂故山林。
他日重来去，闲言是古今。

40 蜀城春望

崔涂

春风向蜀城，细雨化枯荣。
一灭三千界，烟云半日晴。
蚕丛由栈道，鱼凫任江声。
滟滪中击水，东流自在鸣。

41 春夕旅梦

朝朝暮暮半心情，去去来来一世生。
水水山山何界空，花花草草几枯荣。
红红缘缘难知问，宿宿繁繁驿旅城。
汲汲孛孛之日寞，清清楚楚欲思明。

42 过红绣岭宫

草木雕零绣岭宫，污泥酋影玉姝红。
霖铃雨后人声去，古殿春荫野路穷。
旧物残垣藏鸫语，东风故榭去来同。
开元高武方裁空，天宝芙蓉是始终。

43 长陵

唐彦谦

长陵半百肆秋风，沛上三呼列户穷。
古庙如今居鸱兔，鸿门霸主对江东。
坑灰已散秦王去，此处空余盗世虫。
八水临流回日问，英雄故里未英雄。

44 蒲津河亭

日上文玉避雨亭，云中广宇向江青。
秋霁楼水孤城远，博雾烟横入水冷。
吕尚还思期独往，周公复旦渡口玲。
人生一半黄粱梦，立语三千座右铭。

45 下第书呈友人

罗邺

一世本生一苦心，半生日月半生吟。
祥龙雨色含元气，易水荆轲纵古今。
陆沈清风无进退，瑶台古木有琴音。
忧忧帝主常来去，处处春阴镀寸金。

46 牡丹

梨花一树牡丹红，碧玉三春凤宿宫。
带唱归云池馆共，冠衫下子孙同。
周成巷伯伤谗景，郑落芙蓉锦周公。
肯信流年华不减，罗纱细縠可西东。

47 入关

年青读书入榆关

半入人生半入关，读书不尽读书颜。
出门未恐争光路，独道耕耘似一般。
一语楼兰来去问，三呼易水上天山。
千年日月朝朝暮，万里黄河十八湾。

48 赠温庭筠

洛水三波碧玉身，长安一处杏坛春。
方城四面天津水，异路千章步跻尘。
紫禁还言铜蕉语，陈王未得宓妃魂。
庭筠且尽温黄绶，不隔江湖驷比邻。

49 游终南山白鹤观

张乔

终南白鹤观，渭邑炼丹坛。
上彻群芳树，中玄独玉兰。
人间知不在，世境待仙繁。
往事清风去，还求一心安。

50 送友人归宜春

柳絮伴杨花，前程共草芽。
长亭云雨路，远道去来霞。
处处知天地，纷纷种豆瓜。
流莺闻自语，野渡似回家。

51 雷塘

雷声一半落雷塘，弟子三千向弟梁。
暮暮朝朝先后去，成成败败苦幸尝。
书生彼此何言志，壮士江湖故道场。
里巷难成今古路，京城自作已荒凉。

52 古意

积水三江半晓昏，风烟一度五侯门。
箕山磊石长城汉，渭水空明月色痕。

53 咸阳怀古

陈上美

山连水色水连山，紫气咸阳紫气寰。
上苑秦王花不语，长陵汉帝草芳闲。
东移旧主新朝公，北座周公照故班。
晋祠今古还古古，黄河曲曲夏湾湾。

54 过洞庭湖

日月半惊波，洞庭十玉河。
孤山三两问，岳麓一九歌。
回顾茫茫色，千呼此臂多。
帆扬寻地角，天涯共佛陀。

55 金州夏晚陪姚员外游

僧无可

忧忧几奈何，落落度婆娑。
早晚僧无可，阴晴日月多。
寻钟洲鸟问，扫叶鼓音和。
渡口浮萍少，荷花尽九歌。

56 夏日送田中丞赴蔡州

政治汝南城，忧心晋北荣。
三边争只没，不负蔡州名。
楚庙知天下，秦田问众生。
风云泾渭水，一宅守公平。

57 赠淮西贾兵马使

僧清江

破房一城倾，天木半国荣。
淮西兵马使，易水客雄名。
白日三边尽，中郎帐未平。
清江马初昂，楚蜀多阴晴。

58 长安卧病

一世半人身，三生两效颦。
千门花雨落，万里净风尘。
法性通心理，禅机胜近邻。
孤灯寻照处，古寺向春津。

59 哭刘德仁

僧栖白

诗词日月半知音，雨雪风云一古今。
只受真情天下事，辛辛苦苦去来吟。

60 八月十五夜月

八月仲秋十五明，三生岁月万千晴。
婵娟苦度寒宫夜，织女原来渡口行。

61 送韩侍御自使幕巡海北

僧法振

海北浮云一夜深，南洋骤雨半君临。
遥遥独木成林处，落落诗词作古今。

62 寄钱郎中

僧法照

一日半郎中，三生十地同。
千山今古刹，万壑去来风。
寺闭禅机在，门开万里鸿。
婵娟同与坐，寄语到苍穹。

63 许州赵使君孩子晬日

僧护国

三身岁目生，一举白丁名。
草木春风里，风云日月平。
龙门争作客，国器少处成。

64 赠司空拾遗

僧太易

岭上一梅花，心中半石崖。
江山三界外，日月万人家。
没阙空云陛，陈琳度古嘉。
王粲余令晚，拾遗作瑶华。

65 宿天柱观

石室一人心，仙翁半古今。
花乡源隔岸，玉府彩云深。
入空千山寺，行禅万户箴。
降龙逢故主，向道守峰林。

66 赋得闻晓莺啼

僧惟审

一梦半卷帘，三春十雨沾。
梅花泥色染，渡口石泉淹。
隔岸林情晚，啼莺落树尖。
何情须自顾，寄事可高蟾。

67 酬崔侍御见赠

僧皎然

买得一东山，乡心半隐颜。
江湖多沙雨，露雪去来潺。
小乘天机度，樵渔来可闲。
江河流不住，妨道去来闲。

68 留加嘉兴知己

僧沧浩

问寺向东林，从言可古今。
嘉兴知己处，越国半吴音。
寄别愁云雨，留情散寒禽。
空怀山月冷，复诵客鸣琴。

69 寄校书十九兄

李季兰

知书十九兄，达理两三城。
事就蹉跎吏，心成日月明。
鸟程县鸟语，阁岸渡江横。
字阔行天子，书儒万里荣。

70 送韩三往江西

杨杨柳柳自依妻，去去来来客鸟啼。
夏夏韩三潮不落，江西枚郡独舟移。

71 寄洛中诸姊
女道士元淳
故国别经年，关河寄暮天。
相思凭日月，问语向心意。
八水长安绕，三生洛邑宣。
南枝藏北叶，只没渡江船。

72 寓言
羊车日暮几心扉，旧影深宫半是非。
凤角龙麟云隔雨，黄金屋里去无归。

73 拜新月
张夫人　吉中孚侍郎妻
拜新月，拜月一堂前。只向婵娟问，
虚宫挂半弦。拜新月，拜月半心田。
古镜鸳鸯照，妆台可细妍。拜新月，
拜月几经年。胜意闲庭步，相思自涌泉。
云月见云烟，年年岁岁东家拜，
暮暮朝朝十五全，别别离离千万语，
圆圆缺缺夜难眠。来来去去如今古，
独独孤孤自可怜。止止行行寻玉宇，
空空荡荡渡天船。

74 拾得韦氏钿子因以诗寄
粉染一生痕，花香半意根。
纤微成阁翠，侵色满黄昏。

75 赠所思
崔仲容
觅去觅来寻，情倾意重深。
相思相问见，历证历人心。

76 戏赠
不到昆仑不得归，易成高业易成非。
如闻玉佩叮咚响，燕子朝朝暮暮飞。

77 闲宵对月茶宴
鲍君徽
对月故闲宵，浮云过小桥。
茶茗三世界，鱼雨半天遥。
有是阴晴露，无非七八潮。
香螺干成度，碧玉柳杨茶。

78 惜花吟
一草木，半人身。形成碧玉小桥津。
昨日花香香不语，今晨叶缘缘时珍。
莺歌燕舞烟云煮，鹤立鸡群只待亲。
韶景青青妆色注，红尘处处曲恣春。
东风入木三分主，独赏高枝一叶新。

79 杂言寄杜羔
君从大海游，日作杜兰秋。
水色须臾暗，云光上岛流。
归来何问路，彼此滞梁州。
肯愿高低去，攀跻复虑忧。
临邛垆作秀，浊赋自成休。
应吧奉川北，唐人自作舟。

80 寄故人
女郎张窈窕
一路春风一路花，半江细雨半江哗。
相知可羞长门赋，团扇何须帝子家。

81 赠卢夫人
倡会常浩
佳人一色颜，玉体半姿弯。
恐逐芳菲岸，寻阶道貌蛮。
平明花似主，日暮问天山。
寄枕鸳鸯浅，浮痕泪月斑。

82 赠郑女郎古意
女郎蒋蕴　彦转之孙
朝云郑女郎，春雨古衷肠。
昨夜巫山月，今晨楚客梁。
阳台河洛问，宋玉赋神娘。
弄指箜篌误，红颜著粉妆。
妍恣形百态，灭烛送兰香。
晚起罗衣短，纵情宿夜长。

83 长门怨
女郎刘媛
雨打梧桐半夜声，云浮上掖一宫明。
昭阳不断长门路，只可相如间外情。

84 峡中即事
女郎廉氏
江流一峡中，草碧半山东。
楚女浮云里，巫山细雨同。
晴时多少梦，暮日泛舟逢。
共可鸳鸯宿，交颈粉素红。

85 春词
女郎张琰
关关一鸠鸣，楚楚半无声。
奈奈春心住，幽幽许纵横。
梨花三两树，杏李万千明。
只有含情枕，求求待晓更。

86 独夜词
女郎崔公达
独夜霜天一枕寒，含心锦帐一羞欢。
琴弦不断知音柱，峡雨巫云卷梦澜。

87 和御制麟德殿宴百僚
女郎宋若昭
修文半百僚，尚武一千骄。
汉地长城住，江南汴水遥。
重心临八卦，肃穆四门朝。
雨露承天意，衣冠日月昭。

88 和御制麟德殿宴百僚
女郎宋若茵
济济一人身，时时半玉珍。
千官承紫瑞，四面问天津。
雅颂风华曲，邺镐岳寿亲。
祉福无疆愿，阴晴草木茵。

89 寄远
女郎田娥
不可负文君，相如夏日闻。
今来成故事，岁去共时分。
竹泪潇湘雨，衡阳夜渡寻。
罗衣轻欲鲜，又是两浮云。

90 罚赴边有怀上韦相公
薛涛
一苦到边城，三声向玉明。

相公韦不语，此曲对心平。

91犬离主
江楼不住问江流，玉水难平玉水秋。
一半王侯一半客，万千日月万千由。

92有所思
女郎刘云
朝朝一所思，暮暮半非知。
处处萧关道，濛濛掩泪时。
浮云何不空，宿鸟几栖迟。
玉井深深怀抱色，梅花朵朵作新枝。

93怀良人
女郎葛鸦儿
良人去后忆良人，世客来时世客身。
半启家门杨柳色，归心正是好红尘。

94溪口云
女郎张文姬
溪头一层云，岸口半文君。

若若沙滩鹭，幽幽顾自励。

95沙上鹭
鼓翼一鸣禽，高风半古今。
人人常自度，处处是清音。

96书情上使君
女郎程长文
妾白本情上使君，贞心一后对兰芬。
客身二八知菊馥，草隶诗家十二文。
尽日文章凭刺绣，由时极浦采莲裙。
幽房寂寂郡阳曲，礼貌平平谢道韫。
昼雨云轻无止境，山花夜落不时分。
归来晓燕回梁晚，独枕何梦意纷纷。
志夺男儿千万里，衣冠日月两三勋。
严章尺寸方圆事，百岁人生作雁群。

97临江树
女道士鱼玄机
道士一玄机，男儿半乞旗。

身姿情色欲，叶后玉人衣。
草色连荒野，花香过石肌。
潇潇风月里，处处雨云稀。

又玄集后记

98马来西亚
咫尺一天涯，千山二月花。
由衷非帝子，自在是人家。

99才调集
韦縠
水调一歌头，阳春半雪楼。
梅花三弄色，唱晚十渔舟。
下里巴人向，阳关五叠休。
高山流水去，玉树后庭愁。

十一、才调集（一）

〔唐〕韦縠 编 唐人选唐诗十种之一

才调集叙

1蜀监察御史韦縠集
凭听一渭聪，内视几明工。
愚卤讥本者，暇因阔海风。
贤章天地上，达句世人通。
立韵净光处，行吟二万虹。

才调集目录

2马来半岛才调
北岭梅花满玉溪，南洋木槿化香泥。
繁森秀草各高低，独木成林榕树被。
丛山雀鹊自凄栖，云平雨细误轻啼。
马来西亚吉隆坡

才调集卷第一
古律杂诗歌诗一首

3代书一百韵寄微之
白居易
九岁农家小塾生，中华共和国初宏。
西关小学知人字，撒搽同交上古程。
秀秀清清刘家女，常常记取玉芬珩。
桓仁镇里西关住，五女山前刻苦营。
爷爷奶奶爹娘主，浑江水曲任枯荣。
燕山窦氏儒书客，五子雕龙自在行。
妇顺夫贤爷父子，兄兄弟弟妹妹耕。
烟囱五女关东路，凉水泉溪度雅萦。
读入牛群常吊角，方圆始末两阴晴。
农家似此平生教，学子尊师满守成。
红色飞燕驱去往，桓仁街上路三更。
恩媛彼此心中念，儿女原来是客卿。
十二年终第一名，高中毕业入京城。

634

榆关内外乡家省,自此龙门任客惊。
六〇中秋荒苦历,三千月去已冠缨。
红螺寺里轻憎误,天下相思念念荆。
九一九团钢铁院,精英革命史京盟。
波波折折人生路,文化无成老卫兵。
大学关元前几步,青云化雨作生平。
江南塞北辽东客,忘却中庸序令鸣。
北海公园向雅卿,人生日月始光盈。
同舟共济天涯路,女女儿儿是今赢。
客里东山常不废,鞍山友好街中旌。
原来树叶承阳面,已是千年任直晶。
日日三千文字译,天天德语兼俄英。
十年一剑文章著,百岁诗词已角筝。
拥抱中华科学会,金阳七八举群琼。
离京至此还京愿,贾母效勤几度旌。
春雨惊春二巷星,今赢跬步已初萌。
灯光字迹留天下,复入三年不足迎。
势易名流工业甲,中华门下作纵横。
回观蛇口专家组,木秀潘琪赴港丁。
国务院中农夫子,中南海里作官呈。
弟兄父子知常乐,读学人间赋诗嵘。
柳柳杨杨春早到,花花草草自多莺。
先先后后何殊见,自自由由向长征。
制诰銮台呈首辅,天高云淡见冠缨。
巴黎特使东西向,地铁邦交十二坪。
沪沈粤秀川渝去,祖国津宁燕汉京。
只取丹心留足迹,如来自在颂禅声。
不可无知任所主,轻狂只作可怜茎。
朝天已笑张仪去,惠语苏秦肯不惊。
海角成龙书法国,天涯落叶度蓬瀛。
空心竹节梅先老,鼓瑟湘灵竹泪清。
七十年中千万甲,三生业就竞身倾。
朝朝暮暮银行致,古古今今事已名。
中国黄河应不尽,马来半岛访夷萤。
牡丹木槿梅花色,共渡南洋南海明。
苦读春秋苦读子,书生世界是书生。
古今十万山河水,日月人中草木情。

4 杨柳枝二十韵
柳杨杨杨一色荣,玄玄雨雨半阴晴。
朝朝暮暮巫山上,去去来来楚客鸣。
水水山山川谷峡,情情意意女儿情。
声声怨怨相思处,夏夏春春亦结盟。
杨杨柳柳曲枝声,女女男男自多情。
水水山山相互绕,云云雨雨晋秦荣。

5 秦中吟 并序
贞元元和之际,余在长安。闻见之间,有足悲者。略举其事,因命为秦中吟焉。

6 贫家女
世上半贪家,人间一秀花。
红楼尘女色。阡陌种桑麻。

7 无名税
自古税无名,如今掷地声。
忧人常似搅,物业以形成。
上下民生处,枯荣草木城。
人心朝暮没,欲意去来情。

8 合致仕
亚洲发展银行 古今诗
七十一南举,百万半故乡。
三千加二万,顾述古今肠。

9 古碑
一石作南山,千言化子颜。
人生知足客,步履始终还。

10 五弦琴
拨弄五弦琴,行吟半古今。
殷勤知士子,至到是人心。

11 牡丹
被禊日游于斗门亭留守晋公 首创一篇,鏧(作锽)然王振。居易著无酬和,为洛无人
红颜一帝城,玉子半心萌。
素素丹丹色,花花草草荣。
灼灼真蚊碧,表现假时情。
玉振各无人,杨桥灞水身。
沙泥晴染累,初事毕修邻。
岸渡知泾渭,慈恩寺塔珍。
曲江花草名,踏破魏王尘。
水引桃连处,烟波十地秦。

12 题令狐家木兰花
玉指木兰花,三身落粉霞。
千枝裁二月,一梦令狐家。

薛能 七首

13 牡丹
春深一半牡丹花,月素宫闱玉影斜。
向色还须阡陌径,传心只到帝王家。

14 蜀黄葵
蜀道黄葵几校书,锦城落日谁知渔。
江流只得江楼问,应会东西作玉虚。

15 伎能诗
共举金杯一日新,同情玉掖半红尘。
司空见惯非韩寿,水调歌龙是欲嚬。

16 晚春
不可年年作玉身,时知处处许红尘。
桃桃李李梨花杏,雨雨云云日月春。

17 赠歌者
汨罗一九歌,楚客半三河。
汉浦闻虚佩,临邛意曲多。
新声云雨许,玉树后庭何。
便是仙郎客,难人月色磨。

18 舞者
舞羽不相思,罗裙只欲迟。
宫商非物带,玉树是琼枝。

19 杨柳枝
杨杨柳柳万枝词,柳柳昂昂半曲诗。
古古今今人意在,声声唱唱欲郎知。

崔国辅 六首

20 杂诗
平生世上逢,度日岁中翁。
沽酒千杯少,余诗万里风。
交河寻落日,大漠染沙红。
不以天山雪,何须宝剑雄。

21 魏宫词
一日半红妆，三春两雀忙。
千声台上问，十语魏中王。

22 怨词
一妾半罗衣，三秦两客稀。
群芳花草芭，啼鸟自依依。

23 少年行
白马少年雄，珊瑚佩路工。
章台杨柳树，日落魏王宫。

24 对酒吟杂言
风尘对酒人，古道向天津。
一鸟鸣千树，三春向半秦。
烟波泾渭水，足迹代东邻。
沽得杯中醑，平生以自尊。

孟浩然　二首

25 春怨
日月已春深，冠襟未夏阴。
群芳花不语，碧玉色先寻。
鸟鹊由衷宿，溪泉任自吟。

26 送杜十四之江南
楚楚吴吴半水乡，君君子子一衷肠。
江南尽是船桥渡，日暮渔歌到几方。

刘长卿　六首

27 扬州雨中张十七宅观伎
暮色满春湾，灯光照晓班。
明皇花月夜，艳入玉门关。
曲舞乱心弦，笙歌度玉颜。
三春逢秋雨，一夜到巫山。

28 赴润州使院留鲍侍御　六言
一半江南在润州，三千月向春秋。
何寻桃叶秦淮月，独得金陵是石头。

29 北归次秋浦界青馆
啼猿一半声，馆浦两三明。
日暮回天色，初晴次界荣。
青山余旧路，缘水雁归鸣。
有意排人字，衡阳是古城。

30 登余干古城
黄昏欲染弋阳溪，暮色云熏碧玉堤。
宿鸟空啼栖树叶，江平渡口女樯西。
清明欲尽江南问，谷雨惊春塞北移。
日落云浮天际岸，潮来汐去几高低。

31 若耶溪酬梁耿别后见寄六言
梁耿去问若锦溪，渭邑来前几水泥。
日落川晴芳草地，云烟雨色一东西。
长沙独怨王孙客，暮鸟偏听草叶移。
古木孤城官舍问，风声一半小虫啼。

32 别宕子怨
一怨哉千多，三生半九歌。
芙蓉出渡口，晓岸入秋波。
织女寻衣去，牛郎暗水河。
江山知草木，日月自穿梭。

韦应物　一首

33 西涧
日月阴晴独向明，江山草木各枯荣。
如今高业三千界，自古平生一纵横。

王维　二首

34 送元二使安西
年年岁岁一枯荣，暮暮朝朝半别情。
此去安西元二使，君来渭邑故千盟。

35 陇头吟
看看侠客陇头吟，事事英雄问古今。
寂寞交河闻落日，沙鸣几处几人心。

贾岛　七首

36 寄远
郁纡一别肠，寄远半孤梁。
密结丁香子，相疏客四方。
衣襟何剪断，鞋神是东阳。
北海成龙去，南洋作故乡。

37 代旧将　南洋
南洋一老夫，七十半书儒。
木槿朝朝色，文思日日呼。
曾寻江南岸，合作高姑苏。
部曲难当圣，诗词颂五湖。

38 春行
去去一春行，红红半玉情。
芳芳杨柳岸，草草野烟平。
落鸟鸣无尽，闲花独自明。
思乡无远近，旅马馆娃盟。

39 述剑
一剑十年磨，三生半玉珂。
千门联对见，万水渡清波。

40 古意
年年一九歌，岁岁半三河。
十十心中向，君君日上何。

41 上杜驸马　即杜悰也
驸马一山根，朱楼十古门。
重阶天子路，玉客半乾坤。
一品含元殿，三公上掖孙。
洋阳非至贺，细雨满黄昏。

42 早秋题天台灵应寺
天台寺地欲封门，灵应山前一子孙。
绝顶沃洲栖鹤影，须纲夜色渡江村。
寒汀月挂术香树，足道天空石磊琨。
谢履曾游年已去，分心不止又黄昏。

李廓　十六首

43 长安少年行十首
十五少年郎，三春去故乡。
长安云紫气，洛邑弄衷肠。
上掖千门雾，含元一凤凰。
九歌遥相呼，八水照都梁。
一度半轻狂，三生两地肠。
长安难纵马，易水自扬长。
十载一书香，千年半苦王。
侯家倾误处，学步梦黄粱。
好胜五湖扬，孤帆百里狂。

千章三剑客，独武一倾肠。
男儿自玉芳，淑女客红娘。
曲色逢花处，莺声可夏凉。
一岁半青黄，三秋一柳杨。
荣枯千山木，胜负万牛羊。
苦度向秋霜，清歌过四方。
平生难付与，自得玉壶香。
一字半天老，人云十地妆。
山河寻不住，日月承衡阳。
三秋向四方，一字到潇湘。
自主排云上，何须见故乡。
长城一孟姜，易水平炎凉。
四顾苍茫处，回头几ામ故。
曾听泾渭曲，不任向沧桑。
碧玉拈花障，红尘几凤凰。

44 鸡鸣曲
无声入五更，有意问三星。
一剑千军至，平生人纵横。
英雄常气短，壮士苦栖鸣。
不遣安西近，须公十地行。

45 镜听词
罗衣半却堂，玉镜一低昂。
着色红楼上，封心待潜狂。

46 猛士行
猛士惊人一四方，楼兰落日半炎凉。
交河暮暮朝朝去，易水长吟几度狂。

47 送振武将军
黄河九曲扬，易水一枯肠。
口北张家界，邯郸志八方。
三边古道外，四野雪茫茫。
漫漫封天地，寒寒北地昂。

48 落第
一榜半休书，三秋十地余。
晴云难易水，不到曲江居。

49 赠商山东于岭僧
四拈半商山，三生一御颜。
呼来师不语，弃去客门关。

常建 一首

50 吊王将军
一箭过燕山，三军向虎颜。
风声余落日，鼓角玉门关。
百里惊天地，千年一将闲。
黄河天水岸，此去不须还。

刘禹锡 五首

51 台城
杨杨柳柳一台城，寺寺僧僧半姓名。
石石头头三山在，朝朝代代万千更。

52 乌衣巷
乌衣一半谢王家，桃叶三更渡口花。
石草栖霞山寺雨，秦淮夜色石头斜。

53 石头城
金陵处处一潮声，八艳年年半不平。
故国男儿多少向，明清女子去来情。

54 生公讲堂
姑苏讲坐一生公，点石当听半色空。
夫差勾践天下去，人身自在虎丘东。

55 江令宅
江南寺北六朝空，灵谷山中一树虫。
碧水秦淮何处去，金陵紫禁几时红。

宋济 二首

56 东邻美女歌
曲半倾城，千花十地苇。
含元春日启，紫玉客心惊。

57 塞上闻笛
云中笛曲几归还，月上辽东素玉关。
傲骨三更惊一寺，香风一夜满千山。

王建 十三首

58 华清宫感旧
蒙是光皇沐浴来，何须早春自徘徊。
清光似旧汤温暖，却却罗衣凤镜台。
水影人姿曲月竟，芙蓉酒醉玉颜开。
云烟未散梨园散，天宝开元再不来。

59 宫前早春
展上云情掖上家，宫前雨色榭前花。
华清一寸温汤水，渭邑三分种豆瓜。

60 宫中三台词二首六言
宫中日影偏斜，帝子人行不差。
不似年年旧似，曾知华清玉花。
池边御柳桑麻，天下风云人家。
扇羽明皇帝主，华清日色天涯。

61 江南三台词四首六言
碧玉桥边小楼，阴晴风月春秋。
冈里寒求汴水，杨州不住江流。
洞庭月色五湖，桂子寒宫三秋。
小兔年年彼此，婵娟半挂锁愁。
钱塘八月一秋，冷石清声不收。
但得形影相似，潮流一泉九州。
一半姑苏虎丘，三千月日月难求。
草木人中依旧，平生彼此忧忧。

62 宫中调笑词四首杂言
一半一半，上下左右两面。
风花雪月年年，百叶千章万弦。
万弦万弦，梨园应似方圆。
飞燕飞燕，只向杨花柳岸。春风一度群芳，
桃红李色清宫，莺啼日暮栖伴。
朝暮朝暮，紫禁小树不尽，
不尽含元前路，寒宫只照何许，
自顾妒中相误。云雨云雨，渡口小桥碧玉，
船头 低昂，小女情心不住，不住不休，
尽是人间烟雾。

63 赠枢密
枢密院中坐客名，春风化雨赐枯荣。
龙门水色成天下，上掖精英教世城。
细语长言归不去，长承旨意作疏情。
照心外得当家子，独向三边著阴晴。

李端　一首

64 芜城怀古
树上一枝明，云中半路晴。
三边成土地，十地向枯荣。
足走邯郸去，沧州草波英。
行程千万里，怀古向芜城。

65 秋日
巷口一秋阳，城中半壁光。
人前分两面，世上隔炎凉。

66 送王润
水色半临寒，天光一隙宽。
江芜梦泽浅，雪素玉人冠。
此日何心寄，重波十万澜。
三声长叹去，一别到盘桓。

李华　一首

67 长门怨
一曲到长门，三声向子孙。
何情知旧路，几意是黄昏。

带缓罗衣旧，相如翡翠根。
难言杨柳岸，不入帝王村。

钱羽　七首

68 客舍寓怀
滩声落落见沙平，客舍青青问晚晴。
驿袖风扬唾壁外，潮云偶向远帆明。
亭花一半无争色，路草三千自景萌。
物及重重知潜竟，人身处处以天盟。

69 春恨三首
江南塞北一春潮，柳绿桃红半碧霄。
只恨台深痕旧泪，丘迟始得意昭昭。
八卦桓仁一古城，三都旧地半朝生。
香消玉落寻高丽，五女临流色欲倾。
阴晴莫入五湖舟，草木钱塘永巷侯。
旧步曾寻同里寺，如今白露半如秋。

70 蜀国偶题
铃铛驿外雨霖铃，蜀国蚕丛潜蜀情。
旧主难收天子泪，新君日夜入华清。

71 送王郎中
日月送郎中，阴晴向去风。
回归杨柳岸，似可暮山同。

72 未展芭蕉
烟消欲滴阔芭蕉，碧玉去浮积雨潮。
半卷芳心藏不露，三春日暖柳杨摇。

李远　二首

73 失鹤
凌霄九皋禽，万里一人心。
碧海阴晴客，沧茫玉带深。
独立江洲一足秋，丹砂玉顶十三州。
江南塞北同声似，不负天高十李头。

74 赠写御真李长史
半壁江山砚水清，三台笔墨故池明。
初分左右阴晴阔，一点临心太大情。
小苑烟锁龙凤雨，风花雪月殿宫萌。
十载僧繇何觉悟，千毫积处必倾城。

才调集（二）

古律杂歌诗一百首　〔唐〕韦縠　编　唐人选唐诗十种之一

古律杂如今半科，新词水阔几江河。
唐人只似隋炀别，一曲人间作九歌。

温飞卿　六十一首

1 过华清宫二十二韵
一日过华清，三身渡古情。
芙蓉天宝水，帝子富春萌。
宠幸珍珠去，风花雪月平。

汤温初步水，淑玉半姿倾。
势胜千章旧，妃专上彩荣。
云浮霓裳倾，镜窥溃娥明。
不掩鸳鸯帐，何差鲜带盟。
纤纤伸十指，楚楚落千英。
渭水神仙色，泾流羽卷成。
天宫藏浴露，潜溲媚冠缨。
寂寂邯郸步，慵慵太十横。

内嬖孤芳尽，胡儿舞足行。
马嵬坡前忆，瑶簪遗地惊。
晴山何历历，艳语已无迎。
蜀道桂铃雨，长安旧地名。
开元天宝事，玉树后庭鸣。
百里潼关道，玄亲已去更。
如今汤水客，几似故王泓。
湄浪涵烟重，春秋度未萦。

依依秦汉路，自此是耘耕。

2 握柘词
一曲三声握柘词，千家万户系人知。
杨花柳絮村前色，细雨浮云日月诗。

3 碧涧驿晓思
碧涧幽声一影斜，孤灯故忆半居家。
乌啼月落枝枝啼，驿晓临檐小杏花。

4 送人东游
东游一叶黄，举步半炎凉。
目尽天高语，行头土地妆。
风尘何朴朴，石驿几堂堂。
下里巴人见，无知到汉阳。

5 偶题
孔雀自高眠，樱桃顾短天。
晴光移砚水，细语妨轻蝉。
一笔书天下，三春日隔年。
江南因梦寄，此日可消宣。

6 赠知音
谢女人声半隔船，萧郎影语一江天。
琴台有路高山问，汉水无情顾自延。
黄鹤楼前曾寄语，景阳宫里话晴川。
三江未断天涯色，一曲知音半度年。

7 鄠杜郊居
芳郊鄠社一樵家，汉杜秦留半酒花。
寂寂无声云雨夜，轻轻晓色入桑麻。

8 送李亿东归六言
长安李忆东归，渭水南流雨霏。
竹履黄山似旧，清溪草木薇薇。
苔藓处处芘露，月色时时是非。
灞上金樽已尽，秦川不得安徽。

9 陈宫词
草草一鸡鸣，声声十地惊。
香风花月色，紫禁晓宫城。
彩树随云起，晨光任早莺。
红轮霞曙重，仪势待心倾。

10 春日野行
春心向野行，秀草满芳城。
柳色寻冠带，浮云待雨倾。
山前听雀语，岭后系温情。
水色艳矫阳，烟花碧玉明。

11 西州词吴声
悠悠汉水楼，处处大江流。
雨落琴台曲，云分七八州。
吴间三两语，楚幻万千愁。
粉指含藏色，芳情带鲜由。
杨帆来去客，郁郁自回头。

12 春洲同
余箐不尽满春洲，绿湿难明十九流。
一夜烟去成细雨，千波映影逐红楼。
平桥七步连杨柳，小小清音曲未愁。
染色乡光呈紫气，莺啼玉树各沉浮。

13 阳春曲
阳春一曲到杨州，白雪三江太白楼。
艳色梨花藏不住，红尘小杏过墙头。
霏霏雾雨烟香里，洒洒芳云玉树留。
柳岸随堤凭草缘，伏槛照影是春秋。

14 钱塘曲
一路钱塘一路春，千年汴水万年人。
江南依旧江潮岸，自北流来自北濒。
万里长城楼万里，三边草木两边亲。
殷勤只似苏杭月，共照相非是此因。

15 春日将欲东归寄新及第甾绅先辈
一寸老人心，三生旧语音。
千山飞鸟集，万谷聚川深。
取桂春秋月，折枝万古今。
花开十径度，惆怅杏园阴。

16 经李征君故居
夜重星稀月色低，灯明树影鸟轻栖。
去烟露水三更问，想像梦中不易齐。
故榭含元荒草地，新荷独立柳杨堤。
征君惯下文章日，只见相思未点题。

17 怀真珠亭 汜南洋阿曼舒拉于楠
一壁真珠半壁亭，三怀旧界两怀玲。
年年草木年年碧，处处音琴处处馨。
楼木移花阿曼院，急风骤雨不零丁。
南洋木槿南洋岁，拾得于家作久铭。

18 李羽处士故里
处士田中半草烟，西风古道一树年。
浮云断壁何所故，月缺宫圆几度全。
雪色冬梅心已动，立春里弄鹤包妍。
须知此恨难销解，独立山河字一篇。

19 夜看牡丹
高低错落一栏丛，左右层城半碧红。
月月星星争艳色，明明晴晴问西东。

20 池塘七夕
牛郎树下自离牛，织女衣中欲已求。
七夕池塘多少话，三鸣古度鹊桥留。
千家砧杵寒先到，万里楼兰画里游。
翡翠无声钩锦绣，身光独自向春秋。

21 和友人悼亡
一世生平半存亡，千家世界万心肠。
行天日月沧桑故，大降汪洋几帝王。

22 和友人伤歌姬
世上音琴几度弦，柏知一曲半朝天。
如今刮目三身客，自古多情一少年。
月里婵娟常带梦，王孙十度两方圆。
花卉花落枯荣在，人去人来咒逝川。

23 春暮宴罢寄宋寿先辈
似有梅香一去踪，荷塘暮色半芙蓉。
雷间竹影桃红艳，雨后牡丹睡意浓。

24 题柳
春曲摆渡柳杨条，影淡天空碧玉潮。
苑静莺歌香欲尽，高枝一曲入云霄。

25 春日偶成
谁知世事竟如何，十地人间一九歌。

自欲轻身天下去,春风去处尽微波。

26 途中偶作
此去无锡十八湾,江南石路两三关。
姑苏一半洞庭岸,汴水百万小口颜。

27 赠弹筝人
一曲梨园春玉皇,三身欲许向宁王。
胡儿不舞刀兵见,只去伊州雁一行。

28 此寄楠楠玉杯倾
醒醉云中一阜阳,阴晴日下半衷肠。
南南北北南洋下,去去来来去四方。

29 瑶瑟怨
一曲炎凉一曲风,半琴雪月半琴空。
余音只向千山去,寄怨江河只向东。

30 春日野步
红梅色色伴泥家,碧草芊芊正吐芽。
野渡阴晴杨柳岸,桑田半见陌野花。

31 和友人溪居别业
溪居别业半樵渔,积翠山前一帝墟。
凤鸟无鸣争草地,春风有意寄春余。

32 宿城南亡友别墅
去去来来五味生,先先后后半空城。
花花草草千山领,雨雨云云万古萌。

33 偶游
玉树临风一曲间,书门暮日半开关。
秦皇汉武清宫故,论语春秋帝子题。
石以黄河天水岸,东西入海自归还。
云中不见三千界,地上空留十八湾。

34 郭处士击瓯歌
处士一风流,江湖半独舟。
春风吹不尽,玉树客春秋。
易水寒光照,楼兰诺未休。
何须杨柳问,自在十三州。

35 锦城曲
三声一锦城,关曲十年成。

小女千姿竞,男童万度萌。
文君知所以,司马至情倾。
白帝荒流乱,巫山不尽明。
相思江岸树,别怨草芳荣。
鸟去杜鹃惊,月夜潇湘度。
锦城花正发,春机百里平。

36 张静婉采莲同曲并序
静婉,羊侃伎也,其容绝世。
侃自为采莲二曲,今乐府所存,
失其故意。因歌以俟采诗者。
事具载梁史。
十五无圆十六圆,三千世界五千年。
花花草草芳尘去,雨雨云云七尺烟。
抱月婵娟宫色重,行香楚峡露如泉。
心中破壁萧郎曲,掌上衣轻似采莲。
江南处处清光玉,只见春风不见船。

37 照影曲
婷婷玉立耦根连,楚楚巫山雨露泉。
峡谷云浮藏石柱,江流水落家家船。
三千月里千三向,十二峰中一半烟。
翠羽丹霞今古事,苍天额地去来年。

38 塞寒行
塞外春初碧野平,山中玉树后庭萌。
黄云一雁排人字,利剪千声草木荣。
已许凌烟名不露,何须细雨寄阴晴。
榆关内外知南北,只向幽燕苦读行。

39 湖阴词并序
王敦举兵至湖阴,明帝微行视其营
伍。由是乐府有湖阴曲而亡其词,
因作而附之。
黄须冶世祖龙名,莫以王侯帝不成。
一箭幽州天下事,三春塞口草花晴。
湖阴帝子微行去,甲第无因视羽兵。
雪腕如金鸣不止,楼兰不失丈夫情。

40 晚归曲
禽飞又止是归来,木落无声暮色开。
水系溪光烟似浅,山林宿影玉鞭裁。
兰芽欲吐吴江曲,草色初平铜雀台。

似染江湖杨柳绿,只要洞庭碧玉来。

41 湘东宴曲
潇湘竹泪一夫人,楚汉虞姬半别身。
魏王常闻铜雀语,陈王洛水宓妃嚬。
含情欲递金杯笺,寄意从楼玉管春。
雨住云消何处是,香波自古柳杨邻。

42 碌碌词
吴波滟滟楚山清,渭水晴晴洛邑明。
野草荣荣何朝暮,男儿处处一身名。

43 春野行　杂言
云溃溃,雨悠悠。三春蚕作茧,一处李
娘愁。翠鸟何须鸣不止,鸳鸯洇见自含羞。
桑麻一寸层层长,九夏千丝小小楼。

44 醉歌
醒醉云中一酒香,枯荣世外半衷肠。
阴晴日月行无止,草木乾坤济世疆。
太白诗成今古寄,长春立意万人章。
逢君可问三千士,情心只在玉壶香。

45 织锦词
一始乾坤半始终,三身日月两身雄。
金梭不止银梭换,万岁令生百岁中。
织锦牛郎何不语,人间玉女任西东。
鹊桥七夕银河见,留下银河作色空。

46 莲浦谣
吴江半在小桥中,汴水三春去不东。
只向苏杭南北注,隋炀水调自无穷。
烟平雨色洞庭岸,草毂船横柳毅风。
娃馆三千莲步履,虞州十八女儿红。

47 达摩支曲　杂言
一柱心思一柱香,半去岁月半生茛。
莲花已寄人身在,曲曲达摩是柳杨。

48 三洲词
门前有路去来轻,事后无心日月明。
雪似梅花春不语,情如桃李逾墙萌。
书生苦读寒窗寄,玉带龙门足跡成。
浩杰常须来去见,方圆巴得始终名。

49 舞衣曲
细柳纤纤暗自轻，春情脉肪已无名。
烟花漠漠蝉衫透，玉带悄悄曲薄平。
楚楚娇娥思旧眉，芳景欲纵两波城。
幽幽不锁前门里，处处秦王象雪生。

50 惜春词
百结丁香半露生，千姿细柳一阳城。
低面似恨阴晴雨，左右扶摇日月明。
只向东风随便问，红间带绿色无平。
春心一寸三生欲，粉蕊沉香向叶倾。

51 春愁曲
寒宫月色一春倾，玉兔熳氤半梦成。
抱枕空拥云母影，珠帘欲落自心惊。
红衣半卧清晖色，锦帐横宽吧息轻。
觉处梨花沉片片，飞莺不去只声声。

52 苏小小歌
小小一人心，悠悠半古今。
长城万里阴晴雨，玉树三春日月琴。
一片荷花多梦色，千声不语手知音。
人前读适东城树，雨后行云夜梦深。

53 春江花月夜词
阳春白雪欲倾城，水调歌头万里荣。
碧色春江花月夜，去光玉树浪风情。
金陵小小珍珠采，粤秀兰兰祝海平。
一曲人间多少事，三江世界尽留名。
秦淮渡口丹青去，桃叶舟横作女生。
夫子庙前乌衣巷，谢王挤下五湖缨。
四方滟滟晴阳好，八面芳芳雨细轻。
只在香烟梦里住，荒营后主晓闻行。
江东处处钱塘水，吴越声声语韵莺。
印月三潭秋色尽，文章十地可冠英。

54 懊恼曲
一寸相思百岁心，三春日月半新阴。
芙蓉独立红尘水，晓月星云玉古今。

55 过茄曲　此后齐梁体七首
一曲半齐梁，三音十地肠。
千章花月夜，万首古今堂。

朔管春秋尽，雕龙塞客乡。
门前芙蓉老，雨后读书郎。
五女山中间，桓仁岭下杨。
朝鲜宫殿迹，胜似故侯王。

56 春晓曲
流苏帐外一风轻，乳燕梁中半息鸣。
暖睡春莺娇不起，云烟玉树毕平生。
荷塘只见尖尖脚，柳岸还寻楚楚荣。
独得红尘花草界，何须日月色空行。

57 侠客行
一诺跨鹤门，三声向玉根。
楼兰千日暮，易水万里魂。
立剑交河外，行身小儿孙。
朝闻同里色，夜月五湖痕。

58 春日
杨明一杏花，柳暗半琵琶。
乳燕何知己，书生已客家。
台城梅色染，孔庙谢王夸。
得月桥前怨，秦淮夜馆娃。

59 咏擎
一步半低擎，三波两曲身。
由衷儿女怨，客串月风珍。
黛敛横钩玉，姿娇玉枕陈。
晴光杨柳渚，白芷去来新。

60 太子西池二首
太子西池春色匀，梨花北树素人身。
春融梦觉迟心晓，照影寻情镜里擎。
洲雨挚云垒外向，花红叫缘莫愁陈。
莺偷百鸟千鸣尽，晓作三竿万语珍。
何须露重从花草，不及衣轻一日春。

61 古今诗
二萬古今诗，三千弟子迟。
知时耕日月，只许去来司。

顾况　十一首

62 悲歌六首并序
情思发动，圣贤所不能免也。师已
陈其宜，延州审其音。理乱之所经，
王化之所也。信无逃于声教，岂徒
文彩之丽！遂作此歌。
人间一九歌，世上半蹉跎。
易水晴思动，文君信几何。
春风临教义，审理所经罗。
彩丽寻师乙，延州矸少多。
一春雨，半春风。别时多少意，见后去
来鸣，月夜方圆未许，星云狭阔难逢。
玉绳瑶池知向晓，清光桂影莫愁衷。
十步姑苏一步桥，千流吴越羊烟霄。
知情儿女红尘住，碧玉阴晴弱柳条。
一水长半水长，水水是衷肠。
江南一半女儿乡，十八作红娘。
一人家，半人家。一半人家线色花。
洞great碧玉小桥外，史向蚕茧种桑麻。
一花香，百花香。一百年中半故乡。
何须云子夫君顾，只可浮云暗渡光。

63 梁广画花歌
何须汉武啼主家，只可藏娇碧玉娃。
付与瑶池王母问，花心叶脉是窗纱。

64 送别日晚
霏霏一雨烟，路路半云田。
日日闻花落，悠悠问月弦。
濛濛天下色，淡淡壁前泉。
别梦依稀旧，重逢几隔年。

65 行路难
君不见辘第一转一丝桓，上上难时下下难。
凭心借力方向空，卷卷旋旋去来盘。
交河落日向楼兰，一剑江湖三界宽。
峡雨巫云常不住，长亭驿道尽峰峦。
冰凋玉树后庭月，相思富贵久无安，
禾苗自在陌阡地，乞火书窗已比千。
是农夫，楼天官。是帝子，非凤鸾。
是是非非是曲澜。自是行路难，非是行

路难。以心观。

66弃妇词

何闻弃妇词，但觉帝王诗。
日月阴晴处，乾坤嫁娶时。
三春天地上，万物去来知。
玉貌姿令许，金颜敛黛迟。
春秋风月异，冬夏咸枯司。
草木知云雨，客主附新枝。
芙蓉池外色，白芷渚中丝。
玑珺红尘染，罗纱缅妾辞。
巫山王不语，宋玉赋文思。
十二峰前客，朝朝暮暮司。
相如常作许，此怨谁无姿。
不叹人身外，薛媛十万师。

67送行歌

送行人，一曲歌。几度人生几度何。去去来来天地客，朝朝暮暮没银河。

嚅融　二首

68浙东筵上有寄

坐渡襄王半日仙，流光普照十心田。
来来去去休无止，曲曲声声绩复园。
近在身边如胜远，图门月下日经年。
何当故语群芳可，可被天机一指禅。

69富水驿东楹有人题诗　笔迹柔媚出自纤指

富水东楹洛邑情，银川北驿故乡明。
纤纤细指双飞去，夜放云烟注雨平。
玉者兰香芳碧草，秦山楚月照江城。
无端不怨洞庭岸，只会轻舟日月行。

崔涂　六首

70夕次洛阳道中

晓光满故城，洛色任新京。
玉树临风抑，芳花遇阴晴。
流年泾渭水，物事以心倾。
不息南山问，当情以自耕。

71巴南道中

门前一道平，雨后半耘耕。
万里从心去，三春十地荣。
长亭寻故榭，旧赋冈亲城。
举步何因果，行身百岁程。

72巴陵夜泊

巴陵夜泊一江城，月色孤舟半塞明。
曲尽音余三两度，阳春白雪万千声。

73春夕旅游

花流水谢半东流，楚客吴音一曲休。
下里巴人川上尽，长亭遗句意沉浮。
春移泽影江青色，岸芷汀兰玉景由。
驿客年年寻驿客，扫舟处处不归舟。

74放溪束

半见秋池半见宽，一身欲展一身欢。
和衣十度排云去，万里波烟胜曲栏。

75巫峡旅别

三千里路一春秋，十二峰光半去留。
水色江光随峡谷，云山雨露自沉浮。

卢纶　七首

北苑卸罗裙，南山正芳芬。
无眠明月夜，香花被枕鞍。

76早春归盩厔别业寄耿拾遗

方圆万里一人身，日月千年半晋秦。
别业桑田回旧里，归心草木以溪邻。
流情石磊临沿阻，浊色泥和处处茵。
独叹青山芳岁好，孤情自许挂冠巾。

77晚次鄂州

日晚云开次鄂州，江流水暖汉阳楼。
知音一曲长沙静，鹤语千声自帝愁。
此处潮生鹦鹉色，潇湘夜泊彼人舟。
归心不与琴台共，枕上陈王是去由。

78古艳词二首

曲曲歌歌笑笑迎秦，风风月月此情真。
罗裙一带同心结，草木三春一度人。

半掩珠帘一客来，香风玉影十琴台。
寻心不似同心语，不教潘郎已醒回。

79代员将军罢战归故里寄朔北故人

朔北半边风，江南一顾童。
平生同里别，赴足独当雄。
小路通天去，清流泿岭红。
田桑余故士，逐竟已尺鸿。

80送南中使寄岭外故人

苍梧半竹林，雨泪一人心。
日暖三湘水，风平十古今。

无名氏　十三首

81杂词

春风万里柳杨枝，碧玉千声日月迟。
易水三千流不尽，英雄一半小年时。
雨在天边雨在云，人行地上客行君。
湮夫石上湮夫叹，白帝城中是泊君。
木磊一南洋，沙平半海乡。
文咸千万首，语落两三行。
一半罗衣一半恩，两三舞袖两三痕。
春风不对余音去，不信深宫有子孙。
半卸残妆半对床，初春草木初春塘。
红颜不洗相思尽，不似珍珠似月光。
眼下心思梦里惊，人前逐意客中情。
鸳鸯池上交颈去，一宿飞天是一生。
独木成林问玉门，群芳不语到儿孙。
三栖倦鸟云沉默，一夜风声泪水痕。
五女山前一子孙，烟囱岭上半黄昏。
无心付与江湖水，此诺楼兰过玉门。
南南北北一行程，岁岁年年半步争。
暮暮朝朝先后事，来来去去自功成。
一枕清霜一梦中，半江流水半西东、
隋炀汴水钱塘去，自北朝南万世空。
杨州水色一江楼，不到愁云到石头。
十二峰前朝暮问，贡河九曲向东流。
两心不语半知情，一剪灯花十寸荣。
为谢多情文展处，丹霞翠羽自枯荣。

才调集（三）

古律杂歌诗一百首　〔唐〕韦縠 编　唐人选唐诗十种之一

韦庄　六十三首古今诗

1 关山
黄昏远处是天山，落暮斜阳作路寰。
到也因循成嗜果，洞庭日月玉门关。
楼兰只见交河水，一箭幽州十剑还。
易水东流燕赵去，长春独作古今颜。

2 旧里
桓仁草木半山深，五女峰山一枕林。
九曲不城乡色重，三生此去北京寻。

3 思归
牵引东风一柳杨，春丝无力劝心房。
花终叶落知何处，羁绊人居隔外乡。
度客行书旧里，闻香待月问凄凉。
子期不与吕安谢，莫以思归断苦肠。

4 与东吴生相遇
年年事事各浮萍，别别逢逢座右铭。
驿站长亭自道路，山峰秀处是江青。

5 章台夜思
夜月满章台，寒宫未色催。
弦明何上下，柱影常徘徊。
楚角声声断，孤灯落落开。
当书分别阔，不可自倾杯。

6 延兴门外作
长亭二月花，驿道向天斜。
倦客千金醉，琴声一酒家。
延兴门外睡，玉树曲中娃。
宿鸟归来晚，宫人紫禁家。

7 关河道中作
暮日落半河，行程客几多。
柳市蝉声唱，红楼楚汉婆。
沧桑何日月，聚散谁蹉跎。
道路三千里，平生一九歌。

8 秋日早行　赴南洋飞机上
一路萧萧草木黄，三生淡淡郁金香。
苍山洱海风花月，玉树丛林潇南洋。
隐隐春秋相似处，愁愁岁月不炎凉。
时时暖气随人在，策策银行不觉忙。

9 叹落花
一夜云边雨露微，三秋叶外色芳菲。
残霜半染婵娟泪，谢女千闻宋玉非。
醉白流红暮夏尽，山明水秀塞鸿归。
香风阔别知天地，不待明年作别妃。

10 灞陵道中
夜路依然到灞陵，春声草木道边兴。
形成细雨云烟水，化得东风作玉冰。
一步龙门双阙外，三身玉露独香凝。
杨桥阔别吟诗在，柳岸婵娟伴晓灯。

11 贵公子
青楼一阵柳杨风，谢女三声御苑红。
只要交河知落日，何须独日没飞鸿。

12 惜昔
不问金陵问莫愁，秦淮玉树后庭休。
三千日月寻桃叶，一半东风问石头。

13 春日
不觉东风入旧池，何知野草碧芳时。
梅花可探流红处，假月窗前挂独枝。

14 对梨花赠皇甫秀才
陌上梨花雪满枝，林中翠鸟半飞迟。
杏李争芳桃源处，此色琼繁独领诗。

15 立春
白帝城东半立春，巫山峡谷一江鹜。
王孙几度寻红杏，胜似居人不胜人。

16 春陌二首
梅花色里半冬心，古木丛中一雪襟。
冻佛鸟龙初孕叶，东风化雨作知音。
杨枝半色柳枝黄，野雪千梅素雪香。
玉树盘龙藏跷首，群芳毕敬羽林郎。

17 春愁二首
自古春愁不断肠，如今驿旅可牵强。
群芳寂寂依天地，碧玉幽幽问草堂。
心思一万肠，怯睡半百狂。
雨打芭蕉夜，风闻杏色樯。
幽幽听露落，寂寂待红娘。
楚楚随梦去，明明任月光。

18 陪金陵府相中堂夜宴
一耳笙歌半酒花，三姿玉树两姿斜。
千声不唤千声仕，万语从心万语家。

19 台城
二水相交鸟不啼，三山独立自高低。
秦淮影落台城柳，磊石金陵渭邑西。

20 岁晏同左生作
岁暮问今关，天涯待客颜。
梅花冬日落，雪色教天山。
叹止诗词步，行成日月班。
临流川上日，一水几湾湾。

21 夜雪泛舟游南溪
舟行夜雪半南溪，竹节闻风一鸟啼。
渡口呼翁知岁晚，红颜待岸不高低。
烟波浪里婵娟色，步履形中日月西。
醒醉无知身是客，狂郎只怨化春泥。

22 谒巫山庙
猿啼一峡半李唐，路入三江两岸妆。
水色千分知宋玉，天光万鲜楚襄王。
云去江雨江山外，暮暮朝朝日月堂。
庙里如今空谷没，原来草木是他乡。

23 鹧鸪
一曲两三声，三春半九鸣。
耕耘时令早，日月去来萌。

24 岁除对王秀才作
一夜促双年，三声外竹宣。
梅花呼欲止，沃雪满方圆。

25 木槿
国色天香木槿花，南泮骤雨故天涯。
心成蕊念云光寄，化作春泥似我家。

26 章江作
玉笛轻吟野草荣，章江细雨杜陵晴。
冬春一曲梅花落，驿旅三声壁笔名。

27 南昌晚眺
南昌晚没九江流，故郡南烟半岳楼。
万树蝉鸣争上下，滕王阁上问春秋。

28 衢州江上别李秀才
楼中李秀才，水上玉舟开。
酒里千行泪，行前几度来。

29 癸丑年下第献新先辈
读月五更残，知书一冕冠。
文章天地外，日月去来宽。

30 咸阳怀古
渭海何从可去留，咸阳古邑几春秋。
山光不问秦王尽，水色难客楚汉休。
指鹿丞相多见少，未央二世李斯因。
纵横自此何依旧，战国东西已故周。

31 绥州作
钱塘汴水北南流，烽火长城草木秋。
带雨行云孤客没，明妃汉月帝王羞。
胡姬八拍三声曲，鹁鸟千云半九州。
暮色单于时向马，扶苏笔墨月如钩。

32 和同年韦学士华下途中见寄
晴川蜀道剑门西，缘柳阳澄古驿堤。
车到山前何是路，君行上苑九云梯。
巫山有客江流去，白帝无城宋玉犁。
学士途中寻所以，文章字句是高低。

33 丙辰年鄘州遇寒食城外醉吟七言四首
春风杨柳鄘州烟，醉酒清明洛邑田。
二月江花呈色见，红娘乱送女郎船。
云云雨雨各殷勤，水水山山几不分。
草草花花千处处，香香白白一群群。
清明柳色半分匀，乞火窗明一度新。
玉树初盟红艳好，秋千欲落向三春。
云烟雨露近清明，百鸟群芳欲纵横。
小草无心同里被，虎丘月色满吴城。

34 鄘州留加盟张员外
君山一叶落江南，五月千丝羹茧蚕。
自锁层层言语尽，明明月色入三潭。

35 开阳县阁
雁带斜是入渭城，僧寻野渡问枯荣。
吴江一夜三桥上，汴水千波几度清。

36 伤灼灼心灼灼，蜀之丽人也。近闻贫且老，殂落于成都酒市中。因以四韵吊之。
酒市梅花一曲名，青楼玉树半花荣。
成都舞落王孙色，玉腻肌香透羽情。
楚楚云浮仙界远，灼灼雨骤蜀人倾。
如今日月合则少，不似阴晴去来明。

37 汉州
江流一半汉州城，日继三千触目惊。
酒市旗招无醉客，红楼管笛尽余声。
人心厌弃开元日，事乱何咸几地欢。
古木临风金雁驿，时光共渡太平情。

38 长安清明
长安细雨半清明，渭水粼波一洛情。
乞火初分窗外色，闲情似柳限阴晴。

39 秋霁晚景
川空千万里，叶落两三声。
夏夏秋秋色，阡阡陌陌明。
风光清白画，日月去来晴。
五女姿身减，天山瑞雪倾。

40 和人春暮书事寄崔秀才
梅花落尽化香泥，小杏流红染玉溪。
暮色何限情所寄，归心照旧付东西。

41 多情
风花雪月几多情，下里巴人一梦生。
宋玉巫山云雨赋，萧郎惆怅去来盟。

42 边上逢薛秀才话旧
旧日同年醉武陵，长亭绝对玉香凝。
阳春白雪怜红袖，楚市吴城几度兴。

43 饮散呈主人
梦觉粼粼水，溪清静静流。
云烟峰岭厚，草色一千秋。

44 使院黄葵花
朝阳始见一葵花，暮日终情伴夕斜。
早晚阴晴何所欲，仲秋粒粒到人家。

45 摇落
摇摇欲坠半秋城，叶叶随风一故英。
缘缘形成千世界，红红落去万枫明。

46 奉和观察郎中春暮忆花言怀见寄四韵之什
楚客云中一几歌，长沙邑外半蹉跎。
群芳雨里争先露，碧玉人前日月梭。
暮忆观察花草色，朝寻韵字帝王家。
陶陶不绝文章事，处处君颜你我他。

47 奉和左司郎中春物暗度感而成章

春光暗度威人身，夕落成章向日珍。
海市江潮千万里，风云雨露两三萍。
咸阳楚汉秦王去，洛邑隋唐水调新。
宋玉行文朝暮语，巫山是客作红尘。

48 少年行

一语自倾身，三生独误邻。
东风云雨在，易水可秋春。
酒市胡姬色，交河白马亲。
楼兰朝暮问，东高夕阳珍。

49 令狐亭绝句

文章半在令狐亭，日月千寻草木青。
笛管无成圆缺月，诗词已是帝王铭。

50 闰月

月色半烟华，闺房二月花。
佳人藏信物，鹊岸渡人家。

51 闺怨

楚贮半知音，空藏一蕙心。
宫寒明月照，玉暖枕边阴。

52 上春词

上春词，东风半上柳杨枝。柳杨枝，
草木知，春花秋月四方时。四方时，
女儿迟，梅妆欲暖惹相思。惹相思，
日月恣，春蚕至此束新丝。
孔雀开屏招展尽，香泥始末玉人姿。
玉人姿，云雨师，江南处处靖伊脂。
门前应敃堶池水，红颜影落菲清池。

53 捣练篇

捣练声声一月明，朱门妇唱半衣情。
三边苦尽寒天地，十陌霜成冻土城。
欲寄楼兰冬雪重，凭心系与征鸿平。
交河白袷菱花近，不绣鸳鸯事莫生。

54 杂体联锦

斑竹青青泪两行，潇湘寂寂水三塘。
苍梧莫问寻夫路，尧舜春秋日月光。
驿子千年思故土，飞鸿万里到衡阳。
君山叶落洞庭岸，八面归根是四方。

55 长安春

长安二月满红尘，渭水三波色粼粼。
洛草如丝随谷秀，泾流似带任天津。
知青踏草群芳路，少女无心怨缘茵。
昨日云浮无见地，今晨雨落是新春。

56 抚盈歌

一曲半招摇，三声九玉宵。
春光杨柳色，草木去来条。
闭户难知八月潮，开门鲜艳万人娇。
丝弦主柱琴音去，花红笑面几轻桃。

57 赠峨眉山弹琴李处士识者咸云数百岁，有常建赠诗在。

如狂似醉一琴声，常建诗言半蜀城。
处处春秋何是客，悠悠日月几人情。
茫茫四海无归去，落落三生草木城。
醒醉云中天马去，阴晴世外亦枯荣。

58 江酤赠别

谢曲知间怯渭城，风光柳色两相倾。
云天白马行无止，野渡推舟草木平。

李山甫　八首

泰山石敢当，孔府杏坛扬。
齐鲁三英界，黄河任四方。

寒食　二首

柳色条条一半斜，春阴漠漠丝人家。
东风处处化新雨，万井楼楼五六花。

59 仲秋，听淑女孙高山流水曲之寄。

高山流水一知音，下里巴人半古今。
木槿形中非主客，仲秋月下是清心。
南洋马来西亚

60 之二　寄于楠楠

吕氏春秋"本味篇"，高山流水入琴弦。
知音应外樵渔客，自得南洋日月田。

61 之三　老三自语屠马

故国人前草木树，仲秋朋下马来门。
幽幽木槿红花夜，楚楚南洋老树根。

62 之四　寄友

耕耘日月下南洋，草木丝林见栋梁。
木槿花红成祖国，仲秋毕业一银行。
秋千一度出红墙，玉女三声落地香。
怯下荷衣何处去，羞人不可向家乡。

63 牡丹

不等东风独自开，群芳未语色先来。
仙包欲吐妖情徵，晓露精神艳遇猜。

64 寓怀

思思量量寸心明，度度招招理智清。
驿驿行行多路路，先先后后是人情。

公子家二首

几度问王孙，生平待客门。
所名非主意，跷首是乡村。
不事一闲游，行非半去留。
王孙公子客，莫鲜问春秋。

上元怀古　二首

未知日月未知愁，不守江山不年头。
总是笙歌鹦鹉客，何因曲舞曲江楼。
千年一帝王，万里半边疆。
铁柱云南水，楼船几故乡。
儒生多少及，仕患几炎凉。
五百罗汉果，三千弟子昌。

李洞　五首

65 终南山二十韵

南山半雪田，洛邑一云烟。
渭水东流去，苍茫入陌阡。
秦人多少地，一语曲江川。
积雾盘根树，穷途月半弦。
残阳高照处，暮色满长天。
翠漳由深遣，漠随客舍怜。
孤峰藏玉路，叠石逐寒泉。
欲没移风俗，形身老者贤。

66 毙驴
不忍高悬旧竹鞭，难言俯月再耕田。
三生蜀道千盘转，一寸藤条半寸天。

67 赠庞练师
半在涪江汉语娇，银河欲渡待鹊桥。
金山建业孙刘误，赤壁东吴大小乔。

68 客亭对月
月色年年不在家，圆时阔别缺时斜。
来来去去同天下，暮暮朝朝腊岁花。

69 病猿
蜀路声声一半愁，猿鸣处处大江流。
巫山楚雨吴云去，石作君王作客侯。

薛逢 一首
昭华一废池，白马柳杨枝。
夜月寒沼落，婵娟锦带丝。
庄周帘外雪，宋玉物齐诗。
只读南华水，浮华不可期。

裴庭裕 一首
以客为奴楚客家，欲开又闭木兰花。
春风不止桃千树，玉影依依已夕斜。

李昂 一首

70 戚夫人楚舞歌
夫人楚舞半情歌，末曲情终一蜀河。
不胜王侯争日月，珠帘画栋几尘多。

沈佺期 二首

71 古意呈乔补阙知之
黄昏万里郁金香，远树三山玉影杨。
八月分明秋色最，千言万语欲呼堂。

72 杂诗
仲秋十五最分明，日月三千不立声。
缺缺圆圆多少问，来来去去是枯荣。

王泠然 一首
隋炀一水过扬州，水调三声作石头。
代谢年移何用道，江河自北向南流。

何扶 一首
叶落黄昏一树鸣，芭蕉雨色半阴晴。
婵娟玉兔寒宫影，八月仲秋月最明。

汪遵 一首

73 题太尉平泉庄
太尉一平泉，群芳半地天。
纵横杨柳木，惆怅两三年。

74 燕歌行并序
一曲过榆关，三生读燕颜。
惊闻寻易水，日落古城峦。
君子千人处，男儿十万山。
黄河壶口问，此去几湾湾。

孟郊 一首
南洋一雨林，北国半云深。
缺缺圆圆月，来来去去音。
千四孤独问，万里结人心。
草木丛中见，阴晴是古今。

陆龟蒙 五首
平平水色半芳塘，落落云光一鹤乡。
不向朱楼惊四座，如今世上少鸳鸯。

75 和人宿术兰院
拙政园中一苦林，吴城月下半人心。
洞庭木落江湖叶，汴水南流已至今。

76 春夕酒醒
酒醒人间酒不醒，心随世上未心诚。
身前日月移朝暮，雨后浮云万木荣。

77 齐梁怨别
寥寥不可怨齐，楚楚难分问别乡。
缺缺圆圆天下事，来来去去客衷肠。

张籍 七首

78 寄远客
春桥野水明，远客路山行。
万里知天下，千肠百味生。
扬长来去见，俯就故荒城。
渡口舟帆落，秋蝉几不鸣。

79 宿溪中驿
楚驿落溪中，寒宫故客同。
明明潮不语，静静莫闻风。
流口临江影，孤舟未始终。
浮云争水色，夜雨老梧桐。

80 惜别
月里一枝花，寒中半客家。
婵娟常共渡，渡口向天涯。

81 襄国别
晚色满荒城，春光向远倾。
游心常不空，客衹问乡情。
暮里三江岸，云中一道横。
孤身无计取，只谢野棠明。

82 送蜀客下南洋
读书南洋骤雨倾，无光自取作阴晴。
蚕丛不问鱼凫故，木槿花红草木城。

83 送友人游吴越
寻春不遇探残梅，小苑东风暗自催。
莫向三吴寻草色，何言越语待船回。

84 苏州江岸留别乐天
一语姑苏别乐天，三吴归事客家船。
龙门曲里千章叙，洛邑城中几管弦。
细柳轻姿寻酒色，婵娟欲舞别时圆。
京都纸贵荒原草，不得今昔是旧年。

曹邺 二首

85 故人寄茶
草木人中一品茶，阴晴月里半山崖。
三英露雨旗枪嫩，半叶东风入我家。

86 始皇陵下作
咸阳楚汉未央宫，磊磊长城汴水红。
落落扶苏中笔具，焚人不见读书坑。
（古今诗二万七千首，"读诗读画读人生"而成。）
读诗读画读人生，问高问低官道明。
几遍唐人诗五万，古今诗集客三声。

才调集（四）

古律杂歌诗一百首　〔唐〕韦縠 编　唐人选唐诗十种之一

1 杜牧　三十三首
毛毛细雨洗梧桐，滴滴珍珠欲始终。
叶叶枝枝流不止，吴吴楚楚尽飞鸿。

2 题齐安城楼思兮
一角江楼八面鸣，三江落日四方倾。
凭栏欲纵千山没，回首乡山五女城。

3 扬州二首
水调到雷塘，扬州作帝乡。
长城多战乱，汴水富苏杭。
赵构三朝马，扶苏一浮强。
难言千百岁，不忆半秦皇。
曲曲湾湾汴水流，成成败败洛阳侯。
秦皇汉武隋炀帝，孟女长城问白头。

4 九日登高
登高九日见分明，落叶三秋待渭清。
暮色苍茫临远近，黄河浪迹几阴晴。

5 早雁
衡阳早雁一人来，宣化寒风四散开。
瑞雪纷纷沉塞北，群芳处处小姑回。
分明半阴晴色，锦瑟三声动地哀。
水浅林疏空旷野，山深古木上琴台。

6 旧游
园中芍药红，月下牡丹风。
水色山光照，云重雨露浡。
长陵非小市，昼中是枭雄。
久没相思处，纤衫各不同。

7 村舍燕
半筑人家半绕梁，一枝草木一枝堂。
三生旧地三生换，几语呢喃几语娘。

8 题宣州开元寺水阁阁下宛陵夹溪居人
宣州水阁平溪流，落日楼台一笛休。
草色连天空渡岸，开元寺里一春秋。

为人题　二首
我一有人心，君无半古今。
虚传寸易水，胜奈问知音。
日落天山色，云临老树阴。
寒宫凌桂影，苦读误听琴。
文章终向道，莫作白头吟。
乎几十色流，岭树一春秋。
月影婵娟在，芳菲问九州。
青娥桃李杏，舞貌貌难求。
浦岸红楼曲，残晖入旧舟。

9 池州春日送人
池州一酒香，梦去十年梁。
楚岸归心远，吴帆半断肠。

10 长安送人
风和孔府名，雨打后头城。
草色秦淮岸，芳非古月晴。
青梅温酒煮，白杏对烽情。
草密枝繁短，人稀渡口横。

骊山感旧二首
潼关落日起黄尘，玉叶金枝驸马君。
一曲开元天宝去，三朝故作老人辰。
柳字还杨山枕笔，渔阳不奈正真身。
霓裳不在梨园在，红颜一笑玉妃珍。

11 街西
欲过墙头小杏花，长安一半富人家。
群芳斗艳生平短，不似东风二月花。

12 江南春
雾里姑苏雨似烟，云中拙政露如田。
南朝应似台城柳，生刹钟声到客船。

13 寄人
隐隐青山十二桥，悠悠玉笛两三萧。
琼花一夜扬州梦，瘦里西湖分外娇。

14 寄远三首
山前路远一心遥，意短情长半碧霄。
共与婵娟千万间，阳春白雪水迢遥。
悠悠水面半南陵，落落风光一玉冰。
雨重云轻天欲变，江楼小杏过檐丞。
一字向衡阳，人中向客肠。
潇湘天地阔，口外已苍苍。

15 赤壁
赤壁东风艳未销，周郎示得草船遥。
孙权一蜀连千路，诸葛三吴问二乔。

16 月
一半婵娟共夜眠，三千岁月独行天。
孤身不似陈皇后，曲断昭阳宋玉田。

17 定子
知情一曲广陵春，定子三声语晋秦。
结带千重天宝女，身心半锁玉门人。

18 题扬州
寄托寻情十日行，归来有约女儿惊。
十年一梦扬州去，落得人间是旧情。

19 题水口草市

水口溪流草市新，山烟雨露浥红尘。
鸳鸯不起何惊梦，玉树后庭处处春。

20 汉江

溶溶漾漾浸流江，碧碧红红映玉窗。
带带衣衣连天色，朝朝暮暮向单双。

21 柳

春风十地问西东，碧色三江任始终。
宋玉身前摇摆问，巫娥庙里左右衷。
群芳不得争招展，素玉无言灞上鸿。
山杏桃花梨色染，留云纳雨伴深宫。

22 悼吹箫伎

箫声不断付流年，玉影难言问旧娟。
满地春光云雨色，艳质空余待明天。

23 题赠二首

来来去去一杭州，暮暮朝朝半日楼。
豆蔻年华三二月，十年未见万千愁。

多情不似一无情，有意无心半不成。
别离何言非缺欠，相思总是故时荣。

24 秦淮

秦淮月色半寒花，桃叶女儿一汉家。
八艳成功明已去，清人不唱浪淘沙。

25 代人寄远 二首 一本作一首

银河鹊语天桥，七夕牛郎雨消。
织女惊情夜暗，人间几处风潮。
丁香结difficult难消，白芷翟翟欲条。
玉柳阡阡陌陌，梧桐处处天骄。

张泌 一十八首

26 惜花

雪月风花草木迟，春光孔雀东南枝。
王侯记恨何人事，金谷楼前委地时。

27 寄人

梦旧依依不到家，回廊曲曲玉人斜。
京城不似青春寄，百岁争成二月花。

28 又

无须旧梦半枯荣，每年春时二月生。
别馆逢亭情不尽，原来忆取不分明。

29 边上

日上城西是我家，云浮岭树雨丝斜。
桓仁五女三边北，读仕燕山一腊花。

30 长安道中早行作

庄周一梦半余情，祖逖三生十地名。
牢落星河天欲曙，孤灯驿道路方明。
长安八水江山客，洛邑千山日月盟。
函谷关中何大业，临潼市外苦年成。

31 下南洋

红色南洋木槿花，小园碧玉白梨斜。
银行岸渡天津鹊，不到牛郎织女家。

32 洞庭阻风

江风一浪向洞庭，岳麓千章读客铭。
尽日书生闺百度，潇湘月色入三空。
衡阳浦口何人向，常德山前岭木青。
怯向小姑云雨止，长沙有客问零丁。

33 春日旅泊桂州

暖意川流一桂州，芳心不止半求留。
莺声似管啼花草，物色难为付去流。

34 晚次汀源县

湘源锦瑟一江楼，二女苍梧半带愁。
潇潇夜雨行行泪，如今斑竹自无休。
九疑山下声清静，百里梅中曲岸舟。
桔子洲头汀芷处，长沙楚尾九歌流。

惆怅吟

35 南洋八哥入家园

惆怅徘徊一叶舟，阴晴圆缺半心留。
来来去去三千梦，暮暮朝朝十地忧。
蓟北何须天地客，南洋不语八哥羞。
情荒老处枯荣外，岁不冬春不夏秋。

36 秋晚过洞庭

洞庭一夜满秋风，岳楚三吴半夏虫。

暮色江洲桔子树，归帆不落复西东。

37 题华严寺木塔

华严木塔寺门开，日照香炉古刹台。
曲曲扬扬浮渭水，云云雨雨晚烟来。

38 经旧游

不到高唐客不还，三江楚峡水三关。
朝朝暮暮归何处，雨雨云云两岸山。

39 碧户

一户半门开，三春两地梅。
千家和紫气，万里入琴台。
碧玉群芳色，春秋日月裁。
衣更时令去，不懈晚风来。

40 芍药

一品芍药红，三更日月风。
千花凭色取，万叶任由衷。
不怨群芳妒，寻寻草木虫。
形身非主客，教化是始终。

41 春晚谣

云微微，雨霏霏。清清晓露满蕾薇，
细细珍珠流欲止，欣欣叶雨映春晖。
幽幽一梦萧关近，柘柘三身作玉妃。
欲起还沉余忆在，流莺曲尽向谁飞。

42 所思

烟花碧水一春扉，玉影形姿半桂宫。
细雨随情留不住，浮云结露作鸣虫。

43 春江雨

帆归一带裙，竹影半耕耘。
暮落春江雨，花红绣枕云。

戴叔伦 四首

44 秋日行

山高晓色寒，玉顶雪云观。
道路连天远，长亭草木宽。
明河千里尽，露水一方澜。
侵足行程表，从心历练难。

45 渐次空灵戍

渐次一鸿城，春回半水清。
方圆非主客，早晚是先生。
不作川流岸，何寻足迹声。
衡阳归不得，更逐去来程。

46 赠韩道士

一路空灵一野花，三清道士半天涯。
桃源处处闲烟落，五柳丝丝楚汉家。
白鹤仙姿人未老，东山面壁草生芽。
壶中应有春秋水，闭谷还原你我他。

47 潭州使院书情寄江夏贺兰副端

洞庭十日波，楚汉雨江河。
俱得三千载，何须一半多。
君山知日月，色落小姑荷。
此寄潇湘客，书情泛役歌。

宋 一首

48 春日

微黄细叶出初芽，剩雪林中二月花。
小鸟纷飞争日暖，女儿怯意误人家。

曹唐 二十四首

平生字里一行间，草木山中半碧峦。
日日耕耘辛苦事，阴晴圆缺对书山。
人间一半校书郎，天下三千里路长。
日上龙门多锦重，君中岁月事无疆。

49 大游仙刘晨阮肇游天台

刘晨阮肇到天台，石路大烟口失来。
不省仙章南北名，桃源只在汉秦猜。
鸡鸣犬吠洞中日，草静风和主什才。
莫道生前知此里，疑人未可作徘徊。

50 刘阮洞中遇仙人

阴阳树下一乾坤，日月云中半子孙。
草木山前何自语，天台棋里故牛蕴。
苍苍霭色长天地，渺渺霞重路迹为。
不得花间人出入，仙声一半不知根。

51 仙子送刘阮出洞

子子孙孙一世名，来来去去半人情。
先先后后天台草，代代人人九界横。
玉树殷勤相送别，琼花不作故云盟。
溪头不语成天地，一主难荣一什荣。

52 仙子洞中有怀刘阮

山中岁月以年名，世上春秋似度成。
洞里阳和棋上语，人间日月付枯荣。
玉草瑶沙何不语，桃花洞水只清平。
回首先生无处问，原来故事是平生。

53 刘阮再到天台不复见诸仙子

人行世上不回头，草碧云中记去忧。
寂寞山林成别地，天台玉树自春秋。
烟霞几度风华易，雨雾苍茫四面求。
醒醉难客真路远，青黄亡外岁年流。

54 红硕重寄杜兰香

碧落云消几黄粱，笙歌曲舞上苑堂。
空灵不就三清地，白鹤归飞一柳杨。
十二峰前由楚客，三千里下任衷肠。
人间遗误西风去，烟笼玉女杜兰香。

55 玉女杜兰香不嫁于张硕

天上人间两渺茫，牛郎织女一河旁。
云中不似多情水，雨里无言半凤凰。
看破红尘忧怨少，忡情岁月杜兰香。
三山不近玉树近，八水长安绕楚王。

56 萧史携弄玉上升

弄玉萧郎一曲扬，人间天上半天光。
秦楼不似宫化月，洛水述鸣岸柳杨。
去路遥遥烟驾间，来函处处月娥藏。
春风碧树长安客，未散清华是故乡。

57 黄初平将入金华山

千川逐日万峰峦，九脉重云十地关。
一步金华山下路，三生世胜一花颜。

58 织女怀牵牛

银河织女待牵牛，一水千年十地流。
锦字难成书不断，相思俏问是春秋。

59 汉武帝思李夫人

相思汉武李夫人，金屋藏娇玉女身。
暮色羊车锓几何，相如不赋奉微尘。
长门桂色寒宫少，紫气东来白可亲。
夜夜声中由百度，冰颜只向太微珍。

60 小游仙三首

不问昆仑可问君，丹炉火树玉纷纷。
桃花流水刘晨去，阮肇天台一半云。
西施来语有鸣禽，刘阮移心尽日寻。
少女春心何处问，斜倚玉树不须吟。
三清故道一人身，九脉江流半旧尘。
一曲阳春多少意，如今世界去来人。

61 长安舍叙邵陵旧宴怀永门萧使君五首

长安叙旧半红尘，渭水江青一舍春。
桂树葱茏游子尽，清风明月自心珍。
情归九日争天下，高就千章向天津。
不到龙门终是客，楼台水榭几相亲。
文章一度信陵村，日月梨花籍子孙。
满简玉史长醉客，当里不信是黄昏。
空城半对玉山空，线甸三春杏李红。
夜月千年相异取，东风一日有无中。
月上红楼一半明，人中玉树两三倾。
山前有路重城远，竹后清姿十指情。
月满山川一目秋，门重草木半朱楼。
声余竹影何长短，玉落天津曲管由。

施肩吾 二首

62 夜燕曲

燕山夜语雨丝长，木架义心云绕香。
十二仙姿沉凤露，三千弟子作红妆。
苏盏自醉从客去，玉软难平曲柔乡。
酒入情深人不语，芭蕉四展是衷肠。

63 代征妇怨

人间自古女儿肠，似奈婵娟却红妆。
汴水年年流不止，长城处处喜良郎。
三江只是东西水，石上重夫几度凉。
未辨寒宫后羿问，嫦娥桂影锁鸳鸯。

赵光远　三首

京华一度半王孙，渭邑三声雨玉根。
水榭红楼歌不尽，斜光役落是黄昏。

咏手　二首

纤纤细细十凝脂，楚楚倚倚半玉枝。
弄弄弹弹弦管响，婷婷立立曲人迟。
流前不付临бытия照，雨后形身霸主时。
好似芭蕉云雨露，圆圆润润古今诗。
十指尖尖细又长，千姿楚楚玉根藏。
象牙曲曲直方定，占角珍簪落古香。
点点弦弦红软树，修修节节素脂江。
拾来八拍惊天地，谢女闻声是谢郎。

孙启　四首

64 赠伎人

红衣一伎尘，碧玉半姿身。
醉态从君子，形身向小人。
刘郎主赌猎，宋玉不归亲。
彩翠寻西子，云边不雨沦。

65 题北里伎人壁三首

后庭花落玉步摇，流前付影对云霄。
虚图水色凭空问，织女牛郎待鹊桥。
谁知何处待阿娇，一日涛声一日潮。
去去来来形不定，天天地地欲难消。
粗粗细细一心高，女女儿儿半玉毫。

一曲无声呼不耐，三声白果比葡萄。

66 崔珏

人间自古一鸳鸯，世上从今半柳杨。
渡口舟头云雨岸，银河织女问牛郎。
双飞比翼交颈宿，逐水寻身獭岛光。
不可孤姿分两处，宁怜雨雾共寒塘。
只影江云鹤独眠，双音雁语共长天。
禽情不比鸳鸯鸟，芷密兰深是月圆。
花花草草一春秋，鸟鸟禽禽半去留。
只有人情相似处，芳心肯羡顾时愁。

67 有憎二首

一客红妆半客肠，三分玉佩两份凰。
烟霞管顶朱楼上，粉翠珍身比素光。
风流占尽一文章，锦绣成功半佩芳。
斛爱临邛即付酒，诗词玉树作兰香。

68 和人听歌二首

幽香处处一兰房，乐曲声声半寸商。
细管悠悠珠才易，烟沉处处欲留香。
下里巴人自柳杨，阳春白雪客情伤。
高山流水知音少，唱晚渔舟渡口忙。

司空曙　三首

69 病中遗伎

此去龙门一乐天，原来白马半无田。

小蛮似舞人难尽，不作人间小少年。

70 江村即事

江村一吕小桥人，月色同圆故客身。
雨载姑苏问里梦，原来古刹渡红尘。

71 峡口送友人

天涯一去半方巾，渡口千情一客身。
万里婵娟同共色，千年故里是家人。

72 项斯　一首

迢迢一道远，处处半心高。
落落行人问，悠悠客地袍。
秦川多少士，渭水去来涛。
上掖形成地，咸阳向英豪。

下南洋

73 高丽堂

南洋暮色颜春香，五女云峰上丽堂。
鸭绿江边不心没，梦龙渡口近家乡。

74 之二

一半南洋一半分，两三木槿两三唐。
华人异国黄粱梦，彼此方成此处扬。

第三卷 唐人选唐诗

才调集（五）

古律杂歌诗一百首　〔唐〕韦縠 编　唐人选唐诗十种之一

古律长歌百首吟，诗情画意一知音。
形成路短何成败，日月兴亡是古今。

元稹　五十七首

1 梦游春七十韵
七十半游春，三千一令亲。
东风扬紫气，碧玉淑红尘。
遂果平生志，清泠浅漫沧。
桃林红满色，杏雨素冠巾。
树下花丛就，云中雨露珍。
池光临竹影，叶碧玉鸣邻。
渐到泉溪路，频移足迹新。
鸟龙何以慕，鹦鹉唤人身。
隔岸无隋汉，洞足有晋秦。
吴钩连日月，越曲正东瞿。
铺设珊瑚帐，埋藏草木筠。
施张呈曲籍，委露百花津。
历世香妍敛，平生以果因。
芙蓉台履迹，木槿色深均。
塞北燕山客，南洋八达臻。
台欢常作树，沿溯老翁淳。
读入京都士，风华魏晋民。
荧回尤久寓，彼殁向天畤。
此觉扬州梦，何言彼地麟。
无由凭结念，返社任浮筵。
道怯尤坚萃，儒心客陌询。
佛光由普照，紫气任时循。
俯就灵芒近，高音附佩伦。
龙门多少士，甲第纵横辛。
易水楼兰诺，交河落暮陈。
南洋无四季，骤瀑百姿陈。
石磊银行著，门成大觉神。
同殊天地外，共语去来钩。

七十常回首，三千日月珍。
南洋年岁老，木槿碧红尘。
落落方圆故，悠悠主客均。
营营何所措，事事一人身。

2 桐花落
细雨满梧桐，轻云作雅风。
新芽成碧玉，落叶似飞鸿。
草根一西东，阴晴半异同。
方圆三界外，日月五行中。

3 梦昔时
丁香一结盟，紫玉半轻倾。
叶雨潇潇间，晨风处处荣。
闲窗余遗梦，客舍向行程。
故道成新步，合时日月明。

4 恨妆成
楼中一隙明，阁上半峰荣。
素粉凝香重，红妆卸未成。
轻身临镜面，拂面恨脂倾。
不愿花间露，东阳莫独晴。

5 古决绝词三首
天上牵牛织女星，人间男女独孤铭。
鹊桥不渡痴心客，七夕难言草木青。
东风半斛玉冰城，木槿三红美色英。
旷绝人间桃李见，春波北色易枯荣。

6 马来八达家雅
红芳木槿八枝红，日照南洋一树衷。
骤雨轻去三世界，四方八达九脉东。
夜夜苦思眠，幽幽待雨天，
云云天下事，处处久经年。

7 樱桃花
陌上一樱桃，田中半玉袍。
花红叶碧情无折，卸限罗裙似低高。

8 曹十九舞绿钿
含情舞不停，孜意曲如萍。
柳叶随身落，梅花坠后庭。
摇摇双袖短，楚楚独身伶。
往往千姿览，休休万目灵。

9 晓将别
月下小樯西，芳中晓色移。
行程何举步，枕岸玉人迷。
复结相思路，还闻旧木楼。
霓裳临树挂，日后可高低。

10 闺晚
月色满洞房，委地玉兰香。
素臆惊云雨，凝情似曲肠。

11 蔷薇架　清水驿
行程万里一东西，九脉千年半化泥。
一架蔷薇清水驿，三春日色各高低。

12 月暗
月暗鸟无啼，灯残玉影西。
珠帘空隔夜，夜漏断还齐。

13 新秋
岁岁一春秋，年年半九流。
生生何此路，叶叶十三州。

14 赠双文
辛多苦自劳，势大位置高。
晓月行终尽，春苏见欲牢。

651

天光三界外，草色半英豪。
渡口知杨柳，东风一把刀。

15 春别
处处一幽芳，人人半断肠。
春风杨柳岸，草色满荒塘。
世路关山远，君情汉口堂。
知音回顾少，别地问兰香。

16 和乐天示杨琼
江陵一日一青春，居易杨琼半唤人。
约约依依三五步，婷婷落落万千身。
青衫玉貌红妆短，素粉姿轻不语颦。
君莫行歌君自醉，车来嫁作入红尘。

17 鱼中素
只到尚书台，不剪已自开。
斜红余泪迹，应是脸边来。

18 代九九
九九一重阳，千千万语伤。
春前颜色好，夏后果珍藏。
远没关山路，临流日月长。
低娥回顾问，隔岸向莲塘。
子满无天地，荷花一半扬。

19 卢十九子蒙吟卢七员外洛川怀古六韵命余和
蒙吟七洛川，六韵半云田。
浪满干河水，波圆万里船。
通辞明府叙，寓目尚书弦。
玉岸凝冰尽，新芽一半天。

20 刘阮妻二首
刘辰阮肇半仙人，子女夫妻一去尘。
叶落千年归不去，乡家百世已无亲。

21 桃花
桃花一色深，处处半人心。
楚楚行人意，摇摇欲不音。

22 暮秋
樯西日渐沉，返照远山深。
落叶三阡陌，声声一夜衾。

23 压墙花
可见墙头小杏花，须言里巷故人家。
红衣碧著成儿女，不认平阳种豆瓜。

24 舞腰
摇摇欲展意难消，不以音声以态娇。
但似巫山朝暮客，何须宋玉楚郎桥。

25 白衣裳二首
千姿百态一腰身，两处三春九教人。
莫以含情成世界，直郎坠入半红尘。
婷婷玉立一莲蓬，倚倚芙蓉半碧踪。
露水轻沾杨柳色，周虹力画作龙宗。

26 忆事
红楼玉树一云天，水榭亭台半独眠。
月落深池桐影暗，何须花影挂窗前。

27 寄旧诗与薛涛因成长句
江楼不断问江流，细赋薛涛向细柔。
月夜风轻云雨后，牛郎织女自春秋。
男儿不似萧郎后，金屋藏娇素笺由。
碧玉深从浅都水，梅花落尽几行舟。

28 友封体
雨点浮萍一半声，云沉柳岸两三城。
微风暗度群芳夜，客梦难消不可明。

29 看花
东风细雨百花繁，旷野芳庭万草萱。
少小相逢老大问，须心世上作方圆。

30 斑竹得之湘流
斑斑竹竹沿湘流，苍苍莽莽感旧愁。
娥皇庙里行行泪，万古啼痕处处留。

31 筝
莫愁一度向王昌，月曲三声恐隔墙。
火凤求凰凰不语，春莺作伴伴还乡。

32 春晓
半入芳城半入荣，一枝醉人一枝明。
千心欲没千心重，万叶丛中万叶情。

33 春词
院落无人暮日光，庭堂有色烛心长。
浮花点水门前去，不语莺啼待影妆。

34 所思二首
知音不似问江流，汉口还闻去国忧。
黄鹤楼前何所见，琴台太白几难留。
鄂渚茫茫细雨微，秦楼处处女郎徘。
琴台历历三江水，汉口萋萋半九州。

35 离思六首
出门一半旧衣裳，上路三千驿道长。
月夜濛泷云雨泣，渔夫石上久思量。
长亭一路远天连，古道三春半雨烟。
散漫清香儿女问，阡阡陌陌已耕田。
平生自是读书肠，易水犹惊士子扬。
日取三光寻北斗，须臾弹指上中堂。
一朵红苏半溢香，三春碧玉十清妆。
千山毕竟多杨柳，不倒长城是喜良。
红衣短袖一低昂，吉了花纱半卸妆。
粉底情多少问，不缺还言是衷肠。
三春自是百花开，十地行程半不回。
日日汉心杨柳岸，年年丝慢似还来。

36 杂忆五首
仲秋十五月无光，骤雨三更夜梦长。
偶有惊雷深浅响，难知几度下南洋。
一半书生有暗香，三生岁月度炎凉。
诗词忆取通今古，草木丛中有抑扬。
寒宫夜夜问嫦娥，桂影时时两地歌。
天上牛郎寻织女，人间处处鹊桥多。
诗人处处渡天河，独目年年唱九歌。
不斗长沙何落泪，双文忆限影婆娑。
春冰一半玉凝波，漾影三江结银河。
忆得双文姿欲醉，红苏映照待青娥。

37 有所教
处处时时向旧迟，洋洋总总待天时。
人人总欲争时势，唯有冬梅挂雪枝。

38 襄阳为卢窦纪事五首
影乱风轻问玉真，人间世上尽红尘。
巫山楚客襄阳见，应似芙蓉以自身。

风怀晓月入中堂,醉睡和衣作梦乡。
潜被刘郎卸玉佩,翻来不怒是情肠。
窗明几暗晓灯残,梦醉角轻玉带宽。
一夜樱花桃叶岸,三更渡口李花坛。
秦楼曲尽一箫声,帝子云天半玉情。
暂断人间来去问,回头自数星空城。
临波顾影水东西,古渡轻舟沿故堤。
抬举东风杨柳树,花枝招展有高低。

39初除浙东妻有沮色因以四韵晓之

金童玉女一衷肠,读子书生半去乡。
日月耕耘多少事,阴晴草木去来妆。
朝光漏下三更夜,雨露云扬九陌梁。
有主恩缓曾是梦,无情惆怅雅卿娘。

40会真诗三十韵

月淡玉波亲,朱门暖色唇。
人心惊喜乱,眉黛向天津。
渺渺初云雨,悠悠惠语绅。
回头流目秀,坐度帘栊春。
彩凤罗帔掩,姿华素粉匀。
红妆难不卸,竹枕待姻臻。
宋玉巫山赋,牛郎织女巾。
相如琴似寄,史穆驻弦秦。
蜜意方诚护,柔情已满身。
丰肌流雪露,润肤抱珠珍。
五夜鸳鸯舞,三更翡翠频。
千年方一度,百岁未因循。
十二峰前树,江流岸上茵。
留连桃李腕,遗绻意娇娠。
点点兰香汗,微微敛芳贞。
楼边栖鸟住,藻宓有妃筠。
枕赋交交作,衷肠处处新。
瑶池着未报,白练耳东陈。
海阔凭鱼跃,天高任鸟辛。
因由凭几顾,同盟是天伦。
许许音琴诺,飘飘欲没神。
风光相继取,足履顾文斌。
幂幂丁香结,昭昭玉树氲。
王家桃叶渡,旭日比东邻。

41亚洲友展投资银行

桃三杏四五年梨,二文千章一树齐。
有下南洋何业绩,银行木槿亚洲西。

郑谷 十一首

42登杭州城

一日上杭州,三春下九流。
钱塘潮不语,六合塔方求。
汴水行南北,西湖问去留。
施施纱影色,小小玉莲舟。

43曲江春草

草草曲江春,花花洛邑人。
香香三世界,寸寸一心身。

44十日菊

晓光落叶一新枝,晓院花明半不辞。
别日方长何富贵,春秋不尽去来时。

45淮一渔者

渡岸舟平一水青,沙头鸟落半零丁。
人归酒市儿孙逐,暮日秦淮带意听。
高音一曲杜陵芳,腊雪三梅玉色杨。
御漏方兴同日月,春台未秦共柳杨。

46席上贻歌者

一曲清歌满玉壶,三春月色半帝都。
江南处处闻鸥鸪,渭水青青有似无。

47淮一与友人别

秦淮月落柳杨春,孔庙风轻草木亲。
建业三声呼未止,金陵一醉过红尘。

48雪中偶题

莫问僧人一客身,当知腊月半红尘。
何须素雪归来晚,俱是人间去日珍。

49鹧鸪

日月阴晴自鲁齐,山峰壑谷各高低。
何须默默儿须女,只作姑姑不作妻。

50京师冬暮咏怀

独立长城比雪高,烟云雨露领风骚。
寻情腊月香山色,傲骨梅花著玉袍。

51赵璘郎中席上赋得胡蝶

碧玉有千香,红娘作百肠。
烟花三月艳,玉树半中堂。
水国群芳至,山林万鸟藏。
王孙深此意,只向嫁衣裳。

秦韬玉 八首

52长安书怀

霜风夜雨五更寒,木槿南洋一客单。
两地相知情似许,银行不可作云端。
形成日月春秋路,读遍诗书忆杏坛。
马首争时归不语,人心胜过亚洲澜。
雨重云轻似柳条,波连浪涌何天消。
春风一半问醉客,玉笛三千曲舞娇。

53对花

观音道场一人身,现世丞相半客秦。
不劝王孙知日月,群芳草木以心珍。

54贫女

蓬门未语绮罗香,不托良谋自柳杨。
只作知心常以受,同邻草木作衷肠。
群芳二月心花放,古木三春亦寸光。
应见年年来去客,只留情意嫁衣裳。

55鹦鹉

朝朝学舌暮暮闻,处处光声客客君。
默默无须争上下,笼笼只作一分文。

56织锦妇

朝朝暮暮一穿梭,纵纵横横半少多。
织锦回文知日月,牛郎织女没天河。

57独坐吟

独坐人间一孤闲,阳春九叠半玉关。
含情碧草群芳色,不可消云雨里峦。

58咏手

双双对对指纤纤,节节酥酥玉目瞻。
一曲千音何许待,三长两短自尖尖。

纪唐夫 一首

59 赠温庭筠

长安一日曲江春，八水千湾渭济津。
有识无知天命许，才高事短自人身。
皇家绶带何须锁，鹦鹉洲前欲比邻。
小杏出墙颜色好，梅花落地化红尘。

雍陶 一首

60 鹭鸶

独立江洲白鹭啼，风声柳叶雨云低。
成当俯就莲鱼水，一足朝天不忍栖。

刘禹锡 十二首

61 自郎州至京戏赠看花诸君子

一渡刘郎一度来，同江草木曲江开。
玄都观里玄都客，道是书生道是回。

62 再游玄都观

半见寒霜一见梅，三春瑞雪两春苔。
玄都观里刘郎客，一度春秋一去来。

63 听旧宫人穆氏唱歌

曾由月过十三梭，记得人间一九歌。
不见长沙休问客，当朝宰相已蹉跎。

64 杨柳枝词三首

一半江流一半湾，二千岁朋二千滩。
牛郎织女河边约，喜鹊云中去不还。
隋炀水调到扬州，岸柳阳春向九流。
玉树临风摇摆色，飞花似雪是春秋。
云飞雨落酒旗风，水涨船高渡口红。
碧玉桥头江岸柳，情心醉色任西东。

65 竹枝词三首

滟滪江流百度开，巫山峡谷半云台。
推推就就千情在，楚楚吴吴一雨来。
白帝城西十二峰，江流两岸万千容。
巫山细雨浮云落，应似人心处处踪。
处处江流水不平，人人渡渡曲无声。
心中故事何来去，眼下船竿一半情。

66 寄乐天

不向华翁向小儿，难来世上远人期。
阳春白雪何高调，雪里千山几步迟。
巷口乌衣王不见，生公谢守晚情知。
斯文未浅龙门岸，胜似唐朝五万诗。

67 鹦鹉

秦川一腔各西东，晋词三秋自异同。
汴水千流南北去，长城万里见飞鸿。
笼中一何言语，界里阴晴嘴角红。
海阔天高行不得，深宫壁磊玉房中。

68 和乐天送鹤

一鹤云天一鹤诗，半排苍空半排词。
三翻五跃龙门路，百度千姿玉树枝。

白居易 八首

69 送鹤上裴相公

不信听吟以鹤鸣，排云一字任阴晴。
苍空羽翼齐天去，自化风光纵鸟情。
厚泽恩施同晚宿，相公晓步与裴荣。
孤行许久青云顾，应的还鸣白家声。

70 王昭君

阴山一半宿青娥，汉侠三千客路多。
莫道昭君倾国色，红颜日月风穿梭。

71 邯郸至除夜思家

邯郸学步乐天涯，岁夜闻声不是家。
灯竹升天灰不尽，人间应取种桑麻。

72 题王侍御池亭

从商一日半生磨，落步三生作九歌。
毕竟江湖何以见，主人难美客人多。

73 蓝桥驿见元九诗

蓝桥驿壁一行诗，渭水长亭半月迟。
下马先寻君子字，余香至此是先知。

74 闻龟儿咏诗

湮小小知文诗以，继取唐诗云世冠。小小半知章，年年一柳杨。成成三万首，世世古今堂。

75 同李十一解元忆九作同李十一醉忆元九

花间一醉忆同年，月下三声问故天。
酒令千寻元九处，梁州万步一方圆。

76 古今诗

古去今来一半知，人成业就三千辞。
方成汉地于家士，读取唐人五万诗。

77 下南洋忆一九六〇年十读

青春学运一歌声，野火春风斗古城。
林海雪原红日色，江楼上海早晨晴。
我们播种人间爱，铁甲游击队伍英。
苦菜花黄齐鲁士，红旗谱上满芳名。

武元衡 二首

78 荆帅

金貂一再问云天，玉帐千重待九童。
策画江山巫峡晚，形成碧水始西东。
刘琨坐问风云曲，谢羽裁诗柳月宫。
白雪阳春三两叠，渔舟唱晚万千衷。

79 送张谏议阙

赴阙一云霄，行成半灞桥。
鸿尽千万里，马上李心遥。
玉带雄心阔，儒冠霜不凋。
年年寻觅处，岁岁柳杨条。

才调集（六）

古律杂歌诗一百首　〔唐〕韦縠 编 唐人选唐诗十种之一

1
隋唐自以古今诗，水调歌头共举词。
格律成规形意对，截文字句万千姿。

2 李白　二十八首
李白方成杜甫成，王维亡问武元衡。
昌龄礼物岑参客，张说佺期早晚情。

3 长干行二首
难攀蜀道长干行，竹马青梅儿女情。
滟滪瞿塘谁可问，平生一半不平生。

4 古风三首
万里少年攀，千言叙别颜。三春花草胜，
一去不知还。世路多蓬除，人生步履艰。
贡梁梦里客，白日不时闲。秦人一曲喧，
晋词半方圆。岁促春秋暮，生鸣日月田。
川流惊所逝，浦芷待行船。燕赵青云志，
黄河入海年。易水一波澜，长城半叶丹。
邯郸曾学步，宋玉雨云端。因故羊皮客，
何须鬼谷坛。平原君子问，只作摘缨冠。

5 长相思
浮云不尽雨含烟，峡谷汀流水注泉。
赵瑟初停朝暮色，吴箫欲秦去来船。
知音应取琴台路，蜀士汉虚欲外弦。
柱上凤凰何不顾，情中玉女几心怜。

6 乌夜啼
夜夜寒宫不择枝，年年落叶梦惊时。
啼声未止婵娟路，独宿经霜隔日迟。

7 古今诗
五万古今诗，三千弟子词。
风骚天下事，日月去来知。

8 白头吟
自作白头吟，平生问古今。诗书知读少，
谷壑碧云深。去去来来问，朝朝暮暮寻。
高山流水去，汉口遇知音。废废兴兴见，
成成败败箴。辛辛苦苦徵，日日自耕心。
夕色千山远，黄河万里吟。翁公知世界，
老汉一衣襟。腊月梅心动，东风一寸金。
非言三界外，是语半甘霖。嫩叶群芳至，
老树木成林。春秋自在临，阴晴循因始。

9 赠汉阳辅录事
鹦鹉洲头汉口楼，寒烟水落武昌愁。
琴台一曲春秋客，尺素三章下士忧。

10 捣衣篇
佳人闺里十余年，碧玉芳中百草烟。
玉手纤纤丝织晚，春云点点侠光悬。
寒衣欲捣何有寄，袖里沉香可遣怜。
宝屋三身娇不语，阳台一没月盈弦。

11 大堤曲
汉水过襄阳，龟蛇锁武昌。
江流何不止，黄鹤舞方长。
鸟竞三林木，帆争一尺扬。
相思梦里住，尺素寄衷肠。

12 青山独酌
独饮清江一醉姿，孤峰直入半平池。
双波滟滟情丝岸，九派千山百度迟。

13 久别离
半壁长亭半壁花，一人天下一人家。
千峰不尽千峰路，种豆方圆种豆瓜。

14 紫骝马
一马自行空，三春任鸟虫。
千山飞不尽，万里步英雄。

15 宫中行乐三首
葡萄入汉宫，落日问秦雄。
笛奏千夫指，箫吟万里风。
胡姬阶后舞，玉女帐前衷。
应故梅桃李，春秋已不穷。
二月雪中为，春风柳下垂。
寒心先暖动，玉色后王维。
独立黄昏客，高低屠向谁。
天涯何远远，厚土不私窥。
含元凤客州，上掖玉人游。
水碧南萤展，花红北阙楼。
风和池岸树，色满榭边舟。
荡荡何无空，幽幽待所求。

16 愁阳春赋
阳春一日愁，国庆半生忧。
少女娇情许，男儿举目求。
孤身边塞近，独木占成留。
野锦芊绵尽，黄云十地游。
枣川声不止，鲁祠杏坛修。
易水英雄诺，交尖落暮楼。
明妃关外汉，楚客玉门侯。
感节如心志，临翁颂白头。
佳人何所寄，壮士可春秋。

17 寒女吟
半斛布衣裙，三春客玉芬。
千门红日处，万茧碧枝勤。
自读相如赋，随心楚汉君。
辛辛何苦苦，世世自耕耘。

18相逢行
十地几相逢，三春一去踪。
云沉杨柳岸，雨露隔芙蓉。

紫宫乐　五首
金屋半藏娇，紫微一渡桥。
山花阡陌色，玉竹去来摇。
小小知行素，幽幽雪手招。
托儿成彩鸟，独如上云霄。
玉树欲归春，群芳问晋秦。
东风成碧浪，曲叠落红尘。
水榭香余里，清宫桂兔亲。
花间明月色，影下教人身。
一树两梨花，三春半草芽。
千姿呈百欲，万语到天涯。
白雪芙蓉被，香波玉影斜。
舒情何不问，汉栋几人家。
十地帝王家，相如你我他。
昭阳桃李树，一赋去来花。
汉武不藏娇，相如东赋桥。
昭阳天地外，奉扫玉钩消。

19会别离
自古寒宫一缺圆，如今世半半桑田。
何须远道相思路，应取阴晴待逝川。

20江夏行
汉口一江流，龟蛇半草洲。
晴川天下路，历故武昌楼。
滟滪堆前石，巫山峡谷舟。
经商何所持，处事亦人忧。
不免相思夜，难成一枕求。
言期三两载，嫁婿十春秋。
妾断娇情欲，夫随草人休。
红妆藏案库，尺素甲衣留。
欲向逢人问，华客已不羞。
湮夫石上雨，独自对云浮。

21相逢行
马上一相逢，途中半别踪。
同心经渭水，共事漏时钟。
玉勒迟松口，金鞭值客容。

形成情不已，指点祝朝封。
暮雨何迟至，朝云复九重。

李商隐　四十首
22锦槛
云中一字雁成行，夜下三秋草木霜。
隐忍潇湘郢市向，池州作叶向衡阳。
南南北北关河故，去去来来日月光。
日日年年非许诺，朝朝暮暮是飞扬。

23晓坐一云后阁
后阁一朝眠，前庭半晓天。
相思余暖被，别梦续心弦。
柳芭初黄里，春心似客船。
红颜相似处，得失自经年。

24碧城三首
十二阑干一碧城，壹千玉浪半红英。
碧城七里鸾栖处，曲苑三声附鹤鸣。
雨落河源听点滴，云平柳岸任纵横。
闻言不语惊回首，紫凤娇羞楚佩情。
对影秦楼潇史去，穆公月色几心明。
相如弄曲文君窥，窃检知音暗示盟。
尽素分明期未空，嫦娥有意至今倾。
红颜管笛空随主，绣被香眠是故城。

25饮席代官伎赠两从事
三桥过雨落春衫，两处行云误竹菡。
许教吴江同里住，乡村一号作船帆。

26代无际在吴令暗为答
暮暮朝朝几度闻，年年岁岁不知分。
三千日月三千雨，一半阳台一半云。

27杏花
晋国杏花红，秦川渭水风。
东阳多少色，暖气自无穷。
隔夜高墙短，随人任月融。
含情金谷地，逐客作由衷。

28灯
一寸半心明，三生十地声。
云随南北问，雨任去来情。

读遍文章掩，书成日月英。
凭当成就照，自作古今城。

29代魏宫私赠
黄初三年，忆隔存没。追代其意，
何必同时，亦广子夜魏歌之流。
子夜魏歌流，漳河隔岸秋。
陈王妃宓去，七步不须留。

30齐宫词
永寿金莲一寸兵，梁台曲舞二人城。
三更已任中庭月，九子风摇落叶声。

31银河吹笙
银河一玉笙，冷院半人情。
别树栖冰声短，重衾待暖荣。
楼寒香雨色，月树水云横。
阮瑟何无曲，潇湘自有鸣。

32题后重有戏赠任秀才
小杏越墙来，迎风色半开。
红颜云雨问，楚女玉阳台。

33春雨
稀稀落落半云平，点点轻轻一雨声。
白玉珍珠玛瑙见，二月千视万草萌。

34富平侯
七国富平侯，三边苦阙忧。
银床情外帐，彩树灯前愁。
但惜英雄色，当关不报仇。
佳人新得意，只上帝王楼。

35促漏
促漏问三更，朝堂待九鸣。
含元天地阔，上掖凤凰城。
玉佩惊冠冕，香炉扪紫英。
行心分左右，不可问阴晴。

36江东
江流只去大江东，独立衡阳竹泪红。
岳麓云云君子树，潇湘处处小姑苏。

第三卷 唐人选唐诗

37 七夕
年年一度来，束束半徘徊。
世上元期许，人间玉凤猜。

38 可叹
可叹东城一度开，梁家宅里去人来。
秦官殿上未央凤，赵氏朱楼醉玉杯。

39 晓起
晓月半微寒，晨风一带宽。
芒田才八斗，洛水宓妃姗。
梦短难寻旧，情长共盘桓。
陈王神意尽，换得一波澜。

40 肠
相思不尽一心肠，离别难言半步郎。
隔路云浮天地雨，随时湮树凤求凰。

41 独居有怀
文章一独居，草木半多墟。
麝重守云雨，罗疏恐弃余。
移心成日月，织结著柔菇。
抽斛芙蓉带，鸳鸯作地书。

42 代赠二首
黄昏一半上高楼，玉佩三千作九流。
七夕鹊桥盟儿女，重阳九日是春秋。
东南日上满高楼，里外榆关唱九州。
不到燕京天地外，邯郸学步作春秋。
君恩似水只东流，月色如寒尽不休。
桂影婆娑花落去，相思应是莫愁愁。

43 追代卢家人嘲堂内
一曲半横波，三声九弄歌。
秦箫寻玉去，楚水过天河。

44 访人不遇留题别馆
别馆满留吟，长行是古今。
闲云窗外落，细雨入人心。

45 代应
姑苏三十六鸳鸯，拙政三千百度肠。
隔壁卢家白玉问，丁香影乱教王昌。

46 楚吟
半岸江楼半岸流，一山曲畔一山秋。
楚汉襄王宋玉赋，朝云朝雨不须求。

47 龙池
龙池玉酒色云屏，蝎鼓芙蓉出水伶。
鲜带华清胡子舞，梨园始教寿王铭。

48 泪
楚帐虞姬一剑横，潇湘竹泪半无声。
苍梧足下相思雨，岘首碑前谢履情。

49 即目
纤纤素玉满倾城，细细青丝物态明。
曲曲酥波山色在，粼粼一镜照生平。

50 水天闲话旧事
水水天天旧事城，卿卿我我故姿情。
王昌未必金堂免，月上秋河大觉名。

51 汉宫词
喜鹊横飞入复回，君王不语集灵台。
藏娇未可相如赋，温没金茎露一杯。
席上作一云：予为桂州从事，故郑
公出家伎，令赋高唐诗。
江流一半入高唐，十二峰中问郑乡。
自得巫山云雨伎，何须宋玉赋襄王。

52 留赠畏之 时将赴职梓
橦 遇韩朝回三首
待得牛郎暮色西，轻身素色出活泥。
红尘石染婷婷立，唯有鸳鸯一两啼。

53 亚洲发展投资银行
海外南洋又九州，色满木槿十六楼。
发展投资天地上，驻马银行苦作舟。
一日连年三五载，千诗逐客万家求。
如何虎旅平生纪，未复声名是亚洲。

54 离亭赋得折杨柳二首
一半春风寄柳条，三千日月入云霄。
长亭小路通南北，驿站梅花似雪雕。
杨花落尽柳枝低，腊月梅香化雨泥。

只向行人留记忆，何须日日问东西。

55 深宫
半见高唐十二峰，千流峡谷雨三客。
朝云竹影婆娑问，暮雨山光日月踪。

56 李涉 十五首
一语半王州，直江九曲流。
千山凭鸟逐，万水任鱼游。
一事半无休，三生九教流。
千家天地客，万户日月舟。

57 寄荆娘写真
章华草木半高低，碧玉荆娘玉色齐。
一树梨花藏翠鸟，婵娟日月一东西。
阳关七叠梁州去，腊月梅花化雨泥。
教坊丝弦歌不足，酥城凤鸟欲轻啼。
同心结带红颜共，共语巫山素雪堤。
几寸金莲天地舞，何言醉态欲惊霓。
姿身细细千情颈，柳态盈盈百度迷。
对镜纤纤寻谷юшь，湘灵瑟瑟祝瑶溪。
噫，束楚腰，开秦筝。
暮暮朝朝情所系，万万千千客主妻。
竹竹斑斑湘泪止，形形影影择枝栖。

58 与李渤新罗剑歌
新罗一剑歌，象雨半天河。
北斗南洋外，红花木槿多。

59 六叹只书两首
翡翠一羊车，黄昏半玉娥。
门前径雨混，月下自垂罗。
彩凤平生怨，晴明以多少。
高山长水远，却锁玉门歌。

60 重过文上人院
越鸟上人身，吴门故韵秦。
松风连日月，夜话入天津。

61 润州听角
客在江城听角声，人由水雨带衣惊。
金陵巷口瓜洲渡，燕子矶头任石荣。

62 再宿武关

日落半商州，云浮万里游。
关门寒水阔，月锁客人愁。

63 鹧鸪词二首

含烟竹叶深，曲岸色枫林。
鹧鸪飞何处，三春日月阴。
湘江流泪去，二女自人心。
天下三千界，平生一古今。
苍梧一古今，二女半人心。
竹色湘妃泪，何啼楚水音。

64 牧童词

一织女，一牛郎，天河两岸夜茫茫。
七夕鹊桥银汉渡，人间至此满情肠。

65 竹枝词

西陵峡谷一川流，白帝巫山半莫愁。
滟滪堆前何日月，云天石上几春秋。
十二峰前玉女身，三千浪里雪花人。
云中雨红啼声住，有意心头向晋秦。
石壁穿山树成重，浮云碧雨醉芙蓉。
巫峰神女千姿色，月满寒川万里逢。
巫山雨色向云齐，十二峰峦挂月低。
古树成林溪水去，空滩只有子规啼。

66 寄赠伎人

山花一夜月光寒，古木三春玉带宽。
不到秦淮桃叶渡，何须宋玉楚云端。

唐彦谦　十七首

垂垂荡荡半风情，叶叶枝枝一世荣。
楚女腰身姿百度，雨旋浣色越妆成。

67 牡丹

枝枝叶叶一心成，碧碧红红五月荣。
百色争春春不语，千姿醉态态光明。

68 春雨

悄悄一夜声，淡淡半雨晴。
处处梅花落，幽幽腊月盟。
香泥分色彩，步履化龙城。
点滴梧桐叶，斜姿玉树荣。

69 秋晚高楼

黄昏远上半高楼，日色生程万里浮。
始信千山杨柳影，终须十地自无休。

70 寄难八

微微一雨新，落落半云邻。
草草青山换，幽幽玉水真。
含元成紫气，伯舆共清尘。
对此三春夜，莺花报景神。

71 长溪秋望

柳暗一知音，花明半木林。
长溪秋云尽，杜曲莫愁心。

72 离鸾

一曲九回肠，三生半故乡。
南洋化木槿，去国教王昌。
宋玉巫山赋，朝云楚日长。
何须暮雨夜，只结谢姑娘。

73 曲江春望

杏艳曲江春，桃红渭邑人。
冠军天下逐，佩带状元巾。

74 柳

梅梅柳柳动先心，腊腊冬冬始作今。
雪雪冰冰成玉树，寒寒暖暖水知音。

75 春阴

哀肠一寸百春阴，感事千章半古今。
柳色成云藏雨露，东风几度问人心。

76 春深独行马上有作

夹道新香一陌长，连天碧玉半阡杨。
孤行百草千花间，独立三江九脉梁。

77 寄蒋二十四

禅门夜话细思量，鸟宿虫鸣世事长。
二月云烟杨柳色，三衢寂寞上人肠。

78 汉代

楚汉鸿门半霸王，秦人二世未央杨。
虞姬曲尽江东色，不似乌骓不问乡。

79 春残

小雨化红泥，云烟作东西。
成乡轻醉去，色隐以心低。
百态曾相似，千姿摆玉堤。
河梁楼上客，曲水鸟无啼。

80 小院　北京东城汪魏巷九号

小院树高低，游鱼水草萋。
青红成枣果，喜鹊自东西。

81 寄怀

四四方方一小城，春春夏夏半精英。
渔渔枣枣工成就，雨雨云云自在荣。

82 玫瑰　之三

花边一柳荣，树下半声名。
枣里心成就，书中意阴晴。

才调集（七）

古律杂歌诗一百首 〔唐〕韦縠 编 唐人选唐诗十种之一

1 后主
玉树后庭花，芳林月影斜。
善度栽天地，叔宝丽人华。

2 听蜀道士琴歌
道士九歌情，明人半月倾。
闻言天地外，羽客曲难平。
大漠沙尘鸣万里，楼兰落日作千英。
爷娘唤子一声声，下是巴人半一更。
九叠梁州流水去，高山至此目方晴。
弦弦管管操操弄，阮阮琴琴处处营。
三清抱缘绮云净，百脉真心化古城。
吴人韵，西施盟。渔舟唱晚入阳澄。
不只春江花月夜，钱塘八月古潮横。是
枯荣，是人生。留下十余音作耘耕。

王涣 十三首
汉武半天涯，藏娇二月车。
秦楼萧史凤，晓月弄琵琶。

3 惆怅诗
玉树后庭花，陈宫张丽华。
齐奴曾述许，薄幸谢王家。
何言恩怨处，应是浪淘沙。

4 悼亡
一鹤孤飞十万家，三秦不语十月花。
玉壶未满怜芳雨，不见阿香旧日车。

岑参 四首

5 首蓿峰寄家人
苜蓿峰前已立春，胡芦河上满红尘。
云中谷雨相思客，塞上沙场忆故人。

6 玉关寄长安主簿
半壁沙鸣万里山，三秋主簿一门半。
长安叶落行书寄，不复initial心是去颜。

7 逢入京使
青春一诺到楼兰，老态龙钟泪不干。
昨夜沙鸣梦不止，相逢马上问长安。

8 春梦
一层春心满洞房，三身只许半牛郎。
红妆巧计余香溢，百态千姿作秀娘。

贾曾 一首

9 有所思
桃桃李李一人家，雨雨云云二月花。
只爱红颜芳色早，春来夏去影婆娑。

许浑 二十首

10 金谷园桃花
桃花坠地舞楼空，金谷声名各不同。
晓露临情天地色，年年寄意作春红。

11 洛阳道中
楼船水调到扬州，自古兴亡不尽头。
六院三宫何所论，隋炀北水向南流。

12 塞下曲
夜雨半桑乾，风云一澜澜。
陈王何不赋，洛水宓妃叹。

13 放猿
鲜锁一猿鸣，殷勤半去声。
山间多少木，世上去来情。
日隔峰峦远，林藏日月明。

14 郊园秋日寄洛中友人
郊园一洛中，感物半非同。
酒尽青山落，言兴曲舞红。
风平秋日暖，碧浪玉壶宫。
宿雁无惊浦，回来有去衷。

15 春望
一没玉楼春，三声雨水聆。
千林成碧玉，万里向人身。
五月云烟比，黄花满地珍。
柳岸何溪住，西阳不染尘。

16 颖州从事西湖亭燕饯
莫问人家二月花，吴宫但取馆吴娃。
西湖且向西施问，越是范蠡是越家。

17 南游旧泊船江驿
一上没京楼，三声过九州。
江河流不止，日月落归舟。
草木风云里，船帆破浪游。
回身何所问，故土几春秋。

18 经段太尉庙
那里山河屠汉家，谁言画工作琵琶。
青冢只向苍天问，岁岁年年你我他。

19 寓怀
越曲浣溪纱，吴宫二月花。
西施娃馆舞，子胥楚门斜。

20 题潼关西兰若
潼关一大河，古寺夕阳多。
渭水泾流曲，秦川日月歌。

禅门关不得，日色染青萝。
鼓磬西兰若，春秋是几何。

21虞元长者永兴公之后工书属文近从军河中奉使宣歙因赠

春秋不尽一春秋，白首相逢半白楼。
春使工书惊易水，宣歙几度几封侯。

22凌歊台

宋祖凌高一曲回，湘潭落日半楼台。
巴山夜雨潇湘去，蜀客消春玉水来。
月满空门无主使，风平柳叶野花开。
荒原小路曾何去，只向人间步步裁。

23咸阳城东楼

一半咸阳作鼓楼，三千岁月古今休。
周秦汉魏隋唐客，霸主王公帝子侯。
独木成林天地树，山风浦雨著春秋。
新音旧曲垂杨柳，故事重来逝水流。
人情世故风花逐，界愁炎凉雪月虚。
拙政退思梁燕窥，公翁见就笑樵渔。

24凌歊台送韦秀才

凌高台上问前天，落照田中向影泉。
野茧初丝层自锁，春蚕隔世几何眠。
桑林处处新枝哺，翠鸟声声故语全。
日月耕耘须百度，阴晴杨柳半含烟。

25南庭夜坐贻开元禅定二道者

万水千山足下行，古刹钟声寺里晴。
光阴似发忙无语，酷暑严寒已不惊。
一室方圆禅空久，三身境静老僧成。
居闲二道南庭月，夜磬千林是日声。

26秋日早朝

三更漏断五更筹，一佩无声半佩忧。
上掖深宫人不语，含元紫气凤凰楼。
金冠玉殿东来问，雉扇双分作晓酬。
只载千秋何处是，沧江一去作归舟。

27题勤尊师历阳山居并序

桓仁吕家三
师即思齐之孙，顷为故相国萧公录用相
国致政，尊师亦自边将入道。
十万天兵一羽林，三生二十半知音。
苍鹰塞北排云浅，白鹤江南楚雨深。
少小楼兰凭易水，中年自寓子房心。
何人不何何人问，自是精英自是寻。

28淮阴阻风寄楚州韦中丞

中丞欲钓半京江，淮阴胯下一国邦。
独上庚楼高处没，河桥有酒客无双。

油蔚　一首

赠别营伎卿卿　时为淮南幕职，奉使塞北
奉使怜君塞北游，卿卿我我水南流。
云中细雨何须住，枕上相思到白头。
玉指纤纤多无慰，酥身绵绵作春秋。
平生日月径天地，四海情心到国忧。

张祜　六首

29观杭州柘枝

杭州一柘枝，软骨半纤姿。
粉腕三身素，红颜两玉迟。
声声如是语，曲曲似无时。
应可寻沧浪，人间作古诗。

30周员外席上观柘枝

素手酥胸半粉妆，青娥对换短衣裳。
翾翾欲舞红衫透，处处无音曲带香。
凤影回头凰欲举，风情拖曳凭余梁。
何须一刻千金许，不敛轻身拜玉郎。

31观杨瑗柘枝

旧态新姿两不施，纵情任性一先师。
秋波回顾红妆薄，素玉三身摆柘枝。

32感王将军柘枝伎殁

孔雀罗衫挂柘枝，鸳鸯水戏护纹时。
佳人已去阿谁问，画眉深深浅浅辞。

33贵家郎

二十自封侯，三十月休。
声名天地旅，势力去来求。
约醉金迷处，风花雪月楼。
朱桥杨柳巷，碧玉退思愁。

34病宫人

一病深宫月挂钩，三声泪尽枕边流。
花颜镜里知消瘦，素玉君心故白头。

来鹏　二首

宛陵送李明府罢任归江州
宛陵罢府任江州，便把官途作九流。
共举离杯帆半举，同生日月化千酬。
杨来处处知心地，俯得年年问莫愁。

35清明日与友人游玉塘庄

半逐清明问陆郎，三寻乞火度寒庄。
贡杨绦绿柳知长短，几度东风几抑杨。

施肩吾　四首

36夜宴词

昼短如今夜不眠，天长似此暮朝悬。
高歌一曲桃花岸，俯就三声弄态妍。
寸寸心情不止，缠缠意意欲难全。
人间好似多风月，户外须由银汉船。

37效古词　吕家五儿一女郎

一妹无多五弟兄，全家最爱女儿倾。
夫贤妇顺知天地，子孝尊慈五世荣。

38山中得刘秀才京书　之二

辽东一客斗燕京，塞北千山待雅卿。
春雨相思知二巷，北极阁里度三生。

39望夫词　之三

渝城一路大江东，大学三冬半落鸿。
革命难成文化在，湮夫石上去来衷。

刘得仁　一首

40悲老宫人

乾坤世界老宫人，日月星光少小亲。
半对梨园天地外，生凭荠菜是心身。

高适　四首

41步虚词

三清道士步虚词，九派江山问鹤诗。

空门半锁玄天地,周易千章玉露时。

写怀 二首
半日金陵半莫愁,一身正气一身忧。
六朝已尽千朝故,三山二水万山楼。
不动旌旗动酒旗,方兴画坊乱瑶池。
如今暗与明相约,几度风光以月移。

42风筝
细细丝弦上碧空,摇摇欲坠问飞鸿。
风风雨雨须知道,降降升升自当雄。

李端 一首

吕氏春秋

43代弃妇答贾客
野草南洋四季生,群芳节令半枯荣。
昆昆洒洒三千界,暮暮朝朝十万萌。

赵嘏 十一首

44长安秋望
云轻物重渭泾流,汉苑秦川上下楼。
八水长安环四面,三光李子向千谋。
春秋孔子周天子,史记迁迁六朝头。
落呀何须杨柳岸,雁声半入荻芦洲。

45长安月夜与友生话故山
露重月烟微,风轻桂子归。
秦楼萧史去,弄玉半心扉。
妇念秋霜色,客思石枕晖。
辰明何落雁,半夜问鸿飞。

46汾上宴别
汾阳一水流,洛邑半春秋。
异路知南北,人情问去留。
秦川残日尽,晋祠归暮楼。
燕赵山川在,黄河去不休。

47曲江春望怀江南故人
兰香杜若曲江春,水色天光渭故人。
鹿柴王维诗画里,清平李白半红尘。
烟轻上苑慈恩塔,玉暖中门里巷身。

一雁南来衣满雪,三声北去羽天津。

48自遣
独树孤蝉一半声,千川万壑两三域。
书香字重文章客,故国人心日月明。
共酒多情非是醉,同声少语问阴晴。
烟云过眼沧洲没,世态炎凉草木荣。

49新月
洞庭树上挂吴钩,玉树庭中作楚囚。
雨雨云云伤少妇,朝朝暮暮问春秋。

50东望
浣女溪边一草堂,春心水上半红光。
梨花处处云烟重,杏雨茫茫日月杨。

51寄归
三年踏遍半红尘,一处长安两地春。
十里龙门天子客,千古史记作人身。

52寒食新曹别友人
年年一度作闲人,岁岁三更补竹新。
夜认连双除夕共,时时煮酒论红尘。

53感怀
草木江天草木荣,阴晴过后又阴晴。
江楼独立江流去,日月怀春日月明。

54茅山道中
茅山一道中,暮雨半梧桐。
玉阙神仙路,桃花自在红。

朱绛 一首

55春女怨
独对春光闲有光,何颜碧玉向姑苏。
无限草木凭心意,不尽相思是小姑。

姚伦 一首

56感秋
一叶任低昂,三声向凤凰。
方圆天地外,日月去来忙。
几度春秋色,何须鸟雀肠。

归根寻自己,集结作黄粱。

刘方平 二首

57秋夜泛舟
钱塘一夜舟,汴水半南流。
万影因明月,千声各向秋。
乡思难自解,旅客任潮头。
岸芷浮萍晚,伊川几处由。

58春怨
日落渐黄昏,无人见泪痕。
闲庭春欲晚,满院不开门。

陈羽 一首

59长安卧病秋夜言怀
轻心重锁一人悉,月色池光半影留。
紫陌红尘深夜露,群芳独玉上枝头。
中书门不传三殿,甲第龙门过五侯。
榜眼探花成利禄,状元去后大江流。

薛能 三首

60游嘉州后溪
嘉州一后溪,隔岸半云低。
诸葛东风借,周瑜赤壁西。

61老圃堂
清明不作一书生,谷雨初成半圃荣。
一日东风留不住,三春草木各疏情。

62铜雀台
孤孤独立一铜台,处处黄花半雀回。
魏帝何须承云雨,陈土只愿必妃来。

李郢 一首

63江上逢王将军
二十羽林郎,三千弟子肠。
雕弓边塞月,玉马仗天良。
六国虬须印,五湖诸葛堂。
潮来江上笛,日去照残阳。

薛逢 二首

64 开元后乐
启奏梨园一乐章，公孙剑舞半花娘。
芙蓉出水华清月，虢国夫人不着妆。
一日胡儿襁褓岁，三军驻马断衷肠。
玄宗问暖汤泉色，汉武藏娇几度香。

65 汉武宫词
汉武藏书一度桓，相如作赋半云端。
何人玉女移香案，几处金人捧露盘。

崔涂 一首

66 读庾信集
春秋日月向王侯，史记文章花石头。
建业金陵承紫禁，江南塞北作君流。

项斯 一首

67 苍梧云气
麓贡岳阳楼，湘江桔子洲。
苍梧云气重，竹泪雨难休。
数点洞庭岸，杨帆一任舟。
何年知舜意，不鲜项斯愁。

崔峒 一首

68 江上书怀 海外书怀
一别到天涯，三生问客家。
南洋云雨岸，木槿大红花。
白发青丝少，亚洲日不斜。
银行成就事，似来种桑麻。

李宣远 一首

69 塞下作
塞下亚州城，汾前晋祠名。
鱼梁临故水，不老一泉清。
白日依山尽，黄榆落叶情。
牛羊归不晚，去雁暮时鸣。

陶翰 二首

70 古塞下曲
三军一将求，十寇半王侯。
日波黄河岸，星明玉磊头。
雕弓常挂月，白羽带春秋。
塞下飞鸿至，咸阳作古楼。

71 新安江林
江原只问西，古塞向鸟啼。
空林云雨阔，晴山玉树低。
湖平南北岸，水浅浪痕泥。
不笑元知者，逢人有问题。

温宪 三首

72 春鸠
村南细雨新，陌北碧云陈。
睡茧桑条暖，闲禽散漫邻。
花时何不鲜，缘叶作红尘。
应向春秋树，寻思左右人。

73 郊居
行吟一客情，寓付半书名。
石磊桑田少，禾苗日月成。
人回阡陌路，树任去来荣。
寂寞东风晚，徘徊落暮明。

74 杏花
桃三杏四五年梨，月夜春江一玉溪。
小杏出墙红色艳，遇春不解各东西。

李频 六首

75 湖口送友人
中流一暮天，苇岸半楚年。
塞雁逢人晚，衡阳作客船。
风波湖口去，雪互待人烟。
曲曲梅花落，幽幽自可怜。

76 送友人往太原
柳下玉壶平，花前百鸟鸣。
汾河流日月，尽是去来盟。
晋地多情水，离人路纵横。
相思今日见，处处雁丘城。

77 寄远
三秋落叶归，十日复金扉。
万里成形志，千山磊石微。

78 鄂州头陀寺上方
迢迢一路遥，处处半云霄。
夏口西江暮，天涯驿渡桥。
桑林蚕叶尽，叹后姜空条。
感物知心地，知时顺柳潮。

79 辞夏口崔沿书
夏口一帆杨，江陵半故乡。
吴门琴韵曲，楚客意方长。
莫约前程日，还留旧地裳。
书陈年月上，不可梦黄粱。

80 古意
飞花入户香，暮色自扬长。
锦字文章在，辞书日月藏。
秦楼萧史教，弄玉逐倾肠。
俯仰成先后，空巢作故乡。

王驾 一首

81 古意
夫在楼兰妾在吴，大姑不得小姑奴。
江湖月色江湖岸，寄信无封对玉壶。

82 于鹄 三首

83 送客游塞
不到并州城，何言塞北名。
风平无去伴，路尽几时荣。
石磊云天色，花开玉邑倾。
同情家事晚，共忆客天京。

84 江南曲
半在江湖半在邻，三春白芷两春萍。
分明不敢当人语，采得莲心慰彼亲。

85 题美人
玉女情人不解羞，愁心欲窥状元楼。

牛郎偏是偷衣去，小杏出墙半露头。

徐寅 一首

86初夏戏题

莲心不采小姑娘，玉叶偏生碧色妆。
宋玉但赋巫山峡，庄周化作一牛郎。

87永恒

月丫日丫人丫，豆蔻年华丑小丫。
老家新家客家，何知世上是人家。

山涯水涯天涯，普天盖地三千界。
梅花桃花杏花，不似春风一雪花。

才调集（八）

古律杂歌诗一百首　〔唐〕韦縠 编 唐人选唐诗十种之一

1
古律杂歌一百诗，今音曲赋二千词。
唐宗宋祖文章在，水调歌头已世知。

罗隐 十七首

2南洋才调偶怀
举步忆邯郸，形成作杏坛。
黄河知鲁隐，孔府颂齐桓。
贵族谋身易，文皇创业难。
红花生日月，木槿色丹丹。

3桃花
一色胜群芳，三春尽低昂。
桃花情五帝，小杏艳三王。
宋玉巫山赋，文君欲过墙。
东风何个雨，十地满红妆。

4夜泊淮口　中夜作中元
夜泊秦淮一酒家，桃舟不渡杏旗斜。
鱼龙混杂寒宫冷，隔岸秋风十月花。

5所思南洋 才调
欲指东山作有期，乡归蜀道问何迟。
辽东渤海波澜阔，草碧花明日月枝。
莫道南洋木槿色，常闻孔府古今诗。
三千年里春秋客，五百年中史记辞。

6梅花
吴钩蜀酒一红妆，欲动情心半腊阳。
不渭群芳花色艳，常闻共路化泥香。
须言地北天南客，不寄东风是醉肠。
好事凭祥云雨在，婷婷独立是王昌。

7登夏州城楼
风风雨雨伴飞鸿，去去来来半世雄。
九派千川三界事，一支长戟六钩弓。

8曲江春感
春江一曲江，月影半成双。
独立长安巷，高阳酒徒窗。
当心日暖后，莫取状元腔。
集结龙门客，何言立国邦。

9西川与蔡十九同别子钮
一别半西川，三人二故园。
千章同日晓，万里共婵娟。
读遍长江峡，形成岁月田。
儒冠从校尉，钩弓可方圆。

10春日题禅智寺
高阳酒徒一西东，远树连天半水空。
楚凤秦凰高处问，长城可不问隋宫。

11绵谷回寄蔡氏昆仲
年来易水岁来忧，早是东风晚是秋。
问得阴晴非是客，江流不断问江楼。

12忆夏口　南洋
夏口风流儿汉江，琴台日月问书窗。
芳年一醉三生忘，一度南洋忆国邦。

13龙丘东下却寄孙员外
一路半江楼，三城两地秋。
孤舟停泊处，水色满洲头。
共处长安漏，同生万里游。
阴晴成俯仰，醒醉伴龙丘。

14金陵夜泊
金陵夜泊玉壶乡，咕酒和音是断肠。
玉树秦淮人不见，东吴水色婺留香。

15寄前宣州窦尚书
宣州一尚书，客舍半推渔。
曲槛莺不老，芳园柳叶疏。
闲情天下问，酒醉色中余。
暮暮寻流水，声声忆故居。

16牡丹
艳色烟华半欲开，丹心碧玉一芳来。
长安处处佳人娶，家后东风上雨台。

17 柳
灞水作晴川，长安问陌阡。
飞花何不空，渭柳到三边。

18 炀帝陵
丽华后面六朝陈，汴水风流一代新。
水调歌头杨柳岸，扬州自此是神州。

李顾　一首

放歌行答从弟墨卿
何去何从弟墨卿，功名利禄事无成。
出身欲主权门贵，固守儒冠未可营。
破的文章人共举，春风草木界同荣。
鲁阳山上萧相没，木叶云中霍子情。

崔颢　一首

19 黄鹤楼
黄鹤飞来作客楼，知音不改问春秋。
高山流水琴何去，下里巴人曲黄愁。
历历晴川鹦鹉树，萋萋暮野大江流。
烟波处处龟蛇锁，木叶悠悠汉口浮。

于武陵　九首

20 夜与故人别
秦川别故人，渭水惜卿珍。
一去今宵月，何寻楚地亲。
浮云飘不空，落叶满河津。
索索言情处，行行待泡尘。

21 洛阳道
黄云满洛阳，复雨过关乡。
草色连天碧，花明七寸肠。
晴山春欲尽，缘水暮斜梁。
几照河难渡，天涯有柳杨。

22 别友人
人随一北雄，客顺半南风。
历尽青春道，形身日月红。
难成三思愿，不阻一欢同。
高此相逢处，布衣故驿东。

23 寄北客　南洋
一梦到辽东，三生向北雄。
南洋云雨骤，木槿暮朝红。

24 洛阳晴望
九陌洛阳晴，三阡渭泾荣。
人来过日半，对酒遇花明。

25 东门路
一路过东门，三生向子孙。
沉浮成日月，草木作乾坤。
岁岁行程步，年年生汉根。
朝霞红胜火，暮色远黄昏。

26 长信愁
相如一赋初，长信半情余。
汉武藏娇屋，寒宫桂兔居。
南薰几度殿，顺帝偏置墟。
夜色何难就，清风顺故裾。

27 有感
高山一九歌，独没半三河。
曲水波澜少，长亭日月多。
年华何可驻，道路几蹉跎。
草木春秋继，高低碧翠和。

28 劝酒
劝道半诗书，行程半玉壶。
朝花三两露，胜似万千珠。

李涉　一首

29 山中
山中一牧童，树下半清风。
玉笛成杨柳，牵牛自在中。
林前哗不住，隔岸小杏红。

戎昱　四首

30 中秋感怀
八月一寒宫，三秋半岁虫。
千山归叶晚，九脉自流东。
远客青娥问，梦宵处处同。
诗书多少继，草木去来空。

31 闻笛
一笛劝思归，三声问宓妃。
陈王寻洛水，魏帝是还非。
铜雀承朝暮，许昌故国微。
豫润何温曲，月夜小虫飞。

32 与吕艾琳美琳南洋寻萤火　客堂秋夕
星星点点一南洋，岁岁年年半故乡。
曲曲流流江岸树，来来去去祝衷肠。
轻轻闪闪同游现，子子孙孙共桌塘。
寂寂流流曾着落，萤萤取取是风光。

33 霁雪
暮落残云作雪乡，峰烟素柳向天扬。
难寻岭后无颜色，片片寒窗有地光。

韩琮　六首

34 春愁
金乌玉翅半长飞，玉兔寒光一去归。
古井金陵胭脂粉，深宫桂树伴娥妃。

35 暮春浐水送别
泸水绕城流，咸阳问不休。
行人知日月，客舍易春秋。

36 骆谷晚望
骆谷半秦川，家乡一陌阡。
王孙归已晚，渭洛入桑田。

37 公子行
紫袖半长衫，酥胸一短垣。
秋波流两岸，玉树后庭喃。

38 二月二日游洛源
二月生来早日田，三春不去晚时眠。
新晴秀草成天地，故句成章作方圆。

39 题商山店
商山驿路半长亭，渭水东流一色青。
谢女红妆留客酒，皓腕当心玉壶铭。

李德裕 一首

40 长安秋夜

天机十万问长安，清清漏断中书殿。
寂寂生平正佩冠，月色三千照杏坛。

41 下第后上永崇高侍郎

日上中天小杏红，春前腊月雪梅衷。
东风化雨香泥在，作得人间草木虫。

42 金陵晚眺

浮云半壁石头城，细雨三春二水荣。
晚见金陵淮举柳，乡心四没久难平。

高适 二首

43 封丘作

一世悠悠唱九歌，平生处处逐三河。
樵渔不辨何朝野，梦泽无缘几少多。

44 九月九日酬少府

九九重阳一九歌，千千岁岁五千河。
分明自此秋风在，半向阴阳半少多。

朱庆馀 一首

45 惆怅诗

梦里何须入汉宫，灯前自主问秦雄。
丞相不语亲人语，指鹿无去万世空。

曹松 三首

46 长安春日书事

一咕王壶春，三身软色怜。
红颜知己处，野柳扫轻尘。
楚客秦八计，鸿门垓下均。
长安吟不已，已是未央津。

47 九江暮书事

不锁柳杨城，旭愁左右情。
春流元旧岸，野渡有新荣。
影动明朝雁，啼迟暮日声。
苏秦何卿卿，蔡泽自卿卿。

钱起 一首

阙下一秋春，池中半效鼙。
行成斜日月，读遍正人身。
紫陌钟声远，云霄客日珍。
中书门下漏，长乐将相亲。

罗邺 九首

48 牡丹

半落春红半见花，一层玉叶一层霞。
含元吐蕊成心柱，渭邑王孙有几家。

49 巴南旅舍言怀

巴南施舍半高台，只供乡人一首回。
黄昏万里高山覆，独树千年玉树来。

50 第呈友人

北京钢铁学院书生
东流半陆沉，塞北一城吟。
易水荆轲去，幽燕读人临。
相逢何必问，去国觅知音。
友人天涯远，耕耘日月心。

51 登凌歊台

高台自古待长闲，忘却兴亡几去还。
四海归心三界树，五湖独没六朝山。

52 下第

书生独木桥，壮士客云宵。
帝是龙门路，渔中待高潮。
花飞天下色，草碧柳杨条。
处处分山好，年年乞火谣。

53 东归

东吴日落问东迟，晋北泉流向晋池。
可是乡山南是树，无孤秦鸟宿孤枝。

54 南洋 仆射陂晚望

木槿花心半故乡，南洋骤雨一心肠。
惊雷欲上忽发作，玉闪电光几短长。

55 之二 芳草

朝朝暮暮一花红，叶叶心心半雨中。
色色姿姿含子女，伸伸展展向天空。

56 之三 梨树

家居院落子规啼，碧草花园雨色西。
一树梨枝三世界，天天赋得一高低。

章竭 一首

57 焚书坑

二水秦淮建业墟，三山润镇紫金余。
揭竿而起黄河去，卧虎藏龙不可居。

李益 一首

58 同崔颁登鹳雀楼

呼声一振鹳雀楼，曲水三弯燕赵洲。
汉鼓秦钟多少问，齐王鲁帝上下求。

王昌龄 三首

59 长信愁

紫气东来玉殿开，平明学步自徘徊。
昭阳日影天天树，不必相如一赋裁。

60 采莲

越女一心舟，吴郎半九流。
姑苏三巷里，会稽五湖楼。
水色西施馆，浣纱玉人羞。
芙蓉何不采，妾色入莲州。

61 闺怨

少妇不知愁，孤儿上九洲。
相思啼鸟住，独木问春秋。

李嘉祐 四首

62 赠别严 士元

春风一闰到姑苏，泽国三十色满吴。
细雨云烟娃館曲，隋炀水调落江都。
闲花渡口无人展，碧玉湖边有道姑。
草绿洞庭青袍误，何言莫作玉壶奴。

63 起南巴留别褚七少府

少府起南巴，空城一臣花。
无情杨柳絮，不落故人家。
寂寂莺啼晚，纷纷万绪霞。
青山依草碧，绿竹影晴纱。

64送陆澧还吴中六首
碧玉姑苏故步，江花暮雨沾衣。
洞庭陆澧还吴，半闭朝云故扉。

65送王牧往吉州谒王史君
谓客一神游，王孙半吉州。
年华冠带紧，草芭玉春秋。
野渡呼声少，春江待小舟。
君心相似去，不念依门愁。

郑准　四首

66代寄边人
月色寄边人，江风向客亲。
舟平南北岸，草泽去来尘。
汴水钱塘色，长城晋地秦。
秋声砧十送，一一是来身。

67题宛陵北楼
空城落北天，旷野作桑田。
半露藏云寺，三声主雨烟。
上下半心弦，纵横一浦船。
何吟萧史教，必念遣谢宣。

68云
寂寂飞来寂寂回，潇潇洒洒问天开。
零零落落何归去，晨晨光晖日不藏。

69寄进士崔鲁范
年年乞火一书窗，处处忧心半国邦。
日日耕耘三界外，山山草木万无双。

祖咏　一首

70七夕
织女会牛郎，人间见凤凰。
天河银雀渡，世梦作黄粱。

吉师老　四首

71题春梦
吴宫浣越娃，木清杏作桃花。
日夜多少问，西施作客家。

72看蜀女转昭君变
未首石榴裙，娇姬两曲分。
秋波横楚日，鲜事度文君。
说尽绮罗怨，清姿月素芬。
时时桃杏色，日日以香醺。

73放猿
纵尔一山情，横攀半岭惊。
摇摇天上挂，落落自无声。

74鸳鸯
水岛濛濛雨霭生，江天处处碧云平。
波摇渡影扶纹理，守信文君不顾名。

卢弼　七首

75薄命妾
往事自成空，娇欢恨不穷。
芳花三五日，碧草万千蓬。
徒切壶中酒，闲心玉佩鸣。
多情终始变，几度落残红。

76闻雁
一度玉门关，三湘水故颜。
衡阳芳草地，岳麓一书山。
上下排云字，高低逐暮还。
长城南北问，汴水十三湾。

77秋夕寓居精舍书事
落叶一秋声，苔枯半山城。
难平三界事，未语两人情。
醉卧谁天地，愁听梦复惊。
忆房文字库，暗隙小虫鸣。

吕三郎

78春
东风一夜过榆关，里七幽燕外八还。
自古书生天地问，何须川进没夫山。

79夏
黄河九曲鲁齐田，水调三声乳燕宣。
玉立芙蓉心子座，何须李白作青莲。

80秋
深宫八月柳杨寒，一字三声水月残。
纵纵横横人没尽，平生日月上云端。

81冬
琵琶一曲到阴山，朔雪三冬满贺兰。
不问交河朝暮冷，何须不去只须还。

窦巩　一首

82寄南游兄弟
南游不得一时闲，北上须知半故颜。
独立衡川天下问，孤身莫取玉门关。

韩　五首

83小隐
下得庐山岳麓西，大姑泽国小姑低。
云沉雨落僧孤坐，月独星微寺外溪。

84赠易卜崔江外士
白首书心一不知，青山渡口五湖迟。
门传祖授穷经史，士教家宣四海期。
易卜崔江闻妙策，封禅司道作新枝。
樵渔借与山河外，日月壶中草木诗。

85残春旅舍
雨夜惊闻一草堂，黑云欲落半咸阳。
龙城暗影悠催动，施舍难知是柳杨。

86夜深
悠悠一夜碧玉深，落落三生日月沉。
草色花明梦里许，云云雨雨诚人心。

87寄邻庄道侣
几闭人心几闭关，玉壶醉酒玉壶闲。
雪任芳枝梅色晚，数尺江流数尺山。

杜荀鹤　八首

88春宫怨
何须天上一人间，不心婵娟共色颜。
妾貌倾心云雨岸，花轻月落是人湾。

89 经九华费征君墓

七尺费征君，三生日月勤。
九华山上宿，五百士中闻。

90 冬末同友人泛潇湘

月夜一潇湘，姑山半谢娘。
沉浮舟里客，上下雨中肠。
草木何云雨，江山几柳杨。
春来南北岸，雁已过衡阳。

91 山中寄诗友

世上一同人，心中半共巾。
冠前知勉励，士前作知音。
字里阴晴许，行间日月伦。
平生谁进退，历事古今新。

92 溪兴

清清一谷半流溪，细细半雨一鸟啼。
醉云何须以酒唤，人间莫以论高低。

93 马上行

五里长亭十里雾，千山草木万山梁。
形成足迹天涯路，立马昆仑笑海洋。

94 春日闲居寄先达

清诗处处一人心，入景时时半古今。
四野麻田新雨后，六朝粉艳故事深。
隋炀不作金陵客，水调歌头汴水吟。
玉树后庭花不久，胭脂井下丽华寻。

95 旅馆遇雨

朝来一雨声，驿路半云平。
此去江湖近，无来日月城。

张乔 二首

96 荆楚道中

前程蜀道中，举步楚天空。
云穷寻雨迹，人生寄意宽。

97 游终南山白鹤观

南山白鹤观，上彻玉玄丹。
世帝寻仙境，人生寄意宽。

崔鲁 一首

98 暮春对花

春残不力作残枝，玉叶轻浮碧叶时。
暮里荷塘莲不语，居心著子隐蔽迟。

99 小马国花一朝来

半露居心半掩心，一枝玉粉一知音。
红衣不卸红衣怯，木槿花云木槿琛。

才调集（九）

古律杂歌诗一百首　〔唐〕韦縠 编 唐人选唐诗十种之一

1

古律杂歌一百诗，隋炀曲韵两三词。
秦皇只问长城北，汉武何如魏帝知。

刘商 一首

2 秋夜听严绅巴童唱竹枝歌

严绅夜雨任巴童，蜀道蚕丛作始终。
白帝城前巫山影，襄王梦里竹枝江。
猿啼日暮船人间，往事如烟彼此空。
三峡江中闻滟滪，没夫石上寄初衷。

长孙佐辅 二首

3 寻山家

独访山僧冒雨斜，孤心不问世人家。
清门故事无言语，闭目才观二月花。

南中客舍对雨送故人归北

南中客舍雨中愁，妾在姑苏梦里求。
楚水东流何不语，思情已过十三洲。

朱仿 二首

4 秣陵送客入京

金陵建业秣陵春，紫禁秦淮二水津。
柳色台城灵谷寺，三山石磊入红尘。

5 江上送别

斩断江花一叶舟，扬帆汉月半沧流。
知君步上青云路，征战沙场士元忧。

王表　二首

6 清明日登城春望寄大夫使君

半在阴晴半在天，五湖云雨五湖船。
枇杷未落杨梅落，几处春秋几处悬。

7 成德乐

赵女行春上画楼，燕歌作舞下人羞。
无端便唱阳关道，不是英雄亦国忧。

张安石　二首

银汉玉女词，木脸素身恣。
学步阳台上，云中雨未迟。

8 苦别

苦别一留香，行身半柳杨。
长亭连远草，五里一杨长。

张谔　一首

行程一没秦，苦别半留春。
越渡沙溪水，吴吟木浃尘。
归来乡语旧，读遍一人身。
只作含元士，无言上掖春。

于濆　三首

9 古宴曲

一曲到蓬莱，三朝道士猜。
山东陈胜起，垓下霸王台。
一剑虞姬去，千军一马哀。
江东回首问，此曲几徘徊。

10 思归引

耕耕半亩田，处世一方圆。
历历江南木，层层寒北川。
工成千万里，水聚两三泉。
浪逐江流去，波连日月年。

11 苦辛吟　吕三郎

扶犁一苦辛，手种半红尘。
掷女穿梭织，牛郎怯窃中。
家乡曾探缘，故土作人身。
嬷母衣裳作，爷娘日月珍。

胡曾　九首

12 寒食都门作

年年乞火过都门，历历清门问树根。
叶叶归回዆大地，原原东东一儿孙。

13 薄命妾

阿娇命里问天恩，御赐情中向泪痕。
欹枕悲声金屋雨，胡风汉武是乾坤。

14 独不见

少小楼兰一诺来，公翁玉佩半徘徊。
生名故旧凝尘迹，承露接风月不开。

15 交河塞下曲

塞下一交河，人中半九歌。
输台千万里，苏武李陵何？

16 车遥遥

青青一柳条，远远半云霄。
历历长亭路，悠悠碧玉桥。
吴门多楚雨，越语少秦潮。
别意随云远，心情逐浪高。

17 早发潜水驿谒郎中员外

郎中员外城，驿里火灯明。
不便三更雨，难言十里晴。
烟消晨谓军，雾散市初横。
后进争先队，青苗一半荣。

18 赠渔者

不作人间万户侯，天涯草木一春秋。
书生历事知天下，士子经心任去留。
暮暮晨花千万易，身先步就十三州。
情随义理樵渔外，路断江湖是扁舟。

19 自岭下泛鹚到清远峡作

绝境岭南生，新松寺月明。
香烟余峡谷，夜色帝萧城。
薜荔成功树，桂元结子情。
茅山何不远，共月一时倾。

20 题周瑜将军庙

赤壁风流大小乔，周郎借箭去来潮。
江东不是曹家岸，此处余音社稷遥。

李群玉　二首

21 同郑相并歌姬小饮因以赠献

一衣红心一衣裙，半曲姿身半曲分。
不顾声中波欲去，余音舞后暗施熏。
胸前素雪三江雨，醉里桃花两地云。
赋客相如没武帝，知音肯教是文君。

22 献赠姬人赋尖字韵

只向人前露指尖，姿身未及玉纤纤。
知音不改周郎顾，细雨轻云不卷帘。

顾非熊　一首

23 秋日陕州道中作

秋风一陕州，过客半秦楼。
弄玉随萧史，飞天欲曲休。
关河间不尽，树木作公侯。
此去楼兰近，交河任自流。

袁不约　二首

24 长安夜游

长安一夜游，渭水半春秋。
帝女王妃色，深宫十九流。
青楼多少月，碧玉客身羞。
缓缓皇城路，喧喧过九州。

25 病宫人

一醉似王侯，三秋问去留。
飞天归不空，落地始终休。

吴商浩　八首

26 巫峡听猿

巴江两岸一猿啼，十二峰上半雨溪。
峡里声连山谷远，烟前雾后几云低。

27 秋塘晓望

晚没一秋塘，蓬心半日光。

西风何扫荡，落叶可扬长。

28 水楼感事
不取兴亡问水楼，何言孔府作春秋。
菱菱角口心成果，去去来来感觉忧。

29 长安春赠友人
长安一友人，入水半青春。
读得人生路，行来玉树春。
红芳同里色，碧玉曲江邻。
已向花郎问，龙门不锁人。

30 宿山驿
不挂归帆到五湖，图开并茂入姑苏。
洞庭碧玉螺春色，莫道江南不道吴。

31 塞一即事
一夜玉门关，三江虎跳湾。
原头天水落，晓塞玉人颜。
海市曲人远，沙鸣去不还。
分明原上月，万里近天山。

32 北邙山
金炉九炼丹，玉草万年峦。
但取长生药，秦皇二世残。
三清成古殿，九派一波澜。
帝子何须问，江东霸主观。

33 泊舟
不逐江流逐月波，泊舟形影泊星河。
樵渔客里无来去，不向人间几少多。

梁锽 一首

34 代征人妻喜夫还
征夫娶人妻，塞上独鸟啼。
妾守铜房色，渔阳少妇笄。
含娇还挂镜，欲止顾东西。
莫道幽人梦，巫山雨色低。

贺知章 一首

35 柳枝词
玉碧妆黄一柳条，花枝草叶半逍遥。
无须日月多晴雨，玉笛知音十二桥。

张蠙 四首

36 钱塘夜宴留别郡守
半问兴亡一九歌，三人不可两人多。
隋炀水调钱塘色，不坐江山坐几何。

37 长安春望
长安腊月问梅花，不见东西换物华。
雪素去消烟树岸，春心已到五侯家。

38 叙怀
二世丞相一世多，三朝玉玺两朝歌。
江山不可陈吴坐，指鹿无成楚汉何。

39 题嘉陵驿
一日随波半月流，三船渔火两船愁。
轻轻点水粼粼色，曲曲行纹处处楼。

刘象 七首
吕三郎与郭八女

40 春夜二首
春雨惊春二巷深，北丞阁雅一知音。
三郎八京都醉，换得人人此刻心。
一别杜陵期，千寻洛水时。
何凭杨柳色，但梦玉人姿。

41 晓登迎春阁
阁上半迎春，途中一首陈。
三山明草木，二水作人身。

早春池独游 三首
二月雪花残，千山素影寒。
江南池水浅，塞北冰霜峦。
柳色红楼外，杨光旅驿单。
洲湾蒲耳叶，一目一心宽。
绿锦一清流，江青半玉楼。
禾苗阡陌色，淑景去来留。
池亭客独游，同登赏心留。
水榭佳人过，红澜几好述。

42 白肆
春时处处一青知，夏满时时半影迟。
易得阴晴天下问，难成彼此是词诗。

戴司颜 二首

43 江上雨
云飞一自由，雨是半凉秋。
色满江山树，烟浮四面游。
声随潮汐落，叶逐去来流。
十八湾湾阔，寒情上九洲。

塞上

44 亚洲发展银行
足迹半辽东，如今一道雄。
逢情回首没，遇事逐前空。
木槿群花树，朝朝向碧红。
南洋沧浪海，有始且无终。

沈彬 一首

45 之二 秋日
含霜运日一炎凉，曲笛西风半壁苍。
砧杵层衣何处寄，人心一半到南洋。
红花国色天香住，草木繁丝木槿杨。
日月穿梭由自主，兴成刻苦办银行。

李贺 一首
一朝一暮一潮生，七夕七心七鹊城。
天上人间何处见，牛郎织女渡河成。

严维 一首

46 秋夜船行
江渡一扁舟，水色半浮游。
海燕争高下，渔人夜不休。
中流何寂寂，岸草旷幽幽。

韩羽 一首

47 寒食
京城十里满桃花，乞火三更隔壁家。
读尽春秋史记册，南洋木槿色天涯。

熊皎 一首

48 早梅

腊月早梅花，冬心育小芽。
群芳何不觉，独向雪中斜。

张乔 三首

49 长春向人身 杨花落

弱斗南回已老春，红英碧玉作人身。
南洋木槿银行业，国色天香异乡亲。
柳絮杨花山水客，功成事就去来巾。
平生自在方圆在，扫净江山作暮津。

50 送友人归宜春

巫山云淡淡，楚峡雨纷纷。
蜀道由来去，吴江任合公。

51 送进士许棠

离乡去路长，问道驿亭庄。
驻跸王宫在，行程问日光。
春江花月夜，暮色雨云荒。
夜火山头市，潮声浸楚梁。

陈陶 一首

52 南洋木槿国家花 寄兵部任畹郎中

剑浦别清尘，红花一国珍。
昆明千万载，豆蔻十三春。

张谓 一首

53 杜侍御关贡物戏赠

朱雀门前一物尤，龙宫树上半洋流。
珊瑚玉色姿颜透，汉使葡萄入九流。

郑常 一首

54 寄常逸人

樵渔几逸人，日月半形身。
地远人先足，林深鸟自亲。
青莲荷色近，野稻意湖萍。

崔峒 一首

55 题崇福寺禅师院

声中一寺禅，净舍半边天。
竹舍三清院，闲云十树悬。
僧家何事逐，岁月欲成年。
向晚心空空，峰光度翠田。

李洞 一首

56 喜鸾公自蜀归

禁地一权台，从师半绿槐。
年年杨柳树，寸寸向阳开。

李端 一首

57 巫山高

巫山十二峰，白帝两三重。
暮雨黄粱梦，朝云淑女客。
高唐宋玉赋，楚客襄王踪。
峡谷三千尺，江流可自封。

江为 一首

58 江行

越女半钱塘，吴舟一光光。
孤行千万里，独立两三梁。
水调江行久，长城少柳杨。
洞庭天下色，岳麓小姑娘。

裴度 一首

59 中书即事

中书即事平，裴度向君明。
忍字刀心匕，工章御圣卿。
身直言道路，骨正论军兵。

陈上美 一首

60 咸阳有怀

紫气东来老子名，咸阳函谷一关荣。
留成道德春秋去，不与殷周济世情。

姚合 七首

61 游宜义池亭作宣

池亭一榭春，柳岸半湿尘。
逐暖阴阳坐，寻芳日月明。
石色青云照，幽禽壑谷鸣。
花开千万朵，草碧陌阡城。

62 游阳河岸

人生一始终，世道半途穷。
岸柳群芳景，河杨野草风。
游阳多少许，历治去来鸿。
沽酒催人去，愁眠任似虫。

穷边词 二首

塞外自枯荣，昆仑雪水晴。
黄河天水落，壶口浊流层。

63 又

不到辽东不问兵，须言草木可倾城。
长安历汉隋唐尽，渤海原来是弟兄。

64 寄王度

阮籍不相知，庄周莫问迟。
贫时多志士，辈复可青姿。
弃舍黄粱米，何施草木枝。
逢时天地上，别处作诗词。

65 寄王玄伯

朝朝暮暮一衣尘，去去来来半累身。
觅觅寻寻终不得，失失得得比闲人。

66 闻蝉

西风一苦吟，玉树半人心。
不可鸣无止，春秋是古今。

杨宇 一首

67 赠舍弟

越女一衣裙，吴门半月分。
佳人惊楚雨，驿客牧秦云。

第三卷 唐人选唐诗

王昌龄 二首

68 塞上行

一半长城一半山，万千日月万千颜。
隋炀汴水扬州岸，九曲江流十八湾。

69 少年行

一去远相寻，三声近古吟。
寒窗先后事，佩剑赠千金。
玉阁佳人艳，重关月色深。

于鹄 二首

70 送唐中丞入道

中丞入道来，老士闭关台。
乞四三清殿，伏身半不才。

71 送宫人入道

婵娟入汉宫，水殿种芙蓉。
白发辞金屋，黄冠束雪峰。
从人前户晓，园鹤下高松。
玉影三更远，君山半夜钟。

陈羽 一首

法国巴黎

72 地铁久交作国使，冬晚送友人使西蕃

御使一欧西，情移半国迷。
巴黎三界外，异客几高低。

僧贯休 三首

73 野田黄雀行

碧山野田，水色村烟。
黄雀在后，螳螂捕蝉。
石碛蛛网，清流古泉。
花丛小睡，土畦中眠。
非非皆彼，如如此全。
何以江山远近，何以地厚高天。
何以飞鸿来去，何以士子岁年。

74 夜夜曲

丝丝切切叫小虫鸣，夜夜声声不住情。
扑扑腾腾何不空，更更鼓鼓向日晴。

75 吴江同里小桥村一邑吕郎行路难

明修栈道，蜀路蚕丛。暗渡陈仓，楚汉争雄。
人间无路竟是英雄独步，世上情情可非雅士由衷。碧玉姑苏云云雨雨，烟花处处，小桥同里杨杨柳柳士飞鸿。始始终终终又始，来来去去去还空。平生立意南洋路，独立从心木槿红。

僧尚颜 二首

76 秋夜吟 孜雅卿

梧桐夜雨一声声，斗数云落半不晴。
莫道知音无觅处，巫山白帝有卿情。

77 赠村公

村公独木自成林，少小孤鸣问古今。
醉醒生平非作客，闲歌故曲是人心。

僧护国 一首

许州赵使君孩子

日日一黄昏，年年半树根。
明明僧护国，处处是儿孙。
独木成林晚，沽名钓誉尊。
门风今古上，国器去来恩。

僧栖白 二首

78 八月十五夜月

八月方言十五圆，仲秋上下是天年。
阴阳一半分明度，露重烟轻复皓婵。

79 哭刘得仁

向取诗名到此今，寻来傲骨作人心。
直成桂子何生死，十八年中木已林。

僧无可 二首

80 金州陪姚员外游南池

勾勒逐波流，江青任雨楼。
潮平池北岸，水逐岛南游。
扫叶君来晚，茗茶石角头。
徘徊中庭月，莲花寺上猷。

81 夏日送田中丞赴蔡州

中丞赴蔡州，旧阙向神楼。
故主风云落，恋情日月修。
淮田多细雨，楚庙少云浮。
久没山川问，风扬夏月愁。

僧清江 一首

82 赠淮西贾兵马使 自日

一步楼兰百战场，三生未拜半中郎。
天书不展国门客，驭笔工成五万章。
日落交河红色丁，沙鸣古道满敦煌。
千年蜀道相如酒，百岁还扬著故乡。

僧法照 一首

83 寄钱郎中

行程万里不归乡，住足深门闭户梁。
此寄钱郎中世界，无言故国已经霜。

僧太易 二首

84 赠司空拾遗

江中觅色一船家，岭上成吟半雪花。
阁里风云花月夜，含元紫气重桑麻。

85 宿天柱观

山翁一石泉，古木半溪天。
也府文章满，花原草木田。
云生峰下树，月落晓中烟。
天柱观前玄，禅房日作年。

僧惟审 一首

86 赋得闻黄鸟啼

红花一碧城，玉树隐黄莺。

隔叶传情久，穿林送暖晴。

僧沧浩　一首

87留嘉兴知己

一寺座东林，三生碧叶心。
人间知己处，世上语言箴。

僧皎然　二首

88酬崔御史见憎

贾得一东山，丞君半故颜。

僧修松柏色，寺里玉门关。

89寻陆鸿渐不遇

陆羽一茶田，江南十地泉。
桑麻春叶小，草木客人宣。
报道山中去，归来月上弦。

僧无本　二首

90行次汉上

汉上一知音，琴中半古今。

楼前黄鹤去，雨后一云心。

91马嵬

马嵬无声半骊山，孤芳随落一红颜。
先生后去明皇怨，荠菜去宗老泪斑。

才调集（十）

古律杂歌诗一百首　〔唐〕韦縠 编 唐人选唐诗十种之一

1

男人不似一夫人，水色何颜半女邻。
月落星明云处处，天长地久雨津津。

2张夫人二首户部侍郎吉中孚妻拜新月

月里一嫦娥，人间半九歌。
西施娃馆舞，织女待天河。
塞外昭ââ夜，貂蝉拜事多。
贵妃常醉酒，洛水宓凌波。

3拾得韦氏花钿以诗寄赠

千金一笑多，万里半星河。
拾得花钿玉，如何作揣磨。

刘媛　一首

4长门怨

梧桐夜雨一秋歌，叶落昭阳半几何。
载道潇湘斑竹泪，千行拭却怨更多。

5从萧叔子听弹琴赋得三峡流泉歌

女道士李冶字季兰九首

本在巫山一妾家，泉流峡谷半浪花。
朝云暮雨高唐梦，下里巴人宋玉娃。

6送阎伯均往江州

柳色到江州，折枝蜀岸头。
西江万里水，夏口半年愁。

7相思怨

一怨十相思，七情六欲时。
男儿折柳色，女子待心痴。
谢玉依依恋，潘郎处处迟。
湮夫去两岸，石水淑身姿。
海水天涯问，平生地角知。

8感兴

思前想后一君身，去雁来人半客亲。
玉枕芳床流泪处，情心一半是红尘。

9恩命追入留别广陵故人

何辞一广陵，错别半香凝。
惭愧青年名，驰心是玉冰。
云辰行北阙，雨夜待孤灯。

止步三千语，呼声几不应。

10八至

至南至北东西，至理至情香泥。
至意至心情怀，至亲至敬夫妻。
亲亲近近一夫妻，女女男男几玉堤。
广广高高明月色，深深浅浅半清溪。

11送阎二十六赴剡县

水色一闾门，孤舟木渎村。
离心芳草地，别意入黄昏。
日月成梭使，春秋致雨根。
君行千万里，妾梦小儿孙。

12寄朱虻

重远可登楼，黄河向海流。
乾坤循日月，上下一神州。
郁郁花芳至，绵绵草木羞。
小桥流水色，碧玉可消愁。

13得阎伯均书

情来懒懒不梳头，意去幽幽问莫愁。

玉树绵绵云雨梦，身心作作入江州。

刘云　二首

14 有所思

朝思暮想一情痴，朝云暮雨半心知。
巫山峡谷江流色，宋玉高唐赋玉姿。

15 婕妤怨

不见一君恩，难言半府根。
相如何不赋，日落已黄昏。
谁言夕拾朝花色，金屋藏娇换泪痕。

鲍君徽　一首

16 惜花吟

一人身，二人身。红颜有色是余香。
一人亲，二人亲。柳暗花明问晋秦。
一人珍，二人珍。暮雨朝云两峡烟。
一人邻，二人邻。莺歌燕舞入红尘。

崔仲容　二首

17 赠所思

月一花枝，情中十地知。
人心三百度，欲意万千思。

18 赠歌姬

水作秋波客作衣，人情似水月情稀。
巴山夜雨浮云去，滟滪中流砥石矶。

张文姬　二首　鲍参军妻

19 溪上云

溪溪上下云，处处去来君。
切切阴晴雨，幽幽日月裙。

20 沙上鹭

沙洲一水禽，鼓翼半知音。
雨雨云云岸，推推就就心。

女道士元淳　二首

21 寄洛中诸姝

旧国莫经年，关心不别天。

山河行止处，草木共婵娟。
小杏三春乱，桃花一色妍。
情思何所以，日月不思眠。

22 秦中春望

远远一秦川，花花半杜鹃。
终南山上色，八水洛中船。
上苑云中雨，霓裳结喜缘。
红颜知己后，玉色满兰田。

蒋蕴　二首

23 赠郑氏妹

不向陈王问洛神，可言宓女可 言人。
钟情自有钟情与，意在凌波意在亲。

24 古意

一夜入巫山，三更向玉蛮。
千情云雨岸，半枕对红颜。

崔公远　一首

25 独夜词

阴晴独夜词，草木各成枝。
日月经天去，支沉雨落时。

女道士鱼玄机　九首

26 名句

潇潇风雨夜，惊梦复济愁。

27 隔汉江寄子安　六言

鱼家少女一玄机，道士红颜半嫁衣。
塞北江南欲没，鸳鸯戏水依依。
烟云细雨悠悠，咫尺天涯稀稀。
隔岸相思情所以，随波逐浪卸红衣。

28 寓言六言

杏杏桃桃李李，朝朝暮暮荣荣。
杨杨柳柳欣欣，玉玉身身情情。
世世人人切切，明明暗暗城城。
心心印印萌萌，寺寺观观鸣鸣。

29 江陵愁望寄子安

江陵一没子安心，汉水三春道士琴。
掩映含元日月色，浮云遇雨是知音。

30 寄子安

销愁寄了丹，别意向情残。
聚散三春尽，阴晴一路宽。
逢情相许久，拟步且盘桓。
未肯花开去，衷心受曲澜。

31 寄李亿员外　一作寄邻女

不心恨王昌，锁愁李忆郎。
无求天下士，草木作红娘。
宋玉巫山赋，朝云暮雨藏。
身何寄予，妾梦是高唐。

32 送别二首

无言月下一心期，不料情中有别离。
睡去何须惊妾梦，残灯玉盏寄云肌。

33 迎李近仁员外

喜鹊声声一玉桥，心心印印半身娇。
灯前默许鸳鸯梦，纵纵横横上碧霄。

34 赋得江边树

身姿一枕求，叶脉半珠楼。
草色迷芳岸，花香作玉流。
烟花咸紫气，岭树问归舟。
雨夜添云作，惊梦复又愁。

张窈窕　二首

35 寄故人

东风寄故人，细雨自相亲。
汉武三更梦，长门一赋珍。

36 春思

衔泥处处向家飞，懒懒成窝曲架微。
晓燕双双知己许，春思不语是无归。

张琰　二首

春莺一两声，闺妇万千情。
昨夜梦君子，今晨问晓荣。

桃花几日红,但恐雨云风。
暮色梨花色,春心已向东。

赵氏　二首

37 杂言寄杜羔

不可问梁州,何须教九流。
秦川风雨骤,栈道暗中修。
肯顾金陵石,临邛滞地留。
陈仓儿女怨,蜀道也春秋。

38 闻夫杜羔登第

长安一丈夫,士子半江湖。
郁郁书生气,温温微越吴。

程长文　三首

39 书情上使君

妾女一书情,鄱阳半色清。
孤舟云雨岸,月色小姑平。
不采莲心子,荷风日比明。
洞庭无寂寞,邑曲两三声。

40 铜雀台怨

一雀怨铜台,三朝九不开。
陈五吟七步,魏帝欲千杯。
女色随云去,箫竿再不回。
当时歌舞地,缺月有时来。

41 春闺怨

风摇一柳条,草色半云霄。
闺怨何时了,人心七寸桥。

梁琼　三首

42 昭君怨

不怨一昭君,阴山半汉文。
琵琶声不止,古月照胡裙。
北塞和亲路,南朝白日曛。
葡萄传几处,文母至今闻。

43 铜雀台

声声半雀台,缺缺一铜哀。
月里空余恨,宫中魏帝灰。
红颜多少色,玉影去还来。
雪覆空陵守,如今已不开。

44 宿巫山寄远

巫山雨,巫山云,巫山云雨不离分。
峡谷水,峡谷岸,峡谷峰光作玉裙。
宋玉赋,宋玉人,宋玉高唐神女梦。
襄王一日自芳芬,朝朝暮暮阴晴里。
去去来来日月昕。

谦氏　二首

45 怀远

鹏程向远飞,问路待日归。
暮雨轻尘涅,朝云紫气微。
人生何不已,宿鸟靠紫扉。
巷里三家店,巢边十叶田。

46 寄征人

鸳鸯不怯一寒塘,妾女难言半玉光。
素脂初凝孤独处,姿身绵悴可荒唐。

薛涛　三首

47 送友人

江流不尽没江楼,锦水扬长来到头。
笺薄心重关路近,薛涛寄语孜春秋。

48 题竹郎庙

一笛声声还竹郎,三春处处问晴光。
江村郁郁烟云雨,牧曲悠悠自短长。

49 柳絮咏

一月梅花二月香,三春柳絮两春扬。
九陌东风九陌色,半过江楼半过墙。

姚月华　下二首

50 古怨二首

一水悠悠一水愁,半波逐逐半波休。
粼粼泛泛色粼粼闪,郁郁青青江柳游。
恩恩怨怨度春秋,去去来来日月留。
暮暮朝朝同共与,形形影影不分求。

裴羽仙　二首

其夫征匈奴,轻行人,为利鹿生擒帐下。
自尔一往,音信断绝。

边将二首

狼烟不认马牛群,剑戟常须浴血熏。
九帐千兵百战去,三边一鼓李陵军。
长城磊石一良人,力战轻功半羽巾。
塞雪辰霜凋草木,红颜一半念青春。

51 暗别离

单飞越鸟到交河,古月长城唱九歌。
玉佩无声天水岸,须臾李广巷蹉跎。

52 古雅意曲

中秋十六月圆圆,似水寒光色欲偏。
桂子清宫如落下,茱萸叶影背灯悬。

53 阖闾城怀古

君王国破二千年,越女吴王五百怜。
阖闾城中怀古色,姑苏门上挂愁烟。

常浩　二首

54 赠卢夫人

佳人玉色红,暮日落春风。
月挂东山树,芳菲未觉绒。
嫦娥何不语,桂影自始终。
恐逐连波水,由来一念空。

55 寄远

雪色一梅枝,春光半碧迟。
东风三两雨,信使万千时。
岁月何来晚,年华自不知。
回头愁白首,始见问青丝。

葛鸦儿　一首

56 怀良人

土布乡心世物稀,红裙碧袄嫁人衣。
留心处处相思夜,正是心心欲可依。

薛媛 一首

57 写真寄夫南楚材

笔下欲丹青，云中雨半庭。
红颜惊叶落，碧玉问零丁。
十里关山月，千年日月星。
三春何短意，一苦半长亭。

盼盼 一首

58 燕子楼

未晓灯残燕子楼，徐州居易柳杨愁。
十年日月成行问，地久天长几白头。

崔莺莺 一首

59 答张生

月色两三猜，东风一半开。
红妆花影在，只待故人来。

无名氏 三十七首

60 春

半雪冬东风半雪梅，一香世界九香来。
传呼杨柳成黄绿，二月云烟雨色开。

61 夏

十里荷花十城塘，百珠碧叶百珠光。
莲蓬玉玄莲蓬子，四面姿色四面扬。

62 秋

一树功成一树英，三秋岁月两秋萌。
梁间燕语知寒暖，飞鸿欲去岳麓城。

63 冬

四面埋伏一点红，三千世界半飞雄。
茫茫瑞雪银妆裹，莽莽昆仑几始终。

64 鸡头

一水春波一水仙，半家玉影半家田。
姑苏城外黄天荡，不是英英是客船。

65 红蔷薇

丁香树外一蔷薇，泽国珠前半碎晖。
点点霞明成日月，吴门草木入心扉。

66 斑竹簟

君山两岸满浮萍，泽池小姑碧玉青。
不见潇湘斑竹泪，何言一日上洞庭。

67 听琴

六律宫商半角徵，三伶曲调一香凝。
千声不尽寒山寺，两弄还来月下僧。

68 石榴

花枝招展石榴裙，玉蕊芳心独逢芬。
欲染流霞颜色好，终生不事帝王君。

69 秦家行

咸阳二世半秦家，指鹿三身一月花。
已过山东求不老，仙翁彼此作天涯。

70 小苏家

凌波玉色小苏家，彩凤盘龙碧红纱。
帐里鸳鸯知戏水，堂中月色向春花。

71 斑竹

苍梧泽国半天梁，岳麓书香一帝王。
色抱晴阳多粉黛，风摇岁月少倾妆。
嫦娥不鲜寒宫锁，蜀道何言壮士扬。
只有湘君斑竹泪，三江未尽是衷肠。

72 宴李家宅

罗绮白玉堂，皓腕紫珠光。
曲调阳春落，声余魏帝肠。
金炉香满地，醉语乱心狂。
暮雨身未至，朝云露已芳。
形成姿色处，一刻十千觞。

73 长信宫

宫门不锁半天涯，玉幌微张一夜花。
金屋藏娇情意尽，凤凰不落帝王家。

74 骊山感怀

梨园一曲十年情，镜国三身半色倾。
凤影芙蓉成草木，玄宗此处见枯荣。

75 听唱鹧鸪

金谷余声锁故楼，春音不怨帝五愁。
耕耘日月桑麻早，处处行心过九州。

76 留赠偃师主人

孤城漏不残，独侣唯随宽。
洛北乡愁近，淮南夜梦桓。
行程辞日月，紫禁御小澜。
影壁回声远，出门蜀道难。

77 长门

六院半黄金，三宫一寸阴。
长门何所怨，水调帝王心。

78 三五七言诗

一风清，半月明。二水东流去，三山落叶行。长门奉扫寻金觅，汉武藏娇故屋惊。

客有新丰馆题怨别之词因诘传吏尽
得其实偶作四韵嘲之

天眠示采桑，白马寺名扬。
五夜心随雨，三更漏泄长。
罗裙直碧色，诘史晋秦忙。
四韵知情意，刘郎采素妆。

79 经汉武泉

草木森森汉武泉，阴晴日月金屋天。
殷商甲骨周秦轨，二世丞相指鹿传。

80 杂诗十首

乞火书窗月在西，拔苗助长叶高低。
东风处处行云雨，鹧鸪声声陌上啼。
春光一玉壶，水调半江都。
尽日群芳醉，行身向独苏。
波连一水纹，月落半衣裙。
此夜神仙客，晨明不见君。
日日两相思，丝丝一柳枝。
郎心如是马，妾意向猿期。
暮色一辽东，浑江半落红。
榆关南北问，五女去来空。
长川草色青，峡谷雨云冷。
渐觉东风暖，方兴小叶萍。
书生一洛阳，锦瑟半曲肠。
宋玉巫山赋，临邛自柳杨。
悠悠一浪流，虚虚半红楼。
海角惊云雨，天涯问九州。
鸾飞远树游，凤得新巢求。

红粉知音近，千金重九州。
荷出任色土，叶混玉珠流。
深潭一水鱼，驿舍半客居。
读遍天涯路，行成事事余。
终成芳草地，始得丈夫书。
不弃前程道，当心旧日初。

81天竺国胡僧水精念珠

胡僧一念珠，素贯半江湖。
倩影鲛人取，红楼欲滴奴。
裂裟浮紫气，妙应玉珊瑚。

井底春冰色，清潭映丽姑。
眼界真如意，荷花碧叶图。

82白雪歌

琼瑶一日满京都，素玉鳞稍半色奴。
碎月经风天地落，苏岩乳洞宿香姑。
城明寸履银妆树，七叠寒声几丈夫。
古碛芦苇烂漫下，梨花欲夺作江湖。
藏娇独立梅花傲，万里方凝是李苏。

83琵琶

越曲吴声四五弦，咸阳蜀地两三年。

宫中汉帝婀娜女，塞外阴山度国妍。
甲马无疆由草地，琵琶有意向胡天。
昭君一路沙荒漠，十二峰中云雨田。

84伤哉行

足下一行程，人中半弟兄。
伤心儿女事，高业去来明。
驿舍临风月，长亭待晓晴。
没夫矶石上，不见有船横。
草木鸟空啼，文章帝业西。
成心搜玉集，曲意见高低。

十二、搜玉小集

古律杂歌诗一百首　〔唐〕佚名 编 唐人选唐诗十种之一

1奉和御制白鹿观或作郑愭

旗杨白鹿观，仗辟玉佩丹。
桂女芒童问，鸾歌十地妾。
香流三界暖，鹤语几盘桓。
岁月春秋外，仙心汉武宽。

2奉和制平胡

裴漼

一统半秦皇，三边二世王。
山东寻紫气，楚汉霸君扬。
御使千年月，胡沙万里疆。
挥摩天水岸，李十没乡娘。

3奉和御制平胡

韩休

狼烟十里扬，塞火半山乡。
玉女长城外，男儿箭纪傍。
击舍云暗尽，叠鼓气方刚。
战罢归勋奏，荣逢一代昌。

4西征军行遇风 古今诗

崔融

月照一沙鸣，军行半子兵。
风尘席卷暗，草木落枯荣。
雅尚孤直义，崇天自主成。
览史浸骄逸，闻诗作弟兄。

5塞垣行

崔湜

疾风过草原，暴雪溺苍天。
仰没残垣外，行程量酒泉。
沙尘荒大寞，御仗守军田。
笔砚黄河水，燕矶度旧年。
英雄天子阔，壮士去来传。

6大漠行

单于大漠行，壮士九歌声。
木叶飞天地，南山牧马惊。
连营科半路，合阵武威城。
郑洁驱旌坐，韩君拜节名。

谷静山光色，何须筑业平。

7将军行

刘希夷

一吼出猿门，三军作子孙。
弯弓朝剑气，叠鼓胜桓温。
诸将随身近，群兵作马奔。
沙场齐勇立，箭雨射黄昏。

8从军行

贺朝

月照半边城，辰明一将英。
军书凭羽寄，玉塞振良兵。
射虎先鸣至，龙韬决胜名。
汜水成天迹，常山赵子情。
桦鼓关山晓，金鸣塞外倾。
昆仑飞雪暗，晋幙寨云平。
几度楼兰剑，三生一箭荣。
不可丈夫语，行当此纵横。

9 屈同

燕歌行已见国秀集，异同注明

渔阳八月一关明，永空三秋半纵横。
朔气连云天外色，征人寄语见枯荣。
黄沙百战龙城乜，鼓角千声已士情。
擣砧情余君莫居，红楼自此女儿声。

10 塞外

郑惮

三秋石立垒荒城，一诺天原作草晴。
日气连营云海近，山光转色阴阳平。

11 紫骝　南洋

杨炯

江山一紫骝，草木半神州。
足迹天涯路，行程一国忧。
辽东乡土地，塞北故人由。
画地成南海，封汉取帝侯。

12 之二　胡无人行

徐彦伯

远足没苍空，行人问路穷。
云摇车节锦，海照朋端弓。
雨暗南洋海，云平木槿红。
人生由可以，方圆自作雄。

13 卢照邻

王昭君

汉殿一琵琶，阴山半漠沙。
胡姬风月舞，蜀女客天涯。
御使青冢问，肝肠玉影斜。
昭君出塞去，自此作年华。

14 东方虬

王昭君

汉道半和亲，廷朝一武人。
长城南北处，苦事女臣身。

15 郭元振

王昭君

宫中一画师，汉帝半无知。
始见红颜色，倾心素玉姿。

16 晚度天山有怀京邑

骆宾王

晚度一天山，京都半故颜。
书生忧国去，叹止御沟还。
上苑蝉声尽，交河落日峦。
归思何期计，武空玉门关。

17 送公主和戎

徐彦伯

凤屋一怜怜，鸾帷半主倾。
琵琶何所许，汉使不声明。
玉影阴山色，花移洛土萌。
和亲天下女，驻驿满新英。

18 古意向误崔湜

崔颢

处处一王昌，盈盈半画堂。
年年何丝女，曲曲问牛郎。
隔岸寻杨柳，随时寄曲肠。
成身男女嫁，度日卸红妆。

19 酬杜麟台春思

崔湜

春风入上林，草碧见人心。
水暖三千界，花红一古今。
含情晓镜色，忆梦枕边深。
不必婵娟问，何须处处寻。

20 春闺

徐彦伯

洛水满清波，幽思问月河。
牛郎天水北，织女月明歌。
七夕鹊桥渡，三生自个多。
原来儿女事，自古是蹉跎。

21 怨情

刘允济

晓月玉门关，兰芳半女颜。
愁来春不语，念切枕边还。

22 春怨

郑惜

春芳玉露明，少妇带愁情。

百媚齐心色，千姿试济荣。
梅花三弄曲，下里巴人城。
不必随萧史，秦楼在洛嬴。

23 春闺

沈佺期

汉马一王君，流莺二月勤。
边梦三两忆，岁月万千闻。

24 秋闺

郑惮

落叶问春秋同，轮台向九流。
音无所忌惮回雁至，月影照闺楼。
上国边怨曲，阳关向故州。
沙鸣多少夜，共作月牙留。

25 古意

沈佺期

京家十日郁金香，客舍三春木槿杨。
北国幽燕书不尽，南洋鲜忆莫愁娘。
桓仁五女烟囱树，一士榆州月步郎。
不教婵娟明月去，含情独自入黄粱。

26 闺怨国秀集作孤独叹

徐彦伯

切切月夜寻，微微玉露沉。
孤孤行立骨，独独叹知音。
暖暖芳情住，喃喃顾小心。
回回眠不足，情情客烛阴。

27 怨辞向误张炫，或刻张绂

张泫

年年一别雁方归，处处三更二地飞。
叹叹出声天地上，时时物业造心扉。

28 秋闺

张恩缓同学

乔知之

白露结南庭，红枫集肃青。
西风黄叶落，暮宿客惊灵。
曲径成荒路，龙乡信少铭。
浑江沙水岸，五女赵家萍。
素影西关路，高中淑玉伶。

心中初结伴，月下叹零丁。
凉树凉泉北，卿情息汉宁。
平生何不怨，辗转几长亭。
寂寂求风月，悠悠向独萤。

29 捣衣篇
刘希夷
秋风一半过阳关，夜月三千问玉颜。
白露霜封南北树，冰壶玉结万千山。
长城夜月孤心许，捣石寒衣寄泪斑。
对影穿针逢不住，思情念意以君还。

30 题河边枯柳
王泠
弱柳半河边，扬州一梦悬。
隋家天子色，水调挂帆船。
越女钱塘宿，吴儿六合眠。
长安三两怨，洛水万千田。
岁岁一琴弦，年年半碧烟。
春云摇摆过，细雨去来怜。
十里长亭道，千树玉叶妍。
春秋径日月，冬尽是阳泉。

31 折柳篇
许景先
碧色东来过渭桥，朱门此去上云霄。
长安一日春先至，八水三明莫折娇。

32 长信宫树
乔知之
芊昔一色颜，汉月半门关。
映殿羊车晚，藏娇几度还。

33 同蔡孚五亭咏
徐晶
风声一夜明，树影半情生。
野草知春意，云客问别情。
牵连杨柳叶，翡翠佩荣平。
高高朝天意，人人逐业晴。

34 阮公体
秦王问阮公，戍客话沙龙。
未毕江山欲，方成一己雄。

敦煌尘暗久，白日逐苍穹。
蔡见长城外，辽东已不同。

35 赠苏管记
杜审言
严冬御旧衣，古道牧羊稀。
朔气残乡树，霜封冻土畿。
山河冰野色，草木几时晖。
领袖雪花问，平生是与非。

36 温泉庄卧疾寄杨七炯
宋之词
倦倦半情求，寥寥一独幽。
高高山顶树，处处水东流。
反景隋炀问，川原信誓愁。
长城南北塞，汴水北南流。

37 述怀
魏徵
隋唐士子一魏徵，逐鹿中原半五陵。
投笔纵横天下计，凭缨南越几相丞。
出谋李密曾不就，杖策秦五羽扇肱。
古镜临君成败论，何须道士作玉冰。

38 暮秋言怀 上二首，向误宋之词
首夏别京都，青莲碧玉湖。
乡思多日月，雨滞问姑苏。
可上高楼没，无言各有无。
咸阳当此感，孔府杏坛儒。

39 白帝怀古 向误宋之词
陈子昂
白帝入鱼梁，巫山问楚王。
朝云神女客，暮雨遇人长。

40 书怀
刘幽求
一路去何从，三身问所客。
方圆天地里，草木自枯荣。

41 桂阳三日述怀
宋之问
日日日边一桂阳，乡乡乡里半衷肠。

来来去去江湖上，暮暮朝朝草木光。
裘被文昌分帛洛，晨趋北阙御天堂。
龙媒日沼仁泉树，万寿和歌作柏梁。
洛邑音书求不得，咸阳史记作华章。
须承汉帝闻铜雀，逐伴春秋浦叶黄。
事越谋吴图画比，昆明夜雨张荒塘。
南成桂日云浮日，北没京乡不故乡。

42 九日升高
王勃
九日当高九日楼，一身正气一心修。
贡河此去天涯路，洛邑经纶自不休。

43 观灯
苏味道
火树半银花，灯光乱御家。
星桥开禁锁，玉影伴梅斜。
十五含元色，三千上苑华。
红尘随所愿，取色挂窗纱。

44 夜游
沈佺期
一夕重门开，三春上苑来。
群芳争紫气，碧玉分身裁。
暮色扬长去，红娘伴曲猜。
孤心随鼓暗，独立是春梅。

45 观灯
王諲
一夜半花灯，三宫两玉凝。
嫦娥寒月色，桂树挂新冰。

46 夜光篇
王泠然
兰田一夜玉生烟，洛邑三春柳色悬。
历历秦川泾渭水，悠悠玉树雨云田。
谁家暗火南山暖，雪覆成冰鲜锁泉。
气势缴横西北没，英雄磅礴过前川。

47 催妆
徐璧
香酌十步一红妆，玉影三春半柳杨。
满面情风成花色，须臾烛下不姑娘。

48 剪彩
沈佺期

剪彩一芳情,裁花半柳明。
初春儿女问,弱带束丝萌。

49 人日剪彩
余延寿

二月一刀裁,三花两日开。
情催春色晚,欲得玉人来。

50 三日岐王宅
张谔

五月落花声,三更睡梦城。
千姿随粉色,万步曲江名。

51 满月

流金岁月风,寄玉佩妆红。
桂似方圆度,寒疑满月宫。

52 太平公主山亭侍宴应制
李峤

太平公主一山亭,白玉仙庄半渭铭。
碧树天山三界水,朱楼现阁四方泠。
龙舟水榭鲛人室,羽苎琴台八面灵。
舞色成姿身已就,人芳曲尽渭城青。

53 张谔
岐王度上咏美人

岐王曲尽一佳人,羽色姿轻半玉身。
艳舞情心娇欲滴,分裙已是入红尘。

54 汾阴行
李峤

来时辇舆去时雄,方寿千秋夹道风。
四叶成家旗羽列,汾阴似是始无终。
西京咸遍宫廷叹,富贵荼华一暮空。
只见衡阳南北雁,年年事事不由衷。

55 刘希夷

一代白头吟,三生作古今。
春来桃李杏,世纪历人心。
洛邑花颜色,长安碧玉林。
桑田何不种,年月是知音。
老得龙钟客,年年木成林。
翁公天下事,岁月已流深。
玉树多阴子,清歌守日箴。

56 明河篇
宋之问

明河一月色千钧,洛邑三春汉水秦。
晓露初惊花阙树,南楼帐卷玉人身。
千门夜话成天地,万里行程已不珍。
处处弦歌今古曲,年年唱断去来津。
阡阡嫩草殷勤许,陌陌桑田耕作频。
郁郁琴音何不取,家家不尽入红尘。

57 韦长史挽歌
崔融

桑榆日暮风,甲第洛城空。
切切松孤立,冥冥鹤语中。

58 度大庾岭
宋之词

度度同方辞,停停故巷诗。
长沙三日客,洛邑十年知。

59 过蛮洞

越岭一千林,蛮溪五百浔。
人家萍西钓,竹节是知音。

60 登越王台

一上越王台,三生几去回。
风平莫海树,日照五羊来。
意怨高低日,心惊异地猜。
山晴云雨至,足步十家梅。

61 咏宝剑 向误宋之问
崔融

姑苏一剑池,匣气半独知。
越主吴宫抽,西施馆娃姿。
夫差勾践路,轩将不语时。
易水何天下,江山五百诗。

62 纵横

合徒连横一古今,春秋战国半君心。
苏秦不是张仪是,未以始皇可自箴。

明·杜堇
东坡题竹图

第四卷

明人选唐诗
（一）

一、五言古诗　正始上下

正始上

1 太宗皇帝幸武功庆善宫赋
旧迹一家乡，前基半柳杨。
诗书千载客，庆善太宗王。
故巷先车鉴，新情后跬逯。
龄童问提剑，翁老待天梁。
六国兴亡去，长城石始皇。
何当闻汴礼，嘱意话隋炀。

2 草木一冰霜
草木一冰霜，乾坤半柳杨。
江山何尺寸，日月几炎凉。
四岳春秋继，三生寸尺量。
阴晴天地外，跬步万千长。
雨细田桑润，云轻逐卫祥。

3 正日临朝
正日一临朝，萧风献节谣。
灰初阳百厉，律动柳千条。
大禹湘灵瑟，西东易水消。
天声车轨道，八表御书桥。
赫奕欣康泰，俨冠盛百僚。
章旌规尺寸，但练紫晖潮。

4 春日玄武门宴群臣
华林晏柏梁，玄武令韶光。
淑气芳华住，文庭日月藏。
秦王知提剑，绿醑奏天章。
湛露朱弦曲，恭翁太上皇。
人生如此问，就事民猖狂。
雅韵成天子，贞虚问君王。

5 经破薛举战地
壮士少年郎，成行客日光。
情高天地上，意愿载黄粱。
仗节随心去，凭流任洁扬。
长河星落尽，步履剑书堂。
抚旧鲸鲵问，沈场净无疆。
华垠惊太宇，劳昏与帝王。
浪灭云空水，霞穿易进荒。
生平白日里，润泽可圆方。

6 饮马长城窟行
塞外一秋风，心中半古桐。
交河红日落，白马逐苍穹。
瀚海汪洋远，阴山日月中。
莲花成五女，节气似三雄。
玉笛随情起，胡姬任舞终。
龙堆寒火来，绝漠凯歌东。
纪石碑铭立，云台自韵工。
戎衣凭血色，独叶寄飞鸿。

7 从军行
自古任君行，如今举世英。
文章天地外，日月去来情。
草木连天地，阴晴处界平。
飞标倾谷射，节度绥龙城。
白马飞云里，诗书正两萌。
蔽卷风沙碛，沙沉晓气生。
辛勤霜雪客，九折故宫鸣。
重关何处落，只作玉人惊。

8 出塞
三边一士诚，九脉半精英。
口外悬天水，辽东落地盟。
群雄争逐鹿，晓月覆春荣。
勇气千山村，白马寄平生。
楼兰勤事业，石碛玉门轻。
举目神州望，扬然济世横。
弯弓知射虎，俯首制龙明。
萧萧见玉兔，婵娟不动情。

9 结客少年场
结客少年郎，邯郸跬步长。
燕丹留意气，易水储衷肠。
魏节孤心立，韩城壮志昌。
纵横天地上，万里一声扬。
博望侯称帝，员村日月光。

683

寻源何远近，逐世几炎凉。
四顾平原路，三生蜀道梁。
长驱呼白马，枕戈问隋炀。
水调苏杭去，幽声筑背伤。
天山冬夏至，陇塞去来当。
叶落交河北，风流剑羽黄。
龙沙流不尽，纳木玉门旁。

10 魏征
停朝五日一魏征，积翠千池香半凝。
约礼群书唐家治，贞观纪事以情膺。
秦王玄武门前义，西汉云终籍叔丞。
赋罢身形天下事，何然渭水太宗灯。

11 暮秋言怀
五月一九歌，千流半山河。
蓬莱无日暖，玉阁意风多。
暮首京城路，池深伫雨荷。
悠悠闻岁月，渚渚寄青娥。

12 述怀
一路踏千山，三生问九弯。
弓成知白马，足踏问渝关。
逐鹿中原志，驱驰策墨班。
缨悬随日月，蹴石任天颜。
辅路沈谋略，丞功古木蛮。
张良相旷地，季布可无还。
木落惊天地，鹰鸣动地闲。
功名何不见，世说似人间。

13 古意
桂树几何苍，秋风半叶凉。
寒初尤性暖，十地竟幽芳。
岁已飞鸿去，厚斧向衡阳。
年成自露霜，知君书八月。

14 田家
碧野一田家，春寒二月花。
秦川朝暮色，汉颖去未霞。
楚楚箕山路，辛辛渭水瓜。
纤纤何草木，陌陌自桑麻。
月影重天下，微风问古涯。
园中闻宿鸟，枕上梦溪纱。

15 许敬奉和行经破薛举战地应制
仗策束修鲸，宇泰比缨荣。
流清新羽色，新祈创鸿名。
大象分元方，三军一阵行。
飞将今射虎，帅帐唯闻精。
复正临官渡，纯自作风情。
瑶池南北水，暖阁去来城。
凯泽移荒野，宸云旷物明。
行径破战地，庶绩寄群生。

16 岑文奉和正日临朝
七政一皇宫，三春半御风。
时雍天地表，日正帝王东。
德慰灵枢殿，英昌叶符功。
千山清漏泽，四海凯喧雄。
凤瞩熏香路，龙恩玉鸟桐。
临朝多少向，热列可飞鸿。
九域天文化，奇香映气虹。
旗分仪玉树，笔岱御臣中。

17 杨师道奉和圣制春日望海
望海一波扬，春风半日光。
风熄涛欲动，圣智表惊藏。
岛屿孤山立，鲸鲵驻浪长。
云天连疾雨，隐驾府龙乡。
汉后东河水，鹏击幸异翔。
仙台多少问，七政字洪荒。
带举舟船楫，青流映地裳。
平呈制举碧，列树着嘉良。

18 中书寓直咏雨简褚直居士上官学士
学士上官来，中书一寓开。
苍龙云暗宇，细雨凤凰台。
电影直飞阁，清篁笔正才，
蓬荷多少碧，属叶树枝催。
五笔成金马，君心向晓裁。
威凌桃李岸，筑史玉阶豬。

19 刘孝孙游清都观寻沈道士得仙字
紫府一青天，清都半碧莲。
观前寻古道，阙后寄云烟。
缅甸飞轩色，云风落酒泉。

徘徊闻复驾，独立问秋千。
纪石临流水，孤峰醉八仙。
寒辕多酌醴，抗展可秋蝉。
夏末荷莲雨，琴横暮散悬。
人心谁不见，此路任前川。

20 凌敬游清都观寻沈道士得都字
道士一清都，神仙半有无。
丹炉灵达步，寂聊志玄枢。
策符知王母，青溪向绿途。
桐君生穗日，治行待末奴。
羽化生新祝，玄区问侣珠。
凌风循守路，事迫鹤飞凫。
木槿红朝暮，雷门素尘奴。

21 赵中虚游清都观寻沈道士得芳字
道士步轻霜，清都种柳杨。
人生多少度，妙场去来香。
羽鹤飞天问，灵云落地光。
寻云千万念，射貌过汾阳。
寓目成君子，神仙纳帝乡。
烟霞丹石炼，桂肃宇高梁。
暮景祥杏紫，鸣蝉抚殿旁。
兰花莲杜若，复控止衷肠。

22 董思恭三妇艳
妇艳一心妆，明珰半藤藏。
胸前红造色，坐态自流光。
玉手多姿与，酥情日月娘。

23 王绍宗三妇艳
鼓瑟一湘灵，吟诗半后庭。
花明姿色艳，雨落是开青。

24 上官仪早春桂林殿应诏
太液一流莺，大明半晓晴。
春堤天子树，雨细草云平。
积翠芳花暖，临流玉雪轻。
山光空碧色，鸟歌桂林城。

25 酬薛舍人万年宫晚景寓直怀友
晚景万年宫，瑶台半世雄。
苍苍临水色，郁郁向天穹。

古木惊尘俗，红尘逐旧风。
窈窕直寓宋，瞑善向异同。
七政龙花色，三区治制功。
千金闻子弟，万马逐飞鸿。
策仗王孙道，深思月似弓。
玲珑前后事，独立去来衷。
促艳芳兰掩，寻章羽化虫。
青山途不尽，别去客心中。

26张文琮同藩屯田冬日早朝
假寐一朝同，直人半国风。
兴瞻晨月色，紫禁御城东。
九脉清霜早，三春日照红。
巾冠衣正纪，剑笔佩由衷。
百步衢霞艳，千单焕物工。
承文声民至，启道大明宫。
漏断余情永，昼闻故土雄。
经纬常织造，上下玉和中。

27章怀太子黄台瓜辞
黄瓜半翠薇，熟子一心扉。
几采知天水，余温尚日晖。
耕耘草木尽，苦力去来归。
地地何无足，阴晴不是非。

28王勃山亭夜宴
山亭桂宇幽，野径夜凉流。
竹影塘荷色，心扉客九州。
南溪寒水静，古井醉人优。
今已天巡后，林端半入秋。

29咏风
肃木半凉生，清溪一纳情。
烟随流水去，雾起雨云平。
未觉丝毫动，忽然旧影横。
轻波驱点逐，曲卷玉书明。
日暮香光落，微行涧户城。
摇摇方欲静，宿鸟两三声。

30怀山并序
幽山一径斜，鹤岭半烟霞。
敝玉珠泉紫，玄虚石丹华。

麟洲仙道近，广壑水人家。
汉凤霄云速，蓬瀛液渺葩。
缨绂峰故事，涧壁各况沙。
市迹荒途尽，徘徊不见崖。

31忽梦游仙
烟途一道生，客迹半云平。
寐寤何思想，黄粱入梦情。
龙光弯态首，虎背内方明。
汉解驱驰路，灵封对策赢。
周邅流俗遗，故释作人城。

32杨炯广溪峡（三溪有序不录）
旷望一川长，遥闻半木香。
江流三峡首，陆路两羊肠。
百丈峰林西，千寻壁石光。
猿惊舟不止，浪逐楚人狂。
设险军师客，邦家蜀魏堂。
英雄天下向，日明照襄阳。
腹佐歧山夜，刘神误国祥。

33巫峡
七百里江山，三千峰玉关。
烟云巫峡雨，楚汉暮朝颜。
赤壁三君子，高唐半去还。
砥柱凭天立，重严任故峦。
浪迹寻神女，飞流向石湾。
舟帆何未尽，碧水似人间。
去去来未见，情情意意闲。
灵芒天地里，栈道可登攀。

34西陵峡
涧壑一深川，长波半谷泉。
云行千万里，西落两三船。
接道连天地，荆州主客回。
周郎兵赤壁，诸葛箭风悬。
蜀塞望依旧，吴门未可年。
军中何火字，阵外有人缘。
徒有江山向，犹为日月研。
猿声声不住，木落落难全。
速速江去去，幽幽草木边。
巫山神女色，楚子自无眠。

35骆宾王夏日同夏少府游山家
夏日一山家，兰香五月花。
幽熏天地外，木对日光斜。
谷静云沉尔，溪深雾露葩。
松声惊不语，唯见浪淘沙。

36晚憩田家
晚憩入田家，劳心向路斜。
辛程知马力，远道尽桑麻。
九曲溪流短，三春月色花。
婵娟何不问，独照透窗纱。
址路遥遥见，关山处处崖。
龙章何晓暮，玉树几秋华。
徒表江山外，行当故人车。
黄粱寻一梦，只作去人遮。

37卢照邻关山月
寒月一关山，祁连半石峦。
黄河流不住，百里遣三湾。
宇照边垣冷，相思守玉颜。
婵娟同容共，莫以色愁班。

38上之回
回中一道悬，石上半三边。
九曲举肠路，千岩险旅川。
西河烽火断，玉玺箭弓田。
戈振江山水，萧关日月年。
单于寻白马，汉使误姬妍。

39君马黄
白马一汾川，兰香半玉田。
关山千里月，雪色万乡年。
右塞依垣阜，塞门误守边。
鸣珂长振已，铁血几时怜？

40刘生
刘生意不平，仗剑客横行。
报效书香案，寻心自摘缨。
黄金何作贵，落日旧情萌。
易水惊燕士，泰山问鲁情。
楼兰沙漠镇，顾令羽毛城。
万里千程路，三鸣一诺轻。

41 结客少年场行

结客少年行，轻身白马鸣。
长安多少士，玉剑仗云平。
渭北关东望，泾南八水生。
孙赛遥见符，八阵近风情。
潮海胡风卷，阳山虏迫城。
归心烽火断，夜月照途程。
负羽龙旌色，寻虹绕可荣。
童翁莫以问，侠壮一纵横。

42 赠李荣道士（有序不录）

锦节一宝君，琼仙半渡云。
清风明月色，驾羽去来群。
道使天经纬，丹炉五味分。
瑶台成紫气，上帝应空闻。
独有书生客，绍裘蜀剑文。
方圆何守一，草木可阳曛。
水曲长流去，山高屹立氛。
近瞻衔宫壁，遥观八会芬。
凭心由彼此，自从苦耕耘。

43 早度分水岭

蜀道问长安，洪都向巾冠。
秦前分水岭，晋后向阳残。
楚汉凭河立，周商任易寒。
黄河天下去，莫以长江宽。
漱玉云飞落，惊心九折盘。
凌风峰下住，古月独情难。
暮鼓由阡陌，松涛主自观。
烟花随日尽，白马逐天官。

44 三月曲水宴

曲水一云烟，长安半酒泉。
由来铜墨色，莫取笔荒田。
雅道成君子，芳门作西泉。
慈恩何来鼓，白羽任天仙。
本存人间士，凭轩意气悬。
花江空月久，岁鸟逐春宣。

45 奉使益州至长安发钟阳驿

长安半落花，蜀道一人家。
驿路通天下，清流逐谷斜。
种阳川狭石，独柳日山崖。
涨涧平江水，潮头两岸沙。
椎淦何不尽，草木几丛华。
耳目风云色，春烟送晚车。
松声惊异至，约侣误桑麻。
白鹭孤飞赏，书生应豆瓜。

46 和王爽秋夜有所思

寂寂一秋川，扬扬半石泉。
幽幽三曲逐，落落九州田。
月桂婆娑影，星河闪烁沿。
书声何不响，夜语对南天。
曲弄梅花调，琴吟下里弦。
清歌多独止，意气少言宣。
叶露寒枝上，池鲸上液缘。
深思天地里，客寄作方圆。

47 咏史三首

天高一季生，地厚半疏荣。
季没随来去，躬身任轻名。
将军曾寄与，汉祖向丘声。
广纳知贤智，朝堂拜公卿。
孤有惊四壁，顿诺正三明。
议断何樊哙，台园忘柰情。
英雄当自己，丈丈一夫平。
唯唯难足道，堂堂跂足荣。

48 其二

汉祖一斯人，先生半至亲。
雍客廷上度，谈笑正天伦。
诺后何天地，行前不曲尊。
杨情甑雪故，折角弃冠巾。
卷卷舒舒道，孤孤弃弃邻。
悠悠共草木，诸诸是群经。
玉帛仙舟远，金川洛返尘。
长岁泾渭水，不必数家珍。

49 其三

负志一河公，交朋半世雄。
成谋非是断，仲颖废良躬。
忍辱诚良大，程婴著紫宫。
清名虽未达，弃乱赴山东。
戈鞍江山路，君凭大将风。
书生三曲论，壮士九缥衷。
凛凛黄金屋，幽幽帝王戎。
言言谁进退，处处望飞鸿。

50 刘庭芝将军行

一诺将军行，三更白马经。
千兵从东令，万箭待弓平。
剑气云天外，刀枪去来轻。
辕门今弃塞，晓阵许无声。
赵甲上城露，燕巾易水英。
齐河从泰石，鲁士此生萌。
跷首中原鹿，躬身抱玉横。
京师多少问，愿以旧时荣。

51 从军行

肃肃一秋风，飒风半叶红。
军中行白马，帐下问孤雄。
列列旌旗阵，纷纷甲凯功。
孙吴曾许诺，投笔弃英风。
汉月长城外，秦人易水东。
韩彭多仗计，白日少飞鸿。
匹术单于将，吴姬几舞弓。
胡人慷慨望，自立丈夫中。

52 嵩岳闻笙

五岳半闻笙，千山一夜清。
泽林空谷尽，绛唇尤成碱。
月照东山路，云浮古驿平。
惊闻僧不语，落曲放花明。
夜独灵光大，音余意气荣。
三湾莺鹤舞，九脉纵人情。
调弄神仙梦，弦琴凤愿倾。
红尘今不定，尘指付真声。

53 秋日题南阳潭壁

独坐一秋空，悲闻半叶荣。
春前相似处，雨后尽英明。
水石曾冷暖，阴晴各向萌。
乾坤如易针，日月各穿行。
历历年华去，幽幽气势成。
潭潭深影绪，落落岸边情。

始得新芽放，终来老色横。
东西原不是，早晚一时平。
自自然然客，朝朝暮暮行。

54 采桑

柳色问行人，青丝向渭秦。
桑枝初小叶，采女自私频。
陌上梅花落，心中日月春。
盈盈回首顾，步步池清尘。
缘缘生蚕茧，明明作衣巾。
芳华珠白玉，袖短紧腰身。
一叹娇娥少，三声来曲珍。
相逢留所憾，感物作情津。
薄暮相思望，春风始伴邻。

55 春女行

小女玉颜红，三春艳色风。
沅湘芳野君，岳麓恐歌中。
赤甲江流色，巫山雨细风。
玉生常蔽日，雾作柳杨东。
不与梅花落，何言草木衰。
愁心曾不尽，伴客若飞鸿。
袖掩珍珠绿，衣藏芳草虫。
难情长久问，只入楚王宫。

56

三春草木一心衷，九脉阴晴两玉风。
艳曲巫山峰不语，怜身赤甲各盐东。
云云雨雨何言证，世世情情晓落红。
不以行空成宇宙，当须只大此山中。

57

巫山一片云，白帝半人君。
楚客因情问，湘人任教闻。
十二峰中月，三千树上氤。
轻浮神女大，色重玉芳芬。
高唐谈旧梦，雪域误难分。
桂影愁声断，纤红挂凉裙。
怜心来自己，厄止去斯文。
细致成先后，耕深或浅耘。

58 孤松篇

百里大观楼，千川玉水洲。

风云多变换，日月作春秋。
细论阴晴数，轻云草木修。
松涛风不止，晓苍叶难求。
月照寒光纳，天明紫气留。
孤直身立正，独立势无由。
冷若冰霜至，夕照难应酬。
群城青竹碧，欲集汇丹流。
凤曲层林永，涛声振九州。
庄王鸣未尽，只教帝相侯。
暮望听咽作，朝闻猿曲谋。

59 谒汉世祖庙

经朝十八年，持国两三天。
百尤春陵草，五千弟子传。
刘邦天下问，项羽力掖泉。
霸主何非是，未央不种田。
长驱南北赵，赤符宛城边。
剑戟军兵误，昆阳镐应弦。
神仪成瑞陌，垓下帝王宣。
社稷知成败，江山识礼贤。

60 卢崇道新都南亭别郭大元振

南亭别一元，竹径半芜平。
月色何依旧，人心断俗情。
莲洲文石还，驿道碧潭明。
跬步分朝暮，溪桥问古藤。
莺惊深各水，要落正气声。
鸟秀飞天去，林清谷壑荣。
长桥随栈道，短日任阴晴。
京都书墨久，蜀道剑门名。

61 乔知之苦寒行

读客苦寒行，闻知水月清。
孤云飞不尽，细雨去还生。
巨海鲲鹏博，苍山古木萌。
胡笳鸣草碧，朝马度阴晴。
夜暗灯光晚，春芳故步明。
徘徊良久问，子履自人情。

62 从军行

白马一军行，南庭半士生。
天云湘水岸，日月去来明。

落叶秋风扫，寒波若梦情。
飞鸿惊风夜，砧许独人萌。
寂寂多心事，幽幽少极荣。
窈窕身影瘦，汉楚了无明。
雾露沾衣湿，青黄晓月平。
流云何远近，宿鸟两三声。

63 苏味道单于川雨

川云一两泉，暮晚半江天。
素沫方圆静，潭深寄岁年。
单于知天下，汉武问乡田。
未举黄河水，中原正紫宣。
朝闻桃色尽，夕宿落花悬。
历历途中道，苍苍荒野军。
见鸟栖无语，寻源上古阵。
春山千步缓，社稷万家连。

64 李峤秋山望月酬李骑曹

月色抱轮台，秋明半度开。
阴阳分定许，草木自相裁。
独客深山隈，孤鸣影徘徊。
悠悠天地树，寂寂酒三杯。
肃肃银河岸，寥寥夜露来。
皎皎千万里，处处待人猜。
不坐云飞渡，行身屹石才。
江山空旷地，寄与一支梅。
何须闻四季，只待以寒催。

65 早发苦竹馆

苦竹馆边人，朦胧月色津。
山光曾故旧，野鸟宿无亲。
闭舍听泉响，修心任古钧。
秦嬴知六国，楚汉向千尘。
夜读忧书少，开轩可径新。
猿惊独浅渚，旷望独寒身。
草底流萤尽，林丛雾露濒。
朝朝离旧驿，暮暮落云邻。

66 安辑岭表事平罢归

岭外忆王城，云中向帝京。
天涯千万里，故巷两三荣。
白简承朝宪，朱方抚落平。

飞鹏年岁见，雏境未闻声。
夜夜征衣少，寒寒待路行。
朝朝寻道语，暮暮尽凄情。
弘天奇智许，朔漠古贤名。
宝剑扬兵符，皇恩浩荡生。
关山何不止，晓梦几空营。
紫陌通南北，长安驻骅英。
归来呈表奏，此去一纵横。

67崔融关山月
举槊玉门东，弯弓射虎穷。
万里关山月，千年草木虫。
苍茫天水岸，漠口古人空。
不望楼兰夜，何须帝王风。

68拟古
自古一春秋，江山半九流。
英雄相问许，白马竟天游。
易水闻燕赵，咸阳击策侯。
秦王玄武立，布阵帝王修。
不见长城窟，唯闻塞北愁。
胡姬歌曲舞，草木不知羞。
汉楚闲河岸，人生诺不求。
班张何拟似，卫霍酒泉谋。
吕氏耕商价，儒家羽翼酬。
君恩天下志，跬步十三州。

69塞垣行
一将塞垣行，三千子弟兵。
弯弓凭射虎，砺剑任军盟。
万里扬沙路，楼兰问内兄。
旗张惊日晓，阵卷落云轻。
壁暗冲天色，人明十月英。
边寒阴碛积，白马应嘶鸣。
北进南行队，飞鸣落叶情。
风尘西进去，弃笔投东缨。
石上燕山问，心中易水荣。
黄河东逝水，海外牧羊城。

70西征军行遇风
叶卷一旗风，沙扬半日红。
西征军阵乐，北海牧羊虹。

寞寞天高望，飒飒地原穿。
昏昏随日落，浩浩任飞鸿。
八月霜冰色，三秋十里雄。
交河兵马驿，塞口窟荒虫。
雪浸寒心溃，诗吟壮志东。
盛灵知大觉，远息作苍功。
览史孤直许，殊途意气中。
成言君子路，不作苦难虫。

71杜审言
使出凤凰城，君行易水盟。
京师多笔吏，旷塞少精英。
圣柳春春绿，边杨夏夏荣。
诏谕兵戈偃，策仗玉门情。
拜手明光展，摇心上林缨。
关山何远近，日月几穿横。
独息思青海，孤直尚雁鸣。
封疆戎马路，赤坂尚书营。
江河东北见，屹屹是平生。

正始下

1沈佺期有所思
暮暮日浮思，朝朝色未知。
空房春不守，旷物月无迟。
万里何річ远，千言几度诗。
桑条身欲细，木槿待红时。

2临高台
广陌一高台，春思半自开。
河流天地外，日暮玉心哀。
野草年年绿，红花处处来。
心潮何不定，莫待梦中猜。

3黄鹤
鹤舞一孤情，直浮水色明。
云游千万里，海阔两三平。
野鹭闲无举，天池忆旧荣。
珠珍钟鼓向，日月可知鸣。

4凰笙曲
子晋一云游，青宫半曲收。
罗帏怜不已，白日凤笙休。
贵色安蛮久，婵婵待与求。

无穷身世里，有欲十三州。

5古别离
愁愁白水流，漠漠客行舟。
客可东西去，江无日月休。
何闻天地上，但见有春秋。
各恩知楼波，神女伺莫愁。

6宋之问初到陆浑山庄
暮觉一琴闲，阳斜半鲁关。
衣冠穷不整，纵马上南山。
盛节伊宫展，齐秋北阜峦。
东歌栖鸟静，落叶不随还。

7夜饮东亭
夜月问东亭，清流见渭泾。
君心随我见，客意不须听。
壑谷凭云落，山空任远灵。
幽芳多少色，吐纳曲丹青。

8题老松树
百岁自孤直，千山半不知。
西山芳草地，北谷客吟迟。
日侧临空壑，峰前树古枝。
阴晴风莫举，尺寸节麟诗。
叹息闻寒草，涛声诵海词。

9夜渡吴松江怀古
鱼龙一水情，泽口半舟横。
夜渡吴松口，湿河沪海平。
潮寒波溢涌，震溃觉分明。
气浦清云起，君谋越语声。
春秋谁五霸，日月满三明。

10别之望后蜀独宿蓝田山庄
旧曲不成歌，人生奈几何。
悲欢秋叶少，聚首独无多。
苦调兰田夜，阑听月梦河。
婵娟情应过，叹息问青娥。
别路前程远，新途后遇沱。
蝉鸣千万里，噪响影婆娑。
山泉流不尽，石岸自由嗟。

11 浣纱篇赠陆上人

越女自如花，蚕丛不似家。
吴王争五霸，勾践献娇娃。
木渎轻池水，姑苏不绽纱。
羞颜可比玉，跬步可参差。
艳我惊春梦，姿身曲客霞。
朝朝何暮暮，不向范蠡遮。
二月姚红少，盘门结豆瓜。
江湖多少月，尽志顾森麻。
倦情何不语，疏密以情嘉。

12 桂州黄潭舜祠

舜祠一黄潭，湘妃半瑟寒。
千灵游日过，百越桂州阔。
凤舞浮云尽，丹青九疑端。
神做天地末，霭淡帝乡残。

13 雨从箕山来

箕山一北来，古刹半门开。
暮度西峰树，钟鸣客自裁。
南溪东北问，净理寺僧台。
妙语连珠落，禅心共世栽。
观花花自语，问道道言猜。
鸟悟山河道，功成作契才。

14 初至崖口

渡断一山崖，春开二月花。
天崇三世界，日落九州斜。
绵缬苔藓路，云平屹石华。
松声涛不止，壑谷壁无遮。
口岸依船止，人行织水笳。
群峰大外立，古木成林嘉。
气势山河色，风光土地衙。
深潭何不问，万里浪淘沙。

15 自湘源至潭州衡山县

潇湘向水源，日月待坤干。
赤岸东方碧，衡山向北宣。
清流江势阔，浦泽付辕轩。
鼓瑟妃灵大，相思简又繁。
沙平飞雁落，麓暖读书元。
曲道从阳外，成丛宇玉垣。

三边声不到，十地客恩媛。
涧草年年绿，山花处处萱。

16 入崖口五渡寄李适

绝壑一鸣琴，负影独春荫。
景仰山河旷，风云半古今。
川情临曲道，石立静知音。
势转峰回渡，峤情水阔深。
松声弦不断，仙源意境林。
五渡苔泉岸，千岩象外坤。
天窗眠方可，月秀老丹浔。
莫使空怜色，何须遗客心。

17 李适答宋十一崖口五渡见赠

清川一日新，路险半峰邻。
五渡临流问，千峰过境尘。
青云幽绝落，壁石顺平津。
彩翠孤舟住，溪波照古濒。
潭深何为底，静影自身邻。
礅石乌云俯，高天落万钧。
空空林木晚，寂寂早禅珍。
独往殷勤劝，孤直径苦身。

18 汾阴后土祠作

旧史读汾阴，秦皇治古今。
书坑灰已烬，汉楚不知晋。
虽令三军止，分神客望禽。
旌旗十地林，英威兴未与。
登高何远见，鼎历典文深。
六国雄图尽，外禳上方心。

19 薛稷早春鱼亭山

白草一花丛，丁章半水泓。
三春笼碧野，五陌路由衷。
暖色红溪住，寒流绕石风。
鱼亭山上木，客足步苍穹。
涧石凭云染，阳林晓日东。

20 秋日还京陕西十里作

北顾一黄潭，南闻半兀歌。
湘灵多鼓瑟，影竹少婆娑。
日暮何天水，咸阳郁嵯峨。
忧思临古渡，渭水满清波。

21 郑稷胡笳曲

胡笳曲不多，汉将朔边河。
白马遥遥去，人生向几何？
关山飞雨雪，贝叶遣青娥。
岁序深林色，悲情遂九歌。
盛年苏武牧，历岁李陵磨。
不解生平湮，悲声逐客磋。

22 徐彦伯拟古三首

一箭到辽东，三秋问雪戎。
沙鸣知野漠，鸟宿见雕虫。
独木经霜色，层林历凛风。
冰河初冻结，晓月已倾空。
不解阳关唱，当须李广雄。
云封天水岸，但寄腊梅红。

23 其二

读罢一声鸣，吟平半石荣。
儒依依策献，阙秋逐群英。
舜禹家天下，商周客六经。
屠苏承束玉，旷古任纵横。
桂树对珍许，寒宫古色城。
文章相礼建，日月历星明。
讵惜伤红粉，闲心不是情。

24 其三

壮志一春秋，红颜半莫愁。
君心成日月，客意问江流。
弱令东城路，中冠北九州。
西关农子教，大学御京修。
五女山中树，浑江水上游。
桓仁夫妇济，独立帝王侯。
都色明天地，杨花满玉沟。
交河何不问，秉烛八百忧。

25 题东山子李适碑阴（并序）

金光一日曛，紫气半明君。
杏李三春时，桃花五月氛。
图高黄鹤羽，意夸万章文。
薤露东山木，龙群曲泽分。
无惊无水岸，补石女娲氲。
宝坐含遥路，行营苦咊忻。

自得榆关道，京城日月耘。

26和李适答宋十一入崖口五渡见赠

五渡一人心，三生半古今。
江崖知十一，水口几千禽。
杜撰文章客，修行日月箴。
川深流不浅，地表木成林。
独往瑶台路，孤身蜀道荫。
私自朝隅坐，岁口以知音。
但愿相寻故，含元互促襟。
沧州何远近，但见白云深。

27吴少微和崔侍御日游开化寺

左宪一才雄，单于半世东。
休轺天子路，泽惠弟兄红。
世上沉浮水，云间日月同。
优游开化寺，阔念问飞鸿。
寞寞经立刻，幽幽古刹风。
因因何必问，果果几修虫。
岁落寒山叶，年兴拾得工。
玄禅多自得，利解去来躬。

28刑象玉古意

诗中五渡船，陌上一桑田。
客里姑苏巷，桥前洒玉泉。
春梅初落色，柳叶碧条妍。
虎路西湖岸，洞庭岁月悬。
山亭明月挂，故友不知年。
举袂闻啼鸟，扬长代旧眠。
三吴同里晓，九水染荷莲。
但问西施馆，夫差昨取偏。

29李邕铜雀伎

西陵一管弦，铜雀半惊天。
故去生悲问，新来客西泉。
沧沧何浪浪，浊浊清清涟。
举槊擎云柱，陈王七步田。
胡笳声十八，玉女两三妍。
舞剑行军令，凌波醉酒泉。
愁闻天地易，莫取陌还阡。
赤壁荒丘大，须言是旧天。

30苏颋昆明池晏坐王兵部珣见示以三韵因而有答

凌波一翠微，柳岸半鸣飞。
浪隐红衣女，云浮碧玉妃。
明珠天地鱼，吐纳尽菲菲。

31卜围纳凉即事

避暑纳荫凉，闲居问草堂。
文章惊日月，世界向苍花。
大隐寻繁宇，坐缨作简杨。
风蒸炎热远，气郁阁余雾。

32奉和圣制登蒲州逍遥楼

三皇一世名，五帝半人生。
遗典东方势，传承北界明。
逍遥楼上问，蒲口草中萌。
祖业文山在，仁风武治情。
韬光行梅悟，策略问桑荣。
纡缅先王地，楼观海日城。

33张说杂诗

熏心一泰山，五品半天颜。
曲舞开元济，文章玉树还。

34奉陪登南楼

南楼一念春，北阁半伊人。
远水明天地，近台屿玉真。
京县高处问，里巷俯临亲。
陌色江山阔，阡声日月珍。

35古泉驿

仲子不三公，仁身问世同。
穷贫安义守，苦乐一清风。
赤壁阁郎火，西陵举槊雄。
东吴何不与，北魏以营工。
江山千古在，日月万家中。
谁怜铜雀女，只见古泉空。

36入海二首

千流入海平，一浪向天生。
旷旷何无限，混混几度清。
涛凝天地气，水结浅深情。
广纳江河色，虚含世界行。

37其二

海上有神山，心中著玉关。
逍遥天地外，变化去来闲。
有见还不见，无知是列班。
金台岂未得，子聚作家湾。

38相州山池作

相州一山池，谢复半嘉迟。
月覆陶山水，去沉应物时。
观鱼何不止，问鸟几飞枝。
阚静蓬莱岸，情余麦秀淇。

39杂兴

问色一西霞，春光二月花。
簪缨文史弃，束冕故人家。
侧息巾冠覆，直身正物华。
南山终始问，上液去来衙。
御柳年年绿，朱轩处处遮。
园田喧鸟至，谷壑向川斜。
赏彼佳期误，风清月色嘉。
源流朝暮永，别语浪淘沙。

40送郭大夫再使吐蕃

一使吐蕃行，三春汉献荣。
茵渠猜祖域，问策向疏明。
子弟三年误，夫妻半苦情。
荒原苏武去，北国客倾城。
风盛图呈去，生凭日月晴。
纷呈书带异，旭夜万形名。
万里知青海，千年问玉声。
金方胡汉地，北国一清平。

41早霁南楼

早漏问南楼，红光向九州。
三朝行九陌，十殿化千秋。
玉碧黄莺语，旗红代续酬。
相随四运盈，互化万章留。
旭夜分天地，皇城日月修。
歌闻进蜀客，曲阜去来侯。
定远东江水，寻边哉异远。
齐家始不济，治国可深尤。

42 赵东曦奉和早霁南楼

早漏点声酬，雾轩问水流。
山河天地永，日月作春秋。
物应南楼许，晨闻草木洲。
芳林辞汉楚，玉树向贤修。
下里巴人曲，阳春白雪侯。
鸿飞千万里，鸟宿两三由。
岸渡风云客，舟平浦口留。
沙明君子向，雨细润神州。

43 韦翮立

先丞一岳州，牧楚半湘流。
欲赋中宣省，雕龙叹物秋。
余殷勤切见，客复遇南楼。
足跬有晴路，观听远近水。

44 崔光州并序

龙门一九州，礼部半南楼。
故宿山庄客，垂光命驾游。
清尘成道义，耿叹过春秋。

45 赠诗

闲时一鸟栖，遇雨半惊啼。
谷物千桑叶，云封五渡溪。
悬帘钩未正，展卷慢天移。
赏契繁花色，窗纱筒月低。
相思留柳叶，腊雪化新泥。
岸竹婆娑影，空心上下齐。
山门曾有记，故国有言西。
用意耕耘客，精工向范蠡。

46 崔日知

龙门问北溪，凤乘向云栖。
水癖清流许，人通杏檀西。
芳茵僚弟坐，缘浦叶枝低。
别业长安外，邻心众意齐。
春涟杨柳岸，汉漠渭秦移。
鸟腾群山里，鱼游影石堤。

47 韦元旦九日侍燕应制（得月字）

九月一天行，三秋半日晴。
千山飞鸟集，上液凤池平。
八水长安色，龙门峡窟明。
乾坤承解圣，应物辅秦京。

48 崔湜

冀北柳杨春，江南日月新。
黄河流不尽，易水先红尘。
旷旷川山木，幽幽秀草邻。
乡乡闲莫许，处处自勤辛。

49 冀北春望

易水赵都颜，春生两河间。
青林杨柳树，雨细雾燕山。
碧野邯郸步，芳尘掩没闲。
秦皇昭汉武，不问玉关关。

50 韦述晚渡伊水

粤海半乡山，楼兰一戍关。
交河圆日落，易水曲江还。
梦寐瑶台路，行成紫禁颜。
归期千万数，枕际两三闲。
鸟落青林秀，鱼游岸芷间。
川流由自在，夜慕觉神班。

51 张九龄

明皇杂锦云，弃物九龄君。
退恚林遁竟，鹰扬雅正文。

52 巫山高

巫山一半天，楚客两三泉。
暮西猿啼久，朝云凤梦田。
烟中神女近，水上帝王船。
相府明皇曲，风骚雅正悬。
高唐江草碧，玉树郁凌仙。
十二峰前去，五丁日月年。

53 登荆州城望江

望物一荆州，寻求半九流。
山随田野阔，水注色青楼。
历历阳关道，滔滔海浪秋。
年华依草木，岁月莫须愁。

54 晨出郡舍林下

晨清步北林，步散解南浔。
月挂西山树，云平上液深。
孤芳须自赏，独木任成林。
处处天愁在，何认是古今。

55 感遇九首

兰香物外新，桂影月中勤。
蕊蕊春还许，秋秋已可亲。
生生佳节向，楚楚暮朝秦。
悦悦明皇去，幽幽故巷频。
岁岁呈此意，历历误清尘。
草木居心处，佳人可自珍。

56 其二

独卧一幽人，孤清半自身。
啼声居远近，滞虑同天津。
日夕怀君意，晨明著正巾。
飞天何自诺，隔岸作秋春。

57 其四

叹息一佳人，东风半在春。
方庭幽色近，故巷树藏珍。
羽翼飞鸿远，鲲鹏日月勤。
天涯凤凰鸟，海角古龙潭。
杏杏梨口色，桃桃李口新。
芳芳花不尽，碧碧草轻尘。

58 其五

独木有春荫，成林一古今。
径科丹桔色，知有岁寒心。
地气伊伊暖，天光处处寻。
平生南北见，处积去来籖。
叶叶枝枝处，云云雨雨音。
先先何后后，茂茂必深深。

59 其六

鱼游意水深，鸟宿寄高林。
感物平生愿，居人日月心。
成流何所聚，著羽几知音。
理若方圆智，微移歧路籖。

60 其七

孤鸿粤地来，渭水故乡积。
翠鸟巢高树，芙蓉涴色开。
何寻天地合，不顾玉瑶台。

但以高明少，佳处自一催。

61其八
日下半山楼，云平一九州。
鸿鹄飞自远，白鹤落心悠。
物感春秋色，心呈草木修。
人贤今古问，地厚去来酬。
肪切西陵望，音知玉海忧。
情珍天宝客，意在帝王侯。

62其九
暮色曲江红，晨光上液风。
慈恩来与许，渭邑陌阡同。
香草春秋绿，明花日月工。
京都多少客，玉宇几由衷。
一袖芙蓉色，三香札寄书。
长生宫殿间，太息故人中。
切切寻天地，殷殷应物空。
千年何聚首，不必作英雄。

63在郡秋怀
岁感一秋音，庭虑半郁深。
天荒三世界，露水五湖林。
日始阴晴切，天空上下寻。
如愚浮逸鸟，沿路落人心。
顾望长安邑，回头渭水流。
南山谁采蕨，上液览从今。

64入庐山望瀑布泉
庐山瀑布泉，绝顶雨云宣。
万丈流天水，千年古色愁。
红霞临石屹，绿叶落秋蝉。
鹭鸟啼飞逐，林峦净沫烟。
蒙蒙天地里，溅溅暮朝田。
陌陌乡家社，阡阡故里禽。
诗诗于百度，好好白头吟。

65西山祈雨是日辄应赋诗言志
西山祈雨归，冀望待云飞。
藻芷迟明许，丘祷不久违。
盯心良已见，客意蔽心扉。
独宿群峰下，萧条应物微。

风泉生奏语，滞想属纱帏。
静存山河志，幽怀断是非。
松声枚乘赋，素月满清晖。
羁束何虚事，湘灵向二妃。

66巡按自漓水南行
饮水向南行，寻川待北晴。
奇峰混不语，茂树覆猿鸣。
雨滴穿空石，云泉济远明。
清晖流傲举，郡檄作文赢。
道济寒窗外，仁成独月生。
书中逢玉致，案上作枯荣。
咏叹千年事，怀诚万里倾。
无须多问讯，只以故人盟。

67洪子兴严陵祠
汉主一严陵，归情半玉灯。
山空流水去，隐迹故香凝。
蒨岸松篁语，川回古寺僧。
幽途嗲远客，近路落群鹰。
暮霞荒芜旷，垂钩没色丞。
芳羞花不语，野辄故人朋。
理智惊林鸟，从怜化去凭。
验道由书至，独以此心兴。

68豆卢回登乐游原怀古
独步乐游原，陵门设古轩。
风云何会竟，汉帝儿孙宴。
归迹由凭吊，雄图不简繁。
如今孤兔至，牧墼竖残垣。
灞水空亭榭，长安落日圆。
苍茫临草径，肃穆待恩媛。
鸟宿知天地，人行问道辕。
栖栖三世界，路路一坤干。

69齐瀚
寂寂一长门，幽幽半玉根。
朝朝寻旧步，夜夜梦黄昏。
怨怨多无尽，孤孤少子孙。
田家夫妇问，帝舆误乾坤。

70长门怨
扫叶一长门，寻枝半短根。

皇家情不少，帝子儿儿孙。
辇舆羊车去，田夫日月村。
相思多草木，暮庭有黄昏。

71王丘咏史
乔正不须高，成帝点必豪。
东山闻谢履，鹤唳囊衣袍。
响彻云天水，香凝馆娃佻。
朱颜芳泽露，上液碧葡萄。
落叶还须简，春风不用刀。
苏门三纵迹，老子半民膏。
幂历风烟去，寻陵野兔逃。
回头当是岸，步趄苦辛劳。

72苏晋过贾六
一笑半人生，三杯两盏平。
千年多少事，万里几枯荣。
暮去斜阳色，朝来露水城。
天天今古问，日日卷疏情。

73孙逖葛山潭
俯首葛山潭，扬身著海涵。
池深天地外，水碧暮朝淦。
万象清明许，千情日月甘。
方圆成一统，世界数三眈。

74玄宗皇帝送李邕之任滑台
洋洋白马津，远远汉家臣。
碧碧牧原草，芳芳旷野春。
滑台东郡守，上液漏声频。
第一知黎庶，三千弟子秦。
成途何日月，晓路正冠巾。
应意京都谏，寻道去来珍。
历历云烟色，悠悠土木新。
山河诚可寄，渭水泹红尘。
蜀客蚕丛志，长安以日臻。

75经河上公庙
耆叟上河名，无闻宠辱声。
坚贞去妙影，固隔客枯荣。
独遗红尘路，当寻日月晴。
知途知自己，问道问生平。

76 行次成皋途经先圣擒建德之所缅思功业感而赋诗

感暮一群英，浮屠半世荣。
隋炀天子客，作气克人明。
晓色开成展，风云接剑行。
崇华多少士，汴水始终晴。
顾惭扬州路，秦皇六国横。

宫深婵女色，帝道称城京。
万里千年问，留名见已行。
杨广英雄末，草木复长城。

77 校猎义成喜逢大雪率题九韵以示群官

大雪一倾城，阴阳半帝京。

乾坤黑白对，世界素颜平。
暮积天云色，朝发渭水情。
三驱驰白马，九脉曲江行。
触目天山望，寻空洛邑横。
风云何叱咤，日月几阴晴。
历练成来去，川流草木荣。
感物华雄志，意气剪龙鲸。

二、五言古诗　正宗

正宗一

1 陈子昂

文宗一子昂，感遇半知章。
不美黄门客，还名逐世昌。
余风才雅正，哲意退之梁。
国盛诗词始，公推亦大唐。

2 感遇诗三十六首

感遇泯齐梁，声高曲正昌。
文成天地雅，独立世词扬。
首倡青金调，简心日月堂。
成家何必咏？应物品流香。

3 其一

晓露玉香凝，流芳雨云蒸。
二元初结果，几脉始成征。
桂色生寒胜，婵娟共语升。
圆圆何缺缺，废废复兴兴。

4 其二

夏雨蔚兰生，春风始旧荣。
秋云高不见，大雪满冬城。
白日当空照，幽林紫气明。
年华芳意独，竟自向朱鸣。

5 其三

食之魏军功，秋山扫叶穷。

家残成意气，骨肉乐羊雄。
不忍擒孤兽，中山蜀放翁。
生生成独立，胜建一君终。

6 其四

世事玉壶中，人情品异同。
心肠何善恶，举弃各西东。
市络经伦语，文章草木蒙。
行行如何明，苦似作童翁。

7 其五

鸣荒一世微，古木半春晖。
草落秋风早，林成翠色归。
白日行天宇，群芳与地帏。
啼声求耳目，问道是还非。

8 其六

林居一病时，浅水半无知。
独木成林远，春风化雨迟。
闲观云起落，闭舍读书诗。
盛叹人生短，孤清日月司。

9 其七

世道半歧临，天成一古今。
瑶台琼酒尽，玉马遂朝箴。
故鼎争王子，东陵客意深。
丘伤伊谷水，遗志去侯心。

10 其八

孤鲠一道崇，傲骨半世终。
感悟南园路，寻时渭邑东。
书生多不奈，志士才疏同。
蜀国蚕丛以，长安尽俗风。
红尘何未败，只任几英雄。

11 其九

圣教几人同，贤书改世风。
玄天谁漫议，化地默西东。
运命斯围逝，生程似鸟虫。
芝兰花木色，皓露暮朝空。
醒醉庸客见，耕耘土未穷。

12 其十

微霜一岁寒，落叶九阳残。
扫荡山林暮，耕青草木丹。
英明天地树，野旷日中桓。
宇宙三光继，阴阳半度安。

13 其十一

十六月方明，三光夜已清。
盈盈何满满，桂桂影萌萌。
子挚服姣色，青春玉缕生。
千钧方鼎负，万里步中情。

14 其十二
白露待去蝉，秋风扫叶宣。
声声相似问，岁岁是何年。
物应时天地，人从进退缘。
昆山飞远鸟，大陆作桑田。

15 其十三
儒风一杏坛，鲁化半孤寒。
子教阳和运，文成宇宙翰。
盈亏行日月，涨落作青丹。
下里巴人许，知音万物难。

16 其十四
幽鸣久不鸣，宿雀且无声。
共顺阴晴待，何同日月萌。
潇湘流未尽，草木自然生。
楚客高唐雨，巫云莫语平。

17 其十五
但与白云期，何须日月移。
宫人多不解，怨旷闭瑶池。
峡雨巫云处，桃红杏碧时。
罗帷藏得住，但以穆公施。

18 其十六
瑶台一玉枝，叶碧半新奇。
羽盖华映色，芳姿左右移。
佳人朱实寄，宠盛折攀迟。
只恨红颜短，青春不解知。

19 其十七
塞北一荒途，江南半草芜。
春秋何许诺，日月任念奴。
隐缅山河外，亭侯汉甲孤。
悠吟今古路，处处去来疏。
汴水苏杭色，长城燕赵都。
隋炀何以问，六国各浮屠。
万里千沙场，边疆大丈夫。

20 其十八
一叹到云中，声孤问大同。
孤身前后顾，只影去来同。
北望单于阔，南寻密迩弓。
无名涂草尽，朔气有英雄。

21 其十九
九鼎一江山，千山半玉颜。
红颜何日月，独身玉门关。
汴水苏杭去，长城草木还。
人生知己处，易化几斑斓。

22 其二十
变易一阴晴，观察知辱荣。
纷争天下事，利害去来明。
读得千年书，行途万里程。
何知杨柳色，岁月不同情。

23 其二十一
平生一诺来，拔剑四方台。
塞北零丁雨，单于报国哀。
云中谁北望，洛下土成猜。
历练成今古，孤身寄蒿莱。

24 其二十二
扁舟一五湖，世语半三苏。
得意须奥志，专心始独孤。
书生多不得，说客少分奴。
六国纵横论，文心月明珠。

25 其二十三
山东一客来，玉石五湖开。
世本咸阳路，人心日月台。
秦王金石语，百郡诸侯才。
怒向乾坤问，承蒙飞将来。

26 其二十四
黄昏一浩然，暮色半苍天。
楚子云期许，江平遗世田。
登绥南采应，画眉自当年。
梦想涟波折，观奇世上前。

27 其二十五
几日夏秋田，忽然日月年。
黄昏来去见，暮色感云悬。
探得观奇处，察来问答全。
经心何婉转，积虑自源泉。

28 其二十六
鲁国杏坛春，邯郸学步人。
昭王尊乐毅，魏将弃儿身。
势力怪分色，骄荣贵巧频。
齐爵何遗阻，圣道泯清尘。
舜禹传天下，殷商问理臣。
经纬相织取，冕带正冠巾。

29 其二十七
宇宙一干阳，阴晴半世光。
精明天下士，屹石养蜂芒。
玄论周秦客，行言汉晋乡。
襄王朝暮梦，楚国自沧亡。
伫立何须问，自顾泪沾裳。

30 其二十八
襄分世道文，遗迹古仁君。
足遣青溪石，身临玉树芬。
昆仑鬼谷子，养晦虎龙分。
岂从雄图独，俯仰不守群。

31 其二十九
招摇桂树青，上下叶方铭。
幽香行足迹，水色几浮萍。
亲生相复与，怨恨互感丁。
莫负孤城动，还成旧时灵。

32 其三十
老树木成林，丛根叶里阴。
繁章年久西，缛节岁甘霖。
翡翠含金石，梧桐玉锦襟。
佳人颜色少，木槿自花心。
累叹清华云，虞罗信息深。
生平相似旧，百度古还今。

33 其三十一
巫山十二峰，玉女两三容。
雨里云中见，流前水后从。
临朝辞白帝，遇峡问江龙。
滟滪今何在，高唐楚客踪。
微茫随停立，触目故乡冬。

34 其三十二
世俗误时人，文风化古镇。
长城成败见，汴水始塘津。
凯甲知今古，声名弃汉秦。
隋炀何不论，物贾五湖亲。

35 其三十三
势利半人门，乡家一子孙。
膏兰三世界，道路万里村。
应物知天地，寻情问怨恩。
箕山高节尚，汴水复乾坤。
汉武秦皇去，阴晴有黄昏。

36 其三十四
利己不伤人，忧心待国贞。
瑶台诚望守，济泽化清尘。
净道成今古，雄图化苦辛。
云山林不老，土木自相亲。

37 其三十五
白首不封侯，浑江晚后秋。
辽东流水去，五女杜书楼。
月色寒光雪，松声落叶流。
瑜关南北路，步跬去来愁。
溯漠风云客，江山日月谋。
平生当道立，智累故乡舟。
汉国幽燕在，独向十三州。

38 其三十六
大运自悠悠，居观客不休。
秦嬴成楚汉，晋虏复横酬。
象载赤精子，天经付剑求。
万行尧舜岛，自占旅人忧。

39
感遇一人生，江洋半不平。
春秋原可似，日月覆枯English。
五帝何巡守，三皇几度更。
轩辕途自立，赤子主心英。
物应思寻复，时兴步复成。
千年知举措，万里各阴晴。
汉武长城叹，秦嬴六国声。
回眸寻一见，啸啸自然行。

40 蓟丘览古赠卢居士藏用六首（并序）其一
轩辕遗迹平，北客叹无声。
历日燕都塞，巡寻故蓟城。
慨奋英雄去，亭楼亦复明。
登临无旷野，俯首尽悲鸣。
云浮白马见，万里自枯荣。

41 其二
黄金拜将台，碣石向无开。
海浪成言语，江风入阔来。
昭王安在否，霸业岂相猜。
帐遗江山志，山留故土栽。
英雄多不尽，仗剑向天裁。

42 其三
春秋一世英，战国万千兵。
感物齐城乐，兴情仗义行。
雄图中易断，论语后精英。
老子伏牛道，阿衡遗叹情。

43 其四
指鹿一斯秦，扶苏半子亲。
田光闻匕首，太子见君臣。

44 其五
易水一英雄，田光半独衰。
燕丹谁太子，仗剑问西东。

45 其六
邹子向天伦，秦王各独臻。
齐鱼无市取，指鹿作秋春。

46 东至淇门答宋参军之问
南星一火中，北净半弯弓。
子成辽阳夜，征旗挂帐东。
淇门何见客，上液有鸣虫。
若问文章阁，如今作独雄。

47 酬晖上人夏日林泉
夏日问林泉，听荷待雨烟。
蓬蓬初结子，玉树故人年。
杜宇兰香色，亭轩敞蔽田。
深潭方释子，不见上人船。

48 酬晖上人秋夜山亭有赠
步步上人休，层层客寺楼。
泉清三界外，月照九州头。
独叹空山响，开心鹤语留。
红尘千露满，感物忘时忧。

49 送客
故客去洞庭，东风草色青。
潇潇斑竹泪，鼓瑟致丁零。
绿芷随桃水，红缨伴白萍。
河洲知雁远，月色送归铭。

50 登泽州城北楼宴
平生一诺雄，易水半苍空。
坐见秦垣累，遥闻赵将穷。
观云何起落，问史几殊同。
泽岸熏香暖，青衿子老翁。

51 题居延古城赠乔十二知之
白首问清明，东山几木生。
幽州多古迹，属意老来萌。
逐策黄云北，行身仗剑荣。
朝寻天子路，暮坐客心平。
读得书生济，呼来日月城。
胡杨沙漠宋，桂树惹芳情。
不叹楼兰诺，弓姿可久生。

52 答洛阳主人
策志下中州，从容向白头。
连城寻玉璧，客旅问春秋。
早见咸阳树，还来渭水游。
平津当代子，芷浦色平流。
莫以千年许，何须万里求。
身弓知正正，倦读可悠悠。
上液宫中柳，长生殿上愁。
今安禄变，顾顾太真留。
主使成天地，唐家李武周。

53 西还至散关答乔补阙知之
平生玉佩捐，应物古今传。
白露鸣蝉少，秋云结不全。

苍梧斑竹泪，鼓瑟二妃怜。
北戌三边草，南寻九脉边。
争风求渭邑，揽月望秦川。
日暮天山路，心明射酒泉。

54秋园卧病呈晖上人

旷日寂幽林，秋云卧暮深。
弓身清独影，颦眉上人心。
吝始终无豫，晴明夏日荫。
疏形何远近，密致见文禽。
缅想平生志，孤鸣宿室琴。
松风涛敬起，滞息每忧今。
七子何言赋，森源不可寻。

55鸳鸯篇

鸳鸯比翼飞，日月作春晖。
水上交颈去，湖中左右依。
云浮来去影，眷曲音客闻。
逶迤分波碧，恋声入翠微。
双双寻喜色，处处守心扉。
但向人间寄，时鸣作不违。
龙龙齐凤凤，对对各妃妃。
只只无孤立，双双有绯绯。

56修竹篇与东方左史虬（并序）

东方五百年，汉魏半文泉。
晋宋传宗献，齐梁彩丽田。
梧桐鸣古雅，凤骨曲兴妍。
顿指公英气，悠扬视废然。
龙生南岭种，虎跃北山川。
翠鸟千峰羽，春风万雨烟。
真藏金石卷，玉佩熏云悬。
竹影婆娑岸，君心日月天。

57

三山半玉京，五岳一龙城。
妙曲天庭紫，伶伦始凤鸣。
箫声仙不语，鼓瑟二妃情。
鹤舞瀛台女，灵驱翠羽荣。
云和师奏乐，万变以衷平。
子愿虬随色，低昂世上行。

58遇崔司议泰之冀侍御珪二使

谢病问南山，幽春换翠颜。
冀使交亲见，梦入雁门关。
宝瑟熏风暖，清溪落月还。
凭轩君一醉，向道列三攀。
紫气东方起，孤桐傲骨蛮。
光生成此就，御驾正朝颁。

59登蓟丘楼送贾丘曹入都

仗剑四方心，登楼八面音。
燕山辽海外，蓟水赵云深。
愿涕胡沙梦，生平作古今。
衡阳飞远客，塞北作乡吟。
洛邑慈恩寺，长安上液浔。
闻君击筑去，应得曲江琴。
渭霸京都绕，交河落日沉。
英雄无旧事，志士有晴荫。

正宗二

1李白上

骚人一酒肠，郑魏半文荒。
太白诗词调，青田作柳杨。
飘然千古尽，偶佽万芬芳。
天子呼来见，翰林入酒乡。

2古风三十二首

古风半子昂，逸气一清肠。
感遇何无止，纵横可四方。
华韶天子岸，力士墨池芳。
群玉山头见，当涂捞月光。
终生莫叹去，蜀道自然长。

3其一

春秋一日秦，战国半王尘。
蔓草萋萋变，秋风日日频。
茫茫天地间，处处去来新。
万变知龙虎，千章问宪人。

4其二

清宫独色帏，桂影暗心扉。
万象藏天理，千章作紫微。

圆成人皆望，缺属客难归。
后羿何知悔，婵娟问二妃。
潇湘斑竹色，八水渭城菲。
属运群才晚，同鳞共述晖。
瑶台遥不见，太宇太清围。
隔道浮云在，开流是与非。

5其三

六合一秦皇，三泉半死伤。
小船徐不去，会稽刻名扬。
尚采灵丹药，哀心日月光。
惊魂鱼中晚，指鹿亦斯亡。
虎视春秋客，龙居战国床。
书坑尤未冷，函谷铸金梁。
剑决江山逐，才谋万喜良。
长城今几在，二世可心强。

6其四

举首望仙真，虚昧未得邻。
营心丹药炼，太白落风尘。
历绝千章凤，清新万里春。
霜修桃李色，药采晋周秦。
羽驾楼山客，京都半不亲。
花开非我地，志愿鹤上人。
备及汕头尾，纵横彼此臻。

7其五

苍苍太白心，郁郁蚕丛林。
蜀道云仙宅，瑶台历炼深。
星空三万里，绝谷五千篋。
仰卧长天语，神台落叶音。
真人未叙旧，雪月去鸣禽。
宝诀翁丹著，锦仙玉启荫。
相逢天地外，司马承祯寻。
永世黄云显，生平自古今。

8其六

三清鹤上人，五岳自然身。
白玉童双立，金丹紫气真。
天声回首道，故客语鸾频。
已见苍松立，还闻翠柏邻。
星流长远近，羽驾寿袍巾。

愿与金光草,齐倾玉树魂。

9 其七
一梦问庄周,三蝶化旧游。
千姿呈色影,百态作春秋。
复见蓬莱水,清清涓涓流。
东陵依旧草,白日向萍开。
富贵营营度,农夫苦辛求。
群生门瓜果,从屿胜王侯。
万事无期许,千章草木修。
苍桑云雨后,道首所何求。

10 其八
一代鲁连生,三齐特高明。
千英留后世,万国却秦嬴。
仰末轻名去,行身逐鹿城。
平原如此顾,吾亦似求荣。
海阔浮见月,光波上下倾。
云天同济与,水色共阴晴。
振调何偶傥,逍遥过世精。
春秋相继续,太白似仙琼。

11 其九
黄河九曲流,白日十三州。
海纳平原水,天客日月浮。
年光川逝远,古刹上人修。
竹节千章出,泉潭万里秋。
开炉成贵典,鹤举典风楼。
貌存青年驻,松涛少壮游。

12 其十
杏李共桃花,春光你我他。
孤直松柏木,独立石山崖。
酒醉平陵滩,舟平约子斜。
清风重细雨,隐逸误还家。
六合兴废去,平生几豆瓜。

13 其十一
弃世几君平,知音向月明。
穷观元化易,探访道家情。
寂寂空帘隐,幽幽谷壑藏。
虚虚云满阔,路路有阴晴。
海客瀛洲问,高人白马行。

孤直由自主,曲付几心倾。
翠鸟惊天地,沉浮比翼生。
纵横当目去,草木一枯荣。

14 其十二
大漠一风沙,荒城半野花。
胡关萧索旷,夏日落天涯。
白骨千霜历,边弓万木斜。
劳师曾不断,黩武志无霞。
竟虏交河北,俘戎古通车。
天骄阳气变,鼙鼓正哀家。
季牧今何在,边人旧志嘉。
豪性登道问,月色弄胡笳。

15 其十三
一步拜金台,千章久不开。
英雄方赵至,邹衍夏齐来。
鹤举燕昭遂,尘埃珠玉才。
寻思知独往,弃我问郭隗。

16 其十四
宝剑负蛟龙,芙蓉潜雪迹。
精光天地斗,锐利日月锋。
楚水曾相照,吴山不可逢。
雌雄双刃剑,会物帝王封。
邈邈成君子,处处落神农。

17 其十五
二月半天津,千门一日新。
桃红梨白玉,杏李色流春。
谒帝公侯见,行云化西洵。
西山斜月挂,易水正衣巾。
暮逐杏风水,朝闻草木新。
城楼余气暖,赵舞弓姿秦。
自度千秋存,何言进退身。
高堂常列鼎,昼夜索珠珍。
动静丹炉望,虚实绿玉陈。
嵩丘黄大叹,散发皆天伦。

18 其十六
白雪一千泉,阳春十万年。
阴晴天地客,日月去来宣。
下里巴人曲,高山北色烟。

人间多少事,主客尽因缘。

19 其十七
白露一秋泉,寒霜半玉田。
人生来去见,世事暮朝传。
过目何飞鸟,寻途晓自然。
牛山相续泪,物促景公怜。
树影婆娑响,波澜日月悬。
形身当步跬,秉烛可由年。
百岁凭天地,三生任苦贤。
黄河清浊去,阔海如色烟。

20 其十八
一道半如烟,三生九脉田。
人间何采集,世上几荷莲。
桂影婵娟树,桃花李色妍。
芳芳流水岸,皆皆不言年。

21 其十九
秦秋一鲁文,战国七雄分。
怨怨终世道,民臣始祖君。
高飞三季晋,达举半秦云。
紫气流沙象,仲尼广运曛。
穷门玄语寄,客没故衣裙。

22 其二十
故客问西关,来寻白马山。
秦川多少路,六国祖龙班。
百岁惊回首,三生辟玉颜。
桃花源隔岸,遗璧负荆还。

23 其二十一
年年一度秋,岁岁半寒楼。
感物凋零去,知心日月忧。
阴阳南北寄,肃收去来休。
叶落寻根住,蝉鸣问九流。
风生悲已歇,运载属明愁。
恻恻人伦中,声声帝王洲。

24 其二十二
羽檄一群英,喧呼半渭城。
边家南北战,虎帐暮朝明。
夜色婵娟早,三公奏符平。

星光流落邑，宿鸟尽惊鸣。
四海云烟水，千川日上晴。
炎天难远步，战火久无平。
卒怯家乡念，飞将客凯兵。
英雄龙虎斗，困兽吞鱼鲸。
解甲屯田记，谋心策未成。
投躯知应答，尽以定苗赢。
血气方刚立，弯弓独自行，
人人争鼓进，处处皇枯荣。
士可朝天诺，君呈属地萌。
黄云经纬数，白日紫微衡。

25 其二十三

抱玉一良求，沉香半木忧。
兰芳三界色，古楚九川洲。
弃徒劳君献，寻珍主客修。
西关南北望，紫禁去来谋。
此道当今古，萌心作马牛。
云浮随日月，柱史自东流。

26 其二十四

草色伴孤芳，浮云闳紫傍。
生生相息众，物物感齐梁。
庶子苍天举，燕丹魏赵堂。
明珠精浦口，白日共晖光。
碧水晴波近，英华正夜郎。
春秋相继续，楚汉客秦王。
独自成桃李，江山作玉章。
芝兰终四季，步跬始扬长。

27 其二十五

孤兰半处幽，芷草一洲头。
共日春晖许，同云复雨收。
秋霜何歇止，独立涧边愁。
意气群发去，情心待岁留。
芳香随日月，艳色逐风流。
不必知何属，声名自九州。

28 其二十六

三生太白寒，四海沐霖目。
九脉霜风至，千山落叶残。
荣华东逝水，苦事暮朝桓。

雨细江南郡，云骤夜郎潭。
英雄常不止，壮士诺声宽。
鸟雀何来去，鲲鹏几度观。
时时待剑问，处处见波澜。
漫漫儒家客，幽幽蜀道难。

29 其二十七

子晋一苍天，青云半凤年。
恩情相识与，感物应知缘。
不啄田桑粟，寻求食琅玕。
飞归知四海，独宿客方圆。
暮报江山远，朝鸣砥柱泉。
梧桐萧女弄，日月共婵娟。

30 其二十八

瑶池过八荒，蔓草应三皇。
万物循真迹，千年顺者昌。
雄豪安可论，穆帝岂周王。
西海情王母，北宫邀玉娘。
灵心天地外，意阔玉壶香。
遗道芙蓉水，华清付暖汤。

31 其二十九

去去一情衷，空空半雅风。
洪洪川谷壑，落落客飞鸿。
水水浮舟舸，山山共西东。
飘飘龙凤辇，震震去来同。
蔽日涠零处，昆仑筑北宫。

32 其三十

白日一桃花，红芳二月斜。
东园千树晚，北谷半桑麻。
艳质佳人色，姿身玉恐瑕。
南山松不老，独立石林崖。
岂可相邻比，直弯各不差。
萧瑟朝暮语，偶像入人家。

33 其三十一

海月一明珠，阴天半有无。
云风南北问，扇贝闭开奴。
按剑长空诺，书心蜀道殊。
精英含玉立，属士壮人途。
复目成天下，清晖满五湖。

淞江长逝水，美目近皇都。

34 其三十二

白帝一云开，巫山半雨来。
高唐神女梦，楚客古阳台。
十二峰中间，三千帝子猜。
人生相似处，蔓草逐年衰。
栈道云前锁，襄王谷后哀。
清风明月在，竟替徒徘徊。

35 拟古八首其一

飘飘一叶飞，履历半回归。
远客常相问，天河喜鹊微。
牛郎桥岸望，织女敞心扉。
去后罗纨窄，人间几是非。

36 其二

婵娟白玉堂，桂影素清光。
欲坠人间色，空悬一夜乡。
弦声由妄意，鼓瑟任低昂。
踟蹰相思客，情衷陌上桑。
同心常寄与，共济水鸳鸯。
一曲乾坤主，三生日月翔。

37 其三

忧心一自居，蜀客半相如。
彩凤春风色，秦箫弄玉余。
朝寻今日路，暮送昨天庐。
不醉难知醉，行舒客不舒。
东门天地外，太白去来初。
瓦石无须故，文章有实虚。
琴音何不止，月照几心渠。
鸟去回翔顾，人来持半锄。

38 其四

百草历风霜，三边自暖凉。
胡姬多曲舞，太白少东方。
八月单于帐，千秋共月光。
寒声西去尽，北斗七星杨。
宿鸟盘旋易，居园土木苍。
蛟龙藏远海，犬兔风求凰。
酌海英雄见，行云致永王。
南箕今主赋，达士久扬长。

39其五马来西亚流莺鸟

流萤一树飞,浦口半心微。
月暗天边树,虫鸣渡岸晖。
长安生玉露,蜀道客难归。
徒见青松立,无言怨恨非。
金丹宁误会,世俗万翁违。
昧讨千声尽,公垂百醉围。

40其六

共渡一秋春,同怜半古尘。
生生相主客,处处去来人。
步履径天地,归心搞晋秦。
扶桑客白骨,汉柏纳冠巾。
月桂寒宫影,空明世界珍。
浮荣成就问,故步曲桥新。

41其七

七月一池鲜,三珠半玉圆。
荷花初结子,浪色复苍天。
露重莲蓬举,云轻碧叶船。
相思天地远,怅望夏风前。

42其八

魏阙一君忧,燕山半去留。
金陵来去水,汉楚古今楼。
海纳长河阔,人分远日游。
平生何聚散,属国任春秋。
石羽高峰化,琅玕越鸟求。
黄昏辞老树,早月待初愁。
岂意争天外,鸿思隔岸休。
同悲朝暮望,共语帝王侯。

43乐府二十二首沐浴子

钓叟江湖上,渔樵草木潭。
芳辉沧浪水,处世竟波澜。
正视三千子,黄河十八湾。
芙蓉汤色暖,上液履云端。
共以清居处,同归孔杏坛。
凭何言足跬,任己自心宽。

44子夜吴歌

子夜一吴歌,江湖半碧螺。

东风千树暖,细雨万家蓑。
月色盘门渡,山光千将多。
姑苏城外去,尽是莫愁娥。

45大堤曲

汉水过襄阳,琴台问鹤乡。
花开堤未暖,雨碧树炎凉。
梦断江南岸,何愁蜀道肠。
天长音信去,只见柳低昂。

46塞下曲

沙风满酒泉,大漠玉门烟。
按剑飞将问,弯弓汉武牵。
横行凭勇气,负诺任天贤。
一战楼兰起,三生日月穿。
王家成就处,百姓种桑田。
陇底闻兵马,长安步陌阡。

47寄远曲二首

远曲一辽东,遥迢半去鸿。
秋香木未暖,碧叶住归红。
宝镜藏颜色,罗衣锁玉凤。
古因双鸟至,念断一心衷。

48其二

妾问五陵东,君行一剑弓。
楼兰天水远,大漠落飞鸿。
白道春秋草,虫蛾日月同。
巫山云雨梦,灭烛去来空。

49秋浦歌

浦口半深秋,淞江一日流。
姑苏同里路,渡岸客行舟。
水调隋炀付,金陵许莫愁。
长城何镇守,不望是扬州。
叶落萍湾旧,萧条芷濑休。
归心须不问,寄意见江楼。
但掬咸阳泪,秦皇六国筹。
遥迢闻远去,送达十三牛。

50秦女卷衣

妾待未央宫,王寻六国红。
秦川依旧色,白马顾英雄。

宠幸衣裳短,舒情日月空。
黄金曾百万,奉敢许君东。
尚以微身进,何须曲不终。

51邯郸才人嫁为厮养卒妇

妾本一颜倾,君心半纵横。
描娥丹阙去,画戟宋宫蛾。
碧玉珠珍色,红妆暮晓荣。
花香袭远道,雨落泽云萌。
十二峰中来,巫山峡里情。
邯郸曾学步,至此误平生。

52塞上曲

西风到渭桥,大漠畅云霄。
汉武无中策,秦皇塞上骄。
英雄南北望,妇女去来遥。
月落乌啼晚,怜妆对镜消。
休兵多少世,抹马宋通辽。
草绿燕支问,黄河日月潮。

53关山月

汉月出天山,胡姬养鬓鬟。
何须寻佩石,不过玉门关。
大漠沙尘暴,伊犁草色闲。
长安谁叹息,一去不知还。

54独不见

长安一有萌,白马半无声。
渭水春风许,伊犁不动情。
黄龙边色远,洛邑女儿贞。
别地神桃李,逢时草木横。
无伤相寄与,有幸罢兵行。
凯胄如今卸,乡家日又生。
相思曾许诺,八六月为明。
巷市由然盛,桑田自此荣。

55短歌行

日序列颜光,东风易短长。
苍天行日月,草木守芬芳。
玉女当春寄,男儿富独昂。
孤高何自许,未及客心肠。
北斗群星照,扶桑美酒尝。
麻姑明月下,只忆旧梦乡。

56妾薄命

汉帝一阿娇，黄金半客桥。
凤飘珠玉子，月冷雪霜潮。
贮屋羊车去，长门御驾遥。
芙蓉花落去，妒宠色不消。
司马相如赋，皇城奉柳条。
云飞天地外，细歇故情萧。
断草生甘露，随根意难凋。
人心何未解，覆水几明宵。

57古朗月行

十六月方圆，三十弟子悬。
年年当此夜，岁岁共婵娟。
白白空中挂，明明桂下怜。
寒寒宫里色，处处影前眠。
不可行云雨，最怯作桑田。
后羿英雄尽，嫦娥捣药仙。
难成天地客，只守九重天。
惑意凭时主，经心自可全。

58上之回

一代帝王宫，千年草木穷。
春风南北向，月色去来弓。
汉武单于策，秦皇鱼市中。
长城分两地，汴水客西东。
六国楼台色，三朝一世雄。
桃红加柳绿，美女少情衷。
暮暮朝朝去，人生几不同。
瀛洲曾许诺，不与羊车终。

59怨歌行

十五一春红，三千半草虫。
书生知日月，志士诺殊雄。
秀女相思夜，男儿曲月弓。
君王当际与，子弟客由衷。
金屋藏娇处，长门奉扫穹。
飞燕轻不已，玉枕落时空。
得意何须意，凤心几度风。
春光成世界，自主作儿童。

60陌山桑

春风陌上桑，雨细茧中肠。
络络层身守，丝丝自情藏。
姑苏城外色，越女秀湖光。
妾本罗敷玉，吴宫七步芳。
夫差会稽战，一意运河扬。
勾践尝胆地，三花竞自香。
盘门今不锁，试剑虎丘乡。
男童当比宠，不可女儿腔。
日暮登高问，西施不断肠。

61白马篇

白马自飞天，腾龙入海船。
金波倾万里，玉佩作佳妍。
日色须须照，云光宝气悬。
荒原碧草盛，纵跳任轻年。
上液寻骄子，楼兰过酒泉。
凌波上洛水，逐鹿问秦川。
未肯萧曹见，何须步陌阡。
蓬蒿依旧故，足跬是方圆。

62侠客行

塞客挂胡缨，吴钩染雪明。
弯弓雕日月，白马任天经。
易水谁主筑，楼兰落日城。
燕人随赵士，吴国仗天生。
五岳昂然去，三杯醒醉情。
交河归热土，洛邑属霓京。
侠骨平原坐，豪心八水晴。
信陵君不问，尽是太玄名。

63长千行

少少本无猜，郎骑白马来。
云前桃李木，雨后色光开。
同床三两语，共月半徘徊。
背靠相思树，姿从曲卧载。
羞颜明暗里，未唤百情催。
手存千言寄，心藏桂影台。
十五方圆始，终生醉酒杯。
巫山之流水，玉带作红梅。
耳热黄粱梦，倾身柳叶媒。
巴山成蜀道，独小雁卿裁。
百岁寻天地，千春易唉回。
纵横闻巷里，何处惹尘埃。

64东武吟长春赋

一世半飞鸿，三生十雅风。
清明回紫禁，宝马丽城东。
古古今今赋，来来去去功。
乾隆多少韵，五万自称雄。
翠羽接天地，冠巾逸彩虹。
甘泉书里玉，片善绵新丰。
学步邯郸去，诗词始不终。
榆关南北路，故土月弯弓。
小小儒家子，成成老土翁。
笑似山河外，忧游御驾中。
孤高颜色好，独纳客心空。
寂口之春树，宁宁作宇光。
玉播老太白，见此作梧桐。

正宗三
李白中赠答二十二首

1赠卢司户

白日一寒山，黄云半宇寰。
苍梧闻鼓瑟，大漠玉门关。
借问卢轨鹤，由心自不还。

2赠秋浦柳少府

少府半春晖，公庭一翠微。
由君桃李岸，草木自芳菲。
笔落方圆省，帘开是与非。
清心山月色，耳热自无归。

3赠闾丘处士

处士素贤人，沙塘竹影频。
秋风飞落叶，旷野净山珍。
苦业田家月，耕心玉石尘。
荷花池上色，手足自相亲。
芳菲桃李树，集结太真菌。

4赠瑕丘王少府

莫见去来云，何当玉石分。
神仙生紫气，少府问天君。
目望瀛洲隐，身临客钓芬。
梅香何事尽，贵道作雄群。

5 嘲鲁儒

共是杏坛人，同生鲁客土。
经纶来去见，日日问秋春。
白首阴晴缓，归耕草木秦。
丞相直正道，漫步理方中。
束手忧民杞，从心著作勤。
先行时世早，足达常王津。

6 赠常侍御

不可问东山，难言作容颜。
云舒风雅颂，暮卷彩天还。
有意中天下，无心贺兰关。
功成潇洒去，秀叶复人寰。
夏振知音曲，重听九曹湾。
中原何逐鹿，社稷自方圆。

7 赠丹阳横山周处士惟长

处士一云舒，横山半玉壶。
门临川谷水，气入紫禁奴。
白纻诗词纵，阳春日月孤。
牖连杨柳树，户纳浦江湖。
得意时许久，呼风故址都。
泉边多少影，石岸步疏途。
羽化丹炉炼，人间似有无。
三清观外许，五百岁中殊。

8 以诗代书答元丹丘（自述）

一鸟去咸阳，千声问故乡。
三年秦草绿，百岁读书肠。
寄忆忧家国，闻兄敬爷娘。
京城双袂举，导领独孤芳。
八水长安绕，诗词卜液梁。
乾隆突四万，此句一低昂。
曲意耕耘笔，劳心日月长。
元丹丘后问，海上有虹杨。

9 赠何七判官昌浩

飞将沮溺群，叱咤去来分。
夜坐惊书案，行明向日曛。
随风驱散鸟，任意问天君。
剑起平沙漠，声平十万军。
英雄凭一语，处士可干云。

手解胡杨树，心呈玉色芬。
冠悬牧赵北，口令作章文。
此案阴晴许，由然士子闻。

10 赠武十七谔（并序）

一夜举门人，三生易水津。
西来成谔报，北去投君秦。
匕首开燕坐，无言对赵尘。
残垣胡汉见，吠犬洛桥滨。
隔壁东吴客，临川道路辛。
回林猿断唱，阻塞故家亲。
白天轻登至，黄云起落申。
淮源多少水，只付远游魂。

11 赠裴司马

司马半春晖，婵娟一翠微。
黄金何为贵，秀女妒时归。
曲舞无衣袖，晋客有是非。
姿身千百态，意念两三帏。
月色云间照，人心魏晋违。
流形如匹髪，皓齿似君妃。
不窥寒влечes，怜寻素手挥。
相思天地尽，莫顾带衣肥。

12 赠新平少年

胯下半淮阴，秦中一古今。
欺凌漂舟乞，拜将筑黄金。
世上何成败，人前几木林。
新平年少客，渭邑老翁箴。
历苦知来去，经行步履深。
长风惊短袂，故友唤衷心。
羁鞯飞鹰处，云峰落凤禽。
搏击风云去，日月雨甘霖。
千年无退志，万古有英音。

13 五月东鲁行答汶上君

刃剑过山东，寻儒觅鲁风。
桑蚕丝不尽，日月去来空。
跬步成千里，前途问始终。
三生寻自己，一诺作英雄。

14 赠从兄襄阳少府皓

结友一豪雄，行身半世躬。

心直千万事，气节五陵东。
岂足言天下，无非不许功。
鸟裘何蔽日，束带几由衷。
溢百黄金短，三生日月隆。
青云当道路，击筑故年风。

15 赠范金卿

路赠范金卿，途寻故客名。
行当知日月，处置问枯荣。
弃务凭心与，寻心吐纳情。
桃中溪履色，李下络纬鸣。
楚北襄阳近，辽东白雪城。
江河沧浪水，吾汝共平生。

16 读诸葛武侯传怀赠崔少府叔封昆季

南阳一卧龙，汉道半天容。
逐鹿中原外，争雄八阵中。
茅庐三顾问，蜀季武侯封。
拯物刘禅远，躬耕六书踪。
隆中何土地，晚意尽心终。
无须天下问，应记歧山钟。

17 赠别舍人弟台卿之江南

去国一扬长，唯亭半故乡。
秋山还梦远，落叶逐炎凉。
莫罢江湖问，挥手句四方。
梧桐金井外，揽月鬓成霜。
望远良图客，寻幽楚汉桑。
时人何不济，逐客作黄粱。
舍弟卿台见，洞庭俯尔翔。
潇湘斑竹色，古道近朝阳。
就此论天下，登真作玉皇。

18 早秋赠裴十七仲堪

秋风自北涯，一叶向南家。
两妾惊梦里，裴生向故车。
天星生热火，地气满丹霞。
鲁叟儒书教，荆人种豆瓜。
吴琴听仔细，蜀道任才华。
美玉雕錾处，豪雄小乘车。
青云天地外，白日暮朝斜。
大泽龙潜入，荒山饶子蛇。

烟霄成雨雾，命就炼丹砂。
不应余磨历，凭心嶇起嗟。
由来功业上，所向见莲花。

19 赠崔司户文昆季
海底一明珠，人间半无有。
连城寻价比，特达作辉隅。
洛邑称奇险，箕山问女奴。
丹墀密振远，声名自古都。
添列星辰客，丝纶挂布襦。
磷光和夜照，露色染家孤。
侧见春杨柳，回身大丈夫。
开华千义士，闭节一江湖。
路笑微行去，茵华满玉壶。

20 酬崔五郎中
雄英一柳杨，壮士半忧肠。
立志成家国，行心作玉堂。
秋寒生色水，夏暖化桃姜。
落日黄昏远，辰风正气刚。
良图惊四座，远虑问千强。
策杖楼兰去，音知上溇梁。
华池临格缅，渭水自低昂。
暮色闾阖步，明光酬五郎。
咤叱先后主，海岳去来芳。

21 赠清漳明府姪聿
百万李家楼，三生致国忧。
云开齐大圣，日上正中州。
小邑唐尧志，宏心易水秋。
清漳声四境，太古组千谋。
只问贤人道，何寻杏李羞。
桃溪知色水，土厚客羊牛。
绿华杼桑柘，青云卷曲浮。
绥芬河岸阔，赵女布衣愁。
啸啸风光客，幽幽月桂眸。
陶然壶底见，一举作飞舟。

22 经乱后将避地剡中留赠崔宣城
避地一宣城，知音半客情。
中原豺虎逐，烈火焚宗名。
五马争何意，三山士所荣。

千家倾掩尽，万户荡空行。
白骨成天地，伤兵问故英。
胡姬惊美梦，落叶去还鸣。
玉笛连声响，青云久不平。
风扬溪色远，雪素满州晴。
此寄临洮月，由寻洛通明。
湖开阡陌ді，岸隔独孤笙。
足上直登道，心中钓古萌。
陶公消以墨，未止玉壶卿。

23 寄怀十六首
鲁酒醉时明，齐歌复可声。
沙丘城下寄，杜甫客秋鸣。
古树朝天问，飞燕跳竹情。
南征人已尽，不可玉人荣。

24 寄当途赵少府炎
木落一江情，楼高半暮明。
当涂闻少府，积翠九州晴。
目送飞鸿去，御阳已不声。
相思随起落，罢首故人情。

25 望终南山寄紫阁隐者
紫阁隐终南，书生问杏坛。
云舒云卷去，秀色秀丝蚕。
望断天街巷，寻途蜀道语。
樵渔何远近，引领几深含。

26 独酌清溪江石上寄权昭夷
清溪酒一尊，固石刻三钧。
阻应千峰壁，昭夷万尺津。
朝天行日照，俯地复秋春。
仰笑严陵约，山中谢大人。

27 下浔阳城汛彭蠡寄黄判官
九水下浔阳，泛江上四方。
天开帆入镜，景落客还乡。
雨复良婴井，云舒远散藏。
彭湖东北望，玉石化炉香。
挂月天街树，行心举目张。

28 宿白鹭洲寄杨江宁
江宁白鹭洲，万物杜陵秋。

伏槛群峰远，登高独莫愁。
浮云屏旷野，绿水色青楼。
影入相思树，花开闭月羞。
朱雀门外别，玄武巷远流。
不觉因声去，梦翻寄客忧。

29 夕霁杜陵登楼寄韦繇
波光一半峰，寺鼓两三重。
远目登楼顶，观江玉水汹。
云明天外树，竹影日翠松。
旧迹谐心暮，清晖月独钟。
关河成道路，日月向葱笼。

30 月夜江行寄崔员外宗之
宗之一夜舟，海树两山头。
桂影清明月，江风半九流。
天含波不尽，岸存觉云游。
浦口沙明皓，星河北斗愁。
山随天地暗，水注去来幽。
不见相知草，须寻别离秋。
菱歌余断后，望远自难休。
蕙芷摇光景，归途问马牛。

31 秋夜宿龙门香山寺奉寄王方城十七丈奉国营上人从弟幼成令问
龙门一树东，幼弟半寒中。
木叶流溪上，秋山莫扫空。
望远千峰外，寻思九陌风。
心清明月色，壑谷万川虫。
玉斗星云列，银河鹊驻宫。
香山方逸寺，十七意未终。
凤驾王公族，幽芳自可衷。
方城今问许，故复上人翁。
处处书生路，年年水不穷。

32 北山独酌寄韦六
独酌北山亭，高禅隐道屏。
崇父由许客，存迹未丁官。
岭树喧鸟近，悬泉逐渭泾。
群峰成暗影，诸木向林宁。
夕气侵阳叶，川光去不形。
玄北兼得养，坐月宝壶冷。

顾事风尘外，行踪似叶萍。
令尔知天地，辛君细品听。

33江上寄元六林宗

落叶一霜寒，深秋半岭丹。
悲行情不断，客束一炉丸。
路苦争朝夕，途辛达意宽。
沧波天未尽，白日逐芸兰。
涨落长江水，阴晴汉口滩。
沙明沉净岸，岁月洗狂澜。

34遊敬亭寄崔侍御

一酒敬亭山，千呼谢履还。
相公辞百度，素月醉时颜。
俯视群鸣鸟，挥手鹤净闲。
瑶台原不远，只入玉壶间。
应笑云中道，三清路上班。
丹炉何以济，百岁化登攀。
贝剑锋光继，相期桂树弯。
英雄来去见，此兴玉门关。

35安陆白兆山桃花岩寄刘侍御绾

独鹤自悠然，浮云可望仙。
丹炉心正炼，百岁觉清田。
对岭同言语，寻花共影眠。
罗湖池色远，野树复香烟。
日隐桃花谷，溪流朵划旋。
岩山林下邈，石室坐中园。
永驻春华近，瑶台易望泉。
精英当进取，顾此一耕年。

36淮阴书怀寄王宗城

五十一长鸣，三千半啼声。
淮阴漂母去，大舫砥流平。
扫净云天岸，飞凫柯鸟情。
相信相付与，故约故时征。
碧垒川空阴，余晖百孔生。
王乔言眷此，宛变故人城。
惆怅英雄寄，经空易曲行。
长安绕八水，只以任歌荣。

37寄東鲁二子（在金陵作）

吴蚕已半眠，鲁子未三千。
桑丝尽自缚，书儒几度年。
春耕凭寸土，夏雨任云烟。
碧玉南音韵，秋冬小桥边。
梅园桃李岸，汴水去来船。
醒醉江苏肆，阴晴淑素妍。
肝肠儿女寄，次第久不全。
念此终生望，楼兰作酒泉。

38闻丹丘子于城北营石门幽居中有高凤遗迹仆离群远怀亦有楼遁之志因叙旧以寄之

春华日属阳，玉树凤求凰。
旧迹寻栖隐，幽情问客阳。
思君南渡水，梦楚北黄粱。
晚道分离处，新途日月光。
开炉熔石炼，仆切向羲皇。
万里志高念，千年落滞乡。
心生桃李子，意得草花香。
陌上丝蚕茧，阡中杏柳杨。
登楼由目尽，拔剑雁门扬。
桂影婆娑下，清风隐约长。
桃花园里水，瑟叶必沧桑。
若有凌云步，尊安自四方。

送饯十六首

39送张舍人之江东

一日下江东，三杯上夜风。
孤帆飞影尽，独立玉壶空。
暮色苍茫阔，山光半映红。
云浮千暗隙，落雁十声同。
海远吴洲近，天高越语中。

40鲁郡东石门送杜甫

杜甫一声鸣，池台半色清。
金樽开醉日，李白玉壶倾。
泗水秋波远，飞逢海阔情。
昂天诗客寄，鲁郡石门横。

41送裴十八图南归嵩山

一语济苍生，三光影暗明。
嵩山知面壁，洗耳少林城。
净远心相许，思危徒买名。
南归须北问，我与谢公鸣。

42江夏送友人

雪点碧云洲，楼空去鹤愁。
君行江夏晚，玉羽帝王侯。
举酒经天许，闻君上小舟。
徘徊相顾诺，不付汉阳楼。

43送郄昂谪巴中

巴中一草春，渭水半思人。
雨露东风具，风波曲赋陈。
洞庭随日月，白雪逐红尘。
远近同天地，阴晴共苦辛。
沧江波浪暗，酒醉泪满巾。

44送杨山人归嵩山

嵩阳玉女峰，月桂豫溪松。
万古求仙草，千年问去踪。
山人惊晓色，紫气正衣戎。
道貌风云岸，三清不老松。

45金乡送韦八之西京

八水绕西京，金乡自故城。
风摇乡里树，日照洛阳荣。
别路惊秋叶，知途梦不生。
长安多少巷，蜀道去来临。
望断秦川去，连山始见鸣。

46同王昌龄送族弟襄归桂阳

秦川碧草村，楚酒暮黄昏。
醒醉君心路，阴晴玉帝恩。
罗浮明主问，踌躇桂阳门。
鹧鸪常鸣住，长亭几冷温。
沧洲言不尽，故树作芳根。

47五松山送殷淑

风流秀水波，独立白云河。
载酒松山岭，从容唱九歌。
乾坤多照旧，日月几蹉跎。

此去逍遥渡，平生任少多。

48送崔氏昆季之金陵
客子不流洋，行人自断肠。
居余何醒醉，别意久低昂。
渭水清波逐，金陵碧柳杨。
云帆来去见，日暮破天荒。
北顾长安市，东眺岁月光。
归知昆季子，莫滞敬亭梁。
渡口秦淮岸，轻舟主客乡。
思君花月下，举桑作文章。

49送韩准裴政孔巢父还山
一别鲁门东，三春草木同。
无心知岁渡，有意猎山空。
牧伯天地外，轻衣日月风。
溪流多曲折，竹影少相逢。
虎跃深山岭，龙吟阔海冲。
云岸生秀草，白马向天衷。
历历江河数，往往扑捉虫。
石斧开心处，人心始无终。

50对雪奉饯任城六父秩满归京
岁岁一秋春，年年半故新。
时时惊日月，处处问周秦。
虎跃龙吟颂，莺鸣鹤立轮。
笼中藏玉翅，陌上老臣中。
季父英风在，周公吐纳珍。
阳明回首见，四坐曲江津。
独享长安里，何闻百度人。
归来烟水阔，策杖自经纶。

51送赵判官赴黔府中丞叔幕
东山一谢君，叔幕半章文。
廓落天光远，辽通富贵熏。
相思常自疚，忆念故人闻。
府寄平原赵，曾来拜节汾。
言高孤独望，意重上林耘。
月色霜桥满，风卷水流氛。
群英常荟萃，虎士几秦云。
秉玉春长绿，长安草木勤。

52送鲁郡刘长史迁弘农长史
鲁国一秋春，儒生半故人。
弘农长史去，郡守赐龙鳞。
白玉难容迹，黄金可乃怜。
开轩明月色，闭户瞩周秦。
惠爱呈君子，兼贫化教身。
西迁张禄及，尺寸四方亲。
别寄长安里，临流上苑真。
文成天地宪，制作鼎湖薪。

53送杨少府赴选
少府镜衡心，群贤度玉箴。
方圆天地尺，准确国家林。
北土多高树，南风客士琴。
山苗相近色，朗月互同荫。
郑曲岑夫子，吴歌木成音。
弱冠裁日月，指教女儿衾。
感别无言语，招寻大道临。

54送薛九被谗去鲁
去鲁一书游，还家半玉修。
辞声泾水岸，达意晏齐楼。
白璧无瑕迹，梧桐有凤求。
蒹葭生绿色，碧竹泪斑流。
老马知途去，精英问九州。
三清天上许，八骏纵横由。
赵楚凭文曲，毛公依剑留。
平原君子在，虎士信陵侯。
宋九春申见，冯谖进挺休。
何人知达士，自得李桃秋。

留别八首

55别鲁颂
天高一泰山，鲁道半御颜。
独峙临风雨，群峰屹石关。
三秦夫子去，一雪玉人还。
气节千松语，黄河九曲弯。

56秋日鲁郡尧祠亭上宴别杜补阙范侍御
补阙一秋兴，天高半五陵。
风云朝暮易，侍御去来呈。
日落山光尽，云浮草木征。
晴空天地暗，鲁酒醉香凝。
解带横树挂，歌川玉树承。
声归空旷去，曲度向鲲鹏。

57赠别王山人归布山
还归一故人，不隐半山珍。
屡梦松风月，曾闻鹤身轮。
微言天地道，独傲迟暮春。
岁晚笙歌动，芬余鼓瑟茵。
秋毫瑶草色，挚立石峰中。
夕照扉林陈，光和古木新。

58留别贾舍人至二首
秋风贾舍人，主客玉边珍。
岁晚胡霜色，凋零古土茵。
长沙沙水岸，道路路云难。
酒醉潇湘去，寻芳日月亲。
平分心意旧，独处念情怜。
只应江山在，何须泪满巾。

59其二
飘飘云起落，上下士人臣。
海阔江湖水，龙吟万里沦。
洪流倾荡见，扫叶悟时绅。
谢履踪迹在，潘公彼此询。
依天论剑暗，任志作屈伸。

60留别金陵诸公
白下一亭明，秦淮半水清。
花荣梅岭苑，草碧鸟雀城。
六代江山主，言失日月更。
旗开争战地，垒壁玉人情。
贡院书生问，香炉道士声。
钟山危石立，二水小舟平。
五月金陵见，千帆逐灭惊。
邹论余鲁学，别地种芳名。

61将游衡岳过汉阳双松亭留别族弟浮屠谈皓
但望一飞鸿，唯余半壁空。
邯郸谁学步，汉口楚歌中。

赵氏秦人顾，荆山蜀水东。
苍流丹彩色，点落帝王宫。
竹绕芳丛碧，幽溪秀玉崇。
松亭留别迹，木榭刻书穷。
剪树观年岁，开樽向日衷。
挥手何影短，此去醉湘红。

62留别广陵诸公（一作留别邯郸故人）

学步一邯郸，交游半酒泉。
楼兰燕赵客，易水寸心田。
节觉空名去，清高薄俗眠。
孤真情意切，顾翰比云烟。
厉守山川志，明言不徙园。
炼丹知火石，采药取天仙。
卧海东流问，行途从寨鞭。
金陵南北岸，浦口去来年。

63

日月一人间，阴晴半玉颜。
钩出沧浪水，步跬住阳关。
影落山光晚，心随草木闲。
青云舒卷见，不闭去来还。

64

太白一人生，诗仙半不平。
明皇文采客，醒醉翰林名。
百斗成仙境，千声化太清。
当涂成李杜，渭水几枯荣。

65

捞月见池空，孤鸣未韵穷。
江湖沧浪色，主容泞时雄。
蜀道蚕丛路，长安渭邑衷。
何须八水醉，独得曲江红。

66

文章醒醉行，跬步帝王城。
蜀道难中路，清平调里名。
床前明月色，语后万人声。
太白诗词在，书生误纵横。

正宗四

1寻遇七首寻山僧不遇作（金陵）

石路满青苔，松门锁不开。
阶闲飞鸟落，壁挂惹尘埃。
欲止方行意，闻禅玉宇来。
香云空乐况，细雨自徘徊。
归路何时问，山僧不可催。
丹炉尤所以，腊月绽冬梅。

2下终南山过解斯山人宿置酒

山人一酒名，太白半杯倾。
怯顾风云湿，聆听落叶声。
浮丘成败问，隐逸去来轻。
月色随人意，星光任竹明。
荆扉儿女戏，醉客陌阡横。
曲尽风吟继，陶然纵此生。

3过汪氏别业

石月问寒流，星河贯斗牛。
浮云来去卷，屹壁作春秋。
北皋汪生业，南山隐客休。
清池开涨泛，扫叶纵归愁。
岭暗连峰木，心明主客忧。
青萝缠绕树，曲意应闲幽。

4安州般若寺水阁纳凉喜遇薛员外

水阁近禅房，金园远寺堂。
安州般若渡，纳遇气天香。
草木成茵道，楼台万象光。
丹霞云共解，紫气热风扬。
讨教乾坤术，逢时日月草。
窥临川壑水，不灭永炎凉。
守己阴阳易，从僧话石梁。
晴云员外见，似此寄群芳。

5寻高凤石门山中元丹丘

璧展石阴山，丹丘始故颜。
词寻高凤遇，渺迹十三弯。
路尽峰林转，途穷七九般。
苍茫云欲晚，白日骤然还。

古道留苔印，高松不可攀。
清秋初落叶，夏水缩成潦。
木断桥横谷，流溪曲壑关。
登临何不问，暮色满人寰。
静者知音遇，清心耐永闲。

6金陵江上遇蓬池隐者

蓬池一隐名，玉石半山英。
是晚临空石，黄昏覆地情。
麻姑台上望，流水四方倾。
客鸟罗浮远，丹炉雁门明。
三清多少酒，仗剑著生平。
月照千峰暗，风停雪色城。
金陵江上遇，会稽巷中萌。
此酒随心欲，扬帆执手行。

7寻鲁城北范居士失道

日静一秋萌，云明半叶倾。
阴阳分定色，草木不阴晴。
不忆闲人远，还须问鲁城。
幽心居士道，野路任纵横。
跬步荒坡石，吟辞断木声。
荒姿迟不易，把臂笑余生。
有酒何无醉，闻天自有情。
寒瓜今独取，放牧去来荣。

游览二十六首

8游南阳清泠泉

日落一泉清，天寒半色明。
辉流由曲折，客子怯松声。
木暗月心重，光余草叶惊。
空歌云有去，不以去来情。

9游秋浦白笴陂

秋声一谷寒，旷谷半云端。
叶落知根近，龙腾有巨澜。
闻天明月远，问道古今桓。
浦口舟船在，人生永杳坛。

10登新平楼

去国故平楼，怀归暮早秋。
亭长观远道，日落净东流。

渭邑沙城岸，秦川土木洲。
风清杨柳树，万里一飞舟。

11 挂席江上待月有怀

待月问婵娟，寒宫几影眠。
青天望素色，玉树挂方圆。
色近舟平住，心遥故事悬。
人生常不解，守放莫苍天。

12 大庭库

郑火鲁邹烟，空霾大库田。
何来寻梓慎，古木入寥天。
杜预登高处，昭公十八年。
玉图终不可，此憾满山川。

13 与从侄杭州刺史良游天竺寺

挂杖上蓬丘，观涛下汴流。
钱塘平两岸，富贾十三州。
磊障江东隔，天竺寺外楼。
西施溪水浣，至此又春秋。
娃馆今何在，夫差可留国。

14 登巴陵开元寺西阁赠衡岳僧方外

开元一寺钟，五岳半天龙。
万里君心净，千年古劲松。
巴陵衡岳道，秀阁太真客。
借失求新路，寻来故步封。
明臣知万就，惠阙以桑农。

15 登单父陶少府半月台

陶公半月台，逸致十年开。
一酒常人醉，三春柳色裁。
统高知远望，任雨入壶杯。
暮落清风近，无心自在来。
平无桑柘茂，有意久徘徊。

16 登太白峰

西登太白峰，日上我名封。
一酒知天地，三生问足踪。
山高寻栈道，路远作行钟。
举手天关近，直穷向潜龙。

17 同友人舟行游台越作

约友一舟行，成言半故声。
潇湘难谢客，越楚可温情。
独往浮云去，孤心秀草荣。
蓬壶多醒醉，玉石少人名。
不必求天地，当须落地明。

18 游谢氏山亭

谢氏一山亭，溪流半渭泾。
凭空江海问，俯仰古今名。
石道松萝寂，池塘草木屏。
田家呈美酒，醒醉共丹青。

19 忆襄阳旧游赠马少府巨

少府上公楼，襄阳向九州。
天空经日月，碧嶂隐江流。
佩剑高冠去，朱颜揖白头。
荆川夫子路，不近帝王愁。
揽故浮云里，归心未了求。
空思羊叔去，历列古今忧。

20 金陵凤凰台置酒

金陵酒市开，白下凤凰台。
二水成千古，三山树万梅。
羲轩天老坐，道士地荒来。
玄武莫愁客，秦淮莫尽杯。
歌钟依旧远，六帝故宫苔。
草色连荒野，行人已不催。

21 九日登巴陵置酒望洞庭水军
（时贼逼华容县）

胡儿舞步封，铁马驻华容。
九日登高问，千秋见虎龙。
巴陵停酒醉，沓霎作惊钟。
一望江山近，三清故国踪。
鲸鲵何所欲，蜀道万川峰。
马嵬坡前路，长安巷外松。
渊明桃李问，战鼓已经冬。
不足东风晚，又求上苑逢。

22 秋登巴陵望洞庭

万亩一洞庭，千帆半镜屏。
巴陵三岳麓，太白九丹青。
览尽孤山屿，从心泗水铭。
湖边风不定，渡口柱零丁。
远树凭天近，浮舟客色萍。
东流如泻落，北渚似雪霆。
楚汉何分别，长沙几渭泾。

23 与周刚清溪玉镜潭宴别

清溪玉镜潭，石屹上官南。
独立千年久，迎风百里眈。
公垂文履谢，壑尽谷川谙。
扫叶樽杯色，行因弟子男。
方归来酬曲，不可作丝蚕。
日月无新旧，江河有海含。

24 望庐山瀑布水

万丈一飞流，千年半不休。
香炉峰上许，瀑布水中求。
隐若虹光照，还惊楚汉秋。
云天珠洒落，俯仰玉人羞。
漈白琼台电，雄风断木留。
轻烟霞雨永，漱素满红楼。
左右何分与，阴晴可莫愁。
尘颜沧浪尽，瞩目十三州。

25 游泰山五首

独峙泰山峰，孤身鲁郡封。
明皇张说许，五品帝王宫。
御道盘施上，飞流逶迤龙。
松声衷涧谷，碧石谢雷钟。
望远齐桓去，平原万户踪。
天门街此去，玉女幕妆浓。
九垓含情见，三岩素淑从。
千光成紫气，五岳化中庸。
宇宙烟霞满，心胸念祖宗。
东方长啸去，北国已科冬。
羽化成仙子，丹杨果老丰。
如今无大小，自此有谦恭。

26 其二

独寺泰山高，群峰五岳豪。
天门街上问，白鹿羽衣袍。
鲁道通仙境，齐人始见崂。

青云关外步，鸟迹向葡萄。
汉武单于去，春秋草木刀。
遥遥天地阔，望望大河涛。
念念乾坤水，苍苍玉宇毫。
悠悠如日月，处处仙旌旄。

27 其三

初明上顶峰，旭日满天宫。
紫气天街外，红妆玉女踪。
飞扬南北雾，俯仰去来龙。
鲁郡齐人府，沧河独峙松。
登观寻大海，举手问横纵。
揽目知千古，从心向万宗。
凭崖山百度，任岭水云凶。
九曲黄河去，三生听鼓钟。

28 其四

五岳屹山形，三江始泰平。
黄河流不住，北海纳鱼鲸。
立达天街路，成身日月更。
柬溟伏槛望，羽翼揽云荣。
尺素绢文许，方园竹简明。
蓬瀛安得路，巷陌古今生。
远望终无尽，临川始不衡。
云行千万里，白马去来盟。

29 其五

千峰远近平，万木暮朝生。
玉石山中练，丹炉雾里荣。
天鸡鸣早晚，玉女问纵横。
海纳黄河水，云浮孔鲁城。
川流二界水，擎陷九州萃。
鹤立天街北，冠场极顶鸣。

30 陪族叔当涂游化城寺升公清风亭

劫石不成灰，寻违已玉台。
清风当自许，朗月有云裁。
万象方圆定，千情单木开。
桃花源里路，汶尽复唐来。

31 春陪商州裴使君游石娥溪（时欲东游遂有此赠）

一路石娥溪，三春草木堤。
商州裴使迫，拔俗客高低。
世表玄关易，云峰岭雾迷。
蛾舒娥曲问，屹立石难移。
解锁萧条见，成心阕已啼。
春光先驻此，翠羽鸟空啼。

32 登梅冈望金陵赠族姪高座寺僧中孚

霸气一香陵，钟山半寺僧。
群峰曾逐鹿，数水六朝兴。
九道江流去，三潭日月升。
时迁龙虎斗，楚越玉壶冰。
石壁羲之笔，禅房西露凝。
蔷薇烟雨雾，古木谢安征。
降鹤云中望，天香园色承。

33 登金陵冶城西北谢安墩

（此墩即晋太傅谢安与右军王羲之同登超然有高世之志余将营园其上故作诗也）

一墩两人名，千年万里行。
超然天地阔，魏晋谢安荣。
太傅兴师去，羲之立笔萌。
行云流水色，物是右军域。
徂练旌旗易，投鞭楚汉更。
填江何谈笑，驻马几声鸣。
笔下三军令，胸中百万兵。
峻峰君子刻，屹石立朝更。
我问何无语，江山一代平。
梧桐嘉树在，毅立凤凰城。

行役七首

34 宿五松山下荀媪家

夜宿五松山，屈口一妇颜。
田家秋苦力，独望月弯弯。
旧物邻媪志，新声客女还。
胡儿漂母泪，不及玉门关。

35 宿巫山下

昨夜到巫山，猿声问女颜。
高唐多少梦，楚客去来还。
白帝长江水，桃花石峡湾。
瞿塘云雨色，宋玉字文班。
自古惊儿女，从今复旧娴。
楼船帆已落，已过玉门关。

36 上三峡

白帝一江船，高唐两岸田。
巫云三峡雨，水色半山烟。
十二峰前问，白盐赤甲悬。
巴人逢楚客，蜀道共婵娟。

37 江行寄远

江行两岸余，岭阔一峰舒。
百尺舟帆逐，三竿日月初。
思乡辞楚木，暮落问吴居。
独自孤愁尽，风流别业虚。

38 之广陵宿常二南郭幽居

幽居向广陵，独宿以香凝。
北斗车初显，南轩暮色呈。
罗丛由假草，宿鸟自栖凭。
借酒言明事，还来故客冰。

39 郢门秋怀

叶落满山风，江流逐日空。
洞庭湘沉水，塞雁岳阳东。
万化推迁尽，千般演易同。
归旋行子路，策仗故书童。
濯足闻沧浪，舒吟济世雄。
桃园二结义，共引九州弓。

40 自巴东舟行经瞿塘峡登巫山最高峰晚还题壁

巴东一客舟，十五半江流。
蜀国蚕丛道，巫山两岸愁。
瞿塘三峡雨，滟滪百云楼。
楚地潇湘近，洞庭岳麓洲。
飞山凌绝顶，十二数峰候。
历日穷边际，径空度早秋。

纤烟伏石径，细雾锁观游。
极目寻来去，纵情吐纳求。

怀古四首

41 苏武
北海一匈奴，江南半汉都。
飞将天水尽，旧使可闻儒。
日落三边外，风停九岛苏。
河梁临别泣，月照李陵余。

42 经下邳圯桥怀张子房
下邳子房声，椎秦易水明。
知韩知壮士，问义问生平。
赵国多谋子，齐人少结盟。
萧条随泗水，叹止圯桥名。

43 望鹦鹉洲怀祢衡
草木不同生，阴晴有共鸣。
祢衡鹦鹉赋，魏帝槊无平。
鼓尽芳洲晚，名余五岳英。
方知兰蕙意，莫解试枯荣。

44 商山四皓
秦人守一川，汉客戍三边。
隐逸求知遇，功成向背悬。
方观龙虎斗，未弃帝王缘。
四皓逢时节，千年七寸田。
商山今犹在，草木古来宣。
不必阴阳易，何须乞旧年。

杂兴二十四首

45 春思
越女采蚕桑，吴郎问茧床。
丝丝缠绕锁，日日守空房。
莫与三春晚，应随一岁长。
怀君知此道，未寄半残香。

46 寓言桓仁青年
托梦寄辽东，凭春入故宫。
恩媛曾许诺，未解少年童。
道路榆关北，书儒日月中。
相思留不住，意守一心红。

47 待酒不至
待酒玉壶倾，逢时客笑明。
山花随日月，细雨自阴晴。
暮落黄昏尽，云飞土地城。
春风须得意，不与问流萤。

48 望月有怀
清泉一月生，古木半枯荣。
有意松林步，无心草木萌。
相思儿女问，别业始终行。
道路长亭见，诗词苦读耕。

49 落日忆山中
日落一山中，烟浮半谷空。
黄昏天地远，暮色满西东。

50 对酒忆贺监
对酒忆监生，山阴道士迎。
镜湖天地外，故宅纳精英。
越客荷花岸，长安御路荣。
知章朝野望，少小离家鸣。

51 感兴四首
瑶姬一女荣，宋玉半文英。
楚梦高唐近，朝云暮雨声。
无心随夜永，有意付阴晴。
彩锦连夜被，兰芬作忆城。

52 其二
十五向神仙，三千弟子年。
丹炉童子问，玉石炼磨研。
欲逐飞黄鹤，清观道士传。
蓬莱呼不远，海月任云天。

53 其三
故国一佳妍，寒宫半桂仙。
青云神女岸，晓月共婵娟。
艳彩随心与，情姿任意全。
倾来寻彼此，化作去飞天。

54 其四
洛浦满春晖，凌池问宓妃。
陈王方解佩，素玉彩云归。
渌水含情落，香风动帐帏。
同伤神女赋，各色入心扉。

55 庐山东林寺夜怀
东林一寺钟，玉宇半霜容。
独往青莲壁，孤居白虎松。
庐山飞瀑落，谢阙女儿峰。
坐寂虚生日，弹琴故地逢。

56 春日独酌二首
一酒半三春，十杯二两人。
壶中何影见，醉后不知身。
众鸟啼归早，群英没草新。
芳菲原不住，不醒化红尘。

57 其二
一酒紫霞生，三杯玉壶明。
沧洲天下路，蜀道暮朝行。
去鸟常啼客，横琴久不声。
浮云何去远，落日始方晴。

58 独酌
草碧玉堂荫，文成历古今。
风来声雅颂，曲去化音琴。
独酌千杯尽，孤闲醒醉吟。
心情非主客，影落是芳林。

59 春日醉起言志
处世一芳明，知为半故声。
人前天地问，事后去来情。
醒醉何须见，乾坤自在平。
花开知日月，曲尽可倾成。

60 月下独酌四首
花间一玉壶，月下半身孤。
独影杯中酒，婵娟有似无。
春荣千万许，醒醉两三呼。
曲舞成天下，诗词大丈夫。

61 其二
楼兰近酒泉，上液旷云天。
爱酒三清色，神仙一自然。
千杯行大道，万醉浊如贤。

十斗闻君子，百年作人田。
幽幽成太白，处处皆青莲。

62其三
五月问咸阳，千杯酒自香。
群芳花似锦，独醉玉人旁。
饮后何须止，行中修短长。
穷通天地尽，造化著碑梁。

63其四
醒醉半春秋，乾坤一莫愁。
心知天地外，意想帝王侯。
酒圣何言酒，忧思自古忧。
蓬莱多少客，草木五陵丘。

64日夕山中忽然有怀
久卧半青山，清寻一醉颜。
林深千世界，日老雁门关。
月挂峰前树，风悬叶玉环。
云车沧海隔，术道十三弯。

65寻阳紫极宫感秋作
寻阳紫极宫，北里竹枝风。
万古心思揽，秋声意念穷。
南山云起落，静坐独称雄。
众妙三清院，群观九岛鸿。
唐生从懒决，季主十精空。
一往归桃令，酒热是去衷。

66秋夕书怀
秋来一叶轻，水去半舟平。
雁到衡阳岛，寒光尽此声。
蓬壶旋觉事，太白落星城。
古月临天下，闲云瞻太清。
桃花源外水，蜀道作人生。

67与元丹丘方城寺谈玄作
茫茫一觉玄，世世半苍天。
独独先知道，悠悠后话禅。
元丹丘虎士，领略故人田。
寂照方城寺，澄观玉宇泉。
金仙通妙性，朗悟向方圆。
永眺云浮去，临流水汇川。
风生明月色，雨化幸村烟。
莫笑青莲近，须当不觉玄。

68冬夜醉宿龙门觉起言志
觉起一龙门，儒家半子孙。
高山凭虎跃，阔水映乾坤。
枢剑楼兰去，行书曲江昏。
人生当此志，逐力付无恩。

杂咏四首

69听蜀僧濬弹琴
聆听万壑松，但得一心容。

未觉天山远，如临不老峰。
琴弹天地语，手舞锁盘龙。
洗耳秋云落，寒宫一鼓钟。

70金陵听韩侍御吹笛
金陵一笛心，待御半龙吟。
万壑风云起，靠山日月临。
钟山玄武色，白下莫愁音。
弄女秦楼上，师襄掩玉琴。
天涯安可去，渡口去来寻。
草木四荣致，英雄自古今。

71咏邻女东窗海石榴
邻家海石榴，鲁女自莫愁。
世少珊瑚绿，辉多日月流。
清香随秀发，美色任君求。
愿作南枝叶，攀寻可自由。

72赠黄山胡公求白鹇（并序）
黄山太白鹇，驯狎呼名班。
掌取成人愿，胡公点赠还。
凭君双白璧，任雪失客颜。
顾影循天望，飞云逐月山。
何言新世界，应去玉门关。

三、五言古诗　大家

1 杜甫上
陈隋沈宋演唐家，格律诗词草木华。
太白丹炉寻杜甫，开元汉魏浪淘沙。
穷文子美齐梁尽，节利先师独自花。
日月还来天地色，东风不入草堂涯。

乐府二十一首

2 前出塞九首
万里一交河，三生半客多。
塞外知父老，心中苦思娥。
不绝乡家念，难维战祸罗。
开边南北尽，吐纳问离歌。

3 其二
日暮来知阴，朝行已十村。
长亭惊道远，落叶问天根。
骨肉难分别，爹娘造化恩。
青丝蚕不止，但望小儿孙。

4 其三
壮士自磨刀，英雄断玉袍。
长城南北望，易水浪波涛。
万里功夫劲，千声国愤旄。
苍茫回首处，寂寞女儿劳。

5 其四
长忧一国人，远送半单身。
塞外风霜重，江南草木津。
相思何所忆，别道共离辛。
雁去衡阳市，心随绝路亲。

6 其五
迢迢万里余，寂寂两地虚。
苦苦三军令，辛辛一月锄。
随河辽海去，隔岸塞风舒。
此夜当相望，楼兰帝业初。

7 其六
弯弯自当强，射箭准星扬。
胡人连白马，擒敌取将王。
封疆知吏守，制国问丞相。
侵犯何时止，生人逐土梁。

8 其七
胡马雨雪闲，汉驾御天山。
石壁沙尘里，冰峰抱月蟾。
云浮南北国，此去不须还。

9 其八
单于一马飞，汉武半云归。
百里中军帐，千家玉女扉。
江南多月色，塞北少翠微。
举剑苍茫顾，何时是又非。

10 其九
塞外十年余，人中半部书。
雷同多少问，独异去来初。
赵魏燕齐豫，春秋帝业墟。
中原当此寄，志士不深居。

11 后出塞五首
男儿一丈夫，玉女半心无。
伐战弓刀暗，想思日月奴。
吴钩当夜色，越茧问帐符。
世上封侯处，人中苦独呼。

12 其二
暮落问东营，军声向弟兄。
天山光尚存，渭水已无明。
部伍随公驻，嫖姚列万声。
男儿当此寄，白马以身行。

13 其三
塞北一高勋，情中半苦分。
出师三令去，回顾九州云。
虎士熊罴振，雕弓玉剑闻。
沙荒胡汉界，白马领雄群。
誓奋江山语，人平日月君。

14 其四
渔阳一鼓声，士卒半生平。
将帅旌旗举，风云日月明。
吴音儒糯起，楚练素丝情。
锦帐三呼尽，矫边不议盟。

15 其五
一士出良门，三边欠玉恩。
愁思天外地，客忆小儿孙。
跃马江山力，幽州主客根。
长驱直入去，莫道近黄昏。

16 夏日叹
夏日一炎开，秋风半未来。
中街光毛厚，地郁色南台。
濡物良田末，溪流涸石埃。
王师丞浩荡，想忆自难裁。
行身先帝许，举目是蒿莱。

17 夏夜叹
夏夜月无凉，嫦娥懒柳杨。
清波蒸地气，桂树茂炎黄。
应物虚明见，纤毫羽落藏。
萤虫飞不尽，举目向他乡。

18 潼关吏
士卒一军书，将军半令余。
滋养城关力，蜀驿霖铃居。

小吏胡儿舞，官音白马初。
连云飞鸟尽，战阵中原如。
自守西都问，何攻渭水渠。
艰难王不语，奋斗肃皇隅。
险要英雄少，桃林谷峪虚。
思明安禄闪，此慎徒哥舒。

19 新安吏

新安一吏鸣，万户半残丁。
守戍长安道，中军绝帝城。
惊呼男女子，镇收老人兵。
岂意胡儿斗，青山草木盟。
朝廷谁勇敢，节度几精英。
白水还东去，潼关任贼声。
夫弓弯未止，妇泪已留名。
渭邑纵横见，交河落日清。
王师何料定，故垒正都京。
牧马归军集，重收仆射兒。

20 石壕吏

一暮石壕村，三惊故垒门。
朝廷无将守，塞野有荒屯。
夜吏征兵至，公翁怯老根。
千夫多白骨，万户守空魂。
老女随官去，从军补缺昏。
男儿曾付命，至此不乾坤。
国国家家问，日日夜夜奔。
河阳谁应战，隔世小儿孙。

21 新婚别

一日拜高堂，三边祭死伤。
心随红烛尽，志以向飞将。
故土家乡陌，蚕丝锁茧房。
东风三两度，草木万千荒。
妾女长亭梦，夫君弃暖床。
灯前依父母，月下奉姑娘。
远远轮台守，辛辛陌后桑。
江山安史乱，徒壁数空梁。
叩首初相见，形身又复藏。
成亲情意近，但别去河阳。
夜半多思切，情心似柳杨。
牵牛花蔓红，养育误时光。

步步从军道，军军任帝王。
随之凭努力，去结女儿妆。
不复朱颜洗，无须独鸟翔。
双飞比翼事，泪对怯红娘。

22 垂老别

四壁不宁安，三边胆未残。
山河流水色，日月苦霜寒。
凯甲荒军阵，弓刀士卒单。
儿孙应不济，妾女老奴叹。
白首投军帐，同征祝策坛。
难成天地志，可以骨髓干。
介胄何知老，沙尘敌日宽。
长城南北战，渭邑祝风餐。
岁暮临翁照，丘门故晓丹。
辛途维百度，受降邺城滩。
势异田因志，时同卧土端。
迟回高叹止，独仰居然桓。
乐土川原阔，乡家手足殚。
无从闻少小，岂择不弹冠。
忆昔悬梁案，如今正石盘。
戎装烽火照，万马驾长銮。

23 无家别

无家别苦啼，乱世问东西。
存者风云见，亡公日月低。
围庐天宝后，贱竖老昌黎。
去子惊回首，街空化雪泥。
何须来去问，但以老君凄。
日瘦山河旧，流中百里奚。
盘桓居莫了，驻止未时迷。
暮乱黄昏色，狐乡恋本齐。
邻翁和躯背，寡女丈夫妻。
巷木连横绝，阡陌过土堤。
荷锄天地望，领袖未开笈。
寂寞孤人语，苍茫任草鸡。
归常怀子女，所过了辛荑。
独得州分止，闻生一瞬霓。

24 留花门

但用吐蕃兵，天骄气势情。
高秋回纥勇，暮落李安盟。

自古英雄在，如今乱世英。
开元天宝继，不绝太行诚。
白石临峰色，胡笳处故鸣。
舟船行渡口，莫许范阳名。

纪行二十一首

25 发秦州

懒意上秦州，勤生自不求。
汉土无谋士，天源有九流。
粟粟经风雨，草木历春秋。
漕池鱼影少，浊务水闲幽。
高山多古木，本性莫情愁。
良田蘋芷伴，秀岭可锁楼。
异石充浮雾，吾道长悠悠。
乾坤星月在，隐逸是非由。

26 赤谷

（赤谷有亭当是在秦州近境）

赤谷雪霜繁，亭长筑石垣。
山深峰险恶，道远水思源。
日落翁童尽，风声草木喧。
思乡零恐处，几度问轩辕。

27 铁堂峡

山风待子游，渺色满清秋。
险绝穿苍峡，形藏日月忧。
堂陘修石厚，断壁立云头。
地裂维纤积，嵌空太始愁。

28 寒峡

云门一峡寒，谷壁半林端。
转绝天霾雾，攀临古木丹。
冰霜凭可度，野路着衣单。
问已何须问，寻人此道难。

29 法镜寺

阔别一乡州，重寻半故游。
山深行不住，法镜寺中留。
古道苔藓厚，禅房土木修。
婵娟尤可照，箨聚破寒流。
泄色峰根异，朱光子规愁。
萧条崖石险，苦意过春秋。

日隐天云暗，猿啼吐纳休。
径微道远道，复足不难求。

30 青阳峡

南行一叹声，塞外半风鸣。
叶扫青阳峡，云飞古道横。
鸡西三百里，石怒五湖平。
浩漠林回角，莲花岳石生。
崆峒碑上著，俯仰对人惊。
独视江山外，孤身是客情。
超然由自在，束羁任观明。
道路崎岖处，人心始逐荣。

31 石龛

渔阳一诺低，魏赵半云齐。
虎豹中原逐，熊罴日月西。
天寒无草子，暮落有惊霓。
雨色晴方见，山光满蔓藜。
松直高节气，水曲艳流啼。
伐足孙行者，修身李耳移。

32 积草岭（同谷界）

岭石积长荫，连峰作古今。
迢迢成远道，树树落鸣禽。
草结穷年岁，山分土木林。
县明同谷界，淡泊老人心。
十问穷贫故，书知日月深。
碑文亭邑见，驿路挂衣襟。
百里人情在，三生泡色寻。
微余非细顾，绝妙是知音。

33 凤凰台

（成州有凤凰山即秦弄玉萧史吹箫之地）

弄玉凤凰山，成州月亮湾。
秦楼兰史去，几问穆公还。
寂寂箫声远，亭亭古道闲。
林深藏秀木，气盛锁悠湲。
举意极周彩，微观万丈攀。
苍生何足愿，剑论锁阳关。

34 万丈潭

（蔡麦粥云同谷县有凤凰潭一名万丈潭）

溪青万丈潭，晦显百年酣。

物应凌垠堮，龙依积儿涵。
洪涛宽却立，异石旧曾谙。
局步云烟径，虚根领目眈。
苍苍同谷壁，切切共山岚。
垒垒厄峰屹，幽幽玉影湛。
川流何曲远，世闭向家淦。
竹节千百万，猿鸣一再三。

35 女同谷县

黔突一圣贤，物累半天年。
愚象同席暖，回峰树领然。
云崖临别子，杳境处山烟。
意拙值栖迹，穷深化寸田。

36 木皮岭

一路凤凰树，三生玉树门。
春秋辛苦度，日月养儿孙。
五岳千山领，三江万里浑。
昆仑图目测，默许老翁根。

37 白沙渡

长江落白沙，虎跳峡边花。
绝岸舟帆远，飞云古渡涯。
山猿鸣不住，石垒壁生葩。
砥柱临流阻，迎涛复叹霞。

38 水会渡

水会一波澜，霜重半浅滩。
江流千雪浪，砥石万花冠。
月没微风语，云停暗里盘。
舟平山影乱，木落令人寒。
渡口呼声近，星干隔岸桓。
情随天地外，揽月旧衣单。

39 飞仙阁

飞仙过土门，栈阁落云根。
峻石秋毫净，疏林淡泊昏。
溪清鱼逆止，鸟僻闭塞温。
弟妹父兄问，同思老树恩。

40 五盘

（谓栈道盘屈有五重）

栈道五重盘，猿啼一百桓。
余声惊鸟落，俯仰客心寒。
石壁凌云附，荒流砥涧澜。
成都卢未暖，格斗草堂安。
此去如归路，丘墟若叶丹。

41 石柜阁

石柜阁天长，层波日月光。
临虚高壁影，远峡逐荒塘。
怪曾鸣音少，清啼绕蜀梁。
花芳千客住，草翠万家康。
放浪优由性，甘懦独秀皇。
陶彭何意许，谢泽曲苍茫。
馁迫穷知己，群鸥起落扬。
天晖回照晚，羁负叹书肠。

42 桔柏渡

枯柏渡头桥，清寒驾竹摇。
长竿云寞寞，湿岸雨潇潇。
漠漠中原远，悠悠蜀道遥。
征衣依旧色，逝水逐江潮。
鸨鹕散聚去，鼋鼍任性骄。
荆门多少路，客子去来寥。

43 剑门

（地理志剑州剑门县有梁山亦名大剑山自蜀出汉中道一由此故以名）

天云一剑门，蜀道半儿孙。
栈峡西南路，峰峦日月痕。
三皇五帝问，九脉五湖昆。
万木蚕丛付，千岩玉鸟纯。
纵横兼并吞，怅望是黄昏。
宰意闻天地，临流莫许浑。

44 鹿头山

（唐志汉州德阳县有鹿头山高崇文擒刘闢处又有鹿头关）

步止鹿头山，云停落日颜。
西南连岭断，谷北曲江湾。
客子京华去，荆门蜀剑关。

45 成都府

成都一草堂，蜀道半榆桑。
未卜江东水，蓬帆济大荒。
层城华屋季，木树日方长。
侧见川流逝，迎风羁旅凉。
中原何杳杳，故道杜鹃扬。
鸟雀归栖晚，笙箫早断肠。
苍苍天一处，卜卜地园方。
岸岸花溪色，屡屡苦鬓霜。

杜甫下

游览九首

1 游龙门奉先寺

一寺招提游，三生待月楼。
灵清人境界，觉醒客从流。
暮鼓由声教，晨钟以心修。
云舒云卷去，省世省春秋。

2 望岳

望岳一岱宗，登山半鲁容。
齐人神秀近，东海问苍龙。
绝顶阴阳剧，群云化险峰。
凌青连日月，独峙帝王封。

3 陪李北海燕历下亭

（李邕时为北海太守）

北海自清波，泉城涌九歌。
桓公齐治久，历下舜耕河。
芷渚名亭岸，交流日月多。
蕴情真俱务，太守李邕荷。

4 太云寺赞公房

一寺半禅房，千灯万刹光。
天河春院晚，玉绳锁栖香。
鼓净床头月，钟垂觉醒杨。

梵音如世界，普渡若天堂。

5 冬到金华山观

（因得故拾遗陈公学堂遗迹）

陈公一学堂，拾遗半书房。
杖策穷回首，早心警四方。
金华涪右处，石壁仄青梁。
玉女馀音序，仙童礼客肠。
蓝天崔嵬路，日色顾馀光。
蜀客闻君子，齐连鲁郡扬。
山东多少士，抱柱去来堂。
读遍千年路，飞鸿万里忙。

6 西枝村录置草堂地夜宿赞公土室二首

溪流曲水低，土室玉人移。
反顾眩陟献，先修蔓草堤。
微行方屡渡，徒静素心栖。
卜树余芳少，门萝取意齐。
藤沉惆怅落，老大语难奇。
岭暗归人尽，天明复见西。

7 其二

寒天鸟早归，土室草堂微。
月静群峰影，星明古木晖。
江湖多道路，阔野少人非。
广存西枝树，何须绝顶挥。

8 同诸公登慈恩寺塔

（时高适薛业先有此作）

苍穹一顶楼，落日半荒流。
旷旷慈恩寺，悠悠古凤舟。
方知象教力，永术六来忧。
仰望寻高尽，回头顾九州。
多和天地界，少昊草花立。
太古浮云去，衡阳雁呖求。
行君泾渭水，各有稻梁谋。
不息长求索，苍梧以舜修。

9 望岳

望岳一潇湘，邦家半典藏。
峰尊朱鸟秋，紫盖祀炎方。

泊吾行舟去，鸿飞迈吕梁。
夫人不魏主，爽道次低昂。
南灵妃情礼，命驾祝融王。
頫洞灵修迫，途归府客王。
翱翔飞白羽，沐浴洗休皇。
牲俗争私降，神思作玉堂。

怀古二首

10 玉华宫

逆古玉华宫，佳人草木空。
黄尘埃落定，鼠鼎始祢雄。
碎瓦成王殿，墙砖石土中。
金銮曾旧影，鬼火始无终。
粉黛春秋尽，丝妆艳女红。
飞萤横点点，石马独苍穹。
籍草凭天望，银河挂启东。
征途长不缀，北斗自由衷。

11 九成宫

（本隋仁寿宫也贞观间修之以避暑因更名焉山有九重故名九成）

百里九成宫，千山半壁弓。
峰回恁乐土，杵白捣衣戎。
草翠群芳界，云平帝制风。
直松先倒捌，曲水自西东。
太白文昌阁，天王玉宇空。
隋唐言所定，足迹任鸣虫。
避暑修仁寿，雕龙画栋工。
贞观天宝业，守创始无终。

经行七首

12 赤谷西崦人家

赤谷武陵源，清溪草木繁。
秦人天地暖，汉客始轩辕。
鸟雀依茅茨，桃花任玉园。
良田日气熟，欲问始无言。

13 过津口

晓日半云岑，晴流九曲琴。
风和三世界，渡口一观音。
桂楫春芳比，枫林白鱼浔。

嘉鸣黄鸟唱，物就独开襟。

14 次空舲岸
空舲岸口舟，幸困老天留。
白石青春少，兵戎历达秋。
声呼公不语，病卧望江流。
夕照小儿孙，渔阳动地休。

15 羌村三首
（时自凤翔回鄜州蔡萝粥云州治洛交县羌村洛交村墟）

落落赤云西，幽幽宿鸟啼。
妻儿惊悸少，战乱问藩泥。
不定辞来去，难平日月低。
还求回鄜土，复望凤翔藜。

16 其二
老子不偷生，齐儿付旧盟。
天行还我去，地理岁年荣。
塞北知安史，江南问肃名。
明皇邻蜀地，付与李家情。

17 其三
羌村望凤翔，始作鄜州乡。
树上无巢草，人中有四方。
农耕兵马废，黍米送军粮。
酒浊还清许，平生日月光。

18 述怀
（公家寓鄜州三川时自贼中达行在所作也）

潼关去鄜州，不得子妻留。
隔绝由安史，公家几莫愁。
三川明月在，故里草堂秋。
涕泪朝天阙，空蒙左拾流。
英雄相惜护，土木十三楼。
肘袖分形色，书门客白头。
中兴何指望，复付帝王侯。
汉运交生日，穷平达旧谋。

怀思四首

19 得舍弟消息
一树紫荆花，千春白色芽。

东风何所许，暮落故人家。
舍弟从兄别，朝辞墓社麻。
三川相问后，万户隔天涯。

20 梦李白二首
（白坐永王璘事当诛会赦回浔阳复坐事下狱）

太白永王璘，浔阳赦付身。
当诛还坐事，不愧上人真。
逐客神仙在，文章日月新。
平生千万路，俯仰两三春。
醒醉呼天子，阴阳化始尊。
还言今古事，不染夜郎尘。

21 其二
浮云逐日行，客子向天生。
暮色寻归处，晨光不老城。
丹炉融石玉，道路化枯荣。
白首词诗寄，情余太上名。

22 幽人
孤云一日游，应务半邻舟。
凤属龙鳞许，幽人逐客留。
青峰和绿水，翠草与芳洲。
木木林林聚，枝枝叶叶修。
鸳鸯相顾惜，大雁付汾丘。
好问何情致，心由小小求。
岐山天水岸，独纳女娲流。
岁月曾依旧，天疆逝不休。
扶桑如此是，土地自秋收。

寻访二首

23 夏日李公见访
（即李炎时为太子家令）

夏日半公楼，繁林一叶舟。
贫居闻闹市，逐客远清愁。
太子皇家令，涵醇帝主修。
中庸谋断取，独慰杏坛忧。
取外非取，谋中不可谋。
行成闻简琐，所愿易难求。

24 晦日寻崔戢李封
晦日一风流，朝光半不休。
晨舒窗户色，寝纳帝王忧。
杖策公侯步，丞相觉自由。
交心崔李会，问道几春秋。
玉宇成千物，苍穹化万浮。
书生春雨细，意气断和柔。
酒过三巡醉，君寻九陌侯。
身谋行远达，妙觉化沉浮。

寄赠二首

25 别唐十五诚因寄礼部贾侍郎至
时逢贾侍郎，九载作衷肠。
万里行吟别，千章作酒乡。
鱼潜天子岸，鹤立故人梁。
礼部丞相路，江山种柳杨。
同林同日月，各道各低昂。
子负龙门客，君书七寸堂。

26 赠卫八处士
（公与李白高适卫八处士相友善卫年最少号小友）

人生一九州，立世半三谋。
处士千文断，成章独烛头。
中肠和热取，少壮自牵强。
问答黄粱梦，阴晴各半扬。
面会何来去，如参异所商。
罗浆儿女忘，泪隔几茫茫。

感兴九首

27 遣兴四首
自子雅吴乡，闻公上日郎。
冠巾书正果，里下许清狂。
会稽绍兴客，山阴曲水觞。
兰亭肥瘦序，老衲掩房梁。
士者寻今古，功名许帝王。

28 其二
长陵一日秋，十代半王侯。
玉兔经年狩，旌旗逐鹿游。

714

金瓜镝箭射，白马任原州。
但取黄昏暗，阴阳草木留。
无须天地问，古迹不当求。
暮色天山返，归心日月愁。

29其三
生来一丈夫，事去半东吴。
拍马髀须顾，长安有念奴。
桑麻荒故里，草木待江苏。
日月明天地，乾坤各有无。

30其四
上马半茫然，中军一士先。
旌旗挥振翼，战斗戍疆边。
甲骨朝天祝，戎装对月眠。
廉颇燕赵社，四顾汉家田。
屡屡怜儿女，行行复止迁。
相如知让路，莫问酒泉年。

31述古
一诺负长缨，千军守汉名。
三生天下士，百岁凤凰城。
社稷王侯许，江山帝王荣。
君臣应物事，尽里去来情。
老骥低昂枥，飞鸿万里行。
生当豪杰仰，客逐世人行。
进退何须是，功工自在成。

32佳人
绝代两佳人，良家半素身。
幽然空谷水，落秀付帝邻。
昨夜心相许，今晨意念真。
娜娜光教化，小小故姿新。
岁晚盟无语，倾情手上珍。
当然齐案举，左右合三春。
独独男儿在，双双入天津。

33写怀二首
一世半乾坤，三生两子孙。

千章今古读，万里去来村。
暮日天山树，晨风父母恩。
孤身直客客，独坐对黄昏。
何言君子路，莫解小人根。

34其二
回思一度荣，俯首半人生。
独坐闻天籁，孤身问地情。
阴晴花草盛，日月合时明。
祸首燧人氏，如今历欲争。

35喜晴
三春一雨晴，百碧万争荣。
豆谷桑麻壮，禾苗稻米生。
田家多祀祭，士子少长缨。
卸甲夫妇作，耕耘日月明。
甘霖从此落，夕暮任阳坪。
小女寻珠翠，稚儿待草萤。
风扬桃李树，气湿泽云苹。
子粒相参与，青黄已接成。
独自闻天水，何须故作声。
成都溪浣路，复入草堂情。

36杂咏七首
白马一军名，秦川半世声。
潭州当此记，风景故人城。
意气空鞍贯，英姿主帅鸣。
东北多志士，振翼省平生。

37雨
云云一去来，雨雨半徘徊。
峡岸沧江水，巫山石壁台。
朝朝干梦甲，暮暮女儿催。
宋玉留名赋，高唐作楚怀。
秋归三闾子，白帝九歌开。
赤甲清流入，春城一独梅。

38殿中杨监见示张旭草书图
草圣一挥毫，摇头半浪涛。

鹅肥池瘦寄，傲骨正直高。
满墨惊邻坐，兴情化羽袍。
东吴才子去，日月作弓刀。
气盛江山势，胸成草木骚。
才雄腾虎豹，酒逸潜鲸鳌。
断石连流砥，呼风唤雨漕。
行云浓姿色，醒醉玉葡萄。
秘得杨公慕，功成子美膏。

39通泉县署屋壁后薛少保画鹤
少保鹤通泉，云霄独自仙。
群姿同势力，各态久苍然。
白凤低昂首，鸽鹏足目悬。
扬长天地路，磊落翠青田。

40牵牛织女
牵牛织女星，七夕九州萤。
万里银河岸，千声喜鹊宁。
瑶台多少色，俗世去来铭。
嫁娶凭心愿，婚姻月老灵。

41义鹘行
人间乞巧手，树下女儿玲。
影暗情思动，葡萄独自馨。
鸳鸯常比翼，大雁挂人屏。
咫尺相思远，方圆带意听。
苍鹰一远天，养子半巢前。
未顾柔中仔，青蛇餐而眠。
人生何得意，处事不方圆。
得舍功名尽，儒冠日月悬。
身前生后去，利禄不须全。
玉宇承空纳，乾坤自种田。

42北风
西来一北风，扫叶半江东。
凤日洞庭水，人飞大字鸿。
昆仑天上草，会稽越阳宫。
六合英雄尽，三边有夏虫。
何言安史乱，但见月如弓。

四、五言古诗　名家

名家上之一

1 孟浩然
襄阳孟浩然，不遇苦当天。
赵台无人待，祢衡鼓士全。
文章成日月，草木几经年。
对酒明皇去，丰茸逝去眠。
孤名儒志在，独屿五湖船。
东口洞庭水，函虚易道边。
商宫金石咏，仕故微云前。
柳色东风暗，芙蓉沐雨泉。

2 大堤行寄万七
万七大堤行，三春草木荣。
人心争上进，碧水玉中明。
携手矜罗蔓，同盟少女情。
男儿车马外，共踏沐青城。

3 清镜叹同张明府赋
盘龙镜里情，独叹月中生。
试问张明府，三边久别盟。
东风多不力，寸草早枯荣。
寄语何时返，浮云落玉瑛。

4 采樵作
深山自采樵，石磊水边桥。
日落知天晚，云飞化碧霄。
无非林木远，有道路亭遥。
只钓江湖客，坐钓世界潮。

5 月下有怀
露湿草丛深，霜重古木林。
清风明月夜，竹影动人心。
步步飞萤近，悠悠远鸣禽。
佳期帘卷起，故约是蛙音。

6 送从弟下第后归会稽
龙门一丈遥，进士半云霄。
会稽精英聚，兰亭玉柳条。
书生千百日，志气万三昭。
但记耕耘少，鸿飞见海潮。

7 岁暮海上作
吴淞一海江，浦口半文窗。
斗柄回方见，星移岁国邦。
儒家虚客往，道士礼仁扛。
待钓非渔户，望钩是无双。

8 宿杨子津寄刘处士
处士一春津，江湖半故人。
京都烟雾锁，日暮彩云新。
所望茅山洞，何言罢隐尘。
霜明月色老，目送太真中。

9 宿丛师山房待丁公不至
山房一岭门，壑谷半黄昏。
草落云飞去，丛师宿子孙。
樵人多不语，独坐问天根。
鸟静山林暗，虫啼日月村。

10 耶溪泛舟
耶溪一月余，暮影半山虚。
浣女声情远，丝纱比目鱼。
白首何相问，流明百度舒。
舟临天地阔，妆红两地书。

11 游精思观迴王白云山人在后
近谷一山人，精思半草春。
云曜天下路，水没日中沦。
独木成林晚，孤身问古津。
衡门闻跬步，子女卸冠巾。

12 听郑五愔琴
郑五一弹琴，清风半古今。
斜阳临远木，扬袖问知音。
阮籍推名酒，襄阳话凤吟。
竹林贤士语，醒醉见人心。

13 万山潭
羞女一云环，山光半叶斑。
游鱼分不定，钓影一潭湾。
解佩逢君子，传闻著比山。
清心求净土，望月以情还。

14 晚泊浔阳望香炉峰
浔阳晚泊踪，挂月见真客。
始得匡庐雾，公传近道封。
香炉峰顶洞，故舍上人松。
赏读风云变，东林自夏冬。

15 南亭怀辛子
荷风一夏凉，古月半山光。
守夜星空毕，开轩散发香。
南亭君子树，北固小人扬。
诸葛东吴蜀，周郎忘故乡。

16 南归阻雪
南归一雪人，洛去半新春。
豫旷千年木，京闲万户巾。
孤烟直不散，竹露泪重新。
寄忆鸣琴曲，天边是故津。

17 登兰山寄张立
北上一兰山，云中半玉颜。
临风张立忆，处境列天班。
望尽天边雾，寻来绝顶弯。
心随峰路转，叶落似清闲。

18汉中漾舟

一驾汉中舟，三春水上流。
凌波神女曲，罢雪绿空游。
小叶初成碧，沙光落芷洲。
莺鸣花多艳，醉酒不须愁。

发汉浦潭

19过龙泉精舍

下午问山钟，中天见客松。
龙泉精舍主，墅谷采芝龙。
起止长廊远，兴衷古寺踪。
禅房关不住，但忆上人客。

20题终南翠微寺空上人房

终南一翠微，洛邑半山晖。
杖策临眺见，寒光锁市围。
开门临古木，闭户守心扉。
秉烛云泉照，倾听不可归。

21宿桐柏观

沧州问赤城，古刹上人名。
逗岛观桐柏，门罗问蔓藤。
天鸡鸣远客，玉兔信潮生。
月挂天边树，云沉太白声。
意学长望道，心知日月明。

22寻香山湛上人

谷口一钟声，林端半凤鸣。
香山多日月，杖策上人明。
百里闻篁竹，三生隐逸情。
山僧归寺晚，但得细泉清。

23题鹿门山

晓色鹿门山，襄阳楚女颜。
沙禽藏浦树，鹭鸟等时闲。
隐逸知因德，高人自水湾。
云城三国去，足迹皎然关。

名家上之二

24王维

画里一王维，诗中半是杯。
珠连天地阔，雅聚去来催。

境外仙人语，思中日月望。
泉流山有意，月挂谷空梅。
旷淡西清色，摩诘气势回。
陶公秦水岸，覆古右丞恢。

25羽林骑闺人

月挂一高城，秋临半日兵。
弦声惊定念，塞客共思明。
映户寒官柱，开窗独汝情。
婵娟终不至，树影入心横。

26西施咏

一女浣溪纱，三吴半国花。
倾城倾越色，艳影艳姿斜。
暮作春秋主，晨来日月家。
人当娃馆客，意曲范蠡涯。

27李陵咏（时年十九）

汉武一将军，匈奴半气氛。
千夫天水问，万古蓟幽闻。
塞上长驱去，兵中血战分。
英雄名不朽，代代立碑文。

28送别

一酒问来人，三生客意身。
千途何远遂，万古几迷津。
但见风云暮，无闻草木春。
桑田芳草少，古道去时尘。

29叹白发

白发叹东城，沉思问雅卿。
生平多少日，早晚去来声。
寂寞书中寄，徘徊客枯荣。
家乡山水阔，暮色巳相倾。

30赠刘蓝田

月落夜归人，星明客自身。
蓝田相送罢，百里半迷津。
岁暮山村静，孤心宿寨亲。
栖啼三二句，已入半红尘。

31齐州送祖三

齐放送祖三，一笑问儿男。
只得长亭路，无须草木甘。

荒城接古道，壁石守神龛。
日暮千啼鸟，云浮万岭南。

32春中田家作

小杏寄村边，千红姹紫悬。
春鸠鸣老木，伐斧过凉泉。
少小青年志，临峰俭学缘。
思媛何不语，不解误心田。

33别北缙后登青龙寺望蓝田山

生来一弟兄，去后半城倾。
远树蓝田外，浮云陌晦平。
青龙僧寺塔，渭水客家情。
野草荒芜处，苍茫已不明。

34黎拾遗忻裴迪见过秋夜对雨之作

裴迪一秋声，促织半不鸣。
馆驿闻天意，寒灯对壁明。
夜坐何无语，疏钟数草萤。
蓬门常寄客，白法象纵横。

35至滑州隔河望黎阳忆丁三寓

隔岸望黎阳，随流客四方。
孤峰云半卷，柳叶落田桑。
李四风云去，丁三日月扬。
悠悠声渐远，事事待空肠。

36终南别业

终南别业期，夜雨怡春时。
坐问云舒卷，行闻木古枝。
东西何浥色，遇左右丞迟。
胜事望天意，田光四绝诗。

37秋夜独坐怀内弟崔兴宗

独坐忆兴宗，风闻蟋蟀蛩。
高秋多象易，木叶少直松。
羽翩时当落，游云陌亩封。
沧州安史去，白首望青龙。

38奉寄韦太守陟

太守入荒城，山河落草生。
天高秋日暮，景顾令孤横。
不见寒塘色，还闻古木情。
萧萧多少问，处处去来声。

39 渭川田家

田家满渭川，野老少桑田。
巷短牛羊唤，天长茧正眠。
荆扉麦草秀，木寨守陌阡。
立见荷锄问，何须待月悬。

40 过李揖宅

无归问洛阳，有醉上人房。
草色连僧寺，虚亮度月乡。
行书兄弟语，驻步去来尝。
故社谁依旧，新畦半掩霜。

41 奉和圣制送不蒙都护兼鸿胪卿归安西

日落下秦川，安西上酒泉。
鸿胪卿命负，万象圣制田。
六合无征虏，河源秋塞烟。
鸣笳都护在，上液守幽燕。

42 韦侍郎山居

归云抱独峰，宿鸟落栖踪。
谷水杉林影，花兰玉涧客。
青门临诸岭，石径纳直松。
顾遂红尘外，孤鸣万象封。

43 送权二

高人已不多，侠客几蹉跎。
薄暮清论客，芳岩著九歌。
余言心自道，寡语意清波。
隐约寻幽去，临流渡玉河。

44 纳凉

濯足一溪中，临此半谷风。
游云三涧水，磊石两天空。
豁口惊涛落，乔木待阴穹。
几许心思定，漱玉向莲东。

45 崔濮阳兄季重前山兴

叶落有佳兴，云飞古寺僧。
西林壤玉水，夕照结凌冰。
岳谷来风许，荆关去鸟衣。
峰光斜去晚，黛色濮阳凝。

46 冬日游览

城门一有冬，沃雪半无踪。
九陌三秋尽，千家万户封。
苍林平陆色，渭北立直松。
鹿寨寒水阔，相如老病雍。

47 饭覆釜山僧

山僧自有余，日月去来居。
老衲云峰里，文人苦读书。
蓬莱台阁色，古道帝王墟。
寂悟生闲谈，孤行莫钓鱼。

48 宿郑州

周人宿郑州，独客问天畴。
宛洛秋霖色，村童牧笛收。
机杼鸟雀语，黍米任虫求。
此禄曾相仙，言穷莫白头。

49 留别山中温古上人兄并示舍弟缙

物外上人兄，云中舍弟明。
开轩闻草木，闭户任虫鸣。
意厚从天地，官刘缙此成。
知闲知日月，问道问生平。

50 观别者

青青一柳杨，漠漠半田桑。
别折凭心许，留情任意藏。
优游燕赵子，委切女中堂。
洒尽相思泪，都门几栋梁。

51 送别

东山半采薇，乱世一雄挥。
圣代樵渔客，君门逐令归。
同心闻古道，共事就英飞。
渭洛京华度，胡儿作是非。

52 休暇还旧业便使

（刘云唐选作卢象诗）

谢病始归来，闻桑草木开。
南山融雪水，鹿寨扫青苔。
伫立家人望，观音自在回。
无心安史客，有意帝王才。
存目相珍处，秋光异邑裁。

朝程从此去，路道以青梅。

53 送陆员外

府署一伊人，居然半客身。
诏书征雁北，拜手上官津。
缓步南宫外，行程七国臣。
寒鸿飞万里，道木浥风尘。

54 赠五弟

五弟上车山，三生问母颜。
松林声寂寞，吕氏石碑班。
苦读榆关过，幽燕去不还。
家乡思念切，月向北江弯。

55 送魏郡李太守赴任

又忆李将军，何寻太守文。
桃李经日月，塞树待风云。
自顾秦川市，还来洛邑分。
秋平官渡岸，路宛送仁君。
无心芳草地，别意抽衣裙。

56 赠祖三咏

不忆故山高，离居旧知袍。
凉风君子路，亭长客通豪。
闲门开闭少，落日去来陶。
促织鸣秋色，音声化二毛。
岁阳昆仑草，风扬大漠滔。
相思何不止，汉武一旌旄。

57 赠房卢氏琯

苍生一达人，计事半无亲。
策虑精明迹，行明复浥尘。
寒城临近路，故吏举经伦。
鸟雀惊空谷，桑榆洛邑新。
农夫耕土地，读者著秋春。
卧对书生间，河关寨留秦。

58 送綦毋校书弃官还江东

下第校书郎，江东以故乡。
文章明日月，草木汇群芳。
万里天云远，千年土地长。
归耕田亩外，苦读客衷肠。
四海齐鱼鸟，三江自柳杨。

农微从世界，益物弃黄粱。

59 偶然作
陶潜问汉秦，性守待天津。
酒醉桃源外，秋中弃旧巾。
三清宫不举，九陌玉壶亲。
雨后归歌响，云前守负频。
千儒曾纳吐，五柳肯愧尊。

60 哭殷遥
浮云一卷舒，暮日半荒余。
万事寒郊外，千君帝业墟。
萧条闻小女，十岁待荷锄。
白日苍茫远，无形弃自居。
黄泉黄鹤立，负母负诗书。
寂寞行人问，平生忆旧庐

61 送从弟蕃游淮南
百岁木成林，三生几古今。
淮南红豆树，胯下拜黄金。
读遍沧州路，形成日月侵。
闻天高必取，待月近人心。
带剑宁时许，谋房苦读寻。
兼葭寒芷岸，赐爵任余音。
问罪兴师乙，功名利禄篾。
新丰空不见，浥邑客声琴。

62 下寓田家有赠
君心一隐栖，暮日半高低。
解印桃源外，寻归草木堤。
朝言相似远，野趣作昌黎。
雨水桑榆映，云光俯仰齐。
芳菲多少碧，竹影去来移。
不必猜官语，何须化鸟啼。
秦川杨柳永，八水绕东西。
存迹微明处，垂心作玉泥。

63 蓝田石门精舍
蓝田一石门，旧舍半精村。
日照天边木，风临渡岸昏。
归舟何远近，觉悟小儿孙。
木秀山林里，禅音老刹恩。

芳袭人月色，璧映易乾坤。
牧事樵渔客，寻心自在根。

64 送韦大夫东京留守
世上一光阴，人中半木林。
生平遗虑早，始见尧舜深。
荀器名真假，英龙讵物音。
康屯江海逐，保镇故人心。
素质成华领，方圆自固箴。
云旗官献毕，画角名龙吟。
逆顺扬天汉，兴衰进退沉。
三川随日月，五岳任华簪。
给事黄门省，重玄上液寻。
东京留守客，上德月明琴。

名家上之三

1 王昌龄
曹刘陆谢风，四百年华空。
阙迹光藏骨，昌龄朔顿雄。
长亭旗酒市，石脉路西东。
绪密诗词永，知音济世穷。

2 塞上曲三首
塞上一蝉鸣，云中半曲平。
萧关寒寨路，磊石沙尘横。
老学儿游去，黄芦问众生。
从来幽并客，此去不知情。

3 其二
饮马一秋豪，闻天半雁高。
飞空人亍去，章气却霜袍。
白骨浮沙场，黄尘落战刀。
桑遥胡月晚，日近汉蓬蒿。

4 其三
秋风半酒泉，射虎一云天。
五道分兵马，孤军合月弦。
飞将天水岸，独战百胡田。
士卒身先后，临洮自可眠。

5 少年行
白马一流星，西陵半故铭。
长亭杨柳树，古道羽书屏。
汉使和亲去，单于下井陉。
阴山云气远，四顾少年青。

6 从军行
一诺半从军，三生十地分。
荒原飞鸟尽，古寨凤凰云。
虏猎临淞月，边声雁字群。
风尘多百战，白草气书君。
履足知行路，平生作古文。

7 长歌行
旷野一长歌，江流半渡河。
星余晨未许，木影暮时多。
佩玉精灵在，冠巾达命罗。
无人千载道，有志万人和。

8 放歌行
一渡洛阳津，三生渭水邻。
西南闻蜀道，朔月待辽身。
十二峰中客，巫山雾里濒。
云流神女在，雨住楚王亲。
宋玉当然赋，高唐玉树尊。
楼兰明月近，鲁赵放歌秦。
草密愁梁甫，天空待上人。
苍苍泾渭水，漠漠古今尘。

9 初日
一月半如弓，三心两地空。
青娥初日冬，桂影掩居鸿。
暗影常浮动，寒虫几陷宫。
婵娟闻独暖，素色照罗红。

10 太湖秋夕
烟云一太湖，细雨两江苏。
水宿舟平问，吴歌半丈夫。
洞庭山顶月，同里小村姑。
夜静相思尽，春心许玉奴。

11 宿裴氏山庄
暮日落山庄，松直正草堂。

风清明月照，谷静故人房。
雨色方南出，云光复北塘。
溪泉声不响，木叶自苍苍。

12 静法师东斋
方圆大法师，宇宙故人知。
日月依如此，风云自度迟。
禅房风雅颂，寺道律词诗。
隐逸春秋问，樵渔草木司。
心中千世界，境外一相思。

13 潞府客亭寄崔凤童
潞府客亭前，寒宫月色烟。
萧条城郡闭，寂寞暮流泉。
驿馆风云少，山钟草木眠。
新交知莫问，斗酒寄云川。

14 送李濯游江东
李濯一江东，清流半日红。
风微波碧荡，浪细涨玉衷。
独望临山寺，舟平古道弓。
吴门同里问，楚客有无中。

15 山中别庞十
一径半山中，三泉九叠空。
蝉吟今古道，树立去来翁。
隐逸何明晦，衣冠几度红。
琼花知瞬色，古月挂苍穹。

16 斋心
石壁一藤萝，清溪半九歌。
斋心三世界，紫葛万家娥。
蔓蔓丝缠绕，涓涓细流多。
潭深云起落，草密日江河。

17 同从弟销南斋玩月忆山阴崔少府
山阴少府避，古木自成林。
月忆寒宫桂，明从作古今。
辉清天地外，色满去来禽。
渡口微风岸，兰香杜若浔。

18 巴陵刘处士东斋作
处士一巴陵，刘生半玉僧。
洞庭天下阔，岳麓日中凝。

雁宿衡阳北，舟平赣水澄。
湘烟斑竹泪，楚馆玉壶冰。
旧忆时时宿，相思夜夜灯。

19 九江口作
独立九江头，浔阳一月钩。
滕王南郡阁，赣水文夫舟。
万里风云济，千年日月流。
行当天地客，举目十三州。

20 独游
溪清谷自闲，石屹磊云间。
独目随山远，孤身任路弯。
鱼游深浅去，鸟落玉门关。
冷泉因得省，灞钓涧南潜。
彼此思忧卢，声名自去还。

21 灞上闲居
灞上一闲居，心中两地方。
鸿都归客晚，渭邑问相如。
四顾苍林意，三川宿鸟墟。
孤君三五唱，独守万千锄。
日月阴晴度，乾坤草木余。

22 过华阴
日起太华山，光芒万丈环。
东峰千佛洞，北水绕城关。
羁客幽栖望，浮云驻悬阁。
高天明灭处，远照去还无。

23 东京府县诸公与綦毋潜李顾相送至白马寺宿
白马寺云天，东京御日年。
文章都渭水，甲第客泾烟。
一醉千君去，三声万里泉。
清流西海岸，逐鹿北倾贤。
日上天竺近，风停古刹田。
禅房多少月，道路去来鞭。
夏夜长廊问，秋风扫叶悬。
吴歌当自解，越语却无眠。

24 诸官游招隐寺
一寺百官游，三光月殿留。

25 风凉原上作
夏日一风凉，清泉半水荒。
松林三界外，秀岭万云光。
古泽晴川岸，荷莲睡夜芳。
蓬房当月色，玉碧沐洛塘。

26 江上闻笛
云归一木荫，雨落半人心。
雾沐千林岭，泉流万树泠。
江舟闻玉笛，楚客遇知音。
浦溆鸣猿配，霜明贯古今。
遥传惊水色，近态忘衣襟。
此曲瑶台去，人间不复吟。

27 咏史
牧马一秦川，闻天半酒泉。
龙门多少士，上液去来烟。
逐鹿中原去，争雄霸主鞭。
明夷方济世，落草五陵悬。
铜雀台前色，洞庭月下船。
商山何四老，一女半相缘。
汉武葡萄问，周公作训传。
贤贫安智贱，老弱守家田。

28 酬鸿胪裴主簿雨后北楼见赠
雨断暮新晴，云浮玉宇明。
鸿胪裴主簿，鸟逐北楼声。
眺目山河去，登临草木萌。
台余微子树，岭寄子房名。
俯仰朝天语，徘徊厚土情。
周秦何古往，但见孝王城。

29 观江淮名山图
江淮一水遥，浪迹半云潮。
赤壁周郎蜀，荆门白帝消。
狼毫挥不住，墨粉掩林桥。
浦口晴沙岸，钱塘柳杨条。
山深藏隐逸，窄巷寄湘潇。
远达南洋海，香炉北寨辽。

英雄凭此望，满目自啸啸。

30 送十二兵曹
天台一日春，蜀道半行人。
郡守江湖问，长缨草木秦。
平明趋达至，夕暮向归尘。
浪迹风云路，驱驰岁月沦。
孤舟君不住，独立客家亲。
洛水陈王属，蓬莱莫近邻。

31 缑氏尉沈兴宗置酒南溪留赠
深篁一玉壶，古色半京都。
栈道晴日蜀，江湖雨水吴。
幽山空滴露，碧玉女歌奴。
灭迹鸣猿近，行身取醉夫。
闻樵当醒去，卷得几云浮。
海雁飞难见，春泉酒似无。
沧州如步履，洛邑似扶苏。
物会千杯问，人心异旧殊。
从情知所以，月色可珍珠。

32 郑县宿陶大公馆赠冯六元二
儒生半酒明，达士一人情。
日色统天地，云光任雨晴。
兰田渔戈见，洛水浪波轻。
石磊黄河岸，芳群日月城。
中堂黄绶束，秉烛读书声。
莫顾京门守，龙门一展行。

33 代扶风主人答
十五上楼兰，三边下月残。
连年无解甲，积日断军餐。
汉将从胡去，秦兵仕士䂦。
乡亲零落尽，故土久难安。
杀气长安道，扶风渭水 。
弓刀翁岁暮，苦役老年寒。
四远风云少，千君帐令殚。
行明儿女客，咕酒自云端。
国泰民心望，家兴士意丹。
江湖非主立，社稷是桑干。

名家上之四

1 储光羲
光羲一雅风，调处半陶公。
摩诘三平许，情深万世空。

2 野田黄雀行
一雀乱飞天，三生问宇边。
丛林寻秀木，独峙问归田。
去去长高路，回回旷野泉。
朝朝行不止，暮暮待方圆。
此树归来去，由心自在眠。

3 樵父词
朽木一樵夫，南山半玉奴。
枝枝连理结，叶叶独途殊。
濯足清溪水，长歌古调无。
朝辞来去赋，暮落茨茅苏。
达士何天地，英雄几蜀吴。

4 渔父词
隐世有樵渔，临流帝业墟。
吴雄何得意，秀才不知书。
溪清梁石色，木叶渚洲疏。
浪递风波去，垂钓不动锄。

5 牧童词
田村一牧童，古道半家翁。
暑雨牛羊乱，深陂草木丛。
穿林鸣鸟止，打叶隐啼虫。
小笛无心挂，闻声有意终。

6 采莲词
采女一荷花，潭菱半水涯。
红妆情意却，玉宇独藏娃。
大泽春池柳，芳塘岸石遮。
私心难忍唆，谢暮作人家。

7 采菱词
清塘不采菱，浊水夏田蒸。
解带红衣短，藏娇绿袖微。
双波船逐远，万碧色荷凝。
黄昏随意尽，无忧作玉冰。

8 射雉词
原无一重轻，遥林半静鸣。
双飞何上下，独见去来情。
白雉齐人语，红缨沿旷生。
丛深知宿早，浅荡向天惊。
四顾人间静，三心草木萌。
千声呼不止，万念问和平。

9 猛虎词
猛虎一深山，蛟龙半水颜。
千虫争土地，百兽问阳关。
日耀峰光近，云平谷壑湾。
高天成宇宙，厚土作花山。

10 钓渔湾
一水钓鱼湾，三清问玉环。
潭波粼不止，暮日等人闲。
柳绿桃花岸，云浮杏叶斑。
荷香由采女，渚色任心顽。

11 幽居
幽居一故人，磊石半无亲。
夹岸风云少，苔藓草木邻。
罗藤凭树绕，雨露任汪沦。
散尽春秋水，寻归日月津。

12 题太玄观
跬步太玄观，宫门古木丹。
笙歌扬万里，玉树问芝兰。
一道成天地，三清日月坛。

13 述华清宫
华清一玉灵，滑邑半丹青。
日守山光色，云平草色庭。
潼关鸿羽落，老子转芳馨。
曲可由心许，人须待意听。

14 赠韦炼师
丹炉一练师，静日半鸿迟。
鸟语无气止，云浮卷未知。
三清天地岸，五味暮朝时。
祈道书方就，行心老子之。

15 霁后贻马十二巽

雨落满云浮，天空任独舟。
江湖杨柳岸，日月作春秋。
闭户清风锁，开轩紫气流。
南山游子去，夜半静人休。

16 题陆山人楼

雁问陆山人，溪流草木津。
楼空啼鸟响，日暮自相怜。
独见黄昏早，孤身落叶亲。
云浮云卷色，火浅水深垠。

17 陆著作輓辞二首

一鹤奈何桥，三秋草木萧。
人行天地上，逝路柳杨条。

18 其二

岁路一归途，生平半舅姑。
人情人冷暖，世态世屠苏。
独鹤云天去，孤魂大丈夫。
秦城长向问，故客有疏无。

19 泛茅山东溪

茅山一鸟啼，草木半高低。
远树争朝暮，含云自向西。
山青松柏路，石秀逝流溪。
不忘家乡念，心生两岸栖。

20 吃茗粥作

鸟雀只争鸣，茅芦向帘轻。
炎晖茶淡饭，禾薇结子成。
复解此衣带，重宽道守明。
飞鸿归不语，酒醉一心平。

21 游茅山五首

茅山道士生，落草见枯荣。
毕意审怀远，观流故逝情。
丘云归旧里，逝水洛苏城。
十载从游子，三春任不平。

22 其二

秀木一山春，清流多故人。
儒行行不止，世业业天津。
独善华阳道，孤亲道士真。
瑶溪成碧色，冕日问轻辔。

23 其三

望古一清芬，寻今半自嚏。
人心多少寸，世业去来闻。
是是非非是，君君子子君。
书生行日月，道士度灵云。
远路峰形同，凉山玉水汾。
千嶂松柏独，万木自成群。

24 其四

柱下一贤居，山中半读书。
云前三界业，雨后九州舒。
旷野直高望，溪流曲道渠。
清荫林雀鸟，落日草芳余。

25 其五

三清一道号，九陌半家余。
访问山深路，微迁壑谷虚。
西潭鱼水度，鹿寨柏松疏。
夜远林居暗，行良复几如。

26 述降圣观

云游降圣观，道寄问空峦。
羽卫飞花落，峰林叶木丹。
春旗摇碧玉，石殿素风安。
桂馆袖皇化，仙人亦比干。

27 题盼上人禅居

禅房盼上人，结宇邑清贞。
非寻天地物，是作古今沦。
秀鸟啼声近，芳林化晋秦。
草树丹青色，庭炉玉石钧。

28 过新丰道中

一道入新丰，千云问雨虫。
秦川长乐坂，渭水曲西东。
皋陆嘉书客，诏值晚汉宫。
归寻桃李木，人间易始终。

29 夜到京口入黄河

夜色满黄河，洲风一九歌。
长长京口路，寂寂渭泾波。
杜若连芳渚，芝兰伴汉科。
星明悬北斗，月挂见嫦娥。

30 使过弹筝峡作

鸟雀不知天，原田有岁年。
村头杨柳树，水渡去来船。
使过弹筝峡，云愁雪雾烟。
层层冰柱净，漫漫气霜泉。
始信人言界，无终进业绵。
真谛清净子，自在意中眠。

31 行子苦风泊来舟赠潘少府

（潘时在后满）

四泽一风潮，千云半月桥。
梧桐云雨夜，杜若漫苍霄。
子寄山河历，卿从水木遥。
中州烟火继，极浦柳杨条。
意念思明择，行寻古道辽。
衡阳多少雁，楚越几渔樵。

32 仲夏入园东陂

仲夏入园东，方塘任雨虫。
渡口垂杨柳，盈潭落日红。
北秀生南草，天空水阔融。
近属始从向，乡原意念中。
山清明署户，匆陆客心衷。

33 效古二首

十步拜金台，三生宰相裁。
西居军百万，妇守帝王杯。
四野州县少，千疆日月开。
商山多草木，旷物济人催。
效古知今道，逝旧去还来。

34 其二

西沙冰倒流，北日雾津周。
草盛邯郸客，花明渭邑楼。
神羊车马路，广泽故人求。
野老高丘上，黄云见暮愁。

35 杂诗二首

四象两仪生，三皇八卦平。

周公兄弟客，格泽鲁齐城。
隐逸何君子，渔樵几纵横。
春秋相继去，战国已入兵。

36其二
秋光上太行，肃气问秦乡。
玉女箫声远，高唐梦楚玉。
纤尘无净路，滆水濯沧梁。
笛管琴音住，长亭雨榭荒。

37终南幽居献苏侍郎二首
水木自相亲，樵渔独客怜。
南山同日月，老子共秋春。
始看清明单，晨寻玄鸟津。
云归万壑谷，木列柏松茵。
杭策江山处，知音作晋秦。

38其二
乔木一独林，筑卜半人心。
四壁青光色，三秋碧叶深。
溪流空自语，首望凤凰吟。
复道幽居远，经言作古今。

39题应圣观
观中一远心，寺里半知音。
雪素天书道，冬晴汉女吟。
登临仙诀问，启钥玉仙箴。
白羽瑶台若，真空水雾深。

40至闲居精舍
（即天后故宫）
太室见三清，人心已百明。
招提精舍道，鼎气灾门城。
单岭青松信，双峰岁月情。
泉流溪石上，雨落碧云生。
近隐灵心在，商山四皓名。
樵渔虚步尽，世俗是知荣。

41酬綦毋校书梦游耶溪见赠之作
上液校书郎，沧洲问故乡。
耶溪纱水浣，越女寄衷肠。
每有清荫步，时藏月色塘。
西施娃馆去，不得钓鱼梁。

小隐南山外，横舟北固旁。
薇薇天姥岭，落落大文章。

42田家即事
田家始一年，土地自三鲜。
豆谷禾粱稷，耕耘日月泉。
春播冬至起，夏种雨农眠。
顺季知时节，秋收取陌阡。
牛羊猪狗市，骡马鸡鸭牵。
苦苦辛辛作，夫妻父子贤。

43同王十三维偶然作四首
仲夏一禾苗，荷锄半日宵。
田家多努力，自学柳杨条。
顾望风云雨，辛勤独立朝。
牛郎和织女，昼夜渡逍遥。

44其二
陌北半甜瓜，阡南一女娃。
村中桃李色，月下历桑麻。
俯仰青龙帐，阴晴小大家。
春播三五籽，叶落作梅花。

45其三
野老一人生，冠儒半不成。
蒺藜知不道，莫以见长城。
九夏闻天下，三冬储国荣。
年年岁岁作，暮暮朝朝耕。

46其四
子女一田生，儿孙半学荣。
朝朝辛苦缀，暮暮满收成。
口口观枝叶，时时草木耕。
秋来收百石，岁去复春情。

47田家杂兴八首
一日杜鹃鸣，三春草木生。
田禾苗正长，润雨半阴晴。
自力耕耘来，牛群子女城。
姑苏吴越话，塞北晋秦评。
砧杵时无响，寒衣少女情。
牛郎知七夕，喜鹊驾桥明。
岁岁辛勤致，年年苦事倾。

应求温饱矣，教子作精英。

48其二
人间几富贫，世上自由身。
雨润桑田土，花香草木春。
吴宫娃馆侧，落日虎丘邻。
楚国无人性，三清数太贞。

49其三
逍遥一陌阡，远近半桑田。
日照昆仑北，河流赵鲁泉。
禽翔飞上下，鸟语等闲眠。
所愿农家酒，清心月似弦。

50其四
垅亩半方圆，禾苗一碧烟。
鸡鸭鹅犬见，子女妾恩田。
昼隐樵渔客，灯明月下弦。
红颜勒但醉，短语一心泉。

51其五
贤贫养性情，富贵断儒名。
买卖商人市，兴亡帝霸轻。
田家桑米酒，鸟雀鱼梁城。
道路长城外，乾坤草木荣。

52其六
楚国有高山，梁人客宇颜。
桑田沧海问，日月去来闲。
共饭同朝暮，齐邻异筑班。
儿孙常复道，子女可倾蛮。
每把阴晴照，求寻志气攀。
春秋田亩力，仗剑雁门关。

53其七
牧老自耕锄，田云以卷舒。
朝来儿女问，暮去妇夫居。
日色晴高照，天光四季初。
牛羊阡陌岭，草木稻禾渠。
足兽常相见，鸣禽致地书。
衣单三界事，月桂一香余。

54故乡忆

莲花二十株，千姿万百态。
樱桃红杏树，瓜田月下孤。
相逢何再见，取道各殊途。
世上炎凉客，人间草木芜。
春风来雨水，腊尽雪梅隅。
岁后中庸子，书中大丈夫。
葡萄秋果早，落叶尽茱萸。
夜话闻桃李，山楂入玉壶。

名家上之五

1李颀

李颀一名家，黄云半海涯。
东园桃李树，塞下种桑麻。
道士三清近，禅房两地花。
群山朝暮见，逝水逐声哗。

2塞下曲

日暮雁门关，沙风郡子还。
千骑云水岸，万里问天山。
葡萄胡客取，汉月照河湾。
朔雪金笳曲，冬梅玉女颜。

3宋少储东溪泛舟

少府泛溪舟，惊禽问语休。
云低残暑雨，岸隔故人楼。
日落天山近，途归百色秋。
东方回照色，北寨复江流。

4粲公院各赋一物得初荷

一物得初荷，三花落九歌。
千颜争日月，百度化山河。
此赋天庭草，方圆自少多。

5李兵曹壁画山水各赋得桂水帆

云齐桂水帆，浪里十三船。
塞雁栖湘岸，衡阳岳麓烟。
丹青花草近，笔墨暮朝田。
共度乾坤永，同心日月年。

6晚归东园

北巷一东园，南山半雨天。
云归泾渭水，邑色曲江船。
隐逸随心步，樵渔不可全。
山河人鸟兽，日月草花泉。

7寄镜湖朱处士

微波满镜湖，处士步江都。
五味山河取，三清日月孤。
知章翁老大，裁玉笛笳胡。
阔阔连天地，粼粼济有无。

8送顾朝阳还吴

朝阳一半吴，寂寞五千夫。
顾顾风云路，茫茫雨水都。
盘门重锁越，干将复江苏。
问柳寻花去，秦心醉玉壶。

9留别王卢二拾遗

拾遗问春秋，文成逐日流。
寻儒桃李树，作客杏坛游。
一道知天地，三清向渭楼。
千山禅入壁，万径鼓钟休。

10光上座廊下众山

一月满清光，千山祝上苍。
心经观自在，古刹望禅房。
百谷云舒卷，三峰日月乡。
幽径阶壁翠，薜叶玉炉香。

11题卢道士房

道士一山房，禅音半客乡。
茅君童子立，汲井玉泉光。
白山空云雨，丹炉化石梁。
桐荫天地色，世隔一心长。

12寄焦炼师

百岁一道成，千丹半世生。
蓬莱赢政问，汉武去来声。
白鹤云中舞，青峰雨里晴。
春花凭日照，扫叶任枯荣。

13送暨道士还玉清观

道士玉清观，仙宫世度宽。
青春千百岁，日月暮朝坛。
老子闻明理，黄云慕天端。
中洲俄已至，旷谷逝溪寒。

14赋二妃庙送裴侍御使桂阳

竹木二妃声，潇湘半水平。
斑斑流泪去，女女逝阴晴。
万古洞庭问，千林落叶更。
闻情由不已，鼓瑟自由行。

15送王昌龄

远水逝漕东，沧洲暮色空。
帆扬遥客嘱，日落满江红。
向背山河去，晴阴倾雅风。
莲花成世界，梦影未央宫。

16题綦毋校书所居

綦毋一儒居，冠巾半校余。
沧洲云雨去，钓赏丈夫锄。
海鸟沙鸣止，离岸角牛书。
树老长亭路，人翁问旧墟。

17送崔侍御赴京

柱史御京都，文心自独孤。
中堂先后客，上液去来苏。
宪司黄门戒，临呈九陌符。
鸾墀仪仗对，奏事束丝衢。
漏谒桑田甲，三科日月臾。
翩翩文化嘱，肃肃路途殊。

18渔父歌

白首老人何，渔翁唱九歌。
峰山樵自己，绿水溢清波。
渭邑长安道，南山古木多。
慈恩朝暮寺，濯足曲江河。

19登首阳山谒夷齐庙

夷齐一庙颜，古客半云斑。
寂寂浮云落，悠悠暮色闲。
风回萝草叶，夏露首阳山。
万里黄河去，千钟一寺还。

20东京寄万楚

万楚一东京，千文半士兵。
儒生多少路，鸟雀去来鸣。
日夜春秋易，田桑草木生。
龙门天上水，渭邑曲江荣。

21临川送张諲入蜀

送客过临川，经山几惘然。
梁州历水去，剑阁千虑邻。
独步家门外，行心百渡船。
天边相许诺，不可问啼猿。
蜀道蚕丛路，楼兰作酒泉。
芳菲怜自己，日月是云烟。

22春送从叔游襄阳

恨别一宗英，从心半世萌。
襄阳多少士，斗酒暮朝晴。
夜饮南阳岭，晨行日月明。
渔歌山水近，叹息付流莺。
楚地相知少，荆门刺史情。
闻鸣天地见，但向岘山耕。

23裴尹东溪别业

东溪别业荣，庙器令堂名。
旷野阴晴去，都门日月惊。
冠巾儒子问，幅带世人平。
白鹭飞左右，幽云任纵横。
南山多少路，上液去来行。
物外何知足，人中隔岸城。

24寄万齐融

齐士万齐融，虚舟一邑风。
身随波浪去，意委作飞鸿。
户社田畴酒，田庄稻米丛。
摇巾林木挂，把笺易苍穹。
政日东山问，临流隐路穷。
溪声多少问，雨润杜鹃红。

25无名上人东林禅居

东林一上人，草木半自亲。
寺隐僧门远，禅平古月津。
终生无俗语，日蔽有深茵。
积雪临流水，寒喧老衲春。
田桑杨柳岸，道路去来真。
启闭良心处，开闻宿愿新。
何余微子寄，但得玉门身。
尚存耕稼穑，萝筱束手珍。

26不调归东川别业

东川别业辞，葛叶南山枝。
志晦名言寄，临流苛意思。
青峰野鹤落，白水故茅茨。
雨济田桑陌，云平濯足池。
渔樵澄古远，绶冕谢相思。
渚浦兰芝色，前贤杜若期。

27赠张旭

一酒二张公，三生九脉工。
凭丝摇首墨，任迹住苍穹。
挥笔江流迹，由情日月风。
京都多少士，左右去来鸣。
凤鸟由天地，凰英待彩虹。
潇湘朝暮色，八水渭泾红。
旭日明霄汉，残荷落点枫。
安期生白贮，以醉作书翁。

28赠别高三十五

甲子一声鸣，三清半自生。
千山云雨里，万径去来荣。
越鸥夷秦汉，湘鸿塞北萌。
年年南北顾，事事暮朝平。
渭府栖霞问，函关霸水明。
由心由自己，处业处精英。

29谒张果先生

甲子八仙人，乾坤半世身。
禅房知大觉，浪迹悟红尘。
豹隐同蝉蜕，韬精共上亲。
三山还首字，八骏去香津。
取济龙髯外，苍生盛化春。

30与诸公游济渎泛舟

济水一帆风，王屋半雨中。
渔泉三断色，帝祀九天风。
百谷倾潭碧，千山落日穹。
晴川流逝翠，晚照映高桐。
玉女秦樱在，箫声许穆公。
葱茏悬镜星，宝祚正阿宫。
白鹭渔舟上，飞云客酒空。
蒹葭丛月北，别怅独西东。
临村芳草近，远渚夕烟红。

名家上之六

1常建

贵士不高才，刘祯学未开。
何须常建去，不见左思来。
野径方圆少，长亭驿道裁。
松篁微月色，悦鸟曲徘徊。
七字寻天下，千行上雀台。
空潭无浅镜，着色玉人猜。

2春词二首

菀菀柳丝黄，蒙蒙细雨沧。
云云浮渌雾，日日卧红塘。
树色依天气，花明待晓阳。
宁知淇渚岸，不得旧心肠。

3其二

独独陌上桑，孤孤柳后杨。
行行知己处，落落苦心肠。
寂寂红颜老，盈盈渡口傍。
君情应似此，切莫误蚕妆。

4古意

牧马草原荒，鸣蝉小树乡。
京都何举止，古道自杨长。
邑色连街巷，尘光化沓沧。
日来常叹息，富贵少肝肠。

5塞上曲

塞上半云中，霜前一雁穷。
苍茫云雪雾，百战士无功。
陈落寒光照，城倾立马雄。
红妆由梦入，白骨各西东。

6 昭君墓

昭君问汉宫，异域画方穷。
独作胡姬女，群花自在红。
琵琶惊月夜，蜀梦向西东。
月照青冢北，风云立马雄。

7 吊王将军墓

嫖姚北伐军，百战客胡闻。
暮落孤身顾，金鸣楚汉分。
单于飞将问，夺垒改宫君。
鼓振三边北，辽东白日曛。

8 宿王昌龄隐居

隐隐一昌龄，溪溪半逝铭。
悠悠非子侧，约约是浮萍。
月露悄悄下，星辉夜夜宁。
东山何谢履，鹤立影茅亭。

9 江上琴兴

逝水一琴兴，江流半气蒸。
泛泛弦玉调，约约序香凝。
万木萧萧下，千川路路呈。
曲声南北问，白月过江陵。

10 送李十一尉临溪

临溪问古今，渡中见人心。
角羽随云远，工商越知音。
瑶华回荡久，别唱离枝禽。
月影摇帆布，天悬碧水浔。

11 送陆擢

陆擢一才生，龙门半子荣。
江山多志士，日月去来明。
九九重阳举，三三见九情。
南山松柏木，渭邑曲江平。

12 潭州留别

士达一潭州，情交半九流。
帆垂观日落，暮别浦江楼。
瞬语高山调，凭心任夏秋。
山河流水去，凤叹去来舟。

13 燕居

（吕长春读书北京钢铁学院）

一诺到幽州，三生逐世流。
燕山多少士，春秋日月几。
跬步邯郸道，扬长竞自由。
南洋知木槿，北国故乡愁。

14 闲斋卧病行药至山馆稍次湖亭二首

药馆半山珍，湖亭一故人。
阴霖帘外树，雨色月中沧。
沐浴方知净，行程始得尘。
闲梅三两处，闭户千万春。

15 其二

采药上山崖，天晴二月花。
东风随石壁，雨色客人家。
独往僧门外，孤发碧草芽。
知音沧海度，不隐种桑麻。

16 晦日马镫曲稍次中流作

晦日次中流，阳明正九州。
澄湖游子意，浦渚不归舟。
旷达先生语，樵渔不苛求。
何须沧浪唱，此去仍春秋。

17 送楚十少府

秋风一度霜，影独半炎凉。
日落天山上，林箫木叶荒。
微鸣千里外，少府百年梁。
别俱江湖水，方圆作故乡。

18 宿五度溪仙人得道处

根生五度溪，石立半天齐。
二月花明许，三生玉鸟啼。
悬崖川名壁，白水任东西。
古木成林茂，青峰独峙霓。

19 渔浦

步举一长缨，言从半世名。
平流渔浦阔，月照芷兰城。
本性真君子，何须隐钓名。
春秋沧浪水，草木自枯荣。

古意二首

（河岳英灵集作祖咏诗）

20 其二

飞云浮远望，万里自西东。
见玉苍天挂，婵娟顾秀衷。
俯仰一云中，阴晴半不同。
清风明月色，桂影兔寒宫。

21 客有自燕而归哀其老而赠之

（自语古今诗）

少小向燕来，青春白玉台。
恩媛张女后，老大徒悲哀。
射虎飞将去，香山寺鼓催。
书生从此问，跬步读文才。
碣石临江海，渔阳问卷开。
精英耕日月，独影几徘徊。

22 张山人弹琴

山人一玉琴，绿草半清音。
岭石云霞晚，峰光日月心。
商声弦柱耀，炼鼎九成金。
大觉松林路，飞龙化凤吟。

23 梦太白西峰

太白一西峰，元君半杳踪。
星云连远谷，壁石落苍松。
月淡孤亭鹤，溪清浦口淙。
霞文由岸渡，濑芷任春容。
结宇成天地，齐心故步封。
潭深凭浅水，影独任潜龙。
鸟静瑶池静，虫鸣素陌农。
花开花色在，叶落叶葱茏。

24 湖中晚霁

湖中一晚霁，日下半东西。
暮色昆仑木，黄昏艳彩堤。
乾坤接远近，草木暗高低。
岁岁悠悠客，沧沧浪浪溪。

25 西山

一去作轻舟，三声问九流。
千山峰木影，万谷势春秋。

气纳浮云雨,泉收露水头。
江帆天际外,物象十三州。
雁泊黄昏芷,猿鸣白帝愁。
孤霞萧瑟问,独鸟宿沙洲。
浦月方圆阔,清霜上下楼。
荆门吴蜀见,楚汉作鸿沟。

26第三峰
一望第三峰,千林自九重。
云随天地阔,鹤立玉虚容。
杳杳神仙客,扬扬壁石松。
青云烟雾许,茆宇欲苍龙。
逶迤香径路,黄昏寺客踪。
孤辉清万象,独鹤记千钟。
凫凫泉溪月,轻轻露雾封。
虫啼百度夜,象静二三冬。

27白龙窟泛舟寄天台学道者
天台学道人,夕翠问行身。
朽木成林腐,清溪化雨濒。
余晖沧浪水,濯足本相亲。
望尽龙窟影,三清上太贞。
泉梦松鹤意,寂静暮朝尊。
物外禅房觉,玄中自在勤。

28张天师草堂
天师坐草堂,日上问群芳。
宇外三清地,尘中九陌光。
根松盘石壁,紫气绕朱梁。
瀑落霓虹色,云飞窅映荒。
千川霄汉净,万谷玉书房。

29仙谷遇毛女意知是秦宫人
入谷一径深,寻泉半林深。
从丝幽口岸,玉柱化人心。
水碧天云面,溪清泽济深。
婵娟神女问,世界是知音。
汉羽箫声响,秦宫始古今。
仙台毛女见,捉肘是衣襟。
袅袅双峰立,幽幽独宿禽。
翁童何不老,耳目炼黄金。

30鄂渚招王昌龄张偾
旷野一飞云,流泉半碧分。
晴沙天际照,渡口客闻君。
阔水连天际,横舟接日曛。
春湖波浪少,楚子固难闻。
五日蛟龙去,三江吊嘱文。
长沙王子传,六国徒纷纭。
鄂渚耕凿寸,潇湘泽洇群。
汨罗贤士隔,此寄九歌昕。

31白湖寺后溪宿云门
寺后宿云门,僧前问竹根。
春中三二月,雨里万千荪。
日暮天山树,溪流草木林。
淙淙声响去,石上满黄昏。
渚晚光明在,川临逝影浑。
花香闻鸟语,浦漫寄云魂。
夜静禅房问,人间小子孙。
归心无是有,待月又乾坤。

名家上之七

1高适
悲悲壮壮诗,纵纵横横词。
地地天天阔,情情节节知。
常科朝暮见,隐迹旧星期。
五十沧浪句,三千弟子时。

2宋中五首
梁王一寸金,盛客半松荫。
寂寞高台问,悲风草木音。
千年陈迹少,百里老人心。

3其二
何耕一野山,只守半河湾。
赤帝留天地,芒砀日月还。
黄云曛百草,落日玉门关。

4其三
一道岂无知,三清自有期。
星河移不住,日月照四时。
公临忍易变,君心大觉辞。

5其四
梁山一叶秋,暮日半江楼。
竹影修长落,桑条尽不休。
悲风惊草木,客子问羊牛。

6其五
旧国不登高,秋风似战刀。
飞鸿南北尽,汉月照葡萄。
砧杵何相问,长城复短袍。

7蓟门三首
蓟门雨雪飞,解甲玉人归。
号令余严肃,单于白马肥。
英雄何不问,日月去不归。

8其二
射虎一幽州,黄河九曲流。
江山明月日,草木待春秋。
甲角争鸣士,弓刀待逐求。

9其三
长城内外春,渭邑去来人。
汉武昭君寨,单于灞水尘。
英雄争不止,寸土不留身。
古树直天地,名声继世珍。

10东平路作
一路到东平,三春问月明。
千家清旷夜,万户始终新。
徘徊寻旧梦,辗转故乡尘。

11登垅
远客一心情,流水半无声。
难闻分水岭,木嘱任人行。
北顾京都巷,南寻自己名。
由来多少路,尽在去来更。

12钜鹿赠李少府
巨鹿一英雄,黄金半袋空。
临豪争博客,逐世望苍穹。
少府中原见,燕齐赵鲁风。
壶中多玉酒,尽醉自弯弓。

13 送韩九
一别半世平，三秋两地行。
归人扶独树，落叶望枯荣。
匹马前程路，闻蝉雨后鸣。
贤良兄弟手，结拜李桃萌。

14 别耿都尉
四十步邯郸，三千日月安。
春秋论语客，甲子古今观。
草木阴晴雨，乾坤宇宙盘。
童心常不抿，有望入云端。

15 别张少府
少府半留情，朝云一水平。
长安阡陌巷，渭邑去来行。
马尾点都路，昂头楚蜀城。
归心何所定，易别几难鸣。

16 自淇涉黄河途中作五首
九曲一黄河，三生半九歌。
帆平滩日落，触目路坎坷。
故里乡情久，前程苦道多。
风波凌步见，倒影是嫦娥。

17 其二
一柱砥中流，千汀问芷洲。
兰香清杜若，鹊语待河楼。
羽旌翔飞尽，书生极目求。
霄云江汉落，彼此逝难休。

18 其三
野渡一云烟，青竿半钓田。
樵夫山上斧，白首举贫贤。
架下知儿女，村前问月悬。
无心求日月，左右可逢缘。

19 其四
孤城对远山，逝水向东还。
不望黄河岸，淇流夹树间。
沙鸥飞复落，别渡故乡湾。
独念平舟上，长空俯仰颜。

20 其五
黄河九曲流，逝水十三州。
北望长城石，南修汴水楼。
中原何逐鹿，越国霸春秋。
不测燕齐鲁，谁言晋赵侯。

21 登子贱琴堂赋诗三首（并序）
子贱一琴堂，三章半玉乡。
冠怀公家情，次美政天光。
末造多贤士，文声赋雅扬。
书生当自贵，宝典著圆方。

22 首章
宓子政非鸣，台琴属是声。
人闲天亦老，不弃一才情。
瞩望三千界，临跳五百城。
悠悠今古事，淡淡去来生。

23 次章
感愿建琴堂，知音付四方。
茫茫天壤别，静静问沧桑。
入口思君子，出门小人扬。
东临邹鲁命，孔府是书乡。

24 末章
幡幡邑老章，事事政中堂。
犬吠东邻里，星明客柳杨。
君心知日月，夜色映寒光。
早卧观天地，开门待八方。

25 寄孟五
孟五问秋风，书生半世穷。
凭心观草木，任意感苍穹。
万里无适道，千年有落鸿。
三声成世界，一诺作英雄。

26 登百丈峰二首
一顶百丈峰，远望万云松。
三秋燕支道，飞将已不踪。
年年秦汉问，岁岁土疆封。
草草连天地，盟盟故友逢。

27 其二
晋武一黄昏，渭洛半秦村。
胡胡汉汉根，年年胡蓦首。
不足长城石，何须牧草根。
难言成败地，未了庆功门。

28 蓟中作
策马一沙疆，长驱半四行。
垣边三世界，白日九州扬。
塞外风去阔，蓟中草木光。
飞将寻虎射，扫暴复安良。

29 酬司空璲少府
感激一司空，酬君半道鸿。
从心由自己，得意以文工。
万木春秋客，千山日月风。
颂雅骚人去，吾见一情衷。
握手无言语，长亭十里终。

30 同韩四薛三东亭玩月
一月上东亭，三清问渭泾。
咸阳终是客，洛邑始浮萍。
鼓瑟闻天地，瑶音付物灵。
寒宫多少影，尽是去来伶。

31 宋中遇刘书记有别
何无一秀才，自得半高台。
日月耕耘尽，河山草木开。
龙门天上水，洛邑曲江催。
有别惊常调，高鸣去道裁。
相逢梁宋路，只醉楚蒿莱。

32 酬岑二十主簿秋夜见赠之作
箕山一月愁，魏阙半鸣楼。
感物风惊水，从心木叶流。
台空铜雀去，酒醉故人留。
独有寒宫树，何时色不忧。
常闻一山岸，射虎著春秋。

33 别王徹
悠悠一古今，荡荡半泉林。
举举他人志，明明帝王心。
秋风鸣北楚，木叶落南禽。

载酒平台上，浮云待祝音。
辛勤知日月，季子有黄金。
六十观天地，三千弟子琴。

34自淇涉黄河途中作
一叶渡黄河，舟平万里波。
滑台秋日爽，暮色满霜荷。
晋宋萧条路，羌戎草木歌。
飘飘杨柳处，独望问嫦娥。

35赠别沈四道士
道士几知音，樵渔半古今。
沉浮云起落，草木日月寻。
独坐黄尘外，行寻楚客襟。
南鸿飞不止，北塞物小心。
买剑游沧浪，闻风雅颂吟。
平生杨柳岸，感别不鸣琴。

36涟上别王秀才
不可误沧洲，何言错九流。
思穷文化路，道弃问春秋。
远待长亭树，秋扬草木休。
君从涟上渡，异子独凭舟。
暮色苍茫染，黄昏日月愁。
乡情多不改，自古士难求。
始终终终是，家家国国忧。

37同诸公登慈恩寺塔
长安雁塔明，渭水曲江清。
共步慈恩寺，同心日月城。
浮屠香界泯，大觉悟中生。
领顿形神净，虚空应物情。

38同群公秋登琴台
古迹一琴台，群公半雅来。
临眺燕雀近，应物羽鸿回。
白帝平川远，秋归玉水开。
扶摇由旷阔，万象任徘徊。

39同群公出猎海上
群公大丈夫，旷视向平芜。
海上汪洋阔，云中日月殊。
层阴何涨落，郁际近天都。
败猎鹰今准，困兽一声呼。
济泽余弓获，全躯有似无。

40过冲和先生
术士一方灵，三清半渭泾。
文章明事理，日月守丹青。
武帝丹炉去，蓬莱玉石铭。
扶摇云鹤翼，拜谒容零丁。
复醉何难醒，花明柳暗屏。
今来霄汉问，似任五陵宁。

41同薛司直诸公秋霁曲江俯见南山作
暮色曲江流，南山俯仰秋。
初霁云雨来，白首顶红鸥。
黛墨层林晚，丹青碧水舟。
潭深天际远，木叶纵横浮。
独鸟清鸣久，孤楼曲始愁。
虚空幽névt露，淡迹玉人修。
世寄连阡陌，人心万家求。
悠然闻数子，徒步意良酬。

42奉和储光羲
净土储光羲，终南尽子仪。
蓬莱千百度，洛邑去来期。
古木成林岭，群峰化世移。
瑶琼苍翠隐，日月郡县知。
蔓绕云屏经，溪通鸟兽宜。
浮明摇曳影，豫曜宛兰芝。
紫所逍遥色，孤光没草夷。
沧州乃在隔，渚浦映深池。

43观李九少府翥树宓子贱神祠碑
宓了琴鸣，精灵半成声。
层碑兴永叹，二十四翁情。
作者无心意，行人是故英。
长林东岸隔，坐令独秋明。
片石何轻重，盘门户闭倾。
人间如此断，顾对似殊荣。

44哭单父梁九少府洽
寂寞一书生，盘桓半世名。
南舟同水色，北塞共阴晴。
少府黄泉去，九泉白鹤行。
云居难自取，日尽以悲鸣。

45客中遇林虑杨十七山人因而有别
野蔓绕芬堤，禅房问谷溪。
漳流天上色，古刹自高低。
十七山人别，百畦秋悲齐。
山田耕未尽，枯树鸟啼凄。
风暮情殊近，琴伤逝水西。
小路终难去，翁心始作泥。

46睢阳酬别畅大判官
圣策一临朝，青云半日遥。
嘉弓弯月挂，利剑斩晴霄。
白雪苍山净，阳春玉水寥。
逢明闻射虎，毕景侍嫖姚。
铁甲生霜雾，兜鍪问士潮。
连营三帐会，刁斗十征谣。
大漠长风去，胡姬艳舞娇。
蓟陶燕赵客，战地不渔樵。
李牧还君意，英豪七尺标。

47李云南征蛮诗
云南一日风，圣制半苍穹。
节度征蛮怒，朝廷挂月弓。
长驱直入镇，坐守自擒雄。
破浪惊船去，凌霄教化功。
穿林飞鸟隐，扫叶箭毒虫。
料敌难知己，鸣金始未终。
群山石径小，万壑谷扬风。
白日轮回照，清流草木丛。
饥吞茅果子，渴饮露霜潼。
独跃蒙泸水，孤军战斗崇。
江山交阯地，铁柱作唐翁。

名家上之八

1岑参
长风吹白茅，野鸟宿桑巢。
旷见山林晚，遥眺月女姣。

2司马相如琴台
负古一琴台，相如半赋才。
人生多自己，月影几徘徊。

汉武藏娇去，余音几再来。

3 先主武侯庙
萧萧一庙空，处处半江风。
漠漠东吴蜀，忧忧故主同。
江流成八阵，士战岐山雄。
后主何思汉，英名一始终。

4 升仙桥
长桥玉柱题，达士及东西。
逝水滔滔去，归仙凫凫齐。
人生何得意，世界不高低。

5 古兴
孤帆挂楚云，独月照氤氲。
鹤唳秋风远，芦花落地君。
思湘川不尽，问道客难分。
欲方神仙坐，当须日月曛。

6 送杜佐下第归陆浑别业
紫气自东来，文心日月开。
年年春草色，第第士人才。
未及人生路，留成杜若栽。
潼关南北问，渭邑暮朝梅。
别业南山逝，殊途满蒿莱。
樵渔何世界，进取自相催。

7 澧头送蒋侯
君居澧水头，我见逝江流。
十里闻鸡犬，三声问武侯。
乔林三五丈，灌木万千稠。
读卷牛羊角，闻言日月修。

8 精卫
一石补云天，三生江海田。
千年留日月，万古作桑田。
四象耕耘作，两仪易演全。
乾坤分上下，世界以方圆。

9 巩北秋兴寄崔明允
白露披梧桐，玄蝉号太空。
黄云浮落日，广武付秋风。
一鸟归成皋，三鸣问巩东。

蓬蒿洲渚岸，胜负与君同。

10 暮秋山行
秋山日暮沦，草叶满通津。
蕙芷苍旻渚，深林秀鸟频。
飒飒如有意，郁郁似香尘。
达者先行止，前程约晓人。

11 过缑山王处士黑石谷隐居
缑山一隐君，处士半王闻。
客旧云深去，巢新木叶纷。
青溪由灌足，石磊任天文。
刻度丹炉火，川流日月分。

12 南池夜宿思王屋青萝旧斋
南池夜宿人，石谷待君亲。
暑气蒸林木，青萝挂角巾。
归云飘不定，偶鸟算栖茵。
古道东溪外，王屋似月津。

13 宿华阴东郭客舍忆阎防
次舍宿华阴，钟鸣问古今。
新炊烟火序，子粒故人心。
不醉无诚意，村人待客深。
潼关何内外，日月是知音。

14 田暇归白阁草堂
白阁草堂归，东峰碧翠微。
云闲平铺就，雨住色光辉。
满目衡门望，弥浓数木扉。
还山依旧路，不度是中非。

15 终南云际精舍寻法澄上人不遇归高冠潭石淙望秦岭微雨作贻友人
昨夜一云开，凌晨半日来。
潭淙秦岭外，际舍汉人才。
小雨微烟重，轻风可自裁。
悬流惊石壁，落水化青苔。
石鼓鸣天语，猕猴吊木猜。
长安多早晚，仲蔚踏蒿莱。
独木成林诺，孤身鲁齐哉。
衡门知内外，岁旦向君催。

16 大一石鳖崖口潭旧庐招王学士
碧草挂云端，大一石鳖滩。
谷碧千川势，蛟龙百态盘。
朝风吞象宇，暮日尚衣单。
倚榭临湍瀑，峦幽遗旧寒。
何思君子道，但遇小人弹。
不可闻官场，浮云几度看。

17 送李豸游江外
不能钓严滩，从心遗老安。
闻君芳岁酒，度君沧洲坛。
木落孤舟上，云飞两岸残。
江烟千世界，薄禄小官寒。
砧净参边色，裙香久不桓。
相思君子路，莫守客中冠。
获忆青门醉，红妆却无观。
吴歌依旧许，枕底客心宽。

18 登嘉州凌云寺作
凌云寺外愁，玉宇客中修。
搏壁青峰碧，三江鹭鸟浮。
天晴千川水，谷阔百烟流。
旷达森林界，禅音草木洲。
余钟惊刹语，夏月上朱楼。
岸隔天宫望，风回割袖留。

19 与高适薛业同登慈恩寺浮图
一寺问群雄，千钟向宇空。
登临闻世界，涌势向天宫。
白日连山树，曛水逐市风。
慈恩人欲愿，俯仰七层中。
夹道青松语，荒原却鸟同。
儒书多不尽，道觉亦无穷。

20 终南双峰草堂
双峰一草堂，一雨半云光。
柱立成天地，乾坤作故乡。
终南晴日永，足迹烟山长。
渭水流东阔，长安问栋梁。

21 缑山西峰草堂作
堂前一碧山，枕上半心闲。
色里西峰雨，云中日月颜。

逝者如斯问，来音似玉关。
源泉多少路，逝去不归还。
独念樵渔问，何言隐士班。
生平相似处，世界任登攀。

22自潘陵尖还少室居止秋夕凭眺

少室一云峰，潘陵半故踪。
登高观岳角，暮鼓漫烟钟。
月挂山林叶，溪流草木客。
秋晴如火注，尚子再相逢。
夜静婵娟色，居心诣阙龙。
天坛惊下望，谷壑色沉浓。

23青山峡口泊舟怀狄侍御

峡口一江潮，青山半玉摇。
惊涛平谷地，振石涌波消。
九月芦花岸，千流逐逝瑶。
舟横南北壁，水顺客经雕。
豁达闻天下，通情智者寥。
秋生明暗木，道易暮朝桥。
酒醉神仙在，梁公著鼎朝。
音尘殊远近，叹息故乡遥。

24东归发犍为至泥溪舟中作

东归一叶舟，日解半封侯。
七月沧波涨，啼猿液泊流。
朝行防虎豹，暮宿问江楼。
树霭连吴楚，云烟笏羽谋。
南宫贤圣坐，上掖去来愁。
但忆群公学，重回自在留。

25送王大昌龄赴江宁

对酒问昌龄，行君四望汀。
江宁官泽国，季鸟傲身铃。
白首知文解，沧波向海青。
春花接月色，阙渚浦兰馨。
北门徐州客，南音渡越萍。
闲门依不闭，步履谢严冷。
努力争时日，辛勤已自铭。

26送许拾遗恩归江宁拜亲

赐帛一吴洲，诏书半故楼。
金陵淮水渡，五斗帝王侯。
省拜恩波目，衣恩万里游。
龙盘京口路，海日涨沧流。
树隐观涛巷，湖晴谏事休。
丹墀高驾锁，故畦近渔舟。

27送祁乐归河东

玉秀一河东，挥鞭半宇风。
从戎前月落，造诣帝王宫。
献赋龙门外，寻波渭水中。
天台松柏道，季鸟向遥空。
隔岸黄河问，君心谢老翁。
清晖明月色，拔剑论英雄。

28秋夕听罗山人弹三峡流泉

峡口一流泉，苍山半雨烟。
峰云三峡抱，绕指九鸣咽。
赤甲巫山色，秋归白帝悬。
江涛南北岸，耳目去来眩。
楚客高唐问，湘妃竹泪弹。
知音知曲尽，净令玉征弦。

29虢州郡斋南池幽兴因与阎二侍御道别

七月水池齐，三生小宫低。
胡尘河洛色，二陕震京鼙。
性本鱼虫鸟，文成日月溪。
君行天子路，驿舍夜闻鸡。
两度春莺去，千军过寒黎。
云飞丛上下，日落各东西。
晓月城关照，轻风驷马蹄。
乡书如此寄，怅望似无栖。

30北庭赠宗学士道别

学士仕军中，书生客太蒙。
西征轻李逐，北战重兵戎。
读破文章卷，耕耘日月东。
昆仑天山雪，醉卧酒泉风。
万事如心数，千程守意衷。
轮台相见处，旅馆别情躬。
一举凌云势，三鸣志不穷。

31送颜平原

平原一九州，郡守半分忧。
省府知诏处，华章圣泽楼。
人直心可正，笔立独春秋。
拜命符天子，孤行阙北丘。
里巷鱼盐少，荒芜满草畴。
沧洲凄凉去，四顾待君谋。
赵士燕山客，空城暑雨流。
苍生黄霸问，驷马镇殊敌。
六翮视来肃，三呼日月舟。

32送张祕书充刘相公通汴河判官便赴江外覲省

一省半云端，三生獬豸冠。
年年君正道，处处九州宽。
昨夜星河举，今晨解玉鞍。
通州舟解锁，汴水逐波澜。
且送东吴路，心随令弟官。
纯鲈秋日正，复展膝下欢。
饮酒长安道，行歌路不难。
儒生值珂佩，赠持㧑中兰。
从此孤琴断，何须复别弹。

名家下之一

1刘长卿

史干一长卿，王公半弟兄。
刚直天子客，谏缓锐思名。

2从军行五首

拔剑问春秋，登台顾九州。
轮台三界路，白日半关楼。
俯仰何无意，萍沱易水流。
深思成宇宙，日月曲江舟。

3其二

千年一是非，万古半回归。
白刃争生死，飞将化子微。
黄云天水岸，李广寸心违。
汉使闻苏武，单于问二妃。

4其三

大漠一荒沙，长安半汉家。
归乡身不整，报国自无涯。
本性单于问，良心几豆瓜。

5 其四

草落满塞秋，渔阳客马牛。
胡弓惊玉宇，汉使泪无休。
寸刃争生死，三边日月流。
长城南北见，汴水自通州。

6 其五

日落满萧条，风扬客语消。
将军燕射虎，汉使牧窭辽。
夜断阴山道，韩彭旧战遥。
苍然征战车，自古去来消。

龙门杂咏八首

1 右阙口

龙门一日丹，玉水半波澜。
独有鱼蛟舞，香山气令观。
长安回首问，造化望云端。

2 右水东渡

木叶一香山，书生半度颜。
龙门千里跃，渭水万波弯。
白马曲江岸，京都太液还。

3 右福公塔

寂寞一云愁，飞翔半世休。
天空人不在，世俗任东流。
自咏成诗客，群兴向九州。

4 右远公龛

古刹路清幽，归僧竟自由。
闲云山寺老，暮鼓木春秋。
日落风扬处，山峰任水流。

5 右石楼

风轻一度闲，月暗半林间。
隔岸多云雨，禅房落叶还。
群峰由自主，壁石任朝班。

6 右下山

日暮下山来，湖光任自开。
龙宫山影落，水色入潭猜。
渡水舟无语，成心上岸台。

7 右渡水

天空一白鸥，独鸟半啼休。
有意对龙门，无心伊水流。
纤鲫如不比，细节不知愁。

8 右水西渡

东西渡口边，左右阙关前。
古寺闻钟鼓，龙门向岸船。
纤纤伊水去，落落陌阡田。

9 送丘为赴上都

阴晴一帝乡，日月半张扬。
草木非京道，枯荣是客梁。
川行知谷壑，驻目寄沧桑。

10 浮石濑

空池月照人，石濑影知春。
万物苏藜处，千声唤晋秦。
沙明伊水岸，木叶碧自新。
众岭光晖付，群峰暮不匀。

11 幽琴咏上礼部侍郎

幽琴上侍郎，礼部问才梁。
月色空轩满，知音静夜堂。
阳春弦白雪，古调几沉香。
此曲高山上，余声正久扬。

12 自番阳还道中寄褚征君

日夜已南风，阴晴来夏宫。
云云多雨水，色色草西东。
塞北飞鸿树，潇湘草木丛。
洞庭波浪涌，对月去来空。

13 石梁湖寄陆芜

一别石梁湖，三秋楚客孤。
沧洲明月色，鹭鸟立江都。
暮隔千山外，风闻有似无。
凉风曾扫叶，玉佩未芳殊。
夜半黄粱远，灯明旧日昊。
英雄当进退，彼此自扶苏。

14 惠福寺与陈留诸官茶会得西字

一目自云齐，三边白水低。
千般文化会，万法幻东西。
竹色空高枕，花光落隐栖。
香波双世界，鸟语入菖蓠。
傲骨成峰立，丛经玉水溪。
真僧游不止，刻意解心堤。

15 送贾侍御克复后入京

对酒未开心，闻君化古今。
扬程千里路，驻足一鸣禽。
上国秋风起，夷门落日深。
行人但不问，逐影鸟归林。

16 别陈留诸官

日暮影徘徊，黄昏路不催。
深潭流去慢，浅水向琴台。
白发沧洲问，红尘世界开。
难寻东道主，醉醉故人杯。

17 初至洞庭怀灞陵别业

洞庭向灞陵，古月共天丞。
岳麓唯才志，长安楚客惩。
烟波归远近，觉悟入时朋。
皋芷群芳少，孤舟顺水进。

18 宿怀仁县南湖寄东海荀处士

夜色一蓝田，浮云半暮泉。
苍茫云水阔，伫立想思烟。
白鹭孤身立，黄莺自别年。
婵娟同异度，上下半明弦。

19 南楚怀古

汉域一葡萄，胡天半战刀。
华宫多士子，塞北满蓬蒿。
宝剑留空谷，丘陵任士豪。
轮台呼不语，往事忆征袍。
楚客潇湘去，余情日月高。
千声三界外，百度一离骚。

20 题萧郎中开元寺新拘幽寂亭

寺里一郎中，人前半念空。
幽亭心寂寂，独构积香虹。
伐木听山响，房第杜断公。
青霄云水岸，五马腋裘东。

谷口沧洲客，溪泉九界蒙。
开元新赏目，独往一时雄。

21 陪元侍御游支硎山寺

支公一寺开，古木半空合。
寂寞思禅语，徘徊问径来。
峰连峦起落，草递雨青苔。
霭气藏龙虎，香精树闭栽。
凌云华会处，点石众人裁。
想象天竺岸，渡口自心催。

22 江中晚钓寄荆南一二相识

晚钓一江中，荆门半楚风。
春江花草岸，暮日彩云虹。
万事凭随便，千年任苍穹。
直钩千百尺，只以点西东。
白鹭孤昂首，红霞铺就工。
心听渔父唱，意念浪沧翁。

23 秒秋洞庭中怀亡道士谢太虚

洞庭谢太虚，道士静心余。
目送沧波远，心接楚日舒。
徘徊明日色，寂寞万家书。
羽色微言寄，江河日下初。
孤舟天际望，独往自由居。

24 桂阳西洲晓泊古桥村住人

西洲半桂阳，洛水一秋乡。
离别浮云少，重逢复断肠。
长亭长十里，短驿短千梁。
晓泊桥村岸，征帆落复扬。
荆门南北望，岳麓沅潇湘。
四顾归沧浪，衣单向四方。

25 题王少府尧山隐处简陆番阳

一故吏沧州，三春解印游。
情深人世薄，委任客荒丘。
半亩山河水，千耕日月流。
孤营心意重，独钓志君舟。

26 夕次儋石湖梦洛阳亲故

一梦满天涯，三生不着家。
朝辞泾渭水，暮到豫江华。

楚客汨罗赋，湘人二月花。
烟波来去远，岁岁误桑麻。

27 京口怀洛阳旧居兼寄广陵知己

川深逝水流，谷隔木难幽。
四望无梁柱，三呼旷野州。
沧波京口路，宿鸟鹊孤愁。
日月佳期梦，阴晴草木秋。
相思空寞寞，梦想夜无休。
隔渚闻渔钓，严陵复旧游。

28 登栖灵寺塔

栖灵寺塔东，五岳少林雄。
教化凌禅许，慈恩译世同。
黄金台上望，远近楚吴中。
济水僧夜月，排云万象空。
浮晖相射对，赤土客应风。
劫尽寒山见，心平不始终。

29 孙权故城下怀古兼送友人归建业

雄图一仲谋，三国半无休。
蜀魏吴公竞，金陵建业楼。
秦淮河渡口，楚水武昌流。
赤壁东风尽，长江逐火舟。
潮头京口去，不寄尚香羞。
但以真君子，公孙似帝侯。
行人寻迹问，落足鉴春秋。
势压空林雨，临风过九州。
帆归挥手处，远望莫消愁。

30 归沛县道中晚泊留侯城

不可问留侯，何言一九州。
成成成败事，去去去来收。
访问张良故，寻闻楚汉忧。
风尘酬运志，赵国圯桥谋。
蔓草年年碧，王侯处处丘。
沙晴鸥鹭立，日暮百村中。

31 吴中闻潼关失守因寄淮南萧判官

潼关失守闻，节度奉先君。
一雁吴中落，千声八阵军。
淞江风瀹瀹，木叶虎丘裙。
塞北惊胡客，淮南向日曛。

秦川云汉地，楚瑟鼓难分。
择质攘臂去，弯弓射敌群。

32 登东海龙兴寺高顶望海简演公

龙兴寺上峰，海口朐山客。
永望禅房月，孤情豁达宫。
晴明分众客，化羽刻残钟。
静者真言著，烟开不老松。
邻归依旧地，莫念白鱼龙。
草碧花红处，惆怅故步封。

33 题虎丘寺

独步一吴洲，同僧半虎丘。
遥从飞鸟去，点石化人头。
铸剑千将刃，凿山宝贝求。
扪萝翳蕙色，谷雨任烟流。
清明龙井近，玉女碧螺羞。
四顾钱塘水，千年六合舟。

34 自紫阳观至华阳洞宿侯尊师草堂简同遊李延陵

石柱紫阳观，李延赤草残。
群峰遥隐见，诸气曲云端。
玉液东溪雨，虹烟路口滩。
金波随逝水，碧树落栖寒。
小杏红桃色，云陵洞府宽。
千年相似处，百度自邯郸。

35 旅次丹阳郡遇康侍御宣慰召募兼别岑单父

丹阳侍御宣，慰募岑单迁。
客首中原虏，风尘上国烟。
春江连岐里，楚汉断方圆。
海内惊魂久，天涯处世悬。
孤心寻汉马，独驾问秦川。
勇武悲欢动，宣王付卒天。
归潮京口落，去路渭都田。
往茂衣书惬，苍空羽化先。
书生多少问，羁士曲江研。
昼夜交河水，长安莫来年。

名家下之二

1钱起
独立弟词冠，梁陈意至端。
牛羊山上牧，鸟道挂中盘。

2酬王维春夜竹亭赠别
春花一竹亭，客月半浮萍。
主醉源泉酒，莺啼草木青。

3送李协律还东京
踏遍一千山，扬头半步关。
王孙亭驿道，匹马帝京还。
草色曾依旧，萤飞半月颜。

4过桐柏山
秋风过楚山，落叶扫潼关。
步步虫虫唤，行行止止还。
寒流笞印浅，砥石水光环。
足迹深林少，灵心隐碧峦。

5梦寻西山准上人
西山准上人，隔岸客中邻。
别处多啼鸟，归来少问春。
天尊功德化，觉道洗风尘。
寂迹随云去，禅音耳目新。

6登胜果寺南楼雨中望严协律
微云一晚阳，秀色半山藏。
草碧晴光少，林晖岭顶梁。
南楼接细雨，胜果寺柱香。
袅袅虹烟彩，清清化柳杨。

7冬夜题旅馆
咫尺半生平，天涯一道荣。
冬寒孤驿冷，夏雨浸浮明。
百虑相思尽，千重夜梦情。
途穷途复曲，日短日长行。

8早渡伊川见旧作
早早渡伊川，迟迟意渭田。
昆鸡鸣晓色，八水绕京泉。
北阙城关外，南山雪顶悬。

云浮云落去，日旧日新圆。

9登覆釜山遇道人
金丹一味求，紫气半无休。
道觉同天地，意气共春秋。
三清千变化，百岁万年留。
莫忆深山里，方知日月流。

10东皋早春寄郎四校书
春郎四校书，夏雨半心余。
主仆衡茅岁，阴晴俯仰居。
田耕知日月，立笔试樵渔。
气动山林夜，云平自卷舒。

11送王季友赴洪州幕下
季友下洪州，南征忆旧谋。
才高千百斗，气略两三楼。
仗剑行天下，辞云问莫愁。
烟波侵幕府，别袂负恩留。
海日红旗卷，销魂七八流。

12太子李舍人城东别业与二三文友避暑
别业一芳塘，文心半士乡。
城东京口近，避暑近炎凉。
鸟道云烟重，山梁土木肠。
黄昏明暗处，八卦是阴阳。
残光直不曲，礼节玉兰堂。

13登秦岭半岩遇雨
一雨满秦川，三伏挂树烟。
千峰藏碧积，万叶育云泉。
咫尺惊雷断，遥龙化石田。
残衣私隐隐，翠羽盖归船。
十步分天下，平心问日天。

14秒秋南山西峰题准上人兰若
南山准上人，步履客家珍。
反照流明去，归林自在亲。
西峰兰若去，北谷壑云春。
石径通幽处，山磬上诣尘。
孤峰高百丈，隔岸是天津。

15蓝溪休沐寄赵八给事
给事问蓝溪，虫鸣鸟不啼。
农闲田野北，草茂陌阡西。
气爽林风晚，门开路闭堤。
前山黄鹤ء后岭翠乳鸡。
肯想观鱼处，浮思进退霓。

16游辋川至南山寄谷口王十六
山光一色林，独鹤半鸣禽。
石磊清溪浅，峰扬草木深。
谷口王维问，辋川画意寻。
猿啼诗曲赋，浦渡古今心。
青萝藤处处，石径路阴阴。
隔道浮云落，随风落雨泠。
清闲千百里，不觉是知音。

17蓝田溪与渔者宿
蓝田一曲溪，冷月半高低。
隐濯惊明色，经沦见鸟啼。
沧洲无处问，白鹭独无栖。
夜火时时暗，萤飞处处迷。
关中鸿去晚，塞上草东西。
静若游僧止，枝分远水齐。

18田园雨后赠邻人
田园雨后新，暮色晚来人。
返照虹云起，泉鸣宿鸟亲。
蓑衣初欲解，露水复淋身。
太古遥相望，当年恬泊邻。
开轩儿女读，闭户去来尘。
白首安排定，红林任性春。

19秋夜作自许
平生一寸心，任性半知音。
草率夫妻时，殷勤日月荫。
三春云雨水，百岁木成林。
痛寐佳期许，诗词著古今。

20李祭酒别业俯视川林前带雷岫
南山转木春，别业向天津。
俯视长安巷，龙居上液人。
苍然君子道，祭酒待时新。
泽近晴云远，溪明浦芷濒。

734

烟霞虹七彩，古刹寺三秦。
月尽余心寄，婵娟不可邻。

21 东城初陷与薛员外王辅阙瞑投南山佛寺

辅阙陷南山，松风扫叶班。
香云寒静影，永定向潼关。
解足天形叹，行明地宇环。
清钟依旧响，谷月入重峦。
万象终成果，千般始去还。
无生观自在，不可等闲时。

22 过瑞龙观道士

灵山道气悬，物性瑞龙泉。
白鹿云香洞，丹炉玉石年。
花红桃杏李，日丽象麻田。
列陪霞堂坐，群峰已化仙。

23 奉使采箭干竹谷中晨兴赴岭

深山不问猿，浅泽草泉喧。
竹谷留残月，林丛化雨轩。
孤闻芳自远，独立世情言。
魏阙芳书至，秦川白马源。

24 仲春晚寻覆釜山

古岸溪流浅，青峰石径转。
新泉云雨注，映雪照山岘。
碧洞花枝俏，林深日色衍。
直光斜射去，稽叔数芳显。
柱石青春少，山根苔藓展。
何寻春不语，细雨小声遣。

25 诏许昌崔明府拜补阙

补阙一书悬，儒风半日年。
贤诏天子岸，士达曲江船。
玉树知栖凰，梧桐贵鸟眠。
轩辕传日月，秘事共婵娟。

26 寻华山云台观道士

云台道士客，物象华山陌。
翠羽霓裳碧，登峰暮日泽。
仙灵成杖策，历炼化千载。
雨露甘霖帛，玄言寓意百。

27 海上卧疾寄王临

江阳四海阴，草碧万花心。
日落惊年岁，钟鸣正古今。
华章成日月，妙语化甘霖。
枕上玄鬓见，书中寄寸金。

28 长安客舍赠李行父明府

知人自古难，问道任今观。
不谓兵荒苦，何言草木残。
灯明三五尺，夙夜万千寒。
戈际琅玕问，弓边岁月澜。
黎庶氓心与，理简济田宽。
静壑云浮满，洪涛一瞬安。
高坛桃李树，苦雨浦湾滩。
挽救苍生愿，蹉跎意欲丹。

29 归义寺题震上人壁

（寺即神尧皇帝读书之所）
步入读书堂，神尧日月光。
精工谷雨舍，万转引幽芳。
向背知天地，阴阳向八方。
隐约藏龙虎，显达宿黄粱。
白水禅音在，矶山悟觉长。
溪流明石玉，七祖济传良。
挂冕寻来去，摘缨作柳杨。

名家下之三
韦应物

1 古今诗

应物始经年，香山白乐天。
苏州谁扫地，洛邑曲江船。
五绝精工句，三生净随缘。
今今承古古，雅雅复妍妍。

2

文精一五言，物应半三元。
守卫诗词坐，形归净土园。

3 有所思

一叶一秋春，半来半去人。
何时何应物，几事几风尘。

百岁沧桑度，三生日月新。

4 相逢行

二十汉家朝，三生碧玉霄。
新丰常酒酣，八水有春潮。
邂逅相逢处，亲朋离别遥。
花开花落去，走马走乡桥。
何须顾询问，但见柳杨条。

5 广陵行

云南一国郊，渭北半岩尧。
射虎飞将去，军兵霍嫖姚。
风尘千万里，战戟两三朝。
角挂英豪聚，城严日月消。
归来扬宝剑，建树到东辽。
不止英雄路，应当日月桥。

拟古十首

6 行行重行行

止止复重行，辞辞又合明。
江江流逝水，步步故人城。
客子归途望，乡亲独寞生。
孤云浮远际，季鸟望天程。
日日忧欢去，时时自耕耘。

7 青青河畔草

青青河畔草，岁岁春来早。
雨雨云云润，芳芳玉玉好。
直直浦口道，曲曲女儿葆。
启启心扉李，花花侠子颢。
双双积翠色，独独婵娟老。

8 西北有高楼

西北有高楼，清风四面流。
丹霞膊壁色，好曲玉颜羞。
绝耳双峰秀，衷情独莫愁。
余音缠绕柱，世感挂帆舟。
别恨相思夜，飞鸿自九州。

9 庭前有奇树

一树散幽芳，三伏纳露凉。
云浮天地叶，雨落去来藏。

白鹭姿身碧，黄莺语气长。
遥遥千百问，楚楚半姑娘。

10 明月皎夜光

明明皎月光，楚楚照天梁。
北斗开怀望，南宸对洞房。
移心多少问，任意去来堂。
好鸟余音在，深情夜宿扬。

11 凛凛岁云暮

霖霖一夜情，凛凛半心生。
季鸟飞天末，红颜玉色平。
辛勤燕赵去，友侧梦难成。
揽月开怀纳，孤身自纵横。

12 客从远方来

一客木望林，三秋自寄琴。
千情龙凤结，万念付余音。
任我神仙曲，孤桐日月心。
弦弦柱柱上，切切大江临。

13 明月何皎皎

白日上淇流，红妆铺九州。
霞开朝气紫，水色自悠悠。
草野春禽牧，芳丛逐莫愁。
花心娇蕊柱，小女望江楼。

14 效陶彭泽

生平百草肠，独弱一华香。
李盛陶彭泽，桃明应物乡。
田家和暮色，一醉几担当。

15 与友生野饮效陶体

人生日月真，醒醉去来尘。
故古当今问，先云后雨新。
桃源秦汉宫，草色五陵春。
世远何处是，天涯贱与贫。

16 杂兴六首

求书一燕居，问事业生余。
应物香山寺，寻心帝业墟。
耕耘知日月，吐纳意樵渔。
古古今今赋，先先后后舒。

诗词逾五万，汉作一相如。

17 又秋夜

秋清一夜寒，叶落半云端。
暗几婵娟问，明窗桂影桓。
浑江流色静，五女岭中宽。
世界凭如此，人生客中冠。

18 幽居

幽居半独情，草秀一丛生。
季鸟飞天外，春云化雨声。
兴衰何物象，贵贱似流平。
岁岁忧心处，年年去不明。

19 野居

书生读野居，世子问樵渔。
兔鸟林中少，熊罴断后余。
文章经格律，笔墨帝王虚。
意气当天地，浮云卷又舒。

20 杂体二首

一剑玉匣中，三生问太空。
千年王者半，百岁士英雄。
闭守乾坤志，开怀日月国。
功劳磨励尽，鉴物始无终。

21 其二

半壁半阴阳，一辉一世光。
功成名就处，进退利扬长。
俯仰江山外，春秋草木荒。
闻风知日月，择木凤求凰。

宴集五首

22 南塘汎舟会元六昆季

雨细一南塘，云轻半水光。
舟平元六甲，色淡玉壶香。
倦燠端居坐，同情劝意肠。
前程天地远，共勉故人乡。

23 春宵燕万年吉少府中孚南馆

斗柄启春宵，银河织女遥。
婵娟星汉近，少府酒杯潮。

一曲三生志，千呼万玉条。
倾觞颜乐去，滞叹百年寥。

24 扈亭西陂燕赏

昊昊一朝阳，悠悠半水乡。
遥遥嘉树色，荡荡玉波凉。
况况逢文翰，应应物鱼梁。
舟舟连碧野，侣侣弃公堂。
旷旷湖光照，氤氤雾气藏。
波波凌步去，倦倦问陈王。

25 西郊燕集

济济一言堂，高高半文光。
明明山水镜，蔼蔼布熙阳。
列坐乾坤岸，群嘉玉树香。
芳林时易徂，季鸟苟扬长。

26 移疾会诗客元生与释子法朗因贻诸曹

玉树一嘉林，元生半古今。
戚戚颜旷达，释释子知音。
法朗天竺智，方圆抱一心。
英曹休幸怨，独独寄人荫。

27 寄赠十八首

（寄全椒山中道士）

一念去山中，三清向日空。
书生闻涧底，道士化苍穹。
白石金樽客，浮云落雨虹。
行迹何处是，俯仰寄飞鸿。

28 寄裴处士

处士一心扉，春风半翠微。
山云清冷子，石磊淡岩晖。
里闻荒园草，飞燕旷野归。
何求身外物，只待是非无。

29 秋夜南宫寄澧上弟及诸生

夜色满南宫，云烟客北风。
萧条桐叶落，宇冷玉人红。
岁感江山北，年从日月东。
龙门多少步，积累第才功。

30 春日郊居寄万年吉少府中孚三原卢少府伟夏侯校书审

谷鸟一时鸣，田园半鱼荣。
光风临早动，日冕涧初清。
独饮源泉水，春余化雨声。
闲居云不语，处世见身名。

31 寺居独夜寄崔主簿

独月寄幽人，寒宫问客身。
青苔收落叶，足迹复双新。
共享清风路，同心古道秦。
黄昏直影去，步步入天津。

32 独游西斋寄崔主簿

飞萤一闪流，木榭半清秋。
主簿青灯问，宁知夏水休。
衣衫方见短，落叶洒高楼。
释子天竺外，先生已莫愁。

33 初发扬子寄元大校书

凄凄大校书，泛泛雨烟余。
步量东都路，心直故笔如。
残钟杨子寺，古树广陵墟。
世事舟波上，耕耘日月锄。

34 淮上即事寄广陵亲故

渺渺广陵人，茫茫渭水津。
淮阳沧海问，楚雨浥红尘。
季鸟东南去，秋风西北秦。
钟声容鬓改，即事半乡亲。

35 同德寺雨后寄元侍御李博士

川云半雨生，占刹一钟鸣。
善福童男女，青莲夏凉清。
岧峣城阙远，玉树叶枝倾。
净土天竺敬，人心九教明。

36 善福精舍示诸生

三清一道萌，九脉半鸣禽。
鹤立擎天宇，峰平日色岑。
玄嘉云上树，默许清中林。
妙迹成香界，行踪作古今。

37 高陵书情寄三原卢少府

高陵少府书，进退践微余。
及顾倾班去，心宽陕简锄。
门前流水色，雨后客云舒。
子结山光气，君行不钓渔。

38 城中卧疾知阁薛二子屡从邑令饮因以赠之

一酒待疾身，三古换旧尘。
千声情不止，万里故人春。
闭户闻天气，开心对晋秦。
平生如此变，异迹胜红尘。

39 寄卢庚

一别再逢难，初冬未天寒。
京都霜雪盖，此寄广陵安。
望友常兴叹，寻书栉垢残。
萧萧车马日，复仰曲江端。

40 闲居赠友

补吏半居闲，芜荒一故山。
冠巾川上挂，草藿陌中删。
杜若浮流动，芝兰待玉颜。

41 园林晏起寄昭应韩明府卢主簿

田家已作耕，井屋起三更。
季鸟初云翼，闲居复独鸣。
晨烟浮紫气，四体淡心轻。
性散欣然去，情深草木荣。
晴空明世庶，古道卷舒平。
束带衣冠正，园林简读城。

42 京师叛乱寄诸弟

三皇闭瞩情，二纪始天倾。
离虎中原乱，跃熊复帝京。
英雄挥泪去，弱士羁冠缨。
野鸟长安去，胡军上液行。
忧来惊国色，忆去八方城。
四海齐民怨，三春待始耕。

43 寄冯著

才成一巷闻，足迹半行书。
仰望天云外，听风换雨疏。
惊雷萌蛰语，碧叶始耕锄。
俯见田桑土，呼来子女居。

44 四禅精舍登览悲旧寄朝宗巨川兄弟

遥遥望故城，飒飒问秋声。
散尽京都友，齐鸣造寺荣。
川花依旧色，涧草复阴晴。
二象胡儿舞，三宫日冕倾。

书怀四首

45 暮相思

一去不当还，三生问宇颜。
春花黄绿见，暮色去来间。
李叶争香艳，桃花向玉关。
凭空由杜断，此剑向昆山。

46 春中忆元二

雨歌叶枝春，云沉碧色匀。
千条杨柳陌，万井杜陵濒。
落落连蒂结，丝丝牵挂魂。
啼声相断续，有酒醉红尘。

47 池上怀王卿

世事忆王卿，幽心向太平。
园芳门启闭，草木守阴晴。
水鸟鸣春色，飞禽落无声。
舟平塘色染，北阁化云城。

48 夏夜忆卢嵩

夏夜一松林，卢崇半古心。
潇潇高馆月，蔼蔼玉轩琴。
小醒幽情酒，开襟累素音。
人生闲日少，反侧古今深。

酬答五首

49 答崔主簿

主簿一亏盈，遥歌半世声。
窈窕双女子，渡岸独舟平。
雨淡云浓色，苍烟落照情。
茫茫河汉问，郁郁树林萌。

四象知行止，三生向十明。

50 酬卢嵩秋夜见寄
乔木穿月色，咫尺过华光。
万里兰香路，千思素秉梁。
劳君招隐坐，愿赴桂荣旁。
况见山溪水，沧流逝曲扬。

51 答李博士
颢气半凝霜，高霁一雾梁。
晴山峰路远，碧水沐云长。
旧处同南北，新居异柳杨。
莲莲初结子，夜梦共思乡。

52 答杨奉礼
一病守空山，三秋自等闲。
临筋无味道，纳气雁门关。
日别长朝暮，昭陈物具颜。
萧萧斑竹立，可折自无弯。

53 答倜奴重阳二甥
（倜奴赵氏甥优，重阳崔氏甥播）
拙政退思园，重阳日月宣。
瓜田桃李下，岁守倜奴轩。
日落秋林晚，炊烟付清源。
诗词挥斥去，醒醉任凭藩。
弟子常相问，夫妻各自言。
凄凄千里志，恻恻万家繁。

逢遇三首

54 长安遇冯著
一遇问长安，三生待渭寒。
情扬新乳色，客寄灞陵丹。
旷野双燕落，春丝几缕冠。
香山峰独秀，买斧木云端。

55 广陵遇孟九云卿
客孟九云卿，雄藩半世荣。
新才堂满坐，故土路前萌。
树郁华光密，花宣碧水情。
千章文彩赋，斗酒话精英。
秀女争欢乐，西施语笑倾。

琴音余袅袅，逝月挂山明。

56 逢杨开·自述五万古今诗
少小学题诗，乾隆四万奇。
臣臣多子子，岁岁御双仪。
古古今今客，朝朝暮暮辞。
辛辛何苦苦，日日恨迟迟。
足迹江山去，行心日月知。
周秦唐宋国，草木石林移。
朴笔翁情老，纵云四海弛。
回归垂坐处，万里始先师。

送饯十一首

57 送郑长源
远别郑长源，冬寒客临喧。
飞辔河洛路，信马丈夫藩。
耿耿云峰立，悠悠朔雪繁。
须臾今夕阔，苦道对轩辕。

58 送李儋
一念半西东，三春两异同。
江南多秀草，塞北少蒙笼。
路子扬长去，单衣岁月空。
芳花穷日尽，驿梦客心穷。

59 天长寺上方别子西有道
拙素一伊人，天长半寺春。
山青成此道，野旷上方邻。
释子心神定，天台持玉贞。
黄云浮倦志，列树绕通津。

60 留别洛京亲友
举首别京门，回心后子孙。
南洋天下水，北国共晨昏。
丽日凭高阁，轻风任雨根。
前程如此是，暮色老人树。

61 上东门会送李幼举南游徐方
东方上玉盘，动举问云端。
不醉兰亭宇，还寻弟子冠。
三声君子问，九曲宦游观。
意气冲霄汉，倾心应务宽。

崇墉非所故，数日布衣单。
济济天门北，昂昂御街盘。

62 饯雍聿之潞州谒李中丞
志士久无平，中丞自不声。
兰廷慷慨诺，拔剑济苍生。
都门五府事，凌波六河清。
千金轻掷去，万户重人情。
百度云天里，三光促世明。

63 送令狐岫宰恩阳
大雪铺前程，霜清向日明。
恩阳荷蒲立，暮色启春荣。
净土千界静，苍空待士征。
东风才上道，岫宰可重萌。
视起三江水，还归楚国情。

64 宴别幼遐与君贶贶兄弟
十日一飞翔，三年半秉梁。
书香扬北国，志举问东方。
五百秦秋度，三千弟子堂。
春芳群草色，雨细化云光。
泽野华堂饮，齐名曲赋肠。

65 送李十四山东游
十四一山东，三千弟子风。
长安歌曲去，济世玉壶空。
五百僧罗汉，河阁客不穷。
都门忠义愤，渭水静人同。
野旷雄豪远，山明日月弓。
高歌荣辱尽，遗逸披衣红。
不复寻梁楚，申侯列坐中。
脱尘除俗同，古道见飞鸿。

66 送马著受李广州署为录事
梁园草木平，白马向天鸣。
八水长安绕，东都五陵倾。
羊城南海湄，渭邑北城清。
翰墨群公笔，丹青逐纵横。
名扬公正语，意守寄枯荣。
录事兴邦去，临流逝水行。
焚香扫地净，坐势落人生。
所愿磷磷去，贪心欲异萌。

67始除尚书郎别善福精舍

始道尚书郎，行成御路长。
逍遥精舍客，立正济世昌。
累日高年瞩，闻风俯又昂。
山川社稷外，社鼠逐黄粱。
选世中朝论，书门委草堂。
京师奇献隔，故愿几索强。
拘束朝廷语，开怀饮玉浆。
迅风掩耳见，野路一亭长。

名家下之四

1 韦应物

扫净一苏州，寻音半九流。
香随天地界，士达帝王侯。
璞玉诗词客，浑金日月舟。
名家意欲动，应物独春秋。

游览十八首

2 游溪

溪云一雨中，玉树半葱茏。
晚钓垂舟问，直钓碧水宫。
花烟随远淡，草色任林丛。
野旷人心望，冠中横流中。

3 起度律师同居东斋院

释子半幽言，成林一木萱。
安居僧道路，避世共同轩。
对阁清风坐，临流步履源。
东来明月色，净土见三元。

4 夕次盱眙县

淮村一片帆，雨色半云函。
水驿长亭渡，烟波落日衔。
芦洲归雁宿，警觉近人喃。
四顾沧茫色，三生日月衫。

5 秋郊作

旭日照初林，云烟罩碧荫。
秋风寒叶落，沮溺泊田深。
一望阳光束，三山土木音。
登原稼穑静，采菊故墟心。

6 神静师院

青苔半石扉，静院一去归。
露气新云雨，幽芳故翠微。
听琴三世界，唤鸟九州飞。
竹立直身节，尘消远近晖。

7 与卢陟同游永定寺北池僧斋

永定寺僧寻，池鱼渡岸深。
兰房游紫气，露径向禅林。
水滴溪流玉，云舒逝鸟音。
幽心君子在，日月化春荫。

8 游南斋

远岸一鸣禽，人心半古今。
高林云雨后，草木色知音。
晚照红光返，黄昏日色深。
蹉跎春水逝，岁月治千金。

9 秋景诣琅琊精舍

屡访问三清，重寻待千荣。
秋高风不远，日落色倾城。
始去山河水，终来草木形。
苍茫云雨在，悟觉暮朝名。

10 南园陪王卿游瞩

瞻目见王卿，行身问夕明。
幽禽鸣不去，几案笔文横。
雨碧随云谷，峰连柱石萌。
由衷泥土岸，色起正人情。

11 与幼遐君贶兄弟同游白家竹潭

竹影白家潭，云深玉宇涵。
方圆天地外，寸尺顶峰街。
望断昆仑色，寻来北极岚。
春晖千万里，此别两三谙。

12 京郊

吏舍一年终，京郊半野风。
香山杨柳色，渭水逐流空。
绿涧浮云满，红村落雨虹。
微烟何所以，五斗问陶公。

13 登西南岗上居遇雨寻竹浪至澧墉萦带数里清流茂树云物可赏

谷底一川流，山峰半叶秋。
萧条分水岭，茂树聚斑鸠。
密竹临风唱，高天旷表休。
寒花明旧址，牧笛送清幽。

14 乘月过西郊渡

一月半心清，三春一玉城。
归时西涧度，去后有枯荣。
紫气群山旷，群英笔砚情。
候亭谁举火，故守待阴晴。

15 山行积雨归塗始霁

山行积雨春，揽翠落云津。
睹目声峰树，寻猿峻鸟频。
龙吟急润水，虎迹纵横钧。
易景辰花路，归途自在新。

16 游龙门香山泉

香山一石泉，渭水半云烟。
洛邑三千子，龙门五百年。
群芳嘉树色，秀草碧灵田。
但向婵娟记，何时十六圆。

17 蓝岭精舍

排云一舍精，石壁半倾横。
惬意早流色，居心待雨晴。
川深成日月，谷涧化枯荣。
始虑春秋坐，三清道悟明。

18 龙门游眺

瞩目一伊流，凿山半不休。
川穿千石壁，水化万峰丘。
独见江山易，何言草木秋。
年年相似处，岁岁异难求。
暮鼓惊深谷，三清化旧由。
临潭寻日落，但寄帝王侯。

19 登乐游庙作

暮上乐游原，风中草木喧。
城东临紫气，渭北见轩辕。
汉迹咸阳树，秦车轨道言。

山东今尤在，览阙是长垣。

20感叹十首
已渭苦心伤，何言日色长。
山中寻静坐，树下见莲塘。
独悟荷花界，孤行积世芳。
侵来愁不寐，遣虑悟神房。
学境千山石，潼关不敢当。

21对芳树
迢迢一树芳，落落半低昂。
列映清池色，行姿日月藏。
风条余露浸，序叶待青装。
晓对承新许，孤身纳旭阳。

22闲斋对雨
半雨一云潮，三春两念消。
花明千世界，草碧万心寥。
独坐江山色，行身日月桥。
闲居寻往事，倏若见萧条。

23秋夜二首
萧萧一叶秋，夜夜半心谋。
树树根深处，云云竞落浮。
风风由自在，月月在清愁。
独独惊时节，偏偏水不流。

24其二
一夜一层霜，半秋半客肠。
千山知落叶，万水向沧茫。
朔雪昆仑月，楼兰日短长。
阳关星汉复，岁宇纳寒凉。

25林园晚霁
雨歇一云门，丝青半子孙。
林园峰顶色，鸟筑暮黄昏。
子弟同乡望，夫妻共语魂。
风清明月在，寂寞玉壶根。

26出还
一去不还家，三生小路斜。
情伤千古月，意乱半枝花。
静念孤儿女，经心种豆瓜。

耕耘多少道，郁漫到天涯。

27送终
生平一始终，日月半殊同。
相似相非见，如今如古中。
云归川谷雨，鹤立水山穹。
俯仰昆仑草，阴晴草木国。

28过昭国里故第
故第故人心，一来一去音。
长亭长万里，短驿短鸣禽。
国里昭天地，家中晦日深。
千年君子路，百岁木成林。

29睢阳感怀
三河十地残，九陌两云端。
虎豹丘陵肆，龙蛇浅水滩。
阴山梁宋略，渭水洛阳寒。
不备胡儿舞，当须济世安。
穷年无绝迹，御史直身难。
弃甲潼关下，儒生制杏坛。
重围谁可解，楚客汉家拦。
仗义坚贞处，白骨作官冠。

名家下之五

1柳宗元
子厚柳宗元，情深客中年。
江山千水济，日月五言田。

2雨后晓行独至愚溪北池
雨后晓云行，溪前日渚明。
村坞高树碧，独步寸心萌。
路湿洲芳色，途程万里荣。
临流谁宾主，彼此是离情。

3溪居
南江一寄情，北国半枯荣。
久累冠簪组，闲居客晓耕。
山林农圃种，露草涧时明。
不见行人迹，逢禽一两声。

4旦携谢山人至愚池
晓沐谢山人，潭光雾泽春。
幽径行路远，旭遍雁声嘶。
露帻羲皇悟，云浮草木茵。
机心当日色，步步入天津。

5夏初雨后寻愚溪
夏雨满新池，溪流沐旧枝。
初霁云未定，引枝向径迟。
碧竹临时节，荒泉愚公诗。
沉吟何事起，所遇所非知。

6秋晓行南谷经荒村
一路自秋行，三鸣任客清。
溪流桥上色，叶覆各幽萌。
历历幽泉细，声声聚结情。
微微从曲石，寂寂向低成。

7中夜起望西园值月上
西园一月田，觉梦半苍天。
鸟静栖巢近，虫喧送客眠。
溪流泉石南，露雾草云烟。
至旦寒宫里，何行不解缘。

8郊居岁暮
岁暮一郊居，年心半不余。
冠缨簪组累，日月故荷锄。
离索惊心目，相逢寄客书。
庭香灰烬落，夜望几情虚。

9早梅
腊月早梅香，寒冬色白黄。
群芳争此傲，素雪化低凉。
楚雨精英客，湘云草木梁。
高唐三峡梦，晓日一红妆。

10湘岸移木芙容植龙兴精舍
独秀水芙蓉，孤姿故色封。
湘西云雨岸，丽景别寒峰。
自守秋芳委，芰荷谅解从。
高原生此色，润泽作龙踪。

11 禅室
扫地自薰香，思禅向百梁。
山花明草木，白日易炎凉。
本性东邻女，苏州碧玉良。
机心当取达，万籁故人乡。

12 酬贾鹏山人郡内新栽松寓兴见赠
涧底一清风，华峰半顶红。
昆仑千万里，积岁去来鸿。
雪傲东风许，云霁日月宫。
幽贞为此寄，独立自由衷。

13 戏题阶前芍药
阶前一色春，叶里半红尘。
醉露浓荫碧，华妍日暮亲。
喧风波浪起，秀气点摇频。
北国佳人问，江南玉此身。

14 赠江华长老
（江华道州县名）
长老问江华，僧心入寺家。
春陵明迹在，岁别默语嗟。
挂壁无巾履，伏牛自叠跏。
流声惊草木，积翠落余花。

15 田家三首
驱牛一陌阡，务舍半心田。
鸟雁值时节，耕播制岁年。
鸡鸣飞巷短，狗吠跳归旋。
力事农家暮，山悬九叠泉。

16 其二
古道一蒺藜，春云半雨泥。
蓼花陂水岸，碧玉满石堤。
落日樵声少，黄昏收获齐。
行人闻笛曲，不忍问东西。

17 其三
隔岸雨云低，炊烟石径齐。
农家邻客少，野鸟各东西。
寂历蚕丝尽，机杼税赋批。
言官长峻色，里巷泽春泥。

18 晨诣超师院读禅经
汲井潄寒情，禅音问诣声。
经堂千造化，贝叶万生明。
读迹无尘语，真源有心萌。
青松庭宇色，秀竹日膏城。
道静苔生路，师深世浅荣。

19 初秋夜坐赠吴武陵
秋风到武陵，雨竹浸霜冰。
隔岸湘潇月，沧波涌落升。
清商西颢窨，泛滟北香凝。
自得天成志，非功莫自凭。

20 零陵赠李卿元侍御简吴武陵
世士一低昂，卿心半沅湘。
悲鸣君子холod，窃语小人藏。
吐纳乾坤气，纵横别离肠。
无穷天下路，有道自扬长。

21 南涧中题
气集一涧中，风回半谷空。
萧萧林有语，旷旷浦边虫。
瑟瑟山光重，优优落叶丰。
寒声惊岁月，索寞待人同。

22 饮酒
醒醉一倾肠，忧烦半郁觞。
佳言曾许诺，顿觉玉壶香。
醉酒长亭肆，呼鸣去国光。
连山幽晦寄，楚晋宋齐梁。

23 首春逢耕者
余霖半晓苹，骑雪一春牛。
浦口芽尖露，田园草色萌。
先耘缀景影，后泽事农耕。
素务平生鹇，幽啼自在情。
无成何语遣，有力付烟横。
遗亩秦川外，功图日月情。

24 湘口馆潇湘二水所会
潇湘二水来，岳麓九疑开。
浚雾临源竹，泓澄楚客才。
纤云山隈寓，细露谷天台。
窅窅吟渔父，舒舒向风雷。
归流东海水，此去绝清涧。

25 咏三良
束带咏三良，冠巾徇四方。
陈新知鼎立，信义可分张。
体谅周秦继，辉明晋楚扬。
宁直言上下，固命有弦章。

26 觉衰
大觉不相寻，如来乙已殷。
今知天下路，未可欲中分。
日照禅房村，风临石点君。
春秋桃李子，日月去来曛。
杳杳归鸿路，悠悠渡邻汾。
余音多不尽，足颂少芳群。

27 与崔策登西山
（崔字子符）
楚国一山音，秋江半浦浮。
回桥连栈渡，鹤立木成林。
远目凭期许，渺茫任客心。
洞庭宽万象，岳麓阔千岑。
愚怯纷纭今，波摇上下森。
观鱼知吾子，幸泽向甘霖。

28 游石角过小岭至长乌村
（在永州作）
石角不偷生，湘流向海平。
天行封事久，逐志故人明。
列鼎江山器，争秦楚汉声。
咸阳烟火巨，渭水甲兵横。
小岭扬林雨，长乌落雁鸣。
寒川侵谷道，归壑始枯荣。
鹁鹭风林岸，农耕释志萌。
余心常不止，茂树有殊晴。

29 读书
谢世一读书，行身半谓舆。
唐虞观上下，魏晋去来初。
末卷丞相许，开篇警制舒。
春秋临战国，史记汉秦余。
胜者雄名就，功成业就居。

三宫殊六院，九脉顺千渠。
治策朝天阙，迁儒向府间。
阴阳文乍了，易象乃荷锄。

30掩役夫张进骸

生生一念休，尔尔半潮流。
喜怒人间态，兴衰世上忧。
枯荣成败问，贱辱去来求。
鹤立鸡群羽，文明逐逝愁。

辛勤朝日色，苦历帝王州。
秣锉临岐路，江楼系独舟。
纵君知自己，任客问春秋。
虎跃平原旷，龙吟海市收。
行行何止止，息息复幽幽。
且顾鸿向岸，魂泉素白头。

31咏荆轲

燕秦一世谋，易水半春秋。

太子千金废，荆轲四马求。
图穷匕首见，目怒帝王侯。
势欲英雄客，言微诺愤留。
长驱击筑去，宿志不回头。
士纳江山气，夫差锐器眸。
虹光浮瞬息，造化始端愁。
按剑惊天下，横驱七族楼。
枢皇嬴政事，泗水子房修。
尽是人间迹，何时慰九州。

五、五言古诗　羽翼

羽翼上之一

1崔颢

晚筑一边垣，风晴半古轩。
窥然成傲骨，鲍照并方园。

2古游侠

军中一少年，勇上半天边。
仗剑交河去，寻孤日月泉。
渔阳辽水色，碛塞陕城烟。
锁甲蒙茸著，挥金顾渭眠。
隋城今古问，绶带去来传。

3杂诗

美女月明光，婵娟白玉堂。
含情娇气重，任性自芬芳。
喜鹊天桥岸，红妆彩色黄。
春风桃李下，共坐各心藏。

4入若耶溪

色入老耶溪，情随焕彩霓。

西施吴越客，舞曲馆娃楼。
鸟影摇轻木，流明跳跃齐。
幽思停又起，几处范商蠡。

5赠轻车

草草一心扉，悠悠半不归。
长亭千万里，夜月去来晖。
冀北残垣角，燕南古道微。
春桑蚕自缚，阜闭别时围。
酒后交情好，庭前不是非。
壶倾烽火去，夜遍草萤飞。

6游天竺寺

天竺一寺遥，古殿半心消。
独顶朝阳望，群山众岭朝。
南州三二月，瀑布万千条。
只向前川挂，鸣钟后谷桥。
澄心空了悟，石壁觉禅辽。
拾得苍平世，寒山地暖昭。
闻声知远近，积翠向妖尧。
物象三清刹，藤萝百度朝。

7赠王威古

一部羽林军，三边备将分。
新弓弦正满，亮剑断衣裙。
马上同倾酒，原中共逐云。
胡儿常割甲，报国逝书文。
杂虑渔阳闯，长驱北战纭。
春风生不止，猎守对天君。

8定襄郡狱

一案许三年，千情问半全。
河东小子讼，巷北大人眠。
律状师爷恶，人心肆野玄。
童翁追逐逝，草木入云烟。
解辨真伪细，垂鞭大小悬。
桑田谁引水，处处论方圆。

羽翼上之二

1陶翰

一字半诗田，三丹两笔园。
千儒风骨在，万体始方圆。

2 古塞下曲
塞下一惊弓，云中半日红。
沙前尘背水，岭后战争雄。
白羽黄巾佩，金雕月影穷。
咸阳门见马，凯奏未央宫。

3 燕歌行
楚调过交河，幽音问燕歌。
辽宁风雅颂，江南天水多。
易筑荆轲诺，长安壮士嗟。
行军闻赵妹，鼓瑟见齐娥。

4 经杀子谷
扶苏帝子秦，二世李斯新。
五马分九鼎，三边束剑身。
荒芜杀子谷，指马鹿难钧。
不以书同轨，春秋自秋春。

5 早过临淮
临淮一渚风，岸岛半潮红。
日旭西川水，波鲚跃浦穿。
芦州寻范子，古迹屡移公。
浩荡风云路，江山日月中。

6 望太华赠卢司仓
三峰望太华，九陌问千家。
色动京都气，英明渭水霞。
天坛方此顾，契宿友青崖。
隐隐明明处，南山二月花。

7 晚出伊阙寄江南裴丞
江南一相闻，渭水半丞云。
洝邑出伊阙，长安曲江氛。
潼关何不问，老子以牛文。
代策京都客，嘉诚谷壑君。
才名先进退，岂念不耕耘。

8 宿天竺寺
天竺一寺钟，汉柏半苍龙。
正殿依峰主，偏楼坐日封。
晨来猿鸟静，暮去月光客。
起视禅房近，长崖悟性逢。

9 出萧关怀古
一马向萧关，三元待日颜。
驱驰千万里，仗剑去来班。
宇宙河川在，天空日月还。
孤城当瀚海，大漠阳天山。
落照祈连谷，秦楼弄玉闲。

10 赠郑员外吕长春
白马绣衣裳，辽东住故乡。
法兰西使客，地铁外交王。
北镇沈阳市，南谋上海塘。
儒服文总统，百会客家梁。
集策金门色，雄心玉树旁。
风尘相似处，日月约陈王。
数载诗词句，经年草木香。
辉光成天地，五万化天荒。
不以乾隆比，春郎事业长。

11 赠房侍御（时房公在新安）
俯仰一安然，周秦半宰旋。
江山东府见，进退社王田。
郡志新丰客，闲居话九泉。
楼兰秋色早，海曲纳晴川。
逸气吟芳会，清波逐返船。
洞庭微浩荡，特立曲江年。
日名层峦色，霞光振羽天。
苍茫含瑞紫，著简足明贤。

羽翼上之三

1 刘昚虚
幽兴一远思，苦语半心知。
东南惊众坐，白日照文诗。

2 江南曲
江南一曲长，美色半幽香。
玉手双燕挽，湖风沐浴光。
轻声歌不尽，日暮影修扬。
怨气来何处，云波向洞房。

3 九日送人
九日送人知，三秋问去时。
千山归叶落，万里逐去迟。
渚浦帆摇俯，黄昏叶顶枝。
孤烟花节采，独立菊边池。

4 寄江滔求孟六遗文
襄阳一路人，汉水半天津。
问水浮舟独，思君寄自身。
江滔又孟六，在日善家邻。
遗址相如去，心情楚客贞。

5 送东林廉上人还庐山
溪流沿石扉，远径任云晖。
道指东林路，苔青日翠微。
庐山僧不语，百步转峰机。
但以仙人洞，三清莫是非。

6 暮秋扬子江寄孟浩然
襄阳孟浩然，渭邑不见天。
海阔鱼龙跃，云浮雨露烟。
日暮长霞远，深林谷壑泉。
孤源溪石浅，牧笛几余旋。
汉口长江岸，知音两子田。
高山流水去，下里巴人年。
木叶惊江汉，轻舟挂月弦。
寒光京口落，一曲自方圆。

7 浔阳陶氏别业
陶家隐处未先，柳叶作流船。
九曲浔阳业，千亩钓水田。
卢王云物象，岳麓楚才年。
旷野清荷色，澄江落日圆。
东树山不语，黍稷守源泉。

8 登庐山峰顶寺
万象一春秋，斗流九曲舟。
庐山峰顶寺，浩气十三州。
郡镇江南树，东林虎豹游。
无心无日月，有界有沉浮。

9 寻东溪还湖中作
东溪一雨林，日暮半云深。
别处鸣猿久，新踪客迹寻。
湖潭终始积，草木数源浔。
往复春秋史，阴晴远近心。

幽兴方恨少，独目一鸣禽。

送韩平兼寄郭微

10 寄阎防
（防时在终南丰德寺读书）
南山一日春，渭水半行人。
古寺钟声继，群芳草木茵。
家邻高独树，寂对旷云津。
百度衣巾外，千寻巷读匀。
林深知足跬，月夜问相亲。
莫叹文明日，终南不隐论。

11 海上诗送薛文学归海东下南洋
南洋海上诗，木槿色红时。
四望丛林晚，三生日落迟。
沧沧天地远，落落去来知。
北国飞鸿路，延长客月辞。
心明同草木，未解共途斯。

羽翼上之三

1 薛业
为人一骨鲠，坐志半倾城。
气魄行天地，文章下著名。
功成何叹止，业立几枯荣。
白日原中没，长林孟季生。

2 怀哉行
汉帝一群才，周公半自媒。
日君贤众士，拜将上金台。
仗策京都道，声名日夕来。
千门惊伐鼓，两阙启明开。

3 冬夜寓居寄储太祝
太祝寄寒冬，京都白雪封。
知音从善义，下士以心客。
月净巢居客，禽鸣夜鸟踪。
南邻砧捣响，岭木比芙蓉。

4 出青门往南山别业
旧路过青门，南山别业根。
余霜晴耀目，白雪净乾坤。

复得轻风去，难从日夕昏。
京都伊阙色，抚顺小儿孙。

5 登泰山
山中一气红，目后半苍穹。
海阔云天望，朝阳宇太东。
江湖交道去，宦仕道无穷。
泛漾争明路，喷薄化由衷。

6 古兴
佩珂一声鸣，心飞半玉瑛。
朝初情不守，步阙意难萌。
道路何时定，归来莫纵横。
平生知自己，老子任枯荣。

7 初去郡斋书情
文才一楚天，武斗半秦年。
二世谁指鹿，李斯五马先。
疾风知劲草，白马久胡川。
志士心开阔，逸七道难悬。
东都移旧遗，洛邑俱新传。
况见云烟雾，何闻古事全。

8 西陵口观海
长江一水消，大海半临潮。
浪涌千流近，波涛万里遥。
泱泱混广瀚，荡荡势云霄。
漾漾东南际，湟湟怵恐寥。
帆扬天地岸，此望是天桥。

9 泊震泽口
黄昏草木荫，日暮宿鸣禽。
泽口苍茫沜，渔翁钓古今。
云开樵子故，宇静客天音。
万象孤洲色，千川入海浔。
潭湖客纳久，气势落成霖。
独坐闻来去，行藏七尺吟。

羽翼上之四

1 崔署
一字半悲凉，三生两意苍。
新丰何酒醉，故里种田桑。

2 山下晚晴
寥寥一远空，静静半飞虹。
雨细天都院，云浓故巷东。
溪流川石岸，气势雾霖风。
夜宿鸣啼鸟，归心已不同。

3 颍阳东溪怀古
灵溪日月流，世俗古今愁。
镜里千山色，云中万物休。
玄关闲白鹤，浴谷胜春秋。
旷达让贤者，商山不必求。

4 送薛业之宋州
无媒一宋州，别异半乡愁。
有道风尘土，孤之士凤楼。
文章从日月，草木任人修。

5 早发交崖山还太室作
东林一草堂，太室半心光。
面壁禅音在，行身寺院堂。
川冰生积雪，日月化鱼梁。
野火田桑岸，阴阳泽四方。

6 登水门楼见亡友张真期题望黄河作因以感兴
步上水云楼，　真期友字。
黄河赴笔处，石壁寄春秋。
古迹风流尽，严公谢子忧。
山山水水静，事事人人休。

7 宿大通和尚塔敬赠如阇黎广心长孙锜二山人
支公已上人，塔影寄山珍。
古道禅心客，真音苦万春。
天香扬远近，道场近通津。
寓象燃灯照，僧家妙法钧。
森森松月色，渺渺木微陈。
漠漠经纶教，悠悠净宇申。

羽翼上之五

1 李嶷
净净一诗鲜，巍巍半李田。

744

翩翩然逸意，目目皆欣泉。
历历阳关路，幽幽易水年。
扬扬风雨道，郁郁暮朝研。

2少年行三首
十八羽林郎，三生事汉王。
忠贞行仗剑，志独守明皇。

3其二
狩猎过长杨，慈恩化建章。
红尘歌曲尽，白马雁飞翔。
箭射云天鸟，弓惊日月藏。

4其三
玉剑一声张，金弓半羽囊。
倾心凤城守，宿月茂陵旁。

5林园秋夜作
秋声入夜泉，落叶乞根田。
对酒残云色，行权醒醉延。
林溪青谷石，袖领带边悬。
共坐山边木，同观竹雨天。

6淮南秋夜呈同僚
砧杵话三边，秋凉问两年。
衣巾常替换，竹影向春怜。
离恨层层落，芳心处处悬。
长城南北见，暮色去来烟。
洗净辽东色，同心共月圆。

羽翼上之六

1綦毋潜
塔影入云端，游僧纳寺寒。
钟声千万遍，鼓伐两三坛。
屹崪清凌汉，荆南独秀桓。
斯人松柏语，羽翼可兴岙。

2题招隐寺绚公房
招隐寺公房，花深塔院堂。
生平心性在，兰若对渔阳。

3宿太平观
月宿太平观，仙交汉羽坛。

涛冷松下谷，曙隐上人兰。

4春泛若耶
岸隔一溪流，云随半雨楼。
烟平西壑口，泉飞南漫斗。
日上钟声漫，月挂故人羞。

5题鹤林寺
隐迹鹤林遥，形心玉殿霄。
花溪藏珏朴，碧草色潭潮。
岸隔禅音近，风迟渡口桥。

6题栖霞寺
一寺满栖霞，三生半客家。
心陵灵性在，道场隐天涯。

羽翼上之七

1王湾
早著一王湾，吴中半月闲。
盘阴多少色，碧玉不知还。
砧杵临秋叶，长城未觉颜。
君心何不望，妾觉旧情关。

2晚夏马嵬卿叔池亭即事寄京都一二知己（寄兄吕长禄）
晚夏马嵬卿，池亭坐弟兄。
京都知一二，甸草覆萍荣。
陪策轻才智，驱堂话代明。
风尘淹汉事，别尘寄精英。
主仆书香色，阴阳势力成。
乾坤原有意，日月自相倾。

3奉使登终南山
步步上南山，方方付御颜。
悠悠家国何，处处玉门关。
百仞登峰发，千云化雨湾。
香轻天下路，色碧叶中还。
石路前人立，清溪日月潜。
松烟随道隐，古木任攀艰。

羽翼上之八

1崔国辅
婉娈以诗清，缘逢客语名。
循章难自语，守势旧辞荣。

2杂诗
斗酒十千钱，三生半剑边。
胡营兵帐外，汉女苦婵娟。
赵国男儿少，燕城草木萱。
幽州谁射虎，易水玉壶泉。

3从军行
塞外半胡霜，江南一暖凉。
营州求援救，渭色问飞将。
汉地多英马，秦川少雀狂。
月色空城计，三军映刀光。

4题豫章馆
春花一豫章，佳丽半扬长。
越女西施比，吴门碧玉香。
津亭多少沾，驿社去来商。
浦外辽东客，舟中独寓凉。

5石头濑作
怅怅一秋风，悠悠半异同。
凄凄千百载，肃肃万三红。
石濑日高见，流清岸狭东。
波粼涛水色，日暮四方空。
泛泛天云带，扬扬是曲衷。

6漂母岸
泗水入淮村，三吴问玉根。
黄金台上见，楚汉界中魂。
胯下何荣辱，人前几子孙。
称侯漂母岸，不是败成恩。
年华年事尽，日落日潮痕。

羽翼上之九

1张谓
学子一生涯，僧人半寺家。
经堂多少愿，贝叶暮朝华。

净土泉清纳，禅房客念花。
飞锡炉火处，广事著袈裟。

2读后汉狄人传二首
悠悠七里滩，楚楚子陵颜。
汉武思贤吏，周文待旧班。
无心君颖像，乐见富春山。
隐约直钓钓，天台玉树弯。
山川曾挂月，草木可峰峦。

3其二
庞公一郡人，楚水半相亲。
往去田园陌，重来土木茵。
鹿门山上顶，汉口鹤云津。
鹈鹕楼中唱，襄阳汉齿伦。

4同孙构免官后登蓟楼
傲视上蓟楼，飞云对九州。
奇心多俯仰，苛意几春秋。
去国胡姬市，还乡玉帝忧。
投身江山客，举笔诗词留。
易水沙寒岸，滦河涨落愁。
功名飞将见，五万帝王侯。

羽翼上之十

1卢象
象雅一卢明，风骚半世清。
新安江上客，越国士中荣。
点尽天台木，寻成秘阁萌。
东南形胜色，塞北始雄名。

2家叔征君东溪草堂二首
征君一草堂，石岸半溪光。
渡口浮云落，归帆苇泽藏。
鸣禽常寂寞，翠鸟浦天翔。
六甲文章力，三生子故乡。

3其二
自得性闲归，晴江鹭鸟飞。
严陵直钓水，慕羽鹤衣微。
士访仙人迹，人寻辨是非。
清观巢父去，负宇待秋晖。

4赠程秘书
岐阳一客来，月色半徘徊。
独立承明见，孤鸣秘省开。
图书贾谊敬，岁顾马融才。
漏断声名热，麒麟日月台。

5送綦毋潜
一策半龙门，三江九陌村。
朝阳明万里，暮色远黄昏。
足踏天山雪，心量渭邑恩。
从情沧海渡，意展系乾坤。

6乡试后自巩还田家邻友见过之作
自巩已还家，邻田种豆瓜。
丘中桑柘子，巷外半春花。
腊月冬梅色，东风雨日斜。
重开轩上卷，负宇读窗纱。
蜀道天涯去，艰难你我他。

羽翼上之十一

1祖咏
剪刻省主思，凋零问自知。
东菑鸡酒对，渡口岸舟迟。

2夕次圃田店
郑路不经船，归程入圃田。
西还遑宿晚，日歇玉壶泉。
牧曲余音久，林烟次渭前。

3田家即事
十里一荒村，三秋半玉门。
田家多少米，岭木暮朝恩。
对巷浮霞早，邻家日落昏。
新丰收果黍，渭水已无垠。

4古意
夫差一美人，勾践半吴身。
举国婵娟语，吴陶碧玉邻。
洞庭山上色，娃馆五湖春。
铜雀台前问，西施几效颦。
生前妒曲舞，去后满红尘。

羽翼上之十二

1王季友
季友以文奇，常情作事基。
白首良悲客，务象已无期。

2别李季友
异鸟不恋枝，同声向客移。
霜台临镜问，妄妇月明稀。
别路猿啼尽，重逢不忍离。

3杂诗
山深一隐情，水色半明荣。
持斧樵夫采，峰岸壑谷鸣。
知音无远近，鼎铸有心情。
凤鸟求栖上，秦楼弄玉声。

4山中赠十四秘书兄
十四秘书兄，三十弟子荣。
山中相见去，署上笔方成。
鼠雀无知己，儒夫有远情。
舍北千寻屹，溪南渡口明。

5滑中赠顾高士瑾
甲子一春秋，牛羊半马牛。
村夫多日月，喜鹊少忧愁。
白首应相问，平生理苛求。
年华长寿比，老少指伊休。
共愿阴阳顾，同声俯仰休。

羽翼上之十三

1贺兰进明
博古籍文经，余篇典部名。
耕耘日月道，满腹享诗荣。

2古意二首
崇兰润底生，瑞气石林城。
日暮幽香至，心扉玉色明。
川流随谷岸，壁立负馨倾。
淡淡长久寄，微微付隅情。

3 其二

指鹿一声穷，扶桑二世空。
李斯分五马，楚汉未央宫。

羽翼上之十四
阎防

老树自心空，初芽角尖崇。
荒庭成日色，博腹警人躬。

4 宿岸道人精舍

三清岸道人，九脉迹青春。
落落重精舍，寥寥剪蕙茵。
人间辞早岁，世上杜门新。
敛遂流东逝，燃灯照古尘。

5 秋晚石门礼拜

招提谒八仙，礼拜入丹田。
绝壁三清石，凌云九属天。
严霜侵谷口，却历化香烟。
物外何丘壑，晖中几度年。
乔木直立树，代谢曲贞坚。

6 百丈溪新理茆茨人读书

书香百文溪，理智万思堤。
释卷从心手，由思作东西。
秋蜩鸣不止，腊月梅香低。
鸟迹飞天去，儒生不忍栖。

7 夕次鹿门山

夕次鹿门山，庞公遁道颜。
浮舟终始迹，抱杖自心闲。
百谷珠珍集，三川日月湾。
喷薄东逝水，照耀晋阳关。
蕙草群芳色，书生客不还。
童心依旧是，尽在水山间。

羽翼下之一
萧华

1 侍从金銮应制

自古议封禅，如今话泰廷。
陶唐生沾念，列祖治桑田。
玉帛三坛礼，荣观九陌泉。
晴光摇羽卫，圣德济方圆。
剑戈生寒气，文章化岁年。
回銮天宝瑞，捡玉白云前。

羽翼下之二
崔宗之

2 赠李十二

同声日月明，共话古今情。
俊士思天下，英雄诺北京。
空园霜早露，独树恐阴晴。
楚汉鸿沟界，周秦二世平。
图穷知匕首，志知待枯荣。
历历阳关道，悠悠草木生。
高岑余桂影，素色茂陵城。
户散清溪水，轩廷绝倒赢。

羽翼下之三

1 魏万

2 金陵酬李翰林谪仙子吕金陵

金陵李翰林，碧海集珠心。
我采蓝田玉，谪仙作古今。
长卿直蔺子，邹鲁半文音。
命驾江东士，临流日月吟。
拂衣吴越问，立意去来深。
五两乘风上，三生著作箴。
春生宣父敬，雪付梁园荫。
项橐黄生易，龙盘驷马侵。
吴歌明楚酒，蜀道苦人岑。
六代扶风尽，三朝历阆钦。
钟山依旧是，古刹有鸣禽。
建业秦淮梦，天台再不寻。

羽翼下之四
张潮

3 江风行

珠江一日潮，碧水半云霄。
富甲尘埃雪，贫田草木遥。
风花雪月色，妾女不知娇。
匹配中门许，男儿易贱枭。
君心天地阔，嫁日已情凋。
望尽东流水，巴东似不遥。

羽翼下之五
裴迪

4 青龙寺昙壁上人院集

俯仰一浮云，沉侵半不分。
禅房多少夜，远近一钟闻。

羽翼下之六
丘为

5 题农父庐舍

东风一半闲，剑戈两三关。
日月东西过，桑麻左右颜。
牛羊归下括，犬马去中还。
谷壑川流水，耕耘土木山。

6 泛若耶溪

涨泛若耶溪，水平草木堤。
严公渔不钓，渡口客东西。
市酒樵林去，西施馆越栖。
天台吴越色，鸟雀各相啼。

7 寻西山隐者不遇

西山隐者声，十里问人情。
钓水鱼直去，寻樵木纵横。
山川流逝水，日月去来明。
草木春秋继，商山四皓轻。

8 湖中寄王侍御

过午不梳头，寻青踏独舟。
江湖鱼鲤脍，妾女待妆楼。
日色终年继，天光始莫愁。
莲荷红彩落，月挂玉壶羞。
昨日初相见，如今欲趁流。
人心孤不可，少别隔春秋。
傲骨梅花落，行踪草木洲。
沧波浔渚岸，可事无可求。

羽翼下之七
张子容

1 春江花月夜二首

岸口一群芳，兰洲半柳杨。
春江花渚色，石岛水流长。
月夜流光近，潭深木影藏。
轻纱如浣女，短袖玉衣妆。

2 其二

风花雪月人，渡口去来春。
绿叶年年有，春江处处津。
男儿当此见，女子向红尘。
佩玉身边挂，珠珍值万钧。

羽翼下之八
万楚

1 茱萸女

山阴女柳家，九日采邻花。
陌上茱萸少，重阳挂屋斜。
长裙情忤意，结带系心娃。
侠客随罗袖，黄昏拾玉钗。

羽翼下之九
包融

2 阮公啸台

啸啸阮公台，荒荒草木开。
轻轻风不语，处处石青苔。
遗址余书挂，铭踪故迹才。
灵心千境界，悟觉万人来。

3 登翅头山题俨公石壁

石壁翅头山，俨公悟性颜。
云曛黄雾色，日照阙门关。
邑路注庐木，径途楚客班。
洞庭烟雨注，万象太湖湾。
拙政留园外，剑池玉树蛮。
西施临镜处，点石虎丘攀。

羽翼下之十
蔡羽寂

1 同家兄题渭南王公别，家兄教育

辽东一弟兄，少小半书荣。
奋斗有燕迹，行身客北京。
清荫直笔立，教育苦心成。
帛锦诗书寄，桓仁子情。
相寻大道上，索取菩经明。
颂雅风云见，文章日月晴。

羽翼下之十一
沈颂

1 早发西山

早上露清晨，山中草色新。
前程初始步，百里一亭珍。
驿旅人生路，征衣汉湿巾。
霜消东旭胜，曙杳客人尘。
涧底兰香近，泉边渚芷茵。
苍茫峰上月，赏阅旧旻彬。
万仞成林木，千章化雨春。
归思寻自己，独跃作天津。

羽翼下之十二
韦镒

1 经望湖驿

一目望湖亭，千花玉树青。
前驱登道路，独顾海浮萍。
大漠云飞尽，楼兰座右铭。
夫人藏宝处，侠士几倾灵。
寂寂墟空间，孤孤立义庭。
人间当此寄，社稷北斗星。

羽翼下之十三
贾至

1 赠裴九侍御昌草堂弹琴

昌江一草堂，侍御半琴扬。
九曲东山客，千山积雪梁。
低鸣风不起，急促客归乡。
竹影婆娑舞，群芳情忘藏。

2 送友人使河源

河源一水流，鲁日半千秋。
暮落萧条色，云霞自起浮。
高丘长路断，玉树意悠悠。
举酒方知己，前程自可谋。

3 寓言二首

商山一日诗，碧色半灵芝。
秀草群芳会，良宸北斗知。
桐花桃李付，白露浸春枝。
伫立寻君处，川行待语迟。
佳人心意近，欲采旷野时。

4 其二

君衣变带宽，露重夜云残。
雨细巫山渡，江流峡口湍。
川晴桃李树，杵乱玉人单。
昨日双盘问，如今独水滩。
委荐真心与，关河浪水欢。

5 巴陵早秋寄荆州崔司马吏部阎功曹舍人

巴陵一日秋，司马半湘流。
吏部功曹舍，荆州水渚愁。
滔滔云梦泽，淡淡蜀江楼。
旷旷临川路，温温旧国忧。
君山王帝判，岳麓楚才修。
汉口长沙望，青枫细雨洲。
胡儿秦晋侵，泪洒十三舟。
澥睿沧江北，封疆不问侯。

6 闲居秋怀寄阳翟陆赞府封丘高少府

少府一炎凉，闲居半柳杨。
秋风惊坐问，暮日照珪璋。
烈士知慷慨，甘霖处治良。
冠巾同坐世，凯甲各中堂。
守护鲸鱼跃，龙门自在疆。
大壑川流急，高峰翠鸟藏。
蒙恩天子树，策剑帝王旁。
位蹇权连与，威明翰墨场。

蓬莱朝暮事，日月共城乡。

7自蜀奉册命往朔方（途中呈韦左相文部房尚书门下崔侍郎）

奉命朔方尘，胡羯乱晋秦。
冠哀呈旧帻，蜀道路新津。
大节幽公秉，潼关弃自身。
临难直树立，白刃血沾巾。
历剑荆榛去，披心载月辛。
昆山时望挹，岷雪尚书邻。
永愿咸阳甲，崈珏日暮人。
亭亭绅缙许，夺夺去来尘。
旧国皇明色，新君肃册亲。
家邦终始序，嗣命继千钧。
北塞长城战，南江镇守寅。
开元天宝许，力代禅服因。
异类知化少，同声奋自民。
深明寻大义，誓帜度经伦。
不谓江山客，还当于役循。
殊荣舜禹社，特供玉麒麟。

羽翼下之十四
萧颖士

1早春过士岭寄题硖石裴丞厅壁

士岭一边云，丞厅半日曛。
初春风化雨，硖石寄书文。
小路通天地，流溪象鸟群。
声声如远近，酒酒皆纷纭。
忆彼登高问，同牵织女裙。

2仰答韦司业二首子曰：乡情

西关一读声，少小半不明。
老大回头见，青春四顾横。
幽燕常是客，木槿自朝荣。
倒屣惊诗赋，南洋日月平。

3其二

北国一乡情，南洋半雨声。
神龟游缅邈，木槿向阳荣。
万里余心净，千川步跬明。
荷莲蓬结子，独树以林成。

禹绩传康复，周公治鲁萌。
灵通今古去，素质洁贞英。

4蒙山作

东蒙镇海堤，雨雾沓高低。
气净三清地，秋明九脉西。
黄精复古现，白鹿泛云栖。
绿草丛林境，丹炉炼玉泥。
虹霓川上挂，季鸟旭中啼。
老叟桃源见，黄昏岁暮齐。

羽翼下之十五
李华

1咏史五首

獬豸一昂藏，和平半国乡。
潜伏纵祸意，马剑度贤良。
恨断身名欲，形成草木庄。
精灵如有问，墓后满云芳。

2其二

汉学颂雅风，秦修六国虫。
单于骑射猎，太学问三公。
武库弓刀成，文藏日月红。
萧韶声物象，欸乃一苍穹。

3其三

陶唐不得臣，洗耳命安亲。
百祀闻巢许，三公数远身。
丘中嵩颖草，帛外陋萝巾。
府第经纶老，山川日月新。

4其四

汉武设胡关，单于向天颜。
苍苍骑射去，旷旷不须还。
百粤楼船领，三边十万山。
江河源不止，四海纳朝班。
魏阙何天子，旗门首土蛮。
黄河东逝水，九曲尽弯湾。

5其五

南山遗老城，四皓客身名。
汉帝知高卧，秦皇弃旧缨。

林泉朝暮易，太子则仁情。
骊女闻姬事，申生未保城。
东宫成羽翼，楚舞肆纵横。

6游山寺（有龙潭穴弄玉祠）

龙潭弄玉声，舍事斧樵情。
谷口云深渡，峰前壑雾平。
灵溪直曲色，隐木叶枝荣。
石壁朝天立，秦楼已凤鸣。
求凰玉女去，羽化客箫行。
户愿兰芝友，门方系吾萌。

羽翼下之十六

1颜真卿

上帝一真卿，一城半事兄。
直身心笔正，御史处事明。

2使过瑶亭寺有怀圆寂上人

瑶亭寺上人，客舍寓清身。
御史呈圆寂，无尘作净津。
区中缘法度，尔后奉天尊。
十度禅音在，余心远晋秦。

羽翼下之十七
王缙

1古别离

离别一飞鸿，芝兰半色衷。
长亭朝暮问，一水若西东。
路去连阴雨，途来醒醉风。
回头明日照，怯顾玉妆空。

羽翼下之十八

1奚贾

诗僧一皎然，涧水半花天。
步落三千界，英雄五百年。
休间飞鸟尽，石谷涌温泉。
日上孤烟色，云从独木眠。
潇潇溪石岸，楚楚玉心田。

2严陵滩下寄常建

日入一陵滩，严公半杏坛。

沧洲人道远，净水钓直竿。
月色弦中挂，波微不胜寒。
濠澜观不语，旷物寄巾冠。
考迹渔樵客，无心事异端。

3谒李尊师

万物下乎先，千生上自然。
客微察小致，炼魄守琼莲。
隐几藏樵斧，直钩钓浅天。
群仙无岁月，一道自方圆。

羽翼下之十九
赵微明

1古离别二首

五里一离亭，三边半柳青。
长城南北望，跬步几叮咛。
白马扬鸣去，车轮滚动灵。
苍山芳草色，此别已零丁。

2其二

一日已三秋，三生半九流。
人间分平处，目送上高楼。
不忍江湖岸，难行日月舟。
君心随我望，暮色不消愁。

3古挽歌

暮日满嵩明，芳萎没紫英。
东郭随鹤立，北斗任空城。
长别由生死，短情任客荣。
从从荆棘处，旷旷野花生。

羽翼下之二十
沈徽

1古兴自述

十八女儿红，三千弟子空。
轻姿摇玉影，蕙色蔓微丰。
碧领流芳秀，情催驻马雄。
霄云余远近，细雨化苍穹。
步步寻英迹，营营问始终。
人生当彼此，世上何由衷。

羽翼下之二十一
沈千运

1赠史修文

但赠史修文，人期一念君。
阴晴成紫气，草木作衣裙。
握手江潮间，悲心日月分。
相逢丝结帻，不觉望浮云。
共见布衣色，同当悟道曛。
精英何此意，故劝苦耕耘。

2感怀弟妹二兄二弟一妹

东风满杏坛，暖气怯衣单。
弟语身名少，兄言远近兰。
花开花不尽，客去客艰难。
跬步邯郸路，榆关日月安。
桑田知父母，草木色荒滩。
百岁诗词赋，今人古代桓。
慈恩同坐上，手足共凭栏。
束隔平生处，回归已始端。

羽翼下之二十二
于逖

1忆舍弟

舍弟舍兄前，门中门外先。
求同存异见，感念血恩缘。
远近黄粱梦，阴晴日月天。
茫茫云宇望，楚楚对新年。
寂寂归来问，时时玉壶悬。
悠悠何早晚，洛洛已云烟。

2野外，桓仁家乡

一念半悲长，三边几故乡。
爷娘兄弟妹，日月去来疆。
小弟知情义，长兄代吉祥。
贤才回故里，富志久低昂。
野旷遥天树，芳群五女梁。
桓仁终又始，共路是黄粱。

羽翼下之二十三
张彪

1杂诗

一步半天涯，三生两故家。
良图无富贵，远虑是桑麻。
情济传天下，才贤自如嘉。
儒人知己任，商贾巧思赊。
感遇君心处，行身莫许哗。
农夫循日月，子女一枝花。

羽翼下之二十四
孟云卿

1今别离

人生不所安，别道自衣单。
路远浮萍杳，亭长落叶残。
年年行不止，岁岁值云端。
积取吴门韵，偏呈越女冠。
西施娃馆草，五变不同观。
一志三生愿，千山万水源。

2古别离

日上一高台，云中半路开。
天涯秋叶落，海角浪涛推。
远远君行道，寥寥野草裁。
艰艰长驿望，久久短梦猜。
少壮常思渺，翁童不异回。
求根相近处，此别不离杯。

3伤时二首

素月太空流，婵娟玉影留。
明明寒桂树，白白去来休。
跃跃东西逐，时时自莫愁。
悠悠情不尽，夜夜照梦游。

4其二

宋土一乡云，平生半事君。
文章行日月，草木雨纷纷。
独立悲风至，昂扬载物群。
方圆何定论，岂谓孟津氲。

5 伤怀赠故人

顾顾一秋霜,行行半柳杨。
翔翔无倦鸟,楚楚有衷肠。
二十学方成,人生始路长。
翁公花甲子,七十帝王乡。
五万诗词客,三千岁月光。
年年如此是,岁岁是文章。

羽翼下之二十五
元结

1 贫妇词

贫夫一妇啼,密妾半贤妻。
任苦三边守,由心九陌堤。
男儿天地上,女子自东西。
砧杵衣裳月,梅花化玉泥。
门前流水去,雨后涨高低。
百岁耕田亩,年年鲁客齐。

2 舂陵行（并序）

癸卯岁漫叟授道州刺史道州旧四万余户经贼已来不满四千大半不胜赋税到官未五十日承诸使征求符牒三百余封皆以失其限者罪至贬削于戏若悉应其命则州县破乱刺史欲焉逃罪者不应命又即获罪戾必不免也吾将守官静以安人待罪而已此州是舂陵故地故作舂陵行以达下情。

乾隆四万余,而我过千疏。
刺史舂陵中,如今复读书。
皇家天子路,税赋百官锄。
责任农家去,忧悲取夕阳。
乡怜冤不止,上命苟当初。
草茎由人食,粮根可休如。
邮亭传圣语,漫叟道州墟。
不忍追呼索,难成帝御居。
迁行王道远,顿首自樵渔。
善恶难分别,阴阳不易渠。
江山元结敛,符节况珮琚。
上下交情处,东西自古疏。

3 贼退示官吏（并序）

癸卯岁西原贼入道州焚烧杀掠几尽而去明年贼又攻永州破邵不犯此州边鄙而退岂力能制敌欤盖蒙其伤怜而已诸使何为忍苦征敛故作诗一篇以示官吏。

抢掠道州城,西原不太平。
烧杀无贼戒,制犯两相倾。
复岁攻邻境,空空小巷烹。
难艰田亩赋,并税又纵横。
敛取如狼虎,故儿似氓甍。
鱼亩源帝治,符节此归明。

4 登九疑第二峰

九疑第二峰,一脉跃三龙。
飞水松杉色,仙坛鲁女踪。
云端冠侠士,羽鹤立秋冬。
百岁知人道,高风亮节封。

羽翼下之二十六
独孤及

1 奉同徐侍郎五云溪新亭重阳集作

双溪一色流,独木十三秋。
白露黄花馆,东山符杖愁。
幽幽天地外,肃肃李应舟。
五马江南客,千湖玉岛留。
池塘鱼影落,壁石屹峰楼。
季鸟飞云际,当歌草木洲。

2 海上寄萧五

归思一暮生,朔雪半风鸣。
旷草无争野,荒原有日荣。
瀛壖霜始结,铺溆雾终成。
素挂云烟叶,风栽塞北情。
辽东知动马,海客问沧平。
届剪春秋碣,芜穷日月明。
南期延契阔,茌苒阻难更。
雨别音尘去,云飞故国城。

3 山中春思

山中春日长,濑上草花香。

节季阴阳演,枯荣济泽光。
三经深远道,九脉化衷肠。
歇榭亭长井,天涯几杳茫。
不倦心思土,何言独木香。

4 题因禅寺上方

百谷一云生,千川半雨鸣。
溪流龙虎口,鼓界振征荣。
越路停桄现,恩禅寺律清。
游僧金掌指,草翠玉花萌。
渚秀荒原色,春华旧雨倾。
云光中满隅,雨色上方平。

5 观南洋

一岛四方遥,三江半水桥。
秦唐标铁柱,汉武筑城辽。
造化天源色,蓬莱日月潮。
混茫何远近,吐纳几招摇。
想象扶桑路,思酬玉界条。
凭云回首望,旷海去程桥。
造物雕凿力,成形宇宙萧。
平平深几许,阔阔任天骄。

羽翼下之二十七
丁仙芝

1 江南曲

金陵一路斜,玉树女儿家。
吐纳三江水,阴晴二月花。
横塘倾口澳,北浦客舟纱。
逢人知此处,遇故问胡笳。
十八拍中曲,秦淮秀草芽。
停船如沱目,只问你非他。

羽翼下之二十八
沈如筠

1 寄张征古

寥寥问远山,处处见荒颜。
寂寂云端色,苍苍露雨蛮。
冬春常演易,草木几循环。
老树无日月,青松立不弯。

羽翼下之二十九
吴象之

1 阳春歌

一晓颂阳春,三江色五津。
莺鸣渭水岸,露湿曲江人。
旭彩帘低掩,孤闻玉树申。
花风香入坠,只及叶初茵。

羽翼下之三十
杨谏

折柳下江南,寻芳渭水涵。
知者知自己,问道问春蚕。
碧玉吴门韵,姑苏夜雨谙。
儿郎云岸见,秀草小桥参。

羽翼下之三十一
林琨

1 夕次华阴亭

晓日满华阴,孤亭立渭禽。
长霞红八水,古木独成林。
楚意平苍远,蓬山自古今。
川流秋叶下,契宿岁年心。

羽翼下之三十二
谈戟

1 清溪馆作

一道入深林,三乡各古今。
云沉溪自去,雨化鸟无吟。

物役愁途远,山峦任木荫。
流清沧浪阔,雾湿几人心。

羽翼下之三十三
刘复

1 寺居清晨

清晨一寺光,晓露半朝阳。
欲滴珍珠泪,还思碧玉乡。
含虚明隔岸,汲雾念清凉。
法度幽心近,悠然释音长。

2 出东城

独步过东门,回头问洛村。
清光阳旭色,八水阔伊根。
叶密南山色,林含玉树恩。
中肠忧自己,日月易乾坤。
荏苒芳华冷,枯荣草木温。
长途朝暮数,短意自黄昏。

3 经楚城

日暮望长途,荒城满草蔬。
寒萤飞又落,古迹晦丘初。
断岸黄云没,临亭驿道余。
苍苍墟井石,独独各情居。

羽翼下之三十四
杨滩

1 题武临草堂

仙楼半草堂,列坐数峰光。
雨去阶前雾,云来谷下堂。

花枝招展色,碧叶翠双扬。
湿度千金鼎,直松万木梁。
云林南颖卧,觉悟北天长。
陷语尘服重,清心任四方。

羽翼下之三十五
戴休珽

1 古意

古意一儒穷,书生半玉弓。
河南惊汉斗,塞北扫胡风。
弱羽荒沙漠,边烽弃虏雄。
长城何内外,灞水自西东。
侠客多招访,冠龄少障骢。
幽州飞将在,射虎逐苍穹。

羽翼下之三十六
宋昱

1 晚次荆江

荆江一暮城,曙雨半云倾。
水雾沧烟落,迷津湿露生。
渔翁闲自在,独客问归程。
竹箭经雕树,孤舟挂月横。
潮来潮去逐,日没日还明。
但见垂钓处,书心几度平。

六、五言古诗　接武

接武上之一
德宗皇

1 中和节赐百官宴集因示所怀

中和十度人，上液百官彬。
物象春信首，阴晴岁月新。
京都风景暖，碧玉曲江茵。

2 重阳燕

重阳一日清，正反半分明。
日对阴晴面，风临草木平。
寒流芳菊色，叶扫曲江城。
庆会欢声起，秋光洁节缨。
乾坤天地争，爽气致金英。

3 九月十八赐百僚追赏因书所怀

落叶见秋霜，临朝问暖凉。
繁林清自许，古道驿杨长。
气节池台广，舒荣草木乡。
风清朝野肃，竹菊以梅香。

4 送张封建还镇

牧守自封疆，贤良可四方。
宣风淮甸上，授策觐朝堂。
寸感陈情尽，千谋寄语长。
临流清自许，处世迹心扬。
报国忧天下，居家话暖凉。
人口朝暮度，处处去来量。
日月阴晴始，江山草药妆。
春秋更易永，莫以对黄兴。

接武上之二

1 玄宗皇帝

鹡鸰颂，俯同魏光乘作

朕之兄弟唯有五人比为方伯岁一朝见虽载崇藩屏而有睽谈笑是以辍牧人而各守京职每听政之后延入官掖申友于之志咏棠棣之诗邕邕如怡怡如展天伦之爱也秋九月辛酉有鹡鸰千数栖集于麟德之庭树竟旬焉飞鸣行摇得在原之趣昆季相乐纵目而观者久之适之不惧翔集自若朕以为常鸟无所志怀左清道率府长史魏光乘才雄白凤辩壮碧鸡以其宏达博识召至轩楹预观其事以献其颂夫颂所以揄扬德业褒赞成功顾循虚昧诚有负矣美其彬蔚俯同颂云……

昆昆季季情兮，弟弟兄兄。
辍牧棣分兮，鹡鹡鸰鸰。
谈笑藩屏分兮，守守成成。
官轩职治生兮，咏咏萌萌。
千翔麟德殿兮，栖栖鸣鸣。
九月载崇名兮，志志荣荣。
白凤天伦树兮，颂颂平平。
行摇五子卿兮，集集颂颂。
连枝同理树兮，纵纵横横。
玉叶卷舒英兮，骨骨肱肱。
凤夜雍渠兮，市市京京。
良禽择木荆兮，贯贯缨缨。
同胞余顾分兮，重重轻轻。
结气集云平兮，桂桂营营。
教化亲贤政兮，战战兢兢。
观心悦史清兮，世世琼琼。

接武上之三
郎士元

1 湘夫人咏二首

竹泪玉斑斑，夫人鼓瑟颜。
湘灵苍梧水，怯步已心还。
楚雨孤舟岸，潇云独秀湾。

2 其二

一目到潇湘，三秋向九塘。
千声知叶落，万里问衷肠。
路渺南云远，风回北客乡。
新愁空碧水，旧忆满川隔。

3 酬王十八秀才见寄

清光一秀才，挂月半山开。
夜影婆娑枕，凉风四面来。
新诗三两句，古意万千裁。

4 宿杜判官江楼

楚客杜江楼，思归不怨秋。
浮云惊断续，砧杵落空愁。
宿鸟栖啼尽，林梦入九流。

5 赠万生下第还吴

下第不还吴，中情隅京都。
龙门天下水，楚邑有非无。
独立孤舟去，齐自大丈夫。
五陵春欲暮，万里复扶苏。

6 关羽祠送高员外还荆州

蜀魏半荆州，曹刘一仲谋。
将军关羽帐，结义一生酬。
鼓落华雄去，袍扬日月秋。
桃园兄弟许，琢群誓无休。
剔骨疗毒士，青龙偃月侯。
恩承君子道，百战大刀头。

7 题刘相公三湘图

一客忆南州，三巴色九流。
潇湘飞鸟倦，楚峡杜芳愁。

咫尺平津水,千波逐浪舟。
微明天未暮,魏阙帝王忧。
自有东环路,何须苦欲求。

接武上之四

1 皇甫冉

采掇半齐梁,珍珠一代堂。
前贤今古颂,后霏阙兰芳。

2 出塞

塞角引寒门,胡风入古村。
三军回首望,九阵列黄昏。
异成轻生死,长行重子孙。
关山风景色,但见叶归根。

3 酬裴十四

十四一裴郎,三千半玉妆。
书箱藏白发,夜月守文章。
旧国平陵忆,龙门素志昂。
春风多少里,日色曲江长。

4 之京留别刘方平

一别几期长,三呼旧日妆。
千程朝暮望,万里去来乡。
渭水何言色,京都不折芳。
前途回首处,缺月最心伤。

5 题裴二十一新园

隐路一先生,新园半草荣。
江南云雨客,白日暮朝明。
往事烟波渺,篱疏锁启倾。
由心公府步,果粒硕阴晴。
缀阙青山外,耕人尺寸城。
闲门开已久,古道任纵横。

接武上之五
李瑞

1 古别离

水国雨云烟,洞庭日月田。
行舟帆自立,问道易当然。
此地君离去,归时守释边。

潇湘巫峡接,隔楚向吴天。
几日知长短,相思问岁年。

2 留别柳仲庸

萧条一水流,别路半三秋。
白马长亭外,人情过九州。
相逢向岁月,折柳记心头。

3 野亭三韵送钱员外

千声离别问,十里一长亭。
八水东流去,三秋半渭泾。
重阳逢九日,客路见浮萍。

4 归山招王逵

归山问李端,野旷见川寒。
步度唐时月,心随古道残。
溪流多曲折,雀鹌麦苗繁。
去返常相约,如今可静观。

5 适谷口元赞善所居

谷口一苍天,秋泉半逝年。
林间人独步,月色浸苔藓。
露湿巾冠顶,寒明白发前。
君居天地外,束坐暮朝田。

接武上之六
卢纶

1 大白西峰偶宿书怀

大白一西峰,书龄半旧踪。
江山行止处,徒步羁求封。
路远千山近,心遥万水逢。
三清观自在,九脉问苍龙。
石壑空啼鸟,丛林节杖邕。
仙翁归海至,洞府遗天客。
芳尘沉溷度,人心寓鼓钟。
错散俄怜梦,俯仰鹤鸾宗。

2 送古中孚归楚州旧山

青袍玉阁郎,谈笑问候王。
楚霸王吴济,秦川误未央。
名成闲不得,业就古今肠。
此去观流水,还来问帝乡。

风尘来去卷,紫陌去来黄。
泊忆阊门读,逢临月色荒。
千灯喧市夜,万户寄寒沧。
邑酒随行子,轻舟绕柳杨。
渔森浦口岸,玉树林天藏。
异境登高问,同城付草堂。
桃源秦汉问,彼此共炎凉。
五斗衔文气,三生化晓妆。

3 送顾秘书归岳州

一路到江城,三秋见日明。
阴阳分界定,黑白各扬程。
酒醉寻知己,离舟见弟兄。
苔藓随雨现,叶落任风情。
岳麓贤君子,潇湘不改名。

4 上巳日陪齐相公花楼宴

钟陵二月春,上巳半归人。
晓日群英早,霞辉束甲秦。
花楼君子问,树色满红尘。
绿野江湖色,天光石滟濒。
华缨今日酒,触物古文津。

5 和李中丞酬万年房少府过汾洲景云观因以寄

(房李早年同居此观)

少府景云观,汾州问杏坛。
同居房李见,显晦各云端。
玉洞寻芳晚,金琼持已寒。
流泉成逝水,积学化青丹。
独鹤如何问,双鱼几度桓。
沉思仙侣客,岂止吾庐盘。
道感书香卷,梅生百木残。
冰霜冬必去,石路见峰峦。

6 与张擢对酌

对酌酒泉公,老叟问张翁。
只醉山村月,怨罢故柏宫。

7 奉陪侍中游石笋溪十二韵

旭日上灵山,峰光待宇鬘。
流溪天水色,竹节泪斑斑。
禹鲧新凿谷,图书旧迹营。

江河紾浩去，素雪玉门关。
石壁猿啼尽，莲峰季鸟还。
松风依广漠，彩贝化香蛮。
静得鱼沉影，行寻鸟落湾。
新志吟不隐，古乐锦囊间。

接武上之七
司空曙

1 关山月
关山一月明，夜梦法无声。
野旷空寒色，胡霜素白盟。
边楼如积雪，陇露碛沙横。
问道乡人少，前程异客声。

接武上之八
令狐峘

1 硖州旅舍怀苏州韦郎中
芳塘一晚荣，学政半无声。
异止三千界，儒行五百鸣。
婴衔策杖士，白首诗词平。
敢慕桑田陌，杳凝玉社名。
东吴音韵色，北蜀豫川晴。
日月分南北，乾坤易演成。

接武上之九
朱长文

1 宿新安江深渡馆寄郑州王使君
霜沉拾月中，叶落九州空。馆闭三吴夜，
舟寒寄意同。新安江上色，沈约赋关东。

接武上之十
余延寿

1 南州行
两岸一南州，三江半国流。
金钏吴越女，素粉织香楼。
姿身依榭寓，曲慢意心幽。
弄瑟藏娇色，浣纱问渡头。

2 折杨柳
杨杨柳柳问，去去来来寻。
岁岁年年老，朝朝暮暮文。
离离别别地，弟弟兄兄分。
独独孤孤见，枝枝叶叶群。
长长短短路，柳柳杨杨君。
事事人人处，成成败败耘。

接武上之十一

1 顾况
吴中一逸诗，渭上半春词。
雨意江湖色，云情日月知。

2 拟古
游龙一日新，戏凤半天津。
剑影江湖岸，书声日月春。
琴台知己处，夜瑟何君沦。

3 弃妇词
难言弃妇词，妾日丈夫知。
一路连天远，千寻何自负。
结发守相痴，幽燕托乌羽。
万里叶归时，方妍拭疾去。
故剧聚心知，君情君不解。
我素我春枝，嫁水嫁流波。
随情随逝斯，留连留不住。
有情有良缘，莫语莫愁期。

4 弋阳溪中望仙人城
一草一灵芝，半山半逝迟。
孤姿孤许诺，节取节呈辞。
偶胜偶得势，偏行偏遇滋。
仙人仙不语，洞顶洞明斯。
石羽石峰屹，霜冰霜晓司。
无还无彼此，苦作苦相思。

5 严公钓台作
严公一钓台，凤驾半云开。
耿洁重霄净，夷巢托志来。
夔龙朝榅道，世扫石藓苔。
谷口多风雨，陵滩少楚才。
直钩知所退，四皓不可哀。

6 奉同郎中韦使君郡斋雨中宴集
熏香一净堂，打坐九州梁。
和雨阴晴市，排云半帝乡。
姑苏君子雅，郡府寸心扬。
好鸟依嘉木，清风扫月光。
林含沧浪水，石立屹峰疆。
宴集离辞尽，杯余日志肠。
归朝重话坐，此问使君堂。
不待阴晴济，凌波岸柳杨。

接武上之十二
刘太真

1 顾十二左迁过韦苏州房杭州韦睦州三使君皆有郡中宴集诗辞意高丽鄢夫人之所仰慕顾生既至留连笑语因以成篇以继三君子之风
十二左迁舟，苏杭睦郡留。
三君辞属意，八面四方游。
日月明天地，文章教五洲。
兴衰相继续，宠辱不惊由。
牧守江山客，招摇草木丘。
迢迢楼上望，肃肃泊中休。
晓日红霞满，暮昏远照忧。
前途当不尽，迹历莫须求。

接武上之十三
朱倣

1 剡溪行却寄新别者
新新旧旧人，别别离离春。
柳柳杨杨树，泾泾渭渭津。
移舟逢暮雪，排云遇草津。
耶溪回首处，天台几笑鞾。

接武上之十四
窦参

1 迁谪江表久未归
放逐久徘徊，　无从日不。
云随烟雾树，雨任石青苔。

欲得回归路，何知去不来。
迁居江表巷，羽翼楚人才。

2 登潜山观
一势自惊定，三峰独立寒。
微径长细历，石木隐云端。
抱曲藤萝绕，垂自屹壁盘。
丹炉生紫气，玉树集仙坛。
秀鸟飞翔久，灵芝古道冠。
松林声远近，水逝任波澜。
但卧幽门外，高昂日月观。

接武上之十五
姚系

1 京口遇旧识兼送往陇州
落叶一鸣秋，清风半神州。
相逢离别去，隘口陇云头。

2 五老峰大明观赠隐者
五老峰林晚，千川逝水流。
观云随起落，问雨任沉浮。
默默一琴音，悠悠半古今。
情余三界岸，日短小人心。
举首婵娟问，清晖玉树阴。
山深林密见，不远是鸣禽。

3 送周愿判官归岭南
鼓瑟对蝉鸣，归心问月清。
秋山林不密，落日岭南行。
结义由来望，行忠任复明。
寻同千载路，感异万途情。
驿社题诗处，淹留颂雅声。
深交人寅久，集蕙渚兰荣。

接武上之十六
刘湾

1 出塞曲
一塞半秋风，三生十地雄。
千军同战斗，万马共云中。
醉卧楼兰酒，箭射纵横东。
征兵无胜负，主将自天功。

汉牧贤王逐，天干碛石空。

2 李陵别苏武
归心存汉营，将没房军兵。
步卒边功尽，单于汉战名。
生生何死死，汉武几胡情。
虎虎狼狼地，荣荣辱辱旌。
匈奴秦汉使，帝女嫁荒城。
白日相思去，黄云草木荣。
阴山苏武牧，北海李陵萌。
国阙庆恩贵，桑干易马横。
留寻儿女小，寄养李陵行。
塞外人心在，何须问死生。

接武上之十七
李希仲

1 蓟门行二首
蓟门一战城，北镇半雄兵。
宿将知南北，漩旄问女情。
琵琶声已教，草羽皮轻生。
汉武楼船在，榆关日月明。

2 其二
一箭报君恩，三生净北门。
千军征塞外，万马洗黄昏。
羽檄桑干水，弓惊草木魂。
应怜儿女夜，战事不乾坤。

接武上之十八
苏涣

1 变律
隐隐一巢声，蚕蚕半下鸣。
桑桑无子叶，茧茧有束生。
一女抽丝织，千夫化帛城。
循规当日月，变律始终行。

接武上之十九
戎昱

1 塞上曲二首
肃肃一风寒，休休半日丹。
兵兵临塞上，处处望云端。
古镇常年守，边城几度残。

2 其二
画角一声哀，弓刀半夜开。
知兵临塞上，用将问良才。
唯有琵琶曲，去石再无来。

3 从军行
飞将一马蹄，向日半云低。
塞上三边色，军中九战西。
邯郸多少路，虏战草萋萋。
鼓角扬天地，弓刀像鲁齐。
平生肝胆力，守国整家蠡。
暮色黄昏远，芳筵正草霓。
孤城轻市色，铁甲戍边藜。
少妇思心处，谁听宿鸟啼。

4 苦哉行
妾女住河口，浑家举目怜。
身姿奇巧小，影色玉貂蝉。
闺隐亲戚少，偏幽独秀莲。
藏声朝父母，少至太门前。
十五胡儿来，三千弟子眠。
翻生官戈俱，苦意不如天。
八月生秋叶，三更守户田。
家贫无远近，济客自方圆。
虎口黄泉路，人生暮了牵。

5 长安秋夜
长安一夜秋，秀草半难留。
足迹连霜雪，思情断九流。
家贫归亦好，客路几时休。

6 湖南雪中留别
一日武陵西，千津泛玉堤。
茫茫云雨岸，路路柳杨低。
草草天涯去，相思宿鸟啼。

7 同辛兖州巢父卢副端岳相思献酬之作因纾归怀兼呈辛魏二院长杨长亭
暮角引孤城，浮云纵雨生。
临舫方及醉，离散玉壶倾。
后会何知处，如今坐上情。

清风明月在，复止又期行。
羁游归舟问，平生水不平。

8抚州处士湖泛舟送北廻两指此南昌县查溪兰若别

抚州处士寻，独树木成林。
北刹溪兰若，南昌祖帐深。
水泛鄹波月，情衷彼道心。
禅庭今古颂，袂政暮朝萌。
曲曲长亭付，悠悠日月吟。

接武上之二十
李益

1观回军

行行半陇头，月月一弦钩。
顾顾将军貌，回回戍士秋。
桑干南北去，永定去来休。
易水鸣咽色，交河日月流。

2入南山至全师兰若

木阴水云泉，南山雪804田。
全师兰若定，寂壑淑苍然。
石路松门口，瑶芳玉树前。

3送诸暨王主簿之任

离愁万结心，主簿一知音。
曲应长安道，云平八水浔。
涛寒同日月，越远共甘霖。
国秀秦川色，人行草木深。

4闻亡友王七嘉禾寺得素琴

嘉禾一素琴，故友半留音。
旧迹寻天地，孤声日夜深。
泉流明月色，石砥响君临。
此路谁来夫，归途不可寻。

5送辽阳使还军古今诗

一使问辽阳，三春忆故乡。
千章来去见，五万古今藏。
塞雪春梅色，湘流竹泪凉。
南洋木槿曲，老子以诗王。

6华山南庙

古庙近阴山，明灵达意还。
坑儒惊此地，壁隔秦皇班。
闭谷精修暮，开诚布勉颜。
风回松柏木，可问玉门关。

7将赴朔方早发汉武

汉武一葡萄，秋风半马刀。
平生三四顾，朔漠万千蒿。
不复楼兰问，应寻报国旄。
李陵苏武会，遗子故人袍。

接武下之一
于鹄

1秦越人洞中咏

扁鹊一导客，仙人半旧踪。
年年常见地，处处洞风望。
日夜山林履，阴晴雨白龙。
时时行步足，路路济晨钟。

2宿西山修下元斋咏

独树一人平，幽峰半鸟声。
溪流天水岸，沐浴碧纱城。
起践寒山叶，长灯拾得明。
金铃林下静，法悟理中行。
律持香经卷，仪修道学盟。
灵心投简石，自古有无情。

3入白芝寻黄尊师

谷口一尊师，飞流半壁池。
潭溪烟雾湿，怪枥触灵芝。
细径悬山石，梦藤缠古枝。
天光茅屋顶，白气玉仙姿。
景异清风许，思同秀草知。
琴声何处响，只读古今诗。

4过凌霄断天谒张先生祠

落落万峰年，幽幽一线天。
凌云三世界，化雨九泉烟。
采药深山里，播耕谷口田。
先生先解陕，后主后颜鲜。

六十方华甲，孤居不问船。
游僧樊石径，面壁养心弦。
苦力沧寒见，行云日月悬。
藜床轩冕卧，白犬独无眠。

接武下之二
戴叔伦

1独不见

前宫路不遥，后宇玉藏娇。
旧苑春先主，冬梅雪后凋。
归燕声渐少，短袖曲歌霄。
汉武中兴殿，昭阳上液朝。

2去妇怨

去妇怨难平，鸟啼夜不明。
同巢恩义重，异曲客人情。
日晚黄昏蛮，风悲大木横。
凄凄何切切，别别欲声声。

3潭州使院书情寄江夏贺兰副端

云云雨雨多，暮暮朝朝行。
使院潭州客，洞庭岳麓波。
舟平江夏岸，子寄楚才歌。
不尽春秋望，无因日月梭。

4新秋夜寄江右友人

不寐月明中，寥寥故友同。
幽幽千落叶，闪闪一萤虫。
户暗关河问，星空草木风。
南寻三界岸，北望五陵东。

接武下之三
长孙佐辅

1陇西行

朔气陇西行，阴云四月平。
强风知劲草，瑞雪化精英。
夜宿长城北，书修易水盟。
秦川泾渭色，白马自纵横。
狭路芳林道，宽心秀草萌。
归情乡梦里，抱愿故人情。

2 关山月

关山一月秋,叠曲半秦楼。
戍客多离别,乡心几断愁。
交河荒落日,八水绕城流。
塞雪霜先净,寒云素洁幽。
嫦娥纤影问,独立向芳洲。
去岁同行比,今晨共勉忧。
思乡相顾取,落落比形修。
拂晓弓刀照,清宫玉臂留。

3 同行经村径桓仁西关

山村一两家,五女两三崖。
寂历浑江岸,东风四月花。
桥头江沿北,旷野种桑麻。
六〇年荒后,京都作客家。
年年书卷里,不比种豆瓜。

4 山居（又）

一路五女山,三生半西关。
桓仁天下去,筑宇结京班。
出入诗词卷,枯荣草木湾。
乾坤云雨岸,只以肯登攀。

5 楚州监旷古墙望海（又）

造化一中州,沧波半逐流。
翔云舒卷去,露雨暮朝潋。
日照扶桑岸,水净十三楼。
望海蓬丘路,长亭不宿谋。

6 山行书事（又）

孤行一北郊,日落九重茅。
兔去惊弓尽,狐藏秀屋巢。
山中多草木,路上阴晴潲。
四面清风月,三兄两弟胞。

接武下之四
杨凌

1 奉酬韦滁州寄示

淮阳问滁州,郡牧待江流。
榭月潭清净,熏香百越楼。
芳华南北色,雅曲去来浮。
别调伤心久,途程几莫愁。

接武下之五
崔无翰

1 奉和圣制中元日题奉敬寺

一道半人生,千途九脉荣。
中元题奉敬,圣御俱群英。
弄玉秦楼客,相如蜀酒城。
龙宫上苑色,后殿付荣倾。

接武下之六
刘商

1 铜雀伎

赤壁正吴涛,关公捉放曹。
高台荒草色,魏主槊扬刀。
尽夜闻歌舞,江山美女条。
乾坤朝暮艳,欲望去来褒。
雀尽铜伎老,雄平调碧篙。
阳春惊白雪,汉武有葡萄。

接武下之七
杨衡

1 卢十五竹亭送姪吾归山

落叶挂云头,浮霜染树秋。
山归清几许,醒醉客心愁。
月色当轩照,空悬玉壶流。

2 寄赠田仓曹湾

芳兰贝叶书,陋巷独身居。
暮揽千山远,朝由万水余。
漕湾红月日,渚浦霞彩初。
雨晦云晴寂,缨冠玉带虚。

3 题玄和师仙药室

石壁半山边,松林一古泉。
芳从千碧叶,玉树雨云烟。
有路通遥远,无峰达岭妍。
玄和仙药济,几度越天年。

4 九日陪樊尚书龙山宴集

龙山九日心,旷野一幽林。
翠物重阳许,黄花组绢浔。

凭轩临渡口,酌酒问知音。
隔寺秋风叶,听钟十八禽。

5 游陆先生故岩居

陆子一岩居,先生半壁书。
窥猿高树挂,季鸟向天初。
独壑成空蟑,孤峰化木鱼。
相传灵谷里,水上有云余。

6 秋夜闲居即事寄庐山郑员外蜀郡传处

蜀郡一芳洲,庐山半士修。
忧心天地上,处世暮朝求。
引领星云际,先生日月舟。
佳音迟惠济,纪缕度秦周。
耀况蓬莱客,华灯彻夜楼。
昂寻云复卷,俯见雨烟流。
不隐崇兰色,崇明自莫愁。

7 登紫霄峰赠黄仙师

步步紫霄峰,云云石壁松。
仙师黄土老,汉迹素诗翁。
古树丛天语,清流逝不封。
禽鸣灵地侧,日照翠苍踪。
石屋红霞早,檀香曲度龙。
琼瑶云复度,玉箓雨还重。
悟得通幽处,禅音是鼓钟。

接武下之八
武元衡

1 独不见

荆门一柱观,楚水十万澜。
半国三休殿,全环十九峦。
仙辉生顾眄,细腰上云端。
白日高唐晚,波潮梦泽潘。

2 送唐君次

都门白马鸣,灞水玉波迎。
白日何当道,离亭望远晴。
春流多曲折,不忍向东行。
驿路云烟远,扬鞭弃故情。

3 晨兴赠友寄呈窦使君

晨兴窦使君，岁度去来云。
白露清风晓，亭杨楚汉分。
新梦方解守，旧驿复时文。
浦气婵娟色，东山草木氲。
余歌声不远，百虑索耕耘。
岳麓洞庭岸，江陵一日曛。

4 旬暇西亭寄呈熊郎中副使

西亭副使天，细雨自高悬。
草气池塘水，芳妍醉梦眠。
行歌何不止，木槿暮朝前。
衣被红波短，东林始未然。

接武下之九
羊士谔

1 九月十日郡楼独酌

重阳一日楼，叶落十三州。
独酌群芳酒，棂轩泛碧游。
寒山鸣石径，暮节洞虚求。
掾吏嘉辰许，东山日作舟。

2 小园春至偶书呈王吏部窦郎中孟员外

松风一郡声，吏部半峥嵘。
达士郎中问，玄关壮岁名。
苍茫山色远，彼此客情萌。
共济期心与，同吟隐约情。

接武下之十
权德舆

1 杂诗

一路化春泥，三光任草萋。
千山芳碧野，万里叶高低。
殿玉婵娟色，宫兰上液齐。
衷情沧浪水，顾授大江西。

2 月夜江行

行明暮已深，月夜渡江心。
扣坂击流水，孤舟结远荫。
幽幽何可见，苦苦木寻林。

寂寂山河岸，遥遥一古今。

3 丰城剑池驿

丰城一剑池，渭水半清姿。
晦日非张茂，晴明月照时。
泥沙埋不住，壮士自相期。
物象分南北，人心可存疑。
英雄何不见，八水绕城知。

4 渭水

渭水一西东，泾流半宇穷。
吕翁垂钓处，小白始尊崇。
日暮周秦去，天高楚汉空。
江波依旧逐，驻策始由衷。

5 晚渡扬子江却寄江南亲故

返照一红流，晴霞半扁舟。
黄昏千里外，顺水万山幽。
回首何来处，前波逐浪休。
沙明藏隐约，水暗注寒秋。
岸晚云飞渡，波隐蜀楚楼。

6 感寓

天中四序分，世上半雨云。
病里观牛斗，行前问止闻。
仪瑞朝阙久，击节仗仁君。
秀象梧桐木，观澜秘省文。

7 古意

家人一酒泉，务盛半三鲜。
谷雨春耕土，重阳果粒田。
书书途万里，阔达问千年。
变女儿男见，平生日月船。

8 祗命赴京途次淮口因书所怀却寄使府群公

望尽楚云深，空闻汉木吟。
淮涵书使府，翼卷策归林。
越秀离思重，秦川著古今。
靡靡遵道道，处处尚知心。
忡忡秋风瑟，扬扬自雅音。
萧条何不问，物竞倍思侵。

9

一叶富春江，千汉叠浪艟。
天台云雨色，越女绣纱窗。
四望苍山老，三春碧玉邦。
霄鸿飞未尽，渚草没秦腔。
厚土缨冠挂，应琼济无双。

接武下之十一

1 刘禹锡

刘郎白乐天，一语半神仙。
万节精工巧，千章日月悬。

2 团扇辞

暑夏一团扇，梁前半宿燕。
清光无许道，玉树有云殿。
古色沉香处，萤飞移色变。
机杼藏细意，砧杵寄心练。

3 咏古有所寄

途生一路尘，待月半秋春。
纂下怜心切，娇前话万钧。
平阳歌舞尽，曲赋始终频。
幸得文章阔，辛园日月亲。

4 効阮公体

老骥一途心，长亭半古今。
年年天下路，处处世中音。
度没华峰塞，行驰壮士吟。
昂鸣千万里，伏枥木成林。

5 善卷坛下作

先生一杏坛，道远半衣单。
冶得安林数，节成日月安。
瑶池分石玉，渭水纳波澜。
伐木多辛苦，回头若始观。

6 秋晚题湖城驿池上亭

暮色满湖城，秋风浩荡清。
南洋花木茂，北海菊含英。
未解相思处，难言独自行。
晨鸡啼两遍，驿客踏霜明。

7 发华州留别张侍御

一别半华州，三分九陌头。
离时挺阁路，结动客相留。
有界长亭晚，无言日月愁。
萧萧临逝水，肃肃度春秋。

8 登陕州城北楼却忆京师亲友

独上北城楼，孤身问陕州。
京师亲友忆，渭水自东流。
野草年年茂，芳花岁岁愁。

9 登苏州后登虎丘寺望海楼

姑苏一虎丘，望海半江楼。
寺冷僧房闭，池涵越剑修。
星摇天地暗，月照十三州。
宝刹虚眠夜，江湖问莫愁。

10 岁杪将发楚州呈乐天

春归白乐天，楚岁待淮船。
色变山林远，情思故友年。
云含烟雨色，月挂雾溪泉。
渭水如相问，婵娟不共眠．

11 别友人后得书因以诗赠

一别马萧萧，千亭路遥遥。
春风杨柳折，逝水去来消。
日落黄昏暗，兰香玉门桥。
关书藏枕下，宿梦入心潮。

12 吊柳子厚（并序）

元和乙未与，故人柳子厚。
临湘水为别，柳浮舟适柳州。
余登陆赴连，州后五年余复。
从故道出桂，岭至前别处而。
君没于南中因赋以吊。

寻君柳柳州，问道故人谋。
别处留天意，临连陆水头。
帆扬湘渡口，桂挂岭南秋。
五载人清去，千年不住忧。

13 秋江早发

晓日一秋霜，轻明半露香。
江含余水阔，目寄远帆长。
万象凝孤愤，千声没柳杨。
方听禽鸟愿，读解去来肠。

14 寄陕州姚中丞（时分司东都）

中丞下陕州，八月上秋楼。
阙下风云客，关前俯仰酬。
旌旗红紫树，禹迹去来修。
汉楚鸿沟岸，周陵逝水舟。

15 和武中丞秋日寄怀简诸僚故

三公不退朝，八水逝云霄。
吏制知天子，中书日月谣。
威生华白简，彩翰玉门桥。
报国筠心故，松坞别墅寥。

16 裴祭酒尚书见示春归城东松坞别墅寄王佐丞高侍郎之什命同作

晓日曲江晖，师生大学归。
机时从日月，独树白心扉。
早宦知人晚，金章寄客非。
羊肠盘鸟道，郁木绕林薇。
蔽日无炎爽，行云待雨飞。
含林丘谷色，酬唱玉人闱。
寂对双波色，珠平一钓挥。
潭澄天籁静，比翼挂金徽。

接武下之十二
李观

1 宿裴有书斋

枕月卧君山，悬泉挂玉颜。
风清松柏树，夜半去来还。
季鸟栖栖宿，溪流草木湾。
中峰林谷口，一曲似弓弯。

接武下之十三
杨巨源

1 题赵孟庄

管鲍一君心，仕宦半古今。
情交如故逝，得路似寻荫。
赵孟庄中月，婵娟桂影深。
苏州县石洞，几卷不知音。

接武下之十四
孟简

1 拟古

剑客主人秦，营身魏晋陈。
纤毫知进退，鸷愤虎龙音。
义肯江湖阔，心正草木深。
情随杨柳岸，计取古今尘。

七、五言古诗　正变

1 韩愈
气势一臣心，诗豪半古今。
文成孤始纪，独树退之林。
驾御含茵道，颜直韩变音。
秋阳重九宕，立意浅还深。

2 秋怀诗十一首
平生几路途，仕宦半心孤。
叶落枝还在，春来碧复苏。
重阳高远见，暮日阔江湖。
九鼎秦皇志，三千弟子儒。

3 其二
白霜玉霜条，秋风草木萧。
蝉吟多少句，叶落柳杨寥。
受气明天地，行成宇宙遥。
终生还始得，一路半门桥。

4 其三
足足一声鸣，悠悠半世清。
阴阳分两界，向背属相明。
彼得廉颇将，相门玉璧情。
平平天水岸，愿意曲直成。
学生邯郸路，驱驱驷马倾。
朝朝朝宦主，迹迹迹士荣。
贱嗜农夫事，难寻土地耕。
归来书史处，自叹尚精英。

5 其四
水水一清流，山山半叶幽。
空空云不语，色色雨还秋。
恻恻阳光照，明明暗暗晴。
分分合合处，隐隐凌波城。
案上书香气，心中笔墨倾。

6 其五
案上一虚荣，书中半士生。
秋风增肃志，落叶复春萌。
夜夜夷涂性，思思几度鸣。
空悲何独目，敛退愚相情。

7 其六
晨明一渭城，月挂半山横。
剧梗尘埃定，幽心日月更。
秋云浮不动，旭日九州行。
朝端依旧制，尚勉帝王盟。

8 其七
缺月自难全，寒天客叶边。
晨鸡鸣旭日，鼓噪憾城田。
屡屡寻声至，悠悠问酒泉。
交河无定许，苦勉守方圆。
夜梦相追忆，唯能渡口前。

9 其八
年年苦读书，岁岁尚当初。
卷卷凭思想，篇篇任相如。
轩前田亩牧，岭后暮朝余。
不憾空堂叶，还闻帝业墟。
无劳人事去，有似纪樵渔。
铮若琅玡顾，循安不可据。

10 其九
曲曲一灯前，悠悠半九天。
梧桐霜叶重，十六月方圆。
夜气寒光满，沉云玉影悬。
空阶风不语，扫荡远尘研。

11 其十
累累退之声，文文正变明。
今今古古事，去去来来平。
寂寂霜林月，悠悠露草情。
荣荣知彼此，辱辱始终行。
进虑千金弃，侵庆弱念生。

12 其十一
夜夜一霜明，眠眠半梦清。
思思天地外，早早自由行。
足道龙蛇迹，芳踪日月城。
西风生肃主，众象化枯荣。
正变文心济，由来勇士名。

13 夜歌
静夜月清光，闲庭影色藏。
孤身无恨志，独坐有余芳。
自得文章迹，朝忧日月堂。

14 暮行河堤上
一暮半河堤，千言两变萋。
黄云浮不定，碧草可高低。
感叹孤舟去，行吟展转齐。
晨谋何事业，暮结鸟不啼。

15 长安交游者赠孟郊
长安一日悬，渭水半流天。
陋室华文许，高门富贵全。
推敲僧不语，进退欲人田。
且欲分贤愚，无心渡口船。

16 宿曾江口示侄孙湘
舟停古驿湾，木曲旧河山。
水逝南蛮地，云浮北国还。
臣谋天子道，客社宿江颜。
所诣高言外，行成逐几班。

17 落叶送陈羽
叶落自飘飘，沉云任际消。
春明千岛岸，息断一江潮。
自异相依问，还寻独柳条。
余晖高远路，碧玉小村桥。

18 晚菊
（此诗在阳山穷独不自聊而作）
晚菊向秋多，重阳唱九歌。
阳山穷日落，美酒亦蹉跎。
自聊江山志，谁知必揣磨。
家归何不解，夜月退之河。

19 从仕
（贞元十七年始从调京师而作）
京师一日观，八水九波阔。
渭邑龙门近，东都上液玕。
私归闲不足，仕力苦心寒。
佛骨沉香处，臣心以比干。

20 哭杨兵曹疑陆歙州参
七十半闻名，三千弟子声。
兵曹杨战士，坐守鹤云城。
仗剑成文定，行身世事清。
黄泉留大道，此泪寄人生。

21 感春
偶坐问山春，偏闻季鸟鸣。
藤荫含雨气，叶茎吐云城。
节令随时易，群芳各自荣。
东风朝暮许，草木任纵横。

22 出门
有志过东门，无求向子孙。
长安家百万，渭水色千村。
读卷春秋论，行文日月痕。
相期同道路，跬步共乾坤。

23 送李正字拟归湖南
长沙半楚人，岳麓一才津。
暮雁潇湘落，晨江芷渚濒。
兼葭浮水色，浦苇结连根。
玉立莲蓬子，婷婷以自珍。

24 幽怀
草觅一情幽，私寻半九流。
天知人不解，士女幸春秋。
渚浦浮萍碧，沙明草芷洲。
三生知努力，四序向书求。

25 江汉一首答孟郊
江流问孟郊，宿鸟向归巢。
汉口知音客，沙明水似胶。
孤裘寒室读，住驿苦书嘲。
烛泪垂斑落，幽华比玉佼。

26 县斋读书自语
年年苦读书，岁岁比相如。
笔宰山乡望，文相帝业余。
春秋秦晋国，论语汉唐初。
耳净桑田路，心明日月舒。
诗成诗五万，赋得赋荷锄。
几案阴晴道，丹青已自居。

27 南溪始泛二首
泛泛一南溪，流流半玉堤。
幽幽成逝水，逐逐事东西。
石粗波磨砺，岩层厌挽齐。
岸卷风陵波，云飘草木萋。
余年知岁月，四万御诗题。

28 其二
雨雨任东西，米穀农桑里。
天酬仕宦犁，渡口舟夫舵。
春秋弟子诋，人心无上下。
人间念因果，世事不高低。

29 重云一首李观疾赠之
阴晴一暖凉，日月半沧桑。
草木知天地，乾坤纳短长。
康康何病病，郁郁几黄粱。
善劝心情好，天高任鸟翔。

30 龌龊
世士不知忧，居高唱九流。
晴阴何进退，日月自春秋。
事业风亮度，江山草药洲。
贤人名不就，贱者求雕谋。

正变之二

1 孟郊
唐家一苦吟，沈谢半诗心。
格力明天下，推敲入古今。

乐府十三首

2 列女传
梧桐半叶荫，列女一贞心。
妾妇阴晴岸，波澜日月深。
鸳鸯同戏水，独木不成林。
舍弃方圆缀，寻求字句箴。

3 塘下行
少小不知家，童翁渡口涯。
舟边逝水见，巷口木兰花。
羽扇纶巾调，周郎赤壁斜。

4 游子吟
云游半古今，父母一人心。
子女三生路，阴晴九脉霖。
日月千年继，方圆百岁金。

5 送远吟
河流送远吟，浦口木成林。
百岁芙榕树，三山秀草深。
江东闻霸主，塞北有知音。

6 巫山行
雨里一巫山，云中半玉颜。
猿声啼不住，峡口渡阳关。
宋玉三千赋，襄王五百颜。
如今儿女梦，遗恨闺中间。

7 静女吟
红妆静女吟，独检付鸣琴。
司马相如赋，弦中有故音。
情田藏妒色，静志矢千金。
易得声客嫁，难寻七寸心。

8 苦寒吟

一草苦寒吟，三春付独心。
群芳知不妒，古木自成林。
谷雨何天地，惊蛰任鸣禽。
乾坤应四季，日月易千金。

9 古怨别

怨别一秋风，忧心半世空。
含情相向问，欲语背心同。
曲尽首陈切，罗巾妾泪穷。
天涯多少路，至此不由衷。

10 征妇怨

妇怨一征兵，夫从半纵横。
交河圆日落，渭水曲江盟。
汉武长城固，秦皇共轨名。
红颜知自己，好铁不钉荣。

11 古薄命妾

一指十音弦，三生两地船。
千声埋乱怨，万语误婵娟。
昨日红楼暗，今晨泪易泉。
青山先已老，妾命世如烟。

12 湘妃怨

南巡一水遥，竹泪二妃消。
鼓瑟湘灵怨，知音断水桥。
荒山藏古庙，玉脉柳杨条。
意切行贞诣，情深阮澧潮。

13 车遥遥

一路到江头，千帆竟逝舟。
大君方得志，妾女几离愁。
大雁留郎切，飞鸿落渚洲。
猿啼声不住，塞上古情愁。
日暮黄昏色，梦断北城楼。

14 古别曲

人间一别离，世上半迁期。
道路何心据，肝肠几度迟。
山川今古见，离月去来知。
渭水桥杨柳，枝枝折叶姿。
长城南北战，甲第暮朝时。

仕宦儒书客，英雄白马驰。
苍苍幕幕寄，后客是先师。

感兴六首

15 感怀

秋晴万物老，落叶千声早。
道远思寒阔，途多驿社宝。
零丁观独立，霜层素宇好。
平生书礼客，彼此自由草。

16 闻砧

婵娟一夜光，砧杵半清凉。
塞外冰霜复，关中问孟姜。
长城应倒尽，月照喜良郎。
归时应是梦，望断女儿乡。

17 长安早春

长安一早春，渭邑半行人。
旭日朱楼上，蚕桑自束身。
西园花柳色，巷陌玉侯频。
酒肆呼声小，田家待雨新。

18 去妇

去妇半君天，归人一月弦。
藕丝多不断，妾意少孤连。
女事夫安且，行中又生妍。
男儿当见此，砧杵递声怜。

19 怨别

一别半回头，千行万里愁。
平生何此怨，正变断沉浮。
在富言娇贵，居贫话渚洲。
长亭先已继，道路几春秋。

20 劝酒

清江一酒泉，白日半苍天。
醒醉辞日月，阴晴草木妍。
南山冰雪隔，渭水暮朝田。
但饮千年去，何须顾自眠。

咏怀六首

21 独愁

别路百虫鸣，途前万草荣。
行行何止止，止止复行行。
独步长亭路，孤身万里情。

22 春愁

细雨一春愁，浮云半九州。
新枝花色艳，碧叶玉人羞。
暮落黄昏晚，江泓寄扁舟。

23 秋夕贫居述怀

半世一贫居，三生半不余。
愁听三界声，病写万诗书。
共饮田家酒，同情碧玉锄。
耕耘芳草地，处理卷云舒。

24 落第

晓月上龙门，书生半玉根。
霜明层案几，假乙误黄昏。
渭水泾流色，农夫多子孙。
春荣秋肃始，夏雨复冬存。

25 秋怀

秋风一月余，落叶半贫居。
地上闻知己，床中待晓嘘。
无门君自入，四壁卷云舒。
野草临梁碧，星明似旧墟。

26 失意归吴因寄东台刘侍郎

东台一侍郎，日没半归乡。
渭邑长安道，吴门失意凉。
离茵碧玉秀，缕履接秋香。
野树同天宇，飞鸿过柳杨。

游适九首

27 独宿岘首忆长安故人

长安一故人，八水半云秦。
物况秋山晋，沙林月色鳞。
砚亭当此夜，酒净曲江茵。
少醉寻常意，如言似从贞。

28 苏州昆山惠聚寺僧房

惠聚寺僧房，昆山日上梁。
苏州松柏界，鹤顶虎丘乡。
石杖青苔路，袈裟草木光。
逍遥津道场，古韵夜灯旁。

29 喜与长文上人宿李秀才小山池亭

长文一上人，曙叶半知春。
柳细烟云雨，兰香露湿茵。
山池亭榭色，象界净天津。
逸唱华浮岭，幽峰不尽申。

30 游终南龙池寺

鸟尽一僧房，云沉半柱香。
终南灵隐寺，渭水浥龙溏。
碧雨鲜松柏，轻云石径旁。
清溪声不尽，故道步难量。

31 过分水岭

八水一西东，三山九脉风。
云沉分水岭，雨落化苍空。
楚汉周秦制，天涯海角穷。
英雄南北问，寞寞月如弓。

32 立德新居

新居立德袍，月色向天高。
碧水东流去，风云落岭毛。
倾听山脚雨，足踏汉英豪。
劲草迎峰舞，霜禽欲易旄。

33 游终南

步步一终南，山山半雨涵。
流流曾不断，细细作泉潭。
夜夜空明月，时时宿晓岚。
深深人自语，淡淡客春蚕。

34 西山经灵宝观

道士一心明，灵泉半色晴。
松声齐寿比，白石炼枯荣。
放步霁霞起，宽衣宝鼎城。
真经文略省，紫气贯华英。
一路潼关外，三清渭邑行。
仙人多不见，独仗客西征。

35 连州吟

一日照连州，三冠付莫愁。
精英常自比，作客帝王侯。
杜若潇湘岸，芝兰沅澧羞。
琴音依旧调，足迹向沧流。

送赠九首

36 山中送从叔兰赴举

山中送叔兰，赴举向长安。
百丈松山石，千年道气观。
诗新思想变，别奏曲江看。
却笑薛萝子，同鸣一杏坛。

37 送从弟郢东归

弟别自东归，贫居伴柴扉。
愁心明月色，却意几春晖。
小路通南北，人情易是非。
东风多化雨，日本以微微。

38 答郭郎中

志士一郎中，松波半石宫。
贫营禅音定，守道悟天空。
每奏潇湘瑟，还余古韵风。
坚贞何以报，彼岸不鸣虫。

39 赠郑夫子鲂

一笑傲江湖，三生问子夫。
弯弓无箭射，静气学书儒。
太白文华重，周秦苟士呼。
贤才非圣子，造化遇扶苏。

40 汝坟蒙从弟楚村见赠时郊得入秦楚村适楚

晓色主人心，行程付古今。
秦门知楚汉，魏阙雀台音。
洒泪离肠老，分中却意深。
南楼黄鹤去，北塞玉缨寻。

41 留别知己

一水大江流，三生半国忧。
知人知自己，问道问春秋。
共度阴晴日，同声草木洲。
嵩山无弃士，面壁有沉谋。
十载留心印，千年复楚楼。

42 感别送叔简校书再科东归

长安路百条，渭水涨千潮。
利禄功名近，龙门上液遥。
书生知自己，壮士向云霄。
一诺江山事，三鸣社稷桥。

43 与韩愈李翱张籍别

文人是又非，一别半无归。
物色光辉异，华灯醒醉妃。
秋桐杨故影，朗月隐屏扉。
夜集鸣鸟尽，明晨问翠微。

44 上河阳李大夫

河阳李大夫，上将乘扶苏。
胜败无须战，兴衰有玉奴。
弓鸣天地阔，剑断暮朝途。
武牢关中路，楼兰一臂呼。

哀伤三首

45 李少府厅吊李元宾遗字

少府去时鸣，人间客不声。
长眠何日月，驾鹤与云平。
独独书窗外，悠悠御西京。
言言难自尽，处处待心英。

46 览崔爽遗文因纾幽怀

苍苍一遗文，楚楚半天君。
去去来来见，生生死死闻。
英雄留忆念，厚土长田云。
独坐惊心猛，孤身祝子君。

47 悼吴兴张九评事

日暮一张衡，吴兴半楚京。
青松常色树，大夜久无英。
晓古知天地，闻言守宿情。
休闲今闭户，绝笔作苍荣。

明·文徵明
万壑争流图

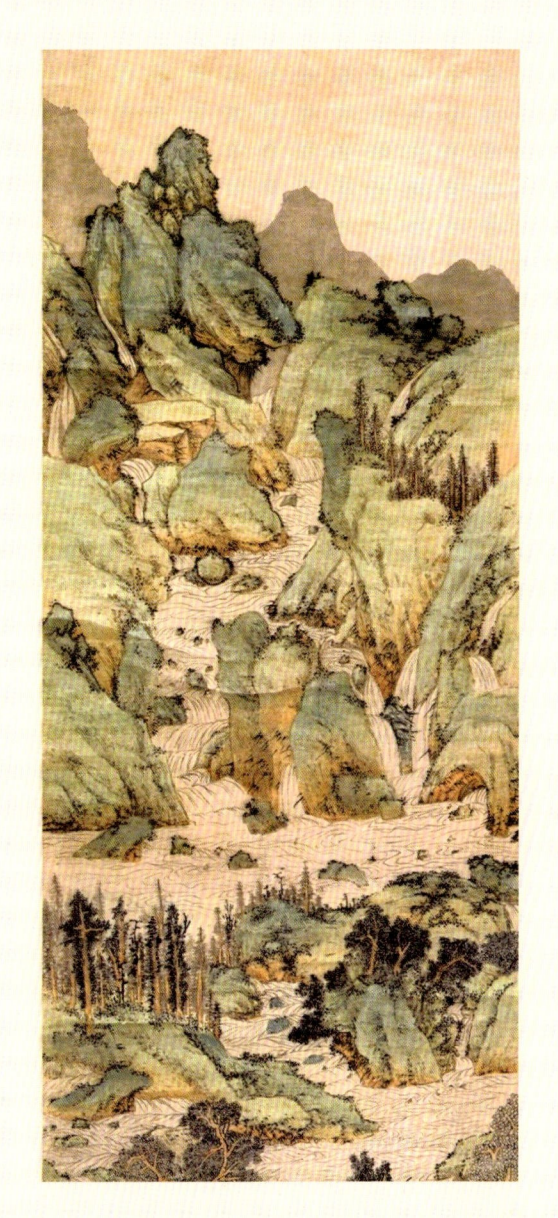

第五卷

明人选唐诗
（二）

一、五言古诗 余响

余响上之一
王建

1 江南杂体二首

江南一草生，塞北半思情。
雁羽衡阳岸，洞庭欲望鸣。
山空多少路，野旷去来盟。
但以思乡故，飞鸿已不声。

2 其二

江中一小舟，水上半东流。
竹下湘妃瑟，山前早入秋。
重阳高阔望，九日间难休。
去客天涯近，虫声几度愁。

3 思远人

相思梦远人，妾念已逢春。
夜宿孤床冷，循身独白亲。
征途何远近，岁久几冠巾。
但守巫山峡，成云化雨频。

4 早起

早路断灯扉，僧游自不归。
花残芳已醉，草色碧姿微。
一步门前问，三生守是非。
诗词因自见，日月久光辉。

5 邯郸主人

远客主人心，邯郸学步寻。
飞蛾残影逝，宿女凤凰吟。
遣我丝绒被，垆边玉酒浔。
人生家国事，不得故乡荫。

6 将归故山留别杜侍御

归山路不平，秀草木根荣。
季鸟飞鸣去，川流石叠声。
林深荫野广，叶茂岭峰横。
不达非君子，无须日月明。

7 七泉寺上方

岁岁好名山，年年绕草湾。
时时天水岸，远远玉门关。
性本云中树，心源色里颜。
龙飞凤舞处，竹泪一斑斑。
迹迹山钟古，泉泉沐石间。
僧僧前步止，礼礼上方闲。

8 七泉寺香火缘

禅音满七泉，道场士三千。
古壁飞龙迹，游僧石径悬。
峰高连日月，鸟觅逐啼猿。
湿露松林寺，师乡许愿眠。

余响上之二

1 张籍

张公善古风，雅道序雕虫。
白东天读举，诗名已不穷。
男儿当此秀，女妾袖衣中。
代末凄清怨，江南妙语宫。

2 宛转行

群芳一夜香，独秀半衷肠。
碧玉红颜色，私心妒怨长。
床边明月照，镜里贴花黄。
婉气徘徊步，羞姿翠屋藏。
春初青遍染，夏露雨荷塘。
独忆相思路，君心在未央。

3 离怨

切切一心长，丝丝半枝央。
情情多意色，扭扭著红妆。
别别长亭怨，悠悠道路荒。
堂堂姑舅上，夜夜语黄粱。

余响上之三
陈羽

1 公子行

白马读书郎，青春去故乡。
幽燕多壮士，学步自扬长。
半醒江南岸，三思夜月床。
花芳楼上问，隔壁散余香。

余响上之四
杨贲

1 感兴

一世半书香，三春九脉妆。
千山万水落沧茫。宿愿登枢要，
布衣紫阁堂。忧心呈日月，几度问炎凉。

余响上之五
陆长源

1 酬孟十二新居见寄

十二一新居，三生半客余。
千章知旷达，万里不樵渔。
偶意虚因象，清晖月桂书。
红芳已满地，夏日可荷锄。

余响上之六
李涉

1 题清溪鬼谷先生旧居

鬼谷一先生，清溪半日明。
青崖云树列，翠壁石峰城。
二子秦仪路，三书旧月生。
随烟真返故，望首挹朝英。

余响上之七

1 白居易

长安不易居，渭水可相如。
意短千家读，情浓十万书。
东都留守句，白马曲江余。

2 续古五首

问古日当初，寻今事业余。
晨晖荣草木，暮色卷云舒。
战国争天地，春秋让子虚。
秦皇车轨制，汉武不知书。

3 其二吕三郎

一别少年情，千鸣古士声。
齐身燕赵去，立志客孤行。
学步邯郸北，生平岁月荣。

桓仁江水岸，五女秀山城。
鲁郡儒家气，平原坐上盟。
人君天地上，五万历诗名。
故土爹娘寄，爷爷奶奶英。
回头桥上望，四顾杏坛明。

4 其三

朝朝去采薇，暮暮采薇归。
岁岁薇薇尽，年年彩薇为。
农桑田不举，白石玉人妃。
独曲深山里，清宫锁素闱。
长亭长望断，短见短无非。
击节青林响，行歌草木扉。

5 其四

戚戚送远行，役役苦相征。
塞塞胡树职，村村老少兵。
中原多战事，海外已无声。
妾女秋思望，黄沙碛石城。
长城谁所筑，剑戟敌人横。
嫁士楼兰去，应留枕上情。
遥遥明月里，处处旧心生。
往往婵娟见，儿儿半不明。

6 其五

窈窕一女行，碧玉半惊城。
秉烛常相照，兰心似已萌。
含娇藏秀步，守独锁私情。
有色千光许，无万跬生明。
君应如意处，九曲一声鸣。

7 小阁闲坐

求闲不得闲，已事自事间。
小阁双人坐，同声独影颜。
萧萧轩外仆，寂寂客中山。
鸟去云何奈，溪流叩石关。
三生凭得意，四老已无还。
所愿非之愿，闻蝉子路斑。

8 首夏南池独酌

独酌玉壶深，寻芳草木林。
春山千万色，谷壑两三禽。
绿水初萍叶，熏风付好音。

南池凭鲤跃，北旷玉人心。
夏首残莺懒，诗成谢物吟。

9 重过寿泉忆与杨九别时因题店壁

商州一寿泉，别店半题年。
石岸流溪浅，沧波逐叶旋。
君言留壁上，老泪对襟怜。
五百僧罗汉，三千弟子田。
重寻归去迹，不及一心莲。

10 秋池

步步绕秋池，思思问不知。
闲时九日月，历迹著新词。
岸木栖啼鸟，山林挂月枝。
参差光影乱，散漫古今诗。

11 听琴（集作清夜琴兴）

月慢半听琴，空林一谷音。
清泠由水胜，润气任人心。
恬淡和平意，阴阳素积深。
乾坤移感化，百岁木成林。
柱柱弦弦绕，声声势势寻。
随随余响去，切切付鸣禽。

余响上之八
欧阳詹

1 铜雀伎

萧条一古台，石叶四方开。
旧曲今尤胜，新词已不来。
宫陵丘已毁，旧伎色颜催。
夜腔空明去，孤声唤野梅。

2 晨装行

店月满西村，寒鸦客古屯。
灯明蛾取火，醉酒对乾坤。
束甲方成解，倾囊度子孙。
年年亭驿路，步步已黄昏。

3 题严光钓台

严光一钓台，历迹半心开。
岂有伊情寄，时辞草木栽。
临潼关仗节，赴渭邑孤梅。

曲水多沧浪，钦英去不回。

4 自怀州却赴洛途中作
怀州转洛城，赴雨却红英。
独步长亭驿，孤身异旧荣。
途途何所以，去去不来鸣。
季鸟飞难近，苍龙未显明。

5 徐十八晦落第
落第一潮平，书生半自明。
文章天地外，日月去来城。
夏热无嘉谷，秋收万石荣。
排云千万里，弄玉穆公情。

6 初发太原途中寄所思
一路太原春，三秦渭水津。
途中常寄志，驿上故题人。
去意甘居下，留情处世辛。
流萍浮芷叶，早晚独相亲。
系鲍车轮舆，无停晋汉陈。
东都多少客，千思不解邻。

7 同诸公过福先寺禅院宣上人房
曦阳一柱香，袅袅上人房。
隅隅禅音在，关云寺先光。
千灯明客道，万语寄肝肠。
悲悟清风月，嬴修御草堂。

8 玩月
寒宫照玉光，素洁映衣裳。
桂树婵娟影，秋风玉兔凉。
霄云同泛滥，夜梦共时长。
皓皓流华色，明阴注揽藏。
清晖含沧顼，独枕吐西芳。

余响上之九
鲍溶

1 隋宫
一路半隋宫，三生九脉风。
池台连日月，草木有无穷。
北水南流去，钱塘接二通。
苏杭炀帝设，水调掉头东。

2 岐路吕三郎
北客自微寒，桓仁读日冠。
浑江南北岸，五女助波澜。
一路榆关过，三生易水边。
燕京多少道，学步数千年。
少小离家去，耕耘七尺观。
形踪留履迹，遗训寄声盘。
羁侣南洋岸，寻乡故土峦。
古今诗五万，格律著芝兰。

余响上之十
吕温

1 闻砧有感
砧杵捣衣寒，霜风落叶残。
幽人明月问，梦里丈夫单。
感念新婚别，离思旧日欢。
声声南北叹，一泪满长安。

余响上之十一

1 李贺
李贺一鬼仙，仙骚人半命。
缘庐同长缺，天马收恭全。

2 天马引
中华半古今，父子一人心。
五剑截峰断，襄阳义气深。
辞今天马度，怨匿若鸣吟。
但悟危乎处，由然自在音。

3 伤心行
伤心一日行，楚女半无声。
学步邯郸北，纷纭自守城。
腰姿何细弱，手足几纤情。
木叶随风舞，凝香玉女萌。

4 铜雀伎
佳人一玉壶，壮士半京都。
旧酒新瓶醉，枯烟野旷无。
曹陈铜雀伎，弄雨化云苏。
暮暮朝朝数，长陵有似无。

5 塞下曲
河声一塞流，月色半轮秋。
北斗星宸岸，南宫易客忧。
天空青海道，地厚鼎兰州。
甲角龙蛇竟，旌旄日月修。
青塘含草木，不尽汉家愁。

6 还自会稽歌
会稽一宫谣，齐梁半赏消。
流萤飞逝影，野粉色云潮。
壁殿衾衣短，台城女不遥。
吴香凝碧玉，越秀尽姿条。

7 感讽
叶落一天高，星明半玉袍。
荷风莲水岸，碧浪惹惊涛。
感悟方圆易，承酬国道旄。
君平康伯逝，不解问葡萄。

余响上之十二

1 贾岛
郊寒岛瘦知，寺古月新时。
万物千年外，三生二语痴。
推敲游子句，阳春白雪诗。
韩愈车马路，刘郎一竹枝。

2 古意
警句过齐梁，奇文共草堂。
知音三两语，苦雨万千行。
古意思今道，平生序柳杨。

3 易水怀古
易水一荆卿，秦王半士名。
方圆由自己，节烈去来生。
日月萧萧尽，寒风处处明。
英雄有所以，不泯小桥横。

4 延康吟
十里一延康，三生半柳杨。
人怜非世故，九族外亲堂。
不朽烟山月，还知做嫁娘。
行行何就就，处处可吟梁。

5 题岸上人郡内闲居

禅房岸上人，静郡秋中春。
寺影山门启，香涵碧玉濑。
贞心方寸外，玉石炼丹晨。
九脉烟灰继，三清绪碧茵。

6 答王参

王参一寸心，四季半知音。
岁月思光觉，年华醒世吟。
秋虫鸣不已，露水湿孤禽。
负属厅堂坐，桃园抚菊琴。

7 和刘涵

刘涵问京官，旷野向天寒。
十亩闲田种，千株玉树盘。
长安经纬巷，市井纵横宽。
北阙新题曲，南山旧顶桓。
日远僧无语，宫深古月残。
书立翰墨尽，相府几波澜。

8 寄孟协律

岛瘦半郊寒，离情一世单。
孤惊相府队，独坐寺钟盘。
老觉霜桥路，推敲石磬安。
清思龙虎斗，斗角辱君残。

9 感秋

云藏雨色绵，木秀叶难全。
感物惊商气，秋华不过年。
归心寻暮色，驿壁忆三边。
四序玄回驭，千山客早眠。

10 寄远

别路一长途，长亭半有无。
长江流水去，日月苦长儒。
阙北离肠短，山南短草苏。
黄河留短意，易水短苿黄。
短短长长见，何人一丈夫。

余响上之十三
姚合

1 街西居

深山野性多，古刹自流河。
草木蓬天地，阴晴唱九歌。
京都城里巷，上液月蹉跎。
宦场文人错，官冠子弟娥。

2 寄李余卧疾

伊人寄李余，胜得十地书。
苦药疾恙济，清瀛草木疏。
风帘向卷放，雪户映当初。
同穷天地志，共与暮朝居。
方圆知是客，寸尺作樵渔。
格律诗词守，江河自以舒。

余响上之十四

1 杜牧

杜牧杏花村，江南碧玉门。
烟云和细雨，日月子儿孙。

2 独酌

独酌玉壶香，狐珍上古娘。
黄粱知是梦，聊斋几心肠。
鸟去飞云落，虫鸣草秀扬。
秋毫初上色，别序已清凉。

3 题安州浮云寺楼寄湖州张郎中

隔岸一湖风，随风半九流。
浮云楼寺寄，日月作春秋。
去夏朱兰语，今时客意舟。
孤鸿飞不止，若絮别烟愁。

4 题宣州开元寺

一会谢宣城，三吴遗寺情。
鸿飞朱阁在，故国士难平。
白鸟南朝翼，开元玉柱盟。
鸡声僧梦里，粉署月辉明。
向景无朝暮，凭栏浮水清。
前山春雨至，俊岭化云英。

5 赴京初入汴口晓景即事寄兵部李郎中

汴口问隋炀，清淮北道长。
线塘潮浪涌，水调雨苏杭。
袅袅怀京洛，云云寄客肠。
戚戚如扫泽，草草待津梁。
显豁君心老，漕流蔓露乡。
寻安南北水，阔枿主奇樯。

余响上之十五
许浑

1 洛阳道中

旧步洛阳城，新吟瀍水清。
春花明月夜，榜眼曲江荣。
一日愁人去，三光向地倾。

2 汾上燕别

一别对汾流，三春向雨楼。
归云浮不定，去意已挥猷。
莫以终弦曲，应须问乡州。

余响上之十六

1 李商隐

咏史半齐梁，西昆一号杨。
文章隐约意，草木是蚕桑。

2 无题

十八女儿红，私藏颂雅风。
关关雎鸠唱，楚楚玉心空。
暗窥邻家月，偷临古镜宫。
芙蓉裙衩色，唯恐掉头东。

余响下之一

1 马戴

马戴一响余，唐风半诗书。
高台扬去止，晚照见卷舒。

2 晚眺有怀

恻恻一离情，生生半枯荣。
群花芳草地，众木古林城。

旷野高歌曲，临流日月平。
沧波杨柳逐，宿鸟暮朝声。
此意谁无见，行行苦苦行。

3 夕次淮口

海角一孤光，天津半独肠。
风生淮水浪，木末楚天梁。
鸟尽栖巢客，人行万里多。

4 宿裴氏溪居怀厉玄先辈

云中一石孤，树下半东吴。
月色同啼鸟，峰光共有无。
溪流山里影，志存客在奴。
草碧群芳好，泉清独木苏。

余响下之二

1 悲哉行

步步一悲行，心心半履更。
天天寻日月，岁岁有阴晴。
海角如今见，天涯若去情。
三清多不得，十市少耘耕。

2 怀仙吟二首

丹陵石五牙，客主路三家。
问果华阳道，寻茅采药花。
赤斧连根剪，罗浮举收斜。
桃花香未晚，谷雨淑山涯。

3 寄元孚道人

元孚一道人，日月半秋春。
楚来千章句，城人万古秦。
襄阳常见客，渭邑染红尘。
几顾宣城舍，严陵旧水频。
直钩君子钓，曲岸小人身。

4 蒲门戍观海作

旭日满扶桑，东君客蒲塘。
苍色临水问，郁郁待炎黄。
吐纳蓬莱气，方圆草木光。
蟠桃多少载，织女向牛郎。
浅道灵津岸，但祈东池塘。
虑步家张问，异翼以仙翔。

余响下之三

1 湘宫人歌

夜半已东风，冬梅未树空。
池塘芳草叶，欲绿雪当中。
素粉轻妆色，麟花玉烛红。
娟娟含楚语，念念度由衷。

2 西州词

肃肃一西州，遥遥半北楼。
潇潇风色好，日日度春秋。
旷旷寒边界，悠悠小妇愁。
荒荒飞马云，楚楚意难休。
昨夜情梦断，私藏嫁盖由。
牛郎牛不语，织女织心头。
素手香宽暖，丰姿两目流。
鸳鸯常戏水，比翼雁丘留。
不解长城守，残塘四序舟。
生当儿女事，岁月去来浮。

余响下之四

1 出塞

三边肆雪花，九脉问春芽。
古越南分客，霜城不见家。
飞杨遥玉色，厚存素无涯。
汉武楼船欲，长城神豆瓜。

2 寄远

远远一风情，遥遥半梦生。
春春春不语，日日日难荣。
塞雪边霜月，乡出客西情。
家家知土影，岁岁望阴晴。
子结莲蓬满，塘荷碧影明。
共兰洲芷画，嫁后始无衡。

3 醒后

醉卧入群芳，人生问柳杨。
花开花落去，酒肆酒心肠。
客在人情断，梦寻渚岸鸯。
潇湘飞汉寿，几度到衡阳。

4 早行

长亭自早行，田野鸟啼声。
草露珍珠泪，残宵足跬程。
栖禽惊恐去，半月挂山城。
继续前途问，家耕人日月。

5 兰昌宫

翠叶一兰昌，深宫半玉芳。
春长回首望，月寂镜花黄。
辇路行人少，瑶池晦日扬。
山川多少草，日月去来光。
岁岁相思处，年年枉断肠。

6 姑苏台

越北问三吴，姑苏见二都。
春秋谁霸主，战国已荒芜。
尝胆蔬薪去，西施玉舞孤。
金钗娃暮色，会稽一朝呼。

7 冯叟居

冯叟一世居，尚僻半荷锄。
面对苍天守，同僧共读书。
溪南春日暖，阁北草花舒。
采药深山去，寻芒待日余。
庭芳明月叫，旧梦不樵渔。

8 出门

羡客不知门，行人莫守根。
途前临逝水，步后问黄昏。
但得逍遥路，何须向远村。
人生多不至，唯有小儿孙。

余响下之五

送人归故园

远节一言归，田园半荣扉。
门中藏落口，路上浇余晖。
别况惊心在，相逢客翠薇。
耕人田亩读，步履似鸿飞。

余响下之六

1 感兴二首
玉指一弦清，冰心半不明。
佳人怀日月，夜色度幽情。
梦断瑶池岸，含频客达瀛。
浮云相似卷，化雨向城倾。

2 其二
潇湘鼓瑟当，岁月雁望声。
情舜禹千岳，东流始顺行。
衡阳何问足，翠竹二妃盟。
泪泪珠珠尽，斑斑节节生。

3 湖中古愁
鼓愁问潇湘，东流逐海洋。
凝云方雨住，朔雁到衡阳。
二女天边玉，千斑竹节苍。
声声珠泪落，点点暮朝藏。
舜禹相知处，双魂几度杨。

4 岳阳春晚
黄昏一岳阳，竹泪半潇湘。
不觉春光到，云前雨又扬。
江湖风日暖，鸥鹭草群芳。
沅水击帆见，昭丘叔桂梁。
汀洲嗟晚玉，去翼待炎凉。

5 汉阳春晚
三春一汉阳，九鹤半楼乡。
渚映琴台月，云辉二水长。
祢衡鹦鹉树，鼓噪令人伤。
但怒黄无祖，如今草不扬。

6 我思何所在
何思所在何，所在所思何。
望断长亭路，行人几九歌。
阳台风雨侧，渚泊草云柯。
觉得仙音近，英天结楚波。

7 江楼独酌怀从
独酌一江楼，行吟半九州。
日光秋色染，楚气九江流。
玉叶黄金脉，金尊明月收。
波清钩不住，将锁帝王头。

8 别狄佩（梁公曾孙旅于南国）
翠柳一群条，苍梧半碧霄。
排云天地外，把奏整人遥。
白日诏祥凤，仪文象客聊。
西楼明月色，怅问任秦朝。

9 小弟南游近来书
大小两姑山，阴晴一玉颜。
洞庭三万里，岳麓半清湾。
尺素云边翼，经伦而后闲。
世人和客至，荡荡玉门关。
独立江楼上，黄昏照旧岙。
秋归风瑟瑟，竹寂泪斑斑。

10 登章华楼
岳麓楚才楼，章华玉叶秋。
云深览霸业，雨细厚烟流。
薄景雄图劲，荆丘鼎语头。
悠悠湖水碧，色色美人忧。
读者三千士，乡心半九州。

11 雨夜呈长官
远客一深忧，长梦半浅愁。
朱颜芳草岸，秀色素姿羞。
月照东流水，风清望海楼。
孤身何顾处，不得玉壶求。
翼翼鳞鳞逐，山山水水州。

12 将还罗浮登广陵楞伽台别羽客
罗浮现广陵，明客向孤灯。
远望高台中，灌泉唤古僧。
清风明月处，目净冷香凝。
鹤语蓬湖逐，云浮紫气升。
波澜天际淡，岸口济鲲鹏。
百越澄湖色，楞伽结玉冰。

13 将离沣浦置酒野屿奉怀沈正字昆仲三人联登高第
日正曲江林，龙门上渔音。
春光阳宇照，野屿酒香浔。
绿旷花枝展，东流拔付荫。
晚雀低语色，栖莹筑良禽。
图高及第客，远目达人心。
异地贤君见，湘衡岳麓琴。
麒麟三子誉，上国一君临。
月照洞庭水，吴明上古今。
黄钟声响去，隐几付青岑。
秀鸟飞高远，鱼鳞著作深。
天晴梅菊色，翘足楚才吟。

14 别尹炼师
千寻尹炼师，万木桂仙姿。
道至三清驻，君心一日迟。
流沙今古说，白玉蕃朝时。
独悟丹炉石，孤思玉笥知。
西衡湘沅水，北解奉辽芒。
罢酒黄金阙，棋蓬历志期。
山深谁不守，远路有第茨。

余响下之七

1 司马礼　感萤
闪闪一飞萤，幽幽半石声。
临临情未尽，去去复流明。
点点群群结，光光亮亮生。
行行何止上，隐隐又倾倾。

2 感古
千曲不停波，三生半九歌。
汨罗清水逝，赵玉将相磨。
汉祖楼船造，秦皇二世何。
年年青草绿，处处事心多。

3 近别
咫尺苦相思，千情不独知。
玄珠人未语，隔岸客心迟。
脉脉含言色，忧忧欲付诗。
期期寻一日，待待筑新芒。

4 弹琴
弹琴一二分，复响万千云。
一柱连天地，三弦接故闻。
新声和旧曲，俗语付君群。

首肯相如赋，苍梧竹泪勤。

5 送进士苗纵归紫逻山居

进士一书生，归乡半弃名。
山居天地广，布刺袖冠城。
石径清泉水，微阳草木萌。

6 古边卒思归

泛阳一是非，总价半回归。
梦里桑田色，情中玉闺帏。
长城南北见，汴水暮朝晖。

7 蚕女

桑蚕十万丝，结茧半春时。
陌上新枝叶，机中小女丝。
丝丝或绵乡，茧茧锁空司。
纵纵横横织，经经纬纬施。
东邻闻嫁信，古月待郎迟。
照镜婵娟问，牛郎可自窥。

8 道中早发

早早路中行，迟迟驿里声。
萧萧君子道，远远暮朝情。
十里长亭月，千冢咏古明。
青青人不问，独独客先生。

9 山中晚兴寄裴侍御

云前半客情，而后一虫鸣。
社上阴晴色，山中草木生。
望歌吟不止，鼓瑟渭湘声。
进退文章在，枯荣日月明。
乾坤闻秀士，左右采琼英。
侍御江山寄，曲升山太平。

余响下之八

1 于濆　塞下曲

塞下一寒声，江南半旧荣。
京都彼甲士，赵北万千兵。
战鼓曾间断，几度可同盟。
长城分内外，汴水聚枯荣。
汉武分魂老，秦皇忘所赢。
英雄当不止，壮士亦无成。

2 巫山高

巫山十二峰，峡口两三重。
白帝多云西，秭归少小封。
高唐王不梦，宋玉赋芙蓉。
楚客朝云去，长江暮两淙。
人情相继续，自此结心盟。
妾女阴晴寄，男儿忆此鸣。

3 织素谣

缫丝半玉棠，锦绣一天省。
夜月轻风许，韩娥素色杨。
凉州三叠曲，晓色万云藏。
苦力王侯买，桑蚕是建章。

4 马嵬驿

一驿半芙蓉，三朝九视封。
华清汤水暖，马嵬玉身丰。
是日芳群妒，生男愧色恭。
杨家天宝去，不见胡儿从。

5 戍客南归

黄榆塞北闻，楚月郡南云。
一别三边外，三秦半见君。
彭蠡功业尽，九脉汨罗芬。
渡口舟停岸，江风朴短裙。

6 旅馆秋思

孤身一月明，旅馆半风声。
夜梦黄花晚，秋思事觉情。
寒蝉鸣树顶，白马跃天横。
寂寂乡心重，忧忧客不成。

7 山村晓思

山村一晓思，洛邑半文词。
不是邻翁晚，何求涧水清。
潾潾沧浪足，楚楚月还明。
禾黍收昨夜，今朝入梦情。

8 村居晏起

日上半高山，云平一玉关。
居安知草色，问路守朱颜。
地厚田桑积，天高鸟雀斑。
事就精工业，六十古人闲。

9 边游录戍卒信

戍卒守三边，五侯守十年。
寻功弓箭上，立业下龙田。
大漠沙风骤，楼兰苦酒泉。
葡萄胡寒北，汉武飞将先。
卫霍潼关外，深宫玉女妍。
藏娇天下秀，弃甲士难全。
白骨朝空废，功名不奉天。
平生何所以，六十自古眠。

10 沙场夜

月下已三更，杆中未一情。
长城寒气重，塞外苦将兵。
雪晤阴山北，鸿飞岳麓城。
衣单行股战，士卒断弓鸣。

11 南越谣

汉土一楼船，雄风半地无。
山何交趾近，日月赵燕田。
越语呢喃唱，吴音韵客怜。
云南多雨雾，玉树有廉泉。

余响下之九

1 邵谒　长安寒食

一日草萌生，三冬月复明。
云推山上去，晋耳付累情。
九巷都门色，万户固身荣。
白骨成名望，已是旧尘城。

2 经安谷先生旧居

羽化已三清，泉流迹十名。
松风依旧响，月色似常明。
正变知天下，桃花二月荣。

3 论政

论政必知贤，心忧待国天。
孙弘开阁问，丙吉向牛宣。
上下朝堂鉴，君臣内外田。
肱股情手足，物象始方圆。

余响下之十

1 陆龟蒙　筑城词
吴中十万声，杵里一衣情。
塞北雄风色，藏娇不用兵。
阴山飞将去，洛邑作都城。
卫霍长交客，葡萄满展明。

2 赠远曲
茱萸九日花，壮士一心家。
路远重阳少，宽衣楚女斜。
心期天子将，卫霍戍中华。
妇妇夫夫月，男儿种豆瓜。

3 井上桐
佳人苦别离，汲井望云期。
晓怨风云西，心悉独立时。
猿鸣惊宿鸟，但望月影移。

余响下之十一

1 朱景玄　题吕食新水阁兼寄南商州郎中
石语一清川，山声半叠泉。
商州天水岸，榭阁挂高船。
晚渡苍林日，风行草木田。
年年春夏西，处处日云眠。

2 华山南望春
异石满华山，黄河客一湾。
虚空云雨岸，不望玉门关。
岳麓岩壑谷，澄溪池翠颜。
羊公寻鹿迹，瀑布涧风云。

余响下之十二

张乔　听弹琴
瑶望一月弦，客曲半神仙。
静坐听归赋，秦楼小女船。
湘妃斑竹泪，弄玉凤凰眠。
不过江南岸，何言故里弹。

余响下之十三

1 曹邺　怨歌行
弓刀大丈夫，明箭论江湖。
役使阴山塞，行军塞北躯。
昆仑奴酒月，易水又姑苏。
击筑三声去，庭花半秋鱼。

2 霁后作
草木一时断，池塘半色濒。
月燕啼几曲，突进几弦秦。
路湿林枝叶，云轻影和邻。
登山吟不止，步止今难匀。

余响下之十四

罗隐　陇头水
鸣咽一陇头，自古半春秋。
役战声无止，秦皇不必忧。
长城南北骨，故水去难流。
夜夜梦难美，空空寐里愁。

余响下之十五

韩偓　幽独
山深一独幽，去水半东流。
早陌春莺晓，黄昏落夕愁。
君花芳不语，秀草色清留。
雨里云中雾，苍烟八面休。

余响下之十六

王贞白　题严光钓台
严光一钓台，翠明半清堆。
七里溪滩色，三春色便开。
垂钓直漫叟，水月似空莱。
汉国公卿视，秦川日月催。

余响下之十七

1 李建勋　白雁
白雁一东溪，清波半玉堤。
斜阳方欲尽，渚苇任萋栖。
浦口菰荷色，洲萍月未齐。
衡阳千百里，顾影几离低。

2 乡源
延边李建勋，渭邑谢耕耘。
五万诗词客，三千弟子文。
辽东多少去，岳麓楚才闻。
长白山前雨，兴安岭后云。

第五卷 明人选唐诗（二）

二、五言古诗 旁流

旁流

长江百旁流，草木半春秋。
日月三千界，诗词一兀州。

旁流之一

塞下曲

塞下一飞鸿，云中半圆圈。
栖仁霜雪早，五女自由衷。
读客初南去，人生著世雄。
秋风知远近，白日酒泉空。
宦海功勋少，幽燕赵并宫。

旁流之二

蒋奇童　拟古

蔽目一奇童，行程半老翁。
秋风晴早树，落日晚来红。
野长晓城石，光明马角弓。
渡碛沙城北，人横古塞东。

旁流之三

唐尧客　大梁行

一宅大梁行，成都半蜀鸣。
弹琴操北语，问道洛城名。
别鹤伤情在，陈辞越豫荣。
高台铜雀去，赵迹玉人生。
魏子雄风寄，罗英秀士赢。
金椎夺晋鄙，白刃剑秦兵。
赵北侯图切，燕南万象声。
东山君子路，旧磊石思盟。
绿浦浮萍色，河洲渡口晴。
萧萧班鸟踏，楚楚故人情。
彩竹苍梧泪，闻闻宿塞更。
穷谋靡克诞，夕照自沾缨。

旁流之四

杜顾　从军行

一路马蹄轻，三弓箭明横。
胡姬闻易水，白露度龙城。
气宇轩昂日，长风扫叶行。
飞鸣天际去，独目大客荣。

旁流之四

王烈　行路难

人生一路难，足迹半长安。
白日千金色，红尘万象宽。
家人多少念，世故去来残。
独望归途短，回闻旧步寒。

旁流之五

孙昌胤　遇旅鹤

旅鹤入中洲，灵情化凤游。
单飞沧海去，曙色付沈浮。
野性随天地，人寰不所求。
丹丘梁谷物，汉漫一春秋。

旁流之六

陈存　寓居武丁馆

着西半开襟，丝凉一昼荫。
尘宣红弹处，俯首见鸣禽。
积水苔藓雪，苍阴守古今。
舒情倾耳去，远远早蝉吟。

旁流之七

杨齐哲　函谷关

荒凉古塞空，何处是关中。
崤险河光尽，幽山谷口穷。
朝明千里木，夜闭万年枫。
晓日南天雪，黄昏圣德翁。

旁流之八

楼颖　伊水门

伊流一北阴，清波半石根。
孤舟由霭旁，蒲草近渔村。
中洲弥觉香，柳色聊乾坤。
岁岁何求索，年年问子孙。

旁流之九

贾驰　秋入关

秋声半入关，小吏一身闲。
树叶无先落，朝臣有旧班。
孤情临逝水，此去复千山。

旁流之十

李幼卿　游石桥寺最高顶

登峰理雾云，造梗石桥分。
寺顶天低处，孤高自问君。
层霄烟指荡，豁口瑶台勤。
物象随心迹，阴阳日月矖。

旁流之十一

袁瓘　鸿门行

意所一江东，本生半世虫。
鸿门知楚汉，霸主自英雄。

剧孟咸阳外，秦川沛社空。
淮阴韩信将，楚战落深宫。
路断萧何月，张良泗水风。
刘邦无白刃，项羽虏人穷。
去势乌骓在，虞姬舞剑终。
江山由自己，日月任苍穹。

旁流之十二

1 元季川　山中晚兴

晚色一山空，玄霜半洞宫。
神仙何醒醉，独客玉壶空。
节物殊无主，阴阳汉楚同。
灵关通彼岸，季鸟似飞鸿。
何须急进退，尽在有无中。

2 泉上雨后作

西后一清泉，去前半地天。
风中多尘雾，谷口几云烟。
水曲流声畅，波摇日月田。
藤萝缠绕树，渡岸隐舟船。

旁流之十三

贾琮　旅泊江津言怀

月色泊江津，东流泛水频。
波摇天地岸，浪卷去来新。
客倦舟舱女，风流逐世亲。
云归乡土近，日落可惜身。

旁流之十四

李颀　赠苏明府

（文苑英华作李颀诗此按颀集无此篇疑误）

苏君一世空，相貌半人穷。
采药深山里，行身玉镜中。
常醉县宰客，但向主山东。
不复家庭累，何言老死同。
孤行暮草地，独饮女儿红。
诱我逍遥处，知音几代风。

旁流之十五

1 高适　铜雀伎

（巳下二篇文苑英华俱作高适诗按常侍集无此诗张误）

秋明玉色空，日暮影无穷。
委舞随云去，轻姿任雨终。
曹蛮铜雀去，草木始由衷。

2 塞下曲

单于一两声，汉帝万千情。
塞下胡杨少，咸阳委女明。
琵琶今复响，甲角又心惊。
太白庙难战，麒麟戈月横。

旁流之十六

李彦晖　采桑

（文苑英华作采桑李彦远诗）

碧玉采新桑，春眠夜不长。
千金姿态色，作茧以红娘。
性里幽情许，情中五马昂。
丝丝藏女梦，切切向心房。

旁流之十七

刘希戬　夏弹琴

夏夜自弹琴，落幽泛古音。
轻风扬谷口，碧浪曲流浔。
鹤舞泉鱼静，月照草木荫。
感叹扶弦柱，秋光已似今。
高山流水去，几处有鸣禽。

旁流之十八

李益　长干长

深闺一月情，忆变半由生。
嫁与长干子，凌波木不行。
烟光云雨色，五复下荆城。
落叶三秋尽，风扬草肃倾。
离离还别别，暮暮复复盟。
夜夜梦梦续，时时草上荣。
湘潭多几日，岳麓去来英。

大小姑山岛，阴晴远近明。
心怜余十五，蒲秀妇失惊。
翡翠屏中玉，桃花付地轻。
风流何不止，不与女儿声。
但望巴陵度，何须几奉迎。

旁流之十九

李赤　姑熟杂咏

1 丹阳湖

湖光一气元，贾客半闻猿。
太白当涂月，东坡七八言。
天归云而近，鸟临翼飞翻。
叶上莲蓬子，心中有简繁。

2 谢公宅

青山一谢云，竹履半云空。
跬步分流去，吟声石不穷。
庭荒明月在，井废积苔虫。
寂寂清流色，幽幽草木中。

3 凌歊台

闲花一古台，临望半心开。
极目天云际，松风去又来。
碑文无尽读，树叶有徘徊。
野翠平天下，晴空问楚才。

4 兹姥行

野竹半含烟，凌云一翠田。
龙吟三界面，风曲十陌阡。
岛静千波逐，云轻万里船。
贞心常自保，不学误山川。

5 望夫山

颙望望夫山，江流去不还。
情深随日月，意厚逐阳关。
泷濑船心在，巫山白帝闲。
春花秋月在，不似在人间。

旁流之二十

羽士二人　吴筠

1 步虚词四首

寻仙一骨成，取道半人生。

九脉山川色，三清日月明。
丹炉齐石玉，吸纳乾坤情。
洞鉴含虚志，香飘诣阙晴。

2 其二
一路步显承，三清道玉冰。
清登仙不语，举信见心凝。
俯念天或果，昂身著作征。
阴功升白日，吾自越朱陵。

3 其三
不测一风云，须知半别分。
三清天地外，五味去来闻。
映壁千嶂石，光流万木芬。
行真灵府近，不没上人君。

4 其四
紫极上高升，去都结玉冰。
奇香琼水岸，雅蕊广神凝。
大漠灵风习，蒲然宇宙丞。
乾坤心自得，日月满宋陵。

5 步虚词三首
景羽步虚华，扶桑诞旦霞。
凌晨朝气紫，暮夕广天涯。
碧水东流曲，泓津列玉花。
青琳宫外道，正溢府无邪。

6 其二
瑶台石仞高，玉树九州豪。
衣表罗云素，凝光泛海涛。
明霞于百羽，太上老君袍。
昼夜无分别，神祇任自操。

7 其三
二气一群神，三清半自身。
停轮机化明，鹤立独天津。
太漠真澄道，元和客遇亲。
童婴还子女，永年两云频。

8 览古三首
三皇散朴源，五帝客轩辕。
智守浮沉宫，地守巢居间。
运道贤王业，生灵草木萱。
混安余狙诈，天霄始正元。

9 其二
君臣渡口明，士子龙门生。
汉业纵横究，江山日月平。
雄英或自己，运命取阴晴。
智远酬谋虑，心清契约盟。

10 其三
大绩一绛侯，狂沙半九州。
倾营荣辱事，厚待枯荣留。
位显名尊客，苏生六印酬。
李斯天二子，五马异分囚。
孟翼伊戚后，园林始草悠。
潘阿曾容闭，鼎铸几月忧。
得意昭言处，无昆必守秋。
弦歌累舞舞，二辟任其流。

11 登北固山望海
茫茫北固山，郁郁镇江颜。
济览何京口，扶桑日月还。
柟分沧海阔，吐纳谢公湾。
入境灵心永，安期杖策班。

12 听尹炼师弹琴
太乙一幽琴，乾坤半古今。
女声天地语，雅道暮朝禽。
至乐仙翁炼，从流众子音。
清身曾觉谷，相与度人心。

13 题龚山人草堂
山人一草堂，隐器半天光。
一美甘匡济，三清渡结果。
云庐城郭远，日色木千章。
减迹樵渔晚，阳机易水尝。
苍岑何启户，玉水几滤扬。
此道通失子，君心可自皇。

14 游庐山五老峰
庐山五老峰，景德九江宗。
色染彭蠡水，波沧本树客。
金光猿鸟照，碧翠玉芙蓉。
整策人明志，仙人洞边封。
空香人正气，务探道家踪。
谢物栖层固，烟云化飞龙。

15 登庐山东峰观九江合彭蠡湖
东峰揽九江，碧水系知幢。
目渺庐山外，去乎志果降。
彭蠡湖上色，众浦绕群邦。
弄晓江南郡，分池照墨缸。
江妃斑竹泪，玉影读书窗。

旁流之二十一

司马退之　洗心
名名利利声，荣荣辱辱情。
梁梁谷谷用，尘尘欲欲生。
古下今今序，后后先先英。
短短长长客，色色空空域。
道觉红尘外，身从五味中。
川流波浪去，日落暮云空。
鹤志知无远，仙瑶寄士风。
新村鸡大见，宇宙志英雄。
世上平愿客，人间白草虫。

旁流之二十二

1 衲子五人　皎然
僧鸣一皎然，寺语半苍天。
衲子游无路，禅人渡多年。
寒宫先后色，桂影去来全。
白兔愁天上，婵娟四五眠。
江山何不就，日月始终圆。

2 古别离
人人见春草，路路问孤岛。
湖湖千载月，怨怨别离道。
英王持丰将，越主卧薪考。
点点苍烟照，时时客已老。

3 步虚词
衲子步蒙词，君风览诀知。
曾闻西域逐，俯问愿时迟。
东魄精华聚，随仙玉液施。

飘飘归莫处,渺渺两行诗。

4 拟古
二月一桑枝,三春半茧迟。
心从千女色,意乱万家姿。
六欲经偏转,蚕生束已丝。
禅音依旧是,衲子照清池。

51 送契上人游
西陵契上人,绿水泛同春。
古寺东阳月,山楼西后新。
僧寻南渡口,路断北客尘。
谢复心期步,峰岩待叶频。

52 夏日与綦毋居士昱上人院纳凉
夏日上人房,炉峰故土乡。
空门谁是客,寺展自清凉。
共坐熏香晚,同期夜月旁。
无生宗炳壁,暑变纳秋堂。

6 疾愈寄人
一疾半天长,三思九故乡。
春芳花月夜,秀草木溪光。
涧谷流声急,林森季鸟藏。
愈疾轻快步,采药自先尝。
鼓井千泉注,身慷百日梁。
知行知自己,问道问如梁。

7 经吴平观
吴平一古观,秀水半波澜。
暮柏寒条色,松林叶不残。
昭昭天日近,郁郁侣情宽。
殿影方圆度,靖风许月盘。
琼花仙客住,气正步虚安。
意念真修道,心或下杏坛。

8 冬日天目西峰过张炼师所居
风衣一野泉,坎见半峰前。
上隐居心地,仙乡客楚田。
洗药山深水,扶苏浅草全。
幽香流杂路,积雪渚中烟。

9 同陆使君水堂纳凉
清凉纳水堂,夏日露云乡。
柳岸泉亭序,朱弦步池塘。
君家心意重,客社成宫霜。
六月中付早,刘黎水气扬。
荷芰莲结子,旷岸蕙芬芳。
逸顾禅音近,开襟望柳杨。

10 杼山禅居寄东溪吴处士季德
禅居处士清,隐路贤人城。
碧水英州北,青云润泽行。
菱湖浮麻草,足迹石头生。
不尽君才ժ,还言楚世萌。
时兴同格久,俗趣共文明。
扫尽天山雪,孤鸣一性情。

11 赠李中丞洪
诣策李中丞,深门问五陵。
漳河天下路,守镇胜孤膺。
重围南尘落,轻军北塞兴。
单于仁故制,决胜王壶应。
汉武王师介,琵琶已不兴。
阴山飞将在,潼关一大鹏。

旁流之二十三

1 溪行即事
溪行一路声,日落半无明。
碧入林间木,光移竹节荣。
潭深云起落,月淡曲江情。
屡道秋泉远,伏牛去子行。

2 栖霞山夜坐
八戒一山头,三坛半路秋。
栖霞山夜坐,月影独清楼。
四面云烟雨,千嶂露雾愁。
松风舒卷响,静止志心留。

3 送冽寺王之京迎禅和尚
禅门十地明,水固半波平。
月末苍生路,天光济世英。
知机居日远,瓶锡慰樊嬴。
彼土天竺岸,如心自在荣。

旁流之二十四

释泚　游元象泊
渡口一江洲,湖心半九流。
空空元象泊,色色苦行舟。
落日轻轳去,黄昏不必求。
波涛多未是,寂寞武侯休。

旁流之二十五

1 贯休　临高台
独步上高台,孤心向日开。
凉风送远瞩,旧意久徘徊。
故客千云卷,新声去不来。
乡书知女问,四壁楚人才。

2 古意二首
一雨火云轻,三情古意明。
芙蓉兰色纪,季鸟雀点声。
满院同芳草,层楼共梦尘。
翻身天上下,白玉璧双赢。
不慕虞姬曲,乌骓向霸鸣。

3 其二
鸳鸯一水平,美女半无声。
素手朱弦理,轻姿曲舞情。
白玉莹中卧,金闺佩羽明。
红颜知早晚,明翰举时营。

旁流之二十六

修陆　题僧梦微房
古寺梦微房,师僧问古乡。
闲花红白作,秀草去来香。
日末黄昏色,禅阿玉石量。
天台频说法,石壁久古梁。

旁流之二十七

新罗王　太平诗
(永徽元年贞德大破百济之众遣其弟子春秋之子法敏以闻真德乃织锦作五言太平诗以献其词曰)

新罗一太平，止戈半唐情。
细雨轻云许，人和土地荣。
含章征鼓尽，淑玉罢夷盟。
运迈时康乐，修文筑此生。

旁流之二十八

闺秀五人　刘令吾　听百舌

百色一篁音，千章半镜临。
山阳桃李树，误令嫁衣襟。
旦树新晴露，难槛写意深。
观听颖不止，彼此寄真心。

旁流之二十九

1 张琰　春词二首

关关一友求，切切半江洲。
楚楚春情系，悠悠闺妇楼。
红妆衫袖短，小手欲藏羞。
妞妞行心止，怜怜是莫愁。

2 其二

昨日一桃花，今晨半娘家。

春光杨柳岸，五月玉枝斜。
细语知尘话，轻云夫妇夸。
应归朝暮见，共做老桑麻。

旁流之三十

1 寇坦母赵氏　古兴三首

骤雨半无声，疾云一有明。
当庭行止处，玉宇云来荣。
夏暑莲荷叶，秋光日月城。
波摇心激荡，素月自清莹。

2 其二

一叶半清霜，三秋两路长。
君心知我意，不奈玉壶香。
美酒楼兰夜，佳人捣杵忙。
芳菲常莫见，罢酌自心伤。

旁流之三十一

伎常浩　赠卢夫人

楚楚一夫人，明明半日新。

春春青草色，户户女儿身。
自打单于伏，孤情仅惜珍。
归来还旧步，尺寸是红尘。

旁流之三十二

鲍君徽　关山月

辽阳半北城，塞外一寒英。
共见关山月，同寻戍角兵。
秋风横扫荡，暮日肆红生。
大漠悲边朔，片人剑马情。

旁流之三十三

女冠一人　李治

水逆一长天，山高四顾川。
朱楼千里目，落叶万波泉。
晓望攀登路，相思苦守怜。
无逢情不尽，野草不经年。

三、五言古诗　长篇

李白

1 送魏万还王屋

魏万一仙人，东方半自巡。
孤行嵩宋步，独往谢公菌。
浩荡天街沛，侯门弄海津。
舒云元化卷，迤迹沿吴尘。
聊摄宗都客，巴生舞墨新。
齐心连鲁子，洛水济清濒。
十二曾音异，三千弟子珍。
文源挥筝去，羽驾月经沧。
暮宿双峰口，朝行故土茋。
窈窕王屋影，寂寞汴河洵。
道访龙潭水，兴寻步晋秦。
风流江上月，汜浙望潮淳。
八月践塘岸，三秋日月钧。
姑苏口韵阔，会稽蛰蚕困。
逸望天台木，扶桑海阔均。
相思鬼谷石，不寄故冠巾。
白雪阳春曲，巴人下里邻。
红颜知己舞，醉酒女儿亲。
镜色胡笳笛，耶溪万壑垠。
西施当不见，勾践几造循。
秀色江陵满，襄阳汉口春。
南楼黄鹤去，中岳少林臻。
笑读曹娥父，沈吟造字因。
灵溪海路汇，侧足国清笋。
百里松声起，千川月色银。
匡庐云水西，赤甲石梁烟。
白帝长江岸，巫山峡口茵。
杨帆天际去，独树品驴莼。
楚楚淮阳望，欣欣越顶臣。
寒山拾得语，不问赤城绅。
瀑布惊天地，雷声北斗鳞。
何从图可鉴，面壁着禅辛。
万古青天志，逢途路不巡。
长亭空草甾，恶谷石门閽。
昼夜生华交，阴晴润苦民。
乾坤成宇宙，旷野纵麒麟。
四顾沧江渡，三思日月珍。
金陵龙虎地，玄武莫愁嫁。
白下长千问，秦淮八艳仁。
明清何去往，但以古今彬。
孔府棂星榭，钟山隆子真。
中华门外客，台上凤凰幔。
七十滩涂渚，河流百岁陈。
平原君不见，渭邑百千崖。
二水梅花雨，三山季鸟邻。
江东才俊士，塞北剑雄身。
汴水南通色，扬州二帝泯。
头胪隋好至，水调古今珍。
沈约诗词阔，金华玉石津。
孤城吟甲骨，咏赋暮朝尘。
北海江湖纳，南江草木绺。
千流成积汇，万石聚峰陈。
九叠阳关曲，高山流水频。
梅花三弄色，唱晚半渔塘。
谁是知音问，当寻碧玉侁。
新安江鸟去，同里故人仁。
日本东瀛外，姑苏虎跑信。
剑池员越炼，只向天平璘。
少小离家老，英名传逝尘。
江楼江水见，楚楚是浮濒。
不见江宁宰，还闻玉树旬。
知君王屋去，逐鹿平原叟。
白首朝天子，红颜对付薪。
书生如此是，目目五湖春。
豫楚多才子，姑苏老子神。
潼关应不止，八水几流秦。
苦苦常想望，成成败败呻。
英雄多少泪，不对旧时尘。

2 长相思　经乱离后天恩流夏韦太守良宰

天恩一夜郎，太守半荆乡。
渭邑胡儿乱，长安肆虐狂。
三千弟子去，十二玉楼荒。
李白仙城顶，长生误逐扬。
空名穷理去，结发过齐梁。
醒醉凭天地，翰林不上堂。
华清汤水暖，日月照侯王。
汉武楼船在，秦嬴筑石墙。
开元天宝客，蜀道楚江狂。
滟滪堆波浪，巫山折帝扬。
白盐赤帝壁，逝水寄周郎。
霸主曹光主，凌波小子章。
西京文尚勇，学剑试锋藏。
谬弃朝轩戏，临风话古香。
征鞍南北塞，玉树后庭光。
首举冠君至，沾缨叹柳杨。
浮云游子是，列祖慰余黄。
远祖君偶傥，亭骠骑射霜。
歌钟无尽处，落日已低昂。
十月秋风振，昆明试胆肠。
幽州山海阔，戈戟纵渔阳。
北极长鲸吸，江南百雁忙。
川流源自许，草木细根长。
揽目天上问，凭心却欲量。
黄金台上露，铜雀伎妃凤。

骏骨英雄寄，无人问赵亡。
蹉跎年岁短，绿九不腾骧。
乐毅从生战，驾弓挟弹忙。
逢君歌舞色，独语射天狼。
不惧周然拒，闻英度旧堂。
青娥壶未荡，涕泪筑弦杭。
供帐千军斗，豪壮卧藏皇。
庄严征乐曲，肃穆满华光。
铁满飞将箭，朝纲此别凉。
荣村沙漠荣，溃甲舍阴阳。
此道蝉声唱，清思骆宾王。
檄文昭武贤，南国忘咸阳。
几degrees男儿事，周家不免唐。
胡兵今又起，别隔古时娘。
九土江山在，千山草木凉。
公卿如太子，帝国似封疆。
二圣分南北，哥舒守不良。
片旄非所罴，节制几鞍戕。
白骨陵边色，仆卧睡寻常。
桓文控楚谨，逐独顾军行。
村村儿日少，户户嬬有遗。
人心何去就，房贼胜沧桑。
半夜琵琶响，民居已断肠。
京都安史乱，自误废三皇。
固比云烟望，辞书别蜀浃。
深仁交道恤，负谆夜郎惶。
扫荡清明洏，楼船只汉扬。
三登黄鹤羽，九问楚音常。
牧笛千声远，牛中一半羊。
弥衡何处士，鹦鹉苏洲塘。
气尽樊山月，声平落地量。
秋江流里肃，素舸雾中茫。
目旷扬州望，帆随汉口昌。
琴台回首处，季鸟大江长。
月挂姑苏岸，情归越国妆。
窈窕吴越女，来杀小红娘。
色艳江鲍水，含情窥目嫱。
酥红曾粉素，曲舞世鸣芳。
不误青春月，衔金作柳杨。
西施娃馆老，水阁秀楼莺。
追胁合成夫妇，投合作嫁娘。

先先后后是，顺顺从从良。
虎士朱门外，小杨碧玉伴。
中州谁逐鹿，楚汉霸文房。
两立鸿沙岸，春秋战国妨。
丹心青鸟寄，白璧诺声强。
石立成坚屹，江流远近湟。
萦流开凿竹，吐论纳芬芳。
五色城埠土，千年白海棠。
璘王军不济，太白苦心尝。
壮士无酬坞，英雄守旧坊。
三清长不止，五百年华湾。
贾客汨罗尽，平生适夜郎。
陶然亭北见，汉甲塞边藏。
夜暗相思久，天明叹止昂。
黄河流不尽，九曲八湾洋。
善射嫦娥羿，心思一箭当。

杜甫

一路奉先县，三生客有年。
肝肠甘契阔，手足寂青涎。
老大英雄志，春风比稷田。
枯荣身拙计，日月草堂田。
土布衣裳暖，中冠佩玉悬。
京都多里巷，白首少桑炫。
学步邯郸外，闻情自陌阡。
逢尧知舜意，守岁问幽燕。
自有江山名，无非日月泉。
蒲蒲风雨夜，寂寂杜陵干。
列列春秋笔，幽幽战国鞭。
红尘终不灭，夺志逐流川。
十笱千河剑，雄长万里烟。
楼兰荒寞久，上液久书宣。
独耻何成就，孤欣苦事先。
瞿阴由节历，悲歌任可眠。
暮旦耕耘尽，晴步足跬全。
冬严衫带短，雪重路寒天。
百草无年岁，千生有自邻。
晴阴公正与，世界共方圆。

1 自京赴奉先县咏怀凡五十韵

郁律相摩戈，长缨短褐牵。

殷勤功业处，剑阙贡金筵。
国邦瑶台远，华成御榻边。
蚩尤寒塞叶，玉霍弃才贤。
轩辕自主全，嚣质中堂令。
神仙常不见，管瑟劝坤干。
物象知天地，经时易十玄。
清闻明月色，酒列玉壶涓。
冻死朱门士，生明苦业旋。
中常歌舞威，蜀道曲江滇。
酒肉穿肠过，文章落地宣。
千年依旧是，万里共婵娟。
咫尺闻后羿，潇洒向海渊。
南辕何不瞩，蹴踏北辙前。
述质暖群玉，崆峒恐触颠。
河梁偏幸木，广粤信由传。
父老倾乡问，妻儿回顾怜。
桓仁多自此，五女娘由咽。
白首方知顾，回归已莽然。
忧忧天子度，苦苦掇生缘。
平平知是福，正正可由天。
曲曲成天地，直直守国坚。
欣欣云雨处，旷日草林泉。
路路通广道，心心自己研。
念远榆关过，求长北塞偏。
浑江南去水，勉励戍辽边。
亦叹书生误，千鸣日月天。
业徒非名字，诗词古今弦。
终南山上草，歧视曲江船。

2 北征

长安一北征，战乱半京城。
铁甲诛安史，昭书始纵横。
当年安禄子，洗礼受宫倾。
始自胡旋舞，终成祸事生。
芙蓉垂马嵬，变地骊山英。
蜀道霖铃驿，乾坤太子鸣。
长生殿上月，上液玉人声。
俱往空空色，重来肃宗情。
惊心安史战，儿顾凤翔地。
屡得三军报，频临九脉便。
桃园秦汉去，饮马北都城。

琐细何须正，江山故阙平。
罗生朵橡粟，猛虎啸刀兵。
石载碑文浅，行辕止辙轻。
泾泾知渭我，八水饶龙情。
渺渺曾间玉，唐唐似旧京。
秋光菊早落，扫叶北风生。
战场英雄少，青云草木荆。
文章齐求治，黩武各殊荣。
固密经纬闭，儒家上下睁。
风华征茂客，雨露取财纮。
吼振江山去，朝行草木惊。
黄桑蚕茧志，翠鸟季飞萤。
鼠穴深巢洞，三边几弟兄。
秦川天水岸，晋水老泉萦。
豫鲁齐燕赵，单于汉武盟。
千音和氏璧，百俗风云晴。
异物潼关色，胡尘洛水盈。
襄中多少饼，希外去来横。
老妇吴门语，青汀紫凤清。
平生幽态淡，济世故人卿。
卧门数门前树，行闻且不名。
床前儿女问，雨后滴珠声。
业业功功处，成成败败萌。
终生常不止，苦苦亦荣荣。
子子妻妻是，行行止止行。
宣光兴再获，蓄锐养精英。
瞻略夏周继，殷衰褒妲衡。
飞将今尚箭，白兽列西京。
奋忠陵园见，凄凉辍学觥。
皇家天子业，庶子太宗闳。
若以平家国，何须小方烹。
蒙尘勿忘事，客首济程婴。
落落先生志，皎皎日月明。

韩愈　南山寺

百有二音光，渭水万年县。
寺净于山水，泾流百二泉。
终南山上石，大祖玉章悬。
两际东西阔，群峰日月田。
囊中听朔语，国姓蚊方圆。
海际擎天柱，固辞浅契连。
三春秦晋色，一念豫齐燕。

九脉崇丘序，千流壑谷川。
靖光传国道，细雨昧河船。
顺洞凝香石，岚云济露莲。
横寻孤掌握，纵取授苍天。
欲惊龙门近，难求角明弦。
鲲鹏相比术，象卜易家研。
濯濯潜沮秀，泇洳堻崒涓。
奉彩行田木，夏日客炎鲜。
扫荡秋风肃，冬雪素梅虔。
厚土高天济，苍江古岭然。
池深龙马盛，木秀鸟飞旋。
弱类齐崇尚，雄名玉宇全。
灵清云气紫，绣碎聚端前。
太白秋霜重，银河玉浪迁。
金刚相比立，宇宙耿陵延。
百木林荫道，千芳吐秀涓。
参差成日垒，碧翠化群仙。
新曦倾刻态，有羿著藩苤。
配德分丁戊，逍遥地位迁。
虚空方永久，实物象涂烟。
竞竞争先进，风风不着边。
轻轻来紫气，郁郁去高巅。
侧困联琼佾，佩澜逐昼溪。
前寻经杜墅，涌灌澡兰田。
毕蔽昆仑雪，分原八水泉。
源流河北岸，览月望周璇。
夸父青娥问，勃冠拆断妍。
期灵难冀巨，造物自凭天。
细雨分南北，清风日月年。
成林须百岁，一木独孤渊。
季鸟惊飞处，猴猿惹草蝉。
迷宫途不尽，面壁见涓涓。
护蓄年年累，联微岁岁禅。
凝芳成玉秀，累石作峰鞭。
兽远惊时主，鱼游映岸边。
旋归何仰止，弃急自当然。
枘壮湾滩浦，冰霜雪露泉。
天流悬万仞，落地历寒山。
独傲松杉柏，青青遗路沿。
劳劳知险块，历历济天年。
宿愿峥嵘割，心明日月悬。

京都无百里，百士曲江传。
烂熳山花色，扶苏野水宣。
寻微峰玉石，探历万年烟。
石可攻山屹，成峰延石磊。
当途明石铺，石砌故宫连。
玉石无分别，庙炉玉石铨。
开成玉石后，玉石各经天。
木是成林树，成林木则竿。
森森成林立，处处木方圆。
木独风侵雨，孤身木亦迁。
功名霜雪木，筑瑟木声咽。
水色晴波久，流清碧水田。
潭池泓水月，水已滴前川。
北逝东方远，江河注水泉。
洋洋千载阔，洒洒水流渊。
暮暮朝朝问，朝朝暮暮玄。
红红霞着色，草草碧波涟。
暮远天光顺，昆仑暮色延。
英雄成暮就，壮士暮声全。
去去来来寄，兴兴废废偏。
成成败败观，业业功功悬。
木木林林总，山山石石砖。
流流止止岸，浪浪波波沿。
西重千林泽，云轻万木烟。
临川三界谷，驻目九歌禅。
向背知天地，阴晴可地贤。
乾坤当日月，草木自方圆。
水下东流去，峰中俯仰眠。
云舒云卷望，雨细两城烟。
楚女腰初细，襄王梦思前。
巫山峰十二，宋玉赋三千。
笔上千年史，池前万古田。
龙蛇盘海口，虎豹跃深川。
错画波澜影，难休碎石坚。
丛林森木久，热雨化江天。
势京风云怒，心成日月泉。
师寻姿坐立，绽得云来贤。
杨若飞鸿见，身临碧玉渊。
冠中山木挂，酒色醉林前。
隐隐樵渔客，呖呖土木田。
悠悠成古往，处处似今宣。

约约君园守，分分复守园。
开开何自主，闭闭几心诠。
郁郁苍苍色，泾泾渭渭涟。
山山山水竟，岁岁岁年千。
虎虎龙龙柑，盘盘垒垒园。

云云倾雨雨，滴滴石穿穿。
八水长安外，三星渭邑边。
千声呼不已，万佛世经天。
就就推推纳，依依否否研。
直直何曲曲，止止几延延。

剥剥盘盘致，行行止止弦。
铮铮情骨骨，立立复单单。
日月耕耘土，芳菲取旧贤。
终南山上雪，素色月中眠。
玉宇半心扉，长空一小船。

四、七言古诗　正始

王宏

1 从军行
军中正始一情宏，塞外从军半日行。
掌上珠燕弓戟见，心中学剑领风情。
胡云郑曲伊川驿，学剑邯郸十五成。
易水秋平阡陌去，秦王海畔已不声。
草断原荒君子问，功勋业就凤凰城。
徘徊角羽辽东雪，弄玉声余落日明。

王勃

1 秋夜长
中秋一夜月如霜，白露三晚草似肠。
节制南翔飞羽尽，潇湘水色荡衡阳。
崇兰委质川梁望，砧杵寒衣祝森央。
安梦随大思万里，片袍袖口暗芬芳。

2 采莲曲
莲花七色玉芙蓉，碧叶三春夏日踪。
采小浮萍园点露，秋风初起淑妆缝。
蓬波岛屿多心籽，水映海身少女容。
粉素轻轻应未断，丝丝缠缠绕伊封。
牛郎不在清云在，织女衷情细雨浓。
日暮相思荷下躲，藏羞欲掩怯无纵。

3
日暮多语采玉莲，婷婷女立色如烟。
芙蓉半露浮荷叶，怅望丰姿半色妍。
渡口人声何不远，连丝绣明共蒂船。
吴姬越女黄昏沐，一半丰茸一半怜。
丰尺红唐云雨岸，三潭印月度秋蚕。
相逢翠本相思苦，此水连波此水园。

4 临高台
七高台，七高台，一揽无余八面开。
三江莽莽四方来，千川逐目东方去，
万里烟花日月催。几徘徊，几徘徊，
曲曲弯弯玉带皑。滩滩岸岸风陵度，
萋萋草木碧新梅。望望思思暗不裁。
问楚才，问楚才，百脉源流汇大海，
且表郁郁西水难。波波浪浪兴衰久。
北北南南竞自恢。长安道，长安道，
远远遥遥路万条。长亭不尽短亭消。
京都里巷茬王城月，龙门草木曲江潮。
未央宫，未央宫，不见秦皇楚汉空。
鸿沟两岸土难穷。刘邦项羽古今问，
国国家家子女红。雨濛濛，雨濛濛，
半得慈恩半得中，三千弟子三千翁。
五百年前分宿愿，半志难增似小童。
半龙门，半龙门，不问黄河问子孙。
桃桃李李年年续，花花草草几黄昏。

事事人人一树根。一树根，一树根。

5 滕王阁
滕王一阁九江临，佩玉千声半海吟。
舞罢雕梁南浦渡，歌休画栋北龖琴。
朱帘不卷香风远，日影方开逐古今。
物换星移谁帝子，山河草木度人心。

卢照邻　长安古忆
长安大道向日斜，细雨轻云万户花。
玉辇香风娇不住，群芳佩秀帝王家。
千声未止莺鸣止，百岁人生不豆瓜。
学步邯郸慈恩舞，相思上液月天涯。
鸳鸯戏水池塘浅，比目双游竟天华。
凤语流苏朝代色，金台玉树后庭纱。
龙衔宝瑞秦楼在，隐隐朱城古意衔。
侠士飞鹰娼日暮，罗裙欲掩杜陵遮。
从从尽得天光许，夜夜倾听白雪娃。
解带宽衣金吾子，青槐细柳翠微葩。
香襦却去燕歌舞，手上身姿赵英跏。
节物风光千岁客，红尘细粉子居奢。
南山独有撑天树，岁岁年年市彩霞。

骆宾王　行路难
君不见，昆仑草木一天山，
虏冠铜鞮半卿颜。石磊长城秦汉去。
南流汴水玉门关。荆轲此诺惊天下，

赤壁三军去不还。剑勇横行韬略致，
书文八阵鼓朝班。君不见，
交河落日浑圆色，月照连营大漠湾。
绝国楼栏朝暮易，长驱首战疆迷营。
分麾九命朝天子，贯马三边武勇蛮。
丰支青龙弓箭库，千夫未指凤楼环。
君不见，祁连裖静迢迢路，
渭水波涛处处漫。岸柳随风尘世外，
龙门夺锦曲江攀。封侯取将春秋少，
誓令管尘芳色闲。但使英雄无止步，
回章上液几难艰。

刘庭芝

1 公子行

君行一步天津桥，路止三划草木雕。
折断相思泾渭色，重接洛邑柳杨条。
繁华巷口青云色，按锦波前玉树萧。
彼此伤心桃李岸，阴晴美女暮朝朝。
双分单止轻罗远，玉粉红香汉武娇。
顾盼芙蓉初出水，娼歌白玉面颜苗。
贞身只宿梧桐影，木槿情红日月消。
但愿西山终不易，同新万碧祝心潮。

2 代悲白头翁

长安洛水白头翁，上液龙门及第虫。
漠海桑田何不易，桃花柳叶几东风。
红颜自古年年色，叹息时时负始终。
岁岁应身儿女意，年年未得可由衷。
王孙莫以书生误，鸳鸯戏水不西东。
清歌妙舞凭年少，骤雨轻云住彩红。
锦绣楼台春色重，青丝鹤发散还绒。
黄昏影暗鸟啼鸟，不愿求栖不愿同。
须臾日月华光去，悲悲郁郁白头翁。

乔知之

1 绿珠篇

新声一半石家英，十瓣明珠碧玉荣。
自许情人困谷岸，怜君阁舞月三更。
舒娇展志丰姿姿力，守意分姿势力惊。
去去离身矜不足，高楼掩袂以心横。

2 古意和李侍郎

冲见巫山隔汉川，三江峡口度君船。
云光又上襄王岸，细雨濛濛守玉宣。
梦里风流神女在，峰中独步桃李烟。
王昌可付初文字，未感曹植未得怜。
应向终南山上月，须臾吐纳是神仙。
丝丝竹竹管弦合，去去来来始自然。

陈子昂　春台引

东风碧草兮一阳春，秀色花明兮分半渚濒。
玉宇清昂兮伤目远，佳人曲约兮入红尘。
寻芳问野幽人瑟，醉酒行吟客步松。
蕙芷芒兰香郁郁，青钟绿水玉珍珍。
余情不尽兮青春驻，散发朱华兮白鹭巾。
菱帐三山兮华藉与，归来不语兮两施犁。
云中雨里巫山去，曲尽吟兴太白邻。
归去由心归自己，新声随意任天津。

王适　古别离

长亭一别离，闺密半无期。
珠帘卷复疑，高楼不见红颜面，
月色空明自己痴。夜夜裙腰无照许，
年年紫玉桃李路。牛郎织女银河岸，
女子男儿各不知。

李峤

1 拟古东飞百劳西飞鷰

秦楼弄玉一箫声，紫陌桑蚕半茧城。
凤岭求凰青鸟至，丝心宿命守衷情。
罗裙佩带千金闪，翠明丹霞万里晴。
二八歌羞传意念，三千弟子古今明。
华妍比翼东西去，百里成双独自行。

2 汾阴行

君不见，传书一日百劳飞，
问道三程半不归。厚土汾阴行者止，
西京盛晏始终晖。鼓树啼鸣当轩杜，
明驾龙鸾宴设扉。水调歌头书法早，
河东太守柏梁微。君不见，
长安巷口长亭见，渭水舟前渭邑恢。
攀舆竿灵临校列，焜煌驻步百祥开。
烨烨祇正兰芒牲，掠景扬名彩鹉催。
万岁南山终不变，千金寂鼎举旎回。
君不见，年年岁岁辛辛去，
暮暮朝朝苦苦陪。事事时时秦阙立，
人人处处汉家杯。黄尘蓬路通远近，
故老穷雄觊尺媒。意气方平闻晋色，
飞鸿不丢冥想魁。青楼曲舞荣华地，
羽帐藏妍六论梅。四海龙髯宫馆对，
黄柯日月自徘徊。

沈佺期

1 古歌

秋思月夜一嫦娥，玉树寒宫半桂娑。
北斗星开去母岸，银河水浅溢清波。
窈窕淑女芙蓉共，彩帐兰香唱九歌。
再得璇闺秦弄玉，垂帘静待月穿梭。

2 古忆

秦楼一半凤凰声，八月三秋月色明。
丽女千金芳阁曲，开辟万意世尘情。
阡阡陌陌纵横目，市市城城日月生。
暮生苍茫如转逝，朝云紫气似西京。
昭阳晏漏班姬怨，舞曲难平厌世惊。
越国吴门姬鼓瑟，含情欲语五湖荣。
飞燕掌上身姿展，长信宫深侍寝婴。
彼此难求箫史去，红颜几度雨去倾。

3 入少密溪

排云旷野一东西，壁立峰奇中玉堤。
西岸江风斜谷色，三春日暮水波低。
花香鸟语人家远，始觉林深少密溪。
涧口樵声初响起，回音伐木自余霓。
丁丁落落桃源里，汉汉秦秦季稻齐。
且待耕凿田亩事，山梦秀色野山鸡。

徐玄之　采莲

越艳吴妖采秀莲，宽衣束带入荷田。
丰姿玉色芙蓉水，柱立篷波靠小船。
宝气珠光云水岸，罗绮贴绣弃舱舷。
轻身浴水纤纤影，应顾牛郎非隙牵。

宋之问

1 下山歌
嵩山一去少林禅,暮日三声豫路烟。
不顾松间明月近,佳人曲尽复新怜。
相思记取连绵意,步跬迟迟寄细泉。

2 军中人日登高赠房明府
君心一路问芳菲,夜月三秋待客归。
渭水桥南泾水色,长安巷北曲江晖。
寒衣捣砧幽情重,寄去相思须翠微。

3 寒食陆浑别业
别业寒春介子推,河桥细柳晋公回。
小光草木曾依旧,雪冬梅香始觉魁。
野老伊川桃李色,春秋五霸一徘徊。

4 寒食江州满塘驿
年年上巳洛椒边,岁岁推山介子田。
渐近清明寒食客,遥怜巩树野花烟。
吴洲碧玉庐峰色,国物思归驿道悬。
杜宇初鸣江北岸,猿声不在断肠先。

5 至瑞州驿见杜五审言沈三佺期阎五朝隐王二无竞题壁慨然成咏
一遭雨中半楚声,三呼北道九州情,
相思不见排云雁,岂意长安向太平。
玉树花庭明月在,去摇雨散客家荣。
山川草木年年碧,日月乾坤自阴晴。

6 明河篇
八月凉风大漠来,三秋古木玉门开。
黄昏莫叫楼兰月,不入交河独白回。
洛水龙门城阙暮,泾流上液曲江灌。
长河放放琼堂西,白练昭昭佩玉裁。
逶迤星空云母帐,晶帘欲卷照高台。
天河乞渡归家子,织女桥边乌鹊催。

7 龙门应制
宿雨齐云一夜春,天涯驿路半行人。
河堤柳色初黄绿,阙岸花枝色未匀。
翠苑楼台新曲就,龙门士跃曲江粼。
香山泉上玉城近,羽鉴清流御水濒。

壁崒连泓澄汇济,伊川塔影复遥津。
层峦木远千寻仰,壑俗溪儿瑞鸟珍。
彩仗朱仪天子度,昭明紫陌错林茵。
登高只望东城巷,俯就京都日月新。
瑞鸟来鸣谁及第,长安鹭马状元彬。
天香御笔祥华舆,映晚先生读客臻。
定鼎山河龙虎翼,周回日月瞩农亲。
万物千年先后序,书生或士自贤贫。
慈恩寺外东都问,八水泓中流复民。

郭振 古剑篇
帝王家,帝王家,文章须日月,
武器必冠华。宝剑惊锋利,
诗词待世纪。龙泉风不起,
宋玉楚王嗟。盗铸嘉擢用,
神交付漠斜。君知否?草莽英雄冶铁盟,
红光紫气赫然生。良工锻炼灵机掠,
玉匣璃璃吐纳明。越主蔬薪尝胆处,
吴王千寻虎丘城。莲花筑造在泉剑,
冶易龟鳞侠子情。夜夜衡天伦古岳,
时时仗义五湖荣。精光八面英雄在,
对世鲲鹏逐事衡。

卢僎
巴人家,巴人家,巴人十月半梅花。
上苑三冬一雪涯。渭水千冰无水色,
澜沧下晨故香华。幽幽越越桑田际,
腊腊春春日月斜。岸岸流流天下问,
云云雨雨四时嘉。巴人家,巴人家。
巴人蜀国女儿娃。雾里藏娇背屋去,
晓紫霞红照石崖。短袖迎春双玉手,
长丝不掩粉黛纱。谁知梦甲长春在,
故士应邻纳小芽。

张说 邺都引
泾渭水,泾渭水,年年只去不知回。
魏武扬鞭草侧催。逐鹿中原铜雀去,
余声未了拜金台。陈王不得华章句,
七步吟诗赋半才。浊浊清清凌水见,
云云雨雨宓妃陪。泾渭水,泾渭水,
成成败败玉壶杯。是是非非何所以,
古古今今去复来。

16 徐彦伯 芳树
相思一树芳,月下半衷肠。
岁岁窥君君子岸,年年问事事炎凉。
春风十地怜香去,晓月千晖玉桂藏。
镜里寻情颜似玉,梦前复语弃花黄。

17 吴少微

1 怨歌行
怨妇半含情,芳丝一月明。
藏娇千百日,二八两三萌。
美女黄花幸玉堂,飞燕衣锦酒羞娘。
罗衫欲尽轻姿舞,不见昭阳奉扫梁。
艳冶纷群来去见,西宫画掩色沧桑。
幽门晓帐空床久,小路羊鱼几帝王。

2 古意
慈恩一寺曲江开,渭水三春古意来。
美女阳光明媚色,男儿立诺拜金台。
龙门跳跃中堂客,日暮交河学步回。
妙舞轻妆长袖落,怀香袖玉不徘徊。
窈窕淑女清商调,故往今来几度催。
欲解罗襦凭心手,还推已就玉壶杯。
叶碧长红儿女问,阳春白雪以情裁。
秦楼凤语求凰夜,细雨去帘粉泽倩。

刘廷琦 瑞雪篇
纷纷瑞雪晓徘徊,细细珠光向日开。
内阁重门何不锁,红宸紫陌玉人裁。
千般素品呈天水,万象晶莹向地推。
色色针争冬梅傲,浮浮有意累枝鬼。
因风落下飘絮絮,以影云中任自猜。
锦帛昌明盘甲大,双襦翡翠不相陪。
明王一夜市寻射,芙蓉九夏女儿媒。
同班半水丰年兆,可报丰声自角隈。

李如璧 明月
烟光半就一流明,桂影三秋九地横。
郢路亭长千万里,婵娟色重两寒生。
昭君不画琵琶曲,吕布貂蝉日月萌。
水暖华清天子沐,谁怜后羿故人情。
单于不向胡旋舞,草木阴山汉蜀盟。
独拜清宫英雄戟,辕门一箭问三英。

芙蓉出水温汤色，捏控瑶池赋曲平。
但问长生明月在，何须太上惹芳荣。

李昂　从军行

飞将一箭射幽燕，逐虎三呼过塞边。
朔漠征兵今古尽，单于汉武玉门前。
长缨未展楼船易，壮士弓刀污701田。
日满桑河流万里，光寒铁甲逐千年。
晓渡阴山问李广，昏昏洛水日方圆。
胡姬舞女匈奴曲，夜月遥声百战连。
按阙鸿飞生死路，渔阳鼓动改军旋。
龙泉剑士英雄去，累石长城不见天。

胡浩　大汉行

单于大汉行，晓塞已兴兵。
木叶横飞北海惊。科斗虏略武威戎，
烽火连营橄暖疰。幽陵倦寰风霜旧，
冰澌天光闲国吴。龙泉宝剑交河水，
叉戟金弓上液明。边心与在楼兰问，
紫气东来水雨城。鱼鳖虾蟹汪洋色，
飞将一箭作长城。郑者抽刀何断袂，
韩昌拜节不驱兵。

贺朝清　从军行

寒宫桂色共边城，羽刺长安独渭京。
玉寒单于韬决胜，河湟启侠任精英。
衔珠浴铁桑干剑，苦节乌丸晓雁鸣。
大漠甘心飞雪色，天山屹立磊峰情。
春秋始未连营帐，日月中天豫鲁盟。
几度潇洒波浪滴，阳失胡姬酒泉平。
燕支但觉阴山木，凯奏金收草断声。
上液图中寻海翼，凌烟阁上数身名。

万齐融　仗剑行

壮士英名仗剑行，古生进士已心兵。
交河一日弯弓士，渭水三边士难倾。
月照深宫天子问，星明塞北向群英。
旄头紫愿风雷动，授取长缨缚房情。

王翰

1 春女歌

淑女寻春一路情，颖罗秀粉半儿惊。
东风欲雨去依旧，草木群芳碧玉荣。
翠鸟林虫鸣不尽，红尘色里尽人声。
玲珑四顾窈窕影，紫陌千花一度荣。
宋玉巫山襄王赋，西施会稽馆娃明。
吴门细雨夫差问，赵国青云勾践盟。
岁岁年年观四季，朝朝暮暮见枯荣。
儿儿女女知天地，去去来来彼此生。

2 饮马长城窟行

一曲长城一曲吴，半图匕首当图殊。
凌烟阁上英名画，渭水流中几陪都。
走马楼兰天子路，行军塞北望屠苏。
胡姬舞尽尘尘起，大漠烟光动地孤。
血染朱轮归路远，相逢道异各前途。
秦川养马秦王去，汗血男儿汉丈夫。
赏赏封封成败纪，生生死死去来奴。
不见飞将知白骨，应闻取向问东都。
萧墙一夜风云变，壮志呼声入五湖。

孙逖　山阴县西楼

山阴月色一西楼，府署公衙半日流。
二月东风云两岸，三花色满柳杨羞。
千门紫气青草碧，万户朝阳四十州。
飞鸿北去蒲湘色，渭水波平浐水愁。

玄宗皇帝

1 初入秦川路寒食

清明未到入秦川，渭水兴波问陌阡。
坝岸垂杨准折断，天津细雨两京田。
长安道上寒食客，晋耳应闻介子怜。
曙色光明余闰岁，风和渡云船。
高台欲望新丰树，白马轻鸣洋。
踽蹰途中关阙色，吟情道上玉壶怜。
华池欲暖归人晚，薄雾重霄遍地烟。

紫玉山庄香不语，氤氲水殿休眠。

2 春台望

春台一望百花明，碧玉千情九帽荣。
渭水东流波不尽，长安日色雨去平。
参差草木南山早，岁月乾坤太液晴。
玉树香庭分磊障，重严象绿洲城。
初莺欲展龙门上，晓读书生别馆萌。
逶迤亘垣黄鹤舞，牵牛缴道数精英。
鲲鹏万里成天地，史记千年话瞩盟。
俭陋茅芦啼鸟切，菩贤仕子俯都京。

贺知章　奉和御制春台望

青阳布道性天京，御制春台瞩望明。
圣上江山欣俯仰，玄高若鹜上真情。
千川皋类如明镜，万水波粼色滟平。
晓映浮苔八水绕，晴云卷建百章荣。
旗回五丈丹青树，颢气三边石厥盟。
四面香凝呈紫瑞，方圆玉宇颂清声。
南风引凤求皇舆，廊畤陈他问瑞耕。
隐恤临华天子岸，黄河渡口玉壶倾。

许景行　奉和御制春台望

晓日一高台，青阳九脉开。
崇闻门外巷，汉庭上林截。
尽去来中，长安紫气美。
春风应不止，白雪覆冬梅。
一苑风光行上衻，三宫上苑凤凰城。
千门百姓光辉色，万户凌烟复道荣。
郁郁葱葱天贝叶，芳芳碧碧草花明。
甘泉睿德贤才与，背负河图洛水平。
圣谟新丰农事致，桑田稼穑邦家生。
慈恩寺北东都路，苑囿南通辅望京。
禹室舜山耕水止，秦楼弄玉自声鸣。
昭阳几度章华照，秀北宋流绕古城。

五、七言古诗　正宗

正宗上

李白

李白一诗名，当涂半醉生，
华清天子问，蜀道志难平。

乐府二十三首

1 乌夜啼

月影婆娑鸟夜啼，栖巢冷暖叶枝低。
秦楼织锦含纱纹，素女停梭忆玉堤。
独宿空房心欲动，孤身不耐各东西。

2 乌栖曲

姑苏月下半鸟栖，楚客门中一夜啼。
会稽山前勾践剑，西施醉后忘东西。
金壶漏水夫秋霸，越曲吴歌问范蠡。
不见江山人已去，江波照旧守昌黎。

3 杨叛儿

杨叛儿，一娼伎，新丰酒醉唱鸟啼。
只许减情柳叶低。不劝杨花流水性，
何须故意作夫妻。

4 白纻辞

月上江明一夜天，佳人曲罢半媚妍。
姿轻酒重何须醉，白雪阳春任可怜。
楚楚吴歌云雨问，婷婷玉立玉壶泉。

5 采莲曲

若耶溪中女采莲，芙蓉水上又云烟。
中部已在衣裳去，但以荷蓬作玉仙。
隔叶寻声花正艳，珠圆碧玉欲留悬。
垂杨半蔽无妆底，顺水推舟向岸船。

6 王昭君

琵琶一曲问明妃，汉帝三边画翠微。
蜀客闻声西嫁去，燕支取道几人归。
阴山不远青冢近，雪入荒沙几是非。
举袂难言挥手处，单于不望雁南飞。

7 长相思二首

长亭外，古道边，
一路相思半路天。
三生雨雾两云田。孤身欲断同明月，
独立还闻共媳眠。四壁题诗今古见，
千川问路去来牵。关山处处人人苦，
日月悠悠不到边。

8 其二

琼花暮色半含烟，赵瑟初停五柱弦。
楚女腰肢纤细弱，秦楼弄玉凤凰眠。
春风有意藏娇处，美舞佳人共酒天。
步上波横流目盼，随心只到客身边。

9 飞龙引

铸鼎荆山五帝黄，丹砂冶炼作天堂。
成龙化凤飞天去，彩女深宫似新娘。
不嫁相思浮岁月，小余月色照红妆。
鸳鸯比目双双在，莫问交河落日光。
咫尺年年随意尽，天涯处处苦炎凉。
人情只在人心上，共态同心度此芳。

10 行路难

斗酒人生一玉壶，华清蜀客半天都。
瑶台但似芙蓉下，渭水何当日月殊。
楚汉鸿沟分不止，陈仓暗渡胜如无。
黄河九曲东流去，剑阁千峰屹立孤。
处处长亭长不止，年年短道短还需。
惊天动地三呼唤，自古行云大丈夫。

11 登高丘而望远海

高丘远海自相连，白日黄云各彩天。
阙断关分南北路，秦皇汉武震方圆。
扶桑半度瑶池水，精卫辛勤填海巅。
黩武穷兵何存在，嫦娥不在五陵边。

12 行行且游猎篇

士过阴山不谈书，琵琶蜀韵有情余。
宫深不得先生画，塞北单于白马居。
易儿曾留荆壮语，张良下坯远韩舆。
殊秦楚汉鸿沟岸，酒醉虞姬项羽嘘。
月满初圆弦渐缺，人行未止步匡庐。
三江逝水西东去，五老山峰白首睢。
不见东林何起落，风云自便卷不舒。

13 山人劝酒

山人劝酒玉壶香，避世桃园日月长。
细水泉流秦汉尽，风花雪月各梳妆。
苍苍郁郁峰谷树，暗暗明明影木墙。
叶叶枝枝松柏色，龙龙虎虎野林藏。
昌平醒醉何言客，但见婵娟照玉堂。
智叟行拳经洗耳，戚夫人去楚七王。
東由独傲江山间，意气风发斗志扬。
一箭幽州飞将上，三呼渭水曲江旁。

14 公无渡河

黄河九曲一龙门，子弟南洋半汉根。
大禹情知唯治水，潇湘竹泪小儿孙。
蚕桑自此东流水，日月从原照古村。
渡口无船何所以，风波尽农入黄昏。

15 独漉篇

独漉浊，独漉浊，清口浊口水流明，

暮暮朝朝总不平。曲曲弯弯随日下，
扬扬抑抑逐波行。独漉满，独漉瀛，
瀛瀛满之一倾泓，渚渚湾湾草木生，
夏夏冬冬归大海，支支果果似川盟。
浊漉易，浊漉更，更更易易自枯荣，
浅浅深深共前程。雨雨云去多吸纳，
山山水水有阴暗。沧沧浪浪波光练，
近近遥遥渭泾萦。

16 春日行
深宫蔽日一筝鸣，紫陌东风半色惊。
上液群芳红满院，龙门客栈曲江英。
佳人弄玉瑶台近，舞曲方开白帝城。
手语弯腰姿色竟，眸回注目两ວ横。
缟京百姓轩辕问，窅冥南山独往名。
梦泽王清天子道，婵娟九脉自歌声。

17 北风行　桓仁记
北风起，北风停，燕山大雪蓟门明。
北风止，北风行，五女山前问古城。
北风冷，北风晴，素野冰封流欲断，
弯弯曲曲自耘耕。北风重，北风轻，
风风西西可冠缨，月月心心五弟兄。
但忆桓仁风雪月，诗词五万古今鸣。
北风语，北风萌，梅花一片半春情。

18 远别离
远别离，别离情，潇湘竹泪二女情。
自古皇英鼓瑟声。尧舜南乡思苦禹，
洞庭大小两姑丁。远别离，别离情，
苍梧处处有人生。月月弦圆一半明。
帝子联绵分彼此，江山上下九疑英。
轩辕立世群难寄，五帝三皇治水名。
北云南南由所堵，东西顺逐可通行。
风波去处流吴越，日月来时草木荣。
不见江源青海阔，汪洋自此自阴晴。
远别离，别离情，公心不小客心为，
虎跃高山远近惊。但以鱼尤归大海，
天涯可以纵还横。

19 白头吟
白头吟，白头吟，自古人情一片心。

相如赋尽作黄金，汉武藏娇寄古今。
独坐长门何所问，羊车暮晚几知音。
白头吟，白头吟，成年独木自成林。
淑女文君几柱琴，当炉酒肆故家荫。
鸳鸯比目凭云雨，并色双需日月临。
白头吟，白头吟，深山古木有鸣禽。
豫谷河流储备箴，千年万里凝枯力，
平生逐岸旷荒深。童翁不异灵禅异，
自主乾坤自主钦。

20 将进酒
上林苑，杏花村，古往今来问子孙，
朝朝暮暮一乾坤。英雄侠士三千界，
帝子贤才是玉门。昆明池，楼船新，
云南汉武洗征尘。岁岁单于箭马亲。
几度慈恩成弟子，长安日月曲江春。
飞将军，天水人。九曲黄河十八津，
成成败败王侯论。功名利禄酒泉罄。
李广何须苏式珍，周殷去，秦汉沦，
千金散尽百家烟。万盏重杯十地醇。
无须醇醉间天地，有酒何呼进退身。
老子中，陈王钧，洛水凌波渡岸匋，
河图掩映作经伦。召集了平生事，
道士何言玉树怜。但以黄河酒量取，
葡萄散尽至君臻。消愁不向愁中寄，
一语倾心入酒滨。

21 捣衣篇
年华十八女儿红，二月三千塞外风。
岁岁秋声先落叶，悲悲切切捣衣终。
春归草色芳先去，西落云平夏水蒙。
尺素佳人良久叹，长城月夜对星空。
交河日浇青纶少，织女梭停未始终。
砧杵声声心不定，婵娟黛粉落姿穷。
梅花腊月寒霜色，未了余香未了红。
秀草柔柔无阔意，芳根处处有鸣虫。

22 蜀道难
蜀道难，蜀道难难一线天，
江流处处两壁悬。陈仓暗渡秦川近，
石栈蚕丛白帝船。绝顶孤峰连草木，
回巅独树自擎权。三千日月盘口路，

五百僧罗岁岁咽。蜀道难，
三江逐浪去未船，九脉源泉下四川。
滟滪堆前夫不语，巫山雨里是云田。
猿啼一半行人泪，日落千波秀鸟眠。
太白当空留一半，鸟栖一半恐惊烟。
当关小子峥嵘见，猛虎吟声振马鞭。
玉阁山空愁不住，喧流已去激长年。
锁守扶桑天日见，江开索道共婵娟。

23 梁甫吟
梁甫吟，一古今。
八十西来钓渭滨，
三千弟子问秋春，逢时吐气风云纳，
白首朝歌日月津。吕尚文王天水岸，
周公但取直钩陈。鼓刀拍案牙贤志，
虎变高阳酒徒亲。两女山东雄辨北，
三齐广阔以经纶。旋逢楚客当群指，
壮举龙城暮未循。玉树声中风云倏，
高堂自调阖闾遵。雕梁画柱丹青色，
子女君臣意志贞。石壁峰峦岩山顶见，
川溪壑谷水流湮。张色以剑神龙地，
剧孟亚夫言感昀。河图欲展成天地，
四象双仪辅至尊。

歌吟十六首

1 白云歌送刘十六归山
一曲白云歌，三江玉水河。
归山刘十六，楚客渡湘波。
以此随君斑竹戈，秦川寄望女儿多。
江流只见江楼问，日月阴晴几度和。
渡口船横同暮待，山光树影自婆娑。

2 怀仙歌
三清一鹤半云现，万里千山百色兰。
但问蓬莱何玉树，天人足待八仙冠。
瑶池自有盘桃才，太白云游寄此丹。
莫载君峰风雨度，桑田阔海尽波澜。

3 月下吟
太白金陵月下吟，高楼独望古中今。
秦淮水色钟山路，贡院文魁孔府琴。
忆谢衣晖如练去，寻登解道似知音。

云摇玉树前堂影，须平不语后庭心。

4 灞陵行送别

送别灞陵行，波流客气清。
行行止止复行行，路路程程路路生。
古古今今何处处，朝朝暮暮几人情。
西京紫阙阳关道，北苑楼船已自横。
落日重回日起外，浮云卷取亦舒平。

5 江上吟

波光起落木兰舟，短管长箫曲莫愁。
美酒佳人何不醉，婵娟桂影遂江洲。
蜀客无心随水色，屈平有意力歌留。
沧州富贵功名尽，汉水东西自在流。

6 玉壶吟

三杯壮士玉壶吟，九脉川流自古今。
千山逶迤连日月，万壑松风净上心。
剑阁风云烟雾重，长安草木遇天荫。
谪仙已问东方朔，笑变西施一越音。
醒醉何须朗暮去，但以当然作木林。

7 侍从宜春苑奉诏赋龙池柳色青听新莺百啭歌

龙池柳画一郑莺，紫殿东风半雨城。
百亩瀛洲萍叶小，千株玉树后庭荣。
红楼欲梦萦烟满，水榭留明涌不惊。
大理司农天右寺，含光省左尚书城。
香山不远龙门见，渭水波斜帝子声。
好鸟争鸣阶后路，佳人曲舞见升平。

8 幽歌行上新平长史兄粲

自古长安...渭浍，咸阳旧苍半丹青。
新平长史兄卿叙，暮鼓愁云不可铭。
五百银杯何酒醉，三生驿路似浮萍。
晨光已满巾冠沐，赵女当歌舞步伶。
烛泪燕姬吴越色，娇藏玉屋取心灵。
余晖处处华天地，一步长亭一步听。

9 西岳云台歌送丹丘子

西岳峥嵘一顶峰，黄河九曲半鼓铮。
云台送别丹丘子，万里不大入步封。
渭水东去天海路，长安北岸隐苍龙。

秦川养马麻姑社，白帝闻江运气冲。
玉女明星花作西，瑶台桂树十三香。
文章化日蓬莱酒，老友思情望独松。

10 扶风豪士歌

东都一半故人家，弟子三千二月花。
渭邑召集安史乱，长安里巷没桑麻。
扶风壮子胡尘净，玉酒临行士北涯。
四塞浮云天下去，三边白骨满荒沙。
忠心似语江山事，意气相倾社稷华。
取剑长鸣君不诺，扬眉立志几叱咤。
燕人逐鹿黄河岸，赵侠行身报国家。
白石离离黄道日，英雄处处补天娲。

11 庐山谣寄卢侍御虚舟

匡庐侍御一虚舟，楚客儒生半孔丘。
弟子三千跨鲁鹤，神仙八十酒中游。
银河倒挂冰炉壁，石叠溪泉五岳收。
瀑布流明天地近，云山雨雾几春秋。
芙蓉影落昆仑雪，五老峰光谢履求。
汉漫观晴期独遨，成心九垓太清楼。

12 襄阳歌

落日尽，昆山西。襄阳唱子白铜鞮，
一醉林中石似泥。百岁人前天子问，
三清日后自高低。咸阳市上闻黄犬，
渭邑城间问碧鸡。八水惊声歌不住，
羊公玉片石龟啼。李太折，楚客蠢，
坐叹川流罍酒酰，舒州力士玉壶堤。
瑶池未减江河酒，渭水东来注未齐。
守玉巫山衡此赋，襄王暮雨复云妻。
秦楼弄玉求凰凤，月下婵娟鸟不栖。

13 酬殷明佐见赠五云裘歌

佐见殷明半谢修，公今赠我五云裘。
晴光散影含霓色，织女云霞著锦裀。
积翠堆红君鸟舞，珍鳞玉影粉兰洲。
丹炉炼石仙神客，谷壑三清奉马牛。
岭峻成杨多木秀，峰巅从险引丛幽。
衣襟背领乾坤岸，禁袖开中日月楼。
上可瑶台崇物异，中临渭邑翰林忧。
平阳首相山河永，下拾人间十三流。

14 梁园吟

黄云一半落梁园，牧马三千问陌阡。
梁王旧阙今安在，阮士蓬池信步泉。
夷齐圣洁吴姬酒，岸鲁儒书子弟田。
绿水波平河北渡，舜耕草木信陵眠。
杨梅解酒高楼唱，古月苍梧几岁年。
欲济人间今不晚，分曹列士史如烟。

15 梦游天姥吟留别

海客谈瀛洲，江河万里向东流。
云霓天姥吟，五岳烟涛志难酬。
天台四万八千秋，坛岭三峰百丈楼。
一夜耶溪明月袭，猿啼十里镜湖舟。
青云半壁花迷路，竹翠天光谢履酬。
五柳先生何不见，开颜尽是所无求。
金银台上霞泓散，白鹿崖中日月浮。
醒醉之中天地外，耕耘不必帝王侯。

16 鸣皋歌送岑徵君

长三厚地几相亲，涧谷川流半渚津。
送别岑徵君子去，回来太白客家身。
嚱唏嘘，昆仑远道天山近，
渭水邻波灞泣秦。雪袆茫茫明月照，
心清处处玉观茵。亡呼哉，
龙吟大海汪洋阔，虎啸高山草木循。
鼓吹丝弦岩曲曲，梁园雅颂国风频。
幽居久分清溪渡，限历惊兮士子珍。
异物矫名黄鹤翼，巢由桎梏若轩尘。

正宗下

李白（下）

1 送羽林陶将军

楼船驶正朋林军，紫陌昆明上苑君。
拔剑三杯辞御酒，龙泉一举北南分。
词人自力交河易，武道身明日月曛。

2 送程刘二侍郎兼独孤判官赴安西幕府

判官幕府一安西，数道公平半御题。
领袖完明正大绣，旌旗走檄主高低。
北郡胡沙尘莫起，南夷问粤鸟空啼。

归来楚汉鸿沟岸，特使中原谈鲁齐。

3 与诸公送陈郎将归衡阳
衡阳一帆孟尝君，枯橘三声楚客文。
太白心迁天子赋，陈郎使远阮湘闻。
洞庭水上君山问，岳麓峰中日月分。
暮落无平波色重，江流不止小姑云。

4 送祝八之江东赋得浣纱石
祝八江东浣纱纱，西施日暮别溪华。
三吴越女天平去，半已深宫作馆娃。
粉黛均匀颜色好，红歌素手玉人家。
伊如会稽芙蓉水，胜似洞庭二月花。
目瞩姑苏闻木渎，何知日月在天涯。

5 同王昌龄送族弟襄归桂阳
乡家一半在湘川，白日清江古道边。
月色蒙泷花似西，风轻处处故人船。
波鳞自逐东西去，族弟文兄手足缘。
桂水山明多秀鸟，昌龄止步可无前。
春潭隔岸何深浅，此去云帆挂碧天。

6 宣州谢朓楼饯别校书叔云
宣州一日谢朓楼，饯别十杯乱我忧。
酒醉人行秋雁远，衡阳诸岸百回头。
蓬莱草木神仙客，小谢杨花柳絮羞。
欲上青天心揽月，消愁回顾未溯愁。
人生在世阴晴故，江楼胜似问江流。

7 单父东楼秋夜送族弟沈之秦
单父东楼弟问秦，咸阳苦役足言身。
冠巾束带飞鸿志，万语千言勉旁邻。
孔府文章凝傲骨，丝桐宿凤感弦春。
山阴夜月昆仑雪，斗酒瑶池草木珍。
不见长安宫阙闻，何言驿路近天津。
屈原楚劝泪罗去，不改江潭弃旧屋。

8 鲁郡尧祠送窦明府簿华还西京
明府华还半西京，朝犁鲁画一枯荣。
扶桑旧郡桓仁问，客驿亭长自纵横。
扫地熏香尧祠角，沙平岸碧日方晴。
青蓝两色元中见，寺庙三兄九脉萌。
长亭短，短亭长，

风风雨雨几河塘，宿宿行行有柳杨。
太白兰田秦越宾，空寻七子自扬长。

9 留别三首　金陵酒肆留别
金陵酒肆玉壶香，一曲吴姬劝尽觞。
二水三山秦已尽，桃花色艳杏花扬。
别意何须长短问，东流一半异家乡。

10 别山僧
山深一路别山僧，道远三清向玉凝。
月宿鸟啼溪水静，猿鸣已尽过南陵。
千峰故过相思远，万岭重寻古寺灯。

11 南陵别儿童入京
白酒儿童问古京，黄鸡粟米自枯荣。
高阳野徒蓬蒿客，会稽西施愚妇情。
落日黄昏争远近，余晖万木身峰明。
西秦不可买屋问，俯仰无须不纵横。

12 寄怀五首　早春寄王汉阳
寒梅自在一香盟，腊月须萠半雪生。
昨夜东风杨柳问，云成雨露汉阳荣。
阡头陌尾池波色，素裹红妆任自倾。
但醉无须知草木，青山只在向阴晴。

13 寄王屋山人孟大融
不肯上劳山，无寻问孟颜。
安期公子见，客主不归还。
愿与仙人凌步去，应留乾坤一跬斑。

14 自汉阳病酒归寄王明府
千金一掷买春芳，万里三清问夜郎。
醒醉文章鹦鹉岸，巫山但守玉壶旁。
潇湘岁历相如赋，洞泽年成沽酒乡。
但扫囚禁黄佗影，还闻日月过咸阳。

15 寄韦南陵冰
金陵至此一相逢，借问东风半鼓肿。
几度群芳花不语，千川涧水自无踪。
闻君携伎人情顾，礼士行春月色封。
楚客三清观寺路，长歌酒醉尚书容。

16 忆旧游寄谯郡元参军
二水三山半酒楼，千杯万盏一春秋。

金陵不尽咸阳尽，叹自秦皇紫气洲。
北海回峰龙虎踞，君心我意谢王侯。
淮南玉树糟丘董，渡口金花几去留。
太守长歌从我醉，当归枕股后庭羞。
风发意气云霄外，楚越分飞豫并州。
岁月何呈多白发，年华故垒少思求。
严君勇貔归山虎，遇房相呼渭水舟。
苦步羊肠行蜀延，婵娟共舞太行愁。
潭清岸狭深明恐，萧玉秦王凤去游。
百尺艳池盈碧色，寻声晋祠南泉流。
长阳赋尽真人许，北阙青云去不休。
别恨相思依旧是，离群白马向天蹓。
杨春白雪东山木，下里巴人任白头。

17 赠六首　赠裴十四
裴元十四一书香，璧玉三千半夜郎。
北海波涛惊日月，南阳草木雨云乡。
黄河万里东流去，九曲中原十八梁。

18 赠潘侍御论钱少阳
侍御潘公论少阳，书儒鲁郡可风霜。
三军罢鼓鸣金晚，五丈原声向暮光。
柱史藏铁白简纳，昂扬士气虎龙朔。

19 流夜郎赠辛判官
判官不问半书乡，徒步召集去夜郎。
一酒长安同醒醉，三生日月共天光。
红颜未了身先老，白璧清晖万里扬。

20 醉后赠从甥高镇
马上相逢马下乡，途中未卜去来长。
山前山后何相问，酒肆云天自柳扬。
快意东风裁草木，琼花细雨露云凉。
悲歌一曲朝天去，壮士三声向帝王。
装剑啸啸曾向宇，风尘朴朴几黄粱。

21 赠从弟南平太守之遥
南平太守一遥肠，太白词诗半故乡。
得意何须言客魄，雄心不与入黄粱。
功名富贵疏兰谷，道路前程草木荒。
蜀栈悬天峰壁挂，陈仓暗渡玉门藏。
眼台独著金銮展，白玉华清醉暖床。
别后当寻梦里客，羊何可见共春芳。

790

22 江夏赠韦南陵冰

胡儿一马十三州，北子千呼半九流。
八水难平安史乱，天津桥上土难酬。
南陵不忆秦淮举，弄玉秦楼日月愁。
大宛侯门知汗血，南平豁达望江楼。
江南十里荷花渡，月色波光醉小舟。

23 酬答三首　玉后答丁十八以诗讥余槌碎黄鹤楼

长江不尽向东流，汉水难平下九州。
醉后高楼黄鹤舞，惊前玉帝白云悠。
知音不改琴台在，蜀客难言楚目秋。
不向辽东鹦鹉草，当言待取帝王侯。

24 早秋单父南楼酬窦公衡

白露见红潮，新霜满宇霄。
南楼单父晏，别折柳枝条。
细叶长长连地远，长亭草上与天遥。
公衡不醉前程醉，未了渔樵岳麓樵。
日暮青山去两岸，峰晴顶木日风雕。
三清读客仙居近，四海波涛八仙招。
俯柳见，听玉箫。春楼夜语谣。
幽燕自古中原色，汉平知今道雄骄。

25 答杜秀才五松见赠

秀才长杨一赋来，陶公五柳半徘徊。
金陵道场秦淮水，洛邑慈恩铜雀台。
九鼎商山何太子，千峰紫气铸声雷。
阳春曲尽巴人唱，下里歌平白雪裁。
谷语难停流水去，松风未了楚人才。
风流异代同天下，日月辉光共世埃。
独立清名荆岸色，邪身傲骨素琴雀。
还香复取桃花酒，寄我杜康五百杯。

26 游览三首　夜泊黄山闻殷十四吴吟

黄山夜泊近吴吟，一宿难平忆古今。
万壑生风云西住，千流月色女儿心。
殷声十四儒门里，酒醒还鸣草木荫。
旷野难停明月色，沧洲百度一飞禽。

27 携伎登梁王楼霞山孟氏桃园中

东山碧草问梁王，玉女桃园见异香。
锦绣默林初色早，金屏舞伎贴花黄。
今日暖，昨日凉，春风半入群芳里，
绿酒千杯醒醉尝。旧月如今非主客，
新君不守谢眺肠。

28 把酒问月

长空一月万里明，玉酒三杯半无声。
揽镜平湖千世界，从心所欲百姿生。
莫问停呼嫦娥悔，行权可比阙关鸣。
寒宫桂影人间问，彼此清心几度盟。
非草木，是精英，草木精英日月荣。
对酒当歌何不醉，君心似我久无平。
前途步步登高去，蜀道行行愿者行。

29 题三首

平王少府一丹青，粉壁雕梁半玉屏。
白鹤云中丹顶色，青龙水上自零丁。
三千界，一人生，风光不尽自枯荣。

30 同族弟金城尉叔卿烛照山水壁画歌

高堂壁画一蓬瀛，玉烛清波半海明。
隔岸舟平丹丘子，从心善气草天晴。
溪流曲折云舒卷，日窥花原月回城。
水水山山天地近，禽禽鸟鸟目无鸣。
诗里画，画里情，春秋处处寓枯荣。

31 当涂赵炎少府粉图山水

当涂少府一丹青，万里黄河半渭泾。
七泽洞庭湘沅礼，三山五岳泰嵩灵。
波涛有色恒源阔，日月无明草木亭。
五彩纷扬天地象，千姿百态寄心馨。
天上客，座右铭，江湖暮色几浮萍。

32 闺情五首　古今诗

太白一闺情，真人半不平。
诗公天地阔，读尽去来生。
古古今今见，朝朝暮暮行。
三生非彼渡，五万是此明。

33 思边

去岁何时妾枕望，今辰月挂九州前。
婵娟不问寒宫冷，玉影当空白雪船。
日去年来秦汉客，朝霞暮色任凭怜。
南园夏草春秋色，北国书生俯仰眠。

34 寄远二首

佳人一关满花堂，玉色三声淑女香。
枕上鸳鸯池水戏，床中月影躲还藏。
相思不尽相思苦，寄望难平寄望肠。

35 其二

李碧桃红半望乡，春园草色一鱼梁。
吴姬越女西施馆，勾践夫差五霸伤。
白帝巫山神女在，朝云暮雨大江昂。

36 示金陵子

金陵子弟凤凰园，俯仰秦淮玉树开。
浇踞龙盘秦汉去，魁元贡院古今夜。
梅花一片吴门香，伎女千声越语台。
楚苑珲明桃李木，东山几度谢公摧。

37 代寄情楚词体　古今诗

君已见兮，古今诗，乾隆客兮，四万余。
君臣共赋满清墟。君已见兮，古今诗，
耕耘日月老樵渔。
十万诗词仿古颂，三生依仰去来迟。
江山格律乾坤履，鸟兽鱼龙虎步姿。
草木连根同厚土，阴晴共渡雨云期。
汨罗五月秋旧客，芳名太白迟自相。

38 哀伤一首　自溧水道哭王炎

弃世一身消，寻情半庙桥。
知人知自己，问道问云霄。
茅山荡荡兮，茅山去路气雄豪。
溧水洋洋兮，溧水来君日月潮。

39 之二

不问奈河桥，知情各路遥。
茅山一道丹阳尽，溧水三生玉剑寥。
弃世扬名天下顾，豪情壮志付萧条。

六、七言古诗　大家

1 杜甫

杜甫成都一草堂，文章日月半天光。
长安未尽韩愈劝，寄予王维作故肠。

2 贫交行

贫交一世行，富结半人情。
不见平原君子坐，还言管鲍士闻声。
轻云细雨乾坤济，阔海沧天日月明。

3 折槛行

房谋杜断魏征言，汴水故城济世喧。
学士秦王文武论，凌烟阁上见轩辕。

4 大麦行

大麦收丰小麦黄，东梁择木走西界。
三千子弟如明翼，一半天兵似八方。
少以朱云人折箭，娄公不语宋公扬。
直臣可以松乔木，妇女长安托故乡。

5 苦战行

孤云解甲一将军，苦战弯弓半客云。
壮士雄心今犹生，伏波子女少儿文。
江南饮恨闻安史，塞北晴天祝功勋。
独看神州天下语，江山只要志殷勤。

6 悲陈涛

陈涛十郡不方圆，孟泽三冬眇野烟。
血战华清汤水色，胡儿舞尽史孙旋。
潼关失守京城乱，渭水西流问马鞭。
日夜官军朝暮箭，都人自叹夜无眠。

7 朱凤行

衡州刺史半潇湘，白鸟罗网一弃扬。
侧顾分曹黄雀羽，横飞独立翅难翔。
英雄志壮香山望，铸剑精神正四方。

8 越王楼歌

年中显庆越王楼，月下风霜旧迹愁。
碧瓦绵州州不语，红墙挂烛烛泉流。
孤城磊落清江水，九鼎无言十鼎休。

9 大觉高僧兰若

巫山不见问卢山，老衲无闻暮日还。
大觉高僧兰若去，松林已寂玉门关。
仙家路近钟声远，邑子飞锡白鹤闲。

10 秋风

秋风寂寂一猿啼，落叶悠悠半草低。
暮日时时传远树，黄黄处处鸟寻栖。
孤帆楚水潇湘去，独影江淮白发齐。
夜枕难平天下志，西旋不向范蠡妻。

11 夜闻筚篥

筚篥三声蜀道难，沧江九曲楚吴滩。
盘门不锁邻舟梦，赵曲不闻玉树寒。
角明忧伤千戈问，宫征许怨入云端。
孤灯欲暗飞霜夜，积雪方明见素峦。

12 乾元中寓居同谷县作歌七首

悲歌一曲自天来，子美三声太折回。
蜀道难寻径纬路，成都客舍草堂杯。
噫吁呼，天寒日暮中原问，橡栗鸣呼渭北鬼。手足头胪何可见，千元寓谷已寒梅。

13 其二　　吕家三子

李杜歌声子美情，屈原赋曲楚人鸣。
重听蜀道悬天栈，复与陈仓汉士生。
长傀木柄黄精短，四壁空余自静鸣。
闾里红颜衣尚少，藏娇不可筑空城。

14 其三　　吕家歌

有弟三人有长兄，无荣一世半书卿。
强生别展三涯路，却话成都蜀道行。
渭邑天明归不去，胡尘不净土何平。

15 其四　　吕家

弟弟兄兄有妹情，乡乡里里故人明。
离离聚聚幽燕客，合合分分事业成。
五女山前流水色，浑江岸北六河平。
桓仁里巷棋盘势，八卦居风一帆旌。

16 其五　　吕家

岸隔浑江下古城，桓仁八卦上人生。
东山自古爹娘墓，五女还来草木荣。
读孟千古天地路，行吟万里暮朝行。
回头陆万诗词著，只作三儿养育情。
或念重寻常忆取，农夫蜀道有阴晴。

17 其六　　吕家

南江一曲北江边，故里三寻忆里悬。
老路常行知父母，新街故步几桑田。
千声未止书生道，百岁重寻士子天。
白马龙蛟安敢止，诗词六万古今泉。

18 其七　　吕家

男儿不止一生求，老子何寻半世忧。
弟弟兄兄还有妹，乡乡梦梦帝京留。
中南海里书生气，木槿花前早月舟。
俯仰南洋非是岸，诗词毕竟古今浮。

19 短歌行赠王郎司直
邯郸十里邺三台，易水千流日半开。
拔剑行歌云水动，沧洲四顾久徘徊。
玉壶倾，绳坐垒。仲宣草色楼头碧，
鲁郡风云逐楚才。贡竟司直郎莫问，
须当抑塞一千杯。

20 玄都坛寄元逸人
玄都浪迹逸人新，子竿东蒙泯旧尘。
柳绿桃红年岁易，流觞曲水付秋春。
崖阴独谷兰亭序，竹列瑶池季犹禛。
石磊山河王母意，云厚日月满天津。

21 莫相疑行
男儿一步直千金，汴水三吴作古今。
语筑长城分塞外，何须白骨正人心。
钱塘自此天堂路，不以相锲契托梁。
水下鱼龙行莫语，山前草木有鸣禽。

22 醉歌行赠公安颜少府请顾公题壁
分安少府顾公题，玉璧颜元白马嘶。
日照去鹰天际远，云平秀岸草高低。
东吴水，蜀红堤，孤标独树长鸣去，
赤壁东风季鸟啼。一醉方休千万里，
三呼四顾九州溪。

23 戏题王宰画山水图歌
一幅长绫半地天，三丹七色五青泉。
云留不卷风无止，日落常晖暮未怜。
易水难分今古诺，昆仑草碧去来迁。
巴陵岸渡千舟尽，晋并州头万里天。
咫尺江山阡陌里，一目樵渔半目烟。

24 高护骢马行
一马当先万里天，千言不当半人怜。
安西都护胡心暗，渭水东都楚陌阡。
业就江南杨柳岸，功成塞北阵兵年。
汗血秦川君未老，姿雄伏枥猛无眠。
青丝白发纵横问，交河落日几时圆。

25 负薪行
平生自是久咨嗟，跬足难平半客家。
一半夫妻分两岸，三千日月弃窗纱。
江山草木江河下，六十年华七十花。
五万诗词多一万，老三子女老三崖。
南洋北，木槿花，中南海，进士涯。
甲午年中一秀芽。付苦含辛三子赋，
轻去细雨浪淘沙。诗词格律隋唐继，
日月耕耘种豆瓜。

26 最能行
峡石巫山大丈夫，长瀛不尽满江湖。
公门坐客文章老，赋韵音声日月英。
白夜江陵朝暮至，残塘越女目江都。
宙舟侧畔洞庭岸，外都南昌大小姑。
楚客当行属子赋，汨罗草木九歌奴。

27 寄柏学士林居
学士林居仙樵渔，农无稻米不耕锄。
依山戴典幽栖去，傍水寻源作相如。
渚浦舟横安史乱，长安巷里战争余。
金门干戈燕山去，赵塞路阳后国墟。
万里青山多少路，千年岁月不当初。
春泥野渡兰香在，战火涂岸不读书。
渭水波涛无返路，潼关草木有惊鸷。

28 杜鹃行
蚕丛蜀道杜鹃鸣，古栈悬天鸟兽轻。
滟滪堆前船不止，巫山雨后彩云平。
望夫石上常年望，生在瞿塘以舟生。
三吴问楚何天地，九脉寻根几度明。

29 楠树为风雨所拔叹
一树风云半草堂，三江草木九天光。
丁山石磊峰林似，力水流长地野荒。
故老相传年三百，召集总覆岁萌凉。
蝉鸣顶叶斑驳树，紫气东来点玉苍。
但忆桐声琴不语，黄河已去入汪洋。

30 戏韦偃为双松图歌
松鳞栉比毕宏情，老色新春动石声。
列徂风云高傲立，从天阔意任殊荣。
霜明皓首露方重，落子寻根复再萌。
不减英名由石屹，应当入笔作直生。

31 送孔巢父谢病归游江东兼呈李白
南寻禹穴去江东，巢父归临李白鸿。
不问严公闻谢履，中书夜酒对苍空。
钓竿垂，白头翁，独卧长眠老顽童。
荒泽渊鱼龙虫舞，山川处处自由衷。

32 冬末以事之东都，湖城东遇孟云卿，复归刘颢宅宿宴，饮散因为醉歌
东都一醉孟云卿，洛水千波驻马情。
隔宿壶呈刘显饮，张灯促膝话枯荣。
安史乱，日月明，银河织女夜难更。
长安十里关中路，魏晋三川上涑城。
苦战群雄天下逐，召集列祖举长缨。

33 陪王侍御同登东山最高顶宴姚通泉晚携酒泛江
日暮江华一酒泉，波平色满半红天。
东山欲影三峰树，绝顶临风四顾怜。
曲尽舟横人不语，星明树暗美人眠。
醒醉云中何必问，阴晴月下几时弦。
银河已是牛郎岸，宴弃罗珍水弃船。

34 锦树行
公侯故国几千年，渭水终南十万田。
锦树朝阳朝暮色，英雄帝子五陵眠。
弹琴问，鼓瑟怜，苍梧竹庆作湘烟。
男儿壮，女儿妍，治制兴衰东郭子，
瞿塘白帝大江船。

35 瘦马行
马瘦毛长四足轻，人心险恶半长城。
长经白有飞天志，厚下当吟济世英。
六印高悬梦未尽，三军鼓振儿女情。
英雄不诺川流水，举步应人伏枥行。

36 哀江头
野老声声曲江头，深宫院院故国休。
昭阳细柳随君侧，渭水归云上林楼。
仰天叹，俯地愁。清商角羽五弦流。
人生有气凌波路，壮士难平自莫求。

37 乐游园歌

长安一片乐游园，渭水千波万里泉，
汉式心中南北界，昆仑湖上练楼船。
春风渡晚芙蓉岸，细雾行云似雨烟。
白日当空天地外，千生只读曲江田。

38 寄韩谏议注

关在洞庭半岳阳，一身渭邑一同乡。
娟娟美女云中隐，秀秀男儿雨里藏。
濯足江湖清未许，行吟日月浴天光。
飞鸿万里知南北，渭客千声作柳杨。
楚汉鸿沟分界处，殷周吕尚钓鱼旁。
江东霸主无闻儿，真玉咸阳问未央。

39 饮中八仙歌

饮中八仙贺知章，落井水底半汝阳。
左相兴移三斗外，宗之年少酒诗狂。
长齐苏晋青天醉，李白张旭各四方。
不醒焦遂雄辨论，王公莫以酒泉扬。
英雄一剑楼兰去，岁月三春自柳杨。
但以文章天子外，何须玉树久低昂。

40 骢马行

秦川汗血邓公乡，大宛苍天白马扬。
四象华风飞玉宇，千家目顾步中堂。
龙吟处，虎啸旁，方里江山万里朔。
百岁人生行百岁，书生意气见玄奘。

41 醉歌行

陆羽茶中一味香，隋唐阵外半汾阳。
杏花村里杏花雨，酒鬼城中酒鬼藏。
射向君门天子展，行藏上液溢书乡。
何言第一龙门过，独跃青云独步尝。
醒醉文章谁老少，源流应对曲江郎。

42 古柏行

春槐汉梢以天扬，北马南楼是帝乡。
雪色霜封长短叶，鳞藏枥比暮朝梁。
孤高烈日烽风劲，独树峰云夏西凉。
古来行僧尊培久，深宫旧展筑中堂。
丹青笔立直天下，紫气天光白首扬。

43 忆昔行

一步先声十步知，三春日月半春迟。
洪河浪尾轻舟过，壁谷风狂扫叶时。
月照相思明不语，人行驿路着朝离。
巫山细雨浓云处，楚汉鸿沟草木师。
不可回头天下问，何须怅望女儿诗。
沧洲独见英雄色，帝国闻英一两枝。

44 冬狩行

呜呼，节度东川一鸟雄，
三千猛士九州风。荒原校猎寻禽兽，
落日黄昏逐虎熊。寒山色，古刹空。
号令旌　所向红。駞驼狩候青兕羂，
苍然厌见走西东。君田整肃飞将在，
壮举雕龙一甲弓。不问咸阳秦楚汉，
前贤毕竟未央宫。可叹矣，
可叹江东跬步认老翁。

45 哀王孙

王孙路上一长呼，汴水隋中半入吴。
宝玦珊瑚青色正，荆棘满道废家奴。
金鞭换食充饥尽，玉佩交当始得途。
折臂英雄应泣断，千程日落百步躯。
春风夜吹咸阳树，月照洛邑问旧都。
呜呼天子无时有似无。

46 观公孙大娘弟子舞剑器行

剑嚣公孙十二娘，西河付予草林狂。
群龙弄雨行云舞，玉女飞花自柳杨。
羿射苍天留一日，婵娟悔怨问三郎。
青光叠影丰姿仰，短袖藏娇粉白乡。
滟滪摧倾天北落，八仙酒海饮中量。
瞿塘草色巫山岩，白帝梨园隔代香。

47 苏端薛稷筵简薛华醉歌

一代文章唱九歌，三呼醒醉过千河。
神交有道寒梅早，日向群芳玉色多。
李白当涂捞月缺，成都杜甫草堂萝。
鲍照愁忧音韵志，何刘沈谢律珍磨。
形容薛华姿身醉，草木山河日月梭。

48 渼陂行

岑参约我渼陂行，异色波涛汗漫鲸。
万亩琉璃兄弟好，千声曲赋碧荷晴。
嘻嘻呼，南纯漫影伏殊岸，
北寺钟声续枯荣。渭水冯夷击鼓瑟，
蓝田佩玉月方明。湘妃但与苍梧泪，
少壮何时作精英。老得旗光知咫尺，
禅心慧觉向天倾。

49 奉先刘少府新画山水障歌

独立江舟一水平，孤身照影半无声。
沧洲树异峰林色，北国霜封素玉晴。
晋祠南泉流不去，湘妃竹泪向君倾。
衡隅雁落歌亭早，岳麓书生楚客鸣。
郁郁苍苍天地阔，朝朝暮暮寒明。
清猿苦许去门寺，季鸟高飞鼓瑟情。
一丹青，三界荣。千山万水跃然天。
重毫叠叠皱光染，细羽丝丝遣雾城。
山僧举杖渔翁晚，牧笛悠悠日月晴。
噫，日日月月自可明。

50 韦讽录事宅观曹将军画马图引

楚国当初画香神，飞天自得步经纶。
江都汗血秦川养，照夜龙池拜上真。
独以将军曹霸事，无双万里正龙鳞。
风云始觉归天宇，缟素惊空可列珍。
顾视山川高傲目，霸蹄日月向天津。
新丰支遁东腾跃，洛邑循回幸君频。
瘦骨凌空环磊落，呼云唤雨自秋春。

51 丹青引赠曹将军霸

魏武王孙一丹青，浮云士子半自铭。
英雄割据清门侧，学卫夫人尚存灵。
下笔开生颜色老，行绢老将右庭庭。
飞天白马凌烟阁，伏枥风流上进荚。
已洗千年花玉羽，尊含万里主蹄尘。
韩干早立骅骝步，社稷声名骏俏翎。

52 兵车行

兵车行，日月倾，由来战乱作长城，
汉武秦皇不弟兄。没路穷途南北见，
荒沙白骨草枯荣。汴水色，隋炀名，
残塘处处有精英。万亩苏杭已古城。
一路天堂吴越水，三春富甲以商名。

江湖舞妹盘门客，勾践西施妇女声。
木渎天平娃馆në，夫落但以范蠡盟。
五霸王，三边横，神州照日自阴晴，
羽箭弓刀陇际惊。塞北单于何阵帐，
江南秀草始人生。和为贵战则轻。

53 洗兵马

捷报潼关一令生，收兵八水半京城。
独任攀龙由附凤，皇威利与肃宗名。
汗血马，秦川晴，万国兵前草木横，
双玉展上去来情。开元继续成天宝，
海岱相谋济世荣。地力难平千百士，
天声四面犅伏平，胡闻破竹功回纥，
邺朔成王小郭盟。不日关中人解索，
祥奇异瑞紫芒英。隐士休歌将克用，
黄河海盗任田耕。

54 追酬故高蜀州人日见寄

昭川不见蜀州人，遗曲还来旧曲珍。
刺史诗情多厚意，余年怯寄老翁臻。
凄凄方友洞庭岸，郁郁寻文日月茵。
白首轻舟天际去，曹植七步赋天伦。
匡庐外，潇湘津，乾坤帝子过红法。
鼓瑟苍梧南渡客，行吟续忆挂冠衣。
（七言古诗卷之唐诗品汇二十九）

七、七言古诗 名家

名家（上之一）

1 高适行路难二首

长安少小一条鞭，渭邑明晴半壁田。
道别相逢年事短，丝弦西露五侯牵。
留弃百胜家乡名，损弃千夫士子怜。
北陌谊权龙虎斗，南阡不肯学当然。
东陵草色成依旧，灞川桥头月色烟。
似虎如狼王子巷，灵台读得古今贤。

2 邯郸少年行

邯郸学步少年行，美酒献歌侠子盟。
日笑江都事车马，辰呼易水胆肝惊。
豪门外，平原行，却忆英雄石让名。
社稷须明天省语，黄金用尽是人情。

3 古大梁行

魏武宫墟古大梁，隋炀汴从今苏杭，
长城内外幽灵老，白骨由无入大荒。
社稷灰烟尘起落，江山草木各低昂。
平原君子信陵客，元曲黄河作北洋。
白璧黄金朝市威，夷门宋亥帝侯王。
山丘演易行人少，但存余寻可遗芳。

4 燕歌行吕家三郎入燕都

燕歌一曲自横行，草木三边任日荣。
大漠如烟连五女，浑江似练绕乡城。
邯郸步，作书生。十八青年读北京。
欲过榆关通海路，男儿自古作精英。
幽州射虎飞将去，满汉全席帝国名。
碣石东临沧海色，狼心战士戍平赢。
渔阳动地关山在，钢铁摇篮故土情。
百岁尤争诗五万，千年格律古今名。
巫山云，白帝声。峡谷苍虹滟滪平。
但以潇湘君已见，大小姑山大小衡。

5 渔父歌

曲岸深潭一九歌，三湘古月半千萝。
孤舟个必自的钓，只闻山中又稻禾。
日暮波平渔父唱，归心去意世人多。

6 九月九日酬颜少府

少府重阳九日明，黄花鱼满是秋情。
风霜渐近书生路，扫叶游僧久不平。
谷子升华天地阔，阴阳一半是枯荣。

7 送别

木落萤飞一半秋，红扬素就两三楼。
声声不住离情曲，处处君行劝莫愁。
月夜方停城市闹，弦声未止客余舟。
三更白露东邻梦，九脉方兴日月流。

8 别李景参

一度相逢百度情，三边旧路半京城。
长安应是长亭途，洛水还扬洛分明。
望彼此，论纵横，但以余心寄不平。

9 送田少府贬苍梧

少府苍梧竹溪生，停舟鼓瑟二妃情。
衡阳自是南归宿，岳麓迁人醉客行。
远天遥遥近水穷，潇湘已慕楚方名。
汨罗贾谊长少问，不足江山社稷盟。

10 崔司录宅宴大理李卿

雨细细，云轻轻。大埋长安娶李卿，
江南客郡问精英。三寻阳酒肆显倾。
不朽身名求友去，山东吏印言归玉。
一路剡溪阁外行。旁观自答豁达情。
三生海内多知已。

11 赠别晋三处士

清河处士一源头，毕力梁园冲志忧。
十载零窗经道注，三秦豫晋论春秋。
五月桑仁成紫色，千川滴水化风流。

求书达意门前路，不易长亭步九州。

12 赋得还山吟送沈四山人
寒山日暮一寒山，拾得身行拾得颜，
夜色相随明月晚，归来俯仰怯归还。
泉花石岸溪语语，独木或林一树班。
劝尽杯中何处去，布衣不念玉门关。

13 送蔡山人
东林野客蔡山人，独目布衣阅历真。
学剑方思明主客，知书未解丈夫春。
三清道上相留处，九陌京中下五津。
斗酒何须天下论，于金散尽忘红尘。

14 人日寄杜二拾遗
夜暮吟诗寄草堂，成都问路向溪光。
梅花满树香风远，雪色纷呈弄玉藏。
半卧东山人曰里，千声寺鼓客家乡。
知书论剑龙钟步，拾遗行衙忆简良。

15 寄宿田家
寄宿田家一老翁，春芳醉客半儿童，
斜斜正正方知醉，少少多多始见红。
十䚡桑丝蚕茧困，千川谷雨日云宫。
无心却路长亭外，夜月还明一世中。

16 封丘县
迎迎送送玉壶香，去去来来自炎凉。
路路途途天下近，成成败败枫低昂。
风尘十度公门狭，角斗千觞弄海洋。
小邑封丘县令北，公侯老子帝王乡。
陶潜复举归程远，五柳须闻子叶长。

17 别韦参军
五百年箱一剑游，三千弟子半春秋。
长安举月潼关外，滑水朝东赵鲁流。
布衣可得衡阳路，侠士何须蜀道求。
暗渡陈仓明智取，周公处世几酬谋。
楼兰尾，易水头，白日高歌过九州。
百嵘知音梁宋客，千官只取帝王舟。

18 送浑将军出塞
李广幽州一箭扬，将军出塞半胡乡。

浑邪旧主王孙子，部曲燕山庸有光。
玉勒银鞍姬女舞，葡萄美酒玉壶觞。
嫖姚破阵小吴寄，已霍单于谁帝王。
玉书来，旌旗黄。琵琶不尽是衷肠。

名家（上之二）

1 岑参 蜀葵花歌
君不见，蜀葵花，一半江山，一半家。
两三醒醉两三涯。朝开暮稿红霞碧，
日去年来草木斜。君可知，神豆瓜。
人间处处劝桑麻。暮暮朝朝何不易，
江流自古浪淘沙。

2 登古邺城
十里邯郸古邺城，三曹魏武望春生。
东风野火烧台草，武帝宫中满昼萤。
铜雀台，漳水明。年年碧色向谁倾。

3 赠酒泉韩太守
太守城边一酒泉，楼兰月下半苍天。
千军尽望交河岸，万迹行君醒里眠。
巴霍去，飞将传。阴山960广镇幽燕。
辞归可忆阳关道，渭水遥闻帝子怜。

4 韦员外家花树歌
百日花成十日芳，三生读卷半生扬。
诗诗列首文章坐，土木山河尽柳杨。
昨夜星辰今旭霞，年华岁月去来伴。
时来漏去相承继，似是还非各不常。

5 题匡城周少府厅壁
少府匡城一妇姑，秋云却望半乡奴。
君家未已巫山西，琥珀盘中有似鱼。
醉卧空床明月落，南棱已了玉空壶。

6 偃师东与韩尊同访景云晖上人即事
山阴老衲上人心，颖易云烟月色深。
远见行程长短路，黄昏别驾云来音。

7 邯郸客舍歌
一客秦川来，三春铜雀台。
邯郸十八里，古邺已无开。

梦草连天落日裁，江流逐日去无回。
漳河水岸鱼船靠，酒市还明旧玉杯。

8 渔父
渔翁钓水一轻舟，有道临江半自流。
但向游鱼平上下，沧波不空欲无求。
晴阴渡，草木洲，滩头落日继春秋。

9 送宇文南金放后归大原寓居因呈大原郝主簿
白马大原翔，秦川日月光，
蹄扬千万里，汗血去来疆，
晋祠泉难想，汾阳酒肆乡。
胡姬只劝男儿志，晓色无平淑女妆。
主客何须朝暮见，垆头自有十三香。

10 喜韩尊相过
二月新梅满灞陵，寒冬故水玉香凝。
相逢一酒醉，折柳半行程。
米腥黄花色，长安日月明。
春风处处桃花绽，草木欣欣四象征。

11 梁州馆中与诸判官夜集
弯弯晓月挂城头，处处君心向九州。
谈解琵琶声远近，知明鼓瑟二妃愁。
半沧浪，一梁州。河西漫漫五花楼。
斗酒相逢万里舟。

12 临河客舍呈锹明府史留题县南楼
十万卷，半春秋。临楼客色大江流。
凤阳城，狄明府，日月穿梭草木洲。
酒家酒，楼外楼，一别三年不聚头。
铜雀台，漳水丘，乡音照旧上高楼。

13 敦煌太守后亭歌
敦煌太守后亭歌，郡事高县故友多。
石碛沙平埋没尽，红颜治酒劝青娥。
城头月，人几何？葡萄汉地一黄河。
锦帐琴音传不久，珊瑚玉佩共斯磨。

14 秦筝歌送外甥萧正归京
秦筝一曲半新声，豫调三昂九脉情。
白纻风清纱浣争，黄钟寺月古琴横。

愚心远，迹平生，末了长亭未了盟。
望尽归来依旧是，江流不住向东瀛。

15 胡笳歌送颜真卿使赴河陇

君不闻，胡笳声一声声，
送君御史颜真卿，曾闻道，
身自笔正自平生。
楼兰大漠荒沙路，八水长安已不清。
旧事京都安史乱，何闻太子莫兴兵。
江山只要忠臣竟，社稷昆仑久太平。

16 西亭子送李司马

西亭八角郡城西，司马三春踏草齐。
壁绝千寻盘顶望，群山一揽万峰低。
桃红柳绿莺鸣久，榭井云轩季鸟啼。
不醉前程凭脚力，从君举目自铭题。

17 函谷关歌送刘评事使关西

函谷关，玉门关，长城一半锁阳关。
祈连山，昆仑山，洪尊万岁问天山。
行程月下使龙颜，草蔓云中日月还。
鸟翼连天飞不止，公侯寂寞列朝班。
关山四野何途远，九曲江河十八湾。

18 天山雪歌送萧治归京

一望无边到北京，回头有路向疆域。
胡风不断天山雪，汉月清明洛水萦。
万岭木，千峰横，素玉麒麟解甲平，
苍茫寞寞济霜英。交河落日文章在，
渭水东流已不声。

19 走马川行奉送封大夫出师西征

走马川行奉送西征，出师垒上儿军情。
平沙莽莽天轮北，九月风狂日月开。
君不见，黄河一水中原逐，
碛石三边似斗横。
草野金山花满地，烟尘大汉889名。
幽州射虎长城外，步广千将五帐英。
割带如力重戟匪，军兵慑虏献平生。

20 轮台歌奉送封大夫出师西征

轮台角逐胜匈奴，一箭穿杨大丈夫。
羽房千山沙雪海，尘扬万里奉封都。

凌晨草色方呈碧，夜月光空已别珠。
上将平明金甲动，三军举剑玉冰胡。
连云房塞甘甘苦，誓报江山向主呼。
战场英雄生死外，丹青历史越还吴。

21 白云歌送武判官归

武判官归白云歌，沙风卷地白草河。
呼来一月寒山雪，满树梨花剩水多。
角挂珠帘裘已暖，心惑旧路护都罗。
冰封不似楼兰戍，漫展旌旗日月楼。

22 青门歌送东台张判官

青门不锁向东台，旭日东昂问路开。
柳叶长重颜色怨，轩辕掣策楚人才。
东陵草末霜初覆，灞水还渺路转来。
驿站亭长风雪夜，西燕不可伯劳哀。

23 梁园歌送河南王说判官

梁园九曲送歌声，隐势三搂竹影明。
草萋河南天下路，风清月社存娇情。
池洲鹤雁平台唱，平台岩渡政闻生。
酒醉余吟王不语，梨花一树雪花晴。

24 太白胡僧歌

太折中峰绝顶松，胡僧面壁制毒龙。
楞伽杖解溪流水，虎斗经云罕迹踪。
一见云和兰若罢，三清草蔓十围封。
千年眉黛商山石，百岁山空独情客。

25 范公丛竹歌

一节直望州节生，三枝独立九枝荣。
知君爱竹根深许，问道欣然自在行。
御史修身常养性，干京朕寂对帘罗。
岁守苍天知草木，琴书志雅蔽清名。

26 裴将军宅芦管歌

辽东九月半秋风，落叶榆关一色空。
曲尽歌悲天下路，云头海岸始终同。
萧萧弄调高堂会，管管丝弦对白翁。
陌上鹭杨肠启断，城中问柳舞人功。
珠帘未卷佳人叹，列烛听闻是袒丛。

27 卫节度赤骠马歌

君家赤兔一零声，画得旋风半桃情。
紫玉红珊鞍锦鞯，长鞭勒清束天缨。
香街汗血乎明路，却忆凌烟阁上名。
少女难维回节度，男儿只及意风行。
中军战场三金令，扫尽胡尘万里鸣。
偏向君雄争日月，昌平骏步自前成。

28 送魏升卿擢第归东都因怀魏校书陆浑乔潭

升乡擢第去东都，故土人情自有无。
井上梧桐云雨卷，风中瀍水日月舒。
秋阳一岁三都赋，匹马山东però五湖。
笔健文章兄弟见，金印紫绶铁匈奴。
四明去向别来复，只问平安校理图。
青春好在三峰路，白发头颓御史途。
摇鞭举袂熏天暗，魏陆浑乔耳目儒。

29 送费子归武昌

费子归秋下武昌，知音曲就问秋凉。
巴陵扫叶君开馆，一掷平生渡汉阳。
洞庭月，鱼梦乡。无情塞雁宿潇湘。
祈连舞剑寻鹦鹉，草木荒芜四壁梁。
楚汉鸿沟今犹在，男儿老却四方扬。

30 与独孤渐道长句兼呈严八侍御

客舍轮台侍御书，严文白马颖阳居。
成名五贵儒家子，绝漠千山万迹锄。
几度西南闻剑阁，三边奉使胜樵渔。
耕耘不尽山川路，画卷罗纱酒色余。
不觉春衣宽带久，还眠夏西只当初。
葡萄玉子心中结，烛月芳明谈卷舒。

（七言古诗卷之·唐古品汇二十）

名家（下之一）

1 李颀　古意

男儿一世半长征，战火三边九陌横。
晋赵中原常逐鹿，幽燕易水几枯荣。
由来论剑天山客，此去从军报国轻。
折雪昆仑歌舞断，辽东十五惯平生。
琵琶欲语阴山梦，小妇今声作西行。

2 鲛人歌

白首鲛人作九歌，江山织锦问几何。
潜水底，居身侧，经纹海岛玉连波。
珍珠有壳藏奇贝，万象更新莫少多。

3 古从军行

汉地葡萄月色清，单于大漠野云明。
行人刁斗交河井，雨雪琵琶不怨情。
塞雁年年南北问，排云列阵一飞横。
潇湘夜，衡阳兵，恨断长城断臂声。

4 古行路难

行路难，行路难，生生世世路朝天。
易易难难天地上，止止行行日月悬。
蜀道难，鲁道难，太白文章一酒泉。
华清只赋芙蓉色，月在当涂水不眠。
鲁国儒公天下路，阴晴日月去来船。
文路难，武路难，长城汴水一声先，
白昔沉沙南北尽，商舟去往富桑田。
击公策制江山事，李广射虎一箭弦。
君臣难，父子难，杨家祖德汉皇边。
绣领朝服天子命，荣英锦带重衔啣。
千龙百凤歌歌生，侍女董双奉伺怜。
一日红霞来去晚，门庭冷落对黄泉。
最是隋炀头颅好，悬梁自取对千年。

5 缓歌行

少小行身富贵游，张良易水去来修，
秦皇汉武今何在，见匕图穷日月留。
闭户三年或一诺，耕耘百岁自无忧。
诗词六万百千数，暮暮月月十四州。
老怨江湖平白事，当涂取月酒中求。
长安八水围城终，李广飞将几度囚。
读海应知波澜阔，清歌只许问春秋。
原来逐鹿黄河岸，不悔平生九鼎谋。

6 王母歌

瑶台一夜满盘桃，汉武三华坐玉袍。
羽ын麒麟王母见，霓旌孔雀半丝旄。
玄梨九赐长生展，素女三呼待醅醪。
白云阳春龙虎岸，兰香紫蕊尽去膏。
屿叹戈呼，一半蓬莱一半毛。

7 送刘昱

浔阳八月一江秋，白浪千波回面流。
雾雨山头寻夜宿，滕王阁下上江楼。
船声不住风云住，望到金陵有莫愁。

8 送从弟游江淮兼谒鄱阳刘太守

鄱阳太守一清风，柳色都门半草虫。
小弟江淮天子客，丘陵带雨自由衷。

9 夏宴张兵曹东堂

重林小屋一华堂，佳人十六半淑香。
莲心欲君流花露，竹节方丛月影长。
珠帘未卷云峰色，明扇摇风煮玉汤。
只醉无须知醒处，张生不可问红娘。

10 崔五六图屏风各赋一物得乌孙佩刀

崔公六物一屏风，佩刃三边半扫雄。
赋得乌孙刀上利，吹毛求疵阴山东。
单于带握穿庐际，凛冽沙尘八面同。
主沈妖姬空舞色，流泉细水独霓红。
江湖锦绣金环淑，铁木雕磨万目弓。

11 爱敬寺古藤歌

密叶繁枝老树根，千朝万暮一乾坤。
三藤百岁如龙虎，四壁成峰有孙小。
敬寺丰茸风骨劲，孤僧扫径去来昆。
南阶步入禅房话，北展方兴霭雾村。
自立双桐垂古木，十月霜寒向独尊。
日后飞花杨柳岸，山前落彩久黄昏。

12 欲之新乡答崔颢綦母潜

数载涯官冲悟空，经年草木一鸣虫。
男儿立世凭心地，老子成身任雅翁。
易水清流归客晚，滹沱度雪宿星同。
孤城暮闭渔歌尽，白首历练作图穷。

13 送康洽入京进乐府歌

一子年年乐府歌，汨罗处处奈如何。
京都每每人才许，日月常常不少多。
左氏女，送秋波，葡萄美酒玉壶娥。
白袷春衫省吏老，莺鸣鹊舞满清河。
佳人赋，误蹉跎。陵侯竹影自婆娑。
夜月孤明康洽子，浓妆淡抹任穿梭。

14 送刘十

知君不免一平生，问道须行半客明。
曲断嵩笔南涧水，吟琴崤谷夏云晴。
兄兄弟弟商冠著，去去来来步履横。
甲角东山经史见，飞泉得意任枯荣。
名齐古木秦川北，醉卧昆山不问城。
未了山河流日月，空余旧路有阴晴。

15 送陈章甫

四月南风大麦黄，三边枣树叶芽杨。
青山不老陈侯客，坦荡书生误故乡。
万卷诗文朝暮领，千年格律久低昂。
东门咕酒鸿毛落，白日孤云渡口旁。
郑国寻人天下去，相如罢赋洛阳梁。

16 放歌行答从弟异卿

但放歌行弟异卿，崇文偃武汉萧英。
张良一曲谁思楚，斗酒安陵桥上横。
不取功名明主事，东山旧迹柏梁情。
高昂击筑荆轲去，易水空流正世域。
黄鸟栖，白马鸣，一语先生洛半瀛。
举目江舟天际远，还言养收子都盟。

17 别刘锽

山深木秀一梁生，羽迹飞天半不鸣。
未取前途风雨路，须呼草木各枯荣。
长安小子穷穿望，洛邑男儿语莫轻。
四十初冠平利禄，成林独木百年萌。
弃琅琊，取书名，幽州射虎阴山近，
赵国词林酒色赢。逐中原，江湖声，
城头落日满川倾。九脉当凭千野碧，
三江可托五湖泓。去也，情。

18 听董大弹胡笳兼寄语弄房给事

董大胡笳十八声，东都旧客万千鸣。
庭兰一举单于泪，给事三吟汉女情。
使断文姬曹孟德，沙荒大漠镜湖平。
长城古戍寒烽火，叶落交河角羽盟。
川流水，古木横，百鸟朝阳聚散轻，
万里浮云终卷去，千年旧路始风行。

名家（下之二）

1 王维　鱼山神女祠歌
鱼山浦女兮洞箫声，雨歇云收草木萌。
巫舞神明兮灵驾北，陈瑶击鼓湛清明。
姿眷眷，夜轻轻，琼筵拜进沧江平。
但举繁弦旋倏令，琴音一半已倾生。
噫，噫，世上自阴晴。

2 送友人归山歌二首
归山不尽友人情，古木群龙兮碧水平。
寂寂风光兮芳草地，云云雨雨壁流明。
苍苍野野兮空川鸟，石石泉泉兮峪谷生。
小屋含烟朝暮evenir，中庭月色桂宫清。
由醒醉，任纵横，桑田自足自耕耘。
桃桃李李香瓜果，老老童童步履轻。

3 其二
山中去兮问归云，月下明兮待客君。
木末林兮芳草畦，峰临谷兮鸟殷勤。
流清不断川声响，谷壑无龙石屹分。
野杏红颜无自己，桃花半落半飞芬。
悲猿未语惊空阔，白鹭翻旋展玉裙。
浪浪沧沧兮天地外，相合处处兮不相分。

4 登楼歌
登楼上兮再寻君，举目遥兮复相分。
陌里桑兮初碧草，阡中黍兮又萌耘。
山河远兮流不止，日月长兮度色曛。
夕照茫兮千万里，黄昏远兮尽飞云。
寻君不尽兮复寻君。

5 陇头吟
长城累石解王忧，少妇悲声至白头。
不减床前明月色，云增雨后客边流。
关西老将愁无已，塞北胡姬舞尽羞。
驻马听声天下路，行身问道去来修。
幽州射虎阴山梨，李广未了李陵囚。
万里冰霜苏式子，旌旄典节几皇楼。

6 夷门歌
七国群雄志未分，三秦独立王云。
邯郸学步平原士，围魏酬思救赵君。
驷马难追兮天下逐，精英止策兮李斯文。
夷门意气谋关去，七十翁儿所向芬。

7 洛阳女儿行
西施越女浣溪沙，木渎吴王守馆娃。
长安小女空窕步，冬梅未了作桃花。
芳年十六男儿少，玉佩三十弟子家。
扇见居心香不尽，珊瑚摆动乱天涯。
婵娟只等寒宫外，小子相如莫奢华。

8 燕支行
燕韩小子半吴钩，赵魏男儿一北州。
卫霍军中擒虏勇，飞将令下射刁楼。
白马当先金甲鼓，晴空铁戟照春秋。
连天劲卒三边外，豹胆熊心八面谋。
独剑匈奴山月论，群弓射虎赴汤游。
骄归共饮黄尘没，举首同闻日月头。

9 老将行
一战阴山立令勋，轮台半守射胡云。
飞将六十幽燕镇，弟子三千几见闻。
少侠关西天水岸，秦川白马士先军。
平沙虏帐天骄子，蹉跎功过没臣君。
誓令人生何自立，虚廱对颉五陵分。
贺兰山阙连穷巷，百战无兵百岁文。

10 桃源行
桃源柳岸一渔舟，夹道桃花半不求。
口渡桃花秦汉在，桃红杏粉士民州。
溪中玉色霓虹彩，石上轻鸣泉自流。
闻巷田园朝暮改，蓬莱草木碧枝头。
乡悬洞外隋唐路，故里村中竟少游。
只记天光峰壑老，人人觉得数春秋。

11 望终南赠徐中书
中书兮书中名，终南兮南终英。
独望兮路远，止步兮成城。
中书不尽终南月，世事难平日月平。

12 答张五弟
五弟半终南，三春一杏岚，
心长自卧相思望，意守难客作茧蚕。
往往还还相继镇，朝朝暮暮试目眈。

13 寄崇梵僧
梵僧去不还，落叶过秋关。
鸟鹊惊飞归暮寺，浮云卷取远天山。
寂寂川流水，悠悠客宿颜。

14 寒食城东即事
清明一日半东风，四壁千花八面红。
鸟问溪流桃李色，秋千只向少年翁。

15 同崔传答贤弟
姑苏半日一九心，杜宛三春九脉音。
寺外寒山啼鸟尽，云中太守五湖荫。
扬州渡口江枫树，水浒盘门虎跑寻。
玉带桥连同里岸，兰陵美酒玉壶深。
折纻溪纱停浣色，风流许得野鸣禽。
吴儿语，越女吟，杭州百里以衣襟。

16 送李睢阳
三杯不醉李睢阳，一曲连音客断肠。
自古相思悲水止，召今别却致牵强。
使君云，问钱塘，长亭外，古道旁。
东城不语已炎凉，雉子斑槐多叶落，
潼关旧锁固新乡。宗先子弟生恩重，
圣主苍生慎独扬。百避先师今日路，
千年古木自然梁。

名家（下之三）

1 崔颢　七夕词
长安折练似天河，渭水波明月色多。
玉佩仙裙牛不语，人间一半鹊桥歌。
牛郎妹，织女郎，流萤夜半几如何。

2 雁门胡人歌
胡姬曲舞雁门关，夜月姿身素玉颜。
塞鸟翻飞昂抑扭，群鹰展翅逐云环。
坎肩短，衣袖闲，声细细，意汕汕。
粗粗鲁鲁狂狂欲，夜夜灯灯火火蛮。

3 长安道
长安道，客独好，都城甲第入云霄。
主仆楼堂夜月昭。贡伎歌姬如色至，
冠官富贾似缘潮。长安道，人亦老，

周秦已云汉魏尽，军中霍已李陵遥。
壮士应知天下事，葡萄汉武不藏娇。

4 孟门行
渭水一君恩，凉州半孟门，
丝绸西北路，卫霍酒泉村。
中原坐上英雄少，七十人中老树根。
义士知忠天下捐，精英取道客黄昏。
桃桃李李春秋色，暮暮朝朝日月痕。
叶叶靶靶承启禄，先先后后继儿孙。

5 代闺人答轻薄少年
时时醉向酒家眠，处处寻芳渭水边。
笑笑人间来去处，云云西西草花全。
新丰月，曲江船，
长安巷曲挥鞭止，走马争鸣胜古田。

井榭朱栏行止见，秦筝抱玉几方圆。

6 行路难
佳人不入建章宫，半见春色半见红。
一夜婵娟日月色，三心二意各相同。
朝云展里香妆晚，上苑楼前故内终。
素手双双依旧是，昭阳处处扫秋风。
行路难，不由衷，相思不尽未相逢。

7 渭城少年行
都城日日少年行，渭水波波曲水清。
驿社时时催客早，行宫处处庶人轻。
三春二月东风暖，短巷长街酒市明。
万户楼台花柳岸，千家碧玉小桥平。
秦川寒食清明近，洛邑郊游下舍荣。
白马飞天争百度，红缨杜正问阴晴。

章台帝子凭鸡斗，小妇温馨劝酒赢。
曲舞醺心常不以，平生已任玉壶倾。

8 江边老人愁
江边一位老人愁，独叹三江竞自流。
暮去朝来江不断，春风夏雨问江楼。
是少年，十三州。凌云黑气志无休。
交河落日长安鼓，上苑辰晖曲江头。
日月梭，江湖舟，衣冠女子自藏羞。
山川易改人常老，渭水波澜逝帝侯。
稻谷桑沧林浦去，蓬莱流口不须谋。
家家国国风华尽，日日年年社稷忧。
自以平生少壮诺，春分过后是秋收。

八、七言古诗　羽翼

羽翼之一

1 孟浩然　夜题鹿门歌

渔梁渡口鹿门歌，古刹山头月几何。
夜色沉沉沙岸旷，村烟袅袅隐桑禾。
庞公栖，岩扉多，寂寂幽人来去问，
悠悠种玉久蹉跎。

2 送王七尉松滋

君不见，十二峰前一女神，
巫山月下半红尘。襄王楚里婵娟问，
宋玉诗中楚客春。君不见，
雨雨云云相绕曲，朝朝暮暮总相亲。
流流止止阳台下，意意情情日月邻。

3 高阳池送朱二

山公一半醉习家，钓女三千影客斜。
碧玉红妆波不起，芙蓉不似腊梅花。
杨柳树，日月沙，
自去高阳种豆瓜。洞口开封松子落，
桃源汉客问秦麻。分飞此别误鸟纱。

羽翼之二

1 万楚　小山歌

淮王得道大开天，一曲茱萸忆记仙。
石变金光人世少，溪流久仰小山前。
华阳洞里三清举，万楚心中一线缘。
只贵人间福寿禄，思君不减问当年。

羽翼之三

1 丁仙芝　余杭醉歌赠吴山人

余杭酒醉一山人，白项鸟头半晓亲。
但辞梁中飞不语，何须府上问红尘。
樱桃树，草木茵，二月春城暮色晚，
三呼两唑月明轮。

羽翼之四

1 刘复　长相思

长相思，在桂林，苍梧远望二人心。
不到潇湘听鼓瑟，竹泪斑斑草木深。
举目牛郎河岸望，修丝织女不闻音。
人间但以相思去，何须世界苦君寻。

2 长歌行

淮南木落半秋云，楚客商歌一世君。
白日当垆何醉酒，知情不与是离分。
三山自立当峰碧，二水流长已带裙。
得意辛勤天下路，人生滞取去来文。
宫阙尽，五陵尘，草草淹淹铜雀纷。
帝业王公何所以，龙蛇宿愿问临汾。

羽翼之五

1 储光羲　新丰主人

新丰一半主人心，旧酒三千北客音。
梦里寻情关外道，京中问路不知音。
白头翁，少女寻，秋高月近洛阳琴。
杯香酎满东溟晚，莫以巴陵待醉吟。

2 登戏马台作

日暮萧条登古台，秋风阵阵向天开。
琅琊北海沧江水，楚间萋萋磁口来。
甲卒天门神武树，元勋九日以荣裁。
未央一火秦皇尽，鼓城不至鸿沟回。
黄昏后，一酒杯。不可人生久自猜。

3 蔷薇

长长十五寻，刺刺二三心。
一茎当庭独秀襟，三春欲色作丛林。
枝枝月下招摇影，叶叶分形筑汇阴。
玉树藏娇千万朵，行云翠底云来饮。
低边就手多情望，举目闻芳似有音。

4 同张侍御燕北楼

当今太守古诸侯，坐上双旌九重旒。
下笔千斤行紫气，行文万里帝王洲。
高悬镜鉴听民讼，以理明规教子谋。
北渚江流成旧路，西山树木比陵丘。
良宵不解官冠带，玉佩难停绣冕楼。
月半星高慷慨酒，三清只郡十三州。
周王白羽飘摇去，武节期君扫旧袭。
不忍开襟思可异，临轩逝水国家忧。

羽翼之六

1 张谓　赠乔林

年年上策不园林，岁岁君心处处忧。
有酒无成终不饮，无图可自十三州。
城前问道京畿路，月下寻客五侯。
世上行程千百度，人中日月可春秋。

2 湖中对酒作

江湖酒一杯，月夜问千回。
不厌山河万事催，心当日月百年恢。
相思自是人情属，离别相如带意催。
一冰霜，半冬梅，尚有沉香没有归，
茱萸九月黄花竟，严公不醉是还非。

3 代北州老翁答

世代不征兵，山翁有旧情。
召集谁子弟，凯甲废商城。
改物藏珠宝，行珍安故名。
欺人欺自己，骗术骗精明。
已故黄沙古道程，邯郸学步客心轻。
召集少小呈天下，莫以文章作士荣。
五万诗词何所以，三光日月只空明。
乾隆礼告烟壶质，未了余今可废城。

呜呼，廉耻行。王刚，自输赢。

4 邵陵作

虞帝忧人一世情，苍生向背半灵生。
南巡五月时文武，北守三春斑竹荣。
鼓瑟难闻流溪尽，零陵落叶扫无平。
苍梧寂寞花空色，客在潇湘雨水横。

羽翼之七

1 王昌龄　城傍曲

秋风吹柳条，白兔比孤跻。
一酒无心醉，三霜草木雕。
邯郸旧步几途遥，渭水新丰月色潮。
射虎幽燕飞将云，佩剑英雄易水桥。
此曲凭天唱，由来自在跻。

2 乌栖曲

白马自飞天，牛车向旧田。
细柳条条绿色，黄昏暮暮鸟栖川。
东房少妇听啼雀，夜月分明宿不眠。

3 行路难

行路难，行路难，人间道路几波澜，
世上相思各泪干。百岁寒泉流不尽，
千丝束苦茧衣单。倾心寄与依伊度，
化蝶回娇意气姗。只望君前同彼此，
重情雨后云浮峦。行路难，行路难。
九曲黄河十八滩，滩滩水色积时漫。
黄黄浊浊清清始，贵德源流挂贵冠。
莫忘江山常易变，红尘以妾继时欢。
千盅美酒非为醉，万日生平祝女坛。

4 箜篌引

卢溪郡泊一南舟，曲习箜篌半柔柔。
两岸猿啼鸡伴奏，三声旧国月明忧。
儿迁客，醉高楼，不寐清歌似不休。
落叶飞天燕赵去，蓟门易水古人术。
匈奴汗血辽人马，点将黄旗挂冕旒。
以战讲和非乱房，兴兵动武帝王侯。
弹箜篌入，问沧洲，江楼处处问江流，
逝水悠悠过九州。

5 奉赠张荆州

自古借荆州，如今问客求。
苍山草碧峰云紫，玉雪封林化日流。
路石蹉跎南北问，樵渔不奈是非由。
江南郡里南昌镇，塞北三边塞北楼。
汴水礼无止，长城筑我忧。

羽翼之八

1 张南容　静女歌

声声静女歌，曲曲向山河。
工诗弱岁绮罗，妙语连珠不少多。
十五开笄成髫年，芳华自许对婵娥。
小子偷窥色，曹植渭水踏清波。
秦楼弄玉秦楼月，汉帝藏娇汉帝龛。

羽翼之九

1 毕耀　情人玉清歌

情人不断玉清歌，洛士难客渭泾河。
独立婵娟明月色，孤身艳色自蹉跎。
裙来来，夜枕多，缨花欲开春风少，
镜彩方羞向自磨。暮日寻，思夫来，
城边小妹问阿哥。

羽翼之十

1 贺兰进明　行路难五首

君不见，水东流。无穷大海十三州。
波波不断问江楼，时时逐日自春秋。
曲曲湾湾随地力，浊浊清清任自由。

2 其二

君见，月中云。十五无分三十分。
缺缺圆圆相继续，来来去去祝新君。
明明朗朗苦辛勤。

3 其三

君不见，鸟夜啼，芳花秀草满菖蕖。
山山水水由东西，暮暮朝朝天下路，
废废兴兴总不齐。

4 其四

君不见，月下堤，柳色明塘水色迷，
画梁渡口满春泥。君不见，洞巢西，
婵娟自守束高低，空房百度已人妻。

5 其五

君不见，玉流湎，蓬头互壁各东西。
源泉石阻清明色，陌上花狂酒徒栖。
含辛自苦长流去，东邻大海任高低。

羽翼之十一

崔国辅　对酒吟

行行对酒吟，止止可鸣琴。
足迹凭来去，书生任古今。
荒村处处有鸣禽，上苑时时见御荫。
沽肆临芳春早到，精减故尽自足寻。
平生且就玉壶蕴。

羽翼之十二

贾至

江南一掷到巴陵，二户难名礼部丞。
贾至文相愁独客，秦中秀草自香疑。
登高一望相思尽，逝水东流问股肱。
一草虫，一飞鹰，天山万里谁相似，
少小千村是晶鹏。

羽翼之十三

孟云卿　行路难

行路难，难难易易一长天，
暮暮朝朝半历年。地老天荒天下见，
花光草色自方圆。行路难，
川川谷谷自流泉。石石山山相垒积，
栈栈悬悬举足前。明珠嵌没无时日，
劲竹朝天自度研。

羽翼之十四

1 王季友　观于舍人壁画山水

十尺山河十尺屏，一月晓日一丹青。
千溪汇集成天水，万木林森碧草萍。
山家水，野人亭，峰光岭色著神灵。
湖舟独泊零丁见，落鸟开鸣儿客听。

2 宿东溪李十五山亭

十五小山亭，三千弟子铭。
东溪落日满流红，石谷云浮主客风。
足迹寻芳花不语，情随彩色问鸣虫。
相逢至此瑶台见，缺月婵娟隐宿宫。

3 代贺若令誉赠沈千运 桓仁

相逢不问明，苦别已含情。
子女由天意，妻儿自存荣。
山南有水绕春城，岭北无峰草木荣。
石磊三家村社店，花丛十户寒中横。
分时泪溅两手萦，握阔音酸声容鼻。
七十同年寻五女，桓仁一月共天平。

4 酬李十六岐

武武文文火炼丹，行行止止道家冠。
三清展，九脉ează，暮暮朝朝知已问，
来来去去过长安。成成就就阴阳针，
怨怨离离一朝欢。种种收收田亩客，
耕耕养养自峰峦。丘丘土土连天地，
醉醉醺醺度坤干。

羽翼之十五

1 常建 张公子行

日上半渔钩，波平一钓舟。
袅袅细丝一线谋，幽幽水色半春秋。
荷花岸柳垂竿处，淇水红云静不流。
逐鹿中原君子坐，江湖渡口问无休。
严公未见胡笳响，百尺江河一竿头。
李广飞将天水尽，嫖姚霍已洛阳酬。
孤军何为勇，胜败不可求。

2 古意

暮暮高楼十二重，去中玉树九三客。
天明琥珀青丝短，地暗森林百度封。
一玉凤，一天龙，未见仙人留旧踪，
叭心不已蓬莱阁，莲花未语是芙蓉。

3 古兴

丝丝线线织纵横，密密疏疏补锦缨。
夜夜明明心底里，思思念念自难轻，
小儿女，大精英，原来世界自阴晴。

花争艳，草枯荣。独独双双丘里雁，
私密不语寄平生。

羽翼之十六

1 元结

耿介一忧生，自纯半士明。
钟磬皆耳淡，隐约有余情。

2 引极

旷旷云天一渺茫，幽幽玉宇半苍苍。
气结三元兮荡荡，川流九脉兮湟湟。
易易经经兮卜卦，仪仪象象兮阴阳。
兴兴落落重杨柳，极极顶顶生分异。
假假真真问凤凰，渭汉佳平由淡止，
纯纯不可以纯伤。始始终终何以偿。

3 招太灵

招招一太灵，切切半丹青。
若若商山木，儒余是渭泾。

4 南余山有太灵古祠传云豢龙氏祠大帝所兴

商余一太灵，古祠半心铭。
大帝豢龙尚，昭明颂渭泾。
山巅屹屹兮青青，壑谷空空兮阡阡。
草木幽幽落落，川流荡荡兮云屏。
呼风唤雨惊天地，沾露行云制渺泠。
养木修林峰谷水，精纯色正易苍形。
田田亩亩四时馨。

5 宿洄溪翁宅

长松百亩宿回溪，怪石三知几比齐。
老小讼童怜客语，山中友善不东西。
儿孙自能桑田养，子女情绪自在笙。
所以真心非所见，高低草木是高低。

6 宿无为观

无为一路九嶷观，旧姥三清八面兰。
十里飞泉今道士，千年古木尚余寒。
疏玉树，储金丹。腾云驾鹤霓裳舞，
羽盖冠半杏坛。

羽翼之十七

薛业 洪州客舍寄柳博士芳

心闻一别离，叶见半生枝。
岁岁君花色，年年雨扎迟。
燕巢未筑先由至，细草沉梁子未知。
渭水长流何久远，长安落日几何时？

羽翼之十八

张志和 渔父歌

三山二水五湖遥，八月千波一线潮。
寻木渎，问云霄，盐官处处不渔樵。

羽翼之十九

1 独孤及 和赠远

玉树临风处处摇，中庭问季桃花消。
佳人鼓瑟潇湘女，竹泪斑斑过小桥。
一苍梧，二妃娇，独有相思弄玉箫。

2 同岑郎中韦屯田员外花树歌

东风一夜百花开，地暖三秦万木栽。
渭水千波流碧色，长安半巷曲江才。
郎中府外桃红树，主客心中小杏来。
慈恩寺，上філ台，欲绝风华员外路，
从心自在玉壶杯。

羽翼之廿

张潮 襄阳行

君心一半到襄阳，日月三千问汉光。
鹦鹉洲中生草木，荆州市外寄离肠。
怜钱女子非怜子，爱妇男儿莫爱妆。
君心已落襄阳客，明月寒光上满床。

羽翼之廿一

鲍防 杂感

海内承平半汉家，葡萄玉液一中华。
胡姬舞曲姿身明，白马飞天两地花。
分水岭，鸿沟斜，冠官玉，陌阡麻。
自古人间隔道车，长江逝水浪淘沙。
黄河九曲东营去，炼石星空见女娲。

九、七言古诗　接武

接武上之一

1 刘长卿　王昭君歌

自以娇姿艳色倾，丹青误女北西行。
琵琶一曲秋风会，汉帝三宫忆旧英。
单于箭，洛阳城，黄河尽处是东营。
纤腰细语青冢里，半作胡姬半汉情。

2 铜雀台

西陵百岁哀，漳水十年苔。
宠爱千姿弱，藏娇汉武来。
昭阳御道玉成灰，夜月随云去不回。
不得相如三赋在，空余邺下自徘徊。
青楼叶影南风息，姝妹身轻掌上开。
铜雀无飞铜雀去，春花有落有心栽。
江镜自在江边问，万里山河日月催。

3 新安送陆丰归江阴

新安路上两三人，汐岸潮中五百钧。
月落舟明行色早，江阴日色道流辛。
五湖客，四海邻，不到天涯不到亲。

4 长沙赠往外走岳祝融峰般若禅师

长沙静望祝融峰，岳麓书乡楚客容。
一鸟飞天空色外，三湘竹泪后龙钟。
禅房里，白云松，浏阳水碧几相逢。

5 明月湾寻贺九不遇

明月湾中一月空，孤舟水上半舟蒙。
相寻未见心先到，贺九闻声且余风。
江山阔，问归鸿，岁岁年年比白翁。

6 送友人东归

十载余香一布衣，三江历练半辛迟。
长安月夜多才子，渭水沧波自万诗。
无长聚，有别离，但望丛林三两枝。

7 入桂渚次砂牛石穴

砂中石穴一扁舟，不入桃源四十州。
楚客萧湘云不落，寒香桂渚月相求。
武陵洞，汉秦忧。莫以猿啼作自愁。

8 赠湘南渔父

白首严公所以求，红颜越女范蠡舟。
水自流，不系舟。闻君逐万里，
访友话神州。但以湘南渔父问，
何须沧浪自无休。

9 送姨子第往南郊　自述

一寸老人心，三生对古今。
江山多少路，草木几知章。
小小离家读客林，书书卷卷对鸣琴。
辽东八百榆关北，里七幽燕草木深。
钢铁摇篮成贝弃，桓仁五女曲江寻。
东山岭木家根系，共渡南洋自英钦。

10 客舍喜郑三见寄

好得辛勤苦读书，耕耘日月十年余。
长安暮色灵台巷，禁苑芳林渭水渠。
客舍三郎飞鸟云，逢君未授曲江誉。
家人但记空庭久，不问儒生界旬居。

11 严陵钓台送李康成赴江东使

水碧子陵滩，云成濑渚澜。
江江闻古钓，历使挂天冠。
一路新安江上问，三舟共流入峰峦。
渔竿但放直垂去，目的迟迟注意观。

12 观李凑所画美人障子

自古文章四美人，如今画卷一晋秦。
丹青未与昭君色，越女西施浣色津。
寿子芙蓉天子岸，貂蝉拜月化金身。
馆娃宫，阳台陈，晖色常开作天津。

13 送贾三北游

三郎未达客，九脉五湖泽。
斗酒山河醉，邯郸石太白。
秋风扫叶色，枫林古道斜阳深。
漳水旄铃铜雀尽，蓟门积雪汇云霾。
同行不远成兄弟，轻袂还若此步吟。

14 送郭六侍御之武陵郡

桃源郭六武陵舟，世界孤行负水流。
隔野群芳林诸色，浮空楚客汉秦游。
斗酒前，郡府忧。白首河梁江上问，
荆州日月也春秋。

15 齐一和尚影堂

住持齐公尚影堂，虚空世界逐争梁。
禅钟道鼓清心许，道路行人万里乡。
三千问，一灯光，浮云尽处不炎凉。
开扉只继承天地，闭谷还机与客疆。

16 听笛歌留别郑协律

一笛记宫半酒家，三呼醉泊两长沙。
天涯望月沾衣湿，鼓瑟潇湘竹泪花。
谪贬客，江风哗。关心角羽惊猿至，
寂历洲头待月斜。

17 望龙山怀道士许法棱

道士龙山许法棱，心惆怅望跋孤灯。
娄源绝壁岚烟际，瀑水飞云雾露凝。
三清地，九界弘。桃园洞里汉秦僧。
真官列侍霓虹色，桂树山中不结冰。

18 戏赠行越尼子歌

女子鄱阳十五花，滕王故阁九江华。
南昌郡府空流水，莫问僧尼不一家。

804

未了溪清春浣水，青莲住持着袈裟。
香炉已烬韩秦在，日暮寒光竹石崖。
经行处，挂窗纱。余心未珉倾精舍，
夜照吴阴世事嗟。

19 时平后送范伦归安州

相逢百路一神州，汇聚三江半自流。
往事如烟成旧迹，今人未解国家忧。

20 疲兵篇

阴山日落半烬尘，草色蓟门一日邻。
折剑孤城兵卒尽，行营免战去来人。
胡姬曲舞寻常色，汶王诗词作客身。
塞北风沙况白骨，荒原草木没经沦。
白首翁，老人民。榆关狩猎以辽亲。
小妇娟娟颜色好，闺里空梦许晋秦。

接武上之二

1 钱起　行路难

一长亭，又长亭，亭亭草木自澜零。
五里亭，十里亭，亭亭岁岁见黄青，
朝花晓月满渚汀。不见人生天下事，
由来委路世浮萍。

2 效古秋夜长

署气一荷香，秋风半柳杨。
含情多纺织，锦绣结红娘。
漏断辰风送玉霜，三星又上照炎凉。
云屏少妇心扉独，落叶沉浮久不藏。

3 卢龙塞行送韦掌记

卢龙塞外雪纷纷，鼓磬军中十气勋。
杀气腾腾书记帐，陈琳本本去来闻。
一酒泉，半汉君。半或英雄复半文。

4 送马明府赴江陵

陶云一令下江陵，樋目三秋问独应。
落日方知前道远，扬帆不阻上人僧。
湖山望玉水凝清，逐波去，黄花色，
静水黄昏忆胡朋。但忆登楼天下去，
萧条之后是新兴。

5 送崔十三东游

同心万里十三游，共事千年五十秋。
历史城头难望尽，人生道上似飞舟。
灞浐色，渭泾流，相思不了寄无休。
但以书乡作莫愁。

6 送崔校书从军

雁门太守校书贤，麟阁从军投笔悬。
玉剑龙韬师律佐，燕南缺月挂三边。
夜云云，雨绵绵，御水环沟东不去，
家人满眼祝春年。

7 赋得青城山歌送杨杜二郎中赴蜀军

仙径一半满青城，蜀道三千栈壁生。
玉洞山歌空不尽，去屏剑阁易吞声。
王师阮瑀西南路，日落猿鸣杜二营。
傍旌旗，顺平生，但以英雄不以名。

8 送张将军西征

长安少小好西征，破房金鞍武勇情。
苦战沙场烽火近，阳关玉笛两三声。
枕雪霜，踏歌行。四归足迹四方明，
远度前途九脉域。日尽天光相继续，
旌稀节落著英名。

9 送邬三落第还乡

落第还乡莫断肠，人间处处有炎凉。
成成败败终非始，地地天天各四方。
同日月，共文章。五里长亭十里杨，
三生卷简一生梁。相如汉赋安贤会，
自古无媒不嫁娘。

10 画鹤篇

画鹤凝姿玉羽长，开帘卷贝叶青黄。
文昌月色芙蓉水，气暖花明影上梁。
壁中色，岭边塘。华亭一半酒泉乡。
顾盼千金飞又止，芒兰处处以幽香。

11 送毕侍御谪居

百鸟喧喧一噪鸣，三春处处半枯荣。
千川谷东流去，万谷云沉自己平。
香兰折，土吞声。知悲且莫谪居惊。
高枝上苑林中鸠，节尽江山故主清。

弃世桃花源骨水，黄昏授老结红缨。

12 送传管记赴蜀军

傅管终童赴蜀军，儒生俊逸将文。
早见飞书鹦鹉赋，黄昏日落叶纷纷。
汉水知音流不止，巴人下里曲还闻。
西里问，蜀中云，玉磊纵横乐毅分。
鲁连八阵无来去，历史风光以衣裙。

13 送褚大落北东归

褚大东归落第声，弹琴古调以心鸣。
文章自以仁人喷，曲舞难分付世荣。
墨客儒家天马路，寞林白头士难成。
青云少，故国情，文君不厌相如名。
孤芳自得诗书鉴，但扫心扉静一平。

接武上之三

1 韩翊　送客还江东

春风送客故江东，细雨归乡沽酒虫。
花深露重桥边柳，云烟水雾路空蒙。
邻船醉，馆娃宫。三吴木渎越人穷，
一女西施百媚同。朱雀轻飞花草碧，
鸟衣住守胪驴中。

2 送客之江宁

春楼不住问春流，日色江宁月色愁。
朱雀桥边淮水岸，鸟衣巷口老苏州。
一虎丘，半石头。金陵万井盘龙踞，
燕子千几磊石洲。扫叶清凉僧布寺，
秦皇至此紫金留。

3 和高平朱参军思归作

参军北史自思归，坐镇东山雁白飞。
独在江南闻渭水，葡萄旧路几人挥。
吴门白鹭江湖岸，越镜耶溪浣色绯。
不忍溪名千里去，陶彭择句万诗帏。

4 赠别一侍御赴上都

文书马上郎，执剑佩中章。
鄂杜回头万岁呼，垒门注目半东吴。
春风已过江南岸，细雨云前上旧都。
八水三光函谷色，流萤玉树有珲无。

葛布衣，纱帽胡，半问长安半念奴。

5 题玉山观禅师兰若歌
移年宴坐玉山观，兰若先朝与会安。
紫禁龙华锡杖日，芳鸣把卷就花忙。
一袈裟，半芝兰。青莲道士著二冠，
蔬虎溪流凤岭峦。莫误禅师千万语，
承清世界胜盘桓。

6 寄哥舒仆射
哥舒仆射一潼关，报国望文半御颜。
绶于黄金天子勒，遥吞紫佩误朝班。
先麾转斗黄河北，宝剑牙门角甲弯。
白日余回弓马去，群公奉羽未加还。
见沧浪，历千山，社稷开元天定管。

7 送中兄典邵州
中兄典制一邵州，大漠连西半楚楼。
百市兼城秦晋外，三阿独逝昼云流。
待江山，问诸侯，社稷曲来已九州。
御酒千秋天子路，荆台玉液化香愁。
重门寂寂雾陵问，暮结幽幽远石头。

8 送万臣
回头莫慕白亭人，汉顾王陵送万臣。
水国云帆张岛事，莲花百府涸清尘。
清江十月寒风起，晓角三秋向早津。
促膝金炉大存暖，霜重旧叶素冠中。
湖光近，山色均。阴阳两界半分匀，
渚岸千波逐逝粼。石磊桥梁成渡口，
诗兴继此指屈伸。

9 别汜水陈县尉
江苏汜水未央宫，锁钥金台已始终。
卷卷陈县诏引客，烟开雾散泽西洋。
先宋阁，丹墀东。潼关道上问雕虫，
老子经纶道德客，非非是是非穷。
蝉声远近问飞鸿，举酒低昂自己雄。
莫取杯中千世界，东旧十八女儿红。

接武下之一
委向青楼怒欲生，花开上苑色无平。

君心玉液三杯醉，月照芳云化雨情。
但相思，有阴晴。尺素婵娟共守盟。
地地天天同草木，心心意意共枯荣。

2 江上曲
淡淡江心一水平，波波浪涌半涛生。
芙蓉渡口浣纱色，但可停舟向土情。
望夫石，雨云晴。阳台影玉楚王声。
苍梧白鹭湘妃瑟，竹泪斑斑二女倾。

3 古兴
十五小家丁，三千弟子铭。
鸳鸯常不语，竟自入浮萍。
一见千金一玉屏，半丹秀色半丹青。
蓬莱寄与君心好，漳水铜台雀不停。
莫道红妆难守住，婕妤苦扇作流萤。

4 伤吴中
吴中碧玉小桥盟，阊阖城头草木生。
复见流莺春色晚，江湖雨露雾烟平。
西施馆里夫差醉，木渎流中越女情。
陌上耶溪纱色浅，阡前玉液醒人城。
一去来，半纵横，春秋五霸女儿名。

接武下之二
韦应物

1 横塘行
妾女住横塘，夫君是李郎。
芙蓉一片碧波傍，白日莲蓬好故乡。
岸上求藕根要水，花开月落叶方长。
不可妄似郎。

2 杂言送黎六郎
冰壶见底玉心空，短剑封钢策杖雄。
少少年年辞话早，嵩峰古刹寺禅风。
河南五柳朱门外，小姨三春九味中。
折腰客，长安东。但取英名作古鸿。

3 送褚校书归旧山歌
珠明一夜光，剑守半空床。
褚校书归旧故乡，泉流九折路方长。

心知仰俯龙门水，误怪东都日月梁。
兰亭赋，水调娘。生生世世问隋炀。
长城应是英雄地，汴水姑苏几度杭。

4 听莺曲
东方欲晓半飞鸣，未落呼来一两声。
木槿花红朝暮问，秦楼弄玉去来情。
三潭印月西湖岛，柳浪闻莺百鸟城，
辛夫学步邯郸路，懒妇成家望月明。
泊渚江流何不定，尽是轻啼唤旧盟。

接武下之三
皇甫冉

1 澧水送郑丰鄠县读书
远树孤烟半不明，凉风过暑一君行。
西郊只记从县读，及第三春隔岸名。
慈恩寺，曲江荣，长安一片去来声。
古古今今何不定，人人事事两相倾。
秦人客，济南生，辛辛苦苦是珠明。
播播种种农家子，收收获获致阴晴。
百岁里，一半成。

2 杂言月洲歌送赵洌还襄阳
赵洌下襄阳，知音向故乡。
如今鹦鹉草，鼓罢久炎凉。
下里巴人听不久，高山流水任底昂。
琴台一曲三江色，蜀客千声万里肠。
唯楚木，独潇湘。斑斑竹泪二妃份。
莫主洲头风浪问，可以登楼望爷娘。
原来近处凤求凰。

3 江草歌送卢判官
江平兮水流，草碧兮渚洲。
曲折兮芝兰，滩湾兮春秋。
杜宇鸣兮蜀汉，蚕丛远兮乡楼。
王孙去兮湘浦，子弟问兮应留。
孤城不在一帆求，八水环都半独忧。
楚地襄阳才子在，吴门古韵十三州。
连天处问君行上，肯诣山川任自游。

接武下之四
郎士元

1 塞下曲
塞下冰封百日寒，书中读卷布衣单。
儿轻万胜胡姬舞，白草山头月色宽。
戍甲黄沙曾苦暗，嫖姚暮落十三盘。
燕幽射虎飞将在，独守军门上杏坛。

2 郢州西楼吟
一半西楼沿水生，阴晴郢地顺烟平。
扬帆日见巴陵暮，落魄潇湘夜月明。
朱栏下，大江横。曲曲弯弯两岸荣。
沧沧浪浪朝天涌，逐逐流流自在行。
山常在，鸟常鸣。

接武下之五
朱放

1 早发龙且馆舟中寄东海李司仓郑司户
舟中一贝书，司户半心余。
曙色扬帆处，秋风度楚橐。
沙禽早欲分渔浦，岸芷初浮叶碧初。
十日群津潮涨落，三霜染尽帝王墟。

接武下之六
司空曙

1 迎神曲
迎请东皇兮帝子微，恭兰白芷兮山鬼威。
婆娑苦舞兮鸾旌尾，望祝云云兮雨色归。
浪起江涛波涌汗，黑云墨雨覆祈扉。
神灵佑我知因果，世俗心诚皆是非。

2 送神曲
袅袅云风绿草晖，习习细雨自霏霏。
神回羽驾瑶池水，此度陈苍桂影归。
迎云飞，送云飞，神灵自在自然晖。

3 残莺百啭歌
残莺百啭日千歌，晓曙三光问一波。
启立平明分付促，绵蛮巧状红紫阳河。

幽闻细语轻声唱，草暗花明色几何。
不逐春风流浪处，还随柳浪作婆娑。
夏荫湿，秋云多。百感交加浴不荷。

接武下之七

1 宴席赋得姚美人拍筝歌
不是君王唤小名，无非楚客久知情。
佳人美色筝琴语，老子心中可不平。
皓腕明眸红袖短，朱弦眉碧世人倾。
九弄回旋飞鸟至，三清华月许遥情。
人间不禁箫韶管，可见秦楼是去声。

2 慈恩寺石磬歌
慈恩寺里石磬生，磬语钟声鼓竹鸣。
北海涛平灵谷就，南山木秀上人盟。
鲛人踏尽珍珠穴，碧浪天衣汉帝横。
落叶惊空飞不止，浮云起落系冠缨。
沙门梦，青松萌。人前不可问阴晴。

3 送饯从叔辞丰州慕归嵩阳旧居
丰州不似慕嵩阳，白首宗孙客叔堂。
寿酒千杯须自醉，边城战鼓久西凉。
飞将军，已沧桑。阴山草木已猖狂。
汉武葡萄玉液乡，莫问琵琶声已尽，
胡姬学步倚玉嫱。屯田布锦周千里，
牧马寻花嗅万芳。老柏苍松何叶落，
从根自易青黄。高楼上，日月光。
迟人许炼丹尝，画角闻金未举觞。
桂树榆枝相不立，东方曼倩上清昂。
五千岁，一炎皇。长城冰水久苏杭。

4 冬日登城楼因赠程腾
登楼十丈问程腾，俯见千川逐口兴。
羁旅常生天下路，临流自得望鲲鹏。
天山逶迤黄河水，岸帻飘扬酒市灯。
坐想风尘无隔指，行闻利禄有孤陵。
匈奴帐，单于丞。朱门日落十三层，
蔡泽无媒贫贤应。白羽雕弓飞将在，
年穷一箭帝王征。

5 送张郎中还蜀歌
秦朝御吏汉部中，两印征疏走马红。

伏槛营兵如若论，高儒晓策济时雄。
青史户，杖西东。沪南五将出胡风，
百战三军退守攻。晓署辰星方自去，
君还蜀道向蚕丛。孤鹤笮竹蛮夷地，
早鹤黄华毕节岁。万水交横源不止，
千山岭谷百泉丰。纷纷夜雨成川江，
忧忧去国自由衷。

接武下之八
李端

1 襄阳曲
不嫁门前一断肠，知音台上半襄阳。
巫山暮雨朝云月，汉水男儿女子肠。
好天地，多柳枝。翠羽金钗挂玉黄，
红罗帐里对灯光。临行客伴衣裳正，
坐待心中拟拜堂。脂粉香，同居床。
贾生十八真才子，素手丰姿饮菜良。
欲语还寻成语句，红妆不卸是新娘。

2 胡腾儿
胡腾小女半凉州，反目翻眉两水流，
紧袖开襟藏露色，葡萄束带任春秋。
跪坐端，双肩柔。肤肌似玉月宫修，
口鼻交锥帽似舟。妙曲清歌交吻客，
西倾急蹴义腰游。双靴匕首身姿细，
画角城中自白头。一曲无头姬自女，
三生不止帝王侯。

3 赠康洽
故客康兄自酒泉，平生出入帝王边。
江流不待江楼忆，旧事苍茫结指烟。
飞管声名班位过，管鲍布带佩方圆。
咸阳执戟东都逐，万物更新始终全。
五侯门，一步左，原来自古是桑田。
题诗四壁千章法，问道从头越万年。
七十朱颜萧少见，高台望尽去来船。
举杯邀友黄昏远，月色朦胧得自然。

接武下之九
戎昱

1 客堂秋夕

一片流萤半无明,三清月色两无清。
风流夜影虫声继,促织当然自在鸣。
千万里,近乡城。梧桐叶上系枯荣。

2 赠别张驸马

驸马长安一路遥,金鞍玉勒半天朝。
皇亲国戚衣香陌,甲第朱门对碧宵。
麒麟杯中尝御酒,东都水上任尘嚣。
一罪迁来流放去,渔樵胜似有渔樵。
黄头细眼清宫鉴,不可回头作独枭。

3 听杜山人弹胡琴

山人一曲杜陵泉,少友庭兰对酒眠。
共坐董兄闻嘱祝,同心玉树后庭天。
胡笳海内知音少,四十中华问几弦。
一拍三和千缕绕,千音万语半世悬。
天山木,海角田。伊犁舞女挂红肩。
玉雪肤肌偏欲落,昆仑牧马过秦川。
土女争躯闻雅若,余声似此满申干。
渭水慈恩天子问,咸阳路上自流传。

接武下之十
李益

1 效古促促曲

十声何促促,三河九曲曲。
不嫁半船郎,寻夫一独宿。
只在望夫石上望,未闻妾貌亿金玉。

2 野田行

野田行,故乡城。独独孤孤自纵横,
来来去去多朝暮。丘丘谷谷客人情,
死死生生待鹤鸣。

3 古别离

古别离,易水奇。何人击筑报韩移。
匕首图穷方可见,血雨凄风置魏夷。
雌雄剑,虎丘池。勾践夫差五霸时。
耶溪浣,问范蠡,吴吴越越几人知。

4 轻薄篇

江流万里半波生,世界千年一不平。
夺霸文成凭武对,争雄勇略任英名。
上林苑,九衢经。燕山草色五陵荣。
射虎幽州九陌横,得意红楼歌舞色,
淮阴山子自相轻。金樽酒,葡萄城。
胡笳未了远余声,八均商弦客自清。
俊气成情留不住,方圆处处自同盟。

5 登夏州楼城观征人赋得六州胡儿歌

胡儿牧马六州头,美女花姬半步羞。
婉婉丰丰胸早熟,遥遥摆摆目环流。
西凉故国不秋收,百里秦川浪里游。
十岁骑羊牛马喂,三生逐日塞中秋。
葡萄玉酒天山近,匕首藏锋靴外筹。
关山路,风沙舟,骆驼双峰载长矛。
不见天边秦汉客,昭君一曲蜀家愁。

接武下之十一
朱湾

1 同清江师月夜听坚正二上人为怀州转法华经歌

月夜江平一上人,怀州正二半真身。
云门寺外正清殿,诵颂经中妙正钧。
口若莲花天下士,求源比坐度断津。
禅中石磬由心在,雪映闲庭魏晋秦。
玄关闭,密迹辛。思中悟觉自相亲。
百虑潼关西北去,老子骑牛道德茵。

2 寒城晚角(滑州作)

寒城晚角半滑州,画凰高台一客愁。
岸隔淇门烽火照,临流羁路已成愁。
长风已过黎阳市,士气雄魂老将求。
枕上边情忧蜀道,相中渭邑几春秋。
秦川路断霖铃雨,塞外胡尘相继留。
二十年来常作客,三千弟子尽独忧。
长安月色依同旧,只度军兵共夜浮。
天山木,中原流,云中结帐势无休。

接武下之十二
顾况

1 日晚歌

日晚歌兮黄昏,天山远兮玉门。
渭水清兮秦村,长安城兮儿孙。
花明草碧兮可知根,父母爷娘兮领命恩。

2 行路难

少小离家一路难,醍醐灌顶半居安。
清凉寺里悬泉挂,蜀道山中话比干。
龙虎踞,吕梁岙。长安八水尽波澜。

3 短歌

辘轳千转一线牵,轴心百度半方圆。
君知我意随旋住,柄动丝缠紧相连。
鉴凿井兮深达,通水源兮底泉。
但以纯直石可穿。

4 华章草春歌(并序)

陇西李迅者纳别宅盐奴出迅不喜欲访故人为刺史强而配焉既归而不合盐奴投井而死因作华章草春歌以悲之

一寸委心十寸情,三山草木半山莺。
燕裙赵袂盐奴井,信结姿身两地盟。
曾依依,可平平。柱柱弦弦切切声,
流流盼盼指间顷。新新旧旧非小子,
女女男男海誓明。寂寂沉渊萌自己,
休休故事已层城。独影孤形成旧忆,
悔无难平是已情。

接武下之十三
冯著

洛阳道

洛阳道百里遥,宫中一半柳杨条。
弟子三千万户僚,但向君王寻雨露。
何须上催逐波潮。蓬莱殿,曲江霄。
慈恩寺里玉心娇。

接武下之十四
刘商

杂言同豆卢郎中郭南七里桥哀悼姚仓曹

桥边向道曲江潮,鹤下寻回上液消。
怯慕清闲知已尽,离人足迹自相遥。
年年水去江花落,处处云来念旧苗。
十载书窗寒未断,三生不继问乡谣。

接武下之十五
杨衡

1 长门怨

羊车暮尽过长门,金屋藏娇已旧恩。
步步疑愁花外立,昭阳处处不儿孙。
掩红中,卷帘魂,枕上空叹夜泪痕。
莫问婵娟同共得,飞燕掌上有黄昏。

2 白纻歌二首

黄缨翠佩羽轻罗,汗渍微香唱九歌。
白纻方成千百遍,相思不尽苦繁多。
湘灵鼓瑟红颜泪,半领香壶玉液河。
夜促梁尘红烛暗,君安勿燥影婆娑。

3 其二

珠帘半卷一身轻,舞袖三扬九段情。
艳态娇妍回眸见,芳姿曲展月色明。
红酥手,玉宇晴。蓬莲不子悔空城。

4 哭李象

一路方长半路黄,三秋叶落九秋肠。
他年故友朝朝望,处处青云是故乡。
君独去,度泉梁。

接武下之十六
朱长文

春眺扬州西上岗寄徐员外

芜城一望尽沧流,草木千烟满九州。
隔岸牛羊多不语,隋炀故事好胪头。
问鹤去,见旧舟。半到扬州可莫愁。

接武下之十七
戴叔伦

1 柳花歌送客往桂阳

送客柳花歌,沧州渡口河。
烟浮舟不止,翠积桂阳波。
古木含霜天地问,沉云夹岸柳杨多。
孤发逝水风流尽,却忆潇湘月几何。

2 女耕田行

男儿仗剑女耕田,姊妹行桑饮苦泉。
父母年中无老弱,三边旧役弟还兄。
当牛马,做陌磺。火种刀耕束带行。
不悔乡家云雨树,遥思独月照空明。

接武下之十八
长孙佐辅

南中客舍对雨送故人

长孙佐辅问秦王,杜断房谋几衷肠。
地厚天高承继在,云舒不卷自兴亡。
凌烟阁,逐隋唐。水调歌头半柳杨。
渭邑东都何所以,江山日月共炎凉。

十、七言古诗　正变

正变上之一
王建

1 望夫石
望夫石，望夫愁，望夫石外大江流。
水自去，不回头，来来往往是轻舟。
朝不止，暮无休，云云雨雨自然收。
望夫石上问江流。

2 远将归
半海角，一天涯。四面难行不住家，
三分处处问胡笳。离分只怨才贫去，
不可金言你我他。平生事，莫嘈嗟。

3 寄远曲
佳人一麻半巫山，去处三春两玉颜。
峡口云平浮雨水，幽梦不误玉门关。
但可意，莫言还。潇妃不必泪斑斑。

4 春词
红妆嫁女一黄粱，日暖风和半柳杨。
草碧花明开不主，虫飞鸟语度炎凉。
峡口窄，江流长。巫山处处暮朝王。
男儿娶，凤求凰。

5 雉将雏
喔喔喔，咕咕咕。房前舍后小声呼，
未测茅庐一两凫。觜角黄芽初毕露，
无丰羽翼敞肌肤，飞高一丈自非如。
左右三亲只认母，学捕知音随蔽护。
遥遥路上首扬途。

6 老妇歎镜
未嫁时妆一镜明，黄金缕色半倾城。
咸阳欲买来西域，白首灯前去镜明。
五百载，十愁生。

7 去妇
手足无休一妇情，蚕丝作茧半层城。
男儿不解红颜意，小女难成月色倾。
织锦处，叹时明。

8 神树词
东城枣树叶枝荣，九月重阳紫气生。
果果荫荫年岁里，儿儿女女似根盟。
神仙住，哺书生。

9 短歌行
百年三万六千朝，万古千声五百桥。
历历磨磨山水继，行行止止去来遥。
男儿壮，女子娇。十里长亭八月潮。
四万乾隆诗集问，多余一万是我谣。

10 白纻歌二首
天河漫漫半云霄，白纻声声一夜遥。
舞袖长长愤曲艳，衫衣短短色姿娇。
鸟啼夜，月迢迢。玉影初移似柳条。
但以吴玉娃馆步，盐官八月海似潮。

11 其二
月里婵娟半未娇，宫中桂树影招摇。
鸟栖古木佳人梦，白纻歌头次第廖。
千醒醉，万心潮。处处相思处处别，
时时独忆旧情遥。

12 朱钗怨
朱钗怨里一家贫，嫁女心中半自珍。
失却双凰孤独凤，新妆对镜两无匀。
问婵娟，寻红尘。世界阴阳是晋秦。
女伴双钩朝耳佩，牛郎自此误天津。
三日月，百年亲。

13 精卫词
一石当天自奉光，三精小卫补江田。
千年百古传佳话，四海汪洋汇万泉。
飞不止，口无穿。磊子鱼龙填未全。
未尽沧桑天地见，终生一事半成全。

14 羽林行
长安恶少不声名，姓氏难客祖业清。
却石寻商明月下，朱楼酒醉五陵荣。
千百度，万家鸣。不断胡儿不断英。
一改前谦天下去，三生仗剑羽林行。

15 开池得古钗
开池自得故钗明，最是当年海誓盟。
凤独凰，孤花落。双心暗与许衷情。
夫婿问，妾声鸣。对镜对客妾女生。
许愿珍藏知此物，如来赋予是非轻。

16 乌夜啼
玉树后庭花，婵娟月色娃。
乌啼密叶枝疏处，欲展姿身宿影斜。
知雨远，向云遮。朦胧一半似窗纱。

17 行见月
月月年年十二弦，初初来来去去悬。
朝朝暮暮圆缺序，朗朗明明半亩田。
行玉宇，止桑田。处处相思古不全。
但以婵娟同上下，不必潇湘鼓瑟前。

18 当窗织
牛郎织女一河分，织锦耕田半古云。
叹息园中行不止，鹊桥渡口待新裙。
促促声，虫虫闻。夜露蒙蒙雨色勤。
七夕情丝举首望，心头旧绪意纷纷。
寻古镜，问夫君。贫贫富富苦芳芬。

19 刺促行
促促鸣中刺复声，明明足下履还明。
鱼山石磊层，草木渚汀清。
嫁得贫郎辛日月，寻来小子度枯荣。
年年不遣娘家去，岁岁耕耘妇女情。
已见无收水，何言猛虎行。只东流，
逝者清。

20 寒食行
寒食家家出古城，三天两日过清明。
苍山介子推功业，晋耳重闻故土情。
丘陇君，少年行。牧草初萌尚不平，
黄泉路远奈何声。姑姑妇妇寻青色，
父父母母是先生。

21 赛神曲
一女琵琶半不声，三春赛曲九神名。
长弓短箭红中射，妇男夫姑桂坐盟。
但祝牛羊家宅旺，常寻日月两分明。
山神土地多关照，化雨当云始太平。

22 陇头水
陇水年年陇陌别，陇头岁岁陇水滴。
陇人北去三边外，陇梦南巡塞耳杰。
陇客龙城屈自己，陇云复起陇东折。
胡风只近陇西岸，砺剑阴山作陇决。
已陇闻，陇声彻。英雄陇马自忧拙。

23 田家留客
阡头陌路一田家，暮色黄昏半日斜。
驻马停车何疲惫，饥空腹漏问桑麻。
翁童待客新浆液，女妇炊烟煮豆瓜。
淡饭粗茶贫贱便，真心实意胜官衙。
明年取道乡邻里，莫忘东西故木遮。

24 田家行
春秋食哺一桑麻，日月东西二月花。
四季常香无远近，三呼子女是田家。
非海角，是天涯。蚕线作茧待鸣蛙，
五月䑛风麦草花。不取新芽依旧度，
承当自守锁官衙。

25 空城雀
饱览群儒一世余，群芳古道半诗书。
精英不作空城雀，日月常见帝王居。
飞远树，落丘墟。朝堂笏，九樵渔。
江山谁主宰，草木何耕锄。

26 簇蚕词
剥尽一蚕丝，同巢半织迟。
桑根尤未老，脉叶已成枝。
老妇机中序，男儿陌上驰。
相当骑竹马，二月满春期。
七夕银河当渡路，千波渭水鹊桥时。
人间自有多情物，世上空房少自知。

27 凉州词
凉州北去玉门关，汉武西征作御班。
旧道边头县郡属，楼船尾舵去无还。
千独骨，万妇颜。三山五岳长城石，
九曲黄河十八弯。汴水苏杭贫富改，
春蚕困易解时艰。山鸡鸣画角，
匹锦织天山。

28 温泉宫行
梨园自在一情开，渭水东流半不裁。
洛邑东都闻太子，温泉水暖似蓬莱。
华清液，凤凰台。已了天元天宝来。
人间曲舞闻君子，世上男儿久自猜。

29 北邙行
邙山一片旧陵丘，渭水千波任自流。
素幕高张明日暗，长安巷里使人愁。
洛阳城，东都楼。王公子弟几沉浮。
五千年，一轻舟。龙虎斗，草木洲，
四十州中一九州。

第五卷 明人选唐诗（二）

正变上之二
张籍

1 寄远曲
春江日暖半心头，柳絮杨花一九州。
浣女耶溪纱色浅，鸣禽石上自无休。
西施去，范蠡愁，江河社稷几王侯。

2 行路难
大路朝天望两边，长亭四壁画千年。
男儿不解人生道，少女无知宿客船。
留只影，独孤眠。月色空床数岁年。
千万里，半缺圆，回头未了对婵娟。

3 征妇怨
征妇怨，壮士多。世上英雄易水河。
长城南北尽干戈。辽东子女榆关外，
战场男儿丈夫歌。

4 白纻歌
小女老人歌，牛郎织女河。
先生来去见，白纻妇夫多。
纤纤细细常舒卷，纵纵横横意念罗。
色色情情藏宿愿，朝朝暮暮作青娥。

5 野老歌
山边听老歌，种地草前多。暮岁锄禾土，
年成稻谷磨。呼儿唤女阴晴度，
妇顺夫从日月梭。茧里千丝抽不尽，
蚕中一愿化莲荷。

6 寄衣曲
织布缝衣自苦辛，无归远去作征人。
长城已是英儿骨，妾寄丰艺暖吾身。
大丈夫，抗风尘，胡笳不是客亲亲。
悠悠断断郎君问，不负婵娟月枕邻。

7 送远曲
步入长亭一路途，声闻十里半屠苏。
南山月色东都巷，醉后方知兴玉壶。
和田玉，曲江儒。三边天下远，
九脉地中疏。一诺闻君驱若鹜，
千音雅静玉奴孤。

8 筑城词
新城处处草还芜，古迹煌煌客独孤。
百士方兴齐土木，千年筑石比江都。
家家养子当门户，楚楚寒心苦役奴。
陌陌耕耘缺少人，阡阡借力女扶苏。
闻将令，得殊途，负重何如战场胡。

9 猛虎行
南山外，猛虎行。胡儿白日一狂鸣。
渭水千波半不平。向晚长安问，
凌晨塞北兵。平原步迹难飞跃，
涧谷峰林可震声。回头一吼江河改，
举首凭空草木生。

10 别离曲
一日圆圆上下弦，三生处处去来边。
人间自有阴晴间，世上何须旧路前。
君不记，士难眠。辽阳月下柳随年，
长城自古征人战，汴水多情商贾船。
离别应同相异事，心中几度忆难全。

11 牧童词
一曲牧童词，三春月下诗。
牛羊自以山林晚，小犊依依父子知。
岸芷汀兰鹦鹉草，江山月月四循时。
长鞭不定黄昏定，节度回归不可迟。

12 沙堤行呈裴相公
沙堤一语敬相公，大道三呼问宇空。
玉漏千珠随日尽，朱衣万锦绣苍穹。
白麻诏，相如衷。紫气东来正世雄。

13 求仙行
朝求仙，暮求仙。采药年年自择泉，
寻丹处处度心田。蓬莱有路方士语，
翰海无边玉树缘。太乙华君悟，
真人已不眠。

14 古钗叹
堕井金钗已来年，沉泥复得誉前川。
惊呼女伴藏罗袖，拂拭光辉似日悬。
叹息声，望月圆。自古人心不可传。

15 各东西
朝朝暮暮各东西，去去来来鸟雀啼。
马马牛牛田井上，成成败败有高低。
一始终，半人齐。浮云由水气，
雨水任春泥。别语多心意，
离情独念栖。

16 节妇吟（寄东平李司空）
知君大丈夫，节妇小养奴。
赤壁东风雨，大哥妾在吴。
自古农家子女呼，如今战事去来殊。
江山最是风云继，但以英雄寄玉壶。

17 酬客词
君看取，圈中衣。地上花多叶下稀，
云中日少雨前依。溪泉曲折假山屹，
尽是人维砌玉玑。一席酒，半京畿。
英雄醒醉有余威。

18 永嘉行
鲜卑满族半辽东，北海扬波一世雄。
紫陌潆潏千瞩附，胡姬醉舞万名空。
见魏晋，雅颂风。玉女男儿上下同，
男婚女嫁彩颜红。南南北北常相娶，
百年十户各由衷。草木里，有鸣虫。
自古人生自始终。

19 采莲曲
莲蓬子粒半秋多，夏末荷风一玉波。
笑女藏情衣带解，牛郎岸上已哥哥。
园房里，雨云河。朝来暮去已蹉跎。
但以瑶池形影寄，丝连藕断过天河。

20 伤歌行
光天化日一昭昭，御史廉情半路遥。
府尉居心明镜远，贪官酷吏几张嚣。
十二载，高堂桥。事事难平似柳条，
官官蔽护没天朝。长安里弄西南望，
轻伤不解重伤憔。

21 吴宫怨
吴宫四面一秋江，白露芙蓉半国邦。
万户君恩娇不起，千声细雨枕上双。
一红烛，半纱窗。夜尽姑苏不启幢。
越女西施知木渎，天平山下范蠡商。

22 北邙行
姑苏一半旧城楼，故国三千弟子丘。
暮暮朝朝生死客，陵陵墓墓北邙州。
白骨多，日月流。黄泉路上五千楼。

23 关山月
自以江山社稷歌，何言草木碧秋波。
人间已是关山月，大漠秋霜苦实多。
闻塞北，易蹉跎。王公庶子黄戋碛，
白骨丛丛老子何。陇外风鸣移汉寨，
楼兰方显是交河。

24 少年行
翁已老，少年行。田家不可却阴晴。
虎斗龙争日月生。帝国君皇多苦争，
男儿少女安平里。长城始筑鸿沟野，
猎手难分狈穴城。战场三军青壮子，
回头不问去来情。少年老，翁已名。
耸云白塔十三层。

25 白头吟吕长春，乡忆二〇一四年
五十年前到北京，青红大枣似精英。
如今院里同枝叶，万万千千果成层。
骄五子，女儿情。兄兄弟弟妹乡名。
家家国国长亭外，老下南洋踏海平。

26 将军行
胡姬一曲净胡尘，乳舞三开素乳津。
不到阴山牛马见，须闻奶酪至相亲。
咸阳汉帝藏娇屋，掌上飞燕舞玉身。
独奏军功颁霍卫，单于解甲议和亲。
一琵琶，半冠巾。王不语，画师擎。
边疆何止境，二月见秦茵。

27 贾客乐
汴水钱塘贾客多，江南秀女织丝罗。
牛郎只在天街北，七夕方成渡鹊河。
紫陌金陵秦二世，秦淮夜市影婆娑。
歌楼月色桑农问，锦物天竺一路歌。

28 羁旅行

客在长亭日在明,心中意念步中成。
英雄以志飞将记,易水荆轲一诺鸣。
听霍卫,任纵横。车施策敛向荒城。
归来叹息咸阳道,莫以楼兰待月倾。

韩愈

琴操十首

唐子西云琴操非古诗非骚词惟退之
为得体退炎琴操柳子厚不能作也朱
晦庵云愈博涉群书所作十操奇辞奥
旨如取诸室中物以其所涉博故能约
而为此也夫孔子于三百篇昔弦歌之
辞也其取与幽忿而不言最近骚体古
诗之衍者至叹而衍极故骚无操与诗
赋同出而异名盖衍之约者后之为
骚惟约犹治之　严沧浪云退之琴操
极高古正是本色非唐贤所及

琴操十首难,日照九州观。
子厚非成就,唐宗是杏坛。
群书辞未及,旧约退之澜。
怨眇弦歌继,骚人始衣单。

1 拘幽操（文王拘羑里作）

目望望兮其暗其明,耳听听兮有闻有声。
朝阳出兮光明万丈,暮色落兮远近峰晴。
日月分兮文王拘殷,乾坤震兮姜里易生。
呜呼,家国成兮筑就人生。

2 岐山操（周公为太公作）

中原故土半乡田。幽谷潼关一地天。
塞碛石兮黄河壶口,疆源水兮汇聚千泉。
尚周公兮鞠躬百年。呜呼,知商理兮伐
纠守园。

3 越裳操（周公作）

施细雨兮久陌田,闻风和兮见苍天。
周公处兮事竟谋,勤勤谨谨城门客。
守守功功历岁年,四四方方疆宇阔。
齐齐鲁鲁子子祖泉。

4 将归操（孔子之赵闻杀窦鸣犊作）

狄水波澜兮其色幽,原泉涉远兮逐东流。
桑田济泽兮沉浮注,瀚海汪洋兮过九州。
虎兽踞山兮龙误浅,文章日月兮帝王洲。

5 猗兰操（孔子伤不逢时作）

芝兰于野兮自扬香,君子闻风兮见四疆。
佩玉和田兮天地易,阳关鲁赵兮以衷肠。
霜霜雪雪兮临东去,麦麦荠荠兮几苍黄。

6 龟山操（孔子以季桓子受齐女乐谏不从望龟山而作）

龟山屹立兮一峰扬,季子齐姬兮半国舫。
砥柱中梁兮云雨见,中流涌畅兮莫余塘。
周公在也兮可修章。

7 履霜操（尹吉甫子无罪为后母谮而见逐自伤作）

儿兮矢志,母兮担忧。
儿兮求学,母兮当愁。
儿兮辅国,母兮不谋。
儿兮落魄,母兮船楼。
儿兮日月,母兮春秋。
儿兮四野,母兮九洲。
儿儿女女兮,远远交流。
父父母母兮马牛,牵牵挂挂兮白头。

8 雉朝飞操（牧犊子七十无妻见雉变飞感之而作）古今诗

牧犊无妻七十游,东西意气十三州。
孤飞日月空天宇,暮雨朝云任自收。
四野春秋兮然自取,三生苦乐兮古今留。
诗词十万首兮应比乾隆休。

9 别鹄操（商陵穆子娶妻五年无子父母欲其改娶其妻闻之中夜悲啸穆子感之而作）

商陵穆子兮五年头,父母闻之兮子女求。
汉水长江兮清涟注,雌雄共处兮鹄鸿洲。
关关雎鸠,君子好逑。
天地相济,日月同舟。

10 残形操（曾子梦见一狸不见其首作）

野兽狐形一古丘,孔明梦得半山头。
来来去去知悟,暮暮朝朝自在游。
山故故,雨休休。荒石磊,客朱楼。
何其得何其所,不可闻兮不可求。

杂诗十九首

1 马厌谷

马厌谷兮巨石流,荒原草兮半春秋。
英雄粍士兮文章被,武士虞朝兮短褐侯。
矢志求兮,神州。

2 汴州乱二首

大历军兵半汴州,开封陋巷一城愁。
侯守镇空孤士,乱杀长源准使忧。
天狗坠咫尺凮,景屋连芳颜名流。

3 其二

子女先行老子留,军兵未济将相忧。
朝堂肯用男儿志,妇女咽声尽去留。
战乱里乡家事乱,完土全无破九州。

4 利剑（韩仲韶云此诗次汴州乱后不平之气略见于此）

利剑寒光一九州,无邪正义半城楼。
知音试我江山寄,寡徒从征冀旧流。
心如水,创世侯。青天刺向不须求。
冰霜雪,日月舟,变化方穷衣白头。

5 河之水二首寄子侄老成

河之水,去悠悠。我去尔来过九州。
日复年回由月崇,红楼逐队归江流。
三载尽五湖舟。书生彼此读春秋。

6 其二

河之水,只东流。我侄孤乡客荆州。
京师海浦相思望,采蕨商山闻老者,
直钩上液纵鱼游。

7 东方未明

太白东方半欲明,银河两岸已南俯。

三星未露玉宇路，北斗旁边月自行。
一树影，未五更。我梦随天自在行。

8 雉带箭

野雉飞腾五彩鸣，将军拍箭一弓声。
雄鹰翼展直冲下，白兔惊慌窜地行。
百尺红翎余力去，千呼玉震马前冲。
丘形要阔张开阔，四望无藏束手擎。
谁仰叹，须莫怦。三更过后月更荣。

9 天星送杨疑郎中贺正

天星半落一鸡啼，北斗三开七角低。
受命冬寒君子禄，期臣上宰理东西。
护东流，守江堤。

10 醉留东野

李白方名杜甫名，房谋杜断魏征情。
唐家自有凌烟阁，一曲梨园九折声。
但隔名情东野醉，当涂捞月草堂鸣。
龙钟检点青蒿莆，不必低头自在行。

11 鸣雁

衡阳不可雁丘闻，晋水何须许离分。
塞上风霜秋已晚，湘中日月羽毛群。
洲莆草，岸临云。反顾长鸣伴侣勤，
排空一字变人文。南来北去江山路，
暮宿朝行只向君。

12 山石

磊石山中种树衣，僧翁寺老问禅机。
黄昏片暗升灯见，佛光普照到就畿。
月影婆婆落，微风独涧沂。
松林藏虎啸，古壁挂书几。
世外人前安得此，中路幽幽足迹稀。

13 听颖师弹琴

昵昵小女声，切切细丝情。
怨怨恩恩许，娇娇作作啼。
白马飞天兮辽阔，雄鹰展翅兮鲲鹏。
风雪交加兮激荡，雨雾云和兮耕耘。
龙争和虎斗，草木竟欣荣。
日月明天地，人间一弟兄。
万里江河兮吞鲸，千年逐鹿兮红缨。

高山流水兮汉水，下里巴人兮精英。
寥以衷肠前后问，诗词骨健古今名。

14 柳州罗池庙诗

一庙罗池柳柳州，三声术十夜郎求。
桃花但记年年色，上苑应须处处楼。
荔子丹红藏碧彩，香蕉七寸女儿羞。
黄花欲展淳江影，桂桂林林钓九流。
是是非非去，先先后后舟。
江山相继续，日月暮朝浮。

15 丰陵行

羽卫煌煌兮百里屏，都门畅畅兮半丰陵。
群臣杂沓兮宫女尽，七月金神分主节灯。
雨细细，云凝凝。江山历史客时征，
帝孝皇亲来故宇。昼毕空灵天子去，
清风下坂鼓笳僧。来去处，暮朝恒。

16 刘生诗

书生一半下扬州，宋楚三千日月浮。
自少常呈天下志，年青逾岭粤中游。
评史记，论春秋。佳人美酒帝王州，
漫舞轻歌俯仰收。有诺千金图匕见，
无心万里自消愁。驱使去，百年舟。

17 嗟哉董生行农家儒

嗟咤一董生，逶迤半山横。
处世长亭道，由人日月明。
夜半书生读卷鸣，辰星陌野苦耘耕。
安丰巷中贞元客，隐义召南刺史情。
不荐朝庭天子忘，商山不是四皓声。
江山自是沧桑继，社稷何言几太平。

18 桃源图

桃源一记好文章，水碧山青半故乡。
百转生绡仙子弟，千年盼望上天堂。
何闳历，几渺茫。武陵太守汉秦妆，
远许题封异镜皇。四象溪流天地水，
二仪拆地著荒塘。千万里，一炎凉。
桃花处处人间色，小杏年年欲过墙。
但见源泉流不止，苍烟落照武陵梁。

19 石鼓歌

张生石鼓少陵人，试作歌词劝谪身。
四海周纲天戈断，宣王愤起救朝新。
明芒佩剑经磨历，足踏中堂客作邻。
顶戴花翎成体统，衣冠禽兽作君臣。
龙凤袖，玉麒麟。春秋战国作秦，
指鹿知言作马掣。小篆丞相谁五马，
罗功累业铸天津。岐阳万里文王拘，
八卦大千姜里轮。渭水周公吕尚佐，
纵横六国一言钧。闻晓字，度盘循。
人间正道是君臣。古鼎成文类历真，
金绳铁索水龙邻。儒诗道论佛家证，
武勇文明右辅宾。老友元和曾寄与，
新柯沐浴敬无垠。四顾羲皇天下在，
三光火角筑经绘。摩挲月砾周秦尽，
拾理唐家日上珍。石鼓歌，岁蹉跎。
崇丘列愿自山河。呜呼，千年万里一红尘。

正变下之二

李贺

乐府十三首

1 雁门太守行

幽闲鼓次云贺以歌诗谒韩文公时公
送客归极困解带读之首篇乃雁门太
守行即束带见之

阳关独望白云飞，甲角孤闻雁门威。
只见黄金台上日，秋风扫叶将军归。
红旗漫卷长城寨，重鼓寒霜易水晖。
李贺韩公非带解，龙庭太守是心扉。

2 湘妃

竹泪千年一点红，苍梧百里半山空。
巫云蜀雨相连汇，别凤离鸾形影中。
两蛮娘，一由衷，潇湘夜月照西东。

3 昆仑使者

昆仑使者远天阙，大漠风烟圆盘月。
夜暗茫茫何万国，葡萄汉地故宫歌。
红髯短袖胡旋舞，横波摆尾曲身越。
麒麟背上久书纥。

4 贵生征行乐

锁甲贵生征，罗旗顺势横。
中军留醉守，马踏酒泉城。
紫玉红鞭将帅令，分营挂角锦衣兵。

5 夜坐吟

牛郎夜坐吟，织女锦居心。
北斗天河岸，青娥已古今。
相思处处明皇暗，旧忆时时玉树荫。
起唱东方君子寄，南涯陆怪待知音。

6 艾如张

啄哺维雏，半陇东风去。雨露一山中，
无张结网田丝困，触影随形艾叶藏。
机不测，首难梁。只待无恩育子房。

7 牡丹种曲

一曲古今闻，三鸣俯仰君。
秦簌叶老蓬莲子，水碧香泥月不分。
未见梁王风拂袖，弦归蜀国石榴裙。
嫣红姹紫藏娇屋，谢女秦楼弄玉芬。

8 天上谣

天河两岸几星明，塞北三边学水声。
雀鹊修来桥铺路，秦妃乞巧玉宫情。
羲和垂日久，粉绶万丝荣。
拾遗芳瑶草，青洲自在城。

9 致酒行

地老天荒酒一杯，栖迟冷落醉三回。
新丰苦作龙颜寿，腊月寒冬数素梅。
明雪注，暗香催。只念幽情四季媒。

10 浩歌

南风吹去地平川，玉帝无吴海水泉。
王母桃花鼓祖寄，巫咸几度柳杨钱。
金属厄血凝身问，浪子回头岁里年。
世上英雄本自主，平原君子有方圆。

11 公莫舞（并序）

项伯无成翼蔽成，张良有志楚歌鸣。
鸿沟两岸刘邦去，几度秦川霸主情。
古础方花九排楹，华筵鼓吹帝王争。
红帏锦帐汉中许，莫舞芒砀项羽城。
秦印绝，未央宫。咸阳五马李斯终。
宝玦萧兰王未醉，胜者一侯作沛公。

12 金铜仙人辞汉歌（并序）

魏明帝青龙元年八月诏官官牵车西取孝武捧露盘仙人欲立置前殿宫官既折盘仙人临载乃潸然泪下唐诸王孙李长吉遂作金铜仙人辞汉歌

天若有情天未老，世人处事事成道。
金铜魏帝仙人去，孝武盘临茂陵草。
三十六宫花月夜，千军岁月独姑嫂。
渭水东流无止境，刘郎此际玉兔早。

13 李凭箜篌引

吴丝七柱悬，蜀指十情牵。
竹泪斑斑见，湘妃处处怜。
箜篌一曲昆仑客，玉碎山崩泣露田。
炼石补天天水岸，女娲化古古云烟。
二十三弦皇女帝，十千万百正余年。
天经地理方圆位，桂影瑶池共八仙。

杂诗十首

14 梦天

老兔寒蟾一梦天，云楼半雨半清弦。
年年月月红尘外，去去来来久不全。
未了齐州泓海水，相逢桂影共婵娟。
回头是岸秋香见，独有空床不可眠。

15 秋来

一叶半心惊，三秋九脉晴。
阴阳分界定，草木待枯荣。
啼啼切切寒虫少，苦苦辛辛果不成。
简简青青偏未序，纬纬络络素倾城。
孤夜月，雁纵横。但以霜况作雪明。
买得鲍家诗客在，当言日月是平生。

16 官街鼓

叟书马周传云先是京师晨昏传呼警众后置鼓伐之呼鼓周所奏也
京师一鼓声，御道半枯荣。
晓日东方朔，东都见魏征。
晨更暮柝伐街鸣，汉武秦皇已不生。
玉石丹砂烟未了，孝武秦嬴海似平。
鸣呼，呼来日月当天宇，唤得臣民滴石情。
一槌成音惊世界，隆隆但以马周名。

17 梁台古愁

撞钟击鼓上梁台，虎跃龙腾竟自开。
海浪蛟横翻蔽隐，山光木脉以秋裁。
天地上，日月来。客雁声声唤腊梅。

18 勉爱行送小季之庐山自鸣得意

别柳阳生头，离京去九州。
庐山难上下，日月不相留。
南辕北辄常逢路，一目千思少入谋。
草木春秋多易象，司空见惯十三流。
鸿沟楚汉何分界，圯水张良几度忧。
七十余年成世界，诗词六万颂沉浮。

19 宫娃歌

一烛高悬作夜空，千纱锁目问深宫。
花房巷口余香在，殿影春风玉漏东。
捣杵声声何不止，鸾帘处处自由衷。
钓闲似若天河岸，织女瑶池独照红。
但得婵娟从所欲，应随日月作啼虫。

20 春坊正字剑子歌

匣里先藏七锋，空中剑子有海涛。
吴潭斩断龙宫岸，隙月斜明刮露封。
练带平舒蛇皮老，寒光雨露沾霜重。
荆轲复震图穷志，玉柄兰田白帝钟。
鹏鹅身形春坊字，悬金丽女虎狼从。
行左右，玄中庸。人心本事是无踪。

21 送沈亚之歌（并序）

文人沈亚之元和七年以书不中第返归于吴江吾悲其行无钱酒以劳又感沈之勤请乃歌一辞以劳之
吴兴一子半春风，盛泽三丝锁茧宫。
满巷梅花桃万树，长安滑泡曲江空。
亚之返第寻知处，以酒钱塘汴水东。
鲁策齐才今古在，书生武士论英雄。
春御白日黄金矿，碧玉桥头草木虫。

但得阴晴天地久，长鞭马上自由衷。

22 美人梳头歌

西施晓梦长，木渎满春光。
越女吴儿见，夫差勾践尝。
香丝千万缕，堕髻两三梁。
半贴黄花雨，芙蓉住还扬。
纤纤素手镜前娘，赋赋丰胸露后妆。

步步耶溪纱复浣，心心相印范蠡郎。
盘丝洞里藏私玉，独树鳌头问故乡。
染鬓春风烂熳处，娇慵数目注红章。

23 秦宫诗

汉秦宫将军梁异之嬖奴也秦宫得宠内
舍故以骄名大噪于人予抚旧作长辞辞
以冯子都之事相为对望人云昔有之诗

越北罗衫袂子都，吴南碧玉大江苏。
秦宫自有飞燕舞，白帝麒麟暖玉壶。
雾覆笙歌人影近，云倾雨注有还无。
春风袅袅铜盘烛，晓露茫茫月五湖。
永巷桐英新马驾，红缨系桂旧人殊。
漳流魏帝千金许，渭水凌波是嬖奴。

十一、七言古诗　余响

余响之一
武元衡

1 长相思

相思但与武元衡，雁断伊州渭水清。
叶落单于台上望，黄河九曲自无平。
凭暮雨，任秋城。将相和气正，
日月合则明。

余响之二
杨巨源

1 乌啼曲赠张评事

月下一乌啼，云中半雨栖。
杨花杨叶比，柳絮柳高低，
评事难平乌翼齐，行身客省作东西。
芙蓉出人婷婷立，藕断丝连自污泥。

2 大堤词

二八婵娟守玉堤，三千日月各东西。
云轻雨细男儿女，玉漏金阳宿鸟啼。
渡口何见后，桃花上下齐。
春风摇右左，绿水已高低。
无端且与半开笄。

余响之三
权德舆

1 古乐府

三春一日百花香，半路千途九脉长。

曲舞声声年岁尽，笙歌处处暮朝荒。
西厢外，小红娘。人间所欲作鸳鸯。

2 放歌行

人生放荡半歌行，易水荆轲一诺倾。
匕在图穷韩国尽，张良立志圮桥盟。
千百度，自纵横。东山谢履步成城。
白首周公向鲁鸣。齐人守岁朱门敞，
君子衔悲志忧明。华堂列戟飞燕客，
斗酒金杯醒难荣。乍举芙蓉藏皓腕，
云天雨地醉无声。三百载，
九州名。王公贵族五陵东。
但以鸿沟分楚汉，项羽何须作霸雄。
未央暗渡见沛公。

3 和李中丞慈恩寺清上人院牡丹花歌

慈恩寺后李中丞，宝刹寻香玉色凝。
三春又艳咸阳路，五月红颜渭水兴。
宝气珠光流露水，芳丛杏胜牡丹征。
含烟欲淡芙蓉秀，锦绣阳春胜玉冰。
晚照西亭醉临水榭，花华潜入上人灯。

4 秋闱月

珠帘半卷月当空，玳瑁三重夜露终。
欲浅闺深相思问，轻云化雨是春风。
知愁共见婵娟影，善守男儿玉液中。

鼓瑟弹弦声细细，公孙剑舞各西东。
林木少，鸟飞鸣。塞雁南飞一字行。
衡阳水色照枯荣，潇湘最是斑斑泪，
竹节昂扬二女情。

余响之四
刘禹锡

1 平蔡州

刘郎只记一桃花，渭水应知半客家。
俗子何须下天问，精英渡口共天涯。
和征豫土阔，鼓角蔡州衙。
老汉收前旧，童儿雨后哗。
岁岁耕耕继，年年种豆瓜。
沧桑田亩税，战乱是桑麻。

2 龙阳县歌

白日无尘一芷浦，渔夫有意半商贾。
船家渡口相停问，百姓年华草木圃。
堤下水，网中舞。鹧鸪声声黄犬怒。
惊鸣即逝向天宇，斜阳照满晴江上，
草碧沙平付自主。

3 武昌老人说笛歌

七十余年苦读城，三千弟子作精英。
明明白白文章客，苦苦辛辛历练情。
古古今今诗六万，先先后后日月耕。

乾隆自是君臣客，黄鹤楼上知音名。

4 送鸿举游江南
入化出神似以心，江南塞北有知音。
姑苏同里盘门锁，白帝巫山十二荫。
十里荷塘明月色，千军挪羽弄鞭吟。
胡姬玉腕姿身舞，越女西施学鸣禽。
南朝四百禅门院，北国三千弟子吟。
此去渔歌听八郡，归来自取木成林。

5 送僧仲剀东游兼寄呈灵澈上人
仲剀一东游，神闲半九州。
清凉灵澈问，释子道春秋。
礼拜晴空金毛髻，长安策籍寺门楼。
松间白月云轻落，定刹书香玉竹留。
步步经纶知四象，时时演易上人头。
禅音主持荆门道，醉醒何须问莫愁。
天地老，去来修。不作天天地地求。

6 观棋歌送憹师西游论道古今诗
凝思入定一长沙，沙水长沙逝水沙。
解易求精天下道，江流不止石声哗。
山城白日朝朝暮，细雨浮云处处涯。
楚汉周秦娄里拘，男儿女子嫁当家。
天书半卷人人读，故事千年处处花。
皆异何同仙不语，晨升夕落自然斜。
生生死死求长寿，败败成成问世嗟。
继继承承先后致，辛辛苦苦种桑麻。
天地上，一豆瓜。东流自古浪淘沙。

余响之五
李涉

1 牧童词
牧羊愁，牧羊时时觅水洲。
牧马愁，牧马半天上水洲。
牧老牛，日暮临池自在休。
仰望苍天竞自由。

2 滩阳行
新经战戮一滩阳，旧历沧桑半断肠。
碎叶封冰隋水止，硝烟亮亮苦炎凉。
墟空故道殊音少，蓄志成城见柳杨。

泗汜黄昏回照色，江流岁岁已苍茫。

3 六叹（并序）
五噫四愁九歌七启皆创文者立意之
终绝其数而名之也清江白云孤山远
屿皆得时之人吟咏性情耳余无暇于
是焉穷居岁阴偶怀无懔因追感闻见
成文六篇目曰六叹惧质文之不备复
何全于比乎录之私斋以示同道格
韵枯缺多斯见知
五噫千愁六叹膺，三歌九弄七弦凝。
孤山远屿洞庭岸，白日清江见李陵。
塞北人情苏武子，英雄独立点胡灯。
昆明汉武楼船去，自古空余一寺灯。

余响之六
柳宗元

1 杨白花
俯仰人生柳柳州，阴晴日月自无休。
刘郎去后，桃花去，渡口空余去来舟。
见草木，一春秋。江楼不住问江流。

2 古东门行（韩仲韶云此诗讽当时盗杀武元衡事而作也）
鸡鸣狗吠不将军，异客同途各有分。
武宰元衡吟马上，中堂堕落一辰云。
东门三十司眠客，北巷三千日月勋。
寄取功名韩国诟，安陵断骨念西君。

3 渔翁
渔翁不钓西岩宿，晓汲无平净楚竹。
口色光临天际水，轻舟已向洞庭豕。
万香馥，千里目。潇湘十夜半秋菊。

余响之七
卢仝

1 直钓吟
水水鱼鱼自在情，沧沧浪浪共同行。
钩钩钓钓风波里，曲曲直直界界明。
姜里构，易商城。鼓案操力不市营，
周公吕尚故人名。

2 有所思
当时醒醉美人家，玉色丰姿二月花。
未弃青楼明月尽，婵娟一半影西斜。
圆圆缺缺相思路，去去来来草木沙。
只待巫山云雨梦，知音一曲作田瓜。

3 楼上女儿曲
小女羞客上七楼，无心客问挂帘钩。
群芳欲掩花千色，碧玉搔头自莫愁。
反背琵琶娇颈项，轻弹筝帘试答篌。
罗衫却解知君意，故使双波不及眸。
何必是，帝王侯。人间正道十三州，
世事多情半九流。

余响之八
孟郊

1 望远曲
朝朝待去来，日日上高台。
行人何步步，望远独自回。
花红草碧春风雨，老树新芽竟互开。
几度青黄尤意主，终年彼此两无栽。
佳期应不误，腊月一枝梅。

2 出门行二首
悠悠一水长，处处半家娘。
楚楚霜秋肃，平平苦事伤。
谁护短，自轩扬。风萧萧兮易水凉，
楼兰不尽交河路，塞北长城日月光。
不可英雄寻自己，人间正道是沧桑。

3 其二
天涯远分一凄凉，泾流近分半渭塘。
男儿一举兮太行梁，小女三羞兮着秀妆。
但以相思兮朝暮望，何知独立兮不圆方。
同岁月，共心肠。疏疏密密雨云乡。

余响之九
元稹

田家词
风这定，雨难足。田家赋税牛难赎，
官仓稻谷照红烛。子犊耕阡陌无力，

妇女帮忙日太毒。几怨吓，多少辱，
青黄不接近地狱。朝碌碌，夜促促，
农夫自古倦曲曲。黄河入海湾湾水，
酷吏辘辘慢性毒。

余响之十
白居易

1 劝我酒
劝我酒，问君辟。咸阳女，
曲舞姿。醉朱楼，醒不知。
太尹冠成，白首梅花十弄未寻思。

2 长安道
长安道，渭水潮。花枝招展半云霄。
一曲佳人上小桥。长安道，万里遥。
一回来，一回老。

3 生别离
生离别，以霜雪。灞水桥中缺柳折。
长亭十里意难决，英雄一诺志无绝。
积虑劳心月明灭。相思处，满呜咽。

4 醉题沈子明壁
不受君家一味新，难成故事半心陈。
门庭自有千丛竹，雨色重逢百度春。
垒山石，挂冠巾。桃源陌里是天津。
梦里醉，醒来真。阳关一曲是经纶。

5 寒食诗
日近清明有故情，闻生旷野介山荣。
黄泉有路谁来去，暮雨无声不见城。
荒漠漠，鸟鸣鸣。一半天堂一半惊。

6 江南遇天宝乐叟歌
梨园乐叟误儿孙，欲演琵琶献主恩。
水暖芙蓉天子醉，长生殿里锁黄昏。
江南没落华清昊，法曲难平泪有痕。
长安渭水东流逝，落叶纷纷浸古村。
锦袍胡旋姬半醉，舞遍深宫安史乱。
半世欢娱一梦逝，新丰古道几英魂。

余响之十一
施肩吾

效古体
万里一黄金，千年两寸心。
征夫西域去，月夜独无荫。
南轩促织几声音，北户机杼半沾襟。
絮絮棉棉连泪织，相思不尽比愁深。

余响之十二
温庭筠读于北京东城汪魏巷9号

1 春晓曲
七十家中一树枣，三千月里半诗老。
乾隆四万清明去，六万格律我独好。
故国谣，新人早。春来发一叶，
夏末万千草。但以秋冬继，耕耕日月道。

2 莲浦谣
莲花浦口谣，北苑虎丘桥。
水里花容貌，湖中荡柳条。
云烟一片姑苏色，白袖兰衣五尺娇。
但入芙蓉分不得，千波未了一心潮。

3 常林欢
宣城酒熟满花桥，水暖沙明细柳条。
麦绿桃红蛮女色，云轻雨重半云霄。
难分不定阴晴处，但以邻船问小乔。
赤壁惊涛流水未了，周郎莫以对江潮。

4 堂堂曲
堂堂曲曲半春烟，淼淼湖湖一客船。
独独幽幽三界外，云云雨雨九陌泉。
同里岸，虎丘川。夫差问，勾践虔。
寸寸姑苏寸寸田。三千岁里三千史，
五百年中五百园。独有姑苏城不变，
留名已作故人宣。

5 塞寒行
燕弓一响声，塞外半阴晴。旷野长城断，
寒川日月平。呜呼，三边铁马逐枯荣。
榆关南北见，朔雪自然生。雁尽辽河岸，
书生已九鸣。呜呼，日用耕耘是书生。

余响之十三
李商隐

代赠
杨柳路，芙蓉湖。江南一半是姑苏。
小桥边，碧玉都。锦绣丝绸颂念奴。
钱塘岸，蜀东吴。春风化雨有如无。

余响之十四
杜牧

重送孟迟作
不可边防重武夫，相如一赋半京都。
五湖水，六宫奴。飞燕姊妹两三姝，
奉扫秋风有似无。

余响之十五
李群玉

1 独酌怀友
西风入夜歌，月色问寒波。
半叠芙蓉水，蓬蓬唱九歌。
轻舟叶下美人多。独见楼中花不减，
霄宫一语对青娥。

2 寄短书歌
一曲清歌白发生，三秋桂子果枝平。
孤台芳草地，冷月独浮明。秋叶尽，
露峥嵘。不达乡书问，相思两地情。
衡阳自是归来雁，楚汉鸿沟几度盟。

余响之十六
裴说

寄边衣
边衣未寄苦相思，昨夜惊闻雁去迟。
月明明，意私私。独有夫君同彼此，
孤身妾妇共心知。三边外，九巷师。
交河日落楼兰晚，渭水长安淑女期。
千万里，去来时。唤取秋虫鸣自己，
心中一念作情姿。

余响之十七
张泌

春晓谣

初春欲晓一莺谣,未绿先黄半柳条。早露含苞花自语,中庭弱草怯芭蕉。云测测,雨潇潇。波光竹影姑苏巷,同里剑池过小桥。水浒三山连二水,盘门一去路迢迢。

十二、七言古诗 旁流

旁流之一
杜顾

故绛行

君不见,铜鞮观,十里城墙百姓寒。
君不见,茂祁栏,红颜淑女挂凤冠。
君不见,台榭宽,歌声舞曲似波澜。
君不见,茂丘峦,勾践夫差五霸残。
君不见,一衣单。

旁流之二
薛奇童

云中行

云中一日草千川,蕃下三光共百田。
魏主家都曾此地,如今落照满荒烟。
遥连古国葡萄酒,塞北天高意气延。
路上黄尘天子去,流前逝水玉河边。
一声呼,千声宣。旧酒新丰是旧年。

旁流之三
张若虚

春江花月夜

一水自东流,千波逐不休。
春江花月夜,桂子玉壶舟。
闻来往,叹去留。兴亡不尽数春秋。
长城塞外半荒丘,汴水云中一莫愁。
玄诺平原君子在,英雄铸就不回头。
风花雪月何时了,岸芷汀兰几度由。
相思潮兴天际远,汐尽处处望高楼。
长江水,帝王侯。岁岁年年四十州。
岁岁问商周,年年得马牛。
天荒承地老,日月自沉浮。

旁流之四
李章

春游吟

草甸一群芳,花丛半嫁娘。
佳人常自许,细雨对云藏。
未到吴江问柳杨,钱塘月色度苍茫。
姑苏巷口江湖岸,日落归来色满裳。
人间处处有炎凉。

旁流之五
张鼎

邺城引

魏武开疆一邺城,争雄举槊半精英。
吞江夺市回天运,逐鹿中原紫陌京。
隐隐漳河水,迢迢铜雀情。
声声依旧事,约约女儿盟。
赤壁周郎三国立,徐都汉帝九州横。
流年不住笙歌去,半在荒丘半在名。

旁流之六
卫万

吴宫怨

西施不度半姑苏,木渎难通一玉奴。
晓气耶溪娃馆舞,黄昏暮雨到江都。
一春秋,五霸主。钱塘八月浦,
会稽十年苦。但以英雄论,
文人不用武。

旁流之七
陈闰

宿北乐馆

欲睡无眠一月明,空山远水半流声。
萧萧落叶惊梦起,隐隐川泉送雨晴。
灯明喑,枕不平。夜影婆娑儿纵横。

旁流之八
李暇

拟古(郭茂倩乐府作东飞伯劳歌)

秦王剑,凌烟阁。楼兰铁杵九州歌,
小女心香似玉娥。烛愿双心明绣枕,
羞客不却入红罗。

旁流之九
庄南杰

黄雀行

入屋飞窗四不知，穿林打叶五色枝。
争巢夺穴丛林简，地旷山荒几度迟。
网张上，口疑疑。不对青天对旧丝，
人间处处上高枝。

旁流之十
无姓氏一首

桃源行送友人

桃源渡口一孤舟，汉地秦人半部洲。
爽岸花丛日月明，纵横草木满羊牛。
人间路，去来求。不见相思不见休，
莫以英雄空对酒，何须醒醉向东流。
年年岁岁不知愁，暮暮朝朝客独忧。
最是文人多艺造，何须彼此作春秋。
但切切，莫眸眸。高楼望尽十三州。

旁流之十一
姓氏疑误者五人
韦元甫

1 木兰歌

昨日访朱门，千年好儿孙。
中原木兰祠，树大有深根。
小小三五岁，自问功夫深。
抱园守一处，元气丹田沉。
少林武艺堪，刀枪剑戟棍。
十八般本事，十六载黄昏。
在家靠父母，出游自主勤。
功夫不负有心人，日月当承顶户身。
汉魏英雄多逐鹿，黄河子弟种天津。
牛郎种地耕耘去，织女机杼锦绣春。
暮暮朝朝农事里，宗宗祖祖作良民。
长城分南北，日月渡汉秦。
可汗大点兵，天水受陷沦。
木兰当户立，凭窗问东邻。
钱塘商贾多，百姓惜自身。
兵荒马乱地，看家护院辛。
田家守祖国，儿女受宗亲。
愿为市鞍马，学步挂冠巾。
长鞭一指飞鸿去，白马三鸣向天民。
爷娘唤女呼儿切，将师帐令万千钧。
英雄自有用武地，百战千呼壮士尊。
射虎燕山知李广，行军塞外雪霜洵。
夜来解甲心胸阔，晨去足寻旧时攀。
秀气藏羞涩，精灵待目分。
成时惊左右，武勇镇三军。
解盔春秋日，披甲挂彩云。
天子朝堂冕，文武论功勋。
赢得九州誉，又着石榴裙。
寒光照铁衣，可汗见真身。
木兰芳名册，千年作瞩闻。
中州多子女，百岁木成林。
历练知天地，功名自古今。
须凭天地志，但记木兰心。
武勇乾坤事，文章作古今。
莫以分男女，家国试知音。

2 又歌（元甫所作疑此）

木兰一日兵，老父百年成。
有女男儿代，持疆替爷征。
黄河黄土地，织布织枯荣。
秣马凌云去，归乡盛胜情。
阴山草木高低就，将士千呼帐令城。
日暮鸣金千万里，天生骄子自纵横。
燕山一箭楼兰镇，十载藏羞持剑明。
月宿交河思自己，原来不了女儿情。
红颜对旧部，持酒玉壶瀛。
士卒成家国，英雄不为名。

旁流之十二
李颀

1 绝缨歌

楚宴王呼一绝缨，男儿玉女半倾情。
华姿玉音英雄借，美酒佳人意气生。
半解罗衣谁半醉，三分月色七分明。
婵娟自己身先就，莫免林前救驾成。
千军去，一将英。自古江山一士轻。

2 郑樱桃歌

石季龙潜却玉袍，佳人不语郑樱桃。
轻红素粉丰姿舞，缓步丛音意念骚。
液泽繁花王帝寝，颜倾复映织临洮。
旌旗漫卷漳河水，秀女从心不擒毛。
如意馆，鼙鸣曹，英雄万里略还韬。
邺市都城银汉外，珊珊铺地女儿膏。
何言富贵重门里，一世芳名一把刀。
白云飞，草木蒿。岁月依前在，
不似去年高。

3 琴歌送别

绿水琴歌别广陵，沉霜客月楚妃征。
铜炉烛泪离心尽，只望云晖从此凝。
回坐无言语，三秋有故朋。
鸟啼不住江流去，白露沾衣古刹灯。
驿路长亭长短继，人生岁月岁年承。
暮暮朝朝见，来来去去僧。

4 听安万善吹筚篥歌

龟兹筚篥本西声，渭水南山已自鸣。
截竹潇湘多叹息，凉州远客满思情。
胡姬舞里含心醉，牧马荒原自在荣。
虎啸龙吟天水岸，渔阳郫阙久无平。
思乡处，玉壶倾。

旁流之十三
韦应物

1 白沙亭逢吴叟歌

老叟白沙亭，罗衫宝带馨。
龙池宫里客，不是去前伶。
欲尽华清问，脱衣咕酒瓶。
开元天宝后，霸水渭桥汀。
回头一笑千秋岁，四顾三春万里形。
不见温泉流玉影，苏州太守寄零丁。

2 寇季膺古刀歌

吴钩越剑万年锋，戟刀枪星一利客。
古洹寒刀千百断，离魂碎石影无踪。
鳞鳞甲甲生辉处，柄柄尖尖宝石客。
几度精灵常附体，千层白虎刻金龙。

弹指间，霜气重。但配兰田玉芙蓉。

3 鼋头山神女歌

琼林皓雪一精英，玉倩晴姿半素荣。
水府鼋头山上座，洞庭大小两姑情。
潇湘月，斑竹明。蓬莱不远见仙盟。
帝阁飞天待日倾，静气平心长不止。
巫山暮雨化云倾。十二峰，白帝城。
晋魏东吴白首惊。汉女常知问，
菱歌自在声。仙家何不问，
李白去来生。

旁流之十四
戎昱

苦辛行

苦苦辛辛一世行，朝朝暮暮半无声。
秦秦汉汉三千界，去去吟吟五百鸣。
何岁月，几枯荣。文章草木任平生。
东西自得何南北，上下天光任可倾。
陌阡田，路纵横。人生处处是人生。
耕耘知岁月，坎坷待年成。
蜀道向陈仓，居心各相名。
南山积雪终年富，不似温泉玉人情。
李白赋，在华清。

旁注之十五
罗隐

江南行

江烟湿雨一绞绡，岸漠云沙半柳条。
水国多愁儿女楚，吴山晓气露难消。
苏小小，杭州萧。西施学步馆娃娇，
木渎如今绿水潮。但锁盘门何问越，
钱塘百里不知遥。

旁流之十六
皎然

1 姑苏台

姑苏台上馆娃宫，霸主心中御帝雄。
曾忆吴王修北水，何言越子卧薪躬。
耶溪玉影西施浣，自在纱红自在风。

不悔嫦娥何奔月，原来只似一名空。
听岁月，一鸣虫。

2 望秋月

自古人间望月明，千年已去渐无声。
君王待月西厢下，妾女寻心后羿情。
后羿情难尽，嫦娥悔失盟。
圆时弦不定，晦日续方晴。
如今仍是共秋清，一是重阳半是漾。
岁岁年年相似色，年年岁岁异同城。
山河不改沧桑道，草木由然自在荣。
鸣呼，自在荣，是人生。

3 短歌

邺苑梁宫一故名，长生短死半枯荣。
山林芷草浮萍见，万代千年问始明。
问始明，与世情。
但见东流去，何须曲折行。
潇潇云雨夜，楚楚对孤城。
无穷日月无穷尽，有界方圆有界英。
但以江山沧海事，省悟仙人是死生。

4 支公诗

支公养马一秦川，牧鹤无机半客眠。
率性天生何所以，真人凡异瞩尘缘。
人间得道知君子，世上寻源不可全。
诸子由来何不可，兰亭一序曲流泉。

5 观王右丞维沧洲图歌

画里沧洲一石丞，诗中鹿柴半图冰。
萋萋草木春寒尽，楚楚人生玉色凝。
不做胡人安禄相，何言雨色化云情。
丹青白在心神予，笔砚山河数出陵。
一代王，半朝兴。文章日月是亲朋。
兄弟情，照孤灯。山前寺后是老僧。

6 送顾处士

吴门顾况易居城，古貌轩然自配瑛。
已是君中颜子物，孤高不尝待平生。
逸江河，好古情，木渎西施越女萌。
姑苏月下五湖明，檀郎谢氏书还道。
读卷春秋气势平，气势平分定。
人田取自耕，禅机千百度。

白日两三程，玉润文章客。
冰封易水情。

旁流之十七

蜀中送人游庐山

君行蜀道上庐山，二月春芳满秀颜。
十里长亭五里栈，陈仓暗渡玉门关。
上不易，下时弯。仙人洞，去客还。
去去来来不一般。成成败败常无定，
死死生生集结闲。暮鼓到，晨钟班，
山山寺寺苦登攀。

旁流之十八
贯休

行路难

止止行行一道难，君君子子半盘桓。
今今古古蚕丛们，谷谷川川卷巨澜。
云鏊雾，两峰峦。小道羊肠处处盘，
西家哭遍遗篇残。功成理就苏张问，
不是春秋是杏坛。

旁流之十九
宝目

行路难

独独孤孤一路难，情情意意半心安。
朝朝暮暮相思尽，女女儿儿几度叹。
客子乡家天下去，天行妇梦守波澜。
青铜镜里长安道，桂影宫中仔细观。

旁流之二十
女冠一人
李冶

赋得三峡流泉歌

一半巫山一半云，两三雨色两三裙。
泉流自主泉流水，峡口双舟峡口分。
神女梦，楚王君。曲濑沙年白日昏。
滴沥如声琴无主，幽幽切切尽斯文。

旁流之二十一
闺秀八人
张夫人

1 古意

自取贤良一丈夫,无言勉励百从奴。
仲秋始得团圆月,君客长安妾在吴。

2 拜新月

拜新月,上下弦。月月弦弦几度圆?
弓弓正正数苍天,何时可知床前月。
十五无圆十六圆。拜新月,上下弦。
儿不眠,女难眠,处处相思处处怜。

旁流之二十二
杜羔妻

杂言

杂言寄杜羔

不问杜兰秋,伊从渭水游。
梁州三两问,未了万千流。
滞步临邛酒色愁,当垆不以相如休。
陈仓暗渡鸿沟岸,蜀道之难过九州。
儿女事?帝王侯?

旁流之二十三
郎大家

拟古神女宛转歌

风已定,月方清。百态殷勤曲一声。
千音宛转意三明。双双可见鸳鸯戏,
独独难平抑郁情。花色重,草枯荣。
君不语,夜倾城。不顾英雄气,
只付女儿情。栖栖颐颐与君萌。

旁流之二十四
鲍君徽

惜春花

春雨下,一枝花。昨日灼灼色百家。
今晨郁郁落水洼。东风不止莺歌晓,
但以芬芳作嫁纱。

旁流之二十五
程长文

铜雀台怨

行人绝,曲舞歇。留君不住与君别。
举棹当心赤壁去,独步芳华志未咽。
漳流逝水人雄逝,空余旧雀音声灭。

旁流之二十六
张瑛

铜雀台

铜雀台上一曲歌,徘徊颜色半天河。
西陵处处秋虫问,鸟去人空野草禾。
半是青苔荒石子,红姿粉尽树婆娑。
寻日月,对青娥。

旁流之二十七
刘云

1 有所思

无所欲,有其思。女女儿儿天下知,
朝朝暮暮别离时。登楼不可遥遥望,
闭目还来楚楚迟。怀抱玉,东南枝。

2 婕妤怨

千妇怨,百宫殿。羊车不去旧时院。
一日藏娇十日散。奉扫相如多少赋,
昭阳已尽似秋扇。

旁流之二十八
刘瑶(一作瑶)

1 古意曲

吴刀剪锦织机断,古月行寒桂影乱。
寂寞相思上霄汉,茱萸九月重阳看。
织女问,银河岸。

2 暗别离

人间自苦单相思,地地天天各不知。
小女男儿多少见,虫飞鸟落独啼时。

十三、七言古诗　长篇

骆宾王
帝京篇
东都渭邑曲江船，八水长安上液田。
李广幽州常射虎，隋炀落日运河边。
大江南岸赵构研，必烈元朝二百年。
朱棣京华明代建，清旗列列主方圆。
故宫北海颐和园，八大胡同小凤仙。
总统中山狮子坟，前门一箭闯王悬。
中华民国同宗室，共产党人治万泉。
紫气东来南海岸，阳澄田月泽东田。
江山万里天，日月半云烟。
故阙重门九，皇居至大千。
潼关函谷北，五律越幽燕。
帝里龙门望，才书作客贤。
天水岸，黄河边。
中原逐鹿长城镇，战火连天草木怜。
但记隋炀修汴水，何须水调话楼船。
钱塘百里天堂见，越越英英作酒泉。
杏花村，雨云烟。秦川养马汉有年。
九陌红楼寸玉莲。桂殿深宫重几许，
交衢曲巷北平千。东龙口，玉门关。
思宗自尽上煤山，笔吏承恩天子颜。
上煤山，万岁山。万岁山中四面青，
三清上上五方亭。千华树下明朝去，
五百年前一渭泾。五方亭，一佛灵。
自赏方圆保国情。阿闼禅音观妙寺，
长春亭北五龙生。毗卢佛语常天下，
辑芳阿弥陀佛情。富览亭中不空成。
成成就就是枯荣，剑履宫南入玉缨。
北阙闻声知肃宇，东城老树待阴晴。
金茎白露承天水，禄阁昆明市政倾。
大道青楼粉壁明，红尘暮驿飞凤凰城。
罗敷色满九州城，霍卫三军飞将名。

阴山不远琵琶曲，英雄自古在燕京。
辽东已在云南在，万岁功尘万岁轻。
但有葡萄文武冶，黄沙百战死还生。
平生自得年兼岁，三万六千几衣成。
翠幌兰灯宝瑟横。柏梁赋，摘冠缨。
寻争日月不争名。羽翼风生波浪逐，
泥沙粟米雀巢生。白头翁，红颜倾。
杨雄已去韩安去，蜀道蚕丛鱼凫声。
不忘长沙独负子，当然立马九州情。

元稹
连昌宫辞
江流不住问江流（薛诗句），自在如来
竟自由。（吕长春对）
碧竹连昌满玉宫，桃花上苑半春风。
梨园只遗明皇鼓，力士空呼四座空。
贺老琵琶郎吹管，朱楼一曲念奴红。
梁州彻色龟兹笛，玄武楼成花萼丛。
舞榭歌台天子在，芙蓉出水自由衷。
荆榛枋比华清水，绝代红颜始肃终。
霓裳舞，羽衣荣。知音不尽太真明。
胡儿自以明旋舞，虢国夫人姊妹英。
万姓无声天宝尽，开元盛世弟兄情。
珠玉碎，马嵬城。金童玉女向山萌。
窈窕淑女燕巢毁，蜀道森钤不堪听。
不堪听，雨霖铃。长生殿上共心灵。
竹断花开叹独馨，玉碎颜消生死劫。
清平调里不零丁，莫以平生天下论，
但以人间已纵横。杨家了去潘家在，
未以红尘化始终。一始终，半燕穷。
八年抗战肃宗雄。长安两度皇宫殿，
上液千门尽草虫。尽草虫，
误啼声，不似梨园似独惊。
唐周演易闻安史，闹市孤行作故京。

国废重修天宝路，家兴必可不兴兵。
误兴兵，失误城。潼关失守斩双名。
宋璟姚崇相继去，李氏杨门故客倾。
回首见，望前程。治乱行身史迹平。
耕田，减税赋低征。
农夫似水浮舟济，土俗如刀载客情。
遣子从文无厌乱，江山日月合时明。
合时明，挂征缨，不可偏心不可倾。
是是非非非是是，卿卿我我我卿卿。
事未了，可独行。

白居易
琵琶行（并序）
江南司马左迁行，浦口停舟送友情。
一处琵琶闻不已，千音半曲自倾城。
铮铮已上京都夜，角角何人待月鸣。
羽羽长安娼女色，商商曹穆善才声。
临洒命，委身盟。
江湖女子不安生，谪贬心微觉道明。
六六言中天下客，三生九九郡头平。
苍苍郁郁南昌守，曲曲流流转向荣。
瑟瑟肃肃闻玉立，茫茫寞寞化纵横。
九江头，浔阳城。落魄琵琶曲不更。
怨怨哀哀枫叶落，丝弦未止客心惊。
客心惊，主意纵。大苍泣，地拉耕。
世世代代尽失名。四面埋伏凭楚汉，
三江流水任平生。鸿沟界定秦川外，
御液分杯酒泉城。细雨轻轻柔指声，
知音切切弄纵横。霓裳未尽梅花弄，
下里巴人作蜀笙。六么嘈嘈乱水平，
阳关叠叠白云倾。高山流水琴台上，
月下花羞草复营。错错弹弹心冷涩，
珠珠泪泪抑昂衡。忧忧郁郁刀枪戟，
无声之处胜声鸣。半无声，一声鸣。

江山万里几阴晴，帛裂车驱塞外行。
露晓闻莺春色早，衣衫已显恨无声。
秋娘十三琵琶学，月白身红一素名。
少小长安三部曲，回头客眸几留情。
尖尖指，幽幽情。春风不在秋霜在，
弟弟从军妾女筝。嫁与商家知利禄，

寻来旧曲月空明。月空明，远近声。
相逢不必相知己，海角何须主客情。
已到天涯天下望，空余大陆尽遥名。
红颜未尽琵琶响，只待心中是旧缨。
艳艳非逞儿女誓，婷婷玉立纵肌明。
纤纤巧巧红兰外，色色姿姿醉酒琼。

千呼万唤伊人晚，欲抱琵琶掩面行。
女在长安天宝云，男寻一箭史思明。
如今只望凭灵宝，点化思情自古生。
莫许人生常主客，长生殿里有长生。

十四、五言绝句　正始

玄宗皇帝

1 潼关口

谷口锁潼关，华情暖御颜。
开元天宝治，渭水玉明环。

又

一口正天平，三朝治两京。
潼关来去问，八水暮朝行。

正始之二
贺知章

题袁氏别业

别业一林泉，偏居半酒天。
君心何不见，去岁似今年。

正始之三
杨重玄

正朝上左丞相张燕公

岁尽两三声，年留一半情。
丞相东阁路，几度客中名。

又

十步一亭台，三生半放开。
文房东阁去，墨迹日月来。

正始之四
许敬宗

江令于长安归扬州九日赋

九日下扬州，三秋上客愁。
南云烟雨见，北望大江流。

正始之五
虞世南

蝉

饮露一身清，居桐半羽荣。
重阳千百唱，俱日向高鸣。

正始之六
王绩

1 过酒家二首

贞观二月花，醒醉一酒家。
主客相闻见，阴晴误北衙。

2 其二

日日常昏饮，时时问性灵。
人人知醒醉，事事几酩酊。

正始之七
李义府

1 咏鸟

一鸟入全林，三琴作玉音。
栖枝藏半月，日色见人心。

2 赋美人

寒宫上下弦，美女去来娟。
雪影方圆好，青娥曲舞悬。

正始之八
杨师道

中书寓直咏雨

中书一雨声，上液半云晴，
竹影苍茫望，轩辕教远耕。

正始之九
王勃

1 江亭月夜送别二首

玉水送巴蜀，青山问蜀岚。
秋亭明月夜，客影化春蚕。

2 其二

苍茫云雨住，塞北问南端。
雁去离亭上，闻来客路寒。

3 临江二首

泛泛东流水，幽幽驿道人。
晨明长短路，日尽满红尘。

4 其二

草碧一寒洲，波明半九流。
归途何远近，木叶半知秋。

5 山中

山山叶半飞，路路暮朝晖。
进退枯荣见，阴晴日月归。

6 赠李十四

桃花满四邻，翠竹半三春。
十四杨家宅，玄人别有亲。

7 始平晓息

望阙京都近，闻声渭水家。
朝朝还暮暮，日日复斜斜。

8 普安建阴题壁

汉水万千弯，梁山不可攀。
迷津三两渡，客子几时还。

9 他乡叙兴

缀叶归烟晚，春花照去人。
边城杨柳岸，俱是异乡人。

10 寒夜思友二首

如何故友别，月色自圆缺。
雁断衡阳问，音书不可绝。

11 其二

朝朝白露断，夜夜白兴叹。
独独思无尽，孤孤理又乱。

正史之十
杨炯

夜送赵纵

连城赵纵象，洁壁正中华，
旧府今归去，前川挂月斜。

正史之十一
卢照邻

1 登玉清

绝顶遥无望，孤峰近日光。
临川真老见，付瞩独扬长。

2 浴浪岛

独立潮头上，孤身浴浪中。
群飞轻举目，白羽正云空。

正始十二
骆宾王

1 在军登城楼

月下风光冷，江中水气寒。
征衣迟日晚，曲舞满长安。

2 易水送别

易水一燕丹，留侯半国寒，
鸿沟分楚汉，壮士几声叹。

3 送别

三更夜半灯，九巷醉千承。
月去西山下，人随白马征。

4 玩初月

如钩上下弦，似玉去来圆。
桂影去来落，婵娟共目怜。

正始十三
陈子昂

1 古意（颖著作合）

夜泊一灵台，寒冬半玉梅。
黄云苍梧出，万里自然开。

2 赠乔侍御

汉客一臣风，云庭半仕宏。
三边青少志，九脉几翁雄。

正始十四
沈佺期

狱中燕

不向冶长猜，黄莺许日裁。
棘丛嫌刺利，未雪怯如灰。

正始十五
宋之问

1 早发韶州

树绿洛阳霄，云青渭水桥。
乡园长入梦，但恐自心遥。

2 别杜审言

一病三天梦，千嗟万里行。
扬言天下去，渭水久无平。

3 渡汉江

客耐归心切，情寻旧地亲。
难停乡屋目，不可是旁人。

正始十六
东方虬

1 昭君怨二首

汉道文章久，三边誉武臣。
葡萄方足色，画笔误和亲。

2 其二

十度阴山水，三边汉帝名。
单于同世故，羯鼓敬红缨。

正始十七
王适

江滨梅

腊月梅香近，冬寒汉水津。
冰封千万里，雪色两三春。

正始十八
韦承庆

1 南行别弟二首

淡淡长流水，幽幽步远情。
花开花落去，落地已无声。

2 其二

万里南洋雨，三年北国知。

耕耘千日月，六万古今诗。

3 江楼
莫可问江流，江流未定舟。
江流流不尽，只见一江楼。

正始十九
李峤

1 中秋月二首
缺缺盈盈见，年年月月明。
婵娟同草木，桂影共阴晴。

2 其二
独独一长空，孤孤半故宫。
安知天下色，后羿几时雄。

正始二十
郭振

1 子夜春歌二首
子夜一春歌，牛郎半渡河。
阡头杨柳色，不解妾娇娥。

2 其二
青楼一日光，绿水半荷塘。
寄子同心结，随君到四方。

正始廿一
薛稷

秋朝览镜
落木半惊心，秋风一古今。
云中三界事，镜里自知音。

正始廿二
郑愔

咏黄莺儿
百啭一黄莺，春风半不鸣。
枯荣杨柳色，日月去来明。

正始廿三
卢僎

1 题殿前桂叶
桂树海南生，芳香粤北城。
天天人可见，叶叶兔中情。

2 南楼望
去国三巴路，回心万里春。
乡音多少问，尽是去来人。

3 途中口号
抱玉三朝楚，怀书十度秦。
年年天子岸，岁岁帝王津。

正始二十四
武平一

奉和元日赐群臣柏叶
柏叶一群臣，东风半晋秦。
年年枝色好，处处正冠中。

正始二十五
崔湜

喜入长安
一步青云路，三生晓日前。
风光年岁度，日月苦辛先。

正始廿六
苏颋

1 山鹧鸪词二首
女坐朱楼上，儿行万里忧。
英雄千万里，世界两三愁。

2 其二
客自多情志，君从百日愁。
凭心呈上下，任意化春秋。

正始廿七
张说

1 蜀道后期
君心争日月，子意问枯荣。
蜀道蚕丛路，陈仓渭水城。

2 广州江中作
日落向西南，人行似茧蚕。
珠江流去慢，独见五羊潭。

3 守岁
旧岁今宵去，新年未旦来。
东风潜入夜，北斗向春开。

正始廿八
张九龄

1 自君之出矣
夜夜织辰星，年年问苦丁。
机杼经线短，独月照长亭。

2 照镜见白发
少小老翁眠，青春壮士宣。
回头多不见，顾镜有方圆。

3 奉和圣制经函关作
谷口一潼关，黄河十八湾。
中原多少鹿，塞外万千山。

4 答靳博士
上苑春先到，中堂夜月香。
幽径芳草地，日月曲江杨。

正始廿九
孙逖

同洛阳李少府观永乐公主入蕃
春梅寒雪色，腊月自然开。
草木知公主，阴晴共去来。

十五、五言绝句　正宗

正宗之一

李白

1 静夜思
床前满月光，井上半冰霜。
举目寒宫望，低头问故乡。

2 相逢行
一步半红尘，三生九脉新。
相逢何不见，妾在小河春。

3 襄阳曲
襄阳堕泪碑，三醉习家池。
上马山公见，听音汉楚辞。

4 绿水曲
白露侵办鞿，浮霜化芷津。
荷花珠玉消，绿化欲娇人。

5 玉阶怨
婵娟怨玉阶，夜色独明钗。
艳兔花间问，垂帘正下怀。

6 怨情
美女郊珠忻，纤纤白指尖。
深颦娥眉泪，坐以湿痕沾。

7 秋浦歌
白发三千丈，秋霜五百年。
云龙天下水，老子道中田。

8 观放白鹰
力风一白鹰，振羽半飞开。
俯首清云回，秋毫问五陵。

又：
千山半素袍，百里一秋毫。
白羽分天地，孤飞万丈高。

9 初出金门寻王侍御不遇咏壁上鹦鹉
金问四十州，待御三千楼。
壁上停鹦鹉，图中落草洲。

10 忆东山
东山一月斜，不问半人家。
几度婵娟色，蔷薇雪白花。

11 独坐敬亭山
独坐敬亭山，孤云去不还。
黄莺飞已尽，自在玉门关。

12 自遣
一酒玉壶冰，三生问汉陵。
千杯何醒醉，万古月明灯。

13 奔亾道中作
汉武一方圆，葡萄半酒泉。
冰川苏武见，李广是归年。

14 杜陵
南登上杜陵，北问少林僧。
老道经纬见，流光日月承。

15 夏日山中
裸体晒山林，弯躬曲腿吟。
脱衣浮石壁，俱是自然心。

16 九日龙山饮　忆五女山下刘家沟
九日龙山酒，黄花五女村。
重阳知十渡，草木自乾坤。

17 陪侍郎叔游洞庭醉后作二首
泛泛一秋波，昂昂半九歌。
洞庭鸥白羽，醒醉酒家河。

18 其二
酒后白鸥来，度残桂影开。
君山多少月，岳麓楚人才。

19 送陆判官往琵琶峡
北国琵琶峡，长安二月花。
归期何梦里，别客误乡家。

20 别东林寺僧
东林古寺僧，白月虎溪灯。
莫以庐山问，啼猿不可应。

21 见京兆韦参军量移东阳
汐落下东阳，潮平上海疆。
相逢吴客别，不语满悉肠。

22 青溪半夜闻笛
一曲梅花落，三声浦月明。
吴溪同里渡，不是玉关情。

23 对雪献从兄虞宰
九宰到虞城，千官问旧声。
梁园寒弟问，总是一枝情。

正宗之二
王维

1 临高台
别路上高台，行程下楚才。
潇湘斑竹泪，日暮自还来。

2 息夫人

夫妻半日恩，子女一生根。
去日今想见，门讼满泪痕。

3 班婕妤二首

羊车暮日行，草碧已无声。
凤云求凰舆，藏娇是小情。

4 其二

扫尽红尘色，寻来旧日情。
心中多自己，眼下少天盟。

5 杂诗三首

妾住孟津河，君行渡口多。
江南书信到，一水自连波。

6 其二

委自故乡来，梅花久不开。
香凝姿影在，只以待君裁。

7 其三

腊月经霜雪，初春不自开。
知君心淑素，但待一春来。

8 送别

山中相送别，日下独徘徊。
一影三千丈，王孙去不来。

9 别辋川

十里满松萝，三年唱九歌。
青山车路少，古木石溪多。

10 崔九弟欲往南山马上口号与别

九弟去南山，三兄往玉关，
溪前留影处，月色寄无还。

11 留别崔兴宗

驻少兴宗别，分襟话去逢。
心情寒御水，满自是愁容。

12 山中寄诸弟妹

弟妹一山中，禅音四面同。
群城相望比，暮色胜朝红。

13 赠弟穆十八

闻君一寸心，去日半知音。
但是青山阔，如今草木深。

14 哭孟浩然

汉水自东流，襄阳已九州。
闻声愁四起，只寄浩然舟。

15 鸟鸣涧

川深鸟羽红，叶茂涧鸣空。
月色明惊水，春山日不同。

16 上平田

暮色上平田，朝耕下陌阡。
津津多乐道，漯漯少知贤。

17 孟城坳

百木孟城林，三生画古今。
余心随日月，不可问知音。

18 华子冈

飞禽自不穷，落鸟羽毛红。
冈色秋先到，徘徊几步同。

19 鹿柴

空山不见人，鹿柴自秋春。
石磊青苔路，溪流十里津。

20 南垞

南垞一水流，北色半沧洲。
隔浦渔舟住，相闻不可求。

21 欹湖

欹湖一玉箫，暮日半山遥。
举首黄云远，春君见此潮。

22 白石滩

清清白石滩，淼淼玉波漫。
绿蒲浮萍岸，西施月下叹。

23 竹里馆

独坐问幽篁，弹琴弄月光。
林深人不见，举首一鸣长。

24 辛夷坞

辛夷木未坞，紫萼芙蓉湖。
涧水无人见，花心日月苏。

25 漆园

官微成傲吏，世务化娘姑。
叶叶枝枝见，非非是是芜。

正宗之三
崔国辅

1 怨辞二首

委有锦衣裳，君无世代皇。
秦王封赋我，不必问黄粱。

2 其二

桃园小杏红，柳叶舞东风。
织锦凭心许，芙蓉对小虫。

3 古意

叶落一金阶，霜明半木柴。
箜篌弹不止，月色照空怀。

4 魏宫词

日照一漳河，花蛤半稻禾。
铜雀台上草，魏帝几蹉跎。

5 长信草

野草沿边生，荒花顺道荣。
空怀明月色，不到玉阶行。

6 少年行

白马少年行，珊瑚玉佩声。
章台杨柳折，日上路边情。

7 湖南曲

湖南怯别归，塞北见云飞。
水上鸳鸯鸟，双双入叶帏。

8 流水曲

归来一渡舟，日去半风流。
口岸天涯阔，回头竟自由。

9 王孙游

王孙一世游，草木半芳洲。
不误东风雨，归来话九州。

10 采莲

玉淑翠花楼，金塘半入秋。
芙蓉双水色，隔叶采莲舟。

11 渭水西别李仑

一去十三诈，无回一半愁。
呜咽啼鸟怨，几度水西流。

正宗之四
孟浩然

1 宿建德江

停舟泊渚津，港口过驳人。
水阔云烟重，江平暮日新。

2 送朱大入秦

游人上五陵，仗剑上人丞。
一片平生意，千金路道僧。

3 送友之京

一步半青云，三秋十地文。
青山由此鉴，几处不知君。

4 同储十二洛阳道中作

弹珠一洛阳，羁子半群芳。
侠酒明肝胆，红尘小路旁。

5 下浙江

八月半潮平，三官一线生。
惊涛天地暗，魏阙浙江鸣。

6 春晓

春春一梦多，夏夏半天河。
九九重阳日，年年旧岁歌。

7 扬子津望京口

北国望金陵，江风白浪兴。
夷山京口岸，浦渡寺边僧。

8 洛阳访袁拾遗不遇

拾遗洛阳春，梅花渭水新。
流人行月下，对镜正冠中。

又：

洞庭抽楚才，渭邑曲江开。
一语天涯近，三言旧世来。

9 寻菊花潭主人

一色菊花潭，三秋苦味甘。
村西芳百谷，陌上遗春蚕。

十六、五言绝句　羽翼

羽翼之一
储光羲

1 洛阳道四首
洛水玉冰开，中原逐鹿催。
春泥梅色在，绿叶拜金台。

2 其二
大道沿黄河，咸阳顺九歌。
春风公子路，日月去来多。

3 其三
二月一春风，千枝万叶红。
群芳杨柳岸，处处有鸣虫。

4 其四
洛水映千门，千门问子孙。
年年多少志，处处去来痕。

5 长安道二首
大道一长安，寒亭半叶残。
秋声明日月，作水几波澜。

6 其二
酒肆一鸣鞭，长安半月还。
含情多不语，莫以念奴妍。

7 江南曲二首
江清玉石深，浦口芷兰浔。
此是何边问，舟移是古今。

8 其二
长江一渡头，暮日半春秋。
色淡云光近，船流水亦流。

9 关山月
月照一关山，云明半旧峦。
胡笳声不尽，夜半梦无还。

10 玉真公主山居
天泉一玉真，凤苑半天津。
独隐天涯岸，梁园几沁春。

羽翼之二
王昌龄

1 题灞池
东园半灞池，八水一城仪。
韭菜秋收后，穿肠是旧时。

2 送李十五
十五楚云深，三千弟子心。
秦川多少士，渭水去来音。

3 送张四
枫林一暮愁，楚水半清流。
别后云溪远，空余一酒楼。

4 送郭司仓
秦淮一水门，古道半黄昏。
月色弦弦缺，潮平流流坤。

5 送胡大
荆门一别人，楚客半沾巾。
岳麓洞庭岸，君山夜夜春。

6 答武陵田太守
太守武陵人，微躯可献身。
梁山行仗剑，不负信陵巾。

7 题僧房
僧房满院花，彼此问人家。
月色空明久，倒挂一袈裟。

8 击磬老人
鼓磬上人心，钟筝下玉箴。
双峰衣衲老，故客但知音。

羽翼之三
裴迪

1 孟城坳
彼此孟城坳，阴晴共市郊。
枯荣同草木，日月弟兄胞。

2 鹿柴
别业一寒山，王维半画颜。
松林多定兽，鹿柴不朝班。

3 木兰柴
西山乱鸟声，北巷雀栖情。
路路凭石磊，溪溪照晚明。

4 宫槐陌
陌陌见桑田，阡阡有路延。
苍苍惊日落，鸟鸟向栖眠。

5 临湖亭
当轩一阵风，暮日半云红。
谷口日月暗，临湖回望空。

6 南坨
孤舟只任风，渡岸可西东。
一石当桥屿，三秋落日红。

7 栾家濑
一濑渡头人，三呼自己新。
千虫无语见，两鹭立南津。

8 白石滩

波清白石滩,浦静玉芒兰。
水弄求舟岸,人闲自正冠。

9 竹里馆

竹里馆中音,幽声客上寻。
山深人迹少,日道照鸣禽。

羽翼之四
杜甫

1 武侯庙

但以武侯心,空山证古今。
岐山何不语,蜀道已知音。

2 八阵图

旧国已三分,新师表半文。
南阳知是客,八阵列军云。

3 复愁

白发新生少,忧心旧日多。
长安安史客,历乱乱时歌。

4 归雁

南来二月声,北去半秋鸣。
万里知何事,衡阳是故城。

5 答郑十七郎一绝

畦润雨场然,残花独自依。
文章朝暮著,日月去来衣。

6 绝句三首

山青百草宣,碧水万家田。
白鹭翻飞云,春花已白燃。

7 其二

寻青看自然,踏步问云烟。
鼓角常相忆,江边一草先。

8 其三

江流石不移,鸟去木知期。
故道舟帆尽,新途日月辞。

羽翼之五
崔颢

1 长干行二首

渡口妾家船,横塘日月悬。
同乡君子去,草木不同天。

2 其二

妾在九江边,君行百渡船。
停舟相问道,可见问香莲。

3 江南曲

叶下采莲船,舟前解甲怜。
芙蓉初出水,玉影照时鲜。

羽翼之六
高适

1 咏史

周公赠绨袍,范叔问旌旄。
汉武长城问,楼船百丈高。

2 送兵到蓟北

积雪满天楼,拥兵寄九秋。
单于知肥草,汉武赐封侯。

3 田家春望

高阳酒徒来,草色已先开。
易水图中匕,田家问雀台。

4 同群公题张处士菜园

处士菜园耕,群公宙宇盟。
同堂葵藿问,俱是共阴晴。

羽翼之七
岑参

1 行军九日思长安故园

九日忆长安,三军扫叶寒。
边疆荒草萎,故国酒泉干。

2 题平阳郡汾桥边柳树

柳树一汾桥,平阳半路遥。
依依川上草,处处欲中潮。

3 见渭水思秦川

渭水一东城,秦川半野明。
雍州流泪是,洛邑两阴晴。

4 题三会寺苍颉造字台

野寺一荒台,寒天半木哀。
空阶苍颉字,自会造书来。

羽翼之八
王之涣

1 登鹳雀楼

登高鹳雀楼,俯首四方秋。
萧里无穷目,千年有界忧。

又:

白日春秋外,黄河土地流。
东营沙河鉴,浊浪十三州。

2 送别

送别以心扬,迎亲作故乡。
长亭长十里,短步短三疆。

羽翼之九
祖咏

1 终南望余云

岭秀一城寒,城明半顶安。
终南余雪色,渭邑客云端。

羽翼之十
李适之

罢相作

问鼎一前川,衔林半岁眠。
行军知帐令,罢相始才贤。

羽翼之十一
李颀

奉送五叔入京兼寄綦母三

阴云带日残,帐别泪丹无干。
渭水流时少,黄山见已叹。

羽翼之十二
沈如筠

闺怨

雁尽寄书难，梦来带泪残。
孤形流只影，独月步珊珊。

羽翼之十三
崔署

对雨送人

对雨送情人，寻云见独身。
知君如我意，问妾似红尘。

羽翼之十四
王缙

别辋川别业

一念半秋春，三生两地臣。
何知安史乱，尽是有心人。

羽翼之十五
丘为

左掖梨花

左掖满梨花，香风万户华。
人中天下路，马上曲江涯。

羽翼之十六
沈千运

古歌

风尘过北邙，日月待南乡，
草木何无语，英雄不未央。

羽翼之十七
萧颖士

1 元日陪元鲁山登北城留别二首

洞庭大小姑，楚客去来吴。
落叶临风见，归心有似无。

2 其二

秋光一北城，草木半枯荣。
路叹长亭目，栖惊落叶声。

羽翼之十八
元结

1 将牛何处去

十亩一耕牛，千顷半税收。
王家知土地，牧里十三州。

2 石宫夏咏

夏水石宫寒，高林野客观。
清荫何不语，尽是蔓萝滩。

3 石宫冬咏

长光玉石宫，日暖老林空。
气泽温泉岸，云眠故国中。

十七、五言绝句　接武

接武上之一
刘长卿

1 平蕃曲二首
平蕃一曲声，塞北半心平。
渺渺胡天外，茫茫陇上行。

2 其二
大漠近阴山，单于远赵燕。
辽东先后客，不入玉门关。

又：
大漠玉门关，平沙正宇寰。
燕山空客在，独戍去无还。

3 湘妃怨
潇湘问二妃，斫竹泪千飞。
帝子苍梧去，婵娟不可归。

又：
帝子不知秋，湘妃泪自流。
婵娟斑竹间，月色莫愁舟。

4 春草宫怀古
罗裙一色新，玉带半珠珍。
旧影残宫外，青青梦客茵。

5 斑竹
沅湘一竹林，雨泪二妃心。
不怨苍梧去，洞庭作古今。

6 逢雪宿芙蓉山
大雪一芙蓉，苍山半玉封。
归人知旧路，不怨足无踪。

7 送张起崔载华之闽中
怜君一远人，处世半相亲。
士达天涯路，行成海角春。

8 送张十八归桐庐
桐庐半故乡，十八一张扬。
带月江村落，潮波夜涨荒。

9 送方外上人
野鹤一孤云，人间半故君。
沃洲山上客，但得上人闻。

10 送灵澈上人
苍苍寺竹林，杳杳鼓钟音。
楚楚知灵澈，孤孤问去心。

11 瓜州送李端公
远远一瓜洲，平平半水流。
金陵南北色，建业去来愁。

12 送子婿往扬州
一雁过扬州，三声去不留。
衡阳乡自在，举首字人修。

13 寄龙山道士许法陵
龙山道清陵，独宿桂香凝。
寂寂三千界，幽幽一盏灯。

14 茱萸湾北答崔载华问
野店不荒凉，人烟少抑扬。
芙蓉湾上月，半是故人床。

15 赠秦系征君
不见武陵人，征君未解秦。
江南山水阔，复忆孟尝亲。

16 又赠秦系
秦川养马城，二世穆公名。
至此春秋继，五柳独先生。

17 江中对月
江中对月行，水上问波平。
历历沙湾浅，孤孤渡不成。

18 正朝览镜
览镜白头人，寻芳草木春。
逢新知日月，步后悔无因。

接武上之二
钱起

1 逢侠者
悲歌一赵燕，易水半如烟。
侠者相逢后，图穷匕首前。

2 赴章陵酬李卿赠别
赠别赴章陵，知音谢玉冰。
文园芳草地，九牧一清凝。

3 送杨著作归东海
著作自东行，澶矢老于名。
相思想见少，故步故人情。

4 过故李侍御宅
未见客时容，难为故步封。
卿何朝暮去，不忍一声钟。

5 宿洞口馆
野竹自随溪，秋泉任叶低。
流明知色碧，草暗鸟轻啼。

6 题崔逸人山亭
采药上山亭,寻泉竹叶青。
深深红满道,郁郁碧林馨。

7 石井
蓝溪石井泉,落照水流悬。
便以桃花色,秦皇汉武传。

8 古藤
引梦一藤萝,行云半酒歌。
闲花台上落,织女问银河。

9 洞仙谣
十度洞仙谣,千寻玉宇霄。
心成修道士,不作武陵樵。

10 竹间路
归来一草堂,静坐半春光。
饮酒花间色,清风竹径长。

11 远山钟
不见远山钟,应闻故步封。
心惊天地岸,鸟尽客无踪。

12 江行无题
载酒一江行,寻心半不明。
同情何不达,问世已无盟。

13 其二
冯夷一士鸣,楚客岘风行。
首望襄阳问,残碑作路名。

14 其三
向背一青山,纵横万里颜。
日月无屈宋,风光有去还。

15 其四
高悬象阙心,指点去来音。
无凉非梦远,龙沙自古今。

16 其五
维舟取刺薪,任水泡江津。
日照多乔木,林深少客人。

17 其六
一路沿江边,千条栈道悬。
惊心闻蜀道,处处不平船。

18 其七
谗作逐清臣,临流正带中。
相逢渔父问,无疑独醒人。

19 其八
月下一江流,村中半客忧。
天荒去水怒,地老鹭鸳求。

20 其九
斗口半开门,舟舱一子孙。
江流应不止,日尽又黄昏。

21 其十
不见采菱船,莲花向日鲜。
婷婷浮水色,叶下浴中泉。

22 其十一
月落一江潭,余晕半山岚。
秋风今日早,雁别向时耽。

23 其十二
林贫缺子丁,晓渡问兵宁。
又恐长亭路,江流两岸青。

24 其十三
静泊月湾深,鸣禽不宿浔。
菱月如茨茨,富贵似知音。

25 其十四
暮色一残霞,天云半壁花。
秋缨晴照满,濯足水人家。

26 其十五
不看一秋江,风平半水邦。
鸳鸯藏叶下,世上久无双。

27 其十六
咫尺一心愁,匡声半可忧。
云平天际远,木落是春秋。

28 其十七
飞鹰俯下冲,膛省已无踪。
不是江湖客,鸿鹄日上逢。

29 其十八
幽怀一水烟,短恨半江船。
不泊应知悔,长空月在天。

30 其十九
不见九江沙,滕王一阁花。
依依矶石水,处处是船家。

31 其二十
何言问夜郎,不必涉滩长。
舟停心不止,风寒近故乡。

接武上之三
韦应物

1 秋夜寄丘二十二员外
怀君秋月短,散步路方长。
只得山林露,还来故客霜。

2 同德阁期元侍御不至
玉树一中庭,霜台半不宁。
秋风今日至,只怨一灵丁。

3 西郊期涤武不至书示
山高过雨晴,涧谷向木荣。
草碧关春色,花明自在倾。

4 寄卢陟
柳叶半寒塘,荷霜一水乡。
留连天地岸,寂寞暮朝凉。

5 宿永阳寄璨律师
遥知宿永阳,近得入僧房。
独自悬灯问,谁知向故乡。

6 怀琅琊深标二释子
释子一心泉,琅琊半自然。
山崖西石室,不闭月苍年。

7 同褒子秋斋独宿

独宿见轻霜，啸惊向叶凉。
栖移无暖树，夜月尽余光。

8 阊门怀古

独鸟过阊门，姑苏问子孙。
东吴谁养马，故事下黄昏。

9 西楼

独自上西楼，归烟下晚秋。
云中何雨雾，可遇已难求。

10 登楼

独望一江楼，孤寻半九州。
耕耘知日月，不必问江流。

11 闻雁

遥遥一字飞，远远半人归。
渺渺衡阳岸，秋秋向日晖。

12 咏声

寥寥一夜声，寂寂半无平，
静静藏机巧，幽幽住不明。

13 听江笛送陆侍御

一笛尚江流，三秋落叶休。
沈霜帆不举，独宿使人愁

接武上之四
皇甫冉

1 婕妤怨

黄花一建章，凤管半炎凉。
月里婵娟问，宫中玉色忙。

2 秋怨

一月半昭阳，三秋雨地霜。
风扬长信路，草闲忆无芳。

3 同诸公有怀

百岁一家乡，十月半柳杨。
求知书卷客，渡口几青黄。

4 山馆

寂寂一闲云，悠悠半问君。
苍苍天地见，处处似衣裙。

5 送王翁信还剡中旧居

剡中一旧居，月下半耕书。
海岸天云阔，江边玉水余。

6 赋长道一绝送陆邃潜夫

高山不可登，古木有香凝。
杳杳人行道，幽幽问五陵。

7 赋得送客一绝送陆鸿渐赴越

家家七味茶，户户半窗纱。
岁岁三泉水，年年三月花。

8 和王给事维禁掖梨花咏

上掖满梨花，中堂半笏家。
春风南北树，日色待桑麻。

9 同李三月夜作

月夜一鸣惊，孤城半杵声。
星河随妾问，万里可共明。

皇甫曾

1 送王司直

北塞一山云，东风增气氛。
人心胜利久，客舍逐天文。

2 山下泉

漾漾一山泉，流流半石川。
噔噔光影色，碧碧雨林烟。

接武中之一
刘方平

1 采莲曲

落日卸红妆，荆歌艳楚塘。
腰姿颜色好，沐浴采莲娘。

2 长信宫

梦里忆君王，宫中旧汉妆。
秋风团扇去，不可误炎凉。

接武中之二
朱放

1 铜雀伎

怨断一歌声，舞袖半雨晴。
西陵铜雀伎，日暮野花明。

2 题竹林寺

一寺半钟声，三辛五味生。
殷勤僧不语，岁月自耘耕。

接武中之三
李嘉祐

1 春日归家

春归一日家，雨润半山崖。
空余心自在，云间二月花。

2 白鹭

白鹭自孤身，秦川客独人。
终南山上雪，渭水色中邻。

接武中之四
张起

春情

画阁半余寒，燕巢四壁盘。
前年风雪重，自此筑春单。

接武中之五
郎士元

山中即事

山中即事兴，月下问西陵。
夜雨浔涯济，桃花色已应。

接武中之六
韩翃

1 汉宫曲二首

骏马踏漳泥，梅花伴玉溪。
红尘多少色，日满杏桃西。

2 其二
绣幙一珊瑚,春关半似吴。
楼深情自逐,钿落小娘姑。

接武中之七
耿沣

1 长门怨
昭最一怨人,落叶半清罨。
月夜长门冷,宫深叹自身。

2 秋日
返照上高林,忧来入古今。
人行禾黍问,古道少鸣禽。

3 秋夜
远客问高秋,明溪向浅流。
相思门不闭,寂寞似无由。

接武中之八
卢纶

1 和张仆射塞下曲六首
冠昂一鹭翎,绣绶独蛮青。
塞下新军帐,千营共汉庭。

2 其二
木落草惊鸿,将军夜月弓。
三更寻白羽,一箭石碑丛。

3 其三
月落雁飞高,霜沉士气豪。
边城风雪夜,塞下互旌旄。

4 其四
草落接云霄,天扬戎贺朝。
金麟和甲舞,野漠到通辽。

5 其五
雪落满阴山,弓弯云箭颜。
飞将天水市,扫尽古丘还。

6 其六
阁落一群雄,凌烟半宇中。
亭亭名不语,荡荡志无穷。

7 长门怨
扫落一秋风,寒晨半扇虫。
相如多少赋,不改故人宫。

接武中之九
李端

1 拜新月
半解石榴裙,千丝细织去。
三更人不语,一枕待心君。

2 芜城怀古
古迹满芜城,精灵半故英。
丘梁风不止,谷草去还荣。

3 送人下第
下第一生成,闻川半水明。
书深知卷少,日爱见阴晴。

4 晦日游曲江
晦日曲江游,春城柳色羞。
条条藏势力,陌陌宇临流。

5 溪行逢雨与柳中庸
云云雨雨中,竹竹泪斑同。
缺缺圆圆问,心心意意融。

6 鸣筝
粟柱主筝鸣,从心素手清。
怀房周郎问,玉指几音成。

接武中之十
司空曙

1 金陵怀古
不见六朝宫,何闻一去鸿。
衡阳应是故,李煜水流空。

2 玩花与卫象同醉
卫象醉花家,无知你我他。
云中捞雪月,忘去问长沙。

3 寒塘
独茎立寒塘,周身日月光。
冰封天地色,夜暗接黄粱。

4 晚思
秋风半入庭,露草一丹青。
欲湿沾衣色,还明旧日灵。

5 别张赞
日落半山晴,风平一叶轻。
知音知自己,问道问心明。

6 别卢秦卿
一酒别秦卿,三声意不平。
人生先后去,自得是阴晴。

接武中之十一
张继

长相思
辽阳一望遥,白首半云霄。
海上珊瑚树,精英一世潮。

接武中之十二
顾况

忆鄱阳旧游
北国忆南州,长安问入游。
枫红知纸贵,逝水问江楼。

接武中之十三
丘丹

1 奉酬韦苏州使君
露湿老苏州,风闻旧巷楼。
千年终不改,学道始仙舟。

2 听江笛送陆侍御
一笛半春秋,千声十地流。
梧桐栖不尽,主客问江流。

接武中之十四
戎昱

别离作
玉指杏花开,黄错寂寞回。
痴心常不悟,月色隔墙来。

接武中之十五
畅当

1 别卢纶

卢纶一故心，别怯半知音。
旧念新愁继，悲秋落叶深。

2 登鹳雀楼

重阳鹳雀楼，举目举飞愁。
万里连天远，千年自不休。

3 宿潭上

仙舟入夜潭，草木上峰岚。
水月常想见，循环再而三。

接武中之十六
李益

1 鹧鸪词

鹧鸪一两声，土地万千情。
岁月因由神，乡人未去耕。

2 幽州

射虎一幽州，飞将半去留。
阴山知已任，汉武问已侯。

3 代人乞花

绣户半朝眠，征衣一夜先。
长城南北雪，汴水妾心宣。

4 感怀

不过五侯门，乡家一草村。
山河相继续，日月自黄昏。

5 赠卢纶

月色问卢纶，天光照自身。
中年世故少，会此以心珍。

6 卢和诗

苦苦一枯荣，辛辛半利名。
云云非日月，雨雨是阴晴。

接武中之十七
戴叔伦

1 关山月

一月上天山，三秋问玉颜。
风高乡泪远，漠草玉门关。

2 容州回逢陆三别

积水一西南，归者半苦甘。
空余梦断枕，别地几重三？

3 三闾庙

三闾庙里心，楚子独中者，
张仪王驾北，女色木成林。

4 游道林寺

佳山一道林，俗侣半人心。
不见云浮处，烟霞彼此深。

5 赠李山人

四壁步山人，千音故景春。
香丝和白首，共坐正冠中。

6 夏夜江楼会别

夏夜一江楼，烟云半水收。
茫茫天地外，竹醉泪无休。

接武中之十八
柳谈

1 江行

郁郁一江行，沧沧半汉清。
知音台上望，日暮水中情。

2 杨了途中

楚客一苍然，萧湘半乞天。
衡阳归水色，一字雁飞边。

接武中之十九
刘商

1 古意

远曙一天鹰，门前半玉冰。
梅花先自落，客以雪香凝。

2 登相国寺阁

登临向日晴，仰就问天声。
俯视山河水，杨花逐不平。

接武中之二十
雍裕之

自君之出矣

君之自去明，镜可照无声。
陇水多藏月，秦川水贮情。

接武中之二十一
杨衡

题花树

京都日月花，玉树帝王家。
偶尔春先到，草木自无斜。

接武中之二十二
张仲素

1 宫中乐

月彩殿前明，砧声杵后晴。
知君神力在，烛泪已先生。

2 春江曲

一曲沿春江，三春雁已双。
萍萍生绿水，不觉小船艭。

3 春闺

袅袅柳城边，青青问酒泉。
年年征甲落，处处女儿田。

接武中之二十三
令狐楚

1 宫中乐三首

月色满宫花，烟光半枕纱。
眼台门不闭，玉漏待人斜。

2 其二

珠帘挂玉钩，闵锁重朱楼。
百尺秋风月，三秋半白头。

3 其三

楚水下金陵，巴山上玉冰。
云浮东吴夜，雨落万方承。

4 从军行二首

夜雪不经天，胡沙任酒泉。
三年从此计，八面四方眠。

5 其二

万里一胡风，千军半汉雄。
三更衣未暖，一夜甲梦中。

6 思君恩二首

小苑一莺歌，长门半界河。
鸿沟分楚汉，翠辇几蹉跎。

7 其二

紫气一东城，君恩半玉倾。
云韶何处奏，月影有心情。

8 长相思

一梦到辽西，三眠半枕低。
千情曾不致，万雪化红泥。

9 诬告陷害春词

蓬莱雪水消，同里退思桥。
欲将裁杨柳，多情最细条。

接武中之二十四
于鹄

古挽歌

终临一旧河，始见半朝歌。
何以中原鹿，秦亡汉尽梭。

接武下之一
韩愈

1 青青水中蒲三首

青青水蒲中，荡荡日云空。
陇上秦川雨，东都洛邑风。

2 其二

青青水蒲中，默默草鱼虫。
独影风瘦曲，浮萍只向东。

3 其三

青青水蒲中，妇妾不由衷。
上下堂前路，阴晴可共同。

4 把酒

把酒自临风，凭杯客已雄。
南山寒雪白，但以玉壶空。

5 赠同游

唤住风云梦，催归客日西。
无心花草色，任鸟尽情啼。

6 北楼

郡守北楼台，长风尽日开。
黄昏飞鸟至，但见月明来。

7 花岛

独岛一群花，红云二月家。
芳香三世界，影色忆江涯。

接武下之二
柳宗元

1 江雪

苍山五尺雪，布谷万浔灭。
孤峰登独立，月半自圆缺。

2 登柳州岷山

荒山意半秋，日暮客乡忧。
独步天山望，眠山色柳州。

3 零陵早春

二月一零陵，梅花半色兴。
殷勤呼玉色，但可以香凝。

4 长沙驿前南楼感旧

竹泪一长沙，秋风半故家。
三湘分泪下，十里误梅花。

5 入黄溪闻猿

闻猿一苦啼，宿鸟半栖栖。
独问孤身住，虚心已向低。

6 再上湘江

不可回湘江，难言忆旧邦。
潇潇风雨夜，枕上问无双。

接武下之三
刘禹锡

1 古调

古调弱冠名，新辞老叶生。
安知行蜀道，不可问人情。

2 秋风引

塞叶已秋风，南潮八月空。
钱塘天水上，独客自长鸣。

3 视刀环歌

虎虎一刀环，明明半阙关。
阴山知白马，脉络酒泉湾。

4 九日登高

世路一山河，人生半九歌。
君门烟雾重，九日必秋多。

5 甘棠馆

一馆满甘棠，三禽落竹乡。
轻鸣和日暖，踏步自低昂。

6 别苏州

一别老苏州，三生半白头。
何言千岛水，只向五湖流。

7 饮酒看牡丹

酒伴牡丹花，心随玉影斜。
香凝甘叶碧，但向老人家。

8 经檀道济故垒

故垒一长城，荒营半旧名。
秣陵多士女，白鸠唱阴晴。

接武下之四
权德舆

1 玉台体三首

秋风一夜涯，吹落半庭花。

北舍羲之笔，西邻是宋家。

2 其二
昨夜却衣裙，今晨带不分。
蕃客藏不住，嫁女只由君。

3 其三
万里问行人，三更已入春。
千山何远近，一梦共秦津。

4 岭上逢久别者又别
别别复还逢，年年岁月踪。
人前挥手去，马上各秋冬。

5 江行晚咏
古木半黄昏，空江一水根。
舷边云目住，怯后小儿孙。

6 江行夜咏
月色一乾坤，猿啼半泪痕。
清霜寒夜梦，叶尽故乡村。

7 晓
晓日一天红，云帆半瞩空。
江陵千里目，白帝九江风。

接武下之五
张籍

1 野田
牛羊半野田，日月一云烟。
古道长亭问，阴阳草木天。

2 岸花
东风一岸花，渡口半船家。
柳叶青条细，红芳水边斜。

3 泾州塞
不必问安西，何言月色低。
泾州鼙鼓道，塞石隔猿啼。

4 寄西峰僧
西峰一古僧，夜半孤灯。
月色清清照，遥流碧草明。

5 题晖禅师影堂
日日早参禅，心心印地天。
人间知道场，世上向桑田。

6 梅溪
自爱一梅溪，凝香半玉齐。
寻来三界色，扫石百花低。

7 宿云亭
石净宿云亭，风清屹石青。
虚明深不止，水色满浮萍。

接武下之六
王建

1 故行宫
草色古行宫，霖铃西驿空。
开元天宝去，可叹白头翁。

2 早发汾南
汾南一水烟，古驿半桑田。
雁落分南北，云浮付晋川。

3 田家
一雀落田家，三秋叶自斜。
青黄应序继，主客辜桑麻。

4 新嫁娘
三更作嫁娘，一夜十情长。
枕上留奴影，堂堂满日光。

接武下之七
武元衡

1 夏夜作
月半一长安，栖宁八水进。
无因清景但，晓照待君丹。

2 途中即事
日月一人生，耕耘半世明。
招募先后致，草木自枯荣。

3 春日偶作
春光一李桃，雨雾半衣袍。

白纻丝方尽，青云万里高。

接武下之八
元稹

1 感事
感事一春秋，风尘半九流。
殷勤三世界，土木十年修。

2 夏阳亭临望
百丈故阳亭，三春草木青。
千流长碧水，一寸碧浮萍。

3 西还
西还问洛阳，灞水半故乡。
落日逢君去，东都几柳杨。

接武下之九
白居易

1 闺怨词
有怨半无声，无寒一有明。
婵娟无自语，月色有孤情。

2 问淮水
淮水半苏杭，人间一柳杨。
东流应不尽，水月五湖乡。

3 出关路
大陆一红尘，潼关半晋秦。
山川逐谷路，步履近天津。

4 江楼闻砧
十月不闻砧，三冬未锁帘。
开时明月在，白似作曲潜。

接武下之十
王涯

1 闺人赠远四首
远戍不功名，闻君自未声。
应时家国事，几断妾心情。

2 其二
不省里门行，雕梁暮色横。

莺啼沙场问，几度是归情。

3 其三
形形影影问，暮暮朝朝行。
声声何不止，处处自无平。

4 其四
花香一陌春，柳荡半时人。
御水多明日，辽阳挂冠巾。

接武下之十一
李德裕

1 题罗浮石
罗浮石上题，持景半江西。
望尽秋霜叶，群峰已独低。

2 岭外守岁
岭外两年堂，心中一夜光。
三更分岁尽，斗柄欲开杨。

接武下之十二
李贺

1 京城
秋风一日吟，扫叶不知音。
道路分南北，阴晴问古今。

2 代崔家送客
一路自扬鞭，三生任苦蝉。
辛勤终始处，渡岸自由船。

接武下之十三
吕温

1 巩路感怀
巩路一亭行，行心半自开。
禽鸣三界外，日暮九州来。

2 衡州早春
衡州一早春，夜月半行人。
饮酒伤身体，家乡有故人。

接武下之十四
卢仝

1 寄外兄
兄兄弟弟亲，子子孙孙人。
故土多根木，桓仁是处春。

2 新月 八月十七日
十七月尤圆，三生岁去年。
离乡甲子尽，此际饮家泉。

接武下之十五
孟郊

1 归信吟
书成泪两行，步尽意千伤。
父父母母问，爷娘共异乡。

2 古别离
欲别上幽京，羞颜住女荣。
心脑知己向，大学丈夫荣。

3 古怨
莫以一时思，寻来半古痴。
功名和利禄，此去彼来时。

4 闺怨
妾恨下长春，分身上晋秦。
燕京曾过问，不及故人亲。

5 大梁送柳淳先入关
黄河一路流，浊浪半无休。
少小知何事，童翁不可求。

6 河上思归
客学一燕京，恩媛怯北平。
长春人不解，草木已枯荣。

接武下之十六
贾岛

1 剑客
一剑十年锋，三生两地客。
知君天地去，只处不平踪。

2 寻隐者不遇
问子一青松，言师半去容。
山中云不尽，石上有龙封。

接武下之十七
裴度

溪居
石上一清溪，居中半草堤。
红尘风不到，素鸟几时啼。

接武下之十八
张碧

幽思
金炉一半烟，玉石五千年。
影灭秦皇户，花明月满川。

接武下之十九
张佑

1 昭君怨
万里一诗君，千年半汉云。
琵琶情尽了，不是怨声闻。

2 思归乐
万里一山春，三呼已去人。
清溪流不止，俱是去乡邻。

3 穆护砂
万里问人心，千声向玉尘。
花红当世界，日色陇头均。

4 金殿乐
杵动泪沾巾，砧声起四邻。
仲秋楼上月，只向去人亲。

5 墙头花
花香过枕头，促织已鸣秋。
井上寒霜少，心中秀水流。

6 宫词
子曲半开元，沧洲一落幡。
谁闻河满子，故国女宫源。

840

7 夕次竟陵

南风次竟陵，日暮见骈凝。
树影随流动，巴蝉问落鹰。

接武下之二十
施肩吾

1 古曲

古曲两三声，荷莲五百城。
舟浮塘叶碧，小女暗生情。

2 幼女词

六岁念诗词，三星上北枝。
堂前牙语学，拜月作人时。

接武下之二十一
文宗皇帝

宫中题

辇路一宫中，花枝半玉风。
朝暮天下问，上液去来红。

十八、五言绝句　余响

余响之一
李商隐

1 登乐游原

驱车上古原，向路乐游萱，
俯仰斜阳里，黄昏十万言。

2 悼伤后赴东蜀辟至散关遇雪

剑外一天关，军中半御颜。
棉衣前夜至，大雪已茫山。

3 滞雨

雨滞一长安，云封半叶丹。
乡愁多少梦，独客去来寒。

4 早起

早起向清晨，残灯待故人。
禽鸣天下去，不尽是花春。

余响之二
杜牧

1 长安秋望

长安一望秋，气势半霜楼。
渭水清流远，南山色九州。

2 归家

日日一归家，情情半色花，
迟迟知不解，处处误公衙。

余响之三
许浑

1 塞下曲

塞下近桑干，秦中怯北川。
兵前刀马见，草上竟飞年。

2 送客南归

野寺鼓声怜，南归客柳烟。
洞庭潮已落，不见去时船。

3 长安早春怀江南

江南客九天，晓渡自方圆。
腊未梅花月，长安夜少眠。

余响之四
温庭筠

1 碧涧驿晓思

红灯一梦残，碧涧半春寒。
晓驿窗外路，桃明小杏冠。

2 客愁

春深客渐愁，日暮水东流。
但寄心中乱，何寻自在求。

3 桂州经佳人故居李群玉

佳人一桂州，旧绿半君愁。
暮雨苍梧叶，云飞鼓瑟楼。

余响之五
马戴

1 秋思

万木一孤山，千流半列班。
东方低且远，岁计不知还。

2 江中遇客

江中遇客怜，岭上问行船。
得意相逢水，乡关作梦缘。

余响之六
雍陶

春怀旧游

隔水问长沙，羞音二月花。

娇藏春梦里，只愿作人家。

余响之七
陈陶

绩古

洞庭大小姑，桂树去来苏。
日晚乡关问，徘徊是仙无。

余响之八
项斯

江村夜泊

夜泊入江村，桥平问雨根。
云烟深不见，一火照盘阴。

余响之九
于武陵

1 高楼

一月上高楼，三明下九州。
罗衣飘摆影，误是有人愁。

2 劝酒

一酒玉壶倾，三生半不平。
前程多少路，醉后不知行。

3 长春宫

长春一古宫，旧殿半人空。
但见英雄去，唯余一忆衷。

余响之十
李群玉

1 古词

一泪半沉思，三江九脉时。
东流千万里，大海浅深迟。

2 寄韦秀才

荆台一楚才，闭馆半心开。
夜梦孤灯暗，含情待雨来。

余响之十一
刘驾

牧童

山崖一牧童，暮日半秋翁。
野果牛羊许，草木去来衷。

余响之十二
聂夷中

乌夜啼

栖鸟一夜啼，怨妾半东西。
叶密枝疏处，何时日月齐。

余响之十三
储嗣宗

1 垓城

雄临下垓城，楚汉问精英。
意气山河尽，鸿沟志不成。

2 登芜城

此地一芜城，前悲半日倾。
春风丘垅上，草木自难平。

余响之十四
于濆

青楼曲

青楼一曲终，大道半梧桐。
妾问山河路，君心日月中。

余响之十五
陆龟蒙

1 洞房怨

两枕一边裁，三生半壁台。
云中多雨色，日上以心开。

2 花成子

花成子弟才，夜晚月明来。
隔影知天地，桃红柳绿回。

3 东飞凫

一浦九飞凫，三江半五湖。
姑苏同里岸，不独问东吴。

余响之十六
唐彦谦

小院

小院夜书厢，清宵月转梁。
千年沉纸上，万里自梦乡。

余响之十七
罗邺

秋别

别路一长亭，秋风半渭泾。
青楼丝竹曲，不是柳杨青。

余响之十八
崔鲁

三月晦日送客

春花落玉壶，野酌伴扶苏。
隔岁春花落，归人已不孤。

余响之十九
司空图

1 古乐府

一叶半心惊，三秋两地行。
飞书知妾意，月色共思情。

2 乐府

一路半尘光，三光十地扬。
扬时非所见，见得是衷肠。

3 岁尽

一岁半更明，三星七斗生。
银河分两岸，灯竹作双城。

4 牛头寺

终南一雪峰，渭水半玉明。
鼓暮牛头寺，禅音故步封。

余响之二十
崔道融

1 班婕妤

宠极不藏娇,思深有渡桥。
古道群芳少,秋风弃扇摇。

2 铜雀伎

朵草玉香消,群芳旧曲遥。
陵园飞鸟尽,雨暗六龙朝。

3 汉宫词

独忆汉宫词,胡音十八枝。
诏明举槊问,不是建安诗。

4 长门怨

不必问长门,须知小子孙。
朝行随暮止,旭日任黄昏。

5 春闺

二日到清明,三心已自倾。
梅花香未尽,步步踏青情。

6 归燕

暮色是归情,黄昏落日明。
千山余照尽,万里已无声。

7 夜泊九江

夜泊九州城,江南一郡明。
滕王闻阁上,一目小姑荣。

余响之二十一
韩偓

1 效崔国辅体三首

一月满中庭,三春草木青。
棠花扬独立,但以待秋铭。

2 其二

旭日一春寒,晨风半晓丹。
南湖云雨夜,只待采莲滩。

3 其三

雨后一云晴,霜清半月生。
青楼红叶色,院树叶斜横。

余响之二十二
武瓘

感事

春来百草花,忧去一人家。
岁岁堂前来,年年影自斜。

余响之二十三
曹邺

庭草

春光一草青,夏雨半中庭,
岁岁枯荣里,年年日月明。

余响之二十四
薛莹

秋日湖上

日落五湖舟,盘门半虎丘。
姑苏同里岸,色满付东流。

(五言绝句卷之唐诗品汇四十五)

十九、五言绝句　旁流

旁流之一
荆叔

题慈恩塔

汉国一山河,秦川半九歌。
云扬千里目,雨化万家禾。

旁流之二
李牧

幽情

幽人一暮春,秀草半姿人。
欲碧随风色,佳期自在怜。

旁流之三
张元宗

登景云寺阁

黄河一马先,独步半秦川。
寺阁云峰暗,巫云白帝船。

旁流之四
潘佐

送人往宣城

一路到宣城,三千子弟生。
江湖多日月,谢履敬亭行。

旁流之五
张颠

清溪泛舟

暮色起芬歌,溪流作稻禾。
田家多少力,不厌苦辛多。

旁流之六
无姓氏三人

乐府

1 伊州歌二首

戍甲半伊州,黄花一九牛。

兵临天水岸，闰月住心愁。

2 其二
一梦到辽西，三呼玉鸟啼。
千声何不止，万里几高低。

3 陆州歌第三
红颜半陆州，舞态一御楼。
曲唱阳关调，歌头妾欲羞。

4 排遍第一
折柳作离时，问衣向妾知。
莺啼声不止，自落待南枝。

5 第三
三春一泪痕，九世半儿孙。
石上流溪色，门前有石根。

旁流之七
西鄙人

哥舒歌
北斗一哥舒，三星半有无，
潼关谁牧马，不过玉门楼。

旁流之八
太上隐者

答人
隐者卧青松，云浮问影踪。
山中无历日，世上旧年逢。

旁流之九
羽士一人

吴筠

1 题华山人所居
山人一世居，暮日半光余。
畅叙昆仑月，华清渭邑疏。

2 别章叟
一邑半同生，三书两地城。
忽然分别去，不忍叙凄情。

旁流之十
衲子五人

1 待山月
一月半山中，三明九界同。
知君常问月，只似故人衷。

2 湖南兰若
彼岸渡船行，空怜岁晚明。
湖南兰若定，不问旧时情。

3 法华寺望高峰赠如献上人
岭色一秋云，峰光半寺分。
私声明月夜，不见上人君。

4 酬李纾补阙
一寺寄东山，千泉问石斑。
禅音应在永，近处不知峦。

旁流之十一
灵澈

远公墓
棱棱石远公，虎虎玉溪风。
月色随悲木，古墓遇苍空。

旁流之十二
贯休

月夕
夜上一层霜，人中半紫阳。
钟陵风不止，月色到浔乡。

旁流之十三
修睦

怀故园
归心入故园，假日问苍天。
独坐流边岸，忧伤一水泉。

旁流之十四
子兰

城上吟
草密不惊风，人终客远同。

青冢侵古道，老子与前虫。

旁流之十五
宫闱

韩氏

题红叶
御水传红叶，京师问箧中。
宣宗何不见，自去国家风。

旁流之十六
七岁女子

送兄
云浮一路空，举目半心同。
异雁飞还落，归兄此妹衷。

旁流之十七
湘驿女子

题玉泉溪
一叶醉秋红，千山碧色空。
弦音偏不定，不见玉溪终。

旁流之十八
侯夫人

自感
自感楚王羞，难成帝子侯。
知君相守诺，一举落花流。

旁流之十九
郎大家

采桑
春来始采桑，日暮作夜房。
妾意丝丝断，君心似似藏。

旁流之二十
刘采春

1 啰唝曲六首
秦淮日月流，妾女去来愁。
昨日方婚嫁，何言上九州。

2 其二
东园一柳条,旭日半云霄。
细叶年年采,无枝岁岁遥。

3 其三
不可嫁商人,舟舟去了亲。
停船何来见,竟是似衣巾。

4 其四
桐庐不是乡,怯别已炎凉。
只道相思处,难知是柳杨。

5 其五
日日复离时,心心独自知。
行行何止止,不忍夜明枝。

旁流之二十一
崔氏女

明月三五夜

一月下西厢,三更问隔墙。
红芳如玉影,户半是红娘。

旁流之二十二
薛涛

春望词

花开独自开,叶落继相来。
草木心中欲,乾坤铜雀台。

旁流之二十三
李景伯

回波乐

一水半回波,三湘九楚歌。
爵宣华窈恐,酒危肆仪多。

旁流之二十四
张说

破陈乐

一阵列三军,千兵纵九云。
旌旗展势力,铁甲向辽分。

旁流之二十五
王维

1 田园乐五首

莲头向采菱,渡子玉香凝。
日落余光在,桃花叶下兴。

2 其二

萋萋一草域,碧碧半芳明。
日月经年易,牛羊向岁生。

3 其三

远近一村烟,阴晴半岁年。
颜回居陋巷,五柳对门泉。

4 其四

黄粱一梦悬,酌酒半源泉。
露水南园重,琴弹不可眠。

5 其五

宿雨一余泉,临流半晓烟。
桃花晴色艳,绿柳隐桑田。

旁流之二十六
刘长卿

1 寻张逸人山居

山居一逸人,屹石半立身。
逝水知秦汉,桃源涧谷濒。

2 送陆澧还吴中

八月一秋潮,三更半涌霄。
盐关城外客,浪继作天桥。

3 发越州赴润州使院留别鲍侍御

对水一山青,孤舟半浮萍。
江南江北见,十里步长亭。

4 苕溪酬梁耿别后见寄

清川日路长,落草自芬芳。
别后潇湘去,唯听鼓瑟娘。

旁流之二十六
张继

奉寄皇甫冉补阙

补阙一文章,扬州半柳杨。
相思南郡守,估客至浔阳。

旁流之二十七
皇甫冉

1 送郑二之茅山

一道远茅山,三清近闭关。
兴溪潮暮日,绝涧万年湾。

2 小江怀灵一上人

年年忆上人,日日问秋春。
远近知心者,阴晴待月珍。

3 问李二司直所居云山

门前水色流,雨后客云浮。
檐上千珠落,书中万里游。

旁流之二十八
韩翃

1 宿甑山

山中一月明,石上半流声。
草木何心意,乾坤不弃荣。

2 别甑山

山中一隙晴,树下半天声。
绿水流青色,浮烟几不明。

3 送陈明府赴淮南

淮南一日休,白鸟半青楼。
紫树东城老,花间北巷忧。

旁流之二十九
卢纶

送万臣

把酒向君倾,离情自五更。
枫红霜色里,草落岁枯荣。

旁流之三十
顾况

归山

生涯一座山，古道十九弯。
白发丝丝见，空林叶自闲。

旁流之三十一
王建

1 宫中三台

宫中一草花，世上半人家。
万岁千秋日，三台百度涯。

2 江南三台

江南一水清，雨色半云城。
万里千帆见，三台万岁英。

旁流之三十二
刘禹锡

答乐天临驿见赠

北国问临都，江风问五湖。
杭州知府任，治水到东吴。

旁流之三十三
周贺

送李亿东归

李亿一东归，潇湘问二妃。
殷勤多少路，不似白云飞。

二十、七言绝句　正始

正始

唐诗七绝一宗成，挟瑟三歌增始声。
四句千情田乐府，梁元帝子乌栖名。

正始之一
许敬宗

奉和圣制送来济应制

万岁山中一万凤，千壶帐上半离宫。
梁元帝子乌栖曲，广宴留歌舞易终。

正始之二
卢照邻

1 登封大酺歌

日色登封大酺歌，天云瑞雪满黄河。
龙城未就繁衣色，凤甲方成素玉波。

2 九月九日旅眺

重阳举目望山川，九日茱萸挂酒泉。
一片归心鸿雁去，三秋月上半云烟。

正始之三
王勃

1 秋江送别

秋江送别半秋风，月色连流一月空。
逝水川河伤自语，津津道道有无中。

2 蜀中九日

重阳九日望乡台，异土他乡举玉杯。
客路扬长终是客，孤心怅问雁南来。

正始之四
乔知之

折杨柳

杨枝折断柳枝裁，纤手生情日不开。
妾意从君千里去，家中玉枕月孤来。

正始之五
杜审言

1 渡湘江

一日南风半日愁，三湘水色万千舟。
年年草木他乡色，处处江河不北流。

2 赠苏绾书记

一诺书生赴溯边，千军万马逐荒川。
红楼粉色应未记，暮日燕支计莫年。

正始之六
刘庭琦

铜雀台

不问当年曲舞人，如今野草满红尘。
应知漳水流无尽，至此秋来亦复春。

正始之七
沈佺期

1 夜宴安乐公主宅

龙门玉液凤楼津，世上天街日月新。
自有金杯迎甲夜，欢言祝语代阳春。

2 奉和圣制幸韦嗣立庄应制

南山晓日翠屏开，北阙晴空八水来。
渭邑龙门迎彩仗，韦庄坚制幸三台。

3 苑中遇雪应制

上苑东风半雪花，中书客社一天家。
琼章玉液千人笏，银树金光玉影斜。

4 邙山

邙山处处草荒生，洛水波波久阴晴。
生前死后常相异，龙都列祖作歌声。

正始之八
宋之问

1 苑中遇雪应制

紫禁城中诘日明，三台日上望云晴。
银光照目仙庭近，玉色天花满渭京。

2 送司马道士游天台

羽客三清道士风，禅云一路自西东。
笙歌白石丹炉客，司马天台问飞鸿。

正始之九
李峤

1 奉和圣制幸韦嗣立庄应制

三台只在凤凰城，九脉东风紫禁中。
帝子天仙遥是客，仙家嗣立御红宫。

2 游苑遇雪

银山玉阙素妆中，瑞雪龙城白甲红。
钩心斗角藏须眉，扬花散漫各西东。

正始之十
李迥秀

1 夜宴安乐公主宅

学凤楼中帝女来，莺歌艳舞暮平开。
方宵达旦回堂客，织女南边北斗来。

2 奉和圣制幸韦嗣立庄应制

月色楼台嗣立庄，飞泉瀑布纵横扬。
池流只作明王梦，圣主英明待地光。

正始之十一
徐彦伯

1 上巳日祓禊渭滨应制

上巳晴风一柳洲，春筵祓禊半溪流。
横溪侍跸渭水色，丽日群芳满九州。

2 饯唐永昌

明波碧水李桃花，玉藻鱼轩日草莘。
陌里沙凫池岸石，阡陌白鹭古潭涯。

正始之十二
岑羲

夜宴安乐公主宅

安安乐乐主公家，暮暮朝朝二月花。
客客声声三世界，欢欢觉觉半天涯。

正始之十三
刘宪

苑中遇雪应制

上苑红楼白雪飞，中书正字御书晖。
三台银妆藏日月，九脉江山鳞甲归。

正始之十四
赵彦昭

奉和圣制幸韦嗣立庄应制

殿殿廊廊一月新，川川谷谷半天尊。
逍遥自在英灵久，汉主蒙庄处处春。

正始之十五
李适

饯唐永昌

曲水飞凫一洛阳，矫形壮举半天香。
文昌阁老因声就，少室山空几度王。

正始之十六
徐坚

饯唐永昌

出宰郎官饯永昌，新丰旧御征骏扬。
东都怅望同心去，灞水离情似柳杨。

正始之十七
马怀素

饯唐永昌

闻君出宰忆何乡，负隅成文作洛阳。
两地相思三地望，千情万语话方长。

正始之十八
武平一

1 夜宴安乐公主宅

王孙帝女玉壶杯，夜宴歌筵平入月催。
共处琼筵安乐主，珠帘半开半徘徊。

2 奉和圣制幸韦嗣立庄应制

鸣銮奕殿一重楼，羽角宫商半虎丘。
汉日逍遥庄立制，唐年不去赤松游。

正始之十九
苏颋

1 夜宴安乐公主宅

事如去水马如龙，夜宴龙城御宴封。
十二峰中巫峡月，衡阳汉寨照芙蓉。

2 奉和圣制幸韦嗣立庄应制

树影婆娑百尺泉，流光溢彩一庄宣。
空飞御鸟天津岸，驻跸归音月半悬。

正始之二十
张说

1 十五夜御前踏歌词

十五长安一月圆，三千玉叶半婵娟。
灯明树碧春先暖，名远官俊像水年。

2 上巳日祓禊渭滨应制

上巳青郊已艳阳，皇游渭水问春芳。
心同草木欣然上，露沾天恩紫禁杨。

3 奉和圣制同玉真公主过大哥山池题石壁应制

山池镜月玉真来，气满香炉百草裁。
曲赋飞扬晴木万，仙声自在凤凰台。

4 送梁六
巴陵百水一洞庭，岳麓千峰半阮青。
学道神仙接地气，闻孤济泽小姑灵。

5 泛洞庭
平湖一泽自连吴，玉水三江大小姑。
岸上流华风不定，心中自是到天明。

正始之二十一
贺知章

1 采莲曲
会稽山前一镜湖，云烟水上半婆苏。
春芳荷露珍圆玉，但见芰荷托碧珠。

2 回乡偶书二首
少小先求十地书，中年作业九州居。
回乡不语功成去，老大情深日月余。

3 其二
六前一望镜湖明，月下三秦半故城。
岁月消磨天下去，春风不改旧时生。

正始之二十二
王翰

1 凉州词二首
葡萄美酒一凉州，汉月边关半不留。
射虎幽州飞将去，封疆不问酒泉侯。

2 其二
琵琶一曲半长安，月色胡笳一夜寒。
未到阴山何见画，东都草木不知残。

正始之二十三
玄宗皇帝

过大哥山池
清池半碧大哥山，石屹千峰上乙颜。
皎镜澄明秋气爽，林亭养绿待天关。

二十一、七言绝句　正宗

正宗之一
李白

1 清平调词二首
云想衣裳月想容，人思年日草思邕。
群芳独秀瑶池月，只见芙蓉会玉踪。

2 其二
云云雨雨一巫山，峡峡江江半玉颜。
但以藏娇成汉武，飞燕可问玉真还。

3 其三
霓裳曲舞一梨园，十里潼关半酒泉。
羯鼓无声淋蜀雨，胡旋已尽肃宗年。

4 长门怨二首
天回北斗两西楼，金屋藏娇半壁羞。
不到长门谁不晓，流萤一闭已春秋。

5 其二
桂殿长门一心愁，秋风古月半夜楼。
红尘若似青楼外，独见羊车任自游。

6 少年行
王孙子弟少年行，白马金鞍草木兵。
春风野火群芳住，胡姬酒市几精英。

7 横江词
半上横江一水城，千波峡口九州倾。
郎今欲去云生雾，妾梦夫君不可行。

8 客中行
兰陵美酒玉壶倾，琥珀胡姬醉付荣。
但见龙城飞将月，幽燕晋越儿知名。

9 峨眉山月歌
山中月满一轮秋，树上星稀半梦愁。
蜀道崎岖峨眉色，渝州不见帝王侯。

10 永王东巡歌五首
正月王公一半旗，楼船举剑一龙池。
英雄自有乾坤志，不恐书生早已知。

11 其二
三川不许种桑麻，四海难平问永嘉。
一纸书生天下去，千言不尽谢安家。

12 其三
北固山头一水平，丹阳岸口半云倾。
吴关不似长城峪，碧草连天皆是兵。

13 其四
贤王自楚下金陵，八水长安问玉伶。
不可梨园音色问，洞庭日月四时青。

14 其五
自取昆仑一马鞭，指点江山半国田。
只扫胡尘西北问，试向长安作酒泉。

15 上皇西巡南京歌四首
莫道秦王九鼎残，南京万幸百年丹。
西巡蜀地淋铃雨，八水长安十一滩。

16 其二
六国秦风铸鼎成，三川晋水未央明。
千年不见兴亡尽，万里江山问太平。

17 其三
蚕丛治问到新丰，渭水东都洛邑同。
旧色宫庭今不在，朝阳也感故时红。

18 其四
剑阁封关作四川，梨园旧驾向云烟。
长安不见胡儿舞，紫禁宫中少帝年。

19 巴陵赠贾舍人
巴陵一半贾生华，弟子三千帝子家。
汉月常明湘浦口，皇恩浩荡问长沙。

20 赠汪伦
李白轻舟一日行，汪伦踏水半歌声。
洞庭岳麓连天逐，蜀道吴姬不见晴。

21 闻王昌龄左迁龙标尉遥有此寄
闻王自语一昌龄，左道龙桥中华驿庭。
子规愁啼明月暗，长安渭水写丹青。

22 黄鹤楼送孟浩然之广陵
但见长江近远流，还闻汉口去来舟。
西辞黄鹤楼中酒，一目千帆过九州。

23 山中问答
李白二清一玉关，瑶池半渡九重山。
蟠桃会上群仙气，不问人间似等闲。

24 东鲁门泛舟
日照沙晴玉浪开，波摇影乱扁舟来。
山阴草木吴江水，会稽耶溪酒后猜。

25 洞庭湖三首
洞庭一望两姑分，岳麓本湘一楚文。
不道长沙秋色远，斑斑竹泪二妃云。

26 其二
大小孤山一洞庭，阴晴楚水半岸青。
枯荣草木三千界，日月风光五百町。

27 其三
洞庭一醉酒无休，汉楚三江月有秋。
北雁飞来寻旧地，衡阳岸口九江流。

28 望庐山瀑布水
日色香炉半紫烟，清扬白石十泉悬。
飞流瀑布千三尺，已是银河自九天。

29 登庐山五老峰
一望庐山五老峰，三清碧色古芙蓉。
浔阳倒影千流逐，只问仙人洞里龙。

30 望天门山
天门半锁九江开，白帝三江一峡台。
日上青山相对立，云中细雨女神来。

31 早发白帝城
波平白帝九江流，雾隐巫山两岸愁。
一日江陵千里水，三山建业半春秋。

32 秋下荆门
荆门半断一江风，会稽三吴半水空。
木叶霜明帆始正，鲈鱼鲶莰蟹莼红。

33 苏台览古
西施木渎一苏台，会稽东吴半水开。
草碧依然杨柳岸，西江月色自徘徊。

34 越中览古
春秋五霸半东吴，女色丁娄越苏。
勾践夫差尝胆出，如花似玉满江都。

35 与史郎中钦听黄鹤楼上吹笛
三春草木半扶苏，五月梅香一玉孤。
汉水知音黄鹤在，江都秀色笛声无。

36 春夜洛城闻笛
未见长安不见家，还寻玉笛已寻花。
春风洛水东都暖，一曲江南一曲娃。

37 陌上赠美人
陌上望鞭问美人，楼中落魄向红尘。
书生不自逍遥渡，尽是红颜色里新。

38 口号吴王美人半醉
半醉吴王一醒人，三呼越女两寻亲。
姑苏台上西施舞，白玉床中素自身。

39 南流夜郎寄内
不怨南流下夜郎，楼中月色问秋香。
春来复见飞鸿路，未使长安作豫章。

正宗之二
王昌龄

1 春宫曲
春宫一曲半桃花，玉舞千姿十色华。
露井平阳君正好，珠帘不卷作人家。

2 西宫春怨
西宫月色百花香，北阙更声增玉床。
雨去云来千姿舞，龙飞凤曲一度阳。

3 西宫秋怨
西宫月色一炎凉，水殿风轻半玉皇。
倦意含情珠翠钿，芙蓉露水色中央。

4 长信秋词三首
梧桐一叶半青黄，月色三更两地霜。
只有熏笼清漏断，南宫玉枕待低昂。

5 其二
慢步平明旧殿开，照阳晓树影徘徊。
寒鸦不去单余暖，夏扇信秋问日来。

6 其三
红颜薄命半寻思，金屋藏娇一晓迟。
天长夜短西宫近，雨打芭蕉月已知。

7 青楼曲二首
白马经天一武皇，飞燕曲舞半情张。
青楼月上红尘色，宿柳枝条自不扬。

8 其二
杨花落尽柳条长,御水巡沟色群芳。
紫绶金章夫婿好,青楼不拜试红妆。

9 青楼怨
青楼怨里不花黄,月夜声中有断肠。
不解关山霜已就,闻声若是拜侯王。

10 闺怨
初婚小妇不知愁,日上三竿步未休。
柳色阡陌芳草绿,春风已满十三州。

11 采莲曲二首
荷塘月色解罗裙,玉叶莲蓬两不分。
织女衣裳藏岸上,芙蓉出水是羞云。

12 其二
半作芙蓉半采莲,一心沐色一心船。
摇摇摆摆吴姬影,扭扭妮妮越女妍。

13 出塞行
白水源头塞北流,黄河魏尾晋中秋。
天高日淡行人少,旷野东京望九州。

14 从军行五首
百尺楼台一叶秋,三江水色半波留。
关山月照单衣旧,独坐闻天万里愁。

15 其二
琵琶一曲半胡声,羌笛三重两地情。
汉帝方知师画少,逢山未了解京城。

16 其三
长云一片满天山,漫雪三边锁九湾。
百战楼兰青海浅,千年不见玉门关。

17 其四
秦川百里渭泾流,汉月千年草木秋。
但见龙城飞将去,如今旷野十三州。

18 其五
大漠沙尘日半吞,红旗帜色戍三根。
辕门夜战洮河北,一举生擒吐谷浑。

19 甘泉歌
三清玉色已登坛,一羽新丰问殿端。
秀草初生明月色,甘泉露水落精盘。

20 萧附马花烛
紫凤衔花出禁宫,青鸾夜宿溢香风。
龙城一月明光里,驸马三声羽翼丰。

21 观猎
两角雕弓一角鹰,三呼玉宇九呼应。
平原逐鹿英雄志,猎取山川意气凌。

22 梁苑
秋风野草一梁园,暮日荒垣半废烟。
万岁旌旗何处展,千年旧事客如田。

23 李仓曹宅夜饮
寒宫桂影问霜天,玉树婵娟待古泉。
不见吴江明月色,倾杯尘了祝来年。

24 宴春源
梅香十里一春源,杏李三生半简繁。
雪雨交加天地色,梨花复筑百花萱。

25 龙标墅宴
一酒倾心十酒空,七色烟花五色红。
莫道笙歌天地兴,龙桥驿路可由衷。

26 寄穆侍御出幽州
幽州一目到潇湘,塞北三边问遣杨。
万里江南知郡守,飞鸿去处是衡阳。

27 送柴侍御
异口同声一故乡,三言两语半炎凉。
江南郡里闻君语,沅水东流任四方。

28 送李五
一路江流半问君,三江日色五湖云。
轻舟逐浪扬帆去,楚水吴山不可分。

29 送人归江夏
吴江沧浪楚云深,鄂渚归帆客子心。
黄鹤楼前鹦鹉赋,虎丘月下范蠡音。

30 芙蓉楼送辛渐二首
夜半吴江夜半桥,洛阳月色洛阳宵。
平明翠羽平明客,一线钱塘一线潮。

31 其二
高楼送客高楼醉,玉宇澄空玉宇遥。
吴水难平吴水去,客闻日月客闻桥。

32 送薛大赴安陆
津头暮雨暗姑山,遣客离愁楚容颜。
不是汨罗安陆郡,陵关唱尽九歌还。

33 送别魏二
一别湘江半醉流,千香碧玉九州头。
船凉不坐惊相去,几度春花几度秋。

34 别辛渐
别馆萧条暮西寒,轻舟泊渚岸枫丹。
回头一望君心在,晓日还留忆时残。

35 卢溪别人
桃源只似半江流,峡口凭溪一扁舟。
不见秦川分渭水,荆门月照对猿愁。

36 重别李评事
秋江一去半风寒,别路重思旧地宽。
越女吴姬凭酒醉,青枫白露是长安。

37 别陶副使归南海
归人一梦到乡山,古月三江逐浪湾。
欲止还流随日月,弯弓自取五侯班。

38 别李浦之京
逢君一醉灞陵低,复别三呼渭水堤。
古道长亭何不尽,人生日月各东西。

39 题朱炼师山房
山房叩齿一炉香,磬步行踪半抑扬。
百草群花留客久,胡麻淡饭坐中堂。

40 送朱越
望远天涯一别舟,回头渡口半江流。
燕山但见蓟门雪,莫向金陵问莫愁。

41 送姚司法归吴

两岸沧江百丈楼，三吴日月半轻舟。
盘门不锁洞庭水，楚郡还来旧地愁。

42 西江寄越弟

浦口逢君上别船，西江泽雨问离天。
洞庭大小孤山岛，晓月连波挂半边。

二十二、七言绝句　羽翼

羽翼之一
王维

1 少年行二首

新丰美酒少年行，侠士三呼一诺轻。
意气相投逢醉醒，高楼十斗玉壶倾。

2 其二

渔阳少见羽林郎，不语长安是故乡。
但以金弓惊草木，幽州北去草原荒。

3 寄河上段十六

少小相亲共一村，兄居巷北有三孙。
同城谈尽书生去，老大何伤何日昏。

4 九月九日忆山东兄弟

独自江津一叶舟，行心渡口半东流。
兄兄弟弟分南北，暮暮朝朝问同忧。

5 与卢员外象过崔处士兴宗林亭

处士林亭一叶青，兴宗象过半浮萍。
天涯远近无尘日，世上半头自己铭。

6 送元二使安西

渭水朝云浥落尘，安西暮雨净江津。
闻君二使阳关去，一别三秋两度春。

7 送别

送别东州一日昏，闻风浦口出荆门。
悲心只向长安问，不似男儿小子孙。

8 送韦评事

边疆白马向居延，大漠荒沙客酒泉。
但向龙城飞将问，阴山草木可经年。

9 送沈子福之江东

水调歌头一渡舟，渔歌唱晚五湖流。
江东日月同明许，不忍阴晴共九州。

10 寒食汜上作

广武城头一草青，清明汜上半丁零。
苍山欲染春秋色，晋耳已得客心灵。

11 戏题盘石

盘龙卧虎一金陵，暮敬晨钟半寺僧。
草色花香磊石路，来时日月去时灯。

12 私成口号诵示裴迪

万户伤心半野烟，千官落九魄朝天。
中书令下潼关外，上液池中断管弦。

羽翼之二

1 出塞曲

半曲增沙一马归，单于昨夜四方围。
男儿有箭弓囊取，射取阴山去不归。

2 春思二首

野草青青柳色黄，秦川历历杏花香。
桃园处处东风落，李树枝枝惹梦长。

3 其二

当垆沽酒问相如，西域葡萄汉地居。
不见张骞闻列祖，长安月色四方余。

4 勤政楼观乐

辛勤政治向三清，紫禁楼台问九鸣。
织女牛郎田锦在，皇家帝子曲升平。

5 西亭春望

西亭一望四方春，晓日千花八面新。
北雁重来归旧户，东风不止满秦津。

6 初坐巴陵与李十二白裴九同泛洞庭湖

李白巴陵十二愁，洞庭岳麓两三舟。
孤山大小姑家问，落叶飞船共旧游。

7 其二

渡叶纷纷一曲多，秋波渺渺半舟舸。
云明岸口千帆落，竹泪斑斑二女娥。

8 答严大夫

一日秦口大雁来，三声故地曲江开。

千家不锁新门户，万语难平旧殿苔。

9 送南给事贬崖州
给事崖州半海平，丹墀凤舆十年英。
相悲不问长亭路，彼此三千里路鸣。

10 送李侍郎赴常州
常州雪散一云晴，楚水吴江半日平。
晓路难行回首问，君心自此自枯荣。

11 洞庭送李十二赴零陵
洞庭李白赴零陵，叶落三清十二膺。
共话京华多少逝，同心一路玉壶凝。

12 江南送李卿
不下江南送李卿，秦关楚子忆同盟。
回风只向春山问，草木重荣是弟兄。

13 送王道士还京
一片仙云入帝乡，三声北雁下衡阳。
千年玉石丹炉炼，万里清风送月光。

14 巴陵夜别王八员外
夜别巴陵腊月花，长安柳絮忧人家，
经年世情湘江水，岁后浮云至海涯。

15 岳阳楼重宴别王八员外
一路东连万里潮，三生北去半云霄，
长沙滞存贾谊宅，但折泪罗两柳条。

羽翼之三
岑参

1 献封大夫破播仙凯歌四章
白马飞扬一将名，阴山叶落半天倾。
萧萧捷报呈天子，处处英雄问古城。

2 其二
飞将一籍问幽燕，塞月三更向北天。
已迫楼兰营帐令，蒲海凝霜雪洒泉。

3 其三
笳鸣鼓振一回军，正固平蕃半已闻。
鹊印三边摇月色，龙旗九脉作青云。

4 其四
日上旌旗鼓角鸣，云中将令士千声。
渔阳报道楼兰捷，且告长安未扎营。

5 首蓿峰寄家人
寄月家人首蓿峰，胡芦水色去无踪。
衡阳北雁留声去，且向楼兰缚五龙。

6 玉关寄长安主簿
闻书已到玉门关，主簿长安待御颜。
但教龙城多日月，旧岁新年列双班。

7 逢入京使
一使南行过玉关，冬袍未换夏风还。
楼兰不达攻难就，一半平安捷报还。

8 碛中作　自语
白马西来欲到天，辞家北下玉门关。
方圆不宝方圆定，万里沙平万里山。

9 虢州后亭送李判官使赴晋绛
西原去路下城头，北客来闻上九州。
晋冀长安相望尽，秦云不在汉云休。

10 原头送范侍御
君行一别始原头，侍御三章客笔留。
酒令殷勤何不语，文章日月是春秋。

11 崔仓曹席上送殷寅充右相判官赴淮南
淮南水色曲江春，北固山亭建业人。
不问丞相知府第，金陵顶带六朝巾。

12 送李明府赴睦州觐太夫人
铜章一半太夫人，子弟三千祖父亲。
但见来滩平日月，何劳旧步泡天津。

13 送人还京
白马西从万里归，天竺佛语百年晖。
真经只是心中志，北雪纷扬渭邑飞。

14 草堂村寻人不遇
寻君不见草堂村，腊月梅花待木门。
雪满无踪何去止，先生只似问乾坤。

15 赴北庭度陇思家
此去轮台问北庭，思家旧路写丹青。
楼兰一诺书生志，祖国三生日志铭。

16 春梦
一夜春梦半夜羞，三更夜雨五更楼。
千花艳色千姿态，万水云平万里流。

17 过燕支寄杜君
山西老酒过燕支，早过渔阳问冀池。
白草连天接旷远，高风顺树作诗词。

18 酒泉太守席上醉后作
太守高堂一酒泉，胡笳羯鼓半苍年。
三声剑舞衷肠醉，坐客闻言胆色天。

19 送刘判官赴碛西
元月重阳一不晓，三秋烈日半年少。
荒沙大漠连天碛，细石飞天济如鸟。

20 山房春事
梁园日暮半飞花，故客山房咕酒家。
玉树春枝千万叶，轻去累雨影西斜。

羽翼之四
储光羲

1 明妃词二首
阴山月色向明妃，渭水琵琶问汉归。
岁短单于情切切，宫深不必画师诽。

2 其二
长安一路到阴山，马上琵琶一玉颜。
欲掩风沙遮粉面，何闻日月满河湾。

3 同金坛令武平一游湖三首
朝闻令武一弦波，暮去泊罗半九歌。
酒肆难平风月色，人间只有稻粱禾。

4 其二
花亭月下半绮罗，竹影云中一九歌。
舞袖何长遮粉态，朦胧雾女自婆娑。

5 其三

花潭石屿曲流多，竹影山光对玉荷。
覆水倾船寻渡岸，清溪似唱酒泉歌。

6 题茅山华阳洞

华阳一洞半茅山，道士三清九闭关。
西落云飞天地外，仙坛普渡众人还。

7 寄孙山人

春江月夜一归舟，水满潮天半九流。
借问梁园多少客，山人故道暮朝留。

羽翼之五
杜甫

1 漫兴

懒漫无心卧野村，苍苔有绿满山阴。
春风不语林前住，一酒三鸣日已昏。

2 赠花卿

细雨纷纷一草堂，浮云处处百花香。
丝丝管管人间曲，锦锦官官世上昂。

3 赠别郑炼赴襄阳

才才子子一襄阳，楚楚吴吴半草堂。
物象江山多蜀道，人心日月历时长。

4 奉和严国公军城早秋

秋风半起早城霜，玉帐三升晚节凉。
射房分营弓已响，蓬勃夺取一青黄。

5 解闷

西辞故国锦官秋，北望长安妾君愁。
渭水东都何所见，南湖月下采薇洲。

6 宫池春雁

青春不尽一人心，紫禁难鸣半古今。
展翅衡阳南北问，云天一字是知音。

7 书堂饮既夜复邀李尚书下马月下赋绝

夜月书堂入五更，清光竹影问三明。
邻鸡莫唱清风许，下马婵娟共酒倾。

羽翼之六
常建

1 塞下曲四首

干戈玉帛一帝乡，乌孙汉武半称王。
难魂霸气何天下，天南海北各四方。

2 其二

北海冰封大雪来，阴山草木素颜开。
龙堆白骨长城色，日暮沙尘半是灰。

3 其三

龙争虎竞雌雄，地裂山崩化实空。
鬼哭狼嚎天地断，黄河黑水宇宙风。

4 其四

不嫁单于不问边，有胡月下有婵娟。
青冢独向阴山见，共渡春秋草木烟。

5 塞下

金戈铁马汉营边，分麾百道左贤燕。
龙城只守阴山箭，可以同心戍方圆。

6 送宇文六

草地垂杨汉水清，单于帐令玉人情。
琵琶曲尽青冢在，北海风塞是别情。

7 三日寻李九庄

一日三寻李九庄，千川百谷楚山梁。
桃花五月连梨李，两岸余香久柳杨。

8 岭猿

猿啼一岭半余凉，鸟落三清九曲肠。
竹泪湘流妃不见，相思尽在月明光。

羽翼之七
高适

1 营州歌

千年旷野一营州，万里黄河半九流。
虏酒盅盅何不醉，胡笳处处只鸣秋。

2 九曲词

九曲黄河十八湾，三千岁月一阴山。
龙城自有飞将在，汉马秦川几玉关。

3 除夜作

一夜寒灯照两年，三更只似日千川。
声声灯竹梅花落，岁岁瑞雪共一天。

4 塞上听吹笛

塞上胡风一雪天，云中羌笛半无眠。
琵琶不语单于问，落尽梅花是汉年。

5 别董大

十里阳关一玉门，千年古道半黄昏。
何总日月东西问，但见君心帝子村。

羽翼之八
孟浩然

1 液晶江问舟子

同舟共济一帆扬，雨雾风云半楚樯。
蜀蜀吴吴三国志，清清白白五湖乡。

2 送杜十四之江南

荆门一去是东吴，楚水千流过九衢。
日暮帆垂舟泊渚，天边不远问江都。

羽翼之九
李颀

1 遇刘五

一别梨花半素尘，三春落色百香津。
群芳礼似黄莺语，蕙草同欣碧翠茵。

2 寄韩鹏

治政从民一线天，唯心任忆九州前。
朝飞暮止知候鸟，共济同舟话宰田。

羽翼之十
崔国辅

1 白纻辞

片片梨花落不停，重重白纻理丹青。
河阳杏叶初抽色，洛水春波粉絮馨。

2 九日

江边叶落菊花黄，老少登高尽望乡。
九日陶家多载酒，菜萸遍插度重阳。

羽翼之十一
张谓

1 题长安主人壁

一见黄金半见人，三春草木两春茵。
相逢陌路蓬头去，别去黄金别去春。

2 送人使河源

一去河源半问君，三边苦役两难闻。
关山不可长城外，匹马风云作诣文。

羽翼之十二
王之涣

1 凉州词

荒沙漠漠一凉州，海市琼楼半莫愁。
但见胡姬常酒醉，英明只向玉壶流。

2 九日送别

蓟门瑟瑟故人来，保定悠悠去水回。
九日重阳一日度，风霜雨雪自然开。

羽翼之十三
綦毋潜

过融上人兰若

禅音未尽世人微，密室何言故鸟飞。
路道钟声常不止，黄昏去了复辰晖。

羽翼之十四
薛据

落第后口号

十五文章一日秦，三千弟子半冠巾。
龙门水浅急流去，别路精英作旧尘。

羽翼之十五
蔡希寂

洛阳客舍逢祖咏留宴

客舍清居一洛阳，逢君祖咏半良乡。
情中日月文章在，醒醉何须问柳杨。

羽翼之十六
沈颂

卫中作

淇水清流一卫愁，榴花色重半王侯。
无须日暮黄昏问，但醉何言过九州。

羽翼之十七
张俌

辞房相公

相公彼此去何归，细雨飒飒不是非。
但正衣冠辞路近，长亭十里一秋晖。

羽翼之十八
吴象之

少年行

平津狩猎少年行，意气冲人放荡声。
一掷千金三诺去，楼兰仗剑九州鸣。

羽翼之十九
张潮

1 采莲词

暮水黄昏日正红，荷花碧叶女儿风。
无心有欲莲蓬子，采得舟倾沐正中。

2 江南行

八月阳澄蟹正鲜，三秋茨子已方圆。
莲蓬有子孤身立，不在郎边在女船。

羽翼之二十
元结

1

制史行中一道州，船夫欸乃半春流，
湘江水色朝天去，子厚音声帝王侯。

2 欸乃曲

欸乃声中一水流，千帆日上半行舟。
洞庭水色连天碧，唱尽船夫柳柳州。

3 其一

十里云林半雨深，三朝草木两人心。
江舟不语郎言语，不似猿啼是我音。

4 其二

江流万里水无平，夜宿三湘月不明。
但向邻舟灯火近，何须晓得姓还名。

羽翼之二十一
严武

军城早秋

秋风一夜满军城，汉月三更照帐明。
按剑挥兵千里逐，单于此去没扬声。

羽翼之二十二
李华

春行寄兴

萋萋草色向花明，隐隐溪流激石声。
玉树春山芳自在，轻云化雨涧边荣。

羽翼之二十三
独孤及

1 虞部和韦郎中寻杨驸马不遇

郎中附马向琼台，暮日斜阳曲舞开。
渭水秦川何自在，黄河此去不回来。

2 海上忆洛中旧游

不夜龙城万里沙，梦魂但在子陵家。
边风八月红林少，旧岁三秋望菊花。

第五卷 明人选唐诗（二）

二十三、七言绝句　接武

接武上之一

1 刘长卿 昭阳曲
昨夜昭阳一曲长，罗衣未解半情伤。
芙蓉帐里寻知己，雨少云多水殿凉。

2 重送裴郎中贬吉州
猿啼客去下吉州，逐浪行船顺水流。
不见青山朝暮色，江愁万里一孤舟。

3 七里滩送严维
越客严维七里滩，孤舟水色百花残。
波澜不止惊涛近，老大伤心八面寒。

4 送李判官之润州行营
草色青青汉马蹄，春风畅畅楚云低。
金陵处处随杨柳，半在润州半向西。

5 送刘萱之道州谒崔大夫
湘流楚楚二妃愁，竹泪斑斑一世休。
沉水难平天下事，三千弟子信陵游。

6 瓜州驿重送梁郎中赴吉州
山云杳杳一吉州，日色幽幽半暮流。
独独钟鸣凭五马，依依借问广陵舟。

7 重送道标上人
一雁衡阳上人乡，三清道士下沅湘。
孤云在右天空度，旷野沉浮作柳杨。

8 寄许尊师
独上土楼一翠微，孤身日路半春晖。
蒙蒙细雨浮云落，约约巫山不是非。

9 寄别朱拾遗
金陵紫气一徘徊，细雨如烟半不开。
远见天涯沧浪水，临流沐足九江来。

10 赠秦系
长风一日半吴江，逝水三湘两楚邦。
野鹤由来湖山客，鸳鸯共渡自成双。

11 使还七里滩上逢薛承规赴江西贬
七里滩中一日寒，三湘月半半波澜。
江南郡里怜君子，夜泊山前问石盘。

12 赠崔九
怜君一见半悲欢，向别三声两地冠。
月色方明寒桂子，青云白屋共邯郸。

13 酬李穆见寄
孤舟一去近天涯，万象三秋九月花。
欲扫荆门南北市，青苔足迹入人家。

14 过郑山人所居
孤鸣寂寂郑山人，芳隐处处犬吠频。
黄蜂远远桃源客，万壑千川闭至尊。

15 寻盛禅师兰若
黄花兰若问禅师，古陌阡林向背辞。
独在山中云不雨，孤僧月下老人时。

16 奉使鄂渚至乌江道中
乌江鄂渚半沧洲，白发红颜一独舟。
不钓渔梁山水阔，但寻阜木任春秋。

17 新息道中
萧萧楚楚汝南城，隐隐悠悠汉帝情。
道道途途行不止，心心态态苦耘耕。

18 家园瓜熟是故萧相公所遗瓜种悽然感旧因赋此诗
事去城空一道明，花开草秀半枯荣。
人来日去留何迹，子纵世横后继行。

接武上之二
钱起

1 校猎曲
一气连云半鸟飞，三鞭逐兔四方围。
黄昏举箭胡姬劝，汉主佳人不可归。

2 过故洛城
故洛城门故洛春，先行酒市后行人。
寥寥细雨云烟里，寂寂轻风草木津。

3 归雁
来到衡阳不可回，三湘草木二妃来。
苍梧竹泪流年月，大小姑山碧水开。

4 访李卿不遇
方天画戟一朱楼，晚照高门半树头。
吕布貂蝉三国去，婆姨米脂绥德侯。

5 暮春归故山草堂
故水故山故草堂，一花一雨一云芳。
燕飞燕落燕飘去，有意有心有宿香。

6 送欧阳子还江华郡
江华郡外一欧阳，胜事湘中作乡。
百里湖山多少色，才人此去有衷肠。

7 送崔山人归山
山人步步向归山，颜色幽幽草木颜。
处处斜晖影远远，微微翠路翠时还。

8 秋夜送赵洌归襄阳
归途半见一襄阳，斗酒千杯两故乡。
露滴红萱惊鹊梦，相思汉水有炎凉。

9 题礼上人壁画山水

山山水水一禅扉，竹竹松松半寺晖。
气气烟烟成紫玉，峰峰岭岭上人归。

10 晚过横灞寄张蓝田

生烟紫玉一蓝田，落日东流半渭川。
散色迟林忽不见，南山雪顶咏陶泉。

接武上之三
韦应物

1 登楼寄王卿

登楼四望寄王卿，踏阁三呼楚国城。
砧杵千声沧海落，秋山一郡待君名。

2 登宝意寺上方旧游

一记钟声一记年，百花草木百花天。
僧明古寺灯明月，宝意禅音宝意泉。

3 寒食寄京师诸弟

且向绵山介子推，向闻晋耳去空回。
清明禁火寒食日，一曲流莺向玉杯。

4 县内闲居赠温公

三郎扫净一苏州，百岁无争半九流。
面对高僧何所见，闲居不解五湖忧。

5 赋得沙际路送从叔象

一树高悬半月弦，三更倒挂入苍天。
沙明叶暗钟声起，不是游僧见野泉。

6 九日

重阳把酒自徘徊，九日长安菊正开。
不问茱萸插遍否，黄昏已到杜陵台。

7 答东林道士

东林道士几青松，紫阁西边十二峰。
虎跳溪流茅月夜，山门一路尽晨钟。

8 闲居寄人

闲居野寺晓钟稀，雪满松林石著衣。
足迹成行寥落去，幽人此路到京畿。

9 春思

山花涧草满春明，驿路长亭到帝京。
晓色峰光明百树，清鸣旷碧任三莺。

10 滁州西涧

滁州西涧一流莺，野渡无人半去声。
带雨春潮接岸卷，行云黄鹂入烟鸣。

11 子规啼

属林滴雨子规啼，复夜藏云树影西。
已见邻家孺子女，徘徊跬步几高低。

12 因省风俗访道士侄不见题壁

年年涧水有高低，处处枫林见缺齐。
南北南来非作此，西东西过逼是东西。

接武上之四
皇甫冉

1 送魏十六还苏州

知君十六下苏州，切切私语不可留。
举首闻天同里路，行身莫以虎丘游。

2 同李万晚望南岳寺怀普门上人

相思李万上人心，释子行身作古今。
但以钟声南岳寺，归途一路入松林。

3 曾同送别

曾山送别一飘蓬，离子清樽半足踪。
黛色千山愁不住，云栖万树老山峰。

4 又送陆潜夫茅山寻友

一事千程半问君，三山二水九江云。
南行北路何须是，去道来人已不分。

5 寄振上人无碍寺所居

梁山但与上人居，古木无言客性余。
独坐经堂香袅袅，行心释子意初初。

6 送陆澧郭郎

半见吴洲百草春，三莺越北万家人。
新风处处催情入，旧水明明待东邻。

7 酬张继

北固山前一路遥，苏州寺里半云霄。
寒山石得临川月，钱塘尤记八月潮。

8 赴李少府庄失路

苍苍一路是伊川，袅袅千云落酒泉。
月照烟花迷客路，人行跬步自朝天。

接武上之五
韩翃

1 汉宫曲二首

腊月梅花不问寒，群芳待日上云端。
清宫滴漏声无上，唤取午官上殿宣。

2 其二

金屋藏娇作汉宫，昭阳长信问秋虫。
飞燕姊妹君王舞，玉辇仙銮子弟风。

3 江南曲

烟云细雨一天霄，暮日江城半岸遥。
不闭青樱红影照，峰回路转小村桥。

4 看调马

金鞍玉勒一秦嘶，白马长鬃半驰迟。
顿足飞驰天下去，昂头阔步九州词。

5 寒食

桃花不尽一梨花，御柳寻烟半水涯。
日近清明天子路，书生不远帝王家。

6 送客知鄂州

送客知名下鄂州，江花乱点十三楼。
舟中细雨沉云处，汉水东去复北流。

7 宿石巴山中

浮云不可与山齐，雾霭当心树木低。
晓月朦胧连玉宇，秋风石枕绕村西。

8 赠张千牛

蓬莱阁上近仙家，海口云中二月花。
一马千牛三界定，春风不断向天涯。

9 题玉真观李秘书院

黄云日影玉贞观，晓日钟声碧水澜。
宇宙瑶坛天下道，华阳洞口挂金冠。

10 送客贬五溪

客得猿声下玉溪，寒江暮雨鸟千啼。
空山滴露沾中湿，独立青峰草叶低。

11 送齐山人归长白山

一路苍山万木中，三江碧水百流东。
山人长白山前问，道里归途道外风。

接武上之六
卢纶

1 宫中乐二首

玉辇宫中七色晖，君王驾下一玉闱。
楼船但靠江都岸，遣女寻人斗射飞。

2 其二

彩日呈祥四象苏，中庭献礼五单于。
长城不足分南北，但以边城作郅都。

3 曲江春望

长安柳绿曲江春，渭水终南五顶钧。
玉殿金楼天子问，云晖宇碧见西秦。

4 春日有怀

云多雨少一春津，杏色桃颜半晋秦。
隔路花明随人去，邻香草秀任芳新。

5 与从弟同下第出关言别二首

同心下第一关言，共意龙门半闭轩。
鸟洛化飞惊日月，晨钟暮鼓向泉源。

6 其二

潼关过去是凉州，战场重来问莫愁。
远寺钟声鸣不止，江流不止见江楼。

7 村南逢病叟

村南病叟一春秋，社北儿孙半九流。
有姓无名知自己，飞鸿落雁向沙洲。

8 赴虢州留别故人

玉色芙蓉一虢州，温汤沐浴半君述。
华清曲调梨园舞，姊妹杨家几莫愁。

9 山居

一店山穷路不休，三峰水转道难求。
风林独响秋云落，古月方明扫叶游。

10 别李纷

不到樽前一故乡，何言梦后半衷肠。
青丝未染儿孙早，白首无求作柳杨。

接武上之七
刘方平

1 乌栖曲

牛郎七夕过银河，喜鹊三声渡浅波。
曲尽鸟栖枝叶少，人间望遍此情多。

2 春怨二首

西山暮色一黄昏，金屋藏娇半子孙。
长信宫中明月早，奉扫相如不闭门。

3 其二

残莺不住两三啼，日影斜倾一半西。
杨叶方兴阔阔，柳丝尚短已萋萋。

4 夜月

三更月色五更家，七斗星空北斗斜。
织女河边今年望，牛郎树下取芳纱。

接武上之八
朱放

送温台

天涯渺渺一温台，别路艾艾半去来。
莫以前程多知己，如今跬步少徘徊。

接武上之九
皇甫曾

1 萼岭四望

洛水东流出建章，东都旧仗列咸阳。
宫深草茂楼台晚，只与秋虫话木梁。

2 韦使君宅海榴咏

腊月榴花半雪红，江湖水色一清风。
淮阳不满寒楼夜，曲舞昭昭醒醉中。

接武上之十
秦系

1 题明惠上人房

名言惠语上人房，入定开关下客堂。
五百罗僧多少问，袈裟日月几修长。

2 山中赠耿沣拾遗

拾遗荷衣不满身，青山白鸟岂知青。
秦川渭水随唐色，隐约鲜明是故津。

接武上之十一
严维

丹阳送韦参军

丹阳一别送参军，两地千帆挂白云。
日晚偏行天际去，苍苍莽莽已难分。

接武上之十二
李嘉祐

1 夜宴南陵留别

夜宴南陵一别留，前庭雪满九歌休。
寒天自得梅花色，后继先承四十州。

2 题前溪馆

谪宦洒西举目愁，南昌郡外九江流。
浔阳月下前溪馆，独立楼中旧国忧。

3 过乌江公山寄钱员外

乌江雨过一公山，项羽乌雏半不还。
无端世事相对与，有道江山楚汉颜。

接武上之十三
郎士元

1 送魏司直

大雪苍苍半曙云，寒风冽冽一昭君。
潇湘隐隐衡阳路，落雁无声久不分。

2 夜泊湘江

湘山木落二妃闻，竹泪连波半水纹。
寂寞舟中人借问，洞庭月下只由君。

3 听邻家吹笙

墙头不问是谁家，落影方知一杏花。
隔壁笙笙何不止，相思已过到天涯。

4 柏林寺南望

寺上钟鸣百万松，流中石枕十三峰。
溪清雨后云沉静，月下无言觅影踪。

5 送别

秋云送别穆陵关，暮日天边问去还。
四望长亭路一条，来来去去十三弯。

接武上之十四
司空曙

1 送郑锡

年年一忆晋征南，处处三春蜀目涂。
莫怪身心思旧路，田桑小叶养丝蚕。

2 江村即事

独在江村不系船，姑苏月下小荷眠。
丝绸学院尖尖脚，春来处处是云烟。

3 登岘亭

岘山四望问秦川，一日荆州岁半年。
不必登临垂泪去，英雄自此可无全。

4 峡口送友

峡口江流一色春，激流勇退半沾巾。
年前共是思乡客，此后同声陌路人。

5 送卢彻之太原谒马尚书

一叶翻飞一叶舟，半秋晋水半秋流。
金枝驸马当心打，不可留名作苏州。

6 发渝州却寄韦判官

津亭一望到渝州，蜀道千重上栈楼。
剑阁临川天下险，青山不动白云流。

接武上之十五
李端

1 长信宫

长信宫中一禁门，昭阳月下半王孙。
飞燕姊妹声歌舞，金屋藏娇故人婚。

2 闺情

孤灯已暗梦难成，独枕婵娟玉色情。
不见门前杨柳动，三更喜鹊一声鸣。

3 江上送客

此去舟停汉水荫，知音曲尽客人心。
长江水去阻东海，黄鹤楼高可古今。

4 送刘侍郎

同心一度谢宣城，未了相思隔旧盟。
但得文章君莫语，鸡鸣及第已三声。

接武上之十六
耿㳓

1 古意

千骑一诺领头狙，半世三声志道余。
塞外风声惊古道，朝中笏语胜天书。

2 凉州词

凉州十里一年晴，大漠三呼半去声。
国使何言天子问，胡姬酒肆尽人情。

3 路旁墓

不可闻停两路旁，千年故事一侯王。
江山社稷三代问，过去今来几死伤。

接武上之十七
崔峒

题兰若

绝顶茅庵烛一灯，临云度墅立三僧。
孤云自去山川老，逝水清冰以玉凝。

接武上之十八
张继

1 枫桥夜泊

月色姑苏一客船，寒山古刹五湖天。
枫桥半步钟声响，渡口青莲半水边。

2 阊门即事

江村十步问三桥，草色千明向玉霄。
嫁嫁婚婚从此去，男男女女不藏娇。

接武上之十九
顾况

1 桃花曲

魏主桃花一凤楼，隋家水调半扬州。
夜月长城弦上挂，不是英雄水不流。

2 宫词

夜漏声曲未多，宫深处处隔天河。
歌风已没帘纱影，志却耶溪一半波。

3 听角思归

荒园一片满青苔，日色三春草木开。
不得桃花人不在，楼兰万里待归来。

4 宿昭应

武帝祈灵太乙坛，新丰问月上人端。
长生殿里长生祝，万岁呼声万岁端。

5 题叶道士山房

道士山房一夜遥，神仙过海半天潮。
麻姑已告瑶台客，只在浔阳得玉箫。

6 王郎中席歌伎

七色朱楼一女飞，三秋壮士半无归。
空中日暮朝还去，但以人间问是非。

7 湖中

楼兰只有小家奴，但得交河大丈夫。
楚汉鸿沟分不定，葡萄美酒到姑苏。

8 江上故居

秋磬一路到孤山，浦鸟三声过五关。
暮色千晴兰若道，双峰万岁月牙湾。

9 江村乱后

江村一半小桥边，遗老三千动乱眠。
女女儿儿安史去，渔阳不在越吴前。

10 忆故园

三山二水五分田，一日千锄半雨烟。
月夜灯前衣未暖，春归夏水苦耕眠。

接武上之二十
戎昱

1 塞下曲

汉将弓声房惧中，旌旗展下客苍空。
关东白马秦川外，落日荒原一阵风。

2 采莲曲

浔阳少女满花头，采茨莲荷小扁舟。
日暮偏逢湖上色，菱歌唱尽沐难休。

3 旅次寄湖南张郎中

清江水户采莲舟，叶影波浮沐浴羞。
似落还扬花露水，牛郎可在岸南头。

4 移家别湖上亭

移家别去一湖亭，问月重来向草青。
碧水清波黄鹂曲，频啼旧树影浮萍。

5 征人归乡

征人十载忆归乡，柳絮三春向夕阳。
别泪如今干又湿，重逢不是小儿郎。

6 寄许炼师

礼毕丹炉许炼师，沉香扫石向来时。
珠宫蕊址如何见，说得天光照旧枝。

接武上之二十一
长孙翱

宫词

上液花黄到御沟，华清玉色不知秋。
长生殿里曾相诺，但让梨园过九州。

接武上之二十二
卫象

古词

鹓鹣新光乞火寒，辽东老将雪霜桓。
交河落日方圆定，一唱楼兰满杏坛。

接武上之二十三
柳谈

凉州曲

一见凉州半见沙，千声大漠万声家。
三秋大片石碛舞，两目蜃楼海市花。

接武上之二十四
宋济

东邻美女歌

东邻美女一春心，暖日桃花半玉荫。
不卷珠帘情溢表，季声只似夜梦音。

接武上之二十五
杨凭

雨中怨秋

一阵秋风一雨凉，半天落叶半天苍。
交河不怨楼兰怨，隔岸云山大漠煌。

接武上之二十六
长孙佐辅

1 别友人

一醉三声别友人，千年半道向天津。
同窗共读春秋岁，去路无音是旧尘。

2 咏河边枯树

河边古木一秋春，蘸水临风半泥尘。
野火难行知渡岸，苔藓处处是天津。

3 寻山家

独访山家百尺茅，斜阳晚照十人巢。
门开隔岸山川列，竹户随风一乃胞。

接武上之二十七
刘商

1 观猎

虎跃龙腾白马扬，寒山隐日楚人乡。
鸟稀兽存弦弓箭，落羽惊风射谷梁。

2 白沙宿窦常宅观伎

夜宿江澄一月乡，婵娟晚沐半池塘。
风声不止人情在，曲舞音弦止又扬。

3 题潘师房

渡水行船赤壁寻，鸟住云飞客川临。
师房一语千山外，去往仙人半古今。

4 送王使君自楚移越

楚越应寻一使君，东风二月半天云。
棠梨百树淮阴色，洁素春衣色不分。

5 送豆卢郎赴海陵

路去东塘半水深，人情细雨一甘霖。
何应夜暮秋江里，但取云头草色寻。

6 合溪送王永归东郭

不去春山共雨游，云沉日暮碧池楼。
溪流不止阴晴在，不可相思冰上头。

7 送清上人往湖南

不问湖南问上人，东林送别月明春。
袈裟不挂禅房坐，普渡莲花是至身。

8 醉后

醉后身心一度空，书来日月半由衷。
天官旧致莲花坐，醒得人间旧事同。

9 送别

灞水长安一路疏，前程旧道半心余。
朱门陌巷千官外，已见丘墟不可书。

接武上之二十八
于鹄

1 襄阳寒食寄宇文藉

襄阳一日到清明，汉口三江问柳荣。
不见知音黄鹤去，春泥半全洛花声。

2 秋夕

霜云映月夜秋风，鸟雀飞天树叶空。
醉醉无知栖木择，朦胧水色影西东。

3 沉舟入后溪

千川一水去时风，百岁三生未了衷。
草净沙尘流不止，啼鹃尽在有无中。

4 题美人

嫁得吴郎不远游，寻来越女共春秋。
江山只是王侯客，社稷方兴子弟州。

接武上之二十九
戴叔伦

1 蕲州行营作

桃花不尽柳花残，白马长鸣赤马观。
山川北望云烟里，蕲州草木地天宽。

2 湘南即事

湘南旧事御门开，沅水东流晓日来。
一鼓三声人步落，千音故律仄平裁。

3 宿灌阳滩

江边十月灌阳滩，木叶三秋十八盘。
未遇高风清水岸，停舟渡口待波寒。

4 夜发袁江寄李颖川刘侍郎

夜色袁江两侍郎，秦川楚水一秋黄。
孤猿住止啼无止，不教行人不断肠。

5 赠商亮

半见河滩半水流，一舟渡岸一舟头。
秋山有月明光里，旧地无人不可游。

6 对月答元明府

月满孤城一半清，楼高影落两三更。
年年对此婵娟问，处处相思自不明。

7 别张员外

木叶纷纷沅水波，湘妃处处泪青娥。
苍梧舜冶竹泪落，鼓瑟寻天几九歌。

8 送吕少府

一酒流香一醉乡，半生少府半生梁。
深山自有高林木，不断清流日月光。

接武上之三十
德宗皇帝

九日

九日重阳一帝乡，昆明讵假半秋凉。
沧沧浪浪清流去，鼓鼓笙笙待四方。

接武上之三十一
包何

寄杨侍御

君王但见白头丝，日月何难碧水知。
独得鳌冠萤火路，勤耕苦作帝乡迟。

接武下之一
李益

1 宫怨

露湿珠珍一夜香，春深月落半昭阳。
宫明殿扫长门色，但以飞燕作舞妆。

2 汴河曲

汴水南流七脉塘，秦皇不及半隋炀。
长城塞北何人战，水调歌头到四方。

3 早度破讷沙

破讷沙荒雁去回，平明碛石月徘徊。
层层叠叠藏仿古，铁马冰河已自来。

4 赴渭北宿石泉驿南望黄堆

渭北黄堆驿石泉，边城战火议苍天。
烽明汉土争光照，阁老中堂一令宣。

5 拂云堆

旌旗汉将拂云堆，马上单于帐令来。
不望阴山沙场外，琵琶曲断已徘徊。

6 听晓角

三声晓角一令余，半晓行军两单于。
塞雁惊鸣飞不止，秋风落叶已霜初。

7 夜上西城听凉州曲

西城月上一凉州，塞雁飞来半旧楼。
百尺余阳衔木叶，千山不远日边留。

8 临潭沱见蕃使列名

潭沱一曲向黄河，列使三躬智者多。
塞马云中先后继，英雄不唱汉家歌。

9 上汝州郡楼 忆文化革命

五十年前上此楼，三千弟子作春秋。
银川鼓角边州路，独步回眸过九州。

10 春夜闻笛

一笛寒山自去来，三秋夜月雪云开。
霜沉受降城外道，此曲洞庭腊月梅。

11 夜上受降城闻笛

受降城中一月台，沙飞雪月早霜来。
三更将令文书笔，此夜乡情去又回。

12 从军北征

天山雪后自从军，塞外飞鸿向白云。
碛石成沙荒漠尽，征人铁马色难分。

13 柳杨送客

柳柳杨杨送客愁，吴吴楚楚一江舟。
朝朝暮暮行天地，去去来来水月求。

14 送客还幽州忆自己

重阳送我下幽州，九月书生问国忧。
李广飞将知射虎，摇篮学院作春秋。

15 扬州送客

万岁桥边半送君，扬州月下一天云。
梅花三弄低声调，十二楼中玉笛闻。

16 隋宫燕

江都一半向隋宫，弟子三千论不穷。
但以长城南北战，何言汴水不西东。

接武下之二
刘禹锡

1 阿娇怨

莫问阿娇一少年，昭阳遇幸半飞燕。
花庭月下寻歌舞，帝子王公不惑传。

2 踏歌词二首

春江月夜一波平，白水花堤半浪声。
唱尽新词知袖袂，三更不尽是人声。

3 其二

细腰半是对襄王，半是人佳问曲肠。
半是成心姿态好，桃花半是杏逾墙。

第五卷　明人选唐诗（二）

4 堤上行二首
一望堤边半酒楼，三江渡口两船流。
何分醒醉行程客，恰是红颜驾渡舟。

5 其二
江南岸北一烟波，晓日天晴半九歌。
桃叶竹枝常附水，传情递语苦无多。

6 竹枝词五首并序
刘郎五首竹枝词，异曲同工日月诗。
短笛长安击鼓节，桃花岁岁十年迟。

7 其一
白盐半壁赤甲生，峡口三峰蜀江明。
暮雨初晴王来去，朝云未了女神行。

8 其二
白帝连江水不平，巫山带雨峡云生。
三竿日上春花住，一楚心边蜀客情。

9 其三
一峡瞿塘十二滩，三江滟滪万千难。
人心只似长流水，此地扬长彼地宽。

10 其四
水上波波浪里花，船中处处玉人家。
人间烟火金钗落，去取银针挂桂斜。

11 其五
水色清清黛色娇，天光淡淡岸光遥。
闻郎处处歌声起，处女欣欣细柳条。

12 杨柳枝词二首
隋炀日短运河长，水调歌头共好故乡。
帝子三千儒史去，天堂一半在苏杭。

13 其二
酒市春风一柳亭，江流有语半山清。
何言醒醉何人问，去别来离是水萍。

14 伤愚溪
一水悠悠半扁舟，三山隐隐两江楼。
溪流去去波连岸，小女来来任你求。

15 宿都亭有怀
汀江夜雨宿都亭，水色云光柳叶青。
楚客桃源长乐问，年年醉向武陵铭。

16 与歌者何戡古今诗
七十余生一帝京，三千日暮九歌鸣。
殷勤耕耘草木去，六万诗词满渭城。

17 听旧宫人穆氏唱歌
秦皇未得未央宫，六国佳人已去空。
旧客何闻天子曲，开元不是帝王终。

18 洛阳春末送杜录事
樽前月下一残春，酒后行中半故人。
但向长亭寻旧路，千年万里作衣巾。

19 石头城
三山故国六朝消，二水秦淮半雨潮。
建业难明吴蜀问，金陵紫气霸月遥。

20 乌衣巷
野草桥边向日斜，黄昏月下问人家。
乌衣巷口飞燕在，王谢堂前百姓家。

21 生公讲堂
一语生公半虎丘，千章旧句九江流。
姑苏月下寒山寺，点石人间教九州。

22 台城
六代台城五月花，三山二水半人家。
金陵建业名声在，玉树谷庭浪里沙。

23 春词
一半春词一半花，二三少年二二娃。
心中只有牛郎去，莫过群芳是大家。

24 浪淘沙词
江流处处浪淘沙，日暮时分照天涯。
望尽苍苍山树远，春心点点筑人家。

25 伤愚溪
竹巷依依野草青，东邻落落旧花屏。
山阳伴侣寻常问，不及溪流枕石灵。

26 赴连州诸公置酒相送
三湘一水问连州，九脉同阳各去留。
日落晨浮天地上，年年草木自春秋。

27 和令狐相公别牡丹
莫道平章别牡丹，长安陌巷令孤坛。
春明玉树天涯晚，只与相公十地宽。

28 自朗州至京戏赠看花诸君子
朗州一路半桃花，万里三春五月家。
不问京都观里树，江河处处浪淘沙。

29 再游玄都观
日日先生去又来，春春二月色颜开。
桃花道士刘郎问，几度东风上雀台。

接武下之三
张籍

1 楚妃怨
梧桐月下楚妃声，玉树婆娑美女情。
不怨楼台金井架，何言辘轳系僵绳。

2 离宫怨
高堂别馆一离宫，岸芷汀兰半水空。
万户荆王人不主，千年去水始无终。

3 成都曲
成都一曲锦江边，细雨云烟待去船。
万里桥头花酒肆，千呼旧客蜀家眠。

4 寒塘曲
寒塘一曲雨如烟，八月重阳云似天。
持烛求鱼明月远，清风不止是离船。

5 春别曲
一曲凉州半酒泉，三皇五帝万千年。
残塘汴水江河系，自北流南十地圆。

6 宫词
一日君王可半依，三生小女未千稀。
龙城欲销红颜色，紫禁东风满京畿。

7 凉州词二首
三边细雨雁来低，九寨云平草未齐。
二月衡阳天水岸，凉州白练到安西。

8 其二
凤鸟无声水自流，麒麟有道日边求。
黄榆一叶春秋主，白草三生四十州。

9 华清宫
温泉自入一华清，玉树倾容半女情。
只见芙蓉天宝色，还闻羯鼓上真行。

10 玉山馆
长溪小雨化春泥，野路千回水雾低。
远树苍苍云不去，新芽处处似鸟啼。

11 蛮中
铁柱唐标一锁成，蛮中旧部半金城。
南边几日云飞落，子女家庭以火耕。

12 秋思
半启家书半欲封，一人自主一人踪。
三生旧步何时尽，万里新盟几度钟。

13 感春
远客悠悠半感春，高山处处一留人。
谁家月下停舟楫，试看来邻是去邻。

14 与贾岛闲游
渭水秦川一雨新，长安上液半云邻。
红尘贾岛花间色，白雪终南素顶陈。

15 送元结
三元一结半西秦，九陌千声七色珍。
铜雀台前荒草步，曹云遗恨几年春。

16 送蜀·高力士
苦菜无成力士成，华清太白墨靴横，
长生殿里谁主仆，苦菜终生苦作荣。

17 送元宗简
白马貂衣窄皂裘，相逢又别十三州。
长安但记元宗简，只闭闲门锁旧愁。

18 别客
青山历历木棉花，绿水悠悠落日涯。
柳叶条条城外路，相逢处处客人家。

19 望平驿作
茫茫野草一长亭，路路行程半渭泾。
渺渺黄昏沉日落，悠悠草草色丹青。

20 秋山
秋山旷旷一林城，古月幽幽半影明。
石阻溪流鸣不止，人随日月草堂情。

21 逢贾岛
僧房贾岛半相逢，古刹钟声两足踪。
注目今鸟何不止，平平仄仄性情浓。

22 寄李渤
五渡溪流一叶红，千山寺鼓半惊空。
崇山峻岭秋江冷，十月霜林白首翁。

23 哭孟寂
曲江院里一芳名，孟寂文中半去声。
不见君容题字在，慈恩塔外是空城。

接武下之四
王建

1 宫词十二首
金銮殿里万千声，上液宫中一半荣。
掌上飞燕轻姊妹，云前雨后凤凰城。

2 其二
蓬莱阁上一芙蓉，碧海舟中半步封。
御笔朝直端正问，真卿不在劝忌龙。

3 其三
龙城小巷一西东，粉面油头半袖红。
玉殿风轻宣政曲，卿相此去作英雄。

4 其四
千牛仗下凤求凰，玉案书中日月光。
紫气东来呈景色，清宫拜色已先尝。

5 其五
芙蓉苑里一清香，大雁塔前半柳杨。
花尊相辉勤政务，含元殿里问青黄。

6 其六
半在昭阳半在吴，一心太液一心孤。
千情万欲成天子，百里长安作故姑。

7 其七
一画宫深半汉明，三生草暗叶惊声。
琵琶有语谁天子，雨落芙蓉泪复生。

8 其八
二妃一后九仪倾，三宫六院百颜明。
羊车汉帝随日去，未央乞乐向苍生。

9 其九
婵娟半问一清宫，妾女三声五色空。
斗老殿中孤独见，未央宫里遗群红。

10 其十
甘泉苑外一红颜，鱼藻宫中半玉关。
大角观前麟德殿，三清阁老凤凰湾。

11 其十一
春风院落一心泉，玉锁声情半不眠。
更筑歌台先后曲，梨园犹在妾身妍。

12 其十二
玉树枝头一叶轻，深宫水榭半船迎。
桃花五色随意采，二月东风四月声。

13 华清宫
华清宫里一温汤，象壁堂中半帝王。
羯鼓梨园天子气，霓裳舞曲妾身扬。
注：象壁，明堂，正四时，当孝化。

14 绮绣宫
野草芳花绮绣宫，昆明太液女颜红。
玄宗已去梨园在，少女心中始无终。

15 夜看扬州市
夜看扬州市井红，隋炀已去舞无终。
笙箫十二楼中曲，月色江南美女丰。

第五卷 明人选唐诗（二）

16 十五夜望月

十五中庭月未圆，三千玉树影翩跹。
秋思落在谁人见，半问婵娟半自怜。

17 江陵使至汝州

使自江陵下汝州，巴山日暮上中流。
青峰处处清明近，不向绵山问晋侯。

接武下之五
王涯

1 宫词七首

群英会萃大明宫，艳舞风歌色女红。
玉树后庭花不语，金楼碧宇晓云中。

2 其二

紫禁宫闱一女声，楼台殿客半无情。
年年守户常封步，处处闻风树木荣。

3 其三

碧绣珠帘一曲终，临流就泛西东。
前门竹影窗纱上，路后春心柳色中。

4 其四

秦时汉地未央宫，二世李斯指鹿终。
六国三千佳女子，隋炀莫见小儿雄。

5 其五

上液宫中九曲歌，长安月下半嫦娥。
千年木渎西施少，万岁年间一女多。

6 其六

炎炎夏日一莲花，隐隐波光半影斜。
采女舟前洗卜水，婷婷玉立待云家。

7 其七

晨明一镜未朝妆，烛泪三流苦夜长。
只待黄昏连月晚，羊车不可去来忙。

8 献寿词

宫宫殿殿一群花，寿寿福福半女娃。
瑞瑞祥祥三千界，唐唐舜舜万人家。

9 从军词

星明月落捷书来，白马飞驰铁甲开。
大破黄龙弓箭尽，从军一日丈夫回。

10 塞下曲

塞下风声一雁来，军中士气半云台。
龙城只有英雄在，腊月梅花雪里开。

11 秋夜曲

一曲秋风一夜长，半城月色半城霜。
寒衣未到冬先雪，铁甲轻骑受降凉。

12 其二

轻罗小扇半心扉，桂影婵娟问二妃。
潇湘竹泪今犹在，空房独守待君归。

13 秋思

秋思只到半渔阳，玉漏难平一故乡。
问遍阴山飞将在，星河渡口是牛郎。

14 闺人春思

织女春心遗羽妆，天河七夕自炎凉。
东风细细桃花雨，昼日幽幽问太仓。

接武下之六
武元衡

1 送卢起居

相如抱璧赵人微，国使从行故事晖。
旧府东小余伎在，诗歌一曲送君归。

2 送张司录赴京

水调歌头一曲归，扬州汴水半翠微。
隋炀昔日长城在，二世咸阳几是非。

3 送张谏议

寒江一日万枝梅，不到三春百草来。
白首交河千里路，英名已上望乡台。

4 送柳郎中

秦人不去望乡台，尝射山中草木开。
日落河桥离别路，春云夏雨满青苔。

5 鄂渚送人

鄂水知音半蜀来，巴陵渡口一湘开。
梅花朵朵寒江色，瑞雪纷纷任客回。

6 岁暮送舍人使京

边城岁尽一京都，房地风寒半制胡。
渭水知君温旧社，长安待故早姑苏。

7 立秋华原南馆别二客

华原二客鹤难留，别馆三声主白头。
独向泥阳蝉未响，秋云不雨自空浮。

8 访裴校书不遇

梨花落尽杏花红，柳叶青成李叶丰。
碧水清明波不语，流莺只待两三声。

9 题李将军林亭

飞将一马李林亭，瑞雪千山鸟迹零。
霍卫冠军南北战，英雄自己谱丹青。

10 登阆间古城

登高远望一豪情，木渎西施半越声。
楚客阊闾吴上见，姑苏日落自无明。

11 春日偶作

飞花寂寂一人家，细雨丝丝半客麻。
楚水吴江同里色，盘门旧锁对官衙。

12 春兴

残花未尽一流莺，雨水方兴半古城。
昨夜春梦惊宿鸟，今晨正坐忆平生。

13 陌上暮春

陌上春云雨已生，心中日色自光明。
游人不解江山故，社稷何言草木平。

14 汴州闻角

中原鼓角汴州城，塞外鸣金战不生。
未问单于先下马，关山日月酒泉倾。

接武下之七
杨巨源

1 赠崔驸马

十尺楼台柳叶齐，三荣驸马万人低。
平阳只打金枝棍，幕府何须问曲啼。

2 听李凭弹箜篌

箜篌一曲帝王声，玉殿千呼万岁情。
但得梨园今古唱，云门内外有阴晴。

3 宿藏公院听齐孝若弹琴

禅音一曲四方明，宿院三钟半地声。
羽角宫商征古调，苍梧竹泪二妃生。

4 观伎人入道

一日歌钟十里亭，三生曲舞百年伶。
云山雨道红尘去，此际花前自诵经。

5 和练秀才杨柳

杨柳人间一柳杨，芳芬世上半芬芳。
东风处处殷勤问，暖日悠悠自四方。

6 题云师山房

云师月照一山房，古殿灯明半壁光。
不省空门今古在，莲花普渡向沧桑。

接武下之八
张仲素

1 汉苑行二首

汉苑春花已满枝，楼高殿远日无迟。
新光处处流莺哗，玉树时时上液池。

2 其二

轻云淡淡落无休，细雨悠悠漱莫愁。
水榭回廊声不止，歌头曲尾念奴楼。

3 天马诗二首

天马行空玉宇来，秦川汗血得龙媒。
何人不道人间路，首蓿黄花处处开。

4 其二

江山有路自扬蹄，日月常明举步齐。
玉宇行空天马问，人间南北复东西。

5 塞下曲三首

一路渔阳半路辽，三边戍日两边遥。
单于帐里琵琶曲，塞上云中忘射雕。

6 其二

胡姬一曲半高潮，夜月三呼两玉宵。
大漠沙城杯酒满，英雄不语向天朝。

7 其三

石碛苍苍一草寒，荒沙漫漫半云端。
云烟漠漠连天地，汉节时时立帐盘。

8 秋闺思二首

窗纱月色一明窗，玉影姿身半烛红。
梦里难寻知己处，情中记忆可由衷。

9 其二

秋明一月净无云，续雁三声过晋汾。
不见征衣问砧杵，居延夜宿苦郎君。

接武下之九
权德舆

1 舟行夜泊

舟行夜泊一残秋，梦断江流半莫愁。
月色波光浮水影，轻啼宿鸟断还休。

2 赠天竺灵隐二寺主

泉流石柱半分云，暮鼓晨钟一日曛。
隔岸天竺灵隐寺，禅音佛语慰心君。

3 题柳郎中故居

一步荒阶半步云，柳郎曾居故郎君。
人声去尽今无语，石屹山中作天闻。

4 朝无阁

朝无阁上一天云，复道霄中半向君。
万国离宫今不在，千余旧殿故衣裙。

接武下之十
李涉

1 竹枝词

十二峰前一竹枝，三千日后半儿时。
孤舟月上巫山夜，暮雨朝云几度迟。

2 过襄阳上千司空顿

高楼鹤去旧城池，汉水知音自在恢。
独坐襄阳问世久，逢人可鉴岘山碑。

3 从秦城回再题武关

阔别秦川十日留，商山四皓半春秋。
潼关此去回头问，不锁阳关是九州。

4 送魏简能东游二首

悲歌魏简自东游，酒市秦川向渭流。
独望征鸿南北翼，邮亭宿处上高楼。

5 其二

不问东方汉帝猜，何须旧语旧亭台。
相如此去良辰在，但可当垆筑酒来。

6 秋夜题夷陵水馆

夷陵水馆半秋流，海气云情一榭楼。
桂影初悬明殿柱，天光不语几王侯。

7 开元寺

夜雨无声似有踪，三更有月未云浓。
初闻宿鸟栖不定，古刹钟声问老松。

8 题鹤林寺

日上山林一古僧，云飞草色半江陵。
忽然一水临川壑，却道南山玉封冰。

9 重过文上人院

夜话燕山一度空，江南越鸟半飞鸿。
三年远别心中怅，不似人间客上风。

10 春晚游鹤林寺

野寺花间一独僧，东风旧语半香凝。
无心桂影婆娑路，但得婵娟对月灯。

11 再游头陀寺

僧僧寺寺一头陀，鲁鲁阳阳半去歌。
日日年年山不老，行行止止问江河。

12 山居送僧

失意山居送远僧，成心月夜对孤灯。
云深路浅关山外，柳暗花明问五陵。

接武下之十一
窦巩

1 洛中即事

高枝一叶上阳宫,雨后三鸣问碧空。
渭水蝉声多不止,寒鸦暮色各西东。

2 南游感兴

南朝一路越王台,暮草三春久不裁。
寂寂江桥通去路,悠悠日月去还来。

3 寄南游弟兄

旧忆书来一弟兄,新闻故事半君卿。
三湘五岭江南郡,九脉千流日月明。

4 代邻叟

七十三年问建章,平生旧步紫阳肠。
隋炀水调如今唱,白首方知日月乡。

5 寻道者隐处不遇(一作于鹄诗)

道者无名隐者名,清流不远浊流成。
芭蕉有雨声先至,日暮天光树上倾。

6 宫人斜

玄宗已去宫人家,古树新芽苦菜花。
侍女妪翁何不见,明皇力士共天涯。

接武下之十二
窦牟

奉成园笛

不绝朱缨一锦茵,成园十亩半花尘。
披芳戴色三千界,笛曲莺歌五百春。

接武下之十三
窦庠

上阳宫

沉云漠漠上阳宫,太乙苍苍下殿空。
处处勾陈疑日晚,层层古木老梧桐。

接武下之十四
雍裕之

宫人斜

梅花落尽作红泥,二月东风到陆西。
野鸟声声多少问,年年只向未央楼。

接武下之十五
李约

过华清宫

梨园一曲过华清,沐浴三泉四海兵。
力士深鸣成苦菜,霓裳舞醉玉真倾。

接武下之十六
陆畅

成都送费冠卿

成都送别费冠卿,万里同心过蜀城。
莫厌宫深花草简,山高路远自繁荣。

接武下之十七
刘言史

乐府杂词

紫禁城中雪花飞,春风欲上李桃晖。
高城陌巷千家路,只向男儿问不归。

接武下之十八
吕温

1 感贞元旧节寄窦三卢七

三三七七感负元,万万千千草木萱。
井事朱阜明左右,同情手足作方圆。

2 道州郡斋卧疾寄东馆诸贤

东池一客醉梨花,送别三春见百家。
诸子风流芳草地,微风细雨几丝斜。

接武下之十九
羊士谔

1 郡中即事

红衣已尽碧丝残,白玉还羞素色观。
越女含情云雨夜,吴郎细语月明盘。

2 登楼

步步登楼上郡城,萧萧细雨落江声。
悠悠自得无人语,楚楚东流故园情。

接武下之二十
令狐楚

1 少年行

清河不住少年行,易水风流过五城。
不负功名天下去,弯弓射箭作精英。

2 坐中闻思帝乡有感

年年只与帝乡春,处处难平客故人。
酒市长亭多少路,回头不见旧衣巾。

接武下之二十一
陈羽

1 吴城览古

东吴旧国雨烟空,月色寒山古刹红。
木渎西施歌舞尽,天平旧路馆娃宫。

2 小江驿送陆侍御

芦花处处一愁容,落叶纷纷半水封。
渡口舟横呼不达,居人只向五更钟。

3 九月十日即事

九月重阳十日愁,东流水逝北国秋。
巴山万里金陵路,汉口知音向九州。

4 游洞灵观

但见西城李少君,三清独树付仙云。
千山故道寒香社,一洞灵观白日曛。

5 酬幽闲上人喜及弟后见赠

及第云霄问上人,幽闲岂定待时珍。
风惊日落高僧见,自得浮名几至亲。

6 洛下赠彻公

天竺洛下一沙门,古刹云中半境恩。
但见嵩山高几许,僧朋日月乾坤。

接武下之二十二
柳宗元

1 酬曹侍御过象县见寄

漓江几叶木兰舟，象鼻山中碧玉楼。
不见骚人诗不济，籁花十里是春秋。

2 柳州二月榕叶尽落偶题

独木成林一树榕，千根万帜半秋冬。
枝枝干干何分别，后后先先作祖宗。

3 浩初上人见贻绝句欲登仙人山因以酬之

玲珑隔翠上人归，玉树随音白鸟飞。
杖外青峰层步履，仙山不可久相违。

接武下之二十三
韩愈

1 题楚昭王庙

荒丘野草楚昭王，满目苍茫古树香。
莫以江山今古鉴，当知日月去来忙。

2 题广昌馆 南洋

一处南洋半近亲，三生故国九东邻。
曾归古道斜阳晚，莫以耕耘作误春。

3 和李司勋过连昌宫

连昌宫外李司勋，老树高根问落云。
巨桷苍苍知故土，开元至此几儿孙。

4 晚次宣溪

晚次宣溪一鸟啼，潮州日落半鸟栖。
云烟水色船夫问，莫与王侯草木齐。

5 湘中酬张十一功曹

谁闻竹泪二妃流，月下潇湘一日秋。
越鸟同听千里泛，吴江共色万人愁。

6 榴花

五月榴花一色红，三清古木半心空。
何人结果先生树，细雨轻风是始终。

接武下之二十四
欧阳詹

题延平剑潭

想象延平一剑潭，精灵浸水半儿男。
无余百岁凌霜色，但付千家一老三。
注：五兄弟姊妹排三。

接武下之二十五
元稹

1 闻白乐天左降江州司马

司马江州白乐天，残灯旧驿夜难眠。
惊风病里愁无语，滴雨寒窗不待泉。

2 忆事

一夜闲梦列戟门，三宫旧事始先珍。
扫地熏香清净坐，姑苏月色满乾坤。

接武下之二十六
白居易

1 后宫词

泪满罗巾一后宫，飞燕姊妹半先生。
昭阳旧路曾依旧，坐望红灯到十更。

2 竹枝词

一曲江流半竹枝，三湾草木九滩姿。
瞿塘峡口巫山岸，白帝城头月可知。

3 宿西林寺

一宿西林半寺开，三梦古刹九江来。
庐山只识真颜面，未晓钟声已又催。

4 春题华阳观

帝子箫声逐凤凰，仙音洞中号华阳。
观花道草随心意，不向人间问侯王。

接武下之二十七
鲍溶

1 隋宫

残垣破壁一隋宫，汴水残塘半日红。
记得天堂天越色，长城不似作鬼雄。

接武下之二十八
孟郊

临池曲

春风浦溆月临池，紫角菱荷水色姿。
采女闻声羞不语，罗裙犹在岸边枝。

接武下之二十九
李贺

蝴蝶舞

掌上飞燕舞正倾，蝴昂蝶抑羽云平。
屏风醉眼何须见，北巷南家各去荣。

接武下之三十
卢仝

1 逢郑三游山

一处相逢半点头，三山旧语九江楼。
君心只似风林晚，月色清明自不忧。

2 逢病军人

军人一病半无忧，未了三生两地愁。
只恨长城分内外，龙城不语是春秋。

接武下之三十一
李绅

却到无锡望芙蓉湖

锡山望水一芙蓉，古市三空半故封。
无锡锡山山有锡，女儿国里女儿踪。

接武下之三十二
顾非熊

瓜州送朱万言

千言万语一瓜洲，二意三心半水流。

2 赠杨炼师

紫绶丹烟一上云，青山绿水半天分。
峰高岭峻清风月，小篆书堂敬老君。

3 寄薛膺昆季

人情一作相思，世俗三千问旧辞。
楚客生才江月照，芙蓉楼上女儿诗。

渭邑吴山分我你，相思两地故乡人。

接武下之三十三
张祐

1 胡渭州
天轮独月问行舟，世上人情化九流。
万里长江东逝水，家乡已去莫闻秋。

2 雨霖铃
淋铃雨驿上皇闻，蜀道难亭左右分。
一曲张微长细语，罗声草木不相君。

3 集灵台
虢国夫人玉色开，身明短束集灵台。
杨家姊妹飞燕妒，不比藏娇渭水来。

4 华清宫
龙城一关在华清，供奉三千李白名。
羯鼓胡旋今犹在，梨园但与念奴情。

5 宿滟浦逢崔升
渡口相逢水月分，江流逝色济天云。
星河一片接天地，此去难明日复君。

6 瓜州闻晓角
瓜洲晓角早行舟，宿月无明半壁留。
碧草方荣何醒意，江潮此起彼伏流。

7 题弋阳馆
一叶轻舟下弋阳，千波叠日问天苍。

黄昏欲披干将剑，不是猿啼不断肠。

8 邮亭残花
邮亭处处半残花，暮日云烟一两家。
自逐征东千万里，随时俱进到天涯。

接武下之三十四
朱庆余

1 宫中词
寂寂花开闭院门，轻轻只问小儿孙。
含情脉脉东西望，楚楚人心尽是恩。

2 闺意上张水部
镜里红妆有似无，书中日月满扶苏。
门前柳叶年年绿，苑后梅花岁岁孤。

3 西亭晚宴
西亭晚宴半虫声，夜酒星平一醉情。
叶落杯停何不问，风来树影少年行。

4 庐江途中遇雪
庐江大雪欲封城，雁字排云玉宇情。
但以人飞潇水岸，衡阳可以作功名。

接武下之三十五
徐凝

1 洛城秋砧
秦川百里一秋声，渭邑千呼万岁城。
唯有人间砧杵切，京都莫以玉壶倾。

接武下之三十六
贾岛

1 渡桑干自言
年年一渡半桑干，岁岁三春两地泉。
不闻书生天地见，乡心似水共婵娟。

2 期吕山人不至 自语
天云济济吕山人，日月长长四季春。
对水临风歌不止，行吟六万以诗珍。

接武下之三十七
姚合

边将自己
飞将一箭过三边，学院摇篮向九天。
莫以书生求学问，耕耘日日度时年。

接武下之三十八
王表

成德乐
赵女寻春上画楼，临河问色下青州。
无端不唱阳关曲，已是夫君少白头。

接武下之三十九
裴夷直

忆家
不去江山不忆家，难言日月一枝花。
南洋岁岁无霜雪，北国年年有豆瓜。

二十四、七言绝句　正变

正变之一
李商隐

1 汉宫词
晓雀西飞去未回，君王北问集灵台。
东方不语相如寂，醒醉难当酒一杯。

2 宫词
君恩似水向东流，金屋藏娇问不休。
掌上飞燕歌舞尽，葡萄五味不知愁。

3 龙池
芙蓉色里一龙池，羯鼓声中半不知。
马嵬坡前兵不进，先皇已蜀寿王时。

4 瑶池
瑶池玉树向牖开，舞曲千重待女来。
八骏穆王三万里，胡旋旧殿集灵台。

5 咸阳
咸阳旧阙半风光，渭水东都一念长。
六国香罗千女子，秦皇自此比隋炀。

6 过楚宫
巫山峡口楚王宫，暮雨朝云宋玉风。
十二峰前神女问，三千月下自由衷。

7 过华清内厩门
华清别馆镇芙蓉，内厩东门故步封。
寿子龙孙青海去，梨园曲舞有无踪。

8 贾生
一到长沙问贾生，三生古调九歌鸣。
求贤但向苍天问，鬼鬼神神可不明。

9 夜雨寄北
未问归期未有期，三巴夜雨两巴时。
何人不锁红楼梦，只以相思作女知。

10 宿骆氏亭寄怀崔雍
无尘渡口水清明，有芷湖光草新生。
未散春云常带雨，秋池以此作枯荣。

11 访隐者不遇
隐者山中二迹稀，猿啼月下一沾衣。
沧流跃足樵渔问，日暮难言日暮归。

12 忆住一师
一事千年问远公，三生两足踏群雄。
平明晓论江山路，暮宿灯前话由衷。

13 寄令狐郎中
牛牛李李一西东，令令狐狐半济雄。
一纸休书儿女过，三生旧忆已成空。

14 昨夜
昨夜云城一雨中，今晨雾市半天工。
梁园自得相如客，桂影空寒度月宫。

15 夕阳楼
花明柳暗夕阳楼，夏雨春云落叶秋。
腊月梅花冬已尽，孤鸿起落一人修。

16 东还
楚客何闻一楚才，东还不语半东台。
年年不解春秋似，处处还言日月开。

17 端居
悠悠归梦一空床，楚楚求归半枕香。
水水山山相继续，儿儿女女独乡肠。

18 游灵伽寺
钟声旧寺一琴台，净水香烟半日开。
古堞伤心灵伽语，榴花处处以红来。

19 嫦娥
半见嫦娥一见心，千云未定万云深。
寒宫不锁寒光照，玉兔难行玉色荫。

正变之二
杜牧

1 宫怨
花开日上一乾坤，殿后宫前半旧恩。
小杏出墙原自取，红娘待月只黄昏。

2 秋夕
两岸牵牛织女星，千明闪耀万流萤。
天街欲步瑶台去，恰似长亭又短亭。

3 泊秦淮
烟笼水榭月笼纱，夜见秦淮酒人家。
小女何言亡国恨，南唐故主六朝花。

4 登乐游原
长空淡淡乐游原，古木苍苍草色繁。
汉业五陵松柏在，秋风起处问轩辕。

5 赤壁
赤壁穿空一浪遥，东风借箭半吴朝。
周郎魏蜀连营策，铜雀台高漳水潮。

6 华清宫
一树红枫百树霜，三郎羯鼓半郎肠。
华清水暖芙蓉坐，蜀雨霖铃付寿王。

7 长安晴望
长安一望曲江来，渭水千波碧波开。
上液慈恩鸣大雁，萧关但锁柏梁台。

868

第五卷 明人选唐诗（二）

8 过勤政楼
千秋佳节已空名，勤政方兴务本成。
兴庆开元天宝去，沉香亭内五王城。

9 金谷园
心情半向堕楼人，事散三秦落鸟春。
日暮黄昏金谷色，花开花落是花尘。

10 青冢
夜夜琵琶一曲幽，茵茵草木半春秋。
青冢已在阴山在，汉女燕支月上头。

11 洛阳秋夕
冷冷寒霜带叶红，悠悠月影上阳宫。
天桥夜市明烟树，寂月清歌任洛虫。

12 将赴吴兴登乐游原
重阳九日乐游原，十里昭陵半旧轩。
但问吴兴谁见客，孤云细雨作烟源。

13 江南春
江南十里小桥村，月下三春养茧魂。
嫁娶三桥同里渡，沉浮俱是退思恩。

14 汉江
汉江汉口汉水晖，问地问天问心扉。
待事待人待日月，知意知音知不归。

15 宣州开元寺
开元寺里半宣州，一鹤云中九教头。
月色朦胧天下见，寒宫桂影似清秋。

16 长安雪后
长安雪后望终南，一色难分满素岚。
汉苑秦陵知覆被，抽丝指日养春蚕。

17 山行
一望寒山影半斜，千川旧路两三家。
短亭五里长亭续，九月重阳二月花。

18 闻角
晓角鸣天一日霄，云波七色九流潮。
楼明玉树争早晚，客自耕耘作柳条。

19 春尽途中
一事无成不挂冠，三春草木有余寒。
何言别路分长短，但以辛勤作阔宽。

20 寄扬州韩绰判官
隐隐青山一路遥，悠悠日月半云霄。
明明江都桥上月，约约秦楼弄玉箫。

21 怀吴中冯秀才
三吴不远虎丘遥，一路烟云雨未消。
岁月难平天下事，寒山寺外一枫桥。

22 送陆浑郎中弃官归
世上风尘不弃君，人间日月有天分。
衡门末谢官涯路，魏阙何言旧布裙。

23 送隐者
隐者无媒一路遥，明人有道半云霄。
云林约约渔樵地，岁月悠悠草木凋。

正变之三
许浑

1 楚宫怨二首
十二峰前一水来，晴云雾雨半山开。
阳宫对影争腰细，但请秦王问楚台。

2 其二
不解纵横不可归，朝云暮雨任情飞。
龙衣未谢张仪谢，凤语无声向旧闱。

3 四皓庙二首
汉帝天家四皓邻，商山虎豹一无亲。
商山雪而寒不雨，远石攻山以玉珍。

4 其二
秦人汉客自无尊，北水南流有旧津。
渭邑篮关随日月，半得天王半得臣。

5 鸿沟
秦王楚汉一鸿沟，垓下乌江半主流。
一火未央宫外路，英雄自此作沉浮。

6 途经秦始皇墓
龙盘虎踞始皇陵，二世无须座右铭。
指鹿何须丞相李，鸿沟两岸谱丹青。

7 缑山庙
月里求仙后羿来，箫声鹤舞曲人开。
缑山庙里徘徊处，碧水东流自不回。

8 经故太尉段公庙
太尉千声一汉家，荒碑百载半山崖。
荥阳已去英雄尽，岁岁春来二月花。

9 客有卜居不遂薄游陇因题
客有深居待日斜，门无树影对林家。
庭芳不锁川流色，未落春来第一花。

10 谢亭送别
江流九曲情行舟，日上三竿对酒愁。
醒醉何须风雨问，东楼但似一西楼。

11 送宋处士归山
卖药修琴日已西，归来处士踏春泥。
山花甲子仙人路，不向人间草不齐。

12 秋思
楚水湘流两岸明，西风玉树叶方荣。
千枝落魄灵魂在，一帜重阳十日晴。

13 寄桐江隐者
石钓鲈鱼第几人，倾心碧水五湖邻。
桐江隐约吴连越，但向严陵子弟春。

14 鹭鸶
独立江洲半白头，孤身举首一春秋。
云中雨里常相望，水去山留问九州。

正变之四
赵嘏

1 宫鸟曲
夜夜乌栖一半心，声声宿叶两三寻。
宫宫六国佳人问，女女三生待古今。

2 寄远
黄昏日暮见栖禽，塞石长城筑古今。
一半春音云雨色，三千日月木成荫。

3 经汾杨旧宅 自曰
门中不变一书香，世上伏波半栋梁。
六万诗词格律鉴，三生日月苦耕忙。

4 灵岩寺
西施木渎一姑苏，勾践夫差半越吴。
盘门不锁灵岩寺，春秋五霸百家儒。

5 题僧壁
四壁题铭一寺僧，三清问道半香凝。
闲云野鹤耕心雨，释子天竺一盏灯。

6 江楼书感
江楼不可问江流，逝水难言待逝休。
月色何须明月问，舟帆互济以舟游。

7 发青山馆
青山馆里一野塘，驿路亭中半春光。
此宿难名乡土色，闲人只待草花香。

8 落第寄沈询
落第无非及第人，吴江未了曲江春。
舟头独立江南客，别岁龙门是旧津。

9 赠别
三声一曲半东西，两醉千杯九陌齐。
欲醒还言何必语，前程有路玉壶低。

10 淮南丞相坐赠歌者虞姹
白日清歌酒一樽，梁尘旧曲主三巡。
亭花七色中虞姹，曲尽音挈任自春。

11 东亭柳
蘸水烟斜一柳条，随春逐色半流漂。
河桥渡口连南北，只任风轻作碧霄。

12 经王先生故居
蓬山日暮半扬光，旧路天长一海棠。
弄玉秦楼箫史去，先生后世几书香。

正变之五
温庭筠

1 瑶瑟怨
湘灵鼓瑟数峰青，雨住云停十里萍。
水月相逢离不去，瑶台雁过一人铭。

2 车驾西游因而有作
寂寞相如半茂陵，枚乘一赋五湖僧。
东方朔语西游记，汉武心中故步封。

3 赠少年
日月难明一少年，阴晴可度半青天。
君山大小姑娘岸，梦泽乾坤草木田。

4 赠弹筝者
九曲伊州雁一行，千弹十弄诣三湘。
宁王但学风流去，不以衡阳作故乡。

5 渭上题二首
吕公辖达子陵滩，万里烟波钓古澜。
晓得名名和利利，斯文鸟去背人端。

6 其二
渭上秦王汉主楼，长安故殿任隋修。
咸阳不问东都去，但以唐家铸鼎州。

7 题端正树
浮云一路五陵秋，桂树三光半未休。
汉武秦皇何不已，隋炀水调到扬州。

8 鄠杜郊居
木槿花明麦陇香，郊居鄠社径斜扬。
寻音未至人先至，日送梨花到洛阳。

9 咸阳值雨
咸阳细雨一衷肠，洛水粼波半色香。
雁在衡阳飞翼展，当空一字以人长。

10 经故袁学士居
仗剑惊东一旧尘，行吟问客半家新。
西州月下花百味，醉后人中弃自身。

二十五、七言绝句　余响

余响之一
雍陶

1 天津桥春望
千波细浪泛红霞，万柳枝条向岸斜。
巷户不闭门档对，宫廷探得上阳花。

2 秋怀
独立黄昏问御沟，云轻柳重不东流。
宫深影暗红墙外，此去通途过九州。

3 和孙明府怀旧山
五柳先生不问山，三堂旧话雨云闲。
春秋左传文章在，老子潼关作客颜。

4 宿嘉陵驿楼
茫茫夜色一轮秋，淡淡清江半月流。
郁郁相思星不语，嘉陵驿里上高楼。

5 城西访友人
八水东流半石涯，千村小巷一桑麻。
村邻旧路两城近，处处桃花入故家。

6 哀蜀人为南蛮所俘
大渡河边蜀水连，衣冠色下共蛮天。
何分华汉由秦论，古木成林百十年。

余响之二
刘得仁

1 悲老宫人
五十宫娃不见家，三千弟子一枝花。
龙门石第羊车去，莫信人间你我他。

2 村中闲步
野水临流一野人，新枝挂碧墙半新春。
红霞普度千山树，白鸟翻飞问古津。

3 上巳日
半到清明百问家，千心旧路万荆斜。
书生一梦回乡里，不可三湘满水洼。

余响之三
陈陶

1 朝元引
东都水月半龙门，渭邑天光一御村。
雄鸡唱遍南山晓，春风嫁与曲江媪。

2 陇西行二首
永定河边一故音，长安月下半知心。
年年砧杵秋衣晚，忘却三冬自古今。

3 其二
不到三边莫问兵，临流九脉恐倾城。
阴山草帐牛羊语，渭水深宫日月营。

4 闲居杂兴 自语
一举成周力不余，三生未尽自荷锄。
耕耘日月无休止，著述文章有卷书。

余响之四
马戴

易水怀古
易水东流去不回，图穷匕现帝王台。
萧条壮士蓟门外，草木春秋日月来。

余响之五
薛逢

1 题黄花驿
独步遥遥蜀道长，蚕丛处处济人光。
猿鸣不尽黄花驿，鸟落无声对夕阳。

2 定山寺
巴川蜀色一松罗，楚汉秦川半九歌。
上界翻经闻已见，香风沿路入江河。

余响之六
薛能

1 铜雀台
熔铜铸雀筑方台，魏帝黄花八面来。
不取笙歌今古在，花丛月下野人来。

2 友人边游回
英雄可去李陵台，苏武重旌子不回。
霍卫当家王女在，宫中玉树久相裁。

3 宋氏林亭
宋氏林亭半亩田，桃花李杏十家边。
行人不似蚕桑客，白主春深雨作泉。

4 杨柳
玉树华清一柳杨，芙蓉帐暖半侯王。
柔条欲展春晖色，羯鼓新声动地扬。

余响之七
孟迟

1 长信宫
君恩已尽奈何归，金屋藏娇不是非。
自比身轻燕子舞，春风一半敞心扉。

2 闺情
闲情一片半浮云，暮雨三江九脉分。
草暖花香春意盛，王孙踏步作时君。

3 还淮却寄睢阳
梁王禁苑一苍然，满树黄昏半地天。
不到秦淮先寄意，回头是岸故人边。

4 宫人斜

禁苑琼花一夜香，宫娃玉女半空床。
同归陪路丘塚去，此路逢生是月光。

余响之八
项斯

泾州听张处士琴

独月边州一故乡，冰霜雪色半扬长。
琴声欲止彷徨问，一影斜斜到未央。

余响之九
段成式

1 折杨柳枝词

杨枝未尽柳枝长，三春已至两春香。
江楼只向江流问，人道正道是沧桑。
春莺一曲至黄昏，玉辇三声问古魂。
不见长门心不见，江流未向君恩。

2 送穆郎中赴阙

郎中赴阙著天书，寄下寻恩待色余。
不念金门明月去，还言晓日否樵渔。

余响之十
李群玉

1 紫极宫斋后

白鹤排云半月寒，禅声向道一心宽。
晨星楚楚高天挂，紫府苍苍落石坛。

2 南庄春望

南庄一望半春流，草暖三山五月楼。
沅水悠悠天外去，湘湘郁郁色巴丘。

余响之十一
韩琮

暮春浐水送别

浐水波光向日晖，宫城柳叶御沟肥。
皇家禁苑春先到，已向人间洒翠微。

余响之十二
司马礼

1 宫怨

柳色黄黄满御沟，红妆艳艳待朱楼。
回头已是三春尽，叹月无声照九州。

2 观郊礼

钟钟鼓鼓彩云飞，驾驾銮銮下翠微。
举首扬鞭神气在，人生队列是还非。

3 秋日怀储嗣宗

故客秋游去不回，霜明叶暗地天开。
阴阳各半分清楚，不见单于白马来。

余响之十三
杜荀鹤

1 题新雁

故雁新声向北洲，苍山水国色云楼。
江南塞北常相似，夏日春江不到秋。

2 哭具韬

别去亲朋自一家，孤身独傲向三洼。
年年不见荒丘问，处处同生草木花。

余响之十四
李频

闻金吾伎唱梁州

一曲梁州半伎声，三生塞色九州鸣。
姿身不就谁君子，舞袖难藏玉女情。

余响之十五
刘驾

长门怨

长门不怨一门长，黄叶难鸣半叶黄。
金屋藏娇金屋外，飞燕舞尽雁飞扬。

余响之十六
储嗣宗

月夜

月夜霜沉一鸟飞，东流逝水半无归。
青陵不语荒林语，别处风声作是非。

余响之十七
陆龟蒙

1 怀苑陵旧游

陵阳旧地去年游，李白宣城谢履楼。
酒市东山青似雨，斜江北上向东流。

2 春夕樱桃园宴

樱桃欲熟园燕来，月色偏低草木开。
艳舞清歌从伎曲，流莺未歇客情回。

余响之十八
张贲

送人西归

孤云独鸟两徘徊，草碧花虹一水来。
送别西归归不去，何知醒醉再无回。

余响之十九
方干

东阳道中作

东阳道上百花香，野旷春中半草荒。
日易和风知杜宇，清明酒肆尽衷肠。

余响之廿
唐彦谦

1 仲山（汉高祖兄刘仲葬此）

楚汉鸿沟垓下分，咸阳一火未央熏。
长陵不见仲山见，弟弟兄兄不是君。

2 曲江春望

长安七色曲江春，渭水千波上液濒。
望断天津桥外路，东风一日上朝人。

3 长溪秋望

一石三流左右中，千川百谷暮朝同。
溪流不止山峰磊，逝水无心只向东。

余响之二十一
张乔

1 宿洛都门
山川一宿洛都门，永夜三更忆故村。
不是边禽栖未静，秋声处处误寻根。

2 宴边将
一步凉州半酒泉，三边房塞两云天。
阳关已锁楼兰去，塞外寒声不问天。

3 寄山僧
大道原来小路成，钟声古寺故僧名。
黄云不语生云见，点石回头向岸荣。

余响之二十二
司空图

漫书
不拟求宋自得田，何须问道始终缘。
潼关里外骑牛客，老子新音闻古篇。

余响之二十三
高骈

访隐者不遇
隐者藏心八面开，闻风而动四方台。
天山有路通京阜，小杏出墙去来回。

余响之二十四
罗邺

1 公子行
玉树临风一色倾，群芳化雨半春城。
香化不语侯门掩，醉客声言问月明。

2 看花
东风化雨一春情，碧草连天半色明。
但见花开花落去，湘江俱照楚才生。

余响之二十五
李拯

退朝望终南山
峰高雪瑞一南山，笏重言轻半御颜。
绝顶冰封终日月，春风已过玉门关。

余响之二十六
崔鲁

1 华清宫三首
华清不远一潼关，玉液温汤半骊山。
但记明皇诏李白，呼来伺奉翰林还。

2 其二
朝元阁上一人归，蜀雨淋铃半鸟飞。
力士杨家安史坐，长生殿里可思微。

3 其三
门横锁旧见龙池，日落风扬挂旧枝。
羯鼓霓裳留客问，梨园遗址寄相思。

余响之二十七
崔涂

1 巫山旅别
巫山旅别雨云踪，意远心明十二峰。
宋王襄王多少赋，东流只去不回容。

2 感花
寻花问柳一春光，住步行心半岸香。
一阵东风红又碧，千华顶上玉成床。

余响之二十八
章碣

1 焚书坑
秦皇楚汉未央宫，孔子儒书未焚空。
夹壁关心封鲁壁，山东垓下误兴兵。

2 东都望幸
东都望幸美人来，腊月梅花雪里开。
莫扫空床明月在，王侯约定暮时回。

余响之二十九
郑谷

1 淮上别故人
淮河一水北南流，别岸三星日月舟。
渡口霞红天晓日，离船不语下湘楼。

2 赠日本鉴禅师
日本禅师学九州，无心故国海潮头。
山萤此去留明处，也是光辉也是幽。

余响之三十
高蟾

1 春风
嫁得春风上柳条，寻来碧浪作天潮。
平燕处处归思近，莫遣相思害不消。

2 旅夕
宿雁临洼一夜惊，朝班挂念半纵横。
人人——排云上，暮暮朝朝向日行。

余响之三十一
曹松

1 巳亥岁
甲子方明巳亥情，江山翠润去来生。
农夫日月阴晴里，不话鱼龙作业荣。

2 送僧人入蜀过夏
言师结夏一高僧，五月禅房半蜀灯。
雨里巴峰颜色好，云中下里水香凝。

余响之三十二
王驾

1 社日
鹅湖社日玉壶香，子女巢丝素茧藏。
醒醉何须杜影去，家人一睹半沧桑。

2 晴景
天高地厚半红霞，雨谷云前一女娃。
有意桃花常作客，无心小杏到邻家。

余响之三十三
吴融

华清宫
梨园草盛蜀零丁，羯鼓无声人未宁。

不见胡旋安史见，淋铃驿里雨淋铃。

余响之三十四
李洞

1 绣岭宫词

绣岭宫前日夕斜，梨花落入野人家。
香消玉殒宫人老，白发苍苍旧话夸。

2 赠僧

两足行身万里人，三生致净半云亲，
千山石上观流水，一布禅衣自不尘。

余响之三十五
韦庄

1 江上别李秀才二首

江流一别秀才声，渭邑千门万户情。
莫问秦川今日色，春来草木自枯荣。

2 其二

醒醉无非一故君，阴阳俱是半秋分。
乾坤日月凭朝暮，社稷平安任不闻。

3 东阳酒家赠别

东阳酒市异乡人，举酒吴歌赵语亲。
昨日三更孤店去，明晨五鼓又离身。

4 送人游临汾

秋风肃肃一临汾，落叶萧萧半别君。
仗剑幽幽天地间，阴山处处指黄云。

5 送人归上国

四归上国泛红花，不去梁园待日斜。
旧路亭前花树间，青云可伴到天涯。

6 春愁

自有东风不断来，群芳日上继相开。
王孙马下多夸口，雨打芭蕉隔暮回。

7 残花

一片残花日半红，初寒夏雨色无空。
春秋始末原相似，只在荣枯各不同。

8 金陵图

莫问金陵草木低，山中紫禁晋秦西。
台城柳色年年碧，只有秦淮鸟不啼。

余响之三十六
韩偓

宫词

人间正道是乾坤，侍女移灯半掩门。
不问羊车何处止，朝霞去后是黄昏。

余响之三十七
江为

塞下曲

万里黄云定不飞，千年石碛化卑微。
单于处处荒原野，汉马骢明草正肥。

余响之三十八
李建勋

宫词

不闭宫门日正闲，常开绣阁待人颜。
凰来凤去红颜老，未比男儿一诺还。

余响之三十九
张泌

寄人

别路迢迢到谢家，朝朝暮暮夕阳斜。
儿儿女女常相似，月月年年有桂花。

余响之四十
孙光宪

1 竹枝词

门前一水过人家，岸上三春五月花，
雾散云浮神女在，阴晴过后雨丝斜。

2 杨柳枝词

杨枝碧叶柳枝情，日暖花明岸暖荣。
独有江舟江色去，留心带水水无声。

二十六、七言绝句　旁流

旁流之一
古乐府

古乐府六曲十六首

水调歌（乐苑曰水调商调曲旧说隋炀帝幸江都所制曲成奏之声韵怨切王令言闻而谓其弟子曰但有去声而无回韵帝不返矣后竟如其言按唐曲凡十一叠前五叠为歌后六叠八破其歌第五叠五言之声最为怨恨今选其七言五首于下）

1 第一叠

平沙落雁五芳洲，宿月寻声半不休。
一字排空两陆唱，双飞展翼过凉州。

2 第三叠

秦皇垒垒一长城，水调声声半汴情。
白骨落落楼兰外，苏杭处处自枯荣。

3 入破第二叠

王侯梦里一天津，日月云中半故人。
继往开来前后已，春秋去便又秋春。

4 第三叠

一夜欢声半建章，三军帐令九明堂。
黄金屋里藏娇色，水调隋家是三炀。

5 第四叠

楼兰一曲过凉州，水调三声向九州。
汉武秦皇何所在，独见长城运河流。

6 第五叠

水调一歌头，隋炀半九州。
声声何韵韵，怨切付春秋。

旁流之二

凉州歌（乐苑曰凉州宫词曲开元中西凉府都督郭知运所进也）

1 第一叠

万岁城中上苑花，凉州月下古人家。
长安城里侯王圣，西陆楼兰正府衙。

2 第二叠

大雪纷飞大漠沙，朔风凛冽朔冰花。
雁去衡阳留守客，官军不可半居家。

3 排遍第二叠

冠官至此问三少，为教长安守大家。
寿比南山终不老，蜃楼海市二月花。

旁流之三

1 第二彻

羽调声中一曲歌，征音管上半江河。
商弦反复大和唱，角淡宫气四海多。

2 第四彻

塞北江南一九歌，单于汉武半江河。
黄沙绿水同天地，碧草连天向稻禾。

旁流之四

伊州歌（伊州商调曲）

1 第一叠

伊州五叠一商歌，入破西京半黄河。
乐府闻风天下调，殷勤日月苦辛多。

2 入破第一叠

千门夜月到三更，万里行途路十程。
五百长亭伊洛远，京都不见故人情。

3 第二叠

长安二额柳杨青，节度西京半渭泾。
一路关山行不定，荒沙漫漫对官庭。

4 第三叠

大漠秋风四壁生，荒沙石碛半倾城。
边城守卫君心在，不到楼兰不到京。

旁流之五

1 第二曲

昌龄一首从军行，塞外三声住帐鸣。
碧草萋萋天地远，芝兰处处野花荣。

旁流之六

水鼓子（乐府作近代曲）

1 第一曲

雕弓白羽一王孙，狩猎巡营半暮昏。
日尽牛羊归下括，河边草木碧荒村。

旁流之七
无名氏

长宁公主宅流杯

大雪分飞玉树荣，桃花日月色颜倾。
长宁公主流杯曲，半在瑶琴半在情。

旁流之八
开元名公

裴给事宅白牡丹

开元盛世数名公，给事行朝第宅红。
别有金盘和露水，长安自有五王宫。

旁流之九
才调诗

1 杂诗二首

永定河边一楚才，幽州额下半天开。
书生卷里春秋易，进士名中左传来。

2 其二

长川草色四方开，古木成林玉鸟来。
花落花开凭自在，日晨日暮任天裁。

旁流之十
惆怅诗

第一

船迷自入武陵溪，汉水秦墙楚客堤。
野草芝兰花不语，勾心斗角总无齐。

第二

深山坝上不观棋，子女人间未见知。
不向空台何不语，三生一步半生迟。

旁流之十一
芦中集

初过汉江

半过襄阳一汉江，三楼旧迹两家邦。
砚亭垂泪习家路，世上清光已不双。

旁流之十二
君山父老

1 闲吟

君山父老作闲吟，紫蘦三湘见古今。
日暮巴陵黄鹤见，洞庭梦泽是君心。

2 胡笳曲

胡笳一曲满阴山，汉马三鸣过九湾。
李广飞将军不在，单于已去玉门关。

旁流之十三
王烈

1 塞上曲二首

岁岁红颜望雁归，年年石碛作荒菲。
秋秋铁甲霜衣早，夜夜空林宿鸟飞。

2 其二

孤城不对玉门关，万仞昆仑半路山。
砧杵声中依旧遏，风沙未了老红颜。

旁流之十四
张敬忠

边词 自曰

一曲边词日半开，九州故土暮三台。
长安上苑群芳早，读卷无平自苦来。

旁流之十五
王乔

过故人宅

半见归来草木明，闻声故宅自枯荣。
唯余竹影随风遏，但以琴台弄玉声。

旁流之十六
李中

赐别

一别三声半不停，千言万语两地铭。
人间不是江流水，世上常闻雨打萍。

旁流之十七
刘昭属

送休公归衡

休公草履下衡阳，北阙南归问故乡。
三湘草色秋光在，立岳风声百度荒。

旁流之十八
杨达

明妃怨

明妃不怨汉宫深，白马琵琶放道寻。
但见单于明事理，如今不解画师心。

旁流之十九
张谔

九日宴

九日秋风一叶潮，无云玉宇半天遥。
茱萸但向留家女，醉里登高意不消。

旁流之二十
楼颖

西施石

西施不忘浣溪纱，木渎难寻越国家。
石上清流千百度，梅花落里唱桃花。

旁流之二十一
王偃

夜夜曲

北斗星开一夜低，银河百汇半东西。
班姬不怨昭阳路，额色惊鸟宿又啼。

旁流之二十二
朱晦

秋日送别

送别荒郊日半秋，云浮古渡水东流。
河边岸芷汀兰去，一叶惊舟到柳头。

旁流之二十三
宋邕

春日

花轻叶重入云端，草碧鸟鸣玉树宽。
白鹭黄莺抬首见，北陌阡南柳营盘。

旁流之二十四
裴交泰

长门怨

长门一闭一心愁，泪眼难开半国忧。
湿尽罗衣谁不见，藏娇已作旧宫楼。

旁流之二十五
吴商浩

秋塘晓望

秋塘晓望一莲蓬，故水如烟半草踪。
古叶荷风残色浅，天光照旧以红封。

旁流之二十六
卢弼

和李秀才边庭四时怨　吕生四季

1 春
春风一夜过榆关，故土三况读万殷。
腊月梅花芳百草，新年爆竹挂云寰。

2 夏
夏雨荷塘月色清，书无玉宇客心明。
楼兰一诺交河日，大漠沙荒志可倾。

3 秋
九额重阳有子成，三秋岁月苦心耕。
龙城一诺飞将在，立足京都是此生。

4 冬
大雪封山一故踪，源泉饮马半玉龙。
浑江水上烟囱岭，五女如云似独峰。

旁流之二十七
杜常

华清宫
不到江南五百亭，梨园羯鼓两三伶。
霓裳久挂先皇去，细雨残荷力士铭。

旁流之二十八
方泽

武昌阻风
汉口知音半武昌，巫山问峡一襄王。
飞花百态千姿色，流水高山作楚乡。

旁流之二十九
皎然

1 长门怨
长门一路叶青黄，落日三宫六院忙。
草木春心求雨水，昭阳旧忆几炎凉。

2 铜雀伎
魏帝君王举槊梁，漳流碧水泛波光。
移露天台铜雀伎，艳曲余心尽意昌。

3 听胡笳送人
胡笳送客一声扬，野渡竹舟半故乡。
此意如知天土见，临流不可对苍黄。

4 送僧游宣城
宣城一路半行僧，楚水三吴两寺灯。
莫向舒姑泉口泊，呜咽曲里夜相承。

5 送履上人还金陵
此去金陵一上人，西山挂枝半秋春。
禅心不了湘宫水，泽济难平世界珍。

6 送聪上人还广陵
古柳千株一广陵，休公百念半无凭。
心同日异随君子，学步邯郸万步僧。

7 晚秋破山寺
一寺登山半古僧，三秋晚叶两呼应。
千层木叶红染树，万道云光自不凝。

8 舟行怀阇士和
二额湖南已入春，三湘玉水未先秦。
横山渡口花一树，夜泊轻舟向草茵。

旁流之三十
灵一

1 僧院
虎跳溪流一雪松，僧言寺语半苍容。
青山峻岭连峰顶，露水黄云老态龙。

2 赠灵澈禅师
禅师只在翠微间，坐问天台志意闲。
但与剡山不寥见，浮云自立待归还。

3 雨后欲往天目山问元骆二公溪路
雨后晴空一路溪，春光草色半高低。
人间欲往求天目，世上风林几鸟啼。

旁流之三十一
灵澈

答韦册　自问
少小知书老大成，耕耘岁月去来盟。
乾隆四万诗词首，此过冠军作古城。

旁流之三十二
清江

自答
一念千生半梦中，三吴二楚九江东。
如今白首诗词客，六万不异七万同。

送婆罗门生
万里黄河总向东，千人众志自无穷。
如今白首乡心重，却寄相思在碧空。

旁流之三十三
法振

逢友人上都
玉帛征翼一楚才，吴江水色半川来。
中流砥柱潮波去，白帝江陵赤壁台。

旁流之三十四
无本

1 行次汉上
汉上习家一日行，知音不在半心情。
黄昏日暮沧江色，不下三湘楚不成。

2 冬夜送人
平明一马自朝东，九脉三江玉宇红。
半过村桥回首望，应留折柳寄孤风。

旁流之三十五
无闷

暮春送人
寺钟声半问僧，三更大路两无应。
千途不尽蚕丛路，万里乡音古刹灯。

旁流之三十六
齐巳

贻九华上人
不二法门一上人，传闻继老半闲身。
高僧但与禅音寄，地道何须独自亲。

旁流之三十七
羽士一人
曾唐

1 小游仙

术士游仙一碧霞,寒光冷路半天涯。
朝闻暮宿三千界,曲落溪流白葛花。

2 题武陵词三首

秦人滞水武陵溪,汉客行舟一鸟啼。
两岸桃花三界处,人间寄望问东西。

3 其二

桃花夹岸小船移,汉巷秦门白犬期。
莫向深山薪木问,不问琴台不问棋。

4 其三

岸口回舟日已昏,殷勤只向小儿孙。
桃花不语人间路,但以求心锁梦门。

旁流之三十八
女冠一人
鱼玄机

1 江陵愁望寄子安

江陵子女一玄机,水碧天红半客衣。
渡口村头何不见,君心昧意几人稀。

2 江行

江行一路一帆斜,日照三江九浪花。
汉口知音流水去,高山只待武昌家。

旁流之三十九
宫闱
上官昭容

驾幸新丰温泉

新丰白羽一温泉,驻骅鸾旗九殿鲜。
细雨烟云常沐浴,昭容驾幸武人边。

旁流之四十
杨妃

谢赐珍珠

一斛珍珠半帝家,三生寂寞两生花。
长门尽日霓裳舞,但以梨园作署衙。

旁流之四十一
关盼盼

1 燕子楼诗二首

燕子楼空一旧楼,残花照旧半花羞。
相思只在人心里,不必天涯地角求。

2 其二

燕子楼中望水洲,烟消雾散各春秋。
歌尘剑履知音去,色尽香沉意不休。

旁流之四十二
赵氏

1 闻杜羔登第

良人得意一心求,此去长安半不休。
渭水波清明所愿,龙门弟子忆红楼。

2 代杜羔赠

三春一路半相思,九陌千程十地送。
白玉心中依旧记,龙门有子诺难期。

旁流之四十三
张窈窕

春思

门前竹木一春晖,妾意心中半鸟飞。
绣被难容单薄短,双燕不解去还归。

旁流之四十四
刘瑗

长门怨

长门一怨到昭阳,妾女三声自断肠。
泪水愁心随日短,君恩草木任风狂。

旁流之四十五
裴羽仙

边将

自有心中大丈夫,何言草木有还无。
年年楚水三吴去,处处英雄一扫胡。

旁流之四十六
廉氏

寄征人

一夜征人尽望乡,三更旧岁半炎凉。
楼兰不尽龙城月,妾独江山论短长。

旁流之四十七
崔公达

独夜词

霜天晓角一风寒,锦帐罗帏半额端。
仗剑张灯听远近,京都有梦可心宽。

旁流之四十八
姚月华

1 古怨二首

悠悠古怨一心留,处处行身半所求。
岁岁春风云雨在,年年不尽少年头。

2 其二

形形影影自无分,女女男男作子君。
处处时时双羽翼,年年岁岁作衣裙。

旁流之四十九
花蓝夫人

1 宫词二首

一日深宫半日春,三边旧磊两边人。
闻君殿上诏书令,妾女臣中著冠巾。

2 其二

梨园子弟下梁州,上液笙筝间曲头。
乐府先生凭水调,棠花白处作王侯。

旁流之五十
薛涛

1 送友人

蜀国烟花一夜霜,江流水色半苍茫。
春秋不似山河额,白白清清任锦扬。

2 送卢员外

玉磊人前一旧恩,相如赋后半黄昏。
夷门感遇卢员外,锦水江楼作武村。

3 题竹郎庙

古木参天向竹郎,西阳暮色待天光。
江村一笛鸣山水,此地三边半已霜。

旁流之五十一
故台城伎

耿将军守茎青衣

将军独守一青衣,帐令无声半额稀。
今夜良人残烛灭,明晨比鼓待京畿。

二十七、五言排律　正始

正始上之一
太宗皇帝

秋日

紫气东来韵，飞将北去音。
香凝天地树，玉菊暮朝金。
日月平分争，阴晴待古今。
三更千万里，百岁木成林。

又：

岁岁年年间，朝朝暮暮寻。
秦川天地阔，渭水去来吟。
九曲黄河岸，三生日月心。
乾坤多少路，草木帝王音。

正始上之二
虞世南

1 待宴赋韵得前字应制

宴上一君前，宫中半酒泉。
三边安定水，九脉镜明悬。
上液花丛色，龙门弟子天。
慈恩朝暮在，宴赋去来年。

2 待宴归雁堂

归来一雁堂，竹映半春光。
舞馆金塘岸，梅花腊月芳。
皇家天地客，玉树后庭香。
士子吟秦晋，公侯赋柏梁。

正始上之三
杨师道

初秋夜坐应诏

三更夜诏明，百巷晓风清。
万里行云定，千年汉帝声。
沧池天地树，蜀道去来情。
月落秋风色，天高万木城。

正始上之四
陈叔达

1 早春桂林殿应诏

金鸾殿上名，上液苑中声。
晓旭朱楼色，晨风扫月明。
银阶天似水，御柳碧宫娥。
舆驾巡东北，文章织纵横。

2 后渚置酒

秦川白马鸣，晋土淑泉清。
越女耶溪水，直关老子行。
严滩陵不语，不钓直人情。
露湛闻沧浪，晨鸡一两声。

正始上之五
李义府

宣正殿芝草

孝盛一灵光，明王半意迟。
朝阳宣正殿，旭日曲江池。
涵光近舆驾，阴晴日月枝。
慈恩天子岸，圣祚八行诗。

正始上之六
董思恭

昭君怨

汉曲昭君怨，琵琶马上弹。
阴山多少夜，草社梦长安。
蜀同含羞月，单于正目丹。
深宫王不见，但上画师坛。

正始上之七
张文琮

昭君怨

一路阴山雪，三秦岁月深。
天光何远近，草色蔽春荫。
断袂单于客，回身蜀道客。
胡风多旷达，不叹故人心。

正始上之八
王绩

野望

野望一人家，春呼二月花。
群芳三世界，暮日四时斜。
树色成山影，天光落彩霞。
云峰峰绝谷，磊石石堆沙。

正始上之九
萧翼

答僧辩才

邂逅一良宵，殷勤半路遥。
箭风闻旧雨，绿蚁矿殊寥。
会稽夫差问，兰亭曲水沼。
文章明日月，弟子胜班朝。

正始上之十
杨炯

1 从军行

不作一书生，当宫半诺成。
交河圆日落，上液苑池平。
凤阙牙璋立，龙城铁骑鸣。
凉州西陆去，但结百夫行。

2 刘生

六郡一秋春，三秦半故人。
长安知所任，渭水胜汾邻。
折壁当朝奉，红鸾玉驾亲。
相如知自己，赵剑让人真。

3 送临津房少府

少府一临津，长烟半去人。
秦川千百里，瀰水暮朝频。
此醉何时醒，分杯不可巡。
前程多日月，四象有风尘。

4 送丰城王少府

少府一丰城，离亭半酒倾。
平沙多落日，阔水少啼鸣。
指点衡阳路，排空一字行。
三湘南北去，塞上去来行。

5 送郑州周司空

汉国渭临泾，秦都浊水青。
河图天下起，蜀道百长亭。
五路中枢巷，三宫上苑宁。
潼关皇极阙，玉锁骊山屏。

6 出塞

神州一丈夫，楚汉半东吴。
塞外单于牧，明堂二月苏。
星文南北注，气钯去来芜。
有志寻千里，豪雄上五湖。

7 有所思

小女问三边，男儿守半田。
新婚离别去，指日一丁天。
袖短红颜色，心长玉臂悬。
同君共一梦，抱枕注甘泉。

8 梅花落

梅花落一声，大雪覆三城。
折色晴天地，红心淑玉情。
淡淡香气去，悠悠独影明。
行人消息在，春芳似旧盟。

9 折杨柳

征人去不还，大雪满阴山。
玉宇苍茫色，天空素羽闲。
红颜离别苦，日暮柴扉关。
烛下相思泪，心中十八湾。

正始上之十一

1 寻道观

芝兰野路寒，碧绿草园宽。
淑气逢花季，庄严古道观。
三清坛主玉，九脉驾云端。
守望色衢去，松枢肃女冠。

2 散关晨度

关山一旦开，石路半斜来。
白马经天外，高潭阔水回。
青牛真气在，巨鳌望门台。
老子当天道，非非是是裁。

3 别薛华

一别上途人，千亭作客身。
生涯何不止，泊息共勤辛。
此地山河水，同时日月新。
同音当记取，百岁已老珍。

4 重别薛华

再别问薛华，重寻百岁家。
楼台多酒色，浦口水边花。
晚泊轻舟小，栖栖故月斜。
无心非所以，水水浪淘沙。

5 游梵宇三觉寺

杏阁一开襟，松门半古今。
梵音三觉寺，妙境百人心。
紫气梦裙树，禅钟意念深。
齐山多栈径，别济有鸣禽。

6 麻平晚行

麻平一晚行，百岁半纵横。
问道高低见，寻途日月明。
听泉流不止，遇雨见阴晴。
野草枯荣去，山花自在萌。

7 送卢主簿

图穷匕见明，士木不重生。
狭路英雄见，高台日月生。
相依知主簿，客别路难平。
守意书生气，开襟分袂行。

8 饯韦兵曹

别袂问兵曹，浮云意正高。
田边天地阔，野次取葡萄。
万里楼兰近，千年易水滔。
飞鹰何地远，月照旧征袍。

9 白下驿饯唐少府

白下驿昌亭，依然少府形。
风烟多少问，道路去来丁。
已事平生寄，何言不渭泾。
云涯天地晚，日月记心灵。

10 杜少府之任蜀州

古阙锁三秦，风尘满五津。
君行天下路，客作宦游人。
共是天涯子，同非日月邻。
英华当彼此，草木自秋春。

11 仲春郊外

东园一日新，北巷半春人。
物色明三月，天光近四邻。
龙城天子树，渭水洛神亲。
不是山花好，红红不作尘。

12 郊园即事

郊园即事人，竹影乱秋春。
早赏梅松菊，还寻日月新。
南亭花正放，北院草衣中。
滞泻溪流泛，行程曲折茵。

13 铜雀伎

漳河望邺城，魏主问明英。
水榭楼台色，红颜碧玉荣。
腰姿铜雀伎，曲舞尽平生。
百媚花招展，西陵自不生。

正始上之十二

1 陇头水
乡关在陇头，渭水任长流。
别去闻沧海，沙风十月愁。
军行千里北，骆驼万年舟。
大漠旌旗尽，长安日月楼。

2 巫山高
一望半巫山，千舟一玉颜。
惊涛云上下，拍岸雨不还。
白帝城中月，啼猿树上攀。
襄王神女问，不到玉门关。

3 芳树
一木自成林，三光有普心。
千年非是断，百岁去来音。
积翠乾坤色，居红日月荫。
朝朝芳露湿，莫莫雨云深。

4 文翁讲堂
文翁一讲堂，社稷半三光。
雀鸟无燕客，行云有两章。
丹青垂万古，赤壁正鱼梁。
客与天山路，程心作柳杨。

5 石镜寺
一寺半钟声，三僧两地名。
千年成石镜，万里待阴晴。
芙蓉碑上刻，钵盛月中英。
佛宝沉松柏，香台化古城。

6 春晚山庄率题
田家有四邻，谷雨化三春。
露色耕耘亩，云光日月亲。
风花霜雪树，咕酒乐红尘。
社日年华里，莺鸣入草津。

7 昭君怨
汉地一新春，阴山半故人。
琵琶今犹在，草甸是非亲。
战战和之问，文文武武身。
葡萄生内地，西域不胡巾。

8 折杨柳
明楼启曙扉，翠柳送君晖。
不折长条寄，还生待复明。
长亭千百路，小驿两三帏。
此暮军中宿，长生大雁飞。

正始上之十三

1 骆宾王　咏蝉
一陆半蝉吟，三秋十地心。
江山知日月，社稷苦知音。
雨重晴易唱，风高响不深。
无须人面见，自主比鸣禽。

2 秋雁
三秋一字飞，十雁五双归。
落宿金河冷，排空玉宇晖。
衡阳温故水，塞北雪霜霏。
顾影鲲鹏问，人间自行徽。

3 秋日饯陆道士陈文林
文林一国风，道士半秋宫。
赤鸟惊天地，吴王见去鸿。
青牛来可问，泛蚁暮朝空。
日色同君主，风尘共泯雄。

4 游紫云观赠道士
道士紫云观，玄门日月宽。
澄秋何俯仰，列御客无寒。
九陌生云洞，三清化雨坛。
丹炉成玉石，季令以心安。

5 游灵公观
胜境一心田，神仙半涌泉。
灵公观上望，枕府水中天。
竹影流光色，寒弦寄古川。
青门空世界，自成一方圆。

6 玄上人林泉二首
林泉一上人，玉石半秋春。
探历丹砂久，寻闻日月津。
昭昭天下问，隐隐客知珍。
处处成然去，年年自主茵。

正始上之十四

7 其二
俗道一风尘，清途半至尊。
幽兰香泛远，楚客至心真。
杜宇争鸣去，群芳碧草亲。
无终知异鉴，有意念天钧。

8 在兖州饯宋五之问
宋五一梁鸿，淮尼四水空。
汶阳东路别，绿蚁酒杯风。
柳色清津碧，兰香别后衷。
梨花成素色，以此对君同。

正始上之十四

9 刘庭芝　入塞诗
飞将入塞陲，射虎向时知。
没庐围地务，戎机晓日迟。
霜明天际雪，马踏半鸣嘶。
客迹旌旗外，英雄不再期。

正始上之十五

1 单于川对雨
单于对西川，草色向三边。
洗净阴山木，新枝塞北泉。
龙城飞雁叫，青海落浮年。
大漠春光暖，衡阳化北天。

2 正月十五夜
正月一元宵，春风半小桥。
银花先瞩目，火树亦飘摇。
十五明光与，三千弟子辽。
星河成就问，草木已情条。

3 初春行宫侍宴应制
侍宴一行宫，温泉半液红。
琴弦音袅袅，管笛曲融融。
皇家金吾解，紫楚有鸣虫。
玉漏天池水，梅花色雪中。

正始上之十六
薛曜

正夜侍应诏

古夜两年中，三更一岁同。
春随冬日继，雪作腊梅中。
玉液瑶池岸，祥云上液宫。
崇光明万巷，醉曲作东风。

正始上之十七
魏元忠

侍宴银潢宫应制

别蓼上秋云，离宫下日分。
瑶池生寿树，上液著衣裙。
小叶寒中长，新枝紫气勤。
南山先下雪，互甲一都闻。

正始上之十八
乔知之

1 铜雀伎

素玉半分香，清姿一愿长。
弦音铜雀伎，粉面卸红妆。
独曲难关雅，私声易槊旁。
西陵荒草地，不可梦黄粱。

2 侍宴应制

紫禁一城休，鸡琴半九流。
梨园声未止，鼓切韵朱楼。
但以霓裳曲，天杯玉露浮。
年光天子岸，子弟已无愁。

3 梨园亭子问高力士

上液玉池头，芙蓉水岸舟。
杨家三姐妹，力士一江头。
苦菜长生殿，相思旧日楼。
梨园留曲舞，自此上神州。

正始上之十九
韦安石

侍宴旋师喜捷应制

指点一年归，单于半是非。
胡人多养马，赵士射服微。
百战成金甲，千金帛玉晖。
兴酬歌舞尽，喜捷报宫扉。

正始上之二十
韦承庆

凌朝浮江旅思

上巳一行舟，江风半九州。
山光波色暗，水鸟羽毛柔。
不可平流水，难从话语求。
知音非道路，达士莫无修。

正始上之二十一
中宗皇帝

登骊山顶寓目

八水帝王家，三秦日月花。
千门朝紫禁，万户事桑麻。
渭邑长安社，咸阳玉馆衙。
如今何纠武，自丁浪淘沙。

正始下之一
陈子昂

1 晚次乐乡县

晚次乐乡县，孤征暮日川。
边城原皁色，旧国敌人天。
野戍荒云断，山森月水烟。
猿鸣峰顶树，沿路玉壶泉。

2 春日登九华观

白玉九华观，丹丘一望峦。
山川千百色，日月两三端。
桂子朝天树，天桥落地宽。
清宫非土地，鹤舞正衣冠。

3 晖上人独坐亭

听钟独坐亭，问道共禅铭。
朵树芳林少，浮云客气宁。
寻泉流不止，觅水见丹青。
彼此常想见，阴阳百度灵。

4 度荆门望楚

望楚度荆门，寻乡问古村。
巴山巫峡去，折帝大江吞。
十二峰前月，章台入五蕴。
何言云雨客，不可见黄昏。

5 春夜别友人

别去一君人，何来半日新。
随云飘不定，任雨自迷津。
隐约前程近，明亭旧路陈。
遥遥相继绕，步步远三秦。

6 送魏大从军

魏大此从军，单于以北云。
匈奴何不与，戎怅日难分。
汉地右皇土，胡人牧草群。
阴山飞将问，六郡几王君。

7 送崔著作融东征

白露已东征，秋分阔帝城。
王蚰非乐战，肃气自惊兵。
北展牛羊牧，南侵正北平。
卢龙麟阁约，一马作精英。

8 送东莱王学士无竞

东莱学士新，定剑历古陈。
自许千金价，无言万里身。
孤松真晚岁，独木爱芳春。
一道三边去，千将九部秦。

正始下之二
杜审言

1 蓬莱三殿侍宴奉泉咏终南山

恒顶玉涟天，峰中水流泉。
南山晓渭邑，上液晓花眠。

不远芙蓉色，闻香有璃烟。
蓬莱三殿上，御笔曲江船。

2 宿羽亭侍宴应制
步辇宿羽亭，风光作丹青。
离宫分晓色，柳浪化花馨。
碧水东方溯，瑶池李白醒。
余杯天上问，报赏记周铭。

3 和韦承庆过义阳公主山池三首
孤峰一路长，水岸半花蚝。
桥连南北树，石磊岭山梁。
绾雾随风至，云丝任露旁。
阴晴三二月，草木暮朝光。

4 其二
城中一野兴，物外半天丞。
契望灵泉水，情悬日月升。
朝英成紫气，暮色化香凝。
早晚同心坐，阴晴共意征。

5 其三
悬泉百丈飞，雨露十寻归。
接地云烟水，承天露雾扉。
瑶池多少色，舞女百花辉。
应不龙王在，苍梧见玉妃。

6 秋夜宴临津郑明府宅
行行止止分，地地天天云。
暮暮朝朝问，来来去去君。
临津何不酒，渡口始相闻。
独自余杯盏，兴中入雁群。

7 夏日过郑七山斋
共好一尊中，同寻半谷红。
梦藤相互绕，岸石鸟鸣空。
日气含云雨，芰荷晚色宫。
莲蓬当结子，此积似蚕丛。

8 和晋陵陆丞早春游望
独有一游人，偏寻十地春。
云光由海曙，柳色任纯茵。
紫气东来岸，归思不语秦。

晴同千世界，共坐五湖津。

9 登襄阳城
一客问三秋，千声化九流。
襄阳怀楚地，泪落砚山忧。
汉水回天去，知音不可求。
习池风景异，黄鹤去空楼。

10 都尉山亭
紫葛一山亭，蔷薇半壁青。
流泉明碧色，岸口只余泠。
钓影塘池浅，观鱼作画屏。
孤身寻天地，独叹作零丁。

11 春日怀归（书生自语）
望尽一秦川，归时半北边。
榆关知云客，独得问书田。
魏阙山河鉴，桓仁草木泉。
浑江南北去，五女暮朝前。

12 和康五望月有怀 之二
望月问婵娟，寻明待酒泉。
飞将曾射虎，独立话幽燕。
素影寒衣短，清宫可问天。
书房香不止，玉宇苦耕田。

13 望春亭侍燕游应诏
殿上半明光，朝中一帝王。
公侯知伯子，步辇海歌祥。
万岁三春继，千门九脉梁。
臣群同寿颂，御史祝贤良。

14 送崔融
渭水一崔融，征军半祖雄。
关河常不锁，日月自西东。
朔气胡笳曲，秋风扫叶穷。
荒沙书记在，帝子北平衷。

15 赋得妾薄命 忆归
薄命妾难情，婵娟客有声。
春青常不驻，泪落故园名。
永巷桓仁镇，西关五子城。
恩媛家罢去，誓以四时盟。

正始下之三
沈佺期

1 铜雀台
草蔓一西陵，漳河半寸冰。
台中铜雀尽，帝下女儿承。
遗令千秋去，雄图万里鹏。
东流三国尽，但以几雕虫。

2 长门怨
一路到长门，三生未子孙。
朝云千步落，暮雨满黄昏。
扫叶堂前问，行吟月下恩。
君心寻不得，妾女已回村。

3 巫山高
巫山一峡春，两岸半归人。
渡口云况下，峰中雨注频。
阳台神女问，楚水碧流纯。
白帝双波影，鸣猿九脉邻。

4 被试出塞
大漠十年兵，龙都半降城。
旌旗舞蔽日，戈剑誓平生。
砥柱中流水，擎天仗策明。
王母桃李下，仙杯不可倾。

5 幸白鹿观应制
真人白鹿观，太上劫龙盘。
紫凤天流色，芒兰地角坛。
朝班分两列，匆佩帝心宽。
圣藻垂香露，金阶白玉端。

6 九日侍宴应制
九日上重阳，三朝下玉堂。
凭高天地外，任目去来量。
荇羽飞天外，推心置腹尝。
茱黄垂俯仰，日月度圆方。

7 乐城白鹤寺
白鹤乐城飞，藏龙碧海归。
潮声先后起，雨气化心扉。
古树前山色，沧流后谷晖。

禅房和法雨，莫以是还非。

8 游少林寺
长歌问少林，短棒化人心。
定地成天下，风霜自古今。
禅房通道语，雁塔作鸣禽。
岁月龙池见，年华老树荫。

9 岳馆
岳馆一仙人，孤峰半洁秦。
溪流含雨雾，洞壑化云津。
玉女台前草，窈窕碧影亲。
逢鸾轻古道，鹤舞复秋春。

10 早发平昌岛
雁下一江烟，云明半落田。
东风前后脚，薄暮上孤船。
魏阙平昌岛，许都独冷然。
河南临流去，不问过秦川。

11 夜宿七盘岭
西山月挂低，北岭树前栖。
北斗斜开口，银河与草齐。
临风听宿鸟，夜静不鸣啼，
且以思乡梦，江湖有玉堤。

12 岭表寒食
岭外近清明，心中远不行。
绵山知晋耳，介子同浮生。
暮闭斜阳晚，朝开碧水城。
波波连日月，处处皆无平。

13 三日禁园侍宴
一语百祥来，三春九陌开。
花花草草色，禊禊修修回。
御坐鹅池见，流觞曲水台。
漳河铜雀伎，自己对天清。

14 内荜亭初成侍宴应制
南山紫气多，渭水入黄河。
辇路咸阳北，龙城唱九歌。
泉临香阔色，柳碧寻人蓑。
御道径南云，仙亭荜著娥。

15 陇头水
寒天到陇头，北雁自鸣秋。
渭水清波静，长安曲满楼。
三秦书客问，六郡俯人愁。
不作千夫子，肝肠一妄留。

16 关山月
汉月一辽东，胡姬半舞红。
关山多少路，日月去来同。
大雪封天地，明霜覆树丰。
轻妆分不住，尽在玉人宫。

17 折杨柳
人人已自知，驿驿味来迟。
止止行行问，朝朝暮暮时。
相思何地有，阔别折杨枝。
地意天经事，来来去去疑。

18 紫骝马　千里马　甲子马，人也
一马过桑干，三边问祖先。
山东河北汉，赵鲁豫齐田。
共饮黄流水，同修五帝年。
何言秦晋地，已作故人缘。

正始下之四
宋之问

1 夏日仙萼亭应制
复日一星河，七銮半曲歌。
人间仙萼殿，世上会云多。
雨润慈恩寺，花丛藻水荷。
悠然天上去，睿智以青娥。

2 春日芙蓉园侍宴应制
苑野一芙蓉，池沼半玉封。
金銮凤辇步，御道有龙踪。
曲水流觞去，回廊木樹重。
源渊泉色碧，鸟雀鹭相从。

3 扈从登封途中作
一路下登封，三皇有旧踪。
神游云而岸，客坐晓闻钟。
气动旌旗语，天回上苞逢。

山明营帐外，水泛豫中龙。

4 扈从登封告成颂
登封一扈成，赈殿半精英。
鼓角佳人晓，钩陈列禁兵。
千官逢紫气，万岁与相明。
八水长安绕，三宫坐瑞城。

5 松山颂
旌连羽翼高，凤辇泹尘旄。
露湿臣夜早，微芳入鬓毛。
松山升紫气，白鹤落朝袍。
四海宸威在，三江静水涛。

6 麟趾殿会宴应制
北阙路秦川，东宫宴酒泉。
花明麟趾殿，草碧色凌烟。
万户青云望，千门御柳前。
芳华春日早，玉赏寄三边。

7 上阳宫侍宴应制
御宴上阳宫，以臣下酒红。
葡萄西域果，左祖汉家风。
大雁慈恩塔，南山禁苑中。
灯明八水色，日正曲江虹。

8 登禅定寺阁
佛手一香烟，开襟半八川。
晨登禅定寺，梵宇汉家缘。
函谷潼关外，昆明上液边。
东都花草色，渭邑近桑田。

9 泛镜湖南溪
内溪一镜湖，千笛半京都。
日向山花色，云沉草木苏。
春光啼鸟树，露湿丛篁濡。
遍地群芳早，长安一玉奴。

10 题大庾岭北驿
大雁到衡阳，南飞作故乡。
行殊何不已，日月几苍茫。
暮色同林暗，潮声共浪扬。
江洋随泽岸，北驿问秦光。

11 陆浑山庄

物外一山庄，仪中半柳杨。
三春先五色，九脉增天光。
负杖归来晚，行吟鸟去忙。
岩耕辛苦致，日照陇头乡。

12 途中寒食

马上近情明，云中问玉英。
江前舟来至，浦口水余情。
不见长安客，何言日月盟。
南疆音信少，尽是逐臣名。

13 春日山家

一日入山家，三春半地花。
池泉先暖绿，岸草向阳华。
岭后荫云少，村前付小鸭。
相思何不止，处事属宦衙。

14 九月九日登慈恩寺浮图应制寄宋五

三生一断肠，九日半重阳。
不见慈恩塔，登高独望乡。
书生常修莫改，竹节自扬长。
凤刹芳蕴药，黄花百度霜。

15 奉和圣制闰九月九日登庄严总持二寺阁

九日一重阳，长安关故乡。
人行天地路，士展暮朝肠。
凤舆盒黄色，金銮大殿堂。
登高知日月，望远近明堂。

16 奉和梁王宴龙泓应教（得微字）

赐教任梁王，龙泓自水乡。
幽沦芳树芷，紫禁偿司章。
研率千年酒，臣衣万叠昂。
云飞留客在，不可尽余觞。

17 奉和圣制立春剪彩花应制

逢春剪彩花，杏园日西斜。
腊月霜余雪，香梅早入家。
刀催杨柳叶，样制晓云霞。
大雁双飞宇，鸳鸯戏水涯。

18 春日宴宋主簿山亭（得寒字）

山亭半早寒，立薄一心宽。
小路通幽去，溪泉沿石阔。
藓苔枯未积，草木已将残。
莫问重阳日，难闻树正丹。

19 深山庙

世上已求仙，人间未可研。
苍山棋不语，古木问桑田。
阮肇深林见，归途浅日年。
何须公子祝，会此以高传。

20 奉和九日侍宴应制（得欢字）

令节已三秋，重阳会九流。
登高昂不止，望远上层楼。
日月京城色，江山四十州。
云霄紫气在，宇宙寿中求。

21 奉和九日登慈恩寺浮图应制

九日上浮图，三生问帝都。
茱萸门上色，凤野草中枢。
紫气慈恩寺，瑞祥梵符苏。
阴阳分汉楚，草木色东吴。

22 送沙门弘景道俊玄奘还荆州应制

玄奘自帝乡，道俊已西凉。
弘景纱门净，荆州作涌堂。
弥天离别路，杖钵自由梁。
渭北长安士，东都日月扬。

23 春日芙蓉园侍宴应制

芙蓉十步桥，上液半云霄。
紫禁千门近，天光万户遥。
花飞随日月，蝶舞任香潮。
曲始人间去，东风摆柳条。

24 咏笛

笛曲两三声，人间一半情。
关山明月望，北阙重重生。
陇上西凉问，秦中子赋鸣。
梅花先落去，坐忆只听萌。

25 咏钟

晨风一磬声，暮色半钟鸣。
万里长路路，千年日月平。
平陵听曙响，上液任风情。
古木含霜劲，春芳满京城。
恒待有余清。

正始下之五
李峤

1 侍宴甘露殿

月宇临人家，公平五月花。
升明甘露殿，士杰曲江涯。
玉酒直城色，慈恩渭水华。
龙都天地近，紫禁满红霞。

2 长宁公主东庄侍宴

别业一云潮，东庄半碧霄。
长宁公主府，上液玉心消。
渭水清流色，南山古木桥。
烟含千甸阔，酒醉万里遥。

3 奉和春日游苑喜雨应制

一西半春晖，三风九翠微。
琴台香已至，密叶碧时扉。
禁苍承天泽，梅花落里归。
群芳传百媚，七色满宫闱。

4 奉和七夕两仪殿会宴应制

七夕两仪歌，三宫四象河。
牛郎巡鹊渡，织女问话多。
瀚海瑶池近，人间草稻禾。
天机由日许，世俗寄云波。

5 咏海

带水众川归，行云聚日晖。
千山峰谷壑，万岭木林衣。
巨涌南洋会，狂风白浪飞。
鲲鹏鳌正果，纳西济天扉。

6 咏城

四面八方围，五门九里扉。
漕渠成水系，问鼎五宫晖。

十二城门座，三宫一道归。
长安秦汉地，邸第署民微。

——周礼·考工记

7 咏雪

一色付天荒，三光自素扬。
千山飞鸟尽，万水暗流长。
甲角鳞旗赐，天公土地乡。
普素藏鸿羽，作面白云堂。

正始下之六
苏颋

1 出塞

出塞一秋霜，长城半柳杨。
三边秦汉问，六郡建勋章。
落日交河水，扬程上液光。
皇家多土地，战士客无疆。

2 春日芙蓉园侍宴应制

日上一芙蓉，园中半玉踪。
华清池里水，社稷御前龙。
大道潼关锁，长安百巷封。
漕渠多市水，足以曲江淙。

3 奉和登骊山高顶应制

仙踪一骊山，渭水半天颜。
雪顶分南北，云封四壁峦。
横汾天下晋，楚岭色中班。
蜀道蚕丛筑，泾流大禹湾。

4 奉和人日清晖阁燕群臣遇雪应制

四壁问清烟，冬梅色可怜。
芳香无掩尽，复得益寒延。
玉树堆新积，楼台覆素绵。
轻飞鳞甲处，不得见方圆。

5 奉和七夕燕两仪殿应制

天河两岸开，织女一边哀。
不可人间去，牛郎久未来。
恩媛恩未了，七夕七情催。
喜鹊搭桥问，人情自可猜。

6 奉和圣制九日侍宴应制（得时字）

登高九日楼，问远十三州。
四象分天地，阴阳两界由。
秋春常相似，未始后先头。
有色何当序，年年似不休。

7 扈从温泉奉和姚令公喜雪

温泉玉气丰，瑞雪素飞鸿。
汉主封疆域，西凉不始终。
衡阳山后尔，渭邑御前宫。
白色明天下，飘飘雷宇中。

8 奉和魏仆射秋日还乡有怀之作

仆射半还乡，南宫一凤梁。
东游何饮钱，昼间里呼长。
挂剑余晖色，曾思旧夜芳。
家家忧固固，不解钓人璜。

9 晓发方骞驿

沿路一流溪，方骞半玉堤。
长亭当彼此，暮日自东西。
晓渡朝阳旭，龙钟蹴涧泥。
方圆无蜀老，草木各高低。

正始下之七
张说

1 嵩山袭荷亭侍宴应制

回銮五岳钟，拜冕一苍龙。
殿帐烟霞色，仙峰紫气封。
嵩山观故壁，戒劳问中庸。
曲奏鸣三岛，笙歌任地逢。

2 恩勒丽止殿书院赐宴应制（得林字）

四壁一书林，千官半玉音。
西园三世界，国政万人心。
曲赋春兴殿，歌明丽正禽。
和平天子路，翰墨酒泉深。

3 春和登骊山瞩眺

春和上骊山，瞩目下云峦。
远是天云远，巡游日月还。
晴光明渭水，谷壑色临川。
问易知君子，朝颜自列班。

4 奉和圣制过大哥山池

玉酒大哥山，鸣音晓色颜。
三丘天下土，五帝制朝班。
季友兄心致，轩辕喜降还。
箫韶尧舜路，礼记老潼关。

5 奉和送金城公主入西蕃应制

子婿一朝歌，西蕃万日和。
金城公主嫁，汉国帝王多。
宴曲天云外，辞声大陆戈。
琵琶青海路，八水自连波。

6 晦日承恩宴承穆公主亭子（得流字）

邑外一江流，山林半九州。
晴川生紫气，晦日伏云楼。
淑竹含甘露，春风暖木求。
五彩轩亭色，千章玉女侯。

7 奉和温泉言志应制

温泉半骊山，水殿一玉颜。
翠木三千色，华清五百环。
新丰平渭水，旭日落潼关。
舞帝田耕处，黄河十八弯。

8 岳川燕别潭州王熊

潭州半岳州，省阁一云烟。
诸语荣华少，西东各不全。
孤城临塞北，远树客秦边。
未了三千里，何言七八年。

9 湘州九日城北亭子

湘州九日城，鄂梦　楼清。
沅水三岛屿，茱萸十节明。
淮南亭帐外，菊色上加瑛。
共坐闻天地，同心问故情。

10 深渡驿

独宿夜孤明，荒庭月独生。
山光深渡驿，暮鸟复栖惊。
白露清霜色，江流逝承声。
飞萤来去见，觉起苦离情。

11 还至瑞州驿前与高六别处

别处一瑞州，分江半不流。
黄昏留不住，苦记粤人忧。
换路相逢晚，迁途黄鹤楼。
山川今古在，日月共春秋。

12 卢巴驿闻张御史张判官欲到不得待留赠之

御史判官明，春秋待月清。
南方多异木，北地少阴晴。
玉树丹心照，公侯子弟名。
皇恩回应久，白发自然生。

13 广州萧都督入朝过岳州宴饯（得冬字）

珠江不日冬，粤海向皇龙。
北使南洋问，三朝自始宗。
台中比日月，路上话亭封。
但见羊城晚，何须见鼓钟。

14 幽州夜饮

自此一秦山，三朝列婿班。
长安相有语，鲁地齐不还。
剑舞军中芳，龙门弟子颜。
书生何不解，一笏上千殷。

15 凤阁寻胜地

凤阁紫兰芬，东山酒白云。
开轩呈淑气，摆宴作天文。
舞曲由王命，笙歌任自勋。
春光多草木，日月共臣君。

16 崔礼部园亭（得深字）

园亭万木深，别馆一千林。
彼此寻清步，笙歌待古荫。
琴声扬去远，鼓瑟唤鸣禽。
柳梦垂丝碧，君轩十地心。

正始下之八
张九龄

1 奉和圣制途次陕州作

王途次陕州，乐土晋阳楼。

一带山川谷，知山玉树幽。
三秦幽谷色，九陌老泉流。
古道旌旗殿，黄河不系舟。

2 奉和圣制初出落城

圣驾洛阳华，西人望故家。
宫观明上苑，士达两京衙。
十月秋光肃，风霜存豆瓜。
农夫收土地，帝子与黄花。

3 奉和圣制次琼岳韵

望幸一云平，行宫半雨声。
灵心琼岳馆，旅客奉诗情。
日落千山远，封关万里情。
天高浮日月，地厚载群生。

4 奉和姚令公从幸温汤喜雪

温汤一雪龙，万岁半天宗。
瑞色华清水，千金一口封。
池边三界晚，世上五蕴重。
襀素成衣被，潼关著淑容。

5 三月三日申王园亭宴集

玉园一宴君，旧事半浮云。
胜苑群芳舞，华池曲笛闻。
衔花伶酌酒，积色羽衣裙。
共赏丝弦切，同听帝子嘿。

6 与王六履道广州津亭晓望

津亭一广州，晓望半海浮。
履道江潮岸，临流日色幽。
羊城寻五子，净远问三楼。
景物千秋发，长风欲不求。

7 湖口望庐山瀑布水

万丈半红泉，千年一线天。
源平流水下，紫气任云悬。
日照霓虹雨，庐山瀑布烟。
灵渊多秀色，洒落九江船。

8 望月怀远

一月满相思，清宫半玉枝。
婵娟同桂影，小兔未窥私。

灭烛寒光远，星遥怯宇稀。
星河明牵口，七斗玉杯迟。

9 初秋忆金均两弟 忆自己

金均两弟心，一妹二兄音。
父母爷娘奶，西关五女襟。
榆城山海度，故土半辽沈。
老子出关去，空为白首吟。

10 自豫章南还江上作

南江一豫章，逝水半东洋。
阔泽鹞波色，中流净日光。
浦口津途远，行舟别柳杨。
回头何不见，自此向故乡。

11 来阳溪夜行

不可问归舟，源泉万里流。
东西所不去，未解国家忧。
两岸晴沙近，三边自莫愁。
清溪终未止，只谓始春秋。

12 送广州周判官

珠江一广州，海郡半高楼。
粤语羊城晚，雄居百雉侯。
津亭多阔水，角隅少东流。
里树回车近，风情自在留。

13 送韦城李少府

少府不南昌，离亭问野荒。
春芳无止境，碧草有莲塘。
别酒长亭路，临行白马扬。
相知无远近，问道自炎凉。

14 饯陈学士还江南（同用征字）

江南学士征，北雁翰林承。
渭水泾流去，长安问霸陵。
荷莲旋结子，日色曲江凝。
但待云天鹤，衡阳水不冰。

正始下之九
薛稷

春日登楼野望

野望半登楼，春芳五色洲。

凭轩天际目，问道大江流。
日散千晖远，云浮万里由。
孤心余不禁，独立作春秋。

正始下之十
李适

1 奉和圣制九日侍宴应制（得高字）

九日一楼高，三秋半羽毛。
天光明上下，菊色挂艾蒿。
五月茱萸少，重阳水碧涛。
张骞西域去，汉王满葡萄。

2 陪幸临渭亭赏雪

春归一渭亭，灞水半丹青。
大雪纷扬落，梅花落里灵。
余香泥雨色，淑气玉壶馨。
似絮飞天舞，如情待羽翎。

正始下之十一
赵彦昭

1 奉和人日清晖阁宴群臣遇雪应制

日上清晖阁，天明大雪匀。
东方呈紫气，北陆向芳春。
岁早祥云色，宫楼素粉陈。
阶低三两寸，却近半天津。

2 奉和七夕两仪殿会宴应制

河桥鹊鸟来，织女心开。
七夕人间许，无须天帝裁。
黄姑相问久，渡口玉壶杯。
弄女箫声在，秦楼气色台。

3 安乐公主新宅

南山以寿开，北阙比天来。
四象中京晓，千门外馆魁。
飞桥连日月，玉液接瑶台。
淑气仙人睿，安平乐土恢。

4 送金城公主和亲（英华作崔日用诗）

子女一和亲，乾坤半成人。
金城公主去，受降作秋春。
汉策乌孙马，谋臣筑馆津。
长城南北见，战士几声嚬。

正始下之十二
李乂

1 奉和登骊山顶寓目应制

一步半升天，千寻九彩延。
潼关崖险守，北阙骊山边。
雾里黄河远，云中渭水田。
峰高空日近，旭祝万家年。

2 幸白鹿观应制

制跸凤銮安，龙颜白鹿观。
南山闻四皓，北巷话神坛。
骊阜霞光照，都城付百官。
光明成紫气，日月对巾冠。

3 春日芙蓉园侍宴应制

日月一春衣，风华半翠微。
芙蓉园里色，北殿满光辉。
柳涧连峰立，花岩浦岸闱。
潮回江曲处，草木共相依。

4 奉和七夕宴两仪殿应制

七日一黄姑，千门半玉壶。
人间凭此祝，世上任情奴。
玉佩星桥渡，银河淑液都。
弥年云汉阻，故念化殊途。

5 奉和九日侍宴应制（得浓字）

九日未秋浓，三光已正宗。
阴阳分两半，气象化千封。
菊色黄花比，茱萸日月峰。
长安多少士，远望见云龙。

6 送沙门弘景道俊玄奘还荆州应制

沙门一上人，景俊半禅邻。
奉语荆洲路，傅承弟子津。
玄奘西宾问，玉璧作纯贞。
北斗开诚见，天回返汉尊。

正始下之十三
刘宪

1 奉和送金城公主入西蕃应制 李奴奴

自古战还知，情英唱九歌。
金城公主路，引导汉田禾。
远嫁知儿女，宫深向剑戈。
三生千岁月，万里一黄河。

2 奉和九月九日圣制登慈恩寺浮图应制

慈恩一寺桥，渭水半秋潮。
季月重阳日，浮图羽翼霄。
中州天地阔，御酒祝苍寥。
瑞景匠萸草，秦楼奉玉箫。

正始下之十四
马怀素

奉和前圣制

岁岁一重阳，年年半故乡。
悠悠天子事，楚楚发悬梁。
郁郁忧家国，惶惶待御堂。
惭惭干辞日，已已颂时康。

正始下之十五
李回秀

奉和前圣制

菊色一丛秋，天光半入流。
言从天地阔，道与去来舟。
梵帝千公颂，金身普渡修。
天花目露水，地载庆无忧。

正始下之十六
樊忱

奉和前圣制

九日重阳来，三天瑞景开。
寻黄登岭上，把菊问龙台。
十地天明照，千官御酒杯。
秋风清肃宇，万岁四时裁。

正始下之十七
杨庶

奉和前圣制

重阳玉宇红,九月菊花丛。
上液池边柳,慈恩塔上风。
光明天地水,日月待飞鸿。
草木村荣季,阴晴一世雄。

正始下之十八
李恒

奉和前圣制

匠英一草香,世界半炎凉。
北阙中分树,南山寿永长。
兰英仙菊色,竹影客梅乡。
蕊秀明均见,金杯玉酒尝。

正始下之十九
王景

奉和前圣制

玉辇半移中,金銮一色红。
云霄天已鉴,日月已分空。
紫禁巡官继,慈恩上液衷。
千官成殿祝,万户祝深宫。

正始下之二十
宗楚客

奉和人日娄宴群臣遇雪应制

大雪遇楼飞,群臣客未月。
苍天云色满,玉宇素银晖。
禁苑梨花树,慈恩厚素围。
衣冠龙甲客,殿阁敞心扉。

正始下之二十一
崔湜

1 班婕妤怨

一怨入深宫,千呼化日空。
班婕妤女月,媚受已成空。
枕上鸳鸯在,云中雨后风。

藏娇年月小,玉树作飞鸿。

2 折杨柳

二月半风光,三边一柳杨。
年华图永定,戍战作灵凉。
落絮沉浮云,明花草木香。
垂条何细细,不堪折还乡。

3 幸白鹿观应制

旌旗白鹿观,紫策探仙丹。
捧茶童翁客,书儒话古坛。
鸾歌无岁月,桂女焚香兰。
鹤立千秋树,云浮万古盘。

4 江楼夕望

江楼一望余,目下半诗书。
楚水东流去,知音帝子居。
苍烟和落照,地载米樵渔。
莫以山河见,农夫日月锄。

5 江楼有怀

一水问江楼,三江半九州。
江流洪水去,但见半江由。
魏檗朝天举,襄阳汉口舟。
山光依旧是,日月自沉浮。

6 寄天台司马先生

天台司马城,九转祈仙荣。
客寄三元色,云沉日月平。
琪花明草木,玉树碧人倾。
不问鱼梁晚,龙飞凤舞情。

7 边愁 寄吕长清兄

少小一边愁,中年半九州。
青春兄弟语,老大武昌楼。
汉水千流楚,桓仁五女秋。
空军空世界,汉口汉阳舟。

8 唐都尉山池

曲岸靠轻舟,山池故码头。
风流波不语,芷翠水无流。
大雁飞人字,荇花落叶游。
幽情随影暗,静坐钓钩休。

正始下之二十二
郑愔

折杨柳

杨长柳短攀,碧叶苍枝弯。
灞水桥连岸,咸阳路楼蛮。
相思凭此色,别忆任心闲。
曲尽知君夜,同情万里山。

正始下之二十三
魏知古

玄元观寻李先生不遇

羽客李先生,玄元问故情。
空寻伊洛水,此去尽无声。
不作三年问,何言半载英。
蓬山月又晚,复想闭关盟。

正始下之二十四
韦元旦

送金城公主和亲

奴奴半李家,汉汉一和花。
远远文成主,金口玉女娃。
长城兵士问,日月帝王衙。
草木知天地,西蕃见浣纱。

正始下之二十五
胡皓

出峡

一望九江开,千云万水来。
巴东三峡尽,白帝半徘徊。
楚鄂荆门阔,巫山壁日台。
襄王神女梦,宋玉暮朝猜。

正始下之二十六
王翰

子夜春歌

细柳折还长,离亭野草香。
情人情不语,客意客难扬。
子夜春心老,婵娟桂影慌。

淮南闻女问，晓枕不应凉。

正始下之二十七
崔翘

送友人使夷陵

送友使夷陵，鸣猿问峡开。
长江流水少，化作竹泪未。
付道思君路，沾裳问疲兴。
开怀春未尽，指日作归鹏。

正始下之二十八
韦述

春日出庄

田家一日春，月色半归人。
再雪吉祥野，东风化雨珍。
禾苗甘露壮，果粟饱收臻。
社酒何无醒，平生子女亲。

正始下之二十九
姚崇

1 故洛阳城侍宴

一步洛阳城，三呼旧岁英。
晴川千雨露，白羽万波明。
渭水浮云秀，长安玉柳缨。
东都多少路，但以曲江荣。

2 春日洛阳城侍宴

南山一雪明，北阙半高声。
宝历泉溪水，梅花腊月生。
寒中知日色，水下致温情。
苦力天时客，辛劳助舜耕。

3 夜渡江（一作柳仲庸诗）

渡口满浮烟，苍山接水天。
茫茫云雾色，月月两帆急。
未觉轻舟动，何须问夜牵。
莲香随不得，远近二乘船。

4 秋夜望月

望月问婵娟，清弦挂小船。
相连园影括，怯别误波田。

影入生寒色，宫深桂子全。
光含天地去，共与去来眠。

正始下之三十
韦济

奉和次琼岳应制

陆海一晴光，离宫半建章。
天明琼岳路，晓猎旭朝阳。
信宿都门外，秦川见柳杨。
周王歌舞在，指点问咸阳。

正始下之三十一
李林甫

奉和次琼岳应制

渭水一咸阳，长安半建章。
天高紫气爽，旭日到钱塘。
岳府琼瑶客，神台顺物昌。
从人三举目，但以五星光。

正始下之三十二
贺知章

送人之军中

人生莫自愁，塞北亦春秋。
但以平心去，何言对国忧。
晴云成子望，大雁对湘流。
岁岁相思处，年年日月流。

正始下之三十三
孙逖

1 奉和四月三日上阳水窗赐宴应制

新闻一夏荷，色逼半清波。
气爽芙蓉立，云浮日月多。
龙行天地岸，凤曲去来歌。
泽厚春依雨，潜鳞渡玉河。

2 奉和圣制登鸳鸯楼即目

玉辇过离宫，朝阳向宇红。
鸳鸯楼下水，四面八方汪。
井邑秦川色，山河大禹功。

金銮留睿著，岁岁守田中。

3 宴越府陈法曹西亭

西亭白日曛，越府御障闻。
大雪梅花度，烟花两不分。
江南春色早，水木足知君。
大雁衡阳宿，三湘羽翼勤。

4 送李给事归徐州观省

觐省下徐州，回归问乡楼。
爷娘和父母，子弟与兄酬。
水去常无主，山来只可留。
长亭长路远，短道短心忧。

5 宿云门寺阁

东山一阁楼，四象半去游。
漫漫烟花水，悠悠渡扁舟。
钟声依旧响，古道自新修。
磬语怜人处，云门寺上留。

6 寻龙湍

曲水一源长，香流半日光。
寻龙湍口岸，石路翠微荒。
洞穴深何许，梦藤几丈扬。
仙人多不在，紫气共微茫。

7 同邢判官寻龙湍观归湖中

水月一仙踪，江花半满龙。
溪流源不远，石路玉湖封。
瑶池桃李岸，竹岭去来重。
日月三江色，风去五湖邕。

8 杨子江楼

口上大江流，风中水不休。
雄图三国志，赤壁九州侯。
古邑何时建，蚕丛几度秋。
襄王神女见，宋玉问斯楼。

9 和韦尚书春日南亭宴兄弟　自比

楼台可望乡，曲榭纳炎凉。
隔岸烟花色，随心采玉香。
南亭兄弟宴，塞北去来荒。
但与情胞见，文昌可不昌。

10 送靳十五侍御使蜀

巴江一水开，御使半天台。
剑道陈仓外，春光向蜀来。
西南何幸事，岭北晋秦怀。
十五知兄弟，三千日月催。

11 奉和进船泛洛水应制

烟波作夕流，暮色满江楼，
洛水长安外，南山一客舟。
歌成春草碧，曲尽凤凰洲。
蕙芷浮萍小，芒兰洒浴游。

正始下之三十四
玄宗皇帝

1 过大哥宅（探得歌字）

听闻半九歌，但得一山河。
鲁卫情先重，齐文见大哥。
开元三宝就，李武几蹉跎。
但以梨园寄，念奴此曲何？

2 同玉真公主过大哥山池

秦楼一玉箫，渭水半去遥。
乐善山池色，层城入宇霄。
秋冷明月照，雅士大哥桥，
仿佛无知去，无光自入朝。

3 经鲁祭孔子而叹之

栖人一鲁公，孔子半苍穹。
怨道文章客，乾坤帝主宫。
坑灰书壁见，六国几巡风。
楚汉鸿沟在，隋唐日月中。

4 幸蜀西至剑门

西行蜀剑门，北问晋家村。
草野山河岸，云横老树根。
千山丹嶂壁，万水泽天恩。
玉勒田桑守，銮铭继子孙。

5 送贺知章

知章一半心，八十六年箴。
遗道辞贤达，乡官秘古今。
青门天有色，独善鉴湖琴。
五百同僚问，千秋观里音。

二十八、五言排律　正宗

正宗上之一
太白

1 宫中行乐词六首

南熏殿水春，北阙阁台新。
太液池中绿，瀛洲色上均。
莺鸣声不止，凤曲舞秦人。
淑女花珍佩，清宫日月亲。

2 其二

雪色入梅中，云香过夜风。
春前姿影浅，柳叶未东宫。
腊月含芳树，深宫纳雅红。
灯明歌舞处，乐府曲无穷。

3 其三

绣户半香风，纱窗一镜红。
新妆初试短，曙色入深宫。
淑气昭阳树，青楼玉女童。
罗绮桃李月，殿上舞西东。

4 其四

开帘未问风，卷袖自由衷。
柳色凭春雨，天天各不同。
朝来啼鸟树，暮去问声穷。
落日黄昏晚，君王帝业中。

5 其五

柳色绿中黄，梨花色外妆。
桃红传杏李，凤辇过宫堂。
白云阳春曲，梅花落后香。
飞燕轻自在，翡翠满昭阳。

6 其六

小小半藏娇，情情一玉桥。
宫宫春不已，处处展花苗。
步辇随人家，金銮伴曲潮。
罗衣长短色，彼此上云霄。

7 塞下曲三首

天山五月寒，大雪一楼兰。
塞下飞鸿至，江南碧水阔。
群花争艳色，曲赋上去端。

晓战单于箭，闻声祝平安。

8 其二
骏马一天骄，苍空半玉雕。
情长鸣太谷，意重洛阳桥。
汉月长城北，秦川晋魏辽。
功成麟阁画，剑佩志无消。

9 其三
受降一城西，云前半房低。
龙沙分虎竹，汉将合时齐。
帐里飞将令，军中正鼓鼙。
关山霜雪色，不得女儿啼。

10 秋思
叶落半燕支，辽东五色迟。
林前霜雪重，岭后朔风移。
妻堂云梦里，夫行晓宿知。
楼兰天地远，意念自栖时。

11 金陵二首
六代一兴亡，三江半合昌。
金陵龙凤曲，白下莫愁肠。
古殿芳花尽，吴宫野草扬。
秦王皇二世，紫禁以金藏。

12 其二
吴宫一古丘，建业半江流。
夹道朱楼在，随时问九州。
龙盘依虎踞，紫气以金休。
莫问秦王望，英雄楚求。

13 温泉侍从归逢故人
温泉一侍从，禁苑半苍龙。
羽猎三山鹿，华清百岁踪。
长杨闻汉帝，献赋玉芙蓉。
笔落翰林墨，恩承帝子封。

14 侍从游宿温泉宫作
温泉一暖宫，十二羽林雄。
祖列星文密，旗扬日月风。
闻天秋夜尽，侍仗圣人同。
淑气连天地，霜明又始终。

15 口号赠征君卢鸿（公特被召）
会稽一梁鸿，东吴半楚翁。
陶君彭泽令，赵璧将相雄。
自古丹青色，如今日月同。
同公齐鲁事，纠市鼓刀工。

16 赠崔秋浦
门前五柳风，月下一秋虫。
井上梧桐叶，林中秀鸟荣。
君心从草木，旷达以情躬。
酒去人还问，苍天一士雄。

17 赠钱征君少阳
钱征一少阳，白玉半杯光。
酒绿三千界，春风五百王。
秦川西域去，汉地葡萄香。
秉烛何须饮，相逢遇故乡。

18 赠孟浩然
襄阳孟浩然，楚客付江天。
汉水清流远，知音话酒泉。
风光寻日月，力士宴山田。
白雪文章醉，阳春草木边。

19 寄淮南友人
红颜旧国声，岁度故人情。
未歇芳洲水，金门照壁明。
天之迷驿道，地雨问城荣。
桂树寒宫影，山崖总不平。

20 三山望金陵寄殷淑
三山二水边，日月紫金田。
北问寒皋亳，南巡玉树钱。
金陵多少气，建业去来迁。
但以英雄见，河阳日月悬。

21 寄王汉阳
汉口汉阳君，南湖北水分。
郎官知不醉，舞女自相闻。
笛曲喧城去，琴声西北云。
难知天地上，只见石榴裙。

22 望汉阳柳色寄王宰
日月半知音，山河一古今。
长江长水色，汉口汉阳琴。
怅望寻王宰，元闻别去临。
春风生绿柳，暮后影森林。

23 留别龚处士
处士自兰栖，山中学鸟啼。
疆园陶令宰，竹影谢眺蠡。
白帝流光去，宣城化草齐。
闻君当指点，一路可东西。

24 广陵赠别
闻君去广陵，美酒借人兴。
玉瓶垂杨柳，青山作故朋。
天边藏月色，地隅以寒凝。
舞女多情处，姿身已玉冰。

25 别储邕之剡中
东南一剡溪，越语半音低。
去水流天北，天台草木齐。
钱塘舟不断，会稽天姥萋。
竹碧荷花岸，秋霜满玉堤。

26 江夏别宋之悌
别去一江风，呼来半酒空。
舟前分万里，水上接苍穹。
白鹭迎晴日，孤鸥对宇雄。
平生何必问，徒见月如弓。

27 渡荆门送别
荆门一楚楼，日色半江流。
浦口扬帆去，天荒落九州。
云生烟水阔，雨漾万波愁。
送别留言处，春秋已不休。

28 南阳送客
斗酒半南阳，寸心一子肠。
新亭芳草地，惜别故人昂。
切莫折杨柳，年年有断伤。
中原思逐鹿，不必楚黄粱。

29 送白利从金吾董将军西征
白昨佐军威，书生是又非。
西征金吾子，塞外剑刀晖。
漫卷沙尘暴，轻从骏马归。
举头天际远，一字雁鸿飞。

30 送殷淑
天明白鹭洲，月色付江流。
水去扬波问，人行莫动舟。
青龙山下舍，约定玉壶休。
再饮三杯去，回州是九州。

31 送友人　自居北京东城观庭中枣树
玉树一东城，红花半北平。
孤芳应自赏，独果致人情。
老枣逢秋至，春风吹又生。
诗词超五万，日月作人生。

32 送友人入蜀
蜀道步前生，江流雾后明。
蚕从多少治，但遣楚才夺。
面壁从山转，临川对谷行。
云浮成雨落，石径可倾情。

33 送鞠十少府
试得一秋兴，难为半香凝。
黄花颜色好，逐日伴君丞。
陆贾金无换，延陵剑甲应。
江心流已速，别意一孤微。

34 寻雍尊师隐居
尊师一隐居，峭壁半山余。
回皓未问路，刘邦已谈书。
听泉流日月，问道炼丹墟。
草木农夫取，耕耘自以锄。

35 访戴天山道士不遇
天山道士书，犬吠客家居。
野竹分光罩，桃花带西舒。
耕耘多少力，铲地岁年余。
不以盘中餐，何当作旧初。

36 流夜郎至江夏陪长史叔及薛明府宴兴德寺南阁
青山一镜中，古殿半长空。
不尽横江水，何言易晚风。
莲舟承载客，江夏夜郎虫。
岸渡随年月，香流任雨中。

37 与夏十二登岳阳楼
九水岳阳楼，三江十二州。
衡阳栖雁尽，塞洛北人求。
一醉知天意，千心忘白头。
洞庭梦泽水，此去寄帆舟。

38 过崔八丈水亭
崔君丈水亭，秀气宛溪青。
白鹭何由许，幽清已自停。
渔歌来去唱，水色暮朝冷。
月里猿声住，鸥群不独丁。

39 秋侠宣城谢朓北楼
宣城谢朓楼，两水夹明流。
独断晴空树，双桥落彩洲。
人烟寒叶问，桔色尽清秋。
九月重阳日，何须问五侯。

40 谢公亭（盖讽朓范云之所游）
但见谢公亭，晴空一独星。
垂丝成白发，举步向山青。
竹碧鸣秋鸟，溪流阻石灵。
苍天成玉器，接纳五湖屏。

41 太原早秋
一水晋南流，三秦魏赵秋。
霜明天地树，雪舞帝王州。
故客汾河问，边城对国忧。
心留朝暮色，意简十三谋。

42 观猎
一猎殿清成，三呼待九围。
晴林阳荫远，晚色落宫扉。
玉兔凭空锁，刁孤任鸟飞。
云鸿来去见，莫误向湘归。

43 观胡人吹笛
胡人一笛停，十月爱吴伶。
塞曲惊心智，秦川满玉瓶。
红缨空所著，逐客笔丹青。
渭水长安色，梅花落敬亭。

44 宿巫山下
一月照瞿塘，三星半无光。
千云浮不尽，万雨柳还杨。
宋玉高台赋，襄王玉女乡。
猿鸣朝暮在，草木岁年昌。

45 长信宫
班好问月空，团扇舞衣红。
扫净天台叶，飞燕帝子宫。
藏娇何不见，汉武霍象功。
李广燕支去，昭阳颂雅风。

46 夜泊牛渚怀古
西江一夜闻，塞月半知君。
共以流中许，同寻北上军。
登舟行不去，却步问风云。
谢朓东山客，扬帆水色分。

正宗上之二
孟浩然

1 临洞庭
八月水湖平，三秋色影明。
涵虚天地远，梦泽岳阳城。
楚客杨帆去，长安落步声。
乾坤三世界，日月一书生。

2 与诸子登岘山
人生半古今，万事百人心。
梦泽孤山岸，鱼梁水复深。
羊公垂泪处，旧迹已成林。
独步先生道，江流一路音。

3 晚春
二月一花明，三春半鸟声。
莺啼杨柳岸，草碧去来荣。
有酒何须问，无心自然平。

开杯天地阔，认醉作玉瑛。

4 题义公禅房

禅房一净心，宇宙半知音。
寂结三千界，开明百万浔。
峰前流秀水，寺后着春荫。
谷壑临川涧，莲花自古今。

5 题融公兰若

阿兰若舍开，砌石映香台。
讲席芰荷碧，泉流法雨来。
归心何寂静，问道远青苔。
旦上玄殊色，斜阳不必催。

6 宿立公房

渔樵半亩田，寺庙一神仙。
问道山河近，求知日月船。
深公支遁路，石户入流泉。
夜夜听明月，天天不问年。

7 游景光寺

石径向山移，封关待子期。
花林成四象，草甸二分仪。
竹屿龙行峡，峰峦叠嶂奇。
钟声忽响起，古刹遇公师。

8 寻梅道士

山阴道士多，会稽浙江河。
曲水流觞岸，兰亭一字鹅。
池肥夫子坐，笔瘦客心歌。
鼓枻闻崖下，观鱼见远波。

9 梅道十水亭

问石不闻声，听流见色明。
源头清浅底，水榭住阴晴。
日隐林深谷，山藏小路更。
更幽应再来，只向上人行。

10 宴梅道士房

道士一山房，梅花半炷香。
逢华青鸟去，鉴物鹤先扬。
任醉仙桃坐，凭颜驻日堂。
童翁相似处，日月去来光。

11 游精思观题山房

半入汉秦川，三重魏晋田。
桃花源上色，竹径石中泉。
鹤舞猿飞去，阡禾陌麦鲜。
精思归故里，隔壁度邻年。

12 浮舟过陈逸人别业

浮舟一逸人，别业半秋春。
世外桃源问，樵渔隔岸亲。
芰荷塘里色，竹柳色中新。
野草晴阴雨，山花苦自珍。

13 寻天台山

太乙一秦川，龙城半酒泉。
天台山上问，两岸石染悬。
止步幽溪曲，闻声禁木田。
留作天地柱，回顶作年冠。

14 武阮泛舟

不见五陵舟，还闻四皓求。
秦天知汉地，犬吠土鸡留。
隔世情依旧，当今事不休。
私心藏宇外，坐待杞人忧。

15 归终南山

南山一半书，北阙五湖余。
弃主无才智，三维有喜如。
青阳依旧故，渭色水经疏。
所以龙门问，长安帝业初。

16 寻张五回夜园作

庞公半隐居，日月一多余。
草木汎塘岸，樵夫似不渔。
开轩山水见，闭户挂闲锄。
竹影窗前摆，孤琴架上书。

17 过故人庄

日月一田家，耕耘半豆瓜。
村头杨柳树，屋后种桑麻。
野旷乡烟上，农辛土地洼。
重阳秋酒醉，九九对黄花。

18 裴司士见寻

士见一徘徊，风闻半客来。
家酝新玉液，府第次相开。
待邀山翁坐，无须白玉杯。
葡萄西城酒，但醉不须回。

19 宴荣山人池亭

甲第接池亭，山人问石屏。
荣花多色彩，玉液待歌伶。
共舞知音少，同吟问道宁。
琴声依旧响，烂醉可心听。

20 和李侍御渡松滋江

天明御史雄，国纪帝王风。
挂席江山阔，皇华白云宫。
松江何不渡，处处柔相同。
草木或天地，乾坤日月中。

21 秦中寄远上人

秦中远上人，渭北客孤身。
桂尽秋金外，东林土地亲。
禅音从老气，壮志任天津。
日暮千山远，风声半正巾。

22 宿永喜江寄崔少府

水国主嘉江，京华客北窗。
孤帆天一路，泊宿月明泽。
借问同舟坐，何时济社邦。
潮来涛自语，大雁字成双。

23 宿洞庐江寄广陵旧游

桐庐一月流，两岸半猿愁。
渡口千声唤，沧江万里舟。
风鸣摇草木，建德广陵秋。
独寄相思去，同心莫白头。

24 上巳洛中寄王九迥

上巳洛中天，周城月下田。
浮杯寒食色，走马射堂前。
柳絮金台上，杨花作酒钱。
长安多草木，渭水少源泉。

25 同卢明府饯张郎中除义王府司马海园作

上同一山河，贤玉半九歌。
梁园多少客，邸第有莲荷。
净土宗门列，禅音日月梭。
湘江流不尽，已是楚才和。

26 送友东归

得志不东归，栖英向楚飞。
风帆扬水上，日月没朝晖。
士有凌云路，家无半是非。
人生千万里，世上万三微。

27 送袁十三寻弟

高飞别故林，羽翼任身心。
独去山川间，孤行日月寻。
衡阳非是客，渭水可听音。
寒北风霜雨，江南水木深。

28 送子容进士举

进士一声鸣，龙门半不更。
殷勤耕日月，苦读问平生。
日日悬梁处，时时刺骨情。
回头风月尽，举月亦无缨。

29 留别王维

不可别王维，人间有是非。
何言明主弃，草木暮朝微。
故友行行问，知音处处晖。
群芳知雨色，独秀带云归。

30 京珲别新丰诸友

新丰别友难，道昧路衣单。
旧馆相逢别，前程土地宽。
温泉千水碧，白马万峰峦。
步步心中间，高高足下观。

31 闲园怀苏子

闲园少事闲，山中不寻山。
溪回峰又转，石径可相攀。
世事多波折，人间几度关。
京华花草地，宿鸟欲归颜。

32 早寒有怀 自付

木落雁南飞，辽东子北归。
京城多子弟，故土入心扉。
爷奶爹娘梦，弟兄小妹违。
孤身京畿去，谈尽春秋微。

33 途次望乡

大雁影余杯，飞鸿路已催。
衡阳非故客，腊月是香梅。
岁岁三边去，年年九陌回。
天寒来暮鸟，日末几心陪。

34 途中遇晴

途中一日晴，湿雨半艳萌。
点点珠珠滴，源泉自草生。
巴陵烟雾远，蜀道坂泥成。
举月长相望，思乡可不行。

35 赴京途中遇雪

一路上秦川，千辛似以来年。
苍茫多少问，积雪半如烟。
雁落寒津宿，人行驿站眠。
桑田农可见，暮日抵京边。

36 夜渡湘水

行程在眼前，早早路无边。
暮暮贪途远，何时到寸田。
湘江流不尽，渭水逝秦川。
渔火孤船岸，浔阳共一天。

37 宿武阳川

川明半夕阳，泊岸一舟光。
水影扬红色，峰连与石梁。
渔夫归未去，鸟聚向栖塘。
独得樵人间，孤身对异乡。

38 永嘉浦逢张子容

相逢一永嘉，共望半江花。
日暮红光满，飞去竟误家。
山青群木掩，水碧万鱼遮。
坐问邻鲛室，同题岛烟霞。

39 舟中晓望

舟中望晓天，独立问江船。
日色连红练，天台接水边。
东南多紫气，西北少耕田。
牧马中原草，今人始自圆。

正宗下之一
王维

1 奉和圣制赐史供奉曲江宴应制

供奉曲江杯，琼瑶渭水开。
文章丞日月，贡赋柏梁台。
对酒江流少，凭空玉宇裁。
移风芳草地，换制建章来。

2 从岐山过杨氏别业应教

淮王带酒来，别业鸟飞回。
缓坐群芳色，兴闻玉珂梅。
雕精层次透，落迹独心裁。
小戈空微度，金银衬吴台。

3 同崔员外秋宵寓直

秋宵半寓直，建礼一明息。
晓过千官漏，晨踵万户得。
珠藏三殿外，月去五湖色。
北质南臣古，京畿渭水蚀。

4 早朝

晓声百花明，春光五凤城。
金门方朔侍，漏断早朝声。
殿侧房谋处，宫前杜断情。
谁闻方士语，海上有蓬瀛。

5 和尹谏议史馆山池

山池史馆书，百子谏官居。
侍玉春芳近，官风玉汉墟。
天街临井市，御府帝王初。
且莫苍空远，班姬实有虚。

6 酬比部杨员外暮宿琴台朝跻书阁率尔见赠之作

旧简半尘坛，新琴一月观。
桃源陶令问，汉柏向秦安。

谷涧流溪水，山峰筑日弹。
知音台上见，四海月下澜。

7 酬张少府

长安月色深，渭水几滩浔。
世界阴晴继，人间草木林。
禅音由此去，悟觉自鸣禽。
老子潼关路，事事不关心。

8 辋川闲居赠裴秀才迪

沧沧一辋川，郁郁半林田。
处处流无尽，溪溪色包天。
门前闻柳浪，杖下问云烟。
五柳孤声近，三秋任远蝉。

9 山居秋暝

空山一水秋，淑气半溪流。
月色临霜满，泉光逐石留。
春芳何已尽，浣女怯莲舟。
渡口余香在，归心度白头。

10 归嵩山作

君心不闭关，暮日可循环。
古渡舟来去，荒城左右山。
清川流石上，老寺主人闲。
有意嵩山晚，禅音月半湾。

11 山居即事

停舟掩柴扉，浣女采菱归。
芡实方成子，斜阳尽晚晖。
红莲蓬独立，渡口竹新衣。
不必回头问，东邻宿鸟飞。

12 辋川闲居

白社一乡村，青关半古门。
归来何不见，去鸟乱黄昏。
浦口无舟渡，船家有女孙。
呼来三两语，不尽万千温。

13 终南山

南山一顶明，渭水半流清。
太乙连天地，京都济淑城。
青去承海角，暮鸟问高琼。
隔岸何须问，由心自在平。

14 晚春严少尹与诸公见过

五斗一人家，三春二月花。
松梅千竹菊，草木百年华。
啼莺杨柳岸，日色去来斜。
酒醒东邻问，图书案几遮。

15 过香积寺

古径石溪哗，禅心玉淑嘉。
云中香积寺，水上半荷花。
五殿人心近，三堂日月家。
清潭空色在，鹤舞曲参差。

16 登辩觉寺

莲城一独峰，辩觉半龙踪。
古寺长松里，空居救世容。
林前三楚尽，竹外九江封。
法迹观生处，心中有鼓钟。

17 送李判官赴江东 自述

特使过江东，皇华问故宫。
西欧知法国，左语士人雄。
地铁通南北，文生树木丛。
潮头由流涌，历治始由衷。

18 送严秀才还蜀

花县入锦城，蜀道向云生。
令子贤甥论，临山付水明。
蚕丛曾一道，剑阁似三英。
壁立青峰石，人行自忆卿。

19 送岐州源长史归

客散孟尝门，平原握手恩。
摘缨人自去，旷野作儿孙。
一别分南北，三生化草根。
征西征自己，见雪见无痕。

20 送张道士归山

道士自归山，仙人已不还。
蓬莱天地外，别地九河湾。
王屋第君去，中条访主颜。
鹤鸣天上曲，始闭玉门关。

21 送平淡然判官

一路到天山，千门御柳颜。
三河呈淑气，万里帝王关。
寒外长城隔，江南汴水潺。
楼兰西域使，永忆月牙湾。

22 送赵都督赴代州

天开北斗星，月落未丹青。
晓色三军动，斜阳九陌登。
书生千百问，未及半夫丁。
一箭燕支虎，如今分渭泾。

23 送方城韦明府

荒芜半郢城，日色一江明。
楚客才人去，县州瞩目生。
丛车由驿道，任远可思平。
路上江河远，山中日月情。

24 送梓州李使君

万里一声天，巴人半酒泉。
千山无蜀道，万水有农田。
汉女桑蚕织，文翁教授研。
阳春和岁月，白云以先贤。

25 送刘司直赴安西

绝域过安西，风流待玉堤。
胡沙惊白马，塞鸟自不啼。
雁尽寒霜雪，臣连日月齐。
葡萄来汉地，苜蓿白色低。

26 送张五䛒归宣城

宣城近五湖，浦口问江都。
北渡兰香沚，南陵岸泉苏。
秦楼明月在，弄玉以箫儒。
不可垂钩问，猿鸣自去无。

27 送友人南归

老友一南归，三湘大雁飞。
知君随日月，汉水任城闱。
楚阔多菇米，江流有翠微。
知音台已近，但见老莱衣。

28 送贺遂员外外甥
向背向归舟，荆门坼九流。
苍云落户外，暮雨化清愁。
莫待猿声起，初生荚叶忧。
江连天际色，已近楚山秋。

29 送杨长史赴果州
君昂赴果州，鸟道去昭丘。
祝酒何须醉，离思人已愁。
猿鸣三百里，杜宇一千由。
山木女郎庙，官桥路不休。

30 送邢桂州
风流下桂州，赤岸近船头。
沃汰杨舲苓，孤山日色流。
江潮惊逝水，合浦使臣眸。
送别长亭柳，年枝不可求。

31 送崔三往密州观省
崔三往密州，岸半见东流。
路远天山近，心从晓日楼。
寻乡知已树，问故帝王侯。
以鲁连功就，临家付国忧。

32 送丘为落第归江东
平生自在多，日月照山河。
得意由心起，前程任九歌。
江湖风雨落，宅第柳杨后。
半亩心田里，三秋果实和。

33 送崔九兴宗游蜀
兴宗下蜀舟，但觉故人留。
欲语无言色，从行复举头。
出门多苦道，向驿又逢秋。
汉口江哔易，归人不上楼。

34 汉江临泛
楚塞一梧桐，潇湘半水中。
荆江江汉口，泛滥色流穷。
郡邑临风影，波澜逐日空。
船扬天际界，好醉作山翁。

35 登河北城楼作
井邑上城楼，亭云下九州。
高峰眺此国，落日问江流。
极浦苍山见，宿火满孤舟。
夕鸟栖还问，寥寥广川游。

36 被出济州
微官下济州，贬谪十三流。
士子君心老，王家上子侯。
从朝闻治蜀，问政曲直留。
从有归来日，情明是莫愁。

37 使至塞上
御使上三边，朝居向九延。
征蓬重晓日，汉塞共同天。
大漠风尘扑，长河日月悬。
飞鸿南北见，落宿是方圆。

38 晚春闲思
三春入夏池，九脉老新枝。
日色垂晖暖，罗帏隐约迟。
墙阴桃李叶，户暮宿栖知。
问晚多心意，闲思八句诗。

39 秋夜独坐
独坐待秋声，空堂宿鸟鸣。
灯前孤影吊，雨后草虫惊。
白发终难改，功名可不平。
黄金多少欲，但以学为生。

40 观猎
弓鸣一劲声，狩猎半驱成。
渭水千章法，新丰细柳营。
飞雕知万里，白马任平生。
逐斥荒原上，轻身正玉缨。

正宗下之二
岑参

1 浐水东店送唐子归嵩阳
墅店路朝西，嵩阳浐水低。
官亭城道远，瀍雨没新堤。
醉客行轻举，溪流草不齐。
无须回首问，暮鸟杜陵啼。

2 送张郎中赴陇右觐省卿公
觐省一卿公，中郎关凤虫。
贤豪冠弱子，证印秀文翁。
宝剑毛弓箭，儒书客驿丛。
行边知度量，只作丈夫雄。

3 送郑少府赴滏阳
少府问清漳，官袍绣滏阳。
黄河流朔城，草色半芜荒。
尉色晴花满，铜台魏女扬。
宫墙如不倒，可否纳炎凉。

4 送张子尉南海
一尉运南州，冠官九品流。
丞相天子近，故子海天忧。
五岭天涯路，千洋镇海楼。
鲛人珠泪尽，未解女儿愁。

5 送任郎中出守明州
刺史戍明州，郎官署正楼。
城边潮水流，郭外汐船流。
八月钱塘水，三山慢入秋。
观涛由晓暮，逐日见沉浮。

6 赵少尹南亭送郑侍御归东台
红亭酒色香，白玉绣衣娘。
劝舞终无断，东台始见郎。
离思催上路，驿树似家乡。
大雁飞人字，横行一翼长。

7 送四镇薛侍御东归
送别一乡衣，天涯半故稀。
将军初见得，战场誓无归。
马革新镶烤，弯弓月色依。
英雄此去，易水作心扉。

8 送张子东归
白羽子东归，弦年客雁飞。
边塞霜雪继，刃剑照冬衣。
逐虏胡风远，平沙月色辉。
封侯天子路，阔别领乡扉。

9 送张卿郎君赴碛石尉

碛石尉郎君，青袍守郡文。
长安新坐客，灞水旧将军。
绶带离乡去，征鞍白马云。
东郊幽谷道，日暮岭山分。

10 奉送李太保兼御史大夫赴渭北节度使即太尉光弼弟

节芳未央宫，三公渭北雄。
关西云月色，太保御前弓。
副相龙颜注，旗扬汉国风。
登坛光弼去，御史克成功。

11 虢州送天平何丞入京市马

天平问虢州，晚树向天楼。
湿雨云烟气，斜阳远近游。
回头何不语，别酒二春秋。
塞北知天意，辽东向九州。

12 送扬州王司马

秦淮一水流，海树四十州。
去鸟扬州宿，青云百步楼。
登高由自己，望远任春秋。
莫道东南客，如今已白头。

13 送王七录事赴虢州

一马自知行，千年以足荣。
三边天地土，九鼎主从生。
日月耕耘力，乾坤草木生。
家家共户户，事事人人城。

14 送怀州吴别驾

别驾问王祥，怀州作故乡。
城头幽谷路，酒市曲歌扬。
灞上迟夫到，边前近太行。
晴云天地阔，草木自青黄。

15 武威暮春闻宇文判官西使还巳到晋昌

御史到孤洲，三春已夏头。
江山依旧问，日月苦行舟。
细雨农夫沐，和风小吏求。
花香阡陌里，路远去来由。

16 寄左省杜拾遗

左省帝王扉，分曹禁紫微。
边关忧国色，拾遗是还非。
白岁如花落，青云羡鸟飞。
沾香龙案几，自惭谏书稀。

17 酬崔十三侍御登玉垒山思故园见寄

玉垒一山西，昆仑半步低。
千峰何自比，万水作江堤。
旷野思乡处，东流自石溪。
乾坤何上下，草木不须齐。

18 登总持寺

慈恩一寺情，日日万群生。
草木知春里，人心向佛明。
秦川和渭水，净土五陵英。
理念禅音智，天高百树城。

19 题金城临河驿楼

金城一驿楼，古戍半清秋。
重险临河谷，盘根老树酋。
谅山风月色，浸水雨津头。
不可园花问，天生旷野洲。

20 题永乐韦少府厅壁

少府一厅堂，黄河半酒裹。
临流寻墨迹，四壁久余香。
白鹭招头望，渔舟钓咕台。
高山谁仰止，碧草满芳塘。

21 宿岐州北郭严给事别业

暮色·山楼，林声半叶秋。
流溪明月近，磊石渡桥头。
别业由心迹，桑田任水洲。
樵渔非本意，指点帝王侯。

22 奉陪封大夫九日登高（得云字） 忆五女山城

九日问黄云，三秋尚未分。
黄花元气许，五女客诗君。
雁字人未见，湘城一瞬闻。
衡阳惑故土，常着北衣裙。

23 陪封大夫宴瀚海亭纳凉（得无字）

笙歌大丈夫，曲舞小家奴。
一意千杯尽，三声万海无。
旌旗扬朔漠，斗角错钩吴。
日没飞鸿落，琴声有似无。

24 梁州陪赵行军龙冈寺北庭泛舟宴王侍御

侍御下梁州，行军上鼓楼。
庭光龙冈寺，暮色顾红秋。
粉署郎唱，箫声弄玉愁。
江钟忽响起，吹笛半春秋。

25 晚发五渡

五渡客邕南，澜沧王水涵。
嘉陵青海色，汇集大江含。
剑北天村岸，斜阳待月潭。
舟行何不止，日月养春蚕。

26 巴南舟中夜书事

巴南一夜舟，渡口半江流。
野旷天低月，霜清古木楼。
村边人不静，寺外有僧游。
暮鼓声先尽，船娘曲未休。

27 巴南舟中思陡峭浑别业

舟中月湿衣，水上雾难稀。
梦里南州问，云前北客依。
巴山云复雨，下里岭林霏。
别业飞鸿宿，明晨见日辉。

28 初至犍为作

风尘入百蛮，古木问千山。
石枕溪流水，峰立竹泊弪。
初闻天地界，复得去来还。
阮笔观棋尽，回乡不等闲。

29 故仆射裴公挽歌

仆射故裴公，朝天制大同。
三台贤礼毕，九鼎客清风。
五府嵩高敬，千门立户翁。
黄昏黄鹤去，换日换班终。

30 故河南尹岐国公赠工部尚书苏公挽歌

河南尹国公，渭水客南风。
不奈何桥上，中堂白日宫。
花开花落去，树立树高空。
可见庚才子，秦川自此空。

正宗下之三

1 高适　送刘评事充朔方判官赋得征马嘶

三边一马嘶，万里半休思。
汗血流心脏，中原共日时。
由君知已见，任士达京迟。
足迹经天道，行为以百师。

2 送魏八

魏八驿前舟，知三问九流。
金杯何不醉，但得玉壶秋。
此去元智已，明珠对路投。
云山行雨处，暮尽向朝求。

3 河西送李十七

河西十七闻，远别一半君。
一半留京驿，三千弟子分。
登科年少路，问礼老翁文。
足上前程步，英雄不立群。

4 送白少府送兵之陇右

陇右向临眺，关中见杰谊。
州县呈子弟，日月向天高。
灰白单于问，锋明塞外刀。
黄云飞不尽，白羽着青袍。

5 淇上送韦司仓往滑台

饮酒问滑台，豪言向路开。
淇流山色影，长安去再来。
秋穷霜雪至，远别渡头猜。
彼此何须问，不醉自当回。

6 送郑侍御谪闽中

一路半风波，千山万水河。
浮云舟渡水，达子闽中多。
只任鸣猿老，声声似九歌。
南天情谊重，北国影婆娑。

7 送李侍御赴安西

子对一安西，鞭寻半草齐。
功名千万里，世事两三堤。
水色随流动，天光任曲低。
英雄常自诺，草木亦常栖。

8 送蔡十二之海上

一诺大江东，三生问六宫。
江山无早晚，日月有光明。
水色分南北，天公度始终。

9 别韦兵曹

一别十三鞭，三呼五百年。
长亭浮日月，足迹自方圆。
此去何须问，春秋自在田，
耕耘凭己力，处待岁华前。

10 同卫八题陆少府书斋

少府一书虫，冬春半月经。
州县知治滩，散帙四方同。
面壁观日暮，闻香腊未风。
梅花初入户，不得问西东。

11 同群公登濮阳圣佛寺阁

群公上濮阳，圣佛寺香堂。
大觉空天地，清霜净土光。
寒风箫索去，古树纳余黄。
瞩目禅房迹，寻帆自远航。

12 使青夷军入居庸二首

匹马上居庸，前程故步封。
燕支知李广，射虎箭无踪。
雪漫天地厚，衣单作独雄。
生当由此道，逐日自由衷。

13 其二

古镇一征安，居庸半谷丹。
云沉霜雪树，日落卷风寒。
伏策东山客，寻途足步观。
峦峰重叠处，但觉故衣单。

14 自苏北归　自见

可望一蓟门，边域半故村。
幽州燕客地，读卷此平尊。
豁达飞将去，胡风扫叶根。
霜清南北路，足迹证乾坤。

15 途中寄徐录事

但见右军书，何闻落日余。
苍茫风雨外，大雁已南居。
录事知音信，途中共意疏。
离忧空自语，徒步自当初。

16 醉后赠张九旭

一醉半丹青，三呼九脉灵。
殊翁狂草迹，自圣独零丁。
白发藏年酒，颠情笔墨翎。
床头须酿久，了此散余馨。

17 别韦五

归途返再游，徒觉付新愁。
又别相逢酒，长亭有尽头。
浮云郊甸满，独月照沧州。
不语前程远，漳河魏色流。

18 别冯判官

碣石冀东边，渔阳塞外天。
蓟门燕箭问，射虎待凌烟。
幕府才贤客，关山日月泉。
遥知书记事，一道作当先。

19 别王八

离人挹佩刀，剑戟对英豪。
雪覆天山树，将军未子高。
分心无寄与，过遇有双旄。
路远闻萧索，行程问绛袍。

20 送董判官

飞将作主人，仗剑问边邻。
以策风尘见，行逢塞外亲。
关山多雪树，日月少秋春。
侠客江湖诺，男儿不顾身。

21 送蹇秀才赴临洮

秀才下临眺，壮士着征袍。
达济天山北，高瞻不用刀。
书生凭此见，单据取葡萄。
感受英雄笔，谁言李武韬。

22 送张瑶贬五溪尉

不语问长沙，何言四海家。
张瑶贞远地，别处五溪华。
镇铆江山印，夫妻去国花。
南登词赋寄，梦里浪淘沙。

23 独孤判官部送兵

一判半官旋，三边九脉天。
同寻天地界，共考部方圆。
汉壁关山外，乌孙日月田。
封侯疆场设，铁马起凌烟。

二十九、五言排律　大家

杜甫

杜甫一声明，人间半事清。
耕耘辛苦致，草木自枯荣。

1 登兖州城楼

鲁郡一城楼，齐都半海头。
黄河流不尽，岱岳自春秋。
野旷秦碑在，峰高汉柏留。
青徐荒远去，赵魏雀台休。

2 房兵曹胡马

白马四蹄轻，昂扬瘦骨名。
峻风双耳外，汗血自骁腾。
大宛天空阔，京都自在行。
荒原千万里，驻步两三鸣。

3 春日怀李白

太白一诗文，飘然半国君。
清新开府第，日月自难分。
俊逸风流客，潇湘草木闻。
青云浮万里，知心共酒醺。

4 夜工氏庄

弹琴付水流，露湿满扁舟。
月照春花色，心思自不休。
林庄观剑舞，举烛问吴楼。
草色书堂上，人生自此忧。

5 故武卫将军挽词（天宝九载作）

严铭大丈夫，编简一东英。
敢决单于剑，灵珍塞上胡。
封侯君子路，不战见江都。
武已长安去，文诏以独孤。

6 陪郑广文游何将军山林三首

月上第三枯，寻云得九霄。
南塘一步路，野竹半山遥。
谷口濠梁渡，峰林日月昭。
芳园名远地，故水始无潮。

7 其二

院里一芭蕉，市中万里遥。
将军文武见，淑气自云霄。
稚子诗词唱，微风静夜谣。
寒宫传杜影，弃玉作奉箫。

8 其三

不惬一幽娇，归心半帝招。
门前流水去，未断柳杨条。
举首常相问，杨棱自未凋。
樵渔非本意，醉里向东辽。

9 夜月

夜月满长安，方明渭水寒。
清光寻少府，湿露向床栏。
独以遥情问，妻儿女色单。
和平天下去，几度写青丹。

10 对雪

一雪淑云端，千村覆色宽。
纷飞桃李色，错落甲麟残。
渭水飞鸿尽，渔阳鼓正盘。
长安州邑尽，独坐苦心寒。

11 春望

山河一古今，历史半人心。
国破日月在，三春草木深。
渔阳烽火继，渭水柳无荫。
壮士燕支见，书生已不吟。

12 喜达行在所三首

拾遗半坛灰，歧阳一去回。
迷峰三万仞，雾树五伏魁。
木叶山高上，程途达路催。
长安寻但忆，警觉玉壶杯。

13 其二

萋萋汉苑春，委委去来人。
日日无闲事，司司隶见中。
初章拾遗早，尾迹自翻新。
少府曾相与，如今自晋秦。

14 其三
归来始自怜，太白未知春。
影暗黄昏近，池明月色真。
各官朝暮见，万户始终邻。
汉社天和稷，英雄泪满巾。

15 晚行口号
秋声一凤翔，去雁半衡阳。
瘦鸟栖还集，浮云柳卷扬。
千川成古壑，百岁已沧桑。
动乱江山旧，梦情是故乡。

16 月
长生捣药行，老寿暮朝荣。
后羿何心与，嫦娥九日城。
清光天下满，淑气自枯荣。
桂影婆娑去，人间久不平。

17 收京
生生一意高，忆忆半葡萄。
羽翼同天下，文思共两毛。
寥寥闻自语，念念问旌旄。
不可单于战，胡旋节度操。

18 春宿左省
左省谏官城，中书夜直清。
乌孙呈节度，上掖建枯荣。
不寝听金道，辰光现漏倾。
朝明封国事，宿鸟去无声。

19 晚出左掖
千官步正齐，万岁问声低。
玉辇芳明去，华清月色西。
朝城明左掖，院柳晓莺啼。
谏向龙庭问，人亟帝王堤。

20 送贾阁老出汝州
梧桐已树荫，阁老木成林。
九殿青门近，三宫万户音。
云山相隔见，西浥客身心。
五马五章得，艰难苦辛箴。

21 送翰林张司马南海勒碑
文章一玉台，觉悟半天开。
日上三宫殿，诏从百度来。
南蛮通极浦，北国细云回。
海勤江洋去，沧浪见楚才。

22 初月
东方一线弦，北土半元边。
影上明光许，宫中久玉妍。
婵娟同宵度，桂树共时年。
后羿应知道，英雄九日悬。

23 月夜忆舍弟
辽东一雁声，草木半枯荣。
月色非朝暮，人情是弟兄。
青春消逝去，老大徒伤情。
少小求知欲，回头不再生。

24 秦州杂诗五首
弃世过秦川，扬程度九流。
行心官自废，满目作春秋。
水落鱼梁浅，山空鸟翼游。
长城烽火间，日月运河舟。

25 其二
北寺一秦川，苔藓半旧楼。
山门三谷水，古殿九丹留。
叶细枝垂落，溪风涧色幽。
丹青成世界，东华向日秋。

26 其三
寻源一地开，问日自晨来。
织女星光暗，牵牛喜鹊台。
荒原多汗血，大宛取秦催。
国使东征战，英雄去又回。

27 其四
阮籍一兴来，庞公半隐回。
人间多草木，世上雨云裁。
暮笛声无上，黄昏日正开。
高杨天际树，已见鬓毛灰。

28 其五
月在北庭寒，云居土掖端。
风行澄渭岸，鸟翼去来桓。
一路闻烽火，三生久不安。
长安何无助，老少尽朝边。

29 望野
野望一林深，清秋半树荫。
迢迢遥前路，水水净池寻。
远日明天时，孤城自古今。
山河有独鹤，展羽作鸣禽。

30 天河
天河显晦清，八月最分明。
普发群星见，人间七夕行。
何闻风浪起，但以见阴晴。
岁岁牛郎问，年年织女情。

31 山寺
野寺一山遥，流溪半石消。
清清流细语，处处有渡桥。
老衲黄昏晚，游僧曲玉箫。
声声连草木，郁郁动心潮。

32 萤火
点点火萤飞，悠悠色去归。
黄昏多入路，夜半更光辉。
十月清霜重，千群逐自围。
随人身手近，寄与读书扉。

33 铜镜
破晓半重图，杨霖一地天。
人间知冷暖，世上有情回。
战乱人何以，王侯亦可怜。
佳人铜镜见，缺落入心悬。

34 促织
促织一声鸣，流萤半失明。
悠悠如烽火，曲曲似哀情。
草后根前去，霜重带雨更。
离人应少问，只恐梦中生。

第五卷 明人选唐诗（二）

35 捣衣
嫦娥问捣衣，玉兔待时侬。
桂影婆娑去，人间草木稀。
清霜明色远，路近隔京畿。
不与和时嫁，婵娟共织机。

36 送远
带甲自胡行，衣冠待北明，
听君天下路，仗剑问辽城。
草木阴晴度，人生日月萌。
英雄多不见，塞上少心情。

37 后游
花花草草知，日日年年迟。
寺寺钟钟响，朝朝暮暮时。
山河多少路，足迹去来知。
渭邑何成败，成都复舍之。

38 出郭
栖巢一鸟啼，老叶半东西。
羯鼓今不在，霓裳挂玉堤。
江城无遗客，故国月明低。
渭水还流去，离人已叹妻。

39 村夜
萧萧一夜风，处处半鸣虫。
点点流萤火，幽幽自断穷。
原来兄弟问，至此作英雄。
万里江山路，千年有始终。

40 春夜喜雨
好夜好心情，梦乡梦故生。
春云春雨垒，土润土耘成。
野旷禾田昧，江船点滴声。
花香明烛案，雾重锦官城。

41 江亭
江亭一水声，物象半流明。
野望三千雨，浮云五百城。
成都花比艳，几案浣溪情。
老子书中去，裁诗玉上平。

42 各裴迪登新津寺寄王侍郎
不以案相名，何言帝主情。
黄莺鸣晓日，古寺落钟声。
动乱知兄弟，离思故土生。
辋川多日月，鹿柴几溪鸣。

43 赠别何邕
一路半风尘，三生九脉津。
随君燕雀去，附带以心真。
汉口知音在，何邕自比邻。
乡书连彼此，记忆五陵春。

44 客亭
秋光一半清，正反十分明。
顺逆何知去，阴阳互转成。
寒山多木叶，宿夜少枯荣。
待晓重新问，长亭路又生。

45 题玄武禅师屋壁
面壁闭关盘，临空守谷难。
禅房知日月，古刹石林桓。
淑气随人愿，沧洲任芷兰。
锡飞和鸟语，渡岸与人坛。

46 玩月呈汉中王
月问汉中玉，婵娟共故乡。
清江明水色，夜鸟不惊凉。
一点风云客，三更木叶霜。
千山临逝者，九脉以川扬。

47 登牛头山亭作
日对百花丛，天闻九脉风。
牛头山上木，广情晓中空。
万井梓州路，千家独步翁。
关河兵革见，浊酒几杯中。

48 章梓州水亭
梓州一水荷，晚日半江多。
色水准王客，荆门汉夏河。
知山林木秀，问路见蹉跎。
楚子当湘岸，高唐见九歌。

49 数陪李梓州泛江有女乐在诸舫戏为艳曲
女乐一曲多，池明半芰荷。
身姿腰细舞，艳眼唱时歌。
玉袖凌云短，红颜隐约娥。
私情由取许，织女问天河。

50 送元二适江左
深秋欲远行，乱石已平声。
客日知江水，含情问旧城。
丹阳常不见，折帝几声鸣。
晋室风云论，公孙不论兵。

51 有感二首
幽州一夕阳，虎狼增蓟乡。
李广飞浮箭，渔樵问柳杨。
华山青海见，真使越吴梁。
弄玉箫声在，秦楼已自荒。

52 其二
一日不临平，三生自在鸣。
长江波浪去，白帝月风城。
赤壁周郎火，东吴客蜀生。
英雄当不见，彼此共枯荣。

53 愁坐
一野半天生，三田九陌荣。
阴晴千百度，日月去来情。
独坐沧洲问，思行渭水城。
功成名就处，步履跬前程。

54 江亭王阆州筵饯萧逐州
离亭昂去乡，旧国有衷肠。
面对临流水，愁闻逝柳杨。
风尘长短驿，古道去来尝。
举步先生路，江舟一曲舫。

55 滕王亭子
滕王问九流，赣阁已三秋。
竹色浔阳水，南昌郡外楼。
松风王子曲，鸟雀舞荒洲。
复见春山叶，无心下去舟。

56 玉台观
举目玉台观，临川九江澜。
滕王知浩劫，帝子问湘冠。
弄玉秦楼去，儒生下杏坛。
如今常不问，学步在邯郸。

57 暮寒
平郊一暮寒，广岸半柳残。
戎鼓长声在，风楼短渡宽。
含沙波已晚，纳芷会苓兰。
不忍山河暗，高阳自独旸。

58 别房太尉墓
一别倍知君，三光半断云。
天低千尺树，雨润万家勤。
太尉房官管，孤身正事勋。
谁人先评点，彼此苦耕耘。

59 观李固请司马题山水图
李固少空闻，天台一越君。
王乔多鹤舞，广德有余云。
万物风尘渡，千辛力苦分。
人间山水画，寺上方丈芬。

60 禹庙
禹庙一空山，荒庭半日颜。
龙蛇凭水色，木叶任河湾。
九鼎和云雨，千流逐逝关。
江流随此去，日月可还。

61 哭严仆射归榇
去后有君情，归来自语声。
舟平三峡岸，雨落半江鸣。
部曲平生异，龙蛇日月行。
天长骠卫士，素幔掩心鸣。

62 旅夜书怀
地角一江流，天边半去舟。
孤云浮折鹭，独立见沙鸥。
日月随风阔，文章任五侯。
无心何有欲，有欲也无求。

63 长江
长江一水流，只问半南楼。
岁岁波澜起，年年自不休。
若以青见山，源泉始到头。
黄河邻百净，清清逐浊愁。

64 承闻故房相公灵衬自阆州启殡归葬东都有作
太守一东都，嘉陵向有无。
相公灵自在，独步治苍梧。
一情兴亡故，三生半五湖。
崇班知孔谢，八阵始终图。

65 船下夔州郭宿雨湿不得上岸别王十二判官
江城雨雾烟，石濑竹云泉。
湿露江沾岸，流波溢水田。
含霖霏霞尽，滟濒纳淬悬。
不得迷津里，船鸣似杜鹃。

66 乙郑南玭
玭玭玉公天，伏毒寺中园。
江心流水速，岸芷作桑田。
曙色红云雾，珠珍似雨泉。
苍茫天上水，万里一云烟。

67 宿江边阁
夜宿大江边，孤舟半雾田。
鱼龙沉水底，鹭鸟隐栖眠。
月色朦胧见，船娘旧话传。
夫家征战役，北伐戎狼烟。

68 洞房
秦川一洞房，渭水半沧凉。
塞北渔阳战，燕支草木黄。
高门谁挂月，佩玉几刀伤。
万里荒山外，千军守帝王。

69 宿昔
青门一日文，直夜半王君。
碧柳龙池岸，蓬莱上掖云。
花移娇不语，木独秀衣裙。
但请王母客，隐秘百度芬。

70 骊山
望断骊山梁，登临蜀水乡。
霖铃云雨夜，独问赐金藏。
力士华清路，清平太白肠。
龙池天子水，但挂半霓裳。

71 吾宗
质朴古人风，凿耕日月空。
文章邻里颂，草木作雕虫。
忧民忧自己，爱国爱年丰。
寄下经书载，留成一世雄。

72 中宵
上阁百寻余，中宵一月居。
星流三界密，水落半溪疏。
择木知候鸟，潜鳞像故鱼。
相思心不定，未宿苦诗书。

73 草阁
草阁半夔州，心扉一九流。
江南昌郡外，塞北积幽楼。
白帝长江水，成都湿雾秋。
红颜知己问，小妇始知愁。

74 十七夜对月
十七月偏园，三千弟子田。
江村身未老，独杖立南天。
宿鸟栖还动，行星织女边。
银河妆到岸，不得渡人船。

75 日暮
日暮半牛羊，文章一草堂。
开门连竹悄，守户对斜阳。
草暗黄昏色，花明水岸光。
平生何所欲，但梦故家乡。

76 晓望
晓望一江云，红阳半不分。
光明千浪逐，广阔济天君。
木叶帆边问，秋霜共鹭群。
秭归天子见，白帝托孤闻。

77 中夜 自言

平生一世人，不愧百年身。
万里云行去，千年半秋春。
江山天下路，日月自圆津。
草木阴晴水，乾坤故国亲。

78 夜 自语

百岁木成林，千年半古今。
三生耕日月，五百载雄音。
举剑多观望，行身尽足寻。
青丝知跬度，白首壮人心。

79 刈稻了咏怀

万古半川明，人间一野声。
民情何惧战，士气几精英。
破役穷家室，参军守未成。
乾坤王土地，子女几和平。

80 公安县怀古

吕蒙野旷名，刘备托孤城。
举櫓闻铜雀，漳河至此清。
周郎吴蜀问，诸葛孔明生。
八阵图中去，空城魏晋明。

81 登岳阳楼

独上岳阳楼，还寻赤壁舟。
东来吴楚水，北去晋秦秋。
日月千年客，江山一九州。
应成黄鹤舞，可寄洞庭浮。

82 祠南夕望

不尽浪淘沙，渔舟唱晚霞。
高山流水色，九叠弄梅花。
岳麓闻才子，潇湘见客家。
船姑应劝酒，此去到天涯。

三十、五言排律　羽翼

羽翼之一
王湾

次北固山下

舟平北固山，客路不归颜。
木叶随船去，潮来任浪还。
风声涛正举，海日雁鸣关。
渡口连波岸，乡心月亮湾。
注：月亮湾在桓仁。

羽翼之二

1 杂诗自己

家居上五原，问道见轩辕。
独负东山谢，辽东老少园。
燕支书卷客，四海平生言。
丛林阴晴雨，南洋草木萱。

2 峡中作

高唐百里回，峡口雨云台。
楚女神姿在，襄王已去来。
三千年岁尽，五百帝王开。
宋玉文章尽，巫山一玉杯。

羽翼之三
崔颢

1 长门怨

一怨到如今，千年未悔深。
长门宫殿外，尽是女儿心。
六国佳人去，秦皇不见音。
飞燕飞不断，虢国觎人临。

2 赠梁州张都督

知启报国心，拜使问胡林。
汉将渔阳戍，梁州岁月深。
都督分楚界，房箭射狼寻。
北塞何天下，西河作古人。

3 送单于裴都护赴西河

西河不到边，战守月方圆。
塞近单于帐，军遥主护田。

长安明夜晚，口外捷声宣。
汉驿何通报，胡风满酒泉。

4 寄卢象

一语沂行舟，三江逐客流。
风波连日月，蜀道向荆州。
雨落高唐岸，云沉三峡头。
巴山巴水问，楚地楚才忧。

5 题潼关楼

渭邑一潼关，西惊十万蛮。
云楼登池卜，路转华险弯。
扼守长安道，从扬蜀楚还。
烽烟当己娄，收拾旧河山。

6 题沈隐侯八咏楼

树帜一长空，闻风半志雄。
长川飞塞雁，函谷镇京鸿。
独立潼关望，凭高目不穷。
丹青成史册，尽在去来中。

7 晚入汴水

汴水逐潮投，苏杭下运河。
隋炀何不见，水调已成歌。
晚渡通州岸，晨明冀鲁娥。
钱塘千里岸，富贾万人多。

羽翼之四
祖咏

1 江南旅情

楚水一波潮，萧山半小桥。
江南同里路，会稽共君遥。
雨色连云济，晴光挂柳条。
潭空梅子树，鸟静玉人娇。

2 泊扬子岸

一郡座维扬，三吴问故乡。
舟平扬子岸，雨色九州梁。
浦口金陵外，姑苏木渎忙。
盘门儿女问，夜月满天堂。

3 泗上冯使君南楼作

泗上问南楼，云中见九州。
滩晴沙鹭起，渡口水平舟。
近海风波涌，临川水浪游。
归思秋雨夜，不可觅封侯。

4 留别卢象

高唐雨未收，巴水伴云游。
宿别行人去，商水铎路秋。
知君惊海外，向意曲江头。
直见南楼月，长安共不休。

5 题韩少府水亭

幽藏一水亭，面壁半丹青。
鸟落池边树，鱼游动芷萍。
梨花颜色好，杏色过墙灵。
水气云烟淑，桃姿雨气中。

6 苏武别业

别业半居幽，南山一心留。
桃花源里水，五柳深人修。
汉苑秦川北，长安渭水洲。

寥寥风雨去，淡淡十三州。

7 宿陈留李少府宅

陈留少府城，旅泊夜难清。
月淡成梦晚，云浮待五更。
婵娟摇竹影，曙鼓问洛明。
不堪幽幽见，无心处处行。

8 扈从御宿池

御宿羽林城，臣行辇路轻。
孤山成壁磊，老树自精英。
夜漏三更守，京都半未明。
昭阳宫外见，魏阙一客情。

羽翼之五

1 汉阳即事

楚国一江城，桃花半自生。
春风光渡水，碧叶未先荣。
汉口知音近，琴台远日名。
言归闻水绿，雨落付云平。

2 临江亭

古木半江亭，寒禽一水灵。
层城连带岸，楚客江才龄。
渭水闻天地，梁园待丹青。
平生何以见，路路似浮萍。

3 渭桥

折柳渭桥边，闻鸣酒市前。
前程多彼此，不醉自思年。
蜀道何人问，吴江几渡船。
归思心底处，跬步作方圆。

4 寒夜江口泊舟

寒潮自不平，古月照无声。
浦口临江色，吴山待雨晴。
孤舟闻妇唱，苦夜异乡情。
火色渔家在，邻船隐约惊。

5 苑外至龙兴院作

苑外至龙兴，相思问五陵。
英雄常气短，雨露向花凝。

月殿幽禅近，云台古寺灯。
僧言天地外，不醉玉壶冰。

6 题虬上人房

一步上人房，三生下九梁。
黄花天水岸，射虎日边扬。
守一成圆见，成千数万香。
禅音深浅得，大觉去来长。

7 咏山泉

一石涌山泉，千云百雨川。
长长流不住，处处汇溪田。
有涧微池计，无晴细露悬。
年年常累积，处处可闻鹃。

羽翼之六
李颀

1 望秦川

一路望秦川，三生问酒泉。
飞将常射虎，李广逐燕边。
日见南山顶，云从渭水田。
山河天水岸，草木自坤干。

2 宴陈十六楼

白日半人心，黄花一古今。
西楼金谷地，北涧绿珠寻。
井度寒声去，庭生玉树荫。
题诗千载尽，不与寄孤禽。

3 晚归东园桓仁家乡

荆扉不靠邻，百步可相亲。
少小西关去，童翁老人春。
东山寻父母，五女客江津。
返景黄昏远，归来自叹身。

4 送钱子入京

乡铭一入京，客读半儒名。
五女山前水，桓仁八卦城。
幽燕多少士，晋冀雅人卿。
回顾青春去，扬头见弟兄。

5 送人尉闽中

一客问残莺，千杯待酒平。
芳菲春日晚，万里故人情。
御苑闻门柳，君心去楚城。
京都泾渭水，海邑闽中名。

6 送卢象人

桥头送逸人，柳下问君邻。
海上升明月，心中浥旧尘。
天边云不尽，道大雨泥新。
白首苍天望，期思草木春。

7 送窦参军

举酒窦参军，行程万里云。
龙城喧鸟尽，塞月照兵文。
步令飞鸿晚，碑铭报捷君。
单于明正与，白日赠兰薰。

8 送人归沔南

梅花满沔南，驿路近明潭。
旧国云山里，新年雪雨含。
临川流水色，腊尾动春蚕。
汉口江舟下，家乡武陵谙。

羽翼之七
綦毋潜

1 题灵隐寺山顶院

观空静室园，问界入番田。
招提灵隐寺，钟声唤旧天。
西来僧不语，顿悟客当泉。
日见浮云里，相闻九度缘。

2 宿龙兴寺

松林满日晖，白石比丘衣。
月入龙兴寺，钟鸣喻法微。
天花浮不尽，古殿净心扉。
曲径青莲近，灯明鸟不飞。

3 若耶溪逢孔九

曲曲若耶溪，明明浣女霓。
潭潭湾水色，竹竹影东西。
石磊烟霞落，春风木叶低。

人随秦汉士，鸟似武陵啼。

4 题沈东美员外山池

好道一仙郎，凿沼半石乡。
瀛洲多淑气，汉土少鱼梁。
任性闻天地，随心取寸肠。
衡门邻日月，跬步作炎凉。

5 送章子下第

滴步一邻家，行身半影斜。
长安多巷里，故土少风花。
下第悬梁止，功成刺骨嗟。
光阴流水去，再上曲江涯。

羽翼之八
王昌龄

1 胡笳曲

塞北一胡笳，城南半净沙。
龙城飞将去，汉武女儿花。
夜月荒原照，琵琶颂日斜。
秦楼当此色，几度入人家。

2 和振上人秋夜怀士会

山岚振上人，白鹭祝秋春。
笔墨亲友会，兴情故客邻。
云端风雨色，树上画天津。
月色残光影，边城挂冕中。

3 客广陵

船头近广陵，日尾色秋兴。
九月南徐客，重阳客白冰。
归帆江岸泊，楚蜀济才丞。
渡门横舟处，瑶池水色凝。

4 驾幸河东二首

河东六驾晖，渭水半云飞。
四象皇风雨，三边帝子归。
龙家多紫气，凤辇满翠微。
淑气承天子，祥云入柴扉。

5 其二

晋水一河东，汾桥半雅风。
秦川唐始祖，渭邑李英雄。

万国从心立，凌烟立柱同。
千门争向日，九脉对天穹。

6 少年行

白马远相寻，南楼近互萌。
千金留意切，万里近林深。
一剑成天地，三生问古今。
曾无零所欲，自有百年心。

7 塞上曲

三边霍卫军，六院女儿群。
百岁飞将去，千年几度闻。
黄龙分遣成，塞上化青云。
部曲燕支代，天功白日曛。

羽翼之九
张谓

1 送裴侍御归上都

莫问武陵溪，春来草木齐。
秦川王养马，楚汉各东啼。
月色随江去，天光自落西。
君心知四海，别梦寄高低。

2 送青龙一公

事佛一青龙，寻径半步松。
勤王王不语，向道向无钟。
寄度人间冶，还从日圣容。
荷莲成净土，理助是禅宗。

3 寄李侍御

不觉百年心，何尝一古今。
千年朝又暮，万事治还寻。
五柳知桃李，三官问木林。
书中成世界，越上雨多荫。

4 寄崔澧州

共问一泽州，同行半九流。
双鱼当互赠，五马可相留。
郡守冯知官场，清鸣向日休。
江头明月在，夜里望乡楼。

5 郡南亭子宴

春晚一宴亭，月色半丹青。

绿水朱门外，轻云曲榭荣。
烟深杨柳岸，酒醉干坤宁。
鸟雀争先食，琴音问舞伶。

6 同王征君湘中有怀（此诗又见严维集）

八月洞庭秋，三呼梦泽游。
舟平波不起，月漫色无休。
万里成湘客，千声忆故栖。
京都才子去，跬步十三州。

7 扬州雨中张十七宅观伎

一伎半腰身，三声九曲申。
千姿百态艳，万里入红尘。
夜色寒烟重，弹琴弄玉伸。
灯花望下见，以意定终邻。

羽翼之十
贾至

1 长门怨

自古怨长门，人生问子孙。
班超班固志，日朝日暮昏。
万里行难定，千年问帝恩。
藏娇何不见，草木自乾坤。

2 铜雀台

西陵一古台，魏主半天开。
百岁应无至，千年满草莓。
歌盛铜雀废，曲尽女人哀。
只有天空月，明明去又来。

3 侍宴曲

一曲散余香，千音聚上堂。
帘开缨不弃，酒闭侍玉乡。
长廊鸣佩响，曲榭奏桃姜。
敛履昭阳殿，君臣共天扬。

4 对酒曲

　一酒对芳菲，三春问日辉。
千情莺不止，万象雀天飞。
曲水浮花色，流风逐草肥。
通宵听节语，醉去任无归。

5 南州有赠二首自忖

浦口一南州，金陵半九流。
三山晴楚水，二水碧吴楼。
共与君心归，同承故地游。
潇湘斑竹见，举首问春秋。

6 其二

渭水半南州，湘川一北流。
江边杯酒见，海内四方舟。
别路京华远，归心不可求。
悠悠天地上，但见帝王侯。

羽翼之十一
崔署

1 途中晓发

晓上一途中，亭前半旭红。
长歌方尽酒，跬步又飞鸿。
旅望江山路，乡心日月东。
遥呼三两语，附寄大江风。

2 缑山庙

古庙一门深，仙音半古今。
孤峰天地色，物象暮朝寻。
草映山花色，溪清遗庙音。
风扬云雨下，土载故人心。

3 同诸公谒启母祠

慈恩启元音，扶幼待儿心。
润土芳草地，花园日月荫。
春风多得意，秀鸟自森林。
斑斑竹泪下，湘江子女深。

羽翼之十二
常建

1 破山寺后禅院

古寺一禅音，风尘半古今。
青莲呈渡岸，鼓磬化人心。
万籁天光近，千般日月荫。
重生渔鸟见，悦性木成林。

2 泊舟盱眙

秦淮水岸清，夜泊月舟平。
半挂云烟雨，三吴草木荣。
霜明时令竹，寂远近无声。
宿鸟凭渔火，潮侵任旧城。

3 江行

四望独江行，三呼渡口情。
船家吴妇好，卜占待人生。
八卦从天地，两仪问枯荣。
舱中儿女小，足下踏歌声。

羽翼之十三
裴迪

1 过感配寺昙兴上人山院

昙兴一上人，感配半中新。
不远安居寺，穿门竹径春。
浮名成紫气，鸟语化天津。
灞水扬波处，禅音入四邻。

2 夏日过青龙寺谒操禅师

青龙寺上幽，夏日水中楼。
一室安禅室，三音日月流。
蝉声鸣古道，竹石径边秋。
鸟雀随云貌，清凉逐日留。

羽翼之十四
张子容

1 云阳驿陪崔使君邵道士夜宴

云阳一驿观，道士半仙坛。
月半循花木，天光顺玉冠。
灯花形影近，国酒海江绵。
三弄梅花曲，佳人帝子安。

2 除夜乐城逢孟浩然

相逢孟浩然，除夜乐城边。
远客襄阳到，花枝汉口船。
东山行乐处，妙曲逐成仙。
一夜连双岁，三更又一年。

908

羽翼之十五
舒坦

1 同皇甫兵曹天宫寺浴室新成招友人赏会
一濯净红尘，三生化旧津。
天宫新浴后，玉水洁人身。
室暖心怀好，兰香性善亲。
空空清色色，友友共春春。

羽翼之十六
郑德玄

自家
日晚至乡亭，桓仁问只形。
浑江流不尽，五女日黄青。
老下南洋去，回家路不铭。
西关空令归，但慰父母灵。

羽翼之十七
蔡希寂

陕中作
秦关一柳杨，陕客半故乡。
遗忆京都旧，川扬渭水篁。
南山终不见，绥楚已雄藏。
泊处停云问，江风两岸长。

羽翼之十八
薛涛

题丹阳陶司马厅
鉴古一芝兰，儒风半不官。
诏书知命定，洞沏玉人峦。
水注丹阳岸，花开司马坛。
临江风月好，咏客上云端。

羽翼之十九
阎防

与永乐诸公泛黄河作
万里一黄河，千年半九歌。
烟云三界气，觉悟九天和。
渭水东流入，秦川北卫戈。
终南山上见，但向曲江波。

羽翼之二十
殷遥

友人山亭
山亭一鸟飞，故友半人归。
不对山中月，应寻对紫微。
桃花香气近，杏李色光晖。
水上鱼游止，秦中客不菲。

羽翼之二十一
丁仙芝

1 剡溪馆闻笛
剡溪近笛乡，夜月远明扬。
寂寂婵娟色，寥寥驿馆凉。
山空云不见，淑气雨还妆。
一曲西施问，三吴木渎肠。

2 渡扬子江
中流望故城，远驿问都京。
海尽连天际，山穷接地生。
江寒扬子楫，岸陆润州城。
叶落飘摇下，秋风扫去声。

3 长宁公主旧山池
寂寞旧池楼，悠幽客叶愁。
长宁公主馆，附鹤作仙游。
闭水平阳日，开心白玉钩。
庭花闲不住，弄玉一箫柔。

羽翼之二十二
张巡

闻笛
遥闻一笛音，已辨半知心。
苦战容尧虏，风尘日月荫。

羽翼之二十三
张均

岳阳晚景
暮色岳阳楼，风云草木洲，
长沙红叶晚，低雁落时愁。
九月寒衣少，三秋扫地休。
茱萸荒未了，不可向孤舟。

羽翼之二十四
韦迢

早发湘潭寄杜员外院长
夜雨一湘潭，云峰半雾含。
衡阳归雁早，白首吐丝蚕。
一叶秋山上，三江白日眈。
炎凉多少问，但忆好儿男。

羽翼之二十五
颜真卿

登平望桥下作
登桥一帐扬，问柳半城乡。
近水楼台月，天平洛邑乡。
长安直笔客，士子曲江郎。
但以山河水，同承日月光。

羽翼之二十六
李憕

和户部杨员外伯成寓直
公才一省部，笔下半中堂。
坐寓闻朝栋，寻思忆护梁。
千门多不宿，万户少无光。
御驾台前诣，阙外挂文章。

羽翼之二十七
丘为

寻庐山崔征君
未可上庐山，闻风下月湾。
惊心无所以，问道有红蛮。
日晓天阳近，云断雨雾颜。
浮生知不解，石仞待门关。

羽翼之二十八
张轸

舟行旦发
晓色逐潮开，江红过云来。
舟行扬子水，月落越王台。
侣问风帆去，情知栈道催。
山村先日至，水港后天裁。

羽翼之二十九
徐晶

同蔡孚五亭咏

一时见春晖，三山问紫薇。
江流多不静，日月少知归。
翡翠颜色好，鸳鸯比翼飞。
云泉琴自语，独得蔽心扉。

羽翼之三十
闾丘晓

夜渡淮

淮秦渡夜舟，紫气贯江流。
路尽芳潭去，河连市井楼。
渔家船火近，月影色芳洲。
不见春风里，何须问莫愁。

三十一、五言排律　接武

接武上之一
刘长卿

1 穆陵关北逢人归渔阳

匹马穆陵关，孤君去不还。
渔阳浮日晚，满目尽苍山。
百战金甲暗，三生者者颜。
桑干残叶尽，古水自成湾。

2 逢郴州使因寄严协律

相思一楚才，梦寐半江开。
落尽淮南叶，衡阳雁已回。
湘灵情鼓瑟，泪竹色中哀。
寄远孤帆去，茫茫独步灰。

3 岳阳馆中望洞庭湖

一望洞庭湖，三湘岳麓苏。
巴丘波浪涌，水气逐江都。
淼淼孤山岸，苍苍石径吴。
扬帆难自主，早晚各殊途。

4 北归次秋浦界清溪馆

彭蠡一浦秋，次界暮人愁。
雁去留声问，清溪半旧流。
孤村猿不息，断岭意难收。
白首余情重，知行向渡舟。

5 使还至菱陂驿渡浉水作

清川一水闲，老马半天山。
广泽孤烟远，飞云济海湾。
山空心不止，草碧色春还。
曲曲流无止，苍苍锁故关。

6 松江独宿

松江独宿愁，竹叶不归舟。
白首心胸阔，青山日月楼。
天涯江上望，海角欲中求。
一世浮名至，三生志九州。

7 余千旅舍

鸟独背人飞，鸥群向水归。
青枫江上客，白日客中晖。
渡口船无定，云浮是又非。
渔家邻妇问，暮色故人扉。

8 秋日登吴公台上寺远眺（寺即陈时吴明赴战场）

独叶一秋心，沉浮半古今。
吴公台上寺，隔水问陈音。
旧磊空林晚，荒丘草木深。
长江流不尽，野鸟对鸣禽。

9 经漂母墓

一墓古人舟，千年几去留。
名声天地外，饭菜暮朝求。
草木阴晴翠，英雄日月酬。
樵渔何不见，旷野几王侯。

10 长沙桓王墓下书事别张南史

长沙一墓修，木叶十三州。
水去分南北，云来划去留。
萋萋芬草见，独独客家愁。
事别东西问，心从旧使游。

11 赴新安别梁侍郎

新安一别音，驿路半云深。
足迹连江海，行踪划古今。
孤舟帆自举，百木不成林。
白日知心照，余生日月琴。

12 送李中丞归汉阳别业

中丞下汉阳，别业万师肠。
老去知天地，交河六死伤。
三边曾一诺，半剑度千凉。
日暮苍茫顾，江山是故乡。

第五卷 明人选唐诗（二）

13 送使君贬连州
独步向连州，秋风散叶流。
浮云何以尽，晚次泊孤舟。
汉使长沙问，萧何汉帝侯。
鬼神召夜赋，沉水逐臣忧。

14 送舍弟之鄱阳居
寄家一鄱阳，姑山半故乡。
心扉和日月，笔墨守衷肠。
别处三边问，居村九州旁。
沧波舟自去，莫可以帆扬。

15 送王端公入秦赴上都
秦川一上都，渭水半虚无。
旧国曾多问，龙门似五湖。
途经千百战，路迹两三奴。
顾问当吴蜀，寒城背暮孤。

16 送李二十四移家之江州
满目望江州，征鸿自南游。
烟尘岐路上，别后几王侯。
不访长沙客，何寻独木舟。
全家潮水见，一线钓鱼秋。

17 送张继司直适越
不到五羊城，难从一越鸿。
三江连万里，九脉续千城。
百战曾金甲，归农落魄盟。
沧洲浮日月，古木剡溪荣。

18 饯别王十一南游
水隔一江津，烟迷二月春。
新芳初草绿，旧色未分匀。
旭日红方满，征帆洗净尘。
汀洲离此去，日路始还轮。

19 过萧尚书故居见李花感而成咏
何言问故居，不可付春余。
故径微风扫，芳菲落色虚。
往年啼鸟至，今日主人墟。
旧槲枯溪石，新晨照影裾。

20 雨中过袁稷巴陵山居赠别
巴陵一日知，细雨半云迟。
积石三桥路，街亭天水池。
长江波不尽，岳麓草先枝。
鸟雀幽声在，牛羊下括时。

21 寻南溪常道士
道士入南溪，莓苔向草齐。
云沉寻谷底，雨露化新泥。
锁径从木樾，开门对红霓。
松山微水色，履迹印高低。

22 碧涧别墅喜皇甫侍御相访
荒村待晚晴，古道守疏荣。
别墅君相访，空山独见英。
孤桥连木后，涧水曲流横。
日影藏林里，田舍宇清明。

23 过湖南羊处士别业
湖南处士情，别业守人清。
白首湘流向，生涯草木荣。
东邻芳草地，爱子采花城。
酒色明花影，山光照树倾。

24 送道标上人归南岳
溪中守鸣禽，但见上人心。
草碧湘江色，花明古道荫。
无归云不定，有意木成林。
湿地半孤寻，禅房一夜深。

25 送勤照和尚往睢阳赴太守请
燃灯七祖传，杖策半侯天。
有意长流水，无心短世田。
梁园多草木，古刹少云眠。
以此青山见，苍生籍月悬。

26 秋夜肃公房喜普门上人自阳羡山至
房公肃普门，隅余待邻村。
早晚沃洲步，阴晴日色恩。
山栖香积久，古木向黄昏。
远近回光照，高低向五蕴。

27 重阳岳城楼送屈突司直
九日岳阳楼，三江逐色流。
千山云已定，万古月消愁。
远远姑山望，悠悠碧水舟。
关中今古事，暮上去来忧。

28 晚行次苦竹馆却忆于越旧，自见于越
苦竹浥风尘，青峰立汉秦。
千年于越见，万古作秋春。
故驿临花径，田村问北邻。
首步京都阔，平生读自身。

29 秋夜雨中过灵光寺所居
灵光寺里居，夜雨付禅余。
烛静天音近，青莲帝业墟。
孤心凭所以，独木见相如。
斗粟瑶琴许，牛羊陌里锄。

30 海盐官舍早春
新年白首翁，旧岁海盐工。
远客闻天籁，今朝见旭红。
孤城莺早至，柳色溃黄风。
细雨如心意，沧州寄寓东。

31 新年，桓仁西关五队
岁末一乡心，新春半古今。
三生宗谱拜，九叩对家荫。
灯竹惊时日，财神何事临。
浑江鸭绿水，五女祝知音。

接武上之二
钱起

1 和万年成少府寓直
少府万年台，赤县半楚才。
文人惊一语，士子向春催。
上掖多明月，流萤尽闪来。
朝书功业迹，紫禁见天开。

2 登复州南楼
南楼半复州，古树百千秋。
汉柏秦槐色，瑶花玉草羞。
雁去留人字，云来付白头。
归思乡不见，立意事神州。

诗词盛典 I 吕长春格律诗词六万八千首（全四册）

3 晚次宿预馆
预馆一乡心，离思半故音。
飘蓬天地路，驿泊去来琴。
读遍春秋道，寻留日月荫。
云随朝暮起，雨伴北南浔。

4 赠邻居齐六司仓
邻家半晋秦，咫尺一秋春。
木影同房舍，鸣禽共语新。
衡门评太古，大觉话天津。
烛色黄昏尽，牛羊日月亲。

5 宴郁林观张道士房
道士一山房，禅音半故乡。
钟声三界路，磬语几天长。
白帝开炉玉，赤霞殿月光。
芳赫朝露湿，仙侣卧龙扬。

6 裴迪南门秋夜对月
南门一月明，夜色半池清。
独系书香至，重窗烛影生。
鹊寄栖还动，流萤去又横。
遥天同几墨，寒宫客桂情。

7 秋夜寄袁中丞王员外
一夜寄秋明，三更问古情。
中丞王员外，别意自心生。
苦苦辛辛路，前前后后荣。
明河天水岸，郎月鹊飞鸣。
漏断邻袍立，思行策杖荣。

8 送少微师西行
西行一寸心，世路半知音。
别柳惊长短，寻途日月荫。
知时春未了，未解已秋深。
白露随寒至，空门遁木林。

9 送虞说擢第东游
擢第自东游，文章四十州。
湖山无厌尽，日月有春秋。
岁暮云天鹤，扬花草木洲。
登科情玉革，子濑楚吴头。

10 送杨皞第游江南
水去一声留，人登独木舟。
君行千万里，望尽两三楼。
举酒孤山远，寻源岁宴秋。
严公子濑色，朗月敬亭羞。

11 送宋征君让官还山
让志自还山，征君对玉颜。
行人无滞迹，跬步有朝班。
魏阙思铜雀，春山问水湾。
桃花千万亩，小杏两三蛮。

12 送弹琴李长史赴洪州
傲吏抱音琴，洪州自古今。
秋江波浪水，白雪月花浔。
佐收王程去，思文客语深。
劳辛应自得，处政帝王心。

13 送卫功曹归荆南
荆南一卫功，汉帝半先雄。
魏阙成情尽，江陵去日风。
云飞天地阔，雨落草花空。
用武知才晚，声鸣治略终。

14 送陆郎中
事主陆郎中，从边取大同。
悲歌含日月，壮志付飞鸿。
汉苑葡萄酒，楼兰草木终。
轻身何不悔，视己丈夫雄。

15 送僧归日本
日本一僧归，天空九鸟飞。
禅通天下智，觉化大中微。
上国随缘去，鱼龙任是非。
梵声应彼岸，方丈共云晖。

16 送张管书记
三边一役劳，九脉半征袍。
霍卫寒关外，张骞越志豪。
班超西域去，苏武北冰旄。
李广双儿女，英雄一步高。

17 赋得绵绵思远道送岑判官入岭
随君一路行，战火半边生。
白雪征蓬冷，阳关远道明。
星空多阔梦，夜色少孤城。
羌笛闻声至，疑时可用兵。

18 别张起居（时多故）
一恨别时心，三生作古今。
风涛初振海，日月已知音。
旧国成天地，新声草露深。
应随飞鹤去，不负故山林。

19 谷口书斋寄杨补阙
谷口一天书，文章半帝居。
泉源成汇聚，陆石筑城墟。
补阙云还雨，春秋草木余。
红花和绿叶，岁月以年初。

20 哭空寂寺玄上人
空门一上人，此去半东邻。
大觉禅音在，灯前夜话亲。
香风临白塔，古意坐金身。
寂寂当玄子，悠悠度若尘。

21 贞懿皇后挽词
淑气半天光，浮云一柳杨。
朝鸣黄鹤去，暮色殿台梁。
晓月孤明礼，晨风独自长。
灵深留祀祝，日远坐高堂。

接武上之三
韦应物

1 奉送从兄宰晋陵
从兄宰晋陵，寸草牧心兴。
立马回归望，扬程独目凝。
春云方集结，夏雨已成征。
汉苑班超路，吴宫玉树恒。

2 送汾城王主簿
风华一少年，带印半汾天。
故郡芳花色，春山草木鲜。
桥东舟未渡，路北雨成田。

912

不禁乡家问，桑棉子女眠。

3 送别覃孝廉
思亲一孝廉，举目半期谦。
步履门前路，行心月下黔。
青山何不老，细雨已成潜。
处处温和地，年年祝暖甜。

4 送榆次林明府
路向晋山微，云成雨雨非。
王畿何远近，策杖几心扉。
主宰行天地，形身泹土归。
秋风一叶落，十载半家晖。

5 送元仓曹归广陵
元仓下广陵，告别大江兴。
旧国应无业，新乡玉水凝。
淮阴曾不响，故甸望飞鹰。
彼此相关照，东邻是北朋。

6 送渑池崔主簿
一道洛阳城，来来去去行。
君心明日月，主簿问平生。
暮雨和天下，朝云对旭荣。
东西何不见，南北乡城。

7 送五经赵随登科授广德尉
登科一气成，广德半明经。
独往宣城郡，群僚客驿迎。
寒原由夕鸟，石径谢公名。
履迹东山砚，前途日月荣。

8 李五席送李主簿归西台
主簿卜四台，严程人陆丌。
寒归天子道，日色暮朝来。
古邑人衣少，嵩山雪雾催。
微官求彼此，但见楚人才。

9 赋得暮雨送李曹
暮雨楚江山，微风洛鼓班。
悠悠闻浦树，漠漠待阳关。
海口门开闭，天街路去还。
沾襟疑水气，举首月牙湾。

10 赠萧河南
河南一相书，士子半不如。
潘令何开业，侯方未置居。
三川流去远，九脉屹峰疏。
此事听琴后，留音品味余。

11 期卢嵩枉书称日暮无车马不赴以诗答
日暮马车无，诗书市五湖。
佳期何不约，洛邑是东都。
北巷闻天水，南山待落凫。
衡门多少道，俱是念奴呼。

12 淮上喜会梁州故人
梁州一故人，汉口半相亲。
每醉浮云去，常闻挂角巾。
群音依旧唱，独别自临津。
去水三年色，秋山十载春。

13 赋得鼎门送卢耿赴任
名因定鼎门，路晓向黄昏。
北近楼台见，南行野道村。
龙山车马去，静谷度乾坤。
寺鼓前贤立，农夫致子孙。

接武上之四
郎士元

1 送李将军赴邓州
塞上李将军，云中射虎闻。
春临关阙路，士达战衣裙。
鼓正长城北，声鸣魏晋汾。
阴山天水岸，白日降城陲。

2 送杨中丞和蕃
千年一战和，万古半山河。
汉垒长城塞，秦修作九歌。
河源飞鸟尽，雪域落荒坷。
莫以英雄见，何闻铁柱磨。

3 送钱大
但见暮蝉鸣，何闻落叶声。
春秋相近似，离别各扬程。

背水乡共远，临山日日明。
平生多彼此，岸木几枯荣。

4 送奚贾归吴
不问谢松游，应寻禹九州。
山高皇帝远，水碧五湖秋。
会稽西旋去，吴门子胥休。
新安江上月，渭邑曲江楼。

5 送裴补阙入河东幕
补阙入河东，清香去掖雄。
秋城临古道，苦节待情衷。
邹鲁书乡地，燕齐达志鸿。
营门刀笔见，不可作鸣虫。

6 送长沙韦明府之县
长沙作一县，岳麓问三年。
雨里潇湘水，云中白鹭烟。
公堂听讼断，府卫任光天。
楚国才人在，琴鸣七柱弦。

7 送韦湛判官
重阳一阁霄，九日半萧条。
古戍清河外，乡关日月遥。
阔别临流向，重逢处判桥。
归期何彼此，白首可渔樵。

8 送元诜还丹阳旧业
旧业半丹阳，新晋一家乡。
朝衣今布易，傲吏故高昂。
独闲芳菲馆，常开晓日房。
沧洲凭日月，古寺夜兰香。

9 长安逢故人自言
长安遇故人，不似小儿身。
欲问还难语，相逢亦远亲。
平生从自己，道路误乡邻。
莫问儒官场，天涯一海津。

10 春日宴张舍人宅
墙荫半暮天，竹影一溪田。
草径春花岸，池塘客主筵。
莺归鸣后树，色动水中泉。
酒气东邻去，春光四面前。

11 冬夕寄青龙寺源公

大雪上方行，青龙寺里鸣。
源公心外向，敛履意中生。
磬罢高禅坐，钟停覆盖明。
冰封凝玉气，色淡散香城。

12 双林傅大士

大士傅双林，津梁守独心。
先人曾自得，后语已知音。
般若波罗密，分身草木深。
微尘应自视，示灭树含荫。

13 送大德讲时河东徐明府招

远近地人天，乾坤日月田。
河东徐府课，佛学客安禅。
子伴随缘去，云浮任石船。
花边莲独立，月下可听泉。

14 赴无锡别灵一上人

本姓竺灵人，高僧旧士邻。
云深知谷壑，木叶向时春。
万水泉流去，千山屹石钧。
新年芳草遍，旧岁白云濒。

15 送洪州李别驾之任

别驾半洪州，秋江一日流。
扬帆天下去，客主一轻舟。
夏口京都问，浔阳九郡侯。
荆湘霄汉望，岳麓楚才留。

16 石城馆酬王将军

不解绣衣侯，将军客主休。
从边千战罢，独步木兰舟。
北雁衡阳路，孤城日夜楼。
江南何水岸，塞外几春秋。

17 赠和五諲归濠州别业

濠州别业居，霜意魏都余。
世事何须问，由心自主如。
荒原难问道，泽水可观鱼。
采菊东篱色，闲情已有初。

接武中之一
皇甫冉

1 巫山高

巫山一片云，峡口两边分。
楚国知神女，高唐宋玉文。
巴东猿不语，蜀水作衣裙。
白帝遥相问，江波白日曛。

2 秋夜宿严维宅

严维一夜秋，会稽半峰留。
旧迹清风扫，新湖度宅休。
良宵钟世故，水月待江流。
隔岸听猿徙，开门意不收。

3 谢卢十一过宿

不问一休心，难行半上林。
云烟梁甫见，雨色处春荫。
况付家乡语，公门未了音。
同君相酒否，别忆未知音。

4 逢庄讷因赠

世故一知音，行成半古今。
东流归大海，北去见人心。
郡吏名声晚，天涯对石深。
飘蓬依旧驿，老别不成林。

5 长安路

长安一路遥，八水四方桥。
渭邑东都见，龙门日月霄。
高楼偏远望，复道柳杨条。
秀草繁花色，蓬门水月潮。

6 送韩司直

盘门越女多，玉液酒人河。
木渎西施水，夫差会稽和。
王孙来往见，彼此共嫦娥。
季子留香火，停船试九歌。

7 送康判官往新安

新安一日乡，驿路九江长。
水色潇湘比，猿声对夕阳。
江南参半雨，塞外万千凉。
使者春晖至，天门子女堂。

8 送郑判官赴徐州

成师问莫愁，赴役下徐州。
气力三河北，功居万里侯。
从军依陇晋，列户向江流。
足足缨缨濯，渔渔仓仓楼。

9 途中送权三兄弟

北海一途中，风涛半宇同。
权三兄别到，独树雁飞穹。
日晚天晖远，云高映水红。
霜来天地阔，月色有无中。

10 送卢山人归林虑山

远近一天心，乾坤半古今。
匡庐林虑木，景德鸟还林。
玉器明家早，高僧六祖荫。
仙人洞里见，曲曲九江浔。

11 奉和王相公早春登徐州城

世上一耕桑，心中半故乡。
徐州城上望，落日四方扬。
壁磊寒门锁，旌旗八阵藏。
相公楼上指，上策几侯王。

12 归渡洛水

洛水一归舟，长安半渭流。
千门瞳日月，万户茸私楼。
渡口羊皮鼓，烟波散碎游。
滩滩芷芷色，浪浪沧沧忧。

13 秋夜寄所思

月上建章台，寒宫久不开。
婵娟同客色，寂寞桂明来。
天空独影去，寥心十地催。
芙蓉何处见，但以腊香梅。

14 福先寺寻湛然寺主不见

一寺半山空，三僧两地同。
疏钟知日月，暮鼓自由衷。
二室分南北，千音化气风。
山光春早至，草木常见红。

15 题昭上人房

沃洲一上人，百衲半天津。
虑尽禅心坐，思成石磬邻。
空林湖水阔，守舍柴门钩。
地与天台晚，中峰日月珍。

接武中之二
皇甫曾

1 送李中丞归本道

晋路挂双旌，秦关树已明。
中丞归本道，复向玉河行。
雪度平沙北，云浮落雁城。
春酬思塞北，剑锁五原情。

2 送人往荆州

伴路一同心，行程十地音。
秦川千百里，渭水十三浔。
住马君非止，前方驿舍林。
巫山分两岸，神女有鸣琴。

3 送韦判官赴闽中

孤帆下闽中，海上问飞鸿。
野鹤随云去，成冠任太空。
林猿啼未了，汉鸟已回衷。
子远台湾近，知君颂雅风。

4 送孔微士

原雪满山林，疏泉客浅深。
幽幽流欲止，暗暗作冰浔。
谷口开天地，松声呈古今。
余生樵史记，未了人心。

5 送陆鸿渐山人采茶

陆羽一茶城，千峰半雾生。
腰芽三两叶，寺路万千萌。
此品茗香至，幽情远水明。
江中泉下见，拜上作佳英。

6 送少微上人东南游

一室半云门，三春西寺村。
山光成紫气，淑水化乾坤。
此去悬泉少，前途老树根。

东南潮浪屿，渭邑可余恩。

7 送云门邕上人

春山一上人，秀草半天珍。
寂寂松林语，幽幽谷口茵。
飞泉悬挂处，石竹色东邻。
独道山溪水，原来任雨濒。

8 乌程水楼留别

乌程一水楼，此别几春秋。
客散飞帆去，人依别语愁。
川行非鸟道，止步向斯留。
左右多林木，阴晴少莫休。

9 秋兴

闪闪聚流萤，飞飞散落明。
幽幽南北见，暗暗不留情。
躲躲杨杨柳，纷纷返返盟。
相思相见处，夜色仿难平。

10 晚至华阴

腊月一华萌，归途半至心。
梅香千里色，雪素万家林。
野渡封生水，寒川锁古今。
温泉宫液近，古寺鼓声寻。

11 和谢舍人雪夜寓直

禁省一人心，中堂半古今。
春风天子客，滴漏士臣音。
上液梅花夜，沧洲日月萌。
红城恩自许，青琐建章源。

12 伤陆处士

此去见无期，还来旧忆时。
门开天下品，闭户汉家辞。
处士山人客，黄泉异路迟。
三毛逢世旧，九脉东南枝。

13 送著公归越

一赵祝公归，三呼玉鸟飞。
云门辞古语，访道守心扉。
万壑千峰去，松林汉柏微。
相逢长忆里，不见是还非。

14 西陵寄一公

西陵一雨风，自古半情终。
日悬沧洲远，声寻四壁空。
山中寻古刹，世上问僧公。
路曲多条路，虫鱼少鸟虫。

15 同杜相公对山僧

不可对山僧，三湘四水兴。
千流成逝水，万里点孤灯。
北阙驰心远，东林草木陵。
莺啼春色去，静默以香凝。

16 送元侍御充使湖南

侍御下湖南，满流见玉岚。
山川分手去，醒醉话湘潭。
白简劳王事，官身苦梦参。
人生由己见，七尺好儿男。

接武中之三
司空曙

1 题鲜千秋园林

雨后一园林，云前半凤吟。
幽泉流不尽，好鸟竟啼音。
群芳先主至，众草三色临。
小石成溪路，中春化木荫。

2 赠李端

南浮问李端，北日共盘桓。
楚渡登船见，湘流逐浪寒。
东西南北去，早晚暮朝观。
暮雨三千界，朝云一杏坛。

3 过谷口道士

谷口一青袍，州头半二毛。
苍山云影落，野岭树峰高。
道士仙桃客，丹径俗士韬。
春秋凭彼此，汉地种葡萄。

4 深上人见访忆李端

寒山忆李端，独从上人安。
醒世飞鸿近，寻心自己宽。
归途知己远，问道亦盘桓。

仍问东林晚，相期七寸丹。

5 送况上人还荆州因寄卫侍御像
荆州况上人，惠持蜀中邻。
策杖西林月，玄晖草树亲。
同寻缨足水，共语致天尊。
别此阳关道，相逢渭水津。

6 云阳馆与韩绅宿别
韩绅宿别难，隔路问青丹。
几度言无止，相寻旧话残。
云阳多夜月，古树少云端。
竹影浮烟重，孤灯十地寒。

7 喜外弟卢纶见宿
外弟一卢纶，居家半宿亲。
东邻阡陌远，独舍去来新。
旧业何天地，成功几度春。
平生兄弟见，不忘白头人。

8 冬夜耿拾遗王秀才就宿因伤故人
拾遗夜雪归，因伤断鸿飞。
同人何少见，但忆旧时微。
素影明窗身，冬梅望户扉。
芳香寻室入，此醉玉壶违。

9 送菊潭王明夜
白首着儒衣，明堂带日归。
闻天知岁月，带印问心扉。
汉帝寻阳见，襄王是与非。
功成何所以，业就客音依。

10 贼平后送人北归
世乱北南同，山川上下空。
江流朝暮去，草木去来风。
故垒残垣见，繁星宿夜虫。
啼时知旧国，渭水仍朝东。

11 送王先生归南山
白首一儒生，含元半独盟。
南山终不老，方传就业城。
无心官本位，有意苦田耕。
愿作门人去，隐姓也埋名。

12 送王润
不见故人颜，临流逝水弯。
江淮连梦泽，楚雪过商山。
旧语留南北，新声问去还。
闻君天下路，莫到玉门关。

13 送吉校书东归
东归一校书，紫阁半樵渔。
独别江南土，孤行一介余。
听猿啼楚岫，问雁几飞舒。
不到衡阳水，吴门好作居。

14 送郑明府贬岭南
渭邑半江天，长安一士田。
青枫江色晚，楚客日边船。
万里行人去，千山故步悬。
惊臣疑不定，只望岭南泉。

15 送史泽之长沙
史泽半长沙，长安万里家。
单车孤道见，浮云日上斜。
楚蜀蚕丛问，潇湘竹泪花。
衡阳栖未止，一翼到天涯。

16 春日野望寄钱员外起
一步半寻春，三生十地人。
花明千草树，雨润万家珍。
少小逢先后，官冠却谢身。
南宫轩榭早，未付一红尘。

17 题江陵临沙驿楼
一驿客江楼，三秋已九州。
江陵千里外，涓邑半清流。
楚树蝉声止，秦川落叶林。
苍然兰杜见，独醉莫须愁。

18 经废宝庆寺
宝庆寺中寻，荒芜野草深。
无僧香殿废，有互下阶临。
鹤去云飞远，禅房转世心。
池平鱼化鸟，岁月木成林。

19 赋得的的帆向浦
向浦自参差，滩湾有草花。
芳移千芷外，色落渡人家。
隐映平铺水，微明浩荡霞。
空高天不语，鸟宿忘山苞。

接武中之四
卢纶

1 送李端
君愁送李端，早客问衣单。
别路寒云外，冰霜雪色寒。
少小孤身济，迟冠草木珊。
文成多努力，儒生下杏坛。

2 春日灞亭同苗员外寄庚侍郎
春风一灞亭，四壁半丹青。
坐见沉云雾，方闻细雨泠。
烟生多异想，暖日少零丁。
暮酒相倾醉，思乡有渭泾。

3 送英操上人归江外觐省
觐省上人亲，高堂下九尊。
皈依佛门岸，晓膳一僧贫。
持况龙庭度，翻经草木邻。
安双求惠里，化海自沾巾。

4 送少微上人入蜀
禅衣一少微，策杖半心扉。
蜀道蚕丛路，巴山已翠微。
朝明天地岸，暮暗水山园。
遍识前途远，知情一去归。

5 送从叔呈归西川幕
一步下西川，千谋上玉莲。
晴山天水近，覆雪雨连泉。
鹤立排云殿，莺啼锦花烟。
儒贫常事理，蜀道隔云船。

6 江行次武昌县
江行次武昌，白首向鱼梁。
步寄天山路，心随日月光。
年年劳苦事，处处草花芳。

念念风尘故，悲悲早下霜。

7 皇帝感词
天香五凤云，御驾六龙君。
三清驰道泡，九脉帝王军。
旌旗朝巷远，彩绣老臣分。
举止先行者，金銮尚古闻。

8 送都尉归边
好勇诺三边，知名问酒泉。
争雄天子战，论志上将田。
八阵成今古，千兵去复年。
楼兰知不问，意在此生前。

9 送黎燧尉阳翟
玉貌训承颜，黎明过五关。
芳庭成日月，柳色暮朝班。
鹤舞梅花岸，龟浮洛色湾。
空情随逐鹿，但以去心还。

10 送唯上人归江南
归僧下岳阳，落日向船光。
苦渡人生岸，平和事故肠。
群生何负以，众口几张扬。
望者闻先后，樯帆待栋梁。

11 夜中得循州赵司马侍郎书因寄回使
一纸岭南书，三香地北余。
循州司马赵，海阔传郎疏。
老去人知旧，年来客自居。
承名如子赋，隐约似樵渔。

12 同薛存诚登栖岩寺
栖岩寺外天，步履足前年。
百度通花径，千辛向陌阡。
风尘来水月，秀鸟去来传。
此寄孤磬语，三清下界眠。

13 泊扬子岸
水上一千船，津中五百莲。
鱼游扬子岸，过客泊琴园。
浦火临舟近，渔歌过意怜。
弹珏非曲目，月照愿人眠。

14 落第后归终南别业
落第上终南，寻春下海涵。
山花依次序，野草近峰潭。
但见东溪月，归来北巷谙。
诗书藏日月，取志作儿男。

接武中之五
李端

1 过宋州
英雄过宋州，虏日问城楼。
受降城中见，飞将已尽忧。
时清明主客，陷地故人羞。
石磊凭天地，成功任莫愁。

2 茂陵山行陪韦金部
朝云暮雨休，淑气茂陵流。
隔水蝉鸣久，随风客日舟。
山行空自忖，古道已难求。
奉陪难君子，排云老白头。

3 江上逢司空曙
故国一封书，新春两地属。
相逢行泪下，怯别旧情余。
浦口初莲色，浔阳酒市舒。
何时邻竹影，问雁客当初。

4 逢王泌自东京至
逢君问故乡，日月几炎凉。
几处生乔木，何时秀柳杨。
新村居简竹，古道草花香。
水色田园里，天光帝国藏。

5 酬大埋寺评事张芬
大理寺张芬，居家旧壑云。
峰明千百度，水映两三殿。
古刹闻钟磬，清溪问日曛。
依依成趣故，淡淡可知君。

6 云际中峰
自得住中峰，深林故步封。
泉声观所在，水色问鱼龙。
暗涧听流水，明星守夜容。
空山僧不语，万念一孤钟。

7 赋得山泉送房造
石路一山泉，山光半水田。
明流声不尽，暗渡曲滩川。
涧谷浮云化，峰头细雨涟。
源头通日月，圣道向天年。

8 忆皎然上人
言师皎上人，问道自相怜。
已得云门望，还寻草木春。
惊时闻旧迹，怯步付心纯。
日守知朝暮，还平几晋秦。

9 赠衡岳隐禅师
古寺一衡州，禅房半隐修。
朝提泉下水，暮送雪中由。
旧偈传初尽，新生向白头。
开窗门户见，闭月向春秋。

10 云阳观寄袁稠
云阳隔杏林，漱玉顺人心。
谷落仙坛近，峰成日月深。
松间风月晚，石上五湖音。
雪化成天雨，春溪逝去琴。

11 晚游东田寄司空曙
日落半东田，残光一远天。
秋蝉鸣不止，夏末碧荷莲。
五柳常无主，陶公故界贤。
冠官应不解，岁岁自丝蚕。

12 题崔端公园林
水秀一园林，山高半浃浔。
门含丛竹影，户纳士人心。
案上鸣琴响，胸中纳古今。
遥观天地气，近取暮朝荫。

13 度关山
（注：月牙湾在阳关鸣沙山。）
塞雁度天山，长城守旧关。
危楼兵步尽，广漠戍无还。
拂敛书生问，弯弓壮士颜。
飞将应北上，一箭月牙湾。

接武中之六
耿沨

1 陇西行
白雪一阳关，黄沙半响山。
封疆尤未剪，戍将不可还。
古草三冬萎，天云万里颜。
应思燕射虎，不却帝王闲。

2 早朝
一滴漏声威，千官向紫微。
寒人多自立，月色少明晖。
解锁深宫路，开门启重闱。
衣冠朝笏正，判理是还非。

3 题李廉书房
书记一李廉，就业三编参。
易教商瞿事，青山绝欲严。
啼莺春未晚，旭日远红檐。
莫道符儒在，应知已素黔。

4 寄钱起
青原一水天，白社半时年。
静待逢人至，行闻故客传。
南宫车不见，驿道马还宣。
草碧杨长柳，花明岁月田。

5 赠田家 自曰
客处老人还，乡家五女山。
田夫翁白首，旧道对红颜。
陌上耕耘早，阡中日月湾。
浑江流不住，但望玉门关。

6 赠隐上，妇在晋而志在秦
南朝隐上人，北海客仙津。
远近知名誉，乾坤易卦尊。
红尘应自主，紫陌可东邻。
淑气成天下，居心可晋秦。

7 赠张将军
暮重一军城，云轻半甲兵。
阴山原上望，晋岭客中名。
鼓动三边守，金鸣八阵荣。
关山年岁老，日月令公情。

8 赠严维
寂寞半山阴，徘徊一古今。
严维三世界，古刹九州林。
海阔鱼龙舞，天高草木禽。
闲时天地问，能奈是人心。

9 赠朗公
天竺一路西，二乘半心齐。
奉紫微年继，迎梵语岁笄。
安神苔石径，住持院梁荑。
驯鸽飞还去，人心抑复低。

10 题赠韦山人
失意自天成，功名以地生。
终年扉不闲，守岁户难明。
病见人稀少，翁轻草木城。
山人应自得，采药以枯荣。

11 邠州留别
一路半山川，三生十地泉。
邠州源水去，晋士客乡年。
戋戋贫贫界，恩恩恶恶田。
艰难从士理，维心茂陵先。

12 沙上雁
沙洲宿雁鸣，蒲芷带寒声。
道里衡阳远，云中塞北横。
排空人字去，逐日客家城。
羽翼山川覆，春秋自主行。

接武中之七
李嘉祐

（高仲武云嘉佑中与高流与钱郎别为一体往往涉于齐梁绮靡婉丽吴均何逊之敌也）

1 和张舍人中书寓直
中书一寓明，汉主半精英。
竹影多文藻，灯花紫微城。
臣稀天子路，漏断鼓更清。
诏书南北案，繁繁简简情。

2 和都官苗员外秋夜寓直对雨简诸知已
潇潇夜雨声，滴滴漏音鸣。
上液闻朝暮，南宫守五更。
仙郎直待御，凤阙苑花明。
小谢新诗句，今今古古行。

3 留别毗陵诸公
浔阳令毗陵，泽国向香凝。
北固香陵水，南徐白下朋。
丹墀应不远，凤阙可文丞。
别忆知心近，倾情待玉冰。

4 送韦邕少府归钟山
少府下钟山，香陵上玉关。
桃源应不在，五柳已心还。
方水东流去，千山屹立攀。
凡墀凭一论，凤阙待天颜。

5 送岳州司马第之任
一念洞庭波，三声楚九歌。
千帆天下去，万水逐黄河。
北雁知南北，丞相已少多。
山城观竹影，古巷种田禾。

6 送上官侍御赴黔中
侍御赴黔中，苍官问上穿。
云浮三峡口，雨落两巴东。
白帝襄王去，秭归宋王空。
朝来神女见，暮色夜郎红。

7 至七里滩作
迁人七里滩，越客九江寒。
举足潮兴上，投情古杏坛。
丹霞红远远，翠羽碧波澜。
面壁闻天地，临流待玉端。

8 仲夏江阴官舍寄裴明府
万室次江边，孤城问九泉。
江阴吴楚水，蚌埠越赣田。
两岸扬长去，千川逐逝船。
潮兴晴作雨，闭月湿云眠。

9 奉陪韦润州过鹤林寺

野寺近江城，双旌挂月明。
禅心僧不老，梵语客难声。
忍辱知天地，思心问觉情。
归路声磬在，隔岸渡平生。

接武中之八
严维

1 酬刘员外见寄

佐郡白云诗，清赢玉树枝。
花坞晴雨声，柳叶日月时。
斜阳朝远去，落日满红池。
但得严维意，何言不可师。

2 酬王侍御西陵渡见寄

三年别茂陵，九日一高僧。
半见秦宜客，千门举夜灯。
池塘曛日色，柳叶带云凝。
扫净红尘路，封书百度兴。

3 酬普选二上人期相会见寄

东林二上人，普选一冠巾。
子贱琴声语，遥知已净尘。
溪流南北岸，月色去来邻。
意外禅心定，丁宁是晋秦。

4 送少微上人东南游

一见翟公门，三元度古村。
师先常不济，冷热苛难恩。
白日黄云客，青松翠叶昆。
空山人步止，大小朗天根。

5 宿法华寺

一雨半云深，三生两古今。
猿听僧不语，叶落木成林。
长老经心觉，空山静梵音。
纱灯明古殿，方丈待知荫。

6 同韩员外宿云门寺

仙郎小岭行，谷涧客灯明。
夜宿云门寺，钟鸣草木平。
空观天地外，净持暮朝衡。
已学禅房道，深烟半自清。

7 奉和皇甫大夫夏日游华严寺

一寺净华严，三僧主征纤。
禅音方丈在，夏日度莲沾。
雁塔龙宫地，行僧话语谦。
峰青高水止，水碧色深潜。

8 九日陪崔郎中北山燕

九日一重阳，琴台半楚乡。
夏口长沙水，庐山岳麓光。
南台逢此会，简务醉时扬。
菊色黄金甲，官小以卑梁。

9 荆溪馆呈丘义兴

野渡半云霄，江流一早潮。
荆溪临日去，夜月下弦遥。
取道明山远，行程宿馆寥。
时州多少旧，此步逐萧条。

接武中之九
秦系

山中赠张正则评事

终年自避轩，正事已无言。
院里风云日，门前日月原。
山光多少色，桂子去来繁。
客上高峰望，微官几度宣。

接武中之十
吴巩

白云溪

步入白云溪，行明玉草齐。
林深篁竹密，日短夏水低。
秀迹清芬色，山泉问杏梨。
桃红流碧浪，白雪隐东西。

接武中之十一
卫叶

晚投南村

日暮落南村，秋晖锁木门。
北陌牛羊下，西林鸟雀屯。
取道维艰步，寻逢故地蕴。
生平朝夕去，几见小儿孙。

接武中之十二
崔子向

送惟详律师自越归义兴

归途到义兴，律事问师承。
寺木惊秋色，纱窗持暮灯。
剡山云响多，羡顶许高僧。
北道通南郡，西方结玉冰。

接武中之十三
刘方平

1 铜雀伎

遗令奉君王，从容待玉妆。
西陵铜雀尽，岁去独孤孀。
玉座虚空草，秋台已短长。
香云飞万里，此地落冰霜。

2 梅花落

梅花落里情，少妇眼中生。
岁旧春风许，年新古树荣。
应知辽海问，不可纵心倾。
雪后寒冬暖，人前性不明。

3 淮上秋夜

旅梦几时休，空怀玉枕愁。
波摇淮水月，雁宿楚湖洲。
浦口金陵渡，姑苏问虎丘。
衡阳终未止，塞北始重游。

4 秋夜泛舟

婵娟万影留，桂子百家修。
夜泛三明水，虫鸣草木洲。
午华空复晚，岁月始春秋。
北望伊川去，南来不堪愁。

接武中之十四
窦叔向

1 春日早朝应制

春光满早朝，御驾一云霄。
紫殿临于笏，明宫俯百桥。
炉香平玉道，淑气待天条。

集露仙人掌，呈祥举目遥。

2 赋得秋砧送包大夫
秋声大丈夫，叶落小东吴。
楚水楼兰色，沙鸣向妇姑。
霜沉风已止，月照木难苏。
陌路如相见，豪言似独孤。

3 过檐石湖
晓日一湖苏，渔门半水凫。
晴波涟艳色，石岛四临芜。
浪涌分洲浦，天丞化珍珠。
轻舟连彼岸，咫尺逐江都。

4 贞懿皇后挽歌
柳叶后庭花，芙蓉玉色纱。
清音羞命妇，默语祝年华。
月照星云近，宫明独木筛。
声声呼不尽，去去故人家。

接武中之十五
韩翃

1 酬程近秋夜即事见赠
砧杵一千家，秋风半影斜。
秦川明月色，渭水碧成涯。
夜事分天地，星河落古衙。
牛郎须不问，织女散天花。

2 送元诜还江东
不可问江东，英雄气短冯。
吴宫归越色，娃馆属桥枫。
虎路盘门路，姑苏子胥衷。
天侯成彼此，期翼向苍穹。

3 送寿川陈录事
渡口寿阳南，轻舟泛节沿。
云开天水岸，雨落楚才潭。
敛笏春洲步，丞相草木岚。
王孙多少误，送客作儿男。

4 送崔遇归淄青幕府
平陵日去迟，海口树来思。
俯首扬波去，青州瞩梦时。

春衣逢雨冷，暮色恐无知。
驿道千山尽，前程万里诗。

5 题苏许公林亭
林亭问许公，竹水颂时雄。
阁殿平津近，晨钟暮鼓风。
门随深户静，客寄远飞鸿。
一叶惊心处，原来是曲衷。

6 题慈恩寺振上人房
客至上人房，慈恩一柱香。
听音知竹径，问道不须长。
磬语禅音远，钟声付柳杨。
千山飞鸟去，自带一心肠。

7 题荐福寺衡阳岳师房
杳杳一云闲，迢迢半玉关。
遥遥生紫气，处处问天山。
寺外飞鸿至，云中古月弯。
门人东北问，不见谢公还。

8 华州夜宴庚侍御宅自述志
世故在华州，人情逐九流。
心期同岁月，步迹共神游。
竹外三更雨，书前八月秋。
关东多少路，但向北平求。

9 送赵六司兵归使幕
赵六司兵归，程千问是邦。
关城何将宋，御史雁南飞。
白日依日尽，黄河逐紫微。
春山应暮日，远水带春晖。

10 送李秀才归江南
江南一秀才，日上半书台。
野吴山阔，东归木渎开。
西施听越鸟，颍是范蠡来。
会稽耶溪浣，夫差久不猜。

11 送客游江南
孤舟一远风，独使半鸣虫。
任意江湖上，从流逐楚雄。
相随知草木，自步向苍穹。

荳蔻生南北，春华月净空。

12 送故人归鲁
晓鲁故人归，寻情望柴扉。
居人情已短，瞩目见鸿飞。
袖短寒风雨，衫长露紫微。
王孙礼不别，处处杏坛晖。

接武中之十六
蒋涣

和徐侍郎中书丛筱韵
紫禁上园林，幽篁下苑深。
云浮成雨露，影落作时荫。
凤舞木丛外，莺鸣草木心。
凌霜应物取，待月莫知音。

接武中之十七
奚贾

寻许山人亭子
桃源不可寻，远远莫听音。
古古今今路，秦秦汉汉心。
轻舟川水岸，独木自成林。
岁月当溪照，渔樵隐约吟。

接武中之十八
朱放

经故贺宾客镜湖道士观
观天一镜湖，问月半姑苏。
水近山明色，人遥木秀儒。
归乡南笛响，逝水于荒芜。
蚁酒空留客，仙人问念奴。

接武中之十九
崔峒

1 题崇福寺禅师院
禅师一竹房，扫地半曛香。
寺院僧人老，风尘晓暮乡。
山光明淑气，草色碧无梁。
岁月连天地，身心作柳杨。

920

2 送真上人归山

得道已归山，云林未了还。
人稀世乱客，半偈禅房关。
不染红尘坐，依心日月闲。
钟声由自响，磬语任心颜。

3 送陆明府之盱眙

五柳一先生，千儒半客情。
桃源非彼岸，落叶色无明。
政治县门里，农田雨水荣。
民兴家国事，负府不忧兵。

4 送薛良友往越州谒从叔

辞家一别心，问鸟半归林。
浦口轻舟晚，桥头近水浔。
山阴才子坐，会稽客佳音。
易取文章去，兰亭已古今。

5 润州送师弟自江夏往台州

远客去台州，孤帆向水流。
春风多少送，夏口暮朝楼。
鹤舞山川外，云游日月舟。
天台应止步，木落可回头。

6 登润州芙蓉楼

芙蓉在润州，玉色下东流。
上古人何在，潮期月白头。
沙平楼上望，海阔浪中秋。
良牧农家乐，声平逸事休。

7 扬州蒙相公赏判雪后呈上

自得一山川，蒙公半牧研。
春秋秦始帝，欲升钓鱼船。
日色耕田亩，忧主度国天。
相丞相府事，雪色雪丰年。

接武中之二十
李泌

禁中送住山人

采石补高天，闻君待远泉。
青山明日色，渭水阔桑田。
紫禁千秋祝，灵丹万里田。

耕耘何百岁，只记旧时年。

接武中之二十一
包佶

1 和苗员外寓直中书

中书半亩田，寓直一方圆。
列士千儒策，倾朝万里全。
芝兰芳九部，雁序五边贤。
凤阙文章注，金銮日月天。

2 江上田家

近海问源泉，临流见陌田。
风霜成白首，日月苦如烟。
市井樵渔见，荒山挂月弦。
农家殷富处，腊酒作丰年。

接武中之二十二
包佶

1 发襄阳后却寄公安人

汉口问襄阳，亲书下武昌。
风尘中路远，岁晚上衷肠。
楚客王餐顿，君恩许豫章。
秦川应不别，但以故入乡。

2 双山逢信公所居

雾里一双峰，云中四祖钟。
前朝君子塔，后代客龙踪。
积雪封台厚，松林自语冬。
禅心相继续，不二法门容。

接武中之二十三
张继

1 初出徽安门

金谷石家乡，长安客帝王。
花枝墙外去，草色满中堂。
子赋非人达，君文是柳杨。
书成休逐客，但以自当梁。

2 晓次淮阳

晓次一淮阳，光明半客乡。
微风相似处，木叶自炎凉。

楚俗东流水，巴山蜀道肠。
江陵无定止，雁字九江旁。

3 会稽秋晚奉呈于太守

寂寂一官衙，幽幽二月花。
天台成客迹，禹穴作书崖。
会稽春秋渡，太守奂桑麻。
正镜明天下，岁月共人家。

4 春夜皇甫冉宅对酒

对酒楚人歌，行吟唱几何。
同情天地坐，共处暮朝河。
竹影当仙至，云浮向玉波。
悲欢应不见，醒醉已蹉跎。

接武中之二十四
杜诵

哭长孙侍御

诗书一长别，杜诵半云门。
雅颂曾临风，生涯处人恩。
东禅音世界，道德达乾坤。
水逝东流去，人行九脉蕴。

接武中之二十五
于良史

1 冬日野望

野望大雪冬，群山已无踪。
辽东霜色覆，塞北沉青龙。
四壁江流暗，千家铺盖重。
天边烟雾起，瑶台故步封。

2 宿蓝田山口奉寄沈员外

一月宿蓝田，三星户晓烟。
云从千岭色，水逝半秦川。
故友欣东道，新乡乐四邻。
长安当远见，渡口已帆悬。

3 闲居寄薛华

闲居耳已清，处世目方明。
隐几知黄老，寻音古道城。
鹭鸣山不语，水逝客难情。
莫以樵渔问，桑麻始自耕。

接武中之二十六
张南史

1 富阳南楼望浙江风起

已见浙江风，南楼旭日红。
沧波晴四壁，逐浪涌三峰。
大觉知天地，扬帆间世雄。
萧萧云雨界，路路大江东。

2 宣城雪后还望郡中寄孟侍御

大雪满宣城，高楼望素荣。
龙鳞鸿羽下，色淡腊梅清。
谢女非棉絮，陶公五柳行。
图书当有字，尽在有精英。

3 送朱文北游

江湖慰自宽，岁暮待盘桓。
不谓长安路，当知塞北边。
乡关天下迹，赶曲楚才坛。
但向三吴问，何言蜀道难。

4 送司空十四游宋州

萧条十四归，塞雁三千飞。
向得衡阳水，温情岳麓晖。
家乡何远近，日月几心扉。
草木亲朋问，阴晴不是非。

5 奉酬李舍人秋日寓直见寄

寓直得秋声，金华向月明。
金銮生紫气，玉佩漏音平。
五色诏成笔，千门御液生。
宫中鸿影去，魏阙日光明。

6 同韩侍御秋朝使院

千门启曙关，万户祝天颜。
一叶知秋色，三江过百山。
梧桐栖凤鸟，上苑宿朝班。
白笔情簪在，应裁月半湾。

接武中之二十七
姚系

1 古别离

裊裊半秋风，悠悠一叶空。
兰舟行又止，渡口问西东。
远客徘徊步，轻寒左右红。
排云人字见，此去做飞鸿。

2 野居池上看月

月照一人间，寒明半水闲。
池塘泫露夜，玉枕梦天山。
滟滟风波上，休休玉门关。
昭阳当归步，野旷故云闲。

接武中之二十八
顾况

洛阳早春

春风早洛阳，忆旧客家乡。
十里长亭数，三年九曲肠。
姑苏同里月，沧浪虎丘篁。
雨色云烟重，梅花腊月黄。

接武中之二十九
章八元

寄都官刘员外

旧宅邸平津，新萌故木春。
莺鸣声古道，日照汉宫茵。
野士东风唱，都官解带巾。
阳关千里远，白雪万人秦。

接武中之三十
郑常

1 寄邢逸人

溪深一逸人，岸浅半春津。
采药青峰上，寻参草木邻。
苦恼荷叶碧，鹿突曲头身。
麈麈须须岁，年年岁岁珍。

2 送头陀赴庐山寺

头陀一苦心，早晚半勤音。
但入东林道，僧家北坐深。
庐山多少木，日月去来萌。
锡杖云溪外，禅房话古今。

3 谪居汉阳白沙口阻雨因题驿亭

樵渔作谪居，日月问玉墟。
草木丘陵外，乾坤士有余。
云轻浮不尽，政主润田蔬。
汉口知音去，刘邦楚霸书。

接武下之一
戎昱

1 采莲曲

黄昏女采莲，玉色淑船边。
只以芙蓉浴，荷心左右悬。
花明天女岸，浪细雾云烟。
窈窈私私照，婷婷立立宣。

2 云梦故城秋望

荆门蜀气封，楚水向吴重。
故国三千里，飞鸿一半宗。
浔阳云梦岸，汉口洞庭容。
阔阔江流水，幽幽十二峰。

3 桂州腊夜

驿梦不回家，三更落烛花。
归心须忘却，前程是古涯。
千年今古事，万里去来沙。
苦苦辛辛路，年年岁岁华。

4 题招提寺

招提一寺来，石壁半云开。
鸟去禅音在，鱼游客子裁。
钟声精舍好，磬语四方台。
日暮从秋晚，灯传净土回。

5 秋夜梁十三厅事

一夜十三梁，三更五百光。
今来秋渐暮，去日逐鸿扬。
月下寻灯影，窗前话竹樯。
隔岸梅花发，临春是淡妆。

6 闻笛

入夜切思归，闻声笛曲飞。
更寒秋叶落，露湿枕边闻。
独怨孤身寄，行途古道微。

关山何不尽，日月子母晖。

接武下之二
李益

1 春行
谒罢一春行，浮萍半水生。
无根游荡去，有叶纳枯荣。
白纻歌人艳，阳春曲笛荣。
三宫多紫所，九殿向云平。

2 送同落第东归
东门一客行，日落半帝京。
旭日得明晨，沧洲已太平。
南山终不老，渭水始常明。
圣代樵渔少，龙口岁月城。

3 喜见外弟又言别
见见一相逢，言言半去踪。
情情惊未了，别别苦难容。
故土乡音外，长亭短驿逢。
巴陵多少雨，渭邑去来封。

4 同萧炼师宿太乙庙
月色问春分，萧师谒少君。
群芳坛上许，碧水洞中闻。
一柱擎天石，三清待世云。
瑶池仙不语，羽节释芳芬。

5 寻纪道士偶会诸叟
道士一山阴，兰亭半古今。
天花山上落，玉佩月中寻。
羽节桃园外，明翁五老心。
如相秦汉见，竹亦已成林。

6 洛阳河亭奉酬留守群公追送
旧路百年归，新春一雁飞。
来时潇水岸，不问洛阳扉。
别酒征衣湿，逢人话紫微。
汀洲多少夜，去去自相违。

接武下之三
张众父

1 送李司直使吴
人间三世故，五女一人家。
万里思乡梦，千年落烛花。
新丰残雪色，渭水古梅斜。
白首西来客，春山北岭沙。

2 送李观之宣州谒袁中丞赋昨三洲渡
古渡过三洲，西南向九流。
天津应暮色，水济待云游。
浪打惊鸥鸟，风回起岸头。
波涛何不尽，鹤语问乡楼。

3 寄兴园池鹤上刘相公
兴园一鹤闻，足立半云分。
岁晚多形影，年余少小文。
秦淮天地水，草木已芳芬。
敛羽朝天望，排空以翼勤。

接武下之四
冷朝阳

送远上人归京
当京远上人，夏腊和家秦。
彻暑云心去，钟声净土春。
华阴多少士，寺月去来频。
磬语相思伴，双林未别巾。

接武下之五
薛存诚

暮春日南台承再除给事中
南台一是非，五老半回归。
旧叶前川问，新丰后市微。
官员百岁场，独木九州闱。
秀草龙门客，孤花渭邑晖。

接武下之六
于鹄

1 出塞二首
一战半秋尘，三军九阵钧。
旌旗千列势，汉马万兵轮。
塞上长城外，山中磊石薪。
孤身戈甲丰，奋取立武巾。

2 其二
单于一猎营，塞下半军兵。
待狩呼儿女，寻林驯兽情。
边人新月色，受降旧将声。
碛铁沙阴外，古月箭戟声。

3 宿太守李公宅
太守李公诗，升堂不许迟。
呼来天地界，唤去暮朝知。
把烛通幽客，提袍礼儒师。
同心何不醉，共语小儿时。

4 宿王尊师居
月宿一师居，林清半夜余。
青牛眠不去，老子著天书。
扫叶承天意，熏香对地垆。
千灯溪水永，万里不樵渔。

5 送客临·郭雅卿首
临边问并州，读客向卿求。
碛冷长城外，春花日月秋。
征人多不解，立志十三州。
大雁飞人字，平沙一字休。

接武下之七
姚伦

感秋林
叶落感秋林，风扬问古今。
庐山非作客，达士是居心。
宿夜栖飞鸟，天明待草禽。
荣枯多少度，日月去来音。

接武下之八
朱湾

九日登青山

九日上青山，三生问玉关。
天台终道远，四望以心还。
草木知天地，阴晴待砥班。
乾坤非一色，日月是千颜。

接武下之九
杨凭

晚宿江戍

古驿落江头，潇湘逐晚流。
孤鸿寻故水，浦芷入清秋。
塞北来人字，衡阳寄一舟。
关山多少路，冷淡对沧洲。

接武下之十
戴叔伦

1 除夜宿石头驿

新年问石头，岁夜宿官州。
已尽寒灯外，方明晓日舟。
乡家初拜老，爆竹响曲休。
独坐身边问，随从亦客留

2 客舍秋怀呈骆正字士则 自正

归休一日迟，叶落半枯枝。
白首朝乡梦，孤身自己知。
门前常扫雪，步后字诗词。
日月耕耘苦，阴晴草木时。

3 秋夜

月满一门东，风停半宇空。
河明千水岸，叶落万峰穷。
寞寞西陵问，悠悠魏阙宫。
年年铜雀尽，处处有无中。

4 潘处士宅会别

处士一生鸣，空山半不荣。
疏林千草木，野水万行英。
十载胡旋舞，三唐逐晚明。

葡萄西域酒，释子客家盟。

5 别董校书

名名董校书，楚楚帝王居。
卷卷春秋笔，悠悠日月锄。
寻天闻易卦，问地纪相如。
解读河图见，精英释洛书。

6 送友人东归

东归作柳杨，会稽是书乡。
越语多变化，吴门客韵长。
行尘沧浪水，落日虎丘光。
梦积江湖上，余音日月傍。

7 江乡故人偶集客舍

客偶集江乡，湖山月正凉。
仲秋园不缺，草木故人香。
叶落知天地，云行向孟梁。
风枝惊宿鹊，露水塞南塘。

8 汉南遇方评事

孤山梦泽深，岳麓楚才林。
竹泪朝开落，湘流逐地浔。
移家华簪短，问道曲江心。
水鸟逢鱼去，年终鼓瑟音。

9 京口逢皇甫司马副端

云帆一水潮，魏阙半乡遥。
晚日惊华发，黄昏逐浪消。
飞鸿人字去，暮雀独寻桥。
累物凉风至，衣单向别遥。

10 逢友生言怀

羁旅十余年，安亲百岁天。
家书回首见，驿道自相怜。
一别三生路，千山万水连。
江湖多少问，海纳几江田。

11 长沙北亭送梁副端归京

阙下奏书归，湘中见雁飞。
何年同此会，岸草共心扉。
笛响惊乡客，琴弹待紫微。
京都芳酒醉，但忆是今晖。

12 广陵送赵主簿自蜀归

远省锦城来，汾流晋水开。
西江随北雁，北塞柳杨裁。
主薄征衣厚，庭关等楚才。
留君杯酒盟，晓月故人台。

13 赠韦评事攒

岁月是非深，年华入老心。
千山峰逐日，百载木成林。
细草开芳径，清流逐曲浔。
新条春自许，物外客知音。

14 过柳州

江南一柳州，塞北半秦楼。
地尽山川谷，天分日月流。
津桥随渡口，路道任老休。
桂外人心至，云门以气留。

15 过申州

死战过申州，休兵不已愁。
安初当子女，井邑首先修。
古木经长治，残营作塾楼。
儿童呼已毕，但以杏坛求。

16 次下牢韵

一夜宿巴同，三声宿鼓风。
千庭云雨见，万木落飞鸿。
楚日空山兄，川流逐谷空。
猿鸣何不止，水阔肆鱼虫。

17 早行寄朱山人放

晓日一天台，河川半谷开。
天高秋气爽，叶落客心来。
此别千情集，剡溪万语回。
山人居气上，但举玉壶杯。

接武下之十一
杨巨源

1 从太和公主和蕃

北路雁徘徊，南风一日开。
衡阳湘水岸，八水绕天台。
朔雪明河道，寒香暗古梅。
长安天子路，塞碛女儿催。

924

2 送供奉定法师归安南

交州一夜钟,供奉半行踪。
定法师门外,安南故步封。
云峰高不见,海月远难逢。
梵彻经轮语,禅安日月龙。

3 登宁州城楼

宋玉一悲秋,宁州半古楼。
清波流水去,望尽百年休。
郁郁苍苍见,婷婷楚楚修。
江山关阙在,草木汉家由。

4 长城闻笛

石磊山川外,云平日月中。
孤城闻笛曲,草木帝王风。
露湿交河岸,霜明上液东。
飞将燕北客,断续望苍穹。

5 秋日韦少府厅池上咏石

玉石几分明,山川自不平。
江河何别处,日月共阴晴。
大堂禅音在,三清古刹精。
仙人寻此道,几世逐心英。

接武下之十二
令狐楚

秋怀寄钱侍郎

秋初问侍郎,岁晚待余香。
各异飞鸿问,求同故乡梁。
侵衣山露湿,卷案黑云香。
日夜浔阳梦,长岁一曲扬。

接武下之十三
权德舆

送王炼师赴王屋洞

稔岁一芝田,归心半酒泉。
从师王屋洞,练来敬家先。
上国群仙至,瑶台众士天。
云风连水月,普渡共方圆。

接武下之十四
羊士谔

林塘腊候

别馆一林塘,江湖半岛光。
山薇曾故步,野渡故人梁。
倦取春秋笔,曛心草木光。
瑶池青鸟见,远念共炎凉。

接武下之十五
韩愈

祖席(得秋字)

一叶已惊秋,三声逐楚楼。
淮南悲木落,塞北雁无休。
羁旅潇湘客,行身远近游。
江山多少路,日月莫言愁。

接武下之十六
柳宗元

1 酬徐二中丞普宁郡内池馆即事见寄

即事二中丞,芳塘一日兴。
繁花明旧里,累物逐潮凝。
树近山河远,泉归草木应。
相期多不见,狭路少霜冰。

2 梅雨

五月一姑苏,三吴半有无。
黄梅云雨至,海雾水烟凫。
白果初成子,琵琶似粒都。
东山西岸口,渡口北江湖。

接武下之十七
陈羽

湘妃怨

南巡舜自蛮,北主客浦山。
鼓瑟声无断,情留竹泪斑。
三湘千日雨,九脉二妃颜。
目及衡阳问,云游万水关。

接武下之十八
李约

从军行

好汉自投军,英雄客向云。
沙尘烽火路,战马帝王君。
汉帜番情度,胡风降虏闻。
霜沉凌塞北,太白虎兵群。

接武下之十九
吕温

道州秋夜南楼

月夜满南楼,冰霜客白头。
湘江流日月,永定锁清愁。
独坐风尘见,共闻日色秋。
山光分色去,落叶十三州。

接武下之二十
刘禹锡

1 松江送处州奚使君

松江问处州,别地见潮流。
草带沧波去,云随日月头。
烟含天水隔,雨纳虎丘楼。
越客凭天任,吴门任久留。

2 令狐相公频示新什早春南望遥相汉中

军城半汉中,古道一飞鸿。
叶落行宫外,兵临御冶雄。
归情应已尽,帐令慰营弓。
酒也仙无夜,笙鸣罢始终。

3 因杼短章以寄诚素

桃花一日红,古刹半云风。
不解王侯去,何言渭水东。
杼因天地上,阔别日月中。
弟子从音色,刘郎节不弓。

4 秋日过鸿举法师寺送归江陵

问道一僧留,行程半日愁。
离心知草木,别路问轻舟。

古木秋蝉响，天光远地游。
清鸣随觉去，但得赋琴悠。

5 鹤叹

（白乐天于吴郡得双鹤邹以归与余相遇扬子津玩终今年乐天为秘监不以鹤随置之洛阳第一旦余入其门鹤轩然来睨如记相识乃作鹤叹以赠乐天）

鹤见九州头，云来十九秋。
吴门应是客，渭邑秘监楼。
达旦闻声至，轩然伴侣游。
相知相陪解，可叹可心俘。

接武下之廿一
张籍

1 望行人

不住望行人，难为一客身。
知时知日月，不度不秋春。
北雁南飞去，阡桑陌柳尘。
青楼烽火远，只以正冠巾。

2 蓟北旅思

日日问家乡，时时作柳杨。
天天耕日月，笔笔下衷肠。
六万诗词客，三千弟子梁。
南洋多公路，木槿去来忙。

3 思远人

枫桥一小明，古渡半舟平。
远去寻天地，今来索草荣。
春江花月夜，雨露雾湿城。
此道千亭外，由心自主行。

4 襄阳别友

别友问襄阳，荒城下武昌。
无期回汉口，逝水付黄粱。
晓路何长远，晨风几柳杨。
离情枝莫折，不断旧丝凉。

5 送戴从玄往苏州

苏州二月花，甪直一人家。
子胥千声在，阊门万雨斜。

枫桥渔火岸，勾践虎丘遮。
月照吴宫馆，西施木渎纱。

6 宿江店

野店半临流，渔家一客舟。
灯花明不远，夜月女儿愁。
水白江楼见，山青酒市浮。
沙平回路见，泊芷向潮头。

7 夜到渔家

浦口一渔夫，潮波半越吴。
乡音依不语，月色到江都。
乞宿归人晚，求绵问主奴。
长亭当此近，日上又征途。

8 宿临江驿

临江一月归，泊夜半萤飞。
草暗花明处，衣寒客路微。
潮波闻信起，驿鸟待春晖。
楚水东吴下，虞姬霸主非。

接武下之二十二
王建

1 边上送故人

故客在三边，耕夫问九天。
农家春日短，苦事对秋年。
日日辛辛力，时时笔笔宣。
相寻相自己，处世处云泉。

2 汴路即事

汴水一河烟，咸阳半酒泉。
天涯同路问，海角共桑田。
草市迎江水，津桥送岁年。
扬长知远近，老少似前川。

接武下之二十三
李德裕

1 望伊川

远树向伊川，浮云带雨烟。
芳明千里路，草径万家田。
木槿朝红色，梨花素白绵。

溪流连芷碧，石阻以声悬。

2 书楼晴望养春堂

一上读书楼，三更笔夜休。
平生耕日月，百岁问春秋。
心居人世外，处事十三州。
今今古古句，曲曲词词留。

3 瀑泉

山东豹突泉，晋北太行边。
不见何南老，丘岩十里悬。
菱潭舟莫济，叔子砚山田。
水月鱼家见，农夫自钓船。

4 东溪

东溪蓄水多，日月积流河。
海纳千江阔，云客万里波。
莺啼春不住，草碧色莲荷。
鲁齐周公教，行人唱楚歌。

接武下之二十四
顾非熊

桃岩忆贾岛

姚岩寺外天，洞壑雨中泉。
野鹤闻声立，溪流待寸田。
斜阳山后影，蒲草韧前年。
不见诗词客，无心对月眠。

接武下之二十五
白居易

草

（诗语云居易初应举名未报以诗投顾况戏之日长安物贵居大不易及读离离原上草一诗即云有句如此居亦何难老夫前言戏之耳）

三春三雨水，九陌九枯荣。
万里芳原色，千川谷壑平。
阴晴谁自主，日月可多情。
但以春秋见，应从土地生。

接武下之二十六
张祐

1 金山寺

金山寺上云，苦度日中君。
水国僧归晚，钟声客去闻。
三吴因果老，两岸寒山分。
夜泊明渔火，晨风旭晓曛。

2 题万道人禅房

一语一禅房，三生三炷香。
心明心不老，道觉道渔梁。
远水天涯去，高峰壑谷扬。
红尘应自己，历世取芬芳。

3 寄灵澈上人

灵心一上人，故客半秋春。
独树江村岸，孤情日月津。
行舟天下水，处世济中尘。
问虎清溪路，闻道彼此匀。

4 赠志凝上人

悟觉自红尘，观空客万钧。
心生凝志路，日勉主人邻。
一就三明去，千途九陌茵。
珠光山色里，普愿渡天津。

5 溪行寄道侣

白日入云深，清溪过曲林。
秋风勤扫叶，道侣苦人心。
独坐闻南北，常从去者音。
天涯多步履，彼此可英钦。

6 题松汀驿

一驿客松汀，三明晚晓星。
苍茫空色久，泽园草木青。
不见江回曲，还闻座右铭。
藏娇成帝子，积厚作心灵。

7 题樟亭

晓色满樟亭，江湖客望萍。
云天通地主，日暮落晴汀。
鸟道高原去，河源湿水冷。
年年行道者，处处作僧丁。

8 晚夏归别业

荒园晚夏归，古径敞心扉。
别业农家路，花开故客违。
殊途朝暮扫，石道草芳晖。
竹木藏分子，深林鸟误飞。

接武下之二十七
郑丹

肃宗挽歌（共二十首只录其一）

唐家一肃宗，上国半天龙。
蜀地霖铃雨，华清日月封。
西方多乐土，后主少青松。
但以垂青史，应言古坐恭。

三十二、五言排律　正变

正变之一
贾岛

1 忆江上吴处士

落叶满长安，飞鸿见岛寒。
帆扬江海阔，水济地天宽。
桂影清宫见，婵娟玉兔姗。
黄花多不语，弄玉上云端。

2 旅游

故土十千天，乡邻半老年。
空巢地叶落，独鸟白翼悬。
但与林僧问，中庭待月眠。
平生书不尽，世事向何边？

3 送朱可久归越中

归人去越中，北固大江风。
白鹭排空上，青山屹北东。
潮头临浪涌，磊垒石头穿。
可否金陵住，寻来六朝情。

4 题李凝幽居

寺上一黄昏，云中半衲村。
园荒天下树，草碧满乾坤。
野色山前路，游僧敲后门。
桥边推旧磊，不乞小儿孙。

5 暮过山村

古道半三春，山家独四邻。
鸣禽啼不止，落日问行人。
不见桃源洞，还闻似汉秦。
萧条桑柘叶，碧水汇天津。

6 宿山寺

精庐一寺天，独岫半径禅。
古木朝天树，高峰对地年。
僧今千万语，前在两三缘。
月夜行云处，清心步跬泉。

7 山中道士

山中道士心，月下养鸣禽。
鹤舞寒泉去，松高一片林。
春秋当自种，冬夏客知音。
自以一梳头，三千一古今。

8 答王秘书

促织一声闻，行人半夏分。
秋声多少间，白发去来君。
去意青山路，来时柴木分。
蹉跎天下道，浦岸自香曛。

9 宿孤馆

日落下孤村，愁生上独门。
春山晴色重，月色对黄昏。
水静舟无止，途穷老树根。
渔家犬不语，不似待儿孙。

10 思游边友人

带雪暮山开，依溪碧水来。
天中飞雁去，日暮扫天台。
叶下连沙岸，风中举玉杯。
红尘当此道，远客自猜回。

11 秋暮寄友人

关河一友人，暮色半秋春。
落叶霜风肃，天光照净尘。
西山云已尽，岁月去来新。
白阁清宵话，年栖古道邻。

12 送僧归天台

辞秦问越梅，访寺上天台。
石涧双溪水，山门独木开。
曾闻僧禁漏，却忆故都回。
腊月芳香至，冬春日月裁。

13 送知兴上人

知兴一上人，锡挂半巴新。
岳顶尝风雨，磐谷待天钧。
水别归心路，扉开寺客邻。
生微成世界，跬步过苏秦。

14 忆吴处士

处士长安雨，灯花滑水云。
孤舟平水色，月桂影无芬。
岛屿苍林石，汀洲芷杜芸。
剡溪知故道，磊石可耕耘。

15 宿姚少府北斋

鸟绝吏无归，溪流逝是非。
官辂言不作，路远望鸿飞。
少府姚公祝，闻声夜客微。
漳川迟忆旧，晓路早春晖。

16 泥阳馆

旧馆半泥阳，秋萤一故乡。
流光凭树影，夜月任星光。
雨后云浮密，灯前气露凉。
阶空生淑意，扫叶问禅房。

17 送惟一游清凉寺

一道自巡台，三秋已肃埃。
溪荒云石上，叶落去还来。
月从清凉寺，泉悬淑气开。
人间临别处，雾雨满青苔。

18 宿慈恩寺郁公房

郁郁郁公房，清清客自伤。
愁身闲病己，扫地焚神香。
寄宿书经卷，慈恩寺院堂。
天台独向见，返照满莲光。

19 石门陂留醉从叔誉

一醉菊花山，三杯尽叔颜。
幽泉悬自落，远鸟客失还。
寒衢陂水路，望远玉门关。
有耻艰难问，黄河十八湾。

正变之二
姚合

1 春日早朝寄刘起居

人生一起居，石磊半多余。
不立长城志，何言汴水墟。
香烟天子气，瑞雨御荷锄。
漏断朝声起，冯唐莫笑书。

2 寄友人

日暮半心扉，朝臣一佩闱。
秋声花已尽，扫叶步寻归。
解带宽衣坐，吟诗作赋微。
殷勤官路上，继续对春晖。

3 郡中西园

西园一郡君，碧草半含云。
小径成幽路，中池色玉分。
闲林飞鸟落，逝水静天闻。
独使清秋见，孤身玉石文。

4 武功县中作

日满武功县，云浮小吏眠。
城荒烟火少，酒熟客耕田。
鸟去啼声在，人来处世缘。
同官先后坐，上步独经年。

5 过灵泉寺

一寺作灵泉，三峰向九天。
幽云飞鸟近，独径落溪烟。
山岩从涧响，谷壑任声宣。
释子多无语，空禅不可眠。

6 喜马戴冬夜见过期无可上人不至

内殿半邻臣，无期一上人。
云从山上起，雪落客中身。
积厚由新迹，归途不见津。
水静寒霜近，僧期未了秦。

7 秋夜月中登天坛

夜色上天坛，秋风向月寒。
蟾宫流异彩，桂影玉人珊。
世界环天宇，婵娟共地桓。
闲眠凭此梦，海日任芝兰。

正变之三
许浑

1 秋日赴阙题潼关驿楼

赴阙上潼关，闻风下九湾。
长亭千里色，渭水分家颜。

雪雪云光浮，河河绕岭山。
中条天子树，弟子曲江还。

2 泊松江渡

松江一渡头，雁去半城秋。
漠漠清霜色，悠悠独月舟。
鸡鸣三更早，晓色九州酬。
远望就都路，寻归浪子侯。

3 南楼春望

南楼一望春，此塞半乡人。
汉水双城色，江陵独月新。
归途何日上，野店已芳芬，
岸渡千帆去，残阳万里津。

4 严陵钓台泊贻行宫

严陵一钓台，草木半滩来。
旧迹高名坐，新渔处世开。
鸟喧向古道，木叶成枝栽。
岁后林荫密，年中月下猜。

5 送南陵李少府

少府一南陵，高人半木青。
闲来扬首去，举剑舞零丁。
楚水云梦满，湘流日上宁。
南昌空尉峙，四望九江汀。

6 晚泊七里滩

新安七里滩，彼此九江安。
上下严陵钓，阴晴日月残。
江村寻古寺，密树问芝兰。
不见生先子，唯闻予可澜。

7 长安旅夜

长安一夜明，渭水半波城。
汉月轻移去，星月落玉清。
凝思空寄客，挂角待声名。
世事先生见，江流久不平。

8 孤雁

不是稻梁心，衡阳自古今。
南飞知北去，雪夜化湘林。
但见长城石，还寻汴水音。

荒沙成石责，富贾运河深。

9 寄契盈上人

步履近西林，秋溪远客心。
疏钟声未了，北雁宿禽音。
夕照回光时，黄昏复叶深。
江云红半壁，洞水岸边浔。

10 洛中秋日

无归故国舟，忆远楚吴流。
老病先知晚，长书后觉秋。
僧贫游古寺，刹旧秣陵楼。
但向秦淮问，黄香紫气休。

11 送段觉归杜曲闲居

杜曲一闲居，南归半剑余。
山扉开子弟，落叶帝王墟。
远客常相问，侵岩木果庐。
青萝丝曲绕，古道太行书。

12 早秋

瑟瑟一清秋，悠悠半城楼。
流萤栖不定，玉露落淮洲。
晓雁金河过，晨风扫叶留。
山晴西陆色，水净洞庭头。

13 晚发天井关寄李师晦

流年问二毛，梦远待三高。
日月星光照，阴晴草木涛。
湘潭归去晚，赵易向来豪。
万里同行者，红兰一乃袍。

14 将赴京师蒜山津送客还荆渚

樽荫力里秋，叶后半湘楼。
楚塞封云雨，京师鄂杜留。
宫寒清玉兔，桂影入皇州。
酒醉渔歌近，潮平见白鸥。

15 潼关兰若

轩临一大河，榭对半天梭。
竹影婆娑舞，楼香曲笛歌。
鸟啼兰若地，未尽咏蹉跎。
采得山光色，高楼夕照多。

16 陪越中使院诸公镜波馆饯明台裴郑二使君

明台一树云，使院半文君。
水月倾华馆，天光注夜裙。
清移池影近，剑砺郡楼闻。
卷幙淹留处，分明不可群。

17 题岫上人院

寄客取僧闲，频心待远山。
黄河多少岸，碛石玉门关。
石磬佳音阁，钟声故调还。
秋虫鸣自己，古月浙江湾。

18 秋晚登城

晚色易登临，城高日去荫。
楼空风自许，月净影林深。
慢作归心贱，从容纳古今。
梧桐知一叶，乞女捣衣砧。

19 送客归兰溪

雨色一兰溪，云光半玉堤。
风波连岸草，宿鸟择林栖。
曲水喧严濑，直峰抱玉低。
因君南望久，客意已东西。

20 送僧归金山寺

古寺一金山，游僧半玉湾。
师归相见晚，楚驿客无还。
晓月天光近，荆门日色颜。
诗题苔上字，却忘为潼关。

21 忆长洲

鸟静忆长州，菱歌问女流。
荷连迭色浅，暮日已无盖。
自得芙蓉水，何言碧叶舟。
桥边云雨岸，细藕水沉浮。

22 松江怀古

松江去不归，故国雁南飞。
漠漠津滩阔，空空水渍苇。
依依帆欲落，郁郁酒沾衣。
举手劳劳别，伤情去去挥。

23 征西旧卒

旧卒奉征西，交河独日低。
千军同意气，百战共云霓。
霍卫何声武，乌孙几度羝。
长城明月落，旧役不须题。

正变之四
李商隐

1 河清与赵氏昆季燕集

佳名一渭川，胜迹半殊园。
鸟香青峰木，河清细雨泉。
虹扬天际树，客望近兰田。
荡荡渔舟去，悠悠钓月船。

2 少将

汉式一串烟，乌孙半古川。
秦人多养马，塞上向荒田。
草木风中度，桑干月下宣。
轻生如射箭，战士磊苍天。

3 寒食行次冷泉驿

归途近介山，旅宿客思颜。
独夜三更梦，孤身玉湖关。
汾流斜路去，苦菜待河湾。
二日清明至，千声向祖班。

4 陈后主

后主一身明，前朝半不清。
人生何度历，事业几枯荣。
法驾钩陈客，龙舟幸屿城。
红尘前世界，玉树后庭情。

5 迎寄韩鲁州詹同年

积雨夜同年，浮云色共天。
相思陶郁子，路别圣朝宣。
百牢纳仪动，三秦属地连。
莓苔人自取，卫霍汉家弦。

6 献寄旧府开封公

幕府一开封，三年半旧容。
春秋无一字，魏晋有才庸。
逐客书文读，离骚楚士踪。

鸿毛飞落去，举世对苍龙。

正变之五
李频

1 送人游吴

吴门一雨来，楚郡半江开。
积水浮春气，烟云落古梅。
芳香山不语，独步月徘徊。
建业香陵夜，姑苏一玉杯。

2 送徐处士归江南

行行见路春，步步踏青人。
塞北初鸿去，江南细雨濒。
沧江终白浪，草木始芳邻。
处士归心问，西来是汉秦。

3 汉上送人西归

一梦到秦川，三生问渭泉。
兰田生紫气，浴邑始桑田。
汉上云深处，江中鹭羽烟。
帆扬衔日色，别浪向天翻。

4 送许浑侍御归润州

家山一九州，渭邑半王侯。
海纳千川水，山容草木秋。
遂意东方路，归帆过石头。
金陵何自主，建业秫陵由。

5 送王侍御赴湖南

侍御赴湖南，关门鸟道岚。
秦川春已至，楚岭雪云含。
野旷天低树，平芜虹网涵。
悬帆潮水上，济水养清潭。

6 送友人游蜀

东来已不留，西去何无休。
巴山归不了，蜀道客难忧。
地处沧江岸，星临剑阁楼。
出师先主庙，青林锦武侯。

7 春日南游寄浙东许同年

处处一同年，时时共共天。
孤帆行万里，独足主源泉。

细雨斜风晚，轻云挂树悬。
前途沧浪水，故国浙东田。

8 陕下怀归

陕下见归鸿，秋中已去风。
乡园何处问，故道几度衷。
日暮零丁处，寒燕独木红。
遥遥天际远，处处萧枝红。

9 秦原早望

秦原早望遥，但得旭阳霄。
细雨东风尽，平芜渭水潮。
年光回故里，岁月度乡桥。
几度春秋问，逢华作柳条。

10 八月峡口作

西南一水来，北陆半源开。
八月高风去，三秋峡口催。
孤舟东去雾，独客楚王猜。
岸树随流水，猿声楼道哀。

11 黔中罢职汎江东

罢职下江东，乡关上日穷。
天台知谢朓，浙水问华雄。
雪野寒梅色，禽鸣雅颂风。
沙晴千万目，举手自由衷。

12 送人往塞北

塞北落飞鸿，云中一路崇。
长川三界许，峡口九州雄。
独自高关阁，观河玉帝翁。
安禅当此见，早晚是书童。

13 送清上人归上林

黄河一九州，逐日半东流。
别路争朝夕，蓬舟向白头。
江云秋继上，古寺尚禅留。
北地寓山顶，风扬四面楼。

正变之六
马戴

1 关山曲

一曲唱高天，三关镇故年。

龙山临汉水，北雁下湘莲。
木落惊心处，飞将问左贤。
葡萄何不止，按剑怒开边。

2 夜入湘中
夜月入湘青，孤舟泊洞庭。
寒山空月照，楚水注泉冷。
广泽鸣鸣尽，分江露雾汀。
居心灯不定，暗意渡边灵。

3 落日怅望
落日望心遥，孤云入远霄。
沧空归鸟尽，古木隐村桥。
滞水汀津阔，辞家月色妖。
临流相对照，举目见高潮。

4 早发故园
朝阳上故园，旭日问溪泉。
别道家乡近，回归七寸田。
柳条多碧色，青云少汉船。
浮云南雁至，紫气满婵娟。

5 送人游蜀
陌上柳杨情，心中草木生。
离船南北别，聚水去来明。
别路长亭近，前途古驿横。
江声猿不尽，栈道雨成城。

6 送客南游
高秋一岳阳，瞩目半沧桑。
雁影湘江岸，云光塞北黄。
灵均凝桔熟，竹泪二妃肠。
葑瑟闻声至，孤山择故乡。

7 送僧归金山寺
日下一禅林，归僧半古今。
金陵江色里，建业秣陵浔。
岛上金山寺，云中渡水深。
蝉鸣高树顶，隔岸满潮音。

8 寄终南真空禅师
了了一真空，禅禅半世同。
终南山上客，渭水色中红。
月月清闲处，师师守闭功。
生生无止境，寺寺有纵横。

9 题静住寺钦用上人房
玉洞一炉香，阳台半柳杨。
天坛闻地老，古木待云荒。
寺道松林掩，流溪慧觉旁。
禅心归自在，夏露上人房。

10 宿阳台观
居心一寺中，处世半禅工。
合壁三千界，分禅九陌同。
云霞天地阔，石磬月明空。
声声闻不尽，楚楚上人风。

11 灞上秋居
灞上一秋居，云中半洛书。
寒灯明七尺，落叶上千墟。
白露情霜降，孤僧独步舒。
闲心何不少，草木不多余。

12 寻贾岛原东居
贾岛故东居，推敲自有余。
长安秋叶满，渭水逝洛书。

住持禅心界，行吟大觉如。
烟霞天地外，日月自耕锄。

13 洛阳寒夜姚侍御宅忆贾岛
夜色一宫寒，关山半月坛。
霜阶明迹捷，贾岛故云端。
互问相寻至，深如浅似澜。
人心何不尽，一字挂千冠。

14 宿崔邵池阳别墅
池阳别墅烟，夏日客云田。
暮晚黄昏后，山西古木悬。
乡心归宿月，别道属天边。
故国人相对，君心月与圆。

15 答鄘畤友人同宿见示
鄘畤友人同，悲风日客躬。
红尘归不去，故国已秋风。
影暗灯残尽，相逢意不穷。
言言回梦外，处处晓阳红。

16 江行
吴法一楚舟，北雁半南楼。
雪雨分天下，霜冰化浊流。
归帆扬白帝，已过十三州。
岸渡寒山寺，云明色虎丘。

17 早发故山作自语
石路一奇松，猿鸣半古钟。
龙吟天下水，虎跃道中逢。
五女山前去，桓仁八卦封。
家乡归去晚，七十已无踪。

三十三、五言排律 余响

余响之一
朱庆余

1 送僧游庐山

一客上庐山,九江下玉颜。
师闲僧不语,墅野望天关。
独路盘桓去,孤云左右岚。
禅音金策寄,只去不须还。

2 送淮阴丁明府

及境下难阴,做官上木林。
人心求事未止,小路见鸣禽。
稻谷农夫籽,船帆日月音。
江流常易变,土地可英钦。

余响之二
周贺

1 长安送人

长安客送人,渭水已三春。
故国归心晚,微崖去后钧。
行程何已定,驿路几风尘。
但尽杯中酒,前途以自珍。

2 酬吴之问

一马半生平,三春八夏荣。
钟鸣天下去,静寺玉中英。
不见书文久,何观日月明。
荒园芳草地,古木寄余声。

余响之三
喻凫

1 岫禅师南溪兰若

锡影满林光,禅师岫草堂。
南溪兰若定,岸石白云床。

树色含烟雨,孤流带夕阳。
悬崖临绝壁,独寺对他方。

2 发浙江

岛屿遍云烟,川山客谷田。
城头沙浦草,浙尾夕阳悬。
天阔浮霞远,河遥江溯故。
流源青海泉。今人问路去,
古渡在心边。

3 晚泊盱眙

盱眙落帆船,芦丛宿雁川。
霜洲惊鸟去,浦口月孤悬。
故国楼中酒,淮南水上田。
云烟多少露,过客久无眠。

4 商于逢友人

相逢是故人,别道客思身。
苦役微官府,行明老子秦。
潼关何里外,渭水湿轻尘。
鸟异同群瞩,君同共路邻。

余响之四
刘得仁

1 送僧归玉泉寺

一寺玉泉山,三光古树班。
僧归千锡策,月照万人关。
独木成林路,孤蝉树顶还。
鸣时清自许,水逝逐天颜。

2 回中夜访独孤从事

回中夜独孤,角外月霜吴。
理事州城问,行明日日芜。
湘云分岳麓,楚水解姑苏。
塞北飞鸿尽,江南对玉壶。

余响之五
杜牧

禅智寺

雨过一蝉鸣,云前半不声。
松林禅智寺,白鸟故迟荣。
暮霭生烟雾,黄昏照远明。
红楼听弄玉,尽是故人情。

余响之六
项斯

1 寄石桥僧

日道石桥僧,禅房玉叶灯。
明时知心地,暗处以香凝。
大雪纷纷路,冰霜处处丞。
从舟非浦口,隔岸是金陵。

2 送欧阳衮归闽中

秦川几度荣,渭水一年英。
失意官非己,功成业是情。
归乡何所以,问道几波平。
学问知君见,耕耘日月去。

余响之七
薛能

1 麟中寓居寄蒲阴友人

蒲条夜两闻,独院客仁君。
异路三山叶,同群二水云。
思乡千里外,落日万家分。
月下何门渡,灯前卸短裙。

2 赠禅者

一寺半灯明,三光八戒生。
禅音通世界,悟道觉和平。

利禄非君子，功名是客情。
甘贫知苦学，力道自耘耕。

3 送友人出塞自述

榆关一路行，外八半声鸣。
里七幽燕地，京都寄学生。
邯郸知跬步，相府待枯荣。
紫气阳明路，长春子女城。

余响之八
赵嘏

1 灵岩寺

明日满溪流，虫声隔水休。
灵岩山寺经，老树木云头。
石磊峰凌顶，香茗涧谷秋。
禅房高烛照，夜话五湖舟。

2 长洲

不系一偏舟，难寻半九流。
西施吴越色，勾践范蠡愁。
望月高人去，从心帝子楼。
孟门知伍子，夜雁满长洲。

3 经无锡县醉后吟

日落故乡心，黄昏隔岸林。
无锡无酒客，有路有春荫。
五柳先生课，陶公草木浔。
江湖多少雾，不济雨云深。

余响之九
姚鹄

1 晓发

晓路一春晖，南风半月归。
钟声随水去，客步顺鸿飞。
落叶关河满，流萤夜色微。
天长由日晚，旧驿始终扉。

余响之十
纪唐夫

送友人归宜春

杨花柳絮去，处处自纷纷。
远道宜春去，流莺独不闻。
溪桥河水逝，故里阙关分。
举手前程望，秋期待别君。

余响之十一
温庭筠

1 送人东游

落叶一荒游，高风半肃秋。
天涯孤棹远，汉口雁南楼。
渡浦江东望，离颜跬步舟。
知音黄鹤在，此去瞩人愁。

2 西游书怀

野戍渭川寒，青天暮色残。
遥遥寻晋魏，道路见桑干。
独鸟鸣无止，孤身问有难。
长安应有意，渭水地天宽。

3 商山早行

驿枳半明墙，商山一客伤。
长安千里路，渭水百年长。
悬梁头自主，刺骨手锥囊。
何言龙门跃，不误曲江郎。

余响之十二
于武陵

1 长信宫

不记辇前恩，罗衣故夜温。
藏娇藏自己，帝子帝儿孙。
月夜婵娟色，红尘住持门。
阴晴天子岸，日月客黄昏。

2 客中

楚鄂竹枝歌，吴音玉江河。
沾衣相问道，别是女儿多。
异国相思尽，同乡共梦和。
孤山凉一半，独宿洞庭波。

3 友人南游不回

南游可不回，但以鬓毛灰。
水绿江边树，春晖鄂杜梅。
潇湘人竹泪，岳麓洞庭雷。
一别无消息，三光月已催。

4 南游有感

南游有感人，竹木四方春。
水色千家度，花明万户津。
云烟多雨雾，杜芷少晴濑。
旧国湘江岸，新洲岳麓邻。

5 宿友生林尻因怀贾区

紫阁一鸣禽，金銮半古今。
经湘天地问，入楚士才寻。
鼓瑟余音在，湘妃刻骨心。
夜深斑竹泪，莫浅别离吟。

6 西归

西归一楚山，北上半京还。
一路长安外，东来玉树颜。
三吴同里岸，六郡虎丘关。
小叶惊离树，翁童望月弯。

7 早春山行

草色大江边，流光逐雨泉。
山行多少路，月照去来悬。
雁字排空上，飞鸿展翼天。
何言遥驿近，只以入时年。

8 夜泊湘江

湘江鄂树生，蜀客楚才鸣。
贾谊长沙赋，屈原五有生。
秋山先落叶，夜泊后眠情。
独向云边问，孤舟月里横。

9 王将军宅夜听歌

梅花落下歌，凤舞美人河。
宅烛明光满，红尘曲色多。
东南云雨岸，塞北雪霜戈。
一夜将军剑，三更举目过。

10 夜寻僧（僧游同未归）

步步夜寻僧，时时对独灯。
遥遥山里望，处处叶中应。
月色常不定，山光已自凝。
云闲虫未了，影落木先丞。

11 赠王隐人

江山一隐人，石屋半秋春。
不见樵渔客，无闻普渡津。
华山孤树影，泰岳独峰陈。
扫叶浮云伴，寻芳向地亲。

余响之十三
雍陶

1 送裴璋还蜀

蜀在剑门边，年成信息田。
音稀千里别，意断万林前。
陌上新花色，云中旧雨烟。
山川多紫气，日月可耕研。

2 塞上宿野寺

野寺老僧天，寒山古刹全。
遥烟平似水，近树雨如泉。
踏步春光至，阳澄色满缘。
行人朝暮见，草木以衣禅。

3 寄宗静上人

世界上人门，阴阳八卦村。
钟声明席坐，磬语客心恩。
锡杖闲花落，禅衣度自尊。
寒扉常启闭，白首对黄昏。

余响之十四
李群玉

1 湖阔（英华作湖阁）

楚色一秋风，湘江半落桐。
虚汀寒水岸，棹响阔湖空。
草木知天地，河山向宇穹。
溪澜波浪去，日月洞庭鸿。

2 广江驿饯筵留别

离筵一叶秋，别醉海西楼。
月色连潮水，天光逐夜游。
吴姬鹦鹉酒，越女唱渔舟。
弄玉箫声断，梅花落下愁。

3 云安

云安一叶舟，白帝半江楼。
蜀宇沧波色，巴山夜雨休。
荆王门后馆，十二峰前流。
两岸丛林密，瑶姬月下羞。

4 送秦炼师

紫府一秦音，丹师半寸心。
青山流水色，竹叶雾云深。
有意三清炼，无心日月吟。
桃花源洞里，锦水客家临。

5 游玉芝观

步上玉芝观，寻仙一路寒。
三清依月色，八戒待心宽。
木叶郊烟冷，云嶂苦独桓。
归途孤磬响，至理见龙坛。

余响之十五
储嗣宗

秋墅

暮色一樵人，山光半水津。
桃花源里水，细雨雾中秦。
汉巷长秋草，微虹云湿巾。
谁知多客问，不向帝王频。

余响之十六
李郢

游天柱观

步步近灵观，声声远杏坛。
相寻茅洞里，逐客令音寒。
井上碑丹见，云中玉石残。
烟霞多紫气，石涧水流宽。

余响之十七
刘沧

秋月旅途即事

远草一烟平，心乡半客情。
行行终复始，步步去还生。
水驿寒天路，长亭古道横。
前途知自己，后见始先明。

余响之十八
司马札

1 东门晚望

东门望晚云，北舍问乡君。
太白何天宇，青门几度分。
空天多少树，秀鸟已离群。
雁去三湘岸，归音不可闻。

2 送归客

多才与路违，苦力是还非。
不问何人见，应寻独自飞。
青山云起落，野渡客船归。
寂寞长亭外，徘徊敝柴扉。

3 题清上人房

古院上人房，松门近玉芳。
秋山支策对，白涧石溪长。
宿鸟栖林晚，禅音度草堂。
空怜缨濯水，客念一衷肠。

4 登河中鹳雀楼

河中鹳雀楼，日上凤凰游。
万里凭空问，千年任水流。
津烟分晋快，树色合春秋。
草木连天地，乾坤一九州。

余响之十九
杜荀鹤

1 春宫怨

婵娟一月客，桂影半宫封。
妾貌临妆镜，启颜明日慵。
莺啼花草木，凤语夜宫宗。
越女西施问，芙蓉顺意逢。

2 与友人对酒吟

逢君对酒吟，醉客向杯寻。
古道长亭远，苍天日月旷。
人间知己少，世上问人心。
济物黄金外，侯门草木深。

余响之二十
方干

1 君不来

闲花未了尘，冷暖日方均。
古木繁枝叶，新池自主噸。
舟随山水岸，步履石溪春。
雨色晴光近，人情客意秦。

2 寄李频

山前寄李频，雪后问秋春。
木落千山净，尘封万水津。
文星思苦度，钓岸问川秦。
渭邑闻名姓，京都待客邻。

3 清明日送邓芮二子还乡

邓芮闻还乡，清明客曲肠。
离车喧鼓噪，晓日火从藏。
弱柳翻新色，天扬换旧妆。
人情儿女泪，暗下自沾裳。

4 送郭太祝归江东

太祝欲江东，乡人待故红。
南飞归去晚，北落客由衷。
渭洛风尘久，江淮日月中。
村前寻翠鸟，夜下对鸣虫。

余响之二十一
周朴

寄方干

岸泊寄方干，舟闲问杏坛。
桐庐汀水阔，浙邑别心难。
此去千峰道，还来万里盘。
春光栖隐者，雨雾露云端。

余响之二十二
李昌符

旅游伤春

乡关一路东，草木半春风。
雨细山城北，云轻五女红。
分林成五色，画洞岭三空。
野渡舟平岸，新花色鸣虫。

余响之二十三
周繇

海望

半上海西楼，三听浪涌流。
烟中藏宇宙，阔里见横舟。
异域通天际，同云共九州。
翻然成旧许，隔路作春秋。

余响之二十四
许棠

1 汴上暮秋

汴上暮秋寒，开封肃叶残。
西风堤外扫，宿客布衣单。
广日明楼字，天微远树端。
黄云飞鸟近，素志寓书兰。

2 登渭南县楼

近甸渭南县，临楼玉宇天。
心宽天地界，目瞩太华烟。
不远长安道，凭栏雪水泉。
登高何所望，揽日见方圆。

3 东归次采石江

东归采石江，故国读书窗。
水涨春云见，船临客岸邦。
渔翁牛渚钓，白首鹭成双。
楚鄂阳澄见，吴人越女降。

余响之二十五
张乔

1 曲江春

子弟曲江春，龙门直士人。
鸥凫天际里，辇毂地域亲。
年年英俊见，处处步相邻。
醒醉知音坐，山河草木新。

2 吴江旅次

吴江一游人，日月半秋春。
草木江南岸，荷莲浦溆新。
姑苏同里色，木浪水池钓。
木浪随天地，渔家白鸥邻。

3 宿昭应

平元入夜灯，里巷宿昭应。
魏阙通明月，轻烟落玉冰。
宫空荒四壁，白道锁三朋。
但领山河水，居心向灞陵。

4 送金夷鱼奉使归本国

渡海半从仙，还家一世田。
孤舟无岸泊，独子有流船。
万里东风雨，三生奉使传。
唐人多智觉，汉驿少人年。

5 书边事

一笔自书边，三生问酒泉。
征人天水岸，射虎月幽燕。
白日梁州落，黄云汉阙悬。
英雄如此去，角羽似争先。

6 寻桃源

隔岸问桃源，秦花汉草萱。
山川流水阔，土木自三元。
雾霭溪云路，松萝林雨轩。
津迷啼鸟近，不见武陵垣。

7 赠初上人

竹色慰禅栖，禽鸣有色啼。
空门无去止，住持有高低。
井气曹溪曲，庭枝尽日齐。
春光移日月，客步可东西。

8 闻仰山禅师归曹溪因赠

结束佐戎边，秦川戍酒泉。
河西从事去，陇陌待天年。
日泽沙封帐，草荒碛石田。
前程随路远，策以玉门眠。

9 送河西从事

曹溪自仰山，路鸟问天颜。
四海求法理，三湘问竹斑。
千峰身已定，万水色无潜。
桂叶玉中直，空枝雪下弯。

10 登慈恩寺塔

慈恩寺塔边，雾霭木缘前。
世上横秦岭，人中顺岁年。
禅音传古道，石径顺河泉。
别景飞鸿见，烟乡入仕田。

11 江南逢洛下故人

江南洛下人，晓月客中亲。
但以波涛见，何寻草木邻。
莲花浮碧色，碧水女儿身。
岛树晓光许，江城古意津。

12 再题敬亭清越上人山房

重来访惠休，只问上人楼。
十载松林老，三生拄杖游。
空山僧不去，独水寺边流。
磊石河前路，修桥渡客舟。

余响之二十六
杨夔

送日东僧游天台

日外一天台，行中半两来。
重云三界去，细雨两江开。
积水浮烟色，攀萝石径苔。
松风回路远，柱杖木心回。

余响之二十七
唐彦谦

咏月

寒宫一色清，桂影半圆明。
织女常相向，婵娟独自荣。
霜天飞雁去，雪野作冰城。
九脉同倾叶，三边共风情。

余响之二十八
司空图

1 江行二首

江行地阔分，楚定客吴云。
雨夜姑苏巷，风平纪洛君。
斜塘多少色，汴水北南勤。
夜暗声流在，梦清不可闻。

2 其二

月落一江村，鸟啼半寺门。
唯亭潮驿色，木渎泛舟痕。
夜入寒山寺，风惊拾得温。
孤帆何不解，客梦小儿孙。

余响之二十九
郑谷

1 终南白鹤观

终南白鹤观，渭水玉波澜。
百谷千寻入，三清一杏坛。
通真门下水，石洞坐前盘。
磬语寒山外，钟声古木桓。

2 江行

江行夜泊林，泪满梦人心。
夜雨随云至，天涯任梦音。
殷勤渔女唱，寂寞竹枝吟。
涨落池塘水，荆门鄂树荫。

3 送人之九州谒郡侯苗员外

南湾一郡楼，泽国九江流。
楚客荆门外，庐山景德州。
春帆扬岳壁，岛屿庚公舟。
怅望双旌帜，寻音独白头。

4 送人游边自书辽东 唐三边

一马跃三边，千山度百泉。
无梁成殿阁，有路作先贤。
塞北兴安岭，辽东古木田。
丛林长白雪，五女度朝鲜。

5 别同志

所去一孤舟，从扬半九流。
临江同志语，处事共心谋。
立步沓兰杜，行程向虎丘。
因观沧浪水，对子上高楼。

6 登杭州城

汴水到杭州，长城万里愁。
钱塘由此去，塞北远河流。
别浦天堂月，临潮八月秋，

舟人渔唱晚，夜火女儿羞。

7 长乐夜坐寄怀湖外嵇处士

万里五湖舟，千心半月愁。
寒宫多桂影，玉树少云秋。
木落三星亮，钟鸣九陌楼。
流萤明闪失，夜露洞庭流。

余响之三十
崔涂

1 除夜有感

岁夜两年分，春联一对文。
耕耘知日月，土木可芳芬。
爆竹连声响，华灯照老君。
无眼当守持，有意作群醺。

2 夕次洛阳道中

黄昏满洛阳，落日散余光。
独树高天近，孤身故意长。
云平山各壑，鸟觅草花香。
古道荒原去，空亭旧驿乡。

3 巴南道中

去国一天涯，还乡二月花。
平生寻道路，跬步向文华。
草木阴晴度，山川日月斜。
乾坤多少客，进士暮朝家。

4 孤雁

排空一字飞，逐月半回归。
塞上秋风起，湘中暖日辉。
衡阳云雨岸，太谷背泉霏。
日月成天下，春秋向翠微。

余响之三十一
罗隐

秋浦

晴川一落晖，举目半秋归。
野色朝寒阔，荒原下翠微。
渔舟时不在，浦口月相违。
江花不意岸，无心自薄非。

余响之三十二
曹松

1 秋日送方干游上元

方干去上元，泗水菊花繁。
意念天高处，知心地阔垣。
云离京口岸，雁落石头蕃。
水动山摇像，帆扬露雾翻。

2 送左协律京西从事

渭水涌波潮，长安渡灞桥。
京西从事去，浅于旬服遥。
日向风尘尽，云寻逐碧宵。
烦听关外就，待客见君寥。

余响之三十三
韦庄

1 婺州水馆重阳日作

重阳一婺州，水馆半江流。
异国登高望，乡心八面忧。
红兰香独远，白菊色孤楼。
不向邻人问，轻舟客鹭游。

2 章台夜思

一月下章台，三秋扫叶来。
浮云行已定，楚角独声哀。
夜色徘徊望，星光寂寞回。
孤灯悬壁影，步履一生催。

3 哭麻处士

处士一倾城，闲门半客声。
百岁知天地，万里问阴晴。
诗楼花落去，夜月草思明。
独鹤先飞去，孤心对去荣。

余响之三十四
王贞白

1 晓发萧关

晓日向萧关，晴光列祖班。
边城多曙色，碛石少河湾。
陇上明星落，沙中夜马还。
归心何不见，励志向家山。

2 九日长安作

登高九日愁，俯就十三州。
望雁排云上，从心玉宇游。
茱萸天下草，滟滪砥中流。
万里苍山路，三生古道留。

3 终南山

终南五岳观，渭北一长安。
雪照京都色，云平八水澜。
红尘君子问，世俗小人寒。
不肯高低就，清空列玉盘。

4 御沟水

水色一春秋，宫城半御沟。
尘缨为处濯，布履向明羞。
鸟道非险境，人行是国忧。
龙池平列祖，本切曲急流。

5 晓泊汉阳渡

晓渡汉阳楼，灯明店井愁。
芳晨鹦鹉声，水色武昌舟。
月落龟山北，江流浦口洲。
祢生才智在，一鼓帝王侯。

6 游仙

三清一我家，九脉帝王花。
洞户波涛色，金銮日月斜。
檀香承玉树，晚漏佩声哗。
举笏朝堂列，蟠桃满色嘉。

7 胡笳曲

一曲半胡笳，三边九地花。
春来芳草地，月照故人家。
舞尽姬声色，声平壮士嗟。
天空飞雁去，旷野宿人家。

8 悔从军行

不悔一军行，男儿半士情。
孤身千里云，独立万家荣。
举剑交河望，弯弓玉帐兵。
辛勤功业在，逐志待天成。

9 长门怨

夜月一长门，婵娟半旧恩。
相思生永巷，独坐问儿孙。
曲舞昭阳殿，歌吟玉树村。
楼空余酒醉，叶落对黄昏。

余响之三十五
张蠙

1 别后寄山友

老友半山人，新邻半早春。
同居尘世外，共作异乡身。
养鸟听声问，锄田作冠巾。
襄阳居井赋，但与孟家亲。

2 过山家

暑日半山家，清风一柳斜。
山花留色久，翠草碧山涯。
后夏泉流雨，先秋谷稻麻。
啼禽常不止，不顾小窗纱。

余响之三十六
翁承赞

晨兴

一意且狂歌，三呼旧日河。
逍遥津上色，渡口岸丛波。
竹月风中舞，星天云里多。
关山临古道，举目望嫦娥。

余响之三十七
江为

登润州城

暮上润州城，潮平岸岛清。
残阳红阔水，宿鸟觅栖情。
独树黄昏占，孤烟目断生。
乡山无可见，客已广陵鸣。

余响之三十八
任翻

晴翻

楚国一春云，晴空五湖氛。

幽人临水坐，岛岸隔花分。
野色连江草，江流逐日曛。
吴门溪路远，夜月运河裙。

余响之三十九
薛莹

1 秋晚同友人闲步

漫步一晴沙，行吟半夕霞。
红光山水岸，绿树暮朝斜。
望远临孤屿，登高就独花。
归思情不尽，鸟道到人家。

2 宿仙都观阴王二君修道处

十载一天峰，三年半故踪。
仙都观里问，洞口欲藏龙。
古迹阴王道，风云雨雪封。
池心星江月，古木异芙蓉。

3 宿东岩寺晓起

野寺一寒墉，浮云半水光。
僧岩分晓色，宿鸟住天梁。
月树难分隙，泉阳各柳杨。
余情留无止，去路自芬芳。

旁流之一
薛奇童

1 楚调

楚调起苗条，新王好细腰。
秦楼飞凤去，弄玉箫遥遥。
禁苑春风起，流莺绕小桥。
梨花长袖舞，柳叶曲新潮。

旁流之二
张谔

东封山下宴群官

辇路一群官，连城半云峦。
封公霜欲下，教国仗空寒。
晓月旌门里，宵烟主客欢。
倾杯人已醉，圣教致园坛。

旁流之三
郭良

1 早行

晓望一三星，身行半九龄。
天明应辨色，客路自零丁。
月色山中落，重门步下庭。
空闻云水阔，北斗挂飞萤。

2 题李将军山亭

凤阙满桃花，龙门寄隶家。
衣冠悬木上，隐逸水声哗。
石径朝天去，流溪伴客家。
谁知公子贵，院里有烟霞。

旁流之四
褚朝阳

登少室山寺

登高少室山，独阁老翁颜。
近月天花暗，飞云玉女闲。
三峰华岳小，一带古词还。
展目长空阔，弹衣剑门关。

旁流之五
石召

送人归山

相逢一道泉，别语半桑玩。
不只归途远，何同寺觉天。
霜明贫贱去，地厚日月悬。
彼此阴晴在，山川草木年。

旁流之六
顾在镕

1 题玉芝双奉院

洞府石门中，香花玉影东。
秋声衣满叶，院落木荒丛。
鸟去钟鸣久，僧来磬语同。
年年童子路，处处药家崇。

2 宿麻平驿

一驿宿麻平，千山向水生。
婵娟相照旧，古木主枯荣。
不厌孤村月，还寻独坐情。
猿鸣多少句，客意来来更。

旁流之七
潘咸

桓仁上古城，去问下江荣。
有尽桓仁路，无穷日月生。
人归天地瞩，出见去来荣。
九脉风尘扫，三边束带英。

旁流之八
杨达

塞下

秋风一并州，日色十明楼。
鼓角千声地，黄榆万里休。
孤城关阙正，独步马羊牛。
帐令飞鹏去，行人坐镇侯。

旁流之九
孙欣

冷井

泛井一深泉，温汤半玉边。
耕凿知苦道，架榭向劳田。
紫绶凝寒色，青苔落石年。
铜瓶朝影色，水阔曲歌园。

羽士之一
羽士二人
吴筠

1 步虚词二首

一首步虚词，三清向玉知。
玄洲天地岸，紫府去来迟。
白鹿金颜色，青牛羽驾姿。
云飞应不定，石屹可先师。

2 其二

二首步虚词，千山万水诗。
金花成织女，玉树作新枝。

雾谷云屏挂，瑶台锦带芝。
天河应已渡，七夕可先期。

羽士之二
韦渠牟

1 步虚词五首
一首步虚词，三市旧箓知。
真人天降下，玉简追人思。
骤雨生风日，浮云落草兹。
双仪成使命，四象化清夷。

2 其二
二首步虚词，三才布象时。
求仙天不老，问地道难知。
两景生光陆，重英化凤仪。
云乡龙虎望，上帝鹤符奇。

3 其三
鹤舞待鸾回，仙声对玉开。
香花三洞启，露雨百神催。
凤篆文指定，龙泥印腊梅。
人心生羽翼，处士自瑶台。

4 其四
海上主人翁，云中王母宫。
东方多少客，大陆去来风。
羽袖挥丹凤，清衣拆视同。
妙章生紫气，药采可凌虹。

5 其五
虎涧一龙溪，云峰半雨堤。
曾游三洞外，坐守九州齐。
玉女仙神会，金童执节西。
皇人何委曲，土地化春泥。

衲子之一
衲子二十四人
辩才

设缸面酒肆萧翼（采得来字）
兰亭一序开，古寺半天台。
归酒醇萧翼，新知醉辨才。

春光由禊祀，四水自流来，
独觉禅音在，孤芳腊月梅。

衲子之二
灵一

1 静林寺
（静林寺即梁帝未遇之时隐居之所
今因之为寺，寺中有钟磬皆古）
梁家一静林，武帝半禅心。
日月钟声继，江山草木深。
灯传千世界，磬得万知音。
老树烟霞色，罗浮纵水荫。

2 酬皇甫冉（时冉赴无锡于云门寺赠诗别）
一路若耶花，三山二水斜。
湖南通古道，陆北岛人家。
木樾云门寺，云根渡口涯。
春光长隐逸，五马子云车。

3 送王法师之西川
远近一西川，乾坤半酒泉。
交河朝暮间，别道去来船。
野草多香色，园花少秀妍。
当知天下岸，柳叶地中田。

4 送范律师往果州
终南望果州，渭水自东流。
古涧清明水，高峰日月楼。
乡名寻继续，古道以心休。
此别随君意，离情任自愁。

5 秋题刘逸人林亭
隐逸一林亭，生平半渭泾。
秋风非扫叶，尽是别枝萍。
足迹无踪去，行程有苦丁。
云门晴晓月，野墅自丹青。

6 宜丰新泉
新泉一宜丰，旧洞半霞红。
净土纤云落，浮烟细雾蒙。
芙蓉沼水岸，渡岸月寒宫。

与从无同处，由清见落鸿。

7 酬皇甫冉西陵见寄
一酒问西陵，三清见故朋。
潮平天下路，岛满屿中兴。
水波金山木，云飞主客丞。
帆扬心不止，日上色相征。

8 宿灵洞观
仙翁石室中，洞府壁云红。
隔岸花源见，灵观水上风。
中宵因入定，外户守情衷。
地涌泉流去，山逢木立乡。

9 同使君宿大梁驿
旌旗驿壁红，夜色卷帘空。
月照池边树，鸟啼宿叶弓。
春寒风明水，杏李草鸣虫。
别意匡庐问，遥遥祝远公。

衲子之三
皎然

1 送赟上人还京（得征字）
还京问紫微，碧草惹春晖。
鸟问晴沙岸，风从去日归。
秦原生水色，洛邑以图闱。
寺磬翻经馆，钟声净远扉。

2 赋得啼猿送客
啼猿送客声，月峡自无明。
此路沾巾处，何年别后平。
巴江流不住，蜀道屹阴晴。
断壁分天立，云峰合围盟。

3 题沈少府书斋
少府一河图，南昌半洛书。
闭花随色立，野草任芳芜。
鸟逐还人去，溪流问石孤。
登山何举目，问水近江都。

4 寻陆鸿渐不遇
芳春二月花，野径半桑麻。
小叶初抽色，成心欲作芽。

推门寻子女,访阁作人家。
缕缕香风至,每日苦茗茶。

5 自义亭驿送李纵夜泊临平东湖

长亭一路空,短驿半悲风。
事主多辛苦,勤王致业中。
驱车明月道,夜泊大江东。
别度鸿门外,寒声水寨鸿。

6 送重钧上人游天台

天台问上人,百木向重钧。
顶揽云华望,知君日月勤。
千山闻水涧,万谷见秋春。
事事何难度,悠悠世故辛。

7 送清会上人游京

京都一上人,渭邑半秋春。
洛水长安素,青门上苑濒。
峰明云际寺,日照水临秦。
道长三清见,禅行九脉亲。

8 送关小师还金陵

白鹭满沙洲,金陵半莫愁。
钟山幽色近,虎阜郁江流。
净地蕉花影,青龙境界优。
空坛师不在,月夜客心头。

9 送沙弥大智游五台

沙弥智五台,法侣觉三开。
木落鸿门见,云归渭水来。
龙沼鸿不禁,道德世人开。
老子青牛去,儒流逐岁才。

10 送栖上人之建州觐使君舅

江峰半色清,释氏一心明。
雨净江湖水,云平草木荣。
风轻真子意,杖挂策难行。
贵贱来还去,声名自不平。

11 题湖上兰若示清会上人

惠忍一清流,峰青半九州。
芳洲云木秀,草甸谢公留。
意外闲堂色,秋中永日楼。

山前人不继,寺后鹤难休。

12 宿支硎寺上房

支硎寺上房,寂寞白云乡。
共宿千峰月,孤鸣万木扬。
萧条精舍夜,别ievements归墙。
北岸三观木,西林一柱香。

13 晚秋宿李军道所居

清溪永日流,都尉客心休。
野径寒条晚,居深杏坛楼。
禅心同许定,府洞共天幽。
柏实松林子,风情月下舟。

14 题沈道士新亭

新亭道士处,细水绕东西。
雨后知天地,云前草木低。
芳熏春木早,野径树枝齐。
浦口青枫静,桃花秀鸟啼。

15 若溪春兴

春芳满若溪,叶碧半新泥。
雨色云烟混,层林木叶齐。
兰亭流水曲,石岸自高低。
日暖千莺尽,风流万景萋。

16 冬至日陪裴端公使君清水堂集

日短一冬长,端公半故乡。
华轩清水色,亚岁气芳扬。
腊月梅花影,新春驻雪堂。
赏夜喧声唱,辨政训从良。

17 仙女台

仙台一女来,古木半天开。
得道田家主,寻径客不回。
空闻桑柘影,故步待云来。
子子孙孙在,天天地地台。

衲子之四
法照

1 送清江上人

清江一上人,古体半情真。
故国僧名著,新乡律格津。

山中青葛磊,木下云门邻。
洗净红尘土,方袍挂角巾。

2 送无著禅师归新罗国

万里一新罗,三生半汉歌。
随缘乡路去,过海客心波。
百衲禅师坐,千云异土多。
经书知宿夜,贝叶著莲荷。

3 寄钱郎中

关门一路禽,闭户半云林。
鸟落听师语,风临任木音。
婵娟同瞩目,药叶共池浔。
素色前庭满,银河两岸荫。

衲子之五
护国

1 访云母山僧

古崖一山僧,松林半寺陵。
无寒溪水浅,水土月清灯。
贝叶天书就,莲花玉气凝。
无心观世界,异界自扬弘。

2 山中寄王员外

一路柱幽兰,三山雨雾端。
千云浮露水,万木郁烟寒。
采折轩阶近,芬芳偶伥单。
移居天地外,莫愿客心安。

3 题王班水亭

王班一水亭,旷野半丹青。
草色群芳见,花客独影婷。
归山明月吉,驻步待云屏。
自贵天阶近,弹琴向已铭。

衲子之六
僧泚

北原别业

别业北原林,桑田杨木深。
流萤声不止,谷口涧溪琴。
野旷农夫教,云卿雨细临。
三清心不老,九脉志人心。

衲子之七
清江

1 送赞律师归嵩山
山深一意安，水浅半清寒。
乐道一峰界，贫修两杏坛。
嵩山云不断，五岳雨还观。
苦友书生气，禅房日月宽。

2 送坚上人归杭州天竺寺
杭州一路遥，夜雨半潇潇。
隔岸花客暗，春云上柳条。
经纶三界问，足履九江超。
负笈千山尽，行禅更寂寥。

3 夕次襄邑
吾见一江东，何言十世雄。
经年求远道，闭目以由衷。
垓下鸿沟外，封王列士风。
秦皇谁指鹿，大火未央宫。

4 喜皇甫大夫同宿大梁驿
江头满旗旌，古驿半世城。
夜色临楼月，春花处境英。
庐山应不望，莫愧远公名。
渡口同舟棹，终身共语生。

5 宿严维宅简章八元
平原一主人，甲第半齐身。
惠觉知天地，人情作已邻。
佳期相会去，莫语济相频。
叶落归根底，新尘作旧亲。

6 长安卧疾
长安一病身，渭水半无邻。
雨落移花木，云扬向日新。
空房何地久，石竹度秋春。
已觉人生事，何闻去后秦。

衲子之八
灵澈

1 九日和于使君
九日一登高，三生半自豪。

东方潮水色，北陆暮云桃。
木叶汀洲上，风尘草甸毛。
从客来去见，待见换衣袍。

2 送道光上人游
外学道光人，玄关律景新。
风姿神采见，语济世中邻。
净室焚香坐，空山话雨濒。
浮云应有意，度北可天津。

衲子之九
法振

1 送人游闽越
大海镇西楼，珠江日东流。
羊城连碣建，闽越粤沧洲。
岛见浮云落，山闻木叶舟。
帆扬天地界，酒戒不云忧。

2 越中赠程先生
越女一新人，乌纱半客亲。
先生程自主，古道座边邻。
海落潮方举，云移浪问秦。
虚舟花不语，暗与酒家频。

3 题万山许炼师
丹师半道成，坐卧一云生。
水响流溪去，山空草木荣。
河图生玉宇，绝粒落书英。
绛节还归去，昆仑举目情。

4 程评事西园之作
一见问春莺，三春话别情。
声声连客去，楚楚待阴晴。
柳下何须折，杨中跬步行。
婵娟怜此意，不向寄流萤。

衲子之十
无可

1 林下对雪送僧归草堂寺
林中对雪云，寺里玉仙君。
足迹寒光照，梅花两色分。
遥泉声不止，木叶落风闻。

瞩目凭人独，居心隔世群。

2 秋夜寄龙池寺贞空二上人
贞空二上人，磬鼓半心邻。
木叶飘风逝，龙池任地珍。
终宵灯夜话，道侣客相亲。
古月山中色，溪清水晋秦。

3 晚秋寄贾岛
贾岛一秋寒，西林半树残。
开门山路窄，闭户读心宽。
默想推敲句，沉思落叶单。
长安应不问，只可洞庭澜。

4 寄厉玄先辈
人间一柳杨，世上半天光。
雨后桑田济，云前日月乡。
书生先辈早，老子故关梁。
夜月何难尽，相思共草堂。

5 同刘升宿
一驿满浮云，三灯半老君。
山林风不止，共渡相逢分。
苦节何言少，知音已别分。
西池洞月去，晓路又殷勤。

6 送吕郎中赴海州
过粤吕郎中，行问五世童。
羊城江海岸，守镇大江东。
古郡南洋近，孤都北国空。
涛声凭浪屿，月色任人衷。

7 送林山人归日本
日本一衣邻，扬帆半晓尘。
无乡成远近，有觉化秋春。
望国浮天色，寻根落汉亲。
秦皇知海域，绝岛向华钧。

衲子之十一
栖白

送圆仁三藏归本国
本国一家山，归乡半日闲。
风生生藏觉，月照到湖关。

诗词盛典Ⅰ 吕长春格律诗词六万八千首（全四册）

岸北园仁著，洋南境界班。
香花遥闽外，列士迎禅房。

衲子之十二
处默

圣果寺

圣果寺边荣，江吴月下声。
姑苏同里岸，淅水越人情。
古木丛林色，新禅旧刹英。
今当华士客，磬语汉家名。

衲子之十三
归仁

题贾岛吟诗台

寻诗贾岛台，寒气自古来。
落叶长交道，问地推敲催。
无平天地在，有志草花开。
岁尽年重至，声名自古裁。

衲子之十四
沧浩

别嘉兴知己

西林一坐同，长者半南风。
因寻何事晓，不见客雕虫。
宿雨寒禽散，嘉兴夜鸟空。
人间多别曲，世上少知翁。

衲子之十五
虚中

庚楼

古郡一名楼，清风半九州。
晴轩分楚汉，庚亮合星洲。
几度阴晴雨，多重日月流。
红尘依旧酒，世俗向春秋。

衲子之十六
齐己

早梅

腊月一枝开，梨花半玉来。

冰霜封雪月，素艳幽香回。
若律先心动，应年岁月催。
窥禽寻色相，磝石拜金台。

衲子之十七
贯休

1 登鄱阳寺阁

鄱阳一寺梁，故国半家乡。
楚水寒江阔，湘鸿翼落塘。
吴中多草木，梦泽洞庭光。
大小姑山岛，阴晴岳麓娘。

2 春日山行

不向道人期，何言楚客疑。
朦朦花雨色，郁郁草堂诗。
水逝芳香在，名流日月辞。
因思挤岸逛，共处似云丝。

衲子之十八
修睦

秋台作 思兄

秋台一阵风，白日半天空。
独步高楼上，孤云自在东。
何情何物主，弟遂北先躬。
别处兄无语，相思望远鸿。

衲子之十九
尚志

江上秋志 思兄

遥遥故国心，念念旧时音。
志立飞鸿比，情寻比翼禽。
千年今古问，万里去束箴。
跬步行无止，耕耘不断琛。

衲子之二十
怀楚

谢友人见访留诗

溪流日月新，阴晴草木茵。
春秋夏雨隔，远近故心邻。
白石湖中屿，红花岸上缯。

瑶华清许定，赖以自鸣尘。

衲子之二十一
怀浦

初冬旅怀

枕上角声微，心中去路违。
初冬冰雪步，楚寺梦回归。
月没天边树，禽栖叶下微。
霜明灯外冷，宿驿客难晖。

衲子之二十二
淡交

望樊川

万树一樊川，千流半谷泉。
云中摇雨色，水上积人田。
雁去衡阳岸，风回塞上天。
村光明北树，渎雪素余年。

衲子之二十三
清尚

哭僧

道力一超然，孤身半坐禅。
原流成海水，日照素人羊。
白石成天地，金丹化玉田。
香烟非凡出，苦泪似云烟。

衲子之二十四
玄宝

路诗

一路各东西，三生自雨泥。
阴晴南北去，渡岸石高低。
蜀道蚕丛跻，秦川养马堤。
风云多不已，日月古今题。

四、女冠二人
女冠之一
李冶

1 寄校书七兄比弟

不忘一行书，殷勤百岁余。

耕耘天地语，处理古今墟。
莫以西陵问，当诗北国居。
桓仁才子老，五女助荷锄。

2 送韩揆之西江

西江一柳杨，别路半归肠。
独见孤舟岸，潮平水浪荒。
荆州帆未落，夏日棹边塘。
北雁年年度，南寻处处湖。

3 送阎二十六赴吴县

阊门细水流，木渎独孤舟。
吾梦西施舞，居行碧玉愁。
虽溪离岸口，古渡阮郎楼。
不见乡家草，相思未尽头。

女冠之二
元淳

寄洛中诸妹

旧国别经年，新桑已壁延。
关河书不尽，雁翼展空天。
白发何先觉，蛾眉几度悬。
南枝成碧玉，地陆满云烟。

五、宫闱二人
宫闱之一
徐贤妃

秋风函谷关应诏

朔气满山河，秋风一路歌。
潼关函谷道，渭水二陵波。
落日重云树，低云独问娥。
旷无狭口外，真意念人和。

宫闱之二
上官昭容

1 游长宁公主林亭应制

旦以上官封，心从下昭容。
家随天子去，日作判文庸。
武氏文章客，唐皇汉祖宗。
佺期之问去，水上一芙蓉。
神女自长宁，青春向日馨。
莺鸣凭紫气，碧玉主林亭。

涧水川流色，黄云附属屏。
何从光照念，所寄客心灵。

宴山中
2 太宗皇帝

万里一辽阳，千皁半弩张。
旌旗三世界，士卒百夫强。
阵列龙蛇首，雄英草木梁。
江山挥斥道，日月逐沧桑。
净海驱鲸尾，排空扫帝王。
朝光回首处，宴乐是文章。

正始之二
韩王元嘉

奉和同太子监守违恋

乾坤一气扬，监守半天光。
太子离明象，违门恋姓昌。
从征千世界，献计百年良。
汉相分飞雁，凌周颂地梁。
英才知远近，济志向文章。
北问江山道，南巡日月王。
风云沉库底，玉璧落宵堂。
晓暮成天地，炎凉积柳杨。

正始之三
薛元超

奉和同太子监守违恋

储禁守宸阳，行明向寿偿。
铜扉违恋启，玉辂隔朝梁。
地首龙池岸，天堂凤阙章。
纡苍文帝永，绶带御乡藏。
朝霞飞古道，紫气冰新光。
笔墨河图水，咸阳海镇妆。
炎凉日月积，草木纳风霜。
六郡阴晴尽，千门自桃姜。

正始之四
王绩

赠学仙者

仙人一路斜，道士半山花。
采药层林染，巡师海日霞。

春江春水色，夏日夏莲涯。
菊酒重阳醉，冬梅作客家。
相逢何处见，别道不丹砂。
可去松林寺，无须挂面纱。

正始之五
褚遂良

安德山池宴集

伏枥见天涯，观之向帝家。
行舒大地路，阜蔽故人崖。
月色清渠水，亭明木榭斜。
秦箫寻弄玉，赵瑟落梅花。
夏叶新枝欲，春莺旧翼遮。
良朋兰蕙藻，宴客不丹霞。

正始之六
高宗皇帝

过温汤（文苑英华作太宗诗）

温汤一沐明，驻骅半华清。
路曲千云集，蟾回影石平。
泉流飞紫气，日暖落虹情。
碧雾浮端伍，轻林独琚横。
遥听田亩见，近得吏臣荣。

正始之七
王德贞

奉和圣制过温汤

万寓沐温汤，千图启洛阳。
疏堤鸿映玉，阜属骊山阳。
玉野风霜色，金光草木芳。
川烟祥吉地，彩雾山石梁。
清水飞龙阵，河图翠俯昂。

正始之八
杨思玄

奉和圣制过温汤

丰城汉迹居，圣谷磊秦墟。
郑国渠流积，秦川地幸余。
风成文化日，色彩武当书。
紫气凝香玉，明霞注影疏。

时镜君心正，佳音客吏锄。

正始之九
郑羲真

奉和圣制过温汤

潼关半洛川，御地一温泉。
独涌銮汤色，华清凤瞩天。
芙蓉朝阙色，玉树领仙母。
鼓静千山木，钟鸣万水船。
浮云当紫气，细雨作心莲。

正始之十
王勃

1 泥溪

江涛一岸边，露路两峰悬。
踏碛寻高瞻，凌波望隅天。
烟雨浮峡口，浪水涌山泉。
积垒阴晴故，川流日月田。
梅花先化尽，竹色后成烟。

2 三月曲水宴（得烟字）

彭泽半云烟，河阳七水田。
桑园三月宴，米酒五湖泉。
列室窥丹洞，分楼望远天。
当空飞翠色，瞩目待离船。
凤调仙台上，龙吟阔海延。
箫声寻弄玉，曲水对秦川。
古木藤萝绕，高枝任苦蝉。
鸣来行者路，此去寄婵娟。
渡口芝兰岸，津梁日月宣。
回头幽楚见，醒顾自无眠。

正始之十一
杨炯

1 送刘校书从军

三宫一校书，六群半田锄。
将士天兵助，星门帝子初。
鸟号明日箭，佩玉带弓初。
赤土流星剑，英雄家气舒。
风风和雨雨，日日付如如。
御沟环流水，文人武将余。

2 游废观

青牛问废观，白日瞩彤桓。
百岁知天芥，千年共地盘。
丹田成守一，玉女共云端。
药石金炉尽，阶苔壁画残。
四望乾坤北，三春草木单。
红尘礼不止，不可锁江澜。

3 和骞右丞省中暮望

故事上闲台，新章下日开。
仙门临复道，玉树处荫恢。
律变青阳针，年光树色催。
兰心成紫气，斗柄对星回。
曲岸天门外，文枢镜目才。
谣华音雅颂，暮影几山隈。
绕度侵芳道，幌云去人衷。

4 和刘侍郎入隆唐观

仙都日月开，古刹暮朝台。
故地川陵见，新音玉石来。
排云伏槛殿，远涧曲尘埃。
影倒飞轩木，凤游落叶陪。
放生池里见，百果树中魁。
疑雾天空满，悬峰顶石槐。
参差朗暮色，角岳独孤鬼。
瀑布惊天水，悬泉汇地洞。
秦皇何不觉，汉武复青苔。
炼石非余玉，丹田不可猜。

5 和辅先入昊天观

遁甲昊天观，皇星太乙丹。
天门开紫气，玉液守金銮。
碧落三千外，云浮九界纨。
河图中邑举，四海洛书观。
旧阙新丰石，新失渭水澜。
华清泉石暖，北斗柄枢冠。
始咏南风起，终成度杏坛。
三皇君礼毕，五帝子心安。
汉祠淮王岸，唐隆玉斧宽。
梧桐灵草茂，竹简正邯郸。
地境天津目，蓬莱宝树盘。
昆仑三月色，积垒五湖繁。

不尽桃源路，黄轩日月端。

正始之十二
卢照邻

1 西使兼送孟学士南游

学士一南游，征蓬半九州。
天山流弱水，地道蜀山楼。
万里徘徊步，千年进退忧。
巴陵阡陌见，夜鹤对鸿秋。
塞上王粲问，云中孔子谋。
风尘秦洛尽，骨肉去来愁。
举剑锋芒在，余音已五侯。

2 送郑司仓入蜀

蚕丛一路鸿，锦水半江风。
蜀道知天下，川流别意东。
离忧随逝日，嘱托任苍穹。
塞阙临空闭，秦云待国同。
潘年三万里，白石五湖东。
八阵藏心智，千山寓世雄。

3 绵州官池赠别

上国一官池，仙台半玉枝。
灵关掌酒色，绨地待轩诗。
欲寄离言少，愁客刻意时。
云游荒水岸，跬步故人姿。
古树新蝉响，湾湾玉叶痴。
绵蛮和色变，谷鸟与人思。

4 还赴蜀中贻示京邑游好

夜雨满窗花，鸿池半蜀家。
啼鸿三二影，暗影万千涯。
怅别风期阻，临情草木斜。
云烟浮不定，敛袵御风华。
野径通幽路，山禽顾岸沙。
轻舟依水系，白鹭望江霞。

5 和夏日幽庄

夏日一幽庄，荷塘半柳杨。
云烟和露水，草木对林荒。
鸟落吉祥翼，蝉鸣日月光。
含情天地见，纳楚去来香。

绿藻芝兰净，垂藤落徂长。
奇芳侵远道，水气漱余乡。

6 山庄休沐

山庄沐草齐，青鸟叶学栖。
玉井余枝叶，龙柯淑水堤。
川光摇涧影，雨气化香泥。
鹤立真君子，亭风肯向西。

7 山林休日田家

田家百日昌，稻谷半年粮。
径草疏王慧，庭枝著帝凰。
耕来魂土地，载运对沧桑。
委露含云雨，齐帘对菊黄。
春秋辛苦力，草木共炎凉。
醒醉从年岁，年华取玉浆。

正始之十三
骆宾王

1 棹歌行

一月入荷风，千波化色宫。
粼粼明碎玉，镜镜逐园通。
拾芡星光聚，依莲子粒丛。
芰衣浮水翠，雨露化珠丰。
影曲芙蓉立，心情吐纳红。
摇摇凌步去，处处近秋虫。

2 晚泊蒲类

兰山一故楼，汉国半春秋。
步过江山路，心从日月游。
晚泊凌波月，愁思逐客舟。
相寻朝暮望，逝冰北南流。
少小龙门见，翁童几度候。
关山空令国，楚汉未央休。

3 早秋出塞寄东台祥政学士

学士肃东台，茏庭致塞开。
长验三水远，促驾五洲梅。
地路通南北，天街去复来。
元原分斗角，理礼化尘埃。
月挂江湖岸，云浮草木恢。
风壤温陇土，物象四时回。

别岛连荒色，流星划宇猜。
邯郸传步语，宿达启英魁。

4 远使海曲春夜多怀

海曲一春情，长鸣半不更。
端居应百忽，处切鲁禽声。
断雨依营望，流云任月开。
宁期时房毕，投迹向精英。
碌碌何无止，庸庸几度成。
艰虞多砺碣，远昧视平生。

5 在军赠先还知己

一望玉门关，三生半不还。
晴沙千万里，海市去来山。
霍卫英雄问，飞将射虎颜。
功名多遗恨，白首少朝班。
落雁离秋塞，惊声几度攀。
霜原天地远，白雪误红颜。
剑锷刀环色，风尘苦辖蛮。
相思知此处，已上月牙湾。

6 灵隐寺

海日浙江潮，龙门渭水消。
楼观苍鹫岭，雾锁短吴桥。
寂寂中天月，幽幽叶下苔。
心居灵隐寺，普渡柳杨条。
桂子婵娟色，寒泉弄玉箫。
云香三界物，夜凤五湖遥。
塔近昌龄问，霜明叶带枭。
天台余度石，取木作龙雕。

7 边城落日

日落满边城，红光遍水明。
黄河图未尽，逝水泡东瀛。
大漠鸣沙久，荒原俎豆英。
云烟方丈外，气势玉空晴。
膂力风里卷，弓刀岁月平。
川流空积碛，石塞路难行。
壮志凌苍兕，精心锁海鲸。
雌雄龙剑举，草木暮朝萦。

8 宿温城望军营

虏地一温城，关山半夜惊。

阙帐三边外，策令九军营。
楚练分风向，胡笳化报情。
龙文霜剑冷，木桥月方明。
白羽弯弓箭，青云济天擎。
烟尘挥斥去，翼影转兵鸣。
鼓角闻班固，天光易古英。
葡萄西域积，汉路向君生。

正始之十四
刘庭芝

1 故园置酒

酒醉百年忧，归情十日愁。
离乡三界水，故里半家留。
卒卒周姬旦，栖栖鲁孔丘。
平生书上路，端步客中舟。
寸草光辉照，芳华取自由。
灯前多少问，老去几春秋。

2 晚憩南阳旅馆

夜宿一南阳，征夫半望乡。
途中多日月，视上几炎凉。
古径通南北，新知话栋梁。
峰岩高步就，谷磊俯池篁。
墅气蓬荫色，荒田转故塘。
处世几沧桑，平生何不韵。

正始之十四
乔知之

和苏员外寓直

员外寓中堂，伊冠著国章。
三台诗是礼，五夜待华光。
晓偏钟声断，阊阖旭口光。
金銮香寂启，凤阙天台梁。
草就心陈迹，精英月未央。
听闻于世界，任取万书郎。

正始之十五
宗楚客

奉和幸上阳宫侍宴应制

幸奉上阳宫，蓬瀛御海虹。
溪川流旭色，凤阙禁清宫。

色染华庭木，阳明秀水濛。
熏风传舜酒，湛露化香丛。
锦绣衣冠带，晴芳佩玉躬。
岩泉流曲线，碧辇自天中。

正始之十六
苏味道

1 奉和受图温洛

威英半受图，制跸一君儒。
显亨三宫祝，名成九地苏。
千门瞳日色，万户受京都。
府就长歌曲，昂行故国虞。
青坛风雨故，洎雾萌晴奴。
道路沙尘净，分临大丈夫。

2 在广闻崔马二御史并登相台

御史二相台，文章一子才。
莺鸣崔马致，晓漏正臣来。
振鹭飞迁日，闻风落共裁。
披云廊庙举，戴月兰熏开。
柏悦分林语，冠巾笔墨恢。
荣名昂俯问，致远暮朝催。

3 十五夜游

重门名闭香，夜月度黄梁。
影色星光语，星文列仰光。
青丝南陌寄，辨曲北罗篁。
粉舞红尘落，行歌世俗扬。
三千知弟子，十五问圆方。
管鼓灯辉晚，弦钟玉佩章。

正始之十七
崔融

和梁王众传张光禄是王子晋后身

柱使一梁王，天云半玉光。
浮丘光禄见，子晋帝中郎。
拜虎承恩赐，行名列祖纲。
王畿龙阙启，献鼎凤旄章。
貌得徐光现，才量举案尝。
丹青丁令姓，白羽正潇湘。
北雁南飞去，朝虹暮色宅。

归来成就处，驻足未央堂。
汉主瑶池许，淮秦草木乡。
阴晴天子岸，日月颂京扬。

正始之十八
牛凤及

奉和受图温洛

三宫玉辇西，六羽盖梁齐。
戒道秦川泹，伊瑶涧水低。
天图天洛匮，地理济鸢啼。
瑞日凌波色，仙禽踏雨泥。
臣微天子侧，弱笔祝鸳鸯。
刻石恩光处，温情洛水溪。

正始之十九
武三思

春日游龙门应制

臣子一龙门，声名万古村。
行成千古卷，读遍万黄昏。
凤驾临香地，文魁御笔恩。
卷晖点日暮，姓氏曲江温。
露草侵阶早，晨花逐玉痕。
雕梁朝日暖，碧柳见鹏鲲。

正始之二十
李峤

1 奉和拜洛应制

拜洛一雷来，河图半世开。
千年龟背负，万古凤衔栽。
殷勤三界荐，汉幄七銮台。
日暮钩陈转，清歌玉液杯。
周旗黄鸟集，瑞检紫禁恢。

2 奉和幸荐福寺应制

凤宇一龙川，莺鸣半日暄。
河图龟背寄，桂舆洛书田。
辟列兰宫城，群旃镂阁连。
目分天地阔，雨润泽华年。
沛濯缨冠冠，慈恩砺志悬。
才贤无朽木，幸蘪有荫泉。

3 王屋山第之侧杂构小亭暇日与群公同游

溪回绕桂亭，献绝立峰青。
榭曲鱼鳞逐，池明草叶莛。
泉源开曙色，钓渚向花馨。
落雁惊梁影，晴霓化彩冷。
临风听楚唱，仰山问赵丁。
将相和务贵，玉璧国家灵。

4 军师凯旋自邕州顺流舟中

旋凯一军师，房惊半岸知。
川流由涧口，水濑任瑶池。
响鼓钟无力，工军八阵迟。
江陵闻上下，渭水寄蛮夷。
岑顶风云重，山崖水雨时。
兰浆挥剑醉，羌管任飘旗。
胜策全兵将，长缨不自欺。
将相和者贵，顺逆古今诗。

5 奉和幸韦嗣立山庄应制

洛水一山庄，东君半柳杨。
幽情藏冕遗，倦瞩向宸梁。
制下樵渔老，云中草木乡。
松门王佐道，凤轻玉香堂。
驻跸旌旗蔽，行宫日月光。
红霞生紫气，淑濑化疏狂。
纵壑潜泉涧，横空崖石塘。
乔木擎十柱，药谷炼丹堂。
百丈悬泉挂，千年挂天章。
周郎三国将，尚忆武侯堂。

正始之二十一
卢僎

上幸皇太子新院应制

干行一震宫，太子九州鸿。
晓气惊旭曙，佳音寄宇风。
前星明北斗，少海济光雄。
腊月梅花雪，春光二月中。
铜楼天地与，父子帝王公。
一玉座瑶池岸，笙歌动地融。

正始之二十二
韦嗣立

偶游龙门北溪忽怀骊山别业因以言志示弟淑奉呈诸大寮

道路杜陵边，风烟渭水泉。
溪流伊尹岸，岭木骊山回。
浦口龙门外，芳崖玉液川。
天云排宇宙，地载厚坤干。
静理言因短，才玄禄利迁。
贤人曾立志，步履可由先。
稻米春秋社，文章宇宙连。
江河冠岁月，土木侣桑阡。
宋玉巫同赋，相如蜀酒涎。
知音知自己，守舍守青莲。

正始之二十三
魏知古

1 奉和春日途中喜雨（和天后也）

细雨一途烟，春亭半日泉。
林枝光色碧，杏叶带明悬。
润物丝纶锦，生花济草田。
天行东道主，地毂玉皇年。
立笔羲皇著，臣微树苦莲。

2 奉酬韦祭酒偶游龙门北溪忽怀骊山别业因以言志示弟淑奉呈诸大寮之作

独步一龙门，寻幽半古村。
君惊伊水岸，别业骊山根。
灞水王机阔，长安客子孙。
贤生兼济与，道恺遂黄昏。
暮想东山恋，情思北阙恩。
文玄林迹笔，拾紫谢乾坤。
独扣阳春曲，孤扬弄玉魂。
承音华藻便，顾惭寂州蕴。

正始之二十四
李行言

秋晚度废关

望断半关西，听凭一鸟啼。
秦川谁养马，二月化梅泥。
落叶秋风肃，飘扬向日齐。
津途无限道，物色有高低。
榭旧由山月，亭空任疫凄。
林封藏秀木，伯起柝声鏧。

正始中之一
陈子昂

1 白帝怀古

长江落日红，白帝忆英风。
浊去巴山在，台留废汉宫。
荒流平峡口，禹治顺由功。
阻挡非天力，昌低引导通。
归帆情所至，雾岭叶梁穷。
古木成高树，川途已始终。

2 岘山怀古

秣马一精英，临荒半古城。
襄阳多少路，堕洛岘山明。
楚邑分遂甸，湘山合远晴。
吴丘贤自在，越水色东荣。
野树苍烟起，津楼日月更。
龙图朝暮挂，不尽旧都情。

3 和陆明府赠将军重出塞

塞上一雄英，臣中半世明。
忽闻天上将，立马自重横。
返得楼兰寨，山川列地营。
鸣金挥画角，落日朔方城。
白羽神兵至，飞鸿羽翼从。
何须八阵鼓，自此一书生。

4 千长史山池三日曲水

曲水半流觞，芳华一柳杨。
泂汀浮艳色，白芷叶初长。
三日知祓禊，千杯未醉浆。
秦箫寻弄玉，赵瑟待娇娘。
媚榭风光照，昆明古树梁。
红尘连御道，落日与天堂。

5 江山暂别萧四刘三旋欣接遇

沧江一夜流，别绪半东游。
楚汉分南北，湘吴济水舟。
呈文儒孔子，尚武志春秋。
结绶还逢有，衔杯复对刘。
河山何别遇，日月不鸿沟。
草木云烟雨，神仙一叶舟。

6 过荆州崔兵曹使

一步凤凰楼，三生问九州。
兵曹知塞上，岁物向春秋。
白露寒林色，红枫古木悠。
琴中知可见，月上大江流。
酒醉兴言起，江湖落日休。
君弹天下曲，我唱士先谋。

7 宿骧河驿浦

随流辞北渚，结缆泊南洲。
两岸丹青木，三更夜月愁。
寒猿鸣不止，浦雁苦孤留。
盼眄长亭去，汀兰驻国忧。
芰荷知东粒，芡实已无柔。
白露惊霜叶，红尘入枕头。

8 入峭峡安居溪伐木（溪源幽邃林岭相映有奇致焉）

溪源一细泉，伐木半朝天。
举步深山里，寻途客旦悬。
清流方沿石，浊水纳含川。
两岸分沙岛，千声合旧涎。
岩潭洲外色，浪屿密云田。
浅谷云峰密，长波曲道烟。
安居溪古木，媚映渡江船。
晓暮红光里，兰台草木年。

9 入东阳与李明府船前后不相及

东阳峡口船，隔望两江天。
首尾无相见，风云有水烟。
巴山峰瞩目，楚水浪涛悬。
白日曛南浦，差池济北泉。
沄沄清浊现，漫漫去来涎。
霭霭分遥气，悠悠积木边。
飞鸿高不举，远树近鸣猿。
解缆随流去，蚕丛罗道怜。

孤心惊有悸，独鸟翼无宣。
磊石千仙阻，层波万里川。

正始中之二
杜审言

1 春日江津游望

一望半江津，三春两地人。
烟消流不住，雾散审花濒。
向日飞啼鸟，随波逐浪钧。
平移千岛屿，溅色万帆邻。
郁木摇天地，晴沙阔岸滨。
阳明知浊水，远路始周秦。

2 泛舟送郑卿入京

公卿半在京，日月一城明。
社稷长安纪，宗亲渭水平。
侯门多似海，贾宅少枯荣。
送别桥边柳，行舟月下情。
红尘应不止，列帐可长鸣。
乃命耕耘路，从心是一生。

3 赠苏味道

北地御寒衣，南江叶太玑。
边声闻笛曲，雨夜楚人稀。
天马关山路，楼兰铁军旗。
风霜胡月照，汉卒战争祈。
妖星云不净，塞草自秋肥。
且举龙门剑，还挥羽笔归。
秋高风忖扫，舆驾帝王畿。
凯里方期至，春晖巨鸟飞。

4 扈从出长安

六御一长安，三宫半地宽。
京都畿列壁，凤辇祖青丹。
漏夕龙媒曙，勾陈马日干。
新山皇鉴地，芜迹古灵坛。
洛道东巡晓，天行祝颂干。
尧尊偏下属，禹食尽中团。
国阜风淳厚，臣情物象端。
吉年丰景纪，暮岁历金銮。
宇宙贤明隅，周公逐际观。
云中齐鲁问，渭水几波澜。

5 度石门山

步度石门山，心量万里还。
遥空悬石岸，绝涧剑阁关。
仰望高天树，俯身谷罄班。
泉涌龙蛇舞，雪覆日月颜。
地脉成牛斗，峰光象物蛮。
深林虫不语，石径鸟飞攀。
虎兽寻常处，泉溪处水湾。
登临孤独问，异改不心闲。
白露风霜色，丹枫草木菅。
丞明三世界，造化一功艰。

正始中之三
沈佺期

1 酬苏员外味玄夏晚寓直省中见赠

一命客登仙，三音正共田。
朝衣苏味道，直礼省中邻。
卷幔天河北，凉归御漏泉。
臣心清自得，吏治汉家田。
剑刃无时释，车轩有处年。
红霞初上旭，柱日复天年。

2 同韦舍人早朝

殿阁紫云开，冠臣一字来。
岩廊珠履步，六郡擢英才。
晓奏明光积，神仙归德台。
宵钟长乐响，影度故人陪。
历禁趋分列，回春累喜催。
千章俨若定，腊月始新梅。

3 白莲花亭侍宴应制

九日白莲花，三秋玉水涯。
霜成天外树，紫禁未央华。
气淑青岑直，亭深木樹斜。
瑶台宫小径，上液色娇娃。
苑吏收莲子，池浔暖隔霄。
禽遥温素赏，局部故人家。

4 仙萼池亭侍宴应制

天仙玉萼池，步辇碧青枝。
积翠秋将问，堆花日已迟。
川长飞鸟落，谷静水流姿。
幽篁石竹淑，寒泉逐古师。
云阶才扫净，狭径未成凝。
叶纳炎凉气，亭晖草木颐。

5 奉和晦日幸昆明池

法驾一春来，神池四象开。
双星孤月色，独木隐残灰。
但以江山色，无须日月催。
山花寻不尽，野草铺青苔。
柳帐摇条器，昆明汉苑回。
荣寻齐鲁志，朽对豫章才。

6 奉和圣制幸礼部尚书窦希玠宅

北阙半望旒，南宫一灌沟。
天临禅凤礼，玉淑纳兰舟。
帐暖榴花色，溪清曲水楼。
池摇山岭影，树立樹木洲。
舞步斜姿软，歌音正五侯。
香林芳不止，淑满十三州。

7 夏日都门送司马员外逸客孙员外佺共北征

都庭夏日师，六月周兵时。
房地连征橐，军旗相国持。
横门三令去，画省半呼迟。
马上惊风肃，云中奉定夷。
黄河应不及，渭水不暇思。
计日桑干渡，扬名掠杜旗。

8 奉和幸韦嗣立山庄侍宴应制

山庄一鼎臣，漖隙半春津。
别业心思在，清潭树木茵。
情近新墅策，意阔故埃尘。
帝幸行时驾，怜禽客比邻。
明移天子路，晏饮御中珍。
陌竹连觥影，阡桑度酒醇。
三光扬圣感，九脉落臣亲。
自赏耕耘少，咸音日月因。

9 昆明池侍宴应制

汉武一昆明，长安半世清。
楼台和铁柱，馆以豫章名。
塞北兵家问，云南犍武城。

天机应自力，四象已升平。
水曲流无止，阳澄日晓荣。
旗门扬柳帐，殿阁凌烟情。
情化重衣制，文心顺民英。
皇宫多紫气，国海满歌声。

10 望瀛洲南楼寄远

记丽望瀛洲，重霄向碧浮。
北际燕王馆，东连秦帝楼。
百拱飚风历，三光六郡幽。
河遥睨傲视，吾土半春秋。
踌躇相思路，徘徊草木修。
晴山千万仞，独木暮朝猷。
寄远离居久，乡心度白头。

11 塞北自居

塞北半边开，辽东一楚才。
浑江千曲水，五女万山台。
六郡诗词客，三光草木催。
银狐传古事，白雪素尘埃。
战士征南北，英雄问去来。
冰霜明世界，雨露润春梅。
雁字人心在，花芳玉枕恢。
春风朝暮在，读得玉人杯。

12 自考功员外授给事中

南洋木槿荣，北国暮朝情。
七品冠巾许，三朝玉带明。
考功员外去，给事中前程。
省籍东曹评，宫庭北阙精。
江山多草木，日月有阴晴。
积累朋僚力，耕耘土地生。
光辉来去照，紫禁御房英。
客路中南海，躬知世事平。
千门闻省嘱，万里著行营。
任重宁自己，盐梅对问瀛。

正始中之五
宋之问

1 奉和幸三会寺应制

玉树谒金仙，神龙吐酒泉。
谣心神觉悟，塔净六飞缘。
证果呈书字，梵音漏芳园。
云悬三会寺，水曲九流田。
上液临香屿，天台坐苦眠。
群芳天子树，独秀客方圆。

2 奉和幸神皋亭应制

驻跸一新春，行宫半泡晨。
霜明黄道舆，晓日翠冠茵。
古木余天泽，清溪曲岸除。
仁人多周布，节令少风津。
法献山河岳，嘉音日月均。
香离神皋馆，累颂古今勤。

3

只恐近乡亲，无言远客人。
何须朝暮望，尽是去来邻。
岭外阳关道，关中草木津。
人前今古事，雨后洞庭春。

4 奉和幸长安故城未央宫应制

故苑未央宫，兴城渭水空。
秦皇王鼎北，汉帝洛阳东。
旧迹思天下，新言润雨中。
群臣承壮丽，曲赋颂侯公。
日载潇湘帐，书容赤壁雄。
朝风轻采仗，舞画叔孙通。

5 奉和晦日幸昆明池应制

豫会一灵春，沧波半济人。
昆明池上客，帐殿士中邻。
石度鲸鱼岸，云平草木津。
参差杨柳木，抑郁松槐秦。
塞北沉水向，云高铁柱钧。
周文同汉武，幸奉共天津。

6 使过襄阳登凤林寺山阁

一使过襄阳，三瀛逐合光。
南楼临北渚，凤阁坐东昌。
石岸成仙病，林篁化羽梁。
青苔接地气，白鹭对天长。
钓泊渔舟睡，莲蓬玉菱香。
严程当此道，跬步不寻芳。

7 登粤王台

半上粤王台，千重玉云开。
高天明几许，北户作何裁。
地湿南洋木，丛芳北国梅。
长沙归客少，岭外去人回。
可见凭须问，无言自在催。
汨罗寻楚客，不向贾生来。

8 春日郑协律山亭陪宴饯郑卿（同用楼字）

山亭一独楼，郑客半心留。
洛水分南北，长安划岭丘。
潘园郊木枕，竹影对山游。
石径通斜路，移云化草洲。
兰芳知伎女，舞袖卸衣愁。
俱是人间坐，池平意不休。

9 扈从登封告成颂应制

御路告登封，回灵问岳容。
天营中后至，国帐后潜龙。
武卫文功跸，前山峪谷宗。
花明芝草色，贝玉辇仙庸。
济济君原会，喧喧百媚逢。
悠悠王道久，切切慰情佣。
宝象神烟久，生途汉果恭。
先驱非不力，但陪帝王邕。

10 奉和幸韦嗣立山庄侍宴应制

嗣立一山庄，梅暇牛柳杨。
朝荣明剑履，稷社度千梁。
上掖枢中隐，林园槿土藏。
朝朝分易启，暮暮守苍桑。

11 和姚给事寓直之作

驱从佩玉行，给事散书香。
宠就龙门客，黄扉禁静堂。
衣冠成御带，足履向朝阳。
白简长河漏，红袍下摆扬。
霜阶新印迹，寓直旧荣尝。
晓栎鸣更递，光辉旭日梁。
高才谁自许，俯意未炎凉。
省属文昌县，宫庭颂豫章。

12 早发始兴江口至虚氏村作

春风到越台，古木自吴开。
月洛云方住，鹏飞雨已来。
婵娟同桂影，影色共徘徊。
去后先思故，重明旧日恢。
年年何不见，处处暮朝裁。
淑气良人主，雄心苦楚才。
丹青饮紫玉，玉佩寄蓬莱。
素荔冰霜日，寒冬腊雪梅。

13 游云门寺

静域一维舟，云门半寺楼。
师心僧客礼，砌觉迹时求。
大禹微星色，尊径小路幽。
章闻兰若定，抱竹守园修。
雁塔花涂砌，观音自在由。
虚空凭实界，普渡任春秋。
悟道人无外，虹桥事地谋。
潜形因果论，寂寞去来流。
见解方圆取，酬眸日月浮。
红尘终不济，百感十三州。

14 发藤州

藤州一日鸣，苦遍五湖情。
独立山河上，孤行日月生。
长亭惊暮色，知驿客家英。
石径通天际，轻舟向水平。
溪流林蔓绕，刻壁印台营。
露水沾衣湿，风云止地城。
花晴烟济泽，草碧翠时荣。
切恋芝兰意，丹心壮士行。
天边今古木，世上去来名。
有限劳辛着，无非是理更。

正始中之六
苏颋

1 奉和晦日幸昆明池

汉武一昆明，楼船半纵横。
唐家天下水，铁柱地南擎。
玉宇年年豫，风光处处荣。
江山由是路，日月可行成。
御锦云南际，文昌著北平。

分河朝暮尽，理叶见时京。
二石无涯界，三朝玉佩情。

2 奉和圣制幸礼部尚书窦希玠宅

礼部尚书郎，侯门第栋梁。
家车从七品，翠舆列华堂。
直省文章处，临朝笔墨香。
庭荫阳下树，户日映泉光。
顶阁琉璃瓦，花园异草盛。
笳鸣天子路，海访御龟皇。

3 奉和圣制答张说扈从南出雀鼠谷

省鼠谷边角，东风日上扉。
巡方施雨露，训俗侍王归。
密教汾流水，清寒晋跸微。
山前春已到，岭后树先晖。
雅颂观文色，西乡国乐绯。
天台宸藻宫，虹扬帝子威。

4 奉和圣制经河上公庙

黄河日夜流，渭邑暮朝楼。
去去来来问，先先后后修。
秦川成帝业，垓下主王侯。
一诺鸿沟北，三光汉武舟。
云南边界定，塞北月先秋。
事吏垂功过，从邦问断谋。

5 奉和圣制幸望春宫送朔方大总管张齄

春宫问朔方，早雁自潇湘。
塞上排云宫，天中逐庙堂。
霜明边树晚，晓日曙红光。
受降城前向，鸣金列祖疆。
长安多少策，渭水去来扬。
紫禁诏书去，功名盛地长。

6 同饯阳将军兼源州都督御史中丞

御史一中丞，源州半五陵。
将军都督路，铁马踏边冰。
右策沙鸣地，中朝虎跃膺。
军客方阵寨，汉鼓逐胡鹰。
一举龙泉剑，千声士气兴。
功勋劳业迹，士卒血香凝。

7 奉和圣制早登太行山中言志

早上太行山，途中魏晋颜。
连天驰道尽，逐地正朝班。
万象中原鹿，三光物态蛮。
阳川随日照，涧谷任幽关。
邑晓红霞色，宸游白石湾。
黄河东去水，肃奏御书还。

8 奉和幸韦嗣立山庄应制

山庄一日候，别业半春秋。
别墅方圆外，台阶草木幽。
千云呈瑞气，七圣现贤谋。
斗柄兴时转，工微顺势留。
松声成帝幄，鹤立作岩楼。
石磊连桥渡，光浮济九州。
兴平天下志，隐令钓鱼舟。

9 奉和圣制途次旧居

南阳一旧居，蜀志半相如。
潞国临淄邸，天王别驾舆。
扶桑春典部，化俗暮朝余。
北陆川星覆，东风邑泽初。
云城浮紫气，雨市落屠疏。
隐际闻竟舜，行当收政锄。
功重来去路，事约约舟渔。
受降沙疆外，兴邦帝业庐。
君威杨柳岸，府吏宽严舒。
帝帐农夫籽，皇城子弟书。
河图分豫晋，盛业合时雀。
校猎宁宗许，昌期守客渠。

正始中之七
张说

1 奉和圣制途经华岳

一岳正皇京，三峰入太清。
云浮天山岸，露湿泽邦城。
白日高堂照，青林紫气生。
轩游神领会，岱勒石碑名。
众吏辛劳子，群冠幸望迎。
千官相府策，五品泰山荣。

2 奉和圣制经河上公庙

无名老小邻，汉代古人津。
和气清虚度，灵观物象新。
皇心齐万类，故宇不同尘。
道清留明路，阴晴寄淑贞。
河图玄妙处，领略洛书频。
谷涧云烟处，溪流草木茵。

3 扈从南雀鼠谷

雀鼠谷中云，关凌曙上君。
春归何处问，木叶已无分。
四海成严守，三灵待晋汾。
黄河千万里，豫镇两三文。
岭北清明过，山南草地芬。
群芳姿色现，秀鸟自飞勤。

4 三月二十日承恩乐游园宴（得风字）

圣地乐游风，郊宫魏阙红。
云天连玉宇，顶木逐高雄。
草甸皇情便，花丛御史恭。
南山封积雪，北陆见飞鸿。
水泽园中阔，恩深月上躬。
笙歌留落日，曲舞太平衷。

5 奉和圣制送赴集贤院（得辉字）

侍帝一光辉，阳华半昱微。
贤才三禁院，列士九州归。
首命昌龄选，通儒物象闱。
冠衣成紫禁，汉殿守莺飞。
日月径天运，文章对地扉。
金銮燕陋讲，教厌瞩人挥。

6 对酒行时谪巴陵作

谪路到巴陵，前途万户灯。
留侯封百起，帝业废三兴。
对酒知千醉，行吟向雪冰。
繁华安还见，露雨足倾应。
楚客逢相别，秦箫弄玉凭。
云深空不对，叶остреть主时弘。
莫去湘妃问，忽来鼓瑟憎。

7 游洞庭湖

晓望洞庭湖，江天大小姑。
娇姿明日月，艳遇暮朝奴。
白鹭孤身等，春莺独语凫。
猿啼何不止，鼓枻向东吴。
渚芷群芳集，云荷鹜汇殊。
寻峰攀手足，觉察耳心枯。

8 别江湖

江湖别念深，险浪遇云林。
万色含烟屿，千波通远浔。
南流非渚芷，北陆是洲禽。
泊宿东山院，延恩恋驿心。
千峰朝暮见，百鸟去来吟。
醉里三杯酒，文中九意钦。
当知山水阔，不意寄鸣琴。

9 岳州宴姚绍之

绍之一岳州，白日半江流。
杞梓华光色，姚兄作友酬。
含云山水远，纳翠暮朝楼。
醉舞松风雨，清歌客晏舟。
冠袍先挂起，玉带已悬浮。
善解人心处，同必自莫愁。

10 与右相璟太子少傅乾曜同日上官宴都堂圣上赐诗臣说奉和

太子半都堂，丞相一璟扬。
江山承帝曜，少傅日同芳。
右掖谋华策，当朝偶颂光。
三星明已启，九脉晓异王。
司宰文昌客，裁寻武举梁。
千年青史载，力象故臣芳。
共拜朝宛北，同僚寓直乡。
归来兰叶赐，晓漏正晨阳。

11 将赴朔方军应制

礼乐朔方军，韬得塞上云。
恭臣听令帐，土卒任人君。
武策恩荣见，文谋受降裙。
山川因日月，草木共孤群。
幼志经三略，才思谢六勤。
屏心邻故道，汉保北尘嘘。
暮日黄昏战，晨风逐马分。
河南连鲁鲁，剑舞济功勋。
苦苦辛辛路，成成就就耘。
家家情冷暖，国国势芳芬。

12 奉和圣制饯王晙巡边

六月歌周雅，三边问夏卿。
单于多牧马，霍卫少神营。
简策繁谋定，虚中以路荣。
前驱当领勇，后卫可殊明。
礼乐春秋志，弓刀日月行。
英雄将帅力，别原隔华英。
锦羽关山色，飞鹰正翼晴。
盾甲君恩重，缁衣妇意城。
和平人所欲，吉甫乾坤盟。

13 奉和圣制与诸王游兴庆宫之作

铁柱一云南，楼船半汉蚕。
昆明杨柳岸，大理暮朝岚。
日用经天去，山川化石盘。
亲贤区域付，造栋旧巢庵。
筑阁飞檐角，行身落羽男。
慈良王道远，禁御众心眈。
五教河图见，三光九界含。
衢尊询谏策，阜肃侍关涵。
万国周旋去，千门紫禁谈。
言形多自己，反爱少清澹。

正始中之八
张九龄

1 郡内闲斋（五韵）养春堂

阁外新池水，庭中老树春。
天高飞鸟在，地厚积云邻。
叶挂窗前月，枝悬喜鹊嗔。
虫鸣朝暮里，草色去来茵。
老子青中在，周公教鲁伦。
儒生多日月，异绩正冠巾。

2 与弟游家园养春堂

定省一家园，回归半乐天。
林鸟飞境界，古木集溪泉。

北岭父母继，西关自己宣。
江流南北曲，五女暮朝眠。
枕上留天地，城中寄菜田。
霜清吉庆岁，雪厚瑞丰年。

3 登总持寺阁
寺阁一崔嵬，高香半宇开。
商君云陌起，汉后万形来。
总持知方丈，峰山谷壁台。

4 晚憩王少府东阁
少府阁云中，明轩榭角红。
岩泉流响去，岭木树西东。
际列群峰树，参差少异同。
林烟多晚色，水色各由衷。
大隐虚空隅，仙居比所虫。
窈窕分洞晓，坐待去来鸿。

5 奉和圣制早度蒲关
魏武楼船去，周公问道来。
长堤春晓岸，玉树腊香梅。
淑气王舟渡，仙光会仗台。
河津多日月，草木少生苔。
顾盼龙城路，途程早度魁。
还闻肱股郡，役伇咏风雷。

6 奉和圣制舍张说扈从南出雀鼠谷
雀鼠谷前春，东君设险均。
承平关阙守，二月致三秦。
漏断晨光晓，云行咏道臣。
汾川临瑞晋，泽豫太行津。
鸟意飞高桥，花心属旧邻。
芳明千色艳，碧落万家珍。

7 奉和圣制早登太行山率尔言志
孟月太行山，征程早旭颜。
三宫随幸驾，六郡属臣班。
日御风师表，光临玉女环。
戈鋋林俎练，军弓铁禹弯。
千层岩壁许，百举气势蛮。
万岁同声豫，羲皇共事潜。

8 和许给事直夜简诸公
直夜诸公心，中书论古今。
钟更闻远近，漏液划甘霖。
武卫千门殿，文昌万户荫。
云霄和旭色，玉宇沐衣襟。
夙夜钦声逸，瑶华属布衾。
高堂仙步去，左掖故知音。
紫禁宁思序，深宫桂影深。
雄飞鸿路远，扑者问鸣喑。

9 候使登石头驿楼
万井高天望，千山玉水流。
苍林前浦岸，屹石后村头。
渡口江津叟，渔商钓直钩。
瑶池华贝叶，愚谷盗名丘。
自守陈蕃榻，常寻谢驿楼。
耕田锄未觉，向迹国家忧。
所处知心问，平生任日游。
东西何未济，上下十三州。

10 奉和圣制送尚书燕国公说赴朔方军
万里朔方军，三台座上云。
燕公宗说向，庙算尚书闻。
动武非家政，休兵是帝君。
渔阳南北雁，季令去来分。
汉禁葡萄城，京都上苑芬。
光华仙列偃，远略逐功勤。
六郡山川牧，千山日月文。
歌钟旋可望，枕榻足衣裙。
履迹风尘去，臣心革面芸。
留候瑶剑舞，四牡入时勤。

11 陪王司马登薛公逍遥台
盛叹一薛公，常鸣半世雄。
雍门琴有语，市井见由衷。
府第因霞豫，悲凉彼此空。
逍遥台上望，蔓草榭边风。
汉赋闲吟少，诗词纵古工。
晴光天地久，瞩目客时鸿。
秦川公养马，渭水帝新丰。
盛气凌云在，龙泉剑厉弓。
清吟梁甫独，举首向苍穹。

四顾何先后，平生是始终。

正始下之一
李乂
1 奉和幸长安故城未央宫应制
凤辇未央宫，龙銮自始终。
春山初得雁，故土落飞鸿。
肆览飞宸扎，行觞化宇穹。
观蓬飞镜面，度岳柏梁衷。
北斗星河岸，南云代捱东。
张仪应楚地，六国半城空。

2 奉和圣制幸礼部尚书窦希玠宅
礼部尚书郎，千门作故乡。
南宸河汉地，北斗牧文昌。
定履中堂客，推心置腑扬。
琼浆皇帝与，圣绣慰侯王。
旧里临亭肃，新邻借路长。
承平许万象，年自豫逢章。

3 奉和幸望春宫送朔方大总管张亶
上宰望春宫，中书颂雅风。
三边惊虎豹，六郡牧翁童。
细柳初扬色，隼鹰俯视东。
兵机枢密处，玉匣舆兴红。
道上知军阵，营前百战雄。
公孙赢老马，献凯自弯弓。

4 奉和幸三会寺应制
睿智总无边，禅心自有田。
中经枢密问，阃择北庭前。
汉地长城在，秦公牧马川。
神坛三会寺，太白一鲸年。
法驾临真镜，秋风入御弦。
臣微躬力至，持管可窥天。

5 夏日都门送司马员外逸客孙员外佺北征（时相王为元帅魏大夫元忠为副）
都门御北征，司马正军营。
杖节天威至，分麾抚跬行。
雌雄龙剑抱，驷马虎旗明。
持印将兵帅，悬旌日月晴。

闻关知羽翼，闯阵向殊荣。
塞上英雄在，宫中第一名。

6 奉和幸韦嗣立山庄侍宴应制

嗣立一山庄，桃花半草堂。
青峰茅室顾，秀木赤松阳。
别业中经读，台阶下柳杨。
张仪知十楚，鬼谷子书香。
百鸟朝凰凤，千芳逐日梁。
尧钟鸣未止，禹水制泉塘。

正始下之二
郑愔桓仁

1 塞外三首

塞外风霜见，京中日月长。
征人千万里，客路两三乡。
白马天云上，黄花早晚香。
胡姬颜色好，越女范蠡娘。
五女东山外，浑江九曲肠。
桓仁知报主，老少一家昂。

2 其二

石磊三秋寨，兵昂八阵营。
荒原千逐日，古道万人明。
独树平生志，孤身踏马情。
霜重君子气，雪沃丈夫横。
北镇成名姓，胡笳作古鸣。
从军何百见，受降一书生。

3 其三

大雁形人字，阴山落雪寒。
燕哦征戍客，岁月镇楼兰。
朔塞秋风肃，黄河月色残。
霜沉天地素，角响乱心坛。
海外无归信，云中有使安。
英雄儿女望，鼓舞丈夫冠。

4 同韦舍人早朝

殿上一金銮，臣前半玉冠。
星宸多少望，漏液去来观。
瑞阙龙车峻，中书拜侣坛。
朝簪飞雁顾，驻影落银滩。

旭日红光照，文华武曲干。
同林声共颂，彼此视同舟。

5 奉和幸三会寺应制

法界一山川，宸心半地天。
龙旗三会寺，帝宇阁榴研。
宇宙禅音在，方圆主业田。
新池鱼自往，旧苑木轻烟。
玉梵香云昔，清心奉九贤。
臣微民水共，露雨沐甘泉。

6 贬降至汝州广城驿

平生一路难，跬步平心安。
四顾茫然问，三清玉道观。
禅音和世界，老子济坤干。
宇宙客天地，阴阳纳杏坛。
儒家君子教，世俗九流澜。
贬降升迁去，功成来就官。
农夫田亩上，日月背耕宽。
丁甲长城外，中经泽使丹。
乡关遥可问，教政运河漫。
水调天堂在，梅花淑气姗。
江南杨柳岸，六郡暮朝峦。
白鹭临流望，苍鹰向遥盘。
长安京洛制，共辙独人鞍。
函塞离情许，旋门别道叹。

正始下之三
崔湜

1 春闺同李员外赋

独木连天立，孤灯坐夜明。
开帘垂影远，落日暗无声。
陇上春先至，京中客后情。
秦川天下水，闺怨曲江城。
旧岁西征将，新年北塞兵。
客颜流不止，别悔旧时盟。

2 早春边城怀归

大漠羽书归，天将镇故扉。
楼兰风月少，塞道暮鼎微。
北雁思南路，乡关问客依。
离时豪不语，别地几情非。

梦返温杯里，草木待春晖。

3 登总持寺阁

夜雨半云平，龙池一水明。
秦川三界外，寺阁九州情。
井邑千门度，山河万里城。
心余天子路，意满去来盟。
归步寻方丈，禅房作枯荣。

正始下之四
韦元旦

早朝

方圆一早朝，日月半云霄。
佩玉三珂度，宸星九鼎寥。
苍龙欲耀首，凤阙晓红潮。
旭色明堂漏，鲜阳逐御桥。
中书门下省，御史宰相僚。
举窗呈天地，分香已下昭。

正始下之五
徐彦伯

送特进李峤入都祔庙

特进三公牧，分呈一帝贤。
李峤都祔庙，彦伯制文篇。
百揆先生孝，千章后主禅。
台臣书寝石，紫棠十姓田。
九鼎横川制，江河日月悬。
分征南北路，主决去来荃。
北斗银河岸，南宸玉宇弦。
旌摇关阙职，议藻令人旋。

正始下之六
郭汭

同崔员外温泉即事

即事一温泉，宸游半山年。
无师双阙路，地暖独晖研。
羽日回龙舆，金銮去凤田。
林旗南北苑，暖耀去来怜。
雁落秋客肃，霜明壮武弦。
弓鸣天子路，惠化自方圆。

正始下之七
席豫

奉和圣制答张说扈从南出雀鼠谷

雀鼠谷风田，河汾碛路川。
晴光分紫气，曙色化云烟。
岭树峰云里，山原颂邑泉。
春莺鸣不止，雅宰祝天年。
帐照江波色，文成草木宜。
曛香英谋杖，圣制府相贤。

正始下之八
王光庭（疑作裴光庭）

奉和圣制答张说扈从南出雀鼠谷

雀鼠谷晴空，巡方朔北鸿。
飞天惊塞上，过晋逐春中。
省俗汾流水，云骑御驾东。
旌旗行漏数，惠顾降城夷。
雅颂通宸咏，辉章曙色恭。
华开黄道去，八水绕京宫。

正始下之九
宋璟

1 奉和御制璟与张说源乾曜同日上官命宴都堂赐诗一首应制

御制丞相润，崇班厚物疏。
贤良忠逆伫，进退客心书。
圣酒江河泽，文章物象余。
周勃知定幸，完璧省空虚。
有酸郭隗去，无鱼愧谖居。
明哲从所见，礼乐恰何如。

2 奉和圣制送张说巡边

帝道一巡边，天光半尚年。
中经成执守，司驾正方圆。
圣武崇威信，贤文柳阔弦。
云平良国度，草碧御家田。
智竭宁和水，力工牧政泉。
谋臣昌不战，置气养桑蚕。
捏壮长城北，英雄渭水船。
承先明情语，启后故人邻。

3 蒲津迎驾

回銮下蒲津，捐洛上三秦。
紫气关中满，黄云省里新。
霞朝观马力，晓色问冠巾。
渭水波澜起，咸阳客日伦。
星旗鸣古道，俗觉牧秋春。
化洽长无高，空和作近邻。

4 奉和圣制送张说赴朔方军

三军一朔方，九鼎半朝阳。
圣杖兵权重，分麾帐中堂。
丞相边寒视，执节帝侯王。
浚礼烽烟问，亭享战场狂。
阴山千里外，渭水万人姜。
雪沃天山道，冰封战士肠。
长桥连落日，阔野色苍茫。
已勒登攀处，还扬二故乡。
营中施令帐，月下暖孤霜。
八阵江山列，陈仓日月藏。
凌烟高阁上，北际作臣扬。

正始下之十
赵彦昭

1 奉和幸大荐福寺（寺乃中宗旧宅）

福寺帝王居，龙飞旧宅余。
金身瑶地佛，国界放生鱼。
万善皇基累，千花北阙疏。
天衣成旧石，刹凤雕辇虚。
住持方圆守，禅房舍利书。
香烟同雨润，普渡共相如。

2 奉和幸韦嗣立山庄应制

嗣立山庄日，儒门里族香。
乡岩成别业，古洞化炎凉。
地处兹山路，天经邻水扬。
三旗龙驻跸，四牡凤家常。
北斗临台位，南宸坐庙堂。
东山高羽翼，主圣股肱良。
野竹呈池影，荒泉聚草塘。
花香群淑气，隐豹纵圆方。

正始下之十一
崔沔

奉和圣制同二相巳下群官乐游园宴

五日乐游园，千年酾翠宣。
中经成十易，地胜曲江船。
广坐瑶华北，临流逝水泉。
花天飞不止，草木碧春年。
万象方圆见，三官庶君田。
群僚歌曲赋，众语未央渊。

正始下之十二
胡皓

奉和圣制同二相巳下群官乐游园宴

共沐二相田，同情一集船。
千官何房览，五酾几娱仙。
北皋你临流岸，南山逐雨泉。
东方明宰道，玉阙客云烟。
骊府殊眺目，神州吐纳怜。
衔杯虞曲樹，鹓坐向珠旋。

正始下之十三
王翰

奉和圣制同二相巳下群官乐游园宴

圣制乐游园，群官两相连。
人心应畅许，帝道问桑田。
酾晏娱仙阜，歌钟雅颂怜。
天河开北斗，陆海逐楼船。
九鼎云光济，三公日月泉。
唐虞先后泽，主治曲江船。

正始下之十四
崔尚

奉和圣制同二相巳下群官乐游园宴

日照乐游园，天行醉酒泉。
群官天地颂，百鸟暮朝旋。
供帐凭高列，旌旗任仰悬。
南山银顶色，北阙镇秦川。
渭水慈恩沐，长安德礼宣。
花催相国赋，玉佩帝王年。

正始下之十五
王丘

奉和圣制答张说扈从南出雀鼠谷

南城大路宣，雀鼠谷云天。
紫禁三秦气，阳源九鼎传。
郊前花色早，仗后戍声连。
殿策行云久，边功立马田。
儒官扬俯去，颂武不兵年。
晋岭汾流去，尧歌塞雁迁。

正始下之十六
袁晖

奉和圣制答张说扈从南出雀鼠谷之作

魏晋山河路，汾流日月川。
旗云回九寨，雀鼠谷三边。
石岸逢天立，郊烟遇水涟。
春花催淑气，柳浪积桑干。
远望阴山近，纵横塞北芊。
从君天地外，自理牧千年。

正始下之十七
崔翘

奉和圣制答张说扈从南出雀鼠谷

雀鼠谷中天，茶茗井上泉。
銮鸣初幸代，伐阵列军前。
五校分平制，千旗合帝迁。
阴山林木影，渭水浥源田。
韶曲箫筑动，单于受降禅。
盐梅原不远，礼乐尚当先。

正始下之十八
张嘉贞

奉和圣制答张说扈从南出雀鼠谷

雀鼠谷中天，经空一线悬。
抬头凭望月，俯就半流泉。
独勇将相客，群雄付夏田。
元戎宗庙社，武治政功连。
八阵山川布，三英日月年。
文章兴草木，杖策对坤干。
不待冰河镇，前军塞外旋。

无征方上制，直视感和宣。
义激单于宋，咸宁永定边。
南楼飞鹤舞，北月亦方圆。

正始下之十九
卢从愿

奉和圣制答张说扈从南出雀鼠谷

雀鼠谷中梁，挥军八水乡。
先生行武治，上将于文昌。
静朔皇恩远，威声满地光。
儒相知帅印，淑气正边疆。
士壮前程路，兵雄六月扬。
长安从此见，渭水以和觞。
衽席无兵刃，弓戈有库藏。
君明间曲舞，子得否坛香。
秋杜听歌赋，凯令向帝王。
魏路清梅署，天街作豫章。

正始下之二十
徐和仁

奉和圣制答张说扈从南出雀鼠谷

雀鼠谷边分，汾流壁上云。
皇威天地界，相国日月勤。
统治台衡重，和元庙殿君。
明均观物象，纠察问宁曛。
北阙纡黄藻，南山顶雪氲。
单于常不问，列虏已昭文。
受命泥方鉴，推贤广籍闻。
消烟黄石客，指旷对功勋。
鸟兽当前望，旌旗对塞军。
燕支今见晓，紫气向芳芬。

正始下之二十一
贺知章

奉和圣制答张说扈从南出雀鼠谷

雀鼠谷边城，汾河水岸清。
长安相府静，朔漠列边英。
不战忠航第，元戎戍天明。
五月江流去，三军帐令行。
文雄元宰略，武治校将营。

胄甲谋时久，唐弓对弩惊。
伊川传宿驻，晋苑向纵横。
遣调征周牒，恢名立汉荣。
乐土丝桐响，慈恩日月晴。
涵余岐陌雨，律格共都京。

正始下之二十二
徐安贞

奉和圣制早度蒲关

慈恩度蒲关，晓甸向天山。
渭水千流曲，黄河十八湾。
津门凭路肠，水驿化皇颜。
古戍城春至，鲜花祖列班。
长安临日近，晋祠见泉潺。
柳色天光浴，宸良六驾还。

正始下之二十三
宇文融

奉和圣制左丞相说右丞相璟太子少傅乾曜同日上官命宴都堂赐诗一首

都堂二府宣，说璟半天年。
左右丞相宰，乾坤日月悬。
元良知宠护，揆职列朝前。
位极三分老，臣微十地连。
群僚荣瞻望，百昧刻心传。
御饰瑶文许，台衡重俱田。
南宫枢雨浊，北极尚书园。

正始下之二十四
韩休

奉和御制平胡

北牧望南云，长河向短曛。
征兵临塞外，选士镇边军。
不战非好刺，兴和是嘱文。
胡风千里去，渭俗万家闻。
九教三流在，来人去水勤。
生平多举止，列国少纷纭。
始见幽烽火，终知子女分。
年年秦晋在，岁岁著衣裙。

正始下之二十五
裴漼

奉和御制平胡

大漠半天恩，荒原一子孙。
中经天地实，鬼谷去来尊。
月满方圆易，弦亏草木村。
英雄来去见，百载有晨昏。
受降长城战，和亲汴水魂。
旌旄遮日月，房气向乾坤。
不灭山河城，无寻废国恩。
秦皇成二世，汉祖落九门。
武举时相异，文功始近根。

正始下之二十六
韦述

奉和圣制送张说上集贤学士赐燕（得华字）

学士一中华，书生半故家。
修文辛苦读，著作古今花。
满赋唐诗曲，宋词元曲笳。
文章多日月，土地自桑麻。
格律台衡鉴，江流咕酒嗟。
何须寻进退，不必问乌纱。

正始下之二十七
源乾曜

奉和圣制送张说上集贤学士赐燕（得迎字）

学士一英名，君人半自清。
光书明府第，盛业集贤城。
宠命望天意，崇恩顺国情。
熏风行紫禁，御殿以皇迎。
日暖慈恩树，池和草木生。
云行云止处，相国相邦荣。

正始下之二十八
韩抗

奉和圣制送张说上集贤学士赐燕（得西字）

学士集东西，金英汇缺齐。
行明分彼此，主宰各高低。
广待千家语，孤寻独树栖。
文儒多自赏，贝叶少范蠡。
殿改关山路，文成圣德溪。
鸿飞名远途，坐落客心啼。
拜首词家教，闻风佛事笄。
群芳争艳处，百鸟凤朝霓。

正始下之二十九
程行谌

奉和圣制送张说上集贤学士赐燕（得才字）

大舜一贤才，皇明半宇开。
行吟天下士，自得九歌回。
立殿微书少，成堂楚客来。
诗书天水岸，日月自徘徊。
国礼多王泽，朝纲圣代恢。
春风和气淑，至治正时藏。
立论关山外，从兴草木苔。
知人知自己，问道问天台。

正始下之三十
陆坚

奉和圣制送张说上集贤学士赐燕（得今字）

崇文一古今，勇武半成林。
润雨和甘露，曛风化沐霖。
修身行日月，降意问禅音。
士满凌烟阁，贤齐集殿荫。
荣光知焕发，喜气自朝临。
御殿行昭会，儒门百弄寻。

正始下之三十一
萧嵩

奉和圣制送张说上集贤学士赐燕（得登字）

日上集贤膺，云中润气丞。
堂前书子弟，殿后股肱凭。
夏叶知蓬举，春花落地兴。
恩莛芸阁入，礼乐鹭鸯登。

幸切天章句，纵横故客宁。
英华凝紫气，圣泽倍昌龄。

正始下之三十二
褚璩

奉和圣制送张说上集贤学士赐燕（得风字）

臣微颂雅风，圣制自由衷。
帝泽江山木，天光草木丛。
崇文门上望，永日坐寰中。
教授宣儒赏，金华讲点聪。
江南荷雨碧，塞北待云鸿。
万象延东路，千章济海洋。

正始下之三十三
武平一

奉和幸新丰温泉宫应制

雨露甘泉泽，新丰骊岭春。
潼关周后许，碣石立王秦。
万宇遇汤洛，千客色滑新。
昆仑冰雪域，渭液玉人津。
殿榭参差曲，华清日月陈。
轩台鹦鹉问，豫碧晋家邻。
造化梨园曲，形成已太真。
霓裳衣卸去，舞谢上龙珍。
翠幄红颜净，深宫玉树茵。
花源由此见，贝叶顺情筠。
跬步分天地，招摇济泽身。
芙蓉荷岸浅，织女祝红尘。
四壁逢天意，三宫遇至臻。
都城灵国色，虢国凤凰频。

正始下之三十四
苗晋卿

奉和圣制早登太行山中言志

早上太行山，云中洛邑颜。
金銮扬紫气，戒道向潼关。
砥路方南纪，重岩始北班。
山河知日月，草木见塘湾。
落凤观天地，飞鹏向宇寰。
吉祥呈舆辇，祝颂禹舜还。

月令农先谷,天时守镇攀。
三光由始末,八骏自无闲。

正始下之三十五
孙逖

1 江行有怀
远望吴江去,心寻楚客声。
秋川明日色,逝水暗无平。
石上霜沉玉,云中字落清。
江行舟不定,桌橹几摇更。
岸草黄枯尽,寒禽已不鸣。
湘林桔果熟,已是入乡情。

2 登越州城
日上越州城,登临古道横。
青光洲口渡,晓色钓舟平。
代历山河色,明心日月城。
春芳多紫气,美秀少枯荣。

3 送新罗法师还国
新罗一法师,异域半天知。
苦寂方圆外,穷心日月迟。
精微多长进,道路几驱驰。
持钵何年岁,行吟度灭诗。
灯传归弟子,藻别向南枝。
海阔天涯近,云遥慰祈时。

4 送赵都护赴安西
汉月秦川在,安西塞北郎。
中台都护令,异域客戎装。
佩剑登坛问,成谋论职方。
黄河天水岸,青海旭朝阳。
体国先驰使,兴邦后济良。
知家情永定,见已孝爹娘。
三生开幕冶,四牡结肝肠。
策论千夫志,功明万里扬。

5 立秋日题安昌寺北山亭
览古楼观望,安昌俯仰遥。
山亭城北木,石路日南霄。
禹庙江平阔,湘妃竹泪凋。
吴王知不去,伍子客家消。

青海三源水,钱塘八月潮。
云虹飞渡越,气象柳杨条。
漫漫沉浮尽,重重岁月寥。
心高情不止,意愿客天桥。

6 奉和李右相中书壁画山水
世上一阴晴,人间半浊清。
中书山水阔,学士去来明。
日晓东方朔,相如酒市情。
知音何不问,会意几心萌。
三峡巫山雾,九江赣水城。
云中多少色,雨下去来生。
越女西施舞,吴儿汴水行。
江山香气晚,草木早枯荣。

7 和崔司马登称心山寺
司马称心山,王侯待御颜。
京都寻道步,郡府问天班。
寺觉禅音近,花芳悟慧闲。
虚岩山尽色,海静禹踪还。
倚阁观无际,凭栏问管箐。
秦楼箫又起,弄玉穆公潜。
宝树谁先见,祥云几可攀。
舒晴三界外,纳雨五湖湾。
去去来来处,生生废废删。
英名千百载,处世九夷蛮。

正始下之三十六
玄宗皇帝

1 早度蒲关
荆公第一篇,梨园已千年。
玉树华清色,羯鼓配三弦。
曾闻关蒲度,不以曙光全。
地险潼关守,天殊白马先。
秦中分日月,晋上化方圆。
月落晨风起,鸡声弃缥宣。

2 集贤书院成送张说上集贤学士赐燕
广学集贤书,耕耘卷简余。
农夫知土地,史册职方锄。
引论春秋记,崇儒日月疏。

文章兴礼乐,草木尚相如。
节变山河色,音同弃缥虚。
班陈台鉴上,淑气暮朝舒。

3 春晚宴两相及礼官于丽正殿(探得风字)
璟说相家公,乾坤日月同。
阴阳排历象,礼乐化文雄。
介胄涛流外,衣冠配域中。
伊川原异景,丽正殿前风。
巩树知时节,玄穹逐地红。
山河应自主,两府可年翁。

4 首夏花萼楼观群臣宴宁王山亭水楼下又申之以赏乐赋诗
花中萼上楼,夏里日前舟。
赏乐吟诗赋,光辉政要留。
风云应主使,草木可春秋。
玉树华池色,明堂教化忧。
山亭宁首目,暮色九歌头。
雨润江山巷,阳巡满九州。

5 同二相巳下群官乐游园宴
二相乐游园,三朝共载年。
岩廊暇撰日,品会帛裙箐。
玉佩南山色,池光北阙田。
千门贫正暖,万象富云烟。
杂草藏原竞,群芳雨露鲜。
听钟知佛语,问鼓待秦川。

6 南出雀鼠谷答张说
雀鼠谷中秦,阴山岭后春。
风行家国制,背硗暮朝频。
渭水长安绕,临汾晋祠陈。
挥军三帐令,点阵一朝臣。
鼓震单于寨,金鸣汉将钧。
思音应报效,列献可天伦。

7 赐崔日知往潞州
潞国一民心,旗林半古今。
壶关三领略,吏值九歌琴。
郡列仁明府,君开世界音。
钦风巡八面,颂雅问千浔。

藩镇讴谣满，行宫雨露深。
耕耘辛作苦，百岁木成林。

8 左丞相张说右丞相宋璟太子少傅乾曜同日上官命宴都堂赐诗一首

宰相二人钧，轩辕半世邻。
黄炎知旧土，日月向秦春。
自古君王见，廉颇战将仁。
相如陈完璧，说璟帝皇亲。
北座临今古，南宫晏重臣。
鸳銮国拜日，礼乐竟天津。

9 早登太行山中言志

一路半羊肠，三生两故乡。
南泉清晋祠，北斗照河阳。
鸟道飞鸿去，熊罴下太行。
龙吟沧海水，虎跃过山梁。
野老樵人问，商山几暖凉。
宣风春日短，碧叶夏时长。
晓涧川流色，黄昏暮远扬。
君臣应织锦，子女劝耕桑。

10 送张说巡边

拱瑞祝三堂，巡边向四方。
英雄肱股御，相府治文昌。
八座风云起，千军指点强。
单于天下问，武帐士中扬。
剑戟河图论，阴山种柳杨。
和平终复始，战场亦非疆。
令达威夷鼓，旗明将士装。
云台今古问，博物去来王。
辅汉华宗主，匡韩帝胄裳。
儒臣绥镜客，远近共朝阳。

11 饯王竣巡边

振武客巡边，扬文主政弦。
荒田多牧草，垫里少云烟。
胄甲三方外，衣冠六郡传。
金坛申将礼，玉节授兵权。
肃远阴山外，修长渭水泉。
河图成世界，万象化方圆。

雨润天街岸，盐梅七德贤。
行闻弓羽箭，坐见阵阶宣。
万里长城西，千年汴水船。
江山何所见，沧海易桑田。

正宗之一
王维

1 奉和圣制上巳于望春亭观禊饮应制

上巳望春亭，观绂问草青。
春门芳碧色，小苑见新萍。
玉辇从容路，金銮步履宁。
清歌长乐北，妙舞色香伶。
渭水明秦甸，南山雪水冷。
君王祓禊社，八水注臣灵。

2 奉和圣制与太子诸王三月三日龙池春禊应制

太子近龙池，春绂远北诗。
初生移旧叶，做得换新枝。
赋曲陈王客，湘妃鼓瑟迟。
秦楼听弄玉，凤辇问琴师。
阙树天津岸，宫花上液滋。
芳香三月土，日上九州思。

3 三月三日勤政楼侍燕应制

辛勤治政楼，采仗问春秋。
众翠琼瑶色，群芳洛水羞。
秦川三月野，渭水五湖流。
不忘山河绪，当寻去旧留。
临春三日见，故一九歌忧。
曲水流觞著，兰亭会稽修。

4 三月三日曲江侍宴

千官曲水游，三日禊祓修。
上苑花初放，山河碧玉羞。
龙媒神皋跸，万岁泽汀洲。
澥淑清明许，泉源逐水舟。
波光摇曳去，树影正斜优。
渭水泾水月，开元天宝楼。

5 奉和圣制暮春送朝集使归郡应制

荡漾曲江舟，春光渭水流。
宗周知万国，玉节正千秋。
祖列方圆见，衣冠日月楼。
天街归汉乐，御水待沉浮。
柳絮飞飘素，杨花叠落留。
宸章忧困外，类理向王侯。

6 春日直门下省早朝

漏晓直明光，鸡声切二扬。
辰光门下省，曙色尚书房。
佩玉衣冠正，天书笏豫章。
盐梅官舍象，紫气淑公香。
御道闾阎拜，旌旗客愿昌。
三生朝暮事，一曲向昭阳。

7 送李太守赴上洛

商山楚邓林，洛水积津浔。
驿路长亭远，苍烟落照深。
潼关当老子，渭邑作鸣禽。
白羽荆岑若，青泉虢豫淫。
春城云雨色，板屋读光阴。
野渡舟无客，船娘自在吟。

8 晓行巴峡

巴山一峡云，栈道半壁分。
妇浣晴江渡，舟平挂衣裙。
禽鸣窥秀色，水染碧花纹。
草木青黄积，峰林白日曛。
高唐神女问，守玉楚王勤。
水国听莺语，离情雨纷纷。

9 奉秘书晁临还日本

沧波大海东，日本小人空。
积岛连三宇，行人祝半童。
扶桑成四国，万里渡千工。
且误鲸吞象，还成作落风。
家乡多异树，古城少书翁。
道士应知觉，归帆似飞鸿。

10 赠焦道士

四顾一壶中，三清半悟空。

淮南千岛水，塞北万山风。
道士凭心坐，中经任意同。
阴阳分八卦，宇宙化翁童。
缩地成仙洞，扬光作八公。
韬心知远近，养气向融通。

11 和陈监四郎秋雨中思从弟据

袅袅一秋风，幽幽半肃空。
萋萋云阁色，郁郁去来中。
鹎鹍高飞问，平原落叶东。
飘飘根不见，独独羽毛松。
莫以愁霖唱，更陈客路虫。
兄兄闻弟弟，草草亦丛丛。
暮暮朝朝问，来来去去同。
相如今已去，宋玉汉家终。

12 过沈居士山居哭沈居士

杨朱一别邻，古道半知新。
返景天光远，孤鸣七日亲。
桑林归朴素，叶落不根身。
独鹤难平去，群芳自己尘。
山居依旧在，野草未分均。
已是黄昏后，流泉逝去真。
红颜君子道，雀鸟客飞秦。
隔岸知音在，荒丘对地真。

13 和仆射晋公扈从温汤（时为右补阙）

仆射晋公风，温阳滑水洪。
群仙天子液，太子淑新丰。
上宰无为处，同灵紫气逢。
成谋千仗许，武治万军功。
牧养秦川马，文宗洛邑东。
潼关西去问，进士曲江虹。
玉礼长吟吉，王城古雅工。
献归寻古道，司谏帝王宫。
教化华情树，明堂草木中。
乾坤三界颂，主仆一童翁。

14 游感化寺

琉璃宝殿城，翡翠玉宫明。
虎穴连洞宇，龙潭济放生。

山深无鸟语，谷静有枯荣。
远涧临空响，孤峰屹立鸣。
风高云不定，石柱向天擎。
郢路云津外，秦川雨气平。
晴林花果献，感化寺钟声。
鹿女金边绣，玉衡野粟樱。
三清生紫气，五味逐开情。

15 奉和圣制幸玉霄公主山庄因题石壁十韵之作应制

山庄一玉霄，石壁半天桥。
碧落云烟路，花明帝苑潮。
瑶台仙草色，上液漏声遥。
洞外风和雨，心中日月昭。
峰前黄白鹤，谷下柳杨条。
白玉田桑子，丹砂草木雕。
回銮天地暮，逐马去来寥。
御食随皇女，宫衣任发髫。
长生今古外，远望万千鹩。
大道无先后，秦楼弄玉箫。

正宗之二
李白

1 送储邕之武昌

不见武昌城，知音汉口生。
楼前黄鹤去，月里酒杯明。
此去金陵渡，还闻不白声。
襄阳才子见，一曲谢公情。
夜泊横舟处，相思逐水平。
桑田沧海问，万里是人生。

2 送友人寻越中山水

越色一天台，西施半玉开。
吴王娃馆去，会别范蠡来。
八月钱塘水，相如向楚才。
枚乘寻故客，子胥待情猜。
晓露烟龙井，杭州虎路桥。
鹅池肥瘦见，隐约谢公回。

3 送梁公昌从信安北征

精英向北征，朔漠守南盟。
远戍楼兰外，闻秋剑舞城。

文书呈牧马，羽箭献弓更。
百战单于问，千夫汉帐兵。
婵娟同桂影，八阵共阴晴。
献凯多生死，凌烟少客情。
江山谁不见，但记去来名。

4 送纪秀才游越

海水自东浮，涵心纳百流。
天台明月近，会稽属春秋。
灌顶钱塘岸，盐官八月汊。
梅花三弄晚，水调运河舟。
道士三清客，杭州五鼎侯。
云门临禹穴，木渎越儿愁。

5 秋日与张少府楚城韦公藏书高斋作

日下空山木，云中色彩流。
藏书楼上读，胜于帝王州。
少府韦公楚，河图古迹留。
兰亭萧翼去，海纳刻春秋。
贝叶藏经阁，禅音彼此修。
三清先后继，老子去来留。

6 宣州九日闻崔侍御与宇文太守游敬亭

九日敬亭山，三秋玉门关。
黄云天下去，白马月中还。

7 余时登响山不同此赏醉后寄崔

宣州九日台，醒醉半金杯。
太守茱萸客，黄花独自开。
五马朱门外，三公贝叶才。
登高英论少，望远敬亭同。
紫绶兴丞去，溪流影色催。
芳华随草木，感悟自由来。

8 赠易秀才

莲花剑匣开，醉舞玉门台。
地远山河在，天高易秀才。
分离何不断，聚合几时回。
老少长亭路，功名短驿杯。
平生昂首问，处处低头猜。

宋玉巫山赋，枚乘七发来。

9 江夏使君叔席上赠史郎中
河图一洛书，紫禁半无余。
万众三湘泪，千君半旧墟。
郎中江夏使，别客意荷锄。
此醉应知酒，倾壶不可渔。
歌中词已旧，月下女儿舒。
桂影寒宫里，孤心不可居。

10 春日归山寄孟浩然
红尘一日宜，岁月半留年。
岭树风流叶，山岩立擎天。
花香南北岸，鸟语去来先。
觉路泉源逐，禅音万壑传。
留泪近夏口，襄阳岘山田。
太白青莲寄，夜闻孟浩然。

11 过四皓墓
四皓半商山，三清一玉关。
神仙心上许，独木汉中还。
古迹荒凉尽，鸿沟旷谷颜。
萧何寻莫主，霸主不朝班。
子女父母见，君臣草不姗。
何须枯朽问，黄河十八湾。

12 秋日登扬州西灵塔
宝塔凌空立，西灵处世禅。
扬州隋水调，淑气百分田。
万象琉花色，千妍玉女宣。
三天连画柱，九界泽雨泉。
刹影摇梁液，云光逐客船。
群芳明旷野，碧玉化桑蚕。
笛曲朋晴继，箫声日月悬。
乾坤半世界，远近一方圆。

13 中丞宋公以吴兵赴河南军次寻阳脱余之囚参谋幕府因赠之
幕府一参谋，寻阳半九州。
英兵知豫次，相国向春秋。
独坐清天下，西征御坐愁。
三公巡视北，六郡毕闻休。

组练楼船岸，凌烟秋柱留。
胡声千里外，剑动万家侯。
受降城中见，官图意下由。
非怜何剧孟，是属自禅修。

正宗之三
孟浩然

1 登总持寺塔
襄阳孟浩然，总持塔中天。
望尽京华路，寻平上掖园。
门开天子问，地化帝王宣。
坐觉禅音在，风闻悟道泉。
香花传渭水，雨润过秦川。
万劫从心去，千情任寸田。

2 泊宣城界
水泊宣城界，帆平浦涧洲。
南陵江鸟树，北渡敬亭楼。
处处江红岸，茫茫宿月舟。
悄悄人不问，楚楚女儿愁。
石碍临罗刹，溪流九曲游。
明光鸥鸟逐，暮晚水波流。

3 西山寻辛谔
落日清川里，黄昏远色中。
舟停何不见，石磊几山红。
洞察微云起，潭明日月逢。
高天凭仰止，涧谷任川风。
一醉千年故，三生万里衷。
鸿沟无不见，举酒未央宫。

4 送朱去非游巴东
野寺半巴东，禅音一共同。
登临沙岸阔，送别客心空。
足迹江村见，行踪日月中。
淹留心不定，醒醉砚山衷。
峡口江流去，山前易始终。
蹉跎游子意，夜梦有鸣虫。

5 陪张丞相自松滋江东泊渚宫
落日半江东，舟停一渚宫。
淞江西塞晚，独岛北林红。

上岸从君路，行程任宇空。
周公齐鲁见，后主蜀禅功。
浊水川流净，清泉滞阻泮。
冠缨常自濯，束带可由衷。
足迹凭南北，行迹吊世雄。
闻天由草木，牧治以童翁。

6 送萧员外之荆州（持在岘山作）
一水半荆州，三山两岸楼。
千门临古木，万户去来舟。
叶下无君泪，云中望石头。
金陵吴蜀问，三国孔明侯。
赤壁周郎将，东风自在浮。
空城依旧是，八阵帝王休。
鄂岸门前问，南昌客后愁。
鹏飞相继续，驷马逐中流。

7 来阇梨新亭作
八解禅林秀，三明日月星。
知心香界近，可意故人灵。
净土山峰木，钟清化渭泾。
幽泉长直曲，石径窄零丁。
领悟深潭照，中经易十青。
云烟藏古迹，草木隐新亭。
鸟落闲僧对，花开四面馨。
言中应会意，月下带玲宁。

8 九日岘山宴
重阳落帽观，九日举头寒。
扫叶清风肃，茱萸插旧栏。
荆州分蜀水，宇宙列吴滩。
共渡仲秋岁，同行世界宽。
天涯彭泽路，海角洞庭澜。
老子潼关住，儒门上杏坛。
衣冠原不济，跬步弟兄难。
寿比常来去，心成早晚盘。
江山兴废地，草木砚山残。
叔子颜如玉，习池泽木端。

9 过吴张二子檀溪别业
檀溪别业天，上筑引新泉。
水竹连家路，云烟雨自然。

960

南山开草木，北岭种桑田。
日照由兰枻，风平可杜莲。
羽池羊祜色，直钓太公船。
春叶秋枝见，梅花白雪边。
襄阳多少主，汉口去来年。
宿鸟归林晚，游僧向月眠。
曾闻屈子赋，且向子猷宣。

正宗之四
高适

1 送柴司户充刘卿判官之岭外

岭外羊城月，秦川可共圆。
朝端呈宠节，幕府问同天。
御使词曹瑞，刘卿对海船。
镇海楼上望，海角自无边。
别恨随帆至，离情任鸟眠。
高风驱瘴疠，象郡作心田。

2 陪窦侍御泛灵云池

白露一清川，江湖半岸船。
灵云池上曲，暮色夕阳连。
积水风波晚，秋空塞雁迁。
毕中舟楫去，持弱羽弓先。
舞色阴山树，歌声渭水涟。
飞鸿湘岸去，几度向淮边。

3 同熊少府题卢主簿茅斋

人伦一度天，少府半方圆。
院草秋茅野，高门下位弦。
刘琨何所寄，日月孝廉田。
静令江湖岸，书香自在编。
幽情同异处，独往代源泉。
谢客桃风下，天阶日上年。

4 陪窦侍御灵云南亭宴诗并序（得雷字）

人幽山望昕，士独上南亭。
目远凉州草，沙鸣大漠灵。
荒台风景异，白简不零丁。
日月何元照，江山自可宁。
舟船当已渡，草木何年青。
牧马秦川岸，长天似挂屏。

云浮苍宇上，地列际坤泠。
塞下胡姬舞，男儿谢曲铭。

5 同李员外贺哥舒大夫破九曲之作

英雄一大夫，九曲半单于。
作气前舒相，西蕃转战区。
奇兵驱八阵，列将正匈奴。
自古长城外，山河几越吴。
楼船何不止，铁柱有还无。
国界封疆域，云南大理都。
春秋多少仗，列国去来胡。
塞外中原问，王侯帝寡孤。
辕门分主仆，将令达江湖。
受降成和气，驱驰作异驱。
威棱君主使，感悟以人居。
杀戮平生问，乾坤世界图。
和平全宇宙，不战事屠苏。
霍卫闻边汉，兴亡对念奴。

6 古乐府飞龙曲留上陈左相诗言读古今

精英左相谋，梦寐谢安忧。
祖列苍生见，才呈宇宙侯。
元门从步辇，上掖任文求。
豁达云开路，清明日月楼。
岩廊凭阔论，尺寸待心修。
吉甫千家愿，子房万户猷。
公卿身教许，弟子读春秋。
策仗风云去，行成草木流。
高山难仰抑，逝水莫停舟。
足迹人间纪，浮云宇宙由。
公才山吏部，读癖嗜荆州。
沐浴千年事，唐城万古留。
弯躬知宠辱，独立向沉浮。
牧马秦川谷，周王列誉酬。
无须三世继，指鹿作恩仇。
彼此从黄绶，阴晴任白头。

7 留上李右相

一古风尘尽，三公掖大庭。
江山谋断里，社稷去来铭。
日月天涯远，阴晴草木莛。

清心冠睿具，独立阔元馨。
国柄农桑制，家风省俭铭。
萧何刑汉律，韩信死生形。
鼎蕭兴亡处，氤氲隐逸萍。
黄河流不住，渭水未须泾。
吐纳成天地，春秋作象青。
诗书儒客寄，贝叶佛家屏。
老子青牛去，均衡道法经。
千年多变易，万古有心灵。
积久恩荣怪，从虫目短龄。
明扬挥正气，蕙善紫微星。

杜甫

五日无成九日成，三秋有肃半秋清。
苍山落照天山远，海水波涛地水瀛。
虢国夫人杨国色，玉贞暗渡太真名。
长生殿上长生问，莫以千秋作己荣。

1 千秋节有感二首

（按唐纪玄宗八月五日百官因表请以每年八月五日为中秋节王公以下献镜及承露囊此诗大历四年州作）

花花萼萼楼，玉玉真真修。
五日千秋节，重阳万叶愁。
寻根无远近，落户有家忧。
百鸟朝凤凰，三公颂子流。
明堂多表册，上掖少神州。
白首男儿见，梨园自可留。

2 其二

紫气东南入，辰风旭日来。
仙人张内乐，王母上瑶台。
万国云楼祝，千臣御表回。
龙池生日水，凤辇向凰开。
白雪阳春韵，巴人下里胶。
高山流水去，弄玉净尘埃。
献镜皇明主，华清换楚才。

3 九日

樊川一草堂，故里半秋光。
素菊黄花多，溪流逝水章。
巫山三峡口，白帝五湖洋。

九日重阳见，千舟背井乡。
终南何不见，灞浐柳边杨。
问道长安路，寻芳苦断肠。

4 重经昭陵

草昧过昭陵，英雄问世兴。
风尘三尺剑，社稷一明灯。
翼耀贞文情，丕承戢武膺。
留当千百迹，不灭两三鹏。
历数江山客，行明古木弘。
功功何业业，但作故人凭。

5 王阆州筵奉酬十一舅惜别之作

秋风一气豪，古木半心高。
朽叶逢天许，归根隐二毛。
横舟城郭外，别意柳杨旄。
举酒千杯少，临增万里跑。
阆州流水色，祖列踏波涛。
低首男儿志，回头猎葡萄。

6 春归

轻燕向雨斜，竹叶似飞花。
甲子观孤石，三春问晚霜。
阶苔生绿色，独径入塘涯。
夏日荷风起，舟舱小安家。
尖尖莲角少，湾湾玉珠华。
世路江南岸，君心你我他。

7 江陵望幸

望幸一江陵，雄都九脉凭。
神威三世界，白帝半孤灯。
蜀道应无尽，英门可有丞。
秦川多骏马，渭水化春冰。
始见周王驾，终临汉武兴。
风烟含越鸟，仗策御香凝。

8 太岁日

杜甫一生怜，长安半望天。
衣冠谋府第，自著草堂田。
虎啸西江岸，云游渭水边。
方差成北斗，口袋纳青莲。
楚鄂临沧渚，秦川度日烟。

生涯何不断，柳下望梅园。

9 夏夜李尚书筵送宇文石首赴县联句（石首属江陵县）

石首一县贤，江陵半岸田。
山光晴北巷，水急影南阡。
翟表郎官少，乌纱日月悬。
高文兴采杜，细雨润云烟。
单父多暇客，河阳瞩少年。
之芳当主宰，海阔纳流泉。

10 立秋日雨院中有作

风云日立秋，落叶色南楼。
塞上飞鸿见，湘中翠羽收。
穷途知己愧，暮树向荒丘。
长者黄昏望，昆仑草木浮。
开门堂淑气，解带纵心流。
枕对千峰木，窗含四十州。
江喧舟不止，雾湿女儿愁。
四顾苍茫处，三生一国忧。

11 奉和严中丞西城晚眺

廉颇出将频，赵国楚文新。
世纪明先境，中丞晚望秦。
天街从未见，政简以君钧。
立意移风俗，民情化格珍。
龙吟旗尾会，虎跃岭峰申。
一望云层处，三呼忘此身。
千波曾不见，一蕃可平津。
狭巷何先后，相如以己邻。
麒麟辞第隅，蝶瑞化秋春。
地厚河图载，楼高洛书臻。

12 送严侍郎到绵州同登杜使君江楼燕（得心字）楚谋

江楼燕子心，汉口近知音。
野渡荒郊外，绵州抚客琴。
微微风雨色，曲曲侍郎箴。
郎庞庞挂，冠冠带带临。
船行天子岸，瀹注御河深。
秀鸟飞花境，光辉草木阴。
灯华君使杜，晏月桂明林。

彼此贤林会，方圆共古今。
朱门先后启，谢意去来寻。
古调当留取，纵横以醉吟。

13 奉观严郑公厅事岷山沲江图（得忘字）

海水中流望，岷山屹石傍。
波摇天水岸，缀渚草沙障。
粉壁江天外，雕梁日月状。
松杉香雾树，岭雁翼难放。
微茫沙石阻，始末逐流涨。
暗谷非甘雨，丹枫绘事匠。
秋霜红不尽，白雪素山旷。
景物功殊绝，兴昂谢履仗。
幽情何不与，蜀道楚谋仰。
祖国蚕丛筑，江山自将相。

14 陪郑公秋晚北池临眺

北水池云阔，华亭馆驿空。
芰荷如鹤立，渚草似秋风。
览贯尖刺革，菱藕污油同。
分曹珠玉露，化解润园虹。
采女莲塘色，轻舟羽袖红。
藏藏掩掩处，自由由衷。
解带弯腰去，纵情在情聪。
从心从水欲，可望可鸣虫。
晚艳如心净，波摇似水宫。
临眺何不去，惹事救英雄。

15 哭李尚书

逝水去何边，浮云靠远天。
留徐欲挂剑，旧忆载舫船。
白首依稀见，相知九度泉。
奈何桥上问，独鹤驾中悬。
此别成孤影，无闻共异然。
江湖浤浦口，岁月落同年。
管辂修文契，张骞过域研。
行人思归路，绝壁向云烟。
草木春秋易，王孙苦个田。
黄河营口岸，素浐忆大千。

16 临邑舍弟书至苦雨黄河汛溢堤防之患簿领所忧因寄此诗用宽其意致北部

黄河九曲涟，六国一山川。
浊流青三海，源头聚百泉。
东营含积水，北鲁纳齐田。
六郡波涛逐，千流日月年。
中原谁鼎宰，大禹济先贤。
顺导苍梧见，蒿逢如见天。
蛟螭疏尺寸，螺蚌润云烟。
陕豫堤防岸，鼋图背洛牵。
空扬天水落，落谷比潮旋。
喷涌惊壶口，龙吟虎跳湍。
徐关深水府，九皋没孤渊。
碣石秋毫白，天涯若比怜。

17 行次昭陵（大宗在醴泉县）

群雄一独夫，积泽半江湖。
水调隋炀曲，扬州问念奴。
天尊龙凤舞，禹谟运河图。
四象儒生老，三光照旧苏。
辞宁多少见，宠辱去来奴。
往者何来遁，闻风逐世胡。
虎狼争腐肉，铁马踏屠苏。
壮士昭陵问，长岁一念奴。
幽人曾拜鼎，旧殿仍扶屠。
自得山河趣，何须硅步途。

18 送杨六判官使西蕃

西蕃六判官，御使一征难。
苦战沙尘暗，和亲日月宽。
京城寒气卜，远道上云端。
北域琵琶曲，阴山草木峦。
天书怜赞普，甲胄挂平安。
但向长安问，何须待分欢。
云消无守土，日起有楼兰。
帝命昭君汉，王宣御驾鸾。
胡姬腰扭舞，汉节指令桓。
投笔军旗挂，夷歌奉玉盘。
归人回首望，异域远家叹。
正羽三千日，天朝化地难。

19 冬日洛城北谒玄元皇帝庙

记忆见先王，凭高问陕梁。
玄元皇帝庙，赏节镇非常。
碧瓦寒霜覆，金宫玉绣扬。
山河东紫气，日月北宸祥。
世遗传家史，文遣故土昌。
吴生前辈老，楚客后生光。
五圣朝天午，三皇列秀堂。
千官行古德，万户雁人行。
翠柏轩辕路，青松帝舍墙。
京都冬日望，足迹作沧桑。

20 谒先主庙

不是布衣巾，无非故老臣。
桃源三结义，蜀国半荆邻。
白帝丞相客，刘禅后主尘。
中原听帐令，吕布射辕钧。
社稷分南北，江山划域垠。
耕心常自勉，力事已君身。
去去来来问，成成败败亲。
雄图军阵外，霸气数家珍。
鸟道陈仓路，龙鳞桥木沧。
檀溪凭马力，赤壁礼明频。
五虎成兄弟，三英鼎立申。
孙权何不济，姨妹嫁时犁。
马马车车尽，功功业业新。
群英同日举，列霸共图臻。
日月由先后，风云可汉秦。
忧心成草木，逐鹿作经纶。
来了乾坤事，平生雁字人。

21 赠特进汝阳王二十韵

特进汝阳王，群众表率堂。
推忠仪礼发，举落尽端良。
忘寝兴成就，情常日月光。
臣朝诚谏述，使列正君纲。
责职求毫羽，居平近庶傍。
霄鹏飞不止，祖节对先王。
学业醇儒斗，华辞对桂梁。
山陵惊莫见，孝义引和芳。

一诺元骄意，三鸣有国香。
文章多自勉，笔砚少余凉。
缱绻衷心与，精微许州扬。
儿曹成七步，以赋建隋炀。
凤辇梧桐近，金銮玉漏量。
天人丞风情，地客划循昌。
屡见瑶台序，形身济业庄。
崇恩凫举力，紫禁落华姜。
雨露呈祥泽，云烟化竹篁。
扬澄虹彩照，淑玉势花黄。
易易常行止，闻闻废旧昌。
悠悠天子路，楚楚故人肠。

22 投赠哥舒开府翰二十韵

一代麒麟阁，三朝上掖风。
凌烟天子像，铁杵岭南功。
驾驭秦川势，开封勇武雄。
哥舒辞府第，迈古自弯弓。
汗血男儿马，开缰故国衷。
潼关南北见，渭水去来鸿。
制节旌旄羽，形身克宇空。
王城今不在，士志矢难忠。
北苑乾坤树，南山日月宫。
回旋安禄史，豫晋子仪翁。
莫问天山箭，何言八水洪。
楼兰沙漠起，羯羌几须丰。
智解深谋近，廉名益以公。
秦湟新物治，日月隐时空。
上致山河誓，军明自始终。
交亲初向北，遣战动昭融。
此简扬长去，回心问吕蒙。
生涯常快字，伐业客转逢。
故国兴亡尽，春秋逐世雄。
军臣生死度，不见白头翁。

23 上韦左相自书二十韵

旧历轩辕纪，新年七十春。
还余三岁足，不遣半冠巾。
一气耕耘去，千山日月新。
儒生知佛道，士积问书珍。
凤舞丹青笔，龙飞草木茵。

榆关辽冀见，钢院客家身。
少小寻天地，中青问古钧。
天街南海岸，老子晋还秦。
骏马飞天去，河湟落地沦。
麒麟骄子力，鼎萧力彤申。
海阔天高处，南洋木槿辰。
东方呈紫气，北斗启儒绅。
尺牍陈道量，虞瑶独步陈。
长卿琴有语，管辂尺无邻。
主宰平生路，难从力士筠。
星宸朝暮望，万云去来频。
至理中经卜，从情上下伦。
巫咸何不问，邹鲁几人循。
业迹功勋度，翁来子弟辛。
苍茫天地老，太白归红尘。

24 寄李白（古今诗话云少陵赠李白二十韵备白事尽得其故迹）

李白天街醉，华清谪仙人。
文章生草木，醒醉奉君臣。
笔落芙蓉舞，吟鸣日月亲。
承殊华彩渥，雨露作经纶。
漫步翰林院，丹青力士新。
霓裳从羯鼓，宠辱客家身。
蜀道难行止，当涂对色均。
长安非不见，渭色敬亭邻。
泗水张良问，梁园牧宰津。
心高愁可致，意独志难申。
九肠青莲栉，三清自在濒。
弥衡鹦鹉赋，黄鹤映楼滨。
寄此香陵去，江由客志钧。
长干城外市，玉府凤凰姻。
野舞天台上，平波越地苑。
溪流泉酒壮，足迹以千麟。
济泽难分付，精英未定钧。
王侯多少意，子弟去来巡。
楚汉原无定，鸿沟已不遵。
难言何像晋，不悔夜郎秦。

25 喜闻官军已临贼境

日日观天意，时时度广狝。
龙城闻故远，帅印虎风高。
乞降胡姬曲，呈功待尔曹。
前军苏武地，后队镇师家。
喜赏边疆肃，楼兰只用刀。
边风何不尽，士气寒衣袍。
握豹思谋虑，威声睿想豪。
戈鋋开雪色，簇箭作弓翱。
仗节三军郑，兵车六郡韬。
天门重阵列，羽已独旌旄。
绝漠梁园问，荒羯张掖劳。
三军行阵列，一路竟秋毫。
步履方艰险，先锋贺视操。
云横玄冕帐，壁磊五原牢。
举箭惊弓鸟，平枪血染篙。
辕门多射手，拓羯渡临洮。
渭水清流见，黄河逐浊涛。
三千由日尽，十载任葡萄。
剑指阴山北，心明渭邑音。
京都重建设，受降匪无嚣。

羽翼之一
李颀

1 宿香山寺石楼

香山寺石楼，夜月任泉流。
暗影浮烟起，渔舟泊火忧。
钟声时不继，磬语可相修。
世界原如此，峰峦四十州。
禅音传彼岸，觉悟寄春秋。
枕上清河汉，心中曙色留。

2 题少府临李丞山池

山池少府心，雨色故鸣禽。
柳叶方长碧，啼莺晓旭琴。
庭廊藏滴水，曲榭遗余音。
积水明如浅，潭光玉宇深。
霞红沉竹影，木肃独峰阴。
草雾芳林漫，清风问古今。

3 圣善阁送裴迪入京

圣善阁边寒，华霜雪野宽。
阶空无足迹，返照上云端。
草药知人问，清吟向构栏。
轻风和旭叙，醉叶入银盘。
饿鸟急寻觅，伊流一线难。
含烟沉素里，纳解玉花难。

4 送刘主簿归金坛

十岁一金坛，三生半路宽。
青牛天地去，老子暮朝寒。
故国归梦远，沧波去晓澜。
香陵芳草色，京口逐帆难。
但向茅山问，舟人渡芷滩。
渔亭津水岸，洞府正衣冠。

5 送漪叔游颍川兼谒淮阳太守

日月一躬耕，阴晴半世明。
淮阳闻太守，罢吏可思荣。
素雪霜云色，寒云夜泊平。
东南清郡云，政日始终成。
颍水前程问，崇岩入梦情。
吟鸣天下士，揖手事苍生。

6 送卢少府赴延陵

少府赴延陵，新图向故灯。
江流涛不止，寸禄事孤承。
北固南天镇，青山白鹭升。
春江桥岸渡，晚景媚狐凝。
漠漠新花渚，幽幽旧水凌。
东门回首处，雨雾敛相应。
木立天府内，云浮柚树层，
怀情从日落，不对玉壶冰。

羽翼之二
岑参

1 早秋与诸子登虢州西亭观眺（得低字）

诸子虢州低，观眺翼鸟啼。
天围千万树，日点两三齐。
酒肆悬旗亚，山亭客路西。
微官常足道，腊月雪香泥。
独木成林后，虹云挂玉堤，
乡园凭望尽，石径沿流溪。

2 六月十三日水亭送华阴王少府还县

少府一华阴，凉池半酒浔。
关门成旧梦，掌羽化知音。
细雨惊秋叶，微寒作古今。
蓬莲荷子粒，碧叶水仙淫。
小路遥迢去，明溪寂寞深。
潭园何不见，水寨一轻吟。

3 送卢郎中除杭州之任

罢起郎中印，重分刺史符。
天云之过楚，水月已归吴。
不可钱塘问，何言御道孤。
江村同呈驿，柳叶共春芜。
碧玉春花暖，啼莺色五湖。
乡家回首望，满目半姑苏。

4 奉送李宾客荆南迎亲

望苑一近亲，荆南半故邻。
恩慈天地外，驿道暮朝尘。
驷马长亭去，双鱼阔水津。
湘帆扬楚岸，喜鹊上枝频。
板舆归途胜，沿心日月秦。
草木本知根，满路布冠巾。

5 送郭仆射节制剑南

仆射剑南征，红缨渭邑行。
明王亲绶带，紫禁御銮营。
玉佩金杯酒，旗扬白马鸣。
丞相当此路，蜀道以广荣。
节制蚕丛教，修文偃武情。
西戎平日近，北陆仲云生。
感见惊猿处，皇恩浩荡城。
风随和悦色，将任降边声。

6 送严黄门拜御史大夫再镇蜀川兼觐省

黄门御史情，镇蜀守川缨。
觐省恩銮许，登坛汉主荣。
刀州重入梦，剑阁复险晴。
紫绶连天理，慈恩逐月明。
亲都分国色，玉堰度忧城。

选酒山莺道，赴诗对月横。
苍生凭土地，列祖任宗诚。
复道蚕丛继，宇宙待人生。

羽翼之三
卢象

1 送祖咏

祖咏一鸿飞，田家半岁归。
牛羊知草木，道路石途晖。
北涧多烟水，东原少是非。
溪流随径去，野地敞心扉。
隐女藏羞行，邻家比色微。
樵夫倾敬酒，醉客忘朝衣。

2 赵都护燕别

结帐挂旌旗，戎戎正塞豪。
斯门都护令，赵府羽兵曹。
点房谋臣客，林儿普智高。
天同恩授济，汉史开胡袍。
酒卮笳声远，霜栏谢马刀。
无驰飞白雪，满地玉葡萄。

3 赠张均员外

公门子弟昌，二代乾坤扬。
共世接先后，同程逐暖凉。
平津何不将，吏部作中郎。
气色神仙同，豪言日月光。
南宫朝策使，北禁望东墙。
铸晚璋凤见，回头凤攀光。
皇恩图赐去，窥水照裴王。

4 送涼历下古城西北此地有清泉乔木桓仁

桓仁下古城，五女上云英。
古木浑江岸，凉泉白雪明。
朝鲜终是客，汉使始辽名。
九百榆关去，三光读北平。
秦仪横纵论，日月正斜平。
不见离骚咏，还承佩玉鸣。
千山扬紫气，八卦坐新城。
士醉贤荫处，桃红柳绿生。
书生从此去，举步酌燕京。

咫尺文章异，天涯草木荣。

羽翼之四
崔颢

1 相逢行

相逢一路行，白马半情明。
妾小成儿女，春心几不平。
门前杨柳色，雨后雾云晴。
不见王孙客，唯闻草木荣。
朱门何不顾，玉户自花倾。
二八年华色，三千岁月城。

2 辽西作

辽河一水生，岁晚半余明。
冻土风霜雪，封冰日月城。
东西乡土地，牧制客家英。
养马江山去，逢阳草木荣。
天高飞鸟在，海阔任鱼行。
寄语昆仑北，纵横鬼谷生。

3 奉和许给事夜直简诸公

给事共黄枢，东曹紫禁儒。
文殊公子拜，简省帝王都。
夜直千门静，灯明万象孤。
中华宵漏浅，晓色建章驱。
五草诏书页，三重列祖呼。
貂蝉恩位厚，将相怡和虞。
次远兰亭序，临流李琴娱。
应怜天下子，未足待心苏。

羽翼之五
王昌龄

1 同王维集青龙寺昙壁上人兄院诗七韵

古寺问青龙，王维故步封。
昌龄同日语，净地水芙蓉。
独抱方仪象，孤含足步踪。
园通无止寂，圣境有香凝。
觉悟禅音近，钟声会意客。
灵云由此至，本性任中庸。

2 夏日华萼楼酺宴应制

夏日一清风，花楼半萼同。
三元尧士情，万象自由衷。
国色重天泽，家香化地中。
秦公听不尽，弄玉凤凰宫。
赐庆人间曲，留欢世上红。
文章平日月，玉陛化群雄。
鼓奏凌烟势，笙鸣列阵空。
丝桐行出尽，管笛始无终。

羽翼之六
王缙

1 同王昌龄裴迪诸人游青龙寺昙壁上人兄院集兄维

人间一弟兄，世上半枯荣。
父母同根叶，夫妻共独行。
同林天地外，共勉去来明。
寂院青龙去，禅音古刹城。
谁知非隐者，不问是心诚。
六合沉浮处，千山日月平。

2 游悟真寺

莫道长亭路，常闻拓柘田。
移山凭始末，种树认千年。
猛虎同三径，孤猿学四禅。
清明曾乞火，问道可青莲。
桂子秋宫外，春莺草岸边。
河图谁千见，梵宇易流泉。
渭水凌波晚，陈王七步贤。
潇湘妃竹泪，尧舜禹家宣。
但以京都步，须知故土险。
终身去不解，刻意伴龙船。
自主鸿沟北，无为世界川。
风气尘落定，莫与相梁初。

羽翼之七
储光羲

1 大酺（得长字韵时任安宜尉）

大酺任安长，时人向太原。
中朝玄泽被，下国满天光。
鼓动天街巷，霜平玉宇光。

昭明端午宴，爽气羽雕梁。
太守三元致，谁夷半葆疆。
躬身须自立，捐首待灵阳。

2 和萧兵曹

大隐一知音，商山半古今。
樵渔无有浅，道路是非深。
守府幽林少，私庭客日寻。
不谓向鸣禽，上苑青牛问。
瑶池草木深，成忠贞阙里。
晓色月家笺，自足黄金误，
居闲白玉心，春归荷雨露，
夏夜纳津浔。

羽翼之八
崔国辅

1 奉和上巳祓禊应制

上巳秦中节，兰亭曲水觞。
芳洲春暖色，鹅池别馆扬。
灞渭曲江茫，禁苑銮鸣祖。
桃花流碧淑，白鹭羽红妆。
谷雨浮云零，清明客睿娘。
东周何足对，楚榟谢衷肠。

2 九日宴

九日一重阳，三秋半菊芳。
千年鸿运水，百岁济清霜。
汉阙钩陈辟，尧樽列祖梁。
云楼天下望，圣诞圣中香。
酒醉何人醉，花黄几度黄。
江山相易演，草木互炎凉。

羽翼之九
祖咏

1 清明宴司勋刘郎中别业

田家一近臣，别业半园新。
会友烟云举，清明乞火邻。
桃源秦汉客，五柳禊祓茵。
会稽流觞句，鹅池著作珍。
门前花满地，屋后草津茵。
竹里莺啼鸟，居中作隐沦。

2 家园夜坐寄郭微

细雨作迷津，轻风似烟尘。
门前杨柳竹，户后岭峰薪。
旭晓红云淡，黄昏落色皱。
池深成点点，碧色逐茵茵。
夜半啼虫问，梦中见故乡。
徽音多想象，弄玉少乡亲。

羽翼之十
陶翰

1 送金卿归新罗

汉友一新罗，金卿半九歌。
殊思朝奉义，远客自邻多。
落日寻乡望，平明对几何。
黄昏知月迎，夜梦入蹉跎。
独木成林晚，孤舟逐渭波。
珠人常不缀，半岛共嫦娥。

2 柳陌听流莺

陌上一流莺，阡中半叶清。
云中含雨色，舍下女儿情。
叶里藏身处，枝头六七声。
门前停不语，户后隐春情。
谷雨新芽秀，清阴乞火明。
人间闺密事，断续以音鸣。

羽翼之十一
刘眘虚

积雪为小山

积雪小山盟，飞云客色轻。
霜浮林厚被，旭照素光明。
皎洁形天地，虚空白帝城。
晴烟全秀影，纳覆暗流声。
远近茫茫色，乾坤处处荣。
三明成一色，一色成三明。

羽翼之十二
郑审

奉使巡检两京路种果树事毕入秦因咏歌

两京路果香，百里道林长。

奉使巡检树,瑶华咏豫章。
关河凭此去,陕寨任青昂。
色影功秋业,丰收日月光。
春风桃李木,夏日杏梨墙。
树木葡萄架,冬梅枸杞尝。
猿猴由此望,鼠雀向余藏。
世上和人贵,情中颂故乡。

羽翼之十三
王湾

哭亡友綦毋补阙 十八韵

补阙天街步,儒林一寸才。
金銮出入问,玉墀去无来。
士学张平子,仪从褚彦回。
文风呈古越,意气向天台。
默契高云鹤,孤寒腊月梅。
心倾期蜜遇,远据向乡猜。
已醉难言醒,年年对草苔。
南凰飞北凤,泰山对地哀。
善与千门颂,骚平万户裁。
平生多少志,漏断莫朝回。
未始冠巾紫,当终我友杯。
行明何不语,处世己天栽。
独日遥遥远,悲情寂寞开。
无言梁栋象,不免栋梁材。
洹水黄昏雨,迁君构厦催。
田门明古吏,古木客蒿莱。
地下重书法,云中可读魁。
中经玄十卦,一举不徘徊。

羽翼之十四
宋豆

题石窟寺（魏孝文所置）

梵宇聚群灵,香氲结水泠。
帘窗朱旭色,榭挹染丹青。
瑞土生莲子,祥云化紫萍。
瑶池深浅渡,方丈启三星。
石窟藏龙寺,飞云落地龄。
西南罗汉树,只在纳心馨。

羽翼之十五
库狄履温

夏晚初霁南省寓直（时兼尚书郎节度判官）

节度判官郎,凉宵寓直长。
金銮南省殿,凤辇尚书房。
旭晓红霞至,宫灯漏断扬。
衣冠凭打点,物象可张扬。
幕府谋良策,曹娥树孝芳。
文书疏守镇,道义解朝梁。
晨趋方步阵,佩笏玉声堂。
莺夏袭人处,香李色桃姜。

羽翼之十六
司坦

同张少府和库狄员外夏晚初霁南省寓直时兼充节度判官之作

绶带不当初,仙郎节度余。
星宸拔水镜,夏晚秉灯书。
寓直呈许件,孤闻问独居。
高才成此聚,侠士结樵渔。
会积昭南省,烟消帝业虚。
儒官天地见,列史正臣庐。
独得藏经阁,凌烟百载舒。
灵台诚可鉴,故仰事王车。
主治江山色,从容日月如。
凭空常自望,任步量闾间。

羽翼之十七
张子容

1 壁池望秋月

秋光一壁池,月色半清枝。
北上婵娟见,云中玉镜迟。
波摇莲叶碧,芰实露尖叶。
淑气珍珠淌,明辉闪亮知。
沉浮心不定,左右情难痴。
彼此同醒影,乾坤共相思。

2 长安早春

长安一早春,渭水半波粼。

绿叶分黄色,枝芽尚未新。
咸歌东井市,柳条浥青尘。
草羽初茵见,花苞野地邻。
衡阳飞雁起,一字逐成人。
九脉排空上,三边落岸滨。
流莺啼不久,滞向曲江津。

羽翼之十八
沈东美

奉和苑舍人宿直晓玩新池寄南省友

寓直政贤臣,阊阖牧吏治,
晨临翔凤苑,漏注帝王邻。
五字迁郎博,三更议省仁。
龙池泉水濯,上掖始寅宸。
影列千门色,灯明百树巾。
星悬天水岸,玉列御河津。
但以明前月,何寻镜后珍。
谦流相府外,济泽古人绅。
友善承天启,和平杜独亲。
青云由俯仰,白雪任经沦。
苒苒枯荣草,悠悠进退身。
甘心成就处,谢岁暮华臻。

羽翼之十九
杨浚

赠李郎中

直省李郎中,朝鸣颂雅风。
南轩多紫气,北斗少星空。
后阁熏香座,前庭漏液终。
龙城君子集,士子曲江逢。
竹影分灯色,雕栏聚月宫。
贤人帛不语,达客向苍穹。

羽翼之二十
胡衡

御命使本国 法国使

若木作乡人,成功客异亲。
天经中柱立,地道上秋春。
海外金言少,华前玉律频。
蓬莱原不象,本国自迷津。

北座轩辕氏，西寻自在身。
平生知日月，宝剑向空伸。

羽翼之二十一
张谓

同诸公游云公禅寺

共许一流溪，孤寻半玉堤。
云公禅寺夺，晓日挂虹霓。
俯仰千峰顶，枯荣万色齐。
群芳生紫气，会萃化新泥。
石径通南北，钟鸣向岭低。
何闻生五柳，只似武陵西。

羽翼之二十二
梁钟

方进士恒春草

进士永春芳，东吴可草香。
剡溪舟渡岸，古色泽新光。
掇取呈新主，灵丹供佛堂。
南山多福寿，北阙注文昌。
但以江山石，须弥日月仓。
金膏终得去，术道始圆方。

羽翼之二十三
萧颖士

1 越江秋曙

秋临一越江，曙去半林降。
木叶闻风肃，山光入晚窗。
苍茫孤屿望，潋滟独潮邦。
水气迷蒙雾，云沉西注幢。
斜塘荷色碧，匀直客无双。
净土僧心老，禅房立偶桩。

2 山庄月夜作

月夜一山庄，清明半隙扬。
田园收柚子，草木纳陈香。
颖士桑榆晚，河图已故梁。
无非新解道，有是弃君郎。
涧谷流溪响，云峰逐日长。
春秋何足论，策仗自疏狂。
野木阴晴顺，春蚕彼此藏。

东山伎女色，北海玉壶香。

羽翼之二十四
严武

酬别杜二

杜二一平生，三千半子成。
孤逢尧舜日，独见草堂明。
少府风霜劲，文章草木萌。
成都何郡府，别馆可思荣。
旧路秋风扫，新诗暮色晴。
归来常不济，此去向天鸣。
北阙书香气，南宫妒敬名。
巴山多夜雨，下里少云晴。
最怅长安望，余芳自纵横。
凭空田出世，老子作精英。

羽翼之二十五
张巡

守睢阳诗

百战守睢阳，三生正日光。
孤城先自主，独树后鱼梁。
屡屡黄尘重，层层白羽伤。
兵兵相互半，阵阵角弓量。
饮血江山壮，鸣金鼙鼓扬。
英雄当必此，玄世一声强。

羽翼之二十六
王季友

玉壶冰

素结玉壶冰，云沉故意封。
清寒知地理，日月以香凝。
自主方圆里，分形上下凌。
威身藏洁净，守色客明灯。
珪璧金樽贵，光芒四面承。
同城何自主，共渡沐平升。

接武上之一
钱起

1 省试湘灵鼓瑟

湘灵鼓瑟鸣，竹泪寂无声。

帝子苍梧去，冯夷自舞情。
清音天地语，白芷暮朝倾。
楚客潇云见，峰青玉洁明。
悲风成日月，苦调作枯荣。
浦口人间渡，姑山世上萌。

2 观法驾自凤翔回

法驾凤翔回，阊阖一度开。
鲸鲵三晏尽，海市九重来。
品物原身外，苏情自帝台。
朝阳仙仗色，晓漏颂春雷。
玉辇从明许，金銮御路催。
周川丰人去，禹让酒倾杯。

3 题玉山村叟壁

谷口玉山村，流泉雨石屯。
居人烟火远，狭径映云浑。
草木晴光碧，牛羊下括昏。
无须黄绶寿，但慰小儿孙。
竹色连邻岭，虹霞逐五蕴。
禽鸣溪石岸，暮落紫芒魂。

4 送王谏议任东都居守

谏议一东都，云光半洛凫。
鸳鸣飞不止，署府问书儒。
隔水观天色，由心问有无。
重阳重就意，旧路旧扶苏。
北阙冰封木，南山雪顶辜。
长安阡陌巷，渭水去来呼。

5 送郑书记

挂印一书生，弯弓半甲兵。
深谋三世界，义勇九州缪。
受命麒麟殿，高参塞北营。
沙尘千万里，关阙去来明。
别酒倾杯去，胡笳寄北平。
辞风何未了，报国已声鸣。

6 送族侄赴任

月下不成行，书中可何英。
客平天下志，客纳去来盟。
万里昆仑草，千年塞甲兵。
零丁当独立，雄群可自名。

月有方圆见，书无草木声。
人知长短问，志必柳杨生。

7 送鲍中丞赴太原军营

中丞赴太原，汉月照轩辕。
武勇楼兰镇，文昌渭水喧。
京中三独任，塞上二师言。
计日边霜色，生辉制简繁。
旗悬天子肃，剑举壮才蕃。
易道成千祝，儒家守一园。

8 送李秀才落第游荆楚

落第一心生，迁莺半客鸣。
江山多少路，日月去来明。
楚鄂波澜逐，潇湘岳麓城。
书香才子路，剑阁达人行。
水调谁知问，长城可见兵。
英雄当自主，草木作精英。

9 送李九归河北

李九归河北，南州问圣情。
谋猷繁简豫，泽济恩施成。
寄重分符去，盛言东土城。
青牛移八座，旦戈送双旌。
道以三清见，儒兴九脉荣。
莲花坛佛主，去后不留名。

10 送王使君赴大原行营

行营一太原，众将半凭轩。
太白明无象，皇家汗马源。
山河十里控，草木汉秦萱。
六骏凌烟阁，双旌持节樊。
故沙尘落定，塞雁翼人言。
玉宇飞鸿字，庐龙驾北辕。

11 奉和宣城张太守南亭秋夕怀友

梧桐一秋声，太守半宵明。
北阁临朱戟，南庭待月平。
闻钟知净树，卷册问枯荣。
永夜宣城酒，悬星北斗横。
瑶琴何不已，羽扇几人情。
壁画江山色，心从日月耕。

12 陪南省诸公宴殿中李监宅

一曲谢朓诗，三声霍卫辞。
飞将军李广，天水酒泉时。
攀龙权贵事，泽风帅京师。

13 春夜燕任六昆季宅

酒宴半唐家，朱门一日斜。
伎芳千曲竞，女淑万彩霞。
夜月群贤醉，晨风未去衙。
朋来朋已醒，友去友邻家。
隔壁闻声尽，临流付豆瓜。
田家应不解，莫解向桑麻。

14 宿毕侍御宅

神交御史公，月留塞灯虫。
苦节平生度，行吟落叶同。
寒光霜降落，毕室酒无空。
树影窗前挂，秋风肃地鸿。
黄花临府前，几案共仙翁。
一语惊天地，三更作醉雄。

15 过杨驸马亭子

杨家驸马亭，安乐客丹青。
彩凤秦箫曲，天城淑女伶。
云生归水色，月曙去孤灵。
别馆衣冠易，朝庭佩玉馨。
簪缨长袖卷，紫梦束人丁。
夜鸟礼无去，栖枝待羽翎。

16 过山人所居因寄诸遗补

遗补山人寄，春云涧谷平。
林深芳草野，晦迹故声鸣。
玉隐青萝树，才明日月耕。
排云昂首望，济润雨气生。
蝶舞群花色，莺啼独秀鸣。
瑶池青琐寄，绝径有无成。

17 春暮过石龟谷题温处士林园

处士林园里，樵渔月夜中。
知音知异域，解卦解通同。
隐隐求何路，幽幽向苍穹。
栖霞深谷底，日落满泉红。

草色连天碧，花馨逐地风。
耕耘千万卷，触觉两三虫。

18 哭常征君

征君万化空，雅颂百般风。
白鹤飞天地，黄泉落地鸿。
苍生应不尽，远近可无穷。
逝水随真气，封禅任始终。
浮云多不降，举目可飞雄。
莫以常人比，龙邻异域翁。

19 送严士良侍奉詹事南游

知音有几人，处世尽红尘。
善受曾参见，江山杜宇珍。
躬身知远去，举目问天轮。
握手闻千古，相倾可一邻。
荆州吴蜀地，楚汉鸿沟滨。
半月应圆见，长弓几度巡。
莺啼芳杜社，水露客情津。

20 过王舍人宅

柳暗半花明，天臣一近名。
居心知大隐，亮节自疏荣。
高风从旧巷，静意可新晴。
雨润皇庭墨，云沉彩笔平。
文星重玉宇，佛道客儒生。
日月耕耘定，阴晴主仆城。
知音明主见，智慧太虚情。

21 奉和圣制登朝元阁

一上朝元阁，千山祝九歌。
八水京都外，九脉共嫦娥。
六合从立览，三清任几何。
红霞成紫气，旭日慢升禾。
感物咸阳照，凝神滑水波。
黄河环曲抱，列辟让云罗。
御苑花明色，天文启曙科。
周王齐岳陟，圣帝翠微多。

22 陪郭常侍令中公东亭宴集

东亭宴集英，北榭可清明。
业就山河外，名垂日月城。
文章全进退，剑履半枯荣。

玉佩鸣歌舞，鸾仙曲调更。
回塘荷叶碧，暗竹影色平。
但以朱轮转，无须隔岸莺。
天涯应不运，海角似难倾。
饮可桑田酒，行成自纵横。

23 夕游覆釜山道士观因登玄元庙

洞府一三清，瀛洲半九城。
谁言仙道远，道士已观成。
象帝栖霞侣，玄元庙祠荣。
明皇琲树月，瑞彩异形明。
物表溪泉色，云浮鹤子英。
孤烟升杳杳，独剑划长鲸。
竹影山光近，香熏日月更。
缝衣履八路，术昧步虚城。

24 送张中丞赴桂州

中丞赴桂州，宠籍月营楼。
五马云衢降，双旌静讼谋。
专城凭紫气，客守御人酬。
偃甲兵丁戊，飞霜夜月侯。
珠心还旧帐，玉片以贞求。
冠恂清阳旭，承明皇益修。
诏书京浥扈，凤仰教诗收。
计日来谒，朝纲列国忧。

25 送王相公赴范阳

相公赴范阳，翊圣化恩光。
按节频年戍，行安度国疆。
文谋雕鼎铸，武勇剑弓藏。
幕坐江山卜，辰鸿日月扬。
师营兵将问，阁老仕圆方。
首雁知南北，排空一字长。
当天人字易，化地守鱼梁。
去镇关河春，书生一柳杨。

26 奉送户部李郎中充晋国副节度出塞

郎中晋塞边，节度副相年。
汉主知兵纪，子房楚笛宣。
分麾中帐令，受命紫微权。
始愿文经国，终临武勇田。
知音知遇见，汉马汉家弦。

月色婵娟问，寒宫桂子怜。
云连南北岸，水润去来烟。
感觉山河外，驱防杜宇眠。
阳关当此道，上掖曲江涟。
渭邑秋风肃，单于夜问天。
龙城飞将在，眷属客方圆。
漏断皇恩后，朝还玉墀前。

接武上之二
刘长卿

1 栖霞寺东峰寻南齐明征君故居

不见故山人，栖霞自相邻。
相从谷已伴，独对暮朝轮。
北主南齐草，东峰古木珍。
音容留世界，涧谷雨云亲。
石径通源水，浮烟落壑濒。
寒松依旧在，半壁对天真。

2 九日蔡国公主楼

重阳满独楼，蔡国客春秋。
九日黄花色，晴山落叶愁。
龙吟公主去，虎啸十三州。
草闭封门户，云浮守院侯。
苍苔今古在，菊幔掩天愁。
塞雁年年见，清溪岁岁流。

3 自道林寺西入石路至麓山寺过法崇师故居

崇师一故居，石路半心余。
古木临泉老，山僧拄仗疏。
峰高由色许，雾重任天书。
草木随荒野，林风掩旧庐。
湘江声入耳，霭散客情虚。
普渡何人度，如此不相如。

4 行营酬吕侍御

侍御一行营，淮南半汉旌。
红缨辞旧日，令帐绶孤城。
策立三军将，君行六骏荣。
凌烟雄阁在，断水理英声。
隔岸秋风起，扶戎志成城。
襄阳军次汉，追战改以舟平。

5 长沙早雪后临湘水呈同游诸子

长沙早雪春，举目晚来人。
水暖湘江岸，花开岳麓滨。
归心烟渚色，野草碧无匀。
白鹭凭天望，红霞任地巡。
东风随意处，石径独天津。
远近何如此，汀洲不比邻。

6 送郑十二归庐山

不可上庐山，浔阳问御颜。
无知天下事，但见九江还。
谷口何峰语，云前落水湾。
仙人临古境，采石处维艰。
独木擎天柱，高林主地班。
渔樵常未定，日月以门关。

7 送郑说之歙州谒薛侍郎

沧洲一侍郎，白首半黄粱。
夜泊歙池岸，轻舟作故乡。
诗吟天地外，曲赋暮朝光。
太守当秦汉，平原鲁士扬。
先生盟诸子，俗变古今常。
六郡何无继，三宫几废扬。

8 送首八过山阴旧县兼寄诸官

首八过山阴，天涯问古今。
轻舟县外泊，晚景满池浔。
鸟落知栖木，人行待宿音。
曹娥江上浪，汉社上虞吟。
吏隐相思道，君明岁暮心。
天台明故里，夏禹祠堂深。

9 毗陵送邹结先赴河南充判官

河南一判官，渭水半青丹。
客路芳年事，临流渚岸观。
乡心成此忆，跬步杖衣冠。
罢战和平望，人间尚独残。
东西分手处，寂寞以书坛。
常闻沧浪地，比较毗陵澜。

10 无锡东郭送友人游越

一路风尘定，三清日月明。
春平余碧色，雨汜碧云生。

会稽兰亭社，天台柱杖横。
曹娥流孝水，夏禹寄沧行。
阔隐樵渔客，江湖社稷轻。
为人知己任，不意是轻鸣。

11 奉陪郑中丞自宣州解印与诸侄宴余千后溪

步入武陵溪，中丞五柳题。
宣州唐印解，但向谢公齐。
竹色千家好，云烟万里迷。
功成听鼓角，业就任东西。
足迹留山野，弹琴寄杏梨。
无劳秦汉问，草木各高低。

12 奉和赵给事留赠李舍人兼谢舍人

远迹半情亲，成思一故人。
东方千玉树，北道万津春。
绛阙呈明主，沧州识旧臣。
云山藏秀鸟，水域隐天钧。
四顾婆娑影，三寻诸葛频。
归途知所悟，佐理尽红尘。

13 至饶州寻陶十七不在寄赠

谪宦寻东道，听君北去人。
相逢知不己，别道莫秋春。
上道空回首，孤蓬独度津。
梅心初欲动，岭竹复离秦。
五柳开门见，三清莫自纯。
千言难许与，万里可家珍。

14 赠元容州

合浦去长沙，𣲗临丨万家。
湘山长戍徼，独剑落梅花。
上印通年岁，孤心正中华。
悲情忧故国，逐恋问天涯。
归梦沧波近，新声草木畲。
芝兰休不醉，岳麓洞庭霞。
别路舟帆去，行程五百里。
文标三界水，正洛一桑麻。

15 题裴式微余干东斋亭

世事一人终，生涯半大同。
浮云生又尽，沧海阔西东。
杖策知君子，樵渔向北中。
轩前何不止，竹影曳摇穹。
水月春江色，山林草雀虫。
花开花落去，醉宴醉由衷。
散帙门轴宇，庄园楚汉风。
屈平生莫致，远吏洞庭鸿。

16 留题李明府霅溪水堂

霅溪一柳杨，独木半书堂。
日落纱窗晚，花开散夜芳。
青山青水色，草屿草光茫。
竹影十门动，天光万户藏。
荷莲随叶碧，芷津散余香。
钓笠深躬处，舟倾取耀光。
孤烟何未尽，只待有炎凉。
暮鸟寻栖宿，江潮入沅湘。

17 谪居千越亭作

天南问谪居，辙北向樵渔。
白首前车鉴，红缨不付予。
孤舟愁泊水，独影向江余。
世业胡尘外，生涯越徼疏。
香风归鸟误，翠柳叶条书。
落日青萍亮，知途直道初。
莺声啼日月，暮色寄裙裾。
独醒何言醉，穷鳞几度如。
风霜曾染尽，驿馆养荷蒪。
自以婷婷立，天心处处虚。

18 覆按后赴睦州赠茁侍郎

地远同心近，天高共九流。
羊肠穿小道，古木越春秋。
虎口余生险，龙城绝唱忧。
龙门天上客，渭水曲江楼。
意下机心重，思中欲难休。
年光销白首，复案共王侯。
独忆沧江色，天涯一去舟。
猿声啼不住，苦叶作臣留。
落日归乡里，行身属莫愁。

长亭空所望，跬步尽春秋。

19 初贬至巴南至鄱易题李嘉祐江亭

巴山夜月深，徽滴故人心。
酷吏扬长致，江流日水寻。
万里门途至，千年蜀道荫。
蚕丛开此路，杜宇作鸣禽。
独经艰难望，孤行草木林。
云多云不主，雨隐雨有音。
竹影婆娑处，思禅寂寞侵。
烟过绀宇见，潮济临雾霞。
舍弃方知贵，平生七寸吟。

20 禅智寺上方怀演和上人

绝献一东林，高僧半古今。
衣冠南北杖，惠远觉禅心。
斗集秋灯合，烟浮万子吟。
沧州方丈路，月殿夜云深。
锡杖飞天色，潮波落岸音。
苍生谁渡口，百岁客先临。
曙色红光远，黄昏遍地金。
咸平初罢处，跬步始终琛。

接武中之一
皇甫冉

1 冬夜集赋得寒漏

清冬洛阳催，漏娄紫禁台。
月暗深宫树，灯明建章台。
寒光多集赋，籁瑞少人杯。
坐取宁嘉曲，行吟玉口开。
窗纱息起落，不似省南猜。
流年城水色，百岁以梅来。

2 送归中丞使新罗

中丞一使明，典律半御声。
望日新罗去，行程旧路晴。
孤山长白望，独岭海云来。
积水朝似色，飘风应戴情。
冠巾从紫绶，步履任京城。
易俗殊方丈，儒通世界荣。

3 河南郑少尹城南亭送郑判官还河东

少尹送河东，南亭赴宴空。
仙舟从御苑，翠竹影西风。
暮去星来问，山孤月独衷。
前溪流向背，故绛色梧桐。
别业樵渔事，江山日月融。
冬春应继续，社稷满飞鸿。

4 宿严维宅送包七

江湖一念归，日月半心扉。
室尽君鸣尽，严维客不维。
秋空秋所见，草色草鸿飞。
落叶村桥晚，行舟夜泊微。
蝉声停已久，醉色复朝晖。
共侣前程去，汀洲可不违。

5 酬张二仲寄

吴洲芳草地，别客梦归心。
宋玉巫山色，屈原白帝寻。
荆衡斑竹泪，岳麓楚才深。
十载相思月，三春鸥绊林。
新丰愁不响，渭邑度天荫。
白发生涯路，黄云度古今。

6 登玄元庙

羽客玄元庙，川原古木天。
重门连紫禁，御国逐童筵。
御道分杨柳，离人合陌阡。
无须南北问，水月去来悬。
一望千年尽，三思万里田。
桑田沧海色，物象古今烟。

7 和袁郎中破贼后经越中山水

武库分帷幄，儒生合范蠡。
西施驱越冠，勾践海门西。
持节凭苏武，行营逐帐笳。
功成名自就，业迹满灵溪。
受绶梅初绽，班师草半齐。
回头天下问，日月一高低。

8 送从弟豫贬远州

逐客扬长见，任人下远州。
思乡回首问，蜀足上离舟。
子吊三湘水，云平九脉愁。
荆巫连白帝，郢楚逐江流。
独结南枝恨，孤寻北雁忧。
长安应不尽，待日曲江头。

9 闲居作 自致儿女

老巴辞官罢，轻生逐子明。
河图知世界，建树洛书萌。
独作南洋客，孤身木槿情。
红黄朝暮色，日月去来耕。
古古今今著，诗诗曲曲鸣。
留身千载外，弃野万山英。

10 奉和独孤中丞游法华寺

一寺云屏水，三山郡府天。
岩溪相逐日，木石磊磊桑田。
道士三千界，书生五百年。
开门杨柳岸，打坐去来泉。
阁影承晴色，楼台落紫烟。
青云连远近，白鹤舞方圆。
汉柏长空树，隋松落子川。
向背钟声里，枯荣鼓语悬。
群峰争草木，百蛰化坤干。
谷雨清明润，祥鸟报道先。
缘心随磬至，慕意化良缘。
法证无生偈，苍牛有自然。

接武中之二 皇甫曾

1 送和蕃使法国特使

白简和蕃使，中华去国遥。
皇城通异域，受命作天桥。
日月从头起，心思竟付霄。
欧州诚已贵，日本岛随潮。
七国排华令，三秋法领消。
平生当此寄，弄玉致秦箫。

2 送王相公赴幽州 自述

一步到幽州，三生问北楼。
知书求至理，向路读江流。
历史年年纪，前程处处忧。
家家成已致，国国信陵修。
白马飞天上，渔阳射虎秋。
常闻飞将处，平章任五侯。

3 赠鉴上人

烟霄问上人，日月自秋春。
草木阴晴见，禅房坐闭尘。
渔阳听战鼓，渭水满兵陈。
磬语应依旧，天空过地邻。
南朝书壁帛，北国史安瀕。
但问京师净，谁闻汉与秦。

接武中之三 严维

1 蜀中赠张卿侍御自述

少小开疆域，中青立朝班。
长春卿雅客，老大独诗颜。
跬步耕耘路，乾坤日月还。
冠巾扬紫气，柱史正衣环。
逶迤江山道，相思儿女间。
孤门来去巷，客坐枣鱼闲。

2 奉和刘祭酒伤白马

白马驭经来，三藏喀译台。
千章成古句，上掖作天裁。
沛艾人间纪，从容礼乐开。
凌烟知六骏，铁柱主南催。
足迹江山去，王风玉佩才。
温情君子德，练影故云恢。
乐府秦川致，劳动逐地回。

接武中之四 李嘉祐

和袁郎中破贼后经越中山水

授律仙郎去，长驱会稽回。
胡笳山月晓，越色会溪开。
细雨京都润，和风玉帝裁。

接武中之五
韦应物

送崔押衙赴相州（顷仟内黄令 自忆）

礼乐儒家子，精英客户生。
农家田亩上，白马自飞鸣。
理驭文章路，从容御使明。
房谋知杜断，鬼谷易中经。
老子青牛道，春秋帝子城。
京中南海水，月下北纵横。
剑阁蚕丛蜀，楼兰锦帛缨。
交河圆日落，故土归情倾。

接武中之六
韩翊

1 奉送王相公赴幽州

鼓角幽州路，丹墀日月流。
寻经书足履，射虎势无求。
越北三边阔，周南九脉楼。
英雄沙场去，壮士帝王侯。
自主方圆猎，从容草木洲。
丞相多越语，北国少吴钩。

2 送李中丞赴商州

五马渭桥东，三官漏晓红。
商州相主宰，玉帐客思雄。
雪素春花叶，云染碧玉丛。
幽香连淑气，古色故人同。
别意怜芳路，从心属念衷。
千声红绶带，万鸟白头翁。

接武中之七
卢纶

1 从军行 自述

二十入京城，中年作苦名。
心成王命使，法用净兴兵。
特使风云涌，中华首辅情。
长春戈玛蒂，以此代红缨。
不忘坚翔赵，难言林汉雄。
成成败败去，国国家家荣。

2 送鲍中丞赴太原

一解北门忧，三兼晋国谋，
千军平寨气，万马竟鸣秋。
独幕成都护，分曹制督邮。
屯兵行霸主，积秣作儒州。
白草单于帐，红缨魏帝楼。
胡笳声不住，弄玉始秦愁。

3 晚到垤屋忆老家

七十老翁家，三生日半斜。
春秋相互易，草木伴群花。
水阔隋炀问，阳关五叠沙。
梅香千里月，雪色万山涯。
遇路何须见，逢人几豆瓜。
天朝驱古道，旧忆向桑麻。
百岁应无主，如今共月华。

4 过李尊师院

阙望李尊师，烟从旧路迟。
常闻仙道近，不解故人知。
犬吠山林晚，花留草地枝。
人行同鹤影，洞漏共清池。
访世何先后，寻观已待时。
千年方一日，阮肇已终棋。

5 奉陪侍中春日过武安君庙

白羽三千客，红尘五百年。
长裙闻虎问，知谒客禅天。
默契元臣许，明征故日宣。
回风丛柏卷，骤雨雾倾船。
补坐侵今古，客思闭庙田。
烟花云水月，俗世鹤寺缘。

6 和常舍人晚秋集贤院即事十二韵寄赠江南徐薛二侍郎

荒阁天台近，徐薛二侍郎。
秋霜明故殿，古树集贤堂。
荀勖文书定，蔡邕汉史光。
炉烟凫玉宇，晓漏落銮香。
御水千门色，宫灯百户傍。
龙池麟笔正，上掖曲江梁。
旭日红霞满，朝纲墨玉章。
重江沧海广，列署度华疆。
汲井源泉水，听钟步跬扬。
闻天替彩仗，任地住侯王。
蕙坠青莲志，才呈议谏乡。
雨润黄河岸，风调日月昌。

接武中之八
常衮

1 晚秋集贤院即事寄徐薛二侍郎十三韵

静静上清居，悠悠下界舒。
文文三世界，楚楚一天书。
殿内才贤集，堂中谏议如。
凌烟天下阁，玉树凤凰庐。
墨润文章客，思开帝子渠。
金鳞批北斗，锦绣卷琼琚。
旧恋双鱼座，新崇独月墟。
联芳成古事，处意正今初。
侍讲亲化会，微宫住界余。
千年朝暮史，万岁去来车。
但以风云纪，何闻世界疏。
江山明日月，社稷正耕锄。

2 奉和圣制麟德殿燕百僚应制

圣寿御銮张，山呼万岁堂。
群僚麟德殿，瑞草奉神举。
鼎足金陛闹，蛮夷位象傍。
千秋臣百祝，百世史留芳。
渭水呈春色，新丰逐地梁。
京都花盛月，上掖满天光。

3 登栖霞寺

淑气栖霞寺，空山草木香。
无尘去外侣，有觉世中扬。
鹤舞禅师院，花风水月光。
何方非凡境，此地是天堂。
积善成身器，如来普渡肠。
修行应不止，跬步一思量。

4 逢南中使寄岭外故人

相思岭外人，不见客中邻。
俱是苍梧问，桃源有汉秦。

巴山云雨岸，下里曲阳春。
路远天空近，心遥地厚津。
归程原自主，只是逐风尘。
白首前途问，原来日月珍。

5 代员将军罢战后归故里

罢战半归乡，全生一柳杨。
金戈征铁岭，白马逐场疆。
牧草年年碧，故笳岁岁昂。
长安多指令，古戍过渔阳。
碛路军行久，黄河九曲霜。
功成风雪夜，客友几生亡。
降虏妻儿望，兵符寄药囊。
空余麾下将，误结羽林郎。

6 题金吾郭将军石伏茅堂

一醉半茅堂，三清九脉光。
云平天上月，水逐玉中觞。
洞暖轩墀榭，风生草木香。
周流呈会萃，晓旭化晨光。
虎涧清溪去，龙山阙日梁。
筵开琴自觉，笔立砚华张。
玉佩炉丹火，华林草木扬。
红尘应不见，金吾以将良。

7 咏冬瑰花

瑰花满雪妆，独鹤着衣霜。
淑覆天涯色，阳明辉丽光。
双鸾思暮日，一艳过萧墙。
濯锦孤霞昂，琼琚谢宅香。
中书昆季咏，含下寄徐郎。
腊月冬终尽，天融作素香。

8 和考功员外杪秋忆终南旧宅之作

一宅住溪边，双鸾隐客船。
霜明浮木叶，日上白云泉。
涧水喧流去，峰光照石川。
梧桐藤蔓见，野果落荒田。
旷物从心地，鸣禽任宇天。
终南山下望，八水绕京烟。
岭外枫桥月，寒中鼓瑟弦。
阶风黄扫劲，以醉共婵娟。

9 早秋望华清宫树因以成咏

可见云怜木，何寻润雨穷。
华清池外树，玉辇路中风。
翠羽霓裳色，灵泉日月空。
双桐盘石上，八桂凤凰宫。
隐隐温汤沐，明上染粉红。
芙蓉出水见，细露雾烟蒙。
一舞成天下，三公作古虫。
开元从此尽，天宝骊山东。
绿恐秋风早，霜明落叶躬。
寒蝉声已去，不可问飞鸿。

接武中之九
司空曙

1 题玉真公主山池院

（萧士赟云按唐史大极元年玉真公主与金仙公主为道士始封崇昌县王俄进号上清玄都大洞三景法师天宝三载上言旧先帝许妾舍家今仍叩主第食租赋愿去公主号罢巴司归之王府玄宗不许又言妾高宗之孙睿宗之女于天下不为贱何必名系王号资汤沐然后为贵请人数百家之产延千年之命帝知至意乃许之薨宝应时）

金仙会玉真，道士作鸾臣。
始作崇昌治，终来宿帝人。
华清千百沐，太液两三春。
羯鼓霓裳舞，梨园八面新。
蓬山公主在，渭邑上皇邻。
碧玉宫中色，长生殿上尘。

2 晦日益州北地陪宴

百岁半余芳，三杯一世扬。
临舟流水岸，挂幞蔽云光。
碧树苍穹近，虹桥玉宇塘。
金波红日落，水静绿山光。
淑气莺林集，香凝紫禁梁。
长郊原瀰瀍，管笛曲江肠。
北地仙州客，南城截岸长。
天楼常侍宴，岘首向青黄。

3 和王卿立秋即事

王卿即事秋，树叶向江流。
蝶散蝉鸣晚，风扬肃气游。
尘埃应已定，爽气可神州。
日暮阴阳鉴，乾坤向背投。
千峰孤自立，九脉独沉浮。
始令寒光侍，终言暖善候。
清清泉有曲，白白色无忧。
楚楚高低见，悠悠日月修。

4 奉和常舍人晚秋集贤院即事寄徐薛二侍郎

徐薛二侍郎，玉署一天光。
禹命呈朝笏，尧聪奉帝王。
百代儒风尚，三台佛道香。
青编重谏议，侍讲致香堂。
太史天街路，中书力奏扬。
征文钟鼓继，练武寒边疆。
相寻丞地久，过继集贤梁。
日照芝兰社，经纶紫禁乡。
地远姑苏岸，才高北斗藏。
云南指铁柱，塞外独封疆。
宫深金吾子，御漏挂红墙。
一曲阳春去，千山作柳杨。

接武中之十
耿沣

1 入塞曲

入塞半军威，行原万马肥。
三边齐努力，一夜去鸿飞。
虎臂销弓箭，熊腰振剑微。
平章呈玉宇，大宛向天归。
日落天涯暗，风扬草木稀。
沙疆从此去，壮气以人晖。

2 仙山行

山深人不全，路短客难尊。
带挂南枝亚，棋逢北木墩。
无禽花自落，有色作黄昏。
立见青云济，回乡五世孙。
何须天地别，莫以野荒村。

四顾桃源洞，三生一界门。

3 奉送崔侍御和蕃

深山人不到，策杖日黄昏。
万里黄河水，千年渭邑村。
和蕃崔侍御，主启旧时恩。
特使修边路，孤臣驻马尊。
关山多草木，暮色冏儿孙。
雪野光明望，风云是玉门。

4 送归中丞使新罗册立吊祭

中丞一使临，汉册半天浔。
远国通儒道，芳邻共古今。
新罗行典册，渭邑住春荫。
渺渺天涯路，亭亭陌巷深。
千年成就业，万岁木成林。
楚楚中原见，悠悠故地心。
经纶来去问，草木暮朝禽。
旧好河山铸，行君鼓瑟音。

接武中之十一
吉中孚

送归中丞使新罗册立吊祭

独坐上家英，孤身岛汉城。
双旌悬策杖，一帜立王情。
万象鱼龙舞，千山草木荣。
波涛长白外，古木兴安明。
异域朝鲜国，新罗旧属生。
方人何不济，岁路几臣行。

接武中之十二
李益

送归中丞使新罗册立吊祭

扶桑隔岸边，旭日瞩先田。
北望兴安岭，东临绿水泉。
长波连汉地，故土济云烟。
鸟去栖枝宿，人归宿月前。
潮平天地阔，雨细润山川。
共渡婵娟色，同舟四海船。

接武中之十三
陈季

1 鹤警露

一露鹤声鸣，三寒落叶惊。
清流溪石冷，夜月宿枝清。
欲可高飞去，还知羽翼轻。
空闻人字雁，独立树风情。
未假排云上，扶摇势力成。
高低非互比，大小是精英。

2 湘灵鼓瑟

鼓瑟湘灵见，闻声岳麓青。
斑斑三竹泪，落落二妃亭。
杳杳苍梧约，冥冥沉水听。
悠悠寻帝子，苦苦望浮萍。
古月幽微照，荆人楚调零。
余音君可度，只望洞庭馨。

接武中之十四
庄若纳

湘灵鼓瑟

湘灵鼓瑟扬，帝子向故乡。
竹泪青峰许，金音水调长。
悲风丝上断，雅韵桂中伤。
逶迤幽情尽，宫商彩凤翔。
林中朝百鸟，月上滞三湘。
寂寞苍梧问，日月楚豫章。

接武中之十五
包佶

送日本国聘贺使晁巨卿东归

水性本含仁，东瀛自纳秦。
蓬莱徐福去，日本岛云邻。
下国生才子，千年客北尘。
扶桑同日月，古道共天津。
四海升平处，三江注入滨。
孤城开晓色，玉帛客书钧。

接武中之十六
刘方平

寄陇右严判官

西征一相尘，北伐半和亲。
汉女琵琶曲，阴山日月新。
苍生何所望，房陈已然频。
故事秦皇成，长城霍卫钩。
王师由胜负，牧草暮朝茵。
鼓角旌旗望，忠贞塞外身。
摧枯拉朽力，玉剑化烟津。
太白临天地，章服自报亲。
征鸿飞不尽，塞雁排空邻。
幕选中宾主，冰壶内净沦。
胡姬姿色舞，陇水半兹秦。
汝颖桃花密，文书淑女珍。
苍生云雨泽，厚土以经纶。
九日重阳见，梅花腊月纯。
人间如此也，社稷始终人。

接武中之十七
李端

游终南山寄苏奉礼

奉礼一南山，逢仙半鸾班。
三清猿鸟去，九脉玉门关。
独采芝壶日，群行去彼还。
樵夫童子问，岭鹤玉书闲。
木积林无尽，云成雨落湾。
棋盘南北座，籽叶去来蛮。
顾得丹砂炼，何依故酒顽。
松罗应彼此，只换一人间。

接武中之十八
崔峒

寄上礼部李侍郎

相思一故乡，别路半扬长。
寂寂江湖岸，悠悠日月光。
吴亭云雨色，楚客水山傍。
暮日黄昏早，君心玉佩藏。
青峰秋未晚，陌巷路寻芳。
待月潇湘问，飞鸿塞北翔。

接武中之十九
张继

送判官往陈留

十问一书生，三清半不平。
齐天同宋地，鲁海共吴城。
使者分巡瞩，陈留合会鸣。
停杼襄邑问，塞外启农盟。
仗节凭天地，行仁靠独旌。
风摇波浪涌，日落水帆明。

接武中之二十
令狐峘

释奠日国学观礼闻雅颂

释子拜清芬，仙师问鼎文。
依依难别舍，郁郁去无闻。
晓颂为华语，观风主白云。
歌明天地问，曲尽暮朝兮。
日国扶桑岛，中原木槿勤。
应余东鲁客，向去调元君。

接武中之二十一
滕珦

释奠日国学观礼闻雅颂

中原雅颂风，太学礼仪东。
国日成家教，天威逐草虫。
纷纷环佩色，棣棣玉颜空。
古乐知音早，新歌落地终。
斯文成驿道，气势紫微宫。
六合疏杨柳，三清主世同。

接武中之二十二
张濯

迎春东郊

颛顼一日陈，帝喾半燕春。
考历明三统，迎祥授万人。
东郊呈紫瑞，节玉向经纶。
肃穆来天半，花明拱北宸。
黄山云敛处，渭水雨烟新。
庆赏衣冠外，长安净巷尘。

接武下之一
德宗皇帝

麟德殿宴百僚

圣绪半忧勤，龙城一宴君。
君臣麟德殿，政务作功勋。
辅弼忠良将，贤才主宰文。
垂衣千万治，束带两三分。
致理桑田赋，行明日月欣。
春朝筵赏见，广乐未央云。

接武下之二
顾况

1 乐府

乐府诗词客，长安日月荣。
金銮呈紫气，凤辇逐春明。
御道红霞至，铜涵玉漏轻。
帘开花露色，榭影女儿倾。
翠羽浮佳雾，红鹦学语成。
声声传旭日，处处精英。
佩玉朝阳殿，衣冠上掖城。
文房应举笏，武库可和平。
颂雅华风古，阳春白雪行。
梅花三弄去，下里巴人情。
律典关河永，崇耕礼国赢。
刑章规草木，正乐是家声。

2 寄江南鹤林寺石冰上人

江南一石冰，地北半香凝。
古寺闻钟鼓，今溪溢晓灯。
山川重复色，日月已东升。
鹤独三峰壁，松林九脉丞。
烟霞浮淑气，道象落真惩。
五昧毒龙去，三清草木兴。

接武下之三
畅当

春日过御园

春风赤御园，细雨润色宣。
日暖兰芝岸，阳和上掖泉。
成蹊先咏德，济世可丞贤。

巷井含天水，宫门纳岁年。
花繁成紫气，草盛覆云烟。
献地躬耕处，依人七寸田。

接武下之四
徐凝

送日本使还

日本一飞鸿，中原半望东。
来惊天水岸，暮去使秋风。
水府鱼龙舞，扶桑草木宫。
波涛何这定，海气已承空。
远见巷茫岛，遥闻鼍气虫。
征帆应不落，异域可新生。

接武下之五
叔孙玄观

洛出书

玄龟洛出书，绿字紫宸居。
瑞荐清波许，灵呈帝主虚。
文成珍列卦，物著跃龙鱼。
凤阁含温美，金銮纳御渠。
东都人注意，卜算子修余。
庆迈休皇处，歌姬似当初。

接武下之六
戴叔伦

晓闻长乐钟声

汉苑一钟声，秦川半晓晴。
霜分明万木，曙色化千荣。
应物蓬莱殿，朝霞上掖城。
虚含天地气，实纳去来鲸。
近得鸡人唱，禽鸣日月更。
氤氲承客令，草木曲江英。

接武下之七
冷朝阳

立春

金言一立春，玉律半新春。
节气知天地，平生问故人。
云消冬腊雪，岁稔采梅珍。

解甲同佳色,梨花共染身。
潜鱼浮水面,柳叶入红尘。
物望天街近,燕巢日表濒。

接武下之八
戎昱

1 观卫尚书九日对中使射破的

一箭射关西,三光照玉堤。
千金呈紫气,万马雨云低。
破的弯弓绶,行营猎剑齐。
重阳重勇气,九日九晴霓。
暮色清明许,黄花小雪霁。
金戈昂国报,凯甲自成蹊。

2 泾州观元戎出师

楚楚征西将,萧萧万士鸣。
泾州寒日色,大雪覆师英。
降虏胡笳阵,楼兰白草横。
交河圆日落,塞外斗年平。
壁磊千军帐,辕门百朔倾。
元戎观魏绛,阁老正河名。
报国何须问,从君莫向荣。
冰霜封铁甲,日月著升荣。

接武下之九
李益

再赴渭北使府留别

山川一谷蠡,日月半东西。
渭北灵犀府,山南雪顶齐。
旌旗招展处,羽校向琼霓。
报国慈恩事,行身济草泥。
千军知将帅,万士问高低。
七尺龙泉剑,三光玉帐笄。
长城烽火照,太白路边鬐。
霍卫封疆问,英雄253客稽。

接武下之十
羊士谔

1 题郡南山光福寺

阁守一传闻,长沙半赋君。
南山光福寺,北阙岁华分。

玉帐空岩道,功名落地云。
茄笙鸣宝刹,鼓磬语斯文。
堕泪垂公迹,残碑坐古群。
啼鸦声不止,野草色芳芬。

2 题东山石壁(并序)干元初严黄门自京兆少尹贬秩牧巴郡以长才英气固多暇日每游郡之东山山侧精舍有盘石细泉为流杯之胜苔深树老苍然遗躅士谔谬因出守得继兹赏乃诗刻而石壁

石壁东山列,云泉谷壑深。
黄门京兆去,秩牧郡知音。
士谔干元贬,寻芳客古今。
诗词三界满,日月九歌金。
滴水川流路,成年木作林。
乌衣王谢同,会稽范蠡吟。
泽畔西施浣,天池木渎簪。
东吴勾践去,北越楚鸣心。
诺重黄金缕,言行杰俊箴。
光辉轻尺寸,草木度津霖。
几醉姑苏女,长悬魏阙钦。
芝兰形共色,蕙蒂结莲襟。
小杏墙边色,红桃树上寻。
轩裘常自解,水调引鸣禽。
故老高低见,平生远近参。
苍然凭自在,素朴任瑶琴。

接武下之十一
杨巨源

1 春日奉酬圣寿无疆词十首

万寿无疆盼,千年有柳杨。
春风三界暖,细雨五湖唐。
渭水晴波岸,长安紫气乡。
周官风雅颂,汉典律圆方。
造化膺神器,慈恩盛世梁。
丹墀红旭色,凤辇送吉祥。

2 其二

京华盛誉疆,国步筑传芳。
瑶池文物咏,寿酒客天浆。
雨露含双阙,琼花纳独昂。
龙炉仙祚远,凤展暖日傍。

万岁成巷语,千声过豫章。
三光明草木,九脉祝君王。

3 其三

日上苍龙阁,云平紫禁堂。
香含天下露,泽润色中祥。
永保长春健,殷勤日月肠。
元和宽待处,不怠圣心乡。
颢气宸襟住,晴光正尚量。
文垂卿雅侣,晋颂梦黄梁。

4 其四

凤辇临黄道,金銮纳国昌。
天门虚睿藻,紫气抱宸黄。
偃战和平世,兴文草木扬。
渔阳燕水易,塞北色辽光。
上苑花依日,清词淑女妆。
陛下氤氲降,云中玉凤翔。

5 其五

玉漏滴晨光,金銮照晓堂。
冠巾衣冕正,定履笏朝梁。
瑞霭方成步,岩廊配曙阳。
千门呈紫气,万山帝王乡。
水殿龙鳞泣,天街凤舆香。
新华明彼此,物象未央皇。

6 其六

千门一紫阳,万井半祥光。
水殿多夫子,岩轩少步廊。
人逢尧酒醉,士遇舜弦张。
寿宴莺歌曲,花妍散御香。
无穷天子客,有限艳吉阳。
御水京城色,和平见柳杨。

7 其七

品类欢欣见,乾坤易属良。
祥烟多艳丽,水殿几炎凉。
晓景东风暖,飞鸿物象扬。
文功千岁永,武德万家康。
北极中经卜,南山上上皇。
凌烟天子阁,铁柱立园方。

8 其八

睿德太平乡，符去化玉芳。
经伦天仗圣，广乐满晴光。
曙色含元照，清歌献帝扬。
恩波沧海阔，鉴日顶峰昂。
拱北辰光济，山南御水乡。
桑田多收获，上掖与人堂。

9 其九

萧韶乐报扬，物象凤呈祥。
九脉呈天气，三江化海洋。
京衢高殿上，巷里满楼堂。
上掖芙蓉水，南山顶雪光。
瑶池泉水落，渭邑帝龙乡。
万岁呼天子，千年向玉皇。

10 其十

圣寿凤凰乡，芙蓉帝王堂。
功成天子树，业就太平傍。
秀草年年绿，奇花处处芳。
丹墀由日月，北阙任天梁。
化洽生成遂，功宣动瑞祥。
云凝春雨泽，渥济本柔方。

接武下之十二
张仲素

1 上元日听太清宫步虚

上日太清宫，仙家玉府红。
元宸金箓客，雅韵步虚空。
续续徐音至，纷纷磬语风。
云云凭鹤舞，集集任归鸿。
士道灵歌继，人心几度同。
千年应彼此，百岁可由衷。

2 缑山鹤

九脉步虚人，三清客地春。
笙歌由鹤舞，羽客对仙邻。
岭上浮云翼，观中落足申。
松声成哎语，雪色化灵津。
几度风霜易，多重日月均。
蓬瀛如可见，九界似红尘。

接武下之十三
陆贽

1 禁中春松

紫禁一春松，高枝半翠龙。
阴阴苍茫色，楚楚碧层峰。
晓日青光满，烟云纳九重。
阳和天子岸，韵与万家宗。
寿老常相比，翁似可庸。
回光呈直立，只以对晨钟。

2 晓过南宫闻太常清乐

南宫颂太清，北阙领禅鸣。
百岁无逢处，三生有共情。
人心呈物象，客意以中经。
旧律翻新曲，晨声暮易平。
瑶池多少度，晓漏去来更。
此岁听符愿，分年仰遗声。

接武下之十四
张濛

晓过南宫闻太常清乐

南宫一玉京，礼寺半钟鸣。
雅调三千界，神音一半声。
晓日红霞远，晨光淑气轻。
云随天地气，客逐度分城。
夏比五英肆，秋别九脉情。
南熏歌曲继，北阙磬音生。

接武下之十五
张季略

小苑春望宫池柳色

宫池一半春，小苑两三秦。
柳色黄巾染，天光绿里珍。
新枝初抽茎，旧叶已无尘。
淑气先呈现，生机未处均。
浮烟含紫玉，远颜纳人亲。
积翠阴晴积，茵田日月茵。

接武下之十六
张昔

小苑春望宫池柳色

宫池一半晴，小苑五百生。
柳色楼前映，新枝雨后晴。
天光初受暖，地泽付分明。
叶叶条条聚，先先后后荣。
遥遥观色碧，近近见黄萌。
浅浅深深易，朝朝暮暮城。

接武下之十七
裴达

小苑春望宫池柳色

宫池一半荣，小苑五百明。
雨雨云云济，颜颜色色成。
朝朝杨柳柳，暮暮去来情。
广殿庭边染，深宫榭岸平。
初寻姿意早，复得晓春萌。
日历香烟近，心摇玉意倾。

接武下之十八
丁位

小苑春望宫池柳色

宫池一柳明，小苑半春生。
暮暮朝朝易，颜颜色色轻。
低昂风不止，左右摆摇盟。
夜雨方浸润，朝云可再萌。
依依连御水，袅袅过墙荣。
以叶从枝绿，微形客帝城。

接武下之十九
周存

1 白云向空尽

青云一始终，日色半天空。
远树凭高见，晴波任物功。
霄霞常薄溃，暮雨可润蒙。
卷去红尘涴，舒来地土风。
开元同凤殿，影敛共鳞宫。
中经寻易道，泽物化西东。

2 禁中春松

紫禁望春松,东风落气踪。
繁霜成细雨,木叶化天容。
白色浮烟碧,天光落紫封。
高贞先后致,亮节去来龙。
险壁临崖立,孤形独傲峰。
千年如色比,万岁白秋冬。

接武下之二十
常沂

禁中春松

紫禁一春松,小苑半鳞龙。
大雪如相别,清明寸流逢。
森森成气势,郁郁傲秋冬。
周秦知此色,楚汉待疆封。
但以梅花见,何如腊月容。
苍苍三界上,处处九州踪。

接武下之二十一
令狐楚

1 南宫夜直宿见李给事封题其日所下制诰知奏直在东省因以诗寄

南宫漏几重,御笔紫泥封。
夜直中书令,文章锁令宗。
卿春何已就,白雀向青龙。
北极丝纶织,东垣翰墨庸。
天音闻不久,烛照待辰童。
禁漏千门晓,朝堂万岁客。
金樽香点缀,玉树影芙蓉。
一省天街律,三公雅颂纵。

2 省中直夜对雪寄李师素侍御

密密麻麻色,扬扬郁郁形。
纷纷天下乱,漫漫素中城。
解甲龙鳞舞,飞云玉宇倾。
寒光层叠起,素羽覆纵横。
冰霜浮再积,草木着衣轻。
九脉华清铺,千家杳巷声。
梁园豪气淑,次第谢家情。
越岭疑梅落,梨花客不惊。
中书对灯管,门下对灯明。

直夜观天下,赴封问升平。
遥遥成一见,处处作英精。

接武下之二十二
卢景亮

寒夜闻霜钟

一夜待霜钟,三更向晓封。
清鸣知自己,远近客行踪。
古道中经易,京都上帝容。
离思惊梦去,漏断向云龙。
意望昆明岸,天明晓日冬。
情扬声不止,尽是儿音重。

接武下之二十三
郑絪

寒夜闻霜钟

霜钟一夜听,按律半京宁。
净水凌波屿,回声落地庭。
春客时已定,晓月易更星。
漏断天光曙,风扬上掖灵。
千山冷旭照,万巷木丹青。
正笏朝冠肃,和虚待臣丁。

接武下之二十四
吕牧

泾渭扬清浊

秦川一渭泾,吕牧半丹青。
迤逦京都岸,苍茫八水泠。
清清何又止,浊浊注流汀。
百里江河问,源头自可灵。
茺沙黄上地,旷岭故川宁。
湿润难分野,渔樵此路停。

接武下之二十五
窦常

1 求自试 自得

诗书一白头,自制半春秋。
老子潼关去,儒生杏坛修。
陈王吟七步,魏帝问三忧。
彩凤梧桐树,龙门百丈愁。

文英常作客,剑阁可南楼。
古古今今问,来来去去求。

2 花发上林

上苑玉门深,潼关老子荫。
长安三百路,洛上十年寻。
岁岁红花竞,年年碧草心。
丛丛天地纳,处处去来禽。
魏阙惊铜雀,余情不得音。
谷雨重开放,百岁木成林。

接武下之二十六
王表

花发上林

上苑一新春,长安半旧林。
轻红相继色,淡雨遇春深。
榭曲环阳抱,楼明玉仗侵。
当寻桃李树,记录鹭鸥禽。
举首朝天语,晴光对地浔。
凌云多少士,日月可成荫。

接武下之二十七
权德舆

1 送工部张曹长大夫奉使西蕃

西蕃一使雄,古道半天工。
节印南台路,文书渥命红。
江河恩玉帛,日月共雕虫。
废垒关山度,长城颂雅风。
单于听阵士,令帐任苍空。
社稷何秦汉,和平偃曲衷。

2 晚秋陪崔阁老张秘监阁老苗考功同游昊天观时杨阁老新直木满以诗见寄斐然酬和有愧芜音

阁老度尘机,儒生对紫微。
方圆成尺寸,格律作光晖。
晓籁虚清殿,芝兰竹叶稀。
佳期游驾舆,择考问观闱。
草木知时令,阴晴向背依。
江流源汇似,暮色去何归。
独径寻溪近,孤身试是非。

书香三界外，日照一鸿飞。

接武下之二十八
武元衡

1 奉酬中书相公至日圆丘摄事合于中书后阁宿斋移止于集贤院叙怀见寄之作

咫尺紫微天，圆丘御事田。
相公知律节，府鉴集才贤。
祀庙承天器，龙庭泽晓年。
香凝文墨客，漏序刻方圆。
太液瑶池路，中书门下泉。
移明移日月，白雪白春烟。

2 途次近蜀驿蒙恩赐宝刀及飞龙厩马使还因寄李郑二中书

蜀赐宝刀还，飞龙厩马关。
中书同李郑，御下使幢颜。
感叹天恩泽，依情地厚班。
风霜何所去，日月复重攀。
役客行云宇，征夫一万山。
应怜宣令去，持国九州蛮。

3 夏日陪诸僚游昊天观因览旧题诗寄呈杨华州中丞

夏日昊天观，杨华敞地坛。
中丞三伏牧，碧宇五湖澜。
恃静方圆定，寻清日月安。
黄公垆下问，省秘谢王冠。
阮肇棋人寄，同寮旧语翰。
桃源秦汗问，莫与故人单。

4 和杨三舍人晚秋与崔二舍人张秘监苗考功同游昊天观时中书寓直不得陪随因追往年曾与旧僚联游此观纪题在壁已有沦亡书事感怀辄以呈寄兼呈东省三给事之作杨君见征鄙词因以继和

东门一省人，白石半芝新。
寓直中书讼，沦没旧事春。
徽题呈故字，纪序掷香尘。
化药秦方士，偷桃玉子邻。
泉清流不止，羽驾奉天绅。

鹤舞千秋影，词和九脉亲。

余响之一
柳宗元

1 酬娄秀才寓居开元寺早秋月夜病中见寄

异客故国愁，同生夜月忧。
酬娄秋水静，病寄秀才楼。
面壁空残室，闻香林自求。
潇湘外竹木，岳麓羽人丘。
谬委双金重，难征独佩谋。
凭祥孤岛色，满目洞庭舟。

2 韦使君黄溪祈雨见召从行至祠下口号

牧使童蚕桑，黄溪祀雨郎。
骄阳云欲济，客岁致天堂。
旷野微官宿，寒宫桂影长。
贫穷樵子路，晓日逐鱼梁。
古祠龙王问，灵台偃蕙香。
巫言天池许，谷口纳炎凉。
玉莫遥池路，精诚罪过尝。
田家无日月，奉简有贤良。

余响之二
韩愈

1 送李尚书赴襄阳

帝念一襄阳，旗平半客肠。
荆门南北望，汉水去来长。
属郡忠良事，臣冠挂异乡。
风云多变化，日月照园方。
玉石相邻里，官民共土圵。
岘山垂泪处，昂首问蹉疆。
艳色堤娼曲，千姿百态香。
由身邻自己，切域任侯王。

2 和席八夔（元和十一年与公同掌制诰故有倚而吹竽之句）

制诰吹竽人，银河曙地春。
春宫多紫气，右掖尽忠臣。
陌井朝游直，横门暮驻休。

琼花香世界，凤鸟羽衣稠。
夜漏长星俱，文思日月洲。
凌烟台阁纪，进士曲江楼。
柳色知情早，寒光向䌽求。
青云红药见，咏念自春秋。
蘱藻形神寄，芳菲上苑猷。
同行三界故，共畅八夔周。

余响之三
刘禹锡

元和癸巳岁仲秋诏发江陵偏师问罪蛮徼后命宣慰释兵归降凯旋之辰率尔成咏寄荆南严司空

御笔过江陵，蛮夷自降膺。
兵符沉北凯，汉使祝朝丞。
一水分疆制，三公划域兴。
谣开观竹栈，徽慰释军微。
拜舞桑弓掷，功成罢战胜。
飞章横日色，问罪复宣升。
草偃同天域，筹心共地弘。
雕题联袂练，远驿结风灯。
火号休传警，机桥正房能。
登山高不见，振翼俯风凌。
伫立元戎赐，形文静气增。
英雄先后起，上策许香凝。

余响之四
李吉甫

癸巳岁吉甫圆丘摄事合于中书后阁宿斋常负忝媿移止于集贤院会门下相公以七言垂寄亦有所酬短章绝韵不足抒意因叙所怀奉寄相公兼呈集贤诸学士摄事园丘后，中书后阁公。

酬章门下客，满殿集贤风。
学士知天地，枢衡制宇空。
冰池成玉界，粉壁作天宫。
日上谋书府，朝中致寸衷。
忧时君子敬，白首一书翁。

余响之五
裴度

奉酬中书相公至日圆丘摄事合于中

书后阁宿斋移止于集贤院叙怀见寄之作

中书后阁公，宿斋皓祥风。
摄事园丘止，移文作雅雄。
唐虞同丙魏，盛运集贤躬。
秘府谋猷殿，幽兰处世空。
阳春和白雪，玉磊映天红。
自禁相庭牧，中庸客老翁。

余响之六
李观

御沟新柳

柳色御沟明，春光沿水清。
行人知广陌，古树著新英。
翠色由黄起，微枝任地生。
章合分日月，禁苑与阴晴。
小叶初新展，三宫欲故行。
千门重紫气，万户祝佳荣。

余响之七
冯宿

御沟新柳

柳色御沟新，天渠远水秦。
轻烟含雨色，细露纳初春。
角羽呈天地，宫商向岸濒。
江河温暖水，日月去来均。
拂拂摇摇见，条条叶叶申。
听音听节律，问碧问昌津。

余响之八
王良士

南至日隔仗望含元殿炉烟

隔仗舍元殿，临龙上掖宫。
罗仙去节引，宝戟玉炉风。
至日天宸望，香烟化御红。
晴光分紫瑞，晓气易经中。
北阙丹青见，南山草木丛。
乾坤多少道，玉宇暮朝鸿。

余响之九
韦纾

风动万年枝

日用万年枝，阴阳四季时。
中原朝暮见，铁杵立雄知。
塞北辽东去，云南大理思。
宫烟含雨润，殿启惠新兹。
碧叶参差舞，华林上下施。
天方圆地阔，道远路班师。

余响之十
宋迪

龙池春草

凤阙韶光沐，龙池草色新。
云烟含紫气，岸柳纳天津。
叶下藏啼鸟，丝中待雨瀕。
香翻成白浪，玉落化芳春。
幸好生金坧，长思籍月轮。
波平匀渡口，草没约和滨。

余响之十一
吕温

1 和李使君三郎早秋城北亭宴崔司士因寄关中张评事

黄花一古城，落叶半山倾。
小路千肠迥，高峰万步明。
晴川桑柘老，野鹤暮朝鸣。
雁尽关中塞，溪流月下清。
牛羊情趣牧，卷简志纵横。
隔道三清见，随缘九脉声。

2 终南精舍月中闻磬

日下一禅钟，云中半玉封。
终南山上见，渭水似青龙。
磬语清心事，空门净足踪。
泛泛泉水冷，杳杳罄林松。
法界闻精舍，人群谢觉冰。
霜明纯念里，籁辨度天容。

余响之十二
鲍溶

荐冰

人心一寸踪，雨色半玉封。
已见瑶池岸，寒我日可冬。
余情沉表里，肃曙似青龙。
洁净清霜客，轻空似雪容。
神精成品位，气傲化芙蓉。
只傲江湖岸，孤高一水峰。

余响之十三
赵蕃

荐冰

玉洁以天封，神清似旧踪。
瑶池多少色，上液去来龙。
皓彩丹楹客，虚空积素容。
冷冷知温暖，明明待柏松。
清光沉表里，彻质化秋冬。
感觉三春去，精英半帝从。

余响之十四
夏方庆

谢真人仙驾过旧山

真人一道还，旧驾半童颜。
隐隐何年去，幽幽几度班。
桑田沧海见，白石炼炉闲。
寂寞逍遥问，悠然牧鹤山。
丹升开顶户，羽落闭玄关。
日岁应无望，三生可意删。

余响之十五
范传止

谢真人仙驾过旧山

望路一童颜，行程关水湾。
青鸾歌舞去，白鹿步仙返。
羽驾从天地，松林可色山。
烟霄浮岭木，鹤子步天班。
洞府中经论，仙台易卜闲。
红尘悲不累，逐日化天关。

余响之十六
李君房

石季伦金谷故园

石谷一金园，风流半地轩。
凄凉多少问，草木去来喧。
秀女男儿色，佳芳独采原。
情姿娟舞态，谢醉欲歌繁。
灌木高低小，高声左右言。
阶余身影在，曲遣客人魂。

余响之十七
许尧佐

石季伦金谷故园

轻风一故园，细雨半残垣。
曲渚临歌榭，浮云落草萱。
从篁藏宿鸟，独月待孤轩。
堕地何无见，姿身几度繁。
歌台留不住，舞影已难言。
旧壑非金谷，清思是水源。

余响之十八
陈通方

春风扇微和

悠悠淑气微，习习紫宸晖。
律改春风至，天成日月扉。
阳升면柳色，水暖野禽飞。
滟滟波波折，凌凌落落归。
川流源不止，草木近芳菲。
雨雨云云见，情情意意非。

余响之十九
张籍

1 送郑尚书出镇南海

何须镇海楼，但击问春秋。
远命牙旗展，王程誓不休。
羊城开府第，岭度十三州。
画角天边月，梅园玉色羞。
兵符恩赐律，牧治大洋洲。
夜市生难老，南台客不忧。

2 和卢常侍寄华山隐者郑氏

隐者著花冠，华山二月寒。
三峰年不学，九石一仙丹。
酒向林泉饮，琴同洞府弹。
荒原多不垦，架壁少悬峦。
独忍猿啼月，孤寻木叶兰。
开门清气入，静坐放心宽。

3 新成甲仗楼

新成甲仗楼，百尺五兵休。
谢氏临西见，江山鉴日愁。
勾心连斗角，八面四方酬。
结构鱼龙架，檐飞月上头。
霜明多雪色，雨落结冰馏。
点滴晴光许，升华草木洲。
形高生远意，气静可溪流。
莽莽森林木，悠悠府郡州。
诗成丞相赋，俗化阁台游。
脉脉江南望，芊芊塞北侯。

余响之二十
沈亚之

1 勤政楼下观百官献寿

御气一千秋，梨园万古流。
黄花天上色，紫陌玉中楼。
寿比南山老，官冠上浓寿。
阴阳分界定，草木肃王侯。
九日晴云远，三公祝赋留。
丰收年岁庆，瑞节彩生猷。

2 春色满皇州

春色满皇州，年华上御楼。
花明城巷柳，草色曲江头。
淑气瑶池露，轻风上掖楼。
龙门晴日近，渭水自东流。
绣谷芳香溢，清泉注御沟。
风光时序见，辅道见公候。

余响之二十一
张嗣初

春色满皇州

皇州百鸟春，御柳一天津。
爽道群芳色，盈庭玉影亲。
韶阳潜草木，律委可经伦。
曲水兰亭记，长安八水邻。
京都呈紫气，渭邑始新茵。
北阙晴川映，南山满竹筠。

余响之二十二
滕迈

春色满皇州

草色上皇州，风光满玉楼。
金堤呈殿变，凤曲向凰求。
一叶三春许，千枝半露头。
明云霞旭照，古木客春秋。
此见三千路，还寻四十谋。
文华天下士，武勇逐中流。

余响之二十三
王涯

望禁门松雪

瑞雪满松风，祥门半色空。
云平天子路，气定御街东。
紫禁依稀色，琼楼隐约中。
苍烟浮杳杳，水雾落蒙蒙。
凤阙朝明立，龙城对地丰。
苍生素带殿，解甲班可官。

余响之二十四
吴武陵

小松（贡院楼北新栽）

新松贡院楼，古意百年留。
独立天街木，清音做雪优。
风高声益响，雨细自春秋。
露重千枝满，云轻万叶舟。
龙鳞无解甲，直寓有一侯。
骨正朝天举，心平向地休。

余响之二十五
李绅

山出云

巫山一片云，白帝半城君。
楚客三春问，湘妃二竹分。
人情何不止，石秀吐芳芬。
杳杳沉浮去，悠悠日月裙。
随随天地上，任任去来寻。
暮暮朝朝雨，春春夏夏勤。

余响之二十六
白行简

1 春从何处来

腊月一枝梅，寒心半未开。
香凝冰雪色，玉解水温来。
岭上迎风问，园中独立才。
清光多淑气，紫气已徘徊。
律吕候阳晓，宫商纵曲裁。
新春应不久，唤得万芳台。

2 夫子鼓琴得其人

师襄一素琴，胜辨半人心。
慕情声中见，怀仁问古今。
穷玄宣父表，鼓瑟二妃音。
促调操弦曲，形同日色钤。
高山流水去，老子道家喑。
佛渡莲花岸，儒门帝子箴。

3 李太尉重阳日得苏属国书

太尉重阳日，三光帝王居。
楼兰千万里，降虏去来车。
雁尽平沙旷，烟消属国书。
登台南望远，异调北乡余。
对酒情无限，凭栏意有舒。
孤城知己见，大漠不踌躇。

余响之二十七
焦郁

春云

漫漫浮天际，悠悠落古城。
沉沉平旷野，溅溅满阴晴。
四望难均色，千方八面倾。
微微成聚集，楚楚汇无明。
化雨巫山暮，行云百帝生。
因风收敛处，缭绕放霏轻。
共品知泉井，同寻何泽情。

余响之二十八
殷尧藩

中元日观诸道士步虚

道士中元日，虚堂步未成。
玄都观不止，白石磬边明。
秘箓三清界，光明九脉生。
星辰朝帝处，鹤驾向之倾。
玉树珠宫外，花鹭净土城。
圭药丹炉炼，天坛对地名。

余响之二十九
朱庆馀

晦日同至昆明池汎舟

汉武泛昆明，隋炀水调生。
长城秦已尽，汴水运河荣。
静见鄼波泳，横观磊石盟。
何须无子问，但以域疆名。
上掖楼中望，凌烟阁上情。
江山由草木，社稷自人生。

余响之三十
贾岛

1 引徐明府

别去两三声，回头一半鸣。
声安知尚节，了贱问身名。
大雪飞扬色，狂风落地横。
孤行千里路，独步万交情。
百占荒野客，弓刀废自耕。
余心何不己，古道柳杨行。

2 寄贺兰朋吉

归归东林下，花花世界分。
园园和碧畦，野野落祥云。
夜夜连寒木，潇潇古叶闻。
幽蝉三两处，独向顶枝勤。

野菜多心苦，荒田少妇耘。
明年无战事，月下女儿群。
几处相920问，离亭草木纷。
春风生细雨，回首自芳芬。

3 落第东归逢僧伯阳

东归见伯阳，落第自回乡。
晓去龙门客，春来渭水长。
僧心依旧寺，古道纳炎凉。
隔岸鱼鳞泳，高朋草木荒。
梧桐闻笑语，木槿暮朝阳。
士别三千日，君成五百王。
芳园红杏见，风流过低墙。
禅音曾普渡，济泽作黄粱。

余响之三十一
李程

春台晴望

翩翩一谷莺，楚楚半清鸣。
野野晓川望，忻忻晓木荣。
台高何远近，草色向阴晴。
旷达随天意，乔迁曲水瀛。
秦川杨柳色，渭水暮朝行。
景物三千界，江山五百城。

余响之三十二
郑贲

春台晴望

落落一春莺，幽幽半独鸣。
轻风多不住，细雨自无声。
润泽河山色，阴晴草木生。
长安化似雨，渭水浪涛惊。
二月冰封解，三春汉土荣。
田家桑枯草，旭日问书生。

余响之三十三
高弁

春台晴望

不见一啼莺，应寻半木荣。
欣欣相伴侣，处处可生平。
物象三春晚，溪流两地英。

红城花柳色，紫陌女儿情。
蕊直由心正，苞含任萼明。
金汤千里目，玉树万家城。

余响之三十四
姚合

1 送杨向尚书祭西岳

一战半西征，三军十纵横。
英雄多少诺，壮士去来惊。
自古长城外，单于牧马行。
阴山飞将去，霍卫酒泉名。
报国由天命，成功任策明。
云灵凭帐册，此去莫求荣。

2 送家兄赴任昭仪

昭仪一弟兄，早得白眉名。
世事凌烟阁，官冠上掖声。
遥林花影动，广陌夜啼莺。
别酒倾杯问，行程举目明。
离明杨柳色，已见两分情。
扁扁随风响，条条任纵横。

3 冬夜宴韩卿宅送崔玄亮赴果州

晓雁不离群，潇湘夜月分。
银杯高烛色，玉液待行君。
塞北冰霜雪，湖南水雾云。
衡阳栖芷畔，铁岭落飞闻。
魏蜀巴山见，荆吴汉水垠。
旌旗玄亮仗，白日果州熏。

余响之三十五
厉玄

缑山夜闻王子晋吹笙

月夜一笙鸣，缑山半谷清。
声情闻并茂，紫府见啼莺。
子晋流荒语，云霄带意更。
三清和玉曲，九界度精英。
付韵参差侣，知音彼此盟。
松林门不闭，洞口接旗旌。

余响之三十六
钟辂

缑山夜闻王子晋吹笙

月夜一音惊，云霄增远鸣。
层林多不语，古木挂余声。
曲绕山川水，笙平世外情。
婵娟同此意，织女共情倾。
晓色应迟到，红霄杜紫城。
朝阳呼而现，羽驾以心平。

余响之三十七
许浑

1 蒜山津观发军

辕门一将雄，帐令半军风。
羽檄西征律，兵符北房弓。
胡笳惊汉驾，鼓角动行营。
宝剑连六倚，燕飞逐地空。
冰霜明月宿，猛虎破飞蓬。
玉寨闻师律，金河问房崇。
猖狂黄石略，永定白山公。
胄甲迎朝日，刀枪奉乃翁。
仑河西域外，大漠筆沙攻。
劲弩连天际，楼兰废古宫。

2 送从兄别驾归蜀川（并序）

从兄彦昭与桂阳令韦伯达贞元中俱
为千牛伯达官至王府长史长庆中非
罪受谴前年会赦复故秋诏未及而已
殁从兄自蜀而南发旅衬归葬途上既
而西还因成十韵赠别

彦昭下蜀川，伯达桂阳天。
别驾千牛令，贞元万府田。
黄公乡庙近，白帝托孤悬。
谪遣移风笛，长亭自在泉。
湘南闻归秩，赣北得帆船。
不解何方向，无官仟鹤宣。
奸人多阻道，力士少家年。
苦菜应心事，终生未了干。
天高云不尽，地厚自方圆。
月色同长久，心情共可怜。

余响之三十八
李商隐

1 武侯庙古柏

不可惠陵东，应闻蜀相衷。
龙蛇三国志，古柏一生躬。
冯异岐山树，邵公白帝忠。
经谋吴赤壁，玉垒在江风。
八阵留天下，三生去事雄。
钦英书不止，已记出师鸿。

2 戏赠张书记

别馆一君孤，空庭半有无。
池光应守月，野气可江都。
汉梦秋方去，秦川渭水湖。
关河朝暮见，谷壑付分茶。
道远长亭近，红颜绿水芜。
云闲凭雨住，木立待林扶。

余响之三十九
姚鹄

送僧归新罗

新罗一故僧，万里半明灯。
白水归乡寺，黄云向东陵。
悠悠离别日，渺渺客心冰。
岁岁年年度，来来去去鹏。
冬寒霜夜月，夏暖水莲菱。
大海邻南北，禅音以汉凝。

余响之四十
马戴

1 送册东陵王使

越海宣金册，华夷命礼行。
秋帆扬日月，大鸟赋长鲸。
渭水连天色，京都接去程。
君心丞远道，客楫向潮生。
石岛凭空立，黄云逐岸平。
应人千里目，只待万家荣。

2 岐阳逢曲阳故人话旧

异地相逢处，同乡各别声。

平明分合去，俱日暮朝萌。
道路由南北，方圆任纵横。
世业因官误，生涯已自行。
渔阳应解刃，口北似和平。
会稽兰亭序，姑苏木渎情。
儒家多子弟，过客少殊荣。
所积知天下，余心对易更。

余响之四十一
李频

1 陕州题河上亭
河亭半陕州，岸渡一洪流。
草色黄昏暗，轩光独鸟愁。
风云天际远，夕照落芳洲。
浪静孤心近，波平月入舟。
船娘歌已止，白鹭对鱼游。
信步由声问，栖枝几处求。

2 送太学士吴康仁及第南归
及第一南归，春还半故扉。
龙图天子岸，解带换朝衣。
太学应无止，分家可阳晖。
川明书案上，草色墨池微。
酒醉儒林里，尘红志业闱。
长安城八水，但与曲江飞。

3 府赋观兰亭图
兰亭一醉休，御使九壶由。
曲水流觞去，僧房寺上兽。
千年天下见，万古帝王侯。
六骏凌烟阁，千军铁柱留。
何须萧翼异，岂料事观求。
昭陵应不止，文章尚九州。

余响之四十二
杜荀鹤

御沟柳
律始半层春，沟连一色匀。
黄新浮碧上，紫禁许朝人。
水水通天气，条条拂近臣。
韶光多润泽，旭日早临津。

楚国江流远，隋堤惹暗尘。
钱塘应是见，帝子可知秦。

余响之四十三
张乔

华州试月中桂
月桂共华州，鸿蒙万古留。
扶苏同缺易，上下共弦愁。
每向圆时影，还随暗存休。
宫中原不令，木下可春秋。
白兔何无语，婵娟有泪流。
云霄虚未了，异域取清楼。

余响之四十四
公乘亿

春风扇微和
二月扇微和，春风已过河。
韶光丹凤阙，暖水碧寒波。
润岸浮云重，江流影玉珂。
龙津扬紫气，凤媚舞婆娑。
柳叶初黄色，梅花落曲歌。
佳辰红旭照，一愿祝桑禾。

余响之四十五
郑谷

1 奉诏试涨曲江池（乾符丙申春）
试涨曲江池，干符玉树枝。
天恩通彼此，地泽共相知。
一雨江湖水，三云日月时。
高低孤屿柳，上下独兰芝。
白鹭清波许，红鳞划曳讶。
龙舟臣赋曲，凤辇徒君诗。

2 远游
足事江湖路，心从日月明。
磬声秋肃道，鼓角叶先横。
远去关山望，由来带意鸣。
乡音离楚水，客驿近孤城。
岸对三湘桔，舟平一屿衡。
渔娘含笑问，暮泊纳壶倾。

3 入阁
秘殿朝班日，和銮列相宣。
文华英武阁，羽翼辟方园。
漏约天街路，星明帝仗全。
三宫红旭近，六院晓阳延。
上苑芳香远，天门启闭连。
金炉升紫气，契仗逐人年。
对扬中书令，当诏返故田。
南心晴暧碟，北阙寿高莲。
雨露甘霖沐，鸳鸯咏祝贤。

4 华山
万仞华山立，千峰冬翠微。
晴岔高树会，险路一夫威。
绝顶临川见，神仙处世晖。
莲花岩石壁，谷底草芳非。
可状难图尽，形同木异违。
悬泉垂百丈，气势雨云飞。
曲曲羊肠径，孤孤秀鸟归。
溪流沧浪水，渭邑望心扉。
影断天桥北，花明乳液肥。
逍遥津外渡，苦果寺中非。
磬语传龙驾，僧明日上辉。
红尘应洗净，他载访湘妃。

余响之四十六
陆宸

禁林闻晓莺
晓日一春莺，春风半雨晴。
云霄天水岸，色碧上林明。
曙气分先后，朝阳主客荣。
瑶池音久颂，绣户梦难盟。
紫禁城中望，慈恩寺上情。
天心由此沃，御柳任舟平。

旁流之一
朱延龄

秋山极天净
肃净一秋天，阴阳半各边。
晴明分界定，雾霾合方圆。
叶落千山积，风扬万里悬。

峰高谁望远，谷底始终泉。
雪覆南山木，云况渭水田。
霜关须不锁，月色可婵娟。

旁流之二
张叔良

长至日上公献寿

南山玉顶梁，渭水凤楼香。
上掖龙池气，昆明满紫阳。
分形霄兀楚，画地豫秦章。
漏净笙歌起，更新曲舞扬。
朝班循旭日，万象制吉祥。
稽典君颜庶，天旋圣历昌。

旁流之三
崔琮

长至日上公献寿

纪历三阳日，朝天百国梁。
千门呈紫气，万巷祝高堂。
子月祥凤至，斗边对豫章。
钟声群舞寿，五夜已萧墙。
上掖霓裳曲，中书羯鼓扬。
群臣祝晓寿，百艳自流舫。

旁流之四
李竦

长至日上公献寿

晓日金门旭，唐虞未央阳。
尧年传佩带，宝历羽云长。
汉礼虬梁继，銮仪上帝光。
朝班循步进，玉辇凤求凰。
引临观畅象，盛美咏无疆。
北阙祥云满，南山洽佩璋。

旁流之五
史延

清明日则百官新火

上苑公侯第，清明赐火新。
春光由此去，万井始良宸。
雅颂书生早，国风日月臻。

王家传御种，物象历时巡。
宠命尊三老，祥光照百臣。
陶钧烟雨丽，柳色世人邻。

旁流之六
王濯

清明日赐百官新火

御火中堂殿，香风已入春。
华光随漏永，烛照九衢人。
转景分辉丽，书生锦布巾。
霞红呈紫气，柳绿显天津。
律改青茵土，云成细雨新。
谁闻寒女子，乞烛作东邻。

旁流之七
韩翃

清明日赐百官新火

御火传天下，千官早入春。
书生先得月，市井可秦新。
上掖分荣耀，长安得彩频。
金銮扬紫气，玉辇淑皇津。
九鼎朝班立，三公始止邻。
书堂知暖意，志第曲江滨。

旁流之八
成崿

登圣善寺阁望龙门

圣善龙门望，遥分禹凿村。
孤园多宝塔，寺阁对黄昏。
境外祥烟远，云中古界垠。
香风呈瑞气，净土始儿根。
愿以诚心始，求来孝理尊。
真源凭自己，许诺是乾坤。

旁流之九
张少博

尚书郎上直闻春漏

建礼含香漏，中丞直寓春。
声声闻不止，处处待钩陈。

凤阙鸡人唱，龙宫晓桥巡。
铜壶凭指箭，紫禁任都匀。
滴滴更新度，平平五夜邻。
泛泛频归语，仰仰豫章人。

旁流之十
周彻

尚书郎上直闻春漏

建礼中华省，含香紫禁城。
铜壶更漏见，御使客冠巾。
滴沥清泛响，新声净直臣。
千门从此晓，万井已朝春。
五夜临明旭，三公正日亲。
高台催草木，俯仰对征轮。

旁流之十一
李子卿

望终南春雪

瑞雪南山顶，西秦渭水津。
凰田呈玉色，凤影曲江滨。
气动长安巷，光明上掖濒。
琼峰连淑树，野鹤竞天伦。
壁垒风云去，天临日月钧。
辛辛天下路，苦苦读书人。

旁流之十二
徐元弼

太常寺观舞圣寿乐

一舞排云殿，三声圣柳杨。
人文天地落，气洽去来昂。
寿乐华章句，融和盛情昌。
高鸿无断字，翠羽有横行。
雁首苍空去，龙门世界长，
群芳中苑色，顾曲颂陶唐。

旁流之十三
张良器

河出荣光

十渡昆明水，三光色未央。
河图荣渭洛，隐映助太阳。

北阙芳芬里，南山紫气香。
京都中国圣，上苑豫华章。
浩漫中微去，坤维顾盼长。
函关同守镇，巷里共挥扬。
守伯常尊至，呈祥迫泰康。
龙门凭主就，苦读信舟梁。

旁流之十四
王绰

迎春东郊

玉管潜移律，东城始入春。
京都呈紫气，睿泽作佳晨。
柳色初黄就，风云已度新。
光晖明宝瑞，物象及冠巾。
宝运龙池水，虬螭放景瀕。
含章扬启奉，可涉落梅人。

旁流之十五
敬括

赋得七月流火

前庭秋叶下，变节律悲秋。
气凉金晴至，风寒草木休。
阳明流火日，七月处微眸。
夏雨天将去，莲荷碧色愁。
排空河丽艳，助月照神州。
处处分明划，悠悠刻九流。

旁流之十六
柴宿

初日照华清宫

华清初照泽，日影始离宫。
玉树芙蓉水，潼关紫禁东。
梨园歌舞地，子弟曲箫衷。
晚翠灵心在，灯明月桂通。
楼梁藏复道，榭对幸汤中。
莫言闻无力，珠泉已色空。

旁流之十七
张随

1 早春送郎官出宰

仙郎今赴宰，圣主古忧民。
紫陌车前路，红颜舆后邻。
丹墀灵雨露，粉署付程身。
策仗金銮印，行谋别汉臣。
琴鸣天日展，羽翠色空频。
一日都门外，三春客域新。

2 河中献捷

献捷河中将，王师冠尽功。
中条山下路，渭邑水前风。
凯奏军散响，仪明士子雄。
烟尘封壁垒，汉道锁苍穹。
宝马飞天宇，唐虞正地空。
寒郊初落叶，自此切胡弓。

旁流之十八
王质

金谷园花发怀古

寂寞烟云路，参差草木空。
花荣金谷涧，水静玉池东。
坠地声犹在，身形影未终。
王孙繁似锦，曲舞色当雄。
鹭鸟飞还止，山川几逝中。
红颜知已见，仕子李桃风。

旁流之十九
张公义

金谷园花发怀古

一日春风至，千家旧木生。
芳华初展色，素洁玉人明。
石氏花园碧，官冠坠地横。
莺鸣何不似，草翠几心倾。
点缀尤言李，楼台有谷鸣。
川流喧不止，寂寞小丛荣。

旁流之二十
周弘亮

曲江亭望慈恩寺杏园花发

古寺秦源见，新芬渭水川。
慈恩天下塔，细雨杏花田。
十地清明后，三春日月宣。
芳菲桃李色，艳彩过墙边。
不与争朝暮，闻风对客怜。
千门红遍路，万里作云烟。

旁流之二十一
陈翥

曲江亭望慈恩寺杏园花发

小杏红墙外，桃花暗自羞。
梅梨曾雪素，大李曲江楼。
玉宇王家阔，慈恩寺塔舟。
春光明普渡，紫陌正华流。
园中多气色，物上付云候。
此去云成雨，归来慰国忧。

旁流之二十二
严巨川

太清宫闻滴漏

玉漏三更点，清宫半月明。
声平惊直寓，夜色可余鸣。
乍逐微星坐，移交紫禁城。
红楼应暗渡，御柳可垂荣。
礼正冠巾待，巡躬举足行。
中书门下省，上掖曲江英。

旁流之二十三
莫宣卿

百官乘月早朝听残漏

晓漏正朝冠，雪霜铁木寒。
中书门下省，建礼月明坛。
觥度凌云步，清空夜舆盘。
星河银箭对，蔼瑞杏峰峦。
佩玉金环带，书香一百官。
祥云初展殿，圣意已大觉。

旁流之二十四
孙昌胤

越裳献白翟

白翟寒霜月，西施着越裳。
伊人多淑气，列皋客炎凉。
素色南宫覆，明桥北阙光。
承天初见哲，启地已知方。

羽翼望空去，甘霖放宇乡。
平心无惧恐，驯宋济鱼梁。

旁流之二十五
王若嵒

越裳献白翟

白翟素明霜，照彰自越裳。
丝绸遥映日，玉羽自含芳。
片口含情织，经经纬纬光。
山川呈紫气，日月照吉祥。
著瑞兴周后，长来献汉堂。
南云朝岁宛，北阙惠无疆。

旁流之二十六
孙额

送薛大夫和蕃

亚相以和宣，推誸向塞边。
臣心倾汉楚，忠信作方圆。
北月寒光素，南州渭火田。
流莺声不止，凯甲雪圣天。
雁字人先落，儒官一品贤。
婵娟三月早，白马玉墀前。

旁流之二十七
徐敞

白露为霜

白露成霜雪，青云作旭光。
倾浮天下象，玉结皙凝凉。
素素清晨叶，明明落月茫。
鲜鲜袭纫羽，洁洁付衷肠。
楚楚秾辉色，均均旧木乡。
扬扬归土地，旷旷自圆方。

旁流之二十八
颜粲

白露为霜

岁晚秋风至，云沉白露霜。
灵心从日月，浩浩任炎凉。
寺远高楼上，姿明谷壑乡。
匡庐林木梁，塞北草原藏。

碧翠中间付，飞扬雪下光。
蓬门穷自与，驿客步园方。

旁流之二十九
陈祐

风光草际浮

玉秀王孙草，天明雅颂风。
山川河水岸，日月暮朝鸿。
九夏衡阳问，三春寒外丛。
年年知岁节，处处有无中。
纳字飞南北，含空进退同。
排云成一字，泊芷问鸣虫。

旁流之三十
汤洙

登云梯

云中问鲁班，梯上几天颜。
谢客何寻得，闻君几度虔。
崂山凭步履，会稽任夷蛮。
赵易荆轲去，邯郸学步艰。
中原堂上坐，自荐语中还，
俗境行行见，居心十八湾。

旁流之三十一
童翰卿

织女石

万岁昆明石，千秋织女名。
盈盈临水色，脉脉待流清。
楚楚机杼响，穿穿注洵城。
苔青留日月，岸芷寄生平。
夜湿莲花瓣，辰晖宿鸟惊。
云浮天外去，倒影更分明。

旁流之三十二
熊孺登

日暮天无云

日暮一苍然，无云半夕天。
为呈天下瑞，只落旧山川。
社稷分光照，桑田守岁年，
遥情随土木，近意任方圆。

附丽黄昏远，收霞律令悬。
不见三玄客，从容九脉烟。

旁流之三十三
无名氏

1 鲍文姬奉和御制麟德殿燕百僚

睿泽一光宸，功成十八弯。
韶戈锋刃利，日月始见颜。
后国三千木，中朝五百般。
江山麟德殿，圣祚凤凰蛮。
物盛高低与，情明草木菅。
神尧千祀庆，主积亿年关。

2 金谷园花发怀古

灵渚疑河汉，萧条晦日秋。
昆明池上客，水净泛中舟。
暮落银波近，涛平独屿丘。
萍浮沙岸浅，树立色清流。
竹笛听来远，渔娘曲不休。
龙津何必渡，但以去来游。
春华生谷底，草木共人心。
欲问当时事，无须作古今。
繁荣桃李色，田赋暮朝萌。
树影如形似，情歌纵野禽。
千情何附会，万意几鸣琴。
意迹芳菲在，娇娥不可寻。

3 日暮山河清

日暮山河色，江流一带明。
红光临水泛，镜彻照金荣。
爽气宁人静，高天列象清。
秦川分汉苑，逸野合纤生。
远岭晴峰木，山崖落宿盟。
无思天下去，但向玉壶倾。

4 华山庆云见

华山半入云，圣主一天君。
雅颂呈风庆，江山作合分。
金柯初曲绕，玉叶已氤氲。
鹤立群仙列，珠峰众木群。
千潭明积翠，万磊素衣裙。
影璧青光入，苍茫白日曛。

5 空水共澄鲜

悠然水色空，逸杳暮无穷。
积翠江流影，堆红日月丛。
鸥飞天地际，竹屿起樵翁。
锦绣河山望，黄昏远去功。
鲜澄融夕照，木叶始无终。
彩仗浮沉在，云消淑气风。

6 郊坛听雅乐

儒生半杏端，祀泰一云端。
律令知天地，黄钟可暖寒。
灵台通达旦，礼殿众心冠。
雅乐何齐鲁，音韶几度弹。
风随清越响，晓祝已波澜。
气聚微和仗，云悬色斑銮。

7 霜隼下晴皋

隼俯一雄鹰，天扬半玉冰。
晴霜天下色，浩洁地香凝。
白草荒原色，黄云落照层。
排空飞翼展，闭羽冶鲲鹏。
逐雀朝高望，驱峰对木凌。
纵横由自主，草木不须应。

8 河出荣光

黄河九曲长，符命一陶唐。
两岸浮青气，三光印会梁。
千年清流水，万古自留芳。
紫气东来顺，孤槎北影乡。
关云摇贝阙，聚彩满龙堂。
汉武宣房贵，冯夷若海疆。

9 送史司马赴崔相公幕

荣荣丞相府，楚楚凤凰池。
树树高低翠，清清日月枝。
琼花多耀目，白鹤学吟诗。
羡慕瑶台净，参差草木芝。
轩朗笔墨客，弄蕙珍禽姿。
切断望心流，察颜观色师。

衲子四人
衲子之一
皎然

1 奉陪颜使君修韵海毕东溪泛舟饯诸文士

君修一古文，鲁学半纷纭。
外史成新体，衡阳落雁群。
东溪流晏曲，毕海聚青云。
百氏精华致，千家物象分。
思呈天外界，望举地中勤。
切韵李斯篆，西山独日曛。

2 冬日遥和卢使君幼平綦毋居士游法华寺高顶临湖亭

一寺居高望，三鸣落地声。
千山云毕掩，八水色新明。
绝顶临天际，仁风处日荣。
遥遥峰谷远，落落鼓钟情。
古刹听禅语，秋山任界清。
五花林上染，七叶玉峰晴。
抚石从容久，悬萝寄苍生。

3 陪颜使君饯宣谕萧常侍

切韵江淮客，修文远史孤。
天都宸垫及，御命令姑苏。
访旧知新社，寻梅探途殊。
钱塘三越稽，汴水一东吴。
富土音同里，夫差冶五湖。
隋炀千古问，百里运河儒。
诸子驱传路，千家笔墨孤。
中经朝殿上，老子道通途。
沈约诗词赋，庾公格律卓。
春秋声已就，日月古今衢。

4 春日酬祭岳渎使大理卢卿自会稽回经年将赴朝寄故林十二韵

岳渎庐卿祀，周秦典使明。
春华求润雨，夏署待枯荣。
果粟秋光满，冬晴瑞雪盟。
祥灵多予告，遗爱主菁英。
礼秩新启命，朝章古历清。
千门崇意在，万巷毕心诚。
五袴常歌咏，三碑久铭生。
北阙虹阳路，南山日月耕。
天台曾付计，会稽可泓澄。
客仰钱塘岸，居堤六合刑。
共经天地见，独待紫泥惊。
二月梅花雪，三光宇太平。

衲子之二
清江

1 早发陕州途中赠严秘书

劳身一道忧，别路半思求。
旧垒书香玉，新加日月楼。
凭空天上望，任自对公休。
草木同根度，阴晴共济舟。
江湖多过客，雨雪付东流。
不灭交河房，应兴进退修。

2 早春书情寄河南崔少府

日见东风至，阳和尚不均。
梅花初秀叶，草色半知春。
宇宙翻然改，光阴律令新。
河南崔少府，洛水已书秦。
四象微明理，二仪薄道真。
文章应自在，觉悟可天津。

3 春游司直城西鸬鹚溪别业

别业一鸣禽，今个半古心。
京畿新蝶梦，晓日隔溪林。
野景游寒鸟，军城落月荫。
堤青高八水，柳叶绿来深。
慢待维生素，多亲菜畦浔。
南枝多剪切，北树可甘霖。
竹影婆娑舞，西霞处处金。
春莺啼未语，只此一知音。

衲子之三
广宣

皇太子颁赐存问并索和新诗因有陈谢

上苑招迎见，禅扉向有余。
公文多雅致，太子帝王居。
秉性承天意，缘情日读书。

慈恩钟鼓继，草木暮朝疏。
奉道潼关去，崇儒鲁府初。
青宫玄圃辅，柘梓积琼琚。
郑瑟宁容了，齐竽自弃谇。
春秋和史记，社稷自荷锄。

衲子之四
理莹

送戴三征君还谷口旧居

谷口关河秀，周王渭水遥。
吕公曾鼓案，颍客傲唐尧。
地势天波府，阳山日色朝。
三征君子剑，百岁月宫霄。
郡夜闲居读，长安八水潮。
春秋相继续，葛履步难雕。
万壑浮云起，千山暮雨桥。
吴宫声已落，越女问秦箫。
瀑布连天地，悬泉挂柏条。
樵歌听不住，九鼎任君调。

宫闱三人
宫闱之一
上官昭容

奉和幸三会寺应制

释子钟声起，冠臣墨迹留。
神房藏日月，直寓漏江流。
凤辇阳和煦，金銮玉佩猷。
慈恩高寺郡，草木十三州。
俯仰中堂客，乾坤上掞楼。
唐虞先泽取，夏禹太平收。

宫闱之二
宋若昭

奉和御制麟德殿燕百僚

垂衣共百僚，八极肃天霄。
紫禁宫庭液，阳澄御气昭。
群芳麟德殿，万岁未央钊。
辅道无为治，恩沾有佩雕。
宗纲同颂祝，雨露共张消。
礼乐修文武，鸿休纪愿谣。

宫闱之三
宋若宪

奉和御制麟德殿燕百僚

漏点近朝王，应声玉佩章。
中书门下省，上掞晏文昌。
武将冠英冕，男儿紫气扬。
廉颇知完璧，赵国有边疆。
镐赏朝宗政，行悬日月光。
相如知礼让，狭路有儒肠。

长篇
长篇之一
杜审言

和李大夫嗣真奉使存抚河东四十韵

存抚河东路，讴歌奉使天。
开阶云月统，受命雨祀年。
六位乾坤易，三微历数迁。
图书龙马道，宝箓凤凰田。
主宰阴晴士，从容日月悬。
经功天子纪，业别去来年。
物象明堂属，风云上掞泉。
交河呈土地，渭水奉方圆。
武举楼兰问，文昌铁杵宣。
昆明池上水，弟子曲江船。
俗节尊先老，冠官客礼贤。
人间四海际，世上五湖烟。
十里长亭驿，千年草木毡。
秦京城阙造，汴水运河涟。
牧吏英雄问，成明不属仙。
弓刀寒塞北，字句御家权。
福祉南山寿，齐君北陆燕。
中军方受虏，后卫未扬鞭。
秋比群生律，章循众士先。
平阳多石垒，铁岭隔胡钱。
霸业关山外，朝纲井邑坚。
陵园松柏雪，扫战挂星天。
隐隐长安望，悠悠渭洛先。
秦楼箫弄玉，晋地越荷莲。
碣石临东岸，南洋淑女婵。
舜耕山社稷，禹凿渡峰川。
会稽兰亭序，三吴富土妍。
天台梁上月，同里小桥弦。
雨沛飞鸿晚，云丰落日牵。
荣华晓旭煦，僚旨共音研。
庶子闻佳瑞，农民可帛棉。
宽街无闭户，爽经有先怜。
六院慈恩树，三宫广泽渊。
凌烟高阁上，六骏制坤干。
叔宝唐宗守，迟恭大将旋。
云南云已止，境域境垂鞭。
磊落公孙镜，房谋杜断镌。
龙门伏举士，列卷过三千。
邈汉天竺近，朝庭聚广缘。
阳春和白雪，万里共婵娟。

长篇之二
杜甫

1 奉送郭中丞兼太仆卿充陇右节度使

中丞太仆使，节度右边名。
将令西山外，秋屯陇上兵。
诏余天子气，曲尽士家情。
主治楼兰域，偏兴受降城。
骅骝天上客，隼鹗岭前鸣。
上策文章去，中行铁马营。
艰难西哉牧，易改汉家荣。
稼穑秦川里，单于草木生。
三军和合贵，万虏万前程。
镇定阴山木，修疆视虎征。
中原谁黩武，北陆可封耕。
自古周秦汉，隋炀汴水惊。
旌旗高主宰，袖卷雨云晴。
箭射渔阳异，弓鸣大漠声。
中书门下奏，帐下列中盟。
上掞听天意，交河收帝京。
无余金婉约，不复玉帷轻。
世上阴阳许，人间彼此情。
家和兴百治，国强万城箫。
淑气朝网净，慈恩宇宙衡。
鸿沟分楚汉，魏晋六朝倾。

月暗胡笳语，星明玉笛横。
长安成逐鹿，渭水作阴晴。
废土荒郊野，胡旋代史薨。
英雄冠勇战，士卒客身更。
白骨长城累，疮痍凯甲惊。
田家无熟土，戮力致红缨。
圭窦三边志，云风五百丁。
空村来虎豹，废水去流鲸。
帅印天威客，涂图永太平。

2 寄彭州高三十五使君适虢州岑二十七长史参三十韵

异城高岑步，同音沈鲍乡。
秋来兴不足，夏末早凄凉。
落叶飞扬去，归根不认娘。
人情尤可见，物象几收张。
未忘云前诺，宣言渭岸傍。
庐王官已就，子美处端方。
缓多殊高客，成吟不柏梁。
篇终何可叹，举目已混茫。
富骆同行止，男儿自可强。
前贤书早业，后主望川堂。
列国春秋纪，三分国下章。
出师千表见，玉碎万臣香。
以蜀荆州借，龙钟八阵藏。
空城惊司马，魏晋始终尝。
志蜀和刘表，躬身瘵故堂。
彭门知剑阁，虢略鼎湖旁。
继续江山空，鸟麻少府裳。
南昌丹桔色，淮北枳花黄。
各取同江水，何言共果香。
巴山闻夜雨，渭水任天章。
羁旅思文藻，行程寄柳杨。
儒生多士子，老子道家长。
万卷辛池砚，千车苦读床。
耕耘应不止，处择已芳塘。
对属招摇过，新情水竹觞。
改汉蚩尤问，安贫济世庄。
轩辕成序祖，苍颉著虞唐。
漫结凌烟阁，应迁帝子房。
莫以江湖水，甘霖草木香。

寻英含润色，诸子弃黄粱。
惬意关山度，吟诗现代郎。
宁容三世界，报举一桃姜。

3 寄岳州贾司马六文巴州严八使君两阁老五十韵

主首平生问，姑苏日月烟。
农家多子女，父母教慈贤。
二十桓仁去，榆前过赵燕。
离乡千万里，苦读万千篇。
钢院京都学，鞍山炼石仙。
工人当不久，翻译换新年。
正气青春盛，安超义凛然。
云南三上下①，曲靖半清泉。
武汉书生见，文章百万全。
耕耘分秒里，著作合方圆。
文革鸿沟平，党山作春天②。
官僚官不举，政党党无全。
七八春天里，三千弟子宣。
怀当争草要，矢志作人田。
日月枯荣见，阴晴进退川。
符坚何董卓，魏晋复幽燕。
十月招रा局，多年蛇口旋。
交通潘部长，国务院中编③。
一遂凌云志，精英共推研④。
晓沐中南海，暮定运河边。
汴水长城见，秦皇汉武迁。
陈仓晴可渡，太白始终闻。
填海鸣禽石，穹穹射雪弦。
王师思塞北，法驾筑情悬。
凯甲谁披挂，朱楼胜负连。
衣冠朝笏冕，四品自杳怜。
碧玉江村上，寒山寺月败。
枫红渔火岸，玉带小桥延。
同里唯亭水，苏州工业园。
新加坡上间，千将路前船。
作茧蚕丝束，成虫自玉愆。
人生如此见，百岁不经禅。
六十诗词客，功成担保虔。
岐山中国处，七万锦铸全。
故老麒麟角，华堂虎豹乾。

南洋无四季，木槿暮朝鲜。
口笔驱孤愤，严君述赋迁。
朱丝无断织，贝锦有青莲。
典郡终微杳，中经始易员。
风霜月跬履，大漠纵横去。
五女浑江岸，三儿七十渊⑤。
乾隆诗四万，老子七万传。
傲骨风云雨，清名启故颠。
长春从道路，著立古今篇。
自主香山寺，从心束木捐。
东城书案上，失侣客翩跹。
颂雅卿君子，梅花腊月阡。
尹度青红许，淑女弄琴弦。
史记方章木，春秋孔府泉。
天竺西域客，渭水赋张骞。
长沙王不语，楚鄂九歌泉。
古古今今去，诗诗律律宣。

注：①②③④⑤，离乡入北京钢院读书，毕业分配鞍钢，作晏超案亲主正义。择文百万言，同此京都去。赴蛇口工业区园京，入国务院中编委。参与与首辅报告，地铁外交工业园区退休。

长篇之三
高适

1 信安王幕府诗并序三十韵之二

法国白郎问，华天美利坚。
欧洲联日本，当年风云年。
地铁燕京路，藩雄太白年，
廊前书特使，策仗戈蒂先。
密特郎姓备，中南海甲舶。
中原先起步，十市继开连。
太白鲲鹏举，轩皇律历怜。
家华团队去，建设汉雄缘。
外国交流事，中书处若宣。
行名何太久，牧政苦辽边。
石磊峰岫路，云封世界渊。
旗旌垂地许，首辅夜时眠。
圣祚雄图广，文昌武勇全。
雷霆天子怒，树木五侯怜。

省部中央见，人心土地泉。
韬灵兼智慧，悟觉合先贤。
印绶曾凭记，高台可德玄。
伊公从此去，遗墨寄方圆。
振玉张青译，金梅密室缘。
君红川语汇，董树林平全。
粤沈京津市，宁渝与大连。
长春滨武汉，浦沪经营川。
大漠风沙度，阴阳草木芊。
云南云不尽，渭水渭无泉。
夜壁寻常问，寒空俯仰天。
长亭长短路，驿社去来迁。
步履南洋岸，灵杨木槿鲜。
诗词量日月，甲第古今全。

2 奉酬睢阳李太守之三

四品中郎将，三生一国忧。
衡阳南北见，五女去来留。
家乡寻故里，异域问春秋。
颂雅卿心许，风光纵九流。
浑江流不尽，日月照鸿沟。
草木阴晴沐，耕耘暮早求。
诗词逾六万，胜过帝王侯。
玉帛乾隆比，文章比肩酬。
青云方伯守，列雀握兰谋。
白璧黄金付，三台四岳收。
京都承家小，巷里东城楼。
建节门当户，禽鸣郡邑秋。
广见南洋外，深藏北海舟。
垂鞭吴越水，跬步晋秦头。
至道江河问，从兴格律修。
蒙庄城北色，阚伯井逐牛。
剑阁巢由蜀，蚕丛杜宇愁。
徐方何不怨，栈壁度仓求。
简简繁繁治，宽宽狭狭由。
鹦鹦鹉鹉赋，石石头头洲。
谷雨清明色，青莲夏至游。
秋雪天上尽，冬至雪花幽。
岁岁文章笔，年年砚墨酬。
当轩凭紫气，对月任沉浮。
渭邑梨园问，温汤沐浴休。
华清云下见，太上殿中陬。
羽檄天朝晚，胡旋造反囚。
霓裳闻羯鼓，不力玉真眸。
苦菜明皇尽，霖铃蜀驿旒。
开元天宝至，李白昌龄讴。
还足知心远，襄峄月似钩。
方圆如可鉴，尺寸造神州。

长篇之四
张籍

赠殷山人三十韵之四

吕氏春秋客，青春战国乡。
诗经传日月，左传亦留芳。
七十文章立，三生苦读肠。
耕耘分秒尽，笔墨雨云量。
世继父母教，师呈弟子疆。
桓仁江水岸，五女共炎凉。
社稷心中阔，江山月上藏。
天涯知进退，海角去来尝。
俗客三清守，山人半玉房。
禅钟留世界，道古寄天堂。
老子潼关任，儒坛鲁府扬。
观音观自己，种地种黄粱。
致力隋唐律，从心水调芳。
长城何石磊，儿女逐钱塘。
但见头颅好，李斯识始皇。
秦瀛无典始，汉武以娇藏。
颂宋隆清治，金陵紫未央。
三星明北斗，历代状元郎。
五万全唐句，三千笔翰光。
如今今古赋，弃掷掷金乡。
读史千家法，行程万柳杨。
南洋何不止，赤道国家忙。
慧觉官南北，声名事栋梁。
中华当局长，国外部臣洋。
达者知天命，昌人向道傍。
玄深情不止，礼报意难伤。
罪恶观风水，恩仇待地方。
鸿飞人正字，至落守潇湘。
汗血黄河逐，秦川养马娘。
乾坤由此制，杏李化桃姜。

长篇之五
杨巨源

上刘侍中

命带一秦王，凌烟半死伤。
兰亭羞御史，六骏翊禹汤。
日月成心顾，江山作柳杨。
英雄南北去，正道是沧桑。
感应秦琼将，迟恭铁柱量。
京畿郊野望，杜断可谋房。
沈约隋唐见，南山草木傍。
潼关临洛水，执契净辽乡。
水调长城见，仁敷改洽肠。
平夷初夜坐，举战力师光。
吹角射雕士，兴龙逐鹿阳。
王浑成武子，谢鉴作元堂。
朔漠军客肃，三公正岩廊。
临池常曲赋，列阵可低昂。
白羽天山箭，诏丝玉帝香。
珪璋宏社稷，道协力辉皇。
守岁中宵问，华宫叙景芳。
三台言志气，九脉伫温汤。
正日临朝笏，凭轩瞩豫章。
仪銮宫殿外，咏雨翠微堂。
论剑先天下，听琴客酒觞。
樱桃春字韵，庾信满诗妆。
得李红衡玉，芳兰素淑姜。
芙蓉分细浪，八月赋钱塘。
渭邑慈恩寺，东都苕未央。
三层楼阁上，二八会妖娟。
帝宅知函谷，王城阔拓方。
琵琶何一曲，玉树任千疆。
即目中山静，云南大理茫。
清光秋日切，名节夏首尝。
月晦移中律，春风润雨忙。
农家知署牧，府第税田厢。
白日香山下，黄云铁岭旁。
辽城东北逐，壮气付秋霜。
仗节行营帐，驱驰草木张。
门前玄武问，殿后序牛羊。
咫尺春秋律，诗词日月唐。

秦楼箫弄玉,水调凤求凰。
铠甲长城戍,文风久固昂。
东西南北去,宇宙去来祥。

三十四、七言律诗 正始

正始之一
杜审言

1 大酺

朝阳旭日万山红,震泽祥云百世功。
道德霞光天下满,钟声远度晓云风。
山南未了梅花色,塞北初闻一字雄。
地久天长和大酺,人兴业就似江东。

2 守岁侍宴应制

冬梅守岁宫廷宴,腊月上掖筵巡风。
烛照灯红天子岸,曛香树碧玉人边。
星河已随连城阙,节奏筝琴对竹联。
帝子王臣宫殿外,元歌圣曲颂春前。

3 春日京中有怀

年年柳色待天新,处处东风浥旧尘。
上苑梅花香未尽,南桥月色雪无鳞。
京中弟子寻先意,渭上青云落后秦。
莫捕春莺邻十客,怆神始叹半天津。

正始之二
沈佺期

1 古意

桃花少妇郁金香,凤鸟金蝉玳瑁梁。
一夜难承千悔怨,三生可恨半求凰。
婵娟有影男儿见,月色寒宫女子尝。
最是秋深征戍忆,含愁梦里去辽阳。

2 龙池篇

龙池一望不东归,上掖三春满以薇。
玉辇朝阳应紫气,金銮汗马沐光辉。
天门古道千台殿,兴庆楼台百度帏。
海纳川流成汇聚,同容磊石作风规。

3 兴庆池侍宴应制

一水当池半碧天,三台不问五湖船。
澄潭玉宇深空度,紫禁天津日月悬。
圣藻连云鳞不解,微风浪通逐波川。
瑶池气色盘根树,鉴镜南宫草木宣。

4 侍宴安乐公主新宅应制

皇家公主半神仙,别业瑶池一苑田。
凤舞凰鸣云汉外,从楼翠幌玉人边。
春来紫气人间阁,夏凉芙蓉水上莲。
叶落归根秋日暖,冬梅瑞雪好经年。

5 奉和春初幸太平公主南庄应制

南庠下辇 春先,暮日黄昏半色皂。
翠影霞红沉水上,流溪磊石彩云边。
千花欲展羞心在,万草青平细叶芊。
秀鸟停飞栖未定,游鱼不止舞蹁跹。

6 奉和春日幸望春宫应制

楼船一半到昆明,弟子三千问客英。
只到云南寻铁柱,何须大理树春城。
千门晓日蒸蒸上,万户新春处处荣。
花间草碧云烟色,柳翠莺啼一两声。

7 奉和立春游苑迎春

九曲黄河日初开,三冬欲尽玉冰台。
梅花宿雪春心动,秀草和阳早叶来。
一点青青赏冻土,千萌破第对无催。
东郊律历皇家早,上苑风情谷雨裁。

8 从幸香山寺应制

南山路路一阴晴,北阙溪溪半鼓声。
寺塔连云天色暮,慈恩永树度群生。
禅音杳杳黄昏岸,乞愿欣欣日月明。
四面清歌闻不已,三台雅颂祝风情。

9 红楼院应制

红楼一半晓晨光,寺路三千普渡阳。
处处钟声支遁见,悠悠磬语祝天章。
西天泛泛藏经阁,北陆怜怜寓佛堂。
四大金钢明目净,如来自是以心康。

10 再入道场纪事应制

南方道场小西天,北陆人间广渡缘。
日月交悬天地上,乾坤风定暮朝年。
炉香杳杳慈恩寺,讲道声声祝颂筵。
法驾明明行陪侍,方圆守一制青莲。

11 嵩山石淙侍宴应制

嵩山处处石淙色,碧涧溪溪采殿居。
玉漏声声连宇宙,清流渺渺帝王舒。
云烟淡淡仙人路,玉女情情素白茹。
太室真图纡道览,汾阳法驾自当初。

12 遥同杜员外审言过岭

举城镇海岭上云，洛浦风光日月分。
事事人人何永定，家家国国有芳芬。
南天独木成林见，北陆孤身帝主君。
可与衡阳飞去雁，同心共渡不离群。

正始之三
宋之问

1 奉和春初幸太平公主南庄应制

青云半上凤凰台，玉辇三人特使来。
浐水千浔成碧玉，香风万木百花开。
文昌北斗魁星照，日旭南山比寿梅。
树色逢春杨柳岸，人臣物象颂天裁。

2 三阳宫石淙侍宴应制

石上溪流带雨声，瀛洲蕙芷与云平。
仙人洞口幽岩壑，秘苑深宫物律明。
八骏巡天从日色，三公度曲任枯荣。
鸟去飞空歌不尽，臣来颂语玉平情。

正始之四
苏瓌

兴庆池侍宴应制

兴庆兴应一池楼，瑞瑞祥祥半九州。
俯俯昂昂三世界，朝朝暮暮万家修。
微臣圣主同天下，草木乾坤共去留。
帝辇从行寻泽济，瑶池驻跸度王舟。

正始之五
韦元旦

1 兴庆池侍宴应制

沧沧浪浪一天泉，雨雨云云半谷烟。
汉汉秦秦先后见，桃桃李李自耕田。
昆明爽岸旌旗遍，御宴楼船赤日悬。
四起笙箫宸幄水，千山万木咏甘年。

2 幸安乐公主山庄应制

过辇玉明过九衢，银河未满泽千苏。
南山渭水京都色，北阙慈恩寺塔孤。
岸渚芝兰池叠石，山庄草木露花株。
天津惠泽君臣宴，不醉方知是玉壶。

正始之六
宗楚客

奉和幸安乐公主山庄应制

银楼玉辇帝王洲，翠羽丹霞伴酒流。
紫禁宫城应不远，层岩日映共春秋。
丝弦管笛天街祝，玉树金钟济水游。
水草连云重阁色，群峰接雨济公侯。

正始之七
卢藏用

1 奉和立春游苑迎 上黄山

半信黄山半入云，三千弟子五千君。
春风又展江南木，细雨重蓬四壁汾。
迎客松前先着色，梅花落里唤香群。
谷底风平清水去，峰顶青天白日曛。

2 奉和幸安乐公主山庄应制

一去潇湘问二妃，三春上苑见香闱。
尧舜不得苍梧木，月宇星桥半竹晖。
瀑布环山庄色水，瑶池石寨主公归。
秦楼弄玉穆公问，壁立千浔逐凤飞。

正始之八
李峤

1 奉和初春幸太平公主南庄应制

玉女山庄一路香，祥云品第半扬长。
天公御幸琼花苑，羽翼霓裳水调台。
曲曲声声歌舞颂，音音韵韵幽诗堂。
峰峦翠碧悬泉落，制酒芬芳入赐肠。

2 太平公主山亭侍宴应制

白玉山头一玉楼，金銮驾舆半池舟。
山光竹影清亭色，紫气东来可旧游。
碧树临风摇曳问，悬泉落后半春秋。
灵归羽节青莲水，俯就天光逐日流。

正始之九
赵彦昭

1 侍宴安乐公主新宅应制

六驾齐驱白凤春，三宫独问去来人。
朝曦赐宴珍珠采，正午听歌日色新。
海上双鹚舟不去，波中一渚芷兰均。
灵池孝笋王家幸，帝女年年望东秦。

2 人日侍宴大明宫应制

芳有一色大明宫，宝契三台颂雅风。
平楼半见南山树，玉漏千章旭日红。
雾落天津杨柳绿，云浮上苑雨烟空。
新声处处鸣禽咏，别墅重重古道东。

3 奉和初春幸太平公主南庄应制

天门一道半云霄，主第三清九陌遥。
万象千山成律历，五湖四海满阳昭。
参差玉树阆阊殿，迤逦峰光逐柳条。
谷口春莺啼不住，秦楼弄玉穆公箫。

正始之十
李适

1 中宗皇帝幸兴庆池戏竞渡应制

露玉金杯一盏开，凌晨渡口百船来。
南山影落皇家水，北涧流清注瀚洄。
浪涌争舸排岸芷，轻帆逐渚对荷苔。
横分晏曲朝天尽，岁岁丞平上掖梅。

2 奉和立春游苑迎春

金銮玉辇一新春，六院三宫半玉珍。
淑气香风杨柳色，天杯圣盏踏青茵。
光辉四象千门巷，积辇九州紫禁秦。
日月应知天地阔，阴晴已向度涨纶。

3 奉和人日宴大明宫恩赐采缕人胜应制

慈恩已赐采缕人，待凤朱城碧殿春。
紫气东来先日暖，金屏宝帐玉香濒。
裁裁剪剪百花虫鸟，绣绣缝缝木水滨。
四面山光呈瑞献，八方丽景五湖新。

正始之十一
刘宪

和立春日内出采花树

春光剪采草花新，锦色银丝月桂真。
禁苑年华芳积垒，朱楼咫尺著秦珍。

梅花五瓣分心放，小杏千姿祝玉人。
织就金鱼鳞闪闪，飞鸿一字过天津。

正始之十二
岑羲

和立春日内出采花树

风和玉气一新春，画里诗中半日秦。
北斗银河谁织女，鸳鸯水岸客我鳞。
皇川俯照南山雪，渭谷清流北涧沦。
小燕寻巢知自力，鸣莺落木已声频。

正始之十三
徐彦伯

奉和中宗皇帝幸兴庆池戏竞渡应制

夹道欢呼雀耀臣，飞舟竞渡始青春。
兴兴废废天津岸，鸟鸟鳞鳞水色濒。
净土芳洲呈玉色，红霞旭力以芳邻。
中流稳坐行船客，共驭横汾水雾洵。

正始之十四
马怀素

1 奉和幸安乐公主同庄应制

沼台影色一平阳，草木芳群半未央。
参差竹木含烟雾，曲折轩廊日月光。
御驾亲临公主望，山庄幸主玉池塘。
世上人间多少客，乾坤子女共同乡。

2 奉和立春游苑迎春

东来紫所一年光，渭水南流半柳杨。
太白华山中土望，秦川八百里桃姜。
皇家庶子同船渡，野草园花共雨阳。
岁岁东风天下去，朝朝旭日风求凰。

正始之十五
郑愔

1 奉和春日幸望春宫

春和日丽望春宫，水暖禽游御水清。
上苑初开花色艳，东来紫气作东风。
朱城雨露云浮起，上掖中书省阙下红。
玉树新生枝叶小，三光九陌暮朝中。

2 人日侍宴大明宫

春风已到大明宫，侍殿人臣玉液东。
含光紫气辰轮启，丽影朝霞映日红。
早见盘根生嫩叶，新枝尚在育芽中。
香心涌动梅花雪，瑞淑笼蒙彼此同。

正始之十六
苏颋

1 侍宴安乐公主新宅应制

安安乐乐一新城，地地天天半主英。
暮暮朝朝山水阔，云云雨雨去来荣。
楼台向晚国家近，殿榭迎晖庶子情。
鼓歌钟停方丈语，三清九界太平声。

2 奉和春日幸望春宫应制

东风已到半春天，水暖禽游一色田。
草碧春心儿女见，花明累色待日眠。
逢情遇雨何相问，暮鼓晨钟普渡缘。
此去瑶池知可近，人间彼此可耕田。

3 广达楼下夜侍酺宴应制

洛浦东封广达楼，西庸石垒会公侯。
人间不夜城灯火，世上九弦声御宴猷。
上苑风华从万舞，三公酺市醉春秋。
臣工正觇群卿笏，礼乐清平帝子州。

4 扈从鄠杜间奉呈刑部尚书舅崔黄门马常侍

朝朝暮暮大明宫，简简繁繁上掖鸿。
鄠杜黄门门下客，中庸省部部前风。
云山帝主红旗色，翠竹高杨羽翼丰。
汉赋廉工君子道，隋炀水调始无终。

5 人日宴大明宫赐采缕人胜应制

旗门建凤大明宫，采缕疏龙赐胜红。
七紫仙裳承月水，千杯御酒雅颂风。
当年竞帖宜春院，是日灵心待侍同。
柳柳枝条连叶脉，形形色色致情衷。

6 兴庆池侍宴应

兴庆池前一玉凤，栖鸾树上半旭红。
山光纳露祥光照，水态承云近似空。
北斗长安连夜晓，银河渭水各西东。
楼船欲去瑶池会，积翠堆云镜面中。

7 奉和初春幸太平公主南庄应制

府第朱门一太平，秦川渭水半皇城。
平阳馆外群芳色，御宴席前集采英。
竹里云烟呈紫气，泉中玉石几清明。
溪流只着山川碧，百鸟声声响凤鸣。

8 春晚紫微省直寄内

直省清华一建章，星河玉漏半扬长。
文昌已上晴空夜，门下无名落柳杨。
百鸟丛中朝凤晓，为他人作嫁衣裳。
官官互助雕梁久，事事躬身纳晓阳。

正始之十七
张说

1 三月三日承恩游宴定昆池官庄（得进字）

上巳天光一圣筵，平阳艳丽半明年。
昆明岸上官庄赐，玉管声中任箫弦。
禊饮雄黄王者色，歌迷曲寡入云烟。
舟流未了瑶池客，日照鳞波目似眠。

2 奉和春日幸望春宫

芳菲别馆幸春宫，禁色飞花上苑东。
御晏京城临渭水，银河落霭泽朝虹。
南山雨露流莺早，北巷渠成草木风。
造化天工何易象，慈恩十渡士人中。

3 幽州新岁作 忆旧

步入幽州自读书，田家一半自耕锄。
桓仁五女滩山岸，六子二儿待樵钓。
大雪纷飞寒塞北，辽东日冻望樵渔。
卧冰求鲤父母去，四顾人间不得余。

4 湖山寺

空山寂寂道心生，静谷悠悠士不成。
野鸟飞飞栖又去，禅音杳杳雨云萌。
香烟处处吉祥见，磬语声声了断名。
净土重重分水岭，清心印挂簪缨。

5 遥同蔡起居偃松篇

众木遥同蔡起居，独芳各异古松余。
青青自得千年许，树树争光万荒墟。
一色连天晴道远，三清岁雪瑞相如。
仙台此色人间永，九鼎孤名帝子书。

正始之十八
贾曾

奉和春日出苑瞩目应令

龙池一日九阳来，晓辟三光半玉台。
瞩目长安天下路，晴波渭水竞潮开。
招贤已见商山老，纳士还闻郢楚才。
不可东周留滞久，忻逢睿藻日边栽。

正始之十九
武平一

奉和立春日内出采花树

一日东风百日催，三春未至半春来。
金銮赐采群芳住，玉凤寻红独向台。
柳叶初明黄未久，春莺只是小雏堆。
千图已毕含天下，万户人家草木开。

正始之二十
李邕

奉和初春幸太平公主南庄应制

秦秦汉汉一南庄，去去来来半日光。
主主公公儿女见，桃桃李李岸池塘。
兴兴庆庆桃源里，太太平平五柳旁。
柳柳杨杨三界远，君君子子万年长。

正始之二十一
蔡希周

奉和扈从温泉宫承恩赐浴

渭水东流过玉山，温汤瀰色自天颜。
氤氲紫气华清暖，宛转和风玉树湾。
泽润文星呈日久，芝兰采殿赐臣舟。
云中雾里何相见，俯仰空泉几度红。

正始之二十二
张九龄

奉和圣制早发三卿山行

三卿日晓一山行，九卫秦川半渭清。
历历山河灵性寄，阴阴草木鸟争鸣。
招贤纳士时巡遗，广德宽符圣礼明。
隐子樵渔原不拟，唐虞社稷久兴平。

正始之二十三
孙逖

和左司张员外自洛使入京中路先赴长安逢立春日赠韦侍御及诸公

洛使京中已立春，长安侍御自朝秦。
云中数雁飞人字，一呖排空逐晓晨。
淑气花明杨柳岸，河边草色芷兰新。
梅花落里千情许，下里巴人九脉频。

三十五、七言律诗　正宗

正宗之一
崔颢

1 黄鹤楼（严沧浪云唐人七言律诗当以崔颢黄鹤楼为第一）

知音不过半南楼，问道何须一九州。
击鼓曹蛮鹦鹉草，高山流水自春秋。
晴川历历фан台近，汉口悠悠日月舟。
暮色苍茫天下问，乡关不是使人愁。

注：李白登黄鹤楼有眼前有景道不得崔颢题诗在上头之句至金陵乃作凤凰台以拟之今观二诗真敌手刘须溪云但以滔滔莽莽有疏岩之气故胜巧思

2 行经华阴

华阴俯仰一咸京，武帝风云半雨城。
驿道晴川连汉峙，秦关北枕绕天平。
三峰不断千嶂险，十地烟花半苑明。
此去终南山上见，孤闻渭邑曲江荣。

正宗之二
李白

1 登金陵凤凰台（范德机云登临诗首尾好结更悲壮七言律之可法也）

金陵一曲凤凰台，二水三山建业梅。
白鹭江流洲不禁，吴宫草木六朝回。
长安日照终南雪，渭坝波明魏阙开。
帝子何言玄武去，秦淮不忘莫愁来。

2 送贺监归四明应制

咫尺瑶台一念中，千山玉树半心同。
长生只是神仙屿，远意应赏镜湖风。
但以茅山成道士，何言暮色有无中。
恩波未了三清诺，鹤舞兴平九脉鸿。

3 别中都兄明府

排空一字不离群，落叶三秋日月分。
试宰中都非是客，衡阳草木牧陶君。
东楼会酒盟兄弟，北隅行程诺日曛。
夜月当心天下路，晓霞可寄彩红云。

4 题东溪公幽居

贤才可问杜陵人，卜筑东溪岁月新。
步步青山峰顶路，幽幽古径鸟啼频。
陶潜五柳桃源问，太白三清北斗陈。
一醉壶中余酒色，千言月下别天津。

5 鹦鹉洲

鹦鹦鹉鹉两洲头，楚楚吴吴半水流。
夹岸桃花香色满，随风柳叶玉条悠。
谁闻草木羞生长，莫以西施对虎丘。
自古英雄名利尽，千年一叶作春秋。

6 题雍丘崔明府丹灶

牧政冠人莫忘机，求仙酒客可寻沂。
三清已见茅山客，道士丹炉玉石玑。
九转何生无大圣，千浔翼羽有依稀。
先师指路生灵近，只伴青松白日祈。

正宗之三
贾至

早朝大明宫呈两省僚友

冠官两省一中堂，紫禁三宫半御香。
滴漏中书门下客，流莺月下旭朝光。
金銮殿上春先至，玉攀旗中步后梁。
但记公孙圆镜处，凭间日月魏征扬。

正宗之四
王维

1 和贾至舍人早朝大明宫之作

直正中书一墨香，衣冠玉漏半朝堂。

形身只见丹青笔，日月穿梭帝子乡。
紫陌天光连晓色，金銮珮笏举帷果。
流莺百啭炉烟近，晓气闾阖绕建章。

2 和太常韦主簿五郎温泉寓目

寓目温泉五郎来，秦川渭水一汤开。
离宫主薄朱旗客，玉佩新丰紫气堆。
碧涧华清池岸树，青山石苑夕阳回。
甘泉只道云浮去，弟子如今敬楚才。

3 大同殿生玉芝龙池上有庆云百官共覩圣因便赐宴乐敢即事

龙池庆晏玉芝新，玉佩冠巾坐上人。
饮笑周文歌不尽，南薰汉武曲天津。
横汾万山千秋语，渭邑三宫九陌亲。
北斗楼前舞乐颂，银河月下以尧邻。

4 奉和圣制从蓬莱向兴庆阁道中留春雨中春望之作应制

蓬莱一雨入中春，渭水三波九曲粼。
帝城千门兴庆阁，南山万木百花新。
风华上苑云觉落，柳色三萌淑气瀕。
道里干阳龙首望，东风犹滞客西秦。

正宗之五
李憕

1 奉和圣制从蓬莱向兴庆阁道中留春雨中春望之作应制

一雨千章淑气新，三宫六院豫章春。
云平上苑花鲜许，翠积南山百里秦。
别馆天工行润泽，瑶池玉漏凤凰人。
年芳处处蓬莱阁，兴庆时时满红尘。

2 赐百官樱桃（时为文部郎中）

汉武樱桃塞外名，芙蓉阙下故人城。
张骞御使通西域，御苑如今赐玉荣。
五百年中精英见，三千里路各阴晴。
红袍细带心情在，只作明年一籽萌。

3 借岐王九成宫避暑应制

岐王避暑九成宫，帝子远见颂雅风。
凤阙天书遥借翠，微宸淑气积云虹。

山泉击石飞花溅，古木行云细雨洋。
不向仙家求紫色，箫声绶带入苍穹。

4 酌酒与裴迪

酌酒知君一醉平，闻声不见半人情。
听来弄玉秦楼曲，且去楼头白首横。
渭水波澜城欲动，南山古木色相倾。
朱门笑剑先后去，细雨天街世事轻。

5 出塞作

别路居延一线天，阴山草木半经年。
幽州李广辽阳问，射虎无声箭羽悬。
白草连云千万里，飞雕日近去来旋。
娘汉汉角声依旧，破房人中几酒泉。

6 酬郭给事

三清洞口解朝衣，两省门前问帝畿。
玉漏声中闻自己，金銮阁下佩声稀。
桃花艳艳和风里，李色微微细雨霏。
小杏出墙先不语，从容不定向晨飞。

7 积雨辋川庄作

空林积雨辋川庄，谷黍田禾水鸟忙。
漠漠云平飞白鹭，阴阴夏木色池塘。
朝习朝习静东邻客，暮暮蒸梨北舍乡。
木槿红颜巡日色，人心不比故人杨。

8 春日与裴迪过新昌里访吕逸人不遇

桃花处处一红尘，柳色欣欣半隐沦。
旧里莺啼闲不住，新昌竹影不须人。
青山不远秦川谷，绿水东流入渭津。
隔岸听书闻子曰，邻家种树满龙鳞。

9 过乘如禅师萧居十嵩丘兰若

禅师石屋过嵩丘，道士清流一九流。
莫解空材兰若定，峰晴暮静易春秋。
钟鸣不定天竺愿，鼓歌还待湿气洲。
石府侵香寒界里，长松漫郁净空楼。

10 送杨少府贬郴州

雁到衡阳一字平，人言岸芷半秋声。
三湘一日猿啼尽，九夏千荷白鹭鸣。
少府闻风屈子数，长沙扑影贾谊情。

书生不吊何天下，老子潼关可不行。

正宗之六
李顾

1 送魏万之京

魏万之京一楚歌，长安渭水半磋跎。
飞鸿不断衡阳去，客度关山岁月多。
曙色霞光呈紫气，秦川百里见黄河。
云山不尽风光老，草木春秋共玉波。

2 送司勋卢员外

梅花腊月一河阳，渭水秦川半色香。
自此春光须定止，东风不尽付长杨。
飞鸿只落山南泽，太史何闻旧日肠。
五夜芳熏新汉客，雄文暗度忆仙郎。

3 题璿公山池

遁迹庐山一远公，幽居洞岭半苍空。
开山凿石溪池永，窥色观峰坐卧同。
浩月禅心尘不染，如来指示证童翁。
天花落座春花月，独独孤孤日月中。

4 寄淮上綦毋三

知君一梦作台郎，问道三章向故乡。
大邑新荣黄绶带，单车六驾顾飞扬。
长安八水丞相府，渭水千山共梦昌。
顾盼南川终不尽，行云北阙始潇湘。

5 送李回

凭君岁月治田农，职事仙人玉液宫。
印启香线成御府，声名漏断向朝中。
南山曙雪朱门色，北阙甘霖昼日蒙。
十月寒花随玉辇，三春古月照关东。

6 宿莹公禅房闻梵

禅房月隐问莹公，住着星沉待宇空。
落叶无惊天籁静，闻钟复与度霜丛。
天台梵爱仙人间，顿觉饭依胜世雄。
俱是红尘分彼此，何言苍茫有无中。

7 题卢五旧居

去去来来百岁中，生生死死一人同。
悲悲切切何情绪，觅觅寻寻几度终。

物在常知思所见，人行不见向由衷。
时来令去青山里，草碧花红日月东。

正宗之七
祖咏

望蓟门

半见燕台一蓟门，千山赵雪两家村。
渔阳曙色同天下，李广闻风射虎痕。
九脉榆关分内外，三边汉马付黄昏。
何言日月阴晴异，俱是轩辕小子孙。

正宗之八
崔曙

九日登仙台呈刘明府

九日高楼一曙开，靠山毕竟半仙台。
云光万里交河外，令尹三明上苑来。
晋谷南泉流不尽，秦川汉马向天回。
长缨自在英雄手，举目关河日月催。

正宗之九
孟浩然

1 登安阳城楼

安阳汉口向南楼，曙色江流向北州。
日坐山明林木翠，黄昏暮酒话春秋。
青峰俯仰高天许，活水波澜阔地由。
一脉红霞神女带，珍珠点点玉鄹游。

2 登万岁楼

律象自然万岁楼，乡思故语半清秋。
孤闻雁落衡阳岸，独令啼猿不可愁。
古渡船头流水去，枯杨叶下不低头。
行书未尽心中意，岁月随天入扁舟。

正宗之十
万楚

五日观伎

西施日下浣溪纱，碧玉云中作馆娃，
曲舞歌声琴不止，吴宫只是帝王家。
千姿百态红颜色，一艳三春半影斜。
欲解青丝齐案上，衣裙只裼石榴花。

正宗之十一
张谓

1 别韦郎中

郎中一别洞庭边，计日三秋岳麓前。
驿道千亭长短见，风云万里去来天。
峥嵘岁月平生路，渭伊流波日月年。
魏晋秦唐西域去，东流大海是源泉。

2 杜侍御送贡物戏赠

自古蚕丛蜀道难，伏波富甲越吴澜。
隋炀汴水苏杭色，汉使何劳獭豸冠。
日暮孤舟江上泊，春寒独月闱中看。
珊瑚上贡粤人误，不见君王自可观。

正宗之十二
高适

1 东平别前卫县李宷少府

翩翩起舞女儿风，楚楚弹琴碧玉衷。
少府前程应自主，孤帆远道向天空。
云开晋水千波浪，雨落秦川万里鸿。
莫忆长安飞不尽，衡阳草木始无终。

2 送李少府贬峡中王少府贬长沙

少府行程付两家，长沙路上峡中花。
衡阳雁落知南北，暮雨朝云楚客娃。
白帝城中神女问，巫山雾里却乌纱。
州县使令芳菲见，岁岁年年日月斜。

3 同陈留崔司户早春宴蓬池

蓬池一宴入三春，曲舞千声付半秦。
荒郊野外芳菲色，律令心中日月新。
隔岸天光成紫气，潺流水影作三津。
虚虚旷旷神仙至，吟吟赋赋故人亲。

4 夜别韦司士（得成字）

一举无成一举成，半生有业半生盟。
阴晴不止阴晴见，日月常来日月明，
下里声中人可问，黄河曲里水难清。
江源玉树知青海，不浊东流以浊行。

正宗之十三
岑参

1 和贾至舍人早朝大明宫之作

鸡鸣漏短大明宫，紫陌辰光玉液空。
曙色中书门下客，文昌北斗御文雄。
皇州万巷千家色，佩笏三呼一帝红。
十曲阳春天下士，长生白雪凤凰东。

2 和祠部王员外雪后早朝即事

雪后长安一气新，花前月下半朝人。
朝霞正起梅先色，素积华凝曙色邻。
玉碎兰田天下散，香闻渭邑满红尘。
南山顶上晨晖照，北阙云中紫气陈。

3 西掖省即事

上掖西边省会工，云峰北色晓阳红。
朝衣正带衣冠肃，紫气东来玉树风。
万户沉香人未醒，千门殿启昭官忠。
文章义勇分班列，社稷江山雅雅中。

4 奉和杜相公发益州

阁老临戎别帝京，旌旄持仗举长缨。
纵横远近巴江阔，主次阴晴剑道明。

栈壁临流惊蜀气，山花挂木付江鸣。
千川逝日云浮去，万岭接天持自衡。

5 九日使君席奉饯卫中丞赴长水

九日重阳一誓师，三边暮日半胡姬。
男儿马上单于问，仕女心中月下思。
草木凭根枝叶茂，乾坤照律暮朝时。
江山自是强人逐，社稷东篱甲羽迟。

6 使君席夜送严河南赴长水

日去河南一玉壶，青丝玉曲半京都。
金杯未尽星晨落，大醉淋漓晓旭苏。
翠眉娇身衣带解，阳春白雪暮朝奴。
天光一半州县群，月色三空大小姑。

7 赴嘉州过城固县寻永安超禅师房

禅音一半入师房，古木三千问玉香。
满树枇杷花欲起，袈裟八戒寺僧堂。
林中鸟语巡天路，殿外浮云客石梁。
不必钟声先后问，观音自在一心章。

8 首春渭西郊行呈蓝田张二主簿

兰田主薄玉边生，滑灞东流细雨情。
一度秦楼寻弄女，三春草翠化泥萌。

梅花落里群芳色，水调歌头碧玉城。
鹿柴溪溪泉不语，辋川处处平壶硬。

9 秋夕读书幽兴献兵部李侍郎自语

纪历生平七十余，三车读遍万千书。
中央甫露中南海，二品从容四品舒。
日月耕耘分秒毕，诗诗七万自当初。
听天览卷邯郸步，但学农家以笔锄。

10 暮春虢州东亭送李司马归扶风别庐

百里扶风一虢州，东亭别馆半江楼。
春莺欲曲闻逐谷，世上浮名付渭流。
日暮山前多影旧，乡关去后袖衫休。
蟠溪雨里旗亭酒，祠晋南泉已白头。

正宗之十四
王昌龄

万岁楼

日上巍巍万岁楼，云中荡荡半千秋。
悠悠不止江河水，楚楚难鸣四十州。
雨后山前分水岭，秦皇汉武帝王侯。
田家税赋京都物，几见文章对野丘。

三十六、七言律诗　大家

杜甫

1 题张氏隐居（开元二十四年复游东都作）

有欲无须有所求，独樵伐木独春秋。
直钩水上同鱼戏，日月耕耘苦作由。
涧涧溪流朝暮去，山山草木去来修。
明明四野文章选，隐隐三生忘莫愁。

2 城西陂泛舟（天宝十三年作）

皓齿青娥一酒泉，长箫短笛半颜显。
风临锦帐春初日，暖气曛心水色烟。
舞袖船平水波影静，姿容曲摆动旗船。
知君不似如情意，莫以此边对彼边。

3 奉和贾至舍人早朝大明宫（乾元元年以后作）

朝明玉漏大明宫，一巷春光万巷红。

五夜方晴传晓色，千门紫气已西东。
三班紫佩金銮殿，两列银鳞玉带风。
鸟雀林中飞志远，丝绂暖日见征鸿。

4 宣政殿退朝晚出左掖

天门一日羽旗宫，左掖千章佩玉衷。
紫气曛香宣政殿，蓬莱客坐未央风。
从容牧赋知君意，领会诏书侍御工。
笔墨瑶池神不语，文章日月有无中。

5 紫宸殿退朝口号

日色升平毕早朝，昭宕玉气柳杨条。
千官佩带衣冠正，万岁金銮满紫霄。
左掖中书门下客，瑶池合殿曲江潮。
蓬莱阁上文章寄，小苑方圆御水消。

6 曲江

花红草碧曲江春，水暗山明渭灞秦。
点点南山杨柳色，关关北阙玉麒麟。
书生一日龙门跃，九品三鸣古道邻。
榜元从容天下士，探花应待状元人。

7 曲江对酒

文风对酒曲江滨，岸芷汀兰苑外春。
俯仰慈恩天下道，乾坤岁月一川秦。
沧洲老远桃花近，小杏枝头过客频。
欲饮葡萄杯未止，黄粱黍米作东邻。

8 曲江值雨

锦瑟佳人一玉香，江亭水色半扬长。
芳林曲栢华光西，胭脂芙蓉别殿堂。
舞尽霓裳人已醉，云前雨后问炎凉。
行娇暮弄温汤水，沐浴华清作豫章。

9 九日蓝田崔氏庄

九日蓝田一玉庄，三秋灞火半天光。
辋川鹿柴枫林早，水陆留芳草木香。
仰目潼关多少路，茱萸节枇去来黄。
风高自是年年去，雪厚应来岁岁祥。

10 恨别（乾元年作）吕长禄

一别含声百岁盟，三生旧忆半心荣。
桓仁五女山前路，宽甸初中少小行。
此过榆关分内外，浑江两岸读书名。
兄弟弟阴晴念，古今今古格律城。

11 蜀相（上元元年成都府作）

诸葛先生一处寻，东风赤壁蜀吴音。
千年独木成林路，三顾樊师是古今。
下野檀溪何古渡，空城司马对军琴。
英雄自以英雄见，草木何须草木荫。

12 野望 吕长春

野老峰前俯仰余，门扉月下论诗书。
江开贾客冰封解，剑阁耕耘自奋锄。
田家子女父母教，弟子诗词七万舒。
记得西关兄弟宿，还寻旧路忆当初。

13 和裴迪登蜀州东亭送客逢早梅相忆见之 吕长清

兄兄弟弟问光阳，去去来来半故乡。
少小青春多伴读，中年各自客扬长。
长缨在手江南岸，读步燕京大学堂。
武汉英姿空港牧，桓仁大学几苍茫。

14 送韩十四江东省亲（上元二年作）吕长义

西关五队一家乡，入伍图门半学堂。
独自兵营多日月，相思别见是衷肠。
同胞手足真兄弟，血肉相连是爹娘。
此忆应知传子女，流芳百世自荣昌。

15 野望（宝应元年成都府作）吕长茂

野望桓仁一水乡，浑江九曲半朝阳。
兄兄弟弟同胞妹，苦苦辛辛共日堂。
自古田家生产队，西关教子自留芳。
小玉耕耘温室菜，东山岁岁寄兄肠。

16 涪城县香积寺官阁（广德元年梓州作）吕燕滨

自幼心中一妹娘，田家子女半衷肠。
天涯教育桓仁见，美国燕京寄栋梁。
五队农工朝日月，三生独立作狼行。
浑江九曲朝阳去，学步邯郸本溪光。

17 燕京

晋祠南泉一水滨，燕京学院半知春。
积翠瑶台赢子见，行芳上苑女今珍。
法国兰西多少客，幽州李广飞将邻，
阴山自古和还战，半抱琵琶入玉真。

18 登楼（广德二年成都作）于金锡

登楼远望一寸心，四象双仪半音琴。
画里书中多少彩，人前镜后树贤荫。
风花雪月寻临去，摄影留形日月林。
积累平生天地阔，扬长岁月古还今。

19 院中晚晴怀西郭茅舍（广德三年成都作）家

东城不尽北京人，二月当初十地春。
枣叶无萌先不色，秋来叶下以红珍。
诗词七万乾隆上，格律千声韵古津。
太白秦王和杜甫，南冠味道乐天茵。

20 宿府

七万诗词数月年，三千日夜九年天。
耕耘苦苦知分秒，字迹行行手足田。
风尘沼牧生平路，蛇口姑苏工业园。
地铁邦交临特使，官移不定客难眠。

21 秋兴（大历元年秋寓夔州作刘会孟曰八诗大体沉雄富丽哀伤无限尽在言外故自不厌确实小家数不可仿佛耳）杜甫

玉露轻扬一阵风，英心羽翼半故宫。
江东霸主鸿沟岸，独宿溪流草堂空。
日月楼台相远近，阴晴草木共非同。
阳春白雪知音去，下里巴人曲舞终。

22 其二

白帝孤城一水明，巫山峡口半云英。
暮色苍茫烟雨近，十二峰中久阴晴。
北斗空开天角度，南宸自守旧时荣。
江流不止襄王去，汉赋无形宋王声。

23 其三

千山日上半春晖，万木林中一翠微。
江楼不见江流去，雨色云来两霏霏。
古道年年天伦理，斜阳处处待鸿飞。
臣衡不向功名利，刘向中经日月归。

24 其四

故国平阳一草堂，清溪月色半晴光。
成都记取丞相祠，不顾东吴赤壁扬。
老子玄阴天地外，儒生礼教情书香。
无形有觉关山度，蜀道无声自柳杨。

25 其五
瑶池色映曲江傍，北阙涵关玉露香。
南山顶雪长安涸，少府衷心曲断肠。
龙鳞一片千波阔，铁甲三军万里扬。
历历渔阳安史乱，家家不记故人乡。

26 其六
楼船一去到云南，武帝三生误杏坛。
但以昆明池上水，何须霍卫交河勘。
莲蓬育子婷婷立，少小藏娇不养蚕。
莫以羊车凭自问，牛郎织女是儿男。

27 其七
瞿塘不见曲江头，渭水波扬太白丘。
上苑珠帘花萼殿，夹城绣彩未央秋。
缆锦秦川千百里，扶风落邑两三侯。
河图十易何年月，草木人间是九州。

28 其八
处处知音玉笛鸣，山山草木近秋生。
风风可肃关河路，月月无休桂影清。
下括牛羊知故里，回头落照暮云横。
无情最是寻杨柳，不尽行程是此声。

29 吹笛
短笛长箫两独音，云浮两注半人心。
长安渭水相辉映，白鹿潼关自古今。
道士三清天地外，如来一世木成林。
儒家子弟精忠客，笔墨书香日月深。

30 夜
一月孤明半宇空，三星独伴五湖风。
秋高气爽寒先至，积叶气心作世雄。
白首常闻天地事，童翁莫教去来空。
无情已是群花色，九日登高寄远衷。

31 咏怀古迹二首
琵琶一曲过荆门，汉帝三生问战村。
朔漠无非南北客，阴山草木有儿孙。
青茔古自明妃夜，画肖宫图苦度魂。
但与单于同日月，人间自是共黄昏。

32 其二
东风赤壁一身名，司马空城半客英。
魂蜀吴中连策仗，刘禅帝下始终行。
三分割据出师表，八阵营军宰相城。
伯仲应闻毛羽扇，伊吕若定作纵横。

33 阁夜（大历元年冬夔州作）
半见阴阳半见秋，二分正反二分流。
乾坤自是成南北，十易当然两仪修。
夜短天长冬至变，冬寒夏暖日神州。
星河鼓角平安史，渭水长安上掖楼。

34 返照（大历二年夏夔州作）
回光返照上高林，白帝青流入古今。
十二峰峦多影暗，三千草木少黄昏。
胡旋舞尽胡人乱，史治渔阳是汉襟。
正逆人间评论定，无非只作太平心。

35 九日登高（大历二年秋夔州作）
一柄茱萸九日开，三秋落叶去还来。
长江涛涛东流去，白帝声扬玉浪回。
四望无边巫峡近，千云有际锁章台。
猿鸣不是惊天落，鸟落应知暮色催。

36 送李秘书赴杜相公幕
风云处处一三台，日月悠悠半百开。
白帝水水连江岸，巫山木木竟天栽。
星辰北斗文昌许，落叶黄花古道回。
杖策沉浮天下事，思谋永定玉山才。

37 小寒食舟中作（大历五年潭州作）
日近清明四处寒，暮寻二月半芽冠。
梅花落里香泥色，白雪阳春易杏坛。
坐老年华非草木，行观宇宙以心宽。
邯郸学步长安路，尺寸方圆正汉漫。

三十七、七言律诗　羽翼

羽翼之一
钱起

1 和李员外扈驾幸温泉宫
华清百步玉温泉，晓月三清半凤仙。
水殿方呈云雨名，香熏已满未央延。
山门紫瑞重霄汉，曲榭含光枚皋园。
淑气长浮天地外，人心已纳渥恩田。

2 赠阙下裴舍人
二月春莺御上林，都城紫禁晓霞荫。
未央旭日花中色，左掖龙池柳色深。
玉佩衣冠朝笏正，行端举步列鸣琴。
阳和阙下丞相客，岁月经中奉古今。

3 汉武出猎
汉武雕弓出猎城，阴山落草半无英。
葡萄美酒琵琶曲，固守长城玉帛情。
猛虎高山君莫去，鲸龙瀚海自纵横。
黄金屋里羊车去，长乐宫中几人荣。

4 和王员外晴雪早朝
紫气东来一晓阳，南山雪满半恩光。
长安处处银妆换，阙下声声玉满堂。
绕仗偏随鸳鹭列，朝班御柱各成行。
风流继续田郎汉，日月相承序豫章。

5 宴曹王宅
曹王宅里一晏徐，小苑三春五柳余。
淑气香风烟雨色，葱笼草木叶扶疏。
楼台掩映巢燕歇，曲榭瑶池不可居。
平生莫以明堂问，儒生自可侧夜书。

6 登刘宾客高斋（时公初退相）
可以功成帝业初，何言别馆读王书。
高心自尝风云日，凡历人间草木疏。
宠位天高黄鹂曲，三台殿阁隔樵渔。
孙弘鲤也宜绮季，彼此平生作卷舒。

7 乐游原晴望上中书李侍郎
晴云半上乐游原，淑气三重草木萱。
一目长安天紫禁，千门旭日色花繁。
中书门下呈遥木，四野川前泽水源。
阁上常闻儒家论，人中只以对轩辕。

8 长信怨
飞萤一夜去来游，月上三更已自愁。
莫问昭阳长信怨，人间自古女儿忧。
芙蓉阙下多歌舞，玉辇宫中落叶秋。
扫净千门君子路，闻听万户小人楼。

9 送张员外出牧岳州
治牧鸳鸯一岳州，行船御水半东流。
三湘不远君五岸，六郡儒书帝子忧。
但向冯唐多少问，何言宋玉汉赋求。
江山日月还依旧，五载班班竹泪休。

10 送裴頔侍御使蜀
柱史中年四十箱，书生意气五千章。
朝天绣带皇恩重，御使蚕丛蜀道尝。
锦水花繁添丽质，清明月色照神羊。
云霄细雨成都见，计日还来帝业堂。

11 送李评事赴潭州使幕
湖南使幕一潭州，柳叶初齐半不羞。
白芷浮萍无已有，遥观近见似沉浮。
王程驿站春风雨，古寺新钟政治修。
只引江帆行紫气，何须暮色远山丘。

12 送兴平王少府游梁
一度相逢百岁心，三生读卷半知音。
沧沧浪浪江河水，郁郁明明日月荫。
梁国遗风诗赋重，诸侯弟子念词吟。
蝉鸣古树高枝唱，雨落云濑已古今。

13 送严维尉河南
严维一尉下河南，蕙叶三花上杏坛。
不厌杨雄文字赋，何劳吏道贾谊谙。
蓬莱远近凭心见，日月阴晴任目眈。
只向身边寻自主，锦江去后草堂岚。

14 送韦信爱子归觐
归舟一去向云飞，大雁三声弃翠微。
北塞风寒初水暖，南湘竹木色春晖。
梨花白雪梅花伴，柳叶杨枝玉树霏。
鲤也庭闱彼此客，还珠合浦去来玑。

15 赠张南史
东阳日上紫泥封，渭水云中夏日淙。
远去山前寻细雨，身书坐里问芙蓉。
沧洲自欲凭公道，苦历平生只厌从。
不可停舟闲月色，耕耘手卷度行踪。

16 山中酬杨补阙见过
一醉樽前半似泥，三生日下五湖西。
东吴雨中隋炀见，水调歌头锁玉堤。
补阙幽溪苔石路，添平草木筑巢栖。
牵缆解甲田畴事，未胜农家有鸟啼。

17 七盘路阻　闻李端公先到南楚
平生不作白头吟，暮日长亭自古今。
竹泪斑斑鼓瑟去，苍梧郁郁二妃音。
云天一望山河断，渭水千波草木深。
北阳盘安史见，渔阳动地忘吾荫。

18 夜宿灵台寺寄郎士元
夜宿灵台一寺空，禅音普渡半心宫。
塔院凭闻松柏语，莲花水露玉珠绒。

寒光可以连梦里，隔岸难成彼此同。
黄粱不现知君见，古月苍天几始终。

19 题嵩阳焦道士石壁

道士嵩阳石壁悬，主峰石磊碧人牵。
神仙自在融炉炼，白鹿时藏拾玉田。
莫问桃源秦汉地，寻来百草对花眠。
望音刻入千山界，笔墨丹青作寿年。

羽翼之二
刘长卿

1 上阳宫望幸

西行玉辇上阳宫，北阙龙颜下玉穹。
寂寂河山花色艳，悠悠日月自由衷。
春光万木承甘露，细雨千门纳秀红。
独以轻云浮不尽，清新淑气有西东。

2 过贾谊宅

三年谪宦一生迟，十载寒窗一念知。
莫以长沙千逝水，应闻楚客九歌悲。
神神鬼鬼何当见，信信疑疑所以思。
得道无非先作主，途来万定后灵芝。

3 登余干古城

朝来暮去弋阳溪，白鹭青流任鸟啼。
古木萧条云落满，孤城日色各高低。
平沙溅溅晴川望，日落昏昏向月齐。
谷谷陵陵南北断，先先后后自东西。

4 献淮宁军节度李相公

淮宁节度李相公，吹角闻喧雅颂风。
一剑春秋君子路，三生鲁国奉恩雄。
平原跬步渔阳去，白马飞天下宇空。
老将阴山知李广，西征建制酒泉鸿。

5 送李将军迎故使中丞旅榇赴京

故使中丞半赴京，征西报情一心诚。
功勋日见江山社，逐塞飞鸿草木生。
大漠荒原连朔雁，孤身戍野落君声。
胡姬但以胡笳舞，汉地何须汉客平。

6 使次安陆寄友人

草色新年半不齐，归心归念一流溪。
春风未到关山北，日月阴晴草木西。
望路还知年岁去，寻思牧治待昌犁。
三台月下江南忆，五柳门前小叶低。

7 自夏口至鹦鹉洲望岳阳寄阮中丞

夏口汀州一浪烟，南楼鹤影半晴川。
鹦鹦鹉鹉洲前赋，鼓鼓钟钟草木宣。
寄阮中丞三国志，寻径吹句九州田。
潇湘未了长沙问，自古书生自可怜。

8 江州重别薛六柳八二员外

生涯别路一江州，世事空知半学楼。
此醉无休云雨色，他乡有梦士难求。
淮南木落衡阳雁，塞北冰封白鹿休。
只在沧洲寻故影，龙钟共弃自风流。

9 赠别严士元

姑苏一半雨云城，木渎三千水国生。
晓雾江湖天下色，晴烟同里寺钟鸣。
孤行湿帽方知露，独处还闻鸟不声。
道上闲花明不问，青衣不误读书生。

10 送耿拾遗归上都

拾遗归来一上都，天街补阙半扶苏。
秦川路远凭心问，渭水凌波有似无。
步年长亭方望远，情回古月独身孤。
当知建清风尘女，莫以京中作念奴。

11 送常十九归嵩少故林

桃源洞里几人家，五柳村前二月花。
日里千峰临壁立，云中万木竞山崖。
崇丘楚泽迢迢路，别路长亭处处赊。
古堞萧条逢落日，秋风已向少林南。

12 送陆澧仓曹西上

一去长安半日斜，三秋渭水两人家，
潼关黄镇华山路，太白峰高野菊花。
叶落无须天下望，归根早达问中华。
沣仓故里塞塘鹭，且待新春二月鸭。

13 送柳使君赴袁州

宜阳赴守一袁州，始愿儒生半九流。
五柳心中高士去，三苗陌里度风流。
归人不尽长亭路，郡府缠身士不休。
不解山河随日月，从容草木任春秋。

14 青溪口送人归岳州

逝水争鸣一去舟，潇湘落叶半风流。
衡阳不望清溪口，白鹭浮云几度休。
四面环山南断雁，三江岸渚洞庭秋。
相逢有语曾相似，此去何年聚白头。

15 送马秀才落第归江南

半在江南半曲江，一家日月一家邦。
怜君只上龙门岸，恨别东都路不双。
处世孤平官场道，居心独立少林桩。
潇湘竹泪斑斑色，岳麓书香满旧窗。

16 送李录事兄归襄阳

天涯一别路无穷，海角三呼暮朝风。
共月寒川天下去，同心白首去来鸿。
青春已过江山在，老少何言子女童。
晋晋秦秦征战日，逢逢别别史安空。

17 送皇甫曾赴工部

沧江日暮半荒流，旧盈新亭一色留。
独向昭陵天下问，凌烟阁上数春秋。
秦川自有秦王志，渭水难留渭水舟。
此别成心工部职，重逢对话亦风流。

18 送惠法师游天台因怀支太师故居

一步天台一步踪，二春日月二春容。
山屏瀑水流天色，鸟落莺啼十里松。
翠羽峰高丛木举，岩云石面壁石桥逢。
东林净土禅房近，惠法唯闻故日钟。

19 送灵彻上人诉戒

禅心十度上人还，越色千寻草木山。
敝履寒衣灵隐近，青溪逐月定流间。
天光一别分朝暮，日色三重化九关。
点石东山闻虎涧，扬风静坐木难弯。

20 将赴岭外留题萧寺远公院

一日黄云半去留，三生草木一春秋。
幽幽竹径苍苔石，暮暮南朝古木楼。
主意清风杨柳岸，心田月色自纯修。

播迁岭外梅花苑，注目平生共度游。

21 题灵佑和尚故居
灵心寂寂度风尘，古寺悠悠向晋秦。
六郡应知天子道，三台不可误秋春。
禅房只有禅音在，忆旧相思忆故人。
月下清清香杳杳，山中寂寂济津津。

三十八、七言律诗　接武

接武上之一
韦应物

1 燕李录事
华清应物御皇闱，沐浴温泉近侍扉。
冷落人间王不语，仙山鹤驾误宦归。
开元盛治明皇舆，未弃胡旋作事非。
旧友诚心何处见，新杯故酒几鸿飞。

2 自巩洛舟行入黄河即事寄府县僚友
半读诗书一路东，三生苦事两天空。
黄河日下临伊岸，大雁飞翔玉宇风。
朔漠连天云远去，苍山接地寺僧虫。
洛水孤寻秦晋色，扬鞭只是与心同。

3 寓居澧上精舍寄于张二舍人
曛香扫地半苏州，应物三郎一九流。
十载文章惊日月，二年史记御人修。
吴音不以盘门锁，楚客闻天故友酬。
淡泊行心知远近，阴晴岁月读书楼。

4 寄李儋元锡
一别春花半不开，三江逝水五湖梅。
芹芹世事思田亩，处处阴晴税赋裁。
隔岁还寻依故地，随心付醉对余杯。
西楼月色空园照，只忆逢时去不来。

接武上之二
皇甫冉

1 同温丹徒登万岁楼
一望渔阳万岁楼，千军不见战无休。
遥山极浦何相继，过客臣心两处愁。
举目飞鸿南岸去，王师北定谢玄谋。
丹江古渡瓜洲近，塞外胡笳谈笑眸。

2 宿淮阴南楼酬常伯能
淮阴日落半南楼，木叶荒城一渡头。
浦口船帆重起落，江风海月自春秋。
沧波此去通千里，画角声连四十州。
伫立分云来去客，君心十处不相求。

3 秋日东郊作
茅山道士寄书来，社日黄花竟自开。
九日重阳僧不语，千松户后自人栽。
茱萸插上门前木，大雁声中暮色催。
献纳临岐巢雀见，余心共处暗徘徊。

4 三月三日义兴李明府后亭泛舟
一水江南始渡舟，千波府后静无流。
烟云渺渺同日月，雨雾茫茫共九州。
藉草萋萋连岸渚，壶觞色色逐香楼。
兰亭集序成今古，五柳陶彭泽令侯。

5 送李录事赴饶州
北客南云一九州，幽燕粤桂半江楼。
天高水远云和雨，路短情长日月流。
建业金陵山紫禁，浔阳极浦洞庭舟。
见问督邮冠弱束，方从录事谱春秋。

6 送钱塘路少府赴制举
少府钱塘制举冠，长安客里以心丹。
龙门水色青天见，上苑恩荣待诏銮。
共许郡生工射策，同明左省学邯郸。
秦川养马行千里，渭泊臣风牧万安。

7 酬李补阙
补阙归年一故肠，三台自径半书香。
烟云密处多行雨，岁月长时见柳杨。
建礼趋身闻玉漏，晨风启笏谏书张。
随波逐日衣裳归，春风夏雾作冬藏。

8 使往寿州淮路寄刘长卿
淮阳一路忆长卿，卒岁三生问路行。
曙色苍苍村落远，天涯处处楚云晴。
秋霜未染红尘水，古木难鸣旧叶荣。
故客当心知自己，千竿日月寿州城。

9 秋夜有怀高三十五兼呈空和尚
闻君晚节一呈空，树近东林半宇穹。
结草第边和尚老，师承几度逐心功。

1004

三更过雁行南北，九脉僧游雅颂风。
北渚芝兰浮碧色，西山古木向支公。

接武上之三
皇甫曾

1 早朝日寄所知

梅花落尽见归鸿，渭水冰开竟冷风。
晓日排云天下彩，香波逐气百花中。
春光紫禁南山顶，玉佩烟霞顶雪红。
雨露甘霖从此济，秦川一谷万西东。

2 奉寄中书王舍人

一笔中书两谒馨，三更右省半禅清。
南山极顶千秋雪，北阙朝天万里荣。
绯贵沦轻先后见，阴阳卜易去来明。
空门守闭文章好，至道虚成子曰名。

3 张芬见访郊居南洋

张芬见访一郊居，木槿红颜半色余。
暮谢朝开云雨济，黄昏晨履读诗书。
南洋日近丛林岸，海角天长独木疏。
一职承空多彩色，千花万草少荷锄。

4 秋夕寄怀契上人之二

木槿花明契上人，称兄地道汉家秦。
南洋四季无分界，独木成林有客身。
事静僧房云不定，心平净土地天津。
闻流自是风光逝，沼道终来草木茵。

接武上之四
李嘉佑

1 同皇甫冉登重玄阁

滕王阁下九江流，赣水云中一独舟。
暮鸟黄云飞万井，重玄角羽日偏愁。
兼葭水静浮兰芷，楚断吴洲白水楼。
一别相逢何处是，归心不锁梦中求。

2 宋州东登望题武陵驿

登临宋土武陵西，鸟落栖枝自不啼。
白骨惊天朝俯仰，无颜草木客高低。
黄河水岸明笳起，玉虎南云解甲齐。
战场年中明日月，晴川水色赵鲁齐。

3 早秋京口旅泊赠张侍御

移家向冠逐胡情，沃见南徐落叶声。
草色东吴同里寺，砧衣杵月虎丘明。
征徭归日秋千断，闭户愁音不胜清。
尺牍题名非彼此，何人只望秣陵城。

4 苏台至望亭驿人家尽空怅然有作寄从弟纡

年年烽火报胡尘，处处东吴误二春。
野草茵茵连浦口，梅花落落弃香身。
平田溅溅浮萍露，古木依依色渐新。
受降城中回首望，长安月下柳杨邻。

5 暮春宜阳郡斋愁坐忽枉刘七侍御诗因以酬答

酬答宜阳远道游，逢春侍御送长洲。
群芳别饯征人早，众客驱声渡口舟。
杜宇声声朝暮问，东流夜夜自无休。
潇湘竹泪斑斑落，鼓瑟湘妃处处忧。

6 送皇甫冉往安宜

江边举目不常情，水雾云烟带雨声。
白鹭扬头天上问，东流逝去载鱼行。
山荒草野连天色，海迫波平别馆清。
楚地兼葭征战路，何听渚芷子规鸣。

7 送宋中舍游江东

英雄一曲大江东，越水千波浪不风。
古寺三钟声不止，吴城半壁客音同。
王孙野径寻梅雨，白鹭盘门论战同。
木渎西施娃馆外，隋炀水调运河中。

8 晚发咸阳寄同院遗补

晚次咸阳一日衰，西征塞道半云开。
中原逐鹿千年久，战国春秋万里来。
渭水长安多少客，昭陵日月几徘徊。
秦家故事青川外，汉代高丘乱草苔。

9 题游仙阁息（一作白）公庙

游仙阁上见三清，薜荔阶中问九鸣。
甲子年重分甲子，平生岁月自平生。
黄昏日下高林上，夕照云晴独木荣。
羽盖霜明千道士，霓旌色染万钟声。

接武上之五
刘方平

1 寄严八判官

长安一月照秋砧，渭水三清问古今。
已是秦皇传汉武，何言塞外有鸣琴。
荒沙翰海阴山外，李广幽州射虎寻。
解甲呈天胡不语，相思不作陇头吟。

2 秋夜寄皇甫冉郑丰

儒生不误洛书乡，老子潼关有客肠。
月夜婵娟同桂影，天河两岸共炎凉。
家衣捣净凭心寄，客话西雍铁甲扬。
青门道久东吴去，燕子矶傍见水扬。

接武上之六
郎士元

1 春日宴王起城东别业

东城日馆半燕来，枣叶春光一晚杨。
势转花源成碧玉，天云水色羽毛长。
声声喜鹊高昂唱，处处新音伴柳杨。
细雨云中天下润，风光地主向钱塘。

2 酬王季友题半日村别业兼呈李明府

别业酬王半日村，云烟竹密一天根。
寒源路短溪长远，北寨南浔玉石门。
东邻小径连天际，晓月徘徊雪色垠。
白白光光层解甲，花花草草待黄昏。

3 寄韦司直

闻君感物二毛疏，问友知人一世余。
铁甲营兵兄弟见，玉符帐令帝业虚。
星旗久待西征月，朔漠难平北陆初。
昨夜东风方入户，凌晨旭日作天书。

4 赠钱起秋夜宿灵台寺见寄

夜宿灵台寺月清，东林玉舍虎溪声。
禅房半启方圆定，一偈心平八戒名。
古道幽幽通界外，苍苔碧碧远公青。
双峰最顶温泉水，但以知音共此盟。

5 送粲上人兼寄梁镇员外

桓仁二月一江冰，五女三春半解绫。
学校乡边香积寺，昭陵月下读唐僧。
还乡不可儿时见，去路难寻故地灯。
莫以南洋愁木槿，冬梅腊雪以香凝。

接武上之七
韩翃

1 同题仙游观

天台一见五云楼，物象三光九界收。
暮雨凄凄山色近，期云楚楚水文幽。
潭空碧玉临方丈，草细春香处九州。
世上由今赢自取，人间从此见风流。

2 送刘评事赴广东使幕

使幕南征属下稀，当今隐士布冠衣。
樵渔只是观潮变，日月何言不可依。
广粤前临潮涨落，衡阳落雁已不飞。
苍梧竹泪潇湘雨，报以尧舜见二妃。

3 送泠朝阳还上元

青丝细缆冷朝阳，野寺平湖色浴汤。
市小家微朝暮带，心明眸远自芳香。
青青介介闻寒食，郁郁苍苍待两茫。
别后依依近掖问，行前可得上元郎。

4 送王光辅归青州兼寄储侍御

回回奏事建章宫，辨辨诏书启世功。
解解中经成卜易，可图不尽落书东。
蝉声自古高枝唱，驿道由天远近鸿。
草色花光相似处，年华季节不相同。

5 送李少府入蜀

行行独步过潼关，漠漠蚕丛蜀路弯。
处处峰光隋栈道，幽幽谷水四川颜。
迟迟剑阁闻风去，落落江流待客还。
下里巴人声不止，阳春白雪一千山。

6 送田明府归终南别业

终南别业不多心，竹隐流泉有野禽。
近馆云平无足迹，遥亭道士逐寒林。
离宫树影何依旧，上苑钟声自古今。
凤阙移丹须自顾，松声百岁木成林。

7 送高别驾归汴州

平源作客一君颜，玉树云飞半不弯。
月夜萧萧千里问，秋风处处万云山。
铜符佐证交河处，律令行营列会班。
骏马貂裘天下去，黄河一水十三湾。

8 寄徐州郑使君

江山六郡九歌天，社稷三春半旧年。
不慕雍容才子路，还求苦事解具玄。
方圆与共阴晴济，日月同明草木泉。
欲可知贤何水部，君行跬步谢临川。

9 送故人赴江陵寻庚牧

持节荆州一故楼，行程夏口半江流。
枇杷叶下婵娟问，此别还逢路不休。
意远巡天知老子，文风庚牧已风流。
何言把酒当杯尽，以笑丞相不必求。

接武上之八
卢纶

1 长安春望

黄昏暮照上高山，渐暗朱门影色闲。
家乡只在梦中到，江流逝去几舟还。
秦川一望三千水，清水三波九曲湾。
最怕相逢辞酒醉，参差曲榭向潼关。

2 晚次鄂州

晚次南楼汉口城，孤帆北渚武昌明。
风平浪静千波逐，夜雨涉晴岸正清。
远见知音台上月，三湘始得早潮生。
西征未了人无事，旧业何从再不盟。

3 至德中途中书事寄李偁

离居处处已伤情，旧物重重本意明。
事业中途何了了，官衙早晚自无声。
寒山独月空相照，逝水江楼色互荣。
雁去云来乡国望，中书左省尽儒生。

4 酬畅当嵩山寻麻道士见寄

崇山道士一先师，渡海传书半故时。
汉地秦人桃李见，松林月色已相知。
樵夫不远溪泉近，五柳还明日月枝。
古迹望碑寻洞口，三清且以故人返。

5 酬李端野寺病居见寄

野寺晨钟作远音，清溪古木向天浔。
樵夫斧正千山色，乞雉翻飞不过林。
卧病轻生经历路，行程重择路甘霖。
风风雨雨人间路，死死生生历阅临。

接武上之九
司空曙

1 长安晓望寄程补阙

晓望长安补阙人，秦川养马自天津。
周王已可胡服射，弄玉无成日月春。
左掖中书门下客，金銮玉辇穆公轮。
箫声不在秦楼在，一去方闻莫再邻。

2 南原望汉宫

只见荒原旧汉宫，孤芳百草水天穷。
平飞雄蝶茫茫色，过客无寻对乃翁。
北陌西陵斜日影，南阡故事月如弓。
登临不可成心问，落叶飘浮似地空。

3 秋日趋府上张大夫

重花叠翠一秋烟，共说羊公半岘年。
叶落惊风惊上肃，云平雁字雁人天。
河图不见旌旗举，谪史心思日月思。
但以书生成就上，仁心独以洛书回。

4 酬李端校书见赠

万古文章一校书，千川草木半无余。
年年碧色先杨柳，处处春云自卷舒。
魏阙陈王心未止，游僧雁塔志当初。
林泉久别相思梦，玉酒曛天不可居。

5 题踈上人院

不就高门作柳杨，成全草色送天光。
青苔雨后新石井，岁月年前隐故乡。
夜静猿声听未了，朝晖旭日度僧房。
开门打坐禅音殿，老衲焚香应古堂。

6 赠衡岳隐禅师

衡湘纳偈隐禅师，夜月猿鸣四壁迟。

古寺安居枫树色，寒风石老陌头枝。
台前讲席枫林晚，雨后法目上人奇。
一缕檀香僧不语，三清老道旧瑶池。

7 送王尊师南归

俯仰人间一士微，乾坤世界一光辉。
烟消日上三千界，岁月心中五百扉。
弄玉秦楼箫风曲，相如江赋意分飞。
辽东海市天花落，蜀道蚕丛剑阁归。

接武上之十

1 宿淮浦忆司空文明

寒宫一半付江流，弟子三千问九州。
故地重游天水岸，轩辕远古女娲修。
秦川此去丝绸路，渭水重来日月愁。
不尽琵琶胡寨木，应知别恨自悠悠。

2 送濮阳录事赴忠州

成名不逐付忠州，取利何言问九流。
六郡黄花秋气肃，三清玉带水源头。
青山白水红枫木，越鸟莺音帝舆侯。
录事心中空印迹，巴人月下自春秋。

3 夜投丰德寺谒液上人

夜半钟声液上人，中峰磬语客中秦。
林疏下界僧房远，月淡前山古木春。
野鹤巢边清愿得，毒龙水下自潜濒。
生公寺谒焚香座，占石成明慧觉仁。

接武上之十一
秦系

1 题茅山李尊师山居

百岁人间一去来，三清道士半天开。
童翁洗药难分定，老少师尊几度猜。
茅山古瀑高峰落，五月残冰雪石台。
不见红颜曾不解，山光处处满山梅。

2 献薛仆射

小隐山中唱九歌，中丞月下问黄河。
浮图朝殿贤才远，散发采薇议德多。
笑对洛书还拘困，从容磊石步虚过。
樵夫斧正休森木，愚谷丛生草木荫。

接武上之十二
窦叔向

1 夏夜宿表兄宅话旧

夏夜轻风一酒泉，儿童问古半倾天。
新星欲岸河边去，旧事曾问月上悬。
莫以婵娟闻老小，何寻沧海易桑田。
河桥醒醉孤舟少，尽是同行各自船。

接武上之十三
张志知

渔父

一夜芦花乱自飞，三溪古月半流晖。
千波浪涌难分野，万岁升平可帐闱。
野径重重桃子去，闲云处处去无归。
渔歌日日阴晴客，四皓依依作是非。

接武上之十四
严维

送崔同使往陆州兼寄薛司户

如今剑阁一峰刀，旧路蚕丛半日豪。
栈道千山连谷壑，陈仓万木竟低高。
南州府邸云天外，木槿红颜苦告劳。
浦渡相庐县外水，葡萄不以范功曹。

接武上之十五
崔峒

1 题同官李明府书舍

一品书中半草堂，三秋月下两分光。
朝阳背后知阴面，水色云峰见柳杨。
五柳门前多子女，桃源洞口汉秦乡。
烟霞寂寂人家少，处处槐花各自香。

2 送韦八少府判官归东京

少府何非少府天，钱源不是旧时钱。
文章未了文章客，日月无须日月年。
古驿长亭淮水岸，玄成高业紫真田。
桑田别岁霜林晚，柿叶悬钩挂半弦。

3 寄上韦苏州兼呈吴县李明府

吴县近在五湖东，一寺寒山半月枫。

庚亮楼中歌曲尽，陶潜柳下雅颂风。
姑苏木渎应娃馆，竹杖芒溪越女红。
试剑虎丘勾践去，明纱献策范蠡公。

4 赠窦十九

自古人间半是非，朝行暮宿一霞晖。
花开鸟落山阳会，夕照灵台道觉归。
锦字同仁分付尽，缁衣共清共心微。
秦川养马古鹏射，灞曲停舟汉武帏。

接武上之十六
耿㷸

1 塞上曲

少小边城百岁余，幽燕月下十年书。
香山自在焚香寺，汉柏成峰玉宇樗。
六郡云中千夫长，三台牧里万家居。
疆鸿塞上飞南北，但以瑶池问步虚。

2 上裴行军中丞

胡尘渐远向天遥，阁栧如今对月霄。
鼓甲门前飞将向，骅骝足下待渔樵。
中丞闭阁风云处，夜静旌旗日月飘。
计策动成天子路，行军只似逐天朝。

3 送友人归南海

远上南洋问故乡，辽东旧国自炎凉。
榆关内外幽燕路，木槿红黄日月肠。
读遍诗书天外去，听来鸟语作圆方。
汀洲已见衡阳雁，海角天涯著草堂。

接武上之十七
张继

会稽郡楼雪霁

江城一曲越人家，月色三明浣女纱。
夏禹坛前多宝玉，西施舞后作吴花。
盘门已锁寒风度，木渎初开向馆娃。
一夜梅香霜雪问，三更淑气剑池花。

接武上之十八
张南史

陆胜宅秋雨中探韵同前访梅品梅探梅

雨是探梅一路烟，云中问色半梨田。
同人永日寻香气，共韵西山采竹芊。
八瓣心申扬紫蕊，千枝叶下异婵娟。
三春换作新妆束，片片鳞鳞似锦宣。

接武上之十九
于鹄

1 醉后寄山中友人之二

西山月下半东风，二月梅中一品红。
雨色行云千里目，船娘劝醉五湖空。
烟烟雾雾梨花落，李李桃桃小杏丰。
一片汪洋香雪海，倾杯已是自由衷。

2 送宫人入道

月间寒山半夜钟，钱塘寺水一芙蓉。
秦楼弄玉箫声断，入道宫人十五峰。
水殿长生天不语，明堂上掖向青龙。
猿鸣虎啸公孙学，凤舞鳯吟是此踪。

接武下之一
李益

1 送贾校书东归寄振上人

东归不尽上人心，北雁南飞故故林。
塞北衡阳均是主，相期律令作鸣禽。
禅房日日生玄理，古刹钟钟作知音。
莫以相逢求远近，平生处处是黄金。

2 盐州过胡儿饮马泉

水草丰丰饮马泉，胡儿处处记秦川。
盐州夜夜吴姬曲，月色悠悠半似烟。
朱雀人间多旧梦，分留跬步少新田。
琵琶曲始阴山外，便作笳声待汉年。

3 鹳雀楼

目尽黄河鹳雀楼，烟云白日满汀洲。
秦水西去三千里，晋国方成五百秋。

北土辽西曾是客，东营大海已沧流。
弯弯曲曲中原逐，涨涨潮潮自不休。

接武下之二
朱湾

1 过宣上人湖上兰若

江湖十载一幽期，细雨和烟半故时。
不忘东林兰若去，应言未道上人师。
闲花落地无声息，石径连天有步迟。
且问相逢何所悟，无心事事作无知。

2 同达奚宰游窦子明仙坛

仙坛一步半心微，石径千寻九脉扉。
故老相传三界外，青山已陪百年晖。
中峰闭室人无见，茂宰知真鸟不飞。
岁木华碑今昔记，来来去去不须归。

3 平陵寓居再逢寒食自言

寓居南洋作北京，清明乞火向书情。
长亭处处江河岸，客驿悠悠日月平。
大雪封山南北见，秋霜染木暮朝成。
前程似锦凭跬步，醒醉何须任草荣。

接武下之三
权德舆

1 和司门殷员外早秋省中直夜寄荆南卫端公

北渚烟波满别愁，南宫白露问荆州。
离愁不是王粲滞，舍旅应闻大江流。
直夜中书门下省，呈文玉漏月无休。
贤才已是龙门宫，粉署何闻一国忧。

2 送张阁老中丞持节吊回鹘

阁老中丞持节鞭，黄旗玉佩远官迁。
南台帜卫金章印，白草阴山问酒泉。
塞上胡笳回鹘使，云中御曲汉三边。
江山自古家乡界，日月由纪历年。

3 田家即事

辛辛苦苦一田家，暮暮朝朝半豆瓜。
雨雨云云多少日，花花果果去来华。
山山水水耕耘土，嫁嫁婚婚挂窗纱。

世上阴晴同草木，人间彼此共桑麻。

4 待漏假寐梦归江东旧居因寄惠阇梨茅处士

一梦江东半故乡，千夫百户万流长。
烟烟雨雨姑苏裳，水水山山碧玉塘。
古寺寒山渔火岸，枫桥夜月泊姑娘。
忽闻玉漏声音响，晓色朝明上殿堂。

接武下之四
戴叔伦

1 赠司空拾遗

已满苍空半雪花，朱栏凤阙一仙家。
门开解甲陈琳树，带滞王粲尚晓华。
冻色玲珑成碧玉，霜明仆射作桥崖。
琼瑶未许龙麟覆，古木珠玑问馆娃。

2 越溪村居

一客村居向越溪，三春木叶逐江堤。
黄莺曲里东风雨，野寺云中月色低。
踏步茵茵池岸草，寻花处处小虫啼。
西施弟子轻纱浣，落日黄昏见范蠡。

3 赠韩道士

道士秋风一野花，三清客意半无涯。
烟霞处处丹炉玉，洞口幽幽日暮斜。
寂寂桃花源外见，明明汉卫女儿家。
自古仙风随云起，从来通骨伴根芽。

接武下之五
张濯

题舜庙

十载舜耕一寸心，三生致事半天荫。
苍梧竹泪湘妃色，逝水难平已古今。
鼓瑟河汾君子见，闻声玉树作鸣禽。
英魂自在人间纪，国咏唐虞是此音。

接武下之六
杨巨源

1 送定法师归蜀法师即红楼院供奉广宣上人兄弟

日上红楼半木秋，云中雨色一九州。

公卿寺里诗情付，贝叶经中百渡舟。
独孤孤孤离别去，兄兄弟弟去来留。
空空色色何依旧，慧慧禅禅大觉牛。

2 赠史开封

天高一古史开封，草落三秋御策容。
邓艾扬和征战地，周郎赤壁大江红。
金戈铁马伏波仗，绝塞寒风碛石重。
一剑迎空霜野阔，千军鼓角绝边龙。

3 奉寄通州元九侍御

通州侍御半沧桑，紫禁龙城一署香。
九脉华轩六下路，三公幕府去来量。
霜烟此道陈明府，瑞雪晴空济柳杨。
凤阙朝阳寒玉佩，明楼直寅牧圆方。

4 早朝

钟声玉漏两分明，紫禁朝阳半殿清。
凤阙初扬成淑气，金銮欲启教中堂。
文华不尽沧洲客，策仗难穷日月光。
但向丹墀门下碧，逍遥圣道像天章。

5 元日含元殿下立仗上门下相公

启扇临轩一夜香，相公上仗半圆方。
江山向在含元殿，日月重来筑未央。
万岁声前朝笏举，千年史册正中堂。
麒麟阁上公侯问，举世清功不可尝。

6 酬于驸马

天街白马一云飞，上苑芳华半世晖。
凤辇当然来去问，金銮可数暮朝闱。
花香已是千门近，碧玉从容万户稀。
白足兰丛诗作客，晴光木槿对心扉。

7 赠张将军

关西一日鲁生长，独立三军魏北霜。
举剑营门天子令，弯弓射箭酒泉荒。
晴红水上交河岸，鹳雀楼中远目扬。
但以黄河流不止，江山草木作圆方。

8 和侯大夫秋原山观征人

万里征人去不回，千年苦役两河灰。
荒原立马今歧路，驿道停车合独杯。

汴水钱塘同里富，姑苏指望运河来。
天堂有树长城外，越里吴中百里梅。

9 送澹公归嵩山龙潭寺葬本师

龙河寺里本师公，野渡无人本师同。
淡淡沧沧禅境近，茫茫谷谷壑沟风。
千花塔院僧家住，万草枫林一色空。
鸟去云回成故地，真机异域夕阳红。

接武下之七
武元衡

1 荆帅

已见三公锦帐封，军营万户帅云龙。
刘琨坐问风生苑，李广何须射虎踪。
不要阴山飞将去，应寻魏北汉陵松。
阳春白雪终非是，北国南乡彼此望。

2 春题龙门香山寺

香山寺里一龙门，众界云中半玉根。
岭月清明钟磬语，山风寂寞纵横昆。
山河渺渺参差木，日月悠悠坎坷荡。
五百罗汗寻那可，三千世界独孤魂。

接武下之八
刘禹锡

1 金陵怀古

一步金陵四十州，三秋世界半千舟。
千寻铁锁沉江底，万古山形磊石头。
燕子矶流吴楚水，长安月照汉秦楼。
桃源洞口何然问，四海苍茫莫枕忧。

2 荆门道怀古

宋馆梁台一月光，荆门汉水半吴塘。
江南俱是行人早，北国无非麦秀阳。
野鸡轻飞先落叶，荒陵入化草花乡。
咸阳旧府留词庚，渭水如今可落扬。

3 松滋渡望峡中

细雨轻云一渡头，梅香雪素半红楼。
巴人蜀客猿声近，渚草寒风鸟道愁。
十二峰中多少雾，三江峡口共源流。
巫山但见襄王梦，宋玉神仙少女羞。

4 同乐天送河南冯尹学士之任

学士河南已任裁，金貂侍使客心开。
门前柳树风流见，背后长亭日月来。
五马书箱刘向去，三公示律孔融才。
东风已暖棠梨树，暮色桃花百草催。

接武下之九
柳宗元

1 登柳州城楼寄漳汀封连四州刺史

刺使漳汀柳柳州，封连四座帝王侯。
茫茫乱雨惊云落，楚楚江楼日月流。
九曲回肠千里目，三川简叶万家忧。
苍梧鼓瑟湘妃竹，百越文身孝子留。

2 别舍弟宗一

挥然一别越江边，去国三声万里天。
共处寒宫弦月半，同观暮色小桥船。
梅花岭外春冬雪，竹泪斑中草木先。
郢木荆门吴楚见，湘流岳麓洞庭烟。

接武下之十
韩愈

1 奉和库部卢四兄曹长元日朝回

玉仗宵严建羽旌，春云晓色照都城。
金銮殿上香炉暖，雉尾高戍北极晴。
号令儒冠天子驾，东曹列缺颁朝赢。
庐兄曹使郎官谏，牧政从君永太平。

2 和水部张员外宣政殿赐百官樱桃诗

一殿樱桃赐百官，三公九品待千兰。
中书左掖多才俊，水部儒家自杏坛。
本草辕辕西域色，秦川共渡渭泾岔。
银盘粒粒珍珠在，汉武欣欣对御冠。

3 晋公破贼回重拜台司以诗示幕中宾客愈奉和

伐鼓回声一渭东，天书夜色半元功。
三司府正旋师幕，九品中台五等崇。
入禁营中鸳鹭仗，熊罴典午闭官衷。
皇肩汉仰君台步，报付平生作小虫。

接武下之十一
陈羽

1 长安卧病秋夜言怀

九脉东流一海客，三江月色半无踪。
南宫紫陌行鸳鹭，凤阙祥云净玉封。
辰风刻漏传三殿，甲第行身付半冬。
楚客思乡辛苦病，天街未步寂晨钟。

2 送友人下第东归

下第东归一友人，人间世上半秋春。
功名利禄原来är，晋鲁齐梁不是秦。
龙门雨水烟云望，上掖书香客色犟。
十载寒窗文曲度，千年史页记儒钧。

接武下之十二
张籍

1 寒食内宴

淑气沉沉一晓寒，香烟杳杳半天坛。
清明未到东风暖，赐火公侯过永安。
细雨微微天子宴，浮云淡淡挂朱栏。
光辉岁岁分三殿，紫禁年年付百官。

2 寄苏州白二十一使君

知君不忘曲江春，步向姑苏问远臣。
共是班僚同殿客，金章白首故人身。
盘门未见长安水，渭邑何闻玉带津。
二十一君登第序，三千弟子作苏秦。

接武下之十三
王建

1 早春午门西望

朝官一马午门西，柳色三新映御堤。
小杏出墙红色艳，桃花闭户待莺啼。
红尘未了春风去，世俗难承故曲低。
但以胡笳声不止，无心面对雨云泥。

2 献王枢密

枢枢密密一人知，子子君君半不迟。
御旨重重承地厚，天机处处待兰芝。
龙龙马马原相似，凤凤凰凰可比仪。
业业功功何不比，成成败败任时移。

接武下之十四
白居易

1 寻郭道士不遇

风临洞口一春生，已去朝元半不盟。
隔日相逢应约定，三清草木已重荣。
丹炉有火书童乞，白鹤中庭立未声。
欲问人间同契事，深山古刹付阴晴。

2 与刘梦得偶同到敦诗宅感而题壁

苍生一半望山东，梦得三千举世雄。
但见波涛随日去，宣城石柱屹流中。
笙歌故地云浮动，履道新苔雨落穷。
鸟雀争鸣初展翼，诗词自在有情衷。

接武下之十五
元稹

和乐天早春见寄

细雨微和白乐天，春声入户易居年。
清歌一曲中堂见，弱柳千条色正妍。
水色潮头初涌现，溪流逝水待源泉。
群芳已经由心动，百色茵茵可问田。

接武下之十六
殷尧藩

和赵相公登鹳雀楼

鹳雀楼前一黄河，轻风树下半九歌。
晴峰列日京都见，浊水寻澄万里涡。
但以源头青海岸，原来此去尽清波。
弯弯曲曲东营去，狭狭宽宽大海何。

接武下之十七
贾岛

1 早秋寄题天竺灵隐寺

何寻此地谢公楼，度夜山钟落叶秋。
绝顶天竺灵隐寺，云沉雪覆月如钩。
心从己念千里路，步入中峰一沃州。
有道天光三界去，无闻日色四方留。

2 送罗少府归牛渚

一日长安半去回，三生旧步两天台。

江南自在家乡月，缺缺圆圆夜上来。
古涧流清波不语，深山草茂色先催。
流莺处处峰光近，鹤影时时近腊梅。

3 题虢州吴郎中三堂

一半湖光一半苔，两三草木两三梅。
郎中渚岸沙泥色，白石丹炉四面开。
柳叶惊秋风雨至，团荷露水虢州洄。
城门不锁天空月，共问婵娟几上来。

接武下之十八
姚合

1 和高諫议蒙兼宾客时入翰苑

秩序枯荣第一流，瀛洲道路议春秋。
钟声远近天街上，玉液清霜满九州。
紫殿筵临翰苑客，仙家讲侣独无休。
青宫共结龙门色，日日红霞御上楼。

2 和刘禹锡主客冬初拜表怀上都故人

九陌喧喧一日开，三台寂寂两台来。
冬初拜表寒霜色，淑玉呈呈平腊月梅。
晓日朝天红八面，霞光付与四方台。
微班佩动京都问，笏举函阳见楚才。

3 送源中丞使新罗

中丞一使下新罗，紫绶三光对玉珂。
异域山川多不似，阴晴日月少黄河。
扶桑万里长安牧，海日千年一望波。
草木方闻香秀岸，桑麻不见水田禾。

4 送刘禹锡郎中赴苏州

刘郎跬步下苏州，汴水剑池上虎丘。
函谷眠山天子驿，梁园渐入转轻舟。
寒山寺外枫桥晚，拾得心中木渎楼。
土色江都同里富，东吴日月已春秋。
注：富者，同里也。

5 送贞实上人归杭州天竺寺

清凉月色上人房，点石禅音入越杭。
院磬钟声相继续，茅庵草木各低扬。
飞来峰下天竺寺，灵隐山中寄故乡。

此去天堂无远路，神州六合有钱塘。

接武下之十九
王初

送叶秀才

玉佩霞红一晓衣，河梁日上半珠玑。
层冰欲解春风许，九泽云浮白鹭飞。
北阙梅花香已醉，南山顶雪素峰巍。
前川水暖慈恩树，宇后公明落雁归。

接武下之二十
李绅

1 忆夜直金銮奉 自语

夜直金銮一书书，齐门紫禁半文余。
拥心自得农家事，处世何须日月疏。
外渥催飞行草序，中堂待读砚池闲。

前门不远新华路，北海中南帝业居。

2 过钟陵长庆三年余除江西观察使奉诏不之任而作

龙沙水末一江陵，暮色津桥半玉凝。
景景苍茫天下顾，前程寂寞望中丞。
江西御诏轻舟泊，月桂同恩似独应。
草露珠圆成自就，投书不语对孤灯。

3 江南暮春寄家

半见江南已暮春，三闻剑水镜湖人。
江鸿继续飞天外，海燕归来问晋秦。
洛水粼粼波色重，东山处处向风津。
梅花雪月长安苑，喜鹊清鸣越家邻。

4 入泗口

黄昏半波一东流，泗口千波半水楼。
朗朗乾坤分正反，阴阳向背画春秋。

晴晴雨雾连天远，袅袅云烟逐莫愁。
万里乡思汉漠路，三生驿道问鸿沟。

接武下之二十一
周贺

1 赠厉玄侍御

悬泉瀑布一山岚，越雨吴云半落鸿。
露滴猿鸣周柱史，关分汉合作西东。
僧未故土天竺寺，月去乡溪木渎枫。
夜岳声中依旧问，寒霜望叶杜陵红。

2 泗上逢韩司徒归北

沧洲乱后一逢君，十载诗辞半不闻。
罢秩辛勤田病事，行吟字句弄斯文。
军中铁甲侵霜雪，塞上冰封化白云。
以别成心千里外，重温旧语万家勋。

三十九、七言律诗　正变

正变之一
李商隐

1 隋宫

隋宫月里　月花，但取芜城作帝家。
莫以长烟闻海角，何须玉玺锁天涯。
长成筑起单于轮，汴水流通越女纱。
腐草流萤终不论，钱塘自此富中华。

2 筹笔驿

江流八阵一风余，赤壁三军半火书。
管乐千章才不忝，空城不付帝王居。
桃园结义如兄弟，白帝托孤命步虚。
但以鞠躬终尽瘁，英雄自此始何如。

3 九成宫

一页天书作紫泥，三汤避暑问春堤。
华清十二层城色，玉液轻扬九彩霓。
夏后双龙云雨逐，周公八骏逐风蹄。
吴音举献盘三月，越女属外凉舞低。

4 马嵬

马嵬坡前一别离，长生殿上半云移。
三军驻步非杨李，六郡胡旋是北夷。
节度皇儿安史乱，清平力士苦人思。
梨园自此人间去，蜀雨霖铃太白诗。

5 茂陵

秦川养马一天骄，汉武闻风半海潮。
苜蓿榴花建章苑，葡萄玉液洒泉遥。

苏卿信节托儿女，李广英名射箭雕。
凤辇何知金屋色，羊车不见茂陵桥。

6 碧城

十二栏杆一玉城，三千子粒半榴英。
尘埃落地方无定，草碧花红可有情。
洛水书成龟已去，河图未解主阴晴。
江源几处渊泉水，织女穿梭作纵横。

7 富平少侯

三边国色半无忧，六国红缨一度休。
世载章台天子路，身袭少小富平侯。
荒原射猎飞天马，玉弹金弓弃紫裘。
借掷一冠符仗外，闻鸡起舞财人愁。

8 少年

平生不减少年声，直上楼兰志未成。
但以交河成论定，无须渭水可均衡。
宣堂密室甘棠苑，别馆云梦雨后名。
蕙芷兰芝丛觉色，英雄壮士独红缨。

9 促漏（此篇疑深宫怨女而作）

促漏宫声一夜闻，三更木柝半香芬。
金銮殿上初熏过，玉辇空居挂晚裙。
十二峰中云复雨，鸳鸯水上护双纹。
朝朝暮暮听神女，去去来来总不分。

10 闻歌

欲展还收玉女情，停擎复纵又姿荣。
杨杨柳柳梨园舞，曲曲歌歌日殿明。
细柳腰身呈楚色，琵琶大漠故人声。
江南塞北何人定，汴水长城自在行。

11 锦瑟

锦瑟香消一玉山，苍梧竹翠二妃颜。
斑斑两泪行年去，柱柱弦弦纪历闲。
望帝春心明月色，蚕丛蜀道杜鹃还。
三皇治水千川岭，九曲黄河十八湾。

12 言古

半见春秋半见林，一耕日月一耕心。
诗词七万诗词解，彼此千重彼此荫。
是是非非是是非，篾篾假假假假篾篾。
情情意意真真切，细细绵绵曲曲吟。

13 哭刘黄

上帝深居半闭门，巫咸玉坐一无根。
相如此去文章在，宋王辞书作子孙。
秋风自古伤离别，落叶重来客主分。
以友成师多问向，凭乡籍故广陵村。

正变之二
许浑

1 秋日早朝

玉漏声中旭色开，闾阖路上紫宸台。
龙旗导引金銮殿，雉扇双分御驾裁。
举笏重温天子教，躬身以以臣民催。
沧洲尽瘁童翁见，日月成功老少回。

2 凌敲台

宋相凌敲去不回，笙影曲舞已无开。
湘潭雨落云浮去，水雾山烟草木苔。
下里巴人还自唱，阳春白雪古徘徊。
余音但在知音处，只似江河逝者催。

3 咸阳城东楼（咏怀古事）

独见咸阳百里楼，秦皇汉武半春秋。
隋炀已建东都业，汴水通州自在流。
细雨东风天下物，刀枪剑戟战无休。
兴亡成败桑田见，自古人间一粒收。

4 登故洛阳城（怀咏古事）

秦秦汉汉半隋唐，废废兴兴一洛阳。
渭北河南泸浐灞，长安自此久苍桑。
清明八水京都望，子午灵台百姓扬。
九里三门龙首见，六街万户共朝扬。

5 金陵怀古

金陵玉树后庭花，紫禁秦淮半月家。
六代宫城秦二世，千官曲舞动三笳。
宋祖幽州何不肆，三山水色儿中华。
英雄一举谁成就，子女重末是奢华。

6 姑苏怀古

夫差木渎馆娃宫，越女西施舞色红。
勾践卧薪尝胆处，虎丘草木剑池宫。
江湖不尽黄天荡，水色吴淞子胥空。
雨雾成烟和世界，姑苏画戟雨梧桐。

7 骊山

不守虎潼一骊山，长安此去半胡颜。
男儿尽弃英雄战，上掖中枢蜀道关。
夜雨潇铃听未止，三军步履列双班。
芙蓉出水芙蓉落，太白华清太白还。

8 题卫将军庙

（序云将军名邈最羡人高祖列泂禽窦建德邈特挟鏻剑前后突宗厅之天下定录其功拜将军宿卫以母老乞归侍许之及卒邑人怀其贤广于荆溪以平生弓甲悬庙下岁时祠祭而国史赐书其人因题诗于庙）

宿卫方成一母情，劝归遂勇半儿生。
英雄此去荆溪在，不必留名作太平。
上护龙旗知主见，中寻凯甲向天禀。
重成大泽秦王道，下里枫林十月明。

9 祇命南海卢陵逢表兄军倅奉使淮海别后　寄是诗

一日东风半似归，千声旧语两人违。
吴衣越曲巴人色，玉树逢春水翠薇。
五岭山高明月挂，三洲水浅待鱼飞。
乡关白日扬帆下，故吏红缨落柴扉。

10 颖川从事西湖亭燕饯

玉立三年一寸心，瓜洲九水一知音。
西湖别曲惊邻坐，鼓角离声似雨霖。
六合钱塘杭浙岸，千川八月运河深。
秋中寺里寻明月，洛上人前置古琴。

11 瓜州留别李诩

一曲重歌一曲肠，百亭旧路百亭扬。
新衣必是依原体，旧酒必须玉液香。
易水潇潇谁击筑，龙门落落帝王乡。
书生自己诗词路，日月耕耘作柳行。

12 寓居开元精舍酬薛秀才见贻

暮雨潇潇上小桥，渔舟点点逐波潮。
芰荷处处莲蓬子，寺鼓声声待柳条。
碧玉婷婷同里去，姑苏风月虎丘霄。
乡心已寄开元去，故步随天宝意箫。

13 乘月棹舟送大帮身寺灵聪上人不及

一月当空共冲明，三秋落地叶同情。
禅扉未闭人间路，磬语常鸣远水清。
野渡从客天不问，空山木树地无惊。
鱼龙虎豹知其所，雨落云浮待客声。

14 晚自朝台至韦隐君郊园

姑苏十里一钱塘，千将三秋半雨光。
岁岁云烟同里富，年年草木虎丘霜。
朝台不隐吴才子，古道难平楚士扬。

渭邑连云天下去，磻溪逐日满余香。
（注：同里，富加由点也。）

15 村舍 自述
一事身闲一事田，半耕日月半耕天。
诗词十万乾坤定，纪历三生别业园。
共享江村同里客，孤身汴水运河泉。
桑丝筑茧观天下，磊石长城付远烟。

16 卧 · 之二
归鸿莫问向南飞，暮日还回背岭晖。
卧病方知人意重，辞色送客掩门扉。
秦川八百长亭路，渭水三千浪涌霏。
欲寄家书书不止，还闻去道道难违。

17 晨起白云楼寄龙兴江淮上人兼呈窦秀才之三
高楼不是望乡台，晓雁排空去又回。
塞外辽东长日客，兴安岭上净尘埃。
浑江曲抱桓仁镇，五女峰扬古月来。
别梦依依惊白首，平生七十上人催。

正变之三
刘沧

1 咸阳怀古
秦皇已尽刘帮来，渭水东流拜将台。
垓下鸿沟君子约，京都人掖帝王开。
兴兴废废山河在，败败成成日月裁。
莫道昆明池水浅，楼船铁柱不徘徊。

2 邺都怀古
建邺闻都一古城，西陵霸主半枯荣。
萧条冷落谁今古，鸟雀残宫月独明。
野草荒涯芳芷色，长川谷口寺灯盟。
寒山绝塞边鸿落，只向衡阳一二声。

3 长洲怀古
空原野火一长洲，古木清溪半谷流。
往事如烟黄土地，英主夜月挂层楼。
清猿暮暗啼声近，白鸟寻枝宿上头。
藻入荒塘连浅色，风来故水照残丘。

4 浙江晚渡怀古
秋风不断一蝉啼，欲下高枝半月栖。
暮尽芦花飞不起，潮扬海鸟各东西。
平民莫问昭陵草，万岁何闻日色低。
去去来来应觉悟，林林总总比相齐。

5 经麻姑山
神丹一现问麻姑，世上三清是有无。
但得人心知自己，应从日月可扶苏。
烟霞早晚曾相似，日日阴晴可异殊。
润泽芝兰仙鹤驾，春秋雨露易河图。

6 江行书事
江湖一片水烟开，木渎千川楚客来。
夜半钟声渔火岸，兼葭浦芷满青苔。
黄天荡里英雄去，娃馆宫中曲舞回。
九巷吴门依旧是，三闻向雁自情哀。

7 题龙门僧房
龙门近虎一僧房，静室遥临九柱香。
寂寂寥寥伊水渡，茫茫郁郁禹门塘。
钟钟杳杳传天外，磬语悠悠过齐梁。
大雪纷纷高士见，浮溪此洁梦中乡。

8 宿天坛观
三清一夜宿天坛，七色千华问云端。
洞口松声曾不止，岸峰旭日雪光寒。
玄珠寂寞从天意，理念通心静世安。
鹤立空华南北树，云平日月步虚宽。

9 入关留别主人
老子西来半入关，童生北去一千山。
东方不语秋蝉响，宋玉轻吟楚国颜。
古渡河边惊浪涌，寒原岳上待云坏。
排空一字衡阳雁，不定心中怅未还。

10 题马太尉华山庄
太尉华山一别庄，阴阳易十半炎凉。
幽奇物外春光许，竹色云田客上尝。
小径遥遥林下隐，高枫树树约中藏。
烟萝绕绕溪流响，细雨悠悠似水乡。

11 题王校书山斋
半掩河图半掩扉，一山校木一山晖。
心中有度人前问，月下无声桂子微。
隔水寒光君子见，晴川晓色见鸣飞。
连山斧正樵人路，逐字儒坛弟子稀。

12 秋日山斋即事
山庄一经满苍苔，木叶三秋去不回。
月半霜明浮未定，风微夏拟落还开。
观天演易风云动，独坐黄花野菊来。
北雁南飞人字结，乡情客语故心催。

13 寓居寄友人
云云雨雨读书声，去去来来客友情。
寓寓居居何自主，朝朝暮暮故人行。
先先后后成天地，古古今今作贝耕。
鸟鸟虫虫孤卜易，花花草草自枯荣。

14 秋日山寺怀友人
古刹楼台一夕阴，孤烟独磬半清音。
空峰散叶朝天去，白渚苍山木已林。
疏疏落落经年月，觅觅寻寻问鸟禽。
独见晴天人字去，飞鸿有语自高深。

15 送李休秀才归岭中姑苏小桥村
落叶猿声木已阔，归思异地客心遥。
秋风汉水知音在，浦口琴台柳叶潇。
野菊离边乡梦旧，黄花月下越人潮。
江村巷后三帆降，碧玉前头一小桥。

16 送元叙上人归上党（时罢兵）
上党关山度是非，和边罢战上人归。
风尘不语江山在，日月常行草木微。
此去汴州多少路，还来野骨淅晨晖。
孤城古驿禅音在，旧迹苍苍独自违。

17 和友人忆洞庭旧居
方圆百里洞庭湖，上下三光大小姑。
浪打清山林叶茂，云染古岛碧波珠。
厓庐一目千山远，景德千瓷一目苏。
隔岸浔阳台酒肆，随声此水下东吴。

18 留别崔幹秀才昆仲

汶阳一去水无穷，别曲三声士有衷。
岁晚黄粱多此梦，秋风尽在有无中。
鸣虫古草寒音近，独木临川对色空。
举酒成吟分岳秀，摇头问路见飞鸿。

19 寄远

杨杨柳柳一春秋，主主宾宾半九州。
近近遥遥都是客，来来去去俱忧愁。
家家国国关山路，止止行行觉悟大。
蕙蕙兰兰天地上，工工事事自无休。

四十、七言律诗　余响

余响之一　　杜牧

1 九日齐山登高

牛山九日一重阳，雁影三汀半草乡。
采得茱萸连紫陌，寻来酒鬼济中堂。
酪酊望远齐人近，古往今来意气昂。
曲曲弯弯河不止，清清浊浊血方刚。

2 寄题甘泉寺北轩（润州）

甘泉寺北一轩昂，子晋声中半栋梁。
孔府坛前成日月，桓伊笛里曲青黄。
金陵不锁秦淮岸，二世何从渭水乡。
但见蓬莱舟客少，丹炉徐福下东洋。

3 题宣州开元寺水阁（阁下苑溪夹居人）

开元一寺半宣州，物象三光九日秋。
水阁溪清今古色，云闲叶落付北楼。
潮来岸落排空去，草碧花明问莫愁。
铁马垂鞭千子尽，黄金紫禁六朝休。

4 题青云馆（属商于）

虬蟠万仞扭羊肠，蜀道千嶂曲径荒。
四皓商山轻汉祖，三公故殿帝王乡。
纵横一说春秋继，日月千重草木光。
云云雨雨非宇宙，来来去去是沧桑。

5 早雁

早雁闻声一房乡，金河落叶半扬长。
排云一字千飞翼，月宿三湘万里塘。
独冷燕山惊塞外，双栖浦口度衡阳。
雕弓已远榆关北，秀草黄花自存香。

余响之二　　薛逢

送灵州田尚书

肃风猎猎一灵州，白草扬扬半日楼。
剑戟胡笳声不止，单于汉笛曲无休。
和和战战何所以，废废兴兴数九流。
玉帐英雄分界域，金戈铁马作春秋。

余响之三　　赵嘏

1 长安晚秋

姑苏一寺水风流，木渎三清越女羞。
渭水波明千绪色，咸阳搞杵万家愁。
秦皇莫以长城石，但得隋炀水调舟。
尽晓天堂人已近，君知富贵满温柔。

2 齐安早秋自许

应知处处是前程，莫问人人日月平。
齐安叶落逢秋早，鹳雀声高满郡城。
黄河曲曲湾湾去，渭水波波折折行。
塞北英雄男子汉，江南碧玉女儿情。

3 东望

东风已过柳杨边，一树梨花半自然。
雪色黄昏梅不语，桃园不似老榆钱。
汀洲浦口清明岸，谷雨江南雾似烟。
有酒盘门楼上醉，无心已可客中眠。

4 长安月夜与友人话故山

家乡自在镇西关，隔岸浑沙五女山。
七彩秋林松柏树，三光水色化冰湾。
樵夫斧正千年木，钓叟知鱼百度还。
一枕黄粱何不见，瑶台已似此人间。

5 题横水驿双峰院松

荒溪古驿问双峰，隔岸临流见独松。
白雪封山霜木色，清风古月桂寒容。
朝天叶叶枝枝上，俯地根根土土重。
冰冰云泫鳞凯甲，株株直立已成龙。

6 发剡中（武德中置嵊州）

一月明山一月流，半风古刹半风秋。
九州木槿朝暮色，四海波涛彼此由。
望却东洋天下目，行明北陆欲中休。
天台自以闻天姥，越寺何须对越求。

7 登安陆西楼

莫上西楼独自哀，当寻北路客心回。
一马扬长天下去，三生跬步不徘徊。
家家国国忧无止，古古今今上诗台。

七万文章谁自主，乾隆比肩向未来。

8 九日陪越州元相燕龟山寺

风光物象一荆ька，暮鼓晨钟半教头。
寺里梵香晴杳杳，云中日色共悠悠。
丞相水上开慈庆，九日重阳对莫愁。
向背分明君子见，乾坤上下自春秋。

9 经汉武泉

晓苑芙蓉汉武泉，江山日月御沟边。
溪流远近池湾岸，物象天光汇聚田。
竹径幽幽云涯路，渔舟蒙蒙月空悬。
红尘已是东流水，酒醉何须是妄然。

余响之四
李远

听话丛台

重闻赵地一丛台，古木天边半楚才。
易水悠悠曾不止，漳河处处诸洲堆。
虫鸣鸟宿荒丘暗，暮色黄昏牧笛限。
凤舆成风随草落，绮罗已作野花开。

余响之五
刘得仁

奉和翰林丁侍郎禁署早春晴望

一望春晴紫署明，三光辇路未央英。
莺啼未展声微曲，顶雪南山淑气清。
水暖香流温玉阁，鸳浮古渡客都京。
心中世上精工力，但以人间作太平。

余响之六
姚鹄

送贵炼师供奉赴上都

缩地周游贵炼师，先出后语上都知。
同年化鹤成华表，共计今程作玉时。
白雪阳春明月色，骖龙供奉见相期。
苍天莫与烟霞去，大地当归几世迟。

余响之七
项斯

送宫人入道

何当道女董双成，莫以深宫结队行。
黛玉葬花多误拜，寻庭问殿不谙名。
婵娟月上空寒锁，却入朝阳弄赐筝。
似此心中有日月，还非敲磬步虚情。

余响之八
温庭筠

1 苏武庙

何须汉使醉李陵，北海河川解玉冰。
雪野茫茫天子问，归心处处去来膺。
生生死死英雄见，女女儿儿世俗承。
莫以封侯成败论，父母子弟史官灯。

2 过马嵬驿

树挂霓裳月挂楼，云浮马嵬草浮愁。
芙蓉自在温汤水，莫以三郎社稷秋。
但以梨园今古事，台车不必帝王侯。
甘泉自去人间在，几度华清不自流。

3 回中作

一曲回中戍角楼，三声塞上雁声休。
吴姬劝酒胡服短，粉面红巾怯复羞。
独舞千姿腰渐细，轻歌百态意情留。
关山一去霜风月，玉女留人志不留。

4 休浣日谒西掖所知因成长句

凌烟阁上一生游，爽道城中半色羞。
上掖庭前天子道，长生殿里几春秋。
熏风可以胡旋舞，薰霞难从蛹蛸秋。
可见开元天宝去，梨园不尽十三州。

5 河中障节度游河亭

一半河亭一半梅，两三岁月两三醅。
楼台鸟去人来见，剑戟空悬节度催。
大雪纷呈天下色，蓝田玉气洛阳恢。
河中谷雨清明去，碧草逢花尽玉杯。

6 寄清凉寺僧

石路无尘一径斜，松林有色半梅花。
钟声过岭云中去，竹影重来故水涯。
白草青莲初欲约，东风细雨挂溪纱。
禅房不语知方丈，莫以残棋作客家。

7 开圣寺

兴兴废废问休公，去去来来见古风。
竹影松林开圣寺，秋泉白石两天空。
阳明秀鸟飞云里，塔静僧名落殿宫。
北同秦王修石磊，南朝自此始无终。

8 过陈琳墓

秋风野草问陈琳，遗史文名作古今。
故客灵辞天地外，麒麟没落已迷浔。
荒丘冷对无铜雀，暮色临川霸主音。
莫怪云天空旷阔，文章日月已知音。

余响之九
雍陶

晴诗

一半山川带雨痕，三千草木有深根。
晴川历历长亭路，细水悠悠塞北村。
客将休兵成败说，胡姬牧舞见慈恩。
牛羊下括斜阳落，望尽苍烟问子孙。

余响之十
司马札

送孔恂入洛

青山不在洛阳城，八水何须雁塔名。
白鹿三清崇上苑，书生一曲江荣。
朝冠紫佩知金名，月落铜驼苦色情。
此别应寻分手处，离心不可问苍生。

余响之十一
李频

1 乐游原春望

昭陵不远乐游原，霸业雄图紫禁垣。
汉塞昆明池上水，秦川月色有方圆。
未央石径元人扫，长乐钟声草木萱。
历事当须杨柳色，平生自可问轩辕。

2 湘中送友人

岸芷汀兰半梵天，清流雁阜一湘烟。
衡阳不是家乡岳，塞上春秋始自年。
梅花落里飞南羽，水调声中翼北旋。
日月云霄斑竹见，阴晴草木洞庭船。

3 送边将

长白山前半落鸣，兴安岭上一辽东。
桓仁雪里冰封月，鸭绿江中落叶红。
雁领春风初变色，云归暮日付天空。
昆仑望去阴山近，自在三边读者工。

余响之十二
杜荀鹤

舟行即事

年年一水作舟行，处处三光对此生。
少小无知孤独问，山深草野几衷情。
渔公未顾随心去，白鹭还闻一两声。
重阳不得茱萸色，但醉黄花是太平。

余响之十三
李郢

1 赠羽林将军

梵香扫地羽林郎，侍武书文客故乡。
但向苏州千将路，黄邪正待五湖光。
甘泉上掖桓伊问，六国和平种柳杨。
下里巴人三弄去，渔舟唱晚一枫扬。

2 送人之岭南

关山一路下交州，跬步三生问九流。
走马蓬莱君子见，致心左省曲江优。
落牛不与江河问，石室含烟日月头。
素女王潭情所寄，桐花越桂作春秋。

3 晚泊松江驿

松江驿里一月舟，晚泊云中半楼寒。
独宿红蓼花似锦，孤心岁梦故乡游。
烟波处处生云雨，草木丛丛涨落愁。
越女相思娃馆里，吴姬曲尽范蠡留。

4 江亭春霁

江亭漠漠一田畴，驿道悠悠半去留。
路上重重思旧步，云中望望十三州。
吴门至此夫差问，楚水声明子胥休。
晓色盘门先后去，斜阳汉口去来愁。

5 早秋书怀

梧桐一叶半声寒，宋三千章十地丹。
楚水东来争海岸，吴山北去度峰峦。
金陵紫气黄金镇，浦口横波玉树残。
暮角无蝉黄菊色，清泉有石对流冠。

余响之十四
李群玉

1 黄陵庙

大小孤山半隔川，阴晴竹泪一沧然。
潇湘碧玉芊芊色，岳麓楼台月月天。
鼓瑟声声依旧语，云烟处处二妃泉。
江流畅畅东西去，眉黛修修问杜鹃。

2 送秦炼师归岭公山

仙翁半卧问岭公，一叶三飞对苍穹。
野鹤随云浮上下，丹炉玉石任天工。
芝兰处处芳香色，蕙芷幽幽翠碧丛。
欲问中经多十易，周闻物象二仪风。

余响之十五
陆龟蒙

寒夜同袭美访北禅院寂上人

楼明月静一心空，殿暗琴幽半寺风。
鸟寂霜华三界色，枝宽叶小九州丛。
寒山寺里钟声响，拙政园中草木虫。
白石炼丹束莫语，轻摇竹影上人中。

余响之十六
崔珏

鸳鸯

两翼重情一水生，三生落雨半云平。
鸣鸣曲曲回头问，去去来来自在声。
共渡同飞知月日，双栖独木问阴晴。
荷莲叶下常相戏，采女归时久羡萌。

余响之十七
李山甫

1 送职方王郎中吏部刘员外自太原郑相公幕继奉征书归省署

半见酒力半洛书，一生旧事一生余。
云开日月临青琐，凤卷烟霞省署渠。
扫净朱门多少路，呈文上掖暮朝舒。
兰香俭府尧衣晓，注解天章紫气初。

2 贺邢州卢员外

金銮列象紫泥封，世仰分明北省容。
一读三明诏令下，千官举步帝王宗。
南宫署握兰香久，晓漏握行两列松。
笏佩方圆天子瑞，邢州员外上青龙。

余响之十八
张乔

河中鹳雀楼

俯仰河中鹳雀楼，云烟日下度春秋。
昭陵白虎肯龙见，追远文终主客忧。
晋北三边应自守，秦南九脉可渔舟。
东营此去东流水，六骏由来胜五侯。

余响之十九
唐彦谦

1 长陵

人生一步半回头，世事千章两不休。
垓下应封秦楚汉，鸿沟未锁未央楼。
千年路上英雄问，百岁途中帝主丘。
渭水东流留渭邑，长安月色付长流。

2 蒲津河亭

河亭宿雨一清秋，草木浮云半露流。
广叶方成珠玉在，孤舟未解系乡愁。
文王避此成陵墓，博望轻烟作相侯。
日见长河湾水溃，方寻土木士情留。

3 秋霁丰德寺与玄贞师咏月

八日榼通望上天，三秋桂子落中田。
婵娟与共同天下，淑气怀芳瞩夜泉。
紫极辰环朝市括，岩僧自语对苍烟。

千官问道寒宫色，一夜消声不世眠。

余响之二十
罗隐

1 送郑严员外

十载功名十载轻，一生事业一生平。
中书笔墨文章卷，休射甘霖磶石明。
处处风云连日月，时时草木对枯荣。
龙门未耀飞鸿见，北斗星空渭水城。

2 春日忆湖南旧游寄卢校书

不问孤山问洞庭，但寻草木自寻青。
皇州巷口文章客，渭水河边阔野汀。
举剑闻风珠履步，轻鸣世上客人听。
江中但见群峰落，岸上何须独叹丁。

3 金陵夜泊

金陵夜泊六朝轻，一曲秦淮二世明。
指鹿何须为马问，江山社稷是空城。
江流欲曲成湾渚，日落黄昏化远晴。
玉树临风姿影动，佳人处事女儿生。

余响之二十一
罗邺

1 秋日怀江上友 自祝

水水烟烟一色遥，云云雨雨半江潮。
江南处处吴儿女，塞北苍苍独自辽。
不醉途中天下路，辛劳读下万书条。
耕耘但在时分秒，日月当空胜玉霄。

2 征人

一暮芦花大雁归，秋声未尽向南飞。
征人塞外为驱虏，戍月云中作独扉。
岁岁衡阳南北年，生生日月去来晖。
桑干一水何分界，赵魏三边战是非。

3 秋日留别义初上人

留留别别上人心，寺寺钟钟作知音。
大雁闻风南北去，江湖逐日云来界。
红尘不尽东西见，贝叶难书苦度箴。
远道无途嗟世久，行程自主入禅林。

余响之二十二
高骈

和王昭符进士赠洞庭赵先生

一叶轻舟过洞庭，三帆蔽日向丹青。
君心进士昭符与，半见孤山九脉灵。
羽客随风星药理，渔翁点火照丁伶。
何分大姑小姑家问，云烟彼此带雨听。

余响之二十三
方干

1 题睦州吕郎中郡内环溪亭

溪亭郡内一郎中，望得仙台半色空。
洞口桃花秦汉见，云光别处夕阳红。
荷香白鹭双飞去，竹影青鸥独立弓。
足履轻轻池水岸，衣巾落落隔叶风。

2 旅次洋州寓居郝氏林亭

洋州寓下一林亭，举目思量半渭泾。
莫以长安天子路，常须异域客心丁。
澄泉石上早流色，竹翠云中铺彩屏。
暮草芊芊从云雨，江楼倒影数峰青。

3 龙泉寺绝顶

龙泉寺顶自秋春，海底云深可暮晨。
古木中天云雨客，青峰独屿势无均。
星河北斗依依见，玉宇南宸淑淑新。
处处重温成败事，年年改换去来人。

余响之二十四
来鹏

寒食

侵阶阜色一春生，独占东风半旧萌。
未到清明三二日，还寻月日去来晴。
云云雨雨凌烟阁，郁郁青青上苑荣。
白鹭悄悄凭自立，文莺耀耀欲啼声。

余响下之一
崔鲁

春晚岳阳言怀

云云雨雨过清明，草草花花半秀荣。
水水山山相似处，烟烟色色不分平。
云梦泽润天涯阔，岳麓高崇楚客情。
异国巴陵多少问，他乡竹泪洞庭生。

余响下之二
崔涂

过绣岭宫（在骊山）

古殿春残绣岭宫，霓裳已去骊山空。
梨园犹在公孙闵，古剑楼兰各不同。
蜀驿淋铃听雨落，华清曲舞问华雄。
胡旋自可江山乱，苦菜当知力士衷。

余响下之三
郑谷

1 鹧鸪（谷以此诗得名时号为郑鹧鸪）

谷雨芳辉群草色齐，清明乞火月光低。
声声不止呼新种，处处当先向妇啼。
布谷姑姑由织女，夫夫切切对邻栖。
春耕比翼鸳鸯见，夏至池塘沐水西。

2 三国甘露寺

丞相一计半东吴，二弟千颜独立孤。
阁老英雄甘露寺，瓜洲只对镇江苏。
尚香此去知儿女，列阵何须蜀国姑。
自以英雄天地见，谁闻百里是江都。

3 渚宫乱后作

一片黄花向野生，三秋落叶故人情。
离离合合孤城树，败败成成草木盟。
羯鼓胡旋今不在，潼关白鹿互相鸣。
清江不老东流去，白社应平泰里荣。

余响下之四
韩偓

1 避地寒食

介子山中晋耳闻，精英土上作仁君。
清明不到先寒食，乞火书生昼夜文。
雨里云中三二月，江南塞北去来分。
花花草草呈新色，暮暮朝朝白日曛。

2 春尽

清泉已入老林村，故佩衣裳有酒痕。

不醉何言春已尽，花浮草色满黄昏。
平生不解茅台故，偶尔难分古樾恩。
古渡无舟袖女问，阳关半入玉壶门。

余响下之五
胡曾

交河塞下曲

交河落日一天圆，渭水行舟半草萱。
塞北冰川苏武去，秦川武夫李陵言。
乌孙不见单于见，汉界何垣楚国垣。
九脉江川成社稷，千山万水对轩辕。

余响下之六
曹松

1 南海旅次

归思不下越王台，腊月孤芳岭上梅。
镇海楼中天地阔，天涯路上五羊来。
王书早角高城见，北雁应思塞外衰。
夕落晨扬潮自主，风花雪月久不催。

2 陪湖南李中丞璋宴隐溪

竹下飞桥一隐溪，中丞列宴半莺啼。
莲开叶展心田蕊，碧玉黄丝百孔栖。
解带宽衣歌舞色，从客尽意赋诗笋。
兰舟玉勒湖南柳，白色梨花水月西。

3 江西逢僧省文

高僧独立雪峰西，白眉银须玉色齐。
腊月梅花霜付与，春梨一片杏床低。
千枝雾锁冰封水，百叶开承旭彩霓。
碧透玲珑含不露，光华耀目暗白溪。

余响下之七
吴融

1 太保中书令军前新楼

中书令下一前军，上掖楼中半列云。
锦苑晖光含草色，平津阁气淑香闻。
晴宫御驾千花艳，细柳营门万紫纷。
不远慈恩昭寺塔，登临渭水去流勤。

2 秋日经别墅

一树萧条半色黄，三秋落叶七低昂。
千章旧序梅兰菊，万竹新声雪月光。
二月还同知九月，清明几度似重阳。
兴兴废废山河处，去去来来问故乡。

3 金桥感事（洛阳）

感事金桥下洛阳，寻音渭邑渡荒塘。
晴空二月郊原雪，北雁三声到未央。
朔雪冰川初解冻，潇湘草色已茵茫。
伊川水暖胡笳曲，细柳烟城一叶长。

4 彭门用兵后经汴路（即徐州也咸通末庞勋反徐州为康承训所破）

彭门汴路短亭长，百战长城运河香。
细柳营中三军收，楼兰月下半苏杭。
关山万里胡笳曲，社稷千年李陵娘。
反将和臣成向背，徐州日月久无光。

5 废宅

庭中照旧一黄昏，月下何从半故门。
草色依然呈碧玉，花香客道满乾坤。
春光细雨东风至，夏水池塘子女村。
落叶重阳秋肃净，冬云不解入山根。

余响下之八
韦庄

1 北原闲眺

春桃一树半东风，小杏三光九色空。
一望都门浮紫气，千回故道逐人雄。
王城巷陌坤灵镇，玉府田阡彩色红。
五凤恢弘清渭洛，游龙自在问飞鸿。

2 寄从兄遵

八月钱塘一线潮，千重浊浪半云霄。
盐官处处临涛逐，六合茫茫渡玉桥。
蟹脚初庠临岸去，莼鲈胺荧女人娇。
天堂不远乡情近，不可樵渔对海遥。

3 赠边将

马过榆关一世晖，人求孔孟半天微。
诗书不尽儒坛上，读得春秋始入闱。

九鼎中华天下去，三生竟业就心扉。
兴安岭上松云里，长白山中客不归。

4 新正日商南道中作寄李明府

嵩山不改半千年，渭水长流十万船。
一道潼关天下问，千山大雪玉封泉。
杨朱拭泪风云去，戴客行文草不芊。
避世人生何可得，三江逝水势如烟。

5 柳谷道中作却寄

柳谷重重马上鸣，秦川处处鸟无声。
长安月下王孙客，渭水流中水色荣。
暮驿黄昏栖不定，晨钟旭日梦还惊。
浮云已向天边去，碧草如烟久不轻。

6 婺州屏居蒙右省王拾遗车枉降访病中延候不得因成寄谢

平生谢祝一西东，日月成城半异同。
已病方全长寿计，无情逐解自由衷。
常思少小乾坤里，未了姑苏作乃翁。
草木丛丛群碧玉，阴晴岁岁以枫红。

7 忆昔

忆里华英问五陵，行中寺院待三僧。
禅音不止桃花岸，石磬方成化玉冰。
月色同明天地界，清风共语暮朝凝。
西园早露东流水，北国冰霜一念朋。

余响下之九
张泌

1 题华严寺木塔

一曲黄昏问故乡，三生日暮对斜阳。
华严木塔浮云落，古寺慈恩付洛梁。
鼓鼓钟钟何所劝，香香火火是衷肠。
红尘世俗王孙客，日月星辰子弟光。

2 边上

三边日月自从容，九鼎江山故步封。
鼓角声中千里路，旌旗月下影无踪。
飞鸿已得衡阳渚，早翼重来塞雪松。
识得春秋南北去，留人一字可相逢。

3 晚次湘源县

暮次湘源一水西，舟平岳麓半高低。
层云带雨杨梅熟，曲折行歌谢豹啼。
竹泪无声流不止，苍梧有色九疑齐。
汀洲淡淡山林影，二女幽幽化彩霓。

4 晚秋过洞庭

涧水惊潭作晚喧，浮云落定向桃源。
秦中汉履孤山见，半向云梦一古轩。
暮重情长思不尽，征帆落下故心烦。
江流未止江楼在，日去山留日又圆。

余响下之十
廖匡图

九日陪董内召登高

登高九日问重阳，一缕茱萸半故乡。
遍地黄花呈紫佩，从容草木对炎凉。
遥心渐近峰烟落，异域同明带露光。
自古青楼无独步，如今一目泪沾裳。

四十一、七言律诗　旁流

旁流之一
卢宗回

登长安慈恩寺塔

慈恩寺塔半长安，晓日东方一渭寒。
彩色天光三界外，翔鸾玉佩九朱栏。
风光五岳华山见，洛邑清霖上露盘。
草木乾坤经意暖，高低宇宙自心宽。

旁流之二
许玫

题雁塔

魏阙南轩一去还，商山北渭半乡山。
京都雁塔唐三藏，气象慈恩度九关。
顺义承天朱雀见，含光安上景风颜。
宫城一坊千门巷，上苑三宫列两班。

旁流之三
苏广文

夜归华山因寄幕府

幕府华山寄夜归，山村野径见鸿飞。
衡门不锁中庭月，渡口船帆作柴扉。
谢屦渔迹亭皋问，嵇康有语汉家晖。
汀洲岸芷多兰蕙，路上三桥碧玉微。

旁流之四
陈标

1 饮马长城窟

饮马长城窟外鸣，阳关大漠字中生。
沙尘原里楼兰牧，霸主千年两度荣。
海市蜃楼天下气，天蒸地燥不枯荣。
征衣白骨何相见，砧杵声中是旧情。

2 秦王卷衣

玉树琼枝一碧天，江苏水暖半云烟。
东风带雨秦川谷，汉阙行芳到酒泉。
短袖鲛绫宛转舞，芳菲宝气逐军筵。
咸阳一路东都望，渭水三波九曲田。

旁流之五
谭用之

秋宿湘江遇雨

湘江还雨半云烟，岳竹行云一泪田。
沅水流中同日月，芙蓉国里共婵娟。
渔翁不钓浔阳岸，夜渡还来下里船。
任笛无声妃不怨，随君有梦洞庭眠。

旁流之六
胡宿

1 津亭

津亭欲启晓云浮，魏阙扬明紫禁楼。
霸渚苍茫烟水岸，黄河九曲一春秋。
秦川养马何年月，洛邑闻风十地流。
草色萋萋连玉宇，芳茗处处色瀛洲。

2 古别

巴陵一目岳阳楼，古别三声过九州。
鼓瑟漳河闻壮士，悲歌易水问秦忧。
佳人不断金台劝，驿道长亭自莫愁。
不挂风帆斑竹见，清波日上百壶休。

3 塞上

汉家一箭定天山，烽火千年老上(单于名)颜。
契利三盟金七酒，红缨万举玉门关。
五饰行营刁斗月，旌旗胜道向阗颜。
昆仑莽莽楼兰客，曲曲黄河十八湾。

4 寄昭潭王中立

梅花一弄雪冰春，再弄寒心两地邻。
曲曲香香风雨至，三重落里万家新。
寻芳探色骚人访，古古今今日月珍。

独独孤孤桃李色，秦秦汉汉武陵人。

旁流之七
韩喜

水又水
有色无形一滴天，平心静气半方圆。
东流不定西源定，北国南疆共泽泉。
命里生中因似果，云前雨后雪如烟。
阴晴日月沉浮致，草木乾坤彼此船。

旁流之八
姓氏疑误者二人

僧处一题黄公陶翰别业
（文苑英华作处一诗元遗山鼓吹集作苏广文自商山宿陶令隐居诗）
自古秦人躲避秦，如今春色尽知春。
陶公五柳商山客，石上三芝秀草茵。
隐隐居居渔樵问，云云雨雨日月津。
烟霞洞里神仙问，别业瑶池隔水邻。

旁流之九
郎士元

冯翊西楼
但上西楼望夕烟，中经日下对河田。
归途后背何须问，石壁临风几度年。
雁去衡阳还塞北，人行日月复方圆。
黄河自古沧流去，目尽东营是海船。

旁流之十
羽士一人曹唐

1 三年冬大礼
三冬大礼一升平，九鼎春秋半太清。
剑佩初闻兵尚肃，河流复曲向东营。
华山草木千官整，渭水波涛万里行。
玉石丹炉分不定，人间祖报济平生。

2 其二
海日经天一上林，三清度月半人心。
南宸楚楚开空色，北斗明明守古今。
玉佩尧闻山水逐，舜耕草木禹门梁。
风流以下步虚见，石磬南矑古木篸。

3 其三
太乙天坛一日分，瑶池玉宇半龙群。
东风有雨成云下，月色无寒桂影勤。
四面三清丹石化，千官百列佩鸣君。
回岚入律成天地，此地蓬莱客不文。

4 其四
玉藻云中一太平，金藤雨下半轻声。
千官仗令香风早，万国行空古意鸣。
侧际花光成紫气，周吕读取自枯荣。
宫衣拂雪梅花色，玉女倾身左右行。

5 汉武帝时候西王母下降
太乙飞云一纵横，高峰日上半清明。
天坛汉武西王母，自此人间异域名。
青鸟常闻天下信，龙吟凤语去来情。
盘桃两色瑶池客，玉影千姿五夜城。

6 汉武帝于宫中宴西王母
汉武宫中一宴明，西王母后半亲情。
人间自此传言语，世上风花雪月生。
比寿南山终不老，量心海日始阴晴。
星河不尽苍空色，玉女倾倾夜月平。

7 汉武帝思李夫人
金屋藏娇一世情，夫人李氏半花荣。
羊车不可朱颜见，汉武何寻白帝城。
隔水寻芳姿色重，由心处意舞歌明。
芝兰细弱强弓弩，玉帐鸳鸯几度横。

8 仙子洞中有怀刘阮
玉石棋盘两故乡，人间草木一炎凉。
观心不语何君子，下世多年老柳杨。
欲去还留天下尽，重来不见几刘郎。
仙台鼓瑟瑶池鹤，月桂回宫各短长。

9 刘阮再到天台不复见仙子
再到天台问玉身，重寻白石已成尘。
棋盘十世鸿沟岸，洞鹤千生绝旧邻。
草树经年千百载，仙家问道数天伦。
当时劝步邯郸外，醒醉何从认路人。

10 萼绿华将归九疑留别许真人
真人一别九疑山，黛色三烟五岳颜。
绿萼红心荷露水，秋风驾鹤到阳关。
潇湘夜雨孤山岸，渡口巴陵雪月闲。
有欲情中岳麓去，无穷梦里洞庭还。

11 送刘尊师祗诏阙庭
百岁何言一去情，千年不尽半归声。
西王母问天街路，汉武宫明玉树生。
海外波涛新宇宙，人中日月不重明。
秦楼弄玉穆公问，风去凰来几度荣。

衲子七人
衲子之一
皎然

1 送皇甫侍御曾还丹阳别业
丹阳别业一菱湖，侍御从心半有无。
积水浮云成雨落，行程万里见江都。
隋炀已上长城问，二世何言汴水吴。
汉典山川稠石磊，天堂始自运河苏。

2 题周谏别业（皎然与周生所居俱临苕水）
苕水周生亦皎然，临居隐者问苍天。
禅心只慧衣袍老，柳巷常音过酒泉。
仗策闲情花草色，行僧硅步度桑田。
瑶池不远蓬莱岛，独鹤轻飞九鼎前。

3 白蘋洲送洛阳李丞使还
年年觉悟雪山客，处处山河故步封。
已紫青袍书贝叶，千官挂桂罢云龙。
苹州白色知深浅，隐寄风云问足踪。
渭水千流东去尽，清池一片醉芙蓉。

4 春日杼山寄赠李员外
南山不与北山邻，一水还重二水津。
积聚方成知磊石，疏通可见作秋春。
禅关不老人情老，闭月为邻磬语邻。
竹锡麻衣僧自道，幽芳独得过红尘。

5 山居示灵澈上人
心灵彻切上人真，路道僧游故客邻。
暮鼓晨钟杨柳色，云浮雨落觉禅春。
名名利利何时了，去去来来几度尘。
苦苦辛辛非物外，朝朝暮暮是天津。

6 晚春寻桃源观

桃源洞口武陵乡，五柳云烟古刹扬。
草径苔新花落去，坛清石净水流香。
玄机不解迷方照，慧觉还心俗境黄。
路远长亭千万里，山深古木两三藏。

衲子之二
灵一

1 题东兰若

禅房一路自船务，竹影三清任去来。
北陆曾闻山涧虎，东兰若定诵经台。
钟声杳杳传天外，石磬幽幽对月梅。
妙理归时人已在，云舒卷后亦重回。

2 送明素上人归楚觐 易问

天涯日月共风尘，向背阴阳十地均。
觐省官冠天子御，江湖不了上人春。
朝朝政政三清问，道道儒儒九鼎亲。
慧觉应当何处见，心思未了莫行真。

3 江行寄张舍人

十里长亭一路尘，千年古刹半真人。
行行止止人间去，去去来来世上亲。
落落扬扬帆不住，云云雨雨客巾匀。
名名利利谁言语，业业功功几晋秦。

衲子之三
灵澈

冬送鉴供奉归蜀宁亲

灵灵彻彻一人心，蜀蜀秦秦半古今。
仗锡金辞恩圣主，僧游寺老镀黄金。
銮庭暂许归途去，四顾三清几度音。
草茂江源泉不尽，年深月累木成林。

衲子之四
清江

1 喜严侍御蜀还赠严秘书

花开木落一春秋，岁去年来半九流。
蜀道秦川分日月，人情国事两相忧。
长亭十里行无止，古驿千庭有莫愁。
秀阁荣成同注目，交芸水色共白头。

2 赠淮西贾兵马使

破房功成百战伤，楼兰渭水两心疆。
交河日落三千里，汉使行程五百杨。
雪映门旗天水将，皇昭一箭射四方。
昆明池上云南界，武帝心中试马乡。

3 登楼望月寄凤翔李少尹

楚楚吴吴问凤翔，河河渭渭一天光。
音音韵韵蛮夷客，普普通通共话长。
北阙行云天水雨，南山积雪照咸阳。
登楼寄月文章勉，但向龙门进士乡。

衲子之五
法振

张舍人南溪别业

南溪别业北柳杨，木杖书香叶脉光。
有语闻声天下士，知音见韵士方长。
王朝共事文章笔，府第同公日月梁。
六国春秋车轨制，三光草木纵横量。

衲子之六
广宣

圣恩顾问独游月镫阁直书应制

文章已向万人家，律令同行百岁华。
读字程明天下士，同书共业一天涯。
吴音晋语秦人日，水调歌头帝子花。
但以儒家平水韵，何须不解浪淘沙。

衲子之七
昙域

怀齐已上人

不问春秋已上人，何言日月去来秦。
云侵草木江流近，雨积阴晴日月沦。
一柱清香凫杳杳，三清白石落洵洵。
松林友信交支遁，寂寞天光一柱邻。

闺秀一人
鲍君徽

东亭茶燕

东亭一见鲍君徽，四望云楼半雁归。
注目江流波不尽，行吟日月色无晖。
弦弦管管茗茶俱，意意情情两是非。
草木人中分上下，阴晴雨后话云飞。

注：排律（七言排律唐人不多见如太白别山僧高适宿田家等作虽联对精密而律调未纯终是古诗体然独此四篇言从字顺音响冲和故录之附于卷末以备一体）

排律之一
崔融

从军行

穹庐玉宇一圆方，草木天云半柳杨。
细柳营中天子令，胡姬月下客衷肠。
关头日落交河晚，大漠尘埃海市光。
朔雪纷飞千岭外，冰封碛石万山疆。
江南水色长江岸，塞北云烟渭邑乡。
鸟道华山何独往，单于牧帐是牛羊。
河图莫与楼兰易，社稷和平久策长。

排律之二
僧清江

月夜有怀王端公兼简朱孙二判官

月照江林大雁飞，排人逐一北南归。
乡情不是来还去，别意何从草木扉。
塞外衡阳分两地，春秋半岁各日辉。
青门旅寓头陀简，白首空闻六郡非。
夜半钟声寒又起，三更鼓角路长违。
修成未了潇湘见，斑竹苍梧向二妃。

排律之三
王建

送裴相公上太原

一印封泥上并州，三台化日逐相侯。
功成事就兼权属，独断孤谋进退酬。
九乞清明天子火，千门立戟帝王侯。
分章玉案裁先后，直向渔阳杜宇头。
朔漠交河朝暮戍，长城汴水过春秋。
秦皇自此知南北，汉武葡萄白玉楼。
不老南泉流别馆，云中雨里共羊牛。
红妆素手耕耘力，妇唱夫随共莫愁。

排律之四
温庭筠

**秘书省有驾监知章草题诗笔力遒
健风尚高远拂尘寻玩因有此作**

文章秘省贺知章,少小离家客柳杨。
老大长安天子客,明皇御上镜湖乡。
怜才任达京都坐,市酒吟诗太白狂。
独立鳌头花甲见,孤身泽济过钱塘。
江南笔墨荷莲月,塞北风云角甲霜。
渭水东流何醉语,苏杭水色作天堂。